KUWEI
酷威文化

提灯照河山

淮上 著

江苏凤凰文艺出版社
JIANGSU PHOENIX LITERATURE AND
ART PUBLISHING

目录

第1章

生死状

壹

初冬，宁城。

夜幕缓缓降临，大街上车水马龙，川流不息。市中心商业街附近的一家酒吧门口，几辆黑亮的汽车依次停下，恭候已久的酒吧老板立刻迎了上去。

“董先生！您可总算来了！这天寒地冻的，咱们快进去，可就等您一位了！”

老板笑得满脸开花，从车上走下来的桑国男子点了点头，操着怪异的月国话问：“山少爷呢？”

“哦，哦，比赛就要开始了，山先生已经就座了，让我出来等您呢。”

董京男大步走进酒吧大门，酒吧老板搓着手跟在后边，几个桑国保镖一色黑西装，关上车门鱼贯而入。

水晶玻璃的高大旋转门再次关上，又过了十几秒，一个中学生模样的清瘦少年从街角探出头，张望了几下，慢悠悠地走过来。

这么冷的天气，那少年只穿着一件白衬衣，外边套了一件黑夹克，下身一条牛仔裤，脚上一双破了洞却刷得干干净净的白运动鞋，仿佛完全感觉不到冷一般，晃晃悠悠地走到酒吧门口。

他又低头看看汽车的车牌，再次确认过后，伸手推开了酒吧大门。

迎宾小姐从前台抬起头，习惯性微笑着问：“几位？”

话音未落，她看着那少年清寒简陋的打扮，不由得惊异了一下。

“一位。”少年左顾右盼，视线转回小姐脸上，微微笑了一下，似乎极不好意思。

这少年身板极瘦，脸色又非常苍白，乍看上去像营养不良一般，但是他五官长得很招女孩子喜欢，笑起来的时候，格外让人心动。

迎宾小姐心跳漏了一拍：“您是有预约还是……”

少年很有礼貌地打断了她：“请问，刚才那几个桑国人往哪里去了？”

“哦，负一层的舞池……，您是来找人的？”

少年道：“是，我跟他们有个预约。”

迎宾小姐还来不及说什么，那少年已经挥挥手，很快钻进了灯红酒绿的人群中。

与此同时，酒吧负一层。

观众席上已经灭了灯，擂台上的大屏幕轮回播放两个拳手的胜负记录，周围一片鼓掌哄叫，气氛 high 到顶点。

酒吧老板亲自带领董京男一行人来到VIP席上，对首座一个年轻男人九十度鞠躬："山少爷！"

山地崇摁熄烟头，欣然道："董君总算来了，比赛都已经开始了呢。"说着示意他坐下。

董京男道了谢，坐在正对擂台的VIP席上，说："在医院耽搁了点工夫，但是关于宋岛被打的事件，还是一点头绪也没有……"

"打听出什么来了吗？"

"是的！听了月国警察的报告，宋岛还是记不起凶手的样子。"

山地崇挪了挪身体，皱眉道："怎么会？凶手是当着他的面走过来的……"

"是的！但是当时夜市里光线昏暗，人流拥挤，宋岛又喝多了……他只记得有人挤到他身边，狠狠撞了他肩膀一下，紧接着胸前心口的位置一痛，其他的就什么都记不清了。"

"医生怎么说？"

"哦，宋岛的胸前心口有五个破口，很像人的五根手指迎面插进去所形成的伤口。肌肉被贯穿，肋骨有轻微骨裂，如果不是宋岛功夫精湛，反抗及时的话，说不定连心脏也……"

山地崇冷笑道："功夫精湛又怎么会被人迎面一掌掏心？！"

董京男立刻起身鞠躬："对不起！"

"罢了。"山地崇挥挥手，说，"连宋岛也无法反抗的功夫高手，如果有机会的话，真想跟他切磋一番……"

擂台上扭曲的光映在他脸上，表情格外阴冷森然，那眼神让人看了简直不寒而栗。

就在这个时候，擂台上"叮"的一声，蓝方选手横飞一脚把红方踢出了两米之外！这一踢的重量起码有四百公斤，裁判"嘟"的一声哨响，飞奔到红方拳手身边开始读秒。

"十、九、八、七……三、二、一！"

观众席上一片欢腾，事先买定蓝方赢的赌徒们疯狂地跳了起来。

"经过三分五十八秒的苦战，我们的蓝方拳手'推土机'以一记迅猛的侧踢结果对手，赢来了他职业生涯的第四十场连胜！第四十场连胜！"尖叫和欢呼声中，主持人的声音简直称得上声嘶力竭，"到目前为止，'推土机'已经以破竹之势扫平了本地排名前十的所有拳手！让我们在大屏幕上再一次回顾他的精彩动作！"

这家酒吧明面上经营迪厅和KTV，实际上却是本地最大的黑市拳集中营，每个星期总有一两个晚上，黑拳经纪人会把各自的拳手带来，赌徒们闻风而至，在鲜血和暴力中寻求财富和刺激。

当然，能在市区开上这么一家店，黑白两道通吃是少不了的，这里的老板在当地极为有名。也正因为如此，桑国久负盛名的投资财团二少爷山地崇刚刚抵达这里，就听说了当地黑市拳击的大名。

董京男看着擂台上人声鼎沸，不免有些蠢蠢欲动，山地崇把他那样子看在眼底，不由笑道："你也想上去玩玩吗，董君？"

董京男笑道："不，我受命保护二少爷，怎敢……"

"偶尔放松一下也是可以的嘛！依你看，那个蓝方的身手跟你相比如何？"

董京男立刻道："他怎能跟我相比？！"

"那不就对了。"山地崇挥挥手，轻描淡写道，"快去快回。"

酒吧老板陪坐在一边，闻言不由得看了董京男一眼，这桑国人看上去高高大大的，但是论身材，绝对比不上肌肉发达的专业拳手，他怎么能自满到毫不犹豫地宣称"他怎能跟我相比"的地步？

董京男整整衣领，脱掉西装外套，居高临下地对酒吧老板吩咐："请安排我跟那个拳手打一场。"

老板的第一念头是拒绝："这样不好吧，董先生可是贵客，擂台上拳脚无眼，万一……"

董京男大笑道："无妨！如果我输了，我给他五万……十万奖金！但是如果我赢了，我要输家任我处置！你看怎么样？"

几个桑国保镖都哄笑起来，显然对那个姓董的信心极足。

老板迟疑片刻，心道：这桑国人看上去也没什么特别的，打赢了就有十万块钱，对拳手来说实在是天降横财。再说就算输了也没什么，说是任人处置，又能怎么样呢？最多挨一顿打，了不得了。

他招手叫来一个侍应生，对他吩咐了几句，末了又低声道："告诉'推土机'下手别太狠，董先生可是贵客，来咱们市投资大商场的！下飞机时上头都来人接机了！"

侍应生点点头，领命而去。

"推土机"被经纪人领着在后台休息喝水，听到这个消息也愣了一下，以前也有过被人挑场子的纪录，但挑战者大多是同行，要么就是武馆里的教练，没听说过有客人看到一半，亲身下场试水的。

黑市拳这个东西，虽然近几年来有所控制，死人的事情几乎都见不到了，但是毕竟有很大的危险性。擂台之上拳脚无眼，专业拳手的杀伤力又不比普通人，万一磕着碰着，那可是能落下残疾的事情！

他本想拒绝，但是一想起十万奖金，又不由得迟疑了，要不是为了钱，哪个拳手愿意跑来拼命？十万块说多不多，说少不少，却是他四十场连胜才能得到的奖金的大半了。

他爽快地点头对侍应生道："告诉老板，我这就上场。"

再上场时，气氛已经有所不同，观众席上的情绪几乎一边倒，不时有"干掉那个桑国人"的吼声。

董京男摆了个空手道的起手架势，脸上表情非常冷静。裁判一吹哨，他先盘桓了几步，没有立刻抢攻。

"推土机"试探几下，见那桑国人全都轻松躲过去了，心里大奇：难道还是个练家子不成？

这么想着，他瞅准空隙一个箭步冲上去，直接一拳捣向董京男的太阳穴。碍着酒吧老板的吩咐，这一拳他没有下十成十的力，还是试探成分居多。

没想到董京男瞬间翻脸，一掌把他的攻势架开，接着连番几掌狂风暴雨一般打了下去！

这一下真是出人意料，别说"推土机"，就连底下的观众都没想到那桑国人有这样的身手！"推土机"猝不及防，被一拳正中眼窝，当时就狂叫一声！

然而他发狂的反击没有奏效，董京男占了先机，便像毒蛇一般咬着不松口，几乎是按着他往死里打！那样子，已经不是拳赛了，几乎就像是两人之间有什么深仇大恨一般，拳拳到肉，不死不休！

裁判眼看不对，狂奔上去拼命吹哨："住手！住手！"

观众席上一片哗然，连赌红了眼的赌徒们都冷静下来了，纷纷叫着——

"不是这么个打法！"

"叫那个桑国人住手！"

"他娘的，来挑场子的是不是？！"

……

酒吧老板霍然起身："山少爷，是不是该让董先生……"

山地崇悠闲地抽着烟，说："不是说了，输家任董君处置的吗？"

"但是我们拳赛没有这样的规矩！董先生已经赢了，再打也……"

山地崇脸一板，他手下的保镖立刻吼道："输的人就应该接受惩罚，这是我们桑国的规矩！"

酒吧老板慌忙上去阻止比赛，却被保镖狠狠一推，跌坐在椅子上。

"比赛还没有结束！山少爷的话，你们应该已经听到了！月国人，你敢得罪我们山氏家族？嗯？"

酒吧老板脸色惨白，嘴唇哆嗦着不知道该说什么。

擂台上的形势却已经相当不好了，董京男的拳头打在"推土机"的脸上，竟然有骨骼的轻微声响，裁判怕出事请，拼命吹哨阻拦，却怎么也拦不住。

那个董京男几乎已经打红了眼，一脚将“推土机”踹飞出去，又“呀”一声扑过去继续打。

就在这千钧一发的时候，一个人影突然斜插进来，只虚虚一扶，便轻而易举地抓住了董京男的拳头。

董京男正打得兴起，还以为是裁判，挥拳就想把那人甩到一边。

谁知道那人竟然没有被甩脱——不仅没有被甩脱，还神鬼莫辨地轻轻一脚，险些把董京男这样的空手道高手绊倒在地。

董京男趔趄半步，好不容易站稳身形：“你是谁？！”

他以为那人是裁判，谁知定睛一看，却是个十几岁的少年。

其实不仅是他，连裁判和观众也很莫名其妙，明明刚才台上还是两个人啊，那少年是什么时候跑上去的？怎么连个影子也没有？

那少年真是太清瘦了，看上去不过十五六岁，可能还要更小一些。不知道是不是因为营养不良，皮肤比少女还要苍白，在擂台上强光的映照下，显出一种极度细腻的透明。

董京男有点难以相信。

就是这么个半大孩子，轻而易举地挡住了他？该不会是这些月国拳手，暗地里使了什么见不得人的手段吧。

他盯着那少年，少年也盯着他，半晌少年疑惑地问：“山地崇？”

董京男警觉地问：“你是什么人？想干什么？”

他的中文发音非常怪异，少年不知道有没有听懂，只又确认了一遍：“山地崇？”

董京男既不肯定，也不否认，又重复道：“你想干什么？”

VIP 席上的山地崇想说什么，然而又忍住了，目光阴沉地在擂台上逡巡。

少年安心了，觉得自己找到正主了，于是退后半步，道：“我要向你挑战。”

说话声音不高，还有些少女一般的斯文和安静，然而看台之下的观众却听得清清楚楚。

董京男自然也听清楚了，然而他的第一反应不是愤怒，而是觉得好笑。

一副难民般风吹就倒的样子，还是个半大孩子，竟然要向桑国一流的空手道高手挑战？

“你说什么？月国人，你说要向我挑战？”

少年有点疑惑，心想：这桑国人难道听不懂吗？于是又加重点点头，说：“嗯。”

酒吧老板紧急招来侍应生：“快去打听打听那孩子是什么人！”

山地崇也招来保镖，皱着眉问：“那是什么人？”

少年似乎对四面八方的好奇视线没有反应，口气淡淡地问：“桑国人，难道你不敢应战？”

这话说得相当慢，一字一句非常清晰，董京男的血立刻就冲上了天灵盖，暴吼道：“你说谁不敢？！你要战便战！如果我输了……”

“如果我输了，我也没有钱给你，只有这条命。”那少年打断了董京男的话，慢慢脱下黑色夹克，十分珍惜地叠好放到脚边，又说，“如果你输了……”

不知道为什么，他说这话的时候神情很放松，却有种让人不得不正视的威严。

董京男脸色变了，只听那少年道：“如果你输了，我也要……取你性命！”

观众席上一片轰然！

董京男嘴唇抖动了一下，说：“月国人，你这是要签生死状了，是不是？”

生死状！

早几年的黑市拳擂台上，旧有冤仇的拳手遇上了，也会签下这样的生死状，在擂台上往死里打，万一发生不测，家人不可寻仇，更不可报案。

在这样的规矩下，曾经发生过不少伤及人命的事件，一概被厚厚的钞票掩盖了。

但是后来连续几次扫黑，整个行业风声紧了，也就没人敢让拳手签这样的东西了。在平常的比赛里，连普通的流血事件都要尽量避免，何况是出人命。

所以董京男此话一出，酒吧老板整个人都僵了——他虽然面子大，但是所有的关系人情都是靠钞票砸出来的，不出事情还好，万一出了事情，那些钞票堆出来的情面还值几分，谁又说得准？

他正要大吼阻止，山地崇霍然起身，对手下喝道：“去！准备生死状！”

“山先生……”

“告诉那小子，我们桑国人不怕他！要打就堂堂正正地打，决出胜负，生死论之！如果我们输了，要死要活随他！如果他输了，我们也绝对要他的命！既然敢挑战我们山氏家族的尊严，就要有用命来偿还的觉悟！”

手下吼道：“是！”紧接着飞跑下去准备文书。

酒吧老板眼前一黑：“山先生，千万不可啊……”

山地崇瞥了他一眼，非常轻蔑：“你放心，连累不到你身上。”

酒吧老板只得徒劳地劝：“董先生是贵客，万一有个闪失可怎么办？”

“放心，那人竟然挑战董君，明年的今天，就必定是他的忌日！”

这话说得太狂妄，周围的观众都有点儿按捺不住，纷纷对这桑国人怒目而视。

本来签了生死状的人，也有决不出生死的，最多打断了骨头打伤了肉，自己忍气吞声地回家疗伤，不敢找赢家的麻烦，可这还没开打就口口声声要对方的命，而且还是几个桑国人，这也太过分了些。

那个桑国保镖很快准备好文书，一式两份，拿到台上去给两人分别签名，又按下手印，董京男签完字，把笔狠狠一扔，冷冷地道："你会后悔的，月国小子。"

那少年在签名的地方认真画了个圆圈，又按下手印，说："不会的，谢谢。"

董京男简直气疯了，他觉得一切都荒谬无比，那少年的每一句话、每一个表情，甚至每一寸头发丝，都让他觉得自己的尊严受到了巨大的挑战。

他从来没有这样愤怒的感觉，全身上下每一根神经都在叫嚣着要把那少年狠狠撕碎，踩在脚下，让他粉身碎骨，付出代价！

裁判叫开始的话音一落，他就立刻扑了上去！

瞬间，观众席上响起一片惊呼，因为董京男的动作实在是太快了，并且严严实实地封住了少年几个闪避的方向，到底是空手道的一流高手，就算被激得没了理智，身手动作也不是可以小瞧的。

那孩子到底行不行啊？别真的被人打死了啊！

观众席上有胆小的、心软的，这时候已经真的叫了出来。

然而少年的表情还是很安然，甚至有点儿漫不经心，只轻轻退去半步，也不知道怎么回事，就突然从董京男的攻势里退出来了。

他动作也不见得多快，却是真真切切的四个字——神鬼莫测。

董京男心里一惊，几个回旋踢狂风暴雨一般劈了下去，那攻势凌厉非常，连山地崇都叫了声："好！"

然而少年接连几个闪避，似乎很轻松一般，左边一闪，右边一闪，脚下踩到他之前放在地上的外套，还轻巧地转了个圈，接着突然伸手在董京男的肩膀上拂了一下。

如果不是场景不对，对象也不对，他那轻轻一拂，看上去简直像少女为情人拂去肩上的落叶一般。

然而董京男却仿佛蒙受重击一般，身体晃了晃，"啊"的一声狂吼，被拂到的半边身体瞬间垮了下去！

观众席上一片惊呼，人们纷纷站了起来，大叫："打得好！打得好！"

董京男眼里血丝密布，挣扎着要攻击少年的下盘，却只见那少年轻巧一跃，单脚在他膝盖上一点——

董京男心里大叫不好，却已经来不及了。

电光火石之间，少年单脚踩在董京男的膝盖上，整个人三百六十度回转，凌空一腿将董京男沉重的躯体瞬间抽飞！

那一脚的分量几乎是致命的，董京男弧线状飞砸出去，脊椎落地，发出可怕的碎裂声，几乎是同时，少年一个箭步将他踩在了脚底，居高临下地喝道："山地崇！"

那一声怒喝像被加了扩音器一般，带着震慑人心的中气，整个建筑都仿佛被他狠狠地震了一震。

只见他双指并拢，微微弯曲，指甲在强光下反射出锋利的光："给我去死——！"

双指裹挟着厉风而去，董京男瞬间发出一声撕裂喉咙的惨叫！

啪！

没人看清山地崇的动作，在董京男倒地的瞬间，他就飞快地翻上了擂台，那一瞬间，他头脑空白，几乎什么也没有想，只能在最后一秒堪堪抓住了少年的手腕。

少年双指直指董京男左肋下肘尖前端，再往下一厘米，便是章门穴了。

董京男还不知道，山地崇却明白，他已经在生死线上走了一个来回。

熟知月国功夫及门派的他知道月国功夫里有一句话——百会倒在地，尾闾不还乡；章门被击中，十人九人亡！

人体周身七百二十穴，一百〇八要害穴，三十六致命穴，九个重门死穴，此道高手轻轻一点，便能顷刻致人猝死！

这少年是个高手中的高手，他今晚，是真正来杀人的！

"我才是山地崇！"山地崇喘着气道。截住那少年手腕的瞬间，他觉得自己手掌上的经络全都麻痹了，连说话都涩涩地发不出声来。

"我才是，我才是山地崇！你是什么人，跟我有什么仇？"

"……"

少年有一瞬间没有出声，目光一寸一寸，从被他踩在脚底的董京男身上移到了山地崇脸上。

他的脚踝非常纤瘦，白运动鞋已经破了洞，露出脚趾来——这么冷的天，他竟然没穿袜子。

但是当他把脚踩在董京男身上的时候，那力量却仿佛泰山一般沉重，那分量别说挣扎了，董京男连呼吸都难以做到。

"你是什么人？"山地崇的声音颤抖着，充满了无可奈何的屈辱和不甘，"我跟你有什么仇，你要下这样的、这样的杀手？！"

少年沉默地盯着山地崇的脸，这样近的距离，山地崇可以从他明澈的眼底看见自己恐惧的倒影。

“我叫叶真。”那少年道，“我来报，我家乡故土三千人命的血海深仇。”

山地崇瞳孔紧缩，瞬间，只见少年闪电般抽手，他还没看清发生了什么，便只觉得胸口微微一闷，仿佛被什么点了一下。

他低下头，见少年双指抵在了自己胸部的鸠尾穴上，奇怪的是他没有感觉什么异常。

那少年收回手，把脚从董京男身上移开，居高临下地对他说：“我留你一条命，回去告诉山氏家族：杀了山地崇的是方川叶家的幼子叶真，我故土三千人命的泼天血仇，总有一天要上门讨还。到那时，这世界上将再也没有一个人敢姓山。”

董京男受伤太重，血线沿着嘴角滴落在地，只能从喉咙里发出“咯咯”的声音，一句话也说不出来。

少年捡起外套，非常小心地穿在身上，转身走下了擂台。

他们刚才在擂台上的一番对话，观众席上是听不到的，那些人看少年走下擂台，还以为他赢了，放过那两个桑国鬼子了，于是纷纷为他喝彩叫好。

其中有些狂热的小伙子，还拼命挤到他身边去拍他的肩膀，大声笑道：“哥们儿，练得不错啊！真有两下子！”

少年低着头，匆匆挤出人群，搭乘电梯跑到了酒吧一楼，迎宾小姐看他走来，眼睛一亮，但是还没来得及说什么，便见他微笑了一下，推开水晶玻璃门大步走了出去。

大街上寒风刮过，少年缩起肩膀，深深地低下头，只看见被风吹得通红的耳朵尖。

就在少年的身影融入车流，仿佛一滴水掉进大海的瞬间，酒吧负一层的擂台之上，山地崇的鼻子里突然流出血来。

他自己还恍然不觉，一边弯下腰去扶董京男，一边对保镖吼道：“叫救护车，叫救护车！”

“少、少爷，你流鼻血了！”

山地崇疑惑地抬手一抹，然而已经来不及了，他眼底、耳洞、嘴巴里突然同时鲜血汩汩而下，就像止不住的小溪，顷刻间整个人就仿佛从血里捞出来的一般。

保镖已经吓呆了：“少爷、少爷！”

山地崇还不知道发生了什么，他想伸手呼救，然而说话的功能仿佛瞬间被夺走了，只来得及发出一声虚弱的喘息，就“轰”的一声颓然倒在了地上。

尖锐的惨叫顿时爆发，响彻云霄。

第2章

叶十三

贰

夜幕降临，叶真小跑着穿过小巷，飞快地钻进一家小饭店的后门。

厨房里正忙得热火朝天，胖胖的大厨见他进来，立刻伸手在他头上拍了一下:“上哪儿晃去了，正找你呢！快快，把这两盘菜给三号桌、四号桌送去！”

叶真慌忙“哎”了一声，连衣服都来不及换，接了菜盘就往外冲。

大厨赶在后边叫:“小兔崽子！吃了没？给你炒个面条？”

“谢谢胖叔！”

正值饭点，大堂里到处是人。这家饭馆价格公道，味道也好，难得的是所处位置交通极便利，因此生意总是很红火。

老板夫妇为人不错，几个月前收留了无家可归又身份来历一概不明的叶真，看他小胳膊小腿的没什么力气，就让他在厨房帮忙，干点杂活，管吃住，一个月给五百块钱。

五百块钱虽然不多，但是叶真已经很满足了。

他一副久病成灾的模样，又没成年，还没有身份证，连父母的名字都说不出来。如果不是老板夫妇收留，他就真的要去睡桥洞了，因此叶真很珍惜这份工作。

他知道，在这里，没有工作，没有收入来源，是绝对活不下来的。

叶真手脚麻利地送完菜，一回头，只见门口那桌的客人在招手埋单，便立马从前台抽了单子，飞快地冲过去说:“七十八元，谢谢。”

那客人每天都来，叶真便每天瞅准这个时机，跑过去多看他两眼。

那人二十多岁，戴眼镜，面相非常斯文柔和，剑眉薄唇，按老话说是个标准的“人样子”。

他低下头去拿钱包，侧脸在灯光下显得非常优柔，叶真眼睁睁地盯着，恍惚想起记忆里另一张相似的温柔的脸。

那是他母亲的模样。

客人抽出张一百的大钞放到桌子上，叶真没有立刻去拿，视线在他脸上凝滞了一会儿。

“没有零钱，抱歉。”客人误解了他的意思，立刻又道，“不用找了，给你的。”

叶真脸红了:“不不不，不用，不用……”

那年轻客人对他笑了一下，起身走出店门。

叶真收了钱放去前台，然后望着那客人离开的方向愣了几秒钟，突然，他拔腿追了上去。

外边不知道什么时候飘起细雨，地上很滑，那客人转过街角，叶真踉踉跄跄地追上去：“哎……哎！等等！等等！”

客人挑起一边眉毛，疑惑地看着他。

“这是你的。”叶真飞快地脱下黑色夹克，双手递过去，“你那天丢在店里的，对不起，我穿了几天……嗯，如果你嫌脏的话，我可以拿去洗洗……”

客人的视线从外套上，转移到少年只穿了一件单薄衬衣的身上，顿了顿才道：“不用了，你留着吧。”

叶真抱着衣服，脸色发红，却忍不住抬头看那人的脸。

客人微微俯下身，这样他的视线就跟少年齐平了：“小弟弟，你叫什么名字？”

叶真嗫嚅着说：“叶十三。”

十三是他在家时的排行，自从来到这里，他就一直管自己叫这个名字，叶真这个本名倒是很少用了。

“你好，叶十三，”那客人说，“我叫龙纪威。”

叶真点点头，“啊”了一声。

龙纪威把外套展开披在叶真身上，漫不经心地问：“每次我去你们店里吃饭，你总是盯着我看，我们以前见过面吗？”

“……”

“天气冷了要多穿点儿衣服，你爹妈怎么养小孩儿的，你看你这鞋子都破洞了……你怎么还盯着我看？我脸上有什么东西吗？”龙纪威往自己脸上抹了一把，疑惑道，“没什么啊？”

他一手搭在叶真肩膀上，少年感到温暖的体温，鼻子不由得一酸。

“爹……”

“……”龙纪威呆了半晌，问，“你叫我什么？！”

叶真不管不顾了，几个月以来的悲伤、恐慌、彷徨和绝望，终于在这一刻爆发出来。

他扑进龙纪威怀里，紧紧贴着他的脸，哭喊道：“爹！”

龙纪威：“……”

半小时后，某大商场咖啡厅。

叶真全身焕然一新，深灰色羊绒围巾搭在肩膀上，雪白的衬衣领从黑色羊毛衫里翻出来，袖口露出干干净净的贝壳扣子，牛仔裤下换了一双厚底皮靴，再也看不到可怜的脚趾头了。

叶真好不容易停止抽噎，眼角还红红的，衬得皮肤越发透明。

龙纪威哭笑不得，问：“所以我长得像你爸？这也太扯了……小朋友，你家在哪儿？在上学吗？”

叶真小声道：“方川。”

“方川……你妈妈呢？”

“她死了，被桑国人杀了。”

“……”龙纪威满头问号，又问，“那你爸呢？”

“也死了。”叶真顿了顿，仇恨道，“被桑国人杀了。”

龙纪威有点儿抓狂：“那你应该在福利院待着，怎么跑到这里来？你是偷跑出来的？来打工赚钱？还在上学吗？”

叶真第一次听说“福利院”这三个字，痴呆半晌，默默摇头。

龙纪威丈二和尚摸不着头脑，感觉十分烦躁，又问：“那你是怎么跑到这里来的？你不是应该在方川吗？你爹妈是打工族？怎么会被桑国人杀了？”

打工族，这对叶真来说又是一个新词汇，他愣怔半晌，说：“我……我不知道。我上山去闭关一月，下山时全村的人都死了……我就往城外跑，看到很多桑国士兵……”

龙纪威：“……”

“然后我就——我也不知道怎么回事，总之就突然来到了这儿，我也不知道我是怎么来的。”

龙纪威：“……”

“好多好多血，我认识的人全被杀了。全村的人、全村的人都……连小孩都……”叶真深深埋下头，捂着脸的手掌剧烈颤抖，“街道上满是血，到处都是……”

龙纪威崩溃了：“这都是什么跟什么啊！那谁，叶十三小同学，你是不是上网上多了？网瘾综合征？你是从强制戒网瘾的管教中心里偷跑出来的吧？！”

叶真可怜巴巴摇头，眼睛红得像兔子一样。

他们两人对视半晌，一个表情崩溃，一个天真无辜。

叶真终于小心地问：“我可以跟你走吗？”

龙纪威深深感觉自己被打败了。

他扶着额头呻吟：“老子跟这年头的小孩真是有代沟了……叶十三小同学！你必须回福利院！对了，你今年多大？未成年吧？”

未成年人和成年人的区别在哪里，一直是叶十三小同学心底长期存在的疑问，于是他点点头，然后又摇摇头，就像只惶恐而无所适从的幼年小动物。

龙纪威心软了，问：“你是几几年出生的？父母叫什么名字？”

叶真立刻说：“新历两百三十五年。”

龙纪威："……"

正当龙纪威要打电话报警的时候，一只手从身后按住了他。

一个身材高大的黑衣男子笑嘻嘻地把龙纪威按住："别激动。方川，位于月国和桑国交界的无国界地带，一个隐世小镇，据说那里的人都是几百年前因为战争逃到那里的月国后人。新历两百三十五年……这位小兄弟，"黑衣男子笑眯眯地对叶真点了点头，问，"你几岁了？"

叶真无辜地道："十五。"

龙纪威把黑衣男子从肩上一把掀了下去，怒道："告诉过你多少遍了别在大庭广众之下蹭头蹭脸，你以为你是家养的卷毛旺财犬吗？！"

黑衣男子一跤摔倒，忙不迭地爬起来，道："如果你愿意我可以变成旺财犬的，卷毛直毛都可以，萨摩耶也没问题！"

龙纪威绝望道："你还是好好坐下来吧，稍微表现得像人类一点可以吗？！那个谁，侍应生，能不能别看了，麻烦你拿个苍蝇拍来把这个穿黑衣服的和这个小孩一人一拍送回到那美克星去，谢谢……"

穿黑衣服的人和叶真两人在咖啡店里填饱了肚子，吃饭的过程中穿黑衣服的这位一直跟叶真有一搭没一搭地聊着。他问话极有技巧，吃完饭的时候叶真只知道他叫玄鳞，而玄鳞却几乎把他的老底都翻清楚了。

三个人一起出了商场的门，玄鳞亲热地勾着叶真的肩，问："你有地方去吗，小兄弟？"

叶真猛地一顿："糟糕！"

他从店里跑出来，又没有跟别人打招呼，老板他们一定急坏了。

"我得回店里去跟他们解释清楚，胖叔还给我炒了面条呢，我今晚得守在店里……"

叶真掉头想跑，被玄鳞拉住了："别慌别慌，来叫声二爸，天大的事情二爸都给你搞定。来，来叫一声。"

叶真半张着嘴，茫然而无辜地盯着他。

"你不是管龙纪威叫'爸'吗？那你怎么也得管我叫'二爸'，来乖儿子，叫了二爸就跟咱们回家。"

"……"叶真立刻把求助的目光投向龙纪威。

龙纪威一边招手叫出租车，一边板着脸说："敢叫就真的不带你回家了，叶十三小同学！什么二爸干妈的！先回家去洗个澡，饭店的事情暂时别管了，关于怎么处理你的事我还要先想个章程出来。"

叶十三小同学低眉顺眼地乖乖地被龙纪威带上车，上了车便依偎在龙纪威身边，眼底有着生怕被抛弃的恐慌。

玄鳞从副驾驶座上回头看了他一眼，评价道："小孩儿受过惊吓，怪可怜的。"

龙纪威轻轻拍着叶真的背，大概是吃得饱穿得暖，车厢里又热烘烘的，没过一会儿叶真就睡着了。

这一睡就一直睡到小区楼下，玄鳞付了车钱，又把叶真扛回家，龙纪威收拾了一间空闲的卧房出来，把睡得人事不省的叶十三小同学安置了下来。

熟睡中的少年面颊带着微微的粉红，仿佛真正无忧无虑、不知人间疾苦的孩子。

龙纪威关门出来，玄鳞坐在客厅里，翻看叶真的旧衣服和破鞋子。

"不能再让他去小饭店了，这小孩儿肯定犯了事。"玄鳞示意他鞋面上星星点点的血，说，"新鲜的，人血，沾上还不到几个小时。"

龙纪威说："我怎么尽捡麻烦回来呢？一开始是你，现在又是这小孩儿……"

玄鳞立刻觍着脸道："你看你运气多好，一捡就捡个我这么好一搭档，再捡就捡个这么大的儿子！"

龙纪威面无表情地伸手一抵，把玄鳞英俊的脸挡在半米之外："二是会传染的，离我远一点儿！"

玄鳞手舞足蹈了半天，终于抓住龙纪威，说："我知道你是在意我的，不然不会跟我从龙城跑出来……现在怎么办？如果他真的来自方川……"

龙纪威问："你觉得他像精神错乱吗？"

玄鳞说："咱们儿子不仅不错乱，还聪明极了。"

"你能不能别提'儿子'这两个字了？算了，先让他上学吧，再给他弄个正当身份。"

玄鳞闻言，突然笑了。

龙纪威冷冷地问："你笑什么？"

"没什么，"玄鳞微笑着说，"我就在想，在龙城的时候人人都说你凶悍心狠，跟阎王似的，其实你最好对付了，又心软，又容易上当，万一有一天被人欺负了，可怎么办？"

说完，不待龙纪威回答，他又心满意足地道："不过也没什么，还有我呢……我是不会让你吃亏的。"

机场外，四辆漆黑铮亮的汽车齐刷刷停在路边，顿时引来周遭行人侧目。

几辆车里的西装男纷纷下车来恭候，第二辆车的司机又毕恭毕敬地打开车门，低头站在路边，这时，一位穿着素淡服饰的桑国老妇人，和一个约莫三十岁、戴墨镜的高大男人，在一圈随从的簇拥下，从机场天桥上疾步走下来。

老妇人的妆极为隆重精心，发髻也梳得一丝不苟，只是脸板着，紧紧抿着嘴唇，眼角便有些塌落，显得格外戾气逼人。

相比之下，那戴墨镜的男人虽然也不苟言笑，却只让人觉得威严沉着。他的身形在桑国人中算是相当高大挺拔的了，肩膀宽厚，腰背极挺，似乎是多年的练家子，从骨子里透出一种威重的气势来。

一群人疾步上了车，司机请示："山老夫人、顾少爷，我们是先去酒店安置行李，还是先去医院？"

老夫人终于把她紧紧下抿的嘴角动了一动，说："去医院！"

那个叫顾川的男人却淡淡地道："先去酒店。"

老夫人语气里不可避免地夹杂了焦急："你在说什么啊？阿崇到现在还没有醒，他可是你的亲表弟！"

司机从后视镜里偷觑一眼，只见顾川微仰着头闭目养神，一副充耳不闻的样子。

他迟疑了一下，紧接着踩下油门——是往酒店去的方向。

一群人先到酒店去放好行李，安置完毕，才从酒店出发去医院。

这时，顾川已经和老夫人分了车，挪到第一辆车里，他侧头问助理："山地崇来宁城之前去过方川？"

他会问这样的问题，显然已经把那天晚上发生在地下拳赛场的事情都打听清楚了。

助理肯定地道："没有，山少爷根本没有离开过宁城市区，更没有接触过当地黑帮。少爷在月国接触过的人很有限，我们排查过名单，根本没有姓叶的人。"

顾川沉思半晌，问："方川真的有个叶家吗？"

"这个……已经在查了。姓叶的人肯定不少，但是出名的叶姓武学世族根本没有听说过，更别提什么叶家幼子了……"

顾川沉默不语，刀削般硬朗的侧脸上没有半点表情，越发显得难以猜测。

助理小心翼翼地道："据董先生说，凶手自称是替三千家人报仇，可当时……难道是精神错乱？如果是精神病人行凶的话，倒是好理解了……"

"精神病人行凶，能在擂台上重伤空手道黑带八段的董京男？还能在众目睽睽之下，用手指轻轻一戳，把山地崇戳得重度昏迷两天不醒？"

助理嗫嚅着不敢说话。

顾川冷笑一声："说什么精神病人，分明就是山家惹到了不能惹的凶神，千里迢迢索命来了！"

老夫人在路上还能勉强撑住她那贵族世家的仪态，到医院一看昏迷不醒的儿子，顿时就撑不住了。

仅仅两天工夫，山地崇就仿佛变了一个人，他脸色灰白，眼皮红肿出血，脸颊泛着不正常的青灰，因为无法自主呼吸而戴上了呼吸器，乍一看倒是像睡了十年八年的植物人。

诡异的是，不论医生怎么检查，都查不出这位少爷到底哪里出了毛病——他的心跳缓慢，肝胆衰弱，心胸血管大面积破裂，按这个情况来看胸部应该遭受过重击，但是他的胸部骨骼却偏偏都好好的，一点破裂都没有。

难道有人“隔山打牛”，没伤到他的骨头，却隔着骨头打碎了他的内脏？

这怎么可能，又不是施魔法！

老妇人坐在床边，颤抖着手拉住儿子，半晌才惨烈地叫了一声：“阿崇！”

手下全都屏声静气站在一边，医生连大气也不敢出。

顾川坐在一边，脸色冷淡，一条修长的腿架在另一条腿上。

老夫人抽泣半晌，转过头来嘶哑道：“阿川，你觉得这到底是怎么回事？！”

顾川这才懒洋洋地站起来，伸手推开老夫人，解开山地崇胸前的纽扣。

只见他胸前剑突之下半寸的位置上，有个指头大的圆点微微发黑，仿佛是被什么撞了一下，留了个瘀青的痕。

顾川问医生：“前天送来的时候就有？”

医生忙不迭地道：“救护车到的时候还没有任何异样，入院的时候才发现有轻微的瘀青，但是没有发黑。这个黑点是今天早上才发现的，我们怀疑过皮下瘀血……”

“鸠尾穴。”顾川打断他，说，“任脉之络穴，人体三十六死穴之一，高手点之可造成腹壁震动，肝胆瑟缩，静脉破裂，心脏滞血。若无人解穴，必死无疑。”

医生仿佛听到什么天大的笑话：“啊？！”

老夫人却没有笑，她脸色猛地惊慌起来，那是即便是贵族礼仪也掩饰不了的骨子里的惊恐和慌张。

“您应该听说过吧，山老夫人，您的父亲就是这样被人杀死的。不是死于刺刀或子弹，而是被人在天灵盖上轻轻一指就瞬间毙命了，而且山氏家族的那位家主就是死在方川，真是巧合啊。”

山老夫人的脸色顿时极度难看起来，半晌才冷冷地问：“这就是传说中的点穴功夫？你一定有办法的吧，顾川！如果是别人的话就罢了，如果是你的话——”

顾川站在病床边，居高临下地看着形容枯槁的山地崇，脸色深浅莫测。

老夫人瞳孔微微一紧。

她知道顾川名义上是当年山氏家族大小姐的儿子、山地崇的表哥，但是实际上，他母亲早在三十年前就和娘家断绝关系了，这个男人和山氏家族半点血缘关系也没有，他甚至只有一半的桑国血统。

当年，这个男人之所以能上位，是因为在他之前的几个堂兄都莫名其妙地死了，他上位之后一年，几个堂弟又莫名其妙地残了。顾川做事情极其细致，到现在为止都没有任何证据能证明，他那几个堂兄弟的“意外”跟他有任何关系。

这样一个人，你能指望他像个热心又和善的表哥一样，不辞辛苦为表弟疗伤吗？

老夫人紧紧盯着顾川，嘴巴一动，刚要说什么，被顾川一抬手挡了下来。

“解穴比点穴难千万倍，但是我会试试。”

老夫人嘴巴一抿，唇角再次显出严厉的皱纹：“你有什么条件？”

“救自家表弟的命，要什么条件？”顾川淡淡地笑了一下，眼底的寒光却冷得像刀锋一样，“不过阿崇受了伤，山氏家族一定没有精力处理其他事情，说不得，只好让我替亲戚出头，亲自去查那个重伤了阿崇的凶手了。”

桑国山氏家族的贵客在医院里盘桓了整个上午，出来的时候已是饭点，老夫人心事重重的被人伺候去用餐，顾川却直接坐车去了市中心。

司机忍不住从后视镜里偷偷看他，只见他的样子比去医院时疲惫了不少，额间有细细的冷汗，脸色甚至有一点发灰，而他的表情，却比平时更加阴沉冷漠，让人一看就胆战心惊。

车停在市中心那家出事的酒吧门口，手下恭恭敬敬地推开门，顾川大步走进厅堂，只见里边冷冷清清，店面被山氏家族的保镖团团围住，桌椅被打翻得一地都是。

酒吧老板和迎宾小姐两人被押在包围圈中间，两个人都吓得瑟瑟发抖。

顾川一进门，助理立刻快步走来，欠了欠身道：“已经问出来了，那天在擂台上距离太远，没什么人看清凶手的样子，唯一近距离跟凶手说过话的只有那个迎宾的女人。根据她的说法，那人看上去就是个中学生，可能只有十几岁而已……”

说到这里，助理的表情有点古怪：“而且非常瘦，穿着破烂……根据她的描述，我让人画了像出来。”

边上的人递来一张图纸，只见上边画着个少年，十五六岁，身材清瘦，头发凌乱，五官带着少年人那种不辨性别的中性的俊秀，但是眉骨清挺，鼻梁笔直，眼神又非常凌厉，看上去有种居高临下、不可侵犯的意味。

顾川手下能人众多，这画像看上去，跟叶真本人起码有三四成相似。

“这个一只手就能被捏断脖子的小孩，真是打倒了董先生的人吗？董先生可是国内鼎鼎有名的高手！顾川先生，恕我冒昧，我实在是不敢相信……”

“月国功夫是很玄妙的。”顾川淡淡地道，“俗话说得好，‘真人不露相’，月国这么大，人口这么多，你永远也不知道在这片辽阔的国土之上，隐藏了哪些不露相的‘真人’。”

他的手指从画像里叶真的脸上轻轻抚过，仿佛摩挲着什么心爱之物。

助理看着他的表情，打了个寒战：“山氏家族已经把这个人恨到骨子里去了，如果我们抓住他的话，是否需要……”

他做了一个抹脖子的手势。

“暗杀他？”顾川唇角浮现出一点冷酷的弧度，“不，这种天赋奇才的强者，只能死在一对一的公平对决里，只能，死在我的手上。”

他把画像折好，放在西装胸口的内袋里，淡淡地道：“去这座城市的所有武馆、武校搜查这个少年的踪迹，另外，去向当地的黑帮打听，不管用什么方法！这样特殊的一个人，除非他是从天上掉下来的，否则不可能一点痕迹都不留下！”

所有手下瞬间挺身，九十度鞠躬：“是！”

第3章

转学生

叁

“从天上掉下来”的叶十三小同学，早上六点钟起床晨跑，打拳，七点钟神清气爽地回家吃饭，路过浴室时看见一个人赤裸上半身，俯在梳理台边洗脸，于是顺口叫了声：“爸！”

玄鳞头也不抬：“你爸在客厅！”

叶真说：“哦，谢谢叔叔。”

“叫二爸！叶十三小同学！你想挨打吗？！你爸昨天可是被老子打得跪地求饶……”

叶十三小同学选择性无视了他，走到客厅一看，龙纪威正坐在餐桌边打电话。

“好了，别唠叨了，哥在宁城过得不错，抽空你再给我寄点特供的茶叶来……姓韩的要是欺负你了，你一定记得跟哥说啊，哥帮你弄死他……老龙很好，我也很好，就是咱儿子的教育问题要费点神……好了楚慈，提醒韩越别忘记给咱儿子上户口啊，还要念书呢。不说了，在吃早饭呢。”

叶真坐到龙纪威身边，抓了根油条泡豆浆，吃得满嘴是油。

龙纪威挂了电话，摸着叶真的脑袋说：“赶紧吃，吃完让玄鳞送你去学校。”

叶真乖乖点头，问：“户口是什么？”

“户籍证明。”

龙纪威见叶真又要张口，立刻断然道：“不准问东问西的，叶十三小同学！小孩子家家的不要这么多话，你想挨打吗？！”

叶真说：“我保证是最后一个问题，爸，玄鳞叔说你昨晚被打得跪地求饶，是真的吗？”

龙纪威：“……”

龙纪威踢开浴室的门，片刻后传出了玄鳞鬼哭狼嚎的求饶声：“我错了！我错了！我只是顺口说说而已！哎哟，不要打头！”

叶真小同学赢了。

叶真即将入读的学校是市郊一座私立贵族中学，校长和龙城韩家曾经有点不可说的交情，所以目前身份问题尚未解决的“黑户”叶真，被果断地塞进了这座学校的初中三年级。

龙纪威的理念是小孩子一定要念书，就算将来没什么用，书也是一定要念的。

玄鳞把叶真丢在学校门口，摇下车窗，声色俱厉地警告：“第一天上学给我老实点，臭小子！不准聚众打架闹事，不准偷看女生更衣间，不准偷偷摸女老师屁股，最重要的一点是不准乱说话！否则连二爸我也保不了你！”

叶真说：“知道了，谢谢叔叔。你被龙纪威敲了俩爆栗的头还疼吗？”

玄鳞：“……”

玄鳞愤怒地踩下油门，扬长而去。

叶真耸了耸肩（这个动作是他从电视上学来的），挎着书包，慢慢往学校里磨蹭。私立学校的校服好看，浅灰色的V领羊毛衫，白衬衣领子翻出来，露出一小截蓝色领带。笔直的长裤很好地修饰出少年精悍漂亮的身形，龙纪威给他买的黑皮鞋踩在地上，发不出半点声音。

路过的女生们有的回头来看他，捂着嘴巴发出偷偷的笑声。

叶真恍然不觉，一个人在教学楼附近转悠了半天，终于拽住一个路过的学生问：“初三一班在哪里？”

那男孩奇道：“我是初三一班的，你是谁？”

“新来的。”

“哦，怪不得不认识你。”男孩点点头，热心道，“要上课了，一起走吧。你叫什么名字？”

“……叶十三。”

“我叫卫鹄。”两人默默走了一段路，卫鹄终于忍不住问，“你真的叫叶十三？这名字……”

叶真说：“很好听对吧。”

卫鹄嘴角抽搐了两下，什么都不说了。

对于新来的人，学生们的态度总是警惕里掺杂着好奇。

学校是缩小版的成人社会，一个班里新来了转学生，就像一个公司里来了个空降兵，大家都忍不住要窥视他，又矜持地装作不好奇，实际上都已经不在听课了。

外语老师是个年轻姑娘，从讲台上看下去，所有人的小动作都一清二楚，她用粉笔在黑板上敲了敲，问：“下一段课文有人能给大家念一念吗？”

没有人举手。

前排女生掏出小镜子，利用反光偷看那个坐在后排的俊秀少年。

老师笑起来，点名：“那个新来的叶十三同学，你来给大家念课文……哦，你没有书？卫鹄借给他一下。”

卫鹄忙把书推过去，偷偷在课文里的某一段上指了指。

于是整个教室的人都光明正大回头，炙热的目光差点把这位“新来的”烤出一个洞。

“……”叶真盯着课本上扭曲的蝌蚪文字母，说不出半个字。

“念啊，念啊。”卫鹄低声催促，沐浴在整个教室热烈的目光里，他连头都不敢抬一下。

“……”叶真还是沉默，半晌，面无表情地道，“对不起，我不会。”

教室里顿时响起一阵低低的嗤笑。

女老师不生气，问：“什么都不会？至少一两句话是会的吧。”

“不会。”

“肯定有一两个词是会的啦。”

“真的不会。”叶真顿了顿，难堪地说，“我没学过。”

教室里有人吸气，女老师也惊了一下，问：“你以前是哪个学校的，外语课没上过吗？”

“我没上过学。”叶真梗着脖子，眼睛却紧紧盯着讲台，下定决心不看别人脸上的表情。

他开始想回家了。

他告诉龙纪威自己没上过学的时候，龙纪威可没有惊讶，甚至玄鳞也没有露出不可思议的表情。

“好……好吧……你先坐下，我们下课再谈。”女老师也傻了，几秒钟后才反应过来，“卫鹄，你来替叶十三把这段课文念了。”

叶真“扑通”一声坐回椅子上，低着头看课桌上油漆细微的裂痕，卫鹄立刻站起来，用一种他听不懂的叽里咕噜的语言念蝌蚪文。

叶真赌气想：不就是没上过学吗？我还不稀罕呢！

叶真以为中午玄鳞会来接他回家，然而他失望了。

因为地处偏僻，这座学校中午几乎没什么人回家，大家都是在学校吃午饭，当然，贵族学校嘛，家里有钱的小孩多，中午招辆出租车去酒店聚餐的更多，在学校里午休的学生就比较少了。

叶真摸摸口袋，里边有龙纪威给的五十块钱。

去买点儿什么吃呢？叶真在食堂门口转了一圈，看里边很多学生三三两两叽叽喳喳地说话，便默默退了出来。

仍然有很多人偷眼看他，想跟他搭话，但是叶真毫无察觉。

他毕竟是个半大孩子，自尊心还是很强的，上午上课出了个丑，便觉得全世界的人都在笑话他，都在议论他。

实际上他们只是好奇，还有一些女生其实只是想要他的电话号码。

叶真晃悠着出了校门，沿着马路慢慢往前走，路边不少零售店，还有五金材料、快捷旅馆之类，叶真一路走一路好奇地打量，很快就出了学校所在的那条街。

街拐角处出现了另一座学校的围墙。

叶真遥遥地看了眼，学校门口招牌上的几个字他都认识：宁城长山武术学校。

武术学校？这是什么，武馆？

叶真捏着下巴想了想，明白了，应该就是类似于武术门派这样的地方，要不就是武馆。他上的学校是私塾，这里则是武师父开堂收弟子的地方。

他深深觉得自己去错了学校，这里才是他应该来的地方！

于是，想明白了的叶真探头探脑，想溜进武校里去逛一逛，无奈武校是全寄宿制，平时大门紧锁，非本校学生出入需要登记，他是无论如何也溜不进去的。

就在叶真失望地缩回头，准备顺着原路离开的时候，突然肩膀被人重重一拍："这小子干什么的？喂，问你话呢！"

几个面色不善的年轻人围成一圈，把叶真严严实实地围在中间，这群人身上都穿着红色的运动服，头发剪得千奇百怪，拍叶真的那个人后脑勺剃光了，前边刘海倒是留了一大撮，跟扫把似的。

叶真不知道他是碰上武校的小混混了，只觉得好奇，盯着那个"扫把头"看了好几眼，琢磨着这人脑袋后边是起癣了吗？要不怎么把头发剃光了呢？

"扫把头"立刻就不爽了："喂，问你话呢！你盯着老子看干什么！"说着伸手就推了叶真一个趔趄。

大中午的，路上没什么人，就算有，也都低着头缩着肩匆匆过去了。

叶真却半点没感觉到危险，老老实实地道："我随便逛逛，本来想进武馆看看的，进不去，我就出来了。"

小混混们嘎嘎笑："想进武馆看看？这里也是你想进就能进的？哈哈哈哈……"

这笑声让叶真有种本能的、恶意的感觉，他推开"扫把头"，说："我走了。"

"扫把头"立刻一把抓住他："让老子看看，哟，这校服是隔壁中学的嘛！有钱人家小孩儿啊！"

小混混们不怀好意地笑了起来。

"看这小白脸样儿，先别慌着走嘛！借点钱来花花。""扫把头"伸手去摸叶真的口袋，没摸到钱包，却摸出张五十的钞票来，"哟，只有这么点儿？"

他立刻伸手去推叶真："还有呢？都交出来！"

谁知道这次叶真没这么好推了。"扫把头"的手还没沾到叶真的衣角，只见叶真挥手轻轻一拂，就穿花拂柳一般，瞬间把他手挥到了一边。

“扫把头”一惊，只觉得自己的手眼睁睁就推了个空，顿时火了，一拳挥上去：“臭小子，你识相点儿！别敬酒不吃吃罚酒！”

叶真眉头一皱，“啪”的一声轻而易举地把拳头挡在右掌上，左手两指并拢如剑，在“扫把头”手臂上迅速一点。

“啊！”“扫把头”瞬间惨叫一声，只觉得半边身体全麻了，从肩膀到脚底被电打过一般，他想站却站不稳，“扑通”一声摔倒在地！

小混混们见势不对，顿时扑了上来。

“你干什么？！”

“抓住他，抓住他！”

“敢跟老子动手！揍死他！”

吼叫声响成一团，叶真在扑上来的几个人影中轻轻退后半步，左右双手食指在两个人脸颊上同时一点，顿时又有两个人惨叫着翻倒在地，捂着腮帮不能言语，然后他单脚立地，瞬间一记迅猛的旋风踢，把第三个人扫出了几步之外。

剩下三个大惊失色！他们几个在武校里手上功夫都算是数一数二的了，谁知道跟这少年交手，刚打个照面，自己这方就瞬间倒下去四个！

一个染黄发的按捺不住，两步飞踏上墙，凌空转身踹向叶真的背，谁知道叶真好像背上长眼一般，连看都没看，反手就在黄毛飞踹过来的小腿上重重一拍！

黄毛撕心裂肺的一声惨叫，捂着小腿滚倒在地，那叫声活像腿骨被打碎了一般。

最后两人对视一眼，看样子有点瑟缩。

叶真问：“还打不打？”

两人都不敢说话，叶真又问一遍：“还打不打？”

“……”

叶真于是弯腰捡起“扫把头”丢在地上的五十块钱，揣进兜里，抬脚跨过黄毛痉挛的身体往前走去。

就在擦肩而过的瞬间，那两人互相使了个眼色，同时冲上来抓叶真的左右手！

“啪啪”两声轻响，叶真看都不看，一手一个抓住两人的手腕，像扔口袋一样随随便便地往前一抛！两个大活人，瞬间被他一左一右扔出几步之外！“砰砰”两声落地之后，两人连叫几声都不敢，连滚带爬地拼命跑远了，其中一个还连续跌了好几跤。

叶真回头望着他们的背影，遗憾地摇了摇头。

这座武馆这么大，弟子却这么没用，一定不是家好武馆吧，怪不得龙纪威没把自己送过来，龙纪威的决定总是正确的！

就在叶真感叹这年头习武人才凋零，偌大个武馆竟然没有厉害高手的时候，宁城的另一家著名武馆迎来了一批不速之客。

泰峰武馆的弟子下午刚打开大门，就见一排身着空手道队服的男人站在门外，一色的人高马大、神光内敛，站在那里像山一样，让人看着心惊胆战。

馆长匆匆赶出来，还没来得及开口询问，一个助理就彬彬有礼地递上名片："赵馆长您好，我是桑国顾家的助理原浸纯，请问贵处的弟子中间有这样一个人吗？"

助理一使眼色，立刻有人展开画轴——画像上是个十五六岁的清瘦少年，眼神低垂，相貌俊秀，侧脸的线条极其硬气。

馆长辨认半天，疑惑道："这……认不出来。请问您有何贵干？"

助理偷觑顾川的脸色，顾川穿着西装，遥遥站在车门边上，脸上沉沉的，看不出表情。

助理叹着气把画轴一收，道："贸然上贵处叨扰，实在是不好意思。贵处武师技艺高超，门下弟子众多，鄙人早已久闻大名，可惜始终缘悭一面。"

馆长终于稍微有点领会他的意思了："请问有何指教？"

助理一招手，十几个空手道黑带同时往前一步。

只见他笑道："那就请贵处多多指教了！"

半个小时不到，武馆大门再次打开。

顾川走在最前边，衬衣袖子卷到手肘上，露出古铜色肌肉结实的手臂，助理手上搭着他昂贵的西装外套，跟在身后亦步亦趋。

十几个空手道高手横成一排，步伐整齐，面无表情。

原浸纯笑道："盛名之下，其实难副，我算是知道这句话的意思了。说是著名武馆，其实连我们的小手指都比不上，这种地方想必也培养不出能秒杀董先生的高手吧。"

顾川淡淡地道："不要掉以轻心，万一真碰上了那个凶神，你们都不够他填牙缝的。"

这次连他身后的十几个高手都毕恭毕敬地低下头道："十分抱歉！"

顾川不以为意，说："接下来就以这里为起点，横着扫遍这座地区的黑白两道，哪怕只是一点线索都不要放过，直到找出那个少年的踪迹为止。"

他伸手打开车门，手下站在身后，齐齐九十度鞠躬："是！"

玄鳞天天早上送叶真上学，龙纪威便晚上放学来接，接完儿子后两个人沿路觅食，觅完食回家，玄鳞大多数时候都在家无聊地看电视连续剧。

如此两星期，叶真终于发现了问题：“爸！玄鳞叔叔怎么从来不跟我们一起吃饭？”

玄鳞说：“叫二爸，叶十三小同学！你二爸我晚上已经吃过……哎哟！”

龙纪威淡定地收回拳头，说：“他不吃我们吃的东西。”

玄鳞蹲在沙发脚上哀叫，叶真眯眼打量着他，越看越觉得这人有问题。

这是习武之人的直觉，虽然他不知道这个黑衣男人的底细，但是能感觉到他不一般，跟周围的人都不一样。

玄鳞愤怒道：“看什么看，叶十三小同学！你的家庭作业为什么一个字都没有写？老师评语很差劲你知道吗？！还不快滚过来请亲爱的二爸我辅导你做数学作业！”

叶真靠在龙纪威身边，就像依偎着鸭妈妈的小鸭子一样，漫不经心地道：“不用了，谢谢叔叔，明早会有同学帮我写作业的。”

玄鳞疑问：“有这么好的同学？”

龙纪威冷冷地道：“你应该关心的重点是这小子让同学帮忙做作业吧？”

“不不不，我一向认为数学扼杀了人类幼儿的天性，我很高兴有人愿意代我儿子去死……儿子，你上哪找的这么好的同学？”

“不知道啊，”叶真无辜地道，“一开始是卫鹄，但是他不情愿……”

“不情愿还帮你写？”

叶真说：“打到情愿嘛。”

玄鳞：“……”

龙纪威：“……”

“后来前排的女同学自愿帮忙代写，卫鹄就把工作让给她了，哎呀，那姑娘其实也不会写，但是有很多男生愿意帮她。”

玄鳞不可思议地道：“所以那姑娘让讨好她的男生帮你写作业，以此来讨好你？！”

“什么叫讨好？”叶真想了想，卖弄他新学的词汇，“这叫团结友爱，互帮互助。学校里老师教的。”

“不不不……儿子，老师教这两个词不是让你们互相帮忙写作业的……算了，这也是一种本事。”玄鳞扶额长叹一口气，又把儿子拉过来仔细端详，半晌，突然沾沾自喜地道：“这小子生得不错！就算将来考不上大学也不愁没饭吃，太好了！”

龙纪威一把将叶真拉回来，怒道：“你想给他什么乱七八糟的职业建议！叶十三小同学，以后不准抄同学的作业，更不准让人代写，给我乖乖地自己写！”

叶真唯唯诺诺地答应了，龙纪威又教育他：“考个好大学出来，再安安稳稳地当个公务员。男孩子别靠脸吃饭，知道吗？以后回龙城叫楚慈给你补习功课，楚慈上大学的时候每年都拿奖学金……”

叶真又乖乖答应，龙纪威终于满意了，命令道：“去睡觉吧，小孩子睡觉时间不应该晚过十一点。”

于是“爹控”叶真小同学颠儿颠儿地跑去洗澡，穿着龙纪威给他准备的奶牛花纹长袖睡衣，极具喜感效果。

浴室门一关，玄鳞瞬间移到龙纪威身边，阴森森地道：“男孩子不应该靠脸吃饭？”

龙纪威：“……”

“当年老子就是看中你长得不错！一溜儿小孩都跟地里刚拔出的萝卜似的，就你嫩生生水灵灵，还穿着个粉红褂子，看着可下饭了，老子一看就有了食欲……”

龙纪威冷冷地道：“然后就差点儿把我吃了。”

“是啊，可惜你给老子下套，害得老子不仅没饭吃，还白赔了一甲子光阴任你驱使……说起来还是因为你长得太漂亮……”

“玄鳞同志，”龙纪威说，“我明明记得你在这一甲子的时间里也挺开心的……”

玄鳞坚持：“我那是一时糊涂！”

“那你可以就此醍醐灌顶，大彻大悟，然后潇洒地一走了之，说真的，我早就想把你扫地出门了……”

玄鳞一个激灵，惨叫道：“你说什么呢！开玩笑吧！”

龙纪威挑起一边眉毛，悠闲地哼着歌。

玄鳞立刻做大哭状：“我错了！你是靠无敌的人格魅力征服我的！男孩子就不应该靠脸吃饭！明天我就督促叶十三小同学写一百道数学题！”

叶十三小同学从浴室里探出头，头发湿漉漉的，板着脸，一副面瘫状。

“玄鳞叔叔，”他说，“你能别说不过龙纪威就来欺负我吗？专拣软柿子捏这一点，我真的很鄙视你。”

玄鳞咆哮道：“叫二爸！还有，谁准你跟二爸这么说话的？！揍你哦！”

叶真朝他做了个不屑一顾的表情，穿着奶牛睡衣，堂而皇之地进卧室睡觉去了。

第二天，叶真小同学去学校，前排班花再次热情地表示要帮他做作业。

这次叶真拒绝了，说：“多谢同学，但是我答应我爸要自己独立做作业了……”

叶真对小姑娘说话的时候，眼睛从来不盯着人家的脸，而是稍稍有点偏移，显得有些漫不经心，又有点隐藏起来的害羞。

班花看着心痒痒的，嫩脸微微红了，大胆问：“叶十三！你……你有朋友吗？”

私立中学风气开放，班花的暗示也明显，可惜，叶真小同学并不能理解，直愣愣地说：“没有啊。”

班花专心致志地把玩着自己染成淡栗色的头发梢：“那……那咱们交个朋友，怎么样？”

“……”叶真这下有点儿懂了。

可惜，叶真同学对于“交朋友”的理解还停留在父母之命、媒妁之言的阶段，所以只能沉默半晌，说：“我爸说了……男孩子不能靠脸吃饭……所以对不起……”

班花失望地盯着他，眼眶顿时红了：“你讨厌我吗？”

叶真面无表情地盯着教学楼走廊上青色的大理石板。

“你怎么可以这样！”十几岁的小姑娘自尊心大为受挫，转头哽咽着跑了。

叶真没把这当作一回事，在他而言，这连所谓的“告白”都不算。在现代人的学校里待了这么长时间，他一直没能交到什么朋友，始终形单影只，没有人关心他，他也不关心任何人，他甚至连班花的名字都没记全。

叶真耸耸肩膀，上课铃响了，他回座位上去，继续睁着眼睛睡大觉。

然而没想到，这么一段小小的插曲，却引发了一连串的大麻烦。

那天中午放学之后，叶真的班级门口被人堵住了，几个人高马大的男生站在门口，领头那个满脸桀骜之气，抱着手臂懒洋洋地叫道：“叶十三是谁？识相点的自己站出来！”

“唰”的一声，满教室的人都回头去看叶真。

叶真单手拎着书包带，疑惑地坐在座位上。

卫鹄紧张地低声问：“你是怎么惹到这六人组的？”

叶真说：“啊？”

“你到底干什么了？好好的跑去招惹他们干什么？这下麻烦大了！”

“……”叶真说，“我确定我没见过什么六人组……六人组是什么东西？”

卫鹄怒道：“这帮人全是老师的宠儿！风云人物！隔壁班上的！年级前几名！领头那个叫毛庆熙，他爸是省里的官儿，平时老师见了他都赔着笑脸……”

叶真经历得再多，毕竟也只是个半大孩子，闻言心里有些羡慕：“那他们……学习成绩很好？”

卫鹄抓狂道：“当然很好！年级前几名呢，跟你这个倒数第一没法比！不不不，你到底有没有理解重点……”

他们说话这会儿工夫，年级风云六人组已经不耐烦了，领头那个毛庆熙用中指叩了叩门，提高声音道：“敢做不敢当是懦夫行为啊，叶十三！欺负了人家女孩子就不敢承认吗？”

叶真顶着全班同学火辣辣的目光站起身，神情无辜，半晌，他才茫然道：“同学，你认错人了吧。”

毛庆熙眯着眼睛打量他，目光居高临下，带着天之骄子特有的肆意和潇洒。

其实，他们这几个人在学校被追捧，除了家庭和成绩这两方面因素之外，本人生得一表人才也是个重要原因。女老师总是喜欢高挑瘦削、能搞运动，还有点桀骜调皮的小帅哥，女生则到处让着他们，宠着他们，不管在哪里都把他们当作目光的焦点——毕竟这个年纪，知慕少艾是人之常情。

而这几个人跟叶真站在一起一对比，差异就很明显地暴露出来了。

叶真身上没有任何时尚或流行的元素，他不出挑，孑然一身，默默无闻，待在人群的角落里，从来都不惹人注意，来了走了，都不会有人发现，但是当他单独站出来的时候，别人才会突然发现，啊，原来这个人长得这么好看，原来他往那里一站，竟然这样地显眼。

叶真的五官是极度标准的，虽然清瘦，但并不是瘦骨嶙峋，相反还很有劲道，甚至有些精悍的感觉。

毕竟是常年习武的人，且在武学一道上已臻化境，身材气场当然跟普通少年不同，跟那些温室里培养出来的孩子相比，是一个天上一个地下，完全无法相提并论。

十四五岁的少年缺少心机，那几个天之骄子看着他，脸上就明显带出了无法掩饰的敌意。

毛庆熙“哼”的一笑，懒洋洋地倚着门，对他勾了勾手指说：“给我过来！”

叶真站着没有动，冷淡道：“你给我过来。”

教室里抽气声偷偷响起。

毛庆熙一手勾着他哥们的肩，几个人不怀好意地笑道：“小屁孩儿很油头嘛，知道在教室里闹事情，好把老师引过来是不是？”

如果不是时机不对，一定有大片小女生对着他们这帮人桀骜帅气的笑容发花痴，说不定还要偷偷用手机拍下来。

事实上，现在已经有不少小姑娘开始两眼冒星星，就像看狗血八点档电视连续剧一样兴奋起来了。

叶真面无表情，盯着六人组望了一会儿，突然把包往背上一甩，穿过人群大步往前走去。

那几个人以为他出来应战了，顿时神经一紧，却只见叶真走到教室门口，脚步半点也没有停，直接跟他们擦肩而过。

毛庆熙脸色一寒，伸手就去抓他："给我站住！"

毛庆熙动作很快，眼看着就要抓到叶真的胳膊了，然而就在那一瞬间，他的眼前突然一空，叶真的手却近距离地出现在自己眼前。

电光火石间，他根本来不及反应，只觉得领口一紧，整个人就像被起吊机拎起来一样，瞬间在空中被三百六十度抡了一圈！

风声在耳边呼啸而过，惊呼声在充血的耳朵里无限远离！

那一刻，他脑海里，什么骄傲自矜、什么主持正义的冲动都忘了，只剩一个恐惧的念头，就是他马上就要头朝下栽到地上去了！

嘭！

毛庆熙眼前一黑！

然而，预想里的剧痛迟迟没有来临——叶真把他整个人在空中抡了一圈，然后头朝下往地上一掼，在那千钧一发之际，叶真伸出脚，用鞋面接住了他即将和地面撞击的后脑！

长久的震惊过后是手脚冰凉，紧接着热血冲脑，恐惧、后怕、难堪、恼羞成怒，这些情绪瞬间变本加厉地冲击而来，毛庆熙顿时发狂地爬起来，厉声道："你敢！你敢！老子让你好看！"

他猛扑过来，那几个吓呆了的天之骄子也二话不说，立刻冲过来抓叶真，叶真岂能被几个毛孩子抓住？电光火石间退去半步，手上根本没什么大动作，轻轻巧巧抬手一让一扣，就扣住了毛庆熙的肩膀。

这一扣是很讲究的，拇指抵在毛庆熙肩中俞穴上，中指、无名指、小手指抵在颈窝之内气舍穴上，手背青筋瞬间暴起，如铁钳般让人无法动弹，同时，食指往脖颈一侧扶突和天鼎两穴之间大血管上一指，瞬间就制住了人的死门。

这么简单的伸手一按，没有夏练三伏冬练三九、十年如一日的勤修苦练，是绝对没法练出来的。

毛庆熙顿时就发出"啊"的一声惨叫！

这一下可不得了，他只觉得自己生下来就没感受过这样致命的痛苦，简直就像千万根针瞬间扎入骨髓一般！

叶真喝道："还打不打？"

边上的几个男生扑过来，叶真一手按着毛庆熙，猛地一个回旋腿踹飞一个，厉声喝道："还打不打？！"

平时被千般宠爱、万般纵容的几个小帅哥，这下可屈辱到骨子里了，脑子一发热根本想不到其他，眼睛发红地往上扑，嘴里嘶声大吼着，耳朵里却嗡嗡地什么也听不清，那疯狂的样子，看着还真让人有点骇然。

其中一个更是红着眼睛吼道：“我要弄死你——”

叶真大怒，单手提起毛庆熙，就想往他们那帮人身上狠狠一掼。

其实他并没有真的下狠手，如果用足力气的话，他那一掼能把毛庆熙整个人从中间摔成两截！

就在这个时候，一个娇小的身影硬生生地冲了进来，只见班花抹着眼泪，抓着一个男生尖叫道：“别打了！别为了我打架！”

叶真：“……”

场面一时有些僵持，学生们一拥而上，拖的拖，架的架，把那几个天之骄子拉住了。

倒是叶真这边，没有人敢来碰他，甚至连看他的眼神都带着畏惧。

班花扑过来拉住叶真，梨花带雨地哭着哀求：“别打了好吗？别为我这样！”

“……”叶真问，“你是谁啊？”

四下里一片寂静。

叶真把毛庆熙往地上轻轻一摔，拍了拍手，扬长而去。

第4章

毛庆熙

肆

叶小恶霸聚众打架，欺负同学，很快便遭了报应——被拎进老师办公室罚站去了。

而事情的始作俑者，深受老师宠爱的风云人物六人组，则在教导主任的嘘寒问暖之下，被毕恭毕敬地送进了校医务室。

班主任气急败坏，指着叶真的鼻子呵斥："打电话！打电话叫你家长来学校！让他们带着你，好好给人家同学赔钱道歉！"

叶真梗着脖子不打电话。

于是班主任唾沫星子飞溅半天，怒气冲冲地走了。

结果晚上玄鳞来接儿子放学回家，在学校里遍寻不着，正巧遇上值日生卫鹄，在卫鹄小兄弟的指点下，终于找到了直挺挺地站在老师办公室门后的叶十三。

玄鳞听老师说明事情原委，自己也被痛斥一顿，感觉犹如头降天雷，险些把他劈得外焦里嫩。

"你们这儿子，真是该好好管管了！人家毛庆熙同学多好的孩子，他把人家打成那样！你说小孩之间能有多大仇恨，你儿子怎么下这么重的手？小小年纪心理这么阴暗，看不得别人好是不是？！"

玄鳞懵了，对老师一个劲点头："好好好，一定教育，好好教育。"说完把脸一板，"儿子！你给我出来！"

叶真面无表情，跟着玄鳞走出办公室，走廊上没人，玄鳞戳着他的额头，狠狠地问："你小子有本事了，在学校欺负同学？嗯？"

叶真："……"

"看看看，看什么看？你那什么眼神，不服气是不是？"

叶真："……"

一大一小对视数秒，玄鳞败下阵来："叶十三小同学，来来来，咱俩得好好谈谈。"

他勾着叶真的肩膀，贴着他的耳朵，一副哥俩好的模样，说："你知道吗叶十三小同学，龙纪威一开始不想收留你，是我极力主张把你留下来的，你知道为什么吗？"

"……"叶真说，"因为我无处可去啊。"

玄鳞哼哼道："因为你无处可去，便要作怪，你是个定时炸弹，威力不可测，我怕把你丢在外边，你给老子惹出一屁股麻烦来。你能跟我解释一下，那天碰到龙纪威之前你干了什么吗？打架斗殴？还是杀人放火？”

“……”叶真眼神游移，专心致志地研究玄鳞头上的发旋。

玄鳞说：“如果连老子的亲身监视都不能让你安分下来的话，老子也就不客气了，我不在乎你从哪来，要去哪里，也不在乎你真名是不是叫叶十三，说实话，哪怕你再厉害一百倍，也未必比得上你老子我的一根手指头。只要你好好地不给龙纪威惹麻烦，我保证你有饭吃，有学上，但是如果你有什么坏心思的话，哼哼……叶十三小同学！看什么看！老子尊贵的头是你摸不得的，懂否？！”

玄鳞气哼哼地弹开叶十三在太岁头上动土的爪子。

叶真把手插进口袋里，低头半晌，说：“我没有坏心思。”

玄鳞双手抱胸，一副“快点坦白交代吧”的嘴脸。

叶真说：“我也不知道他们为什么找我麻烦，卫鹊说我得罪他们了，但是我根本不认识那什么毛庆熙啊……还有我们班的班花也是……”

他絮絮叨叨，颠三倒四，说了前边忘了后边，好不容易才把事情经过叙述清楚。

玄鳞听完，登时炸毛了。

“你被人家当作情敌上门欺负了？！傻儿子！人家小姑娘喜欢你！那个官二代喜欢那小姑娘！人家上门就是来揍你的！哎呀，就这点儿屁事，让你站着吹一下午穿堂风？！我还以为你逮着那同学白刀子进红刀子出，把人家搞抢救室里去了呢！”

玄鳞同志立刻雄赳赳气昂昂地拉着他受尽委屈的儿子，闯进办公室里逮着班主任，问：“我儿子揍的那个小子叫什么名字？”

班主任不耐烦地道：“叫毛庆熙，人家可是几年的三好学生，数一数二的好孩子……”

玄鳞立刻掏手机给龙纪威打电话。

龙纪威今晚没来接叶真，在家给玄鳞准备饲料。特调局九处龙大处长别的毛病没有，唯一一点就是护短、偏激，喜欢搞冷艳高贵那一套，玄鳞把事情经过一说，就听他在电话那边淡淡地道：“告诉叶十三小同学，晚上回家我再收拾他。”

然后他就挂断了。

玄鳞回过头，幸灾乐祸地道：“儿子，龙纪威说晚上回家收拾你！”

叶真很淡定，心想：这还不好办？到时候祸水东引，把龙纪威的注意力转移到玄鳞身上去就安全了嘛。

同一时刻的另一边，龙纪威挂了玄鳞的电话，反手就打给韩越。

电话接通后，龙纪威认真地道：“韩越，你外甥在学校被人欺负了。”

韩越奇道：“外甥？我有外甥，我怎么不知道？”

“你不知道吗？哦，那也无所谓，把电话给楚慈吧，我只知道楚慈认了人家当外甥，也许楚慈觉得没必要告诉你……”

“你说什么？！”韩越怒道，“楚慈的外甥，那就是老子的亲外甥啊！不，比亲外甥还要亲啊！谁敢让咱们家孩子不痛快，老子让他全家都不痛快！”

龙纪威无奈地道：“你稍微冷静一点儿，我只想让你打个电话给上次那个校长，就是上次帮叶十三办入学手续的那个……”

韩越“啪”的一声挂掉手机，拨通校长电话的时候，他觉得自己因为被楚慈忽视所积累的怒气瞬间找到了发泄的目标。

所以从某种程度上来说……叶真和毛庆熙同学打架事件的最终炮灰，只有完全无辜的校长一人而已。

叶真小同学在办公室罚站一下午之后，校长突然急匆匆地大驾光临。

班主任一开始还不知道发生了什么事，校长赶紧把她偷偷拽到一边，小声嘀咕了好一会儿，两人的脸色同时变得诚惶诚恐。

又过了十分钟，玄鳞一手插在口袋里，一手搭着叶真的肩，吊儿郎当地哼着小曲儿，被校长和班主任点头哈腰地送出了学校大门。

叶真觉得很玄幻，问玄鳞：“就这么解决了？”

“叫二爸！”玄鳞懒洋洋地说，“你以为这么简单吗？晚上回家龙纪威还要收拾你呢，那才是真的大麻烦……”

他们俩走进停车场，冬日的夕阳缓缓下沉，在天空渲染出一片流水般的金红。

“以后在学校遇上找你麻烦的官二代，别怕，尽管抡膀子上去揍他，揍完以后叫你舅帮你摆平，你舅摆不平的你爸摆平，但是普通人家小孩就不要了，尽量多跟同学培养感情，团结友爱，共同进步嘛。”

叶真说：“我没真的揍他，我只是装装样子，谁知道他看上去那么硬气，实际上一打就露馅了……”

玄鳞叹道：“绣花枕头满包草啊！我也遇见过这种东西，其实越会叫的狗越不会咬人，因为仗着主人的势啊。”

父子两人长吁短叹，一起走到车前，突然都消音了。

龙纪威的爱车前盖上，不知道被谁泼了一桶花花绿绿的油漆，还被刀片刮得一道一道，惨不忍睹。

那面积起码有油漆桶的底那么大，刮得又深，金属都刮出痕来了，重新配色喷漆都可能不管用。

“哎哟我天——！”玄鳞顿时暴怒了，“这是怎么回事？！谁干的？！”

叶真惊得愣了半晌，茫然抬头四顾，看见停车场外围站着几个眼熟的小混混。

他眯着眼睛辨认半晌，目光停顿在其中一个小混混染成金黄色的“扫把头”上，认出来了。

“玄鳞叔，”叶真把书包往地上轻轻一扔，说，“我去上个厕所。”

玄鳞啰啰嗦嗦地教训他：“刚才怎么不去上，出来了又想起去上厕所了？你小子是直肠子啊？快点儿去！别回学校了，就在草丛里就地解决！”

叶真脱下校服外套，丢到车上，只穿着白衬衣，一边卷起袖子一边走出停车场。

走到那几个小混混身边，他脚步停了一下，挑衅地看了一眼。

那几个人有默契地扔掉烟头，不怀好意地尾随他进了停车场和教学楼夹角之间的一条小巷。这时已经快傍晚了，学校早就放学了，路上稀稀拉拉的没什么人，小巷一边靠着教学楼的玻璃窗，另一边是围墙，长满了枯黄的爬山虎和矮灌木。叶真一边肩膀靠着窗台，抱着手臂冷冷地问：“是谁刮了我爸的车？”

“扫把头”躲在一个高壮男身后，指着叶真说：“就是他！老大！就是他来我们学校挑场子，还让小高摔伤了膝盖骨！”

其他几个人纷纷附和，还有一个拉着那个老大，低声说：“老大你小心啊，那小子手上功夫特扎实，咱们兄弟几个都没扛住……”

“扫把头”怒道：“瞎操心什么？老大是什么样人，揍那小子一顿，还不是小菜一碟！”

其他几个小混混唯唯诺诺的，那个老大则上下打量叶真，越看越觉得这小子清瘦得有些异常。现在独生子女家庭里十几岁的初中生，哪个不是养得身强体壮？这小子细胳膊细腿，衬衣下摆往裤子里一卡，腰瘦得跟竹节似的，竟然打翻了自己手下七八个兄弟？

他觉得有点不可思议。

叶真靠着墙，又重复了一遍：“是谁的哪只手刮了我爸的车？”

“老子刮的！老子泼的油漆！怎么着？！”“扫把头”躲在老大身后，胆气壮了不少，“谁叫你先惹我们兄弟的，给你点颜色让你知道谁是你大爷！识相点儿跪下来磕头道歉，否则今天就让你爸来给你收尸！”

叶真站直身体，一步一步慢慢走近，问：“哪只手刮的？”

夕阳的光从他身后斜斜映在地上，把他的身影拖得很长，他大半张脸都隐没在阴影里，面容俊美，神色冷淡，样子高高在上。

“扫把头”忍不住退了半步。

“我在问你话，”叶真淡淡地道，“我问你，用你的哪只手，刮了我爸的车？”

“……他妈的！老子两只手都刮了！你想怎么样？！”“扫把头”的凶性一下子被激发出来，“有本事过来啊！过来老子跟你练练，打得你哭爹叫娘——”

话音未落，叶真猛然一跃而上，半空倾斜着身体，脚底在墙上飞檐走壁两步，直接越过了挡在“扫把头”身前的老大！

一群武校学生，没有一个反应过来——只有那个老大徒劳地伸手抓了一下，却只抓到叶真的半片衣角。

“扫把头”简直以为自己出了幻觉！前一秒叶真还在空中，下一秒就出现在了自己面前！他根本来不及躲，甚至连伸手阻挡一下都做不到，就被叶真凌空飞起的一记后旋踢，瞬间踢飞到了两米以外！

轰隆一声，灰尘溅起，叶真一脚踩在他左手腕上，二话不说，脚底一拧，“咔嚓”一声骨骼脆响，“扫把头”瞬间凄厉地惨叫起来！

这一下简直又疾又厉，从他跃起到踩断“扫把头”手腕，也不过区区几秒而已。变故陡生，周围所有人都吓呆了，只有那个老大怒吼一声，一个箭步冲了上去！

那高壮男生起码有一米八五的个头，肌肉结实，块块隆起，胳膊比叶真粗三倍，叶真却根本不怕他，猛地侧身躲过冲击，趁他冲过去的那股势头，顺势在他后肩上一处轻轻一击。

那一击很巧妙，单手虚虚握着拳，仿佛漫不经心一样轻轻一敲，半点儿力道都没有似的，然而老大却身体一斜，几乎瞬间被卸掉了全身力气，脚下猛地一个趔趄，紧接着就跪倒在地。他甚至没有感觉到痛，只是莫名其妙的，身体就麻了，完全不受控制。

叶真仍然踩在“扫把头”身上，居高临下地问：“还打不打？”

如果“扫把头”这时候哭叫着求饶说不打了，那也就算了，没有对手求饶还穷追猛打的道理，但是大多被叶真这么问的人都没有这么识相，“扫把头”尤其嘴贱，一边惨叫一边狂骂：“老子杀了你！老子非得杀了你，王八蛋！一刀捅了你个——”

叶真脚后跟重重一拧，清脆的骨骼碎裂声从另一个手腕传来。

惨叫险些震破喉咙，“扫把头”不住地在地上翻滚，唾液混合着血丝从嘴里流淌出来，滴在满是灰尘的地面上。

也许是被那惨况所震慑，周围几个掏刀片的小混混都被骇住了，有几个甚至还偷偷地往后溜。

叶真放开“扫把头”，走到瘫软在地的老大身边，问：“泼油漆的主意是你出的？”

老大身体不住地抽搐，想从地上爬起来，却几次都没有成功。

叶真淡淡地道：“下次别让我见到你们，否则见一次打一次，打到你们安分为止。”

说完他俯下身，伸出食指在那个老大脸颊上“啪”的一点，老大刚想说什么，这一点之后突然脸颊酸麻，他还想说话，声音却渐渐变了调，唔噜唔噜的说不清晰。

老大意识到情况不对，顿时一头冷汗就下来了。

叶真起身往小巷外走去，老大连滚带爬地追上去，含混地叫道：“别走！别走！”

声音出口便软绵绵的，混合着口水呜咽，就像喉咙肌肉麻痹了一般。

叶真置若罔闻。

倒是“扫把头”手下一个染了红发的小弟，鼓起勇气哆嗦着叫道：“小……小兄弟！技不如人，我们认了！倒是你给我们留个名号，我们以后也好避开你？”

叶真停下脚步，转头看了他们一眼，突然微微一笑：“我姓毛，毛毛虫的毛。”

他顿了一顿，又说：“男子汉大丈夫，行不更名，坐不改姓！我的名字就叫作毛庆熙！”

叶真一边把白衬衣袖口捋下扣好，一边施施然走回车上。

玄鳞正低头摆弄手机，头也不抬地说：“你应该把那几个臭小子的钱包都捡回来！你知道重新喷漆要花多少钱吗？龙纪威会抓狂的……算了，其实把几个小混混卖了都不够……”

“玄鳞叔，”叶真说，“其实我有个主意。”

玄鳞：“？”

“我们可以买个花环，大小能遮住油漆印的那种，再写个‘爸爸我爱你’的字条贴在花环上，挡住车前盖上的划痕，如果龙纪威问起来，就说我们只是想装修这辆车……”

玄鳞大喜道：“好主意啊！不过我觉得字条上写什么可以再斟酌，显得更真诚一点儿！”

叶真眼看鱼儿上钩了，便微笑不语。

玄鳞则无知无觉，对狡猾的人类没有半点戒心，兴高采烈地开车回家去了。

那天晚上，他果然在家附近买了个大大的玫瑰花环，又在叶真的怂恿下买了金纸红颜料，写了一行大大的“龙纪威你真帅”，他把纸条贴在花环上，花环贴在车前盖上，特调局九处龙大处长的爱车顿时有了婚车一般的风采。

忙完一切，父子俩开心地回家，老远就看见龙纪威虎视眈眈地守在门口，脸上的表情很是让人不寒而栗。

“叶十三小同学。”龙纪威一字一顿地说。

叶真立刻躲到玄鳞身后：“爸！我觉得你应该先去看下玄鳞叔叔给你的礼物！他把你的车重新装饰了一下，你一定会喜欢的！”

“叶十三小同学，”龙纪威说，“你觉得我会被这么拙劣的手段转移注意力吗？我都听说了，你在学校跟同学大打出手，把人家孩子抽进了校医务室！”

叶真指天画地地发誓：“爸，我绝对没骗你，玄鳞叔叔花了很多心思呢，你先下去看看再回来抽我不迟……”

玄鳞同志得意扬扬，对着龙纪威摇尾巴。

龙纪威默然一阵，下楼去看自己的爱车。

可怜我们无所不能的玄鳞同志，到了这一步，还没有识破狡猾人类的险恶动机，得意扬扬地尾随龙纪威下了楼。

一眼看见路虎可怜巴巴地停在路边，脑门上顶着一个硕大的粉红色玫瑰花环，“龙纪威你真帅”几个大红金字在风中飘扬，让人恨不得一把扯下来啪啪啪迎面抽上几个嘴巴。

“……”龙纪威面部表情大半隐没在黑暗里，半晌，终于阴森森地道，“你们到底对我的车做了什么……”

叶真躲在楼上，侧耳倾听了好一会儿，终于听见玄鳞哭爹叫娘地爆发出来：“龙纪威你冷静一点！啊啊啊啊——不是撞车！我发誓不是撞车！不不不，这不是我的主意……龙纪威！龙九处长！你给我差不多一点儿！老子好歹也是条龙！要打也别打脸，啊啊啊啊——”

叶真面瘫状比了个“耶”的手势，收拾收拾进门吃饭去了。

这年头不能什么都付诸武力，有些问题必须靠智慧来解决。

我们的叶十三小同学，真是智勇双全啊！

就在叶真快乐又珍惜地享用龙纪威亲手煮的清水挂面的时候，宁城市某武馆里，一个穿空手道服的桑国黑带暴起一踢，将馆长一脚踹出了场外。

“砰”的一声巨响，学员惊呼：“常叔！”

地上横七竖八倒了好几个武馆教练，一个个都捂着伤处爬不起来，满地呻吟。

常馆长阻止前来搀扶自己的学员，颤颤巍巍地勉强站起身，深吸一口气，低声道：“贵国高手果然厉害，我们认输了。”

那个桑国黑带立刻收势，一边鞠躬一边用生硬的中文道：“多谢指教！”

紧接着退回顾川身后，九十度深深鞠了一躬。

顾川微微抬手示意他起身。

他的助理原浸纯笑了笑，显得有些自满的模样，缓缓地道："看来贵馆是没有其他可以出战的高手了，这一局勉强算我们赢了吧。"

几个年轻力壮的学员怒目而视，却不敢上前说话。

原浸纯转向顾川，请示："先生，现在时间不早了，我们是先回酒店，还是直接赶去下一家呢？"

他这话是用月国话说的，可见嚣张至极。

顾家所豢养的这批高手，这段时间以来横扫了当地十几家武馆，所到之处无人敢缨其锋锐，简直可称所向披靡。一开始还有人自负本事前去挑战，后来纷纷铩羽而归，便再没人敢招惹这帮桑国人了。

短短几个星期，当地武术界的人一听顾家大名，无一不是腿软色变，恨不得关了自家武馆大门，暂且避过风头再说。

这样一来顾川也有点兴味索然，淡淡地道："回酒店去吧，一时半刻是找不到画上那个叶真了。"

一行人正准备往外走，突然门外有个小弟子狂奔进来，慌慌张张地叫道："常叔！常叔！郑教练不好了！你们快过来看看！"

只见两个年轻教练，极其勉强地搀扶着一个高壮男子，跌跌撞撞地进了武馆的大门，后边还跟着几个头发染得五颜六色、穿着武校红色运动服的小年轻。那郑教练也不知道受了什么伤，身上完全没有半点儿狼狈痕迹，但是步伐虚软无力，半边肩膀塌着，同时脸颊歪斜，神情恍惚，说不出话。

顾川扫了他们一眼，知道这是人家武馆内部的事情，也不怎么关心，两伙人便擦肩走了过去。

常馆长倒是慌忙迎上："小郑这是怎么了？你们在外边干什么了？"

"常叔！郑哥被人打了！"

"怎么回事，打了哪里？"

"不知道，那人是个初中生！"一个染红头发的武校生颤抖着道，"那人太霸道了，还踩断了我们大哥的两只手，现在已经送到医院去了！"

常馆长吃惊不小，一时也来不及追究人家初中生为什么会和他们大打出手，只能连声问："打了哪里？小郑被打了哪里？叫救护车！快点！"

一众弟子作鸟兽散，慌忙去打急救电话。

"我们也不知道打了哪里，那小孩儿动作太快……只看见他在郑哥背上敲了一下，就敲了一下，郑哥突然就站不起来了……"

另一个武校学生慌忙道："还有！那小孩临走前在郑哥耳朵上指了一下！"

顾川本来已经走到武馆大门口了，听到这话，脚步突然一顿。

只听常馆长莫名其妙地问："指了一下？"

"是是是！就是用手点了一下，然后郑哥说话就不利索了！"

"本来还能说出话来，现在连口水都咽不下去了！"

"就是用食指点的，不重，郑哥还追了两步没追上，那人就走了！"

常馆长慌忙吩咐人把郑教练放下来，解开衣襟查看背部，却没有发现半点儿伤痕，只有后肩的位置上有个指头大小的圆点，颜色发深，如果不仔细看的话，根本看不出异常。

常馆长奇道："没受伤啊，怎么站不起来了？是不是脊椎摔到了，还是脚崴了？"

郑教练躺在地上虚弱地摇头，想说话却说不出来，嘴巴也合不拢。

"他脸上是怎么回事？那人指他的脸了，怎么指的？"

几个小混混面面相觑，半晌一个站得近的才皱着眉，说："就是食指这样一点，轻轻地……没用多大力，当时郑哥也没叫……但是后来慢慢脸就瘫了！"

顾川瞳孔瞬间一缩，转身疾步走上前，厉声道："给我看看！"

他月国话说得极其流利，气势又非常撼人，几个武馆学员忍不住退后半步，惊疑不定地打量着这个桑国人。

顾川半跪下身，助理识相地掏出小手电给他照明。

郑教练后肩上的那个圆点颜色在慢慢变深，面积也渐渐扩大，一开始是几乎难以觉察的，现在已经微微泛出点儿青色来了。

顾川用手轻轻一按，低声道："肩井穴。"

原浸纯紧张的脸色都变了："是、是他吗？"

顾川没有作声，轻轻把郑教练的脸扳过来，仔细观察他耳际。

奇怪的是，他耳际上竟然没有一点儿痕迹，虽然几个小混混铁板钉钉地保证说那少年点了他的耳朵，但是郑教练的半边脸上，完全没有留下点穴应有的指印。

就顾川对点穴这门功夫的研究，他知道这个功夫是有很多门派的，不同的点穴门派用的手法也不同，有些用手指，有些用拳，有些甚至用手肘，还有一些更厉害的用拳风，那是真正的指如刀剑，风能熄烛，没有三十年以上的苦练，是练不到那种境地的。

从山地崇身上的伤口来看，那个叫作叶真的少年，点穴过后会在穴位上留下指痕。

那是因为他年纪尚轻，内家功力还不到位，真正练到宗师级别之后，只要手指轻抚便能制住穴道，从皮肤上看还半点儿痕迹没有，便可神不知鬼不觉地杀人于无形。

顾川皱起眉，又把小手电凑近一些，手指顺着郑教练脸上几处大穴接连按下，突然手指一动，道：“哑门。”

常馆长奇道：“您……您说什么？”

“他被人点了哑门穴，所以才面部肌肉瘫痪，喉咙暗哑，难以发声。”

常馆长彻底惊呆了，第一反应是无稽之谈，但是看顾川神情肃淡，眼神凌厉，便知道他不是在开玩笑。

“那少年点头部穴位的时候，手法极其精妙老到，并没有直接按下哑门穴，而是在相近的经络上注入内力，震动自督脉延伸至阳维脉交叉会穴，冲击延髓中枢，不仅让他失哑，还让他面部神经失调，肌肉瘫痪不能动弹。你送到医院也没用，这样的手法，医生是看不出来的。”

常馆长不可思议地道：“点穴？”

顾川不理会他，猛地盯住那几个武校小混混：“点穴的那个人长什么样？”

“初中生，特别瘦，就是隔壁中学的……”小混混哆嗦着比了比，说，“差不多就这么高，长得跟丫头似的……”

原浸纯急忙展开画轴：“是这个人吗？”

那画轴上的叶真，毕竟是根据当初迎宾小姐的口述描绘而成，跟真人相差甚远，只有个神似而已，小混混眯着眼睛辨认半天，才迟疑道：“差、差不多吧——对了！那人留了名字！”

顾川沉声道：“是不是叫叶真？”

“叶真？不是啊，叫毛什么来着……”小混混一拍头，斩钉截铁道，“叫毛庆熙！”

这下，顾川一行人都愣住了。

“对，就叫毛什么，就在隔壁初中，他们家人还挺有钱的，他爸还开着一辆豪车去学校接他！”

顾川微微皱起眉。

原浸纯低声道：“先生，叶真可能不是真名，我们当初查了当地所有的户籍，把所有叫叶真的都排除了……”

顾川几不可见地点了点头，转身大步欲往外走。

这时常馆长扑上来拦在他身前，急切道：“顾川先生！救人一命胜造七级浮屠，您要是走了，小郑他的伤怎么办？！”

原浸纯笑道：“反正也死不了人……”

“他的伤不重，用陈酒煎服归身三钱，睡一觉起来就能解开肩井穴。”顾川打断了他助理的话，一边大步走过常馆长身边，一边冷淡地道，“至于哑门穴，找个中医按摩半小时就行了。切记半年之内不能跟人争斗，不能大吵大闹、燥气上涌，否则一旦复发，他的颈椎这辈子都不会好了。”

常馆长急切地跟了他几步：“如果不好的话……”

“不可能，那个点穴的人只想施以教训，不想谋人性命，因此手上力道极轻。”顾川走到门口，顿了顿，头也不回地道，“否则，只要重按一下，那位郑先生，此刻已经是个死人了。”

常馆长脸色青白，僵在原地。

顾川走下武馆台阶，助理连忙上前几步，为他打开车门。

“没想到那个叶真，还是个心慈手软的人。”

他说这话的时候口气很淡，听不出是喜是怒，抑或是带着三分嘲讽。

助理小心打量了一下他的脸色，不敢言语。

“真名叫毛庆熙是吗，毛庆熙……”顾川把这名字缓缓念了一遍，语气虽然不屑，眼底却带着找到对手一般亢奋的光芒，“这个人，我记住了。”

第5章

问芳名

伍

叶小同学在学校的生活并没有愉快多少，相反，还是一样的被孤立。

风云人物六人组在这群十几岁学生里一直处于领导地位，小孩子总是存在盲从现象，几个人缘好、老师宠爱、学习成绩好的“天之骄子”总是容易成为别人效仿的对象。

他们接受了谁，谁就容易被其他学生接受，他们排斥谁，谁就有可能被其他学生孤立。

叶十三小同学就悲惨地被孤立了。

有一天龙纪威不在家，玄鳞一边下面条一边问叶真：“儿子，我觉得你在学校没什么朋友啊。”

叶真说：“玄鳞叔，你别往面条里倒麻油好吗？我不吃麻油的……还有，辣椒是我用来泡手的，不要往面条里扔啊！”

叶真抢过辣椒，放到混合了各种药材的药汤里生煎，然后沸腾关火，把手伸进去浸泡。

玄鳞怒道：“龙纪威下个清水挂面你都吃得呼呼的，轮到老子怎么就这么多麻烦?！”

叶真立刻反唇相讥：“龙纪威把大腿给我抱，你也给我抱吗？”

两人一人占着一个灶头，玄鳞下面条，叶真泡手，他手被泡得微微发红，青筋一点一点地凸显出来，不一会儿又慢慢消了下去，红晕从双手蔓延到整个手臂，额头上开始渗汗。

“哼哼！老子可比龙纪威厉害多了，知道吗？古籍记载，南疆有龙，鳞如玄铁而光润如玉，腾飞时有火光，春分而登天，秋分而潜渊……”

玄鳞语调极为得意，把面条盛出来往桌上一放，又说：“喏。”

叶真泡完手，把双手擦干，随便吃了两口面条，说：“龙先生，下次可以少煮两分钟，这面条真的太烂了。”

“臭小子，你爱吃不吃！”玄鳞怒道，“你以为谁都跟你舅那个没用的男人一样吗？整天只知道围着锅台转，随随便便就能烧一桌满汉全席出来……”

“我不吃了。”叶真放下碗筷，施施然走出厨房。

他来到房间里，从衣橱拎出米袋大的一包铁砂挂起来，闭上眼睛运起内力，双指并拢，向铁砂袋当中轻轻一戳。

这一戳相当迅疾，看上去用力不大，但是坚硬的铁砂袋立刻陷进去了一个深窝。

叶真没有睁眼，指如疾飞，闪电般点了十七八处深坑，几百斤的铁砂袋被他打得摇摇晃晃，仿佛马上就要掉下来一般。

玄鳞抱着手臂靠在门口，冷嘲热讽：“儿子，你就是因为这个才在学校里交不到朋友的，知道吗？你就是个典型的预备少年犯啊，按龙纪威的话说就是隐形的社会不安定因素，扫黄打非打的就是你这种人……”

叶真收手凝神，缓缓地吐出一口气，立刻反唇相讥：“黄毛小儿有什么资格跟本小爷交朋友？”

玄鳞看看他的脸色，含笑不语，也不去揭穿他，半晌只问：“你从几岁开始练这个的？”

“忘记了。”叶真想想，说，“从记事开始起吧，天天用药泡手，可以帮助内力循环。”

“哦……难吗？”

“还行，上止天庭二太阳，气口血海四柔堂；耳后受伤均不治，伤胎鱼际即时亡……夹背断时休下药，正腰一笑立身亡；伤人二乳及胸膛，百人百死到泉乡。反正就是这些东西，只是细节上比较讲究。”

叶真一边吭哧吭哧地收他那个铁砂袋，一边说：“同样一个穴道，用同样的力道去击打，早上的时候可能只能致人昏迷，晚上可能就能置人死地了。国医里说人身上的穴道根据一天时辰的不同而开合，同样的穴道又连接不同的经络，经络之间又可能互相连接造成影响，所以……总之我人生的大半工夫其实是花在背书上了。”

他把铁砂袋放到地板上，玄鳞走过来，蹲在他面前，伸手拍了拍叶真的脸。

“儿子，”他说，“人不能活得太辛苦，别太逼自己。”

叶真低着头不说话。

“你要是喜欢这个，就当个体育运动来练，别把自己投入一生精力的事情当作复仇的工具，押上性命，孤注一掷。”

玄鳞伸手虚虚地搂了叶真一下，说：“儿子，你只是个小孩儿，还是把事情交给我们大人去做吧。”

叶真在他怀里，下巴搭在他宽厚的肩膀上，看见玄鳞黑衬衣上细密结实的布纹。

半晌他低声道：“你不懂那种感觉的，山中一日，世上千年，转头下山一看，你认识的所有人，你家乡的所有同胞，全都以各种惨烈的姿势被屠戮在你面前。死城，方川变成了一座完完全全的死城。

“我在血海里走，天黑了，整个镇子静悄悄的，没有任何一家燃起烛火——千家万户瞬间空了，因为所有人都被屠杀殆尽。那么多无辜的性命，全都是我的父老乡亲。”

“玄鳞叔，”叶真最后说，“我知道这里的人提倡忘记仇恨，邻邦友好，天灾人祸互相救援……但是那是你们的想法，我是个野蛮、愚昧又没文化的人，我只知道血债血偿。”

玄鳞凝视着叶真的脸，十五岁的少年，身形清瘦倔强，眼神带着老人一般麻木而灰寂的沧桑。

“……”玄鳞叹了口气，说，“好吧，按理说我不该插手他人的事情，但是……如果你想做什么，请提前跟我和龙纪威打声招呼，不管怎么样，你是我们的孩子。”

叶真张了张口，沙哑着嗓子，说：“嗯。”

玄鳞诱导他：“你该叫我什么？”

叶真刚要开口，突然门锁一声响，龙纪威的脚步从玄关转到客厅，只听他敲着桌子厉声道：“叶十三小同学！吃饭为什么只吃一半，浪费粮食是不对的你知道吗！小心我把你打包送去龙城天天听楚慈上思想品德课！”

玄鳞：“……”

叶真：“……”

两人猛地蹿起，争先恐后地奔向客厅，叶真仗着人小灵活，猛扑上去抢先抱住龙纪威大腿哭诉：“爸！玄鳞叔叔下的面条都成糊了！而且清汤寡水！连滴麻油都没放！”

玄鳞暴怒道：“是谁说他不吃麻油的，嗯？！”

龙纪威一手拎着叶真的后脖颈，一手拿筷子把面条尝了一口，片刻后望向玄鳞的眼神非常麻木。

“玄鳞同志，”他说，“你这样会被人投诉虐待小孩的。”

玄鳞：“……”

龙纪威面瘫着翻出钱包，准备下楼去叫外卖，叶真小同学兴高采烈地跟在龙九处长屁股后边，百般央求要吃烤羊腿、牛里脊。

玄鳞的身影慢慢石化，然后一点一点随风飘散了。

“真是太过分了……”

传说中威猛无比、所向披靡的黑龙玄鳞同志，终于忍不住泪流满面，颤抖着控诉道：“爹控什么的……爹控什么的！最讨厌了——！”

叶十三小同学的学校组织爱国教育，老师在课上宣布了这个消息——去平城，参观战争纪念馆。

于是，在厨艺方面被万般嫌弃的玄鳞拎着叶十三小同学出门，买了蛋糕零食咸鸭蛋，全都塞进背包里，还唠唠叨叨地教育道：“记得跟同学分着吃啊，趁机交几个热情漂亮的小美眉当朋友啊！”

叶真敷衍地点头说：“嗯！”

结果玄鳞同志的一片苦心又一次落了空。

出发当天，叶真独自坐在巴士最后一排，用外套包着头睡在角落里，车上同学叽叽喳喳，女生们交换零食，男生们打打闹闹，愣是没吵醒他。

到达纪念馆，几个班的学生闹哄哄地下车去，老师们提着大衣，拎着喇叭，叫了几次才把自己班上的学生叫齐，然后三五成群地结队往陵园深处进发。

纪念馆分为四个展区，学生们排着队进门，走马观花地沿途看照片。玻璃展柜里放着旧图，战争前的平城大街一片灰蒙蒙，隐约可以看见穿着臃肿的女人站在店铺门前。

女生们指指点点：“好破旧哦——”

“黑乎乎的——”

男生们则一路打闹一路嬉笑，这个绊倒了那个，那个又推翻了这个……活像几百只鸭子进了笼。

叶真独自走在长长的队伍最后，大大的兜帽挡住头脸，面无表情。

“同学们注意了！接下来我们要参观‘战争中的平城’，在这场战争中，平城很快陷落，两万手无寸铁的平城人民惨遭侵略者屠杀……”

展区照片换成坚船利炮轰破平城，两个桑国人骑在马上，居高临下俯视满地尸体的惨象。

“好可怕！晚上要做噩梦了！”

“是啊是啊！好可怕！”

女生们捂住眼睛，很快便三五成群地手拉手去上厕所。

毛庆熙和他的弟兄们围在老师身边，指着展柜里的图片：“是啊，屠杀持续了三天三夜……两万人被杀，也有说法是一万八。有人说平城被杀得只剩下三十六人，那是造谣……其实剩下八百多呢。”

几个十几岁小孩听得懵懵懂懂，闻言问：“那么多啊！为什么不组织起来抵抗呢？”

“都藏起来逃命去了吧，月国人嘛……”毛庆熙笑了笑，丢了个“你懂的”表情。

叶真趴在玻璃展台上，本来一动不动，这时突然抬头，电光火石间盯了毛庆熙一眼。

那一眼犹如芒刺，冰寒入骨，毛庆熙无意间撞上这个眼神，不知道为什么竟然头皮一麻。

他呆了几秒钟才想起来要瞪回去，但是此时叶真已经转过头了。

参观完纪念馆已经临近午饭时间，学生们被转移到纪念碑处，在草地上随便野餐。

纪念碑是青灰色的砖石垒成，上边焊着巨大的铜板，写着平城大屠杀发生的时间，三天三夜的民族之耻，就这样被浓缩成了几个铜铸的苍白的数字。

铜板之上还写着两行大字，是四句话——

一座恸哭不绝的城，一座尸骸蔽野的城。

一座血流如渠的城，一座拼死抵抗的城。

叶真站在纪念碑前，仰头看上边的字，面如死灰。

很多男生在草地的铁链上摇来摇去地玩，毛庆熙和他们那一圈少男少女站在一起指点江山，又念那大字下边的外语翻译，说："前边三句倒是真的，最后嘛就未必了，要是真的殊死抵抗了，还能有这么多人被杀？大难当头没人战斗，全都一股脑跑去逃命，不被杀才怪……"

几个学生笑呵呵的。

"就你懂得多！"

"你怎么知道这么多东西啊？"

毛庆熙笑起来，说："战争时期就是这样，几个外国人端着枪，就能控制月国一座小城。从月国人里边选出内奸，耀武扬威地管理自己的同胞，桑国人根本不用费心，这就是民族劣根性……"

比较多愁善感的女生立刻点头认同，叹着气说："没办法啊……"

叶真回过头，冷冷地盯着他们。

毛庆熙不服输地盯回去，就这样互相瞪了几秒，毛庆熙挑衅地道："你想干什么啊？"

那个女生赶紧扯扯他，充满敌意地道："走走走，我们不理他。"

毛庆熙往前进了一步，皱眉叫道："你看什么看？！"

叶真转过身，跟这帮人面对面。

"你会开枪吗？"

出乎毛庆熙意料，叶真说话声音竟然很平淡。

毛庆熙愣了一下，说："不会啊，你会？！"

叶真面无表情，又问："那你面对整整一个军装备了枪和刺刀的刽子手，你跑不跑？"

毛庆熙不说话了，厌恶地盯着叶真。

那女生又在不停拉他的袖子撒娇："走嘛！咱们别理他，走嘛！"

"那些人全是手无寸铁的平民，不会开枪，不会拼刺刀，被人闯进房子放火屠戮，他们还来不及反抗就被杀了。有人想反抗，但是没有武器，也没有人保护他们，反抗的后果就是被砍死在大街上！"叶真的声音蓦然尖厉起来，"连牛羊猫狗都被砍杀！没有一座房子是完整的！大火烧了十几天，十几天！"

他上前一步，毛庆熙立刻条件反射地退后。

"全城都被屠杀，你让剩下的人怎么反抗！你冲出去反抗吗？！"

咆哮声引来很多注目，学生们从草地上站起来，不知所措。

叶真猛地上前一步，扬起手，毛庆熙以为他要动手，触电一般举手挡住头。

"住手啊！"

"别打！"

学生们纷纷惊呼起来，然而出乎所有人意料，叶真扬起的手缓缓垂了下去。

"我要是你爸，"他冷淡地道，"就把你一皮带抽死在祖宗灵位前。"

毛庆熙眼睁睁地看着他，一个字也说不出来。

他那群弟兄里有人想叫骂，但是还没来得及开口，叶真就掉头走了，少年清瘦至极的身影孤零零地走向树林，连头也没回。

中午发生的这段小插曲很快被班主任知道了，但是没人敢管。

一个爸爸当官，一个舅舅从军，这俩学生只要没动手，吵两句嘴有谁敢管？

不过班主任也觉得，这个叫叶十三的学生实在是太过较真了。

这么想着，班主任就没叫人去找叶十三，而是去好好安慰了毛庆熙几句。

午饭过后，学生自由活动，在草地上吃水果嗑瓜子，导游提醒了几次要注意卫生，地上还是留了星星点点的瓜子皮，导游无奈，只得请保洁人员过来轰隆隆地吸草皮。

到下午要走的时候，老师们再次满园子到处找人，好不容易把学生找齐，班主任已经没力气了，挥挥手叫毛庆熙："各个班班长点人，最后把人数报给你统计，看看还有没有差人，不差的话就上车回市区。"

于是，毛庆熙在学生们羡慕的目光里，接过班级人数统计表，跷着二郎腿坐在石凳上，等各个班的班长排队到他面前来汇报工作。

三班的学生齐了……二班的学生齐了……一班还差一个。

"叶十三没到。"

毛庆熙和小班长对视一眼，小班长压低声音问："怎么办？"

毛庆熙哼一声，说："凉拌。"

他在叶十三的名字后边画了个钩，当作他已经到了，然后把名单交给老师。

老师只草草看了一眼，精疲力竭地挥挥手说："上车！回家！"

于是几个班的学生呼啦啦地上车，几辆车又轰隆隆地开走了。

叶十三在哪里呢？

叶十三在石碑后。

他在石碑后的台阶上坐着，头倚着冰凉的碑面睡着了。习武少年，内力健旺，竟然完全不感到冷，等他醒来的时候陵园里早一个人都不剩了。

叶真开始还不太相信，走到门口去转了一圈，发现那几辆巴士真的不见了，才一个人慢慢地踱回陵园。

冬天天黑得早，天色很快暗了下来，北风呼呼地穿过树林，带着寂寞而寥远的呜咽。

叶真坐在石碑前，呆呆地望着灰黑色的碑面，仿佛可以穿过这厚重的石碑，看到往昔故土青山流水的旧时光。

一切都回不去了，他知道。

十五岁的叶家幼子，眼见全家被诛、满城被屠，暴怒之下单枪匹马杀到桑国营地，追上尚未拔营的小队，化装成桑国人，继而混进了参谋部，当夜手持刺刀杀人数百。

营地轰动，出动众人截杀未果，叶真带着伤冲进参谋室，一指点中桑国主将山元治的天灵盖，此人当即暴亡。后来解剖尸体，发现他头盖骨都碎了。

桑国人暴跳如雷，命几千手下围杀凶手，双方血战一夜，天明时凶手力竭跌落悬崖。

这件事不仅在内阁轰动一时，也在山氏家族的族谱上画下了一笔浓重的血色，甚至连山氏家族的表少爷顾川都知道山氏家族的上一任家主，于千军万马之中死在一个少年手上。

天色完全黑下来了，不知道什么时候飘起了霏霏细雨，路灯淡黄的光在雨雾里朦胧不清。

叶真呆呆地坐在石碑前，完全不知道应该怎么办，他没有手机，不知道怎么打电话，这里离宁城足有四十公里，走路要七八个小时。

唯一的希望是学校老师回去以后点人数，发现少了他，便回头来找。

但是这希望看起来也相当渺茫。

远处慢慢走上来一个穿着深灰色羊呢大衣的男人，撑着黑伞，怀里抱着一捧花，走过叶真身边的时候，他瞥了一眼，目光里有点儿好奇。

但是他没有停留，直接走到石碑前，放下鲜花，深深鞠了三个躬。

叶真仍然呆呆地坐在雨雾里，那男人停留了一会儿，仿佛喃喃地说了些什么，然后便转身离开。

走过叶真身边的时候，他轻轻放下了手里的雨伞。

叶真抬头望向他时，他已经渐行渐远了。

叶真愣了一会儿，突然反应过来，从背包里掏出玄鳞给他准备的蛋糕、巧克力……一股脑放到石碑前，喃喃地道："你们吃，给你们吃。"

"你们没吃过这些东西吧，这都是这个时代的零嘴，好东西呢。以前我也想不到，一个吃食还能翻出这么多花样来，肯定比你们那个时代好多了，是不是？"

叶真蹲在石碑前，一点点抹去字迹上的灰尘。

"现在的人生活可讲究了，穿的衣服，吃的东西，住的房子，开的车……什么都好，花钱也不心疼，大把大把就撒出去了。这里的好东西真多，吃的喝的我什么都尝试过了，唯一就只想再尝尝家里自己腌的咸鸭蛋……"

叶真蜷曲在石碑前，大半个身体贴着冰凉的石头，泪水顺着脸颊，一直滴落在灰黑色的石座上。

"为什么只有我一个人呢？"他全身上下都在剧烈的发抖，半晌才哽咽着问，"为什么只有我一个人，被留下来呢……"

百年沧桑，斗转星移。

所有人都消失在历史的书页里，只有一个十五岁的少年，带着沉重的血泪，茫然地站在了原地。

刻骨的仇恨，刻骨的孤独。

世间再找不到和他一样的人，他和这个熙熙攘攘的世界，已经彻底断了关系。

这是一种多么绝望的、茫然的、黑暗而永无尽头的痛苦？

叶真浑浑噩噩地缩在石碑下，突然满世界的雨被遮住了。那个穿深灰色大衣的男人去而复返，撑着伞，居高临下，问："你怎么了？"

叶真抬起眼睛，长长的眼睫上挂满雨水。

那男人俯下身，平视着叶真的眼睛："这么晚了，你怎么还不回家？"

"……"

男人伸手探了探他额头，发现没发烧，便问："你叫什么名字？"

"叶十三。"叶真嘴唇动了动，哑着声音道，"你呢？"

男人迟疑几秒，说："顾川。"

他说话非常流利，但是不知道为什么，发音总有点怪怪的，好像那种说惯了方言的人压着嗓子说官话。

叶真点点头，没精打采地"哦"了一声。

男人皱眉打量着他，少年的衣服已经湿透，显得越发单薄可怜，侧脸皮肤白皙得透明，显出极其浅淡的、青色的血管。

“你这样在外边不行。”顾川伸手把叶真从地上拉起来，问，“你家在哪里？给我个地址，我送你回家。”

天色渐晚，从车窗往外看，稀稀拉拉的雨线被渲染为淡淡的晕黄。

顾川一边开车，一边问：“你是宁城本地人吗？”

叶真裹着顾川的淡灰色羊毛围巾，脸颊显得更加清瘦苍白，朦胧的车窗映出他带着困意又有点茫然的眼睛。

“不是。”他说。

顾川扭头看了他一眼，只看到他浓密短发下露出的一点耳朵稍：“那我现在把你送去……”

叶真不知道怎么形容他和玄鳞一家人的关系，半晌说：“养父母家。”

顾川从鼻腔里“嗯”了一声，声音沉沉的。他平时少言寡语，又习惯于在高位上发号施令，不是那种喜欢打听别人家事的人。

然而旅途漫长，车厢里静默无声，满世界唰唰的雨声憋得人心里烦闷。

半晌，顾川又简短地问：“你父母呢？”

“死了。”

顾川微微惊愕：“死了？”

“嗯。”叶真回过头来，把眼睛从侧车窗移到前窗上，盯着来回摆动的雨刷说，“被几个桑国人杀了。”

他语气很平淡，却有种深深的痛恨和恻然。

顾川看着他的侧脸，瞬间觉得很诧异。他想，这个少年看上去不过十五六岁，长得这么俊秀标致，他态度冷漠仿佛对周围的世界都保持警惕，然而对人又这么轻信，随随便便就上了陌生人的车，好像确信没有人会加害他一般，实在是矛盾的集合体。

顾川这么想了一会儿，开口问：“怎么会被……杀了？”

“我不知道。我父母从来没惹过桑国人，没有仇恨，没有恩怨，但是他们就是被杀了，那些人估计还觉得很得意。我想不通人类怎么会对跟自己无仇无怨的同胞下这样的狠手，简直就像畜生一样。”叶真顿了顿，艰难的找了个解释，“大概桑国人天性就是这样的吧。”

顾川扭过头去开车，神情复杂，半晌道：“我的母亲也死在一个月国人手上。”

叶真惊异极了，说：“啊？”

顾川道："我的母亲……嗯，出身于桑国一个很有历史的大家族。我亲生父亲当年是月国的留学生，据说是学航空工业的，不过我从没见过他，母亲生下我的时候，他已经抛弃我们了。"

叶真眼睛瞪圆了，又说："啊？"

顾川笑了笑。

他本身很少笑，更少露出这种带着伤感、怀念和无可奈何的笑意。

"我父亲留学桑国的时候，跟我母亲相爱了，他们很快生活在一起，直到我父亲毕业，便想带我母亲回国，但是我母亲……有些时候人总是身不由己，她必须留在桑国，就央求爱人也一起留下，可我父亲坚持要走。

"很快我母亲的家族给她订了婚，对象的家族是桑国最古老的武学世族之一，可怕的是，就在这时，她发现自己怀孕了……我父亲很快回了国，她咬牙出嫁，八个月后生下了我。从头到尾，我父亲都不知道这世界上有这么一个我存在。"

叶真追究问道："那她为什么不告诉你父亲呢？"

顾川叹道："有些事是没法提的，况且……唉，算了，你还是个孩子。"

叶真坚持道："爱人之间是什么都能说的，说了就能解决问题了。"

顾川看了他一眼，心想：能说这话的也只有孩子，年少无知，心境纯净。这孩子这么漂亮，以后不知道多少小姑娘喜欢他，如果能一直保持这种心境的话，被他爱上的姑娘一定会很幸福吧。

叶真思考了半天，又问："那你后来找过你父亲吗？"

"嗯，我母亲嫁人后一直郁郁寡欢，在我很小的时候就去世了。她生前不管别人怎么议论，都咬死牙关什么也不说，直到最后一刻，才告诉我说，我的亲生父亲是个月国人，叫我来月国北方找他。"

红灯亮起，顾川一脚踩下刹车，说："我一直以为她很恨那个男人，谁知道到最后一刻，她竟然流着泪告诉我，希望我好好努力，让父亲承认我的存在。"

叶真听得入了神，问："那后来呢？"

顾川几十年来从没跟别人说过往事，第一次跟个素不相识的小孩子提起，谁知竟然被叶真当听故事一样，不仅半点感伤都没被传染到，还连连催促他说结局。

"没有后来了，我费了九牛二虎之力找到线索之后，才发现我父亲早就死了，还死在我母亲之前。"红灯变为绿灯，顾川踩下油门，头也不回地说，"他在月国也没有结婚成家，连个异母兄弟都没给我留下。"

这个结局显然让叶真意犹未尽，他想了半天，连说了好几个"可是"，却始终没"可是"出什么来，最终只能沮丧地叹了口气，评价道："我实在是不能理解！”

顾川淡淡地笑了笑，说：“我也不能。”

但是他知道，他不能理解的东西和这个孩子所不能理解的，是截然不同的两件事。

就在这个时候，顾川把车拐出高速公路，后边突然追上来一辆吉普，哔哔地按了两声喇叭。

叶真一撇头，立刻认了出来：“啊！我二爸的车！”

这孩子给他二爸打电话了？什么时候？顾川心里有点惊讶，紧接着就看见那辆车打了个指示灯，停在路边。

叶真立刻推开车门下去，临走时动作一顿，回头道：“谢谢你送我到这里，陌生人！”

少年的惊鸿一瞥在灰蒙蒙的雨雾里格外清晰，仿佛夺走了一世界所有的鲜妍和光彩。顾川看得愣了愣，那少年快步跑到吉普车边，一个年轻男子立刻打开车门，双手给了他一个拥抱。

顾川有点愣神，不知道怎么心里突然想起一首诗——

椿灰染紫色，行至海石榴；相逢在歧路，敢问尔芳名？

眼下他是和那少年走到歧路上来了，也许这辈子都不会再见到了吧，就算问过了对方的名字，又能怎么样呢？

不过，他又一转念，苦笑着想：眼下正值隆冬，可不是春暮山茶花开的季节啊。

就在这个时候，一个黑衣男子从那车的驾驶席上走下来，也不打伞，冒着霏霏细雨走到顾川车前，低头笑道：“喂，兄弟！”

顾川摇下车窗，玄鳞居高临下，说：“多谢你送我儿子回来！”

他看上去很年轻，不过三十来岁，却自称是叶十三的父亲，比较起来真是有点滑稽。

顾川点点头，简短地道：“应该的，举手之劳。”

玄鳞微笑不语，转头时盯了他一眼，大步离去。

然而就那一眼，顾川却突然全身紧绷，仿佛刹那间感受到一股极为霸道雄厚、针扎一般威胁的气息，那感觉来得太过震撼，以至于他突然瞳孔紧缩，却眼睁睁地看着玄鳞悠然离开。

那个男人……相当可怕！

顾川出身于武学世家，又习惯于和高手对阵，却从没在谁身上感受到这么充沛、雄浑、仿佛随时可以将人殛之于野的杀意。

那种气息，让每一个靠近他的人都感到极度的畏惧！

顾川已经多年没有过这种被对手镇住，而且是干净利落地狠狠镇住的感觉，一直到玄鳞走回车上，他还皱着眉，紧紧盯着那辆吉普。

吉普很快发动，跟他擦肩而过时，还按了一声喇叭，好像是表示感谢。

这时，手机响起，顾川从大衣外套口袋里找出手机，是助理打过来的，声音有点焦急："顾先生！时间已经很晚了，您去了哪里？需要我们去接吗？"

顾川顿了一会儿，缓缓地道："不用了……我这就回去。"

他望着那辆吉普远去的方向，没过一会儿那辆车就消失在了冬日街头蒙蒙的雨雾中，再也看不见踪影了。

第6章 恨难解

陆

关于叶十三小同学出行失散“险些被人拐子拐走（玄鳞的描述）”的问题，龙纪威很快就把事情的起因、经过及结果，甚至连毛庆熙同学家祖宗十八代都翻了个底朝天。

得知真相的龙纪威哭笑不得，说：“玄鳞同志！你给我坐下！”

玄鳞拉着叶十三小同学的手，二人雄赳赳气昂昂，正准备出门找滥用职权的毛庆熙小同学和玩忽职守的班主任两人算账去。

结果龙纪威圣旨一下，叶十三小同学首先叛变了，立刻扑回去抱爹爹的大腿，摇着尾巴哭诉：“我今晚十分想吃醋溜土豆丝、红烧羊腿、烤龙虾和大排骨汤！”

龙纪威一手拎着叶真后颈的软皮，把他提到半空中，面无表情地对视半晌。

叶真讨好道：“喵。”

龙纪威微笑：“喵——喵什么喵！”他一脚把叶真踹到沙发上，怒道，“叶十三小同学！玄鳞同志！我没见过世上有比你们更无耻的父子了，在外边打完架竟然报别人的名头！”

叶真摔进一堆沙发软垫里，手忙脚乱地爬起来坐好，双手撑地，双眼星星状仰望龙纪威。

玄鳞理直气壮地道：“这种在外边打架闹事的行为怎么能报自己名字，不是赌等着别人上门来讨要医药费吗？！再说咱儿子下手这么重，谁知道那人有没有半身截瘫！万一要咱儿子伺候他一辈子……”

叶真慌忙声明：“爸！我没真打！”

“况且那姓毛的不是最喜欢带头领功唱赞歌吗？咱儿子好心，白送他一顶高帽子，那小子一定高兴都来不及，说不定还能评个‘市三好学生’什么的当当……儿子！咱下次还这么干！以后在外边惹了事，就说你叫毛庆熙！”

龙纪威抚额道：“都给我省省吧，想让我一人一苍蝇拍送你们回那美克星吗……”

在龙纪威的高压政策下，玄鳞最终没能跑去学校算这笔搞丢他儿子的账，而作为补偿，叶十三小同学当晚就吃到了心心念念的红烧羊腿和烤龙虾。

除此之外，他还得到一个新手机，龙纪威详细地教会他怎么打电话和发短信：“万一有紧急事态就打我和玄鳞的电话，平时也可以打给同学联络感情，如果你需要的话……但是每三分钟打电话问一次晚上吃什么就不必了！”

叶十三小同学表示很满意。

他一向对学生里的手机一族非常羡慕，但是碍于少年自尊，一直装着漠不关心的样子，从不把羡慕表现出来。

失散事件圆满过渡，没有人找毛庆熙算账，班主任也没有被学校解职，在学校里叶真和毛庆熙仍然不说话，见面了也只彼此狠狠地白对方一眼。

事件过去两周后，有一天龙纪威要出门办事，玄鳞来学校接儿子放学。

那天也活该是要出事——玄鳞突然心血来潮，带儿子出去吃小馄饨。

叶真屁颠屁颠地跟着去了，两人叫了一大碗鸡汤馄饨、一笼灌汤包子、几样小菜，坐在临街热乎乎地吃着。连玄鳞这种人间水米不沾牙的人，都优哉游哉地点了根烟，吃个灌汤包子，父子两人惬意得很。

谁知道惬意着惬意着，突然不远的桌子上有人猛拍了一下，厉声道："混蛋！"

那暴吼简直炸雷一般，叶真手一抖，小馄饨骨碌碌顺着外套滚落下去，留下一溜污渍。

玄鳞也吓了一跳："怎么了？怎么了这是？"

食客纷纷扭头，只见店铺老板站也不是躲也不是，笑得比哭还难看，两个桑国人隔着桌子大声嚷嚷着什么，面前还有几个掀翻了的碗。

其中一个桑国人敲着桌子，用生硬的月国话怒道："你是瞧不起人吗？！为什么卖给我们的价格比别人高？以为外国人就可以随便欺骗，是不是？"

老板苦着脸道："好了好了两位先生，就一块钱而已，小店有眼不识泰山，以为您二位看不懂月国文字……"

他倒是老老实实地爽快认了，围观食客顿时都有点儿哭笑不得。宁城是旅游胜地，有些小摊贩看到外国人便趁机宰一刀，少则几块钱，多则几十块——这也是常事，反正路边店铺定价没个准，老板要多少便是多少，欺负人家听不懂罢了，谁知道这两个桑国人能看懂月国文，知道菜单上写的是什么价，那小老板偷鸡不成蚀把米，踢到铁板了。

"我给两位道个歉还不成吗？这样吧，按原价打个八折，您两位看还成吗？"

那小老板点头哈腰，先前吼叫的桑国人则骂骂咧咧，把碗一摔："你们月国人最会撒谎，为了一点儿小钱就这样，真是不知羞耻！"

"说什么呢？谁不知道羞耻啊？不就是一块钱，至于吗？"那小老板也来了点儿火气，一指门外说，"老子道歉都道过了，你还想怎么着？成，为了表达小店的歉意，钱不收您二位的了，您走吧！"

那桑国人还想骂，被同伴拉了一下，用桑国话高声说了句什么，叶真没听懂他的意思，玄鳞的脸则瞬间沉了下来。

叶真半个人趴在玄鳞肩头："叔！那人说什么啊？"

“谁是你叔，叫二爸！”玄鳞漫不经心地敷衍道，“没说什么，咱们走吧。”

他起身把两张钞票丢在桌子上，找零也不要了，谁知道还没来得及伸手去拉叶真，先前那个满口生硬月国话的桑国人哈哈大笑，高声说了一句：“没错，本来就不该收我们的钱！哪有爷爷来孙子家做客，孙子还要收爷爷钱的道理？”

这下不只叶真，店里很多人的脸色都变了。

这话如果是在其他地方说，可能也只是单纯地辱骂罢了，但是在这里，这就是融入骨血之中的奇耻大辱。

战争结束了，那个时代也结束了，但是烙在他们灵魂里的伤痛却永世不灭——一些桑国人仍然声称，这两个地方的月国人其实是桑国人的后代！

这种恶意的揣测，放到世界上任何一个民族身上，都是无法容忍的耻辱！何况月国人对祖宗和血统，比其他任何民族都更加重视！

叶真双手发抖，玄鳞死死抓住他肩膀，压低声音呵斥：“别冲动！先等等再说！”

那个桑国人哈哈大笑，他的同伴往桌子上扔了张钞票，把他拽了出去。

叶真已经听不见其他什么了，看见他们要走，几乎是两眼发红地往上冲，玄鳞一把按住他，兜头一巴掌甩过去，厉声道：“你想当街闹事吗？”

叶真全身发抖，牙齿咯咯作响，玄鳞盯着他看了好一会儿，他才渐渐稍微恢复了一点儿神智。

“老子要废了他们，”他神经质地重复，“老子要废了他们！”

玄鳞皱眉，半晌道：“这里有警察，有法律，如果你被抓进去，要保你出来会很困难，懂吗？”

叶真又清醒了一点儿，说：“我懂。”

他眼底的血色渐渐退去，但是眼神仍然冰冷刺骨。

玄鳞放开钳制他肩膀的手，盯着他看了几秒钟，点点手表说：“我等你二十分钟，快去快回。”

叶真喘着气，缓缓点了点头，转身飞快地大步跑开，很快便消失在街角。

那天晚上叶真回家的时候，用外套兜帽遮着脸，嘴角瘀青一块，一看就是被人揍的。

龙纪威靠在沙发上看文件，伸手招了招，说：“叶十三！过来！谁打你了？”

叶真闷着头在他面前晃了一圈，一声不吭，躲进房间去了。

龙纪威奇道：“这孩子失恋了不成？”

玄鳞叭叭地捏着手指关节，一脸趾高气扬地走过来，狞笑道：“没失恋，不过被他亲爱的二爸我给揍了。”

龙纪威问："你揍他干吗？"

玄鳞于是一屁股坐下，添油加醋把今天在小馄饨摊上的事情重复了一遍，说到两个桑国人用桑国话交谈的那段话时，龙纪威一下子就听懂了，惊奇道："这年头还有这么彪的桑国人？走街上不怕被人套麻袋吗？"

玄鳞漫不经心地道："二百五走到哪里都有……老实说吧，那俩人今天就算没遇上咱儿子，也绝对没法善了，当时店铺里那么多人呢。"

他又把叶真跑去找那俩桑国人的经过跟龙纪威汇报了一遍，语调之间颇有点儿沾沾自喜："咱儿子还是很聪明的！抢了钱包就跑！跑到没人的小巷子里直接开打！五分钟解决战斗！"

龙纪威说："很好嘛玄鳞同志，叶十三小同学跟着你不仅学会了打架栽赃，还学会了抢人钱包……"

玄鳞佯怒道："是他们先出言不逊……"

龙纪威翻一页文件，冷淡地道："你也可以照着你对叶十三小同学的样子往我脸上来一拳，然后试试看你能不能活着走出这道门……"

玄鳞："……"

玄鳞立马乖了，双手捂胸做热泪盈眶状："我这是在对亲爱的儿子进行爱的教育啊！我要是不揍醒他，那俩桑国人现在就已经可以送去烧了啊！你知道吗，咱儿子把那两个人踩在脚底，十个手指一根一根拧下来，拧一根问一声，'谁是谁爷爷？嗯？谁是谁爷爷？'

"在叶十三小同学狂性暴发大开杀戒的时候，是我冲上去，平地一声大喝，唤醒了迷途上的羔羊！然后把他提溜回家来的。"

"……你怎么说的？"

"咳咳，我说！"玄鳞昂首挺胸，正气凌然道，"我照头给了他一巴掌，说'毛庆熙！别打了！你妈叫你回家吃饭！'"

龙纪威："……"

龙纪威面无表情地盯着玄鳞，半晌缓缓道："你们俩真是坏透了……"

小房间里没有开灯，叶真躺在床上，盯着昏暗里天花板模糊的轮廓。

他本来以为愤怒的余韵会持续很久，谁知道躺下来的时候，精神感到的只有疲惫，甚至连身体的感觉都麻木了。

他想起以前拜师学艺的时候，祖师曾有一句教导："我们习武之人，须忍得常人所不能忍，更需超出常人之品德心性，以德报怨，可感化他人，方能成就上上之境。"

当时叶真年幼，立刻驳回祖师："圣人说，'以德报怨，何以报德'，师父何解？"

祖师不悦反问："竖子！依你之见又该怎样？"

叶真道："以直报怨而以德报德，可称君子；以怨报怨而以德报德，是人真本色！"

叶真因为这一句话而吃尽苦头，最终被师门遣送回家，师父对他的评价是：少年顽劣，心性偏执，不是个可以习武的人。但是他父亲并不认同，叶真的习武天赋是十里八乡远近闻名的，于是很快便为他找了另外的师父学习点穴秘术。

点穴不像武侠小说里写的那样，是门随随便便什么人都可以学的功夫，实际上在一些地方，被允许学习点穴的弟子都是经过层层考验的，人品和德行必须完美无缺，性格稍微有点儿瑕疵都不行。

叶真的第二任师父跟那位"以德报怨"的老师父不同，相当喜欢这个年少气盛的小徒弟，还多次跟人称赞他"心地纯良，灵台明净，将来必成大器"。

如果没有屠城之事的话，叶真也许真的能继续修炼下去，直到成为罕见的高手，甚至是一代宗师。

但是那场大屠杀爆发了，曾经的叶真生命走过十五岁，然后便"死"在了他自幼的信念之下：以怨报怨，以德报德；以牙还牙，以血还血。

他永远也无法像这里的人一样"宽容、谅解"，他最想做的，便是十倍百倍将自己的怨恨和愤怒发泄出来，不管对方是山氏家族的人，还是口无遮拦行为张狂的普通桑国人。

就算有玄鳞在身后紧紧拉着，他也无法避免地走向了深渊。

那条路没有光明，没有终点，不能回头。

叶真沙哑地叹了口气，紧紧闭上眼睛。

房间门被轻轻推开了，玄鳞敲了敲门板，问："儿子，你睡了吗？"

叶真闭着眼睛，懒得动弹。

房间里一片沉寂，半晌，玄鳞淡淡地道："如果你还是想不通，可以自己一个人慢慢待着，直到想通为止。晚饭留在餐桌上，饿了自己出来吃。"

门锁"咔嗒"一声轻响，门关上了。

就在叶十三小同学躺在床上跟他爹赌气的时候，宁城市某医院手术室外的走廊上，电梯门打开，顾川被一群手下围着，大步流星地匆匆走来。

他的助理原浸纯匆忙迎上，恭恭敬敬地呈上医生的报告夹："顾川先生！医生的初步报告已经出来了，山田君的手指有可能要截肢，而且就算治好，以后也不可能再使用手指了！"

顾川冷冷地问："另一个人呢？"

"情况稍好，但是同样十指粉碎性骨折，所有指骨都被矬成了碎片……手术可能还要进行两三个小时……”

助理的声音越来越轻，顾川脸色冷漠，走廊上没有一个人敢出半口大气。

半晌才听他低声问：“他们两个在大街上对着一群月国人说出来的话，你们敢在我面前重复一次吗？”

连助理都竭力低下头，只恨自己不是空气。

“我三令五申过多少次，这里是月国，在这里跟当地人接触要非常小心，敢挑事的活该被人打死在大街上！我说过多少次！”

顾川顺手把文件夹往保镖头上一摔，保镖被抽得一个趔趄，慌忙蹑手蹑脚地低头站稳。

助理拼命鞠躬，声音颤抖：“对不起！对不起！顾先生！被打的两位同事是山老夫人带来的人，我们一时管理疏忽，请顾先生不要怪罪！不要怪罪！”

顾川正要说什么，电梯门在他身后打开了，一个懒洋洋的声音拖长了语调：“哟——表兄，您又因为一点儿小事而教训家犬了吗？真是严苛啊。”

顾川一回头，一个穿着花衬衫、黑西裤，酷似山地崇的年轻人倚在电梯门上，两个女人低眉顺眼地陪在左右。

“哈喽，好久不见啊！顾川表兄！”

顾川低声道：“山地仁……你怎么来了？”

被称作“山地仁”的男子歪着头，挥了挥手：“因为据说我那可爱的弟弟阿崇醒来了啊，作为山家的长子，有必要来亲手恢复家族被折损的骄傲嘛。没想到我刚来就碰上这么热闹的事，我母亲所豢养的狗被人打断了一嘴的利牙，这是真的吗？”

他一手插在口袋里，漫不经心地顺着走廊走进来，两边的人都对他九十度鞠躬。

顾川冷淡而简短：“他们碰见了那个打伤阿崇的人，因为出言无状，被打断了十根手指。”

“啧啧啧，就是那个自称叶真，真名叫毛什么的？”

“毛庆熙。”

“哦哦，毛庆熙。”山地仁对他的一个女伴做了个夸张的“原来如此”的手势。

“好吧，表兄，既然我已经来了，那么为了平息母亲大人的怒火，我就先去会会我们那位英勇的小朋友，当然，如果你愿意一起来的话也无妨，我们可以一起提着他的头和身体去见母亲……嗯，您觉得呢？”

顾川看了他一眼，目光里有着不易为人察觉的嘲笑：“不了，我等你的好消息。”

山地仁挑起一边眉毛，彬彬有礼地耸了耸肩，仿佛非常遗憾的模样。

“记得约束好你的人。”顾川大步走向电梯，跟他擦肩而过的时候丢下一句，“如果你们再惹出什么麻烦，我绝对不会替山氏家族收拾任何烂摊子了。”

山地仁“啧啧啧”地摇头晃脑半晌，直到顾川带着他的人离开医院，他才回过头，望着空荡荡的走廊，冷笑道：“遵命……我说一不二的、无所不能的表兄大人。”

第7章
山地仁

柒

毛庆熙没想到，事情进展得竟然这么顺利。

当“市三好学生”的预评结果出来时，有个评定老师暗地里把消息告诉他们，说毛庆熙在“校内外有突出事迹受到表彰”这一项稍微有所欠缺。毛书记打了个电话跟学校商量了一下，决定对此“做点儿安排”。

所以当教导主任把他找去，告诉他因为他在校外智斗体校小混混，救下被抢劫的小学生，派出所特此提出表彰的时候，他还以为这只是父亲的“安排”。

教导主任也说得有鼻子有眼的，还把被揍的几个小混混照片拿给他看了，满脸激动地道：“被抢劫的小学生说了，救他的那个人留下名字叫毛庆熙，确定是你吗？没有第二个毛庆熙了吧？”

毛庆熙“心知肚明”，谦虚地默认了。

一旦他认了，一切都好办了。

教导主任火速把消息汇报上去，一切手续都准备好，并顺便把这个好消息通知了毛庆熙的父亲。

对方一听电话，还以为是学校抢先一步为儿子竞争“市三好学生”而准备的“台阶”，所以也心照不宣，哈哈大笑道：“很好！很好！我儿子能长成这样，学校的培养功不可没啊！”

教导主任很高兴，毛父很高兴，毛庆熙有点儿心虚的同时，也是有点兴高采烈的。

大家都很高兴的同时，没有人想到，坐在酒店露天游泳池边的山地仁也微微地笑了。

“他承认就是他了？”

手下一欠身，毕恭毕敬道：“是的！连那几个小混混的照片都给他看过了，那个毛庆熙没有否认！”

山地仁用桑国话笑道：“这就是月国人说的，踏破铁鞋无觅处，得来全不费工夫……顾川把这座城市翻了个遍，却被我捡了个现成的功劳。”

身材火辣穿比基尼的女人娇滴滴依偎过来，掩口笑道：“那大少爷打算怎么收拾那小子呢？那小子害得二少爷至今还……可要好好教训一番才是。”

“是啊，不然怎么体现我身为长兄的慈善和仁爱呢。”

山地仁漫不经心地端起鸡尾酒喝了一口，阳光照在粼粼水波上，反射出微许金光。他眯着眼睛看了一会儿，突然拍掌道：“有了！我们从桑国实验室里带出来的那几个失败品，还没有完全销毁吧？”

那女人好奇地瞪大眼睛，手下却立刻点头：“没有，一直锁在笼子里严加看守。”

“那就好了嘛，请这位毛庆熙帮我们处理吧，不过人家是客人，你们可得好好地请，千万不能失礼啊。”

手下已经为山地仁做事很久，早就熟悉了这位笑里藏刀的大少爷风格，闻言半点迟疑都没有，立刻点头称是，悄无声息地退出去了。

那女人却把丰润白皙的手臂挽到山地仁肩膀上，娇声问：“大少爷！咱们从桑国带来什么了啊？什么试验品失败品的，我怎么都没听说过？”

山地仁淡淡地道：“你不需要知道。”

那女人本来只是撒个娇，活跃下气氛，谁知道却被兜头泼了盆冷水，当即闭上嘴巴什么都不敢说了。过了好一会儿，看山地仁表情没那么冷淡了，她才小心翼翼地挺了挺胸，问：“大少爷，我今天穿的这件泳衣好看吗？”

山地仁扫了她一眼，目光在丰满诱人的身上瞥过，漫不经心地笑道：“你本来就很好看。”

女人邀宠般凑上来亲吻他。

“不过我见过比你更美的人，”山地仁把玩着那女人的长发，低声道，“你拍马都比不上……比不上人家的一根手指头。”

那女人僵了一下，嘴唇都有点儿抖了：“那既然大少爷喜欢……为什么……不把那人弄来呢？”

山地仁不说话，半晌才低低地笑了起来。

他虽然笑着，但是只要熟悉他的人都知道，这笑声绝对不代表他心情很好，甚至恰恰相反。

“我倒是想啊，”他语调很轻松地说，“可惜那人位高权重，你我加起来，都不够他一根手指头的呢。”

他说话的时候，语调里似乎有些戏谑，又有些嘲讽，听不出来是真是假。那女人被他绕得晕晕乎乎，又不敢随意发问，心里简直好奇到了极点。

所幸山地仁也没有注意她，他似乎有很重的心事，只懒散地把玩着那女人的头发，过了好一会儿，才可有可无地吻了下去。

女人倒是立刻热情迎上，波光粼粼的游泳池边，很快便响起了不堪入耳的调情和呻吟声……

叶十三小同学跟玄鳞大人的大战还在继续。

龙纪威快被这对父子搞疯了，晚上他跟龙城方面打电话，老于在听筒里汇报：“培养基实行了新生态循环培养系统……游离体数量稳步增长……老龙走后没东西能欺负它们了，几只缓冲体每天都吃得肚子溜圆……”

玄鳞拍着沙发怒吼：“小屁孩儿滚开！自己去睡小床！”

叶十三站在桌子上怒吼：“龙纪威答应考试进步就陪我睡！龙纪威不会食言！哼哼哼！”

龙纪威：“……”

老于：“……”

玄鳞讥讽：“是啊，考试进步，从倒数第一进步到倒数第二是吗？二爸好为你骄傲哦……”

叶十三静默几秒，暴怒道：“好吧！我去打地铺！打地铺成了吧！我就在你床边打地铺看你敢怎么样！”

龙纪威：“……”

老于：“……”

老于终于忍不住问：“龙处，你什么时候生的小孩？还是送回龙城来上学吧，哎呀我跟你说，我女儿他们学校……”

“老于，”龙纪威问，“你想挨揍吗？”

老于像唐僧一样无休无止哀怨地碎碎念着，龙纪威终于发挥身为上司的特权，“砰”的一声挂断了电话。

不仅仅是晚上睡哪儿，连叶十三小同学的接送问题都日益严峻起来。随着父子大战进一步升级，叶真开始拒绝晚上坐玄鳞的车回家，龙纪威不得不承担起接送小孩上下学的重任。

这对龙纪威来说实在有点儿强人所难，每当他没空去接，让玄鳞开着他的车去学校的时候，叶十三小同学就跑到离学校不远的一个小仓库里躲着，表达他无声的抗议。

然后玄鳞同志便骂骂咧咧的，跟在不听话的儿子屁股后边满街跑，把青春叛逆期的小孩抓起来绑回家，把他丢给龙纪威去打滚哭诉抱大腿。

一来二去，叶十三小同学对放学后落跑的行为越来越熟练，那座人迹罕至的废弃小仓库也被他划成了“叶真的地盘”，甚至还藏了几个练功用的铁砂袋。

然而不论是他还是玄鳞，都没想到这种青春期小朋友的幼稚行为，竟然惹来了自从叶真上学之后的第二个大麻烦。

那天晚上放学晚了，毛庆熙在校门口跟他那几个哥们匆匆分手，然后快步往大街上走去。

然而平时等在那里的司机没有出现，只有一个穿暗红色衬衣的年轻男子靠在越野车边上，低头点香烟。

毛庆熙还以为是新来的司机，满腹疑惑地走过去，上下打量着他。

那年轻人看着面相很风流，风流中又有点儿精悍，不疾不徐地抽了口烟，又慢慢吐出来，微笑着问:“毛庆熙？”

毛庆熙点点头，问:“你是谁啊？”

年轻人一笑，又问:“叶真？”

这下毛庆熙愣了。

但是那人不在乎他是什么反应，微微笑着，对他身后使了个眼色。

毛庆熙还没来得及回头，肩膀就被人一左一右按住了。这时候大街上根本没人，他连挣扎呼救都来不及，直接就被人堵了一张浸透乙醚的手帕。

“你们……我爸爸是……唔！”

毛庆熙只来得及吐出几个模糊的字句，就两眼一翻昏过去了。

山地仁摸着下巴，评价：“比我想象中好对付多了，早知道就不搞那么多前期准备了，真是麻烦。”他意兴阑珊地挥挥手，两个保镖一人抬头，一人抬脚，把毛庆熙扔到车上，关起门来一溜烟开走了。

谁都没有注意到，同一时刻不远的巷口里，叶真躲在半人高的垃圾箱后，瞪大了眼睛，不知所措。

这玩意儿应该叫绑票吧，还是叫抢劫？电视上说这种手帕往人鼻子上一捂就能让人昏过去，比古代的蒙汗药还管用，难道就是那个吗？但是那伙人绑架毛庆熙干什么呢？那家伙家里据说很有钱……难道是为了勒索赎金？

毛庆熙会被杀吗？报警有用吗？话说回来这家伙一直看我不顺眼啊，我要帮忙吗？

叶真纠结了几秒，身后远远传来玄鳞的咆哮声：“叶十三小同学！你妈叫你回家吃饭！躲哪里去了！”

叶真瞬间做好决定，顺着墙根偷偷溜了出去，往周围环视一圈，追着那辆汽车离开的方向跑去。

叶十三小同学虽然有救人的心，却没有认路的本事，在学校周围的十字马路上转了一圈，很快迷失了方向。

悲剧了的叶十三，第一没有柯南的道具，第二没有柯南的本事，第三没有柯南的太阳能加速滑板，他晕晕乎乎绕了半天，最后一抬眼，发现自己站在熟悉的仓库门前。

叶真窘了。

哎呀，不管了，玄鳞马上就会追来的吧，待会儿把事情告诉玄鳞好了，他是大人嘛，大人有责任替小孩子解决问题的嘛。

想通这一层的叶真如释重负，于是爬到仓库顶上去，打算把他藏起来的零食和漫画书拿出来晒一晒。

不得不说叶真有个致命的缺点：他的重点很容易被转移，可以轻易被人勾走注意力，至于考试考到一半，突然对窗外小鸟产生浓厚兴趣而弃卷不写等事例，更是多得不胜枚举。

所以当他躺在仓库顶上，一边翻着喜羊羊与灰太狼漫画一边吃着饼干，然后突然听见身下仓库里响起暴吼的时候，他着实被吓了一大跳。

叶真手忙脚乱地爬到仓库顶上一个通风口边锈烂的缝隙上，透过巴掌大的洞口往里看，从这个角度看不到仓库全景，只看到毛庆熙瘫坐在地上，望着前方，仿佛非常害怕的样子。

怪叫声还在继续，听上去像某种野兽，又像是精神病人，叶真听得心惊胆战，想看看那到底是什么东西，但是怎么也看不到那个角度。

另外，还有个年轻男子的声音在说话，口音怪怪的，就像他以前听过山地崇那些桑国人说月国话的音调一样。

难道是桑国人？叶真耳朵敏锐地立了起来。

只听那声音淡淡地笑着，说："在下其实很敬佩老弟你，虽然你伤了我弟弟和董君，但是世界上能赤手空拳让他们受伤的人想必也不多，在下一向敬佩有本事的人。"

毛庆熙颤抖着叫道："什么董君？！"

他的样子太过狼狈，山地仁眯起眼睛，眼底有点儿狐疑之色。

一个让顾川那样的顶尖高手都心存忌惮的少年，应该不会如眼前这毛庆熙一样，满脸仓皇不知所措的吧，况且他说"什么董君"的时候，脸上的表情也确实不像是说假话。

"董君就是那个被你踩在脚下伤了脊梁骨的人，现在已经瘫痪在床了，我弟弟则被你点中章门穴，到现在还没有恢复。听说你的目标是杀尽我山氏家族的人，不过可惜，今天要殒命于此的，估计是老弟你了。"

山地仁心不在焉地挥挥手，说："开笼，送叶真老弟上路。"

与此同时，他周围空地上的五个人同时拉下笼闸，一声暴吼震破耳膜，全封闭的金属笼子慢慢打开，一个身体高达两米、全身肌肉胀裂的恐怖人形怪物慢慢走了出来。

毛庆熙已经被吓得神志不清了，尖叫一声踉踉跄跄地往后跑。

房顶上的叶真也快神志不清了，那个桑国人要找的人是自己？那他找毛庆熙干吗？这事跟毛庆熙有一毛钱的关系吗？

他说山地崇是他弟弟，难道那人也是山氏家族的？怎么下场一个又来一个？！

毛庆熙尖叫："救命！救命！救命啊！快来人啊！"

怪物仿佛没有智商，茫然地往前走，沉重的脚步在地上发出轰响。

山地仁摸着下巴，若有所思道："我那尊敬的表兄大人该不会是弄错了吧，这真是伤了董君和阿崇的人？"

手下笑道："董先生虽然厉害，又怎么能和这怪物相比？它虽然是失败品，但是从基因层面来说，跟月国的那个'活标本'已经非常相似了。"

"不，那个叶真一定是个高手，真正的高手，这种人不论面对多强大的敌人，都不会被吓到尿裤子。"山地仁仿佛感觉很有趣地笑了起来，"顾川一定是弄错了。"

"大少爷……那我们怎么办呢？"

毛庆熙腿抖得没法迈开，哆哆嗦嗦地蹲在墙角，恐惧地望着怪物一步步直直走来。

山地仁懒洋洋反问："错了就错了，难道还能把人送回去不成？"

手下心照不宣地笑了起来，不再说话。

毛庆熙觉得自己真是完了，他从来没有像这一刻如此清晰而直观地感受到，自己真的要完蛋了。

怪物喷着腥臭气息的嘴已经近在咫尺，只要再走近一步，它就能用巨大的爪子撕裂自己的身体。

他知道自己应该站起来跑，应该狂叫，应该把人吸引过来，应该报警……但是他脑子一片混乱，身体不受控制，腿就像触电一样拼命颤抖。

他从来没有想过死亡会这样降临，如此突兀而没有征兆，甚至来不及跟爸爸妈妈，跟他的朋友们稍微做一下告别。

他不甘心，不甘心。

有谁能来救救他，把他从这个无端的噩梦里拉出去？只要有人稍微伸一下手，稍微救一救他……

怪物俯下身，张开几乎裂到脸颊边上的血盆大口——

"啊啊啊啊——"

毛庆熙撕心裂肺惨叫起来，就在那一瞬间，一道黑影从天而降，凌空一记返身后旋踢，把怪物庞大的头狠狠扫偏到一边！

毛庆熙的惨叫卡在喉咙里，叶真飞身落地，出于惯性退后了半步，抱着脚惨叫："哎哟！好硬啊！"

毛庆熙："……"

怪物被狠狠一踢，仿佛有点迷糊，在原地呆愣了好几秒没有动，叶真一把抓起毛庆熙，厉声喝道："还不快走！"

毛庆熙被吓得腿已经软了，哆哆嗦嗦地站不起来，叶真一把扛起他，刚往前跑了一步，脚下“砰”的一声巨响。

子弹打在地面上，迸溅出细微的青烟。山地仁抬了抬枪口，紧盯着叶真，缓缓问：“来者何人？”

毛庆熙看到枪，彻底瘫了。

叶真看到枪，彻底怒了。

“什么何人，老子是你大爷！”

人形怪物从后面扑来，惹得毛庆熙一声尖叫，叶真一把推开他，伸手猛抓怪物左心。那怪物的皮肤虽然坚硬如铁，但是叶真的指力岂是一般人可以想象的？只听“噗”的一声，他五个手指同时嵌进了怪物的心脏位置，深入血肉大概有一两厘米。

那怪物仿佛感觉不到疼，怒吼着往前走，叶真抵挡不住，勉强退后半步。

同时他的手指也更加深入怪物的肌肉，一阵钻心的剧痛传来，叶真脸颊肌肉抖了一下，他的指甲因为压力过大而和手指分裂了，鲜血顿时顺着手指倒流下来。

“吼吼吼吼！”怪物伸出巨掌，仰面冲叶真猛拍下去！

叶真身体不动，双膝微微一弯，扬手将怪物的巨掌当头一挡！那真是硬碰硬的一击，叶真只觉得整个身体犹如雷击，膝盖差点没支撑住，险些跪倒在地。

毛庆熙见了鬼一样尖叫：“叶十三！叶十三！！”

山地仁摸着下巴：“叶十三？”

叶真厉喝：“给我闭嘴！”紧接着手指狠力往里一抓，瞬间抓下怪物心口连血带肉一大团来，然后手脚并用狼狈退后！

怪物连连暴吼，已经彻底被激怒，沉重的身体直接冲了过来。叶真仗着身体灵活，连连躲闪，并冲着毛庆熙喝道：“给我起来！捡个棍子给我，快！”

毛庆熙已经被吓傻了，叶真连吼几次，他才哆哆嗦嗦地爬起来：“棍子，棍子……啊！”

他从仓库角落的废料里翻出一根凳子腿，只有半米来长，颤抖着往叶真的方向一扔，叶真头也不回凌空一抓，顺势往怪物脑门上狠命一挥！

“砰”的一声闷响，那怪物摇晃几下，棍子竟然没有断！

就在那千钧一发的瞬间，叶真回身猛跑，飞墙走壁几步，凌空一个后空翻稳稳落在怪物肩头，顺势往下一骑！这样他双脚踩在怪物两肩上，整个人下蹲如同虾米，大腿夹住怪物的后脑，用棍子相对较尖的那一头对准怪物眼窝，狠狠往里一捅！

咆哮声瞬间惊天动地，怪物眼窝爆出一团乌黑的浓浆，轰隆一声巨响，沉重的身体小山一样摔倒在地。

叶真顺地一滚，一连串动作惊险流畅漂亮无比，如果不是毛庆熙已经被吓傻了，说不定还得给他叫声好。

少年气喘吁吁地站起来，白衬衣被扯裂了几个纽扣，到处是脏污和血迹，袖口挽到胳膊肘，一只手上五个指甲外翻，鲜血顺着修长的手指一滴一滴落到地上。

毛庆熙呆愣几秒，“哇”的一声大哭起来，叶真满脸不耐烦，当即手起掌落。

“扑通”一声，毛庆熙安静了。

“啪，啪，啪”，山地仁缓缓鼓掌，微笑道：“你才是叶真。”

叶真喘息着，淡淡地问：“你又是谁？”

“我是山地崇的长兄，你还记得山地崇吧？就是那个被你点了章门穴，至今躺在床上苟延残喘的家伙。”

山地仁笑了笑，十分戏剧化地伸出手，假装跟叶真隔空握了握手：“我叫山地仁，按月国人的话说，是仁慈的仁。”

叶真冷淡道：“我没见过仁慈的桑国人。”

“我正要对你展现我难得的仁慈呢，叶真君。”山地仁顿了一顿，对手下一伸手，笑道，“叶真君这样难得的高手，如果一点儿反抗机会都没有就死在枪弹之下的话，那就真是太残忍了。”

手下会意地从后腰拔出一把匕首交给他，山地仁扬手一挥，“哐当”一声丢到叶真脚下。

“我给你这个机会。”山地仁笑道，“为了表示我对你重伤阿崇的感谢，以及……一点点敬佩之情吧。”

叶真弯腰捡起匕首，搁在手里掂了掂，冷冷地道：“你会后悔的。”

山地仁还没来得及答话，叶真猛一甩手，匕首闪电一般飞旋出去，犹如腾飞的毒蛇一样瞬间划过离他最近的一个桑国手下的手腕，溅起血线又瞬间飞回，被叶真一把抓在手里。

“啊啊啊啊！”那手下捂着手号叫着倒在地上，看那阵势，手筋已经被整个割断了！很快地上就积了一片血洼，那手下痛苦地翻滚着，看上去触目惊心！

叶真捏着匕首尖，淡淡地道：“我就说你会后悔的。”

山地仁一动不动盯着他，满脸煞气，却慢慢浮起一点冰凉的笑意。

“已经很多年了，没人能在我眼皮底下伤我的人。”他缓缓道，“你是第一个。”

叶真一仰下巴，轻蔑道：“肯定也不是最后一个！”

少年的下颌线条极为清瘦好看，仿佛刀削出来的玉雕，支撑着强硬而不弯折的傲骨，说不尽的俊秀和风流。

那只是个半大的孩子，因为清瘦而显得格外荏弱，因为五官标致而有些太过秀丽，然而当他这样挺直腰背、仰起头的时候，那慑人的骄傲和悍气，仿佛让他凭空拔高了一截，让所有人都生出一种难以自制的仰视感。

山地仁眼底怒色一闪而过，然而就在这一瞬间，叶真的身体如同离弦的箭一般弹射了出去！只是一道灰影闪过，动作快得仿佛脚不着地，电光火石间便掠到了山地仁身后那个助手身前！

他动作这么快，别人都没有反应过来，他就已经侧着紧紧贴上了助手的身体，甚至直接来了个脸对脸！

那助手只来得及徒劳地举起手臂，他甚至发不出半点儿声音——叶真便反拿匕首，振臂一挥，刀尖直直刺入他的腹腔！鲜血瞬间涌出，那助手脸上还凝固着惊恐的表情，就这么缓缓地瘫倒在地。

叶真半个身体沾满了血，血滴顺着刀尖汩汩而下。

仓库里没人发出声音，一片恐惧到极点的静寂。

“桑国人，”少年用刀尖挨个点过他们，淡淡地道，“不姓山的，跪下来叫我一声‘爷爷’，便饶你们一条贱命。”

第8章

定战约

捌

龙纪威正在书房里忙着，突然手边的电话响起，是玄鳞。

“儿子出事了，九处的车在楼下等你。”

玄鳞很少有这么干脆利落的时候，他跟龙纪威说话的时候一般要耍耍赖，东拉西扯很久，即使是最危急的状况也毫不影响他跟龙纪威说话的好心情。

龙纪威立刻放下电话站起身，从椅背上抓起外套，匆匆奔下楼。一辆锃亮的防弹越野车等在那里，两个工作人员二话不说拉开门，龙纪威随即坐了进去。

一切就像在龙城时那样，甚至让他恍惚间产生一种“又在出紧急任务吧”的感觉。

但是那只是错觉而已。

他已经离开龙城小半年了，是他自己选择跟玄鳞逃出来的，为了躲避一次被玄鳞挑起的、难以解决的国际争端。

“一个叫叶十三的少年在学校附近的仓库里跟一伙桑国投资团发生了争执，对方出动C级缓冲体，叶十三杀伤对方十几人，重伤缓冲体，但是没有完全摧毁头部，导致缓冲体自我修复完毕后发狂，情况十分危险。”

龙纪威裹在黑风衣里，半张脸隐没在领子后，显得脸色非常冷淡：“桑国的C级缓冲体怎么能带到这里？”

“那是个失败品，”工作人员一边开车一边解释，“本来是带来交给我方相关人员摧毁的，这也是国际惯例……不管怎么说，已经被老龙完全制服了。”

车在仓库外五十米左右停下，龙纪威一下车，就看见周围全拉上了黄色警戒线，几个九处的工作人员提着箱子守在外围，一个个严阵以待，看到处长驾到，紧张得都快要哆嗦了。

警戒线里满满的都是人，有特调局的，有九处的，也有普通警察，还有一辆救护车，上面塞满了伤员。玄鳞站在仓库门口，那么多人围在一起，只有他身边有着一块小小的空地。

很多人偷偷打量他，却没有人敢走近。特调局的几个工作人员围在边上，一个个看他的眼神都难以形容，就仿佛守财奴看到了印钞机一般。

龙纪威快步走去，越过玄鳞的肩膀望向仓库里，只见地上到处是血。

普通人类的事情九处一般不关心，龙纪威问：“缓冲体呢？”

玄鳞完全不避忌，正大光明揽着龙纪威的肩膀，下巴朝一边扬了扬。

那里放着一个巨大的皮箱，是九处专门用来回收缓冲体的器材，能有效隔离缓冲体身上散发出的剩余辐射，避免在销毁过程里伤害到工作人员。

龙纪威走过去，打开皮箱往里看了看。

有几个警察想阻止，被九处的人强硬推到一边。

玄鳞把毛庆熙的事情简单叙述了一遍，大概说明了叶真为什么会跑去仓库、为什么撞见桑国人，又指指皮箱，说："叶十三小同学捅烂了它的一只眼睛，但是没有完全摧毁它的脑组织，就把它放到一边去了，然后他跟那几个桑国人打了起来，大概花了好几分钟时间，直到缓冲体自我修复完毕，重新站了起来。"

玄鳞看龙纪威难看的脸色，体贴地把皮箱关上："溃烂和烧灼是我造成的，我赶到的时候咱们儿子已经被压着打了，我一时没控制住，稍微下了点儿重手。"

一个工作人员毕恭毕敬请示："处长，怎么办？"

龙纪威捂着嘴挥了挥手，那意思就是"处理掉吧"。

几个人立刻合力抬起箱子，搬到特调局的专车上。

玄鳞扳过龙纪威的脸，仔细端详着："你心情不好？喂，不是吧，比这更恶心的你都见过……"

"不，不是。"龙纪威咳了两声，平静下来道，"你没有发现，那个缓冲体不是培养出来的，是……人为的。"

他顿了顿，继续低声道："他本来是个人，桑国实验室在他身上植入了缓冲体的组成部分，使他成了缓冲体的活体宿主，同时基因也发生了改变。"

玄鳞无辜道："哦？所以？"

"……算了，"龙纪威脸色仍然不大好看，说，"你没法理解的。"

玄鳞莫名其妙地耸耸肩，半晌说："你知道的，除了你之外人类在我眼里没有什么不同，都不过是自然界里的生物罢了。人吃猪和人吃人，对我来说都没有什么分别……抱歉，我的话可能会让你有点儿不舒服。"

他小心翼翼地偷看龙纪威的脸色，突然一拍掌，高兴地说："快看！儿子出来了！"

叶真从医疗车里走下来，两个九处的人跟在他身后，如临大敌。

叶真完全没在意有谁跟着他，他低着头，衬衣破破烂烂，下摆被随意塞进裤腰，整个人仿佛被血当头泼过，左手从指尖到手肘被绑了厚厚的绑带。

他看起来有点儿落拓，非常瘦削，但是又有种十分野性的冲击力。

那种少年的精悍和锋利，那种不符合年龄的沉静和沧桑，从骨子里透出来，把别人都压得不敢靠近。

龙纪威点了一根烟，静静地看着他一步步走来，最终停在自己面前。少年没有抬头，露出被汗和血浸透的乌黑的短发，以及一截耿直修长的后颈。

不远处，九处的人拦在警察面前，警察不断尝试着想走过来，特调局的却更加强硬，重复道："你们不能带他走……对，不能！这是规定，已经超出你们的管辖范围了……”

龙纪威看着叶真，瞬间有点儿恍惚。

他仿佛看到了几十年前的场景，看到了当年的自己。

就在这个时候，突然一辆大使馆的车开过来，几个警察护着山地仁走了过去，叶真立刻抬起头，微眯起眼，目光凶狠。

山地仁冷冷地看着叶真，突然视线余光瞥到什么，一转便看见和玄鳞站在一起的龙纪威。

那一瞬间他脸色变了，如果观察仔细的话，他目光甚至有刹那间的失态。

然而龙纪威对他根本没有任何关注，他甚至没有往山地仁的方向望一眼，只低头专注地看着叶真。

龙纪威完全没有注意到，就在离他几米远的地方，山地仁紧盯着他擦肩而过，目光简直可以把他整个人的皮肤血肉、五脏六腑给完全挖空穿透。

山地仁就这么眼睁睁地盯着他，却没有叫，也没有发出任何声音，直到他坐进桑国大使馆的车，单向玻璃的车窗缓缓摇上，遮住了他的眼睛。

汽车缓缓发动，很快开出了包围圈。

龙纪威盯着叶真，半晌摁熄了烟，顺手在少年满是血污的脸上擦了一把，低声道:“去洗一下，然后回家。”

叶真望着大使馆车离开的方向，半晌才收回目光，说:“哦。”

他用手臂上的绷带擦了把血，面无表情地走开了。

浴室里传来“哗哗”的水声，叶真赤身裸体地站在花洒之下，一只绑紧绷带的手臂支撑着墙壁，仰起头任凭水流从脸颊上冲到胸前，带走身上凝固的血迹。

如果这一幕被画家看见的话，一定会被热烈地赞美一番，然后被充满激情地画下来，但是现在浴室里除了叶真别无他人，少年疲惫的喘息和绝望，也没有任何人发现。

叶真低下头，水流哗哗冲击着他头顶，从脸颊和鼻尖上成串的流淌下去。

他本来有机会杀掉山地仁的，但是他没有，他没有抓住机会。

世界上最痛苦的感觉就是后悔，如果他下手狠点儿，直接灭掉那个人形怪物，如果一开始就夺了山地仁的枪……

叶真发出一声长长的、野兽般沙哑的叹息，他仰起头，闭上眼睛，让水流在脸上冲击了一会儿，才关掉花洒走出了浴室。

门外客厅里传来争吵声，两个穿灰色制服的男人正烦躁地站着，跟今天在仓库现场看见的特调局工作人员一模一样，两个人都提着皮箱，试图跟龙纪威解释什么，脸色都不大好看。

叶真光着上身，穿着长裤拖鞋，一边用大毛巾擦头发一边走向卧室，这时一个工作人员看见他，口气很不善地叫道："喂！等等！"

叶真停下脚步，目光漠然。

"你过来！到这边来！"

叶真没有动，看向龙纪威。

龙纪威坐在沙发上，背对着他，冷淡地问那个工作人员："你打算在我家里，对我的养子呼来喝去？"

那人恼羞成怒，忍着难堪说："龙处，我知道你有意见，但是按照规定他必须跟我们去龙城接受问话，他几乎挑起了一场外交战争，大使馆已经对我们提出抗议了……"

龙纪威说："具体情况玄鳞已经告诉你们了。"

玄鳞正在打游戏，一脸百无聊赖的神情。

但是客厅里的所有人都知道，就是因为这个男人坐在这里，他们才不敢有任何的轻举妄动，哪怕今天龙纪威铁了心不把那个少年交出来，他们也不能硬从他家里带人。

当年龙纪威从龙城出逃，千里迢迢，日夜兼程，桑国方面派了无数特工堵他，九处派了无数人马找他，但是玄鳞动一动手指头，那些精英们就全变成了战斗力负五的渣渣。

两个工作人员对视一眼，其中一个忍着气道："可是龙处，我们连当事人的面都没见到，回去怎么跟龙城方面交代？怎么跟桑国人交代？这次他们山地财团的董事差点就送命了……"

龙纪威淡淡地道："他们把C级失败品放出来害人的时候，有没有想过如何跟我交代？"

工作人员："……"

叶真盯着他们，从鼻子里发出一声哼笑，走进房间重重摔上了门。

客厅里的争论还在继续，叶真仰面大字形倒在床上，眼睁睁盯着天花板。

没过几分钟，门被敲了两下，紧接着被理直气壮地推开了。

玄鳞端着一盘鸡蛋炒饭走进来，喜滋滋地道："这是你最亲爱的二爸我炒的，你嫌难吃可以不吃……"

叶真一把抢过勺子，狼吞虎咽。

玄鳞又开了两瓶啤酒，自己一瓶，给叶真一瓶，说："男孩子应该学会喝酒，来尝尝。"

叶真左手拿不了东西，右手放下勺子，拿起啤酒来喝了一口，说："味道好怪，跟我们那儿的不一样。”

玄鳞不以为然：“人类的酿酒技术各有不同嘛。”

父子两人对坐了一会儿，叶真咽下一口饭，低声道：“你去跟龙纪威说，叫他别跟那俩人争了，我可以跟他们走，去交代那个什么问题……反正我又没有错。”

玄鳞眼皮不抬，淡淡地“哦”了一声。

“如果他们不相信，就叫那个山地仁来跟我当面对质。”

玄鳞又“哦”了一声，半晌仿佛觉得很有趣，问：“然后你趁机把他杀掉？”

叶真：“……”

叶真的小心思被果断识破，脑袋耷拉下来。

“你跟以前的龙纪威很像，如果没人管束的话，也许以后你就是第二个龙纪威。”玄鳞摇晃啤酒瓶，悠然自得地跷着二郎腿，说，“可惜你不走运，被我监管起来了。”

叶真立刻抗议：“为什么你不监管龙纪威？”

出乎意料，玄鳞竟然有片刻的沉默：“我没有办法，我做不到。”

半晌他又解释：“当时我受控于他，他想做的事情，我一概帮他完成，不管是对是错……心怀仇恨并且为所欲为，这养成了他心狠和偏激的个性。”

叶真斜眼看玄鳞：“龙纪威才不是这样呢。”

“那是因为时间，你不知道吧，当年龙纪威的姐姐……”

玄鳞顿了顿，仿佛在选择措辞：“龙纪威的姐姐，死在桑国人手上。”

叶真愣了一下。

“那是很久以前的事了，至少对人类而言是很久以前……从那时开始，他学会了报复和杀人，我便帮他杀，他变得越来越冷漠，没有喜怒，性格麻木，对人命完全不当回事。你知道经常跟他打电话的那个龙城的楚叔叔吗？那人也曾经差点儿被他杀了……”

叶真眼睛圆圆的，问：“为什么？！”

“顺手吧。”

叶真：“……”

“不过楚慈是个好人。”玄鳞又评价道。

叶真一副“大人的世界真可怕，我对这个社会绝望了”的表情。

玄鳞怒道：“你能不能别摆出一副中二少年的嘴脸！知道什么是中二少年吗？就是思想水平永远停留在中学二年级那年的夏天，又被称作中二病患者，被我这样成熟的大人揍一顿就自然痊愈了……”

叶真立刻反唇相讥：“当着客人面玩游戏的大人更中二吧！”

父子两人恶狠狠地对视，各自剑拔弩张，仿佛两只斗志高昂的大公鸡。

客厅里龙纪威的声音隐约传来："还有什么事吗？没事的话你们可以走了，麻烦你们帮我把门从外边带上……"

特调局的人快要疯了，声嘶力竭地大叫："龙处，您这是在逼我们跳楼啊！叶十三！叶十三同学，你出来一下……"

叶真嘴角抽搐，突然重重往床上一摔，沮丧道："为什么我不是毛庆熙那样的官二代啊！竟然要被你们挨个教训！没劲透了！"

玄鳞瞬间掀桌了："你还不算官二代吗？！叶十三小同学我警告你！你伟大的二爸爸我，可是一条真真正正的、如假包换的……"

客厅里传来震耳欲聋的手机铃声，打断了玄鳞热情洋溢的演说。

一个工作人员飞快接起电话，嗯嗯啊啊几下，声音突然变了。

"你说什么，要当面表示什么，慰问？！他们已经到哪里了，楼下？！龙九处长的楼下？！"

卧室门打开了，玄鳞和叶真父子俩的头出现在墙角，一个紧贴着另一个，两人表情都充满好奇。

工作人员挂了手机，脸上一副混乱到极点的表情。

"龙处……龙九处长，"他勉强咽了口唾沫，说，"桑国山氏家族派来代表，说要来慰问您的养子叶十三小同学，他们……嗯，他们已经到您楼下了。"

龙纪威："……"

玄鳞："……"

客厅一片死寂。

叶十三小同学咳了一声，走到玄关去仔细穿好鞋，紧了紧左手臂上的绷带，回过头来，淡定道："叔叔，请问，楼下是哪位姓山的前来领死？"

前来领死的不姓山，姓顾。

顾川穿着深色羊呢大衣，戴着鹿皮手套，手上撑着把黑色的伞。

天空不知道什么时候飘起细微的雪，叶真只穿着一件单衣，抱着手臂走上前，仰头看了顾川一会儿，迷茫道："你不是叫顾川吗？"

顾川微微低着头，五官严峻，眼神锐利，皮肤是均匀的古铜色，五官线条刚硬仿佛刀削。他眉心有着上位者常年威压所累积的细纹，看上去就给人一种非常冷硬、不怒自威的感觉。

昏黄的路灯给他半张脸投下阴影，半晌才听他淡淡地道："我姓顾，山地仁是我表弟。"

顾川站得离叶真很近，几乎一伸手就能碰到少年无辜的脸。

他手指动了一下，紧接着又垂下去了。

叶真睁大眼睛，惊奇地说："所以你跟他们是一伙的？！"

他说这话的时候一脸恍然大悟，紧接着后退半步，满脸警戒，眼神里还有一点微妙，仿佛在可惜：本来以为你虽然是个串串，但是还算好人，没想到跟他们是一丘之貉啊！唉！

顾川盯着他看了半晌，这次真的缓缓抬起手，拂去叶真脸颊上一片晶莹的雪片。

"作为对手，我要向你表达我的敬佩。我在你这个年龄的时候，甚至比不上你的一根小手指，直到我二十五六岁的时候，才勉强达到你现在的水准。"

叶真回过味来了，这不是变着法儿地说自己没他强吗？

顾川不顾叶真的脸色，缓缓道："拜岁月所赐，虽然我现在勉强胜你，但是你那可怕的意志和勇气，可能是我这辈子都难以拥有的……在这一点上，我必须对你服输。"

他眼睛一瞬不眨地看着叶真，微微欠下身去，行了一个非常克制而恭敬的礼。

叶真倨傲地站着，用眼角斜视顾川。

他这样其实非常孩子气，只有孩子才会用这样天真而纯净、完全心无杂念、骄傲并且毫不掩饰锋芒的眼神来看别人。

"叶真，"顾川低声问，"请问你愿意和我进行一场完全公平的比赛吗？"

叶真微微睁大眼，雪片落在他长长的眼睫上，闪烁着细碎的微光。

他似乎听不懂，呆呆地站在原地。

顾川道："如果你输了，请从此放过山氏家族，你之前所做的一切事情也一笔勾销。"

叶真嘴唇动了动，半晌才问："那如果我赢了呢？"

顾川温和地道："这是不可能的。"

这时，楼梯上传来一阵急促的脚步声，那两个特调局的工作人员气喘吁吁地奔下楼，紧张地围到顾川身边，不停地来回打量他们两人。

"顾先生，你们、你们没事吧？"

看他们的神色，大概以为叶真会突然暴起大发神威，把顾川撕成一块一块的碎肉。

顾川摇摇头，示意那两人少安毋躁，又转向叶真，说："如果你同意的话，我先让山氏家族的人回桑国，一个月后，我们在你当初秒杀董京男的那个地下酒馆见。"

叶真睫毛上的雪片化成了水，看上去眼睫湿湿的，发梢也湿湿的。

他只穿着一件衬衣，面容如冰雪雕琢而成，带着孩童般茫然的稚气。

顾川脱下大衣想要披在他身上，谁知还没碰到他，少年突然被惊醒一般，“啪”的一声打开了顾川的手，紧接着转身跑上了楼。

顾川直起身，望着他离开的方向，眼神茫然若失。

不一会儿，楼上一扇窗子被推开了，叶真半个身体探出窗外，手里拿着一团灰乎乎的东西，大声道:“喂！这是你的！”

顾川还没看清那是什么，就只见他一把将那东西扔下楼，羊毛围巾在半空铺展下坠，那是顾川那天晚上开车送叶真回市区的时候，亲手给他围在脖子上的。

顾川伸手把围巾抓在手里，上边仿佛还依稀带着少年的体温，他想起那天在纪念碑前看到的叶真，十几岁大的孩子，躺在碑下蜷成一团，仿佛一只刚出生就失去族群的可怜巴巴的幼兽，随时有可能被风雨吞没，只能战战兢兢地用柔软的爪子向路人呼救。如果那天他就认出叶真的话，他们两人之间，会不会发展出另一种不同呢?

顾川抓着那围巾，一时之间竟有些恍惚了，直到楼上“砰”的一声，他抬起头，才看见叶真已经轻快地关上了窗。

他抬头站着，等了很久很久，却再也没有看见叶真下楼。

第9章 欲除之

玖

那天晚上，叶真睡得迷迷糊糊，隐约听见客厅里传来玄鳞和龙纪威的交谈声。

玄鳞漫不经心地道："就让他去嘛，对孩子应该以自由放养为主，管制教育为辅，想当年老子刚成年就出了洞，大江大河五湖四海……嘿嘿……"

龙纪威冷冷地反问："叶十三小同学成年也需要一千八百年吗？"

叶真立刻清醒了，穿着奶牛睡衣，轻手轻脚地走到门边，只听客厅里安静了一会儿，玄鳞说："咱们儿子太顺遂了，应该有个人杀杀他的锐气。"

龙纪威语气很淡却很肯定，说："顾川会杀了他的。"

"不会的啦，人家说了要一场公平的比赛啦，就让儿子吃点苦头，回来就知道好好上学认真念书了，那什么山氏家族，谁是谁啊……"

龙纪威简直无奈了，又道："你不懂，叶十三跟大多数人都不一样，他身上背负太多，一次都输不起，一旦倒下就彻底站不起来了……"

"干吗要他站起来？小孩子就应该乖乖地该干吗干吗，难道他能像碰见我们以前那样，一天到晚跟踪桑国人，偷偷摸摸捅暗刀，指不定哪天就被人抓起来喂枪子儿了？"

龙纪威沉默不语，玄鳞又道："没有人是输不起的，就连我都输得起，只有曾经被狠狠打落在尘埃里的人，才能真正看清道路延伸的方向。"

黑暗的门后，叶真紧紧地贴在门上，一时间滋味复杂，不禁有点恍惚。

他们又争论了几句什么，龙纪威脾气比较冷硬固执，玄鳞则避重就轻，非常圆滑。最终龙纪威下了决定，说："我明天就打电话给楚慈，叫他把叶十三带去龙城上学，实在不行让韩越丢军营里管着，不管叶十三想干什么，等他十八岁以后脑子清醒了再说。"

"你这样人家不会领情的啦，小孩子要狠狠地教训一顿才知道好歹……"

门后偷听的叶十三："……"

叶十三小同学挣扎了一会儿，最终扛不过满满的睡意，打着哈欠无精打采地回去睡觉了。

第二天，龙纪威果然打电话给那位传说中"念书时成绩超好"的、在龙城当化学工程师的楚慈，请他有空来宁城接叶真去龙城。

叶真从没接触过这位经常跟龙纪威煲电话粥的楚叔叔，印象里他脾气不错，除了有点儿唠叨又有点儿毒舌之外，对人一般都有求必应的。

楚慈果然非常爽快地答应了，当场约定一周之后抵达宁城，在龙纪威家逗留三天，三天后带叶真回龙城。

玄鳞凑在话筒边上见缝插针地鬼叫："楚慈！楚工程师！叫韩越手制几斤香肠带来好吗？哥吃大排档吃得嘴里淡出鸟来了……"

电话那边沉默了一下，问："你愿意去吃跟我没什么关系啦，好吧，你想要什么列张单子出来，我试试看能不能说服韩越……"

叶真有点失落，早饭时恹恹地抱着粥碗，目光追随着走来走去的龙纪威移动，半晌问："爸，我可以抱你一下吗？"

龙纪威走过他身边，随手塞给他一个白水煮蛋："自己剥了沾点酱吃，马上收拾收拾出门上学，厚衣服已经给你挂在门口了……玄鳞！今天你送叶十三小同学去学校，我有个电话会议要开！"

玄鳞对叶真挤眉弄眼："儿子乖，别招惹你爸……"

吃过早饭，果然是玄鳞送叶真上学，从车后镜看，他们后边不远不近地跟着两辆车。

"叔，"叶真说，"我们被跟踪了。"

玄鳞漫不经心地把着方向盘："哦，这太正常了，别担心，那是九处的车。"

"九处不是龙纪威的，嗯，地盘吗？我记得你们都叫他龙九处长……"

"是啊。"

叶真反手指了指车后："那为什么跟踪我们？"

玄鳞开了一会儿车，半晌才说："九处太大了，肯定有人跟龙纪威离心离德。再说我们这次离开龙城，上边立刻扶植了能跟龙纪威相抗衡的势力，毕竟他们不希望九处完全被龙纪威所掌控……好了，这些事情你不懂，说了也白说。"

叶真憋了半天，最终总结道："功高盖主。"

玄鳞从后视镜里赞许地看了他一眼。

"话说回来，"叶真又挠着下巴问，"为什么你们要从龙城离开呢？为什么要叫那个楚……楚慈来接我去龙城，你们自己带我回去不就得了？"

"因为你伟大的二爸爸我，当年在龙城，为了讨好当时的龙九处长，在外宾面前惹了点儿小麻烦。这点儿小错被上边看龙纪威不顺眼的人拼命抓住无限放大，导致老子我差点儿被杀……"

叶真敏锐地问："发生了什么事情？"

玄鳞那水火不侵的脸上竟然有点儿尴尬。

叶真拼命探身想凑到玄鳞脸上，被玄鳞一巴掌拍回副驾驶席。

"告诉我嘛，告诉我嘛……"叶真一个劲儿央求，又偷觑玄鳞脸色，突然灵光一闪，发誓道，"我绝对不告诉龙纪威你跟我说了什么！"

玄鳞表情有点儿松动，半晌终于叹了口气，那声音非常微妙。

玄鳞满脸沧桑，说："我临走时还狂性大发，在九处搞了点儿破坏，加上龙纪威又被我收拾得有点儿惨……所以他们认定我有极大破坏力，是影响安定团结大好局面的不稳定因素。"

叶真哑口无言，过了好一会儿终于说："……叔叔，原来你还有这么厉害的时候。"

"唉，老子清醒以后是有点儿后悔的，但是又提不起胆子回去，就在外边晃，打一枪换一个地方……幸亏后来听到龙纪威被桑国人追杀的消息，终于壮起胆子回去了，把他整个人打包一带，之后就来这里了。"

叶真已经完全没词儿了，一路上只听玄鳞在那摇头晃脑不住地感叹："唉，后悔啊后悔啊！唉，人生啊人生啊！唉，好嫩啊好嫩啊。"

叶真终于抓狂道："'好嫩啊'是什么意思？！"

一路到达学校，玄鳞给叶真整了整衣领，叮嘱了几句好好上学别闹出乱子便开车往回走了，那两辆跟踪的车立刻掉头往回跟，显然只认定了玄鳞，没把叶真放在眼里。

叶真背着书包往学校走，一边走一边感慨，心说：原来玄鳞发狂的时候如此厉害，那下次还是不要跟他吵嘴好了，要不就叫他声"二爸"吧。

"阿嚏！"

远去的车上，玄鳞突然鼻子发痒，狠狠地打了个喷嚏。

"谁在背后骂我，叶十三小同学吗？"玄鳞揉着鼻子，疑惑地想。

叶真没有告诉同学他一个星期以后就要走了，他没有想要告别的人。

毛庆熙一直没来上学，大概是吓傻了，据说他爸爸让他在家里休息。

就这样平静无波地直到第七天，那天中午吃饭的时候，卫鹄突然从教室外边进来，一拍叶真的肩，说："毛庆熙怎么跑学校里来了，说要找你呢！"

毛庆熙请假的事情他们都知道，都以为他病了，突然见他一个人神经兮兮地跑学校里来，当然都觉得奇怪。

叶真也没多想，走到门口一看，只见毛庆熙没有穿校服，只穿着平常衣服，显得十分突兀，他那几个呼风唤雨的小兄弟跟在后边，时不时盯着他，目光中透着担心。

毛庆熙却像是对周围的一切都非常恍惚，直到看见叶真，才猛地扑过来一把抓住他的手："你还好吧？！"

叶真愣了一下，说："截至五秒钟前我还是很好的。"

毛庆熙脸色发白，眼眶发青，眼珠却泛着诡异的血丝，低声问："你是不是……"

他突然警惕地往周围看了一眼，紧闭上嘴巴。

叶真莫名其妙："我是什么？"

"就是……就是那个啊！"

"……就是什么？！"

毛庆熙指甲深深陷入叶真右手的肉里去："就是那个！那个，龙九——"

他突然紧紧抿起嘴唇，瞪着眼睛盯着卫鹄走过，卫鹄被他悚然的目光弄得有点心惊胆战，屏住呼吸紧贴墙根溜过去，战战兢兢地道："我，我去接点儿热水……"

毛庆熙突然把叶真的手一拉，坚决而不容置疑："这里不是说话的地方！"

叶真："……"

"走！"毛庆熙也不管叶真愿不愿意，直接拉着他往楼下跑。

叶真莫名其妙地被拉到教学楼和小花园夹角的一块空地上，学校正准备在这里挖一个游泳池，已经用塑料布蒙起来了，视线一挡，只有几个工人在远远的走廊下午休。

毛庆熙那几个好兄弟充满敌意地跟了过来，好像担心叶真随时会狂性大发，把毛庆熙按倒狠揍一顿似的。

叶真哭笑不得，只得问："你到底找我干什么？我好好的，马上就要去龙城啦。"

"嘘！"毛庆熙左右看了一圈，神秘兮兮地问，"那天来接你的那个……那个男的，是你什么人？"

"哦……我二爸。"

"那他呢？"

"我爸啊。"

"不！我是说，我是说他，那个龙九处长！"

说到最后几个字的时候毛庆熙语调一下子降了下去，显得非常神经质。

叶真无语半晌，说："说了那是我爸啊。"

毛庆熙一脸"你不要骗我了"的表情。

叶真满脸黑线，心说：难道这小子的爹跟他胡说了些什么？或者是有人跟他爸说了些什么，吓到了他爸？据说他们一家子都当官，玄鳞说龙纪威很了不起，那么毛庆熙他们家的官和龙纪威的官，哪个更大一点儿呢……

"我爸说那天那个……那个妖怪，"毛庆熙颤抖了一下，"是个很了不得的东西。"

叶真道："是挺了不起的，大脑组织都破坏了还能打，比桑国人强多了。"

"我爸说龙九处长跟那种东西有联系，你、你知道吗？你知道点儿什么，是吧？”

“我什么都不知道……”

“你肯定知道的。”毛庆熙神经质地抱住头，低声念叨，“它们会回来找我们对吧，那种怪物，我们一定惹麻烦了，如果它们咬我一口，我就会变成跟它们一样的东西……”

叶真崩溃道：“我拜托你了同学！我也很害怕的好不好！”

毛庆熙捂着耳朵，猛地一下蹲到地上，喃喃地道：“我该怎么办？好害怕啊，我该怎么办……”

“喂，你别吓我！毛……毛毛虫？啊不，毛毛熙！不不不，毛庆熙！”

叶真手忙脚乱，要拉毛庆熙起来，但是毛庆熙铁了心蹲在地上不起来，一时半刻竟然拉不动他。

叶真绝望了，拎着毛庆熙的耳朵咆哮：“你能不能别整天瞎想！专心当你的官二代去！那些人是冲我来的，跟你丫没关系啊！”

毛庆熙尖叫：“你什么都不懂，放手啊好痛！

“喂，你们几个！别傻站着，把他给我哪边凉快拎哪边去，快！”叶真一回头，正准备对毛庆熙的那几个好兄弟嚷嚷，突然表情一滞，“咦？”

不知道什么时候，那几个在走廊上午休的工人都纷纷起了身，成半圆状把他们几个人围在了中间。

他们身后是教学楼的夹角墙，身前就是那几个穿着工作服、戴着安全帽，遮住了大半张脸的工人。

虽然他们都没露脸，但是有眼睛的人都能看出来，这几个人明显来意不善，面有凶相。

毛庆熙似惊弓之鸟，瞬间飞快地躲到了叶真身后。

那几个三好学生也发觉不对，纷纷叫起来：“什么人？干什么啊干什么啊？”

几个工人一言不发，上来就把一个学生轻轻推开，他动作不大，那学生却惊叫一声，踉跄几步后狠狠跌坐在地，看样子是摔狠了。

“干什么！快叫老师！”

“老师，老师！快来人啊！”

有个机灵的学生想跑，还没跑两步就被一个工人拦腰一挡，当胸一脚踹回包围圈。

那学生惨叫，叶真闪电般伸手，千钧一发之际稍微缓解了那人落地的势头。一个大活人凌空飞来的劲道可不是开玩笑的，叶真被撞得踉跄一步，那学生落地后痛得几个翻滚，愣是叫都叫不出来。

领头那工人摘了安全帽，露出一张非常年轻的脸，看样子不过十八九岁，五官长得非常普通，眼神却相当冷酷。

“叶真？”他目光在几个学生身上逡巡一圈，最终落到叶真身上。

周围安静得一根针掉地上都听得见，几个“三好学生”已经被吓得哆嗦成一团了。

叶真警惕地挡在同学身前，问：“你是谁？”

那人招招手，用生硬的月国话说：“你，过来。”

叶真怒道：“开什么玩笑，小爷问你话呢！你是谁？桑国人对吧？听声音就像！谁派你来的，姓山的傻子还是顾川串串？”

那人：“……”

叶真话说得又快又顺溜，那几个桑国人都听不懂，只能从他表情看出不是什么好话。

几个桑国人脸都沉了，为首那个再次招招手，喝道：“你！过来！”

叶真弯腰捡了块石头，搁在手上掂了掂，突然闪电般扬手一掷，尾端最后那个桑国人瞬间倒地惨叫。

没人看清石头是怎么飞出去的，只听它落地时“咚”重重一响，再看那桑国人，捂着鼻子满脸是血，“呸呸”吐出半颗混着血沫的牙。

“你！”桑国人都怒了，为首那个哇啦哇啦半天，叶真完全听不懂，末了只听到他重复一个词：“……龙纪威！龙纪威！”

“龙纪威？”叶真疑惑道，“你是来找我爸的？抱歉，我爸今天不来学校，要不你跟我二爸聊聊？”

完全是鸡同鸭讲，那几个桑国人彻底怒了，其中一个大踏步走上来，还没走近的时候，毛庆熙的一个哥们儿终于怕得难以控制，尖叫一声就想往外跑。

这声尖叫仿佛在已经烧开的油里滴了一滴水，瞬间满锅都炸了！几个工人同时扑上去抓那个学生，叶真想也不想，劈手拦住一个，返身侧旋踢当即将其扫倒！

另外几个还向学生冲去，为首那个年轻的桑国人却直扑向叶真，叶真抽身不及，闪电般跟那人对了几招，竟然没能讨到什么便宜，不由得心里一惊。

那桑国人也一惊，本来看叶真的目光还非常轻蔑，现在则多了点警惕。

要知道他是山氏家族一手培养起来的，手底功夫虽然不及董京男，但是毕竟年轻有为，平时被人恭维惯了，一心觉得自己是世上罕见的少年高手。听说叶真重伤董京男、废掉山地崇之后，他只觉得好奇又难以置信，觉得一个十五岁的孩子不可能那么厉害，十有八九是别人以讹传讹，把山地仁大少爷给唬住了。

当山地仁告诉他叶真是龙纪威的养子之后，他便觉得是因为桑国高层怕龙纪威，所以连带着重视龙纪威的养子，实际上一个十五岁孩子的功夫，再厉害又能厉害到哪里去呢？

就像势力横跨黑白两道、为人说一不二的顾川，当年十五岁的时候，也不过是个年幼无知的少爷罢了，别人也是看在顾家的面子上，才会夸他一句少年英才，文武双全。

在这种轻视的心态下，他受命过来绑架叶真的时候，心里其实是有点儿轻敌的。

然而没想到，两方人一碰面，还没开始交手，叶真用一块石子就废掉了自己一个手下，再一交手更了不得了，那少年左手五指绑着厚厚的绷带，一直到手腕都裹得跟粽子一样，但是竟然能跟他打成平手！

行家一出手，便知有没有，那少年仅用单手就能对付他！

这怎么可能，怎么可能？！

叶真挥手在桑国人眼前晃了晃，漠然道："你傻了吗？"

那桑国人看他的眼神太奇怪，震惊里夹杂着不甘，叶真其实挺熟悉那种眼神——每次他看到卫鹄满分考试卷的时候，也会情不自禁地露出这种眼神。

小鬼子被他一挥，猛然回过神来，满脸涨红大骂一声，不要命地直冲过来！

叶真脸色一沉，劈头怒喝："蛮夷之人，还不快给你叶真小爷我跪下磕头！"

说罢当胸一记窝心脚，干净利落把那小鬼子扫飞了出去！

这件事后来轰动全校，连记者都跑过来采访，但是很多人都迷迷糊糊的，说不清楚到底发生了什么事情。

他们只知道有歹徒闯进学校来抢劫，被毛庆熙、叶十三他们几个看到，平时孤僻冷漠不合群的叶十三同学，关键时刻大发神威，几下子就把几个歹徒打得作鸟兽散。

其中几个细节更是一传十十传百，被几个目击学生津津乐道。

第一是有个歹徒冲过操场，路上撞到几个女生，还没来得及抓住其中一个当人质，叶十三突然停止脚步，从沙地上随便捡了半块砖，十几米外扬手正中歹徒后脑！那流星的速度、一流的准头，当即把歹徒打得头破血流！

第二是叶十三在操场上被一个歹徒抓住，那人大概是想掏刀子，但是叶十三愣是没给那人机会把刀子掏出来，直接一脚把那人踹飞出去撞到了另一个，然后一个箭步冲上去，把那两个歹徒叠在一起一顿暴揍！那动作就跟一拳打烂两块叠在一起的面包片一样，那两人鼻子嘴巴里流出的血洒得满地都是……

后来，不明真相的老师跑来，还以为是学生之间斗殴，急冲冲地扑上去想拉架，当时叶十三站在教室门口，手起掌落一声巨响，硬生生劈下课桌一角，用木块指着老师，厉声喝道："给我站在那里别动！"

老师骇得不敢动弹，叶十三把木块移向为首那个歹徒，喝问："还打不打？！"

那人哇啦哇啦叫了一句——中午留校的学生很少，仅有的几个目击者都信誓旦旦，说那人说的不是月国话，倒是像电视里放的桑国话。

叶十三显然没听懂，重复问："给小爷说！还打不打？！"

那人又哇啦哇啦叫了一通。

叶十三终于不耐烦了，把课桌角一丢，从他同学的文具袋里翻出把美工刀，捏着刀尖反手一旋！那歹徒反应也快，千钧一发之际抬手挡开，虽然保住了脸，但是手上却连血带肉削下一大片。

这是当天最严重的一起流血事件，直到警察赶到的时候，那人的手还在不停地流血，止都止不住。

"敬酒不吃吃罚酒！"叶真把美工刀往课桌上一拍，怒道，"蛮夷小民，早点儿磕头叫爷爷不就没事了！"

警察忙着拍照，询问目击者，跟大使馆联系，警戒线外围观的学生人山人海，一个个拼命伸着脖子，目光茫然而兴奋。

几个穿灰色制服、提着皮箱的工作人员围着叶真，不让别人跟他说话，同时也不理会叶真的任何问题。

叶真把美工刀一扔，立刻有人上来小心翼翼地捡走，用塑胶袋封口包好。

叶真茫然地看着，觉得无趣极了。

他慢慢地坐到教学楼前的台阶上，右手随意搭着膝盖，用左手绷带抹额头上的汗。

被隔离围观的学生立刻激动了，指指点点地说："他坐下了、坐下了！"

"到底发生了什么事情？"

"好帅！"女生们交头接耳，"他叫什么名字，是哪个班的？"

叶真被当作大马猴一样围观很久，直到他再也忍不住了，抬头问："有东西吃吗？我饿了。"

几个灰衣人警惕注意周围，对他的话充耳不闻。

叶真怒了。

他猛地站起身，直冲冲往外闯，那几个人顿时慌了，赶紧一边一个拦住他，为首那个头儿拿着对讲机急急请示，末了厉声吩咐："快，去给他买吃的东西！"

一个手下急忙跑去买，也没问叶真要吃什么，没过几分钟他回来了，弓身把手里拎的塑料袋放到叶真面前。

他缓缓俯下身体，眼睛却一直盯着叶真的脸，那目光仿佛非常戒备，但是还有一些隐藏得很好的、深深的畏惧。

叶真默不作声地看了那人一眼，打开塑料袋一看，满满当当装着各种果汁、牛奶、面包，还有咸鸭蛋。

为什么会有咸鸭蛋？他们怎么知道自己喜欢吃这个呢？

叶真拿起一个蛋，面无表情道："谢谢。"

"不客气。"那个工作人员也不知道自己为什么会条件反射的回答，反应过来的时候差点儿咬到舌头。

叶十三小同学在上百人兴奋的注视中吃了两个蛋、一个面包，喝了一瓶果汁，幸亏他心态好，这么多人眼睁睁地盯着他的嘴巴，他还能面不改色心不跳地把食物咽下去。

直到他吃完饭，玄鳞才开着车急匆匆地赶到学校。

他的出现仿佛一台印钞机闪着金光降临人间，很多工作人员眼睛都直了，根本不敢拦他，眼睁睁盯着他穿过人群走到叶真面前，一把拉起儿子就走。

刚才下令给叶真买食物的那个灰衣人小跑着跟在玄鳞身后，急切地问："他什么时候去龙城？当地的气氛已经很紧张了！"

玄鳞头也不回："明天就动身。那几个人抓起来了吗？"

"抓起来了！是山氏家族派来绑架叶十三的，据我们分析可能有两个原因。第一是叶十三曾经跟山地崇结怨，此举的主要目的是报仇；第二是因为龙九处长在这件事里牵扯颇深，当时在龙城……"

"够了。"玄鳞把叶真推上车，回头盯着那个工作人员，"这件事没必要再提，那几个人也没必要还给桑国了，竟敢跑到学校里来抓人，山氏家族的人脑子里灌了糨糊不成？"

工作人员哈哈一笑："何止是灌糨糊，简直是装了一脑袋屎啊。说来也奇怪，山地仁本来不是那么急躁的人啊，怎么这次就这么沉不住气呢？我们一开始还以为是叶十三——"

他突然刹住话头，不尴不尬地对车厢里的叶真笑了一下。

玄鳞没接他的话，只挥了下手，说："是吗？叶十三小同学确实惹了不少麻烦，幸好他明天就要去龙城了，麻烦自然会转手给九处。"

工作人员赔着笑，说："那是当然，那是当然。"

玄鳞发动汽车，叶真坐在后车座，手肘却趴在驾驶席椅背上，直到车开出去一段路程，才闷闷地问："他说他本来以为我什么？"

"本来以为是你主动挑衅，害得国际友人挨了一顿打。其实那不是他的本意，他只是提一提你的名字，话外音是你确实给特调局惹了很多麻烦。"

"我只主动惹过山地崇一个，而且签了生死状，按理说他们家人不该来找我麻烦的……”

叶真终于老老实实地把山地崇的事情交代了一遍，玄鳞把着方向盘，漫不经心地听着，末了摇摇头，笑道：“如果你没有去惹那个山地崇，后边一系列事情都不会发生了。何况就算山氏家族的人没有找你，你也会去找他们，你本来就做好了准备，对吧儿子？”

叶真装傻充愣，突然对玄鳞的头发产生了浓厚的兴趣。

“你想去桑国找他们。”玄鳞头也不回，声音里带着调侃，“不过幸好他们主动来月国找你了，省得你白跑一趟。”

叶真大半个身体几乎吊在玄鳞的肩膀上，貌似很专心把玩着玄鳞的头发。

玄鳞最大的优点是脾气好——他脾气不好的时候很少，见过的人几乎都已经不在人世了。

所幸遇见龙纪威之后，他就再也没“脾气不好”过，尤其是又有了叶十三之后，不管叶十三再怎么闹腾，他都是很宽容甚至很纵容的。叶十三小同学在车厢里没个正形，把他头发揉得乱七八糟，玄鳞却半点儿也没阻止他。

车停在自家楼下，玄鳞对着后视镜把头发捋平，突然回头对叶真笑道：“楚慈已经到咱们家了，明天你就跟他去龙城。”

叶真一下子懵了：“啊？”

“什么‘啊’？龙纪威早就跟人家说好了。去龙城以后你就住在舅舅家，见了韩越嘴巴甜点儿，龙纪威会每天打电话对你实施远程遥控的哟！”

叶真怒道：“什么‘哟’？顾川串串下的战书我还没应战呢！再说了为什么你们都不去龙城？我不要跟那个楚……楚……楚谁谁走！”

父子俩在楼梯口奋力搏斗，玄鳞拼命把叶真往楼上拉：“人家不叫楚谁谁，见了面要叫楚叔叔！”

叶真则拼命地往楼下跑：“你们太坏了！太不负责任了！怎么能随便把小孩交给陌生人！爸！玄鳞叔叔要遗弃我！”

玄鳞怒道：“叫二爸！龙纪威在龙城的时候就得罪了山氏家族，老子我把人家养了二十年的秘密武器给咬死了，不然你以为我为什么跑来这里……叶十三小同学！给我老老实实进来！”

玄鳞用身体撞开家门，把不听话的小孩一脚踢进门去。

客厅里的交谈声戛然而止。

叶真踉跄一步，刚要转身去找他拼命，肩膀被龙纪威一把按住了：“叶十三小同学！你们在闹什么？过来叫叔叔。”

叶真回过头，客厅沙发上坐着一个年轻男子，脸色有些大病初愈般的苍白，但是五官却非常标准，目光沉静柔和，给人一种气质相当安详的感觉。

玄鳞立刻开心了，兴高采烈地问："韩越的手制香肠带来了吗？儿子！快去讨红包！那是你楚慈叔叔。"

楚慈说："香肠？老龙你开什么玩笑，我能提着十几斤肉上飞机吗？喏，这是韩二给的，他让我转达他的话，'钱在这里，想吃什么自己去买'……"

玄鳞把钞票恶狠狠地摔到茶几上，咆哮道："愚蠢的人类！竟敢不给我做香肠！老子明天就去吃几百个人泄愤！"

楚慈："……"

龙纪威："……"

楚慈慢条斯理地从包里摸出一个大纸袋，微笑道："两条熊猫烟、一罐汉阳云雾雨前茶，这是我从韩越柜子里搜出来的。"

玄鳞眼一下子直了，泪流满面地拍楚慈肩膀："兄弟啊！哥平时没白疼你！"

楚慈险些被他拍下沙发，踉跄了几下才坐稳，叶真第一次见到这么文弱的人，好奇地盯着他看，荔枝一般水色分明的眼睛眨都不眨。

楚慈也不在意，摸了摸叶真的头发："这是韩越给你的。"

他真的摸出一个红纸包，里边厚厚的一沓子，龙纪威一看那厚度，当即直接推了回去："你们开什么玩笑，他一个小孩子要那么多钱干什么？"

"韩越有事不能来，这是他的见面礼。韩越比较俗嘛，你知道的……像我就没给钱。"楚慈拍拍叶真的肩，道，"我给你的东西要交给龙九处长保管，等你再长大一点才能交给你，不过放心，你一定会喜欢的。"

他的手其实非常漂亮，手指修长白皙，淡青色的血管在皮肤下格外明显，但是他皮肤的温度非常凉，让人一看就觉得身体不好，虚弱得随时都有可能晕倒一般。

叶真盯着他看，若有所思道："哦。"

龙纪威又和楚慈推让那个红包，一个劝说反正那是韩越的钱不要白不要，一个则坚持小孩子不能有太多钱，万一染上打游戏玩劲舞团之类的坏习惯就不好了。你推我让好一会儿，楚慈取得了最终的胜利——他把红包塞进叶真手里，说："拿着！总不能让孩子白管人家叫舅舅吧？龙处，我发现你最近特别磨叽，你当年在高速公路上想谋杀我的时候不是挺利索的嘛……"

龙纪威："……"

叶十三小同学平生打打杀杀搞多了，最喜欢温柔和善、如春风拂面般的让人舒服的人。楚慈气质沉静、说话缓和，来龙家的第一天就成功俘获了叶十三小同学一颗纯真的正太心。

叶十三摇尾巴的对象又多了一个，搞得玄鳞十分嫉妒。

更妙的是，楚慈竟然会做饭，虽然手艺一般，但是人家至少会做！炒面条的时候知道炸姜葱，炒虾球的时候知道放蚝油！叶真第二天起床吃饭的时候泪流满面，餐桌上终于不再是千篇一律的清水挂面了！

“你也太可怜了吧，老龙……玄鳞天天给你吃挂面？营养会不均衡的，小孩子应该一天一个鸡蛋。”

楚慈把平底锅里的煎蛋铲到盘子里，叶真双手捧盘，摇着尾巴，很快把煎蛋叼去吃了。

楚慈拍拍他的脑袋夸了声乖，又说：“去你房间把箱子收拾起来，我们下午就动身去火车站。你坐过火车吗？”

叶真摇摇头，问：“是那种长长的走铁轨的车？”

“嗯，抱歉不能带你坐飞机，你的身份比较特殊，到时候会有九处的人在火车上护送我们。”

叶真心想：那个串串给我下了战书呢，我还没应战呢，就要到龙城去了？那山氏家族怎么办，他们会躲回桑国去吗？

重重疑虑堆在心里，却没人可以帮他解开，楚慈只是来接他的，任务是把他平安带到龙城；龙纪威坚决反对他接受顾川的挑战，并且认为他打不过那个串串；玄鳞倒是最大限度地给他自由，但是玄鳞在龙纪威面前基本没有什么发言权。

叶真史无前例地开始郁闷了。

第10章

行无处

拾

当天下午，楚慈带叶真动身去火车站，玄鳞和龙纪威送到楼下。

叶真有些舍不得，上车前拉着龙纪威的手，问："学校放假的时候我可以回来吗？"

龙纪威说："没必要，走一步看一步吧，我们在这里也只是暂居而已，说不定很快就要回龙城了。"

叶真穿着刚来时龙纪威给买的黑色套头羊毛衫，白衬衣领子翻出来，显得非常斯文清隽，看上去倒是少了些稚嫩的孩子气。

他紧抿着薄薄的唇，目光在龙纪威和玄鳞脸上扫来扫去，半晌踮起脚给了他们一人一个拥抱。

玄鳞反手抱抱他，感叹道："我有种送儿子出征的感觉，啊，老子真是老了……"

龙纪威则没有多说什么，淡淡地拍拍叶真的肩。他不是那种习惯于在人前表露感情的人，虽然表面上非常冷静，眼底却有些微妙的不好意思。

九处专门派了人开车送他们，司机探出头来笑着拍了拍门，显然是在催促。

楚慈把叶真轻轻一推："去吧，你先上去坐好，我有两句话跟龙处说。"

叶真听话地爬到车上去，把行李箱安置到座位边。他能带的东西不多，除去楚慈指定要求的数学、化学课本之外，还有一套龙纪威买的奶牛睡衣，玄鳞给准备的冬天衣物，这些东西只一个手提箱就完全装下了。

从车窗看出去，楚慈站在龙纪威面前不知道在说什么，表情有点儿凝重，玄鳞倒是无所谓地听着，又优哉游哉地点着一根熊猫烟在那儿抽。

最后龙纪威拍拍楚慈的肩，楚慈笑了笑，看口型好像说了句"谢谢"。

为什么要谢，他不是特地过来接自己南下的吗？应该是龙纪威谢谢他啊。

叶真疑惑地看着这些大人，楚慈打开车门坐了进来，最后对玄鳞和龙纪威挥挥手。

汽车缓缓开出小区，那两人的身影越来越远，最终消失不见了。

叶真心情有点低落，耷拉着脑袋默不作声。

楚慈也不说话，坐在边上看一本化学专业书，他的侧脸俊秀却苍白，唇角有点下抿，一看就是性格严肃、不大说话的那种人。

从外表上看，根本想象不出他对着熟人的时候那么话痨，可以跟龙纪威在电话里一扯俩小时。

去龙城以后就住他们家吗？他还会每天跟龙纪威打电话吗？那岂不是每天

都可以听到龙纪威跟玄鳞的声音了？

叶真又想起顾川，那只串串的功夫真的比自己好吗？如果以后有机会去桑国，是不是还有机会见到他？

少年正漫无目的地瞎想，突然楚慈开口问："想家人吗？"

叶真愣了一下才反应过来，他口中的家人指的是玄鳞和龙纪威。

"嗯……还好。"

"龙处是很好的人，他很快就会回龙城的。"

叶真恹恹地道："他们也这么说你。"

"说我什么，人很好？"楚慈笑起来，摇头道，"我不行，以后你就知道了。"

叶真面无表情"哦"了一声，呆呆地坐在座位上。

楚慈眼角余光瞥见他袖口的扣子开了，便把他手拉过来，扣上扣子，塞进毛衣袖口里，一连串动作非常自然，就好像一个温柔的长辈照顾孩子。

叶真珍惜地抚平袖口，对楚慈微笑一下。

楚慈已经低下头看书去了。

车停在火车站门口，一个九处的便衣工作人员早就已经等在那里，跟楚慈寒暄几句，便帮叶真拎起行李往候车大厅走。

"我只负责把你们送去站台，我两个同事跟你们一起上路。小朋友，你第一次去龙城吧？"

叶真点点头。

那工作人员明显是龙纪威那个派系的，对叶真相当热情："以后九处的叔叔带你到处玩啊，龙城值得玩的地方还是相当多的。龙处说你喜欢吃零食对吧？"

这次叶真毫不犹豫地点了点头。

那人摸出两块巧克力塞给他："这个给你。"

叶真对巧克力的研究不深，球心里夹着榛子和葡萄仁，他含在嘴里仔细品味了一会儿，眼巴巴地问："还有吗？"

那工作人员满脸黑线道："我只剩两个了，以后一定买给你。"

叶真小心翼翼地把金纸叠好放口袋里，认真道："那你一定要记得啊。"

工作人员："……"

虽然不是高峰季节，但是候车大厅里仍然人来人往，从两排座位之间穿过去的时候都得闭住呼吸侧着身。

楚慈把叶真安顿好，把行李箱塞到他怀里："抱好别动，我去买瓶水，五分钟就回来。"

叶真于是就真的抱着行李箱，乖乖地坐在椅子上不动。楚慈放心了，觉得这孩子真乖，临走时玄鳞喋喋不休地叫他警惕叶十三小同学逃跑什么的，完全是杞人忧天啊。

于是他把叶真一人搁在那儿，放心大胆地买水去了。

叶真摇晃着小腿坐在那里，好奇地看着周围的人满头大汗挤来挤去。据说顺着他们的方向一直走就可以到达通向月台的小门，他从没亲眼见过火车长什么样，虽然想去看看，但是顾忌到楚慈的禁令，又不敢真的跑去。

正坐立不安的时候，突然一只手从身后伸来，轻轻拍在他肩膀上。

“叶真，”一个沙哑醇厚的男声低声道，“你就这么去龙城了？”

叶真猛地回头，顾川俯下身，嘴唇几乎贴在他耳廓上。

“原来你已经自动放弃对山氏家族的仇恨了，不过，这样对你来说也是好事。”

叶真双眼微微睁大，须臾间又紧紧眯起眼睛，一字一顿地道：“你想得美。”

顾川站起身，居高临下对少年微笑着。

他们两人对视，一站一坐，仿佛周围喧嚣的背景都渐渐远去，寂静无声。半晌，顾川退后半步，保持微笑道：“既然如此，我就在外边等你。”

就在他后脚跟落地的瞬间，叶真突然闪电般探出手，四指并拢，掌心向下，直直刺向顾川笑腰穴！

这个穴道可不像武侠小说里写的那样点到就会狂笑不止，而是人身体上极其重要的死穴之一，江西“五百钱”一门将一百〇八穴分门别类，最终列出六大必杀穴道，笑腰穴便位列其中，可见其中险恶之处。

叶真那一下起码蕴了九成的力道，四指瞬间破风而去，只要稍微拂到穴位，顾川只怕当场就要一头栽倒！

然而千钧一发之际，“啪”的一声脆响，顾川重重地拨开叶真的手腕，同时一手便向他脸上伸去。

叶真没想到自己竟然会被人拨开，急忙偏头一避，然而顾川的手半途中便转了向，没有带任何力道，轻飘飘地在少年侧脸上抚过。

那动作非常轻柔，甚至有些过分的亲昵。

“你叔叔回来了。”就在叶真即将当场翻脸的时候，顾川一句话便阻止了他，紧接着微笑着挥了挥手，瞬间便消失在了人群里。

叶真脸色都变了，嘴唇气得直发抖，他回过头，楚慈正穿过人群向这边走来。

“你怎么了？”楚慈一眼便发现叶真脸色有异，“不舒服吗？”

叶真深吸一口气，半响才徐徐吐出来，面无表情道：“不，没有什么。”

楚慈递给他一瓶果汁，叶真勉强喝了一口，说：“我想上厕所。”

“你知道洗手间在哪里吗？这里太乱了……算了，我陪你一起去。”楚慈拎起行李箱，叶真来不及阻止，他便已经率先走了出去。

叶真没有办法，只得跟在后边。两人一路走到洗手间，这时候里边隔间全都锁着，外边有个人正巧关上水龙头，甩着手走了出去。

楚慈正好过去洗了个手，叶真看周围没人，迟疑地道：“楚……楚叔叔。”

楚慈“嗯”了一声。

“你累吗？我给你按按肩膀吧。”

楚慈笑起来：“好啊。哟，你还挺乖的嘛。”

叶真满心愧疚，站在楚慈身后，不敢透过镜子看他的眼睛，只低着头在他肩膀上按了几下。点穴最重要的便是拿捏和认穴，叶真在这方面是专家里的专家，只按了几下，楚慈便觉得相当舒服，忍不住闭上了眼睛。

叶真脸色微微变了，一只手微抬起来，对准楚慈后脑。

如果拿捏好劲道，轻轻一击的话，楚慈大概昏迷十几分钟便会醒来。

叶真咬了咬牙，猛地把手往下一挥。

谁知道就在这个时候，楚慈突然一睁眼，疑道：“你干什么？”说着条件反射的一偏头，转手一把抓住叶真手腕！

他人看起来清瘦苍白，谁知道反应这么快，手劲竟然这么大，这使叶真有点出乎意料！

“叶十三，你……”楚慈话没问完，叶真一脚把他绊倒在梳理台边，紧接着手起掌落，准确一击落在后颈！

那块是最容易让人昏眩的地方，楚慈连吭都来不及吭一声，只微微挣扎了一下，紧接着身体一沉。

“抱歉，楚叔叔。”叶真扶起昏迷的楚慈，把他靠着墙放倒，难过地低声道，“对不起。”

他把脸在楚慈颈窝里蹭了蹭，起身头也不回地走了出去。

候车大厅里熙熙攘攘，九处的人守在座位边上等他们回去。

叶真随着人流挤出车站，马路上太阳明晃晃的，车水马龙，完全看不到顾川在哪里。

叶真几乎是瞬间就迷失了方向，他顺着街口四个角走了一圈，目之所及全是一模一样的高楼大厦，红绿灯闪来闪去，汽车“嘀嘀”地鸣着喇叭。

他找不到顾川。

也许那个男人已经走了。

叶真低头看看自己还包着绷带的左手，片刻后下定了决心，他顺着通往市中心的那个方向，挤在摩肩接踵的人流里，慢慢地走了下去。

楚慈再次醒来的时候，已经躺在医院里了。

耳边嗡嗡的仿佛有蚊子乱飞，仔细听来却是一帮人在吵架，其中一个声音最大并且最咄咄逼人："龙处，不是我说你，楚慈他才刚出院，他情况怎么样你是知道的，怎么不叫你的人跟紧他们？你儿子把楚慈打昏了就这么扔厕所里！幸亏被人看见报了警！不然万一出个什么事怎么办？！"

玄鳞咳了一声："这事是叶十三不对……"

"何止是不对，这孩子你们都没教好的？！还有你啊老龙，这孩子到底是什么情况，你跟我交过底没有？"

玄鳞弱弱地道："好吧韩越，等楚慈出院了，哥请你们海外一周游……"

韩越哭笑不得，来回指着龙纪威和玄鳞两个："真是够了！幸亏我来了宁城，否则要是在龙城听到这个消息，我能吓出心脏病来……"

"韩越……"楚慈含混不清地低声道，"你怎么……怎么在这里？"

病房里瞬间一静，韩越一个箭步冲过来，声音都发抖了："你怎么样？别别别！别动！医生！护士！人呢？人呢！"

楚慈挣扎着坐起来，结果刚起身就头昏脑涨，险些一头栽回去。

"我没事，你别大惊小怪的……龙处，龙处呢？"

龙纪威本来远远地坐在沙发一端，风衣领子竖起来遮住大半张脸，试图营造一种"其实我不存在"的感觉。楚慈一叫他，他立刻不装小透明了，快步走来问："怎么？"

"龙处，"楚慈低声说，"我把你儿子丢了。"

龙纪威怒道："丢了就丢了！找回来以后让玄鳞揍他！你感觉怎么样，头还晕吗？"

楚慈靠在韩越肩膀上喘了一会儿，眼睛慢慢聚焦了，低声说："我还行，没想到我也有被人暗算的一天。"

韩越又开始喋喋不休："我早就叫你留在家里，你非要千里迢迢跑来，这下知道我说的没错了吧？你每次都是这样，从来不听我的，早知道我就应该陪你一起来……"

他一念叨起来就没完没了，楚慈很有耐心地听他说完，半晌才问："那叶十三呢？"

韩越还沉浸在说教的感觉里无法自拔，闻言立刻大骂："这小孩到底跑哪儿去了，找到我非揍他一顿不可！"

"你开什么玩笑，人才十五岁呢。"楚慈有气无力的揉按着太阳穴，问玄鳞，"叶十三到底是怎么回事，为什么要跑？如果不想去龙城，跟我们直说就是了，难道离开宁城的事情是你们逼他的？"

玄鳞迟疑半晌，说：“嗯，我怀疑他跑去找顾川去了……”

“顾川？”

玄鳞把顾川和山氏家族的关系简单解释了一遍，又道：“这人是个棘手角色，他跑来找叶十三挑战，说如果他赢了，叶十三就不能再动山氏家族的任何一个人。本来咱儿子是想应战的，但是就在这当口，山地仁派人去学校搞绑架，事情闹得很大，上边催我们尽快把孩子送到龙城去……这里的气氛已经很紧张了，山地财团本来是来投资一个重要项目的。”

楚慈不了解这些事情，随口问：“山地仁？”

韩越却猛地反应过来：“不就是那个从事基因武器研究的家族财团吗？上次他们带来最新研究成果，结果被你给吃了！后来因为这事，他们还派了特工想要龙纪威的命呢。”

玄鳞立刻摆出一副“吃都吃了你还能拿我怎么样”的嘴脸。

楚慈听得有点发愣，问：“那个山地仁想绑架的是叶十三？想用叶十三向龙处报仇？”

病房里的其他三人同时用“你怎么这么聪明啊”的眼神看他。

“……”楚慈怒道，“这些我又不了解！术业有专攻懂吗？精细化工是怎么回事你们不也不知道吗？！”

韩越赶紧安慰他：“好了好了，术业有专攻，不了解也没关系……咱们还是来想想叶十三小同学上哪儿去了吧。他一个人跑出去，会不会被山氏家族抓到呢？”

“韩越！”楚慈更怒了。

韩越一把将楚慈搂住，用手拼命按着他嘴巴，惊慌失措地叫护士：“快点请医生来！病人又头晕了！快给他打点镇静剂，打完能睡一天一夜而且干什么都不会醒的那种，快啊！”

护士吓得一个踉跄，跌跌撞撞跑去办公室：“医生，医生！病人不好了！”

楚慈：“……”

叶十三在哪里呢？

叶十三在睡桥洞。

叶十三小同学的追踪能力是一流的，天生就是个搞侦查的人才。当初他在小饭馆里打工的时候，硬是从新闻报纸上总结出了山地崇一行人的行动规律，然后跟在这帮人的车队后边咬了两天，最终在地下酒吧抓到机会，雷霆出击、一击即中，紧接着功成身退，桑国特工连个鬼影子都找不着。

如果不是玄鳞，他早就摸到山地崇住的医院，然后把山氏家族的人一窝端了。

叶真出身武术世家，家里薄有资财，虽然后来上山习武，但是也没真正吃过什么生活上的苦，一直是要吃有吃，要喝有喝，从没过过风餐露宿的日子。

直到来了这里，他才尝到什么叫居无定所，真正苦的时候，他甚至从垃圾箱里捡过人丢掉不要的过期泡面。

他比同龄人有韧劲多了，大多数小孩遇到挫折会哭，喝了自来水会生病，但是叶真不会，他目标明确，步伐坚定，他不怕失去刚刚得到的温暖，他不畏惧孤身一人面对狰狞的命运和所有的腥风血雨。

叶真在大街上徘徊三天之后，找到了一座海边度假别墅门前。

这座大门是仿欧式的，精致的铁栏杆上蜿蜒着铜铸花纹，透过郁郁葱葱的树木，隐约可以看见别墅雪白的房顶和华美的天台。

大门紧锁着，里边有个门房，看不清是否有人。

跟桑国山氏家族的九重深院相比，这座度假别墅的安保工作显然十分疏忽，这也是当然的，谁会在一年都难得住几天的地方布下重重防卫呢？

叶真绕着别墅走了一圈，路上碰见几个小区保安在巡逻，叶真神情安详，步伐惬意，保安虽然觉得他面生，但是也没有特别关注，很散漫的擦肩而过了。

这边保安一走，那边叶真往周围看了一圈，确定没人之后，小跑几步猛地跃起，一下蹿上别墅墙头。

那墙不高，叶真状态好的时候不用助跑都能直接翻过去，不过他早上到现在只喝了点凉水，昨天晚上睡桥洞又没睡好，精神气便不是那么很足。

他像一片落叶般翩然落地，没有发出半点儿声音。

别墅的后花园种满月季，一条弯弯曲曲的石子路通向前院，眼前是别墅的整个后墙。一楼二楼的窗子基本上都拉着窗帘，三楼有个露台，露台上又有一扇很大的落地玻璃门。

叶真从电视节目里看到，这里的有钱人喜欢在主卧外造一个露台，上边放上咖啡桌啊、藤椅啊，用来装腔作势和彰显小资情调。

如果电视没骗他的话，这座露台就能通向整栋别墅主人的住处了。

叶真点点头，往手心里吐了口唾沫，抓着一楼窗台往上一跃，爬个墙对他来说真是轻而易举的事情，更别说一楼和二楼之间还有防雨棚作为支撑。他很快爬到二楼窗前，徒手抓住三楼的窗台，身体凌空一个后翻，用脚尖钩住三楼露台的栏杆，身体在空中荡出一个漂亮的圆弧，“啪”的一声稳稳落地。

玻璃门没有锁，只是里边拉着厚厚的窗帘，叶真小心翼翼地推了推，却没想到门相当沉重，轻轻推竟然推不开。

叶真手上加了点力气，只听突然一声“哗啦”，然后便是“砰”一声！

那门一旦移动竟然就开始滑行！速度快得叶真都没抓住，“砰”的一下撞到了门框！

叶真：“……”

门里立刻响起桑国人的呵斥，叽里呱啦一通叫，叶真竟然瞬间意会了，是有人在问谁在外边！

几乎是同一瞬间，窗帘被一把拉开！叶真抬手抓住门顶，半空抬脚飞起一踹，“嗷”的一声狂叫，冲出来的那个保镖顿时被踹得向后飞了出去！

那短短几秒钟简直混乱无比，桑国人怒骂着纷纷冲出来，结果差点被卡在门口，叶真一脚一个把人全踢回房间，单手抓着门顶，凌空返身后旋踢，踏着一个桑国人的背轰然落地！只听一声惨叫，那桑国人只挣扎了两下，就彻底瘫倒不动了。

叶真从那人背上跳下来，房间里的保镖纷纷掏出家伙，但是还没来得及冲上来，只见叶真一个箭步冲到床前，一把拎起山地崇挡在了身前！

山地崇在地下酒吧被点中章门穴之后，虽然有顾川帮忙解穴，但是恢复得一直不大好，必须要有人扶着才能慢慢走两步。他早就被叶真吓破了胆，突然看见少年神兵天降一般出现在自己面前，当时就吓得全身发软，哪里还能反抗？几乎立刻就瘫了。

叶真却非常小心谨慎，电视里反派角色劫持人质失败的例子他看多了，心说：我才不跟电视里的反派 boss 一样傻呢！老子先废了人质再说！

于是他抓着山地崇的脖子，从身后往他腰间椎盘那里狠狠一踹！那一脚的力道简直摧枯拉朽，只听骨骼“咔嚓”一声脆响，山地崇瞬间惨烈地号叫起来！

刹那间，他挣扎得十分剧烈，叶真差点被他挣脱，连忙用力紧紧捏住他脖子，对保镖吼道：“站住！不准动！”

保镖当中有个能勉强听懂月国话的，立刻咆哮着让其他人放下刀枪。

这些桑国人大多数拿着武士刀，也有一两个地位大概很高的，拿着小型的警用枪。那种枪威力其实不大，但是叶真对现代武器都非常警惕，眼睛紧紧盯着那些枪口，又把山地崇往自己身前拉近了些。

“把枪扔到地上，快！把武器踢走！不然我捏断他的脖子！”

保镖又哇啦哇啦一通，所有人迟疑着放下武器，把枪和刀往叶真的方向踢来。

叶真一手制着山地崇，一手慢慢探下去，摸索半天，抓了把匕首，立刻抵在山地崇脖子上。

保镖们脸色都变了，那个懂月国话的立刻结结巴巴地叫道：“别、别动！你要什么，你说！你说！”

叶真把刀尖往山地崇脖子上抵了抵，喝道："叫顾川来见我，现在！"

"什、什么？！"

"顾川！叫顾川来见我！我给你们十分钟时间，十分钟后不来，每隔一分钟砍断人质一根手指！十根手指后还不来，老子要了这孙子的命！"

叶真抓住山地崇左手中指，干净利落地往反方向狠狠一拧！

咔嚓一声，骨骼断裂的声音如此清脆可闻，整个房间的男人都狠狠打了个寒战！

那声音几乎让所有人的手指都同时一痛，山地崇瞬间撕心裂肺地惨号起来，叶真刀子往肉里一戳，冷冷地问："你想被切下舌头吗？"

"啊……啊……"山地崇竭力抽着气，因为恐惧而痛苦地喘息着。

保镖终于承受不住，有几个人同时颤抖着拔腿就跑，还有一个因颤抖太厉害，没跑两步就摔倒在地。

"快来人啊！来人啊！叫顾川少爷来，快啊！"

警铃大作，叫声四起，整座别墅几乎瞬间就陷入了巨大的慌乱里。

第11章 厮杀场

拾壹

早上十点零八分，顾川接到山地仁的紧急电话，十点二十五分，飞车赶到度假别墅，二十八分，冲上楼梯抵达现场。

迎接他的是一声惨叫，保镖嘶声大吼：“住手！住手！顾川少爷到了！”

山地崇全身痉挛，脸色青灰，最后一根小指也报废在叶真手里，十根手指以一种非常怪异而骇然的角度，软绵绵垂着。

叶真背靠着墙，把山地崇软泥一般的身体轻轻往前一推。

“哟，串串。”

少年冷酷地微笑着，缓步走上前来。

山地崇几乎立刻瘫倒在地，叶真看都不看，直接踩过他的身体，周围保镖简直都要崩溃了，双手颤抖地举枪对准，但是还没来得及扣动扳机，就被顾川一抬手拦了下来。

“叶真。”顾川缓缓把这个名字念了一遍，微笑道，“很好，很好……”

“好什么？”

“你很好。”顾川缓缓走上前，笑道，“我本来以为叶真有些妇人之仁，谁知如今一见，才知道你该下手的时候，还是很能狠下心肠的。这样我就放心了。”

他们两人同时向前，很快站定在彼此面前。叶真不及同龄人的个头高，又更加清瘦一些，微微抬头才能盯住顾川的眼睛：“我的仁慈只施舍于人，从不浪费在杂种身上。”

顾川微笑不变，问：“这话听起来，好像是在说我？”

叶真好奇道：“这里还有第二个杂种吗？”

房间一片死寂，就仿佛空气被冻住了，连呼吸都听不见。

顾川和叶真彼此对视着，虽然一高一矮、一年长而一稚弱，但是两人都是举世罕见的高手，各自的气势极度强烈，逼得人几乎喘不过气来。

几个保镖腿软，偷偷往门外退了半步。

“叶真。”顾川吸了口气，沉声道，“你还是个孩子，我不占你便宜。先去吃饱东西睡一觉，等你休息好了，我们在地下室见。”

叶真挑起一边唇角，轻蔑地瞥了他一眼：“不用，解决完你，我回家吃饭。”

如果叶真再大几岁，他就不会拒绝来自敌人的好意，如果他听顾川的话先去休息吃东西，那么比武的时候，就算没有什么压倒性优势的改变，精神状态也会好很多。

但是他实在太小了，生活没来得及教他的东西，还有很多很多。

顾川摇头笑了一下，有点儿嘲讽又有点儿无奈。

他挥手叫了个保镖，用桑国话吩咐道：“带这个孩子去地下室，规规矩矩的，别吓唬他。”

保镖咬牙瞪了叶真一眼，重重点头：“是！”

这座度假别墅的地下室竟然非常大，而且装修豪华，如果不是没有窗户，看上去就像高级道馆似的，地上铺的全是木地板，中间摆着八米乘八米的擂台，周围拦着金黄色的金属链，防止选手摔下去。

山地仁亲自赶到现场，脸色阴沉地坐在观众席上。看到叶真的时候他几乎按捺不住，起身想走过来，但是很快被保镖拉住了。

山老夫人也来了，挺直腰板坐在第一排，她仿佛终年到头都化着隆重而僵硬的妆，显得没有半点儿人气，像个高贵而衰老的雕塑一般坐在那里。

叶真洗了把脸，换上干净的白色练功服，站在擂台的强光之下，脸色如同冰玉一般透明。

顾川站在他面前，注意到他左手似乎有一点儿不妥，定睛一看才发现他三个手指没有指甲，只有一层新生的膜，还有两个指甲缝里有黑红色的血痂。

左手受伤了？

十指连心，指甲翻盖的痛苦可不是一般人能想象的。

顾川微微皱起眉，一时说不清心里是什么滋味。

叶真执着于找山氏家族报仇的原因，他一直没有真正明白，一开始他以为叶真是龙纪威的养子，而龙纪威一直是桑国特殊安全部门的心头大患，叶真此举可能是受了指使，但后来他又发现不是，叶真对于山氏家族的仇恨是非常鲜明的，看他对待山地崇的那个狠劲，似乎曾经有过不死不休的仇恨。

为什么呢？到底发生过什么？

这个自称是方川叶家十三子的少年，到底是什么人？

顾川微微地叹了口气，只听叶真喝道：“喂，串串！”

顾川对这称呼不以为意：“嗯？”

“串串，你知道我刚才为什么不杀了那个姓山的孙子吗？”

顾川挑起眉毛，彬彬有礼：“愿闻其详。”

“因为我要当着你的面杀山氏家族的人，因为我讨厌你，所以我要当着你的面，让你看清楚。”

叶真抬手一指，指尖在山地仁和山老夫人两人之间晃了一个来回：“告诉你，今天就在这里，我要当着你的面杀了他们两人。你太自大了，别以为你能做什么，你根本包庇不了他们！”

“我不是想包庇他们，你误会了。”顾川顿了顿，又道，“我只想在保证你们双方安全的基础上，给你们找个解决问题的办法。”

叶真仿佛听见什么笑话，冷笑问：“双方安全？”

顾川闭了闭眼睛。

“你年纪小，而且受了伤。”他低声道，“我让你三招。”

叶真没有听出他说这话时语气里隐藏的一点维护。

他没有听见，因为顾川说这话时声音实在是太低沉了，甚至有一点儿沙哑。

他话音刚落，叶真便一个箭步冲上前，闪电般一拳挥向顾川的脸。千钧一发之际顾川侧身闪避，叶真返一拳挥空，瞬间返身一记力拔千钧的扫堂腿！

但是紧接着他又踢空了，顾川赞了一声：“好！”

叶真喝道：“好什么？！”左腿弹起半空前翻，脚面几乎贴着顾川的脸扫了过去！

那一下连顾川都暗暗心惊，他见过很多卓有天赋的桑国少年，十几岁就练得一身好功夫，有的甚至在国际比赛上崭露头角，赞誉如潮，那些年轻人的确很厉害，也很勤奋，但是比起眼前这个月国少年来，还是差得远了。

这叫叶真的少年，拥有绝对不是现代竞技武术所能培养出来的悍厉和强横。

他一定不是哪家武馆里培养出来的，也不是特种部队出来的人，他招式没有花架子，也没有套路可循，他的每一击都瞄准了致命点，每一个动作都是为了击杀敌人！

这是纯粹为了杀人而磨炼出来的武技！

是什么人把他养大的？为了什么？顾川心里瞬间闪过无数念头，只见叶真半空轻喝一声，反手一肘狠狠捣向他左胸！

那短短几秒内两人过了何止几十招？场外保镖只能看见两人贴得极紧，掌交拳激、风声呼啸，双手几乎只能看见影子。

那其实是相当险恶的，两个当世罕见的点穴高手，当他们面对面近身格斗、彼此都空门大开的时候，比得就是手指上的速度和力度了。只要指尖轻抹便是雷霆重击，只要指甲轻触便是一击必杀，而在近身格斗的时候，两人的十指相交何止千百次！

只听两人衣袖翻飞，带起风声尖啸。突然叶真猛地收手，瞬间返身重重后踢！顾川被当即踢中上腹，踉跄着飞退数步！

“顾川少爷！”几个保镖慌忙上前，脸色铁青。

顾川站定脚步，咳了几声才缓过气来，举手晃了一下：“抱歉，这个我收着了。”

只见他手指捏着的，赫然是两片手指甲！

叶真俯身紧紧捂着左手，几乎痛得说不出话来，虽然捂得很紧，但是指缝里仍然透出一线血色。

“如果你现在收手，我放你离开山家，从此两家恩怨，一笔抹消！”

叶真喘息大笑：“做梦去吧！”

顾川猛地闪身避过拳风，叶真几乎不管不顾了，步步紧逼到擂台边缘，顾川靠着铁链连续转身才能及时避过他横切的掌刀。

情势一时非常危急，叶真动作太快，顾川不得已蹲身扫堂腿，那一腿力度跟叶真相比就不是一个数量级的了，叶真应当及时抽身的，但是他偏偏没有！

他拼着两败俱伤，一脚下劈重重踩在顾川右肋骨之下！

几乎是同时，他被顾川扫得仰天摔倒在地。顾川腰板力量极大，受了一击之后还能腾跃起身，半空中二话不说便啪啪啪点了叶真胸肋三处大穴，喝道：“你输了！”

当空直击的打穴手法，就算是个壮汉也必须倒下了，叶真三处大穴被制，顿时痛得仿佛被剖腹一般！

他仰头呛出一口血，嘶声道：“我没有！”

顾川刚要收手，却没敌得上叶真拼死一般的动作，只见他仰面倒在地上，手臂却缠着顾川的手一路往上，两指并拢沿途划按，闪电般卡断了顾川整整一条手臂的经络！

这已经不是点穴了，而是少见的截血，顾川没想到他如此顽强，一时不防被缠住手臂，整条胳膊当时就软了。

他心说不好，只见叶真的手探到肩膀，直接往他心脏大穴上伸来，千钧一发之际他没法细想，条件反射地抓住叶真的手，暴起一抡，当时就把叶真的身体整个提起来抡飞了出去！

叶真体重能有多重？十三四岁的孩子都比他壮实，这一摔可不是开玩笑的，他当时在半空划过一道弧线，掉下来轰隆隆撞翻了整整三排座椅，木头椅子甚至都被他撞散架了！

顾川意识到撞重了，心里一沉，只见叶真倒地后又滑了半米，当头一下撞翻了武器架。

那武器架上的长矛、铁枪、武士刀哗啦啦翻倒下来，顾川疾步上前想去看看情况，却只见叶真倒在地上，伸手啪啪点了胸前两处大穴，紧接着随手抓起一把匕首。

顾川眼瞳紧缩——他知道叶真为什么点自己的穴，那是打通经络、逼出内力，是激发潜力的临时手段。

这对人身体是很有害的，习武的人目光长远，当然不愿逞一时之利而损伤身体根基，更别说叶真还如此年轻。

他脚步一顿，正想出言劝解，就只见叶真抓着匕首冲过来，脸上带着极度的冷厉和张狂："顾川！"

顾川心里大惊，刚要凝神戒备，就只见叶真突然凌空跃起，脚尖在他肩膀上重重一压，直接奔着他身后去了！

"你给我看着！"

顾川惶然转头，只见叶真仿佛一只大鸟，这一扑足足扑了五六丈的距离，瞬间落到了第一排山老夫人的面前！

他动作实在太快，别人根本来不及反应，甚至连山老夫人都只来得及把身体往后一耸，紧接着就跟叶真来了个眼对眼。

"杀……杀了他！"

山老夫人话音卡在喉咙里，"扑哧"一声，血光暴起。

那些保镖根本来不及掏家伙，叶真反握匕首闪电般一挥，刹那间砍断了山老夫人的一只胳膊，留下一串鲜红的血迹。

山老夫人在座位上僵立了一会儿，才轰隆一声，颓然倒地！

仿佛在人群里点燃了一颗炸弹，当时所有人都疯狂地站起来拼命护在山老夫人左右！

叶真回头盯着顾川，横过血淋淋的匕首，微微扬起了头。

他的目光仿佛裹挟着滔天的仇恨，冷酷慑人，怨恨入骨，且毫不动摇。

顾川的第一个反应是难以置信。

他不相信有人真能在他眼皮子底下，在这么多保镖的虎狼环伺之中，重伤山老夫人。

"顾川，"叶真轻声道，"论比武，我不及你；论杀人，你不及我。"

他猛地长身跃起，却不是往前进，而是飞速地退后。桑国保镖骇破了胆，尖叫着拼命往出口跑，整整一座观众席的最后便是山地仁！

山地仁脸色铁青，豁然起身，顺手从地上捡了把武士刀！

那刀是叶真撞飞武器架的时候，顺着地面滑过半场，一直滑到观众席上来的。山地仁看都不看，直接拔刀扔开刀鞘，"叮"一声亮响，刀刃和叶真的匕首在半空中狠狠撞了一下！

刃和刃之间的撞击，接触点不过是比针尖还小的一个点而已，然而就在那千万分之一秒的瞬间里，叶真借着两人刀刃相交的爆发力，在空中整整抡过了半圈！

少年清瘦柔韧的身体以后腰为旋转轴心，头向下而脚朝上，顺时针三百六十度凌空一翻，借助旋转的力量一脚蹬上山地仁的后肩胛，刹那间把他踹得往前飞去！

哗啦啦成片巨响，山地仁撞翻了整整一排连在一起的观众席位，还把飞奔而来的顾川阻了一阻。

叶真怎么会浪费这个万里无一的机会？落地同时箭步上前，把匕首往山地仁后腰的位置狠狠一刺！

顾川却像是能预测到他的动作一样，狠狠把山地仁往边上一推，险险避过了这致命的一刀，叶真没法收势，往前一个踉跄，“啪”的一声被顾川抓住了拿刀的右手腕。

如果他左手能用，顾川是不敢冒这个险的，叶真毕竟不是一般人，他是跟顾川平分秋色的点穴高手，只要他有一根手指空闲，便能发挥出常人难以想象的破坏力。

顾川毕竟眼睛毒，几下交手他就看出这个少年的特点——轻灵敏捷，出其不意，招式狠辣，是很典型的古代武术，在这个竞技武术大行其道的时代，传统格斗技是相当少见的。

为了保证他轻灵敏锐的优势，他必须保持比一般人更加瘦削的体型。一般走这个套路的习武者，就算到了三四十岁，身形腰板也如少年一般柔韧。

——等他到我这个年纪的时候，应该比今天的我更强吧！

顾川心里瞬间闪过这个念头。

但是没有以后了。

在被抓住手腕的同时，叶真知道大事不好，拼着左手再度受伤的危险一掌向顾川脖颈切去！但是这时山地仁已经从地上爬起，挥手一刀便砍向他右腕。

顾川用桑国话厉声道：“你干什么？”

叶真瞳孔紧缩，飞起一脚把山地仁脸踢歪到一边，同时因为扭曲角度过大，顾川又把他手腕往相反方向捏，只听“咯”的一声闷响，闪电般的疼痛顺着手腕爬遍全身！

他手腕脱臼了！

叶真条件反射弓起身体，正巧山地仁狠狠一脚，把他当胸踹到了几米之外！

轰隆一声巨响，叶真这次真是当头倒地，连意识都模糊了。

左手五指全废，右手脱臼，胸前主要穴道被制，加上山地仁那重逾百斤的一脚，彻底踢断了他的胸腔肋骨。

叶真仰躺在地面上，视线迷迷糊糊，隐约看见头顶天花板上的强光。

耳边仿佛很喧杂，但是他听不清发生了什么，喧杂的背景仿佛潮水一般渐渐退去，整个世界一片静寂。

他只能听见自己的心跳声，从强到弱，一点一点随风飘走。

这种感觉其实很好，没有爱憎，没有仇恨。

叶真缓缓地闭上眼睛。

山地仁上前一步，却被顾川反手狠狠一推，他疾步上前抱起叶真的头。

少年的呼吸在慢慢减弱，嘴角溢出血沫，意识恍惚，目光没有焦点。

山地仁僵立在那里："他死了？"

顾川当然不知道山地仁问出这话的时候心情多么复杂，他猛地转头喝道："谁允许你随便插手的？你想惹出多大的麻烦？"

山地仁勉强道："就算没有我事情也是一样的……"

"咳咳咳咳！咳咳咳！"叶真突然剧烈地咳嗽起来，血沫呛入气管又不断涌出，顾川立刻把他翻过来，就着背重压几下。

叶真不咳了，胸腔里发出类似于风箱那样悠长尖锐的喘息声，大概是剧痛唤醒了他的意识，他微微睁眼看见顾川，被血糊住的眼睫颤抖了几下，猛地反手一肘撞到地面。

这么一撞的声音太响，连顾川都感觉到疼，叶真却勉强往后蜷缩了一下。

顾川一个箭步上前，揪着衣领把少年从地上拎起来。

他本来是想做急救措施的，但是就在这个时候，突然"砰"的一声巨响！子弹擦过顾川的头发，瞬间打入了地下室的水泥墙壁！

"住手！举起手来，不准动！"

地下室里的所有人同时身体一僵，纷纷举起手来，顾川偏头一看，目光顿时一沉。

龙纪威举着枪，脸色冰寒骇人，枪口还冒着微微的轻烟。

顾川缓缓放下叶真，站起身把手放到后脑，还没等他完全站起来，突然，一阵难以想象的剧痛横向切过他的身体，刹那间他还以为自己被刀砍了！

顾川猛地踉跄，回头一看，只见一个非常眼熟的黑衣男人不知道什么时候进了大厅，就站在他身后几米远的地方。

那熟悉的可怕的杀意让他顿时认了出来，是叶真的养父！

那天他送叶真回家，路上碰见的自称叶真养父的那个男人！

顾川痛得简直不能站立——从他成年之后，就再也没有亲身体会过这种简直能把人活活痛死的恐怖！他甚至低头确认了一下自己真的没有被刀拦腰斩断！

玄鳞对他微微笑了一下，眼神非常淡薄，那目光跟看一具尸体也没什么两样了。

"楚慈，你下来了？"玄鳞视线越过顾川，往他身后的方向微微示意，"来帮哥看看儿子。"

楚慈三步并作两步跑下楼梯，大步流星穿过比武场，半跪下来小心试了试叶真的鼻息，又按住侧颈好几秒:“还活着，需要急救。”

玄鳞微微点头:“你们抬他上去交给韩越，这里交给我。”

楚慈问:“你行吗？”

“哥控制得住。”

龙纪威举着枪走过来，跟玄鳞对视了一眼，弯腰和楚慈一起尽量平稳地抬起叶真，很快退出了地下比武场的大门。

很快这里只剩下玄鳞一个人，但是没有哪个桑国保镖敢轻举妄动——他们早就已经倒在地上，不知道被何处来的剧痛所席卷，有的甚至在玄鳞出现的时候就昏了过去。

山地仁摇摇晃晃地走了两步，“扑通”一声栽倒在地，嘶哑地含恨道:“你是……‘样本’……”

玄鳞连个眼神都懒得给他:“孙子，你还是老实跪着吧。你们家花费二十年工夫研究出的零级体，也不过是老子我的饭后点心而已，你还能干什么？废物都不如。”

山地仁喘不过气，喉咙里发出可怕的喘息声。

玄鳞往前走了两步，漫不经心提起顾川的衣领，轻轻一脚把他踹翻到擂台下，“砰”的一声撞到了台阶上。

在如此暴烈的高能粒子流对冲之下，顾川的五脏六腑没当场烧熟就已经不错了，哪还能反抗？玄鳞走过去当胸一脚，微笑着缓缓加重力道，直到听见骨骼咔嚓的碎裂声。

“我不杀人，不是因为可怜你们，而是因为不想给龙纪威惹麻烦。”玄鳞顿了顿，冷冷地道，“一帮杂种，赶紧给我收拾收拾滚回老家去！再敢多留一天，老子连全尸都不给你们留下！”

他一脚把顾川踹出几米远，才施施然跨过满地昏迷的桑国保镖，头也不回地走出了武馆大门。

第12章
楚老师

拾贰

楚慈和龙纪威把叶真抬出去，外边有辆医护车等着，直接开到私人医院去。

韩越带着人守在外边，一边对手机“嗯嗯”应着，一边走过去看了眼躺在担架上昏迷不醒的叶真，这孩子醒来的时候杀气腾腾，昏过去倒是突然显得小了，完全是个孩子的样子。韩越本来对他一肚子意见，但是也不至于跟未成年人较真，只得耸耸肩，翻了个白眼，就算把楚慈的那笔账揭过了。

叶真的情况说糟糕不算糟糕，说没事又不是真的没事，指甲撕裂其实没什么，好好包扎好好保养，一两个月就完全恢复原样了，那些跌打损伤敷上药，卧床休息一段时间，也可以痊愈。

主要是山地仁那一脚把他胸前肋骨踹裂了，为了防止畸形愈合，叶真不得不戴上了医疗专用的固定护具，看上去颇为滑稽。

玄鳞左手拿着肋骨带，右手拿着女士内衣，微笑问：“乖儿子，你选哪个？”

叶真有气无力看了一眼，往左边勉强指指。

“真可惜啊，女士紧身内衣也可以帮助固定肋骨骨折哟，而且换洗多方便啊，还有粉红色浅蓝色雪青色和草绿色混合选择哟。如果是龙纪威的话……”

龙纪威重重地咳了一声。

玄鳞立刻换了嘴脸，严肃道：“龙纪威怎么可能受伤呢，当老子是死的吗！”

叶真面无表情地看了他一眼，闭上眼睛不动了。

病房非常宽敞，玄鳞满屋子乱窜搞怪，一会儿吃个水果，一会儿玩个飞镖——他把苹果放在床头柜上，从各个角度扔水果刀，这种高危娱乐的主要目的是引起别人注意，就像不断大哭大闹企图被父母重视的小孩一样，可惜龙纪威忙着打电话，楚慈在走廊上听医嘱，谁都没空理他。

医生谆谆教诲：“一定要躺在床上，不能随便移动，肋骨带要绑紧，有的青少年不愿意整天卧床，抽空就溜出来，这样对恢复是很不利的……”

楚慈就像被小学老师拎去教训的家长一样，听一句答一个是，听完了再三感谢，还不忘记欠着身开门把医生送走。

龙纪威打完电话，奇道：“你没事吧楚工程师？”

楚慈关上病房门，正色道：“医生是很值得尊重的，像你这种活了几十年都没去过医院的人怎么能懂？”

龙纪威说：“可是我从没看见你尊重任家远。”

“说到这个我也很奇怪，感觉每次他看到我的时候都很害怕，上次我下班正巧遇见他，想顺路捎他一程他都不干，还骗我说他跟人约了饭局……算了，你刚才在跟谁打电话？”

“韩越，他已经到龙城了。叶十三的事情有点儿严重，九处付出了很多代价才勉强把消息压下去。”

“山氏家族答应走人了吗？”

“不走还等着被灭门？”

楚慈不说话了，靠在门框上默默地看着叶十三。

叶真躺在病床上，越发显得清瘦单薄，被子几乎就是平的，他眼睛紧紧闭着，看不出是睡是醒，甚至连呼吸都轻不可闻。

这样看的话，他完全就是个不谙世事的孩子，天真单纯，完全不被世事沾染，没人想到这稚弱的身躯上承担着怎样沉重的仇恨。

楚慈有点伤感地叹了口气。

“老于问我要他。”龙纪威淡淡地道。

楚慈不怎么跟九处的人打交道，不明所以地问：“干什么？”

“为九处工作，从他第一次对人下狠手——不管那个人是什么国籍、什么家族，跟他又有什么恩怨——从那时候开始，他就注定了要成为九处的一员。他伤了人，但是出于一些特殊的原因，法律不会审判他，也不需要他坐牢，甚至没有人会多说什么，他只是注定了要跟国家绑在同一条大船上。”

龙纪威顿了顿，又道：“人必须为自己做出的事情负责，没有例外。”

楚慈垂下眼睫，半晌才微笑着说：“是啊，当时我第一次，嗯，找到侯宏昌的时候……后来也经常睡不着，整天疑神疑鬼，感觉自己也死过一次了。”

“别这么消沉，连高良庆他弟弟两刀都没捅死你，说明你命不该绝。”

楚慈温和地笑了笑，不置可否。

韩越工作压力极大，在宁城待了几天就急匆匆回龙城去了。龙纪威虽然人在宁城，却一直是九处的实际领袖，每天都必须遥控九处的日常工作，当然也不会很闲。

看护叶十三的重任就落到了一年只上三个月班的楚工程师，以及基本上没什么事能烦到他的玄鳞同志身上。

楚慈其实是对付叶十三小同学的最佳人选——在叶十三小同学心里，龙纪威虽然享有至高无上的地位，但是毕竟整天忙碌，不可能方方面面都监管到；玄鳞虽然心细敏锐并且有大把时间，但是毕竟为人比较吊儿郎当，也没有什么当爹的权威，经常跟叶十三小同学打嘴仗；只有楚慈，貌似温和却外柔内刚，文质彬彬而性格铁血，安静的时候几个小时都未必说一句话，教训人的时候却能滔滔不绝说上俩小时。楚慈还有点专制统治的天赋，令行禁止并且说一不二，在他面前不管耍赖撒娇还是打滚撒泼都是没用的。

叶真看到楚慈的时候还心虚了一下，不敢问他脖子还疼不疼，甚至不太敢看楚慈的脸，那几天楚慈说什么他就做什么，乖得跟兔子一样，灰溜溜地夹着尾巴做人。

后来他卧床久了百无聊赖，便开始找碴生事：一会儿不要吃病号餐，一会儿不要喝牛奶，一会儿仰躺久了想翻身，一会儿嫌病房闷了想出去透气……大多数时候楚慈只要一个波澜不惊的眼神，再加上鼻腔里含义不明的一声“嗯？”，就能让叶十三小同学从头到尾彻底冻住。

终于有一天，叶真爆发了，他把高钙牛奶包狠狠摔到桌子上，崩溃道：“已经半个月了啊！天天八包奶是怎么回事啊！小爷看到牛奶都想吐了好吗，求求你们给点儿白开水吧！”

楚慈看他一眼，淡定问：“嗯？”

“嗯什么啊楚叔叔！正常人一天要喝这么多牛奶吗？就算全身骨头碎裂也不用这么补钙吧？这哪里是补钙，分明是把猪喂饱了好杀啊！”

楚慈沉默半晌，出去倒了一大茶缸水，回来搬张椅子坐到病床前，说：“叶十三小同学，我们需要谈谈。”

这一谈就谈了两个半小时——楚慈“谈”，叶真低头听他的“谈”。

我们伟大的楚工程师，从牛奶在营养结构上的重要意义谈到奶牛养殖繁育的辛苦和不易，从骨折的严重后果谈到现在青少年教育改革的急迫和刻不容缓，从医疗费用节节攀升谈到现代社会家庭结构的不合理性和不稳定性……一直到大茶缸见了底，楚工程师才意犹未尽地舔了舔嘴唇，问：“你觉得对吗？”

叶真眼神放空，梦游一般点头道：“对，对，对。”

“你觉得有道理吗？”

“有，有，有。”

“现在认识到自己思想上的严重错误了吗？”

叶真缓缓转过头，哽咽半晌，终于颤抖地拿起牛奶包，泪流满面一饮而尽。

“这就对了，”楚慈满足地道，“早这么乖不就好了。”

在楚慈的监督下，叶十三小同学一天喝掉八包奶（每包 300ml）、两罐骨头汤（每罐 600ml），强制卧床一定时间（每天 24 小时），三星期后终于骨头也长齐了，指甲也长全了，甚至长高了半厘米！

“照这个恢复速度，再卧床一星期就可以自由走动了。”医生终于良心发现的下旨。

于是楚慈奉旨监国，每天把叶十三小同学摁在床上，拿着本化学书给他补习，叶十三连 ABC 都搞不清，更别提“钾钙钠镁铝、锌铁锡铅氢”，金属活动性顺序表对他来说跟天书没什么两样。楚工程师教了三天，差点儿把叶十三小同学给整成失心疯。

第四天，一个意料之外的访客把叶真从金属活动性顺序表的噩梦里解救了出来。

那天早上，玄鳞来“调戏”儿子顺便送早饭，之后楚慈来接班，带着两本龙城的化学试题集，为叶十三小同学将来转学去龙城考学做准备。正当楚慈坐在病床前，准备开始这罪恶的勾当的时候，床头电话响了，前台小姐声音甜美：“抱歉打扰了，是537号病房患者的家属对吗？有一位姓顾的先生前来拜访，请问是否让他进去呢？”

楚慈一手拿着话筒，一手翻着习题集，漫不经心地问：“姓顾？”

叶真眼睛一睁，立刻不装死了，猛地从床上坐起来。

前台小姐转头去问了句什么，回来笑道：“是，他说他是患者的朋友，他的名字叫顾川。”

顾川进门的时候穿着黑西装、白衬衣，虽然没有打领带，但是看上去仍然很正式，甚至有些肃穆。

叶真穿着雪白的病号服靠在床头上，冷冷地盯着他，目光非常不善。

顾川看了他一眼，把手里的花和果篮放到了床头边的柜子上，花束是大把的新鲜黄玫瑰，果篮一看就非常精致昂贵，隐约散发出鲜果清澄的芬芳。

叶真却看都不看一眼，嘲讽地说：“顾川。”

“挺好听的名字对吧？比‘串串’好多了。”

他口气很淡，显然知道“串串”是什么意思，难为他听叶真一口一个“串串”地叫了这么久，却毫不动怒。

“到现在才来看你，是因为我也才刚出院。你的养父玄鳞先生弄断了我一根肋骨，不过看起来我恢复得比你快。”顾川非常自然地拉了把椅子坐到床边，问，“你怎么样？”

叶真说：“哎哟，这个我知道，杂种总是更耐揍一些……”

顾川看着叶真，眼底瞬间掠过一点儿意味不明的笑意。

顾川的养气功夫相当好，不管这少年的敌意多么深，语句如何刻薄，他都完全不放在心上。

“可惜就算再护主也没用，听说那老太婆最后还是死了，山地崇也废了，可见不会叫的狗也不一定有本事，山地仁记得赏你一根骨头没有？”

“山氏家族的人回桑国了。”顾川打断了他。

叶真蓦然住嘴，敌意深厚地盯着顾川。

“我不知道你跟他们有什么仇，今后打算怎么办，但是到此为止了，山氏家族从此以后不会再找你麻烦，而你也不要千里迢迢跑去桑国报仇。你跟这个家族的账，从此两清了。”

叶真还是不说话，眼底多了点儿轻蔑的不以为然。

顾川静静地看着他，病号服对叶真来说非常宽大，衣领下露出一截锁骨，显得少年格外清瘦孤独。晨光越过玻璃窗，在他鼻翼上留下浅浅的阴影，脸颊上细软的茸毛都清晰可见。

他突然想去摸摸叶真的脸，幸亏手一动，就立刻克制住了。

叶真全神戒备并且反应极快，立刻把身体往后一耸：“你干什么？想打架吗？”

顾川沉默地盯着他看了一会儿，缓缓收回手，低声道：“没有。”

叶真怒道：“虽然小爷打不过你，但是也不怕你！小爷这辈子杀的桑国人比你认识的还多，下次再动手的话保管废了你！不信你试试！”

顾川疑道：“你杀过很多人？”

“骗你有钱拿吗？”

顾川有点疑心这话是不是真的，他的理智告诉他，这年头不可能有人神不知鬼不觉地杀掉很多人，却不留下任何线索被人发现，也不被法律制裁，可另一方面，看叶真的表情和眼神，他又觉得这孩子没有说大话。

叶真是那种清澄到底，一眼就能看透彻的孩子，如果他逞意气说大话，那他的语气和眼神一定能出卖他。

“你究竟为什么这么恨桑国人，这么恨山家……”

叶真冷笑一声打断顾川：“山家带人闯进我方川，杀尽了我所有父老乡亲！如果你父母被强盗杀了，你家的东西被强盗抢了，你还能安然不动地坐在那里念什么礼仪道德，不冲上去跟强盗拼命吗？”

顾川愣住了。

“这件事也许对你们来说过去了，但对我来说没有！你们闯进别人家去，杀了人，然后还把强盗的灵位供在庙里，让后人世世代代去膜拜那些强盗。你们当然恨不得我把血债全忘光！但是对我来说没有过去，告诉你，顾川，直到我闭眼断气的那一天都不可能过去！我一辈子都记得我的家人死在谁手里！”

顾川几次想说什么，最终只能吸了口气，半晌才徐徐吐出来，神情黯然。

“我不可能跟山氏家族和解，”叶真最后总结陈词，说，“总有一天我要灭了他们所有人，不管是他们来月国，还是我去桑国。”

病房里一片静寂，顾川低头坐在那里，想劝解却又无从开口。

他想说，你这么小，就像只年幼的小动物一样懵懂而易受伤害，为什么非要往绝路上走，还一次次把头往墙上撞呢？难道是龙纪威教育的？那个威名在外的九处处长龙纪威……

等等，顾川突然找到疑问所在了。

从他后来在龙纪威家楼下见到叶真的时候开始，他就一直有个模糊的疑问，朦朦胧胧的，却始终困扰着他。

为什么这孩子会被龙纪威领养？

他说他的家乡在方川……

一个荒谬的猜测瞬间从顾川脑海里闪过。

不，不可能的，又不是在演电影……

顾川下意识地抬起头，叶真仰着下巴，从眼角斜觑着他。

叶真这个样子其实非常好看，虽然目光是轻蔑的、挑衅的，但是看起来并不让人生气，反而让人心里都柔软下来。

顾川移开目光，语气正常而平淡地问："我那天打中你的膻中穴，隔断了你的足太阴、手太阴，你自己已经把经络冲开了吗？"

叶真冷冷地道："不劳关心。"

"经络受伤长期没有救治，会造成惯性胸闷、内气漫散，最终影响到你以后的修行，这样你也不在乎？"

叶真怒道："不用你假惺惺！"

顾川看了他一会儿，平淡道："那天我本来打算废了你的。"

叶真的目光立刻更加愤怒了。

"因为你对山氏家族的仇恨实在是超出了我的想象，你对山老夫人出手的时候甚至一点儿迟疑也没有，我知道你是个比想象中更危险的人物。假以时日，等你长到我这个岁数的时候，恐怕你会比我还强，所以以防万一，我应该尽早杜绝你以后成长的可能，让你作为一个普通的少年，平稳幸福地生活下去。"

顾川顿了顿，声音低得几乎难以听清："不管你相不相信……我对你还是有些欣赏的。"

"但是事到临头我又迟疑了，"顾川吸了口气，声音清晰起来，"我既不算你的家人，也不算你的长辈，实在无权替你做出决定。你这样的习武天才百年都未必出现一个，我不想强行剥夺你的天分，万一你不情愿的话，从此就会恨我一辈子。"

谁知叶真当即大怒："再给小爷说一遍？你以为自己是谁，谁是小爷的长辈？跪下来叫祖宗小爷都不稀罕，现在就给老子滚！"

顾川刚一起身，叶真的枕头劈头盖脸地砸过来，他一手抓住枕头，刹那间很不是滋味，心说果然还是个孩子啊……同时又突然非常惭愧。

“下次再让老子看见，老子废了你！”叶真顺手抄起果篮，“哐当”一声狠狠砸下！刹那间，水果汁溅了一地外加顾川一身，要不是先前那个枕头挡着，保不准那篮子能砸顾川一脸。

顾川把枕头往床上一扔，大步走上前：“别起来，你……”

他本意是不让叶真暴怒起身，万一伤口没好，骨头错位就糟了，但是这个动作很容易就让叶真产生了误会。

“干什么！想打架吗你？”叶真猛地从床上蹿起来，顺手抄了床头的闹钟就想砸。

顾川一手抓住他手腕，强行夺下闹钟，皱眉沉声道：“放开！”

“你给小爷放开！楚慈！楚慈！”

“哐当”一声，门板被人重重推开，顾川还没反应过来，肩膀就突然被人大力往后一扯，刹那间，他甚至没看清发生了什么，只听“啪啪啪啪”的几声，脸颊一阵剧痛，是楚慈几耳光把他脸打偏到一边去了！

楚慈抽人耳光的时候竟然相当优雅，并且极度迅速，正正反反四个耳光抽完，把顾川轻轻一推，微笑道：“滚吧！”

顾川半晌没说出来话，楚慈冲进来的时候他正按着叶真的手，又有点儿心慌意乱，一时便没有反应过来。

况且这个年轻男子手实在是太快了，看上去脸色苍白得仿佛大病初愈，还一副文质彬彬的模样，谁知道下手竟然又快又狠，简直是专业水准。

叶真这个不知死活的，竟然还在摇着尾巴上蹿下跳：“楚慈！楚叔叔！楚叔叔你最威武了，楚叔叔我爱你！”

楚慈伸手往大门口一指，笑道：“要我打电话叫警察来请你滚出去吗，顾先生？”

顾川闭了下眼睛，再睁开时已经冷静下来，微微欠了欠身道：“多谢指教。”

他转向叶真，想说什么，但是最终什么也没有说。

他深深地看了那少年一眼，几秒后大步流星地走出了病房。

第13章

远方客

拾叁

那天补习的时候，叶真史无前例地乖顺配合，甚至楚慈让他默写化学元素周期表和金属活动性顺序表的残暴行为都没有引起他的半点儿反抗。

叶真一边咬笔头，一边拼命摇尾巴：“楚慈楚慈，抽顾川的时候你爽吗？下次直接按住他让我抽可以吗？”

楚慈：“……”

叶真干脆把化学书塞到枕头底下，扑到楚慈身上缠来缠去：“你一直等在门外边，所以我叫的时候你才能立刻冲进来对不对？楚叔叔你一定练过对不对？我想抽那个串串已经很久了，你抽他的时候是什么感觉？啊？什么感觉？”

“就像我强迫你写化学题时的感觉。”楚慈捏着叶真后颈上的软皮把他拎起来，面无表情道，“叶十三小同学。”

叶真尾巴讨好地一甩一甩。

楚慈声音轻柔：“现今为止被发现的化学元素一共有多少种？”

叶真歪头想了半天，终于不确定地道：“嗯……喵？”

楚慈一手把他摔回床上，居高临下地道：“一百一十八种！存在于地球上的一共九十四种！我抽顾川的时候感觉和现在一样，一点儿都不爽！只感觉无奈！”

叶真手忙脚乱地爬起来坐好，两只手着地，星星眼仰望楚慈。

可惜这个姿态对龙纪威不管用，对楚慈也一样不管用，楚慈用书拍打着叶真的头，怒道：“九处怎么会要连高中文凭都没有的人?！就算侥幸走后门进了九处，也一辈子都只能是小职员！你想被人呼来喝去直到退休吗？实在是太没出息了！”

叶真委屈道：“我没有想去九处啊。”

“那你想干什么？”

叶真歪头想了一会儿，不确定地问，“混……混黑道？”

楚慈：“……”

黑帮电影和刑侦剧大行其道，对某位小同学造成了不可挽回的恶劣影响。

楚慈坐在病床边上，冷冷地道：“叶十三小同学。”

叶真一个激灵。

“我听说你曾经计划去桑国堵山氏家族的大门？”

叶真曾经把这个计划跟玄鳞描述过，他描述得很严肃，可惜玄鳞听到后哈哈大笑，险些因为笑得太厉害而被花生米活活呛死。

玄鳞对此的评价是："哈哈哈，你想去桑国堵人家大门？你会说桑国话吗？你认路吗？出了机场怎么走你知道吗？万一被人当作偷渡客抓起来怎么办啊？你打算在桑国一边捡垃圾卖钱一边找人家大门往哪开吗？哈哈哈，这孩子太可乐了，乐死我了……咳咳咳咳……"

楚慈虽然没有笑，但是他说话时的语气和玄鳞有着惊人的相似："你会说桑国话吗？"

叶真："……"

"你认路吗？"

叶真："……"

"出了机场你知道人家家里大门往哪儿开吗？"

叶真："……"

"那你怎么去桑国堵人家大门呢？"楚慈淡定翻开书，总结道，"科学技术是第一生产力，等你学好了化学，考上了高中，进了九处，再努力工作攒够钱，过个十年八年的，就可以去桑国找山氏家族算账了。"

叶真："……"

叶真掀桌，像只被踩了尾巴的猫一样咆哮："开什么玩笑！小爷还打算出院后立刻去找他们呢！小爷我一天都等不得！"

楚慈淡淡地道："等不得也要等，报仇这种事不能急。"

"你知道什么？我本来可以成功的，要不是那个顾川……"

"你连顾川都打不过，如果人家用手枪，甚至用炸弹对付你呢？"

叶真不说话了。

"叶十三，"楚慈把手轻轻放在叶真手背上，低声道，"想报仇的人一定要学会忍耐，因为你弱，而山氏家族强。如果不是顾川偏袒你，山氏家族不会这么容易回桑国的，这里虽然是月国的地盘，但是……"

他顿了顿，仿佛话出口前临时换了语句。

"这个社会每天都在发生着不公平的事情，你没有经历过，没有见识过，贸然行动最终会害死你。"

叶真抽了抽鼻子，不信任地看着他。

楚慈冷淡地道："我不会对每个小孩都说这种话的，相信我吧，这是我作为长辈对你的忠告。"

他低头去翻叶真那如同鬼画符一般的作业本，侧脸轮廓优美而表情素淡。

叶真盯着他看了半天，闷闷道："你不懂的。"

"哦？"

"我们不一样的……"

楚慈抬头看了他半晌，突然冷笑："我怎么可能不懂？"

他抬手解开衬衣纽扣——这时已经是开春，病房里暖气又足，他衬衣底下什么也没有穿，只见瘦削平坦的腹部上赫然爬着两道长长的疤痕，颜色深红，狰狞而惨烈。

他把左袖口卷起来，只见手腕上横着一道两寸余长的旧伤疤，已经几乎跟皮肤一个颜色了。

叶真被惊得目瞪口呆："这是什么？"

"报复杀人。"楚慈仔细把纽扣一个个扣回去，冷淡地道，"我是说我。"

"啊？"

"后来被人寻仇，堵在巷子里刺了两刀，人家说了，如果挨这两刀之后我还能活下来，那以前的仇怨就既往不咎，事实如你所见，我活下来了。"

叶真颤抖地指着他的手腕，问："那是怎么回事？"

楚慈把袖扣扣上，没有回答。

"你知道我叫什么名字吗？"他突然问。

"楚、楚慈啊。"

"不，我身份证上姓李，你知道这是为什么吗？"

叶真一个劲儿地摇头。

"因为从法律上来说，楚慈已经死了，这个叫作楚慈的人，两年前因为胃癌晚期，救治无效死亡。我在这里只是借用了别人的身份，而那个虚构出来的身份是如此脆弱并容易揭穿，以至于我不能以自己的名义买房、出国、应聘、开公司、签合同……很多常人能做的事情我都不能做。"

一个几乎被禁锢起来的人——叶真心里突然闪过这个想法，幸亏他没有把这话说出来，如果被楚慈听见的话，想必是一句很残忍的话。

楚慈把手放在摊开的书上，静静地看着他，目光有点伤感。

"叶十三，虽然龙处没有详细告诉我，我也不清楚你的底细，但是作为过来人，我的现状对你来说应该是个很好的借鉴。如果你想复仇，起码要做好准备，而你现在的准备，显然是远远不够的。"

那天，楚慈没有让叶真默写化学元素周期表，因为很快玄鳞就来换班了。

楚慈把被叶真扔得乱七八糟、满地都是的书本捡起来，收拾好，放回叶真的书包里，平淡地道："你还小，不用着急，花点儿时间好好想想我的话吧。"

他礼貌地跟玄鳞道了别，从外边轻轻带上病房的门，玄鳞一直目送他离开，才幸灾乐祸地问："楚老师又教育你啦？"

叶真皱着眉，半晌点点头。

"因为什么？数学题不会做？化学元素周期表背不出来？哈哈哈哈，我就知道，楚老师训起人来可有一套了，整天把韩越训得一愣一愣的……”

“他没有训我。”叶真闷头道，“他没有。”

“啊？那他怎么蹂躏你了？把化学书蒙你脸上然后这样那样、那样这样？还是用圆规敲你的头，然后强迫你吃几何模型？”

叶十三怒道：“我才没有吃几何模型！”然后烦躁地把被子一卷，不论玄鳞如何威逼利诱，都没法再从他嘴里掏出半句话了。

一周后，桑国南港。

清晨的阳光温暖和煦，池塘粼粼的水纹映在长廊上，青石上游动着微许的波光。突然一阵喧杂声由远及近，几个佣人试图拦住顾川，却很快被顾川带来的保镖推到了一边。

管家诚惶诚恐跟在后边，跑得几乎要断气：“顾先生！大少爷说要独处一小时，不管谁来都不能打扰他的啊！您要不要先等一会儿，很快就……”

一个保镖飞快地把他推开，顾川连看都不看一眼，径直走到长廊尽头的一间和室前，“哐当”一声重重踹开了门。

山地仁一惊，飞快收起面前一张半人高的画轴：“谁？”

顾川不在乎他在干什么，走过去“啪”的一声把一卷复印文件丢到他面前。

山地仁翻开一看：“这不是山氏家族的家谱和族秩吗？上星期我还听人说表兄大人你不顾阻拦，跑进本家老宅里去强行取走了家谱，为此差点气死了自己的亲叔祖……”

“那是你的叔祖，我母亲三十年前就跟山氏家族断绝关系了。”

山地仁笑起来，拖长了语调：“好吧——你说什么就是什么，那么请问我尊敬的表兄大人，你把这个拿给我看是什么意思呢？”

顾川冷着脸，哗哗翻到族秩当中的一页，重重指在被他用红笔画了一行的字上。

“山家上一任家主山元治，在方川被人暗杀——有什么错误吗？”

顾川又从文件了抽出几张影印件，山地仁眯着眼睛看了半天，认出是一份报纸电讯稿。

山地仁大笑：“您是从哪儿弄来这种东西的？”

“哗啦”一声，顾川一把拽起山地仁的领子，声音低沉冷酷：“你不妨等到看完报道再笑。”

山地仁冷冷地回视他，几秒钟僵持之后，顾川把他重重地推回到椅子上。

半年前，山家协助开发的研究所追踪到方川境内存在异常的生物波动，猜测可能有“样本”存在，于是，山家家主山元治主动请缨，带人前往方川，没想到抓捕的过程中，受伤的“样本”发出了超强缓冲，导致部分士兵当场异化，开始疯狂伤人，被当地人发现。为了掩盖此事，山元治直接派出军队屠村，可是最终，抓捕仍以失败告终，且从此彻底失去了“样本”的踪迹。

方川屠杀事件后，桑国军方严格控制了所有的媒体报道。

顾川花费重金并人力物力无数，才找到这份电讯稿的影印件，可惜已经残缺不全。

不过就算是这份残缺的报道已经足够让他震惊，在向参与方川屠杀的桑国士兵求证过后，他甚至震撼得整夜无法入眠。

“‘独眼将军’山元治于军营中被暗杀者杀害……军营当夜暴动，暗杀者造成超过两百名士兵死亡……全营出动，历经整夜，于天明时将刺客逼下山崖，尸骨无存……”

山地仁一路念到末尾，玩世不恭的表情突然僵住了。

他的声音越来越小，仿佛有个石头卡在喉咙里，最终只能发出可笑的咯咯声。

“据悉，山元治死后……军部大怒，下令逐户排查……暗杀者为一少年，慨然赴死前……自称叶真，方川叶家第十三子……因方川已无人烟，最终不了了之……意欲鞭尸，暗杀者尸骨神秘失踪……其残忍暴行，蒙文名之皮囊，实具野兽之筋骨……”

纸片从山地仁手上滑落，轻飘飘地落到桌面上。

“顾川，”山地仁脸色铁青，“你以为这种故弄玄虚的东西很好玩是不是？”

顾川居高临下，一言不发。

“那小子一看就精神不正常！什么方川叶家第十三子，你怎么知道他不是借别人的名头，跑来跟我们故弄玄虚？”

“你的前一句话我不反驳，后一句话同样是我的疑问，为此我拜访了山元治的副官，山元治在军营被叶真杀死后，为了泄愤，副官下令将叶真的遗骨找出来鞭尸，但是一伙人在山下搜了三天，半块骨头都没看到……”

“可能是掉到山下被狼叼了！”

“他受了伤，从山崖上掉下去，可搜寻的人却连他的半根头发都没有找到。这件事让那个副官困惑了很久。”

顾川顿了顿，逼视着山地仁的眼睛。

“你没有跟叶真谈过，但是我有。第一次遇见他的时候，我看见他跪在战争纪念馆的纪念碑前哭，当时我就想，这年头竟然还有人能在纪念碑前哭出来，真是我平生见所未见的第一次。”

山地仁手脚发凉，半晌才哑着声音道：“不可能，我不相信。”

“我们发动了在月国能利用的所有人脉，没人知道叶真是从哪里冒出来的。你有没有想过为什么他会被龙纪威收养？他说他的家在方川，父母是被桑国人杀害的，而他曾经杀过数以百计的桑国人，你知道吗？”

听到“龙纪威”三个字的时候，山地仁不易为人发觉地震了一下。

“如果真的是他，”顾川收拾起复印件，一边塞进文件夹里一边淡淡地道，“那么我不信他能饶恕‘独眼将军’山元治的后人。”

顾川提着文件夹转身离去，山地仁霍然起身：“你去哪里？”

“回月国。”

“你去月国干什么？！”

“去找叶真。”顾川头也不回地走出大门。

叶真在病床上躺了三十五天之后，终于生龙活虎地出院了。

龙纪威对此有点儿焦虑，因为自从叶真卷着包袱住到他家来甜甜蜜蜜叫他“爸”之后，他就再也没能好好开过一次视频会议。每次特调局会议进行到一半的时候，总会有各种各样的突发性事件迫使他关掉电脑。

比方说叶真噔噔噔跑进书房里来尖叫：“爸！玄鳞叔叔把我的校服烫了个大洞！”

又比方说玄鳞无时无刻不在愤怒地咆哮：“叫二爸！叫二爸！”

叶真被楚慈软禁在医院里的那三十五天里，龙纪威终于喘了口气，一方面，他终于可以每天按时完成身为特调局九处处长的职责，另一方面，他又可以每天抽出半个小时，专门用来慈爱地抚摸叶十三小同学的头。

因为上次去龙城的事情出了个巨大的岔子，九处暂时还没做好第二次邀请叶真的准备，龙纪威只得敞开家门，板着一张冰山脸看着叶十三小同学在进家门的五分钟内就和玄鳞滚成一团。

龙纪威扶着额头坐在沙发里，刚才，当他目不斜视地端着碗喝粥的时候，一块生鱼片突然从天而降，“啪”一声掉进了他鼻尖前的粥碗中，不用看他都知道鱼片上还带着玄鳞的口水和叶真的牙印。

玄鳞暴怒拍桌：“叶十三小同学！你实在太过分了！老子都往鱼片上吐过口水了你怎么还敢抢？不嫌恶心吗？”

龙纪威：“……”

龙纪威默默地把生鱼片挑出来，放下碗，起身往书房看文件去了。

所幸龙九处长的灾难并没有持续多久，很快叶十三小同学给了他解脱。

叶十三小同学说：“爸，我不想上学了。”

他说这话时是一个阳光明媚的星期天的早上，这样的时间一般被龙纪威用来喝早茶、看报告，聚精会神地工作两小时，然后起身给手下打电话布置工作。

叶十三显然挑了一个不错的时间来说这件事，说完后还不忘加上一句："玄鳞叔叔已经同意了。"

"叫二爸。"玄鳞麻木地道。

龙纪威沉默半晌，终于问："那你想干什么，跟楚慈学赌牌然后去赌城讨生活吗？"

叶真拉了把椅子，坐到他身前，然后把手放在龙纪威膝盖上，看上去就像一只前爪着地的小狗。

"我已经想好了，我要找个武馆继续修行，或者像我来之前一样找个山头闭关。我现在打不过顾川，但是不代表将来也对付不了那个串串……"

龙纪威打断他："那之后呢？"

叶真问："为什么你们每个人都问我'那之后呢'？我连现在的事情都没做好，谈什么以后呢？我根本没必要考虑山氏家族以后的事情……"

龙纪威吸了口气，目光从他脸上转移到玄鳞脸上："你同意了？"

玄鳞点点头，无奈道："自从楚慈去医院看护过他以后，他现在一看到化学书就条件反射性呕吐……他只有国语学得还不错，数学跟物理只是及格，外语直接是大鸭蛋。"

龙纪威："……"

叶真说："就算没有那个叫什么，文凭对吧，没有那个东西也一样能活啊。如果我要考上高中拿到文凭的话，起码三年过去了，这三年里山地仁一定会来找我算账的，你觉得他真的会放着我不管吗？"

"九处会保护你的。"

"我不需要九处的保护，我要找山地仁的麻烦。爸，如果我在高中浪费三年时间，那一点儿用处也没有，但是如果我按照自己的方式度过这三年，我一定能具备保护自己的能力。"

龙纪威扶着额，刘海深深掩藏起睫毛下的眼神。

半晌他抬起头来，平静地对玄鳞道："去卧室把楚慈送叶十三的见面礼拿来。"

玄鳞毫无异议地去了，回来带着一个红木的匣子。

龙纪威当着叶真的面把匣子打开，里边是一把漆黑铮亮的枪，还有一柄刺刀状的军匕。那匕首非常特殊，刀鞘上没有搭扣，随便一抽就能出鞘，把柄上也没有护指，相反，有着粗糙的颗粒，握在掌心里颇有点儿生疼。

"枪是韩越配给楚慈的，小心别碰，里边有五发子弹，枪膛里还卡着一发。刺刀是楚慈当年用过的旧物，经过特殊处理，几乎削铁如泥。"

龙纪威示意叶真把刺刀拿出来，轻轻一拔便出了鞘，只见尺长的刀刃弧度极大，叶真反手一劈，刀刃破风发出轻响，劈斩范围比一般军匕大得多，而那刀刃不知道用了什么涂料，就算对着光也没有任何反射，黑沉沉的，仿佛吸走了所有的光源。

“从今天开始，你可以去军区靶场练射击，我会跟那里的人打招呼。”

龙纪威无视叶真瞬间瞪大的眼睛，平淡地道：“等你练到百发百中的时候再来找我，我有地方安置你。”

叶真茫然地在手枪和龙纪威脸上望了几个来回，弱弱地问：“那我可以不做化学作业了吗？”

龙纪威挑起一边眉毛，这样子让他的眼神看上去就仿佛刀锋一样锐利慑人：“醒醒吧叶十三小同学，你以为我真答应你不用上学了吗？”

叶十三小同学作为第一个使用该军区靶场的未成年人，被玄鳞开着SUV送进了驻军部队大门。

从此他的生活变得相当有规律：白天戴着耳套练习射击，大多是机械升降靶，然后由玄鳞亲自报靶；晚上回家补习作业，再跟着收音机念半小时外语。

后两项任务完成得惨不忍睹，前一项却很快获得了明显的进步，从完全脱靶到十发里有五发上靶，从平均三环到平均七环，再到每五十发平均成绩九点四环这样一个惊人的成绩，中间只用了不到三个月的时间。

玄鳞觉得不可思议，开始给他用移动靶。一开始叶真束手无策，但是很快他熟悉了移动频率和距离，做到两百发子弹例无虚发只花了他一个月的时间。

“这有什么好奇怪的？”叶真晃着枪口说，“我学点穴的时候为了练准度，会用筷子隔空夹苍蝇，何况小小一个移动靶？我认识一个前辈，能用石子打翻几十米外奔跑的动物……”

“现代军事训练太让人退化了，”叶真最后做出结案陈词，“过分依赖手枪、步枪、冲锋枪甚至是迫击炮，让人身体都失去了攻击本能，一旦子弹打光，他们就像失去了獠牙的狮子一样不足为惧。人怎么能过分依赖武器这种没有生命的东西呢？总有一天人会退化到只有一根食指的，反正扣扳机一根手指就够了嘛。”

玄鳞对人类的进化不感兴趣，晚上回家后他把叶十三小同学的最近进度汇报给了龙纪威。于是第二天，当叶真趴在靶场上一口气打光所有子弹的时候，突然被一只手从地上拎了起来，摘下了他的耳套。

龙纪威站在他面前，穿着黑背心和迷彩裤，踏着一双高帮军靴，冷漠肃淡的表情看上去就像个来巡营的高级军官。

一个副团级军官站在他身后，带着惊疑不定的表情看远处那个千疮百孔的靶子，眼睛几乎要瞪出来了。

“叶十三，”龙纪威居高临下，声音就像是在冰块里冻过一样坚硬而不可抗拒，“回家把你所有的行李都收拾好，我们去禹城。”

第14章 巫疆行

拾肆

叶真以为龙纪威所说的“去禹城”，是指去旅游胜地兜个风，吃吃东西，到处逛逛，然而在汽车上颠簸了两天两夜之后，他终于认识到自己错得有多离谱。

叶真已经完全丧失了方向感，他们经过繁华的城镇、破败的山村，然而车轮一直没有停止。进入山区一天后路况已经不适合开车，龙纪威把包一背，按着叶真的肩膀：“下来，换车。”

叶真头昏脑涨地下车，周围是一片深山老林，放眼望去到处是浓浓淡淡的绿，树冠交织在一起，几乎看不见天空。

山坡下传来刹车的声音，他探头一看，一辆吉普停在离他们两百米远的地方，车上陆续下来几个训练有素的男子，有人从林子里牵来了马。

一个熟悉的身影走下车，然后突然往叶真的方向望来。

——那竟然是顾川。

叶真吓了一跳，这荒山野岭的，难道要火拼不成？！

龙纪威往山坡下看了一眼，淡淡地道：“已经跟我们一路了，不用管他们。”

他们这边人其实很少，龙纪威，叶真，一个司机，两个不苟言笑、影子一般的手下，几乎没有存在感，而顾川那边粗略一看就有七八个保镖，硬拼的话绝对不是他们吃亏。

叶真忧心忡忡，龙纪威却非常淡定，带着人往密林深处走，大概走了一两个小时，听见路边水流淙淙，隐约还有牛的哞叫。

龙纪威抽刀砍断茂密的灌木，只见一条小溪赫然在目，溪边停着一辆牛车、两匹马，两个巫族打扮的青年男子跪在水边洗脸。

叶真大奇，问：“这是怎么回事？”

龙纪威一按他肩膀示意别说话，自己却用巫语叫了一声。

那两人飞快起身，喜出望外地小跑着过来，用巫语跟龙纪威你来我往地说了好一会儿。

叶真听得满头问号，戳了戳司机问：“你懂吗？”

“听不懂，这是老巫语，现在很少有人会说了。”司机看着龙纪威，眼神带着崇敬，“龙处是蛊巫人，他那一支地位相当高……”

龙纪威突然指了指叶真，说了几句什么，好像是介绍的话。

那两人看着叶真，面露难色。

叶真很敏感，立刻拉住龙纪威的衣袖：“他们说什么？”

“我要带你进寨，”龙纪威说，“但是你不是巫人，他们不敢放你进去。”

“进寨干什么？！”

龙纪威又不理他了，转头跟那两人说了几句话，声音听上去就像是下命令。

那两人没办法了，低头给龙纪威深深行了个礼，转身骑上马去，很快消失在了密林里。

“我应该给你穿一身巫族衣服的，”龙纪威若有所思地道，“就说你是玄鳞的小孩，因为遗传，智商太低，至今不会说巫语，这样就没这么多麻烦了。”

叶真：“……”

他们几人坐上牛车，两个影子一般的手下立刻自觉承担了赶车的重任，老牛在山林里轻便熟练，很快便走出了那片山坡，沿着小溪一路往更深的大山里走去。

叶真趴在牛车吱吱嘎嘎的木板上，两只手抱着龙纪威大腿，讨好问：“爸，你真的是巫人吗？”

龙纪威问：“我当然是巫人，你不觉得我跟一般人长得不大一样吗？”

叶真仔细端详，龙纪威的脸轮廓非常深刻俊秀，肤色比一般人较深，眼神深邃鼻梁挺直，奇异的混合了精悍和斯文两种截然不同的气质，看上去却又非常和谐，显得很有魅力。

叶真疑惑道：“爸，你是在变相夸奖自己长得好看吗？”

龙纪威：“……”

牛车一直走到晚上，前边还没有任何山寨的痕迹，他们只能在荒山野岭里露宿。

幸亏龙纪威准备了帐篷和睡袋，叶真比露营还兴奋，吱吱哇哇地叫着，看人怎么搭帐篷，怎么生火，然后迫不及待地钻进帐篷里，裹着睡袋到处滚来滚去。

手下烤好饼，夹上肉干和压缩蔬菜给他吃，叶真却死活不愿意出睡袋，只露出个头来张着嘴巴求投喂。

手下满头青筋直暴，只能拿着饼蹲在地上，给滚来滚去的叶十三小同学喂饭吃，抽空还得喂口水，免得小孩一不留神被活活噎死了。

黑夜很快降临，他们生起篝火，两个手下和司机轮流守夜，叶十三小同学充分享受了他未成年人的优待，自己滚进帐篷睡觉去了。

龙纪威一直等到叶真睡熟才从帐篷里走出来，军靴坚硬的底踩着落叶，发出轻微的咯吱声。

离他们帐篷不远的地方生着另一堆篝火，顾川站在夜色里，仿佛一尊坚硬的石像。

不知道在这里站了多久，他全身肌肉仿佛一根绷紧了的弦，直到看到龙纪威的时候他才突然一动，微笑着问："叶十三呢？"

龙纪威的声音比夜色还要淡薄，轻轻地道："滚回去。"

"我想和叶十三谈谈，请您……"

"如果你敢走进巫人的地盘，我保证你有来无回，最终烂得只剩下骨头。"

"龙九处长，"顾川脸色平稳得仿佛温水，连语调都半点不动，"我会从巫人的山寨绕过去的，但是我一定要见到叶十三，我有话对他说。"

龙纪威冷笑一声，根本懒得理他，直接转身往回走。

走了两步，他突然回过头，笑问："听说那天楚慈赏了你几巴掌？"

顾川低声道："是我一时唐突造次，非常懊悔，楚先生教训得对。"

龙纪威盯着他看了一会儿，竟然出人意料地什么也没有说，转身大步走了。

叶真当然不知道那天晚上的插曲，第二天早上醒来的时候，满眼翠绿欲滴，山涧万鸟齐鸣，那壮观的景象让他当时就傻了。

而顾川一行人不知道什么时候已经拔营离去，龙纪威知道他一定还跟在后边，但是相当有眼色，想必是刻意绕开了巫人的狩猎区。

牛车不紧不慢地在山间走了三天，白天赶路，晚上扎营。这三天里，叶真各种闹腾，一会儿要喝豆浆，一会儿要吃巧克力球，抱着龙纪威的大腿撒娇耍赖打滚哭闹，可惜均被龙九处长暴力镇压。

第四天清晨，手下发现帐篷门口有个包裹，拎回来一看，里边是两大块巧克力、一块喷香的烤肉。

司机吓坏了，急急忙忙来找龙纪威："龙处！龙处！难道那些桑国人还跟着我们？这可怎么办？要不要……"

龙纪威沉默一会儿，说："拿去给叶十三吧。"

"但是如果他问怎么办，我说是谁给的？"

"他怎么可能问？小孩子见了吃的，哪还想得起这么多。"龙纪威淡淡地笑了一下，眼底却没有半分笑意，"白费苦心罢了。"

司机半信半疑，把巧克力拿去给叶真，果然叶真一见巧克力就两眼放光上蹿下跳，压根没想起问一声从哪儿来的。

牛车赶路的第五天，叶真正窝在车厢里舔他那最后半块巧克力的时候，突然听到"哞"的一声，车停了。

"到了。"龙纪威一把拎起包，起身钻出车厢。

叶真叼着零食浑浑噩噩地跟出去，只往周围看了一眼，顿时惊呆了。

只见眼前不知道什么时候出现了一条瀑布，阳光之下水雾蒸腾，崎岖的山腰里隐约可见树木葱葱。在万丈晴空之下，一座巨大的巫寨露出了它恢宏的一角。

叶真哆嗦着问:“这这这……这是什么地方？我们来干什么？”

半空一声嘹亮号角，继而整座巫寨银铃响动，悬空大门轰然打开，两排精壮的巫人小伙从山路上飞奔而下，很快便绵延起百丈队列，仿佛两条迎客的长龙。

龙纪威牵起叶真的手，淡定地道:“来回家探亲，顺便给你拜师。”

这座巫寨已经深入禹城东部，进入十万大山的腹地了，因为人迹罕至，和外界几乎隔绝，古巫寨的自然景观被完整地保留了下来。

叶真坐在轿子里，被灌得七荤八素，趴在龙纪威身上哼哼：“爸！我看见好多星星……”

龙纪威说:“没办法，传统。你是他们的客人，他们不会让你用脚走上山的，必须要八个小伙子用竹轿抬着，八个巫女飞歌敬酒，把你完全灌醉了再放进去。”

叶真转头狂吐，龙纪威拍着他的背，淡定道:“你闻上去就像一块酒糟肉，再喝几杯你就尸身不腐了。”

叶真:“……”

叶真两眼冒星星地进了巫寨，只见迎面一条青灰色的大石砖路，两边全是吊脚楼、美人靠。巫族小伙子扎着发髻，穿着亮布衣裤，一色排开吹奏芦笙、芒筒，穿着民族衣裙、戴满银首饰的女人们则坐在美人靠上刺绣，不时嘻嘻哈哈地对竹轿指指点点。

叶真醉醺醺的，看什么都新奇，而龙纪威望着道路两边的吊脚楼，眼神里带着不易为人发觉的怀念。

轿子行进得很快，芦笙奏完，刚好来到大路尽头的一座四合建筑，那建筑呈环形，围绕着恢宏的正房，两边两座吊脚楼，飞檐向天、雕龙画凤，门柱是浸透了桐油的马桑木，大气庄重。

轿子直接从正门穿了过去，而迎送他们的巫人则全留在了门外，神色仿佛相当敬畏。倏而，带头抬轿的那个小伙子一声清喝，也不知道说的是什么意思，轿子便在正房大门前落地了。

叶真头重脚轻地爬出轿子，只见龙纪威脚一落地，抬轿巫人同时弯腰向他行了个大礼。

“爸，你在这儿也吃得开啊？”

龙纪威面无表情，用月国话小声道：“吃不开，待会儿见人别提起玄鳞，这里的老人很忌讳他。”

“为什么？”

说话间，那几个抬轿的巫族小伙子已经毕恭毕敬退了出去，龙纪威拉着叶真，两人一起跨过高高的门槛。

只见正房大堂里仿佛笼罩着终年不散的香雾，光线从高高的纱窗上映照下来，显得大堂更加幽暗潮湿。不知道是不是错觉，这里的温度仿佛比外边低了不少，叶真本来喝酒喝得一身是汗，结果刚进来，就打了个寒战。

龙纪威把他留在门口，自己上前一步，半挡着叶真的视线。

大堂首座上有个沉甸甸的身影，仿佛已经非常衰老了，半晌才颤颤巍巍地站起来，佝偻的身体仿佛弯着的虾米。

叶真好奇地盯着，突然只听那老人用巫语一声暴喝！那声音实在嘹亮威严，吓得叶真差点儿一个趔趄。

龙纪威却早有心理准备，直面那老人回了几句，听声音倒是心平气和的。

老人更怒了，叽里呱啦说了一大堆，最后没说完，被龙纪威简单利落的一个词打断，从那个词短暂的发音以及老人阴沉的脸色来看，叶真怀疑龙纪威说的很可能是“闭嘴”。

龙纪威再也不管老人的脸色，转身拉着叶真就往外走。

然而刚走一步，只听耳边风声疾响！那速度快得叶真都没反应过来，就只见门被一股无形的力量缓缓拉动，然后“吱呀”一声合拢了。

“站住！”那老人出乎意料地说了句月国官话，尽管带着浓重的口音，语调仿佛在砂纸上磨过一样粗粝，但是叶真竟然听懂了。

龙纪威停住脚步，只听老人在身后怒道：“你跟那个魔物离开山寨，一走便是一甲子，如今带回来一个外族小孩，然后你又要走？”

叶真听得心惊胆战，忍不住偷看龙纪威的脸。

龙纪威深吸一口气，转身直视老人，指着叶真道：“这个孩子的父母被外族杀害，家园被焚毁屠戮，现在他要向敌人报仇，但是力量不够，便想向我们的族人借助力量。他的家乡三千人，如今全作一把沙土，难道我们不应该帮他吗？”

那老人怒道：“先是为了一个魔物，然后是为外族小孩，你把我们巫寨当成什么？”

叶真下意识地拉龙纪威衣袖：“爸，我们走吧……”

谁知道那老人听见了，竟然重重一拍椅子扶手，枯瘦细长的食指往龙纪威一指：“不准走！”

就在刹那间，他手里仿佛有一根看不见的银线笔直探向龙纪威，然而千钧一发之时，龙纪威风衣胸前突然狂震，一条漆黑如蛇一般的动物猛探出头，张嘴狂啸——虽然半点儿声音没有，但是不知道为什么，叶真在极度的骇然里就能感觉到，那是一声相当狂悍并且震撼人心的长啸！

无形的音波急速奔涌震荡，银线刚一触及，连半点儿抵抗都没有就直接灰飞烟灭了。

龙纪威和那老人同时用巫语大叫起来——龙纪威对从他衣底蹿出来的蛇大声呵斥，老人则脸色发青，双手发抖，简直就像见到了怪物。

也许是看到老人更害怕的样子，叶真反而镇定下来了，甚至还有心情把那怪物仔细打量了一眼，只见它头上长角、通体发黑，还带着一块块指甲大小的鳞片，眼睛的位置只有两条细细的缝，仿佛哺乳类动物半眯眼睛的姿态。

那样子看上去不像蛇，竟然像一条微缩了的龙。

那条龙被训斥了，相当不开心地龇牙咧嘴了一下，继而扭动着在龙纪威脖子上绕了一圈，懒洋洋地钻回衣襟下去了。

老人的表情混合着暴怒、恐慌、手足无措，半晌才颤声问："你把它带来干什么，毁灭我们整座寨子吗？"

"不，"龙纪威低声道，"只是从很多年前开始，我就没有和它分开过。"

那老人坐下又站起来，慌张半天后，终于一拍扶手，痛心疾首："我们寨子虽然不兴旺，但是也断断续续地流传了上千年。尽管以前不与外族交恶，但是收外族为徒……"

"不用你收外族为徒，你教他一年，一年之后我自然来领他回家。"

"你的家在寨子里！"

"是啊，所以我死后一定葬回巫人的地盘。"

老人终于拿龙纪威没办法了，用巫语大骂了好一会儿，最终心不甘情不愿地一挥手，叫人进来带他们去休息。

叶真早就困得连眼睛都睁不开了，头又疼，肚子又饿，一看要带他们去吃饭，立刻抓着龙纪威，眼巴巴地要跟着走。

龙纪威刚转过身，突然老人用巫语叫了句："等等！"

他站住脚，但是没回头，只听老人的声音沙哑虚弱，明明白白地流露着恐惧："那个魔物……"

"它是我性命的一部分。"

大堂里安静下来，仿佛连阳光里漂浮着的细小的飞尘都凝固不动了。

龙纪威牵着叶真的手，大步跨过高高的门槛。

巫人好客，专门空出一间干净宽敞的"官房"来接待他们。

龙纪威身份高，没有人敢在他面前造次，但是俊秀又可口的叶十三小同学就没那么幸运了。第八次被来送菜的巫族女孩嘻嘻哈哈地捏过脸之后，叶十三小同学那堪比恐龙的反射神经终于回过味来："咦？好像有人调戏我？"

龙纪威懒洋洋倚在美人靠的栏杆边上，说："那你可要小心了，万一哪个巫女看上了你，给你下个蛊，你就一辈子别想走出山寨的门了，准备当牛做马伺候人全家吧……”

叶真立刻把身体往床上缩了缩，惊恐万状：“我感觉头好晕，是不是已经被下蛊了？”

龙纪威笑着眨眼，他胸前衣服微微鼓动，只见老龙也张牙舞爪探出头，对叶真大大的裂开嘴巴。

那样子真是相当狂妄，叶真立刻怒了：“这蛇好像在笑吧？”

老龙：“……”

叶真顿时受了奇耻大辱：“它丫的是在笑吧？这蛇在笑我吧？我怎么突然很想用鞋底抽它呢？！”

老龙：“……”

老龙嗷嗷狂叫，不要命地往前蹿，龙纪威用力抓住它的头：“叶十三小同学！你刚刚管它叫蛇？赶快道歉，你这次真的完蛋了……”

叶真从床上探出身体，伸长胳膊拍了拍老龙的脑袋，疑惑道：“难道不是蛇？”

老龙立刻扭头摆尾，昂首挺胸，愤怒地嗷嗷叫。

叶真沉思良久，终于眼前一亮：“是蚯蚓？”

老龙瞬间冲出去，对准叶十三小同学的头就是狠狠一尾巴，直接把饮酒过度的叶十三小同学抽晕了过去。

第二天叶真醒来的时候全身发疼，隐约觉得自己做了个梦，梦中被人狠狠殴打了一顿。

他睡眼惺忪地打了个哈欠，刚刚坐起身，突然被眼前放大的人脸吓得尖叫出声：“啊啊啊啊！谁？”

叶十三小同学抱着被子狂缩到床角，两个水灵灵的巫女笑嘻嘻的，一人一边坐上床，伸手去捏他煞白的小脸。

叶真惨叫：“啊啊啊啊，不要过来！不要过来啊！我警告你们，男人的脸是捏不得的！小爷要反抗了啊，要反抗了啊！”

巫女叽里呱啦说了一通。

叶真听不懂，只能手忙脚乱地跳下床：“好吧小爷错了！小爷给你们道歉！不要给我下蛊啊，我还年轻呢！呜呜呜呜我不想这么早死……”

谁料两个巫女身手敏捷，当空一捞，把身娇腰软易推倒的叶十三小同学拦腰捞起，直接按倒在床开始扒衣服。

叶真大骇——她们俩那一手的速度，竟然连自己都躲闪不了，真是人不可貌相啊！当下也不敢拿手撕、拿牙咬，只能徒劳地挥舞着爪子，嗷嗷大叫：“不要扒内裤！至少留个背心吧！爸，爸！有人要扒你儿子衣服！”

“一大清早的叫什么？”龙纪威终于从门外转进来，懒洋洋地靠在门框上，“这有什么大不了的，扒光更健康嘛。”

“爸，你真的不爱我了对吧！”叶十三小同学涕泪横流，被美女姐姐们扒得光溜溜的，捂着关键部位瑟瑟发抖，活像一只即将下锅的没毛鸡。

美女姐姐们说着巫语掩口而笑，对叶真的身材指指点点，笑够了才转过身，把衣架上一套雪白的练功服扔给他。

“这是什么？”叶真喜出望外，立刻把遮体的东西扒拉上身，终于确定自己没有任何关键部位露在外边了，才长长地松了口气，“呼……刚才没有人拍照吧，别传到网上去啊。”

巫女：“……”

龙纪威：“……”

龙纪威对巫女吩咐了几句，两个美女姐姐抿嘴笑着一欠身，终于小碎步跑走了。

“衣服穿好了吗？穿好了赶紧走，今天送你去拜师。”

叶真系上一个个繁复的搭绊，雪白的短褂和长裤穿在身上，显得他皮肤粉嫩、眼睛明亮，仿佛比平时还小了一点儿。

“拜师？昨天我还以为你是开玩笑的呢。”

“不是开玩笑。巫人有很多绝学，自古以来世代相传，从没传出去过。”

“绝学？下蛊吗？我要学养毒虫子吗？”

龙纪威眯起眼睛看了他半天，才慢条斯理地道：“叶十三小同学，下蛊是女人才用的，巫族男人基本不用蛊，如果你愿意拿菜刀一次性剁掉某个部位……”

叶真立刻条件反射地捂住裤裆。

“……就算你剁掉，也没人会教你蛊术的。开什么玩笑，我千里迢迢把你送来是为了让你变性的吗？”

巫寨的清晨阳光明媚，空气清新得能醉人，叶真一边抓着个糯米粑粑吃着，一边跌跌撞撞地跟上龙纪威，脚步在青石板路上发出啪嗒啪嗒的声音。

昨天他们来过的四合院沐浴在晨光中，房檐台阶都映照着微光，越发晶莹透亮，绕过正房，边上有两座高高的吊脚楼，楼下堆着石磨、花盆等杂物。龙纪威登上左边的那座楼，叶真跟在他身后，视野蓦然一宽，只见二楼厅堂竟然比他想象得还要宽敞。

这里一定是巫寨的重地，进门是一座影壁，正堂地上铺的全是光滑油亮的实木，墙壁两边大门洞开，阳光和清风一齐灌入。殿前铺着三层台阶，有点像帝王正殿下的丹墀，只不过不是红色，而是漆黑发亮、仿佛玉石一样的质地，而殿前首座足有大半个人高，上边坐着昨天见的那个老头。两边席位一字排开，站着一圈巫族子弟，个个结实俊俏，挺拔如松。

龙纪威指着那老头，对叶真低声道："他的名字叫宝翁，巫族名字的音你发不出来，以后就叫他师父。"

又指着周围一圈人，道："这些以后就是你的师兄弟。"

礼仪程序叶真是懂的，当即麻溜跪下磕了个头，叫："师父！"

宝翁本来脸色难看，只碍于龙纪威的面子才不得发作，但是叶真这么干净利落地一跪一磕头，他神情顿时就缓和了点儿，招手把侍立在一边的女徒儿叫来问了几句话。

女徒儿正是早上给叶真换衣服的漂亮巫女，笑嘻嘻地回了几句，满厅人都微笑起来。

龙纪威淡淡地道："他问你根骨如何，你师姐说不错，又说你天生任督二脉相通，是个练武的天才。"

叶真不敢抬头，从牙缝里压着声音问："那他们笑什么？！"

"哦，她还说你很俊俏，跟个妹子似的。"

叶真："……"

宝翁咳了一声，起身用巫语叫敬茶，边上立刻有人端来一碗碧绿的茶汤，叶真抬手接过，膝行几步，来到台阶下高举手臂，认真道："徒儿给师父敬茶。"

宝翁没有立刻接过茶碗，只听低哑粗粝的声音从首座上传下来，道："叶十三。"

叶真低头答是。

"你因何练武，为什么拜入我门下？"

叶真不抬头，盯着膝盖下的台阶，一字一句道："我本是方川叶家人，祖祖辈辈耕地牧渔，从不与外人接触相争，桑国贼人杀我父老，辱我百姓，屠我三千生灵，一把火烧尽我百年古镇。血债滔天无以能报，我愿胼手胝足、粉身碎骨，杀尽我仇人满门，请师父成全。"说完手臂高举不动，俯身下去深深磕了个头。

宝翁脸色微变，沉默半晌，才说："那你从今以后要好好练武，不能偷懒耍滑，知道吗？"

叶真低头说："徒儿知道。"

宝翁于是点点头，接过茶碗一饮而尽。

龙纪威抱着臂在一边看着，直到叶真从地上爬起来了，他才过去拍拍少年的头，说："我走了。"

谁知道他这话刚出口，叶真还没来得及反应，周围那群巫族子弟却一个个面露惶恐，继而以迅雷不及掩耳之势噼里啪啦跪了一地——那麻溜劲儿，简直跟煮饺子似的！

叶真："爸，你不要我了吗？"

龙纪威怒道："你开什么玩笑，老子又不是陪读家长！你知道把你送来这一路耽误了我多少事吗？我三个手下还在峡谷外边喂蚊子呢！九处的工作一天都不能落下，还有你于叔叔他的皮最近也有点儿痒……"

叶真说："爸，你不要总是欺负于叔叔，你看人家都被你欺负成什么样儿了。还有你什么时候来接我，过年前行吗？"

"我尽力吧。你要好好学习，听师父的话，别偷懒知道吗？早知道就把课本和楚慈一起带来了，这一下就荒废一年……"

叶真怒道："爸，你还是快走吧！"

四合院前的青石板路上阳光灿烂，一众巫族子弟毕恭毕敬地送龙纪威到门口，只差没跪下来扒衣角哭诉一番离别之情了。龙纪威倒是很淡定的样子，最后扫了一眼周围熟悉的青石路、吊脚楼，又摸摸叶真的头，说："要听话，啊。"

叶真点点头，嘱咐："早点儿来接我啊。"

龙纪威回过头，视线越过众人，只见宝翁正站在吊脚楼下的阴影里，佝偻着身体，看不清面容。

他心里不由得微微一叹，离开巫寨的时候，他青春年少，血气方刚，宝翁还是个连斧头都扛不起来的奶孩子，几十年时光转瞬而过，自己仍然身强力壮，年华鼎盛，而当年的孩子现在却已经垂垂老矣了。

他对宝翁挥了挥手以作告别，宝翁迟疑了一下，也挥挥手，动作里带着说不出的沉重。

巫寨大门洞开，山谷里流云飞瀑，水汽朦胧。

下山的路总是比上山的路快，巫人恭敬地请龙纪威上轿，却被他婉言谢绝了。

他一个人顺着山路走下去，不出一顿饭工夫，便见山脚下扎着营帐，隐约看见一个人影站在山路的尽头。

又是顾川。

龙纪威目不斜视，走过去的时候轻轻丢下一句："你有什么想跟叶十三说？现在可以说出来了。"

顾川哑着声音问："我看到了一则报道……"

龙纪威打断他，说："没错。"

顾川站在那里，如同石雕一般一动不动，龙纪威回过头，皱着眉问："你想闯寨进去，然后被巫人乱箭射成刺猬？”

“不，我今天就让手下回国。”

“那你呢？”

“我留在这里。”顾川闭上眼睛，低声道，“暂且走一步看一步。”

龙纪威微微一笑，转身往山下走去，顾川目送他离开，只见他头也不回地道：“怕就怕你一步下去，直接就粉身碎骨万劫不复了，哪儿还有路给你走？”

几个桑国人守在营帐边上，手都伸到怀里去了，却没人敢轻举妄动，只能眼睁睁地看着龙纪威擦肩而过，很快便消失在了山瀑漫天缭绕的水汽中。

第15章

修此身

拾伍

万事开头难，叶真在巫寨大半年，经历的奇事也不知道有多少，但是最艰难最出他意料的，还是拜师以后的头一件。

——他被关在巫寨后山的冰洞里，足足三天水米未进。

那座冰洞不是宝翁领他去的，宝翁身为巫寨长老，整天不知道有多少大事要忙，怎么可能事事亲力亲为？叶真就这么在对自己今后生活懵懂无知的情况下，被当初把两个扒他衣服的巫女姐姐领走了。

他们在后山走了足足三四个时辰，从太阳东升直到雾霭沉沉，终于走到后山密林一个不见天日的深处，这里简直伸手不见五指，叶真使劲眯眼都没法看清洞口里有什么，只觉得里边飘出阵阵寒气，春末夏初的天气里竟然也冷得刺骨。

巫女抿唇一笑，推了叶真一把，指指洞口。

叶真不明所以，往里走了几步，又回头问："里边有什么啊？"

巫女笑嘻嘻地比了个三，又挥手示意他接着往里走。

叶真还以为她们两个要陪自己一起进去，所以一共是三个人，这才回头放心大胆地往里走，谁知道还没走几步，突然只听身后巫女一声银铃般的娇笑，紧接着"啪"的一声机关响动，山洞顶上竟然缓缓垂下一块重逾千斤的石门！

叶真转身疯了一样的往回扑，却"砰"的一声重重撞上冰冷的山岩！

"来人！来人！放我出去！放我出去！"

他的狂叫在山洞里久久回荡，然而不管他怎么拍打，怎么捶门，那山石都岿然不动，连山洞外的声音都半点也听不见。

"这是怎么回事？来人！"叶真狠踢石门一脚，痛得差点儿跳起来。

这到底是怎么回事？她们想干什么，想把我关死在这里吗？

叶真喘着粗气坐到地上，这么一静下来，才感觉到山洞里是这么黑，真是完完全全的伸手不见五指了。而且这里隔绝人世，半点声音没有，因为过分的寂静，耳朵里反而充斥着诡异的微妙之声——那是血液冲击耳鼓所造成的错觉。

叶真恐惧地抬头，竭力睁大眼想看清一点儿微光，但是触目所及，完全是深不见底的黑暗，仿佛已经深深沉入了地下。

他终于站起来，扶着墙慢慢往里走，一边触摸着冰冷的岩石，想找出一点儿能出去的缝隙。

然而不知道找了多久，走到他再也走不动了，山洞也没有透出半点有光的迹象，更别说什么能出去的缝隙了。叶真也不知道自己已经走了多深，他只感到彻骨的寒冷，一开始牙齿还能打战，后来连打战都没感觉了，只觉得四肢都不是自己的，骨髓血液都结了冰，每走一步就发出咯吱咯吱的声音来。

不行，这样下去我会冻死！

叶真摸索着坐到地上，费力盘起双腿，抱着臂把自己竭力蜷缩起来。

然而等他不动的时候，寒冷便更加清晰刺骨，连骨头缝里都仿佛呼呼的刮着风。他想往手心哈气，但是连他哈出来的气都没有半点儿温度，湿漉漉的，带着冰渣子。

叶真全身都颤抖着，半晌低哑含混地叫了一声："爸……"

他把头深深的俯下去，半蜷着身体，仿佛一座小小的冰雕，凝固了很久很久。

时间一分一秒地过去，山洞陷入一片沉寂，仿佛连最后的一点儿生机都消失了。

不知道过了多久，突然叶真手指一动，仿佛痉挛一般挣扎着，缓缓地抬起头。

如果有光的话，就可以看到他脸色已经不像个活人，脸颊乌青，嘴唇发紫，眉毛上结着一层淡淡的霜气，简直就像行尸走肉。

但是他的手仍然能动，虽然每动一分都要竭尽全身之力，但是那双手仍然颤抖着抬了起来，缓缓地放到双膝之上，深深掐住中指呃逆点。

"心不外驰，一意归中，气走夹脊，行至玉枕……"

少年喉间的呜咽嘶哑浑浊，难以听清。

"上走冲脉，下至绛宫，生死双分，八脉总根……"

气走泥丸，精凝紫府；意守渊腋，神离枕骨。

真气运行九个来回，继而在全身经络回转，渐渐形成一个小周天，叶真的身体渐渐发热，全身关窍打通又关闭，寒气不再穷凶极恶地涌入体内。

他一动不动地盘腿而坐，脊背挺直，双目紧闭，每当心跳衰微不能走气，便用指甲紧紧掐住双掌呃逆点。

墨汁一般的黑暗里寂静无声，只能听见叶真一声声长短均匀的呼吸，除此之外，别无其他。

"已经是第三天了吧？"

宝翁问这话的时候已经是黄昏了，一边伺候的巫女立刻弓身笑道："就是第三天，今晚就该去接孩子回来了。"

宝翁说："不急，蛊童说了那孩子天生任督相通，真气流转更快，那就一定能比常人多坚持半天，明天早上再去接人好了。"

巫女迟疑道:“万一出事怎么办?”

宝翁木着脸,冷哼着问:“能出什么事情?”

说完也不听别人劝解,一甩袖子自己走了。

其实他当时这么说,完全只是因为恼恨龙纪威当甩手掌柜,继而迁怒到叶真身上。但他也相信叶真根骨确实绝佳。一般练武之人,老年人没有他火气旺,少年人又没有他真气浑厚,所以理论上来说,他确实应该比大多数人都更能撑。

但是宝翁没想到,就是这么耽搁了一晚上,就差点儿要了叶真的小命。

因为那天晚上,叶真内息走岔了。

这其实不怪叶真,他就算再能撑,也不过是个十五六岁的孩子,闭关三天的事以前不是没有,但是在冰天雪地里闭关三天不吃不喝,真是从没有过。

到第三天下午的时候他就已经撑不住了,只勉强吊着最后一口气。那天入夜气温骤降,深山老林阴风又盛,到半夜时阴气入体,叶真终于难以支撑,一口气从生死窍上反涌直至泥丸,瞬间激得他狂呕起来。

这一口气刺激到了经络胃胆,如果不是三天没吃,他能连胃里的酸水都吐出来,这一吐,精气神就守不住了,几天来苦苦撑住的内息全泄出来,他拼命扶着墙想站起来,然而刚一起身就眼前发黑,耳朵嗡鸣,整个人顿时软倒在地。

他甚至没意识到自己已经昏过去了,最后一刻只觉得脸上扑来一阵极大的风,带着清新的泥土的腥味,仿佛是从洞外吹来的一般。

他只朦胧地看到几个人迎面跑来,却看不清发生了什么,眼一闭就什么也不知道了。

叶真醒来时已经是第二天凌晨。

他以为自己昏睡了很久,实际上只是几个小时而已。

山间的天空是灰蒙蒙的蓝,月亮刚刚下去,山谷里静悄悄的听不见半点儿声音,他挣扎着起身,只见身边点着一丛篝火,一个男人正紧挨着他席地而坐。

“你是……”叶真睁大眼睛,浑浑噩噩的脑子才反应过来,那竟然是顾川。

顾川把他轻轻按倒在地,居高临下地道:“别乱动。”

说着用手按在叶真胸口,从上而下反复揉搓他的皮肤。顾川力气极大,手掌老茧又多,很快便把叶真皮肤搓得通红发热,寒气带来的剧痛也减轻了不少。

叶真挣扎几次想起来,都被顾川轻而易举地按倒,半晌才十分屈辱地问:“你怎么在这里?”

“这座山洞叫寒冰床。”

“啊?”

“这种极寒的洞穴是人工开凿而成,自然形成的非常罕见。以前有练武的人,找到这种山洞,便在里边闭关冥想,用寒气逼迫自身内息运转,往往能有很大精进。”

叶真闭上眼睛试了试自己的内息，发现轻松灵便不少，仿佛身体经过严苛的虐待之后，反而更加灵活强韧了。

“我早年也进过这种地方。”顾川顿了顿，没怎么提及自己的事情，只说，“这种地方最多待三天，因为没有进食，超过三天之后身体就到达极限了。你还是孩子，不论如何熬不过今晚的，我在外边守到半夜，看还没有人带你出来，就知道大事不好了。”

为了解除尴尬，叶真只得装作无所谓的样子，问：“那你是怎么进去的？”

顾川头也不抬：“山洞外有机关。”

他按摩手法相当独到，没过一会儿叶真全身的皮肤都火辣辣地热起来，人也感觉到饿了，顾川从包里拿出一瓶口服液一样的东西，扳开叶真嘴巴整个倒了进去。

叶真根本没力气反抗，有气无力问：“这是什么？”

“高能营养剂，你饿了太久，暂时不能进食。”

这时天已经快亮了，顾川看了下周围，站起身居高临下地看着叶真：“这里是巫人的地盘，我得在他们发现之前离开，咱们只能暂且先告别了……当然，我还会回来看你的。”

叶真哼哼着问：“你以为这样我就会认为你是好人了吗？在我心里你永远都是个串串，串串！”

“我知道。”顾川笑了一下，那笑容非常轻微，只瞬间就从眼底掠过了。

他没有再多说什么，把毯子往叶真细腻柔软的脖颈下掖了掖，转身大步走进了黎明前昏暗的树林里。

很久以后，叶真回想起自己当年在巫寨里修行的经历，首先想起的便是顾川。

那段时间他甚至怀疑，顾川说不定真的打算在荒郊野岭扎个营，自己修行多久他就陪多久。

最开始的日子很难熬，从寒冰床出来后叶真就病倒了，烧得神智不清，宝翁熬了半人高大锅的稠绿粘腻的汤，两个和蔼可亲的巫女姐姐把叶真小同学扒光光了拎过来，笑嘻嘻地往锅里一扔。

叶真瞬间惨叫一声，没命地往锅外爬：“烫！烫烫烫烫烫烫烫！”

宝翁一把将他按倒在汤里，木着脸说：“给我待着！你以为这是什么汤？巫族头人都未必能泡得上呢！”

叶真本来发烧嗓子就哑，这一下更是叫得撕心裂肺：“可是好烫！你是想煮我吗臭老头！”

“你管谁叫臭老头！”宝翁怒了，猛一下把叶真的头按进汤里，“就是要烫，全身皮烫破了才能让草药进去，然后长出一身新皮来！你知道洗髓草多难配吗？三十年都未必能配齐一服药呢！”

叶真挣扎着冒出头：“那你就三十年后再煮我吧，咳咳咳……咳咳咳咳……”

“别不知好歹！一服药只能煮一锅汤，你得连煮四次才行呢！”

叶真只觉得天崩地裂，鬼哭狼嚎道：“求求你让我出来吧，真的好烫！我要熟了！爸，带我回家……”

宝翁冷冷地问：“你族人的仇呢，也不报了？”

叶真一愣，不再挣扎了，热气氤氲里只看见他发呆的脸。

宝翁趁机狠狠一按，把他整个按进了汤里，只咕噜咕噜冒了几个小气泡。

泡完草药出来的时候，叶真全身上下的皮肤都被烫破了，几乎见不到一块好皮，他这时候的样子说不定连龙纪威都认不出来，完全就是一块熟肉，到处都是水泡和斑块。

宝翁指挥巫女准备了一锅冷凝状的绿糊糊，叶真刚出锅，就被猛地抓起来往身上抹那绿糊糊。巫女动作很快，几分钟不到就把他全身抹满了厚厚的糊，然后用一种特制的亚麻布一圈一圈包裹起来，只露出两只眼睛。

这下叶真看上去就完全是个木乃伊了，连开口叫疼都只能发出“呜呜”的声音。

宝翁难得客观地道：“嗯，可能确实有点儿疼，你到床上躺着去吧。”

叶真：“……”

叶真在床上躺了足足半个月才拆纱布，这期间他全身各种疼、痒、麻、辣，最后就麻木了，只觉得自己没知觉了——当然，也可能是他在炎热天气里半个月没洗澡，身上泥垢结得太多的缘故。

拆纱布那一天，巫女一边用刀撬开他身上已经结成硬块的草药糊糊，一边嫌弃地皱眉捂鼻，还不时叽里咕噜地说几句，叶真直觉她们是在吐槽。等到最后一块草药硬壳落地，巫女们立刻飞奔出门，捂着鼻子站在大门口，拼命示意叶真去洗澡。

叶真已经被自己身上的味道熏得没感觉了，幸亏巫女们事先往房间里搬了一桶热水，他便面瘫着往里边扑通一跳。

用花草煮出来的热水很快把他身上残余的草药溶解开，全身毛孔重新得到呼吸，整个人说不出的清新爽利，叶真小同学立刻感动得落泪了……

叶真泡了三桶水，最后又去小溪里用活水冲了一遍，出来的时候全身的皮肤仿佛新生的婴儿一样剔透粉嫩，阳光下白净得几乎透明，完全看不出一点烫伤的痕迹。

叶真穿上衣服，试着运起内息走了个小周天，惊讶地发现自己全身经络仿佛被洗过一样，真气运行随心所欲，完全没有正常情况下稍微滞涩的感觉。

这是非常不容易的，因为正常情况下，不论人把内息运转得多么熟练，多么顺畅，也总会有一点点凝滞的感觉，那是因为人的经络总有先天不足之处，没有人生下来就是十全十美的完美身体。就算先天条件再好，后天受伤、受寒、燥热、内虚，也会造成经络受损，导致内息运转不畅。

叶真顺手屏息凝气，双指并拢往河岸边的泥沙轻轻一插，那泥沙其实相当湿润坚硬，但是他手指如同刀切豆腐一般，很轻易就深深没入了泥地里。

叶真是点穴高手，立刻意识到这是因为自己内息浑厚顺畅，所以点穴时指尖灌注的内力也更强。

他当即大喜，顿时觉得自己半个月来全身烫伤又不能洗澡的痛苦简直太值得了。要知道指力对于点穴的效果影响可是相当大的，在山家别墅里比武的时候，顾川不过在他三个主要穴道上轻轻一拂，就彻底封住了叶真的气海，而叶真拼了小命截断顾川一条手臂的经络，下手如此之重，顾川却只休息大半个月就完全恢复正常了！

叶真毕竟孩子气，一想起这件事就咬牙切齿，深深觉得自己被侮辱了，连因为顾川把他从寒冰床里捞出来而攒下的那点儿好印象都顿时不翼而飞。

被洗髓草折腾完的叶真，从此开始了他在巫寨漫山遍野疯跑的日子。宝翁除了安排一堆徒弟夜以继日地陪叶真小同学练手之外，还给他安排了大量的体能训练任务，比方说——

“十三啊，今天请帮忙把寨子的羊赶到后山去吃草，然后你绕着后山跑十圈，太阳下山前把羊赶回来就行了……”

“老头！你只是想叫我去放羊对吧！跑十圈什么的只是顺带的对吧！”

“胡说八道，放羊也是个技术活！你要时刻紧盯羊群，不能让一只羊掉队，要注意后山有没有狼，临走前还要数羊的数目是不是还正确……这锻炼你对事物的专注能力！你以为这很容易的吗！”

“老头，我不如专注地数一数你胡子有多少根好了……”

“去去去！没大没小！”

于是，叶真戴着草帽，嘴里叼个草根，懒洋洋地赶着羊群去后山。他把羊群往有草地有溪流的地方一放，自己溜达着跑圈去了，等到中午汗流满面气喘吁吁跑回来的时候，一看羊群还在草地上漫步，树底下却坐着个人——顾川。

顾川竟然还没走！叶真深感震惊。

他正迟疑着是冲上去打一架呢，还是冲上去打一架，顾川却已经微笑着对他挥挥手，示意他过去。

这招手的动作实在太像招小狗了，叶真满肚子冒火地跺着脚过去，还没来得及给串串一点颜色看看，就只见顾川随手拎过一个包，包里满满当当的全是巧克力球、瓜子、泡泡糖……

顾川说："给你的。"

叶真震惊道："都是给我的？！"

顾川点点头。

"呵呵，那多不好意思……不不，我还是不能接受，我爸说不能随便吃别人的零食……"

顾川眯起眼睛看着叶真，少年光着双脚坐在阳光下的草地上，紧紧抱着零食包，身后仿佛有一条毛茸茸的小尾巴正兴奋地摇来摇去。

他眼神里的笑意很深，表露在脸上的却很浅，那笑纹从唇角一闪就过去了，只淡淡地道："这里只有你我，你不说，我也不说，龙九处长怎么知道你吃了零食呢？"

叶真："哦，你在教我不听我爸的话吗？我爸他不会饶了你的……这样吧，看在你特地给我带礼物的份上，我就勉为其难收了吧。毕竟是礼节，我也没有办法的，真是太伤脑筋了。"

顾川："……"

于是叶真也坐到树下，谨慎地跟顾川保持了半米距离，把零食包放在大腿上，伸着头往里边翻，把巧克力球全挑出来单独放到一边。

从顾川这个角度，只要稍微偏开眼，就能看见少年肆无忌惮伸展开来的小腿，他宽松的黑布裤子只到膝盖，阳光映在细巧的脚腕上，如同刚刚打磨好的玉石一般光润剔透。

毕竟是孩子，有着成年人没有的骄傲和活力，每一寸皮肤都结实光滑，富有弹性，沾手又带着一点微微的凉。

叶真没有抬头，只一个劲地在包里翻着，急急忙忙剥了糖纸，把巧克力球塞进嘴巴。

顾川转过头望着远处的小溪，语气平淡地问："这一阵子都没看到你，出了什么事吗？"

叶真嘴里含着巧克力球，含含混混地说："嗯，泡了个草药澡……"

"洗髓草？"

"哎？你这个串串怎么也知道？"

顾川无声地笑了一下："洗髓草只长在禹城，禹城全境只有巫人知道培育方法，而这附近方圆百里以内，只有这座山才有适合洗髓草生长的环境和水土。

古人说洗髓草有治病救人、存亡断续的奇效，可惜传到今天，很多古方都失传了。”

叶真听得似懂非懂，点点头道：“哦。”

他想，这人懂得还挺多的，迟疑了一会儿，又说：“只是太疼了，师父说我还要洗三次……”

顾川微皱着眉，目光却非常温柔，低声说：“我知道的，忍忍就过去了。”

叶真被他这种目光看得有些不自在，就像自己明明很讨厌一个人，那人却偏偏怎么被讨厌都不生气，还一副非常宽容不跟自己计较的大度模样，就跟一拳打到棉花上似的，空荡荡的不得劲。

“等我跟师父学好了本事，就去桑国找山地仁算账，到时候你就没法阻止我了。”叶真斜着瞥了顾川一眼，故意说，“虽然你打不过我，但是看在你是个串串的面子上，只要你认输求饶，我还是会饶你一命的……”

“你一定会去找山地仁？”

“当然，不然我来禹城干吗？”

顾川不知道说什么，任何劝告、安慰甚至威胁都是没用的。半晌，他只能叹了口气，问：“你这么年轻，又有龙九处长庇护你，随便去干点儿什么不好呢？山氏家族的势力比你想象的还要大，如果你敢去桑国挑衅他们，死无葬身之地的可能反而是你……”

叶真问：“串串，山地仁是你什么人？”

顾川迟疑片刻，说：“表弟。”

“那你知道对我来说他是什么人？”

“仇人？”

“不，死人。”

叶真站起身，把糖纸丢还给顾川，居高临下地道：“只要是人就肯定不能防备完全，总有粗心大意的时候，我今天杀不了他，明天杀不了他，只要我耐心等待，总有一天能抓住机会，只要某天他露出万分之一秒的疏忽，那一天就会立刻变成他的死期。我比他年轻，我不怕等。”

顾川脸色微微一变，叶真却不给他开口反驳的机会，直接问：“你还打算在禹城守下去吗？”

顾川说：“是。”

“没用的，你守我一年，也没法说服我放弃的，你回去吧。”

叶真赶了羊群往回走，顾川起身追了几步，最终只能站住脚步，沉声道：“我还会来看你的！”

叶真没回头，只挥了挥手，漫不经心地道：“那敢情好，下次多带点儿巧克力球来！”

顾川哭笑不得，心里一时说不清楚是什么滋味。

他想起少年清澈而懵懂的眼睛，半晌才无声地叹了口气。

夏天很快过去，巫疆的秋天来得又快又猛，仿佛只是某天早上起床推门，外边的世界就全变了。

空气湿润得仿佛随便凭空一抓就能捏出一把水来，清晨的林间带着雾气，远远望去云烟缭绕，仿佛仙境。

叶真便在这仙境里放羊，隔三岔五碰见顾川，然后被狠狠投喂一番，心满意足、包袱款款的回家。

后来他学会点单了，某次分别的时候，他握着顾川的手，一本正经地道：“串串！你上次带来的那个糯米团子很好吃，下次记得多带一点儿！”

顾川沉默半晌，终于道：“那是手下从桑国过来时顺便带的，况且最近时节不对，可能弄不到了。”

叶真没说什么，失望地耷拉着尾巴走了。

那段时间宝翁在集中精力搞特训——教叶真爬树。巫寨后山的千年古木高耸入云，宝翁叫人在树下看着，令叶真不带任何护具的赤手空拳往上爬，爬到最高处便待在上边打坐。

叶真是个好孩子，宝翁怎么教，他就怎么学。一开始他只敢爬上十余米，后来渐渐二十余米，三十余米……直到最后，他甚至敢爬上千年老树百米高的树梢，一个人盘腿打坐好几个时辰。

有一天宝翁改了教学内容，趁天黑的时候把他放到树梢，叫他一个人打坐整夜，说天亮再派人来接他。叶真无可无不可的，也完全不觉得害怕，点点头道：“那你记得叫人给我做好早饭带过去啊。”

宝翁冷笑：“你知道深山老林半夜三更的时候风有多大吗？又是离地百米的树梢，能坐稳不被吹下来就不错了！稍微分神就是粉身碎骨！你还有心惦记什么早饭？”

叶真：“……”

叶真觉得自己受了侮辱，于是怒气冲冲地上树去了。结果暮色四合，太阳下山，天色一点一点被染成黑墨，半夜的时候果真起了风，叶真险些被吹出二里地去。

叶真紧紧扒着树干，鬼哭狼嚎道：“老头！我错了！你快叫人来接我下去，小爷我认输！”

深秋时节深山的风就像长长的鞭子一样抽在叶真身上，别说静下心打坐，叶真几乎连坐都坐不稳了，只能双手双脚拼命抱着比他身体还粗的树干，每一秒钟都是煎熬。

他只觉得全身热气都被吹散了，手指冻得几乎失去知觉，几次险些抓不住树干。这其实是非常危险的，他此时的位置太高，如果真的被风吹下来，就算不会直直地跌落在地，也会撞上无数长长短短大大小小的尖锐树枝，全身上下给串出十七八个孔来。

叶真一个没留神，手指微微松了劲，身体顿时一沉，吓得他慌忙七手八脚抱紧树干，当即放声大哭："爸！呜呜呜呜，我错了，我再也不跟人打架了，爸你快来带我回家……"

他正哭得有劲，突然脚下树枝哗啦啦一声，一个庞然大物猛地蹿出来，险些把叶真吓得魂不附体："什么东西？！"

天色太黑，树影憧憧，根本看不清眼前的东西，过了一会儿才听顾川熟悉的声音在耳边响起，淡淡地道："是我，别怕。"

叶真睁大眼睛，随即被突然亮起的手电光刺得眼睛一眯，吓了一跳。

只见顾川嘴里咬着手电，一手攀着虬结在一起的树干，一手拿着血淋淋的匕首，在他身下不远处，半截碗口粗的蛇身挂在枝叶间，随着狂风摇来摆去。

顾川半个肩膀都染上了湿淋淋的黑血，透着难闻的腥气，脸颊上也溅到了一些。他把匕首往口袋里一插，毫不介意地抬手抹了一把，又抓住叶真的手腕："跟我到下边去，有个树洞足够容纳我们两个人。"

"你……你怎么来了？"

顾川不答，拉着叶真慢慢往下走。下树远比上树难，十几步路他们走了大半天工夫，中途叶真还几次差点儿失足，顺着树干一路滚下去。

好不容易摸到树洞的边，顾川紧紧抓住树枝，让冷得全身发抖的叶真靠在自己臂弯里，另一手握刀劈开树洞口的零碎枝叶，然后把叶真托进去安顿好，自己才摸索着钻了进去。

这树洞是被虫蛀过然后慢慢腐烂而成的，里边一股咸腥发霉的味道，但是比外边狂风吹着要暖和多了。叶真抖了半天，终于暖和过来，缩着身体可怜巴巴地诉苦："我饿。"

顾川从裤子口袋里掏出一个软软的白纸包，默不作声地丢给他。

叶真用鼻子嗅了嗅，惊奇道："糯米团团！你不是说没有了吗？"

"又让人带了一些。"

叶真完全不计较，他饿狠了，立刻摊开纸包埋头大吃起来。

他吃东西的时候身体蜷缩着，头一拱一拱的，嘴巴塞得满满当当，呼哧呼哧的样子就像一只专心致志的小兽，顾川眯起眼睛，借着微弱的天光细细打量他。

树洞外传来狂风穿过树梢的呜咽声，长远尖厉，仿佛遥远而悲伤的哭泣。

顾川闭上眼睛，沉沉地叹了口气。

叶真吃完糯米团子，意犹未尽地舔着手指，问：“你叹什么气啊？”

顾川默不作声，也不睁眼看他。

叶真于是不满了，伸脚踢了踢顾川的腿：“喂！串串！我问你话呢！”

顾川把腿挪了一下，叶真却眼明脚快，脚尖轻轻在他大腿上一抹：“你躲什么，小爷是在关心你呢！小爷可是从不关心桑国人的，看在你是个串串的分上……”

顾川突然一睁眼，闪电般抓住了叶真来不及缩回去的脚踝，黑暗里眼神寒亮，一动不动地盯着叶真。

树洞里寂静无声，只听见他们两人此消彼长的呼吸。半晌，顾川缓缓放开少年的脚踝，淡淡地道：“我只是在想，我马上就要回桑国去了，你一个人在这里该怎么办。”

叶真本来都憋足劲打算干架了，一听顾川要走了，注意力立刻被转移得干干净净：“什么？你干吗回桑国？当然我一个人在这里也没什么不好……但是你为什么要回桑国？”

顾川来不及回答，叶真又自顾自地接下去：“串串，祖国人民还是爱你的，快点脱离桑国贼人的行列，回到月国大家庭里来吧，人民是不计前嫌的！山氏家族没一个好货，看在你给我带了这么多巧克力球的分上，我实在不忍心看你泥足深陷……”

顾川耐心地听他絮叨完，才道：“我们家族每年承办一次全国武技格斗大赛，这是最重要的商业项目之一，我必须回去主持，没有其他事情，你别多想了。”

叶真听着不是味道，又想不出哪里不对，半晌才反应过来：“这跟我多想有什么关系？”

顾川静静地看着他，不说话也不微笑。

叶真全身不自在，便低下头去玩那张包糯米团的白纸，纸上还残留着香甜的气息，勾着叶真吃不够，便把白纸贴在鼻子上嗅，像只求食吃的小狗一样。

顾川缓缓地伸出手，搁在空中顿了顿，才轻轻落到叶真细软微凉的头发上。“叶真，我这就要走了……我有几句话，你大概不爱听。”

叶真头也不抬：“那你就不要说嘛。”

顾川无声地笑了一下，说：“山家兄弟虽然都是我表弟，但是我母亲三十年前就和娘家断绝了关系。近几年来两家利益冲突极大，我们关系便很紧张了，他们家人的一贯作风，我也很看不惯，因此当初山地仁要去找你麻烦，我也是……我也阻止过他。”

叶真挑起一边眉毛，没有说话。

“你现在还小，甚至都没成年，我不赞成你一心报仇，不是因为袒护山氏家族，而是因为我希望……我心里也是希望你好好长大成人的。有一天你长大了，也……”

叶真懵懵懂懂地听着，顾川却蓦然住了口，再不往下说了。

“也什么？”叶真忍不住问。

顾川盯着他，却只张了张口，最终什么也没说，只微微笑了一下：“不，什么也没有。”

叶真满心疑惑：“你这人是怎么回事！怎么说话都不说完全！到底什么？你不说我怎么知道你想说什么？”

他伸脚去踹顾川，顾川却任由他踹，半晌才按住叶真的脚，淡淡地道：“本来就没有什么，你要是听不懂，就忘了吧。”

叶真怒道：“真是越来越过分了，喂！你把我当三岁小孩耍吗？！”

然而不管他怎么闹，怎么折腾，顾川都完全不理睬，只自顾自地闭目养神。

叶真闹了一会儿，自己也累了，气哼哼地靠在树洞壁上，不时用愤怒的眼神看顾川一眼，心想：果然桑国人天生就带了莫名其妙的血统，说话做事都这么奇怪。

不过这话他也就心里想想，没有当着顾川的面说出来，因为顾川总是用那种奇特的、温软的目光盯着他，有时弄得叶真非常不自在，不好意思在顾川面前骂得太过放肆。

当时他只觉得，桑国人虽然坏，但是顾川的眼神却跟别人都不一样，仿佛糯米团团一样，让他觉得温柔、甜香，能把人整个暖洋洋地包裹起来。

叶真安慰自己说，那是因为顾川是个串串，跟月国人不一样，但是跟桑国人也不同，自然有他的奇怪之处。

第16章

赤子归

拾陆

顾川果真走了。

秋天很快过去，气温骤降，寒霜满地。叶真早上赶着羊群去后山，双手被冻得红通通的，他往手心里哈着气，站在山坡上环顾眺望，却再也看不见那人高大沉默的身影。

“也好，反正他时不时地冒出来也挺烦的。”

叶真这段时间又被洗了两次，药效透过肌肤深深浸透骨髓，仿佛全身经络血管都被清理得干干净净，不仅内息顺畅无比，连身体素质都提高了不少。

人一生下来，就免不了要进食排泄，内脏血管里自然会沉积下废物和油脂，古书上说人要成仙就要辟谷，避免五谷杂粮循环消化而产生秽气，说的就是这个道理。

然而洗髓草药效浸入五脏之后，便将叶真的内腑秽气洗净，让他整个人耳清目明、焕然一新，效果颇为神妙。

后来叶真想想，他在巫疆真正开始有所进益，就是在顾川离开之后才有的。顾川在的时候，经常给他提供帮助，还给他带各种零食吃，让他从心里有点依赖这个时不时就冒出来的男人，这种依赖心理，对严苛的特训来说，显然会产生消极效果。

虽然顾川走了，一个人的日子有点寂寞，周围巫人说什么他都听不懂，整天跟个聋子似的……但是只有自己可以依靠了，他的特训成绩也飞快地进步起来。

很快他便可以一个人在百丈树梢打坐整晚，背着大刀独闯蛇穴，为巫寨取来百年大蛇的内胆，也可以一个人在寒冰床里闭关三天三夜，体温正常且进出自如。

宝翁特地为他设了练武堂，命弟子轮番上阵陪叶真练手。巫人之间的格斗虽然没有中原武术那样博大精深，但是要说剽悍勇武，真是远超山氏家族那些保镖了，叶真几次被打得头破血流，也几次打得别人头破血流，那段时间，巫寨里天天能见到头上绑着一圈绷带、走起路来一瘸一拐的年轻小伙子。

叶真非常惶恐，跑去找宝翁商量：“我这样不好吧，连累大家受伤……”

“那你想叫大家让你受伤吗？拳脚之事本来就不长眼，何况技不如人，被打也是活该的。”宝翁一边盯着人熬草药，一边阴阳怪气地哼哼，“我们巫人十六岁的时候就要进山去打虎、猎熊，深山野兽凶性大发的时候难道还能手下留情？为了在大自然面前取得强势地位，哪一个巫族人不是从小就经历千锤百炼？”

叶真唯唯诺诺地点头称是，扒在宝翁椅背后边爬啊爬，探头探脑地去看那口熬药的大锅。

宝翁伸手把他打下来，怒道：“没规矩！龙纪威怎么教导你的？！”

叶真哼哼着爬到椅子扶手上坐着，没安静一会儿，又好奇地问：“龙纪威当年也在巫寨待过吗？什么时候的事情？其实我家里还有个人叫玄麟，你知道他不，他也是巫寨的人？”

宝翁听着前边还行，直到玄麟这个名字出现，才猛地被蛰了一样跳起来：“玄麟？”

“是啊，哦，他是我二爸……虽然他不是我亲爹，但是看在龙纪威的面子上……”

宝翁怒道：“他已经得到人身了？”

“啊，是啊，他是人啊。”

宝翁霍然起身，满地转了三圈，才狠狠“呸”了一声说：“妖孽！万一他有害人之心怎么办！”

“师父，我干爹他很好的，我没见过他想害谁啊！好吧，除了经常给我下清汤寡水连个油星子都没有的挂面，以及带着我偷偷去摘邻居家树上长出来的李子之外……”

宝翁斥道：“你懂什么？这妖孽当年在深山便兴风作浪，为恶无数，每年不知道要供多少祭品，后来连我们巫人的小孩都想吃！幸亏蛊童设计降服了那妖物，还夺走了它二魂五魄，为此，我们巫寨牺牲惨重，不得不从十万大山最深处搬到禹城的半山腰上来……”

叶真争辩：“我二爸他虽然贱兮兮的，但是他可没吃过小孩！还有，蛊童是谁？”

“龙纪威啊。”

“啊？”

宝翁满脸郑重其事，连说话声音都带着崇敬：“蛊童是头人的儿子，为了驱使寨子里的蛊灵为我族人所用，从出生之日起就要放血养蛊，培育好虫，清理恶虫……为了避免惹怒妖怪，巫人年年都要奉上大量祭品，弄得我们春天没有播种的种子，秋天没有收割的粮食，民不聊生，饿殍遍野。幸亏蛊巫一支的蛊童设下计谋，用自己当饵引诱妖怪，又找了一群巫人小孩当掩护，终于九死一生，收服了这头恶兽！”

叶真：“……”

“蛊童借用神鬼莫测的自然之力，夺走那妖魔的二魂五魄，让它神智不全，没有办法继续为恶，又让它订下任凭我族人驱使的契约，契约的时限是一甲子，也就是六十年——算算看，契约到期的日子也就是去年年初。那妖魔终于挣脱了蛊童的控制，重新苏醒过来了！”

“师父，”叶真郑重道，“虽然故事很精彩，你说得也慷慨激昂，但是那妖魔真的没干过坏事，他在家经常帮龙纪威烧洗脚水的。”

宝翁义正词严道：“妖魔生性狡猾，此举只是为了迷惑世人！”

“不，我觉得他烧洗脚水烧得挺开心的……”

“妖魔和我巫族有深仇大恨，一定时时不忘报仇，总有一天要来毁灭巫寨！”

“不不不，师父你相信我，他真的没那闲工夫……”

“我们巫人从来没有半点儿轻敌！就算那妖魔有通天之能，我们也不会怕他！为了保护巫寨，我们一定枕戈待旦，随时准备将那妖魔手刃报仇！”

叶真无言以对，泪流满面。

他终于明白龙纪威当初为什么叫他别在巫寨提起玄鳞了——敢情这宝翁不仅阴阳怪气、行为怪诞，还有被害妄想症！

最后一次浸泡洗髓草，是在隆冬到来之际，因为今年冬天比预计的寒冷，所以最后一批草籽没有立刻准备好，耽误了一些时间。

这时的叶真跟刚来巫寨时已经不可同日而语了，经过巫疆多种古老秘法的训练，他在内息方面的造诣进了一大步，同时每天都有的频繁实战，也将他的外家功夫锻炼得更加精湛。

叶真刚来月国的那半年纯粹是浪费掉的，幸亏他还年幼，进步起来飞快，在巫寨的这一年又把先前被浪费掉的时间补了回来。

最后一次泡完洗髓草，叶真还没完全恢复的时候，有人来接他回家了——只不过出乎所有人的意料，来接他的不是龙纪威，是玄鳞。

整座巫寨瞬间进入备战状态，所有人如临大敌，空气里弥漫着一触即发的紧张。

虽然一甲子过去，巫寨里年轻人大多不知道当年的旧事，但是受年长者们的影响，他们也都知道那个等在巫寨门口的黑衣男人来意不善，是巫寨的敌人，并且神威莫测，难以防备。

宝翁用巫语大声命令弟子：“带上火枪！围住大门！只要他前进一步就格杀勿论，格杀勿论！”

漂亮的巫女姐姐露出了罕见的紧张神色，大声命令着什么，在人群里跑来跑去。

叶真全身上下还缠着绷带，一跳一跳地奋力蹦到门口，呜呜表达他的抗议和关心，但是没人能听懂他在说什么。

宝翁立刻叫人：“把师弟扶进去！准备热水剪刀！”

叶真窘了一下，心想：这话好熟悉，好像经常在古装电视剧里女人临产生孩子的时候听见？

巫女姐姐立刻毫不留情地扑向叶真，用两根纤纤玉指提着他后脖颈上的软皮往床上扔。

叶真：“呜呜！呜呜！……”别把我关起来，小爷要去见老爹啊啊啊啊！

巫女面无表情地提起叶真，眼对眼的盯了半晌，转头用巫语跟宝翁说了几句。

叶真热泪盈眶，姐姐，你一定听懂了小爷的心里话！小爷感谢你！快，快帮小爷把绷带拆了，小爷好赶在你们把我爸打成刺猬之前去见他一面啊！

巫女问：“师父，这小子又卖萌，我可以打他的屁股吗？”

宝翁：“这都什么时候了你还有心情说这个，好吧，就轻轻地打一下……”

于是巫女一个倒提，在叶真小同学屈辱的尖叫声里轻轻拍了下他圆溜溜的小屁股，然后拎着他的脖子把他扔回房里去了。

叶真一个倒栽葱，费劲九牛二虎之力才拼命翻过身，怒吼：“嗷嗷嗷嗷嗷——”

巫寨的大门洞开，如果乘着直升机从天上往下看的话，那绝对是一副非常震撼的景象。

山瀑轰然直下，砸在山涧里的遮天巨石之上，溅起万丈雪花，同时分作两股砸到山底的深潭里，那巨石之下又别有洞天，一座古巫寨高达三丈的巨大石门两下洞开，看上去就仿佛矗立在万丈瀑布之中的一把庞大的尖刀。

上百个精壮的巫人子弟手执火枪、弓箭、大刀，一溜围着敞开的大门，脸上表情如临大敌。

而在他们之下的山路上，玄鳞把手无所谓的插在裤子口袋里，带着点新奇而又漫不经心的神气。

一盏茶的工夫，人群渐渐骚动起来，只见宝翁带着几个弟子缓缓走来，而众人纷纷自动分开一条道路，崇敬地看着他们走到最前端。

玄鳞惊奇地“哦”了一声，拖着长长的音调，听起来相当欠揍：“当年的小萝卜头已经长大了嘛！不过说真的，你长得这么大，都已经有点熟过头了！你叫什么名字来着，宝翁？宝贝？还是贝翁？”

“大胆妖孽！”宝翁一声暴喝，眉毛竖得几乎要从布满皱纹的头顶上飞出去，“你还有脸来我们巫寨，也不怕被我们乱箭射死！”

“您这话可就说差了，我只是来接儿子放学而已嘛，话说回来我儿子呢？叶十三！叶十三小同学！”

玄鳞左看右看，宝翁简直气岔了：“龙纪威呢？龙纪威怎么不来？”

“哦，你说他啊，这话真是太可笑了，怎么能连接孩子放学这么小的事情都要麻烦龙纪威亲自做呢，这分担家务和教育小孩的重任……”

宝翁怒道：“没有龙纪威，我们不会把孩子随便交给你这个吃人不吐骨头的恶魔！”

玄鳞：“……”

“胆敢触怒巫人，就要承受神明的怒火！还不快快自行退散，再敢前进一步，就让你粉身碎骨！”

玄鳞懒洋洋地挖了挖耳朵，对指尖吹了口气，叹道：“既然这样就没办法了。”

他漫不经心地抬起脚，在布满水汽和沙土的山路上轻轻落下，道：“那么，我就亲自去你们巫寨找我儿子吧。”

这轻轻的一步，就仿佛一滴冷水掉进了烧开的油锅，巫人瞬间全轰动起来！无数火枪瞬间对准了玄鳞，巫人愤怒的吼叫如同雷鸣一般在山谷里久久回荡！

就在这个时候，一个狼狈的少年声音慌慌张张地响起来：“哎！等等！等等啊老头！”

无数目光同时望去，只见一个全身上下包满绷带的小木乃伊，正用双腿并拢的姿势，一跳一跳地奋力蹦过来。

那跳跃的姿势是如此拼命，又如此滑稽，就像一只被绷带绑住双腿的笨头笨脑的青蛙，一边蹦一边飙着两行泪：“玄鳞叔叔！玄鳞叔叔你不要冲动，我这就来了！快点儿说，你到底给我带巧克力球了没有？！”

玄鳞：“……”

宝翁：“……”

“巧克力球？”玄鳞愤怒了，“老子看上去像那种随身带着巧克力球、棒棒糖之类的邪恶物品到处跑的怪叔叔吗？”

可怜的叶十三小同学终于被撬开满身的草药，去除了绷带，然后跳进热水里整整泡了三遍，皮都要搓下来一层，才去掉全身腥湿的草药味。

在“好吧好吧你们快点儿把我儿子洗干净我带他回家从此不再踏进你们巫寨半步”和“师父师父我向你保证我二爸他真的没兴趣跑进寨子里来吃小孩”的种种齐声轰炸之下，宝翁终于头痛欲裂地把叶十三小同学拎出寨门，狠狠地扔在了崎岖的山路上。

“好歹也养了你一年！有空记得常回来看看！”

完全没想到宝翁能说出这种话的叶真，还没来得及感动完，就听他板着脸接着道："最重要的是把龙纪威也拐回来，那头妖物就不必了！"

叶真："师父，你对我爸的执念非常强啊，这样没关系吗？我二爸会吃醋的哟……"

宝翁怒道："放屁！"

玄鳞在无数警惕的目光下轻轻松松走上前，拎起叶真闻了闻，满意道："还是一股草药味儿。啊，洗髓草什么的，老子真是最喜欢了……儿子，收拾收拾咱回家吧，你爸还等着咱们呢。"

"师父！师父！我以后会回来看你们哒！会给你们带巧克力球哒！"叶真挣扎着冲宝翁他们挥手，"师姐！师姐你要红头绳吗？下次来给你带小裙子哟！"

巫女姐姐温柔万分地冲他挥手，脸上的笑容亲切美丽，跟当初拎着叶真去扒衣服、去寒冰床闭关、去泡烧开了的洗髓草、去生活了千万条蛇的蛇穴里冒险时的笑容一模一样。

宝翁看着这对活宝父子渐行渐远的身影，半晌叹了口气，哑着声音道："他既然学满出师，此行就一定是报仇去的，必然凶险万分，也不知道还能不能看到他活着回来的那一天了。"

"师父不必忧心，十三吉人天相，一定没有事的。"

宝翁长长叹了口气，浑浊的眼底闪过一点微微的悲悯。

巫女赶紧上前扶住他，一边往寨子里走，一边微笑着劝慰："何况十三说了会回来，就一定能回来——他不是还要给姐妹们带头绳和裙子吗？他这么有孝心，早知道在捏他脸的时候下手轻一点儿了。"

宝翁："……"

山路崎岖难行，所幸玄鳞带了九处的手下，很快便换了牛车，到达外围群山的时候牛车又换作了吉普，一行人总算不用在冬季的群山里吃冷风了。

叶真一年没见龙纪威，非常想念他，在车上拱着玄鳞问："龙纪威到底怎么了？他明明答应来接我的。"

车窗外山路边灰黑色的岩石飞快掠过，玄鳞在颠簸里沉默了一会儿，才道："龙纪威应邀去龙城主持工作，抽空跟楚慈见了一面，没想到楚慈差点儿被绑架了。"

"啊？"

"那伙人用药蒙翻楚慈，但是被人撞破，没能得手。那蒙汗药太猛，楚慈被送到医院去躺了一星期，到现在还在输液。"

叶真不可思议地道："是谁跟楚叔叔有仇？"

"你还没听懂吗？楚慈早年虽然有几个仇家，但是他已经付出惨重代价，两方人也都说和了。这次本来没他事，他只是替龙纪威挡了灾！”

玄鳞的话石破天惊，叶真眼睛瞪得滴溜溜圆，说：“啊？”

也不怪叶真难以相信，这事连楚慈都觉得荒谬。

龙纪威应邀回龙城主持九处工作，这本来是山氏家族风波过去，他即将重新掌握权柄的信号，正巧韩越在外地监督一个军工项目，楚慈一人在龙城闲着没事，某天下午就跟龙纪威约了听戏，听完戏一起去喝茶吃晚饭。

那天晚上下小雪，气温非常寒冷，他们俩在餐厅吃着饭，龙纪威突然想抽烟，偏巧烟盒抽空了，他又懒得冒雪出去，就指挥楚慈帮他去马路转角的零售店买盒烟回来。

这本来是朋友之间的小人情，龙纪威当年帮楚慈良多，楚慈也没什么不乐意的，临走前就把龙纪威的大衣和雨伞带上了。

当时是深夜，天上下着雨雪，能见度非常差，楚慈把大衣领竖起来挡住半边脸，打着雨伞匆匆穿过人行道，刚转过街角，突然一辆车“唰”地停在他身边，紧接着从车里下来两个人。

那两个人根本没废话，上来就用浸透了药的手帕往楚慈脸上一捂，楚慈哪能想到这么多？根本连声音都来不及发出来，脑子里一昏，就直接软倒了。

事后，专案人员分析，楚慈身高和龙纪威相仿，又穿着龙纪威的大衣、打着雨伞，在能见度相当差的夜里，周围又没有行人，很容易被认成是龙纪威，劫匪也就是错认了这一点，楚慈才遭受了这等无妄之灾。

巧合的是，当时龙纪威在饭店里突然发现楚慈没带钱包——他以为自己把钱包放在大衣口袋里，谁知道又突然想起来没有，于是匆匆追了出去，千钧一发之际，在巷子口目击了楚慈被带上车的一幕。

他立刻高声喝道：“干什么！住手！”那两个劫匪没想到被人撞破，匆忙之际还想劫持人质，然而就在这时，巷子边上的民居里下来正准备去买东西的一家三口，当妈的还以为是抢劫，立刻跟着叫了一声：“有人抢包啦！抢包啦！”

中年妇女的尖叫声何其嘹亮？于是她的老公儿子立刻冲上去了。

“干什么干什么？！”

“抢包的？住手！”

事已至此，陷入斗争里的劫匪立刻放弃，把昏迷不醒的楚慈一扔，奔上车去逃之夭夭了。

“那你们怎么知道劫匪本来是想要绑架龙纪威的呢？”叶真追问道。

“第一，楚慈平时没什么朋友，他那天晚上的出行计划没有告诉任何人，而龙纪威却把他自己单独要跟朋友出去吃饭的事情告诉了九处的手下；第二，楚慈昏迷前听到劫匪的对话片段。”玄鳞顿了顿，低声道，“对方说的是桑国话。”

这段话信息量太大了：首先，九处有人通敌；其次，桑国人是想要龙纪威的命。

叶真愣了半晌，问：“那现在怎么办？”

“龙纪威已经被九处保护起来了，我觉得吧，山地仁那老小子肯定还在搞他的实验，他们想从龙纪威身上得到一些特殊的数据范本。”

叶真听得云里雾里，晕晕乎乎问：“那能干吗？”

玄鳞笑了一下，说：“长生不老。”

叶真小同学震惊了。

震惊的叶真小同学半晌没说话，张开嘴巴盯着玄鳞的脸，无声的吐槽咆哮而过：“什么，长生不老？开玩笑的吧？二爸你一定是趁龙纪威不在编故事来逗我玩的吧哈哈哈哈……不对啊，牵扯到山氏家族的事情应该要认真对待的吧，虽然二爸你一向满嘴跑火车，整天没正形……话说回来还是山氏家族！实在是太可恶了！哪天一定要好好教训顾川一顿……”

顾川如果能听到叶真心里的咆哮，一定会委屈万分：山地仁搞出来的坏事还少吗，关老子什么事？

龙纪威在龙城一边被严密保护一边搞办公室斗争，准备搞定一切政治敌人之后，再和他的大型宠物带着小养子一起北上。

于是玄鳞只得先带叶真回宁城，父子两人一个见不着饲主，一个见不着老爸，都有点儿蔫蔫地提不起精神。

这时年关已过，春寒料峭，没什么能吸引父子俩注意力的事情，百无聊赖之下，玄鳞只得和叶十三小同学天天窝在家里看电视。叶真自从去过巫寨之后就深深爱上了禹城茂密湿润的大森林，跑去租了几盘禹城风光旅游纪录片，整天除了练武打坐，就是窝着看纪录片。

有一天，玄鳞凑巧经过儿子房间，探头一看，感叹道：“巫疆风光啊，唉，要不是季节不对，上次我就该在巫疆玩几天再回来，老子已经多少年没回去过了！”

叶真懒洋洋的把脚跷在茶几上：“得了吧玄鳞叔叔，巫族乡亲都恨死你了知道不？说你拔他们的庄稼，杀他们的牲畜，还要吃他们的小孩……”

“放屁！”玄鳞顿时大怒，“谁要吃他们的小孩了？老子一念之差，被你爸迷惑，还没来得及下口，就遭暗算了！”

“哦，那是龙纪威英明神武才免遭毒手嘛，话说回来，你吃人家那么多祭品也挺不好的，巫族兄弟们都是好人，经常喂我吃好吃的糯米粑粑……”

“那就更放屁了！你想，老子明明在深山老林里安居乐业好好的，结果有一天，这群巫人闯进我家，占了我的山头盖房子，占了我的后院开垦庄稼，还在我的洗澡池里挑水、排污、洗尿布！老子最喜欢吃的洗髓草，辛辛苦苦三十年才养一茬，出门散个步回来就全被他们拔了！换作是你你能忍吗？老子就收他们点租子怎么啦？”

叶真：“……”

“更过分的是这群蛊巫，还在我的地盘里养毒虫，养得好了他们自己留下，养不好了就往我的洞穴里丢！你能忍受邻居整天往你家丢苍蝇蚊子大蜘蛛吗？老子已经算是一条脾气相当好的龙了！”

叶真：“……”

“至于后来吃小孩，那纯粹是龙纪威想出来的主意！巫人恨我什么啊，不就恨我拐带了他们的蛊童吗？那是龙纪威自己说他姐姐被桑国人抓走了要出寨子去报仇，你说我能放心吗，我不得跟着一起去吗？”

叶真咳了一声，严肃道：“确实不能算你的错。”

“这就对了！所以宝翁那老头的话你少听，纯粹是污蔑中伤，老子看在龙纪威的面子上才不跟这群蛊巫们计较。你也别整天看没用的风光纪录片了，抽空看看格斗比赛视频比较靠谱！”

玄鳞激情演说完，气哼哼地走了。

那天晚上，他没收了叶十三小同学所有的禹城风光纪录片，发给儿子几张自己珍藏的光盘，被叶十三面瘫着看了一眼，全丢下水道里冲走了。

百无聊赖的叶十三决定上网去搜世界格斗大赛的训练视频，看看自己跟世界级拳手还有哪些差距，至于玄鳞苦口婆心劝他接受青春期教育什么的，完全被叶十三小同学无视了。

结果这一搜不要紧，叶十三从网上搜到一条来自桑国的最新消息。

——第十七届国际无规则自由格斗大赛目前在桑国东音隆重开赛，初赛汇集了来自多个国家的著名搏击好手，引起了当地媒体的高度重视。

叶真顺着参赛者和主办者名单挨个看下去，目光停在一个名字上不动了。

主办方名单第三位，相当明显的位置，赫然写着——顾川。

第17章

步征程

拾柒

国际无规则自由格斗大赛。

虽然每年都在桑国举办，但是从往年参赛的记录来看，也有不少其他国家的选手在比赛中终取得了优异名次。

事实上，这种比赛大多数被各国黑社会暗下操纵，作为赌拳和各方势力纷争的舞台，利用比赛而洗白的巨额资金让人咋舌，同时比赛里的流血事件也层出不穷。

为了最大限度地突出刺激性，在比赛里选手被允许使用裸拳，可以拉扯头发、头撞，甚至踢裆，只有咬人、挖眼、掐颈等手段是不被允许的。比赛对参赛选手的格斗流派没有限制，摔跤、塔拳、空手道、虹国柔术……任何都可以，一切凭实力说话。

这样的比赛在民间知名度相当高，几乎场场爆满，但是迫于压力，比赛并不出售电视转播权，只有非官方的视频在网络上流传，而比赛所带来的巨额利润，大多数来自非法赌拳。

顾家作为历史悠久的武学世家，同时又经营自己的商业财团，对于这种利润丰厚的格斗竞技，肯定要分一杯羹。

叶真跑出去把正闲得发毛的玄鳞叫来，指着电脑说："我也要报名。"

玄鳞不是白嫩嫩的叶十三，一看之下，登时大怒，揪着叶真的毛问："你想让老子被你爸赶出家门吗？这么危险的比赛也敢去！还是山家的地头，你爸会杀了咱俩的！"

叶真满脸单纯："叔，你相信我，我很强的，那些拳王根本不值一提。"

"跟那个无关！这要是在家门口的比赛，去就去了，问题是人家比赛办在山氏家族大门口！"

"那正好，比完了去山家兜一圈……"

"你给我老老实实坐着！"玄鳞把叶真往椅子上一按，手指一下一下戳着小孩的额头，"哪儿也不准去，敢跑小心老子揍你屁股！"

玄鳞怒气冲冲地把房门一摔，惊天动地一声巨响。

叶真的请求还没被纳入考虑范围就直接被拒了，他非常沮丧，晚上抱着枕头敲主卧的门，想跟二爸好好谈谈，结果被玄鳞提着脖子扔回他的房间，还把门反锁了。

可怜叶真晚上想上厕所，用尽九牛二虎之力也打不开门，只好委委屈屈地憋到天亮，苦不堪言。

第二天禁闭越发严重，玄鳞反锁家门，没收钥匙，对叶真小同学的眼泪哭泣打滚撒泼一概无视，并且不供应饮食，只给吃白水蛋。

叶真一天吃了八个白水蛋，哽得直翻白眼。

第三天，叶真忍不住了，想打电话去龙城，跟龙九处长诉苦兼讨要零花钱，结果电话刚提起来，玄鳞轻飘飘地问："如果你爸问我为什么关你禁闭，你打算怎么解释？"

叶真："……"

怒火万丈的叶真小同学摔了电话，尾巴毛都炸开了："玄鳞叔叔！"

玄鳞说："哎。"

父子两人对视半晌，无限电光噼里啪啦。

然后叶真膝盖一软，瞬间躺倒在地，拉着玄鳞的裤脚滚来滚去："二爸！二爸！我以后一定听你的话，带我去桑国旅游吧！"

玄鳞："……"

叶真小同学撒娇耍泼无所不用其极，玄鳞哭笑不得，奋斗了半天才把儿子从地上提起来，一脚踹到沙发上去坐着。

叶真立刻跳起来，清晰响亮地叫："二爸！"

"够了，叶十三小同学！给我收敛一点儿！当我不知道吗，每次背着我的时候跟别人就一口一个'二爸''二爸'的，当着我的面就叫玄鳞叔叔……"

叶真软下来，可怜巴巴伸出爪子，说："二爸。"

玄鳞目光凝固在颤颤巍巍抓住自己衣角的一只小爪子上，半晌叹了口气，说："儿子，你叫二爸怎么忍心看你一个人去冒险呢？"

"你陪我一起去，我保证注意安全……"

"休想——"

"我一定要去，"叶真坚持道，"就算今天不去，明天不去，也总有一天要去的，你总不能关我一辈子吧；当然，如果你陪我一起去的话，一定不会有任何危险，我答应什么事都跟你一起行动。说不定报完了仇咱们就能直接去龙城，很快就跟老爸团聚了……"

玄鳞真是哭笑不得，把叶真一脚踹回沙发上，进去厨房把剩的外卖热了热，说："先吃饭！"

叶真乖乖拿着勺子，一口一口地扒饭。

他还想再跟玄鳞磨一磨，玄鳞却心情不豫，很快离开客厅，一个人回到房间，点了根烟。

玄鳞烟龄其实很短，在他还是一条龙的时候，他不需要这种东西，当他获得人身之后，很长一段时间他都躲着龙纪威，不敢见他。直到后来朝夕相处的时候，他才跟龙纪威学会了抽烟，并喜欢上了烟草这种东西。

现在想来，玄鳞漫长的、孤独的、骄傲而尊贵的生命，竟然被一个普通人彻底改变了，如果没有龙纪威的话，也许现在他还生活在十万大山人迹罕至之处，或者是山底离地万米的深渊，也许他潜伏在海洋深处人类无法想象的峡谷里，和无数史前的巨大生物混迹在一起。

玄鳞出神地盯着他和龙纪威的合照，慢慢抽着那根烟。

他想起很多年前，龙纪威还很年幼的时候，也曾经说过这样的话："我总要报仇的……如果你跟我一起去的话，也许我还能活着回来……你会跟我一起去吗？"

"你会跟我一起去吗，老龙？"

说这话的时候，龙纪威比现在的叶真还小，一个人孤零零地躺在床上，绷带胡乱缠绕着腹部，血迹把床板浸得湿透。

他脸色灰败，意识恍惚，瞳孔微微放大，呼吸几乎不闻，老龙伏在他胸口，身躯微微动作，鳞片里流转着奇异的光，像是用力传递某种维持生命的力量。

"我恨啊……"少年喃喃地道，"我恨……"

老龙游到他胸前，把头贴在他冰凉的脸上，依恋地蹭蹭。

少年是它的主人，主人的愤怒便是它的愤怒，主人的仇恨便是它的仇恨，主人痛恨的，它便与之不共戴天，主人想消灭的，它便将之撕裂为血淋淋的千万片。

玄鳞一开始对人类的敌意和蔑视，便是从年幼的龙纪威开始，很多年后，长大成人的龙纪威已经不再仇恨，但是玄鳞却走不出来，他仍然保留着龙纪威当年传递给他的情绪和感觉。

那是最初印刻在他心里的感情，强烈而持久。

"竟然问和龙纪威一样的问题……人类啊。"

玄鳞弹了下烟灰，低低地笑了起来。

"一起去就一起去吧。"

他把相片从相框里抽出来，塞进怀里，又打开衣橱翻出旅行箱，一件一件往里丢他喜欢的东西。

玄鳞喜欢的东西有：龙纪威小时候穿过的衣服、龙纪威在巫寨戴过的项链、龙纪威的旧枕套、龙纪威的深蓝色地毯袜……

如果龙纪威本人在的话，一定会愤怒地把这些垃圾全丢出去，虽然它们是玄鳞费尽九牛二虎之力才偷偷藏了好几十年的宝贝……

行李收拾完毕，当天晚上玄鳞给龙纪威打电话，叶真蹲在边上偷听，一边听一边欢快地叫："爸！爸！我马上就要出人头地了，还能赢回大笔奖金，玄鳞叔叔说起码有好几百块哟！"

玄鳞怒道："闭嘴！我什么时候说过这么幼稚的话！"说着把叶十三小同学

的嘴巴一捂，转身对话筒赔笑："你别听儿子胡说，我打算带他去桑国旅游，最近网上报名旅游团能打八折……"

听筒里传来龙纪威的声音，简直无奈了："叶十三小同学，还有玄鳞，你们上哪儿玩不好，为什么偏偏要去桑国……"

"哦，你担心我被桑国的美人迷住吗？放心好了！"

龙纪威："……"

叶真这唯恐天下不乱的，还在边上煽风点火："爸你放心好了，我会看住玄鳞叔叔的！敢喝花酒就踢他！"

玄鳞惊悚地问："这话是谁教你的？顾川？"

龙纪威："……"

叶真疑惑道："跟顾川有什么关系？我从电视上看到的，话说万一你真的跑去风流怎么办？我要替天行道啊。"

"你够了！我哪一点看上去像风流的男人？！"

"哦，是吗？这可说不准，一个逼迫未成年人在一天之内吃下八个白水蛋的男人是什么事都有可能做出来的，下限早就没有了……"

"叶十三小同学你真的够了！白水蛋有什么不好的？龙纪威连白水蛋都没给我煮过呢！"

龙纪威："……"

被特调局无数公务压得喘不过气来的龙九处长，终于被这对父子没有下限的争吵搞绝望了，最终精疲力竭把电话一摔了事。

很显然，最终他还是忘了问玄鳞去桑国"旅游"一事的真相，也忘了关注所谓的国际无规则自由格斗大赛，玄鳞和叶真的出国申请在九处转了一圈，龙处没有开口阻拦，其他人自然不敢怠慢，四十八小时之内就快马加鞭办齐了所有手续。

第三天机票出完，所有文件及签证到位，准备工作一切就绪。

于是，玄鳞一手提着珍贵的行李箱，一手牵着乖顺的小儿子，踌躇满志地踏上了征程。

玄鳞带着叶十三抵达东音的第三天，龙纪威才得知了这个晴天霹雳。

老龙跑了！带着高危人形兵器去桑国了！

一时间，九处人人自危，龙纪威被暴怒裹挟，狂风所至之处，便留下满地血腥。

远在桑国东音山高皇帝远的玄鳞却很优哉，带着第一次出国看什么都很新鲜的叶十三，找了个比赛地点附近的大酒店住下，第二天就出门报名去了。

这时候报名还不算晚，预赛没结束，报名者要自愿被分组并安排比赛时间，抽签决定对手和组别。

叶真去报名的时候，赛委会里挤满了人高马大的肌肉男选手们，办事人员看到十几岁大的孩子，都吓得不轻，一个劲儿问："您确定吗？这是很危险的比赛，您确定要参加吗？"

叶真显然是听不懂桑国话的，问什么都点头说："Yes！ Yes！"

玄鳞漫不经心地道："我是他的监护人，我同意他参加比赛。"说着在表格后龙飞凤舞签下名字，把笔一丢，拎着儿子走人。

工作人员看玄鳞的目光充满愤怒，纷纷讨论："怎么能这样呢！哪里有这么不负责任的监护人！"

"说不定是黑市拳教练吧，没有人性的家伙！"

"也有父母贪图名声，强迫小孩参加比赛，好吸引媒体的眼光呢！"

"是啊是啊，真是太过分啦！"

……

"太过分啦"的玄鳞二爸，刚走到赛委会大门口就觉得鼻子发痒，紧接着结结实实地打了个喷嚏。

"玄鳞叔叔怎么啦，感冒了？"

"不会啊，"玄鳞迷惑地揉揉鼻子，很快兴高采烈地道，"一定是有人在念叨我，哈哈哈！"

叶真："……"

这时候报名快截止了，有爆点的重量级选手都已经被媒体炒作一轮了，叶真被淹没在预赛的无数杂鱼当中，没有引起任何关注。

预赛毕竟难度小，血腥度不高，也没有入门门槛，每年都会有半吊子的炮灰被教练或父母送来，在预赛里见识一圈，亲身感受下大赛的气氛，感受完便乖乖走回台下当观众，到正式比赛的时候，这样的杂鱼就基本上被清光了。

所以预赛的观赏性也不大，除了几个往年取得优秀成绩的种子选手之外，其他人不会被媒体或观众过多关注。

一切都在玄鳞意料之内，叶真的预赛被分到一个塔国二流选手，对方技巧平平却肌肉强壮，虽然名义上是抽签的结果，实际上却是赛委会做出考虑之后的决定。

没有任何参赛经验、一看就弱不禁风的炮灰，与其让他们彼此互相厮杀，搞得没完没了，还不如派个二流选手把他们全部清空，让事先被媒体看好的种子选手们不费吹灰之力地晋级复赛。

叶真却非常认真，比赛前夜还在网上翻了那个塔国选手的资料，认真总结对方的优缺点："虽然他比我强壮，但是他的技巧不如我，防守略显僵硬，容易被轻灵快速的攻击压制，更重要的是，他在格斗界冒头仅仅只有两年，经验远远没有我丰富，没什么好担心的！”

玄鳞一脚踹飞了得意扬扬的叶十三，怒道：“都十二点了，还睡不睡了？”

其实叶真这话要是被其他人听到，那真是要笑掉大牙了。

皮亚克虽然只是二流选手，但是就如资料所说，一个二十岁不到的年轻人，在世界格斗界冒头仅仅两年，就能跻身世界二流选手之列，已经是个不错的成绩了。

更重要的，皮亚克虽然技巧平平，却胜在勤奋！人家出道两年，已经打了三十多场大比赛、五十多场小型或私人的拳击赛，几乎每半个月就要上台一次！跟同龄选手相比，这个数字已经算很可怕的了。

媒体和观众根本没把明天的这场比赛放在眼里——就算他们放在眼里，也绝对不会有人认为叶真存在半点儿胜算。

叶真的信心十足，如果被其他人知道的话，那真是个天大的笑话了。

第二天，大体育馆一共要举行十六场预赛，叶真被排在上午十一点，刚巧撞上隔壁两个种子选手的宿命之战，瞬间，媒体和观众都涌去了另一场比赛，叶真这场的观众寥寥无几，看上去相当冷清。

叶真却恍然不觉，在更衣室里换好雪白的练功服，腰间一道黑布扎紧，精神抖擞地热了身。

玄鳞大马金刀往教练席上一坐，啧啧有声：“儿子，你真是太不幸了，连个捧场的人都没有，二爸好可怜你啊……哦不对，那边还是有几个观众来看比赛的，你要不要去跟他们握个手？”

叶真倨傲道：“小爷不跟桑国人握手！”

“哦，那真是太好了，因为他们手里举着支持你那个塔国对手的牌子，哈哈哈哈——”

叶真：“……”

根据“敌人的朋友也是敌人”这一理念，可怜的皮亚克刚上台就遭到了叶真两记眼刀，活像被两巴掌迎面呼过似的。

事后，皮亚克回忆，这大概是他一生中最莫名其妙也最快结束的比赛了。

事实上，当他抽签决定跟这个弱不禁风的月国少年一组的时候，命运就已经露出了狰狞的面孔——只是这么多观众、媒体、裁判和赛委会成员，就愣是没人能预料到这一点！

裁判说完规则，刚一吹哨，还没来得及抽身退后，就只见叶真转身一记后旋踢准确无误地轰上了皮亚克的脸！

那真是电光火石般的速度，连裁判都差点被呼啸而过的腿风刮到，等反应过来的时候，皮亚克已经轰然飞了出去！

没搞错吧！裁判心里瞬间仿佛有一万头羊驼跑过，急忙飞扑上去读秒，

“十！九！八！七！……”

皮亚克完全懵了，用力甩甩头爬起来，裁判问：“还行吗？还能比吗？”

皮亚克点点头，喘息着紧盯住叶真。

裁判单手一劈，飞快退后。这下皮亚克学聪明了，在比赛开始的瞬间就大步往前冲，一拳挥向叶真的脸！

你不是动作快吗？好吧，老子确实快不过你！

但是在双方互相攻击的情况下，你的攻击烈度能比得上老子吗？！我的防守防不住你，但是俗话说，进攻就是最好的防守啊！

皮亚克同学的作战方针不可谓不聪明，不可谓不精准，可见他不是个光有肌肉没有脑子的拳击手。

然而叶真一点面子也不给，在皮亚克冲来的瞬间就飞身而起，脚后跟甚至擦到了皮亚克挥来的拳头！

那一秒，皮亚克和裁判的心意是相通的：这是跳高还是格斗？犯规了吧！

“嘭”的一声巨响，皮亚克刹那间听到了自己耳膜深处传来的声音。

他眼前一黑，最后留在眼底的画面，便是少年凌空返身三百六十度，左腿挟着千斤之力，重重一脚踢中自己侧脸的瞬间。

紧接着，世界一片漆黑，裁判咆哮着冲上来挡住叶真，单膝跪地，大声读秒：“十！九！八！……”

皮亚克已经听不见了。

叶真一脚重量太大，又是侧面直击正中脸颊，耳骨受伤是显然的，可怕的脑震荡立刻夺走了皮亚克的意识。

“——四！三！二！一！”

观众席上骤然响起巨大的掌声。

医疗组冲上擂台，医生用桑国话吼叫：“没法比了！他彻底昏过去了！”

“抬起来抬起来！小心！绝对有脑震荡！”

“呼吸机！准备呼吸机！”

“第十七届国际无规则自由格斗大赛预赛第四场！来自月国的选手叶十三，开场三十秒内打败来自塔国的皮亚克，获得胜利！”

裁判高高举起叶真的手，观众席上为数不多的观众都站起来，疯狂鼓掌，神情如痴如醉。

叶真茫然地望着他们，擂台的高光之下，观众席上的一切都仿佛非常遥远，成为强光中恍惚而微微的小点。

玄鳞从擂台角下的教练席上站起来，随手把白毛巾扔到一边。

“儿子，”他淡淡地道，“你赢了。”

第18章

变故生

拾捌

同一时间的龙城，一辆铮亮的黑色轿车停在带电网的大铁门之内。

荷枪实弹的警卫上前检查完证件，问："走出这座培养基地的所有车辆都要被检查，请配合一下好吗？"

司机点点头，配合地走下车接受搜身，又打开后车门。

车厢里坐着一个全身裹在黑衣里的年轻男子，肤色微深，眉目深刻，带着男女不辨的冰冷秀丽。

他头靠在车窗上，风衣领子竖起来遮住大半张脸，已经睡着了。

警卫咂舌，问司机："特调局九处龙纪威？"

司机点点头："在培养室里忙了一夜，才睡着。"

说话间其他几个警卫已经检查完后车厢，过来点了点头。

"既然是龙九处长，搜身就没必要了，放行吧。"

警卫和司机互相敬了个礼，司机小心翼翼地关上车门，仿佛生怕吵醒了龙纪威，很快把车开出了基地大门。

这时时间还很早，从市郊回龙城的路上没什么车，司机轻车熟路，很快弯上了高速公路山顶一条没有人的小道。

后座上传来略显痛苦的呼吸，带着急促和挣扎，又很快沉寂下去。

司机脸色沉了下来，加快速度，一条狭窄而崎岖的半山小道立刻飙出了超过两百公里的时速。

然而，后车座上的挣扎越来越明显，也越来越频繁，有一两次，龙纪威甚至挣扎着发出了声音，所幸他的身体仍然无法移动。

司机额头上冒出了细密的汗，终于在太阳行至中天之前赶到他的目的地——龙城市郊一座空旷无人的农家乐。

大院子外停着两辆车，司机不顾一切地冲破大门，院子里立刻响起刺耳的警报声！两边房子豁然洞开，十几个桑国特工端着枪跑出来，如临大敌的围住了黑色轿车。

"快不行了！他要醒了！"司机连滚带爬冲下车，"快来人，来人！"

与此同时，后车门动了一下，紧接着从里边被撞开，龙纪威整个人滚了出来。

他似乎在和身上的某种力量做着艰苦卓绝的斗争，双眼紧闭，脸色灰白，不断把手探到后颈，似乎想把什么东西从衣服里扯出来，然而他的手剧烈颤抖，两个特工冲上去一人按住他一只手，他立刻无法挣扎了。

特工慌忙把他拉起来按在车前座上，大概是动作太大，龙纪威艰难地睁开双眼，涣散的焦距半晌才对准司机。

“王豪……”

他的声音沙哑低沉，充满了难以言喻的失望。司机王豪把脸埋在手里，羞愧万分：“龙……龙九处长……”

桑国特工突然响亮地叫了一声，“啪”地双腿并拢欠身鞠躬，从他低头的方向望去，只见一个男人走出民房，大步流星地向这边走来。

他穿着裁剪精致的黑西装，看上去年近三十，走路时带着军人特有的凌厉，他生着一双桃花眼，此时却目光专注且寒凉骇人，仿佛里边燃烧着一簇没有温度的火苗，他嘴唇很薄，这种刻薄而无情的面相，让他的脸色看起来让人害怕，甚至有点儿心惊胆战。

司机张了张口，半晌才讪讪地叫了句：“山地仁先生……”

山地仁却置若罔闻，他甚至没有看司机一眼，只大步走向龙纪威。

龙纪威脸色极为难看，仿佛光和自己身上那看不见的力量斗争就已经耗尽了他所有力气，让他随时都仿佛要晕厥过去。

然而当山地仁走近的时候，不知道是什么突然激发了龙纪威最后一点儿挣扎的力量，刹那间连特工都险些没能按住他的手。

“山地仁……你……”

龙纪威竟然会叫他的名字，这让山地仁非常诧异，低下头想听他打算说什么。

然而片刻间他脸色就变了，显然，龙纪威骂了一句不大好听的话。

“你确实把一级体放进他衣服里去了？”山地仁脸色恢复冷淡，回头紧盯着司机。

司机慌忙点头：“来的路上一直没醒，不知道为什么刚才突然……”

“那是因为一级体克制不住，能源耗尽了。”山地仁笑了一下，淡淡道，“‘样本’果然对自己的主控源非常珍惜，就算隔着十万八千里，还有剩余缓冲残存在他身上。”

他粗暴地解开龙纪威的风衣，又把他胸前衬衣一把撕开，只见一条黑乎乎橡胶状的蛇趴在他胸口，两个头贴在他心脏位置，正痛苦地一拱一拱着。

那蛇的身体部分已经开始腐烂了，龙纪威竭力挣扎，想把它从自己身上拿开，但是手腕却被桑国特工一左一右按死了。

“它完蛋了。”山地仁低声道，“哪怕是一级体，都能被‘样本’的一点残存缓冲轻易杀死，可见我们的敌人多么强大。”

一个特工心痛道：“这只一级体很难得的，尤其还是双头，我们花费了多少心血才……”

“你懂什么？仅仅一条双头蛇就能换来样本主控源，你知道别人会多眼红？他们会嫉妒得双眼滴血！”

龙纪威无力地仰在车前座上，喘息中带着崩溃的意味，他的肌肉因为痛苦而完全僵硬，肩膀微微发抖，汗水顺着脖颈一点一点洇进衣领。

山地仁抽出把匕首，小心翼翼地用刀尖挑开蛇身腐烂的部分，避免带有腐蚀性的液体沾到龙纪威身上，然而就在这一瞬间，龙纪威突然抬脚一踢，那一下的爆发力竟然把山地仁都踢了个趔趄！

按理说他应该已经不能动了！老龙虽然强大，但是龙纪威本身只是个无攻击力的主控源，一级体的强烈缓冲力足以让他痛得生不如死！

几个桑国特工当即变色，还没来得及冲过去，龙纪威一把推开山地仁，踉跄着走了两步。

冲在最前的那个特工刚要摸枪，山地仁厉声喝道：“住手！”

与此同时，那条双头蛇猛张开两张大口，发出一声人耳听不见的凄厉尖叫，其他人都没有事，只有龙纪威痛苦万分地捂住耳朵，瞬间颓然跪了下去。

双头蛇痉挛地弓起身，“噗”的一声瞬间爆了，浓腥可怖的黑汁迸溅出老远，几个桑国特工都慌忙避开，有人甚至避之不及，狼狈摔倒在地。

山地仁瞳孔紧缩：“龙纪威！”

龙纪威在双头蛇爆裂的瞬间便失去了意识，他最终只来得及用手在地面上撑了一下，紧接着就眼前昏黑，一头栽倒在地。

山地仁一个箭步冲过去，双手在他脖颈上按了一会儿，确定还有脉搏之后才回过头，厉声喝道：“来人！开车！”

手下狂奔去院外，一前一后把两辆车开进来，山地仁抱起人事不省的龙纪威，带着一众特工坐进车里，说话时脸色带着骇人的凶悍和冷酷：“去机场，在九处发现龙纪威失踪之前离开龙城，然后换船去公海。”

叶真毫无异议晋级复赛，没有惹来任何争议，也没掀起什么浪花。

国际无规则自由格斗大赛的奖金比一般格斗大赛丰厚两倍，优胜者还能得到一系列想都想不到的合同福利，历年的冠军被顾家等几个武术世家尽数签走，要么成为政界要人的保镖，要么被打造成顶尖跨国雇佣兵，无一不是“钱”途辉煌，光明灿烂，所以每届比赛都能吸引来世界各地的格斗高手，成名已久的拳王和宗师也比比皆是。在一片耀眼的名字之下，叶真就像角落里的小灰尘一样毫不起眼。

这颗小灰尘很快得到复赛抽签结果，很不幸抽到一个相当棘手的对手——

上届大赛季军，桑国极真空手道高手宋本雄。

叶真挖着鼻子问:“极真空手道是什么？”

抽签室里的所有选手和教练同时回头，无数混合着震惊和鄙视的目光同时聚焦在叶真脸上。

玄鳞漫不经心地道:“是一个桑国航空兵创造出来的空手道概念，提倡无遮挡、无护具、裸拳格斗的空手道格斗，创始人曾接受‘三百人组手’，即三百人次持续四天不眠不休的车轮大战，最终获得胜利，由此一战扬名。空手道曾经被称作‘月之手’，意思是从月国传到桑国的武术，可惜千年流传下来已经变成花架子了，唯独极真空手道还颇有几分可看之处。”

叶真懵懵懂懂地点头，问:“厉害吗？”

“个人觉得一般，唯一可取的是他们强调永不服输的精神、坚定不屈的意志、无坚不摧的勇气——精神可嘉嘛。”

父子俩一起转身往外走，叶真勾着他爸的肩膀，很不老实地一跳一跳的:“无坚不摧的勇气是什么？我只有在溜去厨房偷吃东西的时候才有无坚不摧的勇气……”

“儿子！咱家厨房里有什么东西值得你偷吃吗？咱家厨房里除了楼下大排档的外卖之外就只有外卖盒子！”

这对活宝父子叽叽呱呱，刚走到赛委会大门口，突然被一个身形极高、相当强壮的男子挡住了去路。

那人看了玄鳞一眼，目光转到叶真身上，叽里呱啦说了句桑国话，中间还夹杂着蹩脚的月国话发音:“……叶十三？”

玄鳞翻译:“他问你就是叶十三吗？”

叶真好奇地点点头，桑国人指指自己，发音艰涩:“宋本雄，我！就是！”

叶真蓦然爆发出一阵大笑，玄鳞也啼笑皆非，望着那个月国话说得跟打嗝一样偏偏表情还很认真的桑国人。

宋本雄怒了，叽里呱啦又指责一通，叶真一边笑得扶墙一边问:“叔，他说什么？”

“叫二爸！”玄鳞懒洋洋地道，“他说你这么小的萝卜头不应该来参加比赛，极真空手道是最纯正最厉害的格斗技，对上他这样的对手你会后悔的。还说你没有尊重对手的意识，也不尊重他的空手道，他会给你教训的……哈哈哈哈！”

父子两人笑成一团，勾肩搭背哥俩好的绕过宋本雄，快快乐乐地出门去了。

宋本雄一张脸由青变红，由红变黑，半晌大吼一声，竟是相当愤怒，转身一个箭步冲上去，一记手刀向叶真后颈劈去！

叶真瞬间回过头——宋本雄没看清他是怎么回头的，仿佛时间和空间都瞬间凝固，那一秒被拖得无限长，而叶真就这么缓缓地回过了头。

啪！

少年一根纤长的食指顶在宋本雄掌心，纹丝不动。

刹那间，宋本雄根本不知道发生了什么——他的手掌完全麻木了，甚至根本感觉不到叶真的手指。

他手臂颤抖起来，只是几秒钟里的失控，很快就无声无息地软了下去。

这一切看上去就像宋本雄力道很轻地挥过手，而叶真轻飘飘地挡了一下，紧接着他就从善如流地把手放下了，本来是千钧一发的瞬间，却像小孩子嬉戏一样，几秒钟就过去了。

玄鳞头也没回，问："怎么了，儿子？"

叶真说："没什么，闹着玩儿呢。"说着若笑非笑地看了宋本雄一眼，转身大步走远了。

本来大门口几个路人还以为要打起来，谁知这么轻易就过去了，都纷纷松了口气，各自散开，唯独宋本雄站在那里，瞳孔因为震惊而微微缩紧。

他本来很看不起叶真，虽然这个来自月国的瘦弱少年三十秒内就干净利落地击败了皮亚克，但是那场比赛看上去更像儿戏，没有连续不断的缠斗，甚至没有真正开始，皮亚克就像上台晃了一圈，就梦游一般被击倒了。

与其说是少年的功力太深不可测，不如说是赛委会做了手脚，可能事先已经跟皮亚克串通好了，在预赛的赌拳市场上赚点儿小钱。

抱着这种想法的宋本雄，根本没想到骄傲自负的自己在叶真面前竟然也像梦游一般——不，皮亚克还不是梦游！皮亚克至少做出了有效的攻击，但是自己，根本连手都抬不起来！

是有古怪，还是当真遇上了高人？

宋本雄麻木的手臂慢慢恢复了一点儿知觉，酸麻如同千万根牛毛针一般从肌肉里透出来，带着一点儿刺骨的冰凉。

与此同时，公海。

龙纪威恢复知觉的时候，恍惚间闻到空气里带着微微的咸腥。

是在船上！

他的意识瞬间惊醒，猛地睁眼一看，只见头顶就是低矮的船舱天花板，海风从打开的窗口扑面而来。

他下意识地想坐起身，然而手一动，才发现自己躺在一张低矮的床上，双手伸过头顶，被反铐在床头栏杆上。

"想喝水吗？"

龙纪威眼睛微微睁大，随即眯了起来。

那声音是山地仁的，虽然月国话很流畅，但是因为流畅纯正得太过分，反而有些不伦不类。

没有等龙纪威回答，山地仁亲手倒了半杯水，俯身下来喂给他，这一举动并没有被龙纪威拒绝，毕竟他太渴了，很快就把水喝得一滴不剩。

“你虚脱了，很抱歉把高危一级体放在你身上，让你受了不可挽回的严重伤害，不过你能坚持那么长时间，并迫使一级体自爆，我必须对这顽强的精神表示敬意。”

山地仁说这话的时候一直凝视着龙纪威的脸，虽然那张脸因为一级体的缓冲污染而显得非常苍白憔悴，但是仍然眉宇深刻、瘦削俊美，有种超越了性别的秀丽。

“龙九处长……”山地仁微笑道，“欢迎来到公海，现在你落到我手上了。”

龙纪威一言不发，半合着双眼，像是在闭目养神。

山地仁看了他半天，海风轻轻吹在他脸上，因为剧痛和挣扎而流出的汗水都干了，脸色隐约透出灰白。

“你知道我在想什么吗？”山地仁突然问。

龙纪威毫无反应。

山地仁却像是看穿了他的想法，微笑着摇头道：“我不是在想怎么利用你，用你身为样本主控源的特殊身份去做什么，我只是想起第一次见到你的时候，如果当时你知道会有今天，还会坚持回去救我吗？

“如果当时你能预料到，有一天自己会落在我手上，被我带到你最厌恶的国家去，被你最瞧不起的人当作做试验品一样随意摆弄……那你当时，还会在老龙暴走的极度危险的情况下，冒着生命危险，回去救我和那些桑国科学家吗？”

龙纪威没有回答，但是表情动了动，像是想说什么，但是又最终什么也没有说。

那是桑国生物辐射研究所高层和协助开发试验的山氏家族，带着二十年心血凝结而成的零级缓冲体，来月国“交流学习”的时候。当时两国双方高层开了个交流会，不知道因为什么原因起了冲突，暗地里保驾护航的老龙暴走，一口吞了那只价值连城的零级体，嚼吧嚼吧就咽下去了！

当时老龙脱离控制，双方高层紧急撤离，而山地仁和一些桑国科学家则被困在了现场，龙纪威掩护本国领导人撤离之后，又冒着生命危险回去救了山地仁等人，而自己却被暴怒的老龙冲击，难以控制事态，最后他只能给自己打针，进入强制休眠状态了事。

这件事后来有很多说法，有人说是桑国首先挑衅，想趁机测试老龙的绝密数据，却不幸惹怒了老龙，导致它暴怒伤人，有人说是桑国仗着研发出了零级体，态度上太傲慢欺人，于是月国决定给他们个教训……

不管怎么说，那起事件的直接后果就是桑国二十年的研究心血毁于一旦，龙纪威被强制休眠了整整两年，后来韩越强闯九处基地，才把龙纪威叫醒。

而桑国生物辐射研究所的人回去之后把事情一说，高层纷纷大怒，制造了好几次针对龙纪威的暗杀事件，当时恰好老龙的一甲子契约期满，种种复杂事态纠缠在一起，风波越闹越大，最终龙纪威为了躲避风头，才不得不离开龙城去宁城避难。

山地仁是在那起事件里第一次见到了龙纪威。

那也是他在绑架行动开始之前，唯一一次真正见到龙纪威本人。

“你后悔吗，”山地仁微笑着问，“亲爱的龙九处长？”

龙纪威沉默了很久，久到山地仁甚至以为他已经睡着了，才见他缓缓睁开眼睛，淡淡地道：“你有一件事说错了。”

“哦？哪件事？”

“你不应该对我顽强的精神致敬，光顽强是没用的。九处在生物辐射方面的研究为什么领先桑国这么多年？是因为我们强，而你们弱，这是纯粹的实力上的差距。”

山地仁脸色微微变了。

龙纪威说完这句，安静地收回目光，盯着微微摇晃的天花板。

“说的没错，可惜我们的研究很快就要超越九处了，感谢珍贵的样本主控源——这一切都是你带给我们的，亲爱的龙九处长。”

山地仁猛地回头，用桑国话对门外手下喝道：“把仪器和未成品都带进来！现在立刻开始试验！”

手下九十度鞠躬应诺，飞跑出去搬仪器。

“虽然会有点儿痛苦，但是我想你能忍受的吧，毕竟你是龙纪威，对吗？”山地仁站起身，居高临下的目光里带着一点让人心惊胆战的柔和。

“毕竟你是……这样的一个龙纪威，对吗？”

龙纪威没有回答，他神色沉静，半晌只沉默地闭上了眼睛。

第19章 向武心

拾玖

叶真的复赛比预赛热闹多了，因为宋本雄在当地的名声和地位，很多网络媒体都派了专员现场报道，观众也汹涌而至。

叶真是个淡定的娃，不为人少而沮丧，也不为人多而紧张，他甚至不关心底下观众都是支持宋本雄来的。在更衣间里换好衣服，他稍微热了下身，就推门往擂台的通道走。

玄鳞已经事先去教练席了，外边吵吵嚷嚷的都是桑国人，他也不甚在意。

谁知道就在刚走上通道的时候，突然一个中年男子挤出人群，一边大步跑来一边用月国话道：“叶十三！”

“你是谁？”

“叶十三，你的对手宋本雄向赛委会申请按极真格斗的规则走，也就是不戴拳套，不用护具，你要小心！”

叶真茫然点点头，又问：“你是谁？”

那人抹了把脸，才从口袋里掏出一张名片，双手递过去道：“我叫张松涛……”

名片上写着什么散打队副教练等字样，光线太暗，叶真随便扫一眼就还给人家，说：“哦，谢谢你。”

张松涛一脸哭笑不得地拿回名片，踌躇半晌，说：“宋本雄的力量比你强，裸拳攻击是致命的，你要小心！”

“谁说他力量比我强？”叶真立刻反感了。

张松涛说：“我的意思是他肌肉比你强壮，而且……算了，你还小。”

叶真无可无不可地耸耸肩。

张松涛又迟疑良久，终于忍不住问：“我看了你对塔国选手皮亚克的比赛，你走的好像是传统月国功夫那一流，而且真的很……很传统，是这样吗？”

“那是因为你们现在变了。”

“啊？”张松涛丈二和尚摸不着头脑。

叶真越过他张望了一下擂台，客客气气地道：“能让我走了吗？大狗熊已经上台了，我还要去跟玄鳞叔叔打下招呼，我还想喝口水，时间有点儿紧……”

张松涛忙不迭地让开路，少年目不斜视擦肩而过，他望着叶真的背影呆立片刻，突然大声叫道：“叶十三！”

叶真头微微一偏，没有回过来，也没有停下脚步。

“请努力打赢比赛！我们这次也带了两个国家队员，但是预赛抽到下签，已经被淘汰了！如果你能进入八强甚至是四强的话……”

叶真头也不回地挥了挥手，很快消失在拥挤的人群里。

就如张松涛所说，宋本雄果然没有戴拳套，上身赤裸只穿了条长裤，肌肉健壮得让人心生畏惧。

叶真还是那身雪白的练功服，把拳套轻轻一扔，准确丢进了台下玄鳞的怀里。

无数闪光灯在观众席上成片亮起，有人大叫宋本雄的名字，也有人把镜头对准这个白衣翩翩的俊美少年，“咔嚓咔嚓”拍得很欢——谁能想到以肌肉和力量为特色的擂台上还能出现叶真这样弱不禁风的格斗家？趁养眼的时候多拍点儿，等待会被打得惨不忍睹时就拍不到了！

“地下格斗赛里经常出现裸拳，有时甚至致人死命，非常危险。”宋本雄盯着叶真，用桑国话缓缓道，“我们极真空手道的教义便是真正的格斗、真正的抗击，所以不戴拳套是必要的。今天我就在这里，让你见识一下我们极真格斗的强悍和奥义！”

叶真面无表情听他把一段话说完，勾勾手指：“裁判，翻译。”

裁判心里疯狂咆哮，上前一步把话翻译成月国话，叶真听完点点头，出乎意料地没有反驳，只淡淡地道：“开始吧。”

“叮”的一声敲钟开始，裁判猛地后退半步，生怕像上次叶真对抗皮亚克的时候那样惨遭波及。

但是这次叶真没有抢先攻击，甚至没有立刻开始守备，只双手虚抬做了个太极的起手式——那一式也没有做到位，非常的漫不经心。

宋本雄不敢大意，立刻咆哮一声，一记漂亮的转身螺旋腿向叶真扫去！说时迟那时快，叶真向后轻轻一跃，差在分厘地躲过了这一击！

张松涛已经赶到贵宾席，看见这一幕立刻在心里说了声“好”。

宋本雄的接腿摔技果然不是盖的，不给叶真喘息的工夫，立刻回身抢攻，与此同时配合手刀、拳击，全身上下多个角度，狂风暴雨一般疾攻而上，这一系列动作简直漂亮至极，台下顿时灯光狂闪，还有前台桑国观众纷纷起身大叫：“好！好！”

张松涛心里打了个突，只见宋本雄矮身而下，一记又狠又厉扫堂腿直接扫向叶真脚踝！

不好！

张松涛心跳瞬间停止——去年宋本雄打赢塔国宗师并一举夺得季军的时候，用的就是这一招！趁对手被连攻心急气虚的时候来一记重达百斤的扫堂腿，这套攻击磨炼一年之后，比当时更加猛烈刁钻了！

然而他还没来得及反应，只见叶真在那千分之一微秒都不到的时间里，轻轻地起跳了。

事后看比赛录像，叶真的那一跳被誉为是“神来之笔”——在当时，没人能想到他会那么跳，也没人能拍胸脯说出，我能跳得比他好。

张松涛曾经百般不解去请教叶真，问：“这从实际情况来看说不通，我也没见有人成功做过，难道是传说里的轻功？”

叶真想了一下，道：“没有那么玄乎，这在月国武术里叫‘起如猿’，落下来叫‘落如羽’，主要是训练内力收发自如，能站在悬空的白纸上而白纸不破。大狗熊不该把腿伸这么长，这不是给了我跳上去的平台吗？”

——如同叶真所说，在千钧一发的时刻，没人想到叶真那一跳，竟然正好站在了宋本雄扫过来的腿上了！

刹那间，他右脚在宋本雄小腿处轻轻一点，左脚在腿根再轻轻一点，紧接着旋风一般转身，以击金碎石之力，右腿弯起用膝盖狠狠撞上了宋本雄的脸！

那一下几乎把宋本雄撞飞出去！

全场观众大哗，前排站起来的狂热粉丝几乎忘了坐下。宋本雄以头摔地，横滚着冲出几米，差点从围绳下摔出了擂台！

张松涛冲口而出：“好！”

叶真右脚点地，转身，轻巧着陆，满脸冷漠盯着裁判冲上去读秒。

“这小子真有两下子！”被张松涛带来的国家队队员霍然起身，“教练，刚才那是怎么回事？录下来了没有？太惊人了！”

“真没想到！真没想到！这种绝技绝对能克制大多数踢腿！到底是从哪儿学的？”

张松涛没有答话，他想起上台前叶真反问的那句“谁说他的力量比我强”，当时他以为那是少年心高气傲，也没当一回事，谁知道叶真所说竟然不是虚言！

单凭那一记膝踢的力量，的确凌驾于宋本雄引以为傲的转身螺旋腿之上！

与此同时，台上，裁判读到第九秒的时候，宋本雄才踉跄着爬起身，裁判到底比较偏向本国选手，立刻上前一迭声询问：“还能比吗？可以吗？”

宋本雄点点头，裁判问：“没事吧？”

宋本雄推开裁判，摇晃着走回台上，又甩了甩头，重新看向叶真的时候眼神里燃烧着刻骨的怒火。

叶真不以为意。裁判走回来，刻意耽误了几秒才一劈手，吹哨开始。

“叮”的一声敲钟，宋本雄这下谨慎了，立刻守住步子严阵以待。

叶真冷冷地看着他，眼神在宋本雄全身上下来回逡巡，仿佛在寻找可乘之隙。

这时，第一局的五分钟已经过去大半，台下的高呼一浪高过一浪，宋本雄试探性地上前一步，叶真立刻抬起手。

“时间不够了，”张松涛聚精会神，“随便拖拖就能拖过第一局，宋本雄刚才被读秒，需要中场时间休息恢复，他不会倾力攻击的。”

队员也赞同：“但是对那个叶、叶十三对吧，对他来说不妙，他不是耐打的类型。”

张松涛随口笑道：“如果能在第一局就KO……”

张松涛当时只是随口一说，没想到很快真的一语成谶了，时间还剩下最后三十秒，叶真仿佛有点儿分神，宋本雄抓住时机，猛冲而上，想利用最后一点时间扳平分数。

他这次不敢踢腿，而是一记快速左勾拳往叶真脸上挥去，同时准备好右手连攻，想趁叶真不注意时往他脸上挂那么一下——只要有一下，分数就扳平了。

况且叶真那么瘦削，几乎所有第一眼看见他的人都知道，他不是个耐打的人。

如果能在中场前让他受点儿伤……

宋本雄的想法很好，但是瞬间他就发现一切都落空了。

根本没有任何预兆，就在他拳头快要打中叶真侧脸的时候，少年木着脸，很平淡的，右手一抬，平平在他肩窝处一点——

四根手指并拢，垂直抵在肩窝肌肉上，力道根本不大。

但是就像瞬间关闭了机器的开关，宋本雄动作一停，紧接着就感觉肩胛骨整个被剧痛所贯穿了！

那时他真想不顾一切地叫出来！剧痛带来的电流在他的骨缝里疯狂切割，万分之一秒里仿佛来回割了成千上万刀！

叶真抵在他肩窝处的手闪电般在他后颈发际上一敲，力道非常轻，却仿佛一道狠辣气劲硬楔般打进身体！宋本雄根本来不及叫出声，就觉得喉咙仿佛被硬块堵住了，张嘴只发出了低哑的嘶鸣！

这一番动作非常细微，观众都没发现异常，只有裁判大惊，立刻上前吼道：“停止！停止！分开！”

叶真把手一收，宋本雄一头栽倒在地，捂着肩窝痛苦翻滚，却完全无法发出声音来！

“叮”的一声敲钟，第一局比赛结束！

观众席当场哗然，很多人无法接受，纷纷从座位上站起来拼命吼叫着。裁判试图上前扶起宋本雄，但是宋本雄就像被电流打过一样全身抽搐，无法站立，裁判迫不得已，只能拼命招手示意医疗组上台。

医疗人员根本不知道发生了什么事，没有激烈的格斗，也没有任何人受伤，怎么就要叫急救了？

结果冲上去一看，宋本雄的一条手臂已经根本抬不起来了，从肩胛开始到上肢剧烈抽搐，几他次想从地上站起来，结果都摔了下去。

裁判焦急地问："还能比吗？"

医疗人员迅速把宋本雄抬到担架上，脸色沉重摇了摇头。

一招 KO！

十六岁的月国少年将成名已久的上届季军、桑国极真空手道名将宋本雄一招 KO，以对手不得不送去急救的绝对胜局，在第一轮就取得了胜利！

这个结果简直让现场所有人眼睛脱窗，无法接受的观众开始暴动，很多人声嘶力竭地吼叫。

"作弊！"

"肯定是作弊，无耻的黑幕！"

"我们不相信，不相信！"

"宋本雄，站起来！拿出武士精神来！"

协管拼命吹哨，警卫人员手搭手组成坚固人墙，拼命护着擂台，阻止情绪激动的桑国观众冲上去。

叶真漠然注视着脚下的一切，突然指着一个冲在最前边不断咆哮的男子，问裁判："他说什么？"

裁判很为难："唔……他说你这样太无耻了，从你身上看不出武士精神，没有向武之心，他不承认你的胜利。"

"没关系。"

叶真笑了一下，眼神里带着毫不掩饰的讥讽。

"武士精神是什么？格斗是瞬息之间见生死的事情，就算精神再值得敬佩，向武之心再真挚，只要没有实力，很快就会被狠狠踢下这座擂台。"

他眯起眼睛，注视着头顶炫目的高光，淡淡地道："格斗家，凭实力说话。"

裁判有点吃惊，直觉想反驳，偏偏一时又找不出什么话来说。

这时，人群汹涌的台下，玄鳞突然觉得手机在口袋里振，他把手机拿出来，看了眼号码，突然疾步穿过人群向外走去。

"喂，老于，我还在桑国……什么？立刻回国？"

玄鳞站在体育场外的台阶上，表情带着罕见的震惊，他捏着手机的五指是那么用力，手背甚至青筋直暴，仿佛下一秒就要把手机捏成一块废铁："你说什么，龙纪威出了车祸？！"

东音城某高档写字楼大理石走廊上，电梯门无声无息打开，顾川快步冲出来，把赛委会负责人吓得够呛。

助理一边小跑着跟紧老板，一边头也不回问负责人："录像送到了吗？"

"就在走廊尽头的多媒体会议室里……"

"我的意思是，已经准备好按下遥控器就立刻开始播放了吗？"

负责人心里暗骂，真是主子身边的贴身丫鬟，比府里的大管家都来得有体面，但是也没办法，只得心惊胆战地汇报："送来的时候是完整带子，可能要稍微快进一下……"

顾川没心思理会这些，猛地把会议室门推开，几个手下正匆忙调试文件，一见大BOSS冲进来，立刻忙不迭地站起身。

顾川二话不说，走过去亲自打开带子开始快进，画面哗啦啦地往后翻，倏尔，一张擂台上两人对峙的画面闪过，顾川立刻按停。

喧天吵闹立刻倾泻而出，擂台之上，万众瞩目，一个清瘦的白衣少年站姿挺拔如同古松，尽管面对着上届大奖赛季军宋本雄，却仍然保持着渊渟岳峙的沉稳姿态。

赛委会负责人擦着汗，偷偷问助理："老板大老远跑来，连叫人送去都来不及，就是为了看宋本雄是怎么输的？"

助理笑笑不说话。

"这也不对啊，虽然他是这次的夺冠热门，赌金压了整整两成在他身上，但是对整个大赛来说不足一提，何况集团里比这次大奖赛更重要的项目多如牛毛，怎么一个小小的上届季军就惊动了大老板？"

屏幕上正巧放到叶真右膝一提瞬间将宋本雄凌空踢飞的画面，顾川脸色变了变，似乎有点儿震惊，有点儿复杂，又有点儿欣慰。

赛委会负责人立刻尽心介绍："这个月国人之前没有在行业里冒过头，预赛三十秒内就把皮亚克送去了医院。这次对上宋本雄，赔率是三十比一，谁知道他竟然第一轮就KO了宋本雄，媒体上也是一片哗然呢。"

顾川淡淡地道："应该的。"

瞬间的失态过后，他脸色已经恢复到一贯的冷淡平稳，直到看完整场比赛都没再动过一下眉头。

"我们也没想到他这么厉害，早知道抽签的时候就……非常抱歉，现在说这些太迟了，给集团造成的巨大损失我们会记住的！"

"不，没必要。"

"可是——"

顾川打断负责人，指着被抬到担架上痛苦挣扎的宋本雄，问："你知道他是什么时候输掉的比赛吗？”

负责人只负责商业运作，对格斗一窍不通：“对那个月国人使用扫堂腿的时候？”

“不，”顾川关掉录像，道，“向赛委会申请裸拳格斗的那一刻起，他就已经被那个月国人彻底踩在脚下了。”

他带着助理大步走向门口，负责人跟在后边追问：“如果从现在开始调整那个月国人的赔率，让他进入八强甚至是四强，半决赛的时候做点儿手脚……”

顾川突然转身：“你说什么？”

“我、我说如果从现在开始起调整他的赔率，把他烘托出来，最后关头弄点儿意外……”

“你准备怎么做，车祸还是枪击？”顾川眼神如同寒冰，看死物一般盯了负责人半晌，才一字一顿地道，“你给我记住，要是谁敢对他用那些见不得人的伎俩，我保证让你们一个个死无全尸！”

负责人的谋划还没来得及成形，就被大 BOSS 一句话彻底粉碎，顿时惊得思维一片空白，久久不知如何反应。

顾川头也不回地走了出去，助理目光倒是闪过一丝怜悯，见周围没人，压低声音轻轻道：“顾川先生为了那个少年，亲自往月国跑了两趟，荒郊野岭的扎帐篷一住就是好几个月——现在你说，你想对他做手脚？”

负责人目瞪口呆，脸上表情难以形容。

助理叹口气，摇摇头，追着顾川走了。

玄鳞要回月国去了。

叶真骤然听到消息，惊得吃了一半的苹果骨碌碌滚到地上：“回去干什么，你放心把未成年的小孩子一个人丢在异国他乡吗？实在是太不负责任了！我要打电话告诉龙纪威！”

玄鳞脸色滴水不漏，漫不经心道：“九处出了点儿事叫我先回去，你好好吃饭好好比赛，乖啊。”

“到底是什么事？你明明答应全程陪同的！大人说话怎么能不算话，喂……”

玄鳞充耳不闻，手上麻利地把钱包、钥匙、手机、护照一收拾，塞给叶真一个信封：“这里边是信用卡，想买东西自己刷，不用节省。还有一些现金，方便你在不能刷卡的地方用，记得随身携带，千万别丢了啊！”

叶真打开信封，吃了一惊：“这么多？龙纪威赚钱养家不容易，我还是还你一半……”

玄鳞哭笑不得："龙纪威赚钱养家？我真是拜托你了！老子我手指缝里随便漏一点儿就够养他跟你这个拖油瓶的了，用得着他赚钱养家？"

他把包一拎就匆匆要走，叶真傻眼了，扑上去抱大腿："你答应打赢了就带我去吃烤羊肉串的啊！怎么现在就走了？吃了饭再走啊！"

"哎哟你放手……乖儿子放手，我要赶一小时以后的飞机……"

父子俩在走廊上扭打半晌，玄鳞终于成功脱身，头也不回狂奔出门，叶真哀哀凄凄地跟在后边，咬着手帕挥泪相送："玄鳞叔叔！事办完了叫龙纪威一起来桑国接我回家啊！"

玄鳞冲出酒店去拦车，头也不回地吼道："叫二爸！！"

叶真一人失魂落魄地坐在酒店门口，街上车水马龙、人头涌动，说着他听不懂的话，看着他看不懂的文字，满世界喧嚣仿佛都跟他无关，一时间叶真再次尝到了满心迷茫、举目无亲的滋味。

张松涛来酒店投宿的时候，看到的就是这样一幅情景。

"叶——十三？"

叶真懒洋洋地看了他一眼，低头去数地上的蚂蚁。

张松涛蹲下身，小心问："你怎么一个人坐在这儿，教练呢？"

他一直以为玄鳞是叶真的教练，尽管看起来不靠谱了点儿，谁知道叶真哼唧半晌，来了句："我没有教练。"

"那那个男的呢，就是跟你在一起的那个？"

"那是我二爸，回国了。"

"就留你一人在这儿？你会说桑国话吗？"

叶真这次根本懒得理他，只顾着伸手逗弄地上的蚂蚁们。

少年的样子稚气而无辜，身形带着常年练武的利落和精悍，此时却蜷缩成一团，看起来非常落寞。

张松涛心脏怦怦跳了起来。

他想起昨晚跟国内主教练通话时对方的提议，当时觉得执行难度很大，而且不靠谱，却没想到刚瞌睡就碰见了枕头，大好机遇直挺挺地砸在了自己的头上……

一个没有教练、举目无亲、年纪极小、天分极高，并且已经被训练得完美无缺、可以立刻投入实战的格斗选手。

这简直是走了八辈子大运都难以想象的好事啊！

张松涛强压激动，声音都有点儿发抖了："叶十三……"

"啊？"

“你有合约在身吗？”

叶真面无表情，问：“合约是什么？”

张松涛霍然起身，热情无比地把叶真强拉起来，大力拍着他的肩膀：“小叶！”

叶真：“……”

“晚饭还没处吃吧？想吃什么，叔叔请你！”

叶真窘了，这人该不会是个神经病吧？

张松涛深知跟选手拉拢关系的重要性，虽然叶真只想吃羊肉串，在街边站着吃吃就好，但是张松涛仍然叫了车，热情万分地把人拉到大烧烤店，叫了一桌东西。

叶真对自己家的经济情况仍然心存疑虑，决定还是少花自己的钱，多花别人的钱，于是指着满盘油汪汪的烤龙虾问：“叔叔，这个吃不完我可以带走吗？晚上回酒店当夜宵吃。”

张松涛立刻叫服务员加菜，说：“剩菜带回去有什么意思！给你叫份完整的，喜欢吃咱们下次还来！”

叶真心满意足地点点头，觉得张松涛这人真懂事，真上道！

一大桌菜两个人根本吃不完，吃得七八分饱之后，张松涛终于察言观色的开始考察了：“叶十三啊。”

“什么？”

“你二爸怎么把你一人丢在这儿了呢？你桑国话也不会说，桑国文也看不懂，而且还没成年，家里大人怎么能放心？”

叶真立刻苦大仇深，咬着筷子恨恨地道：“是啊！”

“可能是看你功夫好，不怕你吃亏吧。说起来你学功夫的时候，家里大人也这么放养的？把你往师父那里一丢就完事了？”

“是啊！”

“那真是太少见了，啧啧，啧啧……”张松涛摇头晃脑地感叹一番，获得了叶真强烈的共鸣之后，才装作不经意地问，“小叶啊，你家里是干什么的？”

这话其实相当重要，搞体育的发现一个好苗子以后，都要先看看对方的家庭背景，如果真是富二代，那也就只好算了，家里的大人十有八九舍不得心肝宝贝去吃苦的，如果家庭条件一般，那希望就相对大些，毕竟混出头的体育明星们收入非凡，而读书并不是现在孩子的唯一出路。

叶真已经被教得很好了，虽然不知道是什么人教的，但是能搞武术搞出头的孩子，想必不会是富家豪门受尽宠爱的小少爷。张松涛这么问，也是想探听下口风，上个双保险。

叶真的心机哪里想到这么多，实话实说道："我爸是公务员，我二爸嘛，不知道……"

"你二爸不工作？"

"哦，他最大的工作就是伺候我爸和我。"

吃软饭啊！张松涛对玄鳞的评价立刻再次下降好几等。

"那你为什么来参赛呢？听说桑国无规则自由格斗大奖赛的奖金很丰厚……"

"哦，我是来挑场子的，我看桑国人的东西搞得这么热闹，心里不大爽。"

张松涛眉毛抽搐了两下，为了掩饰尴尬，立刻抓起茶壶给叶真倒茶。

叶真继续道："至于奖金，当然能有就有吧，我觉得我们家还是蛮缺钱的，不过万一没有也不要紧，满大街都是桑国人，随便打劫点儿不就行了吗？"

张松涛："……"

你到底有多仇恨桑国人啊！满大街的桑国人在你看来就是一只只会走路的钱包吗？再说了，想打劫也不要来这里啊……不对不对，抢劫是要坐牢的好吗！

张松涛内心疯狂咆哮，抓着筷子的手都要颤抖了，脸上还不能表现出失态。

"这个烤龙虾好好吃啊，"叶真终于转变话题，兴致勃勃地夹起一口龙虾肉，"我能再多要一份带走吗？这样明天午饭也有的吃啦！"

张松涛："……"

"给他多要一份，打包放好，这桌的单记在我账上。"

就在气氛凝固的刹那间，一个低沉男声突然从叶真身后响起，解救了不知所措的可怜的张松涛。

顾川轻轻地把手放在叶真肩上，用月国话低声问："你怎么会在这里？"

叶真一回头，惊讶道："串串！"

张松涛在边上看着，感到非常意外，这个穿戴不凡且极有气势的男人带着好几个手下，每个人看起来都相当精干，眼睛牢牢地盯在叶真身上，显然他们并不是顺路经过，是有备而来。

叶真没有那么多心眼，自然看不出来，反问了一句："你又在这儿干吗？"

"吃饭。"顾川微微笑了一下，顺手拉开椅子，自然无比地拿筷子夹了口菜，"我还没吃东西，随便蹭个晚饭应该没问题吧？当然，听说玄鳞先生今天下午五点的飞机紧急回国，虽然我不知道发生了什么事情，但是我想，身为朋友，这时候应该过来照顾下你……"

叶真怒道："你什么时候变成我朋友了？"

要是在平常，顾川肯定顺着叶真的话头安抚顺毛，并解释一番，但是现在顾川整个人都绷紧了，虽然表面上从容镇定，实际上在看到叶真和一个陌生人坐在一起时，他就已经进入了完全的备战状态。

他对叶真笑笑，又向张松涛伸出手，用流利的月国话问："请问您是……"

张松涛立刻伸手跟他握了握："我是月国散打队的副教练，免贵姓张，松树的松，海涛的涛。请问您贵姓？"

顾川的笑容加深了，这神情其实非常有亲和力，但是放在一个终年面无表情、不苟言笑的男人身上，只让人觉得毛骨悚然。

"免贵姓顾，从小在这里长大，我的名字叫顾川，承蒙祖上庇荫，在当地做点儿小生意。"

张松涛支撑不住，眼镜终于彻底跌了下来。

第20章 主控源

贰拾

机场。

老于带着一群人在机场等着接玄鳞，每两个人一组分守机场各个大门，谁知道等了两小时都不见影子，打电话去特调局一问，才惊骇地得知玄鳞已经跑九处去了！

老于破口大骂，紧急带人回九处，刚进门就看见一帮工作人员抱着头蹲在门外，龙纪威的一个心腹脸上仿佛开了染坊，青一块紫一块的，还拖着两道鼻血。

“这都怎么回事啊？人呢？”

那心腹小心翼翼地指了指办公室紧闭的实木大门。

手下那帮人都哆嗦了一下，老于自己没办法，只得硬着头皮推门进去。

办公室的布置是传统的政府机关风格，红地毯、实木大桌椅，靠墙有一道屏风，两边两排森严高大的书柜。文件笔纸全扔在地上，椅子被打断了一条腿，玄鳞衬衣袖子卷到手肘上，正靠在桌沿上喘着粗气。

“龙纪威呢？”

一听这声音老于就颤抖了：“老、老龙，才下飞机吧，来喝点儿水……”

玄鳞一抬头，好几米的距离，瞬间就来了个眼对眼，紧接着一把抓起老于的脖子提起来：“龙纪威呢？”

老于脚在半空蹬了两下：“在……在医院……里……”

“撒谎！他根本就不在龙城！”

玄鳞把老于往地上狠狠一扔，暴怒道：“龙纪威在哪里？出了什么事？把龙纪威给我找来！给我找来！”

说到最后他眼珠都有点儿变色，从黑里泛出细密的血腥，相当骇人。

老于一把老骨头差点被摔散架：“老龙你、你冷静一点儿，你……”

“他根本就不在龙城！下飞机的瞬间我就感觉到了！他去了哪里？”

缓冲体和主控源之间是有辐射感应的，但是只有在一定的距离之内才能互相作用。玄鳞和龙纪威感情太深厚，知道主控源不见了肯定会发狂，上边的人就是预料到这一点，才紧急出动大批人马去机场堵住玄鳞。

老于知道这个任务没完成，回头自己一定要吃挂落，笑容不由得苦了下来：“老龙，你凭良心说说，我待龙纪威如何？我堂堂一个副局长，这么多年来活得像龙纪威的手下小弟！我会存心害他吗？我不想活了吗？”

玄鳞居高临下地看着他，一言不发。

“龙纪威不在龙城。”老于从地上爬起来，冷冷地道，“三天前，他去培养基地视察，回来的路上失去了联系，他的车在高速公路无人区被发现，车身被撞毁，严重变形，里边只有一具焦黑的尸体，DNA检测是他的司机。”

“他被人带走了？”

虽然话是问句，语气却仅仅是陈述。玄鳞平淡过分的声调让老于不敢做半点儿隐瞒，只得点头道：“信号检测发射了大半个月国，没找到龙纪威特有的生物辐射。这是绑架，带他走的人用特殊技术覆盖了龙纪威发出的缓冲波，从理论上来说，他们把他隐形了。”

玄鳞沉默半晌，嘶哑道：“是山地仁。”

老于不敢接他的话，低声道：“我们现在唯一敢确定的是，桑国偷走样本主控源的目的是研究，龙纪威的波动数据和身为样本的你有着奇异的契合，一个人类和……和你这样的生物的波长相契，这是自然界里难得的奇迹，也是当年龙纪威能轻易收服你的原因。桑国人一定会竭尽所能复制出龙纪威那样的主控源，用复制品吸引自然界里还没被发现的辐射性生物……所以龙纪威一定没事，他的人身安全是有保障的！”

玄鳞的脸色没有半点儿缓和，相反，有点儿骇人的凶狠慢慢浮现出来：“所以你把我骗回来？”

老于往后退半步，企图要溜。

“你怕龙纪威万一发生不测，桑国研究出复制品，然后我会被复制品的波长吸引，转而背叛你们？”

玄鳞一把抓起老于的衣领，瞬间几乎把可怜的于副局长掐断气：“你怕我留在桑国，让你们不好掌控？你明明知道龙纪威已经被偷运去桑国了，却不让我救他，把我骗回来？”

“你们把龙纪威当成什么？”玄鳞一拳把老于狠狠打翻在地，咆哮道，“你们把龙纪威当成什么？”

老于不敢说话，拼命抱头。

“你们以为我不知道？你们早就开始偷偷制作龙纪威的复制品了！想做出跟他的生物波长一样、长相外表一样的复制人，万一龙纪威寿终正寝，就用复制人来糊弄老子！让老子继续给你们卖命！休想！”玄鳞狂怒的目光从门外九处工作人员身上一个个剜过去，那些人纷纷低下头，大气不敢出，“老子告诉你们，是，龙纪威是人，是人就有寿终正寝的一天，但是如果龙纪威不在了，哪怕你们复制十个八个一模一样的龙九处长出来，老子也不稀罕！老子不稀罕！”

玄鳞把老于提起来狠狠一扔，可怜于副局长发出一声狂叫，凌空飞出大门狠狠砸在人群里，几个小伙子慌忙七手八脚地扶起他。

玄鳞看都不看一眼，大步流星地冲出大门往外走，老于什么都顾不得了，剧痛让他的声音慌张而虚弱："老龙你去哪儿？别冲动啊！拦住他，快拦住他！"

玄鳞回头一望，冰冷的视线让几个冲上来的小伙子纷纷哆嗦着退了回去。

"你算什么东西？也敢对老子发号施令。"

老于脸色一片青灰，玄鳞看他的目光跟看一盘食物没有任何区别。

"这世上唯有龙纪威能让我俯首听命，你们最好祈祷我把龙纪威完整无缺地救出来。否则……"玄鳞手指在空中顿了顿，挨个儿从工作人员身上点过去，"你们一个个，都别想活。"

偌大走廊一片沉寂，真是连根针掉地上都听得清清楚楚。

玄鳞冷笑，转身，毫无留恋地离去。

远隔重洋的另一端，夕阳之下海面平静，一艘游轮正缓缓向码头驶来。

这艘游轮虽然体积小巧，却通体雪白，黄昏之下灯光璀璨，看上去如同大海上航行的一颗明珠。

光看外表的话，所有人都会以为这是哪个世家豪门的私家游轮，说不定还能生出些人间惬意处、富贵温柔乡之类的感叹。

谁能想到在那繁华的盛景之下，竟然隐藏着超出想象的凶狠狰狞呢？

"α 射线增强……一级体再加两只……主控源压不住了！主控源波动开始紊乱了！"

高高的玻璃墙里，龙纪威被仰躺束缚在冰冷的金属手术台上，一条碗口粗的仿龙形人造一级体正紧紧压在他胸口，全身鳞片微微发光，仿佛正做着无声的较量。

龙纪威痛得神志不清，拼命挣扎着想仰起头，但是后脑被特殊的支架固定住了，身体剧烈的扭动挣扎使他手腕、脚腕都被金属束缚器磨出了血痕，血迹干涸之后，越发斑驳凌乱，触目惊心。

"主控源压不住了！"一个研究人员兴奋道，"神经药物加强度疲劳果然能起到主控源波长集中的效果，这样对我们的一级体实在是太有益了！"

山地仁站在玻璃墙前，他的脸上没有表情，看上去无比镇定。

只有他知道自己隐藏在口袋里的手攥得多么紧，甚至连指甲都深深掐进了肉里。

"如果能再进一步就好了，"另一个研究人员赞同道，"应该多打一针神经药物，主控源抵抗力崩溃的时候，一级体就能自动复制他独特的生物波长，再短暂地释放出去。"

助手低声问："山先生，给主控源再打一针神经剂吗？"

玻璃墙是隔音隔辐射的，加诸在龙纪威身上的种种折磨，就仿佛无声而惨烈的哑剧，被隔绝在冰冷的屏幕里。

山地仁嘴唇动了动，没有说话，

助理忍不住再次提醒："山先生？"

"打。"

助手松了口气，示意专业人员拿针筒进试验室。

"等等，"山地仁突然走过去，一把夺过针筒，哑着声音道，"我去执行注射。"

"山先生……"

众人面面相觑，却没人敢质疑山地仁的决定，只得打开试验室的防弹玻璃门，让他拿着针筒走进去。

虽然玻璃是完全透明的，但试验室里跟外边仿佛是完全不同的两个世界，一走进门里，迎面而来的就是龙纪威难以克制的呻吟和喘息，仿佛为空气带上了微妙的电流。

龙纪威身上的衣服被冷汗浸透了，衬衣湿嗒嗒地挂在身上，额头上碎发被汗湿透，眼神恍惚没有焦点。

山地仁居高临下地看着他，眼神里深深隐藏着狂热、怨恨和欲望。

"放弃抵抗吧。"他低声道。

龙纪威没有反应。

"样本是唯一的，但主控源是可以复制的，放弃抵抗让我们复制出你的波长吧，这样你就不用承受这种痛苦了，你会很开心，很快乐。"山地仁俯下身，嘴唇几乎贴在龙纪威耳边，"只要我有的，我可以全都给你。"

龙纪威仿佛昏迷过去了，也不知道有没有听见。

山地仁深吸一口气，刻骨的怨恨从骨髓里爬上来，一点一滴渗透他的心。

缓冲体和主控源，明明只是主人和宠物的关系，为什么到这种地步了还不放弃，难道还在等那个样本来救他？

针尖闪烁着冰冷的光，一点点没入龙纪威手臂的皮肤下。

仿佛毒蛇尖利的牙钻进身体，龙纪威瞬间弹跳了一下，那挣扎用力之大，仿佛连金属束缚器都要挣断。

神经干扰剂进入血管的刹那间他发出一声强行压抑的惨叫，混合着粗重的喘息，断断续续且痛苦不堪。

山地仁瞬间深深吸了口气，全身肌肉都绷到了极限。

那种难以言喻的残忍、紧张和愧疚，同时混合着一点点卑鄙的快感。

"龙纪威。"山地仁喃喃着道。

他一把将打空的针剂拔出来远远扔开，站在那里紧紧盯着龙纪威。

就在这时，他身后的玻璃门打开了，助手小跑进来，紧张道："山先生！必须中止试验，我们靠岸了！"

山地仁仿佛从混乱的情思里猛地惊醒，说话声音沙哑得怕人："靠岸了？"

"是的，已经到达目的地！研究所的人在岸上恭候，等着把主控源送到陆地试验室去继续进行研究！"

"我知道了。"

山地仁匆匆把头一撇，大步向玻璃门外走去："告诉研究所，我会亲自去试验室监视过程。"

助理虽然不明所以，但是仍然毕恭毕敬地一欠身，大声道："是！"

第21章 国术兴

贰拾壹

未满十八岁的叶真小朋友被孤零零一人丢在桑国，语言不通，举目无亲，很是伤心了一段时间。

虽然每天有张松涛代表国家队跑来亲切问候，有顾川携带各种零食上门钓鱼……不，是探望，但是叶真仍然感到很孤独。

甚至连顾川开车穿越大半个东音城，亲自去传统手工食铺等了一个多小时才买到的大盒糯米团，都没法抚慰叶真小朋友那颗想念老爸的心。

怨念满腹的叶真打败了宋本雄，成功晋级三十二强；在车轮赛里遇上公认的塔国王库巴，五分钟内重挫对手并成功KO，晋级十六强；遇上为了比赛特地改变国籍的黑市拳霸王麦克罗伦，将对方凌空踢下擂台并滚落观众席，晋级八强；然后在八强抽签赛上，终于遇见了本届夺冠呼声最高的佘国人西多罗夫。

佘国并不算格斗大国，在很长一段历史上，月国散打队根本就没把他们放在眼里。在传统观念看来，西方是没有正统武术的，现代拳击根本称不上格斗，武术的根源在东方。

东方各国的不同武术流派里，桑国的极真空手道以惨烈和顽强而闻名，离国的跆拳道以最大爆发力而闻名，塔国的塔拳以全方位全角度的强横攻击力而闻名……至于月国散打，则糅合月国传统武术的精髓和现代竞技格斗技巧，是一种集百家之长的新兴格斗流派。

这种观念在十年前的国际武术争霸赛上被狠狠打破了。

被誉为当代天才格斗家的佘国人穆斯里穆，在当年还是新人的情况下，一人单枪匹马横扫整个月国散打队，将四名月国顶尖散打运动员打得惨败！

看过当时赛况的人无一不感到深深的耻辱——这名佘国人将月国功夫的精髓运用得炉火纯青，在月国派出选手车轮战的情况下，毫不停歇地连打四场，并四场全胜，其中一人被KO，一人被送去急救，一人被踢下擂台，一人被打得毫无还手之力，整个国家队，竟然再也无人敢出战！

争霸赛之后，佘国散打作为前所未有的强劲对手出现在了月国人面前，而耻辱的是，一直到现在，都没有人能把当年穆斯里穆加诸在月国身上的耻辱原样还给他们。

是的，月国功夫的确世界闻名，但是这个名声在竞技格斗大行其道的今天，究竟还留着几分实在的威望，已经很难说了。虹国柔术的流行、塔拳肘击的可怕，一次次给月国散打带来耻辱的阴影，一次次将失败加诸在月国功夫日益虚弱的光荣之上。

虽然月国散打选手仍然努力，仍然拼搏，被违规技术打爆眉骨血流满面仍然坚持拼到最后，但是在大范围的国际竞赛上，月国功夫却无可挽回地显出了颓败之势。

这不是运动员的个人原因，实际上，很多人开始认识到，真正传统、古老、神秘莫测的月国功夫，已经开始失传了。

这是没有办法的事情。

真正的高手在民间，而民间就算有高手，也大多隐居避世，并不真正以此为生，就算国家能发掘出隐藏在民间的高手，他们也未必能适应现代格斗竞技的种种限制，说不定在擂台上反而会左支右绌，不如熟悉规则的专业竞技格斗家。

国术复兴，散手先行，张松涛身为圈内人，对这一切当然心知肚明，也曾经热血澎湃想要做点儿什么改变现状，却终究是无可奈何。所以当他偶然在桑国发现叶十三之后，第一反应是难以置信，第二反应则是狂喜。

这个弱不禁风的少年，竟然练着最传统、最正宗，同时具有强大攻击力的月国功夫！

不会错的，这不是现代格斗竞技训练所能培养出来的人，甚至跟民间强调养身、看轻格斗的武术世家所走的路子也有很大不同！

张松涛看不出叶真的出身，但不妨碍他看出叶真的身手，如果他没看错的话，叶真对宋本雄的那一局里分明用到了传说里的打穴手法，用手掌截断了宋本雄肩窝处的神经脉络，让这个身高一米八的大汉瞬间半身麻痹了。

如果对宋本雄的这一局不能说明情况的话，那接下来叶真重挫塔拳拳王、横扫辛国黑市拳霸的两场比赛，就表现得很清晰了。这两场比赛的转折点都出现在叶真横掌按住对手左胸的时刻，只要他往下那么一按，不管之前对手多么生龙活虎，之后立刻仿佛被抽了全身骨头，如同沙袋一样任凭叶真捏圆搓扁。

如果要用语言来描述张松涛的心情，用“如获至宝”一词一点儿都不为过。

所以在八强比赛对局佘国人西多罗夫的时候，在叶真不知道的情况下，国内已经有很多道目光暗暗投向了他。张松涛跟国内体育局领导通话的时候，甚至得到了上级的明确指令：如果叶十三真的能打败佘国人，为散打队一雪前耻的话，那么不顾一切代价也要招揽这个不世出的天才！

打败西多罗夫，这个条件绝对不简单。

首先，西多罗夫身高一米八五，深蹲三百公斤，早年进过黑十字训练营，是黑十字金牌教官杨春的得意弟子，曾赢得多项国际格斗大赛的金牌，实力非凡且绝非宋本雄等人可比。

其次，西多罗夫和穆斯里穆同出一门，是师兄弟关系，而他们的师父伊萨格对月国功夫深有研究，对太极的造诣甚至比很多月国人还精到。

因为这层关系，很多对穆斯里穆咬牙切齿的国人，都把希望寄托在了身在遥远的桑国的、那个对情况一无所知的叶真身上。

比赛还没举行，叶真之前对阵皮亚克、宋本雄等人的视频已经在网上遍地开花了。虽然比赛不允许传统媒体介入，但是网络媒体还是有转播权的，叶真的四场比赛被一炒再炒，各路专家、达人等恨不得拿放大镜把他每场比赛的每一秒都挖出来，分析得就算是石头都榨出油来才好。

当然，叶真是不知道的。叶真整天待在酒店套房里，偶尔被张松涛请出去吃饭，回酒店就发现顾川送来的零食放在床头上，人已经走了。

直到有一天他回酒店的时候，见大厅站着几个小伙子，仿佛是学生模样，正探头问前台什么，结果一见叶真走进来，这些人都突然惊喜起来，纷纷叫道："叶十三！"

叶真说："啊？"

"请问你是叶十三吗？那个打败了宋本雄和库巴的叶十三？"

"哦……是啊。"

那几个学生纷纷涌过来，看着比普通十六岁少年矮了半个头的叶十三小同学，又喜又疑，一个莽撞男生冒冒失失地问："你确实是打败了宋本雄吗？不是黑幕什么的吧？"

叶真看见同胞，心情很好，点头说："是啊，没有黑幕。"

几个留学生都乐了。

"听说你接下来要打西多罗夫是不是？"

"一定要赢啊！"

"我们看了你的比赛，真精彩！好样的！"

"别有负担，哥们儿支持你！到时候一定去给你加油！"

叶真不知所措，只微笑着点头。

也有人表示担心，问："你知道西多罗夫吧，他很厉害的，到时候你千万要小心啊！"

"万一打不过就举白毛巾认输，西多罗夫把人打残过呢！你还小，以后路还很长，别因为这个让他把你废了，前途就没有了！"

这番话立刻引起一致认同，那几个学生纷纷安慰叶真："八强也很了不起了，本来在世界综合格斗赛上拿名次的月国人就不多，散打出身的就更少了！君子报仇十年不晚，你还小呢！咱们等得起！"

叶真又笑着点头，任凭他们七嘴八舌叮嘱完，看时间不早了，才挥手告别。

几个学生激动万分地目送他上楼，谁知道叶真走了几步，突然回头道："我看过那个佘国人的视频，也没什么可怕的。”

学生们都愣了。

“他敢来废我，小爷废得他连亲妈都认不出来，等着吧。”

叶真说完，也不看别人什么反应，径自挥了挥手，头也不回进了电梯。

叶真小同学因为本人天然呆，且被保护得很好，因此没接受过媒体访问，对外的形象以低调谦虚为主。

只有当天的几个留学生听到了他惊天地泣鬼神的宣言——“小爷废得他连亲妈都认不出来！”

那几个学生激动归激动，也不会把这话当真，毕竟西多罗夫声名在外，是个世界级的顶尖高手，而叶真只是个十几岁的半大孩子而已。

所有人都没想到的是，叶真竟然真的被留学生那几句话给刺激了！他那话可不是虚言，是真的对那个佘国人恨上了！

小爷连顾川都没怕过，连山地崇都随便打杀，你一个佘国人，敢在小爷面前撒野！听说你家的师兄还跑到咱们月国人的地头上挑场子！是可忍孰不可忍！

留学生走后，叶真立刻采取了两步措施：第一，向赛委会申请比赛里使用裸拳，不带护具；第二，关起门来吊沙袋，把那上百公斤的铁砂袋狠狠戳了几十个洞！

到了比赛当天，现场人山人海，整个观众席完全坐满，过道上还挤了不少买了站票的狂热粉丝，这些人当中有一半是本来就预定了来看比赛的，剩下的一半当中，一小部分是西多罗夫的支持者，还有一大部分则是冲着叶真来的了。

叶真一出更衣室，张松涛就惊了。

他看过叶真四场比赛，还没见过这么旺盛的杀气。

少年一身短打，白衣黑裤，手腕脚踝用防扭伤的细纱绷带一圈圈绕起，脚上穿一双软底练功鞋，不知道是光线还是错觉，张松涛觉得他脸色冰冷，目如寒星，嘴角抿得紧紧的，眼神里还带着凶光！

叶真：“干掉这个佘国人，能分多少钱？”

张松涛：“……”

叶真瞥他一眼，满脸不屑：“你抖什么，不是说晋级四强有奖金吗？干掉他就晋级了，不知道主办方奖励我多少钱？”

张松涛：“……”

八强赛第一轮，叶十三 VS 西多罗夫，无数网络媒体实时转播赛况。

西多罗夫确实表现出了他身为国际顶尖格斗家的实力，第一回合打满五分钟，从叶真手里夺走三分，暂成平局。

拿走三分，也就是叶真被揍了两次——第一次发生在比赛开始十秒内，后蹬腿击中对手小腿，将叶真踢倒在地；第二次是被叶真一掌切到中路，西多罗夫忍痛回击，叶真被一记标准的右勾拳打中侧脸；第三次是叶真自己犯规，出现了搂抱等僵持动作，违反了桑国无规则自由格斗赛的特定规则，对手于是消极得分。

五分钟后中场休息，叶真走回场边喝水，张松涛扑上来急问："感觉怎么样？还能比吗？"

叶真揉揉小腿，晃晃脑袋，说："有点儿昏。"

"你不是抗打的类型，注意躲闪！"

叶真不满道："谁说我不抗打了？小爷只是清减了点儿，骨头还是很硬的！"

张松涛哭笑不得，只能把比赛规则又拿出来叮嘱一番，再喂几口水。

叶真还是很精神，对着网络媒体的镜头挥挥手，还精力充沛地跳了两下示意自己没事。

看实况转播的无数网民，到这时候才松了口气。

一分钟前底下回帖还是满屏担忧——

"怎么办啊，小十三被打中了！"

"这哥们没事吧！"

"输了输了，这下完了！"

……

一分钟后，刷屏就集体换了样子——

"这小子是个硬朗的！"

"还能跳呢！"

"小十三雄起！"

"还能打还能打！"

另一边的西多罗夫，在比赛里被叶真击中胸前三次，看上去没有大碍，走到场边的时候气度沉稳、步伐正常，只在坐下的时候稍微晃了一下。

助理慌忙拿毛巾给他盖住身体，又拿水过来漱口，教练低声问："你三次被击中同一个地方，没事吧？"

西多罗夫摇摇头，咬牙咽下一口水，没两秒钟，突然"哇"的仰天一喷，那水整个儿从嘴巴和鼻腔里喷了出来！

周围人骇呆了，教练吓了一跳，慌忙用毛巾捂住他头："你怎么了？说话，说话！"

"没事，呛了……呛了一下。"

西多罗夫抹抹嘴，用手紧紧捂住胸前被击中的位置，仿佛要把翻腾的五脏六腑都按压下去。

他知道自己已经输了。

裁判敲钟比赛结束的时候，他就已经几乎站不起来了，能支撑着走回来已经是个奇迹，当他喝水的时候，水流顺着食管滑进胃部，仿佛硫酸那样烫得他五脏六腑都在剧痛。

比赛前，叶真看轻西多罗夫，西多罗夫却没有看轻叶真，他看了这个月国少年之前的两场比赛，塔国王和辛国拳霸都败在同一招下——就是被那个月国人击中胸膛的瞬间。

那个少年的手指仿佛带有魔力，他能轻易找到人体最脆弱的点，然后四两拨千斤，达到最强悍的攻击效果。

西多罗夫绝对不想步塔国王后尘，比赛前他甚至专门打电话去问了他的授业恩师——黑十字训练营金牌教官杨春。

“千万不要像宋本雄一样轻视那个少年的裸拳，那个人的拳击力量很小，但是被他的手指点中，你就完了。另外，如果有可能的话，尽快用重击将他KO，最好是后蹬腿，比赛时间拖得越长，变数就越大，对你越不利。”

西多罗夫对授业恩师是相当信任的，也确实用后蹬腿拿到一分，但是最终他仍然没能打赢比赛，因为他被叶真整整击中三次，还三次都在同一个穴位上。

少年手指抵在他胸前的时候，西多罗夫只觉得一道无形的、狠辣的气劲瞬间打入骨髓，仿佛在骨头缝里打进一根铁钉，痛得他发抖！

况且这铁钉，还重复打了三次！

中场休息很快结束，裁判示意选手上前，西多罗夫慢慢站起身，突然回头盯着教练，低声道：“如果我倒地，而那个月国人手下不留情的话，就挥毛巾吧。”

教练一时愣了：“你在胡说什么？你明明打得很好，却想放弃比赛？”

西多罗夫捂住胸前，沉痛地摇了摇头，转头走了。

第二回合敲钟开始。

这次西多罗夫没有观察，抢先进攻，一拳擦过叶真前额！叶真及时闪避，顺势一记扫堂腿，当时就把西多罗夫重重扫翻在地！

这一切太快，西多罗夫又不禁打，全场观众顿时哗然！

赛场解说显然也很意外，顿了几秒才道：“我们的西多罗夫抢先进攻，势头很足，没想到被月国人一脚撂倒了，严格来说月国人那一脚分量并不重，却能把八十公斤级的佘国对手轻易放倒，难道说上一局里西多罗夫已经受了伤？”

这番话当即在观众席上激起千层浪花，很多人站起身来拼命瞭望，裁判冲上前读秒，一直读到九，西多罗夫才慢慢站起来。

裁判再次单手下劈示意开始，叶真情绪显然很高昂，裁判刚退后，就只见他右脚上前猛地返身，左腿一记又准又狠的右侧踢，闪电一般重重掀翻了西多罗夫！

那一脚实在是威力惊人，几百公斤的下劈力量把对手踢翻到围绳上！佘国人沉重的身体猛地反弹，叶真左脚落地，瞬间一记直拳击中被自己连打三次的位置，“咔嚓”一声！裁判靠得最近，仿佛真的听到西多罗夫胸腔里传来骨头断裂的声响！

还不等裁判反应，西多罗夫再次撞到围绳并反弹回来，叶真哪会给他机会反击，右肘暴起一击，干净利落把他打得仰天翻倒，险些从围绳上翻倒进观众席里！

解说兴奋得什么也不顾了，拿着话筒大声咆哮：“下擂——！西多罗夫被压着打！我们的月国小将占据了压倒性的优势！KO！KO！如果西多罗夫不是倒在围绳上，这时已经被KO了！”

裁判拼命吹哨，西多罗夫的教练跳脚大骂，把白毛巾拼命扔到擂台上，如果不是助理拉的拉拽的拽，这名老教练可能已经钻过围绳爬上擂台了。

“停止！停止！”裁判拼命抱住叶真的腰，“红方认输！西多罗夫放弃比赛！医疗组呢？医疗组赶紧进场！”

西多罗夫被打得口鼻流血，从围绳上慢慢滑倒在地。

叶真“呸”的一声吐掉护齿，用手随意在脸上一擦，竟然也是满手的血。他愣了一下，才发现自己不知道什么时候鼻腔流血了，应该是第一场被西多罗夫击中侧脸的时候受的伤。

他这时才感到有点儿晕，佘国人赢过那么多冠军，拳击力量是相当大的，那一拳肯定已经让他脑震荡了，只是比赛时情绪激动没发作而已。

医疗组匆匆抬走西多罗夫，裁判举着叶真的手吼道：“我宣布！本场比赛由蓝方胜出，来自月国的小将叶十三获得胜利！”

观众席上掌声雷动，很多人起立鼓掌，形成观众席上一道道密密麻麻的人墙。

头顶的彩光、大屏幕上的盛景、人群病态的亢奋和激动，让叶真突然有点儿眩晕，他紧紧闭上眼睛，片刻后才睁开，盯着脚下擂台天蓝色的地面。

他突然想起自己第一场比赛的时候，观众席上冷冷清清，即使有人来看，也大多是皮亚克的粉丝，而现在他把对手狠揍了一顿，就有那么多人为他鼓掌，为他的表现而如醉如痴，状若癫狂。

他突然很想念当时比赛完和玄鳞肩并肩回酒店的情景，很想打个电话给龙纪威和玄鳞。

“你赢了！你做到了！”张松涛奔上擂台，兴奋地把叶真拉走，“你进入四强了！这下国内的人肯定很激动！”

更衣间的通道上挤满了观众，很多人举着相机，更多的人在尖叫，拼命伸出手想要摸摸叶真的衣服。

叶真被张松涛和几个工作人员护着，匆匆低头走进更衣间，紧紧关上门。

“我们从后台走，不接触观众。”张松涛对自己挖到的这个宝还是很看重的，很怕有拳探接触到叶真，“车已经在后门准备好了，我们直接回酒店。你晚饭想吃什么？”

叶真慢慢换了衣服，仰头想了一会儿，突然问：“我借你的手机用一用，可以吗？”

“你打给谁？”

“我爸。”

张松涛慷慨地借了手机。龙纪威的号码叶真早就记在心里，谁知道拨了半天，对方都是关机状态。

叶真有点失望，又打给玄鳞，也是关机状态。

“可能在开会吧。”叶真心里为他们找理由。

他把手机还给张松涛，两人从后门出了体育场，外边虽然有记者等着，但是被工作人员远远隔开，只能抓拍几张照片过瘾。

“咦，车呢？”张松涛突然觉得不对。

只见他事先叫的出租车没有等在大门口，而是被一辆锃亮的黑色汽车隔在马路对面，顾川站在汽车车门前，正低头点烟，抬眼看到叶真出来，微微笑了一下。

叶真视而不见，直接走下台阶，顾川挡在他面前，低声问：“头还疼吗？”

他比叶真高大半个头，这样低头一望，眼神里满是温情。

叶真肯定不愿意在串串面前丢了面子，若无其事地道：“根本就没被打中，有什么疼的。”

顾川笑起来，显然不想拆穿他，说：“嗯，我看也是。”

张松涛眼睛几乎都看直了，脑海里警铃大作，很想说点儿什么，偏偏顾川对他视而不见，把他当作并不存在的隐形人。

顾川又微笑道：“你难得来桑国一趟，我应该好好招待，才能显出地主之谊。正巧你今天赢了西多罗夫，成功晋级四强，晚上我在自家的店面里摆一桌席，权当是给你庆功吧，你看怎么样？”

这是邀请啊！大老板主动开口邀请啊！这个月国人到底有多强，让大老板都亲自出马示好？工作人员个个惊骇莫名，互相用眼神传递八卦：这小子走了大运，这次不管拿不拿牌，肯定都发达啦！

叶真听说有吃的，面色有所缓和，但是还要确认：“自家的店面？”

顾川谦虚道：“店面狭小寒酸，所幸是自家开的，食材方面倒是也说得过去。”

“哦，那算了，我回酒店自己吃。”

叶真非常扫兴，这人家里到底有多穷，开个店面还“狭小寒酸”，这不明摆着欺负人吗？

月国人请客，没个四菜一汤、五菜一汤，你好意思拿出来待客吗？就算是出去吃也不该在狭小寒酸的小店面请啊，你不担心食物卫生，我还担心吃了拉肚子呢！

真是太不拿小爷当回事了！

叶真气呼呼的，头也不回越过顾川，大步走向街对面的出租车，张松涛哪儿敢看顾川此时的脸色，低头匆匆追上叶真，只觉得自己后背仿佛被千万根针扎着，顾川的目光几乎要把他整个人燎出个洞来了。

哎哟！不关我事啊顾川先生！是你自己谦虚得太过分，能怪得了谁啊！

张松涛脑内疯狂吐槽，直到坐上出租车，才敢偷偷回头往后瞥。

顾川一只手拿着烟，搭在车门上，一只手揉着太阳穴，他看着叶真离开的方向，脸色有点儿哭笑不得，眼里又带着无可奈何的忍耐和纵容。

那眼神让张松涛心里暗惊，半晌才回头去看叶真。

叶真毫无知觉，神经比恐龙还粗，已经倚在后车座上睡着了。

第22章 贪嗔痴

贰拾贰

东音某研究所试验室里，大白天却窗帘紧闭，墙壁、天花板和各种仪器在惨白灯光的映照下格外冰冷，大理石地面铮亮光洁，一眼望去仿佛镜面一般，冷得让人心里发颤。

被五面落地玻璃隔开的封闭区域里放着一把手术椅，龙纪威的双手被密密麻麻的软管缠绕在两个扶手上，仰面靠着靠背，人事不省。

几个研究人员紧盯电脑屏幕，偶尔讨论几句，声音压得极轻。

山地仁站在玻璃墙外，静静地看着里边昏迷不醒的龙纪威，视线凝在他毫无防备仰起的脸上，半晌没有移开。

“多亏了您，我们才得到这么多第一手的资料，为了把样本主控源带出大陆，您的手下损失相当惨重吧。”

山地仁从倒映的玻璃里看了看研究所主任，面无表情地道：“这是值得的，为了这项技术，我们都已经付出太多太多了。”

主任笑了笑：“为了国家的光荣，这都是值得的！我们在这方面的技术本来就不比月国差太多，唯一致命的缺憾，就是缺少龙九处长这样能够从自然界吸引‘样本’的天然主控源。现在有了样本主控源的各项数据，复制体的培育工作也可以开始了。相信不久以后，我们在这方面的数据应该远超月国才对！”

山地仁听不出什么意味地“哦”了一声，半晌才问：“频波观察实验已经持续二十多个小时了，不能把他放下来躺一躺吗？”

二十多个小时坐下来，应该不大舒服的吧。

主任敏锐地看了山地仁一眼，听出他话里隐晦的暗示，哈哈笑了起来。

山氏财团是这项军工实验的主要投资方之一，绑架主控源的计划也是上头指示、山氏家族倾力执行的。

但是这个项目的很多高层人员都心知肚明，绑架计划非常复杂且容易引发月国的仇恨，是个吃力不讨好的活儿，山地仁一贯狡诈如狐，不是个能轻易对付的角色，这计划能让他这么卖力，可不单纯因为试验。

月国唯一样本的主控源，同时也是中方军工实验的主要负责人之一龙九处长，曾经让这个山氏家族的掌门人，很是有些仰慕。

这点肯定不会对整个项目的完成造成影响，反而能让山氏家族多出点儿力，上边的人也就睁一只眼闭一只眼，默许甚至鼓励了。

“我也觉得太残忍了，只是仪器还在记录数据，为了加强效果，我们专门用技术增强了龙九处长自身的超低频波。您也知道的吧，山先生，主控源之所以能吸引样本，就是因为他本身的生物辐射比正常人、动植物，甚至马路上的石头都低，跟样本正巧不相上下，是非常罕见和独特的。如果要把龙九处长放下来，就一定要打开玻璃罩，辐射就会泄露出试验室，这会对我们试验的保密性造成危险。”

看了看山地仁的脸色，主任识趣的话音一转：“不过我向您保证，今晚试验结束之后，我们一定立刻把龙九处长放下来，毕竟他是重点人物，势必要确保他的健康状况。”

山地仁没说什么，只点点头，转身离开了。

从游轮上岸那天起，龙纪威就没出过研究所那座带着电网的门。

就算试验暂时中止，他也被关在有着层层监视的特护病房里，大部分时间被打了镇静剂，很少有清醒的时候。

一个自身生物辐射非常低的人，强行利用外部辐射提高他的频波，对他来说是非常痛苦的，因为这会造成自身机能紊乱。为了确保龙纪威在项目结束前仍然活着，研究人员不得不采取一些手段，包括让他大部分时间都昏睡不醒，也不会感觉太痛苦。

那天晚上试验结束后，研究所里人走光了，山地仁独自折返回来，轻轻推开了特护病房的门。

高而狭小的窗紧紧关着，凄冷孤寂的弯月行过中天，在地上投下清白的光影。龙纪威一只手被铐在床边，无声无息地仰躺在冰冷的铁床上，仿佛连呼吸都没有。

山地仁站在床边，俯身凝视着他的脸，月光下龙纪威的神情很平静，仿佛没有经受过半点折磨，只是无忧无虑安静地沉睡着。

山地仁默不作声，静静看着龙纪威。

白天从月国传回来的情报，玄鳞已经知道龙纪威被绑架的事，暴怒之下准备跑来桑国算账，却被特调局强行限制离境了。老龙毕竟在九处生活了那么多年，那里的人肯定对他的弱点有所了解，强行困他几天还是能做到的。

月国已经派遣特殊人员潜伏入境，试图把这件事暗中解决——这个消息没有对山地仁造成什么影响，他知道暗中是解决不了的，军部对龙纪威多么重视，怎么可能给月国人员留下半点儿可乘之机？

他担心的是玄鳞。

那个可怕的怪物，那个威力无穷的“生物核弹”，一旦他脱离月国的控制，第一件事势必是闯进桑国夺回龙纪威，然后对付自己。

缓冲体和主控源之间肯定有些感情，但是感情深厚到玄鳞和龙纪威这样的，简直是举世罕见。

山地仁低下头，看见自己投在墙壁上的影子。

那一定是一张又急又恨的嘴脸——他心里这么想。

龙纪威也许在睡梦里感觉到危险，面容稍微动了动，有些痛苦的模样，山地仁低下头，近距离凝视着他无意识皱起的眉，手指慢慢移到他修长的脖颈上。

血管随着脉搏在手指下搏动，仿佛只要稍微用点儿力，就可以让他从世界上永远消失，他手指微微发抖，却更加用力了，脆弱的喉管毫无防备，因为缺氧和疼痛，龙纪威眉头越发皱紧，最终极其低哑地轻轻“嗯”了一声。

山地仁深深吸一口气，感觉呼吸变得粗重，鼻腔里仿佛带着炙热的火流，烧得脑子都有点发狂，突然，他松开龙纪威的喉管，猛地伸手用力抓住龙纪威的头发。

他曾经把龙纪威当作完美的神祇一般供奉膜拜，又因为玄鳞的存在而对他充满怨恨，现在他终于把龙纪威弄到手里，一切复杂而偏激的情绪都瞬间燃烧起来。

“放手……”

龙纪威意识昏沉，声音沙哑，听在山地仁耳朵里却不啻于一声惊雷，刹那间他全身肌肉都僵硬了。

“放手！”

龙纪威猝然咳嗽起来，也不知道是因为干渴还是太过虚弱，整个胸腔都仿佛在一下一下地震动，简直是上气不接下气了。

山地仁仍然不松手。

“山地仁！”龙纪威一字一顿地厉声道。

“现在你在我手里了，”山地仁含混地道，“你想过自己会有这么一天吗？”

龙纪威猛地抬起手，却只听到手铐在寂静的夜里发出“哗啦”一声。

“在你救我的时候……在我以为自己要死的那一刻，你突然从天而降出现在我面前的时候，你想过自己会有今天吗，没想过吧？”

龙纪威想反驳，一开口就剧烈地咳嗽起来，几乎连气都没法喘。他已经太长时间没有进食，仅仅靠营养剂维持生命，胃部酸涩的烧灼让他想吐，但是五脏六腑空空如也，连一点儿清水也没有。

山地仁稍微一松手，他立刻扑倒在床边，撕心裂肺一阵干呕，什么都没吐出来。

“试验结束后，我不会让任何人伤害你的性命的，我会把你带回去，”山地仁俯下身，紧贴在龙纪威耳边低声微笑，“那个怪物永远也别想再找到你，他会拥有另一个跟你一模一样的主控源……而你永远留在这里。”

龙纪威精疲力竭地闭上眼睛，半晌才冷淡道："我救你跟救一只小猫小狗没什么区别，你没必要整天放在嘴边念叨。"

山地仁没有说话，月光下脸色有着晦暗的阴影。

"落在你手里是我疏忽大意，命该如此，没什么好说的。如果你们桑国的机密人物落到我们手里，利用价值耗尽之后一样会被杀人灭口，你没必要在我面前展现你那假惺惺的慈悲之心。"

山地仁表情有点扭曲，眼里的疯狂无所遁形，让他非常狼狈。

龙纪威病了。

正巧频波试验暂时告一段落，山地仁便向上头打了招呼，要把龙纪威带到自家大宅去休养。

龙纪威现在全天候二十四小时接受监视，连上个厕所都起码五个人跟着，任何靠近他周围二十米的人都要接受金属检测，看身上有没有带手机、刀具等违禁品，可以说，他就像国家一级文物一样，全身上下都聚焦着摄像头。

然而在这种情况下，山地仁仍然得到了把他带回自己家的许可。

龙纪威自己是不知道的，离开研究所当天，他口服了含有强烈镇静效果的退烧药，一直昏睡不醒。

他被放在加长房车舒适的后座上，前后两排保镖随时警备待命，山地仁坐在龙纪威身边，脸色阴晴不定。

研究所内部对外界信息是完全隔绝的，所以出研究所的时候他才知道，有个棘手的人物跑来桑国了——龙纪威和玄鳞的养子叶真。

这个长相秀丽如同少女，力气大得如同蛮牛，并且还能用武力制服缓冲体的怪物小孩，竟然跑来桑国参加什么劳什子的格斗竞赛，而他那不好惹的表兄顾川竟然还吃错了药一样百般纵容。

山地仁心里清楚，顾川至今不知道龙纪威被绑架的事——如果知道的话，他绝对不会赞成的。

顾川自从总揽大权以来，大多数时候是中立的，而山氏家族以战乱起家，至今站在右派的那一边，顾川的母亲当年嫁人后就跟山氏家族断绝了关系，不仅仅因为对娘家强迫她嫁人不满，也有受到当时政治影响的因素。

月国特调局高官龙纪威被绑架偷渡，这件事虽然受了军部的指使，但是政党里也有很多反对派，这么大的事一旦闹出来，军部的人肯定要吃不了兜着走，这时候山氏家族就要出来顶缸了。

山地仁皱紧眉，脸上掠去一点和烦闷和焦虑，然而在看到龙纪威的时候，目光里的烦闷又被饮鸩止渴般的狂热所替代了。

当天下午，把龙纪威安全妥善地藏进自己家以后，山地仁去桑国无规则自由搏击大赛的赛场看了一圈。

当时正是万众瞩目的半决赛，叶真对阵离国跆拳道理事会一名副会长。这人能进四强纯属运气，根本不是叶真的对手，上去没撑住两个回合，就被一记凌厉无比的腾空回转二连踢踹下台去，干净利落地摔进了观众席。

台下顿时欢声雷动，很多桑国青少年甚至忘情地站起来，声嘶力竭狂叫叶真的名字，那样子简直如痴如醉，状若癫狂。

叶真打败西多罗夫一举成名之后，消息传回月国，在圈内引发了相当大的轰动。虽然有很多人认为这绝无可能，主办方一定有作假，但是在看到网络转播之后，无一不震惊万分地闭上了嘴巴。

叶真赢得太彻底、太干净，而西多罗夫输得毫无还手之力，没有任何作假的空隙。

格斗界沸腾了。

狂妄凶狠的塔拳拳王算什么？称著于世的辛国拳击算什么？给予我们多次侮辱的佘国人又算什么？我们一个十六岁的孩子，清瘦弱小，默默无闻，一伸手就把你们统统撂翻！

世界综合格斗大赛多年不能拿牌的怨恨，此时此刻，酣畅淋漓，连本带息地一并返还了！

当然，在狂热的喝彩里，也有一两个不和谐的声音，比如说叶真真的是月国人吗，不是海外长大的吧？怎么从没在国内听说过这么个人呢？还有，既然他这么厉害，为什么国家散打队没有尽早招揽？有了这么一个人间杀器，穆斯里穆还嚣张得起来吗？

不过这些都不重要，重要的是叶真这下彻底火了。无数拳探瞬间意识到这是一块多么鲜嫩的肥肉，还等什么呢？赶紧买机票直奔目标来吧！

月国拳探动作再快，也快不过占尽地利的桑国人，桑国是个病态尚武的国家，黑赛拳探比老鼠还多，早就一窝蜂涌上去施展跟踪战术了，要不是张松涛保护得好，叶真的皮都能被这帮人扒下一层来。

张松涛挡得了拳探挡不了观众，叶真形象好，年纪轻，行踪神秘，身手悍厉，很快在桑国青少年中吸引了大量人气。当他打败宋本雄的时候，很多桑国观众情感上接受不了，对他抵触并且恶语相向，但是渐渐地，随着他的手下败将越来越多，桑国人对他的观感就渐渐转过来了，甚至有些宋本雄的粉丝倒过头来，成了他的铁杆支持者。

叶真对此并不在意，管你支持不支持，反正我打赢比赛，拿到奖金，吃饱喝足，一切都OK！

可怜的离国人被一击KO，差点头破血流，叶真顺利通过半决赛。裁判判决一宣布，整个体育馆里掌声如雷，一些坐在前排的青少年情绪过于激动，纷纷涌到擂台下，拼命把手伸过围绳，企图摸一摸叶真的裤脚。

张松涛赶紧爬上擂台，用大毛巾裹住叶真的头发，把他往比赛人员专用的通道上引。

山地仁坐在贵宾席上看着这一切，脸色晦暗，久久不语。

半晌他站起身，挥退所有随从，大步往选手更衣室走去。

通往更衣室的专用走廊相当长，是拱形封闭式的，里边装满了彩灯和装饰，比赛开始前，这段走廊其实是电视转播的一部分，相当于电影节上的红地毯，供选手展示肌肉之用，比赛后就没这么多花絮了，毕竟还有其他娱乐。

叶真被张松涛和几个工作人员围着，刚踏进拱形的走廊门里，就只见顾川一个人站在墙角下，微微笑着看过来。

这个男人肩膀宽、个头高，腰身厚实，面容坚毅，看起来不苟言笑，叶真看过他最多的表情，就是这样微微露出一点儿笑意，目光却非常温情。

当然，叶真才不懂什么叫温情，这只小吃货只觉得顾川看他的眼神就好像棉花糖，软乎乎的，香喷喷的。

几个工作人员看到老板，都下意识停了脚步。

叶真毫无知觉，一边走一边歪着头，视线围着顾川绕圈圈，仿佛在无声地问："你来干什么呀？"

他没有真的问出来，但是眼神已经把心里想的东西明明白白写出来了。

顾川一伸手，轻轻拉住叶真的手腕，微笑道："走吧，带你去吃东西。"

叶真问："吃什么呀？"

"随便吃什么。这次不去寒酸的小店面了，带你去好地方。"

叶真反手拍拍顾川的肩膀，像模像样叹了口气说："串串，你的难处我差不多都了解了，张松涛大叔都告诉我了……养活一大家子人不容易吧？家庭财政挺困难的吧？唉，上次嫌弃你是我不对，你能请我就很不错了，我不该再挑的。这样吧，反正我进决赛了，奖金也赢了不少，这次就让我请你吧！我多点些东西，万一吃不完你就打包带走，好歹喂饱你老老小小一大家子人的嘴啊！"

顾川："……"

顾川笑容可掬地问："张先生，您跟这孩子说了我什么？"

张松涛第一念头是抱头鼠窜，说话声音里夹杂着上下牙关打战的咯吱声："我……我什么也没说……"

叶真把顾川肩膀拍得砰砰作响："唉，别瞒了，大家好歹认识一场，有什么不好意思说的呢？据说你有上上下下几十口人的嘴巴要喂，每个月还有很多很多人的工资要发，这么多钱可怎么办啊？你还吃得饱饭吗？”

顾川几次想说话，被叶真痛心疾首地堵了回去：“什么都不用说了！可怜的串串！上次是我的不对，这次一定好好请你吃顿饱饭！”

顾川的表情实在太过精彩，几个工作人员想笑又不敢笑，一个个低头缩腰，恨不能伪装成一团空气。

张松涛捂着脸道：“顾……顾川先生……要不你就让叶十三请一顿吧……人家也是好心，对不对？好心……”

顾川抓住叶真犯上作乱的爪子，深呼吸半晌，才好不容易缓过气来，低声道：“我别无所长，家资倒是还有一点儿，别说请你吃顿饭了，就是把你整个人交给顾家来养也是没问题的，所以你可千万别听信谣言，”说到这里特地看了张松涛一眼，“叶真，你就放心吧。”

张松涛只觉得一股寒气从脊椎蹿起，简直有冤没处诉：老子可不是这么对叶十三说的啊！老子说的是你顾川家大业大，公司里上百人等着吃饭开工资，我怎么知道那小崽子理解成你顾川家是特大贫困户的意思了呢？！

叶真皱眉扭了一会儿，突然灵光一闪，抓住重点了：“什么叫把我交给顾家来养？”

顾川不说话，微微笑着看他。

“想什么呢串串！”叶真怒道，“虽然你经常用好吃好喝的贿赂我，但是小爷是正经的人！品德高尚的人！龙纪威和玄鳞也不会随便抛弃本小爷的！”

顾川吸了口气，正要解释什么，突然他的女助理走进来，先对着叶真和蔼一笑，又转向顾川：“顾先生，山大少爷来了，等在外边说要见你。”

“我正忙着，他要干什么？”

“不知道，说是有关于比赛的事。”

顾川还没来得及打发他回去，叶真“砰”地把手里的水瓶一摔，喝道：“山地仁在哪儿呢？给小爷过来受死！”

“你干什么，叶真！”顾川根本来不及阻止，叶真已经大步往门外冲过去了。门外全是媒体、赛委会、大量观众，真让他冲出去了还得了？

慌乱间，顾川从身后伸手拦住叶真，厉声吩咐左右：“把山地仁弄回去！”

左右一片人都被叶真挣扎时的拳打脚踢弄伤，忙不迭地往后避，只有顾川手臂力气大，勉强把叶真箍在怀里，怒道：“你能当着这么多人的面弄死山地仁吗？冷静一点儿！”

山地仁不阴不阳的声音传来：“我说今年爆冷门的那个月国人是谁呢，怎么听着这么传奇，原来是顾川表兄你招来桑国的，难怪了。啧啧，两人感情不错嘛，怎么也没听顾川表兄你提前招呼一声？”

仇人相见分外眼红，叶真之前没机会找山家的大门往哪儿开，今天终于见着正主，顿时新仇旧恨一齐涌上心头：“山地仁！”

顾川把叶真推给张松涛他们，头也不回地喝道：“拉着！”

张松涛和几个工作人员忙不迭把叶真扶好，紧紧按住。

顾川整了下西装外套，稳步走上前问：“你明知道叶真在这里，还过来干什么？”

山地仁古里古怪地笑了一下：“我来问问表兄你，今年真让这姓叶的小子拿冠军？他的赔率已经高到一比三十，再不输一次，今年的比赛就捞不回本了。你该不会拿赛委会精心设计好的赌局开玩笑吧？”

顾川淡淡道：“拳脚无眼，跟我有什么关系。”

“拳脚无眼。”山地仁笑了一下，摇头叹道，“表兄，你这份儿心，要是被叶真那惹不起的养父知道，恐怕你要被活活撕成人肉干儿啊。”

他们说这话时声音极低，叶真又被一帮人远远按着，不担心他会听见。

顾川微微冷笑，突然问：“阿仁，我最近仿佛听到一个了不得的传言，只是不知道是真是假，所以难免有点儿担心。”

山地仁脸色僵了。

“我听说月国特调局九处那个样本主控源，也就是他们的龙纪威处长，似乎已经有一阵子没出来过了……”

山地仁打断道：“你该不会认为这事跟我有关吧？”

顾川冷冷地盯着他。

“这么大的事，如果真是上头吩咐要做的，我怎么可能不把你也拖下水？关心你那个姓叶的小崽子去吧，我的事不劳表兄你操什么心了！”

山地仁先发制人，不待顾川有什么反应，直接怒气冲冲掉头走人。

顾川微微眯起眼睛，却终究没有再说什么。

山地仁一直冲到门外，才感觉身后湿冷，原来刚才出了一身的冷汗。体育馆外日头照着，明晃晃的，让人睁不开眼睛，他用手挡住脸，半晌才将刚才那点惊慌掩饰完全，恢复到面无表情的模样。

赛委员会主席大步迎上，慌忙问：“大少爷，顾先生怎么说？”

“他现在关心的只有那个小崽子。”

拳赛牵扯着赌局，不论是谁爆冷门，都有可能对赌局造成重大的损失，叶真已经破坏了他们太多计划，要不是碍着顾川，他早就被下手千百次了。

“他身上的赔率是一比三十，不能让他拿冠军。”山地仁勾勾手指，赛委会主席立刻凑上来，只听他在耳边低声道，“我听说那姓叶的小崽子的父亲已经回去了，现在他身边的教练是个草包，选手上场前教练要喂水，你把他的水瓶……”

赛委会主席眼底精光一闪，低头唯唯诺诺。

山地仁拍拍他的肩，声音低得近乎耳语，语气里抹不去强烈的杀意：“记着，我不是要他输掉比赛，也不是要他缺胳膊少腿，我是要他上去了就下不来，要他死在那台上！”

第23章

血书寄

贰拾叁

国际无规则自由格斗大赛决赛很快开幕，由叶真和辛国拳王马洛斯争夺冠亚军位置。

叶真根本没把这当一回事，比赛当天溜达着去的，精神很放松，心情很愉悦，上场前还吃了个蛋糕。

马洛斯则阴云密布，一进赛场就急匆匆进了更衣室，几个记者想采访，被他的助理们强行推开了。

马洛斯此人，在辛国黑市拳界相当有名，他身高一米七九，体重八十公斤，深蹲曾经达到四百公斤分量，踢腿则是深蹲的两倍。因为刚出道时狂妄好斗，还曾经吃过好几起官司，后来不得已，投靠了黑道，性格才稍微收敛一些。

他能打败对手晋级决赛，其实少不了山地仁的暗箱操作，他是山地仁留着专门对付叶真的，换作其他人，可能没有在大庭广众之下打死对手的胆量，但是马洛斯就有。

叶真死了，他有可能会再度官司缠身，有可能会被彻底摈弃出这一行，甚至有可能面临牢狱之灾，但是一切都比不上山地仁许诺给他的巨额补偿，那张支票，足够他在辛国尽情挥霍享受完下半辈子。

比赛很快开始，选手从各自的更衣室穿过表演走廊，来到擂台之上。叶真还是像平常一样，事先从更衣室的自动饮水机里接了半瓶水交给张松涛，上了台先喝两口，然后再戴上牙套。

只是这次他喝水的时候，觉得水格外甜，仿佛加了甜蜜素之类的东西，他疑惑地舔舔嘴巴，心说，难道是刚才吃的那块蛋糕太腻人了吗？但是吃的时候感觉很好啊。

叶真没想很多，转身走到擂台当中，马洛斯站在对面，阴沉地盯着他。

观众席上响起雷鸣般的掌声，间或夹杂着狂热的尖叫。

裁判念完比赛规则，示意场下裁判席，“叮”的一声敲钟声响，裁判把手往下一劈，喝道：“开始！”

就在那个时候，叶真视线随着裁判单手下劈的动作，突然觉得眼前一花。

那是很不寻常的感觉，他的视力好像模糊了一下，仿佛被盖上了一层玻璃纸。

叶真挤挤眼睛，突然觉得头顶彩灯太亮了，比前几次都亮，好像一团团模糊不清的光晕迎面砸来，他下意识闭上眼睛，就在这个时候面前风声呼啸，马洛斯一记铁拳迎面袭来，瞬间把叶真打得往后仰去！

这一击可不是开玩笑的，叶真大叫一声，“砰”地倒在地上，耳朵里嗡嗡响，血流瞬间从鼻子和口腔里涌出来。

马洛斯一步上前还要打，裁判疯狂把他拉开，疾扑在地开始倒数，叶真脑袋里嗡嗡作响，好一会才听见“五，四，三，二……”这样的声音。

他咬咬牙，强撑着从地上爬起来，只觉得眼前阵阵发黑。

他看不见了。

世界在他眼里变成零星的光点，他能听见人群的喧闹、裁判的叫声、马洛斯的大吼，甚至可以听见张松涛焦急叫着他的名字，但是他什么都看不见。

那水！那水有问题！

“我放弃比赛！”叶真喘息着吼道，“我看不见了！放弃比赛！！”

一记重踢毫无预兆当胸飞来，叶真根本无法闪避，只觉得身体凌空飞了出去，重重砸在围绳上，裁判怒吼着想拦住马洛斯，却被狠狠推到一边，在惊呼声里，马洛斯抢上几步，拳头如同疾风暴雨一般狠狠落到叶真头上、身上！

这根本不是比赛，是存心要把人打死！

观众席上响起尖叫，很多人站了起来，裁判扑过来阻止，却被马洛斯一脚踢倒，当时就昏了过去。

叶真倒是挡了两下，那是他下意识的，他看不见，又被打蒙了，根本没法组织起有效的回击。

要结束了。

马洛斯眼里闪烁着血红的疯狂的光，他知道这一切就要结束了，小孩儿头不禁打，又被他好几次下黑手，只要再对着后脑最脆弱的地方补一拳……

鲜血和暴力的刺激让他病态地亢奋起来，他高高举起拳头，因为过分用力，脸颊横肉显出怪异的虬结来。

然而就在这千钧一发之际，一只手从身后抓住了他的拳头，继而把他整个人往后一扔！

——是顾川！

顾川从贵宾席上冲到台下，抓着围绳一跃而上，最后一刻堪堪抓住了马洛斯的手！

顾川一向是那种比较内敛自制、情绪从不外露、寡言少语却很有分量的男人，一般看到他皱眉就很少见了，像现在这么暴怒的模样，连贵宾席上的山地仁看了都心寒。

马洛斯不甘心，从地上爬起来又要向前冲，还没冲两步就被顾川一脚踹翻，直接摁倒在地一拳打断鼻梁，顿时惨叫出声，只见鲜血喷泉一样飙了出来！

至此，现场已经一片大乱，医疗组抬着担架往上冲，顾川抓着马洛斯的头发，把他在地上拖了几步，走到围绳边，狠狠扔下了擂台！

赛委会那帮人几乎都站不稳了，只知道尖叫，有几个心理承受能力太弱的差点儿就昏了过去，顾川并不管他们，抓着医疗组的头儿把他拖到叶真边上，厉声喝道：“救人！”

其实他声音有点儿发抖，只是在这么混乱的情况下，给人一种仍然镇定的错觉罢了。

叶真口鼻出血，已经昏了过去，顾川跪倒在地，小心翼翼地把他抱起来，抬到担架上去的时候趔趄了一下，幸亏被医疗组头儿扶住了。

“顾先生，您冷静！冷静啊！”

顾川“嗯”了一声，脸色已经完全变了，连眼神都有点儿不对了，眼底布满了骇人的血色。

张松涛急急忙忙地爬上擂台，咆哮道：“怎么回事！怎么回事！叶十三！叶十三他还好吗？！”

他一眼看见顾川，立刻找到主心骨一般紧紧拉住，声音都变了调：“这是怎么回事？这不正常！不正常！”

“他被人暗算了。”顾川冷冷地道，“把他最近两小时内吃的喝的所有东西都保留好，现在立刻送去洗胃！”

山地仁从贵宾席上站了起来，脸色冷得如同结了一层冰霜。

顾川的视线穿过大半个擂台，隔着沸腾的人群，突然毫无预兆地盯住了他。

这对表兄弟遥遥对视了几秒，山地仁收回目光，咬牙吩咐手下：“咱们走！”

回去的路上山地仁接到眼线消息，叶真被顾川直接送去医院，中途一度心搏骤停，刚到医院就接受了心脏起搏急救。

顾川曾经仗势强行在山家插入大量人手，等于是从一定程度上控制了山氏家族，山地仁没法硬碰硬，只能在顾川身边渗透一两个眼线，关键时刻探听些消息。

据说顾川暴怒，当场打了电话叫人羁押马洛斯，还在医院发了重誓要彻查到底，说一旦查出是谁搞的鬼，不管那人什么身份，就算是天王老子都照算账不误！

山地仁听了这话，只淡淡地“哼”了一声，并没有多说什么。

他知道这话是顾川故意说给自己听的。

但是那又怎样？事情已经做下了，那个姓叶的小崽子，能不能熬过这一关还说不定呢，就算他死了，顾川还能真因为一个不相干的外人而对山氏家族动手？

山家大宅住得离市区远，车开回家时已经傍晚了，山地仁一进家门，就看见院子池塘边上遥遥坐着一个人，披着一条白色的毯子。

是龙纪威。

山地仁推开迎上来的佣人，疾步走到池塘边，半跪下身问：“你怎么一个人坐在这里？天色暗了，风要刮起来了，回去吧。”

龙纪威半闭着眼睛，微微一偏头，并不理睬他。

山地仁想起今天才害了人家的养子，虽然对叶真恨得出血，却也不免有点儿心虚，半晌才没话找话道：“你要是喜欢看风景，哪天我请人在院子里装上夜灯，再往池塘边种一圈垂柳，晚上从家里望出去，应该很好看的！”

这话照例是得不到半点儿回应的，谁知道龙纪威突然睁开眼睛，也不知道在打算什么，突然说：“不好。”

山地仁颇为意外，也有些高兴，问：“为什么不好？”

“柳树招鬼，你不知道吗？哪天我死了，变成厉鬼，正好被你家柳树招来，你可就等着受罪了吧。”

山地仁脸色一变：“你说什么呢，谁敢害你？我知道你……你受了很多罪，但是那很快就到头了，没人会真要你命的！就算军部的人真要杀你，我不会让人轻易害你性命！”

龙纪威一言不发，只冷淡地盯着他，并不相信的模样。

山地仁霍然起身，转了两圈，猛然停步道：“我知道你不相信。你救过我的命，我却把你从月国弄来，是我理亏，但是我至少不会害你丧命！我会证明给你看的！”

“哦？你怎样证明给我看？”

山地仁不知道怎么答，脸色发急，却一个字都说不出来。

龙纪威若笑非笑，闭上眼睛道：“漂亮话我也会说，可惜人没有前后眼，不知道我当年救的，竟是这么个软弱无能的东西。”

山地仁只觉得迎面被人打了一耳光那样的难堪，血气往太阳穴上冲，一跳一跳的：“我……”

龙纪威把头一偏，扬起手来对外挥了挥，那是个掌心向内、轻描淡写的手势：“走吧，别在这杵着了，你都不嫌难堪吗？”

“我……”山地仁突然灵光一闪，“你叫我怎么证明？”

龙纪威面色淡淡的，问：“我叫你怎么证明，你就怎么证明给我看？”

“是！我虽然不能放你走，但是不论将来……”

“别说什么将来了，你要是有那份胆，现在就立个字据。”

山地仁立刻就要转身去拿笔，被龙纪威叫住了：“等等！我们月国人立誓，谁像你这样拿个铅笔白纸，随随便便写两句就算数？”

“那你叫我怎么写？”山地仁话音一顿，竟然微微显出一点儿笑意，“行，你既然不相信我，我用纸笔写的话你自然也是不当回事的。今天就在这里写份血书给你，以后要是我保不了你性命，我就天打雷劈，跟你一起去死！”

龙纪威听到“血书”两个字，眼底掠过一点儿异样，幸亏天色渐晚，把他的神情都掩盖住了。

山地仁一刻都等不得，立刻让人拿了小刀笔纸，当即割破手臂，蘸着血立下一份字据，写着自己一生忠于龙纪威，立誓要保其性命，如若将来遇险，必定千方百计搭救，胼手胝足、耗尽家财也不足为惜云云……

这血书可不短，就算山地仁平时身体强健，写到最后也有点儿喘不过来气了，手臂上血汩汩不断地冒出来，把草地都染红了一块。

龙纪威皱着眉，挪开目光道：“你短短写两句就完了，扯这么多干什么？”

山地仁却坚持写完最后一句，又沾血署了名。

龙纪威接过那张血迹斑斑的纸，看了一眼，叹气不语。

山地仁看着他，指望着他说点儿什么，半晌才听他淡淡地道：“你流了这么多血，去包扎一下吧。”

山地仁挣扎着站起身，想去拉龙纪威，却被他避了一下：“你先去，我先……我先看看再说。”

山地仁只当他想看看那封血书，笑道：“那行，那行，你慢慢看，别着凉了，晚上风大。”

龙纪威笑了一下，不置可否。

其实如果山地仁回一下头，就能看见龙纪威脸上的笑意，实在是让人心里发寒。

山地仁走了，池塘边上天色又暗，佣人都远远地站在大宅门边上，没人看得清这里发生了什么。龙纪威拿着血书看了一会儿，才轻轻叠起来，压在手掌下。

他撩起衣袖，盯着自己左手臂内肘的皮肤看了半晌，突然张口对着淡青色的血脉咬了下去！

那一口咬得实在狠，简直连拼命的劲都拿出来了，一口没咬出血又多咬了两口，皮肉被活生生撕裂开，血管一破，那血就跟喷泉一样细细地涌了出来！

龙纪威把血滴在山地仁的血迹之上，因为疼痛而剧烈地喘息着，手指颤抖的沾了自己和山地仁两人混合起来的血，飞快在手臂皮肤上画了个符，符文极其复杂，等到画完，他的血已经把那张血书浸透了，龙纪威用手强行撑开伤口，用巫语念了几句咒语，喝道：“起！”

只听“吱吱”几声，从他鲜血淋漓的伤口里竟然爬出一只小拇指盖大的金色蛊虫！那蛊虫张开翅膀，绕着龙纪威飞了两圈，夜色里仿佛一道绚丽的流光，很快停在那张混合了龙纪威和山地仁两人血迹的纸上。

那虫仿佛极为嗜血，在血纸上打了个滚，又吱吱地吸了半天，直到身体涨得滚圆，才再次飞了起来。

龙纪威脸色惨白，仿佛蛊虫离体的瞬间，他整个人都失去了活气，跟死人无异了。

好半天他才喘过一口气，低声苦笑道：“我倾尽心血，养了你六十年，如今再也养不了你了。咱们蛊巫从不死在异乡，你去找玄鳞，去告诉他，咱们该回家了！”

那虫极为伤心，瞬间叫声大起，尖锐刺耳。

龙纪威淡淡笑了一下，温柔道：“去吧！”

那虫瞬间飞起来，绕着龙纪威转了两圈，才顺风往天上一飞，瞬间消失了影踪。

龙纪威这时已经睁不开眼睛了，视线一片模糊，直到眼见蛊虫消失不见，他才再也支撑不住，靠在椅背上重重闭上了眼。

夜色一片苍茫，遥遥望去，星河浩瀚，也不知道此时此刻于万里之外，他所思念的那片土地上，是否也是同一片星空呢？

龙纪威叹了口气，那声音极低，几乎刚出口就湮灭在了夜风里。

他那只受伤的手腕一沉，从扶手上滑落下去，直到过了很久很久，都再也没有移动过半分了。

时间是深夜，虽然白天气温已经相当炎热，但是夜幕降临的时候，这片巨大苇塘里仍然冷风嗖嗖，听起来就仿佛遥远的呜咽。

高架灯把这片地区映得灯火通明，苇塘里架着带电的铁网，每隔十米就站着荷枪实弹的武警，如同标枪一般屹立不动。铁网围绕着苇塘里最潮湿、最泥泞，平时人迹罕至的地带。此时此刻，老于穿着巨大的黑色雨衣和胶鞋，疲惫不堪地坐在泥水里抽烟。

一个特调局的处长给他点了火，哑着声音道：“上头答应再调两台最大功率的辐射控制仪，务必要把逃逸的老龙困在这片苇塘里，还说了，要是老龙带着它的本体跑了，咱们都要嗑胶囊！”

老于苦笑一声：“能撑一天是一天吧，撑到前线人员把龙纪威救回来，咱们就解脱啦。”

“我还是担心啊！天气预报说今晚要下雨，而且还是暴雨！你知道的于副局长，老龙这种生物，天气极度干燥的情况下还能用辐射仪勉强控制它的行动，但是一旦下雨，水汽密度上升，它就自己‘游’起来了啊！上次在吕市的苇塘，也是下过暴雨之后……”

“不许胡说！”老于打断手下，半晌叹了口气，疲惫不堪道，“不怪上头人紧张，你知道老龙之前的那个‘样本’是怎么跑掉的吗？也是九处保护不严，主控源是个小孩，夏天跑出去玩的时候竟然掉进河里淹死了！那个样本当时就发了狂，然后就消失了！至今都不知道去了哪里！牵扯进这件事里的几个处长，至今还在大牢里关着呢！”

那处长不寒而栗：“万一……万一龙纪威现在已经……”

他话音未落，突然觉得鼻尖一凉，紧接着几点雨滴落下来，黑如锅底的云层里突然划过雪亮的闪电。

“下雨了！”

如此简单的三个字，那处长的声音里竟然充满了惊怖。

老于脸色剧变，霍然起身暴吼道：“开控制仪！开到最大频率！”

“有可能会烧伤样本身体的啊！”

“你想嗑胶囊吗？！开！”

处长慌忙跑远，很快苇塘深处传来杂乱的吼叫和脚步声。几分钟后，十几台扇形分散的巨大仪器同时“嗡”的一声，人类所感应不到的超低频波瞬间布满了整片苇塘。

大雨倾盆而下，老于飞快戴上雨衣兜帽，深一脚浅一脚地往人群那边走。

然而就在这个时候，突然一只明晃晃的小虫贴着他的脸飞过，顺眼就往苇塘深处飞过去了。老于皱了皱眉，心说，是萤火虫吗？动物的生物频波一般比人类低，在这样强大的低频干扰之下，人类虽然不受伤害，但是蚊蝇动物都已经被烧死了啊，这只虫子是怎么飞进来的呢？

只见那只小虫全身亮着金色的光，仿佛流星一般很快在夜空中盘旋一圈，疾冲而下。

苇塘最深处的洼地里隐约卧伏着一个巨大的黑影，那影子足有十余丈长、一人多高，可怖的是头上竟然有两根两米多长的大角，在夜色里仿佛魔鬼一般狰狞可怖。

小虫毫不畏惧，绕着那两根大角一直往下，轻轻落到黑影深处。

大雨瓢泼而下，倏尔只听一阵急促尖锐的吱吱声，足足响了十几秒，才蓦然一顿。

空气仿佛漫成一条无形的河流，世界被水充满了，苇塘深处的腥咸泥泞涨成大潮，隐约响起潮汐般让人心颤的轰鸣。

那黑影的头缓缓扬起，每移动一分，便在哗哗声里压倒大片芦草，紧接着它全身上下仿佛竖起无数根尖锐的“刺”，仔细看却是无数片完全张开的黑鳞，从黑鳞下吐出腥气扑鼻的气泡，很快形成一层厚厚的水汽泡沫，将巨大的身体整个“裹”了起来。

亮光一闪，只见是那只小虫从黑影獠牙交错的嘴里钻了进去，隐没不见了。

黑影自身分泌出的气泡越来越大、越来越厚，让它自身密度大大减轻，同时和水汽深重的空气融为一体。泥潮从它身下哗哗流过，使地面湿滑如同河床，那黑影身体一耸，从腹部下伸出一只足有小房间大的大爪，在泥潮里一撑！

如同闪电从天而降，劈开大地！巨大的轰鸣瞬间震得地面摇晃，老于一屁股跌倒在泥水里，嘶吼道：“怎么回事？！怎么回事？！”

没有人回答他，所有人慌作一团，几个胆小的甚至差点儿尿了裤子。

只见苇塘深处，一条庞大仿佛小山的黑影腾空而起，在雨水里滑动两圈，瞬间把众人头顶上的天空都遮满了！

老于拼命仰头，因为过于惊恐而发不出半点儿声音，半晌才发着抖道：“它……它飞起来了……飞起来了！”

那黑影只要轻轻往地上一压，那山峦一般的身体就能把这群人同时挤死！很多人惊慌退后，慌乱里也不知道多少人摔倒在地，只听得惨叫和嘶吼此起彼伏，如同可怕的人间地狱。

老于全身是泥，眼珠通红，声音都哑了：“稳住！别乱跑！都稳住！小心踩死人！”

人群再次爆发出惨叫，只见黑影尾巴一甩！那尾巴已经被仪器烧伤了大片，但是一甩之下惊天动地，瞬间就把好几个跑得慢的凌空甩起，远远扔进了十几米外的苇塘里！

老于大叫一声抱头卧倒，还以为这次小命休矣，然而也不知道过了多久，只听嘶吼阵阵，竟然往远处去了。

他颤抖着抬头一看，只见黑影盘旋在瓢泼大雨里仿佛一座可怖的黑云，几秒钟内就消失在了天边。

“正东偏南，正东偏南……”老于失魂落魄，猛地瘫倒在地，“完了，它往桑国方向去了！”

第24章

不可求

贰拾肆

与此同时，东音的一座私人医院里，叶真搭在床边的手指突然动了动，紧接着手腕一抬。

顾川正坐在床边看文件，立刻抬头叫了声："叶真？"

"啊……"

"你醒了？"顾川急忙站起来按住他的手，"别乱动，还在吊水！"

叶真眼睛上裹着厚厚的绷带，茫然地转了下头，半晌才听出声音的主人："顾川？"

"嗯！你别乱动，手上还在输液。"

叶真不老实，用另一只手扒拉眼前的绷带，茫然道："我瞎了吗？"

"别乱碰！"顾川立刻喝止，"你的视力应该已经恢复了，只是刚解毒，怕眼睛看光受到刺激，暂时用绷带裹几天。放心吧，你好着呢。"

大概是药物作用，叶真反应迟钝了很多，半晌才懵懵懂懂地"哦"了一声。

"你一路打进决赛，赛委会的人为了赌局，在你更衣室的饮水机里下了毒，又买通马洛斯想在擂台上要你的命。你刚送到医院的时候情况非常危险，所幸在巫寨里泡过洗髓草，细胞活性非常强，很快就将毒素代谢掉了，所以才捡回一条命。"

顾川伸手摸摸叶真的头发，温和道："下毒的人我已经处理了。"

叶真缩缩头，傻呆呆地又"哦"了一声。

他这样子其实非常可爱，脸色苍白，却因为裹着绷带而显得圆鼓鼓的，嘴唇微微张着，一副茫然无辜而不知事的模样。

顾川微微地叹了口气。

叶真摸索一会儿，慢慢坐起来，仰着头问："我……我爸爸呢？"

顾川默然不语，好几秒后才用平淡的口气道："联系不上，龙九处长岂是我们能轻易联系上的？更何况玄鳞先生了。"

"我真的不会瞎吧？"

"不会！你好着呢，就是外伤还要再养养。"

"哦，那就好。"叶真又摸摸绷带，低声道，"我怕我真的瞎了，他们就不要我了。"

顾川心里猛然一颤，这回连脸色都微微变了。

半晌他才笑了一下，说："别担心，你尽快把伤养好，龙九处长他们就会来接你了。"

叶真抬起手反复摸着自己眼前的绷带，有点儿伤心又有点儿迷茫的样子。

顾川不敢再单独和他待下去，猛地起身大步走了出去，主治医生正在走廊上恭候着，一见他出来，笑着打了声招呼，便带着助手急匆匆进去了。

顾川低头站了半天，也不知道心里是个什么感觉。

他的助理小姐远远站在走廊上接完了电话，走过来低声道："顾先生，山家的情况传过来了，听说山地仁这段时间一直神出鬼没的，大宅锁了一半房间，就跟防贼一样，根本联系不上他本人！"

顾川闭上眼睛："估计军部那传闻是真的了。"

助理小姐吓得脸色发白，只强撑着不发出声音。

"这件事你知我知，别透露给第三个人知道，尤其是叶真！任何人问起，就说联系不上他父亲！"

助理小姐拼命点头，颤颤巍巍地问："那以后怎么办？还留叶真在医院里吗？"

顾川不出声，脸色淡淡的，看不出表情。

助理一贯能揣摩他的心思，小心翼翼地道："我看医院条件也就这样，到底比不上家里，反正这孩子已经醒了，要不就接回您家里去养着吧？好吃好喝的养一段时间，外伤也好得快一些！"

"噢？"顾川脸色显出一点儿笑意来，"你真这么想？"

助理心说，你这不是司马昭之心路人皆知吗？！关心别人怎么想干什么！无非就是你不好意思直接把人往家带，想找个坡来借坡下驴罢了！

果然，顾川点点头，说："你想的也有道理，就这么办吧……明天你去跟医生说，给叶真办了出院手续，我自己领回家照顾。"

为什么不你自己去说？

助理小姐心里这样想着，但还是点头，无奈道："是！"

因为受伤而丧失行动能力、裹着绷带而丧失视力的可怜兮兮的叶十三小同学，被顾川打横抱起来往肩上一扛，扛回了富丽堂皇的顾家。

顾家作为当地著名的武术世家，家宅有着古老的历史，占地面积非常大，从庭院到正房有着不短的行车距离。住宅风格跟现代别墅相当不同，大多数建筑还保留着古代风格，沿用了纸门、瓦顶、木地板、地龙取暖等习俗，跟叶真记忆里的叶家旧居倒是有些相仿。

叶真看不见，好奇地坐在沙发上东摸西摸，摸到茶几上的腊油冻石摆件，不知道那是什么，便觉得好玩，还拿起来闻了闻。

管家看着心惊胆战，刚要出言提醒，还没开口就被顾川用目光阻止了。

叶真玩着名贵玉石摆件，问："串串，你家到底有多大啊？"

"哪天带你出去逛一圈就知道了。"

"我现在就要逛嘛，在医院躺得身上都发霉了……"

"不行，肋骨受伤养三十五天，更何况医生说你有点儿脑震荡。"

叶真把摆件一扔，倒在沙发上用力捶着靠背："串串！你真是太小气了！医生说什么你听什么吗？医生还说每天都要喂我吃五十个糯米团团呢！"

玉石摆件滴溜溜在茶几上滚了个来回，管家闪电一般接住了它，长出一口气。

但是这口气还没出完，顾川便漫不经心地从他手里拿走摆件，再次丢给了叶真。

"医生是叫你在养伤期间多吃点儿东西，问你爱吃什么，叫我别控制你，他可没料到你一天要吃五十个糯米团。"

那个摆件很昂贵的啊，它价值无数个糯米团子啊！管家心疼得抽筋，当叶真百无聊赖，用牙齿去咬那块玉石的时候，可怜的管家眼睛都发绿了。

"嗯嗯，我要洗澡！我一身都是医院的味儿！"

叶真终于玩够了摆件，把玉石"咚"的一声重重磕在茶几上，起身就要往外爬。

顾川一伸手把他抓回来："爬什么，你知道浴室往哪儿走？"

管家很有眼色，立刻说："那我帮您放热水，再点上安神的熏香，您洗完澡了正好睡一觉。"也省得无聊拿我们家的东西磨牙玩啊！

谁知道顾川阻止了他："不用，我来，你去帮他准备睡衣。"

叶真乖乖被扶着去浴室。顾川把外套一脱，衬衣袖子卷到手肘上，在容纳三人并排躺下的浴缸里放了大半缸水，又点了安神的熏香，回头一看，问："你怎么还不脱衣服？穿着衣服洗澡吗？"

叶真那堪比恐龙粗的神经终于觉得有点儿不妥："你……你出去了我再脱。"

"干什么，你能自己洗？"

"什么？难道你要帮我洗？"

顾川声音平淡："我怕你洗头的时候绷带沾到水，那就太麻烦了，再说你看不见，自己能搓背吗？在医院待了几天，应该好好洗洗了吧。"

叶真踌躇几秒，终于下定决心，豪爽的把衬衣一脱一扔："嗯！好吧！反正你又不是大姑娘！不过串串，我可警告你啊，不准趁小爷眼睛看不见又没穿衣服的时候玩偷袭，练武之人要有武德，你知道吗？"

顾川哭笑不得。

叶真脱起衣服来真是豪爽无比，穿的又是松紧带那种棉质休闲长裤，直接连着内裤一起直接拽下来，光溜溜地甩了甩脚丫子："串串！扶我进去！"

顾川把叶真扶进浴缸里，又拿洗发水细细搓在少年黑亮柔软的头发上。顾川拿起花洒："仰起头，别说话！小心水冲进嘴巴里！"

叶真乖乖的，任凭顾川用水冲掉满头泡沫，这个仰头的角度让他嘴巴无意识地微微张开，面容又非常认真稚气，偶尔水流到脖子里，他便缩缩脖子，如同一只毛被水淋湿的小兽。

叶真觉得不舒服了，问："冲好了吗？"

顾川张了张口，却没说话。

"冲好了吗？脖子僵着好难受啊！"

"好了。"

叶真立刻一骨碌爬起来，用力甩甩湿漉漉的头发："好了也不说一声，难道被小爷的英俊容貌震慑到话都不会说了吗？不过话说回来，串串你一看就不会伺候人，你搓得我头皮好痛啊。"

顾川僵了半天，最终只说出来一句："对不起。"

叶真一边不满地哼哼，一边把手指插进头发里揉着。

顾川看着他，突然问："你在月国交过小女朋友吗，叫人家来照顾你不是更好？"

"呸呸呸，你可别乱说，男女授受不亲，才没什么小女朋友呢。"

叶真摸索着伸手去拿沐浴液，手在光滑的梳理台上抓了几下，突然被顾川一把抓住了。

"别动……我来。"

顾川拿起玻璃瓶子，打开。

顾川抹了点沐浴液在叶真背上，顺着脊背慢慢揉搓下去。练功夫的人按摩起来手劲恰好，不轻不重，舒服得让人难以抵抗，叶真很快放松了紧绷的全身，头自然的往后仰。

过了一会儿，顾川给叶真冲洗干净，用大毛巾三下五除二擦干水珠，又用厚厚的浴袍把他裹得严严实实，打横一抱走出浴室，放到床上。

"换上睡衣，好好睡一觉。"

顾川用睡衣把叶真兜头裹起来。

叶真是个注意力不大集中的小孩儿，很快便走了神，一会儿摸摸被子柔软的棉质外罩，一会儿拉拉身上的睡袍，然后就突然发现问题了。

"串串，我不要穿这个，太厚了！我要奶牛睡衣！"

顾川一愣神，问："你要什么？"

"奶牛睡衣！龙纪威以前给我准备的，长袖很薄的那种，上边还有奶牛花纹呢！”

顾川哭笑不得道：“桑国人都穿睡袍睡觉，这不也挺好的吗……好了！好了！别脱！小心着凉！”

叶真三下五除二把睡袍拽下来，“砰砰砰”在地板上摔：“龙纪威没有奶牛睡衣也没有！真是太过分了，怎么待客的！而且小爷是纯的月国人！就连你也是个混血的串串呢！”

顾川被叶真胡搅蛮缠地一闹，连太阳穴都一突一突地直跳。

“你这串串简直越来越过分了，奶牛睡衣在哪里？我今天还没吃的五十个糯米团团在哪里？还不快快进贡上来，否则小爷打电话去找龙纪威告状！”

龙纪威三个字落地，顾川眉心一跳，仿佛兜头浇了盆冷水，头脑顿时冷静下来了。

他一把抓住叶真：“——好了！你要什么东西都可以，我这就让人去买。龙九处长他们暂时还联系不上，等联系上了我让人去月国把你的奶牛睡衣带过来，行了吗？”

叶真不放心地叮嘱：“那你现在就去啊！”

顾川迟疑一下，才放开手，低声道：“我现在就去，你先把衣服穿上，小心着凉。”

他看着叶真把被子拉上了，才站起身，一步步倒退着走出房间，轻轻关上门。

他也不在乎衬衣还是湿的，就这么走到长廊上，招手叫来管家。

“叶真习惯穿有奶牛花纹的长袖睡衣，你给我弄一套来，别因为他看不见就用别的图案来糊弄，他眼睛很快就拆绷带了。”

管家唯唯诺诺答应了，又看顾川衬衣湿了大半，不禁担心地问：“这风大，您要不要去换件衣服……”

“不，不用了。”顾川低声道。

叶真在房间里安心享受他的糯米团团、牛奶巧克力球、黄桃水果粒酸奶和大杯杧果碎碎冰。

刚来的时候叶真对零食不甚了解，龙纪威又是个主张小孩多吃主食少吃糖的家长，导致叶真虽然有钱，却不知道怎么花，幸好现在顾川接手了养育小孩的重任，出手大方又刻意讨叶真欢心，没几天工夫就搬了一座零食山回来，让叶真小朋友过上了前所未有的幸福生活。

房间的门大开着，阳光和微风温柔地抚摸着叶真的头发，院子里的竹管接满了水，轻轻“咚”的一声磕在池塘边的青石上。

叶真吃零食吃饱了，晃晃悠悠地出门晒太阳，他眼睛看不见，在走廊上摸索了半天才摸到楼梯，刚要爬下去，突然被一只手扶住了。

管家大惊小怪道："您要出来怎么也不叫一声？万一摔了可怎么办？来来来，我扶您下去……"

叶真却没有动，仰起头来沉默了一会儿，仿佛在思考什么。

半晌他突然问："顾川呢？"

"这个时间顾先生一定在书房，公司有很多事情要处理，不允许任何人打扰的。"

"哦，"叶真说，"那我去找他。"

管家："……"

叶真推开管家，一步一晃悠地往前走去，他又不知道书房在哪里，便循着直觉一路往前——再走十几步就掉进池塘里去了。

管家欲哭无泪，问："您就不能到别处去看看吗？我扶您去荡秋千好不好？"

叶真怒道："你以为我是小孩子吗？！"

您不是吗？

管家疯狂腹诽着，只听叶真傲娇地扬了扬头，说："我就要去找顾川，有重要的事情跟他商量，你不带我去吗？那我自己找，找到了就踢门进去，损坏的财物由你赔偿。"

管家满头黑线："您能别闹了吗……好吧，跟我到这边来。"

穿过走廊又不知道拐了几个弯，管家停在一扇桃木门前，轻轻敲了两下，低声道："顾先生，叶小少爷来找您，说有重要的事情跟您商量。"

书房里顾川正跟山氏家族派来的人交涉，一听叶真的名字，两方人都顿住了。

"叶真"两个字是山氏家族的魔障——保镖头子董京男被此人打断脊椎，山地崇大少爷被活活弄残，山老夫人则在无数保镖的包围下，被此人一刀砍下手臂，事后不治身亡，在场的手下们更是当场疯了两个。

连山氏家族培养出的C级缓冲体，只有用对冲波才能克制住的基因武器，都被这人简单粗暴的一棍子戳烂眼睛，硬生生用暴力解决了。

山氏家族内部流传，这姓叶的不过十五六岁，看上去天真娇憨，一旦动起手来，却残忍冷血得让刽子手都胆寒，实在是个百年难见的狠角色。

顾川看看山家那个代表的脸色，扬声道："让他进来！"

书房门开了，叶真摸索着走进室内。他穿着水绿色印有奶牛头像的长袖睡衣，看上去相当卡通，眼睛上蒙着雪白的绷带，无意识地往周围扫视了一圈，仿佛感觉到这房间里不止顾川一个人。

山氏家族那个代表紧闭嘴巴，往椅背上缩了缩。

他不敢发出声音。

他不敢让这个看上去天真无辜、实际上杀人如麻的少年察觉到他在这里。

顾川快步走上前扶住叶真："你过来干什么？我有点儿事，等我几分钟。"

叶真被他扶到一张沙发上坐着，竖起耳朵听周围的动静，仅仅过了几秒钟，他敏感的直觉就仿佛两根透明的触角一样，锁定了山氏家族代表所在的方向。

"串串……"叶真"看"着那个可怜的代表，问，"这房间里还有人吗？"

所幸山氏家族那人不懂月国话，否则顾川真是脸都丢到姥姥家去了。

"有人，你稍微等会儿。茶几上有水果，自己吃。"

叶真慢慢地"哦"了一声，拿起一个苹果慢慢嗅着。

顾川转向代表，用桑国话平静地道："现在你看到了。"

那代表用眼角余光紧盯着叶真："您竟然把他放在自己家里，他的身份有多敏感您是知道的，对吗？山氏家族标出暗花来要他的命，山先生不会放过他！"

"如果被他知道山氏家族在哪里，山地仁一定不用标任何暗花，直接躺在家里等人杀上门就可以了。"顾川站起身，向那代表的方向微微倾下身，"回去告诉山地仁，别再妄想跟我合作了，一旦绑架龙九处长的事情暴露，他是第一只替罪羊，山氏家族会从此死无葬身之地！"

那代表被顾川的气势压得瑟缩了一下，随即用力咳了一声，也站起身："您的意思是在龙九处长这件事上绝对不会协助山先生，甚至连两家的姻亲关系都一点儿也不顾了，是这样的吗？"

顾川冷笑："我母亲三十年前嫁人那天就跟山氏家族断了关系，你到今天才知道吗？"

代表紧皱眉头，还想说什么，顾川却没给他这个机会："来人！送客！"

书房里气氛剑拔弩张，没人注意到顾川用桑国话提起"龙九处长"这个词的时候，叶真的眉梢轻轻一挑。

代表满脸不甘，最终还是愤愤不平地走了。

顾川吸了口气，招呼叶真："过来。"

叶真头也不抬道："你给我过来。"

顾川僵了一下，乖乖走过去站在沙发边上。

"你到底有什么事情要跟我说？"

这个男人站立的身影仿佛标枪，挺拔坚硬又充满力量，光是看着就让人感到压迫的气势，而叶真把玩着苹果，漫不经心地抛上又抛下，半晌才用叫唤小狗一样的语气说："串串啊……"

顾川漠然看着他，不动声色。

叶真继续道:“听说你很欣赏我，是这样的吗？”

顾川眉心一跳，张了张口:“你听谁说的？”

“哦，”这回换叶真不动声色了，“自己猜的。”

顾川维持住表面的冷静。

叶真仍然把玩着苹果:“你为什么欣赏我？”

顾川沉默了一会儿，说:“我在宁城到处找你的时候，就觉得你是个少见的强手。山地崇说你是个十几岁的少年，我只觉得他走眼了，像你这样的功力，没有十几年潜心修习是不可能达到的。人人都在说天才，天才哪里有这么多？习武之道永无止境，就算偶尔出现一个百年难遇的天才，也容易被一点儿浅薄的成功迷昏头脑，不肯下苦功夫练习，终究一事无成，我当时就想，这件事只有两个可能——要么是大家都对你看走眼了，要么你就是个真正的天才，并且吃过无数苦，有着常人难以企及的坚韧和恒心。我是个没什么天资的人，唯一可以依凭之处，便是吃得苦中苦，方为人上人，拼搏多年的天赋平庸者，能遇上你这样完美的对手，也算是人生之大幸，可遇不可求了，不过这种感觉就算说来，你也是不懂的吧。”

叶真其实已经糊涂了，只能不懂装懂地点点头:“哦，独孤求败，对吧，我知道的，以前师兄揍完我以后也经常这么感叹呢。”

顾川:“……”

叶真捏着苹果，问:“还有呢？”

“没有了！”顾川板着脸，“回去吃你的零食去！”

“哦，串串你恼羞成怒了对吧，虽然我看不到，不过你肯定恼羞成怒了对吧……哎你放我下来！放小爷下来！”

顾川把叶真扛出书房，顺着走廊回到房间，没有理会管家瞠目结舌的表情。

叶真看不见，不敢太猛力挣扎，直到转了好几个弯，才感觉自己被轻轻放下来，脊背沾到了柔软微凉的床垫。

“叶真，”顾川俯下身来，说，“我很欣赏你，尽管在你看来我们是对立的，不过请允许我暂时照顾你，直到玄鳞先生他们来接你回月国。”

叶真点点头，又呆愣一会儿，仿佛在苦恼的考虑什么。

顾川耐心的等待，直到叶真突然灵感迸发，激动道:“串串！”

“嗯？”

“我终于想到晚饭吃什么了！烤鹅成吗？”

顾川:“……”

山家主宅卧室之外，山地仁背靠着门，一手夹着烟头，一手拿着电话，听对面传来家族代表愤慨的指责声。

“……他甚至把叶真庇护在自己家里，一点儿都不顾及山氏家族的颜面……好话说尽都不肯松口，龙纪威的事情绝对不能指望顾川出力，他不告发我们已经是好事了！”

“没事，”山地仁沉声道，“我早知道是这个结果。”

“那……那现在怎么办？”

“不怎么办。”山地仁按断通话，低声道，“走一步看一步罢了。”

他推开门，走进卧室，这里已经被布置成了一座临时病房，各种仪器堆满了角落，几根各种颜色的营养输入管连接到床上，龙纪威静静地躺着，脸色青灰。

他的整个左臂裸露在外，皮肤已经完全腐烂了。

以左手臂内肘那块咬伤为圆心，发炎溃烂的伤口外围皮肤变得衰老、苍白、失去温度，然后一点一点开裂腐烂，伤口面积逐渐扩大，蔓延到整个手臂。

无数医生来看过，都摇摇头，一筹莫展。

权威专家组日夜研究，只得出一个不明病毒的结论，说龙纪威的手臂咬伤处被寄生了一种细菌，至今没人知道它究竟是什么，只知道它从骨髓深处开始一点一滴腐蚀宿主的身体，直至完全溃烂。

从那天起，龙纪威就再也没有醒来过。

仪器显示着他微弱的心跳，除此之外，再没有其他东西能证明龙纪威还活着。

山地仁走过去，看着龙纪威冰凉的脸。

“是传说中的蛊毒吗？难道是你自己……希望这样的吗？”

窗外亮起一道闪电，雷声轰鸣响彻天际。

明明是风和日丽的晴天，此刻却毫无征兆地乌云密布，空气里充满了咸湿的气味。

就要下雨了！

山地仁快步走到窗前，只见乌云以想象不到的速度飞快聚拢在一起，遥远的天际不断亮起闪电，看上去颇有些触目惊心。

山地仁疑惑地皱了皱眉，但是没有多想。

他回头看着病床上无声无息的龙纪威，半晌才沉重地叹了口气。

第25章

选择权

贰拾伍

叶真的眼睛果然很快就好了，医院里来了专家亲自拆掉绷带，嘱咐这几天不能吃这个不能吃那个，要好好保养眼睛，又开了一些药，这才被管家千恩万谢地送了出去。

叶真没拆绷带的时候就是个猴子下山，拆了绷带立马变身老虎，威风凛凛地冲进顾川的书房，叉腰大笑道：“哈哈哈！小爷我又回来啦！”

顾川正跪坐在书案前练字，手一抖滴了一大团墨，抄了一早上的经文就全毁了。

他叹了口气，刚要伸手把叶真拉过来，谁知道这活宝连蹦带跳，高高兴兴往院子里去了。管家急吼吼地跟在身后号，却完全拦不住，只一中午过去，院子池塘里的金鱼就全被叶真小同学弄得绝了迹。

按叶真的脾气，眼睛重获光明后的第一件事就是把偌大院子折腾个遍，谁知道这几天暴雨不断，这兔崽子没得出去，只能扫兴地待在房间里折腾顾川。

顾川掌权多年，养成的脾气都被叶真小同学暴力磨光了，从某个角度上来说，其实叶真也算是报仇了——虽然顾川串串真是无辜的。

他天天跑到顾川的书房和办公室去赖着，打滚撒泼，胡搅蛮缠，无所不用其极，还用武力强逼唯一会说点月国话的管家站在椅子上唱歌。

顾川的所有文件都被他翻了个底朝天，有的用来垫点心渣，有的被各种涂鸦，还有的被他叠成纸飞机，美其名曰：送给顾川当礼物。

有一天公司要用一份重要合同文件，顾川遍寻不着，转头发现叶真在旁若无人地剪脚趾甲，那本合同被他垫在脚底下。

对此，有人深感担忧，毕竟家族涉及黑白两道，牵扯到不少机密，书房里很多文件是绝对不能曝光的，然而顾川却说叶真还小，又不通桑国语言，并不把他当回事。

管家非常担心，有好几次他都看见叶真歪着眼睛偷看顾川书案上的东西了，公司里来人汇报事情的时候，他就躺在沙发上闭着眼睛听着，也不知道能听懂多少。顾川家跟山家联系是相当紧密的，而这小崽子跟山家有仇，该不会是想从这探听点儿情报吧？

管家趁没人时候偷偷跟顾川商量，谁知顾川沉默了一会儿，问：“你觉得当初他是因为什么才愿意住下来的呢？”

管家哑然。

“他被龙九处长认作养子，又在特调局里过了号，哪怕在桑国伤得再重，也能打个电话回去叫人来接。玄鳞身份何其敏感？他们怎么能放任玄鳞和龙纪威的养子流落海外？只要叶真愿意，他早就已经回到月国去了。”

管家迟疑道：“我只听说山氏家族二少爷在月国的时候，得罪了这个叫叶真的人……”

“山地仁这人太精明，一见势头不对，连老太太的仇都不报了，直接带着人马撤回桑国。叶真在月国抓不着人，只能来桑国寻仇，但东音不是他的地头，山氏家族又背景深厚，报仇的事情只能一步一步来……”

顾川顿了顿，漠然道：“这第一步，就是找个地方安顿下来，好好地探听消息了。知己知彼，百战百胜，叶真是个聪明孩子。”

管家着急道：“那您还让他这样下去吗？”

“我不在乎山氏家族。”顾川想了一下，说，“就算原先脱不开手，在知道山地仁绑架偷渡月国特调局高官之后，我也不敢沾惹他们家的事了。”

山地仁干的事情骇人听闻，一旦失手，必定遭殃，这是显而易见的。

“一个人不怕被利用，就怕连利用的价值都没有，如果我跟山氏家族没有这样那样的联系，你觉得叶真现在还会住在这里吗？”

话都说到这个地步了，管家也就不好再说什么。

叶真于是更加嚣张，由三天逼管家唱一次歌发展到一天逼管家唱三次，整天在院子里追猫撵狗，听说顾川有个保镖曾经在山家做过，就特地把人家叫来打听山氏家族的情况，那险恶用心简直都不屑掩饰了。

那天，顾川从公司回家，一脑门杂事，不愿意再劳心费神，就随便找了本书出来消遣，叶真抱着他空空的零食袋子过来求投喂，看顾川在看书，就好奇地凑过来一起看。

顾川是个不论何时何地都端好了架势的人，站如古松，坐如铜钟，腰背挺得笔直，神色沉着稳重，从不轻易开口言笑，叶真则完全不在乎那一套，歪歪斜斜地趴在书案上看了一会儿，一边嗑瓜子一边用力把顾川往地上挤，说：“哟！串串！你月国话学得不错啊，这么厚的月国书都能看！”

顾川把那本书翻过一页，淡淡地道：“我当初想着去月国找父亲，又怕他不认我，狠下了一番苦功学月国话，谁知道有能力去月国的那一天，他已经不在人世了。后来觉得学月国话没什么用，搁置了一阵子，直到开始学扎针认穴，才又捡了起来。”

叶真漫不经心地嗑瓜子，问：“你恨你爸爸吗？”

“子不言父过，也就这样吧。”

“你妈妈让你去找他，一定因为她很爱他，不过我还是不懂，既然她喜欢你爸爸，为什么还嫁进顾家来呢？如果努力争取一下的话，说不定你现在就是个月国人了。”

顾川想说，那时候的压力是你不懂的，这世界上有很多事，原本就无可奈何。

但是看到少年毫无阴霾的明亮的眼睛，又有很多话完全说不出口，只能无声地笑了一下。

也许是雨季到了，这几天的雨越下越大，竟然没有停的意思。

那天，顾川在公司里开会，刚开到一半就接到十万火急的私人电话——保镖说有歹徒擅闯顾家大门，一帮警卫不是对手，现在已经突破防锁线直接往内宅去了。

顾川连满桌子的董事会成员都不顾了，直接一摔电话，厉声道：“司机！”

他其实不怕有人擅闯家门，只是在听到“内宅”两字的瞬间，想起了内宅里住着的人——叶真。

难道是冲着叶真去的？

难道这是针对他的又一次刺杀？

顾川狂奔下楼的时候手都微微发抖，如果不是深知司机技术比他纯熟，他恨不得踹开别人亲自飙车回家。

从公司到家的每一分每一秒都漫长窒息，顾川不断拨打叶真卧室的电话，却始终没有人接，他忍无可忍地把手机狠狠摔到防弹车窗上，“砰”的一声巨响，顾川突然反应过来了。

他急匆匆地抓起大难不死的手机，拨了叶真的手机号。

叶真从来不用手机，他不习惯那个，但是小孩喜欢装腔作势，就算不用也带在身边，顾川已经把他的手机号完完整整地记在了心里。

电话响了三声，那边突然按断了，顾川又拨一次，叶真的声音传来：“喂？”

“是我！顾川！你安全吗？家里是不是有人闯进去？”

“哦，串串……刚才我找不到接通键，按了挂断……好吧，你家用人都跑到前院去了，据说要去抓小偷，我本来也想跟着去的，但是管家非要叫我帮他削土豆皮……”

顾川松了口气，问：“你在哪里？”

“厨房，管家在洗白菜。”

厨房在内宅最深的角落，就算有人真闯进去，一时半刻也找不到厨房，顾川决定回去就给管家放带薪大假。

叶真无聊道：“外边吵吵嚷嚷的，管家非不让我出去，说要给我做糯米甜汤。你要喝吗？给你留一碗要吗？”

“好，汤做好之前你千万别离开厨房。”

“咦？为什么？”

“没有为什么。”顾川命令，“让管家接电话。”

叶真怒道：“串串，你真是越来越木讷了！说话能不能一次性说清楚？为什么汤做好前不能出厨房？我好不容易才削完一大筐土豆皮！我现在就要出去！喂，管家，有一头串串想要跟你说话，你……啊！”

手机那边传来一阵稀里哗啦的碰撞声，混合着管家的惊呼、混乱的惨叫，顾川的心瞬间一沉！

“哟！”叶真短促地叫了一声。

“叶真！叶真！说话！叶真！喂，怎么回事？！”

顾川的声音戛然而止——因为那边电话断了。

顾川第二次把手机重重砸到玻璃上，司机抖了一下，更用力地踩住油门。

车窗外暴雨越来越大，天地被巨大的水帘连接在一起，目光所及之处模糊不清，除了灰白的雨水之外，什么都看不见。

汽车仿佛大海里的快艇，在阴霾的天空下斩破水浪，飞快地冲向前方。

顾家大门百米之内，大雨简直狂暴得让人惊骇，豆大的雨点仿佛子弹一样打在身上，挡风玻璃被雨打得砰砰作响，根本看不清眼前的路。

司机打了强光，还是不敢往里开，只摸索着前进了几十米就不得不停下车：“先生，没法再往前开了！什么都看不见，会撞到人的！”

顾川猛地打开车门，一头冲进了雨里。

司机吓得面无人色，赶紧冲出汽车追上去。风大得能把人刮起来，雨点砸在脸上，让人完全睁不开眼，跌跌撞撞往前跑了几分钟，只见顾家半毁的大门出现在眼前，两个保镖护着受伤的花匠，被雨淋得落汤鸡一般。

顾川的样子不比他们好多少，整个人如同在瀑布下冲过一样完全湿透了，声音尖厉得几乎变了调：“山地仁呢？有多少人冲进去了？叫警察了没有？”

保镖哆哆嗦嗦地道：“不、不是山大少爷！我们什么都没看见，冲出来的时候大门已经倒了……”

司机难以置信道：“没有人看见歹徒长什么样？”

“我们都没见到！也、也许里边的人看见了……”

话音未落，内宅突然传来惊天动的“轰隆”一声，那声音在巨大的雨声里非常清晰，刹那间连脚下的大地都仿佛震了一下。

他们都以为是爆炸，当即脸色就变了，谁知道回头一看，却没有半点儿火光。

顾川一咬牙，把因为湿透而格外重的西装外套往地上一扔，衬衣袖子随便一捋，拔脚就往院子里跑。一路上只见花园篱笆被压倒大半，到处都是枯枝断叶，大厅墙壁不知道被什么东西撞了一下，撞出足有卡车头那么大的一个洞，通向内宅厨房的小道本来种满了白桦树，眼下被撞倒了好几棵，把道路完完全全的堵起来了。

顾川绕了点路，深一脚浅一脚地跑过暴涨的池塘，只见前边厨房被砸毁了大半，顿时心里一紧："叶真！"

他停住脚步，茫然环顾："叶真！"

远处有保镖听见声音，一边大叫一边急匆匆跑来。

"叶真！你在哪儿？"顾川几乎要发狂了，"叶真！出来！"

他粗重地喘息着跪倒在地，冰凉的雨劈头盖脸浇下来，他却完全感觉不到冷，只觉得血管一跳一跳地冲击着太阳穴。

叶真没有了。

是谁带走了他？想干什么？会不会伤害他？

"串串……串串……"

顾川猛地抬起头，一开始还以为自己幻听，紧接着少年的声音清晰起来："串串！你能稍微机灵一点儿吗串串？在这里！哎哟，糯米甜汤全洒了，二爸，你下次能不能小心点儿啊？"

顾川难以置信地回过头，只见厨房半塌的房顶之下，叶真站在满目疮痍的门板后，一边拎着空空如也的大汤锅，一边欢快地对他挥手。

管家昏头涨脑地坐在他身后，被泼了一身糯米甜汤，看上去狼狈不堪。

一个穿黑衣服的男人站在废墟里，居高临下，面目冷峻，虽然额头有微许血迹顺着鼻子缓缓流下，却完全无损于他逼人的威势。

仿佛只要他站在那里，就有股无形的压迫向周围散发开来，逼得人连大气都不敢喘。

顾川知道，这一天终于来了。

就算千躲万躲也没用，终于还是被找上门了。

"玄鳞先生……"顾川缓缓站起身，深吸一口气，尽量让语气平静镇定，"好久不见，别来无恙？"

玄鳞冷冷地道："我很好，有问题的是你。敢拘禁我儿子是吧？你想怎么死？"

玄鳞和龙纪威因为工作的关系，都说得一口流利的桑国话，但是玄鳞站在顾川家的废墟上对着顾川颐指气使的时候，说的却是月国话。

保镖虽然听不懂，但是从玄鳞的语气里就能听出来者不善，何况他语音刚落，顾川的神色就完全沉了下去，于是立刻纷纷一步上前喝道："什么人！不准过来，站住！"

"滚下去！"顾川暴喝，"我看谁敢轻举妄动！"

保镖僵立着不敢动，顾川抬脚把一个站得近的远远踹开，怒道：“都给我退下！”

虽然他精心栽培出来的保镖队伍训练有素，并且装备精良，但是顾川心里知道，这伙人还不够老龙填一填牙缝的，真要是把老龙惹火了，附近方圆十里从此可以划作无人区，连苍蝇都不敢飞进来。

保镖面面相觑，终究不敢违抗老板的命令，迟疑着纷纷退到后边。

“玄鳞先生，”顾川上前几步，站定在离他们几米远的地方，沉声道，“虽然您本领高强，像我这样的普通人类不是您的对手，但是您能否赐予我平等的尊重和荣耀，让我堂堂正正地和您决斗而死？”

玄鳞哈哈一笑，嘲讽道：“哟，还挺有骨气的！”

“我顾川为人，不敢说三十年来光明磊落，至少有些卑鄙下流之举是不屑于做的。当初将叶真接来寒舍，是因为他遭人暗算重伤在身，不得不盘桓下来好好静养，确实没有恶意拘禁这么一说。玄鳞先生恨我跟山氏家族沾亲带故，就算要杀我，我也没什么话说，但是在叶真的事情上，我以父母家族发誓，我确实没有半点儿恶意！”

玄鳞微妙的挑起眉毛，顾川这番话虽然是对他说的，眼睛却一直紧紧盯着他身后的叶真，目光里带着极为深重的恳切。

叶真听得懵懵懂懂，拉拉玄鳞的衣角说：“串串挺厚道的，经常喂我好东西吃，你干吗要杀他呢？”

玄鳞怒道：“他要是真厚道，早就带你闯进山家救回你爸了！天下乌鸦一般黑，这帮兔崽子活该被老子杀光！”

叶真大惊：“你说什么？龙纪威怎么了？山家……”

“我被九处那帮小崽子耍了一道，龙纪威在咱们出境后不久就被山地仁绑架了！老子被九处那姓于的骗回去，又辛辛苦苦地跑回来，结果这王八蛋什么都知道！”

玄鳞一指顾川，那择人而噬的狂暴威压逼得众人大气都不敢喘：“山氏家族有古怪，老子我找不着你爸在哪儿，只好先过来宰了这杂种，再把你接走，咱们俩这就去山家把那小王八蛋给灭门了！”

“山地仁？绑架龙纪威？他绑架龙纪威干什么？”叶真难以置信，转头问，“串串，你一直都知道？”

顾川厉声道：“我不知道！我跟山地仁是不同的党派！他们偷渡龙九处长的时候就瞒着我，后来山地仁想害叶真，我才顺藤摸瓜查出了龙九处长被囚禁在桑国的事！”

“我没有立刻出面去找山地仁，”顾川吸了口气，冷静了一下，沉声道，“因为山地仁本来就想害叶真性命，我必须顾忌叶真的安全，就算叶真是龙纪威养子，我也不可能因为龙纪威而牺牲他。再说，绑架龙九处长的计划太大，山地仁身后有军方当靠山，我没有能力在军方的重压下完整救出龙纪威，顾家身份敏感，只要我有所动作，势必彻底和山氏家族翻脸……”

玄鳞不置可否，最终道：“你总要做出选择的，是投靠我们还是支持山地仁，现在已经到你选择一方的时候了。”

雨不知道什么时候停了，一向沉默肃厉、不苟言笑的顾川站在废墟上，全身上下无比狼狈，头发还湿漉漉地滴着水，因为牙关咬得太紧，脸色显得微微扭曲。

叶真暴躁道：“我们还在这儿等什么？把山家小贼抓来拷问龙纪威在哪儿不就行了？串串！别磨叽了，现在立刻带我们去山家，万一迟了龙纪威有危险可怎么办？！”

这小孩儿耐不住，跳起来就要往外跑，被玄鳞一把拎回来，低声喝道：“站住！”

叶真不懂利害关系，玄鳞却是懂的，要在绝对优势的情况下剿灭山氏家族，他们就必须借助顾川的力量，然而顾川一出手，就要彻底跟山氏家族所代表的政治势力翻脸。

顾川不是傻子，不会也不敢拿家族的未来开玩笑，要让他出手，就必须狠狠地逼。

如果这个男人宁死不降，那说不得，玄鳞也只能让他去死一死了。

顾川铁石浇铸一般的面容半点儿不动，沉默了很久，直到叶真都开始不耐烦地向他扔小石子了，他才叹了口气，说：“玄鳞先生说的我都明白……只是兹事体大，我不能立刻做出决定，请您先进来稍做休息，容我再打探下情况可以吗？”

玄鳞哼笑点头，表情十分有恃无恐。

叶真却很焦急：“那龙纪威怎么办？他会不会有危险？”

顾川脸色微微变了。

玄鳞却低声道：“暂时不会，放心。相思蛊离体后有七七四十九天的感染期……龙纪威很聪明，知道怎么样才最能拖延时间。”

顾家虽然一片狼藉，但是大厅后的别墅没损坏，玄鳞拒绝了管家“要不要先用餐”的好意，只匆匆洗了个澡，出来的时候只见顾川带着几个手下坐在客厅，叶真坐在窗台上，眉头紧皱。

玄鳞一招手：“儿子，过来帮你爹上点儿药。”

他脱下一只衬衣袖子，露出半边精健脊背，只见皮肤上有两块巴掌大焦黑的烧伤，外围微微发白，像是有感染溃烂。

顾川一个眼色，管家立刻识相的找来药箱：“我再去打电话请家庭医生。”

“不用，”玄鳞淡淡道，“九处的放射性射线烧伤，很快就会好。”

叶真以前练武的时候自己受伤习惯了，抹药手法很熟练，抹完又包上一层绷带，正要给绷带打结的时候突然“咦”了一声：“玄鳞叔叔，你身上这是什么？”

“叫二爸！”玄鳞怒道，“别一会儿叔叔一会儿二爸的！”

叶真从玄鳞衣服底下揪出一条半尺不到的漆黑小蛇，只有手指粗细，身上细细的布满鳞甲，垂着尾巴一动不动：“请问这是什么？我恍惚在龙纪威身上见过同样的东西，蚯蚓还是……”

别人都不认识，顾川却瞬间起身，踉跄退去两步，目光里带着掩饰不住的震惊。

玄鳞随手给叶真一个爆栗，夺回那条毫无生气的小蛇塞回袖子里：“这是你二爸我！再说蚯蚓以后一分零花钱都不给你！下次看见要跪下来三拜九叩叫二爸，哄得老子高兴了，零花钱有的是！”

叶真面无表情道：“多谢指点，但是我抱紧龙纪威的大腿也一样有零花钱好吗？”

顾川看着父子俩例行掐架，嘴巴张了几次才勉强说出话来：“这……这是样本本体？我还以为您是自己修成人形体态的……难道是生物电波控制？还是寄生？”

玄鳞问：“你志怪小说看多了吧顾川先生，真以为妖怪成精就能幻化人身了？缓冲体想成人，要么找个活人来寄生，要么用生物电流控制尸体，这是月国古代早就玩滥了的把戏……算了，我真不相信你们现代社会的人类竟然还有这么多异想天开的美丽幻想，越活越回去了吗？”

顾川：“……”

叶真还在那里煽风点火：“就是！就是！连我都不如！”

玄鳞教训儿子：“闭嘴！外语考试挂零蛋的小孩没资格鄙视别人！”

叶真蔫了。

“玄鳞先生，”顾川身边一个心腹手下忍不住，小心翼翼地插嘴问，“虽然我们之前没见过，但是您作为样本的威力业内人士都是知道的。说句不敬的话，您一人就足以把整个山氏家族扫平，顺带在国内制造了不得的动荡和恐慌了，为什么还要找上我们呢？”

他的问题是众人都想问的，一时之间所有目光都尽量隐蔽地往这边瞄。

玄鳞说：“首先，我儿子在你们这里。”

所有人瞬间哑口无言。

“其次，山氏家族建筑格局很厉害，外人很难闯进去，而山地仁复制了十几个虚假主控源，生物波动和龙纪威一模一样，它们分别分布在东音的不同地点，仅凭我一人没法挨个儿找过去，除非……”

玄鳞笑起来，只是那笑容带着毫不掩饰的恶意和阴霾。

“除非我用本体把整个东音掀翻，不顾影响，不计代价，让这座城市永远陷入海底。”

周围一片寂静。

顾川沉声道：“就算您的本体也不是刀枪不入的，请不要用这种玉石俱焚的手段解决问题。”

玄鳞大马金刀坐在沙发上，漫不经心道：“所以请不要逼我这么做。”

顾川和手下对视一眼，目光沉重。

“我需要你们的帮助。”玄鳞说，“山地仁可能用仪器干扰把龙纪威‘隐身’起来，就像反雷达侦查技术一样，我探测不到他身在何处，也有可能复制出更多的虚假主控源，让我觉得东音存在着十几个一模一样的龙纪威，在不同地点内疲于奔命，浪费时间。”

“如果我是山地仁，现在一定会抓紧时间把龙纪威偷运到海外。”叶真突然道，“桑国地形狭小、人口稠密，并且还是自己家门口，不是藏匿犯罪证据的理想地点。海运是走私的传统方式，并且大海茫茫难以追踪，山地仁一定会带龙纪威坐船离开桑国。”

他这话说得很冷静，并且非常有道理，在场众人都惊讶地看着他。

玄鳞却毫不意外，这小子当年势单力薄，却能一路跟踪山氏家族的车队，利用地下拳赛铲除山地崇，事后又能成功的抽身而退，说明他心机和手段都是有的，只是平常不大显现出来罢了。

“山地仁比他弟弟精明，如果坐船出海的话，为了防止被人跟上，他一定会准备好几个假目标放在不同的船上，从不同方向同时离开。”叶真顿了顿说，“这些只是我的猜想，不过如果是我来跟踪的话，就会从这方面入手……现在根据已知情况，假目标分布在东音市区的不同地点，说明龙纪威也被囚禁在东音城市内的某处，并没有离开陆地。我只是奇怪，为什么山地仁现在还不走呢？”

玄鳞轻声说：“他马上就会走了。”

他不想告诉叶真太多有关于这方面的东西，但是龙纪威早年养蛊，体内被植入了很多蛊毒。蛊是什么？按照现代科学来解释，就是病菌、病毒、稀有的杂交毒虫，龙纪威离开巫疆后，就靠相思蛊压制平衡体内的其他蛊毒，靠老龙的生物放射线来刺激细胞活性，不断促进细胞新生，把身体维持在年轻的巅峰状态，相思蛊一旦离体，他早年被植入的各种蛊毒就失去了平衡，开始蚕食他的身体，造成感染和腐烂——这种感染放在巫疆还有药可医，现代医学是手足无措的。

龙纪威现在已经被腐蚀了，根本没有意识，也不能轻易移动，山地仁想带他坐船离开，也必须要有准备的时间，一时半刻间岂能说走就走？

“顾先生。”刚才发言的那个心腹手下拼命对顾川使眼色，示意他去外边单独说话。

顾川静静坐着，眼神余光看到手下欲言又止的表情，眼睛却只看着叶真。

叶真一反平时稀里糊涂有吃就好的样子，他紧抿着唇，面沉如水，带着和玄鳞相似的冷静和肃杀气息。

到底是被老龙收为养子，顾川心想。

叶真和玄鳞，甚至和龙纪威，他们归根结底是同一类人，平时很难看出这一点，但是每逢关键时刻就表现出来了。

“顾先生！”那个心腹看暗示没用，终于忍不住说了出来，“您千万别轻易作决定，我看还是先通知上边一声比较好！如果能用外交渠道解决问题的话……”

“山地仁现在所做的一切，都是上边人的指使，事态已经恶化，必须动用武力了。”

顾川还想说什么，就在这个时候电话突然响了。

他一看屏幕上的号码，脸色微微变了，一边接起来一边快步走到窗前：“喂？”

那边信号仿佛不大好，山地仁的声音过了几秒才响起来：“我亲爱的表兄大人……我听说你家被风暴袭击，好像遭了灾了？”

顾川冷冷地问：“你现在在哪里？龙纪威在哪里？”

“看样子你什么都知道了，样本亲自上门找你去了吗，表兄？”

“回答我的话！”

“龙纪威在我身边，”山地仁终于道，“但是你们放弃吧。”

顾川瞬间知道叶真刚才的推测是正确的，山地仁十有八九已经做好离开的准备了。

“来做笔交易吧，顾川。”山地仁少见地叫了顾川的名字，语调一反平时的装腔作势，显得非常冷淡，“我答应你不动那个姓叶的小崽子的命，但是你也要发誓，在这件事上不站到山氏家族的对立面去。我知道那个叫玄鳞的男人找上你了，但是你应该知道，我做这些事是由军部指使的，你想明目张胆跟元老翻脸吗？”

顾川默然不语。

“就当是为了国家的利益。”山地仁说完这句，知道再无可说的了，便挂断了电话。

“国家的利益……”顾川冷笑着低声重复，随手把电话扔到沙发上。

玄鳞懒洋洋地跷着腿，漫不经心地问：“决定了吗？是帮我找人还是站在山氏家族那一边，想清楚没有？”

顾川转身看着叶真，足足沉默了一分钟之久，才沉声道：“你知道我曾经去月国找亲生父亲，但是一无所获，便回了桑国。”

叶真茫然点头。

“那么，”顾川哑着声音问，“如果我以后去月国找你呢？”

叶真愣住了，顺着自己的直觉反应，下意识道：“我一直都在的啊，嗯……我会好好招待你，会请你吃饭的！”

顾川点点头，漠然道：“那你来作决定吧，叶真，这个问题的选择权，我交到你手上了。”

选择权交到叶真小朋友手里的后果就是顾家连夜出动，把大半个东音翻了个个儿。

手下都很迟疑，但是他们毕竟被顾川亲自选中，又培养多年，早就成了完全遵从顾川个人意志的铁杆心腹，就算他们忌惮叶真、畏惧玄鳞，也很害怕惹来军部高层的责问，但是面对顾川的命令，仍然尽心尽力去做了。

叶真坐在车上问：“一切可以动用的人手都派出去了吗？”

顾川点头道：“是，在不打草惊蛇的前提下，所有人都已经分散到各个目标去打探情况了。”

“越快越好，我们必须赶在山地仁把龙纪威偷渡离境之前铲除所有假目标。”

车窗外已经是深夜，顾川借着路灯飞快掠去的光，看见少年镇定得仿佛冰块雕刻的侧脸，以及微微透出疲惫的眼角。

那倦意是如此深厚，以至于被少年冷静的面容克制之后，也仍然有微许掩饰不住的疲惫浮现出来。

顾川低声道：“困的话就睡吧，到地点我叫醒你。”

“我睡不着。”

“太担心吗？没关系的，你还在长身体，睡眠需求量比成年人要大。”顾川伸手把叶真肩膀轻轻拉向自己，让他舒服地靠在自己肩膀上，“保持充沛的体力才能早点找到龙九处长，对吗？再说这里有玄鳞先生和我，别害怕。”

叶真沉默半晌，终于闭上眼睛，没几分钟就传来他沉睡时均匀的呼吸。

玄鳞能探知到龙纪威特有的生物波动，但是山地仁复制了十几个虚假主控源，分别放置在东音的不同地点，为了节省时间，顾川把手下分别派往各个不同方向，自己也和玄鳞、叶真同坐一辆车，前往一座疑似目标的废弃仓库。

为了行动方便，车厢里只坐了他们三人，玄鳞亲自开车，叶真靠着顾川坐在后座上。

“为什么把选择权交给叶十三？”玄鳞突然用桑国话问。

顾川看了眼熟睡的叶真，低声道：“我以为您是明白的。”

玄鳞冷笑问：“挟恩图报？”

“不，我只希望有一天他偶然回忆起我，还能记得我曾经为他做过些什么。”顾川顿了顿，又道，“我的用意……他现在不懂，但是只要他记住了我，将来有一天想起来，也许就会懂了吧。”

玄鳞趁红灯的时候点了根烟：“你想当圣人吗？隐瞒非婚生子的身份将堂兄弟一一铲除，并坐镇家族财团十年之久，在桑国政坛都左右逢源、八面玲珑的顾川顾先生？”

顾川默然不语。

“叶十三这小子，看着皮相漂亮，其实脑袋里只塞了甜食，顶看不顶用。这样的小孩儿也就龙纪威跟我疼疼算了，竟然还能让你这样的男人看重？我不大相信。”玄鳞把烟灰一弹，冷笑，“你明说你是挟恩图报，也许我还相信一点……人类这种生物，我已经看透了。”

顾川终于道：“是，我是挟恩图报。”

玄鳞从后视镜里嘲讽地看了他一眼。

“如果我在龙纪威的事情上施恩，也许有一天叶真会用相同的心意来回报我。”顾川没给玄鳞开口的机会，立刻反问，“但是人和人之间不就是如此的吗？”

玄鳞阴森森地转过头来，说：“你很大胆。”

他说这话的时候，顾川感到太阳穴一阵刺痛，知道玄鳞用缓冲刺了他一下。

这其实是很危险的，老龙当年被九处比作会呼吸的核弹头，缓冲量最大值无可估量，如此近距离的范围内，让顾川无声无息地变作尸体简直易如反掌。

顾川咬紧牙，沉声问：“我能说句冒犯的话吗？”

“你已经冒犯我很多次了，”玄鳞回过头去看车，淡淡地道，“说吧。”

“非常抱歉，玄鳞先生。您当初接受契约为龙九处长任意驱使六十年，难道没有任何想从龙九处长身上得到一点儿什么的想法吗？”

“……”

“如果没有的话，为什么六十年之后不自己离开，而是用寄生的方式俯身在您看不起的人类躯体之内，继续和龙九处长生活在一起呢？”

出乎顾川的意料，玄鳞并没有分毫恼怒，只平平淡淡地道：“我的情况跟你不同，无知的人类。”

“如何不同？”

“在人类社会里，你占据比较优势的生存地位，所以你有很多种选择，叶十三这小崽子只是很不起眼的一个罢了。至于我，我根本没得选，有龙纪威一个已经是天赐的荣幸了。”

通往仓库的道路越来越偏僻，路灯昏暗的光线投映在车厢里，勾勒出玄鳞模糊的背影。

“你知道鲸鱼是怎么沟通的吗？”玄鳞突然问。

顾川愣了一下：“超低音频的……共鸣？人类听不见的音波？”

“鲸鱼的声音频波非常低，它们只能听见十五到二十五赫兹之间的频率，并用这个频波之内的声音进行沟通和交流，但是你有没有想过，如果有一头不幸的鲸鱼，它的频率比其他所有鲸鱼都错开了那么一点点呢？”

顾川愣住了。

“那么在同类眼里，它是个哑巴，它的歌声回荡在万里深海，却没有任何鲸鱼能够发现。想想看，这是多么寂寞的一件事，这头鲸鱼将从生到死，无人知晓。

“但是如果有一天，这头孤单的鲸鱼突然发现，在遥远的浅水河流里，有一条奇异的淡水鱼竟然能接收它独特的频波，还能跟它交流……”

玄鳞声音里带着奇异的磁性，仿佛在微笑一般。

“你觉得这头鲸鱼是会继续待在孤单的深海，还是会不顾一切挤进浅水河，跟那条小鱼做伴呢？”

就算顾川养气功夫再好，此刻都难以掩饰自己震惊的目光，半晌他才喃喃着道：“鲸鱼生活在浅水河流会搁浅的……”

“这不重要，”玄鳞说，“你没法体会当年我发现一个普通巫疆小孩竟然能听见我的声音时，我震惊激动并欣喜若狂的心情。”

顾川一点声音都发不出来，只有指甲切进掌心传来的疼痛暗示他此刻并不是一场荒诞不经的梦境。

多少人觉得荒谬和嫉妒，那大自然里百年难遇的缓冲体样本“老龙”，竟然被巫疆小孩用歪门邪道的法术所收服，还心甘情愿地被任意驱使六十年。而现代科学最昂贵的技术、最严密的军方支持、最强大的国家力量，耗费了几十年时间，竟然还无法仿制出一个像样的缓冲体。

“龙纪威活着，我便活着。”玄鳞最后道，“龙纪威死了，我将不得不永远回到那漫长绝望、没有尽头的……孤独的深渊。”

第26章
失败品

贰拾陆

一行人很快抵达疑似目标的仓库门口，这里靠近码头，月光下昏暗的路灯影影绰绰，只有公路上偶尔传来汽车开过的飞驰声。

玄鳞:“我们当中要有一个人绕仓库周围走一圈，查看下境况。”

叶真:“是哦，玄鳞叔叔真聪明。”

顾川:“……”

然后顾川就自觉地去了。

带着人搞偷袭、趁夜查探堂兄弟仓库里违禁物品这种不入流的事，顾川当然干过，但是侦察兵这类活儿从来都是手下代劳。

顾川一边回忆手下当初是怎么干的，一边小心翼翼地贴墙根走了一圈。仓库非常大，这一圈花费了他二十分钟的时间，他在后门发现一辆蒙着油布的卡车，引擎还带着微微的温热。

卡车边上还有几个烟头，顾川捡起来观察了一番，确定抽烟的人刚走不久。

他走回仓库门口，看见玄鳞递给叶真一把刀和一把枪，认真叮嘱道:“这是楚慈当时给你的成年礼物，提前交给你了。小心点儿！枪开了保险栓，枪膛里还卡着一颗子弹！”

顾川条件反射喝道:“他怎么能拿枪？”

叶真熟练地把枪往后腰一插，安慰道:“串串乖，不要吵。”

顾川:“……”

顾川就像个看到自家宠物被人往怀里塞了颗炸弹的饲养员，虽然表面冷静，眼神里却仍然露出一点忧心忡忡，跟在叶真身后往仓库里走。

仓库大门的锁已经被破坏了，并且没有伪装，就像是故意放人进去一样，玄鳞手指一拨，轻轻弄开铁锁，大门打开后里边还有一条走廊，分成左右两个仓库。

“八成是诈。”顾川低声道。

“是诈也要去。”玄鳞走到走廊尽头，望着一左一右两道门，问，“兵分两路？”

这根本不是征求意见，毕竟他们要赶时间，不可能一起从左转悠到右，又不是小学生手拉手结伴去上厕所。

“我去左边，”玄鳞随意挑了一边，说，“顾川和小十三去右边——叶十三小同学！不要反抗我的命令！你老子我很强，比你们两个加起来的战斗力还高得多。”

叶真深吸的那口气就像气球一样瘪了下去，气鼓鼓地看着玄鳞不说话。

顾川拍拍少年的肩，道："我会保护你的。"

叶真怒道："我保护你还差不多！"

顾川没有恼，只微微地笑道："嗯，我也愿意被你保护。"

"不准拖累我！不准通敌！"叶十三小朋友傲娇地说完，转身推开右边仓库的门。

一股陈年灰尘的气味扑面而来，只见仓库架子在黑暗里映出模糊的影子，就仿佛一个个矗立在阴影深处的巨人。

顾川拧亮手电，塞给叶真一个，自己拿着一个往黑暗深处一晃。

这是一座历史相当古旧的建筑，玻璃窗已经残破不堪，墙壁大片发霉，放东西的架子大多七歪八斜，到处显示出年久失修的样子。杂乱的脚印留在满是灰尘的地上，仿佛有重物曾经被拖拽往仓库深处，甚至在地上留下了剐蹭的痕迹。

叶真抬脚就往前边走，被顾川一把拉住，低声道："跟在我后边！"

"为什么？"

什么为什么，这还要问吗？

"你是未成年人，法律规定要保护你。"顾川随便扯了个理由，大步往前走去。

叶真对现代社会的未成年人保护法一窍不通，于是迟疑地跟了上去，表情很是不服。

顺着脚印往里走了大概二三十步，仓库墙上分出一道敞开的门，里边还有通道，顾川屏住呼吸贴墙靠近，手电往里一晃，只见有人影从箱子间一闪而过。

他立刻关掉手电，示意叶真不要发声，从口袋里无声无息地摸出枪。

那个望风的毫无觉察，在集装箱的间隙里漫无目的地走了两圈，打了个哈欠，终于决定去通道外抽根烟，当他刚打着手电走出来，突然只觉得通道外拐弯处传来疾风，他还没来得及发出声音，就只觉得脑后一痛，紧接着眼前一黑。

顾川及时扶住他倒地的身体，避免发出过大的撞击声。

偏偏这个时候，那人的手电从怀里脱落出来，叶真立刻伸手去捞，没想到顾川也伸出一只手去接，两人的手在黑暗里撞了一下，碰到手电，"啪"的一声手电掉到地上，还骨碌碌地往前滚了几步。

"怎么了？"仓库深处立刻有人调转手电光，厉声问道。

顾川："……"

叶真："……"

"怎么了？八重？回答我的话！你还在不在那里？"

那人话音刚落，一个衰弱的男声命令道："去看一看。"

那人应了一声，拿着手电往他们藏身的方向走来。

顾川和叶真都觉得那个衰弱的男声有点儿熟悉，两人同时皱眉一想，同时吃了一惊，脸色顿时变了。

"山地崇！"叶真飞快地掏出枪，咆哮着从集装箱后冲了出来，"还不快给小爷滚过来！"

"叶真！小心！"

"谁在那里？"

顾川和那个手下的声音同时响起，紧接着黑暗里响起"砰"的一声枪响！

刹那间，顾川第一反应是叶真受了伤。他从刀光剑影里走出来继承了家族产业，又在尔虞我诈里控制了财团好几年，不管遇到什么困境都冷静沉稳步步为营，从来没有这样大脑一片空白的时候。

"啊……"黑暗里响起那个山氏家族手下的痛呼，紧接着是叶真的咆哮："滚一边去！小爷毙了你！"

顾川神经骤然一松，才知道千钧一发之际，叶真利用那个手下发出的声音来听音辨位，准确开枪击中了对方。

这孩子竟然会开枪！而且枪法这么精湛！

顾川猛地打开手电冲出去，只见叶真直直地跑过那个捂着大腿滚地呻吟的手下，而前方不远处猛地闪过一个人影，千真万确是山地崇！

山地崇在这里，那龙纪威说不定也在！

叶真跑得太快，而且没开手电，顾川一路狂奔地追上他，厉声喝道："别轻举妄动！冷静一点儿！"

叶真一把推开他，猛地绕了个弯——那正是山地崇之前闪过的方向。

只见一道小门半开着，里边又是狭窄的走廊，顾川根本来不及阻止，叶真就直接冲了进去。

走廊仅容一人通过，大概冲了七八步，叶真猛地停住了脚步。

顾川推开他冲到前边，用体形优势把叶真完全保护在身后，举枪平平地对准前方。

只见这是个亮着灯光的小房间，山地崇脸色难看地站在对面，恨恨地看向叶真的方向。自从他被叶真重伤之后体质就非常虚弱，跑来的这几步已经耗费了他大部分体力，只能靠着身边一座铁笼勉强站立。

铁笼被蒙着布，看不清里边有什么，但是顾川脸色完全变了。

"为了这个小崽子，你连国家的荣光都不顾了是吗？"山地崇的声音气喘吁吁，却仍然能听出浓厚的讽刺之意。

顾川沉声道:“别……别乱来。”

叶真听不懂他们的对话，从顾川身后钻出来就想往前扑，就在这个时候，山地崇突然厉声喝道:“不准动！再过来一步，我就把铁笼打开！”

顾川一把拉住叶真，紧紧贴在自己身侧:“别动！听话，那铁笼里不是龙九处长！”

叶真一边挣扎一边怒吼:“你把龙纪威藏到哪里去了！山地仁呢？叫他滚出来，快交出我爸！”

“龙九处长就要没命了，”山地崇恶毒地道，“虽然我们没有完全复制出成功的样本主控源，但是一旦失去龙九处长，样本‘老龙’就会脱离月国九处的控制。桑国没有的，你们月国也不会再有了。”

他脸上带着报复的快意——那是当然的，叶真在他的眼皮子底下将董京男打残，又打中他章门穴，害他重病垂危那么久，那段时间，他真的以为自己就要活不成了。之后，顾川勉强为他解穴，结果叶真又找上门来，一根一根地拧断了他的十根手指，那种钻心的痛，那种强烈的屈辱，从此深深地刻在了他的骨髓里，让他一想起这个叫叶真的少年，就忍不住全身发抖。

这世上再没有人能让他如此痛恨，除了叶真。

“我杀了你！”叶真拼命要举枪，手腕却被顾川紧紧按住了，“放开我！我杀了他，连山地仁我也一定要杀！”

“你想杀我？同归于尽吧。”山地崇冷笑着一掀油布，铁笼的全貌顿时出现在顾川和叶真面前——只见那铁笼里竟然关着一个极为高大畸形的人！

那人高达两米，全身肌肉胀裂，就像个怪物一般，和叶真当时出手救毛庆熙的时候见到的人形怪物非常相似！隔着铁笼能清晰闻到它身上传出的恶臭。

顾川护着叶真退了半步，脸色铁青道:“这就是研究所根据龙九处长的生物波动复制出的失败品？”

“他们想靠它吸引老龙那样的强大缓冲体，但是失败了。”山地崇手慢慢按在铁锁上，冷笑道，“有些复制品空有龙九处长的脸，却没有他独特的超低频率；有些有和龙九处长相同的频率，却是和它一样失败的变异种。”

“它有巨大的破坏力和狂暴的脾气，一旦出笼就不可控制。”山地崇看着脸色苍白的叶真，笑得更开心了，“只要我把它放出来，今天我们都将在这里送命，你看这样好吗，叶真？当初你一根根拧断我手指的时候，有没有想到自己会有这么一天呢？”

叶真举枪“砰砰”两声，那怪物发出一声“嗷”的怒吼，轰隆一声狠狠撞上铁栏杆，那两颗子弹全都打在了它身上，却只留下浅浅的伤痕！

“嗷！”

怪物更加狂暴，不断撞击铁笼，山地祟几乎站不稳。叶真握枪的手有点儿发抖，正要扣动扳机的时候顾川把他一按，喝道：“山地祟要抓活的，向他逼问龙九处长的下落！”

谁料叶真的手指本来就有点不稳，顾川这么一按，顿时，枪走火了！

“砰”的一声，火光飞溅，那一枪不偏不倚，正巧打在了山地祟按着铁锁的手上！

山地祟的痛呼和铁锁打断的巨震同时响起，“哐当”一声惊天动地，只见那人形怪物终于撞开铁笼，高大的铁栏杆从天而降，重重落在地上，顿时溅起了满房间的厚重灰尘。

“吼！吼！”

挣脱束缚的人形怪物非常狂暴，它根本没管摔倒在地的山地祟，直接张着血盆大口扑向叶真！

顾川的第一个动作就是把叶真狠狠地往身后一推，自己挡在前边，头也不回地厉声喝道：“快跑！”

这怪物比当初叶真在宁城遇上的那个要高级得多，至少移动速度相当快，顾川话音未落，它就怒吼着扑了上来。

腐烂的獠牙瞬间出现在眼前，顾川不敢轻易触碰它的身体，转身一脚狠狠将它踢得踉跄退了几步。

那一刻顾川的想法跟叶真当初是一样的——好硬！

“嗷！”那怪物吃了亏，更加疯狂，一个箭步冲了过来，这么短的距离内开枪肯定会跳弹的，顾川不敢扣动扳机，只能稍微避开一步，瞬间，人形怪物便挟着腥风从他身侧冲过去了。

“叶真！”顾川发现叶真竟然没跑，怒道，“快跑！”

叶真来不及理他，那怪物深恨叶真之前开的两枪，几乎还没站稳就直扑过去了。少年本来就不高，弓身的时候只有那怪物一半，好在动作极度灵活——电光火石间，他把枪一扔，单手从后腰拔出短刀，乌亮的军刀在黑暗里划出弧光，经过特制弯度极大的刀刃瞬间产生了最大攻击效果！

只见那刀刃竟然从怪物腰部瞬间劈过，黑血劈头盖脸地喷了过来！

怪物惊天动地一声大吼，踉跄着摔倒在地，只见腰部被齐齐斩裂一道开口，起码有两寸多深。

叶真自己都没想到这把刀的劈斩力量如此惊人，几乎是削铁如泥了，他惊讶地看了短刀一眼，发现它在暗夜里竟然完全不反光，乌润的刀身仿佛把手电的光完全吸尽了。

“战俘刀，战场上专门用来解决投降俘虏用的冷兵器，暗杀专用。”顾川瞟了一眼，问，“这是谁的？这种刀杀人几乎一刀一个，而且在黑暗里完全不反光，是非常冷血邪恶的违禁兵器。”

叶真说：“楚慈叔叔的，就是上次连扫你四耳光的那个。”

“他跟你是什么关系？”

“舅舅？”叶真想了半天，不确定地说。

顾川：“……”

怪物在地上翻滚了几秒钟便爬了起来，庞大的身躯在小房间里很难转动，它一站起来便直直地盯住叶真，灰白的眼珠极度凶恶。

顾川一边警惕的周旋着，一边说：“它的致命弱点是眼睛和大脑，但是必须完全破坏才能阻止它自我修复。”

“我知道，我遇见过一个。”

怪物脚步一动，顾川立刻挡在叶真面前，然而就在这时他肩膀一重，只见少年一手按在他肩膀上飞身而起，身体于半空中转了三百六十度，然后狠狠一脚下劈在怪物头顶！

上百公斤的压迫力瞬间让怪物身体一沉！叶真大喝一声，双手持刀，以一夫当关之势从上而下狠狠劈开了它腐烂的脸！

黑血再次泼溅出来，怪物嘶声大吼，大脚猛抬，以迅雷不及掩耳之势把叶真落下的身体当空撞飞了出去！

这一撞简直是要命的，如果叶真背部实实在在撞上墙壁，不死也起码要脱层皮！所幸顾川臂力强劲，拦腰一把捞起叶真，顺手夺了他的刀，同时返身一脚再次把怪物踢出几步远。这一系列动作一气呵成，哪怕稍慢一点儿，此刻他和叶真都已经倒在怪物的獠牙之下了，连在地上痛苦翻滚的山地崇看了，都不禁怔在当场。

怪物狂吼，闪身就冲顾川扑来，顾川这次没有避让，而是迎面撞了过去，肩膀顿时被怪物尖利的指甲狠狠插穿！

那剧烈的痛苦甚至不能让他稍微皱一下眉头，顾川左手如同铁钳一般抵住了怪物散发出恶臭的大嘴，右手一刀当空扎下，狠狠没入了怪物的眼珠！

“扑哧”一声，怪物的吼叫几乎让他们脚下的地面都在震动！长达半尺的刀刃完全没入了怪物的眼珠，同时顾川咬牙狠狠一搅！

叶真冲过来重重扯开顾川，只见那怪物在地上挣扎翻滚了很久，动静才慢慢小下来。

顾川喘着粗气，左肩被鲜血浸透了，全身被怪物的黑血泼了个遍，散发出腥咸难闻的气息，他两手撑着膝盖半跪在地上，半晌才筋疲力尽地伸手去拉叶真。

叶真情况比他稍好，至少血没那么多，只是在地上蹭了不少灰，看上去狼狈不堪。

顾川把他扶起来，整理好少年的衣襟，又颤抖着手给他扣好扣子，问："你没事吧？"

叶真喘息着摇摇头，说："你受伤了！"

"擦伤。"顾川说着，转向山地崇，想问他附近还有没有这样的怪物，却见山地崇瘫在地上，已经吓得昏过去了。

叶真怒从心头起，恶向胆边生，上去狠狠踹了山地崇一脚，骂道："王八蛋！"

顾川阻止不及，只能任他去。就在这时，他手机响了，接起来一听是助理小姐："喂，顾先生，我刚才接到汇报，被派往新赤、宿兴和田成机场目标地点的小组传来消息，并没有发现目标人物……"

"没关系，遇到危险了吗？"

"暂时没有，都遵守您的指令，没有发现目标人物就立刻离开了，发现情况不对就赶快跑。顾先生？您的声音听起来有点儿怪……"

"没事。"顾川哑着声音道，"我们现在回去，通知家庭医生过来，带消炎针。"

助理小姐大为紧张："是！还有什么吩咐吗？"

顾川把仓库的地点报了一遍，望着地上声息全无的怪物，低声道："我们在这里遇上了一点情况，你要叫人来处理，记得，我需要焚化点儿东西，叫手脚稳妥口风严实的人来。"

"是！"

"叶十三受伤了？"玄鳞从狭窄的通道里钻出来，皱眉扫视了周围一圈。

"二爸！"叶真立刻紧张的上下打量，"你也遇上怪物了吗？受伤没有？我没事，串串肩膀被怪物的指甲刺了一下。"

"我什么也没遇上，在仓库里搜索一圈，觉得你们可能有危险，就过来看看……路上顺手解决了两个人"玄鳞淡淡打量顾川一眼，漫不经心地道，"回去消个炎，这种东西身上的黏液有强腐蚀性。"

顾川只觉得伤口火烧火燎，只能用指甲狠狠掐自己掌心才能稍微减缓一点刻骨的痛苦，所幸他意志如同钢铁一般，否则现在已经捂着伤口打滚惨叫了。

"这是谁？"玄鳞用脚踢踢山地崇。

"山地仁的弟弟，以前在月国被我痛揍过一顿……好吧，是两顿。把他带回去拷问，他一定知道龙纪威的下落。"

玄鳞轻轻松松把山地崇往背上一扔，示意叶真和顾川跟着他出去。

他们的车还停在僻静处，玄鳞把山地崇往后车厢一扔，转回驾驶座开车。虽然天色很暗，附近又没有路灯，但是跟顾川擦肩而过的时候，他突然转头看了一眼，吩咐：“叶十三。”

“嗯？”

“扶着他。”玄鳞点了根烟，坐进驾驶席：“他快站不住了。”

可能是因为感染，时间隔得越久，那怪物造成的伤口就越疼痛，顾川紧紧咬着牙，一只手连车门都打不开，幸亏叶真过来扶了一把，担心道：“你没事吧？”

顾川喘息道：“没，别担心。”

叶真把他扶到车后座上，不由分说解开他衬衣扣子，脱下半边衣服一看，只见肩膀整整齐齐留下五个血洞，伤口边缘微微泛黑，在黯淡的灯光下显得非常狰狞。

叶真眼睛微微睁大了，半晌才低声问：“你疼吗？”

他说话的时候气流喷到顾川裸露的皮肤上，顾川咳了一声：“不，不疼。”

这不是说谎，他真的感觉没那么疼了。

叶真小心翼翼地摸摸伤口，抬头看了顾川一眼。

少年的眼睛黑白分明，清凌凌地带着水光，仿佛含着一点儿温热的歉意。

他立刻道：“别担心，一点儿也不疼。”

“咳咳！咳咳！”前排的玄鳞突然被烟狠狠呛了一口，咳得死去活来。

回到顾川家的时候已经是黎明，家庭医生早就严阵以待，手下一窝蜂似的扶着顾川去上药打消炎针。

玄鳞去听手下的汇报，叶真则招来管家，问：“我可以问你要一件东西吗？”

管家说：“您迟早会成为这个家族的另一个主人，所以尽管要吧。”

叶真不明所以，说：“我上次看到练武场里的兵器阵列柜，里边挂着一排各种各样的鞭子，其中有一条分成九股牛油浸过的银柄细鞭，你能拿给我吗？”

管家惊异地看了他一眼，仿佛想说什么，却最终没有说，只笑着答应了。

叶真在原地等了一会儿，拿到鞭子，谢过管家，慢悠悠地往顾家后院晃。

一路上看到几个用人，都行色匆匆的往主宅那边赶，想必已经听说了顾川受伤的消息。

叶真跟他们走的是相反方向，一路不疾不徐，直到停在后院角落一座石头屋门前，俯在门上侧耳听了一会儿。

里面叽里呱啦的叫骂声响成一片，山地崇的声音格外精神、格外清晰。

叶真抬脚一踹，房门“哐当”撞到墙壁，房间里的所有人都同时闭上嘴巴，惊疑不定地看了过来。

叶真施施然走进房间，只见山地崇满脸愤怒的被反绑在椅子上，两个顾川的心腹手下神情狼狈，显然经过一番激烈的争吵，却没审问出任何情况。

叶真冷笑起来，用鞭柄一指那两人，往门外晃了晃："下去。"

那两个手下虽然不懂月国话，但是少年颐指气使的态度相当清晰。

他们为难地对视了一眼，开始对叶真叽里呱啦，少年根本不理，陡然一鞭"啪"的凌空卷了个花，怒道："下去！"

手下慌忙退后，小心翼翼地贴着墙根，刻意绕过叶真，忙不迭地溜出了房间。

叶真这才转向山地崇，昏暗的天光下他的眼睛如同寒泉，闪烁着冰冷的光："龙纪威在哪里？"

山地崇咬牙冷笑："我不会告诉你的，你们不是很有本事吗？自己找吧，哈哈哈哈……等找到的那天龙纪威就已经没命了，那个下贱的月国人——"

啪！

毒蛇一般的鞭子沾到皮肤就自动咬下去，山地崇连偏头都来不及，脸上瞬间被抽掉了一块肉！

"啊啊啊啊！你敢打我！你敢打我！叶真！你疯了！你敢……"

啪！

第二鞭无比精准地抽在同样的地方，血流喷射出来洒了一地！山地崇连吼都吼不出来了，从鞭痕下隐约可以看到他半边颧骨，整个人劈头盖脸全是血！

"疯子……疯子……"山地崇含混不清地怒骂，每说一个字就从嘴里涌出口水和血泡，"我可是山氏家族的……我可是……"

"我们不妨看看，如果顾川知道我打了你，他是会为你出气，还是当没看见。"叶真微笑着一卷鞭花，"啪"地打在山地崇鼻尖前，"从现在起，我每问一遍，就抽你一鞭，如果你扛得住的话，尽管可以拒绝回答。"

"你不能这么做……疯子……你不能……"

"我能。"叶真道，"论起使鞭子的本事，我要是认了第二，这世上就没人敢认第一了，我保证最后抽得你全身上下找不出半点儿肉皮，只剩一副光溜溜的骨架子，到那时，我就把你的骨头熬了汤，拿出去喂狗。山地崇，你不妨试试看，尽管咬紧牙关别回答我，看我最后能不能说到做到。"

山地崇牙关里发出"咯咯"的打战声，他拼命想忍耐，却完全无法控制。

那一瞬间，他仿佛又看见当初地下酒吧擂台上的少年，穿着破旧的衣服，落魄清瘦的模样，站在光怪陆离的灯光下，面容如雪，目光如刀。

"现在再问你一遍——"叶真扬起手腕，瞬间一鞭从山地崇右肩抽到左腹！

山地崇骤然爆发出尖厉的惨叫，简直震得人心胆俱裂！

叶真不为所动，只见他把鞭子往墙上一甩，轻声道：“龙纪威在哪里？”

玄鳞正坐在书房听手下汇报搜寻结果，突然门被推开了，叶真提着一根鞭子，平淡地道：“不好意思打断你们，山地崇招了。”

他那样子吓得几个大男人惊叫退后，还有的全身发抖，刚站起来就脚一软摔了下去，一时整个书房慌作一团。

玄鳞霍然起身：“山地崇招了什么？”

“龙纪威被山地仁藏在东音湾晴海码头七公里处的一座地下试验室里，”叶真顿了顿，说，“明天下午六点，山地仁将乘坐一艘叫天王星的游轮，把龙纪威偷渡到公海。”

第27章 生死线

贰拾柒

地下试验室的一间加密病房里。

医疗仪器在灯光下反射出冰冷的光，墙壁、床单甚至地板都一色雪白，龙纪威缓缓睁开眼睛，眼珠泛出血红，在苍白的脸上显得有些可怕。

腐烂侵蚀到左肩和胸膛，肩膀处皮肤剥落，甚至可以看见肌肉下搏动的血管。

研究员将针筒从龙纪威右腕上拔出来，对山地仁做了个“完成”的手势，走出病房关上了门。

“你醒了。”山地仁俯下身。

龙纪威涣散的眼神慢慢对准焦距，半晌眼珠才动了一下，声音沙哑得几乎听不清楚：“他来了……”

“那怪物来了，不过我们就要走了。”

山地仁指指手表，态度温和，声音轻柔得让人心寒：“再过两个小时我们就将乘坐游轮前往公海，那里海天一色、荒无人烟，就算那怪物利用本体腾云驾雾，也绝对找不到我们。”

龙纪威微微闭了闭眼，道：“他会的。”

“它不会。研究所已经从军部运来反缓冲的大型高能射线仪，等到我们一走就下手，到时候任凭它是什么龙也好怪物也好，也只有被烧成灰的命。”

“做梦。”龙纪威苍白的脸上浮现出微许冷笑，“我能感觉到他……愤怒和焦急让他的波动更加明显，超出你们所有人的想象……你们的人只能白白送命。”

山地仁烦躁道：“它只是个动物！人类才是自然界里最强的生物！”

龙纪威不说话了，悲悯地看着他。

虽然他只能虚弱无力地躺着，连动一动手指都要耗费全身力量，但是当山地仁被他这么盯着的时候，竟有种自己已经处于下风、被人居高临下同情怜悯的感觉。

“你……”山地仁一时语塞，怒道，“你别想着寻死！研究所已经做出这种病毒的感染疫苗，我不会让你就这么离开的！”

“我不会离开。”龙纪威轻声道，“哪怕我死了，我的灵魂也永远留在他身边。

“我和玄鳞从认识到现在已经六十三年了，这几乎覆盖了普通人从生到死一辈子的漫长时间，我们时刻都在一起，从来没有分离。身边的所有人都在慢慢老去，相继死去，只有我一人从时光的河流中逃脱上岸，就像个迷途者，顺着和别人相反的方向慢慢走下去。”

“只有玄鳞和我在一起，”龙纪威轻声道，“一起走在看不见尽头的道路上。”

山地仁愣了半晌，冷哼道：“如果军方研究出缓冲体射线保持细胞活力、使人体停止衰老的秘密，就会有更多人变得和你一样，到那时那条怪物就没有存在的必要了，甚至连我也可以……”

龙纪威道：“你不可以。”

山地仁面子上几乎挂不住：“为什么我不行？”

龙纪威沉默半晌，说：“你只是在崇拜强者。”

山地仁呆住了。

“不仅是你，这是你们民族的共性……一种屈服于强者的奴性。你留意我的行踪，派人刺探我的消息，是因为当年我把你从老龙的利爪下救出来，你觉得我拥有凌驾于你们整个家族甚至研究部门以上的力量，所以你对我产生兴趣，继而发展成崇拜。

“你是山氏家族嫡长子，从小被众星拱月的长大，在这项绝密军事工程里占据重要地位，所有人都看着你的脸色，让你觉得自己拥有强势的地位和力量，这种优势感让你做出了带着零级体来九处炫耀的蠢事。当你被暴走的老龙挤在走廊上，口鼻流血奄奄一息的时候，你意识到老龙身为‘样本’的力量是超出人类想象的，你觉得愤怒、痛恨、难以置信，产生了巨大的失落，你以为自己要死了。”

“我……”

“然而就在这个时候，我救了你。”龙纪威无视了山地仁的插画，继续道，“你觉得我是能控制老龙的人，潜意识里觉得我的力量可以填平你在老龙面前产生的失落，你把我当作救命稻草和效仿的对象，觉得只有我站在你这一边，你才是真正的胜利者。”

山地仁激烈地反驳：“我不是这么想的！”

“所以你看到我和老龙的关系，心生嫉妒甚至痛恨，因为我没有站在你这一边。当年我不该救你，让你产生错觉——现在你懂了吗？为什么我一而再、再而三地对你强调，当年如果不是你，换作是个普通的桑国人，我也不会袖手旁观。”

山地仁紧紧盯着龙纪威，表情看上去太让人胆战心惊。

龙纪威张了张口，最终叹了口气，那种沧桑之后的疲惫，不是山地仁这种被人捧着长大的天之骄子所能理解的。

山地仁连阴沉都懒得掩饰了，直接起身大步走出房间，重重地摔上了门。

研究主任正等在走廊上，一见面就迎上来：“山先生，有一个不好的消息。”

“怎么？”

“九处特别行动组派来的营救小队已经上岸，好像有情报说他们已经摸到我们的位置了。”

“那帮废物，”山地仁冷笑一声，“之前来过几批，不都被解决了吗？”

“这次的不同，据说出动的全是精英，其中还有一个重量级人物……”

“准备通知码头登船，”山地仁不耐烦地打断道，“只要我们出海就安全了，人总不能明目张胆地追到海上去吧？”

研究主任点点头，领命下去吩咐人准备登船。山氏家族和军部右派关系密切，整个工程的资金有大半都是姓山的在掏，所以他虽然是个主任，但是在山地仁面前，还真没有什么发言权。

“马上就要去码头了，你带几个人去病房作一下准备，氧气瓶什么的都带上，”研究主任回到办公室，一边打电话给警卫让他们去开车，一边扭头吩咐自己新来的女助手：“还有当量上限测试仪，虽然主控源没有攻击性，但是……谁知道呢。”

助手柔声道：“是。”

这个女助手是不久前才调来的，本来研究主任不会对新人如此信任，但是她极有眼色，做事妥帖，最会揣摩上司的心意，有时他心里的想法还没说出来，她就已经心领神会地照做了，所以在很短的时间内就获得了主任的器重。

难能可贵的是，这助手虽然是个楚楚动人、安静柔顺的美人，但是偶尔发表意见，说话都相当漂亮。

研究主任最喜欢这一型的，这段时间以来朝夕相处，便对她有了些说不清道不明的暧昧想法，因此也就加倍信任了。

山地仁离开后龙纪威没有昏睡过去，只睁着眼静静地躺在床上，女助手带着两个研究人员走进病房，微笑着用桑国话打招呼：“您终于醒了，大家都很担心呢。上船前想吃点东西吗？”

龙纪威垂下眼皮，权当拒绝。

助手不以为意，对两个研究人员道：“主任说马上就开船，请你们两个把病房的东西收拾一下，待会儿上车的时候，你们陪护龙九处长坐在第一辆车上，可以吗？”

研究员对视一眼，其中一个疑惑道：“只有我们两个？来的时候陪护人员连枪都配了……”

助手笑道：“山先生在呢，有什么不放心的？再说只有七公里路，十分钟就到了。”

研究员终于点头答应，开始收拾病房的各种检测仪器。

龙纪威极不易为人察觉地眯了下眼睛，真的只有两个人？

要么是山地仁信心膨胀确保安全，要么就是哪里出了差错。

他抬眼瞥了女助手一眼，她身材修长，穿着粉色碎花短裙，外套白大褂，鼻梁上架着一副金边眼镜，长发松松挽了一个髻，几缕柔亮的碎发从耳后垂到白皙修长的脖颈上，看上去安静娴雅并人畜无害。

大概察觉到打量的目光，她对龙纪威微微笑了一下。

龙纪威默不作声，重新垂下眼睫。

护送的路上确实只有两个人，前排还坐着一个研究所专备的司机。本来山地仁也在的，车快开时主任突然有重要的问题想确认，其他人拿不了主意，山地仁不得不换了车，亲自去跟主任交涉。

没过一会儿，女助手过来坐到他们的车上，说是主任派遣过来观测龙纪威身体情况的。

这时已经来不及求证情况，因为已经到了开车的时间，由四辆吉普组成的车队缓缓启动，很快开上通向码头的高速公路。

深夜通向港口的公路上根本没有车，后边三辆吉普里坐满了研究所的警卫，无数双眼睛警惕地观察前后路面情况，简直连一只苍蝇都不放过。

到快下高速的时候，突然，最后一辆车里的人叫起来："不好！有人跟踪！"

山地仁坐在第三辆车里，听见车载通讯器里的声音，眼皮顿时一跳，夺过望远镜往后一看，只见高速公路出口的地方远远跟来三辆越野车，清一色没挂车牌！

"情况有变，来者不善！"山地仁猛地摔了望远镜，抓起麦克风吼道，"后面的人拦住追兵，万一靠近就开枪狙击！"

第一辆车里陪护龙纪威的几个人自然也听到了，都同时脸色一变。女助手猛地站起身，弯腰走到前车座边接起麦克风："山先生！我们怎么办，加速吗？"

"加速！往码头开，别停下！"

女助手放下麦克风，顺手关了车载通讯器，突然回头掏出早就装上消音器的枪，对准两个研究员就是"啪啪"两下！

那两人根本没想到她会出手，连回头都来不及，同时"扑通"一声倒在了后车厢里！

司机脸色狂变，还没回头就被一枪抵在了后脑勺上："别动，继续开车，不准说话。"

鲜血蔓延到担架下，龙纪威盯着女助手，用月国话问："你是……"

女助手微微一笑，默不作声。

车窗外的夜色深沉，遥远的荒野外闪烁着昏黄的灯光，仿佛夜晚海面上反射的微渺星辰。不远处传来枪响，很快变得频繁，紧接着又变得稀疏，等快到码头的时候再次激烈起来。

女助手打开通讯器，问：“情况有变，还登船吗？”

山地仁大概在指挥狙击，过了一会儿才厉声道：“立刻联系船上人员，一到码头就弃车登船！”

那司机本来想呼救，还没开口就觉得后脑上的枪口一顶，吓得他不敢吭声。

短短几分钟车开得相当快，到了码头车一停，司机还没来得及说什么，“啪”的一声轻响，女助手面无表情地扣下了扳机。

鲜血溅了她满手，她毫不在意地往白大褂上一擦，把车后门一开，弯腰扶起龙纪威搭在自己肩上。

出乎意料的是，这女人力气竟然很大，拖着龙纪威往船上跑竟然毫不吃力。夜风从他们耳边呼呼刮过，只见码头上一艘不大的游轮已经放下登船口，两个穿着研究所工作制服的男人一左一右站在通道尽头。

从弃车到登船口，短短几十米距离，龙纪威的心却从来没有跳得这么快过。

他已经认出来了，那两个人是换上桑国研究所制服的月国工作人员！同时他也能感觉到，玄鳞的缓冲波动正从他们后方的三辆路虎车上传来！

研究所的车纷纷停下，狙击人员一边压制对方火力一边掩护山地仁他们下车。山地仁精明得要命，一看码头上没有事先安排好的手下就立刻知道事情有异，再一看女助手正拖着龙纪威往登船口狂奔，立刻条件反射吼道：“给我站住！不准上船！”

谁知女助手不仅没有停下，反而跑得更快了，几乎是把龙纪威硬拖着往前。

山地仁毫不迟疑地抬手一枪！他枪法奇准，龙纪威只觉得子弹紧贴着身体呼啸而过，瞬间血花从女助手腰间飞溅出来！

女助手瞬间踉跄一下，还想跑却一头栽倒在地。

这一切都发生在电光火石的刹那间，山地仁还想补第二枪，那两个特调局特工却一边掏枪一边从船上跑下来，与此同时，他们身后的两辆路虎发出刺耳的刹车声，顾家的狙击手探头猛地倾泻火力，玄鳞、叶真和顾川三人则开着车绕出火力圈，直直向登船口撞去。

短短的几分钟里，每一秒钟都像是踩在生死线上！

“爸！”车还没停稳，叶真带着哭腔的叫声就这么凄厉地响了起来。

那两个冒充桑国人的月国特工动作稍快一步，说话声音都带着颤抖：“龙九处长！大校！大校中弹了！快通知急救！”

玄鳞一个箭步冲上来抱起龙纪威，只见他左手臂的皮肤已经完全被腐蚀了，感染已经扩大到小半个左侧身体，逐渐往心脏和腰侧蔓延。

他从来没见过龙纪威这么狼狈的样子，苍白虚弱无法站立，仿佛只在喉咙里吊着一口气，只是在等他来。

龙纪威对玄鳞微微一笑，闭了闭眼睛，又转向叶真，低声道："叶十三小同学……"

叶真的泪水汹涌而出，玄鳞双手颤抖着说："我来晚了。"

龙纪威只看着他微笑，并不说话。

玄鳞仿佛难以抑制自己的哽咽，他把头抵在龙纪威额头上，就这么面对面抵了几秒，突然张开嘴巴。

一团比指甲盖还小的微光从他嘴里飞出来，叶真和顾川都看呆了！

仔细看，只见那团微光是一只会发光的小虫，在半空绕了两圈，落在龙纪威溃烂左臂的手肘位置，玄鳞把它往下按了按，它大概很不愿意进去，过了一会儿才往皮肤组织下一钻，突然不见了。

叶真傻了："这……这是什么？"

顾川说："蛊虫吧……我也是第一次亲眼见到这个。"

玄鳞把龙纪威打横一抱，沉声道："我们现在就上船，走！"

叶真显然在这方面反应不过来："为什么？那不是桑国人的船吗？"

"已经被九处的特工接管了，刚才那女人也是他们的人。"顾川比叶真看得清楚，怕他被流弹击中，刚跑到登船口就一把将他推了进去，继而按倒在龙纪威身边，"待在这里别动！别探头出来！我跟玄鳞先生下去解决山氏家族的人！"

玄鳞冷声道："先别开船，我很快就回来。"

九处的人都很忌惮他，闻言立刻点头。

玄鳞和顾川带着几个人冲出登船口，然而叶真又怎能放过山地仁？能管束他的人这边一走，他那边立刻就要起身下去。

然而就在这时，他眼角的余光突然瞥见了什么不寻常的东西。

只见之前那个中弹被抱上船的女人，因为时间紧促来不及布置，就被放在担架上做紧急处理，那几个特工用刀划开她上衣，又找来绷带把她腰侧的出血口按住……

咦？平的？

"女助手"再也忍不住呻吟起来，不知道是不是因为剧痛而无法掩饰，声线竟然变得低沉并且沙哑。几个特工脸色都变了，一边举着麻醉针一边焦急地道："大校！坚持一下！我们这就挖子弹，很快就结束了！"

这人竟然是男的！

叶真呆立半晌，嘴角默默地抽搐了。

玄鳞走到登船口的通道之下，深夜码头笼罩在浓重的黑暗里，越野车扭曲的阴影下不时响起枪声，顾川家的人已经在准备撤退了。

不远处响起尖厉的警笛，在寂静的平原上久久回荡。

“军部的人来了。”顾川低声道。

玄鳞示意他把枪收起来，说：“我在寄生状态下缓冲范围很短，你别跟上来。”

他独自一人走下通道，不远处山地仁站在吉普车前，手里拿着枪，脸色非常难看。

“你输了。”玄鳞居高临下道。

“龙纪威呢？”

“只要有我在，他会好的。”

“为什么有‘样本’的存在？为什么世界上会有你这种怪物？”山地仁握枪的手指几乎泛白，枪口以肉眼能够看见的频率颤抖着，让人心惊胆战，仿佛随时会走火，“你是个怪物，明明应该臣服于人类，臣服于龙纪威，你却攀附到人类的身体上，妄想跟人类平等地生活在一起……”

“我确实臣服于他，”玄鳞平淡道，“不过不是因为我要臣服于人类，而是因为我想让他开心。”

这时，有个保镖想趁机对玄鳞开枪，手指还没扣动扳机，突然一股尖锐的刺痛从头到脚席卷了他，仿佛瞬间用一把刀把他整个人劈成了两半！

“啊啊啊啊！”保镖惨叫着扔了枪，疼得抱头在地上打滚！

山地仁回头一看，那保镖身上明明没有受伤——他突然明白了什么，怒道：“缓冲！”

话音未落，他突然脸色狂变，只觉得火苗从脚底烧起，瞬间包裹了全身，那剧痛简直不能用言语形容，每一寸皮肤每一根汗毛都在无形的火苗里烧灼融化，他甚至连惨叫都来不及发出来，就“扑通”一声摔倒在地。

那是老龙爆发出的高能缓冲频波！

当年在业内被称作“会呼吸的核弹”，当量上限无法测量，暴走时造成大半个城市的电磁信号紊乱，特调局九处人人色变的绝密武器老龙——就算用脑电波寄生的方式附在人类身上，放出的缓冲能量也是不能小觑的。

山地仁疯狂的在地上翻滚，一只手抓着枪，冲玄鳞的方向“砰砰砰”打光了所有子弹。他在剧痛里神智不清醒，子弹全打飞了，玄鳞站在原地，面沉如水，低声道：“死吧。”

顾川站在登船口，也不见玄鳞有什么动作，就看见离他比较近的一个桑国保镖突然停止了挣扎，张大嘴巴仿佛发出了一声听不见的号叫，紧接着皮肉飞快干瘪下去，瞬间就只剩了个被褐色枯皮包裹着的可怕的骷髅。

这一切发生得太快，就像他身体里的水分被瞬间抽干，整个人被烤熟了！

顾川脸色微变，他突然想起小时候用微波炉热馒头，结果经过高频电磁波过度加热的馒头拿出来时完全干了，硬脆而发黄，那情形，跟眼前这具“骷髅”是多么相似！

山地仁狂叫一声，拿枪的那只手突然枯萎，手枪“扑通”一声掉在了地上！

玄鳞眼珠微微发红，神情肃杀而可怖，他走到山地仁面前，单手捏着他的脖子把他拎起来，冷酷地注视着因为窒息而身体痉挛的敌人。

顾川一个箭步冲过去，厉声道：“等等！住手！”

就在这个时候，一个特调局特勤人员也飞奔下船叫道：“玄鳞先生！住手！快走！”

直升机的巨大轰鸣突然响起，数道强光从天空直射下来，耀得人睁不开眼睛，顾川用手挡着强光，只抬头一看，眉头就紧紧皱了起来：“军部……”

缓冲一收，特调局特工连滚带爬地扑上去抓住玄鳞就往回拖：“立刻走！必须走！再不走就来不及了！走走走走！”

玄鳞抬头一看，强光里他瞳孔眯成一条诡异的横线，紧接着抬手把山地仁狠狠扔了出去——“哐当”一声巨响，也不知道山地仁撞上了什么，紧接着就听见车窗玻璃大片碎裂的哗啦声。

“顾川，过来！”几个人同时往登船口狂奔的时候，玄鳞还回头叫了一句。

顾川稍一迟疑，也跟着跑上通道，只见叶真站在船舱门口，一见他就张开口，仿佛要说什么。

顾川却没有给他开口的机会。

“叶真，听我说，以后好好听龙九处长和玄麟先生的话，凡事别冲动任性，要照顾好自己，知道吗？”

叶真突然意识到什么：“串串……你……”

“我不能走，”顾川说，“这件事闹得太大，如果我一走了之，手下人都会被抓进去顶罪，会害死很多人的。这本来不是他们的错……唉，算了，这本来就不是任何人的错，我应该承担起责任来。”

叶真脸色苍白，嘴唇微微发抖，一个字都说不出来。

“当老板的不就是这样吗？关键时刻要顶得住事。男人不能在自己应当承担的责任面前退缩，不能一走了之，等你长大以后就知道了。”

顾川用力抚平叶真的头发，就像从此要把他刻在自己的脑海里一样，最终深深地、深深地看了他一眼。

叶真茫然地伸出手，然而顾川已经把他猝然推开，就这么紧紧地盯着他一步步后退。

“串串……”叶真低声道。

顾川冲他挥挥手，突然展颜一笑，从脱离通道的船舱门“扑通”一声跃下了水。

“串串！”叶真猛扑上去，恐惧让他的声音听起来异常尖厉，“回来！桑国人会报复你的！串串！回来！”

只是刹那间的事，连守在门边的特勤人员都来不及拉顾川一把，叶真伸出去的手只抓到空气，舱门外海面黑沉如同荒原，直升机雪亮的强光下，顾川的身影很快就消失不见了。

“串串，”叶真喃喃着道，“串串……”

他想起顾川最后的笑容，这个男人平时个性肃厉，不苟言笑，然而当他笑起来的时候，仿佛一下年轻了很多，竟然有点儿大男生一般温暖俊朗的意味了。

桑国人不会放过他的，他将承担所有罪名，有可能从此身败名裂，万劫不复。

船要开了，特调局工作人员七手八脚把叶真从舱门口拖回来，拿着对讲机狂吼：“关舱门！走走！快走！联系船只在公海接应！准备救生艇！”

叶真眼睁睁看着舱门关闭，喉咙里仿佛堵着酸涩的硬块，只愣愣地张着嘴，却连一个简单的音节都发不出来。

“顾川真的走了？”

玄鳞不知道什么时候来到他身后，在叶真肩膀上拍了拍。

“上船的时候我就觉得他不想一起走，果然是这样。”玄鳞顿了顿，自言自语道，“顾川……也算是个男人。”

“他们会不会害他？”叶真哑着嗓子问，“那些桑国政府里的官们？”

“不知道，不过肯定要付出代价的吧。”

“那如果串串跟我们一起回月国的话！他就可以……”

“哪有这么容易？”玄鳞打断他说，“他是桑国人，顾家在政坛上树大招风，身份非常敏感，哪能这么轻易就被月国收容？当他选择站在我们这一边的时候，或者说，当你选择让他站在我们这一边的时候，他就已经预料到今天的一切了。”

叶真愣愣地看着玄鳞，鼻尖微微发红，眼睛里仿佛有一汪水来回流转，茫然而悲伤。

玄鳞看着不忍：“只是个过客而已，人生还长着呢，忘了他吧。”

叶真嗫嚅道：“可是他……”

玄鳞叹气拍拍叶真的头：“还有我和龙纪威，我们都爱你。”

第28章 千面狐

贰拾捌

第二天凌晨，他们的船在公海换了来自月国的船，继续往月国方向开去。

那位受伤的大校至今昏迷不醒，子弹挨着他的腹腔穿了过去，虽然没有造成脏器损坏，但是毕竟腹腔破裂了。换船的时候几个特工把他小心翼翼地抱到救生艇上，阳光下只见他脸色苍白，双眼紧闭，额头上有微微的虚汗，因为失血过多而显得非常憔悴。

叶真多看了他几眼，大概是因为妆容被卸掉的关系，他素颜并不那么女性化，相反，眉骨、鼻梁、下颌线条都是比较深刻的，只是他五官很好，骨骼较轻，体格瘦削，身材也不怎么高，所以化装成女人的样子一点儿也不违和，相反还有点楚楚动人的感觉。

“他也是九处的吗？”叶真随口问。

“不是，”一个特勤人员笑道，“他不在系统里，这次是受了上层直接委派才出发去桑国的。”

叶真点点头，黯然道：“我应该谢谢他。”

玄鳞正巧经过，闻言扑哧一笑，问：“想以后去桑国把你的串串救回来吗，儿子？那抱好这位大校的大腿，整个特调局谍报系统里也只有他能办到了。”

叶真：“……”

特勤人员骇笑：“别开玩笑了玄鳞先生，这次大校暴露得太彻底，起码两年间绝对不能再执行和桑国有关的任务，不然被桑国人活烤了都有可能呢。”

玄鳞漫不经心地道：“你们大校号称千面狐，每次在特调局碰面，我十次有九次认不出他是谁，骗骗桑国人还不是小意思。”

特勤人员诚惶诚恐地摆手，玄鳞也没再多说，赶回去伺候龙九处长去了。

叶真倒是对此上了心，中午吃饭的时候默不吭声琢磨了半小时，下午找到玄鳞，趁没人的时候向他打听：“那个大校醒了没？”

“当然没有……你想干什么，叶十三小同学？”

叶真若无其事地靠在墙边，专心致志研究玄鳞的发旋。

玄鳞怒道：“别研究老子的头！老子的头是龙纪威摸得你摸不得的，懂否？……不不不，别用这种眼光看我，这种违法乱纪的事情老子是从来不干的……好了！叶十三小同学！你还真想去桑国救那姓顾的吗？”

叶真说：“我就打听打听，八卦嘛。顾川是谁？我不知道。”

玄鳞挑起一边眉毛，半晌才哼哼着说：“人还没醒。”

“哦——”叶真拖长了语调，兴致勃勃地问，“那人很厉害吗？”

“某方面是吧。”

“某方面？”

“伪装这方面，你看到了。”玄鳞完全没有说人坏话的时候要压低声音的意识，随口说，“这人号称特调局第一特工，知道吗？当年你爸辛辛苦苦记录下的绝密实验报告，被一个辛国访问团的间谍偷走了，转头又交给辛国当局一个非常重要的大佬。当时那个代表团已经结束行程准备回国了，上头把他紧急派出去偷回资料，结果他就扮成国宾馆的女服务员……”

女服务员……

叶真面无表情，额角挂下三条黑线。

玄鳞八卦兮兮，说：“然后就被指派去刻意接近那个辛国军方高官，结果不出几天，对方死心塌地爱上了这个‘女服务员’，那么大一将军，竟然还搞了把初恋的心动，被称作当年特调局内部第一大笑话……”

叶真兴致勃勃道：“后来呢？”

“后来资料被顺利偷回来交还给龙纪威，而国宾馆的女服务员也功成身退，在一起‘意外’里‘不幸身亡’了。可怜那辛国人至今还在思恋他早逝的爱情呢，简直蠢得我都不好意思说……”

叶真灵光一闪，有个勇敢的主意在脑袋里瞬间成型。

“哎，二爸，”他郑重其事地问，“这位特调局第一特工现在住在哪间房，你知道吗？”

玄鳞同志被一声“二爸”叫得昏了头，叶真甜言蜜语马屁一拍，他就乐得忘了自己是谁。

智勇双全的叶真小同学，趁特调局特勤人员不注意，偷偷溜进了龙纪威房间隔壁那个医疗室，进门就看见大校仰躺在病床上，上半身赤裸，腰上裹着厚厚的绷带，空气里一股药水混合着血腥的淡淡的气味。

叶真心想：我该怎么叫醒他呢，直接上去摇醒会不会太没人性啦？

他搬了个椅子到病床边，刚想坐下来，谁知道动静一响，大校突然开口了：“我说……轻点儿行吗？”

叶真惊奇道：“咦！原来你醒着啊！太好了，我正担心叫不醒你可怎么办，要不要直接上手摇呢……请问，您贵姓？”

大校睁开眼睛，脸上血色皆无，显得特别凄惨，说：“你一推门我就醒了。喂！小同学，帮我翻个身好吗？这么仰躺着压得我伤口真是痛啊！啊！啊——下手轻一点！不是往这边翻！往右！往右！哎呀，终于过来了……总是这么一个姿势我都有点儿僵了……”

大校扭了扭酸痛的脖颈，彬彬有礼地道："免贵姓张，张三的张，你就是龙纪威的养子对吧，小名叫十三的那个？"

叶真点点头，问："你叫什么？"

"张三。"

叶真："……"

"你歧视名字简单的人吗？小同学你太无知了，张三是人类历史上流传最久、接受范围最广、知名度最高的名字，你应该惊喜并崇拜地拉着我的手说'原来是张三同志！久仰久仰！'这样才对。不过我不会因为无知就鄙视你的，我是个好人。"

张三大校把手垫到枕头下，舒舒服服地问："来找我干什么，小同学？带慰问品来了吗？没慰问品慰问金也行，十万块以下不收的哟。"

叶真转身举起椅子，木然道："还是砸死你好了。"

"你干什么！"大校险些从病床上掉下去，"你就是这么对待恩人的吗！龙纪威！龙纪威——哎哟喂，痛痛痛痛……"

"叶十三小同学！"龙纪威在隔壁敲墙训斥，"你干什么？！别闹了，别欺负李大校！"

叶真嘴角抽搐半晌，终于问："你不是叫张三吗？"

大校捂着腰侧伤口，痛苦半晌后说："没错，我只是以前有段时间叫李四。"

叶真："……"

这位不知道叫什么名字的大校像个虾米一样，咬着枕巾一角泪流满面，显然不是个能耐住疼痛的硬汉，跟特勤人员口中战无不胜、攻无不克的特调局第一特工有很大距离。

叶真终于有点儿愧疚地坐下来，问："你扭到伤口了吗？要不要叫医生来看看？"

"不，"大校承认，"我只是麻醉效果过去了，一个人躺着很难受。给我倒杯茶来好吗？"

医疗室有开水和一次性茶包，叶真兑了点儿温茶，小心翼翼地喂给他。

大校喝了两口又不敢喝了，怕要上厕所不方便，憔悴地蜷在病床上问："既然没有慰问品，那你来找我是为什么？"

"哦，"叶真迟疑了一下，"我听说你很擅长伪装和潜伏……想打听下从东音救人出来方便不方便。"

"显然不方便。你想救谁？"

叶真还没回答，大校敏锐地问："难道有谁被丢在桑国了——顾川？他没上船？"

"我很担心他，"叶真坦然道，"他背叛了桑国人，可能会惹来很大很大的麻烦。这件事是由我而起，我不想让他来承担后果。"

"我听说他是自愿的。"

"这不是自愿不自愿的问题，反正我……我良心上过不去。"

大校注视叶真半晌，懒洋洋地道："哎哟，良心上过不去，那你打算怎么办呢？一个人游泳回桑国？顾川在东音地位比较微妙，可能不会被直接关进监狱，但是被监视软禁是少不了的。十几个特工日夜一轮班，你就算化装成一只蚊子都未必能飞到他身边去啊。"

叶真盯着大校的眼睛，目光坦荡而理所当然，说："我不可以，你可以啊。"

大校呆愣半晌，回头去猛敲墙壁："龙纪威！把你儿子领走！龙纪威！"

但是这次龙纪威装死了，半天都没动静。

叶真安抚道："别敲了，仔细手疼。你怎么这么脆弱啊？想当年我被山地仁那狗东西敲碎一根肋骨，躺床上一个月就活蹦乱跳了呢。"

对自己人从来记吃不记打的叶真小同学已经忘记顾川才应该对那根肋骨负主要责任了，他把账全算在了山地仁头上。

大校无力道："我是个好人好吗？你看电视里哪个好人不是容易受伤害的，只有坏人才像打不死的小强一样活到最后，再说你是小孩子，我是老人家，我的骨骼很脆弱的你懂吗？"

叶真说："姐姐你不要这样说，你至少比串串要年轻吧。"

"叫叔叔！"大校认真道，"如果情报显示串串……顾川的出生时间是真的，那么我比他还大四岁呢。"

叶真："啊！"

"我只是看着厉害，"大校情真意切地说，"当年我在培训营毕业的时候，格斗课程门门不及格，所以你能不能别给我找有危险性的任务？偷点儿情报啊，搞点儿诈骗啊，潜入敌人内部策反啊，调查贪腐证据啊什么的……这个比较适合我。"

叶真怂恿道："没事！我保护你！我跟你一起去！"

"离我远点儿好吗少年？我不管你跟那个顾川是什么关系，我跟你们这帮武力值爆表的野蛮人可不一样，老子是搞技术工作的！"

"哦？"叶真挖着鼻孔问，"你所谓的技术工作就是穿着裙子色诱怪叔叔吗张三同志？别瞒了我都知道了，国宾馆女服务员……"

大校刚要回头捶墙，一个特勤人员推开门，尴尬道："呃……换药时间到了。"

"把这破孩子给我拎走！"大校怒道，"拎给龙纪威让他揍一顿！竟然敢翻老子黑历史，谁告诉他的？哎哟喂……真的好疼……”

龙九处长还在隔壁躺着呢，自然没人敢拎叶真小同学的脖子。

叶真扒在门上探头探脑，只见张三大校同志被医生惨无人道地按翻，用剪刀剪开绷带一看，瘦削的腹部开了个巴掌长的口，黑线一圈圈扎进肉里去，显得异常狰狞惨烈。

特勤人员很不忍心，问：“能不能再给打两支麻醉剂？听说特调局最新研制出的快速愈合药刺激性很强，抹上去相当疼？”

“麻醉剂已经给的很多了，这是他自己的问题。病人接受过高强度抗药性训练，哪怕再打二十针也支撑不到明天啊。”

大校咬着枕巾呻吟道：“听医生的。”

医生满意点头，把刺激细胞迅速分裂的快速愈合剂喷到伤口上，再一圈圈绑好绷带，重新打了消炎药，换了葡萄糖瓶子。

脆弱而易受伤害的大校同志终于老实了，冷汗涔涔地喘息着，就跟条死鱼一样躺在床上。

叶真摸摸他的头发，同情道：“你可怎么办啊？刀口开了这么长了，以后不会留下疤吧。听说你经常扮女人，万一哪天要穿比基尼怎么办呢？会不会很难看啊？唉，我真替你担心。”

“跟你说了别翻老子黑历史！”大校终于崩溃了，捶墙怒道，“龙纪威！求求你了，过来把你家小孩儿拎走——”

因为中途绕了一圈，所以上岸的时候已经是第三天了。

这船上职位最高的两人都是重伤病患，来接的人全都小心翼翼的，也不敢留他们在当地盘桓，只给塞了一车土特产，当天下午就准备专机送去了龙城。

龙纪威一到龙城，九处直接来人把他送进了特殊病房，还有人扑上来把玄鳞扒光了上上下下来来回回如同 X 光一般扫射全身，连手指上划了个皮都没破的、比针尖还小的口子都如临大敌一般专门消了毒。

玄鳞一手拎着儿子，一手扛着龙纪威，一脚踢开九处大门，牛叉哄哄地直闯而入。

看守室里两个特勤面如锅底，老于坐在椅子上，哆哆嗦嗦地拿着一枚黑色胶囊，正要往嘴里送。

“玄鳞？龙处？”

老于手一松，胶囊“啪嗒”一声掉在地上，紧接着张牙舞爪疯狂冲了上来：“我要灭了你们祖宗十八代——”

老于疯狂咆哮，将玄鳞摇得风中凌乱如魔似幻：“你就这么跑了！跑了！咱们都差点儿陪着你嗑胶囊啊！胶囊啊！老子到底有哪点儿对不住你？哪点儿对不住你？你这个王八蛋！王八蛋！”

“好了好了，”玄鳞用一根手指把老于唾沫飞溅的脸顶开，满脸嫌恶道，“‘王八蛋’这三个字就不用自带回音功能了。”

老于：“……”

玄鳞捏着叶十三的小软脖子，把他扔到沙发里，塞了盒巧克力让他乖乖待着，又亲自把龙纪威送去病房安顿好，出来时精神抖擞，叉腰狂笑道：“老子又回来了！”

九处人人自危，所有人都恨不得贴着墙根走，只恨自己不是个透明的。

“老子要在病房住着陪你爸，”玄鳞点着叶真的鼻子说，“你先去韩越他们家蹭吃蹭住，骗零花钱……可以尽情地欺负韩越，然后楚叔叔会领你上街玩。”

叶真眼巴巴问：“我可以陪龙纪威吗？”

“当然不可以了。”玄鳞说。

然后，叶真被玄鳞迫不及待地打包送去了韩越家，速度快得让韩越甚至来不及稍微表示一下反对。

可怜韩越主持了拯救龙纪威的全盘计划，正累得像条狗一样歪在家里，就被从天而降的叶十三小同学打了个措手不及。

这只名叫叶真的小怪兽，不仅好吃懒做武力值惊人，还长着一副男女通吃、老少通杀的脸，对着楚慈的时候知道撒娇，对着韩越的时候知道坑蒙拐骗。

韩越被叶真小怪兽闹得头痛欲裂，甩出两毛钱怒道：“拿着！自己上街去玩！晚上别回家吃饭了！”

叶真彬彬有礼道：“谢谢韩叔叔，我会用这笔钱买下两箱巧克力，然后等我找到工作就会还你的。”

“不不不不，别还我了……工作什么的请你过十年以后再想好吗？你爸还想让你读研究生呢，再说小心我让他揍你……”

叶真淡定一笑，乖乖上街玩去了，临走前带了两毛钱，一个包，以及一个楚慈。

他是这么说的：“我还从没来过龙城呢，好激动啊！哦，楚叔叔，我不认得路，你带我出去玩好吗？”

于是楚慈就跟着去了，临走前还带了韩越的信用卡。

韩越一口血喷出来，终于明白这孩子为什么笃定他能用两毛钱买下两箱巧克力了。

这时已经开春，龙城街道上洒满了金灿灿的阳光，空气里弥漫着槐花香甜亲昵的芬芳。

楚慈辅导功课的时候让人望而生畏，照顾小孩却很尽心，他带叶真逛了博物馆，用小汤包塞满了叶真的胃，下午还带他去自己以前的大学逛了一圈。

“如果我好好学习的话，”叶真站在楚慈以前的大学门口，充满神往地问，“我以后也可以来这里吗？”

楚慈说：“按你现在的学力估计，从今天开始不吃不喝通宵达旦的学习，每天除了八小时睡眠之外其他时间全部扑在做题和背外语上，大概二十年后就可以考上这座大学了。”

叶真傻眼：“那你带我来这里干吗？不是激励我！”

“不，为了刷优越感。”

叶真：“……”

虚荣心得到巨大满足的楚慈出手很慷慨，晚上特地带叶真去吃了龙虾鲍鱼。反正他们刷的是韩越的信用卡，花起钱来不心疼，什么贵就点什么，吃不完打包带回家喂韩越。

叶真在龙城第一天，玩得十分尽兴，吃得肚子溜圆。

而可怜的韩越饿得两眼冒火，追踪电话打了二十几个，晚上一看楚慈进门，顿时阴森森地道：“老子要饿死了，你知道吗？！”

楚慈把打包饭盒迎面塞他脸上，淡定地道：“饿了就吃饭。”

他进客房去帮叶真收拾床铺，拿睡衣出来叠好放在床边，做事温柔仔细，有条不紊。

叶真趴在桌子上看他，听见韩越在厨房叮叮当当地摔东西，忍不住问：“你今天一直挂韩越叔叔电话，他生气了吗？”

“不用管他，”楚慈说，“他每天隔两个小时就要给我打一次电话，非常烦人，我想挂他电话已经很久了。”

叶真直觉这不是一般人相处的正常模式。

不过这毕竟是别人的事，他沉默了一会儿，换了话题说：“谢谢你送我的枪和那把刀……嗯，在桑国的时候那把刀帮了大忙，如果没有它的话，我和串……我是说顾川，可能已经被山地崇收拾掉了。”

“没关系，我听说那位顾先生很照顾你？”

“嗯。”

“那就好，我还打过他几个耳光，回头你替我道一声歉。”

楚慈不再说话，默默地收拾好东西，又去帮叶真放好洗澡水，出来的时候他站了一下，突然看着叶真，温柔地道：“请保管好那把刀……那是父亲留给我的唯一一件遗物。”

叶真微微一惊，只见楚慈摸摸他的头，转身走出了房间。

那天晚上，叶真睡得并不熟，在床上翻来覆去直到深夜，终于因为口渴而醒了过来，他想穿过客厅去厨房倒水喝，开门的时候却突然听见客厅传来楚慈的说话声。

“……嗯，中午吃了包子，晚上吃了很多海鲜，回家又追加了半碗饭……青春期长身体的时候要多吃一点儿，他比同龄人都矮，而且还这么瘦……”

叶真轻轻打开门，客厅暖黄的灯光下，楚慈穿睡衣坐在沙发上，手里拿着韩越的手机，而韩越就坐在边上。

“放心吧老龙，”楚慈劝道，“他还是个孩子呢，从某个方面来说，比这个年代的同龄人还要小。”

玄鳞不知道说了什么，楚慈眉头皱了起来，半晌之后叹了口气。

“国家机器就是这样，顾川这么大的家业，事到临头也只能任人宰割……你这么说我反而有点佩服他了……好吧，我不会跟叶十三说的，等过几天……”

楚慈想了想，说：“等过几天就忘了，孩子心性，都是这样的。”

电话里不知道还在说什么，叶真在黑暗里站了一会儿，面无表情地闭上眼睛，继而轻轻关上了门。

第29章 红桃三

贰拾玖

叶十三在楚慈家度过了半个月，期间破坏了韩越无数次偷袭计划。

叶真现在的日子无比优哉，每天练练武，练练枪，空闲下来就上网看帖。他看到网上有人说现在择偶要“高富帅”——第一要高，身材好；第二得有钱，经济基础决定上层建筑；第三要帅，脸要英俊，具备这三点的人，是人见人爱的抢手货。

叶真眼底精光直射，直接跟顾川对上了号，身高……顾川在月国和桑国中都算是比较高的了，从小练武，身材精健，肌肉强壮而让人羡慕，穿上西装就像电视里的男模特，虽然脸不是非常帅，但是也不比平均水平低到哪里去，帅也勉强能满足，至于有钱嘛……据说他家挺大的？能买下那么大的院子，钱也少不了吧。

不论怎么看顾川都符合网上评价“高富帅”的标准时，叶真窘了。

因为他发现自己是“高富帅”的反义词。

他个头矮，至今堪堪一米七；活动量大，吃不胖，瘦得像只小猴子；口袋里没钱，连想吃巧克力都不自由。

矮！穷！矬！

叶真怒了！

叶真跑去网上发帖：“高富帅有什么了不起的！”

他气哼哼地下线关电脑，更惦念那个又高又大的串串了。

龙纪威的手已经渐渐好转，九处用特殊的射线刺激细胞活性，腐肉脱落，新肉生长，每天都痒得睡不着觉。

叶真每星期去看龙纪威两次，眼泪汪汪地抱着龙九处长不撒手，还一个劲地撒娇磨蹭无所不用其极。玄鳞经常找碴去拎叶真的小脖子，趁机远远扔到病房门外。

“爸！玄鳞叔叔以大欺小！”叶真耗子一样吱吱挠门，“快开门让我进去，不然玄鳞叔叔会趁没人的时候欺负你的！”

龙纪威只想把这一大一小两人打包塞进垃圾桶，运到回收站去倒掉。

玄鳞刷的一声打开门，铁塔一般堵住去路，阴森森地道：“叶十三小同学。”

叶十三小同学不畏强暴，英勇不屈，恶狠狠回瞪怪叔叔玄鳞。

玄鳞突然绽放出一个比春天还温暖的笑容：“国宾馆女服务员就住在隔壁病房哟，每天超寂寞超无聊的哟，你都不去看看他吗？”

叶真迟疑片刻，伸着脖子大叫：“爸！我去看看服务员姐姐，你能稍微坚持一会儿吗？我回来就把你从玄鳞叔叔的魔爪下救出来！”

龙纪威捶床道：“你们俩都去吧！好吗？谢谢你们了！”

这位不知道叫张三还是李四的大校住在走廊另一头，绕过去其实也有一段路程。

这边拐角很安静，病房门微微打开，叶真刚走近一点儿，就听到里边传来大校的哀号：“不是吧！不可能，一定是弄错了，我不相信……现在申请越境任务还来得及吗？我愿意去离国！我愿意去南塞！我甚至愿意去最远的里斯！”

“冷静一点，我求求你！”房门里传来老于的咆哮，“现在要跑路也来不及了，辛国代表团已经在国宾馆住下了好吗？不不不不，你先把钱包放下……别收拾行李……等一下，你跑路的时候为什么还要带个枕头？”

老于奋不顾身地把大校按回床上，可怜的张三同志又把腰给扭了，捂着伤口嗷嗷叫痛，非常可怜。

“我们都没想到那两位会一起参加访问月国代表团，他们政治主见不对盘已经很久了，为了争议会席位险些去刨对方祖坟。”老于终于把大校按住，精疲力竭地说，“拿到名单的时候我们也很惊讶，但是没来得及反应，其中一个刚下飞机就直接问了，‘你们国宾馆那个叫李春兰的女服务员现在还在吗？’”

大校绝望道：“你们没提醒他李春兰当年就已经‘意外离世’了吗？”

“提醒了，然后人家一笑，接着问，‘那你们特调局应该有一位姓李的大校吧，好久不见，别来无恙？’”

“哐当”一声重响，比刚才龙纪威病房里传来的捶床声还要惨烈。

“你……你别想不开！要坚强地面对更大的噩耗！”老于颤抖地道，“昨天晚上访问团在国宾馆安顿好以后，另一位也找上门来了，问咱们的人说，当年我们派谈判团去辛国签订出口贸易合同的时候，有个姓张的翻译官给他送了件小礼物，他非常喜欢，现在想找这位张翻译官回礼……你坚持住！你到底给人家送了什么？！”

“我在他鞋跟里装了窃听器。”大校终于承认道，“没想到时隔四年，他终于发现了。”

老于难以置信：“你是怎么弄到他的鞋的？”

大校：“……”

大校把头蒙在被子里，像蚕宝宝一样滚来滚去。

老于怒道：“不要卖萌！你跟龙纪威是一个德行，无组织无纪律，想干什么就干什么，一点儿也不把上级放在眼里……现在怎么办？窃听器被发现也就算了，国宾馆女服务员的事情到底是谁向辛国人告密的？”

大校的声音从被子里闷闷的传出来：“组织请救救我……”

“难度太大，组织办不到！”老于怒道，“那辛国人到现在都没结婚呢！”

大校：“……”

叶真推开房门，阴森森地笑着说：“我都听见了。”

老于吓了一跳，立马说：“你可不要告诉龙纪威，叔叔给你巧克力吃，来……”

大校躲在被子里问：“谁来了？谁？”

“嘿嘿嘿嘿——”叶真扑上去抱住被子，不怀好意地左右摇晃，“你好，女服务员阿姨！”

“怎么又是你？！”大校一把掀开被子，哭笑不得地道，“你能别翻我黑历史吗？真是拜托了！”

“我都知道了，你当女服务员的时候骗了个高富帅，当女翻译的时候又骗了个高富帅，现在两人一起上门找你麻烦来了，对吧？”叶真上下打量了大校一眼，充满遗憾地道，“我这才发现原来你也又矮又瘦，而且看上去也不大有钱……”

叶真突然对可怜的张三大校产生了阶级同志一般的同情。

“什么高富帅？什么乱七八糟的？而且我没装女翻译！我不是什么时候都……”

“因为对方喜欢男的？”

大校只想把叶真拎起来掐死：“离我远一点儿，别赖在我身上！你想干什么，小心我揍你哦！”

大校用一根手指顶开叶真，对老于说：“现在立刻安排我离境执勤，不管哪里都无所谓！南极都可以！”

叶真问：“你不怕一出医院就被人前后堵在马路上吗？啧啧，好可怜哦。”

“没有离境任务！”老于板着脸说，“你前一阵子活动太频繁了，上级本来是想让你潜伏一段时间的。好好待在这病房里吧，万一真被人找上门来，你就从窗子里跳下去……我看看，才二楼嘛，距离也不是很高。”

“我会扭到脚的……”大校悲惨地道，“我连盛个汤都能烫到手指，开个门都能撞到门闩，这么多年来你们对我容易受伤的脆弱体质还没有足够了解吗……”

“你还好意思说！”

老于瞪起眼睛，还没来得及训斥，叶真突然笑嘻嘻地道：“服务员，我请你出去玩好不好？”

老于狐疑地看着叶真，大校呆了一秒，瞬间反应过来：“去引渡顾川？”

“哪个顾川？”老于顿了顿，突然长长地“哦”了一声，“那个以秘密罪行被监禁起来的顾川……为什么要去引渡他？他又不是月国人。"

叶真充满信心地道："很快就是了！"

"很快就是了……'很快就是了'是什么意思？喂，你可别在那自作主张！在桑国的那件案子有专人负责！"

大校眼底亮了，说："'专人'还不就是九处的人？这好办，让龙纪威发个文件就调回来了。当务之急是赶紧远远避开访问团那群人，他们肯定在咱们这儿放了眼线，不然老子怎么会暴露……啊啊啊啊，说不定连照片都已经曝光了……叶十三小同学！"他热情地张开双手，"咱们一起去东音救串串吧！"

叶真面无表情地把他的手弹开，说："服务员，离我远点，跟你不熟。"

大校："……"

不管老于如何打滚哭闹，大校还是飞快和龙纪威达成了共识。

龙纪威慈爱地抚摸着叶真的头，说："出去逛逛也好，万一救不了人，你就顺路去东音玩玩，或者去北岛滑滑雪什么的，关键是别跟玄鳞那二货混在一道了，你们两个联起手来，那压力大得我简直承受不住。"

他又拍着大校的肩说："你办事我放心，回头我把叶十三小同学的差旅费和伙食费打你账上。该玩的要玩，该吃的要吃，救人什么的不急，可以再往后放一放。"

玄鳞则满脸黑气，拎着叶真的小脖子问："那个顾川对你做什么奇怪的事情了？你怎么就惦记着不放呢？你想吃顾家的糯米团子是吗？没问题，二爸我现在就绑几个厨师来给你做！"

"跟糯米团团没关系！"叶真无可奈何地道，"玄鳞叔叔你冷静一点儿好吗？当初是我叫顾川来帮忙的，他都被关起来了我怎么能坐视不管？你记得当初在顾家的时候他怎么说的吗？他说把选择权交到我手上，可见这人是很够义气的……"

"跟义气无关好不好？"玄鳞欲哭无泪地道，"他那是在哄你呢，你这么大的人了，怎么连什么是居心叵测都分辨不出来呢？"

病房里龙纪威还在跟大校和老于商量着什么，叶真和玄鳞面对面站在走廊上，附近一个人都没有，阳光从玻璃窗外大片洒进来，石头地板反射出温润的微光。

叶真拍拍玄鳞的肩，乐观地道："不用担心了，玄鳞叔叔，我很快就会回来的。等把顾川从监狱里弄出来，他想待在桑国就待在桑国，想跟着咱们就跟着咱们，我跟他之间的账一笔勾销，从此以后，他再怎么样就不关我的事了。"

"不过这次去桑国，"叶真接着说，"还有一件事我一定要办。"

玄鳞刹那间静了，半晌后问："山地仁？"

叶真点点头，没说话。

“我本来想把龙纪威护送回国以后，立刻转头回桑国去了结整个山氏家族的，但是龙纪威手臂肌肉有病变，我必须……必须用一种射线提高他整个身体的免疫能力，不能随便离开他。”

玄鳞顿了顿，咬牙道：“你要是遇上山地仁，别心慈手软，直接宰了他！要是遇不上也罢了，转头我亲自去桑国找他。”

叶真点点头，肃然道：“好。”

父子俩鬼鬼祟祟地针对山氏家族讨论了一会儿，出了满肚子的坏主意，然后心满意足回房吃饭去了。

大校执行越境任务却不那么简单，事前有很多准备工作要做。

再怕疼也不行了，他必须拆了绷带下病床，腰上被子弹擦过的伤还没有完全好，走几步路就疼得龇牙咧嘴的。

为了防止一出门就被人堵在马路上，他拿出比平常更精心二十分的劲头，仔仔细细从里到外地伪装了一遍，连对应身份、社会关系、来往人物全都背熟了。

为了伪装这么一个人出来，他甚至翻出了自己十几年来攒下的老本，临走前还密电通知自己在桑国布下的情报网，让他们打探顾川在桑国被秘密拘禁的情况，为他们的到来提前做好一切准备。

结果到出发当天，叶真在机场看见大校，当场就喷了。

“张三同志？”

叶真难以置信地抽着气，踉踉跄跄退后半步，手指抖得像秋风里的落叶似的：“你怎么老成这样了！——”

登机梯下，一个又矮又黑、皮肤皱巴巴的小老头儿对他微笑着，神情猥琐，双目浑浊，一张老脸皱得像个风干了的核桃。

“我想来想去，按我本来的脸伪装太漂亮，万一再惹点儿桃花债多不好。”大校摸摸脸皮，满意道，“我做了个假面贴脸上，还是这样比较保险……你摸摸看，就像人皮一样对吧。”

叶真：“……”

东音，机场。

一个十六七岁的美丽少女站在出关口，踮着脚向熙熙攘攘的人群张望着，满脸茫然。

时值秾春，她穿着公主一般可爱的纱裙，光亮的长发上别了枚粉红发卡，皮肤雪白眼神清澈，活生生的洋娃娃。

路过旅客大多回头看她一眼，有几个年轻人想上去搭话，但是很快便发现少女不会说桑国话。

他们说话，少女只茫然地听着，再问她，她只会摇头微笑，最多用外语说句“对不起”，口音也非常别扭。

应该是月国或者是离国人吧，年轻人猜测着，遗憾万分地离开了。

少女在原地站了足足半小时，终于，一个月国旅行团的导游发现了她，主动走过来询问是否需要帮助。一听到月国话，少女眼睛立刻亮了，笑意从长长的眼睫下满溢出来，让导游不由得有点心跳加速。

“我刚才去上厕所，出来就迷路了……嗯，我爷爷说他在外边等我，但是人呢？”

导游有点愣。

这么纤细可爱的少女，怎么说话声音这么低沉呢？！

“您能帮我吧？”少女可怜兮兮地道，“我没有手机，您能帮我打个电话吗？”

“哦哦，好，好。”导游拿出自己的手机递给她，“号码你还记得吗？”

少女愣了。

就在这无比尴尬的时候，突然接机大厅方向匆匆走来一个小老头儿，拎着个手提箱，拖着老大一包行李，隔老远就哑着声音叫道：“春兰儿！在这里！”

少女把手机往导游怀里一塞，以一个淑女身上绝对不会出现的、仿佛红色娘子军冲锋一般的架势飞奔上前，干净利落一把钳住了老头儿的手腕。

导游发誓，他看见老头的表情瞬间扭曲了一下。

“春兰儿啊，你上哪儿去啦？”老头儿笑呵呵地问，“这么大的人了，上个厕所还迷路啊？”

少女面无表情道：“你不是说在出关口等我吗爷爷？难道真是年纪大了，老年痴呆症吗？”

老头惊道：“哟！连老年痴呆症都知道！看来还是最近治疗得好，春兰儿你的智力障碍综合征很有起色啊！”

导游：“……”

老头儿嘿嘿笑着对导游连连欠身，连道谢谢，一边拉着少女往机场外走。那老头面相皱巴巴的缩成一团，显得十分猥琐，然而神态又非常谦卑，仿佛还带点儿低三下四的意味，让人看了觉得又有些可嫌，又有些可怜。

导游满心好奇，目送着那一对祖孙互相搀扶着，很快被裹挟在了熙熙攘攘的人群里。他们时不时侧头看着对方，彼此都是满脸笑意，仿佛在亲热地交谈着什么。

少女说:“你好猥琐啊,张三同志,你看刚才那个小萝莉还回头看你……啊,她哭了……她被你吓哭了!哈哈哈哈哈哈哈哈!”

大校反唇相讥:“明明是她爸爸走过去了还回头看你,被她妈妈伸手扫了一耳光好吗?!叶十三小同学,请你看问题客观一点儿!”

无敌少女的叶十三小同学,穿着不到膝盖的蓬蓬裙,露着两条白嫩修长的小腿,昂首阔步走在桑国的机场里,姿态神色就像是准备出战的小将军。

大校一手被他拖着,一手摸着下巴道:“你这样子其实很诱人啊,叶十三小同学,没想到你也有点儿伪装的潜质……但是搞情报工作光有伪装是不够的!技术是关键!”

叶十三满头黑线,只想找个没人的角落把特调局第一特工先生暴揍一顿。

机场外有个五十来岁的矮胖男人坐在车里等他们,大校带着叶十三上车,向驾驶席使了个眼色,那人便心领神会的把车开出航站楼。直到上了马路,大校才介绍道:“他代号‘红桃三’,为我们做事已经很久了,这次审问顾川的任务就是由他协理的,他有在固定时间去探视犯人的权力。”

叶真点点头,那矮胖男人在后视镜里对他憨憨笑了一下。

“我的身份是红桃三的多年好友,一位刑讯专家,而你是我的孙女。据情报显示顾川被关押在一座秘密的私人监狱里,我们现在就要去见一见他。”

叶真问:“现在?不需要再准备点儿什么吗?枪战啊群架啊……”

“我谢谢你啦,我们是来偷人的好吗?于副局长只给我们三天时间,三天时间一到,不管有没有救出人来,我们都必须立刻撤退。”

叶真面无表情地道:“你撤退好了。”

——你想留在这里吗?别开玩笑了。

大校瞥了叶真一眼,没有把这话说出口,只无谓地挑了挑眉毛。

从机场去那家秘密私人监狱非常远,红桃三不像个善于言辞的人,只有大校询问情报工作的时候才稍微打开话匣子。在介绍顾川情况的时候倒是多说了两句:“顾川先生刚服用了自白剂,目前精神不大稳定,其实如果时间不急的话,我们可以先找个安全的地方盘桓下来,晚上再去探望他。”

大校问:“你有安全地方吗?”

“有的,”红桃三立刻道,“我的府邸虽然狭小寒酸,但是多年来从未被人怀疑过,离这里也很近……”

“不用了,”大校打断他道,“我们时间非常紧迫。”

当大校拒绝这个提议的时候,不知道为什么,叶真觉得红桃三脸上闪过一点极其难以发觉的遗憾,他眨了眨眼,再睁开时红桃三的表情已经恢复正常,让他怀疑自己先前的感觉是不是错觉。

他扭头向大校看了一眼，老头儿的人皮面具太强大，完全无法从那堆沟沟壑壑里看出表情来。

一个小时后，车停在一座偏离市区的灰色三层小楼门口，门口两个带枪警卫查了红桃三的身份卡和准入证，又打电话请示上级，最后才放一行三人进去。

红桃三走在最前边，叶真看着他的背影，低声问："这人可信吗？"

大校嘴唇几乎不动，却发出轻微而清晰的声音："我前任留给我的人，为特调局工作十七年了。你今年有十七岁吗？"

他们直接上了三楼，进门就有人上来搜身，三人都乖乖让搜，红桃三交上去一把军枪，大校交上一把掌心雷，唯独叶真身上什么也没搜出来。

不过也幸亏搜身的是个男的，红桃三又是个上级，他没胆子在红桃三面前仔细搜叶真，否则在搜身的时候一定如遭雷击。

"这位是我特地请来的刑讯专家，他们将陪同我一起审问嫌疑犯。"红桃三想了想，又点了几个人名，说，"这几个警卫留下来看门，其他的都下去吧，没有我的命令不准靠近三楼。"

众人纷纷顺从退去，大校微笑着，漫不经心地问："留下来的人可靠吗？"

红桃三谨慎道："百分之百的可靠，请您放心，这些都是完全忠于我的手下，这段时间想办法照应顾川先生的事，也多亏了他们。"

大校点点头，不说话了。

等待的时间总是漫长的，会客厅里又没有人，叶真坐在椅子里，不断想象着顾川被带出来时的情形。

像电视剧里一样拖着长长的镣铐吗？脖子上会不会带着枷锁？

他这种罪行应该很严重吧，会不会有人用枪指着他的头，一步步顶着走进来？

叶真想起历史剧里桑国人折磨月国人的片段，心里竟然有点发寒。他习惯了顾川的强大、沉稳、安全和可靠，不能接受他被折磨甚至是被拷打的情形。

门"咔嗒"一声开了。

叶真几乎是立刻站了起来，坐在他边上的大校都愣了愣，随即把目光转向门口。

顾川穿着淡蓝色的衬衣，两个刚才被红桃三点名留下的心腹警卫背着枪，把他带进会客室，坐在隔着长桌的一张木头椅子上，随即有人把手铐扣在他手腕和椅子扶手上。

他消瘦了一些，有点儿憔悴，但是目光非常有神，神情稳重而不露声色。

他大概没吃什么生活上的苦，个人卫生搞得很好，头发剃得很有精神，嘴唇上也没有胡楂子。虽然穿着简单的淡蓝衬衣，但是肌肉线条从薄薄的布料下凸显出来，就这么大马金刀地随便一坐，都有种充满了精悍和冷静的魅力。

看到红桃三和大校他都没什么表情，只有目光落在叶真身上的时候，突然短暂地停顿了一下，紧接着露出不可思议的眼神。

叶真冲他微微一笑，做了个“嘘”的手势，等那两个警卫出去后带上门，才眨了眨眼睛，说：“串串！”

顾川想说什么，但是嘴唇却微微发抖，有刹那间他确实是非常失态的。

不过这失态瞬间就被掩盖了过去，他立刻沉声问：“你怎么会在这里？为什么打扮成这样？龙纪威和玄麟先生知道你来桑国的事情吗？”

“是他要求我们来救你的，”大校冷淡地道，“明天早上转移你去军部接受问询，我们会在那时动手。”

顾川的眼睛久久无法从叶真身上移开，半晌才强迫自己转移目光：“这样太危险了，他还是个孩子！还没成年！出了事怎么跟他养父交代？”

大校立刻道：“别担心！出了事我们会在第一时间放弃你的！保证让叶十三小同学全身而退！”

顾川：“……”

叶真安抚道：“别害怕，我们不会轻易把你交给桑国人的，最近在监狱里怎么样？以后有什么安排吗？”

这个问题大校也想知道，饶有兴味地看了过去。

“我早几年的时候，实行的是两条腿走路的策略，军部左、右派两个对立面我都有些关系，因为存着想吞并山氏家族产业的心思，所以我跟山地仁他们也打些交道。”顾川沉默了一下，沉声道，“后来右派就越来越不像话了，做了很多激进的决策。为了摆脱干系，我就一意投靠了右派的对立面，从此跟山地仁他们也开始针锋相对起来。

“你应该知道，这次龙纪威被绑架，表面上是山氏家族报仇，实际上却有右派某些高官的暗中指使。我在没有任何指令的情况下贸然出手，帮你们劫走了月国特调局高官，引发了不同派别之间的混战，而我被关押在这里，一方面是右派里有人想收拾顾家，一方面也是跟我关系密切的左派成员想以静制动，保住我的性命。”

叶真微微张着嘴巴，突然问：“你会死吗？”

顾川笑起来，说：“想让我死，也是不大容易的，话说回来，你为什么想来救我呢？”

这个问题叶真也想过很多次，一开始因为顾川对他好，不像是坏人，他不想眼睁睁看着人家去死，后来又添加了某种责任感，觉得自己不能放弃顾川，如果不是顾川当初帮忙，龙纪威回来得一定不那么容易。

虽然玄鳞是个无差别大范围杀伤性武器，但是龙纪威回来时的情况，也确实不能再拖了，不然玄鳞当初在码头上为什么急着上船，而不是跟桑国人死磕一场呢？

他不知道的是关于这个问题，玄鳞曾和龙纪威有过讨论。

“他很在意顾川，”玄鳞跟龙纪威分析，“虽然他意识不到。如果顾川当时安全的跟着咱们回来也就罢了，但是顾川现在生死不知，非常危险——小十三肯定坐不住的，他看过太多人死去了，他的父母，他的亲人，他的朋友，他的师长……整整一座城死在了他眼前，心理阴影太深了。他会因为任何一点儿微不足道的原因跟桑国人死磕到底，更别提顾川还被桑国人抓走，有可能被杀掉了。”

这番讨论叶真当然是不知道的，他不能仔细体会自己的心情，只知道不能放弃顾川。

这种关心一个人的心情，对一个十六岁的少年来说，实在是不太容易想明白的。

“我……我也想来解决山地仁，”叶真飞快找好理由，理直气壮地道，“来救你只是一个方面。”

“哦，一个方面。”顾川意味深长地重复着，笑了一下。

这一笑显然让叶真有点儿不舒服了，还没组织语言反击，大校便开口打断了他的话：“顾先生。”

顾川知道这老头儿一定不是什么小角色，立刻道：“是。”

“这一次我过来桑国，其实是有大量准备的，人力物力不知道花去多少，连多年来置下的家底子都用上了。”

这话连红桃三都点头表示赞同，又向顾川使了个眼色。

大校语调慢吞吞的，又接着道：“你帮我们劫回了龙纪威，我们当然是感谢你的。不过，感谢也就是那么一回事了，绝不可能为了你，给组织带来什么麻烦，如果我们花费巨大代价，却救回去一个桑国人，那这代价也花得太不值了一点。”

顾川想了想，点头坦率地道：“是。”

大校笑起来——这副脸皮笑起来的杀伤力相当不小，至少红桃三和叶真两人就齐齐汗了一下。

“我们是要救你的，但是如果你不乖乖听话，救回去以后要打要杀，也是我们说了算。在桑国你有势力，有朋党，桑国政府处置你的时候未必会下死手，但是如果在月国，就没人会对你留任何情面了——说不定还要先杀之而后快呢。”

顾川紧盯着大校的眼睛，沉默半晌，面无表情。

大校只等他说“你们回去吧我就留在桑国好了不需要你们来救了”，谁知道顾川这么紧盯了一会儿，突然缓缓地道：“其实这段时间，我一直在考虑一件事……”

“如果我提供一些有价值的，你们很难搞到的东西的话，”顾川顿了顿，眼看着大校的目光有了些变化，才继续道，“——作为交换，你们能不能也为我提供一些便利呢？”

大校面无表情，眼神却变幻莫测，半晌之后淡淡地道：“你想要什么便利？说出来我听听。”

“很少的一点点，”顾川道，“比方说，一个月国国籍。”

第30章 叛变者

叁拾

那天晚上回去时，叶真问大校："顾川到底给你提供了什么东西啊？"

他们被红桃三安排住在自家的二层别墅里，单独一层楼被隔离出来，偌大的房间里只有他们两人，连佣人都被下禁令不准靠近主卧的方向。

大校一边擦枪一边反问："你猜呢？"

叶十三同学虽然有个很善于搞斗争的爸，以及一个很善于搞大规模杀伤武器的二爸，但是本人对斗来斗去这一套是没什么经验的，当下就猜："很多很多钱？"

"亲，特调局不缺钱，要缺也不缺串串……顾川的那点儿钱啊。"

"嗯，武器？"

大校一笑，摇头道："顾家是民间财团，民间财团哪有武器？"

叶真不知道了，呆呆地望着天花板。

大校也不告诉他，自己擦完枪，直接洗洗上床睡觉。

关于顾川要说的东西，其实不是别的，是一个叛徒的下落。张三大校早年刚掌权的时候，有一个得力爱将在辛国情报分析部门担任要职，十几年来为他提供了很多珍贵资料，可以说如果没有那个手下，张三大校自己是不可能年纪轻轻就扛上这等军衔的。

但是后来，军部一高层叛变，为了向辛国人投诚，出卖了那个红色间谍，虽然那手下在被辛国人抓捕之前就服毒自杀，避免了一系列严刑拷问，也没有暴露更多情报组织——但是大校心里那个恨啊！得知那手下死讯的当天，他就发誓哪怕挫骨扬灰，也要为手下报仇！

此后，为了抓到那个叛徒，他手下的情报组织不知道耗了多少时间，赔了多少精力，却一连几年没有结果。那叛徒受到辛国政府保护，为人又相当狡猾，最后一次得知他的消息是在桑国，大校亲自追到这块弹丸之地，却再一次在最后关头失手了。

当时他就隐约听说，那个叛徒在桑国滞留的时候，跟当地名门山氏家族有过接触，而山氏家族和顾家渊源悠久，互为血亲，顾川知道那叛徒的下落也相当有可能。

特调局已经对那个叛徒下了全球通缉令，一开始还要求抓捕归案，后来则要求不需审问，就地格杀！可以说，为了除去这个叛徒，为了不让海外红色间谍们心冷，已经到了不惜一切代价的地步。顾川要是能帮助他们抓到这个叛徒，甚至能帮他们完成格杀令，那别说月国国籍了，在月国赚下一笔比顾家还庞大的家业都有可能。

但是这个原因显然是不能对叶真说的，顾川和特调局怎么交易是顾川的事，叶真这个年龄，实在不适合知道这些。

那天晚上睡到半夜，大校突然被一阵轻轻的抚摸弄醒了。

睁眼的瞬间他就感到有人在抚摸他的手背——这种抚摸很轻，却是能最快将人唤醒又不会让人惊跳发出大叫的办法。

叶真坐在床边，身上穿着整齐的睡衣，眼睛在黑暗里仿佛猫科动物一样寒亮。

“别出声，”他低声道，“我听见楼下有声音。”

大校有些惊诧——他是搞情报工作的，特调局第一特工，这名号可不是白来的，他有不利用器械，仅凭人耳监听百米之外两人谈话的记录，但是却没有像叶真一样被惊醒。

“练武之人耳朵敏感，我尤其甚。”仿佛看出了他的疑惑，叶真主动解释了一句，示意他贴到地板上。

大校用耳朵贴着地板听了一阵，只听楼下有很轻微却很杂乱的脚步，不止一两个人，起码有二十几个。

脚步声、搬动东西声、压得很低的说话声、上楼声……他们上楼来了。

叶真轻声问：“那个红桃三，真的可靠吗？”

大校眉梢轻轻一跳。

他立刻起身来到窗前，迅速从口袋里摸出远红外线测试镜往眼前一扣，几乎瞬间发现楼下布满了人。

荷枪实弹的人。

红桃三叛变了。

大校冲到床前，从枕头里摸出两把枪扔给叶真，又自己抽出两把别在腰后，整个动作风卷残云般一气呵成，低声喝道：“跟我来！”

他冲进浴室——洗澡的时候他就观察过了，浴室上有个天窗！

他一个助跑跳起来，左脚踩到浴缸的沿，借力一跃抓住天窗窗框，顺手抄起手枪把玻璃打碎，在哗啦啦的声响里翻了上去。

叶真如法炮制——不过没有助跑，他直接跳起来……然后就上去了。

别墅天台很大，叶真落地的第一眼，就看见大校僵直的背影挡在自己面前，而不远处站着十几个警卫，为首的便是红桃三。

叶真慢慢爬起来，看了眼十几个黑黝黝对准自己的枪口，慢吞吞地道：“我说他不可靠吧。”

大校的声音很冷静，如果仔细听的话，却能听出一点阴狠的意味：“不，他不是红桃三，红桃三就算自己死了，也不会叛变的。”

“他是个冒牌货。”大校颤声道，“可笑我竟然没发现自己的手下被人掉了包……真正的红桃三，已经殉职了吧。”

“红桃三”笑了一下，只是那张憨厚的脸再笑起来，却让人觉得非常诡异。

叶真疑惑道:“你到底是谁？”

“你们猜呢？”红桃三话音刚落，突然如同鬼魅一般飞扑过来！

这时候叶真和大校站的是不同方向，那个冒牌红桃三就算身手再强悍，如果他扑向叶真的话，不出两秒就会被踢下房顶。

但是他扑向了大校——大校身手虽然敏捷，却远远不是格斗好手，当即就被迎面一拳打得口鼻出血！

“颜兰玉，你这个废物！”红桃三一声大喝，瞬间一脚把大校凌空踢飞了出去！

“你猜猜我是谁！”

轰然一声重响，大校痉挛着爬起来，还没站稳就一跤摔倒在地，嘴里“哇”地喷出一口血。

他的人皮面罩在格斗里被撕开，胶皮失去黏性，“啪”的一声掉到了地上！

“张三！”叶真立刻上前一步，十几把枪立刻卡啦啦上膛，迫使他停在了那里。

大校摆手示意他不要冲动，紧接着非常狼狈地从地上爬起来，脸上还带着没卸干净的填充材料，只听几声轻响，他的骨骼竟然在几秒钟里暴涨好几厘米，整个人瞬间从一个矮小佝偻的小老头儿，变成了瘦削挺拔的年轻人。

“你这手锁骨的功夫到现在还没落下，不过也就如此了。”红桃三没有追击，居高临下地站在那里，脸上带着讽刺的笑意。

“你的身手倒是越来越厉害了，”大校咳了几声，冷淡道，“——宋优。”

宋优？那人是个女的？

叶真有点儿惊讶，紧接着看见红桃三大笑一声，一把掀开人皮面罩，继而脱下外套，让里边的仿真填充材料稀里哗啦掉下来，短短几秒钟不到，红桃三就摇身一变，成了个彻头彻尾的女人。

只是这女人的容色跟大校男扮女装时相比，那真是差了不止一分两分，不知道是不是人皮面罩戴久了，她皮肤带着干裂的黑黄，五官虽然还有一点可取之处，却被大腮帮子破坏了整体美感。

“我不相信，”大校艰难地喘息着，冷笑着道，“我不相信你有那种技术，能在我眼皮子底下把红桃三调包。我每个月都接到他从桑国传来的情报，从没听他提起有什么暴露的危险。”

“你的确非常谨慎，从很久以前开始，在你眼皮底下作假就非常难。”

宋优嘲弄一笑，问：“你知道我是从什么时候成为红桃三的吗？”

大校眉头紧皱，一言不发。

“五年前。”宋优道，“这张人皮面罩，我已经整整戴了五年了。”

就算冷静自持如大校，此刻也不禁露出了惊骇的神色。

“你知道的，我亲爱的师弟，就算易容术精妙绝伦如你，也最多坚持戴面具三天，因为三天过后，有害材料就会伤害皮肤，使你瘙痒难忍，不得不用药水洗脸。你绝对想不到有人能戴面具整整五年，五年！”

宋优疯狂地大笑起来，指着自己的脸问：“很难看吧？很可怕吧？五年前，为了调包红桃三，我甚至专门去垫宽了腮帮骨！整整五年没有人发现红桃三已经被调包了！接头人没怀疑，联络人没怀疑，甚至连被誉为当代第一红色特工的你都被瞒了过去！我才是密宗门下的第一弟子！你算什么东西？你算什么东西！”

大校惊骇难言，半晌才喘息着道：“怪不得在桑国的两次A级任务都没成功。”

宋优连连狞笑，从口袋里摸出一根极细的银鞭，用鞭柄指着大校。

“颜兰玉，你就是个废物。”她说，“以前在师门里，只有你最不成器，格斗不过关，剑道又不通，仗着一点儿小聪明，把师父哄得团团转。师门比武大排名，你只有被揍的份儿，诡辩的时候倒是伶牙俐齿，一身本事都学到嘴巴上去了。”

大校道：“我确实没有师姐你威风，仗着一身本事去偷师父的易容秘方，结果被人发现，在大冬天里跪了三天的雪地。”

宋优大怒，一鞭“啪”地抽过去，大校被结结实实扫翻在地。

“师父的绝学都传给了你！传给了你这个最不成器最没出息的家伙！”宋优勃然大怒，鞭柄几乎指到了大校头上，“都说你最有易容的天分，凭什么偏偏是你？我们那么努力，我们不惜一切代价！结果最后被什么都没付出的你得手了！”

大校捂着嘴咳嗽，没有说话。

“你得了秘制人皮，然后背弃师门，一到月国就立刻带人回来清剿，死在你手里的师兄弟不知道有多少！连师叔都被你活活拷打致死！”宋优深吸一口气，疯狂吼道，“我们密宗一派，简直就是在你手里灭绝的！在你这个密宗第一弟子手里！”

“如果你是我，你会放任这世上还有和自己一样能随心所欲扮成另一张脸的人存在吗？”大校踉跄着站起身，拭去脸上的血迹，冷笑地盯着宋优，“何况人活在这世上，总有一两个人是恨之入骨的，活活打死都尤嫌不足——你对我不也是如此吗？”

“你知道师父当年为何最中意我吗？”没等宋优变脸，他便微笑着接了下去，“因为师父最喜欢心狠手辣之人。你确实心狠，但是跟我相比差远了，我不仅对别人狠毒，对自己，更能狠上千倍万倍！”

“你！”

宋优疯狂大怒，一扬鞭柄就想狠狠抽大校的脸！就在这千钧一发的时刻，只听“啪”的一声脆响，她的鞭子竟然被凌空打飞了出去！

叶真眼神锋利，面沉如水，抓着宋优的手，一脚把宋优踢出几米之外。

在场所有人都举起枪，好几个人忍不住冲上前来，局势立刻一触即发！

宋优一骨碌爬起来，怒道："你又是什么货色？！"

叶真头也不回道："张三同志。"

大校被他挡在身后，闻言惊疑不定地看向少年背影，只听他说："找个角落躲好，没事别出来。"

大校喘息着，握着枪的手紧了又松，松了又紧。

叶真一步侧身，左手五指微弓，掌心前伸向上，望着前方拿着鞭子的宋优和十几个带枪警卫。

只听他冷淡道："在下叶真，方川叶家十三子。今日既自通姓名，黄泉路上尔等便知，自己是被何人所杀了。"

很久以后，大校回忆起那天晚上的情景，都觉得是场惊心动魄的梦。

是的，惊心动魄。

他们被惊醒是深夜两点十五分，遇见宋优是两点十七分，叶真出手是两点二十五分。

分针指到三十的时候，天台上躺了满地的警卫，有些额头中弹脑浆迸裂，有些满地翻滚大声呻吟，有些已经昏了过去，半个身体悬挂在天台之外。

宋优气急败坏，鞭子刚出手就被少年一把抓在手里——倒刺瞬间在叶真手心上留下三道狰狞的血口，但是少年面无表情，反而反手一拉，宋优毫无反抗之力的凌空摔倒，紧接着被叶真一脚狠狠踹出了十几米！

“哐当”一声巨响！

宋优背部重重砸到天台栏杆，她痉挛了两下，还没站起来，叶真当胸一脚把她狠狠踩翻在地！

“张三同志，”叶真问，“这女人欺负过你吗？”

少年的脸在夜色里冰冷仿佛罗刹，大校立刻吼道："不要杀她！下边的人上来了，劫持她为人质！"

叶真手里黑洞洞的枪口指着宋优，闻言点头道："哦。"然后收起手枪，把手伸到裤子里摸了一下，抽出把暗沉沉的匕首。

他拿匕首柄漫不经心地抵在宋优身上——其实那一瞬间，宋优还在想为什么他用的是匕首柄而不是匕首尖，但是紧接着她就什么都想不了了。

叶真将匕首柄停在她锁骨下七厘米靠右胸的位置，不轻不重往下一戳，几乎要洞穿身体的痛苦瞬间让她说不出话，肋骨仿佛被刺穿了，内脏仿佛被戳烂了，她的身体连一点力气都使不出来！

她竭力睁大双眼，疼痛电流一般辐射到右侧身体，继而是整个背部！

那一瞬间她简直想凄厉的破口大叫！

叶真把她从地上拎起来，两下挑断了她的两条手筋，鲜血飞射出来，少年浑不在意，用匕首把她脖子一勾，直接拖着往下走。

背景是一片漆黑寥远的夜空，天台之上血流成河，少年手里拖着个垂死的女人，毫不介意地踏过满地尸体。

那一瞬间，他就像地狱里走出来的妖魔。

无数人挤在楼下庭院里，带枪的警卫轰隆隆跑上楼梯，争先恐后地往天台上爬，叶真守在天窗狭小的洞口，出来一个解决一个。

这可能是大校有生以来见过的最惨烈的一扇窗子了——它的碎玻璃沿上滴着血，窗框上堆满了鲜血积成的厚厚的污渍。

连大校都有点儿支撑不住了，少年却冷若冰霜，毫不手软。

楼下有人发了狂，子弹如同雨幕一般往上扫射，尖叫和怒骂声仿佛混乱的乐曲，最终有人扔了枪，崩溃地吼叫着掉头往别墅外跑。

"叶……叶十三，够了……够了，"大校抓住叶真的手，喘息着道，"监狱的情况还没摸清，我们必须尽快离开。"

"扑哧"一声，叶真把匕首从警卫腹腔里拔出来，把人拎出天窗扔到一边。

大校别开目光，几乎无声的吸了口气。

"你觉得我不该滥杀？"

大校没来得及回答，叶真淡淡地道："不杀他们，我们今天就走不出这里。"

大校看着这样的他，竟然有种冰冷刺骨、难以言喻的感觉。

他是个军人，就算是情报工作中坚分子，也是军队系统里的一员，他开过枪，也杀过人，情急的时候用刀刺死，甚至用手扼死，那都是别无选择的，甚至有一年，他追杀一个臭名昭著的卖国贼，从桑国追到佘国，从佘国追到虹国，最后把人堵在一艘游轮上，对方企图跳海逃生，他咬着氧气管跟着跳下去，最后把人按在冰冷的海水里活活溺死才算完。

他以为自己已经够心硬了，但是听见叶真用那样的语气说出那样一句话后，才突然觉得，眼前这个不满十七岁的少年，竟然比他还要狠辣，还要无情。

这少年看桑国人的时候，眼神不像是在看活人，而像是看牲畜草木，可以随心所欲地控制其生死，他动手的时候也没有情绪波动，就像是屠夫对着案板下刀，动作干净利落，神态麻木不仁。

他在月国的时候不像这样，看玄鳞、龙纪威、韩越、楚慈他们的时候，眼里也是带着感情的。

为什么呢？大校忍不住想。

他特别恨桑国人吗？

大校不知道的是，他虽然也算得上杀人如麻，比起叶真来还是差得远了。

没有人知道那个黑夜里，少年曾一人跌跌撞撞地穿过死城，街道两边躺满了亲人朋友的尸体，灰色的风穿过马道，裹挟着无数哭号的冤魂，掠过少年冰冷的脸颊，然后呼啸着奔向天际。

那一刻，他还活着，但是已经死了。

便是从那时开始，他获得了不论制造多少杀孽都可以得到神灵宽恕的豁免权。

别墅外一片黑暗，很多警卫弃枪逃走，怒骂和枪声交杂，现场乱成一团。叶真用刀抵着宋优往前走，紧接着一辆辆越野车的大灯打亮，无数雪亮的光交织在他们身上。

剩下的警卫惊恐万分，拿枪对准他们的手都在发抖。

包围圈呈一个半圆，叶真站在圆心，头也不回地问："大校，你会说桑国话吧？"

大校点头："会。"

"那好，你把我的话翻译成桑国话给他们听。"

叶真顿了顿，突然把匕首反手一挑，瞬间割下了宋优的一只耳朵！

已经半昏迷的宋优再次尖叫起来，随即喉咙里发出"咕噜咕噜"的声音，大量血泡从她嘴里涌出来，滴在叶真如铁钳般掐着她脖子的手上。

"你们这帮王八蛋都给我听着！"

叶真把宋优那只滴血的耳朵举起来，劈手往人群里一扔，尖叫声里人群立刻推搡分开，有些腿软的直接摔倒在地，吓尿了裤子。

"给我放下枪，抱头跪倒！车上的人都给我下来跪着！数到三还不动，我就把她的另一只耳朵也剁了！"

话音刚落警卫跪了一地，车上的人被拉下来，踉踉跄跄地跪在地上，不停发着抖。

"下来！"叶真不耐烦地用枪指着几个没来得及下来的司机，直到把他们全赶下车，才挨个打爆所有大车的轮胎，只留下最后一辆，点头示意大校坐到驾驶席上。

有几个警卫壮起胆子想站起来，叶真抬手一枪，有人被吓晕了。

“如果你们敢追的话，”叶真轻声道，“我就把她的眼珠挖出来，鼻子割了，嘴巴割了，从车窗里扔下去。”

“全部都给我跪下去，用你们卑贱的膝盖向亡者谢罪。别忘记，你们欠我这一跪！”

漆黑的夜里，一辆越野车沿着荒凉的公路，向茫茫夜色深处飞驰。

宋优失血过多，已经昏迷了，叶真用匕首勾着她的脖子，她整个人就像被一桶血迎面泼过一样，随着车辆的颠簸而微微晃动着。

大校坐在驾驶席上，偶尔咳嗽两下，声音相当难受。

叶真终于侧过目光：“你怎么了？”

“老子不耐受，一挨揍就受伤。”

叶真道：“你是被揍少了，还没习惯。”

大校伸手把叶真的头狠狠一拍。

叶真如同不倒翁般摇晃几下，问：“你这么脆弱，怎么当上特工的？万一遇到危险你岂不是第一个被炮灰？”

“老子这不是脆弱，是娇弱！”大校笃定道，“再说我干的是技术活，技术工的地位一般比较高你知道吗？遇到危险立刻大声呼救，然后安心坐下来等待救援就好了。”

叶真嘴角抽搐，又问：“女服务员，你师门到底是怎么回事？”

“别提老子的黑历史！我的师门，那就是一场噩梦……师兄弟师姐妹一个个都不省心……师门后边就是一块墓地，天天挖死人出来搞研究，我怀疑他们打算制造传说中的T病毒……《生化危机》你看过吗？”

叶真摇摇头。

“你应该去看看，这个世界上有很多美好的东西……”

叶真茫然地瞪着他。

大校叹了口气，说：“龙纪威把他的成长模式套用到你身上，这是不对的，他在充满仇恨和冷酷的环境里长大，是一个为国家机器服务的暴力工具，只有工作，没有感情。现在他的命运又在你身上重演了。”

叶真想了想，道：“这跟龙纪威无关……”

“龙纪威也是在像你这么大的时候进特调局的，他杀人不见血，被派去做善后工作，一开始有个外号，叫‘清扫工’。那段时间，除了老龙，他不跟任何人说话，也没人敢靠近他……就这么孤零零的，在孤独和寂寞里越发变态，越发恐怖……你可千万别变成他那样。”

叶真茫然道：“不会啊，我还有串串。”

大校：“……”

大校拍叶真的头拍顺了手，刚想再拍一下，突然手机响了。

他接起来一看，是个陌生号码——这其实很不寻常，大校的手机没有通讯簿，所有号码过目不忘，全记在脑子里。

但是这个号码却完全陌生，他确定自己从来没见过。

“喂？”

手机那边静了一下，回答的是顾川的声音：“张三先生？”

大校立刻想起自己的声音已经变了：“对，是我，别怕，这才是我本来的声音。你怎么拿到电话的？”

“说来话长，叶真在你身边吗？他安全吗？”

“没人比他更安全了，你现在在哪里？”

“监狱大门口，如果你们半小时内赶到的话我还撑得住，我可以跟叶真说两句吗？”

大校“啪”的一声摔了手机。

此时离私人监狱还有不到二十公里路程，大校果然是做技术工作的，飙车技巧很是纯熟，在限速一百公里的高速公路上开到两百四，眨眼间飞车赶到监狱外围。

那是一片枯黄色的平原，墨汁一般的夜色深厚浓稠，遥远可见监狱小楼上一星惨淡的灯光。

大校用夜视镜看了一会儿，喃喃着道：“两百米外有很多人围住大门，初步估计在五十到一百之间……七十……八十左右，有武器装备，他们在包围什么？”

宋优抽搐几下，慢慢醒了，叶真随便在她头顶百汇穴上一拍，她连哼都来不及哼一声，再次昏了过去。

“顾川一定逃出来了，说不定还劫持了什么人，他们在围困他……这是个强人啊，怎么逃出来的？”大校放下夜视镜，用装着定位仪的墨镜遮住半边脸，道，“叶十三小同学，麻烦你把车窗拉下来，把人质的头塞出去，我们准备硬冲……哦不，放下车载喇叭，你不会说桑国话，喇叭给我。”

大校一手扶方向盘一手拿麦克风，瞬间油门狠踩到底！

越野车咆哮着冲上平原，转眼间前方人群躁动起来，叶真拽着宋优的头，用手电照着她可怖的脸，大校咳了一声，煞有介事地道：“前方的人注意了！前方的人注意了!

“放下武器，就地投降！否则我杀了这个女人！放下武器，就地投降！你，你，你还有你！把枪放下来！”

大校把麦克风一丢，顺手抄起冲锋枪！“哗啦”一声，车窗玻璃粉碎飞溅，枪口火舌在黑夜里狂闪!

这一串动作实在行云流水般无懈可击，包围圈还来不及移动就被削去大半，转眼间前方躺了一地，剩下的人尖声咆哮，组织反击。

枪声响成一片，打空的子弹在平原上乱飞，溅到石头上的弹片蹭出火光。越野车咆哮前冲，瞬间把人毫不留情地卷入车底!

叶真被子弹逼得探不出头，在枪声轰鸣里大叫:“张三同志！”

大校一手拽方向盘一手拿枪，闻言把枪口一竖:“干什么？!”

“我在想，你跟你师姐的军衔，到底哪个大！”

大校怒道:“老子比她高三级呢！都什么时候了！歪楼也有个限度吧！”

他子弹一空，车厢外桑国人的火力立刻反扑上来，大校把冲锋枪一扔，叶真左手抓枪右手抓弹夹，“咔咔”几声把弹夹装好，反手对准人群扣下扳机!

这一系列动作配合得天衣无缝，流水般倾泻的子弹和吉普车强大的冲击力，几乎瞬间就把对方的火力压制下去。大校抓起麦克风，突然脸一偏，只听“哗啦”巨响，一颗击破车前窗的子弹贴着他的耳朵飞了过去。

“顾川！顾川！”大校连眼睛都睁不开，缩在方向盘下怒吼，“人呢？!快上来！”

突然只听叶真大叫:“停！停！串串！串串！在这里，快！”

大校拼命踩下刹车，越野车在空地上疯狂转了一百八十度，轮胎和地面摩擦发出尖锐的呼啸，几乎就在瞬间叶真跳下车去，等大校反应过来的时候，车厢里已经空了。

什么叫无组织无纪律！什么叫猪一样的队友！那一瞬间他只想冲出去把叶真狠狠揍一顿!

“咔搭”一声，车后门开了，大校手上没有枪，顿时头皮发麻，回头一看却只见顾川拖着人质飞快钻了进来。

——那人赫然再现，是昏迷不醒的山地仁。

叶真跳上副驾驶座，把车门重重一关，吼道:“走！”

大校真恨不得把顾川拖过来开车，这时候却万万来不及，只能慌忙踩下油门。破破烂烂的越野车一路呼啸，很快把追兵甩在身后，屁股着火一样跑了。

越野车里挤了五个人——三个逃犯，两个人质——空间顿时狭小起来，连转个身都不方便了。

大校头也不回地问:“你怎么把山地仁也抓来了？”

顾川上身只穿着背心，肩膀到背部的肌肉上混杂着汗和泥土，显得精悍强壮而富有力量。他脸上被弹片划了一道，血口从脸颊开到脖子，半边脸沾着鲜血和灰尘，虽然看上去非常狼狈，目光却仿佛野兽一般锋利，且面无表情。

“凑巧,”他说，“山地仁突然带人来杀我，被我反击了。”

叶真像个小猴子一样，返身拿眼瞅瞅顾川，又看看自己，又抬头看顾川。

“我们中了计，红桃三其实是这个女人假扮的，她是右派里的一个重要人物，估计我们的行动已经暴露了……”大校把事情经过简单说了一遍，道，“多亏了叶十三小同学，不然我们现在已经完蛋了。叶十三？你在看什么？”

叶真伸长手臂，戳戳顾川的肚子。

顾川只穿着紧身背心，六块腹肌清晰可见，身材精悍肌肉坚实，简直是倾情大放送。

叶真目光里充满羡慕嫉妒恨，说:“喂，高富帅。”

顾川莫名其妙地盯着他。

叶真怒气槽轻而易举又满了，于是狠戳一下，回头坐好。

顾川抽了口凉气，但是没出声。

大校注意到从他上车为止就没跟叶真说过话，眼睛微微一眯，随即问:“叶十三，顾川的脸好像划破了，你看车上有没有创可贴什么的，给他弄一下。”

叶真毫无觉察，“哦”了一声就开始找医药箱，结果当然遍寻不着，顾川就这么板着脸当没看见。

“没有啊,”叶真问，“高富帅，你的脸血止住了吗？”

如大校所料，顾川没出声。

叶真那迟钝如同恐龙一般的神经终于反应过来:“哎，你干吗不说话？为什么不理我？串串！喂！我在跟你说话呢！”

顾川眯眼盯着他，脸色沉沉的。

叶真怒了，一猫腰过去抓住他领口，吼道:“顾川！”

这一声实在气势惊人，少年生气的脸就近在眼前，顾川盯着他看了半天，才低声道:“你不该来这里。”

叶真一愣，顾川缓缓道:“桑国有很多人想追杀我，这是我跟月国政府之间的交易……你还这么小，不应该掺和进来。”

叶真怒道:“你省省吧！要不是我你以为还有谁来救你！连玄鳞都懒得管你好吗？要不是小爷我顾念旧情……”

顾川打断他:“刚才你就这么冲下去！连个挡子弹的都没有！你知道刚才外边有多少流弹，万一打到你怎么办？知道被弹片打到有多恐怖吗？有多少人是被弹片打死的你知道吗？万一溅到脸上溅到眼睛你这辈子就毁了！你还没成年！”

顾川极少发火，大多数时候发号施令不带感情，只有跟叶真说话尤其温和，从没见过这么严厉的声调。

他当场就把叶真的气势压过去了，可怜叶真呆滞半晌，才中气不足地解释：“那还不是因为你被挤进人群里……”

顾川刀锋一般的眉挑着，冷冷地道：“下次不准这样了！”

“哦……”

叶真默默回头坐下，耷拉着脑袋，仿佛一个被无情严厉管束了的小孩子。

顾川盯着他看了半天，目光深重。

车窗外黑夜仿佛永无尽头，车厢微微颠簸着，路灯昏暗的光飞快向后退去。顾川用枪抵着山地仁的头，问大校：“我们现在往哪里走？”

“成崎酒店。”大校道，“东音市区一家三星级宾馆，负责人是我发展了多年的下线。我们可以在那里暂时休整，取得情报，联络海外特工求得保护，他们会为我们安排适当的机会离开桑国。”

“离开之后呢？”

“龙纪威安排了专人保护叶真回龙城，我转道去端国执行任务。”

虽然大校没有明说，但是顾川心里知道，那起任务指的是自己之前答应和特调局作交换的，那个潜逃好几年的军部叛徒。

一旦他把情报交给特调局，大校就亲自出面去执行处决了。

叶真突然问：“那串串呢？串串去哪里？”

顾川嘴唇微微一动，还没来得及说什么，大校拍拍叶真的头，意味深长道：“这个问题，你就得去问串串君了。”

第31章

尘落定

叁拾壹

顾川最终也没说清楚他打算去哪里，所幸叶真困了，也没再追问。

根据“技术工作者”的指示，他们在到达市区之前弃了车，大校步行到加油站前，找了根铁丝，随随便便往一辆轿车车锁里一捅，两秒钟后，车门打开了。

“串串先生，”大校道，“把你表弟的外套剥下来包住车牌，谢谢。”

顾川正一手拿枪，一手抱着昏昏欲睡的叶真，在这苍茫冷清望不到尽头的黑夜里，路灯在远处发出昏沉的光，仿佛他们已经被隔离出了正常的尘世。顾川刹那间产生了一种感觉，好像他已经脱离了自己前三十年的人生，道路前方，伸手不见五指的黑暗仿佛张大的巨嘴，随时准备把他吞噬进去。

他放弃了所有东西，最后实实在在握在手里的，只是叶真而已。

但是他知道这一切不仅是因为叶真，还有很多他一直在追求和怀疑的东西，事业、良知、血缘、感情……以及对错。

对错有时很难分清，但是这一刻顾川知道，自己是正确的。

他们重新上路，很快到达市区，大校安排的人已经在指定地点等待，一见面立刻换车，几个穿酒店侍应生服装的月国人把他们偷来的轿车开回加油站，而成崎酒店负责人亲自开车带他们去宾馆。

这负责人四五十岁，生得其貌不扬，但是嘴巴很紧，见人只微笑，不说话。

少年瞌睡，叶真竭力抵抗睡意，但是车一开就撑不住了，头一点一点的，顾川让他靠在自己怀里，负责人回头看了一眼，脱下外套殷勤地递过来。

顾川道了声谢，把外套紧紧裹在叶真身上，少年几乎立刻就睡了过去。

他们从成崎酒店的后门进去，不敢走电梯，把监控录像关闭之后从楼梯爬上顶楼，开了间大套房。把宋优和山地仁分别捆绑之后关进不同的房间里，顾川把叶真被血浸透的睡衣换下来，用湿布给他擦身之后让他去床上睡。大校坐在外间，跟负责人交代任务，最终道：“天一亮我就去联系情报网里的人，要立刻把消息传递出去，你跟我一起走，紧急关头打掩护。”

负责人肃然立正：“一切听从组织的吩咐！”

大校点点头，疲惫地道：“把我上次留在这里的包拿给我。”

顾川端着杯浓茶走过去，大校的目光转到他身上，冷冷地道：“现在是我们的时间了，顾先生，对于今后的去向，你有什么打算吗？”

顾川喝了口茶，沉声道：“我听说月国政府在接收政治避难移民这一点上非常谨慎，之前有海外红色特工被捕，作为政治犯交换回国之后，都没能在月国安度晚年，大多被安排到其他国家隐居去了，是这样吗？”

“上边有自己的安排，你也可以申请得到相同的待遇，我们可以把你送到某个小国，提供生活来源和政治保护，你不必担心被桑国激进分子追杀……”

“这不是我想要的。”顾川道。

“那你想要什么呢？”

“我告诉过你了，颜大校。”顾川顿了顿，说，“国籍和永居权。”

大校一点儿也不惊讶他知道自己的名字，他在桑国度过了自己的整个少年时代，知道他名字的桑国人比他的月国同事还要多。

“月国国籍不是这么好拿的，顾川先生，就算可以给你，你也未必能被允许在龙城生活。我们只能接收做出重大贡献的外国人，比方说如果你能提供桑国军方的情报，或者是辛虹两国在反导盾墙合约上的秘密条款…………”

顾川说：“前一项不可能，后一项我倒是知道一点。”

大校挑起眉毛，若笑非笑道：“哦？”

顾川十指交叉，上半身微微向前，问：“你不想知道‘九十三号’的下落了吗，颜大校？就算你今晚启程直飞端国，也有可能在最后一刻被他逃掉啊。”

大校没有作声。

“等我们离开桑国以后，你的人送叶真回国，我可以亲自出面去端国暗杀那个叛徒，他逃亡到桑国的时候跟我们有过接触，对我这个‘桑国人’的戒心应该没有那么强……”

“还有，”顾川继续道，“玄鳞先生和龙九处长当年被桑国特工暗杀，从龙城一路被追到宁城，你们早就怀疑特调局高层有桑国间谍出没对吗？龙九处长被山地仁绑架离境，特调局高层震动，‘拔钉子’拔了两个月，却没查出任何可疑目标是不是？”

大校脸色微微变了。

“我知道‘钉子’是哪些人。”顾川低声道，“桑国派出的对外间谍，都曾经在顾家的集中营里特训过。”

房间里静寂半晌，敲门声响了，负责人拎着一个大包走进来：“大校，您要的东西。”

大校站起来接包之前看了顾川一眼，仿佛在掂量他的分量，但是没有说话。

他从包里抽出一台白色笔记本，迅速输入密码，又在指纹器上按了四下，指纹锁解开，屏幕亮起，一只火红的狐狸出现在电脑上。

那只狐狸甩着肥厚的尾巴，一只前爪捏着面具，遮住了半边脸，另外半边脸上透出一点诡异的笑容，倏而便消失不见了。

程序开始运行，等待卫星系统响应，建立连接，等待地图数据传递。

屏幕上显出整个东音的俯览地图，紧接着镜头下拉，出现成崎酒店所在的大街，街上车辆、行人、商店招牌乃至红绿灯都一一清晰可见。

屏幕上箭头转动，出现成崎酒店顶层某个窗口，再拉近，两个人影映在窗帘上。

顾川难以置信地抬起头，过了几秒，屏幕上某个身影的头也抬了起来。

“千面狐 1 号实时监控卫星，误差精确到一米之内，全东音全天候实时监视，国防部情报站东南亚分站历时五年的心血之作。”大校输入私人监狱所在地址，屏幕立刻切换到他们刚才逃离的那座荒原，只见漆黑的夜色里到处闪烁着红蓝相间的警灯，“他们已经发现了，正到处搜捕我们，必须尽快离开东音。”

顾川问：“山地仁和宋优怎么办？”

“宋优害死了我们的人，势必要带回国接受处决，山地仁要带回去关着，也许以后可以作为跟桑国政府交换的筹码。”

顾川点点头，大校把电脑往他面前一推，说：“这个交给你，我出去有点儿事，熬不住的话就去睡吧，注意保护未成年人。”

顾川知道他是去安排人手离开桑国，便道：“注意安全。”

大校不置可否地笑了一下，成崎酒店负责人已经在门外等他，两人一起离开了。

窗外是黎明前最后的黑夜，电脑屏幕锁定在成崎酒店周围，马路上冷冷清清，偶尔有行人双手插在外套口袋里，低头迅速走过街角。

顾川看了一会儿，有点儿无聊，便去洗了个澡，出来换衣服的时候经过卧室，叶真蜷缩着躺在床上，一条小腿不老实地从被子里蹬出来。

他熟睡的脸非常娇憨，腮帮鼓鼓的，睫毛长长的，皮肤粉白透明，好像一个皮薄汁多肉馅嫩的小包子。

不知道是不是做了吃零食的梦，他嘴巴偶尔还咂巴两下，显得非常酣甜，就仿佛无忧无虑不知世事的孩子，完全看不出他曾经经历过那些骇人听闻、匪夷所思的事情。

顾川伸手轻轻抚摸少年的脸，叶真缩缩脖子，“咚”地一下把被子全踢光了。

顾川弯腰捡起被子，给他盖好。

等到天已经蒙蒙亮了，顾川叫醒叶真，从套房里找出 T 恤给他穿好。

大校还没有回来。

昨晚成崎酒店负责人给他们找了衣服，顾川找到衬衣长裤，一边扣扣子一边走到外间，只见电脑还在茶几上放着。

他无意间瞥了屏幕一眼，突然顿住了。

酒店冷清的后门停了几辆白色房车，十几个警卫打扮的人正从车上冲下来，领头的已经进了酒店后门。

他迅速把箭头拉近，辨认出几张眼熟的脸，瞳孔瞬间缩紧！

顾川“啪”地把电脑一合，抓起手枪冲进房间，准备劫持山地仁跑路，叶真不知道发生了什么事，正无聊地把楚慈送的那把匕首一甩一甩的，问：“怎么了？”

“去穿鞋，”顾川头也不回道，“山氏家族的暗杀部队追来了，我们现在必须离开！”

宋优来不及带，山地仁已经醒了。

叶真很想留下来解决掉山家，被顾川拎着脖子往外拖：“你想在市区制造混乱吗？对方是训练有素的雇佣兵！跟我走！”

山地仁张嘴想叫，顾川反手一掌劈在他脖颈上。

山地仁怨毒地盯着顾川，几秒钟后闭上了眼睛。

顾川把叶真一抱，山地仁一拖，直接奔向酒店电梯。他估计得不错，成崎酒店是“千面狐”颜兰玉的地盘，他的手下在此经营数年，山氏家族暗杀部队是不敢明目张胆控制酒店的，只能从后门偷偷地进来，他们趁酒店早上开始上班的时机，混在人群里往前门走，最容易避开那些杀人不眨眼的雇佣兵。

前台估计得了吩咐，一个西装革履的月国人亲自守在大门口，一见面便紧张地问：“你们怎么出来了？发生什么事了？”

顾川塞给他一把枪，言简意赅地道：“杀手追来了，带着你们的人躲起来，有人闹事就反击，给我辆车，快。”

月国人直接把口袋里的车钥匙拿出来，道：“门外街道上那辆银色越野车，你们开走吧，我们不能躲，大校还没回来。”

叶真一边跑一边回头：“那是你的车吗？！我们会小心开的！”

清晨，停车场里只有一辆越野车，在晨曦里闪动着银色的光泽。

在海外经营多年的月国人一般拼搏、节省、任劳任怨，他们不像外国人一样享受和度假，攒了多年的钱都用来买车买房了，好车和大房子是他们的所有资产。

叶真一边把山地仁摔到后车座上，一边问：“如果这车毁了，张三同志会给那位大叔报销吗？”

“不知道，”顾川迅速发动汽车，说，“待会儿你可以从山家抢一辆更好的来还给他。”

越野车拐上公路，叶真紧贴着车窗往后看，成崎酒店消失在视野里的前一瞬间，他看见有人从大门冲出来。

这么快？

叶真有点儿怀疑，只听顾川头也不回地道：“别看了，把车后座上那个白色电脑打开，看程序还在不在运行。”

那电脑还没关机，打开后自动亮起，屏幕上出现成崎酒店周围街道的景象。

雇佣兵从酒店大门冲出来，侍应生企图阻止他们，却被几个人按倒猛打，那个月国人想拉架，被雇佣兵抬脚一踢，又扑上去狠命打他的头。

叶真简直暴跳如雷：“他们在酒店打人！我们这就回去！”

顾川冷静道：“不，听我的，继续往前开，他们很快就离开酒店了。”

“不，不行……”叶真颤抖道，“他们在拷问我们的去向……这帮混蛋！”

顾川一声不吭，猛踩油门拐向高速公路。没过几分钟屏幕就变了，那些雇佣兵仿佛发现了什么，纷纷放下酒店的人，冲上车去往外开。

“他们发现目标移动了吧，”顾川报出一串地址，道，“输入并回车，屏幕会显示出高速公路入口的景象。”

叶真按照他说的做了，十几分钟后车开到高速公路中段，两边都是山坡，电脑屏幕上清晰显示出几辆白色房车开进高速公路入口。

“串串！他们在跟踪我们！”

“是的，”顾川道，“山地仁身上一定有跟踪定位器，所以我才说雇佣兵一定会很快离开酒店，你去搜山地仁的身，看是不是贴在耳后、手表、鞋子里这样的位置。”

后车座上窸窸窣窣了半晌，叶真说：“咦？”

顾川面无表情地道：“不准扒裤子。”

叶真立刻举起双手表示无辜：“没有啊，我在他手表里发现个扣子……要扔出去吗？”

顾川接过来看看，确定是个银光闪闪的纽扣形跟踪定位器，便随手扔到车窗外。

“我们现在要上哪儿去？”叶真趴在驾驶席靠背上问。

顾川道：“去山家。”

“啊？”

“山氏家族暗杀部队倾巢出动，本家的守卫一定非常空虚，我们很容易混进去。

“再说，很久以前我曾经在山家藏了一样东西，”顾川顿了顿，又道，“这次一走，估计我这辈子都不能回桑国了，我得去把那件东西取出来。”

叶真满脑子问号：“什么东西？糯米团团吗？”

顾川：“……”

山氏家族的别墅周围果然冷冷清清，车开进去两百米，没有碰见半个人。

这也可以理解——山老夫人已经死了，山地崇至今被关在顾家，唯一一个山地仁被绑架走，全家族的守卫力量一定倾巢出动，本家能留下几个佣人就不错了。

顾川把车停在庭院后门一个角落里，带着叶真从围墙上翻过去，落地刚巧碰见一个花匠在扫地，顾川一掌劈昏了他，把人拖进草丛里藏好。

叶真如同一头进了兔子窝的小狼，杀气腾腾到处乱闯，顾川拎着他脖颈后的软皮叮嘱："小心别触响警报，跟我来。"

他们拖着山地仁，沿着偏僻的花园围墙往前走，不久就看见别墅后一座低矮的小楼，看上去已经很久没住人了，屋檐上的木头破破烂烂。

顾川深吸了一口气，目光闪过一点怀念。

大门紧锁，他用装了消音器的手枪轰开门，扑面而来一股浓重的霉味，叶真捂着鼻子走进去，只见大厅到处蒙着厚厚的灰尘，家具样式非常古老，透着难以言喻的阴郁。

顾川穿过大厅后的走廊，尽头有一扇雕花木门，里边是一间破败的卧室。

看得出这曾经是一位少女的闺房，泛黄的窗帘上印着樱花，赏宝阁上放着廉价但是五彩缤纷的水景雕塑。墙上、书桌上挂着各种照片，有黑白也有彩色的，多是穿着和服灿烂微笑着的少女，其中最显眼的一张，是少女挽着一个穿旧式西装的年轻人，两人站在樱花之下，亲密无间。

"我的父母。"顾川拿起照片道，"这是我母亲三十年前的房间。"

叶真好奇地凑过去看，只见那少女长相平平无奇，笑起来却非常温柔；年轻人面孔俊朗，眼神斯文又有点儿羞涩。

叶真公平的道："你长相比较随母亲。"

顾川："……"

顾川在相框里掏了几下，摸出个油纸小包，打开只见是一把串着红绳形状奇怪的黄铜钥匙。

他把照片塞进自己口袋里，钥匙随手挂在叶真脖子上，道："送你了。"

叶真呆呆地道："哦。"

"别弄丢了，很值钱。"

"哦……"

顾川摸摸他的头，转身打开白色电脑，已经快没电了，屏幕自动黯淡下来，顾川眯着眼睛，尝试着输入"千面狐"三个字。

屏幕刷的一下转变，卫星自动定位，东音市区地图瞬间拉近，大校被定位在市郊一座直升机升降坪上。

几秒钟后手机响起，顾川接起电话，只见屏幕上大校拿着手机，一脸不满：

“你们定位我干什么？”

连这也知道？太厉害了，顾川伸手把叶真叫来抱着，说：“山地仁身上有跟踪定位器，雇佣兵端了成崎酒店，我跟叶真带着山地仁跑出来了，现在躲在山家主宅角落里。你什么时候能来接应？”

“等我半小时！我要准备直升机来接你们出海，手下人在等通行证！”

“别等了，现在立刻就来，雇佣兵找不到人，一定会回来换班，我跟叶真随时会被发现。”

大校看了眼手表，跟部下商量了几句。

“我们起码需要二十分钟。”他冷冷地道，“友情建议，把山地仁从头到尾剥光绑起来——如果是我在身上放定位器，一定不会只放一个，有些间谍出于任务需要，会把定位器吞进肚子里，所以你们最好给山地仁催个吐。”

叶真兴奋道：“怎么催？”

顾川：“……”

顾川正想挂电话，就在这个时候，突然庭院里毫无预兆响起尖锐的警报声，随即前院刹车、喇叭声哗啦啦响成一片。

顾川和叶真面面相觑，紧接着同时起身，抓起被随意丢在客厅沙发上的山地仁就往外跑。

“到别墅去！直升机要停靠就必须经过天台！我们上顶楼！”

叶真一边跑一边大叫：“我是先把山地仁剥光还是先催吐？！”

“太恶心了，待会儿再说吧！”

山地仁不知道什么时候又醒了，刚出小楼大门就开始挣扎扭动，用桑国话沙哑的大声呼救。顾川跑在前边，一时顾及不到，叶真便一手拖着山地仁一手用枪顶着他，跑两步就停下来狠狠踹他一脚。

“在这里！”

“大少爷在这里！快！”

几个雇佣兵听到叫声，飞快地赶过来开枪，“啪啪”几声巨响，子弹贴着顾川耳朵边飞了过去，恰巧这时别墅通向后院的小铁门开着，顾川猛地转身，一手拿枪回击，一手抓过叶真，把他塞进小门里：“往楼上跑！”

慌乱里，叶真没抓住人质，山地仁打了个踉跄便想往雇佣兵那边跑，被顾川一脚踹倒，拎起来用枪指着头：“都给我住手！把枪放下！不然我轰了他的头！”

雇佣兵枪声一停，顾川反扣着山地仁，一步步退进小门，用脚把铁门狠狠踢上。

“大概能挡他们几分钟，”顾川喘息着道，“我们去楼上天台，那里也有个铁门，应该能撑到颜大校开直升机过来接应我们。”

叶真看着顾川，突然有种奇妙的感觉。

自从来到这里，跌宕冲杀，漫长而崎岖的道路，大多数时候是他一个人跌跌撞撞走过来的。

他没有朋友，也没有同伴。

顾川是第一个在战斗里跟他互相交付后背的人，并且那么安全、沉稳、强悍并可靠，仿佛无所不知，无所不能。

雇佣兵开始“砰砰”捶门，有人用桑国话大叫：“让开！让开！”

顾川手里的枪还有四发子弹，冲锋枪被丢在酒店没有带来，叶真的手枪子弹是满的，枪膛里还卡着一发，身边随时装着个弹夹。

这良好的习惯是他跟龙纪威学来的，手枪可以少带，但是子弹永远不嫌多。

两人拖着山地仁跑上楼梯，顶层果然有个铁门虚掩着，他们冲上天台，顾川反手卡上门闩，松了口气。

楼下不时传来雇佣兵的咆哮，有人架了梯子，想徒手攀上房顶，叶真从上往下“砰砰”几枪，雇佣兵从天上摔了下去，梯子被打成两段，重重砸到人群里。

山地仁双手被反绑，靠在墙上不停喘息，冷冷地盯着顾川：“你还回来干什么？拿那把端国银行保险箱钥匙？”

顾川看了他一眼，默不作声。

“别痴心妄想了，那女人是两手空空嫁到顾川家去的，山氏家族什么都没给她，她能给你留什么好东西？”

“……跟姓山的无关，”顾川终于道，“是顾延山三十年前给她的定情信物，顾家传家四百年的一挂翡翠朝珠。顾延山最后分手前给了她这件东西，回国后一生没有婚娶，最后贫病交加，孤独而死。”

山地仁沉默半晌，咬牙切齿地道：“怪不得你把它留在山氏家族……”

叶真打空子弹，一边装弹夹一边走过来问：“你们在说什么？大校呢？串串，再给他打个电话。”

山地仁冷冷注视着叶真，说：“桑国政府不会放过你的……”

“没关系，”叶真漫不经心地道，“欢迎你们不放过我，我也不会放过你们。董京男有没有转述我当初在地下拳台上说的话？我说过，总有一天我要上门去屠灭山氏全族，直到这世界上再没有人敢姓山为止！”

山地仁瞳孔微微放大，过了好几秒，突然问：“你……”

远处传来直升机巨大的轰鸣，天台上骤然刮起狂风。

“你到底……从什么地方来？”

叶真头发被大风拂起，安静的注视了山地仁一会儿，说：“方川。”

山地仁脸色完全僵硬了。

“‘独眼将军’山元治，桑国第一师团团长，攻破方川，屠杀平民三千人，我的父母、邻居、街坊、亲友，尽死于你山家之手，方川一夜之间化作死城。桑国军队撤退八十里，我星夜兼程摸进军营，杀死山元治及百余士兵，点燃火药，焚尽粮草，孤身一人战至天明，手、足、全身伤痕无数。”叶真拔出匕首，刀尖直指山地仁的眼珠，轻声道，“山地仁，现在站在你面前的我，已是个死人了。”

山地仁全身颤抖，连站都站不起来：“不……不！那跟我无关！他只是个军人！他只是服从命令！”

“天道轮回，父债子还。人类以宽容作为美德，但是这世界上，确有鲜血也无法洗清的罪孽。”

“我不宽恕。”叶真缓缓将匕首尖刺进山地仁的眼眶，平静地道，“没有人能替那些冤死的英灵去宽恕。”

直升机呼啸着盘旋着陆，大校从半空抛下绳梯，顾川背过身去，并不看这一幕。

他顺着绳梯爬上顶端，头也不回地喝道：“叶真！上来！”

就在这个时候，一队雇佣兵终于打穿通向天台的铁门跑了上来，山地仁被叶真刺穿眼窝，满脸是血地倒在那里，已经看不出是死是活，而叶真只来得及抓住山地仁，退到天台边上！

无数枪口同时指着他们，狂风里气氛紧张得一触即发！大校和顾川同时吼道：“叶真！”

雇佣兵头子叫道：“开枪！”

说时迟那时快，大校反手从驾驶室抓了个黑黢黢的微型手雷，引线一拉，吼道：“叶真！趴下！”

手雷在半空划出一道完美的抛物线，紧接着“轰隆”一声巨响！

爆炸掀起可怕的巨浪，连直升机都摇晃了好几下，大校“咕咚”一声撞到了驾驶席靠背，顾川蒙着头飞快地顺着绳梯滑下，半空一把抓起叶真，单肩扛起闷头往上爬。

“拉升！”大校额头被撞破了，血汩汩的流了半张脸，狂吼着命令驾驶员，“拉升！走！走！”

直升机呼啸着在火热的风里缓缓抬高，顾川在最后一秒爬上绳梯，大校伸手把他们两个拉进机舱，舱门重重关上。

透过玻璃可以看见别墅在黑烟里越来越远，坍塌的房顶在火光里大片坠落，遥远的地平线上，火红朝阳冉冉升起，为整个世界蒙上了一层温柔的霞光。

直升机在海港换了船，到公海之前又换了游轮。

大校被撞成轻微脑震荡，躺在船上蔫蔫的，裹着个浴袍四十五度角呆滞地仰望天空，纯洁无辜得仿佛待宰的小白兔。

顾川身材很好，肌肉坚实，宽肩长腿，看着非常养眼，这让叶真心里羡慕嫉妒恨。

“我怎么没有肌肉呢？”叶真对着镜子做大力士状，一脸不满地盯着自己的手臂。

顾川赤裸上身，一边擦头发一边漫不经心地道：“因为你还小，没发育，多喝牛奶多吃鸡蛋，再过几年第二性征就出来了。”

叶真不停从镜子里觑睨他，不满道：“别扯了，我喝这么多牛奶都没有用，张三同志说我能长得比他高就不错了……练武的人不都长不高吗？为什么你这么高呢？”

顾川谦虚道：“还好，还好。”

叶真怒道：“拿刀子来削掉一截！”

顾川：“……”

张三同志歪在甲板的躺椅上，浴衣裹得严严实实，有气无力地吹海风，晒太阳。

叶真生气地坐在边上翻杂志，把纸翻得哗啦哗啦响，说：“怎么样才能长高呢？！”

“和尚面前不骂秃子，叶十三小同学，你嘴巴太狠了。”

“什么和尚？什么秃子？我建议你也来看看这个，关于青少年成长期增加骨骼钙质的研究报道……张三同志！我长不高好歹也是因为练武压骨的关系！你长不高是为了什么？”

“我求求你了叶十三小同学……”大校说，“我已经是个上了年纪的可怜老头子，这辈子跟青少年啊，成长期啊，都没什么关系了……你就放过我吧……”

叶真恨铁不成钢：“你真是太没追求了！”说着把杂志往大校怀里一塞。

大校随手把杂志一翻，几秒钟后他举着鲜血淋漓的手指头，麻木地道：“被纸割破了。”

叶真：“……”

手下特工火速从船舱里跑出来，一手高举消毒棉一手高举创可贴，瞬间把大校的手指包扎好，闪电般退下。

叶真无语半晌，说：“你知道吗？张三同志，你这样让我想起我的一个叫楚慈的叔叔，他跟你一样经常因为匪夷所思的原因而受伤，比方说洗碗的时候划破手指，扫地的时候被沙发脚绊跌倒，睡觉的时候一头撞到墙壁上，还有从跑步机上稀里哗啦地滚下来……你们废柴的程度简直不相上下，唯一区别是楚慈叔叔玩牌很厉害，武力值也比你高很多……”

大校充满喜悦地问：“楚慈真的曾经从跑步机上滚下来过？什么时候？”

“这不是重点！”叶真怒道，“重点是连这么弱的楚慈武力值都比你高啊！你除了会扮女人和在电脑前敲敲打打以外还会什么啊？电影里特工不都是飞檐走壁无所不能的吗？”

“你被楚慈和电影误导了……”

刚才那个手下特工去而复返，在船舱门口遥遥叫道：“大校！‘雄鹰一号’发来通讯！于副局长亲自带队来接，马上咱们就要转道去端国了！”

大校“哟”的一声，欠身想要站起来，谁知刚离椅子就被拖鞋绊了一跤，四仰八叉的，差点儿脸先着地。

幸亏叶真扶了一把，绝望道：“连这都行吗？！”

直升机很快出现在海天交接的地方，一眨眼间就盘旋到游轮顶上，几个工作人员飞奔出来在升降平台上洒水，顾川也从船舱里走上甲板，穿着衬衣长裤，外套里别着一把枪。

叶真非常敏感，问：“你准备去那里吗？”

顾川看着他，没有说话，只笑了一下。

直升机发出巨大的轰鸣，前后摇晃着缓缓降落在平台上，螺旋桨终于停止不动了，舱门被“哗啦”一声打开，老于第一个大步走了下来。

大校的脑子差点被狂风吹得又震荡了，有气无力地歪在躺椅上挥手，老于走近几步，面无表情地看着他，问：“你半身不遂了吗？”

“你才半身不遂！”

“对组织太不尊敬了，小心受处分。啊，叶十三小同学也在这里……叔叔给你巧克力吃……是谁把张大校打成这样的？干得好。”

跟他一起从直升机上下来的随从递来一盒巧克力，老于随手抓了一把塞给叶真，又想了想，整盒都给了。

大校突然认出那个盒子：“等等，这不是我藏在办公室里的吗？老于你也太过分了！”

叶真立刻把巧克力塞进怀里，装作什么也不知道。

“这位就是顾先生吧？”老于伸手跟顾川握了握，客气道，“我代表组织对你的投诚表示欢迎。顾延山先生的事情我听龙纪威说了，我个人表示非常抱歉。”

“没关系。”顾川微笑道，“家父家母在天有灵，想必会非常欣慰。”

老于也非常欣慰，他听龙纪威说顾川有一半月国血统以后顿时豁然开朗，对整件事情的处理办法也突然有了灵感。一个彻头彻尾的桑国人突然抛弃权力、地位、金钱、荣誉，两手空空地转而投靠月国，哪怕是政治难民，都无法让人放心，但是一个月国人留在桑国的遗腹子在生死关头选择回归父亲的祖国，大家就都突然变宽容了。

月国在处理这些对外事务上一向秉承着以人为本的原则，不论是撤侨还是营救同胞都相当及时，哪怕已经拿了外国国籍，只要根子上是月国人，都一律划归到祖国大家庭名下，何况顾川还是带着情报来的，老于对上边也能交代得过去了。

“我带叶十三坐船回龙城，龙纪威已经在等他了。”老于指指自己带来的几个随从，对大校道，“你和顾先生，跟这几个人组成一个小队的编制，去端国执行我们之前商定好的任务，具体行动有顾先生做指引，最终执行由你来完成，必须完成所有善后工作才能回龙城。记住，这是上边盯着的大案子，要完成得干净漂亮，不能冷了我们在海外工作的红色谍报人员的心。”

大校正要开口说什么，叶真猝然打断了他：“什么任务？”

老于没回答。

“为什么串串也要去？”

老于用眼色示意大校，大校记恨他又摸进自己办公室偷东西吃，装作没看见。

“为什么我不能去？”叶真终于不干了，“凭什么只有我一人回国？”

老于一把拉起大校，当机立断道：“我扶你上飞机。”

大校当然不干，他一路上被叶十三小同学折磨得甚为销魂，怎么能眼睁睁看着别人绕过火坑？老于拉扯半天无效，把大校一把扛起来，一溜烟往直升机跑，转头时还不忘丢个眼色给顾川，意思是安抚武力值爆棚的未成年人的任务就交给你了。

顾川坐在躺椅扶手上，把叶真拉到身前，低声问：“回龙城去跟龙九处长他们在一起，不好吗？”

叶真愣愣地盯着他。

“我不能直接回龙城的，”顾川说，“我是个通缉犯，用什么身份回去呢？眼下事情还没有过去，风头太紧，我是所有人眼里的枪靶子……算了，跟你说这些你也不懂。”

他手指摸了摸叶真后脑的头发，强迫少年低下头，海风呼啸而过，两人眼里都清晰地印出对方的影子。

“你眼里这个叫顾川的桑国人，必须通过一些途径，做一些事情，然后合情合理地成为月国人顾川，如果变得太快会惹人怀疑，这中间必须经过几年时间，等一切风波都慢慢淡化……”顾川笑起来，抵着叶真的额头，低声道，“你还太小，不知道世界上最快的东西就是时间，你现在看几年工夫仿佛很长，其实它一眨眼就过去了。”

“人都是健忘的，当年以为自己将会牢记一生的事情，其实很多都已经消失在记忆的尘埃里了。几年时间匆匆一过，没有人记得这世界上曾经有个顾川，其中也可能包括你。”

叶真开口想说什么，顾川温暖干燥的手掌轻轻捂住了他的嘴。

“先别许诺我什么，要好好想清楚才行。”

顾川站起身，海风拂起叶真的刘海，有那么一瞬间，他闭上了眼睛，再睁开的时候顾川已经退到几步之外，对他微笑着挥手。

他外套的一角在风里飘扬，叶真突然想起那天深夜在码头上，他对自己展颜一笑，然后翻身入水的情景。

“好好给我回去上学！”顾川大声道，“任务结束我就回去看你！至少要念完高中吧！”

叶真站在了原地，这个男人笑起来的样子其实非常温暖并且俊朗，不知道为什么，他却觉得有点儿伤心。

接下来的几天里，老于的日子果然不好过。

虽然顾川在的时候叶真各种不耐烦且各种鸡飞狗跳，但是顾川走了，叶真也没精神了，整天蔫蔫地趴在甲板上数蚂蚁。

大校歪在躺椅上晒太阳的时候还会拿本书来看看，或者是闭目假寐一会儿，好歹有点佳人临水弱不禁风的美感，叶真往甲板上一赖，那就完全是一场灾难了，每当老于走过的时候都会被他用阴森怨念的眼神盯着，几乎要吓出病来。

登岸那天，玄鳞亲自来接，一看叶真魂不守舍的样子，登时吓了一跳：“你这是怎么了儿子？串串欺负你了吗？老于不给你饭吃吗？快过来给干爹我摸摸头，你这是发烧了吗？”

“为什么怀疑我不给他饭吃？”老于顿时觉得自己的清白被侮辱了，“而且为什么只怀疑我和顾川，千面狐才最像是那种会欺负小孩子的人吧？”

玄鳞说：“哦，别提了，那位同志天生就是个被叶十三欺负的料。对了，叶十三，到底是谁惹了你？二爸我去吃了他。”

一行人上了车，叶真没精打采的歪在车后窗边，短袖衬衣里套着件白T恤，乌黑柔软的发梢贴在耳后，阳光下甚至能看见耳垂上微微的茸毛。

玄鳞更担心了，拿巧克力出来诱哄无效，又打电话给龙纪威让他跟叶真说话，接着无效。有个正值青春期的小孩真心痛苦，玄鳞差点要暴躁了。

“二爸，”叶真突然满脸落寞地道，“我还是回去上学吧。”

玄鳞几乎以为自己听错了。

“你说什么？”

“我……高中还没考呢，卫鹄他们都已经上高一了吧？我数学还是不大行，化学还是不好，能让楚叔叔帮忙补一补吗？他理科一向很拿手吧。”

玄鳞捂住心口，脸上表情活像马上就要断气一样。

叶真的下一句话终于把他推入了暗不见光的深渊：“串串说，至少要把高中念完，我觉得他说得对。”

“太过分了，”玄鳞颤抖着道，“我跟你爸劝你这么久都没用，顾川一句话就把你说动了是不是？叶十三小同学！你也太厚此薄彼了吧！”

第32章

特长生

叁拾贰

龙纪威说："想上学？很好啊。"

龙纪威此生没念过大学，最注重文化教育，当年楚慈的父母去巫疆支教，被他感念多年，由此可见一斑。

于是叶十三小同学被打包扎好，免去中考，直接送到当地一所官二代、富二代云集的贵族高中，跟老于的女儿同一个学校。

叶十三小同学刚从桑国回来，身上戾气犹在，显然不能直接送去祸害人家娇娇嫩嫩的二代们，正巧楚工程师又休病假了，于是拎着数理化习题集，温柔接管了龙九处长的养子。

楚慈永远都是那个样子：沉默安静从不多话，面容微带疲惫，有些不明显的病气，举手投足都文雅而端正，让人看了心生肃然之意。

叶真对玄鳞都毫无顾忌地一通耍赖，对楚慈却不敢放肆，乖乖叼着笔摇着尾巴，睁着渴望求知的大眼睛，无辜道："我还是……不会做。"

"很简单的，叶十三小同学。"楚慈把笔从叶真嘴巴里抽出来，抽了张纸巾轻轻擦擦，在习题集上指点道，"这是一个吸热反应，温度升高的同时，平衡状态向正方向移动，降温时总物质的量增加但是质量不变，平均摩尔质量则减少……顺便说一句，增加其中一种反应物的用量则会加大另一反应物的转化率，而在两种反应物互相作用的同时加入催化物是不会使气体总物质的质量发生改变的……这太简单了，你怎么还不明白呢？"

叶真："……"

"你知道吗？"楚慈说，"化学是非常好玩的，日常生活里到处都能用到化学，比方说我实验室里几种常见的试剂能配出剧毒，甲醇蒸汽啊，氯仿啊，砒霜啊……你知道王水吗？掉进去全身都能溶光，就剩几根骨头渣子……"

叶真："……"

玄鳞一个箭步飞奔过来："儿子！二爸早告诉过你这人是个善于伪装的大魔王！你偏不信！看吧，现在知道了？"

玄鳞如母鸡护小鸡一般，心痛地看着叶十三小同学在自己怀里瑟瑟发抖，小脸儿吓得煞白，看上去甚是可怜。

楚慈伸手摸摸叶真的头，满怀悲悯地道："这孩子注定学不了理科了。"

玄鳞怒道："不学理科学文科！咱儿子还怕上不了大学！"

文理综合一把手的楚工程师教文科也不在话下，当下收了习题集，掏出外语卷子和磁带，给叶十三小同学放听力，结果叶真的外语跟刚上学那会儿也没什么区别，二十道选择题，只迷迷瞪瞪听懂一半，磁带就结束了。

“阅读理解半小时，十道题。”楚慈无情道，“错误超过五道，今天下午点心没得吃了。”

叶真掀桌道：“什么？”

掀桌也没用，楚工程师的权威是绝对的。叶真哭哭啼啼地念着那满纸鸟语的阅读理解，哭得小肩膀儿一抽一抽，看得玄鳞心疼万分，恨不得立刻去厨房偷两只糯米团团塞儿子口袋里。

半小时一到，楚慈去检查功课，发现卷面一片空白……空白上画着一只小乌龟。

叶真可怜兮兮地问：“晚上的点心可以吃吗？”

楚慈：“……”

叶真天生不是学习的料，国语作文满口之乎者也，数理化几乎完蛋，外语跟现在双语幼儿园里的小朋友们几乎没有不同，唯一比较好的是历史。

凭他的实力，高考连最差的专科都别想，难道又要龙纪威开金手指给他走后门？

楚慈连连叹气，说：“这样不行啊，叶十三小同学，你身边这么多具有高知识高素质的大人，难道都不能把你影响成一个热爱学习的小孩吗？你看看我，看看龙九处长，就算是你韩越叔叔他都……”

叶真抽抽噎噎，说：“都是玄鳞叔叔把我带坏了！”

“玄鳞是龙九处长的超大型私人移动硬盘好吗？存储着上百个G的各种知识呢，你说是吧玄鳞……韩越怎么就不如你记性好呢？那天裴志跟我说他换了新号码，刚好我手边没笔，就让韩越帮忙记一下，结果五分钟后他就说他忘了……你们说这是老年痴呆症的先兆吗？”

玄鳞肃然道：“不，楚工程师，你不明白。”

楚慈没理他，充满爱怜地抚摸着叶真的头：“对了，还有顾川，顾先生也是世家大族出来的名牌大学高才生，早年还去留过学呢。你不好好学习，整天只长身体不长大脑，将来跟人家没共同语言，人家讨厌你可怎么办？”

叶真惊道：“会被讨厌？！”

“当然会了，学历差别太大说明精神层面不在同一个水平线上，说明你们没法沟通，没法交流，人家说的你听不懂，你说的人家又不感兴趣，早晚会越走越远的。”楚慈端起茶杯喝了一口，循循善诱道，“你想，如果顾川是个连外语阅读理解都不会做的弱智，整天除了吃零食就是看电视，动不动就撒娇耍泼满地打滚，你还会觉得他这个人不错吗？”

叶真思忖片刻，说：“楚叔叔，我怎么觉得你好像在说我？”

“自己去领会精神。如果顾川是这样的人，你真的会觉得他很好吗？如果你遇上一个像……嗯……像龙纪威一样聪明能干、什么都会的人，你难道不会转而更欣赏这样的人吗？”

叶真嘴巴张成一个圆，发出长长的“哦”。

“所以，如果不好好学习的话，”楚慈说，“你们分道扬镳的概率是很大的。”

玄鳞叹道：“楚慈，你实在是太坑爹了。”

“被讨厌”这一可能让叶真非常纠结，虽然他觉得这个世界上还是普通人居多的，连老于都能当副局长，连颜兰玉都能当大校，相对于他们而言，自己还不算太没用，但是他也知道，顾川身为一个高富帅，是很受欢迎的。

叶真认真地想：被讨厌了的话，该怎么办呢？

鉴于这种恐怖的可能，叶真终于下决心要好好学习：早上起来念半小时外语，上午跟楚慈学做数学题，下午背地理和政治，晚上还要被楚慈抽查成果，合格的话可以吃一块巧克力蛋糕，不合格的话就要被楚老师卷着报纸打手心。

结果龙纪威从军部回来，对小儿子突然爆发的学习热情弄懵了，还以为叶真撞了鬼被附体了，忧心忡忡地往叶真的小脖子上挂了个平安符。

盛夏开学，叶真穿着白衬衣、黑裤子，清爽漂亮又精神，提着个书包去上学。

正巧老于也送女儿，叶真搭着顺风车一起去学校。老于的女儿敏敏今年上高三，资深尖子生，开朗活泼又健美，穿着校服短裙跟黑皮鞋，系一只蝴蝶领结，长长的头发绑成一束，看身形比叶真还高。

叶真害羞面嫩，不敢跟女孩子坐一排，硬挤到副驾驶座上，敏敏看着他有趣，笑嘻嘻地问：“十三今年多大啦？龙城住得还习惯吗？”

叶真讷讷的，不敢答话，老于一边开车一边警告女儿：“别调戏十三，他小着呢。可怜劲儿的，不大适应，在学校你得多照顾照顾他。”

敏敏伸头去看叶真，少女的气息迎面而来，叶真当即条件反射往车门上一挤。

“哟！”敏敏立刻狞笑着去摸叶真的脸，“害羞了，害羞了！”

“哎，别乱动。”老于把女儿推去后车座，又摸摸叶真的头，叹道，“时间过得真快……当年千面狐第一次回国的时候，也才跟你现在一样大，转眼十几年就过去了。”

叶真突然想起一事：“张三大校还没回来吗？”

“没有，顾川和特殊行动小队一直跟着他。放心吧，千面狐心机狡诈，但是做事很稳，不会有危险的。”

叶真心道：是这样吗？那位连翻书都能被纸割破手指的废柴大校真的没问

题吗？

老于看他一眼，仿佛看出他在想什么，正色道："千面狐有个瞬间换脸的绝技，这么多年来出生入死安然无恙，靠的就是这个。另外，他为人还是很靠得住的，绝对不会把同伴置之危险而不管，就算最黑暗最孤立无援的时刻都不忘记保护战友，所以你也不用担心顾川和其他人的安全。"

叶真眉梢抽搐，半晌问："就凭他那点儿武力值……遇事只能被人保护吧。"

老于刚要反驳，突然想起什么，立刻顾左右而言他了。

这所学校论每年的高考成绩，算不上什么重点高中，但是论升学率也差不到哪里去——毕竟是二代云集之处，父母自有神通广大之能，总不会让自己的孩子连学都没得上。

学校风气不怎么样，几乎没人用心学习，各种高档电子产品、名牌衣服首饰、吃的喝的堆满宿舍，老师的功用只在于管好学生别出去惹事，平白给父母添麻烦。另外一批草根优等生是拿奖学金进来的，是高考的冲锋军、学校的门脸儿，整天只扑在自习室里，跟二代们泾渭分明，从不互相招惹。

老于的女儿敏敏是个异数——家世好，学习也好，长得漂亮，交游广阔，在学校颇受欢迎。

龙九处长的养子叶十三也是个异数，他后台硬，学习认真，为人低调，稍有孤僻，可惜虽然听话乖巧，成绩却仍然惨不忍睹，每次随堂测验都眼泪汪汪，看着很是可怜。

老师知道他是走后门进来的，看那勤奋苦读的样子，也不忍太过苛责，往往给个六十分算数，于是叶十三每次考试都能及格，让龙纪威实在大大惊讶了一番。

唯一让叶十三大放异彩的是体育课。国家对于体育特长生有考试加分政策，所以很多家里有关系的学生便通过各种途径，随便练练长跑、篮球、跆拳道什么的，拿个一级运动员证明，叶十三第一次上体育课便赶上跆拳道室内教学，一人横扫校跆拳道全队，惊掉了一地眼球。

校领队简直都站不稳了，拉着叶真的手问："参加过运动员测评吗？打算报体育特长生吗？"

叶真茫然摇头。

"去考带！去参加单招！校队今年就有国家级比赛，现在报名还来得及！以前没参加过比赛也不要紧……"

"我……我参加过。"叶真被喷得一脸口水，战战兢兢地道，"在桑国……"

领队激动得满脸通红，紧抓着叶真的手不放："什么等级的比赛？省级以上吗？有项目奖牌吗？"

叶真竭力回忆那个比赛又长又绕口的名字，半晌说：“国际无规则……呃……自由格斗大赛？够省级以上吗？我不知道，对手都是外国人……”

他想了想，又说：“好像得了块银牌，被我爸收走了。”

领队还以为自己幻听，半信半疑地回去上网查，去年的国际无规则自由格斗大赛总决赛亚军果然是个十六岁的月国少年，因为完败桑国极真空手道名将宋本雄、佘国散打之王西多罗夫而名噪一时。

而当年的冠军位置则从缺，因为总决赛上辛国黑道拳王马洛斯使人下毒，事后被收缴奖牌，关进了监狱。

那位月国少年得到亚军之后就销声匿迹，不知道上哪儿去了，很让国内的格斗发烧友们扼腕。领队找来去年的资料照片一看，确实是叶真无误。

领队差点脑出血，“吧唧”一声昏死在电脑前。

那天叶真回家，老老实实地跟家长们说：“学校跆拳道教练想让我跟他们比赛，将来申请国家一级运动员证书，然后高考可以当体育特长生，你们看这行吗？”

正巧韩越和楚慈来家里吃饭，四个大人面面相觑。

楚慈问：“为什么你要靠体育特长生才能通过高考？”

韩越问：“为什么你要通过高考才能上大学？”

这两个有才、有权的大人实在让人无话可说，叶真果断抛弃他们：“爸！你觉得呢？教练说凭我的实力肯定能拿到国家一级运动员证书，将来体育单招……”

龙纪威说：“叶十三小同学，你给我注意点儿！还有……体育特长生是什么东西？”

叶真：“……”

玄鳞完成了最后一击，他蹲在椅子上给电视遥控器换电池，头也不抬地问：“人类啊，什么叫高考？”

“你们这帮没用的大人！”叶真终于哭着跑了。

最后，老于给叶真做了决定，让他去参加学校跆拳道队，还帮他办了各种手续。

老于一人养女儿，含辛茹苦养到这么大，自修成了半个青少年心理问题专家，说：“就算培养个兴趣爱好也好，你毕竟还小，考学什么的先放到一边，年轻人应该多些兴趣，少些功利。”

于是叶真兴高采烈跑去了，一起去报名的还有不少新生，都是冲着高考加分去的，放学后集中在体育馆里一对一考试，有天分有基础的才能进队，实在太差的只能刷下来。

叶真在更衣室里换上跆拳道服，负责考试的队长问他：“以前考过带吗？”

叶真问：“什么叫考带？”

这话太拉仇恨值，队长一抽一抽地走了。

叶真也不系腰带，宽大的上衣兜头一罩，雪白裤子下光着双脚，比所有队员都矮半个头，看上去跟初中生一样，观众席上指导老师都纷纷抬头看他，觉得他好玩，都慈爱微笑，还以为他是初中部跑来玩的小孩。

考试内容是四十秒钟实战，这也是高考跆拳道专项考试的内容之一，前边的人被飞快淘汰，很快轮到叶真，领队偷偷从观众席上横跨过来，贴着叶真的耳朵叮嘱：“小同学，点到即止啊，点到即止！”

叶真瞬间想起自己当初在师门时，每次比试前师父也让师兄“点到即止”，然后他每次都被师兄点得嗷嗷直叫。

“我知道了！”叶真坚定地道。

裁判“嘟”的哨声一响，叶真毫无预兆地飞身而起，右脚瞬间点在对手胸口，凌空翻身反转，横扫对手脸颊！只见空中风声呼啸，一个漂亮至极的空中二连环把对手直接踹出了场！

整个动作落花流水干净利落，从跃起到落地不过半秒工夫，所有人都惊呆了。

看台足足静寂了好几秒，整整一排老师轰然起身：“怎么了？快住手！叫救护车快叫救护车！”

裁判一个箭步冲上前，还没来得及检查情况，那学生自己摇摇脑袋站起来了。

“你、你没事吧？头晕吗？快坐下！”

几个老师冲上来七手八脚的扶那学生，谁料孩子好好的，迷茫道：“不……不怎么痛。”

他扶着头转悠两圈，仿佛晕了头，揉揉鼻子打了个喷嚏，好了。

“他没事的。”叶真说，“手下有巧劲，落地存余势，看上去摔得重，其实不怎么疼。这一手是基本功，我很多年前就会了，点到即止嘛。”

领队抓着叶真的手，情真意切地问：“这位同学，你给我说实话，去年国际自由格斗大赛总决赛亚军真的是你吗？”

“是啊。”

“你，你怎么跑回月国来了呢？”

“我家在月国啊。”

领队差点闭过气去，教练把他一推，伸手抢过叶真的小爪子，老泪纵横道：

“同学！来参加校队吧！省赛出线有两千块奖金，全国大赛打进八强给你高考加二十分啊！”

叶真面无表情抽回手：“加分归加分，别靠太近，跟你不熟。”

教练：“……”

第33章 万物长

叁拾叁

那天晚上，叶真出校门，一帮无能的大人们再次偷懒了，让老于接女儿的时候顺便接叶真回家。

不知道为什么，叶真觉得老于有点儿讨好他。叶真心纯，感觉一般都是准的，但是这实在太说不过去了。

老于堂堂副部级，虽然隶属特调局，职能太专，显性权力大，在龙城也算说得上的人物了，加上他早年擅收奇人异士，龙纪威、玄鳞、颜兰玉等人皆能为他所用，所以论起隐性权力，他的级别也相当高。

这样的人，实在不该对一个十几岁的小孩百般讨好。

叶真心智不及同龄人，但是也不笨，满怀疑虑地打量着老于，心道：他该不会是打我的坏主意吧，想骗我当他的上门女婿吗？那可不行！敏敏姐长得比我还高啊！

“对了，叶十三，”老于在一个红灯前踩了刹车，突然道，“我有件事想拜托你。”

叶真心说来了，立刻正襟危坐。

“是这样的，我听玄鳞说你对针灸、认穴非常在行，好像是有些家学渊源？”

叶真警惕道：“略知皮毛。”

老于从后视镜里看了他一眼，仿佛有点儿难以启齿。

“那你……你知道，如果一个人的经络被挑断，又经过了很多年，还有可能通过刺激穴位的方式来进行治疗吗？”

“什么经络？”

“哎，手上的，两道手筋全断了，十几年前也治过，但是因为各种原因，治疗得不是很彻底……应该是伤了神经，这么多年过去了手还是会发抖，手臂肌肉打战，做事情不大方便……”

叶真奇道：“当年为什么不治？十几年过去手筋早就萎缩了。你说的这人是谁？”

老于沉默半晌，绿灯亮了，他一踩油门，低声道：“是千面狐。”

他说这话的时候表情很奇怪，仿佛有点痛惜和愧疚，还有些不为人知的、深深的遗憾。

叶真眯起眼睛，说：“不知道，我没注意过张三同志的手。他什么时候回来？你得让我去看看，也许能用针扎的办法让他稍微好转，但治愈是不可能了，谁叫他当年不好好治呢。”

老于低声下气道："当年没条件，我也……唉！是我的错。明天特殊行动小队就回来了，早上七点抵达临时招待所，我开完会就去找他们。"

叶真大叫："什么？明早七点！串串也回来吗？也回来吗？你们为什么不早告诉我！"

老于怒道："在开车呢！别往我头上爬！"

当天晚上，一向吃得饱睡得好的叶真失眠了。第二天凌晨天刚蒙蒙亮，他就跑去"砰砰砰"敲玄鳞的房门，中气十足道："玄鳞叔叔！出来送我去招待所看串串！"

玄鳞猛打开门，一脚把叶真踹出去："你给老子闭嘴！老子才刚睡下不到一个小时，再叫把你丢出去喂狼啊！——"

叶真说："哦，你半夜不睡觉又在做什么坏事吗？"

玄鳞一把拎起叶真脖子后的小软皮，咬牙切齿问："这个月的零花钱你还打算要么？这种事不会打电话找你韩二叔叔出来奴役吗？！"

叶真眼底精光一闪。

于是他打电话给韩越他们家座机，被连挂七次却孜孜不倦，第八次时韩越终于接电话了，怒吼声几乎把话筒震碎："叶十三小同学！你到底想干什么？楚慈又发烧了！我照顾他一宿刚刚才睡着！"

叶真连忙道歉："对不起韩叔叔，改天买水果上你家探病……我还是去找老于吧，他比你们都好欺负一点儿。"

韩越气咻咻地挂了电话，最后一秒从听筒里飘出来一句："不过楚慈怎么又发烧啊，你对他干了什么？"

"这跟你没关系吧！"

听筒里传来忙不迭挂断的声音，韩越怒气冲冲摔了电话。

折腾了一圈之后，苦命的老于六点钟就被叶真从床上拎起来，被迫充当免费司机，送叶真去招待所"为张三同志看病"。

结果敏敏一听张三同志回国，坚决要求一起跟去，谁敢拦她就揍谁。俩小孩兴冲冲地奔进招待所的时候天还没全亮，时间堪堪过七点，张三大校正哈欠连天地换上睡衣想补眠。

谁知道房门一开，敏敏热情如火的冲进来，张开双臂道："亲爱的小师哥！"

大校转身就跑。

"哎哎哎！别跑嘛！"敏敏一个饿虎扑食，瞬间把大校拦腰抱住，"小师哥你总算回来了！人家可想死你了！下个月过完十八岁生日，人家就可以嫁给你了哟！"

"放放放手……"大校狼狈万分，竭力抓住自己摇摇欲坠的睡袍领口，可惜敏敏天生御姐，气势非凡，眼看着布料发出了危险的撕裂声。

“亲爱的小师哥，人家可想你了。”敏敏甜蜜地道，“为了犒劳你出任务的辛苦，人家特地跟爹地学会了煲十全大补汤，为了增加营养还往汤里倒了两条活鱼、两只肥鸡，炉火上熬了一星期，爹地都说这汤闻起来绝啦！小师哥感动不？”

大校绝望道：“是闻起来绝对能让人当场毙命吧！敏敏！求求你！我快呼吸不过来了咳咳……”

大校被勒得眼珠突出双手乱舞，老于一个箭步冲过来，三下五除二把女儿从大校身上扒下来，怒道：“敏敏！”

敏敏不甘示弱，说：“爸爸！你太过分了！”

叶真饶有兴味地靠在门边上，还顺手抓了把瓜子一边嗑一边看。

敏敏说：“小师哥是我的！而且他早就答应要娶我了！对吧小师哥？我们早就是生死相许天造地设的一对了！拆散我们是没用的，爸爸！你忍心看着我和小师哥都得不到幸福吗？”

大校瞬间捂着脖子咳得天昏地暗，差点把肺给呛出来。

老于崩溃道：“那是你五岁生日时逗你玩的好不好！你今年才十八！给我好好念书考大学，甭想什么结婚的事！而且跟你在一起他才没有幸福好吗！六岁时把耗子药包在糖纸里请他吃的人是谁啊？七岁时假装溺水让他跳河来救结果自己安然无恙游回岸边害他差点淹死在河里的人是谁啊？八岁时哈哈大笑着从二楼跳下去扑到他怀里结果害得人家差点被活活砸死的人是谁啊？跟你结婚要冒着生命危险啊于敏大小姐！”

敏敏一把搂住大校的手，说：“小师哥不在乎的，对吧小师哥。”

大校微弱地道：“我在乎……”

“刺啦”一声，睡衣领口终于撕开了，可怜大校立刻春光泄露，半个胸膛暴露在光天化日之下。

敏敏和叶真同时百转千回的一声“哦”，露出了不怀好意的笑容。

大校手忙脚乱掏出外套穿好，老于则痛苦捶墙，绝望道：“真是够了……”

敏敏简直就是一场灾难，可怜的张三同志不仅没补成觉，还在少女魔爪下惨遭蹂躏，险些芳魂一缕悠悠归去。

“可怜我都两天没睡觉了……”大校拽着敏敏的袖子，情真意切地道，“亲，外边房间包里有给你带的端国巧克力，让我跟你爸爸坐下来谈正事好吗？”

敏敏乖巧说好，雀跃离去，临走前甩了个飞吻，正朝女儿瞪眼的老于不幸中招。

“你怎么不去？”大校奇怪地看着叶真问。

叶真视巧克力如无物："串串呢？"

"顾川？哦，有事先走了吧。他有很多身份上的手续要办，下飞机就直接走了。"

叶真心里微微有点失望，但是自己也不知道这失望从何而来。

顾川不是说任务结束后就会回来看他的吗？连一声招呼都不打就走了，太不正人君子了吧。

老于偷偷戳戳大校，低声问："这孩子整天闹着要见顾川，是怎么回事？"

大校淡淡地道："我怎么知道？"

"你你你……又对组织不尊敬了，小心组织让你吃处分。回程情况怎么样？顾川的事情有定论没有？"

"最后一枪是他开的，要不是他这个叛徒还能逃上好几年。看上边怎么说吧，反正他不是知道我们内部桑国眼线的名单吗？这就还有利用价值，上边的人再苛刻也不敢为难他的。"

老于喃喃道："可是我没准备啊，要是把他送来特调局，哎哟喂，我的乐子可就大了……"

"不会的，这毕竟不是个纯种月国人，你敢接收，他们还不敢送呢。"大校懒洋洋地道，"给他个正儿八经的身份，入个国籍，之后就可以放手让他自己折腾了。这人惯会来事，在龙城做做生意什么的，既方便监视又皆大欢喜，我看好得很。"

叶真竖着耳朵听，大校看他一脸认真便觉得好玩，随手挠了挠他的下巴，问："你觉得怎么样呀？"

叶真眼睛舒服得眯起来，哼哼道："关小爷我什么事……小爷才不关心……你手怎么样了？"

大校莫名其妙地道："手？"

老于赶紧向叶真使眼色，无奈叶真不会看，说："于叔叔叫我来给你治手。"

大校的表情瞬间很复杂。

老于看掩饰不住，尴尬道："玄鳞说这孩子对经络认穴很有研究，龙纪威有次扭了手腕就是被他一针扎好的，我想你也给他看看，说不定手臂肌肉能好受一点。"

"……"

"不看？不看我走了。"叶真心不在焉地说，"巧克力呢？给我带上点儿。"

"看！看！"老于急忙拉住他，又转头去拉大校，大校表情有些松动，半晌，叹了口气说："那就看看吧。"

来帮大校针灸是主要任务，看串串是叶真内心的真实目的，眼下真实目的完不成了，只能蔫蔫地坐下来当小郎中。

叶真嘴里包着巧克力，含混不清道：“再泡五分钟，五分钟就好……于叔叔帮他添点热水，保持水温在稍微烫手的程度。”

老于拎着热水壶，乖乖往盆里倒了点儿烫水，大校把一双小臂浸在盆里，皮肤被烫得通红。

叶真终于吃完巧克力，心满意足地喝了杯水，说：“现在可以拿出来了。”

大校：“……”

大校被烫得欲哭无泪，老于拿个毛巾把他双手擦干，问：“真的需要烫这么长时间吗？”

“要的，杀猪剥皮前不都要开水烫一下吗？”

大校怒了：“你把我买的巧克力吐出来！”

叶真劈手抓住他左臂，双指微分如铁钳般一路按下，食指点过青灵、少海、灵道、通里，同时中指点过曲泽、郄门、间使、内关，然后双指横刀在大陵、阴郄两穴之间一划，低声道：“拿针来！”

老于忙不迭翻包，找出临时借来的一副毫针，叶真看也不看，一手按住大校手臂，一手捻了跟针出来，看也不看往少海穴上重重一插！

这一针实在插得极快极猛，老于不禁倒抽了一口凉气：“你……”

大校条件反射地回了下头，等待几秒却完全不感到痛，只有一股温热酸胀的气劲瞬间游进骨髓，让他手臂肌肉不知不觉放松下来。

叶真紧紧捏着针尾，仿佛在全神贯注地盯着什么，脸色微微发僵，手指因为用力过度而泛出青白。

然而他扎针的手却是很稳的，仿佛正把一股无形的力量送进体内，随着那股力量加剧，大校整个肘关节都开始发酸发胀，仿佛被暖流包围了，那种麻痹和充实的感觉实在是难以描述。

叶真松了手，任由毫针插在少海穴上，又捻了根针在右臂相同的位置插下去，说：“少海穴很有用，没事多按按，对手臂好。”

老于连忙点头记下：“嗯嗯。”

叶真坐在大校对面，两手分别按在他两臂上，一点一点地顺着肌肉揉捏下去。少年手劲奇大，明明不甚用力，却每一下都按得大校肌肉发酸，仿佛他手上有种无形的、柔韧却强劲的暗力。

一直按到内关穴，他才再次捻起针，这次却不是直接扎下去了，而是轻柔舒缓地一点一点往里旋转，足足过了一盏茶工夫，才堪堪扎进皮肤内层。

“手厥阴心包经的气血从这里由体表汇入体内，而他这里被人切断了，造成经水阻绝……嗯？谁这么狠？”

大校呼吸不稳，汗流满面，低声道：“好了吗？”

少年侧脸毫无表情，捏着针尾一动不动十几分钟，才撤了手，道：“不要动。”

他握住大校手腕，掌侧紧贴着内关穴，五指并拢压在手腕横纹之上，半晌，大校只觉得那股柔和而温暖的暗力源源不断地输入体内，仿佛一道暖烘烘的泉水，让人舒服得发抖。

他仰起头，长长地舒了口气。

老于却看不出什么异常，心道：难道这么一握就好了吗？因为体温相贴？那为什么不拿个热水袋来捂呢？

“太……太暖和了，”大校终于叹道，“谢谢你。”

叶真摆手示意他别说话，手上筋骨突出，仿佛极为用力，这时大校的皮肤底下仿佛有一团小火苗在温柔燃烧，热度辐射他半个身体都很放松，完全被充盈而厚重的内力所包裹了。

一盏茶后叶真才吸了口气，缓缓松开手。

“舒服吧。”他精疲力竭地站起身，说，“十几年过去，还想接上手筋是不可能的了，不过刺激穴道可以尽量舒缓他的手臂神经，让他手上停滞的气血重新活动，十二经水畅通则有助于……嗯，身体健康。”

叶真拔下毫针，重新收回盒子里。

大校试着弯曲手肘，果然感到灵便通畅了很多，仿佛有什么无形的关卡，被冲破了一点缝隙。

“每天过来挨一针，七天后就不用扎针了，光像今天这样按摩就行。其实你应该带他早点儿去治的，他手已经很不灵活了，整个手臂都经常颤抖发僵吧？”

大校低声道：“以前曾经去看过国医，也按摩过，但是没有今天这么……这么……”

他无法形容那种整个人被温泉包围的感觉，只能狐疑道：“难道是内力？”

叶真面无表情地盯着他，半晌，伸手道：“再给我一点儿巧克力！”

老于慰问完特殊行动小队成员，中午吃饭前带着叶真和敏敏离开了临时招待所。

大校一直把他们送到停车场，临上车前，叶真可怜巴巴地看着他，说：“如果串串回来的话，记得让他给我打电话啊。”

敏敏不甘落后：“亲爱的小师哥，你也要记得给我打电话啊。”

张三同志怒道：“十几岁小孩谈情说爱不觉得太早了吗？！”

老于立刻从后视镜里看他，眉角微微抽搐。

大校：“……”

老于他们的车开远，大校转过身，停车场角落里静静停着辆吉普。

“他们走了，”大校说，“你不追上去吗？”

顾川靠在车窗上点了根烟，半晌笑了笑，说：“我正要追呢。”

“叶十三小同学今天过来第一句话，问：串串呢？临走前最后一句话，是让你回来记得联系他。我就不懂了，招惹人家的是你，避而不见的也是你，你到底想怎么样，就不能给个准话？”

顾川眉头紧皱，刀削一般的侧脸上表情沉重，夹着香烟的手上靠近衬衣袖口的位置，隐约露出一道绷带的白边。

“我从最初见到他的时候，就知道这个孩子前程比任何人都要远大，他具备很多成年人都没有的坚毅心性，隐忍蛰伏如同冬眠之蛇，一旦出手便雷霆万钧，而且性格柔和中带有强韧，对自己所爱的毫无怀疑，对自己所恨的也从不手软，具有铜墙铁壁一般毫无破绽的信念。”

“这样的人能成就大事，我则是他漫长旅途上的一个……障碍。”顾川选择了这个词语，道，“我不敢影响他。”

大校漫不经心地道：“你有足够影响他的分量吗？我不这么认为。”

顾川默不作声。

“我这辈子也算染上不少血了，虽然做的时候不觉得，但是有时候想想，也会怀疑自己坚持的是否正确。这种动摇会让人软弱，但是大多数人不能抵抗这种动摇，因为思想本身就容易被影响和怀疑，所以人都不可避免有软弱和无能的一面。”

大校顿了顿，道：“只有叶十三是个例外——我从未见到他动摇信念，他的想法清晰、稳定、毫无退缩，即便脚踏万丈尸骨，也从不怀疑自己选择的路。

“你也许不够好，顾川，因为你还远远不够动摇他的分量。别把叶十三当孩子对待，从某个角度来说，他那双眼睛比我们看得更远、更清晰。”

顾川长长地吸了口气，摁熄烟头，笑道：“承你贵言。”

大校微微点头，退后半步。

吉普车开始发动，缓缓驶出了露天停车场，大街上阳光普照，车水马龙，万物萌发而欣欣向荣，吉普车转了个弯，很快顺着刚才老于那辆车开走的方向追去了。

第34章

归去来

叁拾肆

叶十三放学出门，左等右等不见大人来接——老于去特调局开会去了，颜兰玉行踪神出鬼没，楚慈病怏怏地发着烧，韩越在家和军部之间两点一线，龙纪威忙着工作，至于玄鳞……

叶十三打电话给玄鳞，怒道："为什么不来接我放学？趁龙纪威不在就跑出去跟坏女人鬼混吗？"

玄鳞吓得差点摔了手机："胡说八道什么！老子在家认真学习呢！"

叶十三奇道："你还学习？"

"哼哼，老子的渊博学识岂是尔等区区人类所能理解的？不说也罢。你放学了？"

叶十三看着车水马龙的街道，顿时怒从心头起，恶向胆边生："三十分钟内不来接你儿子我就要饿死了！饿死了好吗！这世上有哪个家长让发育期青少年饿肚子的，以后长不高怎么办？"

"哈哈哈哈，别担心这个问题，反正你肯定长不高了哈哈哈哈……哎哟，呛到口水了……咳咳咳！咳咳咳咳！"玄鳞可恶的笑声终于勉强停止，说，"我才不去接你呢，老于都告诉我了，顾川他们回来了是不是？"

叶真拿着手机，茫然四顾，红绿灯飞快变换，汽车卷着潮流涌过街道，马路对面站着一个微笑的高大男人，靠在吉普车门上，把墨镜摘下来在手里把玩。

他穿着黑色 T 恤、迷彩裤、高帮短靴，手臂和胸膛肌肉显出结实的线条，就像个漫不经心的特种兵。

路过的少女大多回头看他一眼，有的好奇兴奋，有的面带羞红，叽叽喳喳地议论着走开。

叶真："……"

玄鳞在电话里老气横秋的教导："身为一条高贵的龙，老子对小孩出行接送、打包晚饭之类鸡毛蒜皮的事一点儿也不感兴趣，像这种小事直接去找你的顾川奶妈，把你喂饱养大是他今后人生的第一重任，懂否？！"

叶真说："二爸，等着被龙纪威削吧。"然后挂了电话。

他穿过大街，顾川微微低下头，面容如同刀削般坚毅，眼神里满是温暖，带着一点不易察觉的笑容。

"你好，叶真，"他伸出手说，"我的名字叫作顾川。"

"你好，顾川，"叶真心平气和地道，"从今以后你就是我的奶妈了。"

顾川："……"

顾川奶妈带叶真去学校附近的饭店要了一桌菜，慈爱地看着叶真狼吞虎咽，吃得饭粒和口水齐飞。

叶真的食量一直不小，在已经吃了十个八个糯米团团的情况下还能坚强的干掉两碗饭、半只鸡，甚至有一度超过龙纪威和玄鳞的食量总和，然而他还是清瘦见骨，并且个头偏矮，让学校里很多大姐姐们见了都狼性萌发，最爱把叶真小弟弟翻来覆去地揉着玩。

顾川又给叶真夹了一只虾，虚伪道："多吃点儿，吃饱才能快快长大。"

叶真不明所以，本着礼尚往来的原则给顾川夹了一筷子鱼，说："你也吃，这家菜做得不错，可以给龙纪威打包一份带回家。"

顾川立刻招手点菜让人打包，叶真在烤肉的间隙终于问："你以后打算怎么办呢，串串？我听张三同志说你可能要留下来做生意，需要帮忙吗？"

顾川没回话。

叶真小朋友继续埋头吃烤肉，嘴里包着东西说："问你话呢串串，开公司需要打手保镖什么的吗？我觉得我可以胜任这个职位，你只要发我点零花钱就可以了……毕竟现在问我爸要零花钱越来越难，他说小孩过了十六岁就不能随便给钱了，怕钱太多出去学坏。"

其实不给叶真零花钱，难受的是玄鳞——因为叶真的钱永远用来买零食，身边没钱他就会回家嚷嚷着要零食，最后出门跑腿的只能是玄鳞自己。

顾川说："颜大校给的意见是开个保镖公司，从退役特种兵里招人，他可以联系名单，训练以后挑出精英，他们有些不好出动自己人的任务，就可以委托给保镖公司来干。有一定风险，但是好处也很多，主要是和他们互利互惠，并且我以前在桑国也经营这方面的交易。"

叶真点头道："是啊，还可以训练几个女人，张三同志扮人妖已经扮厌了……那你可以雇佣我吗？"

"有一个职位很适合你。"顾川说。

叶真淡定地问："是什么？"

顾川淡淡一笑，没再说话。

天色已晚，顾川不放心叶真一个人回家，于是带他回了自己住的酒店，还让叶真打电话告诉玄鳞说已经在外边吃过了，不回家吃晚饭了。

玄鳞疑惑问："那你今天作业怎么办？"

"串串啊。"

顾川立刻表示自己学历杠杠的，拿下高一数学外语什么的完全是小菜一碟，保证负责把叶真的功课水平拉到学校标准线以上。

结果半小时后叶真抗议了，怒道："为什么写作业的时候你坐着，我站着？！"

顾川："……"

到了后半夜，叶真终于熬不住了，于是二人各自回房睡了。

第二天早上起来，叶真一个惊天动地的喷嚏，喷了顾川一脸。

顾川遭了晴天霹雳。

叶真脸色嫣红，靠在床头，有气无力。

"他发烧了，三十八度五……嗯嗯，已经吃过药了，睡一觉就好。"

电话里传来龙纪威的声音："既然这样，今天就不要去上学了，我把他班主任的电话给你，打个电话去请假。"

顾川找来纸笔记下电话号码，礼貌问："还有什么吩咐吗？"

"没有了……哦，你等等。"

龙纪威捂上话筒，几秒钟后回来，说："也没什么，玄鳞有句话要转告你。"

顾川瞬间紧张起来："有何指教？"

"他说，"龙纪威冷静地道，"叫你洗干净脖子，自己选个墓地，待会儿上门来领死。"

顾川手忙脚乱地挂了电话。

叶真躺在床上，顾川问酒店厨房要了一大碗红豆粥，热气腾腾地喂给叶真当早餐。

"昨晚作业还没写完呢。"叶真吃完粥，感叹道。

顾川心不在焉地道："晚上再写。"

"这次你可不准打扰我了！小爷下过决心要好好学习的！"

"嗯嗯，好好。"

几秒钟过后，顾川突然反应过来，狐疑道："你想好好学习干什么？"

"考大学啊。"

"考大学干什么？"

叶真张口结舌，半晌说："为了……不被讨厌啊。"

顾川一头雾水："考大学就不讨厌？被谁讨厌？我刚想跟你说如果以后考不上大学就来帮我一起开保镖公司……谁给你灌输这种奇怪的想法？"

叶真怒道："还不都是因为你！楚叔叔说学历相差过大的两个人很容易变得讨厌对方的！为了不被你讨厌叫我好好学习考上大学！现在你满意了吧？"

顾川张口结舌，问："楚叔叔，楚慈？就是上次在病房里……"他想起楚慈出手如电般来来回回的四个耳光，瞬间崩溃了。

楚慈不出名，当他在桑国调查叶真身世的时候，发现因为龙纪威玄鳞的关系，叶真身边很有一些位高权重的能人异士，比方说于靖忠、颜兰玉、韩越。楚慈无父无母，出身寒微，且整天到晚病怏怏的，在龙城一票官二代当中实在弱势到了极点。

但是就这位随时病得要断气一般的楚慈，却实在是个世间少有的狠人，顾川交游广泛，阅人无数，除了天赋异禀的叶十三，再没见过有人能达到楚慈这个地步。

于是顾川强行把“这人是胡说八道你就当他放屁好了”这句话吞进肚子，咳了一声，安慰道：“就算你学历只有高中毕业，我也不会讨厌你的。”

叶真狠狠道：“不行，楚叔叔说你是镀过金的洋海龟，如果我学历太低的话以后会有人说我攀高枝，男人的面子比天还大，我可不沾你的光，这件事没得商量！”

无数头羊驼欢快地奔腾着在顾川心里呼啸而过，半晌才挤出来一句：“那你好好学习吧，下午我要出门……跟颜大校商量公司场地的事情。”

叶真把吃空了的粥碗顺手扣在了顾川脸上，怒道：“那就对了！别来打扰我做功课！”

叶十三小同学做功课的决心很强烈，无奈现实太骨感，下午顾川出门前接到老于的电话，说：“顾川同志，麻烦你把叶十三也一起带来吧，再给千面狐做个按摩巩固巩固，我怕他旧病重犯。”

顾川礼貌道：“就让他旧病重犯吧，叶真发烧了，现在还在……”

叶真抢过电话：“那天张三同志给的巧克力球还有吗？什么，还剩一盒？放在那里别动！我这就去拿！”

老于：“……”

幸亏小孩发烧不难受，叶真足足的睡了一觉，出了身汗，顾川又帮他把全身内力运行了一个小周天，下午的时候体温已经退到三十七度五了。

就这样顾川还不放心，临走前强迫叶真穿上长袖，又穿上带帽外套，活像个操心过度的奶妈。

见面地点是龙城郊区一个拳击训练场地，以前是韩越一个朋友的产业，后来那朋友家里出了事，拳击馆被低价转让给韩越，现在正好用作顾川将来公司的特训基地。

下车的时候老于已经等在门口了，见面二话不说，先塞给叶真一盒进口巧克力球，殷切地道：“里边还有！”

叶真兴高采烈地问：“不是说只剩一盒了吗？”

“你敏敏姐又赞助了点儿！叔叔跟你说，只要能治好千面狐那双手，叔叔送你去佘国玩一个月，想吃什么吃什么，叔叔全包了！”

叶真一边跟老于往里走一边忙不迭往嘴里塞巧克力，顾川跟在他身后，看他嘴巴鼓鼓囊囊的样子，便觉得非常好笑，说："吃慢一点儿，没人跟你抢。"

叶真心满意足地道："于叔叔对张三同志真是太好了，简直是巧克力大派送啊。"

他们穿过训练馆大厅，顾川注视着落地玻璃窗外空无一人的露天田径场，低声道："如果不是颜兰玉，于靖忠坐不到今天这个位置上来。颜兰玉当年在桑国学艺，为救于靖忠而被废了双手，千辛万苦艺成之后便立刻叛出师门，为了于靖忠而逃来月国。本来说好要进特调局的，但是当年情势复杂，为了帮于靖忠，为了从外部支援他，颜兰玉又去总参谋部下属的一个后勤部门从最基层的特工干起，直到去年才因为突出立功而被授予大校军衔……"

叶真惊道："怪不得张三同志的师姐要杀他呢，我还把那女人给抽了一顿！"

"宋优是吧？那人是个心狠手辣的角色。"顾川顿了顿，说，"据说于靖忠今年就要摘掉那个副字了，他难得有求于人，你好好给千面狐治吧。如果你以后想当公务员的话，保不准还得拜托于靖忠帮忙呢。"

叶真并不理解这些与前途相关的大事，懵懵懂懂地道："哦，是吗？"

他们跟老于一前一后上了三楼，张三大校已经在办公室里等着了，另外靠墙站着一排穿迷彩服的小伙子，个个精气神十足，身姿挺拔得如一排标枪。

大校一看叶十三，立刻伸手挠他下巴："小十三哟，小十三！来，给大爷喵一个听听！"

叶真兴高采烈地道："喵！服务员姐姐你好！"

大校险些从座位上翻下去："说什么呢这孩子！"

顾川从老于手里接过合同看了一眼，看到最后租金，嘴角露出一点儿几不可见的笑意。老于咳了一声，说："韩越本来说好提早半小时来的，不知道怎么耽搁到现在，你先过来看看这批人，都是千面狐从他早年起家的单位选出来的尖子，我给你介绍一下。"

他走到墙角那排标枪一样的年轻人面前，挨个指给顾川看，前头几个都是去年国际关系学院的毕业生，在部队封闭训练过一年，显然很得大校青睐，中间几个是从特种部队甄选出来的退役兵，有一个脸上有疤，最后几个是转业人员，年龄大了些，社会关系相对复杂，但是胜在沉稳。

顾川把那脸上有疤的多看了一眼，问："怎么弄的？"

那特种兵敬了个礼，不卑不亢道："报告，执行对外任务时被弹片划的！"

顾川默然点头，道："以后找个时间，做个手术，把疤去了吧。"

历来特调局招人，都喜欢容貌普通毫无特色，放进人群里眨眼间就不见了的那种人，社会关系单纯，祖上三代没有海外关系的应届毕业生是首选，仿佛一张洁白的纸，可以任意涂抹颜色，其次是从各大特种兵部队挑选精英，因为被军队调教过，能吃苦，苗子正，最后才是官员转业，社会关系复杂且比较难以掌控，但是圆滑精明，大多有一技之长。

当然，这只是针对普通人的招聘，真正民间的能人异士可以被特招，也就不用走上边的程序了。

“这批人我交给你了。”老于顿了顿，道，“有些话我不方便多说，不过你大概能猜到，千面狐如今位高权重，目标太大，有些事不能再亲自关注了，就需要有靠得住的人来当他的眼睛，做他的双手。组织的安全是无价的，钱不是问题，你自己心里得有杆秤。”

顾川颔首不语。

“每隔几年，我们就要重新……站一次队。”老于沉默了一会儿说，“在月国，站队是件很重要的事。”

顾川说：“我知道。”

老于拍拍他的肩，你一定要清楚自己的立场。”

就在这时门被推开了，韩越探头看了一眼，潇洒挥手：“哟，都在啊！”

他穿着军绿色的常服，手上勾着车钥匙，漫不经心地摸了摸叶真的头，叶真正给大校做按摩，理都不理他，大校只点点头，随即对楚慈微笑示意。

楚慈脸色苍白且毫无表情，随手把一个装了饭盒的塑料袋放到叶真身边：“龙纪威要的烤鸭店酥肉饼，我答应晚上带给他的，你顺手带回去吧……我就不去了。”

叶真一听到“烤鸭店酥肉饼”几个字，顿时内力倒灌逆流而上，双眼放光道：“酥肉饼啊！”

大校惨叫道：“别乱来啊！”

叶真摇着尾巴扑过去检查那两个饭盒，大校猝不及防，双手骨骼被他内力一撞，险些撞成半残。

“痛啊！我残废了我残废了……”

大校泪流成河，抱着手在椅子上滚来滚去，叶真嘴里叼着半块酥肉饼，心满意足的如同偷到了东西的耗子。

楚慈一脸无辜地轻拍大校的背，淡定地问：“要叫救护车吗？”

那边的正牌房东韩越跟顾川商量好合同的事情，便带着老于和前来受训的第一批保镖去参观训练场，顾川毫无疑义地跟着去了，临走前抹了把叶真嘴边上吃出来的油，低声道：“还在发烧，油腻的东西少吃。”

叶真郑重地道：“我已经好了！”

顾川：“……”

尾随他们出去的那行受训人员好奇地回头看叶真——他人小，好吃，好动，没心没肺，大大咧咧，长得一副好模样，却过分清瘦弱小，看上去不堪一击。

他是跟他们未来的老板一起来的，跟他们现在的上司千面狐很熟，于副局长很看重他，但是又存着一种把他当晚辈那样的态度。

高层亲戚？官二代？

没有人能猜到叶真到底是个什么角色。

第35章 谈八卦

叁拾伍

韩越、老于他们出去了，可怜的张三同志好不容易等到叶真吃完酥肉饼，继续回来用内力按摩。

楚慈靠在窗前用手机上网，一副冷若冰霜的模样。

大校一看就知道有猫腻，眼睛一眯，问："你又被暴力了，楚慈同志？"

"没有。"

"你这样是不对的，楚慈同志。"大校说，"组织关心每位同志的身心健康，所以组织也很关心你，你要是有什么生命危险一定要及时跟组织说……好让组织开心开心。"

楚慈冷冷地盯着他。

大校露出一个"我就知道"的笑容："你们吵架了吧……你跟韩·二百五·越同志？"

叶真深深舒了口气，内力如同温泉一般在大校手腕经络处徐徐灌入，同时竖起耳朵很有兴趣地听着。

楚慈说："组织，你想多了。"

一大一小两位"组织"同时露出蔑视的表情。

"只是韩越的远房表妹考到龙城上大学，最近经常带同学来家里吃饭而已。"

大校立刻问："女同学？闺密？这种事有什么不好开口的，我见得多了……"

"男同学。"楚慈说，"确切地说，是他表妹的男闺密……一个经常脸红且从不抬起头来看人、一说话就扭扭捏捏吞吞吐吐、经常用受了惊的小兔子一般的眼神看人的……男同学。"

大校和叶真同时反驳："那就是女同学！"

楚慈无力反驳，漫不经心地道："随便你们怎么理解，他表妹好像对我非常不满，而那位女……男同学又仿佛很怕我，每当跟我说话的时候就一副……我很难形容那种感觉，就好像我随时要趁韩越不注意的时候下手谋害他一样……你们懂的。"

大校和叶真同时点头，动作整齐划一。

"然后上星期表妹又带闺密来了，韩越不想做饭，所以我们商量好去外边吃海鲜。席上我们想点螃蟹面，韩越要吃香辣，我要吃姜葱，谁也无法说服谁……最后我们各点了一份，各人吃各人的。"

叶真迷惑道："很正常啊。"

"但是，"楚慈说，"他表妹就很不高兴，觉得我太……嗯，太不随和了。"

叶真："……"

大校："……"

"事情没有结束，那天晚上回去以后，男同学突然全身过敏发红，大半夜被送进医院，确诊以后我们才知道他从小就海鲜过敏……"

叶真难以置信，问："那他吃饭前为什么不说？"

楚慈耸耸肩，表示不知道，这个动作他做起来有种特别冷淡的优雅。

"因为他进的是韩越铁哥们儿任家远的医院，所以急诊押金一概没让他交，事情的高潮是，第三天我们去探望他的时候，这位男同学从床上挣扎着起来，把他临时打电话问同学借的一千块钱亲手交到了韩越手上……当时所有人都在场。

"韩越当时就傻了，还没来得及把钱推回去，那孩子就对他说，'韩大哥，谢谢你替我做了这么多，但是我的尊严不允许我随便占人便宜，我虽然家境平凡，但是我有骨气，请你尊重我的做人原则！'"

大校和叶真同时露出惨不忍睹的表情来。

楚慈无辜道："你们知道，这孩子实在选了个好时间，韩越他表妹也在，任家远也在，整个病房都是医生护士……韩越差点儿当场拉开窗子从六楼上跳下去……我敢说他从生下来开始到现在就没出过这么大的洋相。"

大校问："然……然后呢？"

"哦，然后韩越强迫我跟他一样选择性忘记这件事，我不得不说这是很自欺欺人的行为，因为从那天开始，任家远他们就动不动跟韩越说什么'我是有骨气的，请你尊重我做人原则'之类的话……他们可能觉得看韩越暴跳如雷很有趣……你们两个不要笑。结果好事不出门坏事传千里，这件事很快在朋友圈里越传越离谱，截至昨天，最新流言是韩越强迫了自己亲表妹的同学，把人家搞进医院，还妄想用区区一千块钱把整件事抹平，结果人家把那一千块钱当众甩到了他脸上……"

"楚慈！"韩越咆哮着破门而入，"我就知道你背着我偷偷跟他们念叨这事！谁说我被一千块钱甩脸了？嗯？谁说的？"

楚慈面无表情地问："嗯？什么一千块钱？我刚才说什么了？"

"不准装傻！"韩越唾沫横飞，溅了躲闪不及的叶真一脸，"谁敢这么造老子的谣，是不是任家远？还是侯瑜那小子？还有，你又背着我把这事告诉别人，实在是太过分了！"

楚慈说："我没有。"

"你就有！要不然你为什么给裴志打电话？要不是被我发现了，恐怕你今晚就跑龙纪威他们家去说了！"

韩越彻底变身喷火暴龙，鼻腔里呼哧呼哧的冒着黑烟，头顶上蹿起火苗，身后还拖着长满倒刺的大尾巴，在地上“砰砰砰”地甩来甩去。

楚慈无可奈何地道：“好吧，算你赢了……”

“果然！”韩越气愤莫名。

楚慈彻底被打败了，任何话语在韩越的强盗逻辑面前都是苍白无力的。

“这件事绝对没完！必须要解释清楚！今晚就把造我谣的人告诉我，老子明早上门去问候他全家！”

韩越手舞足蹈，被顾川和老于一人抓着一只手，踉踉跄跄地拖出大门。

隔老远还听到韩越悲愤的控诉：“我就知道……他就是不信任我……真可恶，为什么不正大光明的来问我……”

楚慈只能追出去，临走前匆忙对叶真丢下一句：“现在你知道为什么我今晚不能去你们家了吧？”

叶真：“……”

“英勇无畏的楚慈同志！”大校钦佩万分道。

当天晚上，顾川解决了在龙城的住宿问题，不用再住酒店了。

事情是这样的。房租及人员问题谈妥以后，悲愤的韩越把顾川老于他们拉出去喝酒，在酒吧里拍桌大骂，“我从来就没见过楚慈这么不爽快的人！我告诉你们！他居然偷偷把这件事告诉所有人……”

叶真淡定地道：“看来你们两个关系一般啊！”

顾川看见韩越狰狞的脸，立刻抄起蓝莓挞一把塞叶真嘴里：“吃你的点心去。”

叶真于是埋头啃蓝莓挞。

“那个裴志！老子看他不顺眼已经很久了！没事还找楚慈出去下棋晨练，你们说大清早上不在家睡觉，出去晨练什么？晨练个屁！这次他还打电话给裴志呢，我没听见他们说什么，一定是偷偷冤枉我！”

韩越“哐当”把酒杯一摔，口水和啤酒沫溅了老于一脸。

老于淡定一擦，劝道：“小事，小事。”

“你们不懂啊！”韩越挨个指点顾川和老于说，“看看你们两个这没出息的，一个个的，孤家寡人，你们懂什么！”

顾川：“……”

老于：“……”

老于唯一想做的就是把韩越拖出去砍了，扔进下水道里冲掉。

韩越丢下空啤酒杯，换了威士忌一饮而尽，更来劲了：“还有那个龙纪威，哪天得空老子非揍他不可！你们知道吗？每次我一出差离开龙城，楚慈他立刻找龙纪威出来喝茶啊！听戏啊！逛街啊！吃饭啊！我就不知道他们咋这么多话要说呢！整天叽叽咕咕的！”

叶真吃完蓝莓挞，抗议道：“我爸是无辜的，你不要黑他。”

顾川赶在韩越喷射口水之前抄起巧克力蛋糕，闪电般塞叶真嘴里：“吃你的点心去。”

叶真于是埋头啃巧克力蛋糕。

目标被转移，韩越只得意犹未尽地转向顾川跟老于：“我跟你们说，我真的已经忍够了。上次九处年尾聚会的时候楚慈竟然也跟他们一起跑过去，一帮人吃完饭还去K歌，搞到十一二点都不回家，老子杀过去一看，一帮男男女女窝在那么小一个包厢里鬼吼鬼叫，简直是伤风败俗……岂有此理！”

顾川：“……”

老于：“……”

韩越“砰砰砰”地拍着桌子，气得脸红脖子粗的。

顾川客观道：“你可以当面跟他说说，很快你俩就没关系了。”

韩越登时大怒，指着顾川的鼻子唾沫横飞道：“我就知道你跟那姓龙的是一伙儿的！”

顾川慌忙起身安抚，知道他喝多了，用眼神示意老于给楚慈打电话。

电话接通后，老于阴阳怪气地哼哼着道：“喂，楚工啊，韩越喝醉了，在你家附近的月落酒吧骂你呢。”

楚慈沉默半晌，问：“所以？”

“叫他来接老子！”韩越踉踉跄跄扑过来，嚣张道，“态度要谦恭！还有，昨晚煲的红枣汤别忘了给老子带一盅！”

老于瞬间挂下满脸黑线。

酒吧隔壁五十米处一家装修清雅的私房菜包厢里，楚慈坐在琳琅满目的餐桌前，不动声色道：“好。”

然后他放下手机，安之若素，和龙纪威、玄鳞、颜兰玉四人一起继续喝小火炖了四个小时的白玉翡翠海鲜汤。

韩越放了一通豪言壮语，大为得意。殊不知半个小时后楚慈把汤喝完了，菜吃好了，施施然起身出门开车，十秒钟后到达酒吧门口，打老于手机说：“告诉韩越，我来了。”

韩越正借酒装疯，一听楚慈来了，登时大惊：“他真的来了？”

“都什么时候了他不睡觉还真跑来了！人呢？人呢？”

韩越狂奔出门，在酒吧门口看见面色恹恹的楚慈，立刻跑上前喷火：“你你你……你自己开车过来的？怎么不叫个司机？”

楚慈微微一笑，韩越的酒顿时吓醒一半。

“见笑了！”楚慈对老于和顾川彬彬有礼道，又俯身捏捏叶真的脸，顺手塞给他两个水果糖。

老于他们立刻纷纷表示没什么，韩越经常酒后胡话，当不得真，天色晚了，夜深露重，楚工程师还是赶紧把人拎回去吧。

楚慈于是亲手搀起韩越，韩越尾巴一甩一甩的，得意得很。

“十三晚上回家吗？”楚慈突然想起什么，问，“玄麟先生和龙九处长就在附近不远逛夜市呢，我打个电话叫他们来接你？”

叶真刚想说好，被顾川一把拉住。

顾川理直气壮地道：“不用了，叶真今晚还跟我一起住酒店……明早我送他回家，请转告龙九处长不用担心。”

楚慈诧道：“住酒店？”

韩越醉得不清不楚，笑呵呵地鹦鹉学舌：“住酒店？”

夜风吹过，所有人额上垂下大大的汗。

“住酒店算什么，怎、怎么能让国际友人住酒店？”韩越醉醺醺地从口袋里摸出一串钥匙，不由分说地塞顾川手里，“训练营家属区一号独门公寓，给、给你了。不用谢啊，大兄弟。”

顾川初来乍到，没时间去租房子，正忙得焦头烂额，幸亏韩大地主热情慷慨解了这燃眉之急。当下他也不推辞，知道租金是算在合同里的，于是一笑便接了过来。

“有房子才好找媳妇啊。”韩越又拉着他的手，语重心长道，“这年头媳妇难找，要动手就要趁早，别跟于副局长一样，老大不小的了带着个拖油瓶过日子……”

老于怒不可遏：“韩二百五！想挨揍吗？楚工，你让让！老子今天就替你出气！”

楚慈忙不迭抓着韩越后颈塞进车里，一踩油门溜之大吉。

“太过分了！老子又不是没人要！那二百五吃饱了撑着没事干……我真是躺着也中枪……”一直到车开出很远，老于还站在酒吧门口跳脚。

第36章

特训营

叁拾陆

顾川解决了住宿问题，开始挽起袖子大干一场了。

他通过各种渠道，招来了一批教官，开设了格斗、射击、情报搜集及分析、审讯方式、犯罪现场痕迹分析等二十多项科目，后期甚至开设了国际贸易、金融知识等基础教学。

颜兰玉作为专业人士，经常乔装过来亲自教授课程。楚慈虽然不知道他们在干什么机密的勾当，但是也接到特殊邀请，过来教授过玩牌时耍老千的技巧。

而叶真平时上学，放学后便跑来这座全封闭式戒备森严的训练营，像模像样地跟学员们一起上课，听得无比认真。

因为训练营下课时间很晚，来不及送叶真回家，龙纪威便恩准叶真夜不归宿，除玄鳞外皆大欢喜。

至于玄鳞，已经把顾川当作诱拐儿子的眼中钉肉中刺，恨不得分而食之后快，他是怎么也欢喜不了的。

叶真人小个矮，训练营里的学员都知道他跟顾川关系不一般，没人把他当作一回事，暗地里还有些不值一提的话，只是叶真对周围人的目光基本无视，每天该干什么干什么，很有些任凭风吹浪打我自岿然不动的气质。

那天晚上放学，跆拳道队里有活动，他来训练营的时间就迟了。恰巧晚上是格斗课，教官看见他背个书包冲进来，笑问：“做什么去了来这么迟？”

叶真气喘吁吁道：“明天龙城地区高中武术联赛呢，今天被领队拉着一通哭……”

有学员故意问：“小兄弟也去比？”

叶真道：“是啊。”

众学员看叶真那小胳膊小细腿，一齐哄笑。

教官连忙止住众人，又安排他们分散开来两两对练，先前那个带头取笑的特种兵被留下来，教官特地指了叶真，说：“你们两个，不用拘泥于路数，随便练几招。”

那特种兵穿着训练营统一迷彩背心，肌肉壮实精悍，露着身经百战留下的旧伤，跟顾川都有的一拼了。叶真把书包和校服外套一扔，随手扯开衬衣领口扣子，笑道：“行，那就练练。”

学员们再次哄笑，很多人都不对练了，饶有兴味地往这边看。

那特种兵觉得跟小孩对练实在胜之不武，开始就留了一手，只把叶真横踢过来的脚腕轻轻一抓，顺势取他中路，谁知叶真凭借他手掌之力，瞬间翻身跃起，闪电般凌空一脚踹他头上，当即把那特种兵踹得踉跄退去了半步！

这一招太利索，众人不自觉叫了声：“好！”

叶真无声落地，笑道：“你兄弟身子轻些，踢得不重，见笑了。”

特种兵知道对方也是存心留情，顿时收了敷衍之心，盘地一记扫堂腿狠狠劈去。军体拳走的都是势大力沉那一路，叶真从容相对，见招拆招，只听半空衣袂飘扬，几招之内便把特种兵踢来一脚横空架住，闪电般一撂，当即把人倒栽葱摔倒在地。

人群再次惊呼：“好！”

特种兵摔得不服，血性一起，跳起来闪电般一连串飞腿，叶真外家功夫神妙，俱是轻描淡写以对，电光火石间拆了特种兵十几招！

险境环出的对招让人看了忘了呼吸，倏而，只听特种兵狂吼一声，从半空由上而下狠狠一劈！

这一脚没有八百也有六百公斤，被劈中不死也脱半层皮，瞬间，只见叶真脑后长眼，神机妙算一般返身一捏，以相同的一招将他攻势横空架住，继而又是反手一撂！

特种兵躲避不及，再次倒栽葱摔倒在地。

人群齐声大叫：“好！”

那特种兵从没吃过如此大亏，爬起来就往前冲，惊慌之下招式全乱，还没近身就被叶真不由分说一手撂倒，竟然和前两次毫无分别，连招式都懒得换一换。

人群齐声欢呼，纷纷鼓掌，看叶真的眼神全变了。

特种兵脸色难看地坐在地上，难以置信地道：“怎么会这样？！”

叶真谦虚笑笑：“无妨，无妨，我任督二脉天生相通，三岁打拳，四岁练武，五岁上山学艺，如今已逾十年，兄弟能在我手上走过十招，实在相当不易。”

特种兵满脸呆滞，叶真挑眉问：“不信？”

他捡来半块砖，往水泥地上一搁，气海内力运行周天，双指并拢如有剑气，瞬间双指狠狠一刺！

一声岩石开裂轻响，只见少年两根手指深深插入砖头里，没了足足两寸深！

特种兵两眼发直，说：“你……你……”

叶真若无其事，把手指从砖头里拔出来——红砖这么脆的质地，竟然没有断裂，可见少年内家功力有多精湛！

叶真把砖头一扔，毫不在意，溜达着走了。

众人哗然，看少年的眼神完全变了，从此心服口服，再没人暗地里乱说半个字。

叶真在特训营里如鱼得水，因为数理化考试分数不高而损伤的自尊心完全得到了满足。

他化学元素周期表背不出来，犯罪现场痕迹分析这门课却学得非常好；物理学受力分析题一头雾水，读心课程里的肢体表情分析却出类拔萃。

特训营是为培养全能特工人员而设立的，课程偏重实用化，注重临场应变，强调受训人员谨慎、严密的心理素质。叶真发现学校里很多基础知识都用不上，比方说化学考试的时候用各种手段分析某种元素的特性，这些大多要求学生把大段课文死记硬背下来，然而在特工执行任务的时候，只要用手掌式金属元素检定仪一扫，仪器就自动把元素特性显示出来了。

还有国语考试阅读理解，曾经把叶真折磨得欲仙欲死的总结段落大意题，在情报搜集及分析课程上也完全被颠覆了。

上这门课的第一天，颜大校双手插在裤子口袋里，叫叶真拿着报纸到课堂前边来，让他随口念一段新闻。

所有学员都不明所以，叶真也一头雾水，念完两千字的报道之后，颜兰玉把手从薄薄的裤子口袋里伸出来，只见手上拿着一根微型铅笔、一个特制速记本，纸上记着密密麻麻的文字和符号。

“这是刚才你念的那段内容。”颜大校把速记本展示给全班看，说，“符号有专门的密码可以破解，完全破译后这段文字就是刚才那篇新闻的主要内容。

“从特训营里毕业之前，所有人都必须掌握这项技术。你们的记录速度必须达到正常说话语速，而手指在口袋里的动作必须非常轻微小心，因为在真正执行任务的时候，一旦被人发现你们的手正塞在裤子口袋里记录东西，身份就完全暴露了。

“这并不特别难，只是情报人员的无数基本功之一……真正到了危急关头，靠笔记录是不管用的，主要还是靠脑子。”

颜大校转向叶真，示意他再读一段：“还是正常语速。”

叶真把报纸翻得哗啦啦响，挑了个夹缝里的豆腐块，颜大校全神贯注听完，笑道：“记下来了。”

说着他转向全班，把刚才那段新闻一字不差地背了一遍。

全班哗然，五体投地。

“三年前，特调局二处主任在执行境外任务时，偶然接触到一份绝密材料，在时间紧迫且无复制条件的情况下，该特工将长达两万字的材料死记硬背下来，事后默写全文发回国内，荣立三等功一次。”

颜大校扫视全班一眼，说：“过目不忘是情报搜集人员的必备素质，在座的每一位都必须学会这一点。”

……

特训营三个月为一个学期，每学期考五个科目，每科目分原理、基础、实践和分析四项考试内容。考试结果分从A到E五个等级，三个月后第一次成绩出来，叶真以三个A、两个B的成绩居全营第三名。

其中三个A分别是格斗、射击和情报搜集分析，两个B是应急审讯和读心术。

这结果把所有人都吓了一大跳，龙纪威还特地打电话问顾川："你没因私徇情考试放水什么的吧？"

"我发誓没有。"顾川说，"顺便告诉您一声，叶真的期末考试成绩单寄回来了，老师要求年级倒数五十名的学生家长去学校开会……"

"喂？喂？你说什么？手机信号不好……我听不见……你再重复一遍？喂？喂？"

顾川："……"

龙纪威煞有介事地道："就这样吧，信号干扰太大，我一会儿再打给你！"

听筒里传来"嘟——嘟——"的声音，顾川眉角抽搐，默默把电话挂了。

顾川忠实地执行了所有职责：每天给叶真准备午餐盒，辅导作业并考试签字，努力做生意并出任务赚钱，成绩单寄到家的时候就冒充家长去学校挨训。

简直将家长、老师和保姆等数项角色完美集于一身，金光闪闪，连玄鳞都无话可说。

寒假结束刚开学，很快就是全国高中跆拳道联赛开幕，幸亏是在龙城，不用跟学校大队全国各地的跑，只要比赛当天早起半个小时，然后舒舒服服地穿好衣服，吃好早饭，被亲友团一哄而上地拥进车里坐好，直接开去赛场。

亲友团实力强劲——顾川、龙纪威、玄鳞一人拿了个小旗子准备坐在观众席上挥；韩越正巧部队放假在家，拉着楚慈一起过来散心；颜大校本来是要上班去的，路上撞见敏敏小姐及敏敏小姐的单身父亲，惨烈挣扎无效，于是也被拖来了。

这帮人一见面就开始闹哄哄地说公事，叶真拿不拿名次反而不重要了。亲友团叮嘱他快点比赛，比完算数，中午逼着于靖忠同志请客，带他们一起去吃私房菜。

于靖忠同志去年升官，头衔上的副字还在，然而此副非彼副，从副局长变成了副部长。一人得道鸡犬升天，工资袋还没捂热，就被迫请了好几次客，差点被亲友团成员们吃破产。

叶真向来听话，亲友团说什么就是什么，他被安排在男子甲组59公斤级第一个出场，主裁刚一宣布开始，他便闪电般翻身后旋踢，瞬间扫中对手头部！

可怜那孩子还没反应过来就摔倒在了厚厚的海绵垫上，开场五秒就丢了三分，好不容易满心悲愤地爬起来，只见叶真小碎步一跳一跳的，严肃地勾着手道："来吧！认真点儿！"

对手："……"

主裁："不要干扰对手！两次警告罚你一分哦！"

叶真："我没有！"

比赛双方站好，主裁宣布开始，这次对手谨慎了，眼睛一眨不眨地盯着叶真，生怕被偷袭，然而就算他全神贯注也不管用，开场三秒后只听"呀哈"一声，叶真再次当头一脚把对手劈飞了出去！

全场欢声雷动，劈头两分倒地一分，第一回合没结束，叶真六分到手！

亲友团成员坐在观众席上，小旗子也不挥了，掌也不鼓了，顾川和老于商量公事，颜大校被敏敏小姐非礼得很销魂；韩越从口袋里拿出两个苹果，自己吃一个，楚慈把另一个切开分给龙纪威和玄鳞。

两分钟后叶真比完，奔上观众席来怒道："你们到底在不在看比赛？是过来春游的吗？"

玄鳞懒洋洋地道："你到底什么时候比完啊儿子，等着去吃私房菜呢！"

"早得很呢！还有团体赛！串串，把那苹果也喂我吃一口……"

团体赛完了是半决赛，半决赛完了是决赛，叶真一路横扫全场，威压群雄，当天中午以最高分荣膺男子甲组单人赛冠军，并带动校队总积分爬上团体赛榜首。

亲友团这下来劲了，可以去吃饭了，于是纷纷起立大声鼓掌，表情激动得仿佛刚参加完表彰大会。

结果这排人齐齐起身鼓掌的画面被电视台拍下来，当天晚上在地方新闻频道占了个两秒钟的画面，解说是：高中联赛完美落幕，冠军学校的家长自豪地为孩子欢呼。新闻播出后特调局九处跌破了满地的眼镜。

半个月后，叶真的国家一级运动员资格审批下来，按当地政策，高考可以加二十分。

叶真掰着手指头算完，泫然欲泣道："加完这二十分，我有希望考个末流的三本不？"

家长们纷纷扭过头去装没听见，个个表情惨不忍睹。

第37章

致未来

叁拾柒

顾川的生意走上正轨，整天忙得恨不得多出二十五个小时。他坐在办公室比山还高的文件里招手，把叶真叫到自己面前，安慰道：“没关系，万一考不上就送你出国留学……知道特调局每年输送多少留学生吗？咱们找颜大校开后门去。”

办公室里开着暖气，顾川只穿一件烟灰色男士衬衣，宽肩窄腰肌肉结实，领口隐约露出温暖光滑的小麦色皮肤，叶真满心羡慕嫉妒恨，说：“那可不行，小爷走了万一你到处去招惹小姑娘，谁来替天行道啊？”

顾川失笑。

叶真知道顾川死要面子，内心相当闷骚，人前却非要做出一副冷酷自持喜怒不惊的模样来，于是叶十三小同学拿住了这一软肋，伸手往顾川胸肌上捏：“嘿嘿嘿——不过你确实有勾引小姑娘的资本！”

叶十三小同学像一块黏住了就不放手的牛皮糖，顾川终于忍不住一把将叶真扒下来，按在桌子上狠狠揍了两下屁股：“还闹！”

那两下打得用力，落手却轻，叶真一边抓狂蹬腿一边哈哈大笑。

正巧这时颜大校推门而入：“对了顾川，于靖忠叫我跟你说下今年公派留学生名额分给你们基地两个……”

话音戛然而止。

叶真撅着屁股趴在桌沿上，顾川挽起袖子作势要打，那一瞬间，所有动作都石化了。

颜大校面无表情地站了一会儿，转身走出办公室，并带上了房门。

几秒钟后，门外传来手机响。

于靖忠：“你跟顾川说了吗？下午三点回来开常例会议……”

大校：“哦，还没有呢。顾川跟十三在办公室里正‘玩得开心’，我过一会儿再进去……”

顾川和叶真同时夺路出门，异口同声地崩溃道：“住口！别造谣啊！”

办公室事件越传越烈，飞快升级。

颜兰玉跟老于说的版本是顾川和小十三在办公室里玩打屁股；当天下午韩越来找老于商量联合军借调武警勘测地形的公事，听到的版本是小十三欺负顾川不成，反被按在办公室里打屁股；韩越晚上回家当笑话一样跟楚慈说了，楚慈睡一觉起来岔了记性，告诉龙纪威说小十三惨无人道地凌虐欺负顾川，还把顾川按在办公室里打屁股。

龙纪威转头找楚慈商量，于是楚慈理解的版本是顾川不耐凌虐奋起反抗，被小十三残酷镇压之。翌日，楚慈忧心忡忡地告诉韩越，韩越说这还了得，小十三竟然跑去殴打顾川，还有没有王法了？当天下午韩越又去军部开会，路遇老于，流言变成顾川被小十三打成重度伤残，还被绑在了家里，老于被震惊得说不出话来，迷迷瞪瞪地回了办公室找来颜兰玉，抓着他的手问："千面狐，你知道顾川快死了吗？"

颜兰玉："……"

随后很长一段时间，顾川都觉得众人看自己的眼神怪怪的，带着无限的同情和遗憾，仿佛在做遗体告别仪式。

公派留学名额下来了，特调局为自己的情报组织成员留了十九个，分属下三个国际关系学院定向培养学生共六十个，国际贸易学院二十个，还有一个给了老于的女儿敏敏。

敏敏为人不着调，学习成绩却很好，再说她爹是资深特调局人员，在龙纪威、玄鳞、颜兰玉等遍地奇葩中，是个难得靠谱的、兢兢业业的、全心全意为国为民的老好人，敏敏深负养育之恩，女承父业，理所应当。

毕竟是亲眼看着长大的小女孩，临行前颜大校去帮忙收拾箱子，他做事谨慎小心，必需的东西开了张单子，收拾一样划掉一样，不够的就亲自去买，买完回来打了包，箱子里还剩点儿缝隙，便又买了两坛子酱菜用真空包装封好，给敏敏带去国外吃着解馋。

正巧那天轮休，老于在外间爬上爬下的搞大扫除，颜兰玉便坐在地板上整理敏敏带上飞机的包。阳光透过窗帘，洒在洁净的木地板上，泛出微许温暖的光，敏敏一眨不眨盯着颜兰玉的侧脸，突然问："小师哥，等我走了，你想我不？"

颜兰玉正迟疑着护照是塞在方便拿取的外包里，还是藏在内层口袋里，闻言顺口说："有什么好想的，又不是不能回来。明年寒假回国过年，带你去市郊放鞭炮，乖。"

敏敏歪靠着他的背，笑嘻嘻地道："可是我想你，现在已经想了。小师哥，送我个东西吧，我看着它就跟看着你一样。"

颜兰玉失笑道："等你上大学，交了小男朋友，回头就不会想我了。小孩子家家的，胡说什么呢？仔细给人听见了笑话。"

敏敏不说话，哼着歌儿用力挤他，把颜兰玉身体压得向前倾去。

半晌，她玩厌烦了，又从颜兰玉背上翻下来，趴在地板上盯着他看，看了半天忍不住问："小师哥你咋还这么年轻呢？我小时候你就这样，我长大了你还是这样……会不会有一天我老了，你还是个年轻帅哥？”

老于在外间吸尘器的轰轰声里恍惚听见只字片语，随即大吼道：“敏敏！不准调戏颜大校！”

“知道啦！”敏敏压低声音，又撒娇道，“小师哥，送我个东西嘛。”

颜兰玉漫不经心：“哦，你要什么？”

“要你的项链。”敏敏眼珠转了一转，伸手从颜兰玉衬衣领下的脖子里勾出条细细的皮绳，尽头吊着一小块灰白色仿佛铁片一样，却又比铁片更富有质地的碎块，笑道，“我要这个嘛，小师哥……”

一言未尽，颜兰玉脸色已经变了。

房间里静寂半晌，敏敏讪讪地缩手：“不给就不给嘛，你戴着这个，戴一辈子就是了。”

颜兰玉冷冷地问：“谁告诉你的，于靖忠？”

敏敏胆怯道：“没……没有……”神色里却明明白白写出了答案。

颜兰玉不理她，起身往外走。

敏敏不知道哪里来的勇气，突然冲上去一把抱住他的腰，怒道：“不给就不给嘛！生那么大气干什么？你当我是稀罕吗，我可怜你呢！”

颜兰玉背对她站着，敏敏把头埋在他颈间，心里非常委屈，委屈着委屈着，眼眶就红了。

“你就这么一个人，等一辈子也等不到的东西，别人的好你都看不见，一年年的在那孤零零的自怨自艾，你就是个大傻子……

“我可怜你呢，知道吗？看看有谁还理你，就我想着要对你好……你个活生生的大傻子……”

颜兰玉低头沉默着，敏敏哽咽道：“小师哥，你……你再等等，等等我就长大了，我就变成好女人了，我来照顾你……”

吸尘器轰轰声不知道什么时候停了，老于跑来房间门口，本打算要训斥女儿的，一眼看见两人情状，茫然地愣在原地。

午后的微风穿过树梢，声声不息，如泣如潮。颜兰玉无声地叹了口气，轻轻拉下敏敏的手，摸了摸她的头。

敏敏上飞机那天正巧学校放假，于是叶十三小同学拉着龙纪威、玄鳞和顾川，兴致勃勃地跑去送机。

奇怪的是老于来了，颜兰玉却没来。敏敏出关前屡次回头张望，眼神里带着掩饰不住的失望和难过。

老于一边点烟一边走出机场大门，叹着气道：“龙九啊，本来千面狐的意思是送你家小十三去的，小十三特训课程成绩非常好，特工处的人都觉得他是个可造之才……何况他身手好、年纪小，以后多培养培养，说不定还能出海外任务……”

龙纪威板着脸道：“都说了不能给他特殊待遇，特派生都是大学甚至研究生出去的，小十三是谁啊，偏偏就给他优待？”

老于想说，你家小十三不是考大学困难嘛，期中考试数学就得了三十分是吧，成绩发下来那天蹲在老师办公室门口哭得上气不接下气，心疼得全班女生挨个哄了个遍……难得你家孩子有个当情报人员的特长，你就别勉强人家算立体几何题了，趁早丢国外去磨炼几年不是很好吗？咱们正缺海外特勤人员呢！

叶真耳朵动了动，好奇地问：“我也能去国外念书吗？我成绩很差啊。”

“不只是念书，还有其他事，”老于和蔼地道，“当然，在你的年龄，念书是个不可忽视的任务，主要是语言和社会关系。广泛的社会关系是情报人员取得成功的制胜因素，比方说千面狐在十几个国家拥有超过二十个不同身份，每个身份都有各自交叉的庞大信息网……”

叶真不明所以，问：“能带串串一起去吗？陪读什么的。”

顾川摇摇头，酷酷的没有表情。

龙纪威再次阻止他们讨论这个话题，却被老于抢了先：“你想带也可以啊，哈哈，不过要看顾川有没有时间了，保镖公司刚刚走上正轨，生意可是很忙的哟……”

“你能别老勾着我家小孩不好好念书吗？特派生什么的，等以后再谈！”龙纪威忍无可忍地道，“要是没事做的话我现在就给你找点儿活干——把头往后转一百八十度，看到路边停着那辆银色轿车没有？”

所有人一起把头往后转，甚至连以闷骚装酷为己任的顾川都没能控制住好奇心。

只见阳光从机场外的林荫道上洒下来，路边一辆车的驾驶座上，颜兰玉穿着浅蓝细纹修身衬衣，袖口卷着，敞开的领口隐约露出一小截链绳，手肘随意搭在敞开的车窗上，露出修长结实的手臂。

他眯眼望向天际飞机的方向，柔黑的头发在微风里吹拂起来，刹那间仿佛一幅赏心悦目的图画。

龙纪威拎着叶真的后脖颈，冷冷道：“想拐带小十三？先解决自己的麻烦再说吧。”

老于：“……”

叶真的期中考试成绩全部下来了，相比于寒假前那次让顾川被老师骂得颜面全无的期末考试来看，这次成绩有了相当大的进步——数学从零蛋进步到三十分，外语勉强及格，历史和地理竟然考了七十分！不过化学和物理仍然保持了稳定的发挥，一个七分一个十分，气得楚慈当晚打电话来教育。

为了奖励叶真难得的进步，顾川决定趁着假期带他回宁城旅游。

玄鳞对此嗤之以鼻：“就这成绩还值得奖励？想找理由带他出去玩就直说！这孩子就是被你们惯出来的！”

玄鳞的怒气是有道理的：这次期中考试家长会去挨骂的不是顾川——顾川出境办事去了。玄鳞堂堂一条龙，当着一众人类家长的面被老师骂得狗血淋头，恨不得当场化形，用尾巴勒住自己的脖子自尽算了。

不过在一心想着出去玩的叶真面前，玄鳞这点阻挠根本微不足道。放假第一天清晨，玄鳞起来上厕所，路过房门口看见叶真在小床上睡得四仰八叉，还一边打鼾一边吐鼻涕泡泡，结果他一个回笼觉醒来，赫然发现叶真不见了，小床上被子掀开，空空如也，桌子上只留了张字条：亲爱的玄鳞叔叔，我跟串串出去旅游了，七天后就回来！爱你们的叶十三。

玄鳞颤抖着望向大开的玻璃窗，瞬间五雷轰顶。

距离叶真从宁城离开去禹城学艺到现在，已经快两年半了。

叶真一路上念叨着要在宁城买礼物，要去巫疆看宝翁，看温柔美丽的巫女姐姐……一直念叨着进了宾馆，从大大的落地玻璃窗往外望去，便是远处蔚蓝的大海。

顾川干脆得多，直接把衣服一脱，泳裤换上，大毛巾裹好：“走，游泳去！”

游泳去！

阳光，沙滩，海滨浴场！

等到了海滩上一看，时值中午，游人不多，到处是五彩缤纷遮挡视线用的帐篷。

远处，海浪卷着雪白的浪花冲上礁石，溅起漫天水雾，温暖的海风带着微微的咸腥，让人心旷神怡。叶真蹲在海边小心戳了戳水面，发愁道：“可是我不会游泳啊，这可怎么办呢？”

顾川漫不经心地说：“没关系，我教你。首先第一步是学会游泳动作，来听话，乖乖的不要动……”

他抓着叶真的手腕往前做刨水状，同时长腿还缠着他的脚，蹭得叶真全身发痒，一边抓狂挣扎一边哈哈大笑，在沙滩上滚来滚去的沾了一身沙。

沙滩上有人闻声看过来，不过距离太远看不清楚，叶真身形又偏清瘦，便以为是一个男人带着女朋友来海滩玩，都不以为意。

叶真一边挣扎一边抓狂地把沙子往顾川嘴里塞，骂道：“快点放我起来！万一被人看见怎么办？好丢脸！”

顾川“呸呸”几声，漫不经心地道：“这有什么？丢脸的时候装桑国人就好了。”

叶真：“……”

顾川兴致勃勃：“来，来教你游泳，转过身去……”

叶真：“不，我可以自己来！啊啊啊，我吃了好多沙子……”

饶是叶真运动神经发达，也用了整整一下午才学会狗刨。

傍晚，天色将暗，金红的夕阳垂在海平面上，仿佛融化了的金水和大海混合在一起，雪白的海鸥从水面上一掠而过，顾川猛地从水里一冒头，喝道：“叶真！”

后方五十米，叶真气喘吁吁的冒出头，怒道：“恃强凌弱什么的真是太不公平了，有本事再来比过！”

顾川潜过去托着他，慢慢地往岸边游。下午他们比赛了好几场，场场都是叶真输，再比下去，估计叶真要游抽筋了。

这里离他们下水的海滩已经隔了接近一公里远，一上岸叶真就瘫了，四仰八叉地躺在沙滩上喘气，说：“你就是个鲨鱼。”

顾川很有点小得意：“那是。”

“你肯定很小就会游泳了，这不公平。回去我也天天练，总有一天能赢你……”

他们在海滩上歇了一会儿，天色渐渐暗了，远方天际已经染上了深灰。这个时候回酒店正好赶上吃晚饭，顾川把叶真扶起来，正要往回走，突然叶真“咦”了一声：“这地方好熟悉啊，我怎么好像来过这里？”

“嗯？”

叶真忙摆手让顾川不要说话，只见黯淡的天空下，海边的悬崖上长着大丛灌木，岩石陡峭遮住了天光，好像野兽尖利的牙，突兀而狰狞的横刺出来。

海潮声声不息，仿佛亘古以来就没有停止过的泣诉，从很远的地方呜咽而来，奔向远方。

叶真脸色晦暗，半晌道：“我想……爬上那座山看看。”

这时候海风已经凉下来了，爬个山来回估计要拖到很晚，但是顾川来不及反对，叶真已经大步往山脚下跑去。

这山坡并不高，就是乱石嶙峋，野草齐膝，光脚往上爬很容易打滑，两人费了半天工夫才爬到山坡顶上，只听海潮声从悬崖底下传来，浩瀚遥远，阔达而不清晰。

这山坡呈一个T字形，一端延伸出长长的道路通向崖壁，两端陡峭仿佛刀削，树丛里不时响起小虫鸣叫的窸窸窣窣的声音，叶真站在悬崖上往回看，阴影里看不清他的脸色，半晌才听他哑着嗓子道：“我曾经来过这里。”

顾川心里一动，问："什么时候？"

"很长……很长时间以前……当时，我从悬崖边一跃而下，之后就失去了意识……"叶真顿了顿，轻声道，"醒来时，我第一眼看到的就是这座山……"

他回头看看脚下，崖壁上黑色的岩石坚硬而沉默，无声的和他对视。

顾川沉声道："好在你活下来了。"

叶真顿了顿，深吸一口气。

"醒来的时候我就半躺在那边的水中，没想到眼睛一闭脚下一跳，于半空中不过短短一秒，脚下的世界却似乎足足过了上百年……"

顾川深思良久，说："也许可以做一个假设，悬崖之下恰好有水流，所以你才能保住性命，顺着水流来到这里。"

叶真眼眶发红，淡淡地道："是吗？看来我选择了一个最幸运的着陆地点呢。"

顾川半跪下去，跟他一起坐在冰凉的岩石上，只见远方大海奔涌着浪潮，最终缓慢而温柔的拍打在海滩上，留下湿漉漉的沙地。

"回去以后，有空多跟我说说你以前的事吧。听说你父亲长得特别像龙纪威？"

"嗯，很像，眼睛一模一样。"

"你有朋友吗？"

"很多……不过都死了。"

顾川轻轻拍拍他的肩，掌心干燥有力。

"那你以后打算怎么办呢？"

"嗯……不知道。"叶真说，"也许就像老于说的那样进入到特工处吧，我不是已经被他们挂号很久了吗？除此之外，我也不知道还有什么……还有什么是我可以为周围的人做的。"

夜风裹挟着大海的味道，从他们身侧呼啸而过，远处天际暮色四合，渔灯映照在漆黑的海面，仿佛散落在大海深处明亮的星星。

叶真转头望着顾川的眼睛，轻声道："他们为我做了这么多，希望有一天我也有能力来保护他们，保护这个时代千千万万像我的父母乡亲一样手无寸铁、一旦发生战争，便只能被任意屠戮的人们。"

顾川凝视着叶真，海波荡漾的碎光仿佛都倒映在彼此瞳孔深处。

半响，他微笑起来，说："好。"

百年沧桑斗转星移，那一瞬间无声的时光首尾重叠，中间历史斑驳的书页全都默然消失不见。他们从时间遗漏的缝隙中走来，以这一刻为原点，在满天星光下并肩而行，缓缓地走向远方。

番外

莫回首

番外

在很长一段时间内，宋优没把颜兰玉当成一回事。

她一直觉得，那位小师弟是个隐形人——整天跟在掌门身后，低眉顺眼，柔婉温顺，简直毫无存在感。

不仅仅她一人这么认为，在所有人眼里，颜兰玉的形象都是万年不变的：半长的、柔顺的头发遮住脸颊，眉眼低垂，皮肤白皙，从来都不言不语，影子一样跪坐在掌门身后，偶尔膝行半步上前来为掌门点烟，或者披上大氅。

“说是师弟，其实就是个侍童吧。”师兄弟们偶尔说起他，也都这么轻描淡写地带过了。

这话说得也不为过，颜兰玉很少跟师兄弟一起接受各位师父的教导，他甚至从不单独出现在众人面前，整天只是跟着掌门，做些贴身伺候的活计，就像个天生的哑巴。

在弟子各个出类拔萃、意气风发的秘宗门，颜兰玉的存在就好像阳光下的阴影，根本没有人注意他。

隆冬时节，梅花盛放，有一天众弟子在花厅内喝酒，恰逢掌门带着颜兰玉经过，便笑眯眯地抱着手进来：“怎么，聚在一起赏花念诗吗？很风雅啊。”

宋优在众弟子里地位极高，首先站起身来行礼，师兄弟们也纷纷起身请安，掌门仿佛心情极好，还不待他们全站起来，就连连摆手让他们都坐下。

“难得有一天闲暇，喝点儿酒也没什么，倒是我那天得了一坛好酒还没开封，不如今天大家同乐。”

宋优和几个年长的师兄、师姐忙起身说不敢，掌门却哈哈一笑，转头吩咐：“兰玉，去叫人把那坛梅花酿拿来，再去端那盆今早才开的白梅花。”

少年微微一点头，起身倒退至门口，刚要拉开纸门的时候，突然掌门又想起了什么，招手道：“外边在下雪吧？你把我的披风穿去，别着凉了。”

宋优低着头，眼角无意瞥到那少年，只见他只穿一件单薄的外衣，腰身用雪色绸带一系，竟然非常好看，敞开的领口里隐约可以看见精致的锁骨。

秘宗门弟子里多有颜色鲜妍者，身段却未必及得上她看到的一眼。

那少年低头应了一声，少顷慢慢退了出去。

“掌门大人很宠爱他啊。”身边师兄用几不可闻的声音调笑道。

宋优一笑，却并未说话。

“不过也是，印象里他长得还行吧，又是个还留头的孩子，以消遣玩意儿的身份论之，也说得过去了。”

宋优不点头，不说话，微笑着不置可否。

她眼角的余光瞥见掌门似乎微微往这里看了一眼，果然不出所料。

掌门是个多么精明的男人，一点点风吹草动都听得见，何况这么点儿距离呢？

师兄却毫无觉察，啧啧有声道："兰玉有十几岁了吧，怎么看着还很小？刚才我看他出去的样子，那身段跟少女也没什么区别呢。"

"师兄糊涂了，孩子都是这样。"宋优顿了顿，皱眉道，"话说回来，地热是不是开得太高了？你们都不觉得有点儿热吗？"

师兄本来也没多留意那个影子一般的颜兰玉，闻言立刻被岔开了话题。

过一会儿，颜兰玉回来了，进门先微微欠身权当告罪，再低着头进来，身后果然跟着拿酒、端花盆的佣人。

掌门看他跪坐在身后，微笑着问："雪还在下吗？"

"是，下得更大了。"

掌门点点头，突然又道："兰玉，去给你几个师兄师姐倒酒。"

少年一低头，在厚厚的地毯上膝行几步，端起白底凤纹瓷酒瓶为前排几个排位极高的师兄弟倒酒。他动作轻巧而舒缓，神色沉静放松，有种非常风雅的味道，经过刚才那个私下调笑他的师兄面前时，宋优突然眼皮一跳，用眼角的余光像掌门望去。

掌门正看向他们。

她心里突然升起一个让人心寒的猜想，迫使她情不自禁地想回头看此时的颜兰玉和师兄。

但是她没有。

她甚至不敢确定，自己以为很隐秘的窥视，是否已经尽数落入那个精明可怕的男人眼里。

宋优脖颈僵硬，目光凝固，身后酒液注入酒盏的声音却异常清晰，仿佛过了很久很久，她才感到那声音一停，身侧掠过少年浴衣柔软的一角。

少年缓缓把酒倒进她面前的猪口杯里，温润的侧脸上没有半点儿表情，刘海低垂，眉眼沉静，眼睫长得仿佛鸦翅，在鼻翼上留下一圈淡淡的残影。

那是宋优第一次发现，这隐形人一般沉默寡言、从来不受重视的小师弟，竟然长得非常漂亮。

他的五官如同少女一样精致柔软，每一寸肌理都仿佛玉石雕刻而成，找不出半点儿瑕疵之处，如果有人第一次见到他的话，保不准会以为他是个美丽的少女。

只是，这张脸，太标准了。

完美无瑕却毫无特色，眉眼都长成它本来应该的样子，就仿佛画里的少女一般，让人一见之下便立刻沉醉，转眼却再没法清晰回忆起来。

如同模型一般的美人——她在心里暗暗下定了评语。

“请用。”

少年将空酒瓶放下，微微欠下身体，宋优只来得及看着他洁白的后颈，吐出两个字：“有劳。”

颜兰玉起身走回掌门身后。

从头到尾都没看她一眼，甚至没有看这房间里的任何一个人。

那一年深冬，秘宗门发生了一件大事。

弟子们是在深夜被尖锐的报警声吵醒的，很多人匆匆披衣奔出房外，只见一众师父站在走廊上，个个面色如临大敌，掌门和颜兰玉站在庭前的竹廊上，都裹着睡袍，颜兰玉手里还拿着把长刀。

“放置国宝的后殿进了强盗，所有人一概集中到前院来！重复一遍！后殿进了强盗，所有人一概集中到前院守住大门！”

宅院里“当当”敲起了铜锣，几个排位高的大弟子慌忙上去团团围住掌门。深夜寒风吹得树枝哗哗作响，乌云缓缓飘来遮住了月光，昏暗里只听掌门突然漫不经心地问：“兰玉，你冷吗？”

少年低声道：“不太冷。”

掌门笑道：“那就看你的啦。”

几个靠得近的大弟子不敢明目张胆回头看，只偷偷往后瞥了一眼，只见少年突然从袖里抽出一把卷轴，“唰”的一声展开，咬破中指唰唰画了个符，掌心往下一按：“太上台星，驱邪缚魅！三魂永久，魄无丧倾！归命！普遍！诸金刚！阴阳轮返，五行逆转！降三世不动明王诸神急急如律令！”

“嘭”的一声巨响，无数字符从卷轴上蜿蜒而下，飞快钻入土地，紧接着地面燎起八道分别烧向不同方向的火光，其中一束顺着参天古树猛然爬上，瞬间到达顶端！

那树上哗啦啦一阵巨响，紧接着一个人狂叫着掉了下来！

少年将卷轴劈手一收，就在这时只听“砰砰”，电光火石之间两声枪响！

“掌门！”

几个弟子惨烈大喝，那一瞬间只见少年悍然拔刀！

“砰”的一声，金石交激，几乎震得人耳膜发疼！

只见颜兰玉在枪声响起的瞬间拔刀一挡，两颗子弹同时打在刀身之上，将少年打得退后半步，跳弹瞬间从不同的方向射入地上，其中一颗甚至打穿了庭院里的岩石！

这一切都在刹那间发生，卷轴的纸在半空飞扬，随即“啪”的一声被少年收入掌心，拂袖收起。

漫天大火瞬间一停，继而消失得无影无踪。颜兰玉另一只手收刀回鞘，微微欠身，退回掌门身后。

大树上簌簌几声，之前开枪的那个人也终于因为受伤过重从树上掉了下来，“扑通”一声摔到地上。

满院静寂几秒，师父冲上来大喝：“抓住强盗！”

大弟子们匆匆奔上前，宋优趁乱回头看了一眼，只见那叫颜兰玉的少年照常站在掌门身后，眉眼低垂，温婉柔顺，修长光裸的脖颈在月光下泛出细腻的光。

强盗共有两人，戴着黑色面罩，特种部队装束，全身上下却找不出任何有关于番号和国籍的标识。

先前那个惨叫着掉下树的男人摔伤比较严重，审问的时候已经昏迷不醒了，后来在树上开枪的那个大概二十来岁，年轻而精壮，眼神锐利，态度冷静，倒是像个头儿。

不论怎么审问，那男人都微笑不答，有时逼得紧了就装昏，大冬天用冰水都泼不醒。

刑讯师父硬撬了两天，却没从那男人嘴里撬出一句话，只能垂头丧气地向掌门复命。

那时，掌门正靠在榻榻米上悠闲的抽烟，颜兰玉跪坐在身侧为他念信。刑讯师父请完罪，掌门微笑着敲了敲烟斗，悠闲道：“那两个人的身份和目的，其实我都知道。”

“辜负了掌门大人的期望，我真是无地自容……”

“不，没关系。”掌门打断他的话，突然拍拍颜兰玉。

“兰玉会说月国话，跟他们沟通起来，应该比较方便吧。”

刑讯师父愣住了，颜兰玉面无表情地放下信。

“那就兰玉代劳吧，审问完了以后，晚上再来回复我。”

少年低声道了句：“是。”然后便在掌门微笑的目光里站起身，沉默着退出了房间。

关押两个男人的牢房被设在刑堂之后，终年不见阳光，只有一个小小的通气口开在高墙之上。铁门打开的声音相当刺耳，颜兰玉走进牢房，灰尘混杂着霉味扑面而来。

摔伤的男人在稻草堆上昏迷不醒，脸色泛出淡淡青灰，黑影里另一个身影动了动，只听铁链“哗哗”作响，道：“喂，小兄弟。”

他竟然说的是月国话，而且声音是带着笑的。

颜兰玉默不作声的看过去，只见那年轻男人赤裸着上身，穿着破烂背心，脸上血迹干涸，显得非常悍气。

“给点儿水喝吧，小兄弟，渴得都要冒烟啦。”

颜兰玉解下水囊丢过去，男人在铁链哗响里敏捷地一接，自己先不喝，而是扑过去喂给同伴，大概喂了半袋子水，才自己仰头喝了几大口，非常享受地抹抹嘴。

颜兰玉的目光波澜不惊，等到男人喝饱了才问：“你怎么知道我会说月国话？”

“猜的，”男人立刻撒谎，“我猜你是月国人。”

少年没说话，半晌才简洁地问：“名字？”

男人笑起来。

“于靖忠，”他说，“两横一竖的于，靖安的靖，忠义的忠——小兄弟，不好意思，初次见面，请多关照。”

那天晚上，颜兰玉回去的时候，掌门正有一搭没一搭地询问杂事，宋优等几个大弟子跪坐在下位上，恭恭敬敬地低头回答。

颜兰玉只在门缝里看了一眼，无声无息退到走廊上候着，看庭院池塘里反射出粼粼的月光。

雪已经停了，空气里混杂着冰冷的清鲜，屋檐和树枝上积满了厚厚的银装，月光下仿佛琉璃寝宫一般。

颜兰玉隐没在廊下石柱的阴影里，仿佛一个并不存在的幽灵，有个洒扫仆佣从他身边匆匆经过，竟然完全没发现他，直到走了一圈转回来拿东西，才一眼瞥见石柱下站着个雪白的影子，不由失声惊叫起来：“啊……”

颜兰玉手快得几乎看不清，眨眼间将仆佣的嘴一下按住，惊呼被瞬间闷在了喉咙里。

那仆佣这才看清是掌门身边那个温顺沉默的侍童，惊魂未定地喘气：“您怎么……”

颜兰玉立刻示意他别出声，谁知掌门还是听见了，隔着纸门懒洋洋地问：“谁在外边？”

仆佣吓得面无人色。

颜兰玉轻轻一挥手，示意他莫出声，只管离开，然后踩着雪走上前，在纸门上叩了叩：“非常抱歉，是我。”

“哦，兰玉啊。”

里边大概沉寂了好几秒，才听掌门吩咐：“既然是兰玉，就进来说话。”

颜兰玉拉开纸门，低着头走进去，只见掌门大马金刀随便歪在茶几上，看了他便悠然道：“怎么说来着？”

瞬间他感觉房间里好几道目光落在自己身上。

“抱歉，实在问不出什么来。”

掌门点点头：“我也早料到了。”

宋优膝行上前半步：“既然对方有可能是敌国的人，又被我们人赃俱获，就算关起来严刑拷打又怎么样呢？实在不行杀了灭口，反正外人也没法说出什么来……”

“哎哟，这可不行，我们兰玉脸色都变了呢。”

掌门声音里仿佛带着调笑，连头也没回，坐在他身后的颜兰玉脸色这才真正有些变了。

他听宋优这么说的时候，心里确实有些想法，但是绝对没有表露在外，就算坐在同一个房间里面对面的师兄师姐们，可能都无法发现他一瞬间眼神的变化。

但是背对他的掌门却这么说。

“我……”

“我开玩笑的。”掌门漫不经心地打断了他。

颜兰玉默然欠了欠身，重新跪坐在男人身后。

“那两个人杀不得，因为抓住他们的时候并没有人赃俱获，他们想要的东西，被我放在其他地方了。贸然对他们下手的话，将来可能会惹来麻烦。”

掌门沉默了一会儿，突然道：“兰玉。”

“是。”

“那两个人先交给你看管，别放跑了。”

“是。”

掌门吩咐完，突然兴味索然了，只草草听弟子说了些日常的杂事，便挥手道：“散了吧。”

颜兰玉正跪坐在门边，闻言轻轻推开纸门，几个师兄弟告了别，从门口鱼贯而出，最后宋优走出去，轻声道：“有劳。”

少年合拢纸门，柔顺的发梢下看不清他的眼神。

“嗤，他真是侍童啊？！掌门把事情交给他真的没问题吗？”

一个师弟回头看了眼透出烛光的纸门，脸上带着不加掩饰的调笑，宋优还来不及开口阻止，又有人随口说：“不是很好吗？柔顺沉默，也不必特意去关注吧，再说看管犯人也不是什么大事，掌门大人不像是那种会轻易被迷惑心智的人哦。”

“我知道啊，随便说说而已。不过那位侍童很美吗？我怎么从来没发现……”

“太没存在感了吧，之前我也没觉得，后来无意发现的……”

议论声渐渐远去，和室的烛光下，掌门把玩着玉质镇纸，突然道：“兰玉啊。”

“是。”

“缩骨术练得怎么样了？”

“恕我愚钝，还未完全掌握，不过骨头已经松动了，再过几天就能悟出诀窍了吧。”

掌门盯着温润碧绿的镇纸，突然笑道：“你愚钝吗？我一点儿也不觉得。出生半年便会开口叫人，两岁大小就说话流利，七八岁无师自通的学会说月国语、写月国字，这要是放到古时，你能算是远近闻名的神童了。”

“兰玉不敢。”

“我们私下相处，别做得这么礼数周全了。”

掌门突然伸手把少年的下巴一挑，凝神看了半晌，微微笑道：“兰玉，你知道吗？有时候我看着你的眼睛，就像看到一个历尽沧桑的中年人……”

颜兰玉悚然一惊，条件反射抓住掌门的手。

掌门却瞬间翻掌在他手背上摸了一下，笑眯眯地道：“哟，发火了，开个玩笑而已嘛！”

没过几天，掌门出门，本来循例要带颜兰玉，但是少年在那个雪夜受了寒，不好出门见风，掌门只得算了。

“要茶没茶，要水没水，连个说话的人都没有，这趟门出得还真是不方便哪。”临走的时候掌门唉声叹气，一脸不满意的神情，“小兰玉，早点儿好起来哟……别拖到我回来还不好，那我就太可怜了。”

少年连忙从榻上支起身体，被掌门轻轻按下去了。

“趁这个机会好好休息吧，我很快就回来了。这段时间秘宗门的事情就交给田相来处理，他平时做了哪些事，回来以后你记得说给我听。”

田相是掌门的嫡亲师弟，平时就担负着内务的责任，把权力暂时交给他也说得过去。

颜兰玉低下头称“是”。

掌门走后的第二天，颜兰玉独自去了刑堂牢房。

于靖忠和他那个手下的伤口都在恶化，但是好歹有饭吃，有水喝，精神比前两天也没坏到哪里去。

因为掌门走了，又没人能逾矩管颜兰玉的事，所以他行动比掌门在的时候自由很多，还带了点儿酒过来给他们御寒。

“如果死了的话，这就是我这辈子最后一次喝酒了呢。”于靖忠虽然这么说着，还是把大半酒让给了重伤的同伴，“哎，小兄弟，你那天说的事……”

颜兰玉冷冷地道：“这两天掌门不在，要走就趁现在。”

“虽然你这么说，但是我没法扔下同伴不管啊。走一个也是走，两个也是走，干脆你就把我们都放了……”

“如果只跑了你一个，还可以伪装成你重伤我，夺走钥匙跑出牢房，但是如果加上你重伤昏迷的同伴，我怎么跟人解释自己被受了伤又拖着个累赘的你轻易打倒？”

于靖忠毫不介意地坐在污迹斑斑又十分冰冷的地面上，手摸下巴想了一会儿：“唔，但是我必须带走战友，这是特调局的规定……”

“掌门大人已经开始怀疑我了。”颜兰玉打断他，“你没见过那个男人出手，你不知道，他像鬼一样精明可怕！”

牢房笼罩着终年不散的潮湿的霉味，阴影仿佛沉重的砖石，压得人喘不过气。

于靖忠的眼神里带着极不易为人察觉的试探和考量，沉默半晌后突然道：“小兄弟，那天晚上我看你出手，那术施得很是不凡啊，你出生在秘宗门？”

颜兰玉默然不语。

“上过学吗？平时都干什么呢？我看你跟那掌门挺亲近的……”

“我有自己的难处，”颜兰玉低声道，“你最好别打我的主意。”

于靖忠哈哈笑着挥手说没有，立刻中止了这个话题。

“等你逃走以后——如果你真能顺利逃走的话，”颜兰玉道，“我可以立刻给你同伴一个痛快，不让他落到掌门大人手里，不堪严刑吐出你们的机密。我能力有限，这是我唯一能帮你们做的，别再妄想更多的事了。”

于靖忠沉默听完，仰头喝了口酒。

“现在秘宗门主事的人是田师叔，之前因为一些事，他一直视我如眼中钉。他是个手段相当狠的人，你能不能顺利脱身还是个未知数，先替自己考虑吧。”

颜兰玉转身想走，突然被于靖忠叫住了：“小兄弟，你还是不懂我的意思。”

“……”

“不论如何都不放弃战友，这是我的信条，别说他现在还没死，就算已经死了，尸体也是要带回去的。”

于靖忠把空了的酒瓶轻轻跺在地上，“叮”的一声轻响。

“你肯出手帮忙，我心里非常感激，现在把你拉下水，也是我没有选择的事，如果这次真能脱身的话，我肯定不会放着小兄弟不管，要是你真因为这件事而陷入麻烦，将来我会带人回来接你的。”

颜兰玉微微睁大眼睛，仿佛有些惊讶瞬间从眼底掠过，随即面沉如水。

“好吧，”他听不出什么情绪地道，“我期待着。”

掌门离开一周后的某天晚上，警报声再次响彻天空。

那两个囚犯在被提审的时候，突然暴起杀了看守，重伤颜兰玉，夺走钥匙冲出牢房。因为掌门带走了分布在各处的大部分式神，所以那两人一路几乎没遇到什么阻碍，几个仆佣根本无法阻止，他们很快踩着血路冲出了秘宗门。

田相带着手下弟子赶到牢房的时候，只看见牢房躺着看守的尸体，颜兰玉躺在血泊里，腹部被一把长刀钉在地面上，只有出气没有进气。

几个弟子都吓坏了，这可是掌门的侍童！掌门临走前亲自吩咐了要他“好好休养早点儿病愈”的！结果人家差点儿被捅死了！

田相也吓了一跳，厉声吩咐：“还不快去找医生？！准备抢救！你们几个去抓逃犯，快！”

“人犯……人犯逃走了！追不上！”

轰然一声巨响，田相抽刀砍翻了木桌，怒道：“怎么这么快？！那人已经受了重伤，又带着个昏迷不醒的同伴……”

田相声音一顿，眉头皱了起来。

“颜兰玉精通咒符，又有掌门的宝刀‘月泉’防身，怎么这么轻易就被一个重伤的犯人打倒了？就算犯人身手厉害，也有个昏睡的同伴，如果颜兰玉用他同伴来要挟的话，应该很轻易就拿下犯人才对……”

一个若隐若现的可怕猜测在他脑海里瞬间成形，田相脸色沉了下来。

“师……师叔，”宋优偷觑他的脸色，小心翼翼地道，“现在我们怎么办……”

田相嘴唇动了动，却没多说什么，半晌才阴霾道：“先去救治颜兰玉，要是他醒来，就派两个人去看着他，等掌门回来再说。”

那一刀刺穿了少年的腹部，但是神奇地避开了所有要害，从内脏缝隙间穿了过去，所以并没有造成生命危险。

颜兰玉醒来那天，掌门回来了。

他在路上已经知道两个囚犯逃走的消息，倒是并不慌张，笑眯眯地说了句：“我就知道。”只是在得知颜兰玉被一刀捅穿小腹的时候才露出了微许意外之色，向田相反复求证，“捅穿了？”

“是，掌门大人，当我们赶到的时候，颜兰玉因为失血过多，几乎已经没了心跳……”

掌门沉默半晌，轻声道：“……真狠。”

“实在抱歉，弟子们太过无能，没有把那两个囚犯抓回来！”

“不，我不是说他们。”

不是说囚犯吗？

那这是在说谁呢？

田相费解地想着，难以从掌门面具一般沉稳的脸色上看出答案。

“还有一件事……想等掌门大人回来再做定夺。”

“嗯？”

“是这样的，在您离开之前曾经叮嘱颜兰玉看管那两个囚犯，但是现在囚犯却逃跑了颜兰玉犯有失职之罪，理应按照门规加以处罚！只是他现在身受重伤，您不回来的话，我们不好擅自对他……”

“算了吧，”掌门淡淡地道，“他已经伤得够重的了。”

“但是，”田相膝行上前，激动道，“那两个犯人逃走得蹊跷啊！他们如何能巧妙避开秘宗门里的式神，又如何能在我们发现之前跑出那么远？肯定有人暗下襄助他们啊！再说颜兰玉明明……”

“你想怎么办呢，田相？你明明知道我是不会亲手对他动刑的。”

掌门微微地笑着，脸色毫无变化，甚至连说话声音都非常温和：“当初他选择侍奉我而不是你，真的对你刺激那么大么，一直到今天都念念不忘？”

“……”田相突然闭了嘴，脸色青红交错，难看无比。

此时房间外还有几个弟子守着，虽然隔着纸门，两人说话的声音却还能隐约传来，一时所有人脸色都有点掩饰不了的怪异。

“我……如果掌门大人下不了手，我愿意为掌门代劳！”田相霍然起身，一掌重重拍在茶几上，吼道，“别的暂且不谈，秘宗门所有人都必须遵守门规，这也是您当初亲口说过的！不能因为颜兰玉一人玩忽职守，就为他开了不用遵守门规的先例！”

掌门端茶喝了一口，冷淡地道：“既然这样，你也不用问我的意思了，去跟刑堂师父商量一下，按照门规办吧。”

田相深深鞠了一躬，厉声道：“是！”

很多年之后，宋优以为颜兰玉一直弱不禁风，是个学什么都不成的废物，其实那只是她不了解当年那段被尘封了的往事。

那一年冬天，囚犯逃走后不久，颜兰玉因为玩忽职守，放走囚犯，被田师叔执以门规，绑在石椅上挑断了两根手筋。

当时颜兰玉腹部刀伤未愈，身体非常虚弱，双手伤口便再也没有养好，有时还会因为神经受伤而微微发抖。掌门把他抱回去用药水泡了几个月，之后虽然表面痊愈了，内里的损伤却始终留了下来。

“总有一天你得还我……”行刑的时候颜兰玉盯着田相，一向沉默柔顺的脸上竟然带着惊人的戾气，“总有一天我会让你粉身碎骨，死无全尸的还回这笔账，你给我记着……你给我记着！”

牢房里只有他们两人，田相根本没把这话放在心上，只轻蔑一笑：“认清现实吧！你有可能办得到吗？”

少年感到冰凉的刀锋按在手腕上，他颤抖着闭上了眼睛。

能办到吗？

如果是于靖忠那种男人，如果能成为像他一样的人……那么应该能吧。

剧痛来临的那一刻，他突然想起于靖忠临走时郑重其事的脸，那人明明满脸血污，狼狈不堪，眼神却有着惊人的坚定和可靠。

“小兄弟，如今你帮了我，我也没什么能报答你的，两年之后我还要来桑国一趟，到那时，如果你想，我就带你回特调局，这样可以吗？”

回特调局又怎么样呢，成为一个像于靖忠那样的特工吗？

不可能的吧……

那个冬天最深的黑夜里，十五年后的特调局第一特工“千面狐”颜兰玉大校，在他终生都刻骨难忘的剧痛里，缓缓沉入了意识的深渊。

图书在版编目（CIP）数据

提灯照河山 / 淮上著 . -- 南京 : 江苏凤凰文艺出
版社 , 2021.2（2022.2 重印）
ISBN 978-7-5594-5264-1

Ⅰ . ①提… Ⅱ . ①淮… Ⅲ . ①长篇小说 – 中国 – 当代
Ⅳ . ① I247.5

中国版本图书馆 CIP 数据核字 (2020) 第 198436 号

提灯照河山

淮上 著

责任编辑　刘洲原
特约编辑　马春雪　夏君仪
装帧设计　苏　涛
责任印制　刘　巍
出版发行　江苏凤凰文艺出版社
　　　　　南京市中央路 165 号，邮编：210009
网　　址　http://www.jswenyi.com
印　　刷　天津旭丰源印刷有限公司
开　　本　680 毫米 ×970 毫米 1/16
印　　张　25
字　　数　470 千字
版　　次　2021 年 2 月第 1 版
印　　次　2022 年 2 月第 4 次印刷
书　　号　ISBN 978-7-5594-5264-1
定　　价　49.80 元

先秦诸子系年

钱穆 著

人民文学出版社

著作权合同登记号　图字 01-2019-7411

图书在版编目(CIP)数据

先秦诸子系年/钱穆著.—北京：人民文学出版社，2021
ISBN 978-7-02-015669-6

Ⅰ.①先…　Ⅱ.①钱…　Ⅲ.①哲学家-人物研究-中国-先秦时代　Ⅳ.①B220.5

中国版本图书馆 CIP 数据核字(2019)第 194152 号

责任编辑　**卜艳冰　吕昱雯**
装帧设计　**李　佳**

出版发行　**人民文学出版社**
社　　址　**北京市朝内大街 166 号**
邮政编码　**100705**

印　　制　**上海盛通时代印刷有限公司**
经　　销　**全国新华书店等**

字　　数　**489 千字**
开　　本　**635 毫米×965 毫米　1/16**
印　　张　**45.5**
版　　次　**2021 年 11 月北京第 1 版**
印　　次　**2021 年 11 月第 1 次印刷**

书　　号　**978-7-02-015669-6**
定　　价　**145.00 元**

如有印装质量问题，请与本社图书销售中心调换。电话：010－65233595

目录

卷二

卷三

卷四

通表

新版增订本识语

本书初版付印，在民国二十四年之冬。未两载，中日战事起，余自北平避难南下，遵海绕道香港，北至长沙，移住南岳。又经衡阳入广西，经桂林柳州南宁，出镇南关，借道越南，去昆明，辗转蒙自宜良。又离滇经港，变姓名，省亲苏沪，闭门奉养一岁。又脱身自香港航空飞重庆，卜居成都，先后及六年。并以其间至乐山，至贵州遵义。战事平息，重返苏沪，又去昆明。归居无锡太湖之滨。不及三年，重避战乱，只身来香港。先后迄今，计二十有一载矣。奔窜流亡，饥饿穷窘，而此书每携行箧中。偶有所睹记，可以补订原书缺失者，辄以蝇头细字，写列书眉，积久得两百五十条左右。约计首卷得五十条，二卷八十条，三卷七十五条，四卷四十五条。其篇幅较大者，为补入《苏代苏厉考》一篇，又补《晏婴卒年考》《项橐考》《鸱夷子皮及陶朱公非范蠡化名辨》《南郭子綦考》凡四篇，改定《越徙琅邪考》一篇。其他皆零文短札，散入各篇。计有增订改动者，卷一有考辨三、四、五、七、一一、一二、一三、一四、一五、一六、二〇、二一、二七、二八、二九、三〇，共十六篇。卷二有三一、三二、三四、三五、三九、四〇、四一、四二、四三、四四、四五、四六、四七、五〇、五三、五四、五八、

五九、六〇、六二、六三、六六、六七、六九、七二，共二十五篇。卷三有七三、八〇、八二、八三、八五、八七、八八、九〇、九二、九四、九五、九六、九九、一〇三、一〇五、一〇八、一一八、一一九、一二〇、一二一、一二二、一二三、一二四、一二六、一二七，亦共二十五篇。卷四有一二八、一二九、一三〇、一三一、一三二、一三四、一三九、一四〇、一四四、一四五、一四六、一四七、一五〇、一五二、一五六、一五九、一六一、一六三，共十八篇。《考辨》四卷凡一百六十三篇，而增损所及，计共八十四篇，已逾其半。然计其字数，则仅三万余言，占原书分量十之一。而于原书结论大体，则殊无改变，盖仅止于添列例证，补增细节而已。

自来香港，获交英国友人林仰山教授。日军陷大陆，彼适侨寓山东，任教齐鲁大学，入集中营，披诵是书不辍。在港，主持港大东方文化研究院。谈次，知余积年有增订稿。而此书在大陆已绝版，海外亦少流布。乃商由哈佛燕京社斥资为铸新版。二十年来丛碎所得，遂获汇入原书，勒为定本。爰述缘起，兼志谢意，并备详增订篇目，以告读者。书末并增附本书引用书目索引一种，便寻检焉。

一九五六年四月八日钱穆识于香港九龙之新亚书院

自序

余草《诸子系年》，始自民国十二年秋，积四五载，得《考辨》百六十篇，垂三十万言。一篇之成，或历旬月，或经寒暑。少者三四易，多者十余易，而后稿定。自以创辟之言，非有十分之见，则不敢轻于示人也。藏之箧笥者又有年，虽时有增订，而见闻之陋，亦无以大胜乎其前。兹当刊布，因加序说，粗见凡例。

盖昔人考论诸子年世，率不免于三病：各治一家，未能通贯，一也。详其著显，略其晦沉，二也。依据史籍，不加细勘，三也。惟其各治一家，未能通贯，故治墨者不能通于孟，治孟者不能通于荀。自为起讫，差若可据，比而观之，乖戾自见。余之此书，上溯孔子生年，下逮李斯卒岁，前后二百年，排比联络，一以贯之。如常山之蛇，击其首则尾应，击其尾则首应，击其中则首尾皆应。以诸子之年证成一子，一子有错，诸子皆摇。用力较勤，所得较实。此差胜于昔人者一也。惟其详于著显，略于晦沉，故于孔墨孟荀则考论不厌其密，于其他诸子则推求每嫌其疏。不悟疏者不实，则实者皆虚。余之此书，一反其弊。凡先秦学人，无不一一详考。若魏文之诸贤，稷下之学士，一时风会之所聚，与夫隐沦假托，其名姓在若存若亡之间者，无不为之缉逸证坠，辨伪发覆。参伍错综，曲畅旁达，而后其生平出处师友渊源学术流变之迹，无不粲然条贯，秩然就绪。着眼较广，用智较真。此差胜于昔人者二也。而其精力所注，尤在最后一事。前人为诸子论年，每多依据《史记·六国表》，而即以诸子年世事实系之。如据《魏世家》《六国表》魏文称侯之年推子夏年寿，据《宋世家》及《六国表》宋偃称王之年定孟子游宋，是也。然《史记》实多错误，未可尽据。余之此书，于先秦列国世系，多所考核。别为《通表》，明其先后。前史之误，颇有纠正。而后诸子年世，亦若网在纲，条贯秩如矣。寻源探本，自无踵误袭缪之弊。此差胜于昔人者三也。

太史公序《六国表》，曰："秦既得意，烧天下《诗》《书》，诸侯史记尤甚，为其有所刺讥也。其后《诗》《书》复见，而史记独藏周室，以故灭。独有《秦记》，又不载日月，其文略不具，然亦有可颇采者。余因《秦记》，踵《春秋》之后，起周元王，表六国时事。"此史公自著其为《六国表》之所本也。《秦记》既略，又自孝公以前，僻在雍州，不与中国诸侯之会盟，中国诸侯以夷翟遇之，故其时《秦记》载诸侯事当尤忽。今《六国表》自秦孝公以前最疏脱不具者以此。幸其时诸侯史记，犹得有遗留后世者，厥为《魏冢纪年》。晋太康时，汲县人发古冢，得竹书七十五车，中有《纪年》十三篇。自杜预诸儒，皆定其为魏襄王时魏国之史记。然今世所行，复非原书之真。而唐司马贞为《史记索隐》，时采其文以著异同，可资比准。惟贞自谓："《纪年》之书，多是讹谬，聊记异耳。"又曰："辞即难凭，时参异说。"因亦未能悉心参校，以救《史记》之失，良可惜也。

原昔人多不信《纪年》者亦有故。一则魏冢原书，久逸于两宋之际。今本为后人搜辑，多有改乱，舛误缺略，面目全非。学者不深辨，遂谓《汲冢纪年》不可信，一也。再则其书言三代事，多与相传儒家旧说违异。如益为启诛，太甲杀伊尹之类。儒者斥其荒诞，遂不依引，二也。又谓其书记春秋时事，如鲁隐公及邾庄公盟于姑蔑，晋献公会虞师伐虢，灭下阳，周襄王会诸侯于河阳，明系春秋后人，约《左传》之文，仿往例而为之，与身为国史承告据实书者不同。因遂忽视，三也。夫《纪年》乃战国魏史，其于春秋前事，容采他书以成。至言战国事，则端可信据。如《魏世家索隐》引《纪年》曰："二十九年五月，齐田肦伐我东鄙。九月，秦卫鞅伐我西鄙。十月，邯郸伐我北鄙。王攻卫鞅，我师败绩。"此非当时史官据实书事之例乎？至益为启诛，太甲杀伊尹，则战国杂说，其与儒家异者多矣，《纪年》亦本当时传说书之，孰信孰否，今且未能遽断，要足为考古者备一说，不当姝姝于一先生之言而深斥之也。自清以来三百年，学者治其书，不下十数家。至于最近，海宁王国维本嘉定朱右曾书，为《古本辑校》，又为《今本疏证》，然后《纪年》之真伪，始划然明判。而犹惜其考证未详，古本《纪年》可信之价值，终亦未为大显于世也。

《史记》载春秋后事最疏失者，在三家分晋，田氏篡齐之际。其记诸国世系错误最甚者，为田齐魏宋三国。《庄子》曰："田成子弑齐君，而十二世有齐国。"《鬼谷子》亦云然。今《史记》自成子至王建之灭只十代。《纪年》则多悼子及侯剡两世，凡十二代，与《庄子》《鬼谷》说合。又齐伐燕，据《孟子》及《国策》为宣王，非湣王。而《史记》于齐系前缺两世，威宣之年误移而上，遂以伐燕为湣王，与《孟子》《国策》皆背。昔人谱孟子者，于宣湣年世，争不能决。若依《纪年》增悼子及侯剡，排比而下，威宣之年，均当移后，乃与《孟子》《国策》冥符。此《纪年》胜《史记》，明证一也。《史记》梁惠王三十六年卒，子襄王立，十六年卒，并惠襄为五十二年。魏齐会徐州相王，在襄王元年。是惠王在世未称王，《孟子》书何乃预称惠王为王？又《史记》梁予秦河西地在襄王五年，尽入上郡于秦在襄王七年，楚败魏襄陵在襄王十二年，皆惠王身后事。而惠王告孟子，乃云"西丧地于秦七百里，南辱于楚"，何能预知而预言之？若依《纪年》，惠王三十六年改元，后元十六年而卒，则魏齐会徐州相王，正惠王改元称王之年也。然后《孟子》书皆可通。又与《吕览》诸书所载尽合。此《纪年》胜《史记》，明证二也。《史记》魏文侯三十八年，魏武侯十六年，而《纪年》文侯五十年，武侯二十六年，相错二十二年。昔人疑子夏为文侯师，已逾百岁。今依《纪年》，则文侯元当移前二十二年，子夏之年初无可疑。而李克吴起之徒，其年辈行事，皆可确指。此《纪年》胜《史记》，明证三也。《史记》魏惠王三十一年，徙都大梁，而《纪年》在惠成王九年。阎若璩本此论《纪年》不可信。然细核之，惠王十八年，魏围邯郸，齐师救赵，直走大梁，三十年魏伐韩，齐田忌救韩，亦直走大梁。又秦孝公十年，即魏惠王十九年，卫鞅围魏，安邑降之。此皆魏都自惠王九年已自安邑徙大梁之证。据《纪年》则《史记》之说皆可通。专据《史记》，则自相乖违，不得其解。此《纪年》胜《史记》，明证四也。三家分晋，田氏篡齐，为春秋至战国一大变。其后魏齐会徐州相王，秦亦称王，宋亦称王，赵燕中山韩魏五国又相约称王，为战国中局一大变。《史记》于此，年事多误，未能条贯。今据《纪年》，证以先秦他书，为之发明，而当时情实，犹可推见。此《纪年》胜《史记》，明证五也。其他不胜缕举。要之《纪年》乃魏史，魏在战国初年，为东方霸主，握中国枢纽，其载秦孝公前东方史实，自当远胜《史记·六国表》。徒以存十一于千百，不明不备，不为学者所重。霾塞千年，未睹豁辟之期。余粗为比论，而积古疑晦，颇资发蒙，则其书之非不信可知也。

《史记》之误不一端，而有可以类比件附，以例说之者。如误以一王改元之年为后王之元年，一也。梁襄王元年，实梁惠王称王改元之年。魏文侯元年，实魏文称侯之年。宋王偃元年，亦宋偃称王之元年。齐威王卒年，实齐威称王之年。此其例一也。有一王两谥，而误分以为两人者。如梁襄哀王一人两谥，《史记》误分为襄王哀王。赵烈侯又谥武侯，《史》亦分为两侯。楚顷襄王又称庄王，史公不知，遂误以庄峤为春秋时庄王之苗裔。此其例二也。有一君之年，误移而之于他君者。如魏文伐秦，在周威烈王十七年，《史》误以为即魏文之十七年。齐宣王五年，与邹忌田忌谋救韩伐燕，《史》误以为齐桓公五年。逢泽之会，在梁惠王二十七年，《史》误以为周显王之二十七年。齐魏战马陵，本梁惠王二十八年，《史》误以为乃周显王之二十八年。又如齐康公二十一年，乃田侯剡立，《史》误以为桓公午立。皆其例，三也。亦有一君之事，误移而之于他君者。如梁惠王会诸侯于逢泽，《史》误以为秦孝公。宋剔成逐桓侯自立，《史》误以为宋王偃逐剔成自立。此其例，四也。有误于一君之年，而未误其并世之时者。如魏文灭中山，《史》称在文侯十七年，实误。而系之周威烈王十八年癸酉，则不误。齐魏相王于徐州，《史》以为齐宣王梁襄王，皆误。而系之周显王二十五年丁亥，实不误。又如齐封田婴于薛，应在威王时，《史·表》在湣王三年，误。而系之周显王四十八年庚子，较《纪年》仅后一年，亦不为误。此由史公自据《秦记》，于周秦之年即得之，于东方诸侯世次，则略而未能尽明，此误其年未误其世之例，五也。有其事本不误，以误于彼而遂若其误于此者。如《楚世家》简王八年，魏文侯韩武子赵桓子始列为诸侯，与《年表》，《周本纪》，魏韩赵《世家》均不合。且既称韩武子赵桓子，其非称侯，显矣。即其自语亦不合。今据《纪年》，魏文移前二十二年，是岁实魏文始侯之年，则《楚世家》此语虽误，而实有其不误者在也。又如《魏世家》魏武侯九年，使吴起伐齐至灵丘，而《年表》是时，楚悼王已死三年。吴起与楚悼王同死，岂能重为魏将？据《纪年》，魏武年代移前，则魏武九年，吴起尚在魏。《魏世家》此语固非误。此由史公博采传记，未加考定，虽有错互，而转得证成史实之真。其误在彼而不在此之例，六也。亦有似有据而实无据者。如《年表》魏文侯十八年，受经子夏，特以前年灭中山，有子击下车避田子方事，遂连类书其事于此。《春申君列传》春申君为相八年，以荀卿为兰陵令，特以兰陵鲁地，是年楚取鲁，故姑推以为说。本无确据，而后人轻信，转滋惑误，其例七也。有《史》本有据，而轻率致误者。如《左传》昭公七年，记及孟釐子卒，《史》遂误为釐子卒在是年。《孔子世家》因云孔子年十七，孟釐子卒。战国杂说有淳于髡说齐威王以隐，威王感悟，国乃大治，威行三十六年，史公采之，因谓威王在位三十六年。其实威王前后三十九年，威行三十六年者，除其不飞不鸣之三年言之也。此《史》自有据，而轻率致误之例，八也。亦有《史》本无据，而勉强为说以致误者。如魏文侯本魏桓子之子，《史记》移文侯之年于后，遂谓文侯乃桓子孙，然亦不能说桓子子为何人。《年表》文侯二十五年，太子罃生，本为太子击生。史公既误移魏文灭中山之年在前，因疑子击不应转生在后，率改子击为子罃。不悟罃在文侯时不得称太子。又《田齐世家》齐桓公五年，听邹忌田臣思谋，起兵击燕。田臣思即田忌也。此本齐宣王事，史公既误以伐燕归之湣王，桓宣字相近，乃以意移此于桓公。遂至邹忌田忌皆已预列桓公之朝，史公亦无以自解。此皆勉强弥缝，而不能自掩其误之例，九也。亦有史公博采，所据异本，未能论定以归一是者。如上举《楚世家》简王八年三晋始列为诸侯，与《年表》，《周本纪》，魏韩赵《世家》定在楚声王五年者不同；《秦纪》与《秦始皇本纪》列秦诸君年数不同之类，皆史公各据异本，自造矛盾之误之例，十也。亦有《史》本不误，由后人率改妄窜以致误者。如《孔子世家》及《十二诸侯年表》载孔子往返卫宋陈蔡各节，及《鲁世家》《六国表》载鲁哀公以下诸君年数，牴牾显见，尤难理说。此必后人窜易致误之例，又一也。复有《史》本非误，由后人误读妄说以致误者。如《史记·孔子世家》载孟僖子死在孔子十七年下，《水经注》因谓孔子十七适周之类，是也。斯二者，与前举十例误不同科。而要之凡《史》之误，必有其所以误。寻其所以误者，而后其为误之证益显。而其所以误之故，亦每每有例可括。粗举数端，不能尽备。读吾书者，循此意而求之，可自得也。

且不仅于《史记》之多误也。今所资以相比勘而知《史记》之误者，有《索隐》诸家所引《纪年》，而诸家之文正亦多误。读《史》者爱其文，往往忽其事。《史》虽多误而莫辨。注文朴率，尤懒循省。遂有传钞失真而致误者。如魏文侯初立在晋敬公六年，而《晋世家索隐》引《纪年》误为十八年，十八实六字之讹，此以形近而误也。齐宣公四十五年田庄子卒，而《田齐世家索隐》引《纪年》误为十五年，脱一“四”字，此以脱落而误也。《秦本纪集解》徐广曰：“《汲冢纪年》云：‘魏哀王二十四年，改宜阳曰河雍，改向曰高平。’”考《纪年》终今王二十年，今王即哀王，乌得有哀王之二十四年？按之《赵世家》徐广所引，知系四年之误。《苏秦传正义》引《竹书纪年》：“梁惠王二十年，齐湣王筑防以为长城。”今考《纪年》梁惠王十三年，当齐桓公十八年，后威王始见。岂得梁惠王二十年，遽有齐湣王？校以《水经·汶水注》，则无湣王字。此皆以增衍而误也。《周本纪集解》：“裴骃案《汲冢纪年》，自武王灭殷，以至幽王，凡二百五十七年。”而按《鲁世家》，考公以下至孝公十四年，宣王崩，幽王立，凡二百一十六年，无鲁公伯禽年。《三统历》成王元年，命伯禽侯鲁，伯禽即位四十六年。上加周公摄政七年，武王克商后六年，凡五十九年。并下二百一十六年，统为二百七十五年。此作二百五十七，是七十五为五十七，以颠倒而误也。如此，则《纪年》与《鲁世家》年数本符。今《伪纪年》云：“武王灭殷后二十四年，定鼎洛邑，至幽王二百五十七年。”果如其说，自成王定鼎起算，裴骃何得云自武王灭殷乎？此条辨说，据朱右曾《汲冢纪年存真》。又有窜易妄改以增误者。韩威侯与韩宣王为一人。今

《韩世家索隐》引《纪年》郑昭侯薨以下一节，支离错乱，全不可解，此经后人改易而误也。《孔子世家索隐》云：“按《系家》，湣公十六年孔子适陈，十三年亦在陈。”既云十六年适陈，不得十三年先在。若十三年在陈，适陈不待十六年。《索隐》语先后颠倒，乖误可知。盖《索隐》本云孔子以陈湣公十年适陈，而经后人妄窜一“六”字。此经后人窜乱而误也。又《田敬仲世家》：“明年复会甄，魏惠王卒。”《索隐》曰：“按《纪年》：梁惠王乃是齐湣王为东帝，秦昭王为西帝时。此时梁惠王改元称一年，未卒也。而《系家》及其后即为魏襄王之年，又以此文当齐宣王时，实所不能详考。”今按《索隐》此条，“梁惠王乃是”云云，惠王下当脱一“卒”字。惟据《纪年》终今王二十年，其时乃周赧王十六年，秦昭襄八年，齐湣王始二年。《年表》齐秦为东西帝，尚在其后十一年。时惠王已死三十七年。且《纪年》亦不及载齐秦为东西帝事。《索隐》何从按《纪年》谓惠王卒乃是齐湣王为东帝，秦昭王为西帝时乎？此必有误，而特不知其所以误。后人专据此等处，疑《索隐》所引全不可信。不知此已为后人窜乱，定非《索隐》之真也。朱氏《存真》、王氏《辑校》此条均未录。又诸家之文，短涩简质，虽列异同，未加剖辨。后人间或依信，引为论据，复有失其义解而误者。如王国维《古本竹书辑校》采录《索隐》甚备，虽论校未密，然已多失原解。如《魏世家索隐》引《纪年》：“惠王二十八年，与齐田肦战马陵。又上二年，魏败韩桂陵。十八年，赵又败韩马陵。”此以二年、十八年皆在二十八年前，故云“上”。上即前也。而王氏以为上二年，乃即二十八年之前二年，因谓即二十六年，是误解《索隐》原文也。又《索隐》引《纪年》亦自有例。如《晋世家索隐》引《纪年》，自出公以下诸公年数，皆列其与《史》异者以相勘。则其不著幽公敬公烈公，正见其年数之同于《史》。梁氏《志疑》不明此例，又误混于今本《伪纪年》，遂致错淆。又《索隐》引《纪年》列国国君年数，自魏君外，或据其始立之年数之。古者君主以翌年改元，《纪年》魏史，惟魏君著年数，他国仅记君立，《索隐》循其立年数之，则与《史记》以改元计者相差一岁。后人不明此例，比论亦遂多歧。至其君卒岁，若以改元计，与始立计，亦每有一岁之差。此均由未得其例而致误者。亦有《索隐》本无其例，而后人为之曲说，如王氏《古本竹书辑校》谓《索隐》引《纪年》皆改夏正为周正，而细核实无之。此又致误之一端也。

《史》文既多误，首有赖于诸家之注，而注文复多误，其事又可举一例以为说者。史公记六国时事，多本《秦纪》。固已苦其不载日月，文略不具矣。然其于秦事，固宜信也。乃自宣公以上，《史》皆失其名，不能详。《索隐》按《世本古史》，考得缪公名任好，以为之补。其他可以想矣。今《史》文任好字，又系后人据《索隐》增入。而其记秦列君年数尤多歧。《秦始皇本纪》后序列秦之先君立年及葬处，《索隐》谓其"皆当据《秦纪》为说"，又云："其与正史小有不同，然亦未能定其是非。盖史公亦自不能决，故取异说备列之也。"文云："秦自襄公至二世，六百一十岁。"《正义》云："《秦本纪》自襄公至二世，五百七十六年矣，《年表》自襄公至二世，五百六十一年，三说并不同，未知孰是。"又《秦本纪索隐》引《始皇本纪》云："秦自襄公至二世，凡六百一十七岁。"然则言秦年者，自襄公至二世，已有四说：

一、《秦始皇本纪》原文——六百一十岁。

二、《正义》计《秦本纪》年数——五百七十六岁。

三、《正义》计《年表》——五百六十一岁。

四、《索隐》引《秦始皇本纪》——六百一十七岁。

今为细核，《史记》记秦襄公以下列君年数，本有三歧：

一、《秦始皇本纪》——实得五百七十二岁。

二、《秦本纪》——实得五百七十七岁。

三、《年表》——则为五百七十一岁。

合之以上四条，凡得七说之异。梁氏《史记志疑》云："案《年表》自襄公元年至二世三年，实五百七十一岁。《秦本纪》原文实误，《索隐》《正义》所说年数亦误。此记是秦史官所录，史公采以作《史记》者，何以误端叠见？盖篆隶递变，简素屡更，传写乖讹，非《秦记》之旧矣。"此《史》文多误之一例也。惟以余论之，其多误之故，实有不仅梁氏所谓"篆隶递变，简素屡更，传写乖讹"而已者。请仍据《秦始皇本纪》为说。《纪》云："九年乙酉，王冠。"

《集解》徐广曰："年二十二。"

《正义》："按：年二十一也。"

《史记》载始皇年极明备，可以无歧，然《集解》《正义》为说又自不同。且观其相为校正，决非传写之乖讹也。《殿本考证》杭世骏释之云："徐广云二十二者，以逾年改元计也。《正义》云二十一者，以当年改元计也。徐广以是年为二十二，故三十七年崩时，注云年五十。如《正义》之说，则崩年止四十九。《六国表》周赧王五十九年，秦昭王五十一年，徐广曰乙巳，则始皇生年，当是壬寅。十三岁时，当是甲寅。《项羽本纪》注徐广曰项王以始皇十五年乙巳岁生，则始皇元年当是乙卯。此处自当以逾年改元计，作二十二岁为是。但《秦本纪》云献公立二十四年卒，子孝公立。徐广曰献公元年丁酉，孝公元年庚申，则献之末即孝之初，又不拘逾年改元之说矣。”今按：杭氏此辨，分别《集解》《正义》得失甚是。盖其所以为计者不同，而遂致相差，其事初非关于传写之乖讹也。而其论献公年则又有说者。考《秦始皇本纪》：“献公享国二十三年。”而《秦本纪》云：“献公立二十四年卒。”两说自不同。杭氏谓献之末即孝之初，不拘逾年改元之例，其实非也。不逾年而改元，古人自有其事。然大率前君被弑，后君以篡逆得国，不自居于承前君之统绪，则往往即以前君见杀之年，改称篡立者之元年，不复逾年而改元。此在春秋时不多见，而战国屡有之。若孝公则非篡立，献公亦非被弑，何为亦当年改元哉？据《秦纪》，献公前承出子，出子二年，庶长改迎献公于河西而立之，杀出子及其母，沉诸渊。其事亦见不韦《春秋·当赏篇》。出子，《春秋》作小主。庶长改，《春秋》作菌改。盖献公实弑君自立，故未逾年而改元。出子之末，即献公之初。元丙申，卒己未，得二十四年。今《年表》于出公二年后始列献公元年，则为元丁酉，当得二十三年。《始皇本纪》与《年表》同，徐广亦本《年表》为说。杭氏不能详辨，误以徐广本《年表》之说，推论《秦纪》二十四年之文，遂误为孝公不逾年而改元也。

余又考《秦始皇本纪》载秦列君年数，与《秦本纪》异者凡五人：

一、悼公——《秦始皇本纪》十五年，《秦本纪》十四年，《年表》同《秦纪》。

二、灵公——《秦始皇本纪》十年，《秦本纪》十三年，《年表》同《始皇本纪》。

三、简公——《秦始皇本纪》十五年，《秦本纪》十六年，《年表》同《始皇本纪》。

四、献公——《秦始皇本纪》二十三年，《秦本纪》二十四年，《年表》同《始皇本纪》。

五、庄襄王——《秦始皇本纪》三年，《秦本纪》四年，《年表》同《始皇本纪》。

而《年表》与《秦始皇本纪》同者，自灵公以下凡四人。其事皆可本前例以为说。

一、灵　公

《秦始皇本纪》“肃灵公享国十年”，《索隐》云：“《纪年》及《系本》无‘肃’字。句立十年，读《表》同。句《纪》十二年。句”然今《秦纪》作灵公十三年，三说相歧。余考《秦纪》灵公前怀公为诸臣所围，自杀。灵公承之，盖亦不逾年而改元，故前后共得十一年。《年表》则于怀公四年见杀之明年，再书灵公元年，故为十年。今《秦纪》作十三年，《索隐》引《秦纪》作十二年，皆为十一年之字讹。

二、简　公

《秦始皇本纪》“简公享国十五年”，《年表》同。《秦本纪》简公十六年。余考简公前承灵公，灵公卒，子献公不得立，简公乃灵公季父，为怀公之子。灵公既承怀公之弑而自立，不逾年而改元。今简公亦篡献公之统，上溯其父怀公之绪，则亦不俟逾年而改元矣。《年表》《始皇纪》作十五年，仍依逾年改元之常例计之也。《秦纪》作十六年，本当时不逾年而改元之变例计之也。

三、献　公

已具前论。惟《秦始皇本纪》“献公享国二十三年”下，《索隐》云：“《系本》称元献公。立二十二年，《表》同。《纪》二十四年。”今按：《索隐》此条，文义颇晦，而有误字。其句读当如前引肃灵公条之例。

肃灵公　《索隐》：“《纪年》及《系本》无‘肃’字。句立十年，读《表》同。句《纪》十二年。句”

献公　《索隐》：“《系本》称元献公。句立二十二年，读《表》同。句《纪》二十四年。句”

均谓《秦始皇本纪》立十年、立二十二年，与《年表》相同，而与《秦纪》则异也。至引《系本》及《纪年》，仅举其无“肃”字、有“元”字之异，并不与下文立十年、立二十二年语相涉。句读之例既明，知献公条《索隐》立二十二年，实立二十三年之误。以今《年表》明作二十三年，《秦始皇本纪》亦明作二十三年也。否则不辨句读，不订讹字，将又疑《世本》别有献公二十三年一说矣。

四、庄　襄　王

《秦始皇本纪》“庄襄王享国三年”，《年表》亦同。《秦本纪》庄襄王得四年。余考《秦纪》庄襄王承孝文王后。孝文王除丧，十月己亥即位，三日辛丑卒，子庄襄王立。秦以十月为岁首，孝文王盖以去年即位，以今年岁首除丧称元，前后三日而卒。庄襄王处此变例，虽非弑君自立之比，而即以是年称元，不复以先王三日之位，而虚一年之号，亦自在情理之中。《秦本纪》据当时变礼实况计之，故为四年。《始皇纪》及《年表》依常例，仍定孝文王在位一年，则庄襄王自祇三年也。孝文之事，阎若璩《尚书古文疏证》亦复论及，其言曰："《秦本纪》昭襄王四十二年，先书十月宣太后薨，继书九月穰侯出之陶。四十八年，先书十月韩献垣雍，继书正月兵罢。似已用十月为岁首。秦自昭襄以后，庄襄以前，既首十月，则孝文王之事，有可得而论者。《秦本纪》：'五十六年秋，昭襄王卒，子孝文王立，尊唐八子为唐太后，而合葬于先王。韩王衰绖来吊祠，诸侯皆使将相来视丧事。孝文王元年，赦罪人，修先王功臣，褒厚亲戚，弛苑囿。孝文王除丧，十月己亥即位，三日辛丑卒。子庄襄王立。'盖昭襄王五十六年庚戌秋，去孝文王元年辛亥冬月仅二三月，此二三月竣丧葬之事，明年新君改元，方大施恩礼，至秋期年之丧毕然后书孝文王除丧，犹胜既葬而除者多矣，犹为近古。然其失礼处，亦不可不知。秦既用建亥月为岁首，孝文王元年，应有十月，今于除丧后又书十月，分明是孝文王已逾二年矣。岂享国一年者乎？故予以庄襄王元年壬子，原孝文王之二年。但秦之臣子，以孝文甫即位三日，不仍之为二年，遂改为庄襄之元年。观书'子庄襄王立'下无事，可知。崩年改元，厥由于此。一年二君，固已非终始之义。况又革先君余年，以为己之元年乎？失礼莫大焉！惜千载读《史》者，俱未推究及此。余特摘出，以正《通鉴》孝文王元年书十月己亥王即位三日薨之误。”今按：阎氏此辨，精矣而未尽也。其谓秦自昭襄以下，庄襄以前，既首十月，则诚然矣。而定孝文在位已逾两年，则又失之。孝文亦既葬而除丧耳。昭襄王以庚戌之秋卒，二三月间，竣丧葬之事，孝文以岁首十月正改元之位，三日而薨，前后不逾五月。若以岁首正月计，则尚在昭襄三十六年庚戌，乌得有二年之久？徒以孝文之立，年已五十有三，非孺子君比。又亲庄襄之父，虽不幸即位三日而死，而秦之君臣，不忍没其先君在位之年。又孝文固已逾年而改元，又不当上侵昭襄毕世之岁。故以孝文继体嗣位之数月，仍属之于昭襄之三十六年，而所谓孝文在位一年者，其实则自逾年改元，仅得三日之数。其子庄襄王若仍以逾年改元，则为壬子。而辛亥一岁，实亦庄襄享国之日。战国季世，何尝有所谓三年之丧？更亦何尝有所谓三年丧毕而正践祚之位之礼？三月而丧毕，逾年而改元，此其常耳。至于秦者，尤不当以东方儒生所唱古礼律之。正惟孝文在位不出五月，故《史》乃无事可纪，特曰：“赦罪人，修先王功臣，褒厚亲戚，弛苑囿。”为循例虚美之词。而庄襄王享国之期，实有四年。今《年表》既上割其元以为孝文之岁，故《秦纪》庄襄四年事，《年表》仅得三年。蒙骜击赵榆次、新城、狼孟，得三十七城，《纪》在三年，《表》在二年。王齮击上党，初置太原郡，及五国攻秦，《纪》在四年，《表》在三年。而蒙骜攻赵，定太原，《纪》在二年，《表》则无之。依上例推校，此当书于庄襄之元年。而蒙骜取成皋，吕不韦取东周，《纪》在元年，《表》亦同在元年者，其实应上移孝文元年格中，乃始符耳。今阎氏又下夺庄襄之年，以上予孝文，则于《秦始皇本纪》及《年表》

与《秦本纪》异同，皆无以通其说，此乃其考核之未尽也。又按：《秦本纪》："昭襄王四十二年十月，宣太后薨。九月，穰侯出之陶。"乃秦人已以十月为岁首之证，既如上述。而"四十八年十月，韩献垣雍，秦军伐赵武安，正月兵罢，复守上党。其十月，五大夫陵攻赵邯郸"，张文虎谓："自此年以后，复用夏正，故书其十月云云，遂不以为岁首。"今按：张说误。此年先书十月，卒又书十月，以《白起传》校之，秦使王陵攻邯郸，乃九月，则《秦纪》此年"其十月"实"其九月"之讹文也。又，"四十九年正月，益发卒佐陵，其十月将军张唐攻魏。五十年十月，武安君白起有罪，为士伍，迁阴密；十二月，武安君白起有罪死。"张文虎谓："此年先书正月，后书其十月，文甚明白，为秦改复夏正之证。"然再校之《白起传》："四十九年正月，陵攻邯郸少利，秦益发兵佐陵，又使王龁代陵将。八九月围邯郸不能拔，强起武安君，武安君称病笃。于是免武安君为士伍，迁之阴密。"自正月以下历八九月而武安君以罪免，适为五十年之十月，则其时秦仍以十月为岁首甚明。正月后八九月，即九月，及明年之首十月也。《白起传》又云："居三月，诸侯攻秦军急，秦王乃使人遣白起，不得留咸阳中，又使使者赐之剑，自裁。"十月罪免，居三月赐死，正合《本纪》"十二月武安君有罪死"之文。而《起传》又云：以秦昭王五十年"十一月"死，知是"十二月"字讹。据此推之，《秦纪》"四十九年其十月将军张唐攻魏"一语必亦字误，而张氏遽谓秦以其年复用夏正，是亦考之未详也。

综上四君，《秦本纪》《秦始皇本纪》及《年表》所记年数之差，皆可以不逾年而改元之一例为说。而《史》文及注，亦颇有讹字。至悼公一君，《年表》《秦纪》皆作十四年，而《秦始皇本纪》作十五年，与下四例不符。下四例皆《年表》与《秦始皇本纪》同，与《秦本纪》异，此例独反之，知不可以一例论矣。亦无说以处，则当为《始皇本纪》之字讹也。

凡上所论，足证史公博采，所据异本，未经论定，以归一是，遂若相矛盾，而其实《史》固不误。后来注家，未能为之发明，又间以传钞之误，纷乱乃不可理。梁氏《志疑》仅以"篆隶递变，简素屡更，传写乖讹"之一事说之，固未当于情实也。

又按：《秦本纪》“始皇帝五十一年而崩”，杭世骏《考证》云：“始皇十三年而立，立三十七年而崩，当得四十九年。”夫杭氏既辨《集解》《正义》得失，而云当以逾年改元计者为是，则始皇十三年而立，逾年十四岁改称元年，至三十七年固得五十年，非四十九年也。同属一人之考证，又考证同一之事，先后一卷书之隔耳，乃其是非相乖已如此。然则《史》文记载年数之多误，又不尽于传写之乖误，与夫所以为计之不同，而人之不能尽其心，以轻心掉之，忽而多误，又其一因矣。辗转之忽，误乃益滋。如亡羊于歧途，歧之中又有其歧焉，而乃至于不反。此又后人考年之一难也。

古人云：“失之毫厘，差以千里。”此言夫毫厘之不可忽也。又云：“寸寸而量之，至丈必差；铢铢而较之，至两必失。”此言夫铢寸之不可泥也。考年之事，将为毫厘之不可忽乎？抑将为寸寸之不可较乎？曰：善用之则皆是也，不善用之则皆非也。夫古人之年，运而往矣。后之论者，曰孔子生于鲁襄公二十一年某月某日。曰非也，孔子生襄公二十二年某月某日。其争历二千年而不可解。甲曰孔子年七十二，乙曰孔子年七十三，其争历二千年不能决。此何为者？故谓孔子年七十二与年七十三，必有一失，否则俱失之，不能俱得也。然而今人之智力，无以大逾乎昔之人，则孔子之年，终不可定，将以后息者为胜。谓生鲁襄公二十二年可也，谓生鲁襄公二十一年亦无不可也。孔子或寿七十二，或寿七十三，孔子则既死矣，一岁之寿，于孔子何与？于后世亦何与？于考孔子之年者又无与也。何者？自一岁之争以外，他无可以异同也。此丈量既得，不必较之以寸之说也。非固不可较，不能较而必为之较焉，非阙疑之道，又且自陷于愚诬之嫌也。史公曰：“墨子与孔子同时，或曰在其后。”同时之与在其后，相差则既远矣。其传老子，曰：“盖老子百有六十余岁，或言二百余岁。”百六十之与二百，相异则既甚矣。今之学者，为古人考年，率好为辜较之辞，曰某生至早在某岁，某卒至晚在某年。然而有不可者。以某生至早之岁，上承某卒至晚之年，父子祖孙可以为友矣。今易其辞，曰某生至晚在某岁，某卒至早在某年，以某卒至早之年，下接某生至晚之岁，则友可以为父子祖孙矣。此又毫厘之辨之，不可以不谨也。其实非毫厘也。考年者不精审熟察，不能确据史实，约略以推之，强古人以就我，则宜其有千里之差矣。

或曰：古人之年，运而往矣，九原不可作，则凡所以考古人之生卒行事者，将惟书册是征。而先秦古籍，传者亦尠矣。记事莫备于《史记》。《史记》既多误，而所载尤以诸子为略，名姓不一见者多有之，详者惟孔老孟荀，然而《孔子世家》之重纰而叠缪，与夫老子之傥恍而难凭，孟荀之阔略而不备，则既尽人疑之矣。子将较毫厘，衡铢寸，重定古人之年，则何藉以考于古？又何术以信于后耶？曰：此难矣，而实非难也。无方术以处之则难，有方术以处之则易。君不知夫树木之有年轮乎？横截一树，而数其轮，可以得其年，不必寻其树之始植者而证之也。此毫厘可谨之说也。又不知夫地层之有化石乎？推而论之，可以识万纪以前之地史，不必有文字之记载也。此丈石可量之说也。自孔子以往迄于秦，虽史文茫昧，地层之化石，树木之年轮，尚多有之。有可以得其生卒之年寿者，有可以推其交游出处之情节者。片言只字，冥心眇虑，曲证旁推，即地层之化石也，即树木之年轮也。曰：何以信？曰：信于四达而无牾，一贯而可通。

夫人之用心，患其思虑之不精，又患其考证之不广。先秦遗文，六国之际，于今可考者，可以缕指而计之，程年以尽之。考证之不广，非难也。然后谨记其异同，推排其得失，次其先后，定其从违，必有当者，可以确指，则用心之不精，又非患也。然而自古迄今，六国之年既多误，诸子事迹尤不备。尘晦而不彰，霾翳而莫明，犹有待于今日之推寻者，则何欤？曰：此非古人之知不及此，亦其时则不至此也。古人不知考年之可重，则亦无怪于其用心之不精，求证之不广矣。夫《史记》之误易见，舍《史记》而求是则难寻。《纪年》之佚文，散见于《集解》《索隐》诸家之注，以及《水经注》诸书者，其与《史记》异同，一一可按。然碎文单辞，知其异于《史》者，无以定其是。而《史》之异于《纪年》者，亦无以定其非。今《六国表》及诸《世家》，记事明备，一按可得。《纪年》遗佚散乱，荒晦难寻。学者既不以考年为重，好易恶难，习常疑怪，则亦谁为考核详定其是非者耶？夫判两家之异同，贵乎参伍以为验。求定《纪年》《史记》之得失，不得不参伍以验之于诸子。而昔人治史，往往不信诸子。掩目捕雀，宜其无得。是用心之不精，考证之不广，所以为论年之难，而其端在夫不知论年考世之重。此乃时缘之未至，非聪明智力之不逮也。

且有非考年之事，而为考年之所待以成者二端焉：曰捃逸，曰辨伪。夫事之不详，何论其年？故考年者必先寻实事。实事有证，而其年自定，此易知之说也。为诸子考年者，当先定《六国表》，而后有所依据，固也。其次莫大于为诸子捃逸。何言乎为诸子捃逸也？《史记》惟孔子有世家，孔子弟子及老庄申韩孙吴孟荀有列传，其他则阙。墨子则曰

“宋之大夫，善守御，为节用，或曰并孔子时，或曰在其后”，得二十许字。许行陈仲惠施魏牟之徒无其名者不可胜计。其略既如此，而略之中复有其不可信者焉。然而其旁见于他书者，虽片鳞一爪，可以推寻而得其大体者至多也。昔人治史，率不信诸子。夫诸子托古，其言黄帝羲农，则信可疑矣。至于管仲晏婴相问答，庄周鲁哀相唯诺，寓言无实，亦有然者。至其述当世之事，记近古之变，目所睹，身所历，无意于托古，无取于寓言。率口而出，随心而道，片言只语，转多可珍。故吴起有泾水之战，此韩非刘向之文也，而《史记》无其事。余拾其坠，以定吴起仕魏之年。公孙龙有空雄之对，此不韦《春秋》之说也，而战国无其地。余订其讹，以证公孙来赵之岁。荀卿之见燕哙，韩非言之；儿说之事宋王，《吕览》记之。余循之为推，可以说名家之传，可以次孟荀之世。考《庄》《列》魏牟公孙龙，发中山之秘史；据《荀》《韩》楚庄王庄蹻，定巴滇之逸乘。其他如以《吕览》许犯证《孟子》许行之师承，采《韩非》田仲补《孟子》陈仲之论议。推季梁以定杨朱之生卒，传匡章以阐孟轲之游踪。本《吕览》白圭惠施应对，定两人在梁之先后；据《盐铁论·论儒》，证稷下诸贤之聚散。即以诸子之书，还考诸子之事。为之罗往迹，推年岁，参伍以求，错综以观，万缕千绪，丝丝入扣，朗若列眉，斠可寻指。夫而后滞者决而散者综，纷者理而暗者睹。先秦学人往事，犹可考见，无病乎史文之逸失也。

何言乎为诸子辨伪也？夫诸子往迹行事，虽散见于诸子之书，然而多有其误者焉，又多有其伪者焉。伪误之不辨，而捃摭诸子之遗闻佚记以骋博而驰说，是治乱丝而益棼也。

盖尝论之：有伪其人者，有伪其世者，有伪其年者，有伪其事者，有伪其地者，有伪其书者，有伪其说者，有伪之于多方者。伪之途不一端，非一一而辨之，则不足以考其年。将一一而辨之，则辨伪之事无竟，而考年之书不可作。此固考年之事之所待以成也。何言乎伪其人？吴有孙武子，伪其人也。何言乎伪其世？尉缭见梁惠王，伪其世也。何言乎伪其年？孟子游梁，当惠王之三十五年，此伪其年也。何言乎伪其事？孔子与南宫敬叔适周问礼于老子，此伪其事也。何言乎伪其地？孔子畏匡，公孙龙对空雄，此伪其地也。何言乎伪其书？列御寇有《列子》，子思有《中庸》，此伪其书也。何言乎伪其说？孔子老而系《易》，孔门六经有传统，此伪其说也。何言乎伪之于多方？凡伪其人者，必伪其事焉，伪其时焉，伪其书焉，伪其说焉，而后可以掩其人之伪。伪其事，伪其时，伪其书，伪其说者，亦然。非伪之于多方，则其伪不立。诸子之伪不胜辨，其不能尽著于篇者，将别为书以发之，此不能备也。

夫言有定于此而后可以见于彼者，亦有定于彼而后可以见于此者，此相与为功，有待而成之说也。为诸子考年者，有待于捃逸；为诸子捃逸者，又有待于辨伪。然而辨伪捃逸之功，亦有待于考年焉。夫必《易·系》决非孔子作，而后孔子无系《易》之年之辨可定。夫必孔子无系《易》之年，而后无商瞿传《易》之人之辨可定。夫必无商瞿传《易》之人，而后孔门无六经传统之说之辨可定。反而言之，以六经传统之可疑，而疑及于商瞿之传《易》。以商瞿传《易》之可疑，而疑及于孔子之系《易》焉。其事如循环之无端也。夫孔子系《易》之年，与夫商瞿之年，以及夫经师先后授受之年，则信可疑矣。然则商瞿梁鳣年长无子之逸记可以灭，《系辞》《十传》之为伪书可以定。此又考年之功之有裨于捃逸辨伪者也。

且捃逸辨伪考年之相待以有成，其事有不尽于此者。盖事有非逸，而无异于已逸。语有不伪，而有甚于本伪。则以考年之未精，遂相率以俱讹。及其既讹，遂转以为考年之障者有之矣。请据《孟子》以为说。夫《孟子》七篇，尽人所诵，历二千年，至精至熟也。其事则非逸也，其语亦非伪也。考孟子之年者，非不之及也。然而为孟子考年者，类以《史记》绳《孟子》，而不知《史》年之有误。即有本《孟子》疑《史》年者，亦不能定《史》年之真是也。然后孟书之非逸者，无异于逸。孟书之不伪者，转致于伪。人异其说，而皆无当于是焉。余以《纪年》校《史记》，知齐梁世系之误，重定齐威宣、梁惠襄之先后。而后知孟子初游齐，当齐威王时；游梁，见惠王襄王；返齐，见宣王。以此求之，则匡章不孝、孟子与游之事，情节复显。余又以《史记·鲁世家》与《六国表》互核，知鲁《表》之误，而《世家》之可信，重定鲁平之元。以此求之，然后乐克进辞、臧仓沮见之事，理势乃符。凡此皆学人之所研虑，先儒之所极论，纵横反复，纷纭莫定，一朝发难，云破天朗。其事则同，而所以说其事者不同。此非捃逸也，而有似于捃逸。非辨伪也，而有类乎辨伪。盖亦与考年之功相待以有成者也。

且夫后世之积讹袭非，有足为考年系世之障者，又岂仅于时君世系之错乱、诸子往迹之晦沉而已耶？盖自刘、班著录，判为九流，平章学术，分别渊源，其说相沿，亦几二千载于兹矣。习非成是，积信为主，则亦莫之疑而难以辨也。

曰百家原于道，则老聃之年无以破。曰申韩本于老，则吴起李克之统无以立。不知农之原于墨，则我许行即许犯之说不足信。不知法之导于儒，则我商鞅本魏学，李韩乃荀术之论不能成。非破碎陈说，融会以求，则我魏文西河、齐威宣稷下诸贤之考皆无以通其意。吾尝沉沉以思，昧昧以求，潜精于诸子之故籍，游神于百家之散记，而深疑夫旧说之有误，而习见之不可以为定也。积疑有年，一朝开豁，而后知先秦学术，惟儒墨两派。墨启于儒，儒原于故史。其他诸家，皆从儒墨生。要而言之，法原于儒，而道启于墨。农家为墨道作介，阴阳为儒道通囿。名家乃墨之支裔，小说又名之别派。而诸家之学，交互融洽，又莫不有其旁通，有其曲达。分家而寻，不如别世而观。寻宗为说，不如分区为论。反复颠倒，纵横杂出，皆有以通其源流，得其旨趣，万变纷纭而不失其宗。然后反以求之先秦之史实，并世学者师友交游之渊源，与夫帝王贤豪号召罗致之盛衰兴替，而风会之变，潮流之趋，如合符节，如对契印。证之实者有以融之虚，丈而量者重以寸而比，乃然后自信吾说而确乎其不自惑也。夫为辨有破有立，破人有余，立己不足，此非能破之胜也。夫为学有积有统，积说多端，整统未建，此非能积之优也。余之此书，定列国之世系，考诸子之生卒，事有甚碎，辨有甚僻，盖考据之幽微，为学者之畏途，有使人读而生厌，不终卷而废者。然而陈说未破，则己旨不立，积绪无多，则整统不富，彷徨瞻顾，虽曰未能，窃有志于是焉。

尝试论之，晚周先秦之际，三家分晋，田氏篡齐，为一变。徐州相王，五国继之，为再变。齐秦分帝，逮乎一统，为三变。此言夫其世局也。学术之盛衰，不能不归于时君世主之提抑。魏文西河为一起，转而之于齐威宣稷下为再起，散而之于秦赵，平原养贤，不韦招客为三起。此言夫其学风也。书分四卷，首卷尽于孔门，相宰之禄，悬为士志，故史之记，流为儒业，则先秦学术之萌茁期也。次卷当三家分晋，田氏篡齐，起墨子，终吴起。儒墨已分，九流未判，养士之风初开，游谈之习日起，魏文一朝主其枢纽，此先秦学术之酝酿期也。三卷起商君入秦，迄屈子沉湘。大梁之霸焰方熄，海滨之文运踵起。学者盛于齐魏，禄势握于游仕。于是有白圭惠施之相业，有淳于田骈之优游，有孟轲宋钘之历驾，有张仪犀首之纵横，有许陈之抗节，有庄周之高隐，风发云涌，得时而驾，乃先秦学术之磅礴期也。四卷始春申平原，迄不韦韩李。稷下既散，公子养客，时君之禄，入于卿相之手，中原之化，遍于远裔之邦。赵秦崛起，楚燕扶翼。然而烂漫之余，渐归老谢，纷披已甚，主于斩伐。荀卿为之倡，韩非为之应。在野有老聃之书，在朝有李斯之政。而邹衍之颉颃，吕韦之收揽，皆有汗漫兼容之势，森罗并蓄之象，然犹不敌夫老荀非斯之严毅而肃杀。此亦时运之为之，则先秦学术之归宿期也。四卷之书，因事名题，因题成篇，自为起讫，各明一意。遂若破人多，而立已少，积绪繁，而统综绌。此则体势所限，有不获已。至于发挥引申，极论学术，将有俟于《通论》，非此之得详矣。

且著书成学，不徒有其外缘，而又不能不自止于限极焉。吾书之成，其为之缘者则既论之矣；至于其限极，亦有可得而略陈者。盖首卷考订孔子行事，前贤论者已详，折衷取舍，择善而从，其为己说者最鲜。至于次卷，墨子吴起之世，史文荒失。于此不理，则荆棘未斩，取途无从。而欲加辟治，又徒手空指，利斧难觅。荜路蓝缕，艰苦惟倍。凡所论列，虽已疏阔，而史料既灭，文献不足，则亦无以为增。至于三卷，如理乱丝，异说纷呈，诸端并列，条贯则难，寻证则富。四卷诸篇，以当时诸子著书，往迹颇详，亲历转略。秦廷焚坑，学术中绝。而《汲冢纪年》亦尽于魏襄王，以下惟有《史记》，无可互勘。如春申不韦之死、荀卿之老、邹衍之游，皆有可疑，无以详说。其他亦幽晦。较之墨翟吴起之世则显，较之惠施孟轲之世则略。此亦史料所限，无可为力者也。若夫见闻之未周，思虑之未详，智慧之所不至，功力之所未尽，进而教之，期乎方闻君子。

考辨　卷一

一　孔子生年考

孔子生年，聚讼二千年矣。《春秋公羊》《穀梁》二传，皆谓鲁襄公二十一年孔子生，司马迁《史记》，谓襄公二十二年孔子生。依前说者，贾逵《左氏解诂》服虔《左氏传解谊》边韶《老子铭》何休《公羊解诂》杨士勋《穀梁疏》王钦若《册府元龟》刘恕《通鉴外纪》胡安国《春秋传》洪兴祖《阙里系谱》黄震《黄氏日钞》马端临《文献通考》宋濂《宋学士集》胡广《四书大全》王圻《续文献通考》崔述《洙泗考信录》钱曾《读书敏求记》江永《乡党图考》《孔子年谱》及《群经补义》李锴《尚史》孔继汾《阙里文献考》钱大昕《养新录》及《三史拾遗》李惇《群经识小》孙志祖《读书脞录》蔡孔炘《孔子年谱》狄子奇《孔子编年》诸人；依后说者，杜预《左传注》陆德明《左氏音义》苏辙《古史》刘安世《元城语录》袁枢《通鉴纪事本末》孔传《东家杂记》郑樵《通志》朱熹《论语序说》吕祖谦《大事记》叶大庆《考古质疑》罗泌《路史余论》孔元措《祖庭广记》金履祥《通鉴前编》薛应旂《四书人物考》邓元锡《函史》彭大翼《山堂肆考》夏洪基《孔子年谱》吕元善《圣门志》黄宗羲《南雷文约》万斯大《礼记偶笺》马骕《绎史孔子年谱》阎若璩《困学纪闻笺》《潜邱札记》齐召南《帝王表》梁玉绳《古今人表考》《史记志疑》陈宏谋《四书考辑要》郑环《孔子年谱》《孔子世家考》成蓉镜《经义骈枝》孔广牧《先圣生卒年月考》诸人。详见孔广牧《先圣生卒年月考》。韩非有言："郑人有相与争年者，一人曰：'吾与尧同年。'其一人曰：'吾与黄帝之兄同年。'讼此而不决，以后息者为胜耳。"《外储说左上》若孔子生年，殆亦将以后息者为胜。余兹姑取后说，近人俞樾、刘师培从前说，最近崔适《史记探源》从后说。至于详考确论，不徒不可能，抑且无所用。

今谓孔子生前一年或后一年，此仅属孔子私人之年寿，与世运之升降，史迹之转换，人物之进退，学术之流变，无足重轻如毫发。而后人于此，月之日之，考论不厌其详。而他学者，如老庄，如杨墨，则人之有无，世之先后，年之夭寿，茫不加察，晦沦终古，是乌足当知人论世之实哉？今所考论，一以确有援据而有关大体者为断。至于细节，则略勿致辨，以避劳而且拙之讥。

二　孔子为委吏乘田考

孟子曰："孔子尝为委吏矣，曰会计当而已矣；尝为乘田矣，曰牛羊茁壮长而已矣。"《史记·孔子世家》作："尝为季氏史，料量平；尝为司职吏，畜息蕃。"司职者，毛大可《四书改错》云："《周礼》牛人有职人，主刍豢者。职通作'樴'，杙也，所以系牛。又名乘田者，以公牛刍豢，皆甸田中事也。"古"乘"与"甸"通。季氏史，《索隐》云："有本作'委吏'。"赵岐曰："委吏，主委积仓库之吏。"崔述《洙泗考信录》云："委、季、吏、史四字相似故误，后人又妄加'氏'字耳。《阙里志·年谱》云：二十岁为委吏，二十一岁为乘田吏，殊无明据。大抵在郯子来鲁之先，否则不能自通于国君也。"今按：旧说定孔子始仕年二十者，由《索隐》引《家语》孔子年十九娶于宋之开官氏，一岁而生伯鱼。伯鱼之生，鲁昭公以鲤鱼赐。始仕通贽，君赐及之，故疑在是年。若以非此则不能自通于国君为说，而赐鱼之说非虚，则崔意。与旧说，其可信之程度正相类耳。《左传》昭公十七年郯子来，时孔子年二十七。孔子仕定在此前，则似可信。

三　孟懿子南宫敬叔学礼孔子考　附　南宫敬叔南容非一人辨

《世家》："孔子年十七，孟釐子卒，懿子及南宫敬叔往学礼焉。"崔述云："《春秋传》此文在昭公七年，按：今《史记》鲁楚两《世家》及《年表》，并误在昭公八年。由襄公二十二年递推之，则孔子至是当年十七。然孟僖子之卒，实在昭公二十四年。《传》但因七年孟僖子至自楚，病不能相礼，而终言其事。《世家》以为本年之事，误矣。懿子、敬叔生于昭公之十一年，杜《注》云："似双生。"当七年时，二子固犹未生，安得有学礼之事？《阙里志·年谱》亦载此事于十七岁，则作《年谱》者，但采《史记》诸子之文，缀辑成书，而初非有所传也明矣。学者乃以《年谱》为据，何其不思之甚也？"梁玉绳《史记志疑》亦云："此是史公疏处。《索隐》《古史》并纠其误。"今按：是年孔子实三十四岁也。又考《左传》昭公二十年："卫齐豹杀孟絷，宗鲁死之。琴张将往吊，仲尼曰：'齐豹之盗，而孟絷之贼，女何吊焉？'"时孔子年三十，琴张盖已从游。孔子自称三十而立，其收徒设教，或者亦始于是时耶？

又按：王世懋曰："《史记·孔子弟子传》，南宫适字子容，而述《论语》两条以实之，初未言孟僖子之子，孟懿子之兄也。而《索隐注》遽云：'是孟僖子之子仲孙阅。'《论语注》遽云：'谥敬叔，孟懿子之兄。'适见《家语》，一名縚，已有二名，《左传》必属说与何忌于夫子，《索隐》又云仲孙阅，是又二名，岂有一人而四名者乎？孔子在鲁，族姓颇微，敬叔公族元士，从孔子时定已娶矣，孔子岂得以兄子妻之？《礼记》，敬叔载宝而朝，孔子曰：‘丧不如速贫之为愈也。’若而人，岂能抑权力而伸有德，谨言语而不废于有道之邦耶？”阎百诗曰：“南容名适，一名绦，与敬叔名说，载宝而朝者，当是二人。”

四　孔子与南宫敬叔适周问礼老子辨

阎若璩《四书释地续》云：“《孔子世家》载适周问礼于老子，在昭公之二十年，而孔子年三十。《庄子》云：‘孔子年五十一，南见老聃。’是为定公九年。《水经注》云：‘孔子年十七适周。’是为昭公七年。《索隐》谓：孟僖子卒，南宫敬叔始事孔子，实敬叔言于鲁君，而得适周，则又为昭公之二十四年。是四说者宜何从？余曰：其昭公二十四年乎？盖《曾子问》孔子曰：‘昔者吾从老聃助葬于巷党，及堩，日有食之。’惟昭公二十四年夏五月乙未朔，日有食之，恰入食限，此即孔子从老聃问礼时也。他若昭二十年、定九年，皆不日食。昭七年，虽日食，亦恰入食限，而敬叔尚未从孔子游，何由适周？”冯景《解舂集》驳之曰：“《春秋》昭公世凡七日食，不止二十四年。且二十四年二月，僖子卒，五月日食，则此时僖子甫葬，敬叔方在虞祭卒哭之时，焉能与孔子适周？”毛奇龄《毛氏经问》十二驳阎说同。梁氏《志疑》云：“敬叔生于昭十一年。当昭七年，孔子年十七时，不但敬叔未从游，且未生也。若昭二十四年，孔子三十四时，不但僖子方卒，敬叔未能出门从师。且生才十四岁，恐亦未见于君，未能至周。而明年昭公即孙于齐，安所得鲁君请之？此皆当缺疑之事。必欲求其年，则《庄子》五十一之说，庶几近之。”今按：孔子适周问礼于老聃，其事不见于《论语》《孟子》。《史记》所载，盖袭自《庄子》。而《庄子》寓言十九，固不可信。后人必信为真者，徒以有《曾子问》“从老聃助葬”“日食”诸语为之旁证故也。然其事若断为在定公之九年，其年既无日食，则《曾子问》所载为虚。而孔子适周之事，益见其不足信矣。阎氏所举四说，云《史记》载适周在昭公之二十年者。《史记》特叙孔子适周事于昭七年后，二十年前，含混其辞，未尝实指为在昭之二十年也。此自是阎说之误。《水经注》按：此引皇甫谧《高士传》。十七适周之语，特以史载孟僖子之死在孔子十七年下，遂从而为之说，错谬益不可信。昭公二十四年之说，既具如诸家之驳。且《索隐》但解僖子之死与使其子学礼在二十四年，亦何曾谓二十四年适周问礼？此皆由误读古书而来。毛氏《经问》辨此颇详。至《庄子》五十一之说，则又与《礼记》相舛。何说而必以《庄子》之寓言十九者为可信？郑环《孔子世家考》谓：“定公九年，孔子为中都宰，无籍敬叔之请车，而亦无暇适周矣。”是五十一之说，又难凭也。即诸说之自相矛盾，亦足见其事之非信史矣。孔广森《经学卮言》又定孔子适周在定公之三年，其说曰：“子在周时，《家语》有刘文公论圣人之语。定公四年，文公即卒。元、二两年，未没昭公之丧，访乐苌宏，又非攸宜。前后推校，则适周其在定之三年欤？”然《家语》为王肃伪书，其言非可征信。则定公三年之说，亦复非也。林春溥《孔子世家补订》亦疑刘文公以定四年卒，则适周当在定二、三年。然又以与《庄子》冲突，疑《孔丛》伪托非实。良以《孔丛》《家语》，其可信之价值，尤在《庄子》下也。

且孔子适周见老聃问礼一事，又不徒其年岁之无考而已也。汪中《老子考异》曾列举三疑，谓：“老子言行，今见于《曾子问》者凡四，是孔子之所从学者可信也。夫助葬而遇日食，然且以见星为嫌，止柩以听变，其谨于礼也如是。至其书，则曰礼者忠信之薄而乱之首也。下殇之葬，称引周召史佚，其尊信前哲也如是。而其书，则曰圣人不死，大盗不止。彼此乖违甚矣。故郑玄注谓古寿考之称，黄东发《日钞》亦疑之，而皆无以辅其说。其疑一也。本传云：'老子楚苦县厉乡曲仁里人也。'又云：'周守藏室之史也。'按：周室既东，辛有入晋《左传》昭二十年司马适秦，《太史公自序》史角在鲁。《吕氏春秋·当染篇》王官之族，或流播于四方。列国之产，惟晋悼尝仕于周，其他固无闻焉。况楚之于周，声教中阻，又非鲁郑之比。且古之典籍旧闻，惟在瞽史，其人并世官宿业，羁旅无所置其身。其疑二也。本传又云：老子隐君子也。身为王官，不可谓隐。其疑三也。"今按：汪氏疑楚人隐者不为周史，是也。顾余谓《戴记》出于晚世，其语亦何可信？《论语》孔子言礼，皆关君臣名分，国政大体，绝不拘牵小节。曾子亦云："俎豆之事，则有司存。"与《曾子问》所记四事皆不类。则不徒史传可疑，即《戴记》亦虚造。盖出后世小儒，转袭孔子问礼老聃之语而假托其事。汪氏必谓孔子之所从学可信，亦非也。《论语·述而篇》"窃比于我老彭"，《包注》："老彭，殷大夫，好述古事。"《集注》本之。王弼则云："老，老聃；彭，彭祖。"何义门曰："老聃之生在彭后，不应反居其上。"翟晴江曰："《大戴礼》孔子云：昔商老彭及仲傀，政之教大夫，官之教士，技之教庶人，此最足明圣人窃比之意。孙奕读彭为旁，旁侧也，谓欲自比于老子之侧，盖谦也。强生异端，穿凿无理。"崔东壁亦云："《论语》不载老子。"（互见《考辨》第七二）推此言之，则《戴记》之不可信益显。

抑余犹有辨者：《庄子》云："孔子南之沛，见老聃。"则固非适周。后人混而论之，亦非也。南荣趎见老子，亦南行七日七夜而至。则《庄子》书中之老子，固一南方之隐者。惟《天道篇》谓："孔子西藏书于周室，见老聃，翻十二经以说。"此则汉人之语。何者？藏书乃秦人焚书以后乃有此想。姚鼐云："谓圣人知有秦火而预藏之，所谓藏之名山。"十二经乃六经六纬，皆非战国时所有。则明非庄子时书。《庄子》书中舍此固不见老聃居周为守藏室之史也。且本篇又云老聃免而归居，则孔子虽欲西至周，而仍见老聃于沛耳。《寓言篇》云："阳子居南之沛，老聃西游于秦，邀于郊，至于梁而遇老子。"此已言老聃适秦。然谓径自沛往，非以周史官隐也。《养生主》云："老聃死，秦佚吊之。"则亦未尝谓其出关而隐，莫知所终矣。史公《老子传》虽本《庄子》，已远非《庄子》原书之本相。此必史公旁采他书，混为一谈，窃恐老子为周守藏史之说或犹出《庄子》之后也。凡言孔子师老聃，似皆出《庄子》后。《墨子·所染》与《吕览·当染》大体相袭。然《吕览》有"孔子学于老聃"语，《墨子·所染》无之。疑《所染》较先出，故尚未知有孔子师老聃。《荀子》《韩非》则亦屡言及老聃矣。

又按：《春秋左氏传序》，《正义》引沈氏云："《严氏春秋》引《家语·观周篇》云：'孔子将修《春秋》，与左丘明乘，如周，观书于周史，归而修《春秋》之经，丘明为之传，共相表里。'"所引与今《家语·观周篇》文不同。臧琳《经义杂记》谓此乃真《家语》文。刘逢禄《左氏春秋考证》辨之云："严彭祖《公羊》经师，妄语，何也？或章帝令贾逵自选严颜高才生二十人，教以《左氏》，禄利之途使然。"贾逵亦在王肃伪造《家语》前。刘氏必谓此说尚出肃后，则无证。是汉时《家语》自有此说。然则初本谓孔子适周，乃为修《春秋》而观书，与左丘明偕。其信否且勿论，而一事两传，遂谓孔子与南宫敬叔往见老子也。此犹如庄周本谓孔子问道于老聃，而后人又以为问礼矣。《韩诗外传》三、《说苑敬慎》皆谓孔子适周，于太庙见欹器，而《荀子·宥坐》及《淮南子》均谓在鲁桓公之庙。足征传说递变，初不谓其适周者，浸假而遂以为适周。初不谓其见老子，浸假亦遂以为见老子也。

《史记·十二诸侯年表序》："孔子明王道，干七十余君，莫能用，故西观周室，论史记旧闻，兴于鲁而次《春秋》。"此亦谓孔子如周为修《春秋》，然未言在何年。林春溥《孔子世家补订》乃谓："《春秋》哀公十四年五月庚申朔，日有食之，盖孔子是年复适周。《曾子问》'从老聃助葬'，应在此时。"不悟鲁哀十四年，西狩获麟，乃孔子《春秋》绝笔之岁，未必孔子是年始有志作《春秋》，乃往观书于周室。且是年六月，陈恒弑其君，孔子三日斋而请伐齐。时孔子已年老，岂四月五月至周，六月返鲁，为此道路之仆仆耶？《春秋说》："哀十四年春，西狩获麟，得端门之命，作《春秋》。使子夏等十四人求周史记，得百二十国宝书，九月经立。"此谓孔子使子夏等求得百二十国宝书，乃至成《春秋》，先后不逾六月，说固难信。然亦不谓孔子身至周。且纵谓孔子适周，彼其时已德尊道成，岂犹琐琐问日食小节于老聃。林氏强为比附，何也？

《世家》又云："南宫敬叔言于鲁君，请与孔子适周，鲁君与之一车两马一竖子。"崔述云："敬叔岂无车马竖子者，而必待鲁君之与之？"今按：《说苑·杂言篇》："孔子曰：'自季孙之赐我千钟而友益亲，自南宫敬叔之乘我车也而道加行。'"此亦传说，敬叔少孔子二十余岁，未必前卒，孔子何乃称其谥？此即可疑。而较近理。盖孔门弟子多出微贱，惟敬叔最为贵族。故有乘我车而道加行之说。及其传而益远，遂谓敬叔请于君，与之车马而适周矣。凡此皆足以见孔子适周见老子之为传说，非信史。

故孔子见老聃问礼，不徒其年难定，抑且其地无据，其人无征，其事不信。至其书五千言，亦断非春秋时书。此当别详，兹不具。

五　孔子适齐考

《左传》昭公二十五年，公伐季氏，不克，奔齐，鲁乱。《世家》系孔子适齐于是年乱后，是也。时孔子年三十五。《世家》又记昭公二十年，齐景公与晏婴适鲁，与孔子问答。《齐世家》云："猎鲁郊，因入鲁，与晏婴俱问鲁礼。"《年表》亦同。江永《乡党图考》辨之云："《左传》昭二十年，齐侯疥，遂痁，期而不瘳。十二月，疾瘳，而田沛。何尝有适鲁之事？岂齐侯来而《春秋》不书乎？"崔述《洙泗考信录》亦同此说。梁玉绳《史记志疑》谓为六国时人伪造，史公妄取入《史》，而所以为此说者，因是年齐侯田于沛也。今按：《世家》载孔子秦缪之对，以王霸分说，诚为战国时人语。春秋时无言王天下者。江氏诸人之辨良是。殆以孔子奔齐，臆想其预与景公晏子相识，遂误会于田沛之事而为此说耳。章太炎《春秋左传读》卷四云："知猎后入鲁问礼者，案下文云'齐侯至自田'，《传》采拾列国之史而成，凡行于国内，史不书'至'，惟入鲁故书'至'。《传》即承旧史而书之可知也。观虞人之对，历陈田礼，盖景公感此而问礼矣。史公说当得之《钞撮》《虞氏春秋》等书。"今按：谓"《传》采拾列国之史"，宁有记虞人之对，而略其入鲁问礼之理？若曰"行国内不书至"，僖四年晋献公田，六日，公至，定亦出国者耶？章说殊牵强。《左传》自有虞人陈田礼，及仲尼曰守道不如守官之语，故后人误以为景公入鲁问礼遇孔子矣。《世家》又称孔子适齐，为高昭子家臣，欲以通乎景公。《志疑》引景吏部曰："欲通齐景，不耻家臣，孔子而如是乎？且据《史》所说，孔子三十岁时，景公与晏婴适鲁，既有秦缪之对，而景公悦矣，至此又何必自辱为家臣以求通也?”今按：孔子先见景公，自不必为家臣以求通，《史》说矛盾固矣。然梁氏既疑鲁昭二十年景公未尝入鲁，又引此以驳孔子为家臣，则亦进退失据。崔述亦疑孔子无为家臣事。然孔子弟子为家臣者多矣，孔子不之禁，则孔子不耻为家臣也。且委吏、乘田，独非家臣乎？此等俱难详考，不得辄以“孔子而如是乎”之说为定。如晏子沮孔子，其语本《墨子·非儒》，固不足信。（参阅孙诒让《墨子闲诂》）然必谓晏子必不沮孔子，则同一无据，犹如谓孔子必不为家臣也。

附　晏婴卒年考

《史记·齐世家》景公四十八年，晏子卒。今按：《左传》记晏子言行，止于鲁昭二十六年，即齐景之三十二年也。《晏子春秋·外篇》第八：“晏子没十有七年，景公饮诸大夫酒。”其文又见于刘向之《说苑》。其说若可信，景公五十八年薨，晏子没，至迟当在景公四十二年前。晏子曾历事灵庄景三公，庄公被弑，晏子立于崔氏之门外，人谓崔子必杀之，崔子曰：“民之望也，舍之得民。”古人四十强而仕，其时晏子名德已高，当近四十，则其寿殆逾八十，故有相景公老而辞邑之说也。《左》襄十七年晏桓子卒，晏婴粗缞斩，苴绖带，杖菅屦，食粥，居倚庐，寝苫，枕草，其老曰：“非大夫之礼也。”曰：“唯卿为大夫。”是其时晏子已居大夫之位。自此下距崔杼弑君尚又八年，其时晏子当已过三十。以此推之，孔子适齐，晏子年逾七十矣。齐侯田于沛之年，晏子亦当六十五、六，而孔子正三十耳，此亦可证是年景公晏子适鲁与孔子问答之不可信。至晏子言行，大率见于《左传》者最为得实，今传《晏子春秋》有明袭《左氏》者，亦有袭取之《孟子》者，如“吾欲观于转附朝舞”之一章是也。其书晚出，多不可据。如谓仲尼之齐，见景公而不见晏子，子贡曰云云，不知子贡是时尚未及孔门。又有晏子使鲁，仲尼使子贡往观，不知子贡之从孔子，晏子则已卒矣。至曰：“臣闻仲尼居处惰倦，廉隅不正，则季次原宪侍；气郁而疾，志意不通，则仲由卜商侍；德不盛，行不厚，则颜回骞雍侍。”更不足辨。又谓仲尼相鲁，景公患之，晏子对以勿忧，则孔子相夹谷，晏子已先卒矣。若谓晏子即以是年卒，何以《左传》于鲁昭二十六以后，历十六年之久，更不载晏子一言一事乎？证以《晏子春秋》“没十七年”之明文，其为不可信明矣。至后人谓《晏子春秋》出于墨家，观其多载孔门事，知亦非是矣。

六　孔子自齐返鲁考

孔子居齐年数，《世家》不详。后人或谓七年，或谓一年。七年之说，《历聘纪年》主之，狄子奇《孔子编年》辨之，云：“《历聘纪年》盖误读《史记·世家》而云然。《世家》云：‘孔子遂行，反乎鲁。孔子年四十二，鲁昭公卒于乾侯。’‘年四十二’句，与下句连读，非谓反鲁时四十二岁也。”一年之说，江永《乡党图考》主之，狄子奇和之。江氏之说曰：“昭二十七年，吴季札聘上国，反于齐，子死嬴博间，而夫子往观葬，盖自鲁往观，嬴博间近鲁境也。然则在齐不过一年耳。”林春溥《孔门师弟年表后说》亦云：“嬴博在泰安县境，距齐都远，于曲阜为近。夫子观葬，盖亦自齐归鲁，途中偶遇，未必特为此行。则归鲁当在是年春可知。”又曰：“孔子于齐，接淅遂行，岂迟至八年之久？”此一年之说也。崔述则谓：“孔子归鲁，以理度之，当在定公既立之后。或至彼时去齐，或先去齐而复暂栖他国，迨定公立而后返鲁，均未可知。”然考之《世家》云：“齐大夫欲害孔子。景公曰：‘吾老矣，弗能用也。’孔子遂行，反乎鲁。”则孔子之去齐，并不以定公立而欲归鲁也。亦不见去齐后有暂栖他国之事。且其时孔子未仕于鲁，亦不必定公立而后可归。崔氏之说，纯出推想，未足信。今既他无可考，姑依江氏说。

七　孙武辨

《史记·孙吴列传》有孙武为吴将兵。《汉书·艺文志》有《吴孙子兵法》八十二篇，而本传则称十三篇。然其人与书，盖皆出后人伪托。叶水心《习学记言》辨之云：“自周之盛，至春秋，凡将兵者，必预闻国政，未有特将于外者。六国时此制始改。吴虽蛮夷，而孙武为大将，乃不为命卿，而《左氏》无传焉，可乎？故凡谓穰苴、孙武者，皆辨士妄相标指，非事实。又书论将能而君不御，春秋时固无中御之患，战国始有，而未甚。又云智将务食于敌，城濮之胜，晋人楚师，三日谷；邲之役，楚亦谷晋三日，然未有指敌以为食者。”全谢山《鲒埼亭集》又申其说云：“吴楚交兵，吴本胜，而用兵实无胜算。《左氏》内外传纪吴事颇详，绝不及孙武。即《越绝》诸书，出于汉世，亦不甚及孙子。水心疑吴原未尝有此人，而其事其书，皆纵横家之所伪为者，可以补《七略》之遗，破千古之惑。至若十三篇之言，自然出于知兵者之手。”姚姬传《惜抱轩集·读孙子》亦有发明，云：“春秋大国用兵，不过数百乘，未有兴师十万者也。况在阖庐乎？田齐三晋，既立为侯，臣乃称君曰‘主’。‘主’在春秋时，大夫称也。是书所言，皆战国事耳。其用兵法，乃秦人以虏使民法也。”章实斋《与孙渊如观察论学十规》亦谓：“《孙子》书言兴师十万，出征千里，日费千金，不得操事者七十万家。春秋用兵，未有至十万者。且阖闾用兵，前后得失，亦与孙武书大相刺谬。”余读《孙子》五校，首之以道，而后天地。此必自庄周后乃知有此。其曰：“斗众如斗寡，形名是也。”形名之语，亦起战国中晚。则《孙子》十三篇，洵非春秋时书。其人则自齐之孙膑而误，详《考辨》第八五。

八 阳虎名字考

《论语》：“阳货欲见孔子。”注：“阳货，阳虎也，季氏家臣。”邢疏：“盖名虎字货。”《孟子·滕文公篇》：“阳虎曰：‘为富，不仁矣；为仁，不富矣。’”赵注：“阳虎，鲁季氏家臣也。”又曰：“阳货欲见孔子，而恶无礼，大夫有赐于士，不得受于其家，则往拜其门。”赵注：“阳货，鲁大夫也，孔子士也。”宋翔凤《论语说义》云：“按赵意似以阳虎阳货为两人。虎既囚季孙，专鲁政，则升为公臣，岂肯尚作季氏臣？故孟子有大夫士之说。注但望文生义，未必以为两人也。”崔述《洙泗考信录》则谓：“虎乃季氏家臣，虽专政，未尝为大夫，孟子岂得称虎曰大夫，孔子岂得遂以大夫之礼尊虎?”因疑阳货阳虎之固非一人焉。今按：赵注“阳货，鲁大夫也，孔子士也”，专明礼大夫有赐于士云云之意，故不称季氏家臣，而变文曰“大夫”，并不以为两人。至家臣称大夫，亦多其证。《左》昭七年，孟僖子将死，“召其大夫曰”云云，即家臣称大夫也。阎氏《四书释地又续》、毛氏《四书剩言》论此颇详。宋崔之说皆非。

宋氏又以阳虎谓即杨朱，其说尤怪。引《盐铁论·地广篇》：“杨子曰：‘为仁不富，为富不仁。’”因谓：“西汉人称阳虎为杨子，阳、杨古字通用，疑阳虎即杨朱。《韩非·外储说左下篇》曰：‘阳虎议曰：“主贤明则悉心以事之，不肖则饰奸以试之。”逐于鲁，疑于齐，走而之赵，赵简主迎而相之。左右曰：“虎善窃人国政，何故相也?”简主曰：“阳虎务取之，我务守之。”遂执术而御之。阳虎不敢为非，以善事简主。兴主之强，几至于霸。’又曰：‘阳虎去齐走赵，简主问曰：“吾闻子善树人。”虎曰：“臣居鲁，树三人，皆为令尹。及虎抵罪于鲁，皆搜索于虎也。臣居齐，荐三人，一人得近王，一人为县令，一人为候吏。及臣得罪，近王者不见臣，县令者迎臣执缚，候吏者追臣至境上，不及而止。虎不善树人。”’虎善取，不善树人，即《孟子》杨子取为我之说也。言务取以为己，若树人则且为己害。《孟子》《韩非》之所言，正是一家之说。仁者治人，其言为富不仁，为仁不富，富者务取，为己者不为仁，亦取为我之说也。”宋氏之论如此，可谓荒诞不经之尤矣。“务取之”云者，即善窃人国之谓，与杨朱为我，风马牛不相及。“不善树人”者，《韩非》下文明明自言之，曰：“夫树柤梨橘柚者，食之则甘；树枳棘者，成而刺人。故君子慎所树。”阳虎亦自悔其树人之不善耳，岂谓凡树人皆且为己害哉？为富之与为我，其间相去，尤不可以道里计。宋氏比而同之，甚矣其不知学也！乃谓：“子居合言为朱。《虞书》‘化居’，‘化’通‘货’。疑子居为阳货字。其为虎，或为货，或为朱，盖变姓名如范蠡。”比附虽巧，弥缝虽密，要不足与议学术流变之大体矣。又以《列子·杨朱篇》记杨朱言孔子受屈于季氏，见逐于阳虎，因谓：“虎在春秋时，蒙恶声，故为杨氏学者，讳言为一人，故有此语。”此尤强说。宋氏敢为奇论，无所忌惮，虽时有所得，而妄诞者特甚。其解《述而》一节，强附于老子，殆亦阳虎杨朱之类。要之不识学术之大体，而徒比附考论于小节，则鲜有不失。宋氏特其显者也。

九　孔子五十学易辨

《论语》：“子曰：‘加我数年，五十以学《易》，可以无大过矣。’”此条解者，从来不一。《易乾凿度》云：“孔子占《易》，得《旅》，息志停读，五十，究作《十翼》。”田艺蘅《留青日札》云：“此言五十，即《乾凿度》之五十也。”是谓孔子以五十之年学《易》也。《世家》云：“孔子晚而喜《易》，序《彖》《系》《象》《说卦》《文言》。读《易》，韦编三绝，曰：‘假我数年，若是，我于《易》则彬彬矣。’”或云：“古‘五’字如‘七’，孔子晚而好《易》，故有是语。”是谓孔子以七十之年学《易》也。俞樾《续论语骈枝》云：“此当以‘加我数年’为一句，‘五十’为一句，‘以学《易》’为一句。‘五十’二字，承‘加我数年’而言，言或五或十也。”是亦取《世家》晚而喜《易》之说，而略变之也。今按：惠栋《论语古义》云：“《鲁论》‘易’为‘亦’，君子爱日以学，及时而成。五十而学，斯为晚矣。然秉烛之明，尚可寡过，此圣人之谦辞也。”陈鳣《论语古义》云：“‘五十以学’者，即蘧伯玉行年五十而知四十九年之非意也。‘亦可以无大过矣’者，即欲寡其过意也。”毛奇龄《论语稽求篇》云：“古者四十强仕，五十服官政，六十则不亲学矣。”通观诸说，《鲁论》为是。又《正义》曰：“此章孔子言其学《易》年也。加我数年，方至五十，谓四十七时也。”林春溥曰：“《正义》以为四十七时语，尝疑其无据。及读《史记》，孔子四十七岁以阳虎叛不仕，退修《诗》《书》《礼》《乐》，弟子弥众，乃知斯语之非妄。”林说见《开卷偶得》卷六。今按：孔子以五十一出宰中都，说详后。其前皆不仕。《正义》四十七时语，盖为近是。惟古者无六经之目，《易》不与《诗》《书》《礼》《乐》同科，孔子实未尝传《易》，今《十传》皆不出孔子。《世家》亦但言孔子四十七不仕而修《诗》《书》《礼》《乐》，并不及《易》。而《正义》谓言其学《易》之年，明为误矣。《世家》又谓：“孔子晚而喜《易》，序《易传》。”盖皆不足信。

一〇　公山弗扰以费畔召孔子考

《论语》：“公山弗扰以费畔召，子欲往。”此事疑者甚众。赵翼《陔余丛考》、崔述《洙泗考信录》辨之尤力。大意谓：“公山弗扰即《左传》公山不狃。据《左传》，不狃以费畔，在定公十二年。是时孔子方为司寇，主堕费之议。弗扰不肯堕，至率费人以袭鲁，岂有弗扰欲召孔子而孔子欲赴之理?”此据《左传》谓弗扰以费畔在定公十二年也。然《伪孔注论语》谓：“弗扰为季氏宰，与阳虎共执季桓子而召孔子。”阳虎执季桓子在定公五年，此以弗扰召孔子亦在定公五年也。《朱子集注》，毛奇龄《四书稽求篇》从之。《世家》云：“定公九年，阳虎不胜，奔于齐。是时孔子年五十，按：定公九年，孔子已年五十一，此误。公山不狃以费畔季氏，使人召孔子。”是谓其事在定公之九年也。江永《乡党图考》从之。狄子奇《孔子编年》引郑氏环曰：“不狃之召，当在定八年冬阳虎入讙阳关以叛之时。《史记》系之九年阳虎奔齐之后，非是。”狄氏又云：“《世家》虽系之九年，然云此时孔子年五十，仍指八年言。”则又谓其事在八年也。苏氏《古史》载《论语》以费畔，亦在八年。三说孰当且勿论，而赵崔专据十二年一说以疑《论语》，可知其未是。

赵氏又云：“《左传》定公五年，季桓子行野，公山不狃为费宰，出劳之。桓子敬之，而家臣仲梁怀弗敬。不狃乃嗾阳虎，虎逐之。是时不狃仅怒怀，而未怨季氏也。定公八年，季寤、公钽极、公山不狃皆不得志于季氏，叔孙辄无宠于叔孙氏，叔仲志又不得志于鲁，故五人因阳虎，欲去三桓，将享桓子于蒲圃而杀之。桓子以计入于孟氏，孟氏之宰公敛处父率兵败阳虎，阳虎遂逃于讙阳关以叛，季寤亦逃而出。是时不狃虽有异志，然但阴构阳虎发难，而己实坐观成败于旁。故事发之后，阳虎季寤皆逃，而不狃安然无恙，盖反形未露也。”此叙不狃事甚晰。而曰：“不狃在未叛以前召孔子，容或有之，然不得谓以费叛召。”则又泥于《论语》“以费畔召”之语，而未得其解者。夫《论语》谓以费畔召者，此着其实耳。在当时不狃之召孔子，决不以叛乱为辞也。特以孔子有名德，为世所重，欲借以收人心。阳货亦曾欲见孔子而劝之仕矣。是时不狃虽有不臣之实，而未着变叛之形，故孔子欲往而复止。盖虽季氏未及讨，而固不得谓《论语》于此不应下一“畔”字。毛大可云：“畔是谋逆，非称兵。”此说极析。崔氏又云：“使费果以九年叛，鲁何得不以兵讨之？”是皆泥文拘字之害也。惟江永《乡党图考》云：“不狃与阳虎共谋去三桓，故《论语》以谓畔，其实未尝据邑兴兵也。”斯为得之。若《论语》其为东周之语，或出孔子一时戏言，或由后人记者润饰，尤不足深辨。要之不狃可以召孔子，而孔子实未往，其事当在定公八九年之间，则斯足矣。郑环定不狃召在定八年冬，以九年春孔子为中都宰也。至其后子路主堕费，而季孙从之者，正由当时亦自知弗扰之有叛志，而惮于力征，因借堕都之名，以收削权之实，而弗扰遂终出于一叛也。翟灏《四书考异》、沈维城《论语古注集笺》，谓公山不狃以费畔，而季氏召孔子，则并句读而失之。考古者不一本情实，而先以为古人必若是必不若彼，宜其愈出而愈谬也。

一一　邓析考

《吕氏春秋·离谓篇》：“郑国多相县以书者，子产令无县书，邓析致之。子产令无致书，邓析倚之。令无穷，则邓析应之亦无穷。”又曰：“子产治郑，邓析务难之。与民之有狱者约，大狱一衣，小狱襦袴，民之献衣襦袴而学讼者不可胜数。以非为是，以是为非，是非无度，而可与不可日变。所欲胜，因胜。所欲罪，因罪。郑国大乱，民口讙哗。子产患之，于是杀邓析而戮之。民心乃服，是非乃定，法律乃行。”《列子·力命篇》亦云：“邓析操两可之说，设无穷之辞。当子产执政，作《竹刑》，郑国用之，数难子产之治。子产执而戮之，俄而诛之。”《荀子·宥坐篇》云：“子产诛邓析史付。”皆谓子产杀邓析。据《左传》昭公二十年，子产卒；定公九年，驷歂杀邓析而用其《竹刑》。前后相去二十一年，是邓析及与子产同时，而非子产所杀。杜预注《左传》谓：“邓析郑大夫，欲改郑所铸旧制，不受君命，而私造刑法，书之于竹简，故云《竹刑》。”《正义》：“昭六年，子产铸《刑书》于鼎。今邓析别造《竹刑》，明是改郑所铸旧制。若用君命遣造，则是国家法制，邓析不得独专其名。驷歂用其刑书，则其法可取，杀之不为作此书也。”今按：《左传》子产铸《刑书》，叔向谏曰：“民知争端矣。锥刀之末，将尽争之。乱狱滋丰，贿赂并行。终子之世，郑其败乎！”今邓析之所为，即是叔向之所料。是驷歂之诛邓析，正为其教讼乱制。然必子产《刑书》疏阔，故邓析得变易是非，操两可，设无穷，以取胜。亦必其《竹刑》较子产《刑书》为密，故驷歂虽诛其人，又不得不舍旧制而用其书也。俞正燮《癸巳存稿》有《邓析子跋》，云：“《列子·杨朱篇》，子产以兄朝弟穆为虑，密造邓析而谋之，邓析使诱以礼义之尊，朝穆鄙之，邓析曰：子产与真人朝穆居而不知也。疑子产所杀，当是郑国有此人，邓析收得其书，列其事指与刑鼎相难者，别条为《竹刑》，即荀子所谓‘好治怪说’者。子产卒后二十年，驷歂以他罪杀之。初子产所杀者，人不得其名，以其术尽邓析所辑书中，遂以书名其人耳。此亦臆测，聊备异见。”时晋亦有刑鼎，在鲁昭二十九年，后郑铸《刑书》二十三年，前郑用《竹刑》十二年。仲尼曰：“鼎在民矣，何以尊贵！”盖自刑之有律，而后贱民之赏罚，得不全视夫贵族之喜怒，而有所征以争。邓析之《竹刑》，殆即其所以教民为争之具，而当时之贵者，乃不得不转窃其所以为争者以为治也。此亦当时世变之一大关键也。其后不百年，魏文侯用李克，著《法经》，下传吴起商鞅，然后贵族庶民一统于法。而昔者“礼不下庶人，刑不上大夫”之制，始不可复。然鞅起皆以身殉。今邓析，其为人贤否不可知，其《竹刑》之详亦不可考。要之与鞅起异行同趣，亦当时贵族平民势力消长中一才士也。

《汉艺文志》名家有《邓析》二篇，刘向叙：“臣所储中《邓析书》四篇，臣叙书一篇，凡中外书五篇，以相校除复重，为五篇，其论无厚者言之异同，与公孙龙同类。”今按：《韩非子》云：“坚白无厚之词章，而宪令之法息。”《淮南子》亦云：“邓析巧辩而乱法。”则《邓析书》乃战国晚世桓团辨者之徒所伪托。邓析实仅有《竹刑》，未尝别自著书也。《荀子·不苟篇》：“山渊平，天地比，齐秦袭，入乎耳，出乎口，钩有须，卵有毛，是说之难持者也，而惠施邓析能之。”《非十二子篇》云：“不法先王，不是礼义，而好治怪说，玩琦辞，甚察而不惠，辩而无用，是惠施邓析也。”此证邓析之说起于晚世之辨者。云惠施邓析，犹如云陈仲史鳅，大禹墨翟，神农许行，黄帝老子。其一人为并世所实有，别一人则托古以为影射。孟子言必称尧舜，亦其例也。今传《邓析书》云：“天于人无厚也，君于民无厚也。”则更非坚白无厚之谓。《墨经上》：“厚，有所大也。”《说》云：“厚惟无所大。”《庄子·天下篇》云：“惠施曰：‘无厚不可积也，其大千里。’”有厚无厚，自与坚白同异，同为当时名家辩说主题。后有妄人，并无厚之语而不识，乃妄袭老氏天地不仁之意冒为之，则今传《邓析子》，复非战国晚世之真也。

一二　孔子仕鲁考

《世家》："昭公以孔子为中都宰，一年，四方皆则之，由中都宰为司空，由司空为大司寇。"马骕《绎史》云："诸侯三卿，曰司徒、司马、司空，鲁则三桓世为之。其司寇不在三卿之数，臧孙尝为之矣。侯国司寇，亦不称大。由司空为司寇，是由卿而大夫，进退无据。《左传》昭公葬墓道南，孔子之为司寇也，沟而合之墓。《世家》云司空时事，亦误。孔子为司空非实。"梁氏《志疑》释之曰："春秋之世，侯国多不遵三卿之制，鲁三家之外，有东门氏臧氏子叔氏，宣成时同在卿列，则亦俨然六卿矣。臧宣叔武仲皆以世卿而为司寇，此岂犹是小司寇之职乎？《史》云大司寇者，别于小司寇之下大夫也。若司空卿则孟孙世居之，孔子必是小司空。吴英曰：鲁司寇为上大夫为卿，《论语》与上大夫言，专指三桓之为三卿也。与下大夫言，即鲁司寇以下也。孔子官爵，《春秋传》《孟子》皆称司寇，《世家》之所谓大司寇，不当以古制论。《鲁语》臧文仲言于庄公，曰：'国有饥馑，卿出告籴，古之制也，辰也备卿，请如齐。'然则鲁司寇在古制为下大夫，而在当时则固为上大夫，同为卿也。西河《经问》曰：'夫子为鲁君所命，历有明据。《韩诗外传》：孔子为鲁司寇，其命辞曰："宋公之子弗甫何孙孔某，命尔为司寇。"此是命卿辞，非命大夫辞也。'此说是矣。《春秋》书卿之例，最著者莫如书'卒'，《续经》哀十六年夏四月己丑孔某卒，则哀公于孔子既卒之后，犹以卿礼待之。哀十一年《传》曰：'子为国老，待子而行。'哀公诔孔子亦曰：

'不慭遗一老。'若下大夫致仕，安得称国老、一老乎？鲁司寇为卿而非下大夫可知。阎潜邱谓孔子为司寇，实上大夫而非卿，毋乃缪欤？"今按：《檀弓》有"夫子制于中都"之语，是孔子为中都宰之证。其为司空，他书无征，盖不久即升为司寇也。崔述云："《世家》有为中都宰及司空事，皆在定公九年后。《家语》有事无年。《年谱》则云：'四十七岁定公以为中都宰，四十八岁迁司空。'按：《年谱》所云四十七岁者，为定公之五年。是年自六月以前，权在平子，六月以后，权在阳虎，定公安能自用孔子？孔子安能自行其意？鲁之乱莫甚于阳虎时，孔子于此时犹为宰与司空，亦何时不可以仕？而《论语》乃有或人'不为政'之问？阳虎威制鲁君三卿，多行不义，孔子身为卿贰，终不肯去，及桓子受女乐，乃不脱冕而行，不几轻重颠倒乎？《春秋》阳虎以八年战败，孔子以十年相定公会于夹谷，为司寇当在虎败之后，夹谷之前。"江永亦云："定五年丙申，季平子卒，桓子立。阳虎将以璠玙敛平子，仲梁怀弗与，见《左传》。而《家语》云：'孔子初为中都宰，闻之，历阶而救焉。'《年谱》遂叙宰中都于孔子四十七岁。是时阳货方张，岂夫子仕时？且阳货途中之语，又何谓耶？"因定宰中都在定公九年。其说殆是。

一三　孔子相夹谷堕三都考

孔子为鲁司寇，其政绩之大者，凡二。对外为相夹谷，对内为堕三都。夹谷之会，在定公十年。全祖望《经史问答》论之曰："夹谷之相，正孔子为卿之证。春秋时所重莫如相，凡相其君而行者，非卿不出。鲁十二公之中，自僖而下，其相君者皆三家，皆卿也。鲁之卿非公族不得任。而是时以阳虎诸人之乱，孔子遂由庶姓当国，夹谷之会，三家拱手以听，孔子俨然得充其使，是破格而用之者也。”江氏《乡党图考》云：“夹谷事以《左氏》为信，《穀梁》《史记》《家语》皆有斩侏儒事，后儒伪造也。”梁氏《志疑》云：“夹谷之会，《左》《穀》述之各异，《史》合采二传又不同。盖其事当世乐道之，后人侈论之，故其言殊。《家语》但窃二传《史记》以成文。”崔氏《考信录》辨此事尤详密，要不外据《左氏》以驳《穀梁》《史记》，以见传说之递衍而递失其真也。惟宋叶梦得《春秋谳》则并《左氏》而不信，谓其先阳货请齐师，齐不乘阳货之乱，假之以求得志，何忽以一犁弥之言，遽求劫我而幸于仓卒乎？且虽谓孔子无勇，鲁之兵尚强，纵得鲁侯，安能即求鲁？《传》又谓孔子以公退，曰士兵之。齐既方以强暴相凌，亦岂孔子能以一言而兵之？又谓孔子求反汶阳之田，盖为下书齐人来归郓讙龟阴之田故耳。今《经》不书盟，而《传》以为盟，可见其妄。盖自阳货败，鲁始用孔子，齐人知之，遂求与我平而归其侵地。《公羊》曰：“孔子行乎季孙，三月不违，齐人为是来归郓讙龟阴之田。”此言为近实。凡《左氏》《穀梁》所载，皆不足据。《左氏谳》卷九

堕都之事，在定公十二年，《世家》误在十三年。《志疑》论之云：“考《左传》侯犯以郈叛，公山不狃以费叛，郈费之堕，叔季自堕之。郈费不叛，则二氏方欲资为保障，即欲堕之，其将能乎？观围成弗克可见已。乃《左传》述此事，一若堕郈及费，皆出孔子仲由之谋。《左氏》作之，《公羊》

附之，史公信之，而三言成实，岂情也哉？《家语》袭《左传》《史记》之文，谓孔子堕三都之城，并堕成邑，误甚。宋章如愚《山堂考索》有《三家堕都辨》，以为其谋非出孔子。《滹南集·五经辨惑》云：'三山林少颖，近代名儒也。其于兵莱人、堕三都等，皆排之而不取。'可谓卓识。"今按：梁氏此论，可谓似而实非也。考古者贵能寻实证。实证之不足，乃揆之以情势，度之以事理，而会之于虚。孔子之堕三都，《左氏》言之，《公羊》又言之，《史记》又言之，三家之言，如出一辙。其为信史也，有实证矣。即舍是而揆之以情势，度之以事理，孔子非不能唱堕都之议者，季叔非决不能听孔子之说者。夫谓郈费，叔季自堕之，固也。然而围成弗克，又谁实主之耶？今详考事实，孔子堕都之议，实自郈费之叛而发。八年，阳虎作乱，费宰公山不狃隐赞之。九年，伐阳关，阳虎出奔齐，季氏犹未显讨不狃也。十年，侯犯以郈叛，乱既定，孔子乃唱堕都之议。《公羊》载其言曰："家不藏甲，邑无百雉之城。"且《论语》亦言："陪臣执国命，三世希不失。"此自是孔子平昔君君臣臣正名复礼之主张。孔子既以相夹谷见信，乘此时而言之于季孙。季孙惩于阳虎之叛，憾于不狃之诈，而听之。叔孙亦自鉴于侯犯之事而先堕郈，季孙遂继之堕费。而不狃自馁于往日之助阳虎，乃先叛以逃罪。独成宰公敛处父能臣也，始终忠于孟孙，于阳虎之乱有力焉，故孟氏信之。而惭于孔子复礼之论，又二子皆先堕，乃伪不知而隐抗命。此皆事理之甚着，情势之极显者。故谓孔子鉴于鲁之内乱而相机进言，可也。谓季孙叔孙亦鉴于私门之变，而遂信孔子之言以自堕其都，亦可也。《公羊注》："二大夫宰吏数叛，患之，以问孔子。孔子曰：'陪臣执国命，采长数叛者，坐邑有城池之固，家有甲兵之藏故也。’季孙悦其言而堕之。”此注为得当时情实矣。吴英曰：“《左氏》谓仲由为季氏宰，将堕三都，《疏》云：‘当是仲由自立此谋。’是也。孔子时为司寇，国有堕都之事，则必孔子以为是可知也。《公羊》以为计出于孔子，然堕郈堕费，实出叔季两家自患其都为叛夫之薮，孟孙亦与及焉，故皆有从堕之议。子路与之果决，孔子不过在其位谋其政，以为合于古者邑无百雉之制而可堕也。故复古即所以靖乱，而非孔子创谋以为必不可缓之急务也。”今按：吴氏此辨，盖亦以三都不果堕，而为孔子作解脱也。今尊孔子者，不详考情实，昧于因利乘势见可而动之理，若孔子凭空发此一段堕都大议论，叔季二氏皆感化于圣德，而孔子仲由遂能不藉实力，不凑机会、自有神妙作用，堕此二都，固属远于情理；而矫其谬者，因谓堕都之议，绝与孔子无涉，乃不惜蔑弃实证，视同市虎，则岂不两失之哉？此如夹谷之会，《世家》谓齐惧，归鲁侵地而谢罪，其说若未免过侈；而矫诬者因遂并排其事而不取，亦不得谓识之卓者也。即如崔述《考信录》所辨，一若齐之归地，与孔子之相，固可无涉，而全不足以为孔子功者，是亦矫枉过甚之说也。方夹谷之会，鲁为齐下，而既会之后，齐人归地。虽齐不为惧鲁之用孔子而与鲁会，而齐之归地，要不可谓非孔子折冲坛坫之功。见于《左传》者，如鲁叔孙豹、郑子产、宋向戌，即如孔子弟子子贡，皆以弱小知礼而抗强敌，以自树其国体。应对朝聘，文采斐亹，照映一世。虽后世诵者，犹有余慕。孔子相夹谷，夫亦犹之。即谓不足以尽孔子之能事，岂得抑而没之，谓与孔子无涉乎？故《左氏》所记，纵如叶梦得氏之疑而不信，要之会夹谷而孔子相，必有一段外交情节，则无从而疑者。崔氏之论，未得为适当之见也。魏禧曰：“夹谷既会，齐侯谓其臣曰：‘夫人率其君古人之道，二三子独率我入夷狄之俗，使寡人得罪于鲁侯，如之何？’晏子曰：‘小人之谢过也以文，君子之谢过也以质，君已知过，则谢之以质。’景公于是归鲁田。可知此会孔子有平仲为内主。即因《梁邱》据，亦当由平仲得之，不得草草看过，谓圣人开口半言，齐人遽服也。”此亦可备一解。然若《左氏》所记根本不可信，则魏氏之言亦仅为一种猜测尔。考古论世者，就事论事，不以己意抑扬乎其间，庶乎得古人之情实矣。又按：姚际恒《春秋通论》世无传本，余曾见其钞本之残者，亦论此事。大旨与后来《志疑》之说同。

谓："《春秋》孔子所修，《论语》孔子所作，此等事当参观始得。《论语》云：'公山弗扰以费叛召，子欲往。'则孔子之不罪弗扰可知矣。盖弗扰叛季氏，非叛鲁也。堕费之议，实由于叔孙季孙，非孔子与子路之为此谋也。弗扰以费叛，而孔子欲往，孔子岂反谋堕费，使季氏得除叛臣而即安乎？故郈叛而叔孙仲孙堕郈，费叛而仲孙堕费，皆率师以往，愤疾家臣之叛己而欲自堕之也。其堕之之意，则将以为家臣无所恃以复叛而我以安。惟孟氏之邑则异是。其宰不叛也，故孟氏不欲堕。但二氏以己邑既堕，亦欲堕孟氏之邑，乃强公使围之，此公之暗也。孟氏使其臣拒之，而成卒不得堕。"又谓："堕费之于鲁，无利而有害。三都者，固不特三家之保障，而实亦鲁之保障也。使圣贤于鲁得位行道，自必有正本澄源之计，次弟设施，岂在于纷纷毁裂其城池，以吾君相漫然尝试于叛人哉？"今按：姚氏此论，其误亦与前后诸家同，而为辨较深刻。然当知孔子欲赴弗扰之召，其意非在助弗扰以去季孙也。若谓定公围成，乃定公之暗。而孔子在当时，似并不赞三都之堕者。则彼之所谓正本澄源之计，又将若何而为设施哉？虚辨无实，不足翻前古之成案也。又按：叶梦得《春秋谳》，亦辨此事，盖自来疑此事之最早者。叶氏谓孔子欲正三家，必有其道矣，何致使仲由为之？此亦虚辨无实也。

一四　孔子行摄相事诛鲁大夫乱政者少正卯辨

《世家》："孔子行摄相事，诛鲁大夫乱政者少正卯。"摄相者，江永云："摄相乃是相礼，如夹谷相会，《论语》趋进翼如，宾退复命是也。若鲁相自是三卿，执政自是季氏。孔子是时但言之而从，《公羊》所谓行乎季孙三月不违者耳，未尝摄鲁相也。"余观《荀子·宥坐》云："孔子为鲁摄相。"《晏子春秋》云："孔子圣相。"则战国晚世，已有误以孔子为鲁相者。《史记》特承其误。崔氏《考信录》、梁氏《志疑》皆有辨。

诛少正卯，语本《荀子》，崔梁亦辨之。余谓《国策》赵威后问齐使，"於陵仲子尚存乎，何为至今不杀乎"，此为始有诛士之意。齐负郭之民有狐咺者正议，闵王斮之檀衢，《吕览·贵直篇》作“狐援”，《古今人表》作“狐爰”。乃有诛士之行。下至荀卿，乃益盛唱诛士之论。其《宥坐篇》所载汤诛尹谐以下七事，周公诛管叔为不类，子产诛邓析为误传，此外则为虚造。盖犹非荀卿之言，而出于其徒韩非李斯辈之手。《韩非》书《外储说右上》亦载太公诛华士狂矞，其所举罪状，为“不臣天子，不友诸侯，畊食掘饮，无求于人”，是即赵威后之所欲诛于仲子者也。《宥坐》之言少正卯曰：“心达而险，行僻而坚，信伪而辨，记丑而博，顺非而泽。”而《非十二子篇》亦云：“行僻而坚，饰非而好，玩奸而泽，言辩而逆，古之大禁。”则知少正卯即十二子之化身矣。荀卿先倡非十二子之论于前，其徒乃造为孔子诛少正卯之事于后，战国事如此例者甚多。至于李斯得志，乃有焚坑之祸。崔梁辨此事甚尽，顾未及于此，故为引申之。《家语》亦载此事，继以子贡进曰云云。余考子贡从游尚在后，（参读《考辨》第二九）则《家语》言复误。又荀子称“少正卯鲁之闻人，聚徒成群，小人之杰雄”，殆犹仅为一在野之学士。然观其氏少正，则又非在野之士也。至《史记》始以为大夫乱政者。崔述曰：“春秋之时，诛一大夫非易事，况以大夫而诛大夫乎？孔子得君不及子产远甚，子产犹不能诛公孙黑，况孔子耶？”专据《史记》为辨，亦未是。《尹文子·圣人篇》亦载孔子诛少正卯事，宋钘尹文接万物以别宥为始，当无取于诛杀。盖尹文在荀卿前，而书语出荀卿后矣。至首辨其事者，当为朱子。其言曰：“少正卯之事，《论语》所不载，子思孟子所不言，虽以《左氏》亦不道也。独荀况言之，是必齐鲁诸儒，愤圣人失职，故为此说，以夸其权耳。”稍次叶适《习学记言》亦辨之，亦以为出荀氏之传。

又按：《左传》驷歂杀邓析而用其《竹刑》，正值鲁定公九年，孔子为司寇之岁。岂少正卯乃由邓析误传欤？

一五　孔子去鲁适卫考

孔子去鲁，《世家》在定公十四年，《鲁世家》在十二年，《卫世家》在灵公三十八年，则当鲁定公十三年。《十二诸侯年表》鲁定公十二年孔子行，卫灵公三十八年孔子来。江永《乡党图考》谓去鲁实在十三年春，鲁郊常在春，故经不书，当以《卫世家》为正。今考《世家》又谓孔子去鲁，凡十四年而反乎鲁，孔子反鲁在哀公十一年，则去鲁正定公之十三年也。且《鲁世家》书孔子去于十二年毁三桓城，孟子不肯堕成之后，《左传》围成不克在冬十二月，知孔子去在十三年之春矣。臧庸《拜经日记》谓："鲁郊在周正首月，实夏正十一月，孔子于鲁定公冬十一月郊后去鲁，至十二月公围成弗克，孔子已去鲁矣。使十一月不去鲁，十二月围成有弗克乎？"不悟《春秋》固用周正，其说疏陋，殊无足辨。又《世家》载齐人归女乐，崔述疑之，谓："《孟子》但言不用，从而祭，膰肉不至，未尝言归女乐。且其事不书于《春秋》经，又不见于《传》，惟《论语·微子篇》有之，疑出战国策士伪撰。"翟灏《四书考异》谓："《语》《孟》俱不专于记事，各见一边，理无嫌也。"余谓孔子去鲁，亦不载于《春秋》，何论于归女乐？且《韩非》书《内储说下》亦载其事，其与《史记》所叙，虽诚有类战国策士口吻者，然孔子在当时，主复古礼以折私家之奢僭，故内则权臣抗其政，外则敌国忌其事，谗间交作，决非一端，女乐之事，何必无之耶？林春溥《孔门师弟年表后说》谓："武叔之毁仲尼，桓子之受女乐，亦当由堕都之故。盖始患家臣之强而堕之，继闻处父之言而疑之，物必先腐而后虫入焉。使桓子不疑孔子，岂女乐所能间？"刘光蕡《烟霞草堂文集》卷一《孔子周游列国说》则谓："孔子周游，为避祸，非为行道。陈氏于齐，犹季氏之于鲁。孔子用于季氏，抑私家，强公室，齐鲁近而相亲，鲁治，齐必效之，陈之谋篡齐急，故忌孔子之用鲁，为女乐以馈之，所以间孔子。孔子用于鲁，实季氏主之，故孟子见行可之仕，不曰鲁定公，而曰季桓子。用女乐以饵季氏，与为密谋，谓孔子利鲁不利季氏。季氏欲杀孔子，公不敢违。郊不致膰，即食不设箸之意。以孔子去之速，知季氏必欲杀孔子，而圣人已见其机也。孔子在外，屡发思归之叹。其出也，师已送之，曰：'夫子为罪也。'当时不罪夫子，师已何为辨其无罪？而夫子亦曰：'彼妇之口，可以出走；彼妇之谒，可以死败。'则出走为避死明矣。故其归也，必待冉有用于季氏，季氏召之而后敢归也。既信孔子而用之，不信去之可矣，曷为必欲杀之？曰：'所谓交不终兮怨长也。'且不杀孔子，无以对叔孟，更无以挟定公，三月之间使两易其政也。谓女乐之馈出自陈氏。以昭公之出，陈氏援季，简公之弑，三家庇陈知之也。"今按：两家所论，虽非的证，而颇得当时情事，抑刘辨深刻矣。又《王荆公行述》谓古之人仆仆然其身以求行道于世而曰吾以学孔子，惑矣。孔子始食于鲁，鲁乱而适齐，齐大夫欲害己则反而食于鲁，鲁受女乐不朝者三日。义不可留则乌乎之，曰卫灵公之遇贤者，庶乎其犹有礼；于是之卫，卫不可与处，于是不暇择而之曹，以适宋郑陈蔡。其志犹去卫而之曹也。老矣，遂归于鲁以卒。孔子之行如此，乌在其求行道也。孔子曰："沽之哉，沽之哉，我待价者也。"仆仆然劳其身以求行道于世，是沽也。王氏此论，颇若与刘说为近。然时人固曰知其不可而为之。孔子亦曰："天下有道，丘不与易。"斯二义者，合而观之其可也。

一六　蘧瑗史鳅考

襄公十四年卫献公之出，蘧伯玉始见于《左传》，时必名德已重，故孙宁思引以共事。最少亦当三十。后八年孔子生。《世家》哀公二年，孔子至卫，主蘧伯玉家，上距孙宁逐君，六十有七年，伯玉当在九龄外。全祖望《经史问答》本此，疑近关再出非伯玉事。崔述《洙泗考信录》则力辨孔子再至卫主伯玉家之说为妄。谓："伯玉已先卒，《论语》使人寡过之答，当在鲁昭世。"今按：二说皆无据，殊未有以见其必然者。考《吕氏春秋·召类篇》：赵简子将袭卫，使史默往觌焉，曰：“蘧伯玉为相，史鰌佐焉，孔子为客，子贡使令于君前，甚听。”简子按兵而不动。《淮南·主术训》亦云：“蘧伯玉为相，子贡往观之，曰：‘何以治国?’曰：‘以弗治治之。’”此两事皆当在定、哀世。毛奇龄《论语稽求篇》引蔡邕《称诲》云“蘧瑗保生”，则伯玉固长年。若及灵公卒岁，伯玉仅亦望百之龄，岂遽不可信？其人既老寿，又以弗治治国，盖道家之先声也。

“蘧伯玉行年六十而六十化，未尝不始于是之，而卒诎之以非也。未知今所谓是之非五十九非也。”此语见《庄子·则阳篇》。谓昔日之所谓是者，或今日之所谓非，又今日以为是者，或乃昔日之所谓非。不存成见，故曰“化”。此本非《论语》寡过意。《淮南·原道训》：“蘧伯玉年五十而知四十九年非。”此则误袭《庄子》。不惟误其年，抑且误其义。《庄子》非谓伯玉自见己非，特谓伯玉不固执己是耳。朱子又错忆《淮南》语为《庄子》语，引此二条，混而同之，以注《论语》之寡过。于是《庄子》书中之伯玉，逍遥时顺者，一变而为南宋道学家之伯玉，日惟以内讼己过为能事，若拘拘然不获一日之安矣。夫若是则乌能化？故《论语》之“欲寡其过而未能”，乃使人之谦辞，亦君子之虚心。至于《庄子》乘化，是非俱泯，则为隐几梦蝶之流。而《淮南》知非，是投老生悔，少壮全非也。此固孰为得伯玉之真乎？此层毛氏《四书改错》亦有辨。乃崔氏重蹈朱子之误，亦以《淮南》语归《庄子》，因以证伯玉之非高寿，其言曰：“庄子曰：‘蘧伯玉行年五十而知四十九年之非，行年六十而六十化。’庄子之言，固不足取信，然使伯玉固有期颐之寿，庄子必不仅以五十六十言之。”岂不疏哉？《寓言篇》亦云：“孔子行年六十而六十化。”乃又以伯玉为仲尼。且孔子年逾七十，何亦仅以六十言？以此知崔说之疏。

史鱼孔子称其直，其事迹屡见于诸子之传记。据《左传》定十三年，公叔文子与史鳅语，则二人乃同僚。襄公二十九年，季札至卫，已与蘧瑗史鳅公叔发相交。时孔子仅八岁，史鳅当已在强仕之年矣。其后四十八年，孔子至卫，得交蘧瑗史鳅，则鳅亦寿者也。崔适《史记探源》谓公叔文子卒于定十三年，此由误读《左传》，非也。又谓季札历聘之文，非当时语。以观乐与适晋说赵文子韩宣子魏献子云云，良非当时信史矣。然谓季札至卫交蘧瑗史鳅公叔发为不可信，则与疑孔子至卫不及交伯玉史鱼相类，皆无证以见其必然也。《说苑》记卫灵公问史鳅以子路子贡，是鳅固至今尚在。惟《大戴礼》《韩诗外传》有史鱼尸谏蘧伯玉事，则史鱼死在伯玉前，要之两人皆及春秋之晚世，而史鳅之名，尤盛于伯玉。《庄子·胠箧篇》云："削曾史之行，钳杨墨之口。"《荀子·非十二子篇》以史鳅陈仲并列。《不苟篇》云："田仲史鳅不如盗。"意史鳅在战国世，必负盛誉，故庄荀之言有此。战国学者，好为托古。有托之远者，如墨翟言大禹、孟子言尧舜、许行言神农之类是也。有托之近者，如法家有管子、名家有邓析、兵家有孙武、道家有老子、墨家有晏子之类是也。此外如太子晋苌宏师旷尾生高介之推之俦，为后世称道者，何可胜数？而春秋晚世诸贤为尤盛，史鱼亦其一矣。年往事湮，信否莫辨。亦惟以考古之当慎，与阙疑之不可免，而置之可也。

一七　孔子畏匡乃过蒲一事之误传与阳虎无涉辨

《世家》："孔子适卫。居顷之，或谮孔子，孔子恐获罪焉，居十月，去卫，过匡。匡人拘孔子。孔子去匡，即过蒲。月余，反乎卫。”又曰：“孔子去陈过蒲，会公叔氏以蒲畔，蒲人止孔子。弟子有公良孺者，以私车五乘从，斗甚疾。蒲人惧，出孔子东门。孔子遂适卫。”今按：《世家》文字，前后多错。如两叙过蒲，实为一事，非有去陈复过蒲也。孔广森《经学卮言》亦主错简之说，惟其排比推论，亦多误，兹不详辨。考之《左传》，定公十四年春，卫侯逐公叔戌与其党，故赵阳奔宋，戌来奔。《世家》“公叔氏畔”，殆指此。孔子以定公十三年春去鲁适卫，居十月而去，过匡过蒲，适遭公叔氏之畔，核其年月，正复相当。《集解》徐广曰：“长垣县有匡城，蒲乡。”《正义》：“《括地志》故蒲城在滑州匡城县北十五里，匡城本汉长垣县。”是匡蒲近在一处。去匡过蒲，稽其地位，亦复相接。然何以于同时同地，连罹两厄，而《论语》惟及匡事，绝不言蒲难？以余考之，匡蒲之难，盖本一事。今《世家》所载孔子畏匡事，盖出后世误传，不足信也。

《世家》之言曰：“孔子过匡，颜克为仆，以其策指之曰：‘昔吾入此，由彼缺也。’匡人闻之，以为鲁之阳虎。阳虎尝暴匡人，匡人于是遂止孔子。孔子状类阳虎，拘焉。五日，使从者为宁武子臣于卫，然后得去。”崔述辨之曰：“孔子在鲁为司寇，居卫见礼于其君。其去也，道路之人，当悉知之。不得因刻一言，而遂误以为虎。况拘之五日，亦当出一言以相诘，乃竟不知其非阳虎，岂人情耶？匡人欲杀孔子，斯杀之矣。如不欲杀，斯释之矣。拘之五日，欲奚为者？而宁武子之卒，至是已百余年。武子仕卫，在僖文之世，成二年，武子之子相，将兵侵齐，其时武子非老即死，自此下至孔子来卫，尚九十余年。宁氏之亡，亦数十年。宁氏亡在襄二十七年。从者将欲为谁臣乎？此其为说至陋，皆必无之事，而世咸信之，其亦异矣！”

且《论语》记匡事凡有两章。一则曰："子畏于匡，曰：'文王既没，文不在兹乎？天之将丧斯文也，后死者不得与于斯文也。天之未丧斯文也，匡人其如予何？'"推其文义，与《史记》所载畏匡事绝不类。夫使匡人误以孔子为阳虎而拘之，则一言而解耳，亦非可以为匡人罪也，孔子何以言之如此？其又一章曰："子畏于匡，颜渊后，子曰：'吾以女为死矣！'曰：'子在，回何敢死！'"此亦与《史记》载畏匡事不类。崔述辨之曰："匡人果拘孔子五日而免之，则颜渊当同拘而同免。匡人果围孔子，曲三终而解去，此《家语》说。则颜渊当同围而同解。何以《论语》云'颜渊后'乎？"又《史记·仲尼弟子列传》无颜刻，但有颜高。王应麟《困学纪闻》六谓即颜刻，惠栋《九经古义》、王引之《春秋名字解诂》并主此说。《解诂》云："高乃亭之讹。（亭隶作克）亭、刻同声，古字通用，《论语·宪问篇》克伐怨欲，马注：'克，好胜人也，意与骄相似，故字子骄。'"然《左传》高鹚阳州，在定公八年，何以十四年尚能御孔子过匡？全谢山《经史问答》云："厚斋先生考古最核，独以颜克即颜高，稍不审。颜高少孔子五十岁，见于《家语》，然则生于定公八年。阳州之役，盖别是一颜高也。独是《史记》《家语》之年，亦多不可信者。若以少孔子五十岁计，过匡之岁，定公之十四年也，颜高亦止七岁，凡此皆无从审正。惟不问其生年，但以其死定八年鹚阳州，而何以十四年尚能御孔子过匡，是则厚斋之疏也。"余谓全氏若疑及《史记》畏匡之非信史，则不为此辨矣。《仲尼弟子传正义》云："孔子在卫，南子招夫子为次乘过市，颜高为御。"《志疑》云："王肃妄以刻之为仆过匡，撮合于在卫为次乘之仆，张守节误据之。"则知《史记》叙孔子畏匡事，不必为信史也。善乎王鏊之言曰："匡人遭阳虎之暴，识虎必真，不应以貌似而误围夫子。夫子亦必明言非虎，不应托言斯文以自免。其曰'子畏'，恐有他说。"

则《论语》之所谓"子畏于匡"者，其事果何如乎？曰：

以今考之，殆即，《世家》过蒲之事也。所谓“为宁武子家臣”者，徐坚《初学记》引《左传》注云：“蒲，宁殖邑也。”此注今无考，或当是贾服旧注。《春秋大事表》亦云：“宁殖以蒲出献公，宁氏诛，继受蒲者为公叔氏。”余疑孔子过蒲，公叔氏方畔，止孔子，不可，强盟而出之。后人误以公叔氏为宁氏，盖以其同为蒲邑之主也。于是孔子以要盟于公叔氏而得脱者，遂谓其使从者为宁武子家臣也。然则以宁武子一人之误传，不益足以证明畏匡过蒲之为一事耶？

余又考春秋名匡邑者非一地。顾栋高《春秋大事表》云：“文元年卫孔达侵郑，取绵訾及匡。杜注：‘匡在颍川新汲县东北。’今陈州扶沟县西有匡城。定六年侵郑取匡，此郑国之匡也。在今开封府洧川县东南。僖十五年诸侯盟于牡邱，遂次于匡。杜注：‘匡在陈留长垣县西南。’《论语》‘子畏于匡’即此。《史记》孔子自匡至蒲，今俱在直隶大名府长垣县境。”如顾氏说，则孔子畏匡，与阳虎暴匡，并非一地。然顾氏特据杜注分说。江永《春秋地名考实》则谓：“文元年之匡，亦在长垣，不在扶沟。”梁玉绳《史记志疑》则谓：“杜注陈留长垣县西南，与颍川新汲县东北，二县相近，疑匡是一地而分属。”按之地图，梁说颇疏，未可信。周柄中《四书典故辨正》云：“郑之匡，在今开封府洧川县东北，去蒲甚远，距陈已近，孔子何得又过蒲返卫？蒲为今大名府长垣县治，卫之匡在县西南十五里。《左氏》文八年，晋使解扬归匡戚之田于卫。杜注：‘匡本卫邑，中属郑，今晋令郑还卫。’以此推之，知匡既还卫，后又属郑。定六年所取郑地，实卫地也。”毛奇龄《四书改错》云：“《左氏》定六年，公侵郑取匡，时阳虎实帅师，令皆由虎出，故虎得暴匡。”

由此说之，则定六年鲁人取匡，亦在长垣。阳虎之所暴，即孔子之所过也。然则孔子过匡，自招公叔氏之要盟，而特以其邑乃往者阳虎之所暴，故遂误传而为匡人以孔子为阳虎而见围耶？

畏匡之事，《论语》以下，又见于《庄子·秋水篇》。其文曰："孔子游于匡，宋人围之数匝，而弦歌不辍。无几何，将甲者进辞曰：'以为阳虎也，故围之，今非也，请辞而退。'"《庄子》书本寓言，无据，此记畏匡事尤多误。以畏匡与微服过宋相混，因谓宋人围之，一误也。又牵涉于阳虎，不知阳虎与宋人无涉，二误也。然亦仅谓匡人误以为阳虎，非谓孔子貌似阳虎也。至《史记》乃有颜克为仆，孔子状类阳虎之说。夫孟子但谓游夏子张以有若似圣人，而《弟子列传》亦竟谓有子状似孔子，则何貌似孔子者之多？至《韩诗外传》又别生匡简子之名，益下而益详，要之与《论语》之言不符。今匡简子亦无考，余疑乃涉赵简子而误也。

《世家》云："孔子不用于卫，将西见赵简子，闻窦鸣犊舜华之死而返。"此事崔述亦辨之曰："赵鞅弱王室，侮诸侯，而叛其君。春秋大夫罪，未有大于鞅者。孔子何取，而欲见之？晋大夫见于《传》者多矣，即赵氏家臣董安于尹铎邮无恤之伦，皆得以才见于《传》。窦鸣犊舜华果贤大夫，传记何为悉遗之？且鞅，卫之仇雠，孔子无故去卫而往见其雠，不遂而复反乎卫，亦何异于朝秦暮楚者？则其事之为无据，必矣。"余考蒲，春秋时在河南，地与晋邻。《左传》昭公二十五年，卫侯辄出奔，将适蒲。拳弥曰："晋无信，不可。"杜《注》："蒲近晋邑。"《世家》亦言："蒲，卫之所以待晋楚也。"孔子实至蒲而返卫，此后世所由有孔子将至晋，临河不济之说也。赵简子杀窦鸣犊舜华，其传说亦应与简子欲杀阳虎有关。

《世家》又云："孔子行，佛肸为中牟宰，赵简子攻范中行，伐中牟。佛肸畔，使人召孔子，孔子欲往。"《论语正义》："中牟为范中行邑，佛肸是范中行之臣，于时为中牟宰，而赵简子伐之，故佛肸即据中牟以畔。《左》哀五年《传》，夏，赵鞅伐卫，范氏之故也，遂围中牟。此即简子伐中牟之事。然则佛肸之召孔子，当在哀五年无疑。"今按：哀五年孔子在陈，详《考辨》第一八。何有佛肸远召孔子，而孔子欲往之事？此亦虚也。《索隐》云："此中牟当在河北，非郑之中牟。"《正义》："荡阴县西有牟山，中牟盖在其山之侧。今河南彰德府汤阴县西有中牟城，在牟山下，正当卫走邯郸之道。"据此中牟正在晋卫边境，与匡蒲亦近。而考《左传》定十三年秋七月，范氏中行氏伐赵氏之宫，赵鞅奔晋阳。至冬十一月，晋荀寅士吉射奔朝歌。赵氏与范中行氏之争始此。孔子以鲁定十三年春去鲁至卫，居十月而至匡蒲，正值其时，故或谓佛肸以中牟畔召，或谓孔子欲见赵简子，皆其时也。佛肸畔在鲁哀五年，而此云佛肸以中牟畔者，如公山不狃畔在鲁定公十二年，其召孔子在八年，而《论语》称以费畔召，情事正相类。故余定佛肸召与孔子欲见赵简子，亦为一事两传，或并两无其事。其传说之源，则自孔子过匡蒲而起。而孔子过匡蒲，则其时当鲁定公十三年冬，或十四年之春也。今《世家》既分叙四事，又散列前后，遂使后之读者，茫不见其真际。崔氏之辨，有见其误，未见其所以误，崔述又以过蒲为自陈返卫时，以蒲在卫西，匡在卫南，佛肸之畔在赵襄子时，考核均未精惬。而一概抹杀，以为谬悠之谈，全无根极，亦不足以发明其底里矣。

一八　越句践元年考

《国语·越语下》："越王句践即位三年，而欲伐吴。"韦昭注："句践三年，鲁哀公之元年。"杜预《春秋世族谱》："越王元年，鲁定公之十四年也。"《左传》宣公十八年《正义》引。今按：《史记·越世家》："句践元年，吴王阖庐闻允常死，乃兴师伐越。"《索隐》曰："事在《左传》定公十四年。"然则允常即以是年卒，句践即以是年立，韦注即以句践立年为元年也。《通鉴外纪目录》《皇王大纪》《通鉴前编》，皆以周敬王二十三年允常卒，特据句践元推前一岁言之，初非别有据，不知古人庸可即其立年称元年也。《越世家》又云："句践与范蠡入宦于吴，三年而吴人遣之。"韦注："句践以鲁哀元年栖会稽，吴与之平而去之。句践改修国政，然后卑事夫差，在吴三年而吴人遣之，此则鲁哀五年也。"《吴越春秋》第八云："越王句践臣吴，至归越，句践七年。"注："《国语》当鲁哀公五年，是为句践七年，正与此合。此书于句践五年书入吴事，至是归国首尾三年也。"《越世家索隐》引《纪年》："晋出公十年十一月，於粤子句践卒。"则为句践之三十二年。

又按：《左传》哀二十年越围吴，二十二年灭吴，为句践二十四年，盖亦首尾三年。故《越语》曰："居军三年，吴师自溃。"《越世家》云："留围之三年，吴师败。"均与《左传》合。《吴越春秋》系之句践二十一年，盖误以鲁哀二十年越围吴为句践之二十年，又云"围吴守一年"，故遂为句践二十一年也。越句践栖会稽，至其围吴，适二十年。故曰："十年生聚，十年教训。"

又《左传》哀公二十四年公如越，二十七年又如越，而卒。《吴越春秋》系哀公奔越事于句践之二十四年，是又误以鲁哀年为句践年也。其事遂前后相差五年。下又云：“二十七年冬，句践卒。”例推亦当隔五年，则仍是三十二年卒矣。今《吴越春秋》又于二十六年书哀公来奔，与二十四年语大同小异，疑是后人见其误而妄增入之者。又叙越起琅邪观台于句践之二十五年，考今本《纪年》越徙琅邪在晋出公七年，即鲁哀公卒岁。而翌年越在琅邪大起观台，亦适合。此亦可证“二十六年哀公来奔”一条，实后人别自增入也。然则《吴越春秋》一书，虽浅妄多误，固亦可据以推说其致误之由来，与其未误之真相矣。

一九　孔子去卫适陈在鲁哀公二年卫灵公卒岁非鲁定公卒岁辨

《世家》记孔子去卫适陈事最凌杂，崔述辨之曰：“《世家》孔子于卫灵公时，凡四去卫而再适陈，其二皆未出境而返。其初适陈，以定公之卒岁，乃定公十五年，适宋，遭司马之难，至陈，主司城贞子，盖本之《孟子》。其再适陈，以灵公卒之春，乃鲁哀公二年，而误以为三年，因灵公问陈而遂行，盖本之《论语》。按：《论》《孟》所记，乃一时事。《论语》记其去卫之故，《孟子》叙其道路所经，与在陈所主，非再去也。《世家》误分为二，其谬一也。《论语》云：‘子在陈曰：“归欤！归欤！吾党之小子狂简。”’《孟子》云：‘孔子在陈，曰：“盍归乎来！吾党之士狂简。”’此亦一时之语，而所传异辞，史家亦分以为二，遂谓孔子凡两发叹，一属之初至，一属之再至，其谬二也。此条《索隐》《绎史》均辨之。过匡之役，未出境也，无故而反。临河之役，无故而去，亦未出境而复反。去就苟然，仆仆道途而不惮其烦，其谬三也。且《世家》以定十四年适卫，而《年表》已于是年至陈。《世家》以定十五年遭宋桓魋之难，而《年表》乃在哀之三年。《世家》以哀六年再反卫，而《年表》乃在十年。《世家》自陈反卫、自卫复至陈之事，《年表》皆无之。即其所自为说，已自改之，而学者反皆遵之，甚不可解也。”崔辨如此，足以破千古之迷矣。又云：“孔子去卫之年，虽无可考，然卫灵以哀二年夏卒，则孔子去，非定之末即哀之初，所谓鲁定公卒之年去卫者近是。”则立说犹疏，未见所以为去取之故。以余考之，孔子去卫，当在卫灵卒岁，请举十证以明之。

《年表》宋景公二十五年，孔子过宋，桓魋恶之，《宋世家》亦同。孔子以前岁去卫，今年过宋，前后适合。若于鲁定公卒岁已去卫，何缘至是始过宋乎？此一证也。《志疑》谓过宋在景公二十二年，臧庸《拜经文集·上钱晓征书》谓在二十三年，皆据孔子在鲁定卒岁去卫为说，故改易过宋之年以就之耳，其实非也。《左传》：“哀公三年夏五月辛卯，司铎火。火逾公宫，桓僖灾。孔子在陈闻火，曰：‘其桓僖乎。’”是孔子哀三年夏在陈。盖以是年过宋而至陈，年亦适合，二也。其后孔子以鲁哀六年自陈避兵适蔡，即自蔡返卫，详《考辨》第二二及二四。在陈不出三年。若自鲁定公卒岁去卫，则至鲁哀六年返卫，在陈将逾五年。孔子自言之，曰：“从我于陈蔡者，皆不及门也。”郑玄云：“不及仕进之门。”故孟子亦云：“君子之厄于陈蔡之间，无上下之交也。”则孔子之在陈蔡，不比其在鲁卫，何以留滞如此之久？此不可信，三也。孔子至卫，卫灵公禄之如鲁，其敬事孔子至矣，孔子又称卫之多贤。若以定公卒岁即去，则去卫何其速，留陈何其久？不可信，四也。且《世家》云："孔子去卫适曹，是岁鲁定公卒，孔子去曹适宋。"去卫适曹，去曹适宋，文本一贯，何以中间横插"是岁鲁定公卒"一语？此不似《史记》原文。可疑，五也。余谓后人妄添此句，正缘妄据《孟子》"未有终三年淹"一语而然。自定公十三年孔子至卫，至十五年恰及三年，故谓孔子于是年去卫矣。又《世家》云："孔子遂行，复如陈。夏，卫灵公卒。六月，赵鞅内太子蒯聩于戚。冬，蔡迁于州来。是岁，鲁哀公三年，而孔子年六十矣。齐助卫围戚。夏，鲁桓厘庙燔。秋，季桓子病。"《史记探源》云："案《春秋》，'蔡迁于州来'以上，皆在哀公二年；'齐助卫围戚'以下，乃在三年。此文是岁以上有阙文，本不谓一年之事。故上文已言冬，下文复云夏秋也。"《志疑》云："是岁当作明岁。"以下文"是岁也，孔子年六十三，而鲁哀公六年也"之例，知其非是。崔述云："乃鲁哀公二年而误以为三年。"尤失之。余谓上文"孔子去卫适曹，去曹适宋，遂至陈，主司城贞子家"一节，正当在此。以后人妄疑孔子于鲁定卒岁先已去卫适陈，移之于前，又妄为增窜，遂使今《世家》文理缠沓，先后僢舛，不可依据，六也。《年表》孔子来陈，在陈湣公六年，尚在鲁定公卒前一年，其误不待辨。然其所以误，则亦有可得而言者。《世家》云："孔子居陈三岁，会晋楚争强，更伐陈，及吴侵陈，陈常被寇，于是孔子去陈。"自鲁哀三年孔子至陈，居三岁为哀公之六年，吴侵陈而孔子去，避兵适蔡，见叶公，年数正合。后人不知适蔡即适楚见叶公，又误谓孔子去陈至蔡，去蔡至叶，遂因孔子居陈三年，而误演为孔子居蔡三年。因误谓孔子自陈避兵，在鲁哀公元年之役，遂移《年表》孔子来陈于湣公之六年。

以其年至鲁哀元年吴伐陈，前后亦适及三年也。然与《世家》居三岁之文已不符。且孔子于鲁定公十三年至卫，十四年即来陈，尤不合。并与《世家》以鲁定公卒岁去卫之说相乖。使子长自为之，不应舛违如是。明出后人移易，痕迹凿凿，七也。《陈世家》："湣公六年，孔子适陈，吴王夫差伐陈，取三邑而去。十三年，吴复来伐陈，时孔子在陈。"按：吴伐陈，一在湣公八年，一在十三年，有《年表》可证。何尝有六年伐陈取三邑之事？此后人妄据《年表》改《世家》，谓孔子来陈，应在湣公六年，而八年吴伐陈之事，亦因误在六年也。《志疑》云："六年当作七年。"不悟吴伐陈尚在八年，此决非一二字之误。是同有后人改易之迹，八也。且《年表》之经后人妄加改易，犹有不止于是者。《世家》："孔子自楚反乎卫，是岁，孔子年六十三，而鲁哀公六年也。"今《年表》孔子自陈来卫在卫出公八年，当鲁哀公十年，与《世家》相差四年。此何以误？曰：亦误于妄增孔子居蔡之三年耳。盖孔子居于陈三年，被兵乱，而至蔡，见叶公，即以是年返卫，则为鲁哀公六年。后人不知至蔡即至叶，遂谓孔子去陈先至蔡，又三年而后至叶。于是自哀公六年至蔡，又三年而后返卫，则为鲁哀公之十年也。然则孔子来陈，今《年表》已移前四年，而孔子返卫，今《年表》又移后四年。故《索隐》疑孔子在陈凡经八年，何其久。语见《陈世家》。而据《年表》，则孔子在陈乃有十二年。此决非《史记》本来之误，而其妄为移易以致误者，又决非出于一人之手，又可得而微论者，九也。又考今《年表》，有孔子至陈去陈之年，无孔子至蔡去蔡之年，盖孔子适陈，《年表》所固有，而后人从为移易。孔子适蔡，《年表》所本无，而后人亦未为增入也。然《蔡世家》则有之，云："蔡昭侯二十六年，孔子如蔡，楚昭王伐蔡，蔡恐，告急于吴，吴因迁蔡于州来。"是孔子适蔡，尚在蔡未迁州来之前。然则其居蔡三年，又将随蔡而迁乎？其谬抑又甚矣！兹考其致误之原，亦有可得而指者。《孔子世家》云："孔子至陈，岁余，吴王夫差伐陈，取三邑而去，赵鞅伐朝歌。楚围蔡，蔡迁于吴。"后人据此，误谓孔子是时避兵乱，自陈至蔡，则在蔡未迁州来之前也。此又《史记》所载孔子行迹，多经后人妄窜，其谬误之尤易见者，十也。而余谓孔子以鲁哀三年至陈，其论证犹不止此。《孔子世家索隐》云："按：《系家》湣公十六年，孔子适陈，十三年亦在陈。"既云十六年适陈，则十三年何得先在？既云十三年在陈，则适陈不能后至十六年，其语舛误可知。按：今《年表》及《陈世家》谓孔子以湣公六年适陈，而实误前四年。余考孔子以鲁哀三年适陈，当陈湣公之十年。《索隐》引《系家》正谓湣公十年适陈，十三年亦在陈。后人既疑孔子适陈在湣公六年，妄为移易《年表》及《陈世家》文，又于此《索隐》注下妄窜六字，而旧引十字未灭，遂两存而成湣公十六年适陈也。此辨《索隐》之误，而足为孔子以鲁哀三年至陈之证者，十一也。

余读《史记·孔子世家》最芜杂无条理。其他若《年表》，若鲁卫陈蔡诸《世家》，凡及孔子，几于无事不牴牾，无语不舛违。诚如崔氏之讥，所谓自为说而自改之者。史迁虽疏，不当灭裂乃尔。盖出后人之移易增窜者多矣。考其所以有移易增窜者，则不出两误：一则误于《孟子》"未有终三年淹"之说，一则误于不知自陈至蔡之即为至叶也。于是乃有四去卫再适陈之说，复有居陈三岁居蔡三岁之说。崔氏既力辨之，而未能指陈其症结之所在，又不能详定孔子自卫适陈及在陈绝粮之年；于孔子在陈蔡一段，其模糊影响犹如故，而爬梳抉剔，未尝不足以得其误中之是。余故详为辨正，而孔子南游行迹，乃如天日之朗。盖发其阴翳于二千载之下，而与人以共见。苟有精思明辨之士，必晓然有见于吾说之非诬，而弗怪以为凿空之妄说也。

二〇　孔子去卫适陈在卫灵公卒后非卒前辨

余既考定孔子去卫在灵公之卒岁，而犹有说者：余疑孔子之去，未必在灵公卒前，而应在灵公之卒后也。何以言之？凡言孔子去卫在灵公卒前者，以《论语》"卫灵公问陈，孔子明日遂行"为据。然此事与《左传》答孔文子语大相类，而彼尤详备。崔述曰："此本一事而传闻者异也。以理度之，灵公问陈之失小，孔文子问攻太叔之失大。彼可勿行，而此则当去，彼可因所问而导之以礼，此则但当以不对拒之。窃疑《左传》为得其实。"是《论语》此章，固已不可信。《世家》据《论语》而增之，曰："明日与孔子语，见蜚鸿，仰视之，色不在孔子，孔子行。"是谓孔子并不以灵公之问陈行，而灵公乃以孔子之一对而遽衰其礼貌也。其去理益远。其他《世家》载孔子去卫之故，又曰："灵公与夫人同车，使孔子为次乘，招摇市过之，孔子丑之，去卫。"此事亦本《论语》"子见南子"章而增益之。子见南子一事，昔人自孔注以下，率多疑者。次乘过市，尤为难信。必谓孔子于灵公卒前去卫，实无的据。太史公《报任少卿书》，亦谓："卫灵公与雍渠同载，孔子适陈。"《文选注》引《家语》："孔子居卫月余，灵公与夫人同车出，令宦者雍渠参乘，使孔子为次乘，游过市。”孔子耻之，于是去卫过曹。此言适陈，未详。今按：过曹适陈，实一串事。惟谓居卫月余即去，决不可信。若果如此之决，亦不当屡去而屡返矣。故知《家语》与《世家》，实同一不可信也。孟子曰：“孔子于卫灵公，际可之仕也。”孔子至卫，已当灵公三十八年，至灵公卒，先后五年。卫多贤臣，灵公亦好贤，于孔子未必遽失礼。故余疑孔子之去，乃在灵公之卒后也。

《年表》卫灵公卒后一岁，孔子过宋，是年夏，即至陈。灵公卒在前年夏，若孔子在夏前行，何以淹滞卫曹之境，有一年之久？谓孔子以灵公卒后去，则时日适合。又《论语》有冉有子贡“问为卫君乎”一章，崔述曰：“《论语》‘为卫君’章，冉有子贡问答之辞皆似在卫之时，有所讳而不敢深言者。”又曰：“此章所称卫君，先儒皆以为出公辄，玩其辞意，良然。此章问答，当在孔子返卫之初。”余则谓此章在孔子去卫之前也。《春秋》哀二年夏，卫灵公卒，六月乙酉，晋赵鞅纳卫太子于戚，子父相抵之形已成。时孔子犹未去卫，二子之问如此，最切情事。《论语集解》引郑玄曰：“卫君谓辄，卫灵公逐太子蒯聩，公薨而立孙辄，后晋赵鞅纳蒯聩于戚，卫石曼姑帅师围之，故问其意助辄否乎。”石曼姑围戚在哀公二年春，时孔子方过宋适陈，郑氏未能详定孔子去卫之年，而漫述蒯聩辄相抗之事，故援引石曼姑围戚以明以子拒父之实。实则当晋师纳蒯聩而卫不之迎，已显有敌抗之迹，二子之问，宁必俟卫人围戚以后？然郑氏此注，犹不以此章问答为孔子返卫后事。《史记·孔子世家》于孔子返卫后仅记子路“问卫君待子为政”一节，似亦不以此章为同时语。至苏子由《古史》乃以此段问答谓在鲁哀六年孔子返卫之后，而崔述承之。不悟以子拒父，自是当时惊人一大事，且孔子与诸弟子在卫已久，于其事尤应关切。虽已去卫，而师弟子之间，岂有不相与问答讨论以定其事理之是非，而谓远在出公四五年后，孔子重返卫，乃始见询及之耶？此皆误于以孔子在卫灵卒前已去卫，故于《论语》此章，不得不系之于孔子返卫之后。今定孔子于灵公卒后始去，而此章问答，正在临去之前，若较旧说为远胜。又按：《朱子语类》：“夫子为卫君乎，若只言以子拒父，自不须疑而问。

今冉有疑夫子为卫君者，以常法言之，则辄亦义所当立者也。以辄当立，故疑夫子助之。方实问辄之逃，当在灵公薨而夫人欲立之时。曰：'然。'"是亦见此章问答当在灵公初薨，辄初立时矣。惜为旧说缠缚，未能明白辨析耳。又张文檒《螺江日记》、王崧《乐山集》皆不信夷齐让国事，对此章特创别解，然定为灵公初薨时问答，仍无害。则孔子之去卫，当在此年六月后也。又按：《论语》仪封人请见，阎氏《释地》云："孔子时，卫都濮阳，为今大名府开州。仪邑城在今开封府兰阳县西北二十里，乃卫西南境，距其国都五百余里。不知孔子先至国而后至仪邑，或由仪至国都，皆不可知。要为第一次适卫无疑。何则？封人曰：'二三子何患于丧？丧失位去国。天将以夫子为木铎，使周流四方，以行其教，天生夫子，岂为鲁国已乎？'其语与情踪正合。"余谓仪邑既远在卫西南境，孔子自鲁适卫，何须迂回而过其地？此殆孔子去卫适陈时事，封人所说亦可通，不必定指去鲁言也。阎氏既详考其地域，而犹曲为之说者何哉？林春溥《孔门师弟年表后说》亦主此事在去卫适陈时。周柄中《四书典故辨正》谓："仪乃浚仪，今祥符，非仪封，乃去卫适陈要道。"其辨已是。惟说木铎仍引阎氏为去鲁适卫时，自相牴牾。

二一　孔子过宋考

《世家》："孔子去卫，过曹，适宋，又适郑，遂至陈。"臧庸《拜经日记》云："二'适'字，皆'过'字之误，宜据《年表》校正。"今按：过曹事，他无所见；过宋之事，《论》《孟》皆有之。《论语》："子曰：'天生德于予，桓魋其如予何！'"《孟子》："孔子不悦于鲁卫，遭宋桓司马将要而杀之，微服而过宋。"皆是也。而其详见在《世家》，云："孔子适宋，与弟子习礼大树下，宋司马桓魋欲杀孔子，拔其树。"《庄子》所谓"伐檀于宋"，盖与《史》合。而崔述疑之，谓畏匡过宋实似一事。其言曰："定公六年《传》云：'伐郑取匡，往不假道于卫，是匡在郑东也。及还，阳虎使季孟自南门入，是匡在卫南也。鲁虽取匡，势不能有。'杜氏疑为归之于晋，《庄子》与《荀子》皆以匡为宋邑。按：《荀子》当系《说苑》之误。郑东卫南，则去宋为近，去晋为远。晋之灭偪阳也，以予宋鲁取匡之时，宋方事晋，匡归在宋，理或然也。此事既与过宋之事相类，又与其时相同。若匡又宋地，则似畏匡过宋，实本一事者。吾恶知非魋闻孔子适陈，将出于匡，故使匡人要之，而后人误分之为二事也？《子罕篇》云：'天之未丧斯文也，匡人其如予何？'《述而篇》亦云：'天生德于予，桓魋其如予何？'二章语意正同，亦似一时一事之言，而记者各记所闻，是以其词小异。未必孔子生平，每遇患难，即为是言也。然则畏匡之与过宋，绝似一事，恐不得分以为二。"崔氏此辨，其先盖起于疑畏匡之事之无实，因以为或即桓魋之所使。然子畏之匡在蒲，邻于晋远于宋，与桓魋无涉。且畏匡据《世家》在鲁定公十四年，过宋据《年表》及《宋世家》在鲁哀二年，亦不得谓一时事。至《庄子》谓孔子游匡，宋人围之者，误以桓魋之事牵涉畏匡，古书如此误者甚多，不得即以为据也。陆德明《音义》引司马曰："宋当作卫，匡卫邑也，卫人误围孔子以为阳虎，此即不据《庄》文，亦不以畏匡即由桓魋。"《论语》"绝粮"章孔注："之宋，遭匡人之难。"《檀弓疏》畏匡，亦引微服过宋，自属昔人笔误，并不以畏匡由桓魋也。《左传》文十一年，有承筐，《方舆纪要》在归德府睢州西三十里，孔子自卫适陈，或当过此，不必绕道走扶沟之匡。扶沟之匡，前人亦无以为宋邑者。又以"其如予何"二章语意之同，遂谓似出一事，尤属轻断。今定孔子畏匡过蒲为一事两传，而桓魋之难，则别为一事，庶于《论》《孟》《史记》均可通。而孔子以貌似阳虎而见拘之说，要为不足信，此则崔氏疑之而得者也。

《世家》又谓孔子过宋之后适郑，则复不足信。崔述云："郑在宋西，陈在宋南，自宋适陈，必不由郑。"是也。《世家》

云："孔子适郑，与弟子相失，独立东郭门，郑人或谓子贡曰：'东门有人，其状云云。'"崔氏力辨，以谓此乃齐东野人之语。余考《韩诗外传》谓："孔子出卫东门，逆姑布子卿。"即其事，而文词小异。据《外传》，亦孔子并未至郑之一证。

《郑世家》又云："声公五年，子产卒。孔子尝过郑，与子产如兄弟云。及闻子产死，孔子为泣曰：'古之遗爱也。'兄事子产。"王若虚《滹南集·辨惑》论之曰："既云'如兄弟'，何必复言'兄事'？兼已死之后及此，其次第亦不应尔。"臧庸《拜经日记》云："子产卒在声公五年，则鲁定公十四年也。孔子过郑在声公七年，若据《世家》，应在九年，臧为改易，未是。说见《考辨》第一八。况《世家》"过郑"之说，实未可据，说详下。则鲁哀公元年也。安得有过郑与子产如兄弟事？且《左传》昭公二十年：'郑子产有疾，谓子太叔曰："我死，子必为政，唯有德者能以宽服民，其次莫如猛。"'疾数月而卒。'仲尼闻之出涕，曰："古之遗爱也。"'然则子产之卒，实在鲁昭二十年，郑定公之八年，去孔子过郑二十九年，时孔子年甫过三十，是过郑而交子产，实史公之牴牾也，宜据《左氏传》正之。《世家》言孔子过郑，其肩类子产，本举古人以拟之。"余谓《史记》及孔子事，多后人妄羼之笔。如此文理灭裂，显非史迁本真。盖后人自据《世家》及《左传》妄造耳。然妄者亦有其所以妄，误者亦有其所以误。明乎其所以妄、所以误者，而其不妄不误者自见。今试问：子产之卒，何以误在声公之五年乎？曰：妄者误以是年为孔子过郑之年，因书子产之卒于是年。曰：《年表》孔子过宋在郑声公九年，何以过郑又误在五年？曰：此据孔子过匡而误。孔子过匡本在长垣，为卫邑，而误者以为在扶沟，为郑邑。因以孔子之过匡为过郑。遂误谓孔子适郑都，因有独立郭东门与弟子相失之事。因又有交子产之说。而孔子畏匡，则在鲁哀十四年，即郑声公五年。遂误谓孔子是年过郑，又误为子产以是年卒也。故《郑世家》因《孔子世家》而误，《年表》又因《郑世家》而误。然可以因其误而证孔子畏匡实在至卫十月之后，与微服过宋非一事，又可知孔子过郑之不可信。故孔子自卫至陈，过宋则有据，过郑则无实。

二二　孔子在陈绝粮考

《论语》："在陈绝粮，从者病莫能兴。"又曰："从我于陈蔡者，皆不及门也。"康成以为："言弟子之从我而厄于陈蔡者，皆不及仕进之门，而失其所。"孟子亦曰："君子之厄于陈蔡之间，无上下之交也。"今按：厄于陈蔡之间，即在陈绝粮也。何以言之？孔注"绝粮"章："孔子去卫如曹。曹不容，又之宋，遭匡人之难。又之陈，会吴伐陈，陈乱，故乏食。"此言孔子之厄于陈，以被兵乱而乏食也。《世家》："孔子迁于蔡之岁，吴伐陈，楚救陈，军于城父。闻孔子在陈蔡之间，使人聘孔子。孔子将往拜礼，陈蔡之大夫谋曰：'孔子贤者，所刺讥，皆中诸侯之疾。孔子用于楚，则陈蔡用事大夫危矣。'乃相与发徒役，围孔子于野，不得行，绝粮。孔子讲诵弦歌不衰，于是使子贡至楚，楚昭王兴师迎孔子。"此亦言孔子之厄在吴伐陈之岁；而谓绝粮乃由受兵围，则不足信。自朱子已辨之。全祖望《经史问答》申论尤析，其言曰："当时楚正与陈睦，而蔡则已全属吴，迁于州来，与陈远。是所谓如蔡者，非新迁之蔡，乃故蔡。孔子欲如楚，故入其地也。蔡已非国，安得有大夫乎？且陈事楚，蔡事吴，则仇国矣，安得二国之大夫合谋乎？且哀公六年，吴志在灭陈，楚昭至誓死以救之，陈之仗楚何如，而敢围其所用之人乎？是时楚昭在陈，何必使子贡如楚？而楚果迎孔子，信宿可至，孔子何以终不得一见楚昭？而其所迎之兵，中道而闻子西之沮，又竟弃孔子而去，则皆情理之所必无者。乃知陈蔡大夫兵围之说，乃《史记》之妄也。然安国被兵绝粮之说则是，而以谓自宋适陈，即遭此厄，则先于哀公二年，是又误矣。按：全氏此处，据《世家》孔子再适陈之说，故云然。若单就孔注言，未见其必为哀之二年也。盖哀公元年吴亦伐陈，故安国因之而误也。总之当厄应在六年，《史记》之时之可信者也。绝粮则以陈之被兵，孔注之事之可信者也。参伍求之，而其不可信者，置之可矣？”全氏此论极明核。盖言厄于陈蔡之间者，为其时之自陈如蔡也。言在陈绝粮者，为其行之犹未出境也。崔述亦辨此事，顾未能考定其年岁，因谓孔子往来陈蔡间，原无定居，其厄亦非一日之事，则亦误。梁氏《志疑》：“孔子厄于陈蔡，孟子以谓‘无上下之交’，必去之惟恐不及。乃自定十五年至哀六年，徘徊陈蔡，一至再至，毋乃非危邦不入，乱邦不居之义。未识当时情事若何，参考无由，深所难晓。”今按：梁氏此条，凡有二误：谓孔子自定公十五年即至陈，误于《世家》再适陈之说，一也。又不知厄于陈蔡乃被兵乱，亦同崔氏之误，二也。故乃有深所难晓之叹。今定孔子自哀二年后至陈，历三、四、五，三年，所谓“主司城贞子，为陈侯周臣”者，即其时事。至六年吴伐陈，避兵至蔡，在途绝粮，则所谓“无上下之交”之际也。

二三　孔子至蔡乃负函之蔡非州来之蔡考

《世家》记孔子自陈迁蔡，又自蔡如叶。崔述辨之曰：“《左传》哀公二年，蔡迁于州来。今安徽寿州。四年，叶公诸梁致蔡于负函。今河南信阳。十六年，楚白公作乱。叶公自蔡入楚，攻白公；白公死，叶公兼摄令尹司马。国宁，乃老于叶。则是孔子在陈之时，叶公在蔡，不在叶也。蔡既迁于州来，去陈益远，来往当由楚境，孔子未必远涉其地。而《论语》《孟子》《春秋传》中，亦无孔子与蔡之君、大夫相与周旋问答之事。则是孔子所谓'从我于陈蔡者'，乃负函之蔡，非州来之蔡也。叶公本楚卿贰，与闻国政，不当居外。以新得蔡地，故使镇之。而孔子适在陈蔡之间，因得相与周旋。及其请老，乃归于叶。《史记》但见《论语》《孟子》中有孔子在蔡之文，遂误以为州来之蔡；又因叶公有问政，问孔子于子路之语，遂别出自蔡如叶之文以合之，而不知其误以一事为两事也。"江永《乡党图考》亦谓："孔子自陈如蔡，就叶公耳，与蔡国无涉。"所论与崔略同。惟依《年谱》谓孔子至蔡为哀公四年事，并谓绝粮即在其时，则误。沈维城《论语古注集笺》辨之，谓："不如《史记》叙此于吴伐陈，楚救陈，军于城父之后。"说良是。《论语正义》引刘台拱《经传小记》云："《尔雅》：'淮南有州黎丘。'注：今在寿春县。案《盐铁论》（《论儒篇》）：'孔子能方不能圆，故饥于黎丘。'哀公二年，蔡迁于州来；四年，孔子自陈适蔡。三岁，吴伐陈，楚救陈，军于城父，使人聘孔子，于是绝粮陈蔡之间。《盐铁论》所谓'黎丘'，盖即'州黎之丘'也。（古读'来'如'黎'，故'州黎'即'州来'。）"刘氏此说，引《盐铁论》证《史记》，谓孔子适蔡，乃新迁之蔡，然《盐铁论》后于《史记》，则此非有力之论证。

附　楚昭王兴师迎孔子辨

《世家》楚昭王兴师迎孔子，前人历辨其诬，已略见如上考。金履祥曰："孔子至叶，即是至楚。"梁氏《志疑》亦谓：

“孔子未尝至楚，但至叶。”《朱子语录》云：“昭王之招，无此事，邹鲁间陋儒尊孔子之意如此。”崔述又论之云：“蔡，楚境也。之蔡即至楚也。既相传有至楚之事，故疑以为昭王之聘之。既聘之而卒于不用，故又疑以为子西之沮之。吾恶知其非因臆度之故，遂附会而为之说乎？”今按：崔氏此论极是。此其传说之递衍，有似于孔子之至齐。以孔子之至齐也，而疑以为景公已在鲁先见孔子而善之。以孔子之卒不用于齐也，故又疑为晏子之沮而已之。凡其因臆度而遂附会以为说者，率如此类，亦可推例以求也。

二四　孔子自楚返卫考

《世家》：“孔子自楚反卫，是岁孔子年六十三，而鲁哀公六年也。其明年，吴与鲁会缯，太宰嚭召季康子，康子使子贡往。”《论语》有冉有子贡“问夫子为卫君乎”一章，崔述论之曰：“《春秋传》哀公七年，季康子使子贡辞吴。十一年，冉求为季氏宰，及齐师战于郎。则是孔子至卫之后，二子自卫先归鲁也。或者二子知夫子之不为而遂去耶？然则此章问答，当在孔子反卫之初，哀公六七年间。”其说不足据，已详前考。《考辨》第一九《年表》，孔子自陈来卫，在哀公十年；《卫世家》，孔子自陈入卫，在出公八年。二说相同，而与《世家》哀公六年之说异。或谓孔子若以哀六年来卫，则至十一年归鲁，与孟子所称“未尝有所终三年淹”者不符，而取《年表》哀公十年之说。然此亦不足凭。何者？孔子以鲁哀六年离陈适蔡，若至十年始反卫，亦复与孟子“未尝三年淹”之说不符也。且孔子自定公十三年春去鲁，至哀公十一年而归，前后十四年，而所仕惟卫陈两国，所过惟曹宋郑蔡，自非如《史记》四去卫再适陈之说，终不免于一地有三年之淹矣。然则孟子之所谓“未尝有所终三年淹”者，特如孔席不暇暖，与于七十二君之类，未可据以为信史也。臧庸《拜经日记》专主孟子未有“终三年淹”一语，编排孔子行迹，大抵前人论孔子年世，为此一语误者不少。

恽敬《大云山房集·仲子庙立石文》论此事云：“《世家》鲁哀公六年，孔子自楚反卫，此去楚之年也。《年表》哀公八年，孔子至卫，此至卫之年也，其时当出公之六年。”此说尤误。岂恽氏误忆《年表》卫出公八年为鲁哀之八年，遂又误推以为卫出之六年耶？且孔子此行，乃系遄返卫地，若如恽说，《世家》哀公六年去楚，《年表》哀公十年至卫，何须在途四年？此终不足信矣。

然则孔子反卫果以何时乎？曰：孔子以鲁哀六年自陈避兵适蔡见叶公，即以是年返卫，则固当依《世家》也。否则孔子至蔡见叶公，而留滞楚境有四年之久。否则既见叶公，复返陈，而再留有四年之久。否则自蔡返卫，而在途有四年之久。否则孔子以鲁哀六年自陈至蔡之说不足信，而孔子之行历益不可考，而仍无以全孔子于鲁哀十年至卫之说。否则孔子固不以鲁哀十年返卫，而仍当取鲁哀六年之说也。孟子曰：“孔子于季桓子，见行可之仕也。于卫灵公，际可之仕也。于卫孝公，公养之仕也。”《史记》卫无孝公，朱子谓即出公辄。计孔子仕出公前后四年，较在陈仕滑公为久。

又按：《孔子世家集解》引徐广曰：“《年表》哀公十年，孔子自卫至陈。”《索隐》云：“按《左氏》及此文，孔子是时在卫归鲁，不见有在陈之文。在陈当哀公之初，盖《年表》误尔。”据此则今表“哀公十年，孔子自陈来”一语，已非徐广、司马贞所见之旧，殆后人见其误而改之矣。

二五　孔子自卫返鲁考

《世家》：“冉有为季氏将师，与齐战于郎，克之。季康子乃以币迎孔子，孔子归鲁。孔子之去鲁，凡十四岁而反乎鲁。”《集解》徐广曰：“此哀公十一年也。”《索隐》云：“前文孔子以定公十四年去鲁，计至此十三年。”今按：孔子去鲁，在定公十三年。详《考辨》第一五。则去鲁实十四年也。《孔丛·诘墨篇》谓：“鲁哀公十五年，孔子自卫反鲁，居五年矣。”亦以孔子在鲁哀十一年返。狄子奇《编年》又谓孔子于定公十四年，哀公六年，均曾返鲁，则其语殊不足信。言孔子于定十四年反鲁者，以定十五年有子贡观朝礼，哀元年有吴使至鲁问骨节，两事。子贡观朝礼，盖自卫往观，反卫与孔子言之。详《考辨》第二九。骨节之对，其语荒诞，未可取证。崔述《考信录》有详辨。至孔子西见赵简子，临河而反，息乎陬乡云云，其为传说，已辨于前，《考辨》第一七其不得为孔子反鲁之证者亦明矣。言哀六年孔子反鲁者，狄氏之言曰：“孟子云‘未尝有所终三年淹’，是孔子于历聘诸国，皆无连居三年之处。今云六年自楚如卫，十一年乃自卫反鲁，今按：此说实是。则在卫不止三年。云六年在陈，十年乃自陈入卫，则在陈亦不止三年。云六年在楚，十年乃自楚反卫，则在楚亦不止三年。皆与孟子不合。”狄氏必欲强合于孟子，故为此弥缝之说。不知孟子之言，容亦有不足信也。又曰：“《左传》哀七年，子贡即仕鲁，亦孔子自卫反鲁切证。”则不必孔子反而后子贡得仕矣。

二六　孔鲤颜回卒年考

《世家》："伯鱼年五十，先孔子死。"《家语》："孔子二十岁生伯鱼。"《家语》未必可信，姑据以为说，则伯鱼之卒，孔子年当六十九也。《史》不书颜子卒年，今《家语》作三十一。《索隐》及《文选·辨命论》注引《家语》并作三十二。《家语》又谓回"少孔子三十岁"。而据《论语·先进篇》，伯鱼先回卒，许慎、王肃因谓《论语》乃设事之辞，此固甚谬。《四书释地又续》谓回"少孔子三十七岁"，卒于哀公十二年，方合三十二年之数。《志疑》依之。《论语·稽求篇》以《家语》作三十一回死为是，少"三十"是"四十"之误，回死与子路同时。《经史问答》从之。李锴《尚史》云："颜子少孔子三十岁，享年四十有一。"《四史发伏》《乡党图考》《四书考异》等同之。今按：毛氏云："考颜渊之死，《公羊传》及《史记·世家》所载年月，则实在哀公十四年春狩获麟之际。夫子是时已泣麟矣，而颜渊子路同时俱死，因连呼丧予祝予，而有道穷之叹。则颜渊之死，在夫子七十一岁，非六十一岁；在哀公十四年，非四年。据《家语》推算，颜子当死于孔子六十一岁，哀公之四年也。少孔子三十岁，原是四十之误。"其辨最析。可证颜子卒年，断在子路卒前一年。而三四字误，尤为屡见不鲜之例。惟"少三十"可以为"少四十"之误，则"寿三十一"又何弗可为"寿四十一"之误耶？《论语》哀公问好学，孔子对以颜回，曰："不幸短命死矣。"《尚书·洪范》六极，一曰凶短折，孔安国曰："短未六十，折未三十也。”《孔传》虽伪，自是古训。臧庸《拜经日记》亦谓五十以下而卒，亦可谓之早。惟定颜子年四十，较李说少一年，则为无据。且颜子之在孔门，最推高足。畏匡之岁，孔子年五十七八，颜子从而后，孔子疑其已死。颜子曰：“子在，回何敢死？”师弟子之情感既深。若颜子少孔子四十岁，则其时年仅十七八，尚在童龄，而从学更在其前，或竟从鲁随行。则孔子五十五岁去鲁，颜子十五即从也。此虽非必不可有之事，而似以少三十为尤近情理。则颜子卒年，后二说之所同，而其年寿，则以第三说为尤当也。

《三国·吴志·孙登传》，登年三十三卒，临终上疏曰：“周晋颜回，有上智之才，而尚夭折，况臣年过其寿。”《列子·力命篇》曰：“颜渊之才，不出众人之下，而寿四八。”两说皆与《索隐》及《选注》引《家语》颜回三十二卒之说合。然《列子》出张湛，在王肃后，四八之说，正袭《家语》。孙登之卒，在赤乌四年，当魏正始二年。肃自黄初中出仕，至是垂二十年，或其时《伪家语》已出，故孙登据以为说。且《家语》自袭《史记》，《史记》颜渊少孔子三十岁，至二十九岁，“发尽白，早死”。而《家语》云：“颜渊少孔子三十岁，二十九岁而发白，三十一岁早死。”较《史记》多“三十一岁”四字。沈涛《论语孔注辨伪》云：“《家语》系王肃伪撰，全是剽窃《史记》，当是今本《史记》脱此四字耳。”则肃前《史记》固有三十一岁早死之语，王肃不知其为讹文，故既袭取以入《家语》，而又为之注曰：“此书久远，年数错误，未可详校。颜渊死时，孔子年六十一，此谓颜回先伯鱼死。而《论语》云颜回死后伯鱼，或为设辞之词。”依此注详之，王肃自据《史记》误文可知。故许慎先有以鲤也死为假言之说。许既先王，其据《史记》，尤为明白。则《吴志》与《列子》即非袭之《家语》，亦必本于《史记》。而《史记》既云少孔子三十岁，又云三十一岁早卒，两说相合，必有一误，尤为显见。后人徒据《吴志》《列子》谓《家语》三十二岁死之语实不误，而所误必在少孔子三十岁一语，实思辨之未精也。

附　项橐考

《秦策》甘罗曰："项橐七岁为孔子师。"《淮南子·修务训》、刘向《新序》、王充《论衡·实知篇》皆同。《隶释汉童子逢盛碑》"才亚后橐"，"后""项"双声，即项橐也。《颜氏家训》以项橐与颜回同为短折，《弘明集》亦云："颜项夙夭。"董仲舒《对策》："臣闻良玉不琢，资质润美，不待刻琢，此亡异于达巷党人，不学而自知也。"颜师古注引孟康曰："人，项橐也。"《史记·甘罗传》引《国策》："夫项橐，生七岁而为孔子师。"《索隐》本"夫"作"大"，谓："尊其道德，故曰'大项橐'。"杜台卿《玉烛宝典》四，引《清洁法行经》云："幼而敏悟，大项是也。"又引《关尹内传》云："大项颜渊，非无小舛，俱曰'圣童'。"《史记》甘罗云："大项橐七岁，为孔子师。"刘师培《左盦外集·达巷党人考》云："汉儒以项橐释达巷党人者，以'大项'即'达巷'转音，据杜氏所引，是《史记》故本作'大'不作'夫'。《汉书·董传》亦作'大巷'，今作'达巷'，乃后儒所更。孟注'大项橐'，今本易'大'为'人'，尤为乖舛。盖'橐'为其名，'达巷'则以地为氏，言有转歧，则为'大项'。陶弘景《真灵位业图》第三左位有大项，注云‘名橐’，是大项为氏，六朝学者均知之。《新序》云‘秦项橐’，‘秦’乃‘泰’讹，‘泰’‘大’古通；俞正燮《项橐考》，以为秦人，弗足据。”今按：《论语·子罕篇》：“达巷党人曰：‘大哉孔子，博学而无所成名。’子闻之，谓门弟子曰：‘吾何执，执御乎，执射乎，吾执御矣。’”《史记·孔子世家》引此作达巷党人童子，皇甫谧《高士传》亦云：“达巷党人，姓项名橐。”是汉儒相传，殆均以达巷党人即项橐也。而《论语》云云，《世家》引以列于孔子之卒前。此虽不足泥据，然此所言，必在孔子有盛名，门弟子盛进之后，而言者其人亦决非一弱冠之童子，则即《论语》本文细参之可知。殆古人实有项橐，即达巷橐，又云大项橐，其人聪慧不寿如颜回，或年辈亦与颜回相上下，而未及于孔子之门，而孔子必有所称赏之，于是后人遂有“项橐七岁为孔子师”之说，而嵇康《高士传》乃云：“大项橐与孔子俱学于老子。”又《天中记》引《图经》云：“橐，鲁人，十岁而亡，时人尸而祝之，号‘小儿神’。”则更出后代传言，无可为信矣。

二七　宰我死齐考

《史记·孔子弟子列传》：“宰予与田常作乱，以夷其族，孔子耻之。”《索隐》曰：“《左传》阚止字子我，为陈恒所杀，字与宰予相涉，因误。”两苏氏《志林》《古史》，孔平仲《谈苑》，洪容斋《随笔》，王氏《困学纪闻》十一引杨龟山说，孙奕《示儿编》诸书，均依《索隐》。及清儒阎若璩《四书释地又续》、赵翼《陔余丛考》，亦不信宰予死难事。梁玉绳《史记志疑》谓：“考《韩子·难言》，《吕览·慎势》，《淮南·人间》，《说苑·正谏》《指武》，《盐铁论·殊路》《颂贤》诸书，均载宰予死事。李斯《上秦二世书》与诸子所称合。"全祖望《经史问答》云："宰我为简公死，非为陈恒死，不过才未足以定乱。"宋于庭《过庭录》谓："宰我即齐阚止，字子我也。宰我之先，盖尝食采于阚，故仕于齐为阚止。宰我本鲁人，简公在鲁，故事之而有宠。及即位，而使为政，为陈成子所惮，有正色立朝之概。子我与简公，有与为存亡之道。则其人固贤者之流，宰氏庶几当此。《史记·田齐世家》以阚止谓监止，以子我为监止之宗人，皆纪载凌杂，以致一人分为二三也。"此则信宰予死难事者。《史记·齐世家》："成子将杀大陆子方，田逆请而免，田豹与之车，勿受，曰：'逆为予请，豹与予车，余有私焉。事子我而有私于其仇，何以见鲁卫之士？'"服虔曰："子方将欲奔鲁卫。"予谓此亦子我即宰我之旁证也。孔门诸徒盛于鲁卫，故子方如是云云耳。余每疑宰我子贡同列言语之科，而宰我居先，孟子称其"智足以知圣人"，其在孔门，明为高第弟子矣。而《论语》载子我多不美之辞，如"昼寝"及"三年之丧"两章尤甚。诸弟子中，独写宰我最无情采。《论语》本成于齐鲁诸儒，其书出于战国时，田氏已得志，而鲁亦为田齐弱。岂田氏之于宰我，固有深恨？而朝政之威，足以变白黑。则魏之何晏、唐之王叔文，固自不免为小人之杰。而宰我之于孔门，乃亦负此重冤。则甚矣知人论世之非易，而良史之不多得也！《史记》谓"孔子耻之"，岂不宜哉？《论语》哀公问社于宰我，宰我有"使民战栗"之对。宋苏辙《古史》考云："哀公将欲去三桓，不敢正言，以古者戮人于社，故托社以问。宰我知其意，亦以隐答之。"盖欲哀公伸威。夫子见事势不可妄动，故叠辞以折之。清儒方观旭《论语偶记》亦曰："哀公欲去三桓，张公室，问社于宰我，宰我对以使民战栗，盖劝之断也。"刘宝楠《论语正义》则曰："此时哀公与三桓有恶。观《左传》记公出逊之前，游於陵坂，遇武伯，呼余及死乎，至于三问，是其杌隉不安，欲去三桓之心，已非一日。此社主之问与宰我之对，君臣密语，隐衷可想。”又云：“夫子所云‘既往不咎’，疑指平子言。平子不臣，致使昭公出亡。哀公当时必援平子往事以为祸本，而欲声罪致讨。夫子止之，盖知哀公之无能为，而不可轻于举事也。”今按：据此，宰我在鲁，已主去三桓，其仕齐而主去陈氏，殆无足怪。《韩非·说林下》，宰予“不举六卿，书不著”，此明指宰予实当时一政治人物，特以官位未至六卿，故文不详其事耳。若宰我仅属孔门弟子，未尝从政，如颜闵之俦，韩非何以作此语？又《弟子列传》于颜回子路之俦皆著其年，虽或不足尽信，亦自有传述，独宰我无年可考。见当时孔门于宰我之疏。虑宰我与回、赐年相上下，既久于从政，及其死，无门人弟子为之道誉，而多权贵仇毁之辞，故致然尔。《容斋随笔》据《孟子》所载三子论孔子贤于尧舜语，以为当在孔子身后。阎若璩《四书释地又续》极称之，谓其妙在虚会。全谢山《经史问答》云：“为弟子称颂其师，必当在身后，是野人之言。宰我虽未知长于子贡与否，然孔子殁后，并无宰我出处踪迹，则先死又何疑?”《容斋》又云：“子路之死，孔子曰：‘由也死矣。’又曰：‘天祝予。’哭于中庭，使人覆醢。其悲之如是。不应宰我遇祸，略无一言。”以此疑死齐之妄，则又不悟记载之容有阙也。又《大戴礼·五帝德》称宰我问、言五帝德，乃在齐邹衍诸人后，疑亦齐人，而托之宰我。

崔述《洙泗考信录》，亦不主宰我阚止为一人，其辨曰：“阚我自名止，宰我自名予；阚我在齐事简公，宰我在鲁事孔子，乌得遂以谓一人？鲁哀公之五年，齐景公卒，公子阳生来奔。六年，陈僖子召阳生，阚止先待诸外。公子曰：‘事未可知，反与壬也处！’是时，宰我方从孔子于陈蔡之间，由陈反卫，安得分身在鲁，而与简公共处?”今按：崔说甚辨，而实有可论。其谓宰我从孔子在陈蔡之间，当据《论语·先进》“从我于陈蔡者皆不及门也”两章。然《皇本》以四科十人别为一章，不与“从陈蔡”章相合。则前人固未必以十人谓即从孔子于陈蔡也。参读《考辨》第二九。且十人中，冉求，明于哀公三年为季康子所召。又三年而后及陈蔡之难，时冉求正仕鲁。至哀十一年，为季氏帅师战清，见于

《左传》。则此一人显然不从陈蔡者。毛氏《论语稽求篇》说，又引《史记·弟子列传》“受业身通者七十有七人”，下接“德行政事”云云；及《盐铁论》云：“七十子有名列于孔子之门，皆诸侯卿相之才，可南面者数人。政事冉有季路，言语宰我子贡。”亦以此节为七十子有名之人，不属陈蔡时言。《古注集笺》及《正义》均同此说，参读《考辨》第一九。阎若璩《四书释地》云：“孔子厄于陈蔡，年六十三，时子游年十八，子夏年十九耳，而既以文学名。”此亦误合“从我于陈蔡”章而言。不知乃孔子返鲁而后游夏从游也。尤侗《艮斋杂说》引陈善辨曰：“陈蔡从者，岂止十人？患难之时，何必分列四科？”其言允矣。当时从游弟子，据《孔子世家》有颜渊、子贡、子路；《弟子列传》有子张，已不可信。参读《考辨》第二九。《吕氏春秋·慎大篇》有宰予，则益谬。其文曰：“孔子穷于陈蔡之间，七日不尝食，藜羹不糁，宰予惫矣，孔子弦歌于室，颜回择菜于外，子路子贡相与言。”按之《论语》，在陈绝粮，从者病莫能兴，何缘独宰予一人惫？此其无理尤显。无亦以昼寝者有朽木之喻，故遂以惫病归之一身耶？《论语比考谶》曰：“邑名朝歌，颜渊不舍，七十弟子掩目，宰予独顾，由蹷堕车。”其轻诬宰予，亦与《吕览》一例。盖《吕氏》此文，袭自《庄子·让王》曰：“孔子穷于陈蔡之间，七日不火食，藜羹不糁，颜色甚惫，而弦歌于室。颜回择菜，子路子贡相与言。”固无宰予，而情事远胜矣。使崔氏据此而证《左传》之阚止，决不能为《论语》之宰我，则亦疏阔之论也。崔氏又谓：“《史记》宰我与田常作乱之说，即本之李斯，谓与田常相争，而措辞不审，遂若党于陈恒然者，非与李斯为二说也。”诚如其言，则孔子耻之一语，又作何解？

《弟子列传》又谓：“宰予利口辨辞，孔子曰：‘吾以言取人，失之宰予。’”夫宰我子贡，同在言语之科。孟子亦曰：

“宰我子贡善为说辞。”此乃行人之职，才长专对，使于四方，不辱君命，非泛言利口也。宋翔凤《论语发微》谓善为说辞，乃以微言垂教，非为行人使四方之谓。强以公羊家言说书，尤为无理。子贡常相鲁卫，如孔子相夹谷之相。其文辞多见于《左传》。后人又为虚造存鲁乱齐亡吴强晋霸越之事。此见《列传》，前人辨者已多。虽非信史，然假托者尚犹知子贡之善言语，为聘使之辞令也。今宰我在齐八年，见信于其君，而有言语之才，娴于辞令。岂不有接遇宾客，应对诸侯，嘉言美语，足以传世？而遗闻轶事，曾无存者。徒见称为利口，一若与子贡之善言异其类。而曰：“以言取人，失之宰予。”若以为言行不相顾之小人。不知宰我之善言语，乃指政事应对，非指其私人之利口也。子贡曰：“恶居下流，众恶归焉。”司马迁传仲尼弟子，亦谓：“学者多称七十子之徒，誉或过实，毁或损真。”若宰我之与子贡，一则增美，一则加丑，甚矣。是非传说之不可凭也！

二八　孔子卒年考

《春秋》：“哀公十六年夏四月己丑，孔丘卒。”《传》文亦同，《史记·世家》亦同，自来无异说。杜预注《左传》，始谓：“四月十八乙丑，无己丑。己丑五月十二日。日月必有误。”《长历》说同。孔传《东家杂记》又谓：“当哀公十六年夏四月乙丑日，先圣薨，先儒以为己丑者误。”此殆即据杜氏传疑之说为断，非别有确本也。至吴程以《大衍历》推定四月己丑乃十一日，杜氏谓是月无己丑实误。江永成蓉镜诸人，递衍其说，以相证明。至孔广牧《先圣生卒年月日考》依之，而其说乃定。陈玉澍《卜子年谱》据《易林》睽之恒云“孟己乙丑哀呼尼父"，谓焦氏当西汉世，所见《左氏》续经正是乙丑，与元凯之说合。然何以今《春秋经传》及《史记》尽作己丑，陈氏亦不能为之说。数日之差，于知人论世无预，姑存勿论可也。自鲁襄公二十二年至此，孔子年七十三也。若孔子生于鲁襄公二十一年，则至是当得七十四。《左传》襄三十一年疏有云："《公羊传》于二十一年下云：'十有一月，庚子，孔子生。'《穀梁传》于二十一年十月之下云：'庚子，孔子生。'二十一年，贾逵注《经》云：'此言仲尼生。'哀十六年夏四月己丑卒，七十三年。"贾氏既主孔子生鲁襄二十一年，而亦云年七十三，岂不有误？钱大昕《十驾斋养新录》特为之说云："自襄二十一年至哀公十六年，实七十四算，而贾云七十三者，古人以周岁始增年也。《史记》谓生于襄公二十二年，年七十三，则相距之岁计之。"狄子奇云："周岁增年之说，似未可泥。鲁襄公生于成公十六年，至九年为十二岁，是不以周岁增年也。绛县老人生于鲁文公十一年，至襄公三十年，计当七十四岁，而师旷止云七十三年，是以周岁增年也。"今按：狄氏之说，其论鲁襄之不以周岁增年，则至确矣。至于绛县之老人，师旷曰："鲁叔仲惠伯会郤成子于承匡之岁也，七十三年矣。"此谓是岁距前七十三年，非谓老人七十三岁，则不得引以为古人周岁增年之例。及门王生玉哲，谓师旷与绛县老人皆晋人，当计晋年。绛县老人事在鲁襄公三十年二月，阮氏《校勘记》据《石经》、宋本、淳熙本、明翻岳本、足利本，皆作二，孔氏《正义》误作三。晋用夏正，以建寅月为岁首，则是时尚为晋平公十四年之十二月，老人生于鲁文公十一年，即晋灵公五年，师旷云"七十三年"，实据晋年夏正说之。此亦足破周岁增年之说。今再以贾逵之言为证。《春秋》昭二十四年，仲孙貜卒，服虔引贾逵云："是岁孟僖子卒，属其子使事仲尼，仲尼时年三十五。"亦见《左氏》襄三十五年疏。今若以周岁增年计，自鲁襄二十一年，至此仅得三十四，而贾氏谓三十五，则贾氏亦自以相距之岁计之，非周岁增年也。今在《史记》以前，既不得古人周岁增年之实例，顾氏《日知录》谓："今人以岁初之日而增年，古人以岁尽之日而后增之。《史记·仓公传》：'臣意年尽三年，年三十九岁也。'"今按：仓公语质，仍是开岁始增年，故曰"尽三年，年三十九岁"。顾氏说似误。然要之见时人亦不以周岁始增年。则钱氏之论，自属弥缝之见，非足信矣。窃疑贾逵当时，本亦以相距之岁计之，特以《公》《谷》载孔子生，而《左氏》无之，故据《公》《谷》为说。而云孔子年七十三，则本之《史记世家》年数，曾未细核。不然，何以既从周岁增年之算于前，而又取相距之岁为计于后？此决不可通矣。又按《左氏》昭二十年疏："服虔云：'孔子是时四十一。'"今自襄公二十一年起，以相距之岁计之，至此得三十一，知今本"四"字乃"三"字之误。"四十一"又"四十"之误，据阮氏《校勘记》正。则服虔亦自以相距之岁计，何说于贾逵之独以周岁增年计耶？狄氏又谓："孔子之以周岁增年，正有明据。《孔子世家索隐》云：'孔子以鲁襄二十一年生，至哀十六年为七十三，若襄公二十二年生，则孔子年七十二。'是以周岁增年也。"然《索隐》之说，远在贾后，安知其不误据贾算，而持此辨？又乌从据《索隐》而逆定贾氏之以周岁而增年？又乌从据贾氏而逆定古人之以周岁而增年哉？周岁增年之说，要为钱氏弥缝之论，恐未足信守，以释前人之误也。

二九　孔子弟子通考

《世家》云："孔子以《诗》《书》《礼》《乐》教，弟子盖三千焉，身通六艺者七十有二人。"《弟子列传》："受业身通者七十有七人。”今按：《孟子》云“七十子”，《吕氏春秋·遇合篇》“达徒七十人”，《韩非·五蠹》“服役者七十人”，《大戴礼·卫将军文子》“受教者七十有余人”，《淮南·要略》“孔子述周公之训，以教七十子”，《汉书·艺文志序》《楚元王传》“七十子丧而大义乖”，则孔子门人，固仅有七十之数，乌得三千哉？《淮南·泰族训》云：“孔子弟子七十，养徒三千人。”《越绝书》亦同。养徒与弟子有辨，《史记》遂谓孔子弟子三千人矣。然孔子亦岂得有三千养徒者？此《淮南》据晚世四公子养客为例，深不足信。《主术训》又云：“孔丘墨翟，慕义从风而为之服役者，不过数十人。”则近是矣。七十言其成数，七二七七，则自可无辨。

《世家》又云：“孔子不仕，退而修《诗》《书》《礼》《乐》，弟子弥众，至自远方，莫不受业。”今按：崔述云：“孔子弟子，鲁人为多，其次则卫齐宋，皆邻国也。”则“至自远方”之说，亦不如后人所想象。今分别举其著者列之如次。

颜回，鲁人。见《列传》。

崔述云：“颜氏之著名于鲁者多矣。《春秋传》有颜高颜羽颜息，《吕览》亦有颜阖，则颜子为鲁人信也。”又林春溥曰：“《仲尼弟子传》颜氏居其八，颜路、颜回、颜幸、颜高、颜祖、颜之仆、颜哙、颜何，皆鲁人。颜之推云：‘仲尼母族。’”《开卷偶得》卷六

闵损，鲁人。《集解》引郑玄曰，《弟子目录》云。

冉耕，鲁人。《集解》引郑玄。

冉求，鲁人。《集解》引郑玄。

仲由，卞人。《列传》

宰予，鲁人。《集解》引郑玄。

端木赐，卫人。《列传》

崔述云："艾陵之役，吴子赐叔孙甲，卫赐进曰云云，则子贡为卫人亦无疑。"

言偃，吴人。《列传》或说鲁人。《索隐》引《家语》。

崔述云："吴之去鲁，远矣。若涉数千里而北学于中国，此不可多得之事。传记所记子游言行多矣，何以皆无一言及之？且孔子没后，有子、曾子、子夏、子张与子游相问答之言甚多。悼公之吊有若也，子游摈。武叔之母之死也，子游在鲁。而鲁之县子公叔戌亦皆与子游游。子游之非吴人审矣。其子言思，亦仍居鲁，则固世为鲁人矣。"

卜商，温国人。《集解》引《郑玄》。或说卫人，《集解》引《家语》。或说魏人。孔颖达《檀弓疏》

陈玉澍《卜子年谱》云："《礼记·檀弓正义》引《仲尼弟子列传》：'子夏姓卜，名商，魏人也。'复云：'子夏魏人也，在西河之上。'然则唐本《史记》有'魏人也'三字，而今本脱之。"顾成章《论语发疑》云："《左》隐十一年《传》：'王取邬刘蒍刊之田于郑，而与郑人苏忿生之田温、原、絺、樊、隰、郕、攒、茅、向、盟、州、陉、隤、怀。'僖十年《经》：'狄灭温，苏子奔卫。'成十一年《传》：'晋郤至与周争鄇田，王命刘康公单襄公讼诸晋。郤至曰："温，吾故也，故不敢失。"刘子单子曰："昔周克商，使诸侯抚封，苏忿生以温为司寇，与檀伯达封于河。苏氏即狄，又不能于狄，而奔卫。襄王劳文公而赐之温。狐氏、阳氏先处之，而后及子。若治其故，则王官之邑也，子安得之？"晋侯使郤至勿敢争。'此勿争者鄇田，非温邑也。后郤至灭，魏氏盛，温邑谅归魏氏。至三家分晋，温仍属魏。溯其初则本是苏子之故国也。郑云‘温国卜商’，孔云‘魏人’，孔颖达《檀弓疏》。又唐赠魏侯，宋封魏公。两说正协。《礼记·檀弓》云：‘退而老于西河之上。’非归其本国之词乎？《家语》：‘卜商，卫人，字子夏。尝返卫，见读史志者云：“晋师伐秦，三豕渡河。”子夏曰：“非也，己亥耳。”读史志者问诸晋史，果曰：“己亥。”于是卫以子夏为圣。孔子卒后，教于西河之上。魏文侯师事之，而咨国政焉。’由此观之，‘返卫’是‘返魏’之误也。《吕氏春秋》曰：“子夏之晋过卫。”“过”与“返”，其义大相异。返，归国之词。过，越国之词。晋师伐秦，魏之前事也。读史志者，读国之旧史也。若云‘卫之读史者’，亦谈何容易，以‘三豕’二字，历千里之遥，问诸晋史哉？况卫以子夏为圣，父母之邦，既尊且信如此，子夏亦何怨于卫，而反设教于魏哉？是以知‘魏’之误作‘卫’，正不待辨而明也。且《家语》一书，本王子雍所改以难郑者。今温国之说，出于郑氏，或亦王子雍改《家语》为卫人以难之耳。”今按：董氏《春秋繁露·俞序》已称“卫子夏”，则子夏为卫人，早有其说，不待王肃《家语》。惟顾说“返卫”乃“返魏”之误，则殊是。又子夏为莒父宰，阎氏《释地》谓：“莒父属鲁西鄙，子夏为宰邑，去其家密迩。”

颛孙师，陈人。《列传》，《集解》引郑玄云阳城人。

崔述云：“子张乃颛孙之后，颛孙于庄二十二年自齐奔鲁，历闵、僖、文、宣、成、襄、昭、定，至哀公凡十世。子张之非陈人，明矣。盖因其先世出自陈，而传之者遂误以为陈人耳。若子张为陈人，孔子亦将为宋人乎？子张之子申祥，亦仍居鲁。”今按：《吕氏春秋·尊师篇》：“子张，鲁之鄙家也。”子张果鲁人。《檀弓》“申祥之哭言思”，郑注：“说者云，言思，子游之子，申祥妻之昆弟。”阎若璩《四书释地又续》因谓：“是陈之颛孙氏，与吴之言氏，远为婚姻。”不知其实皆鲁人也。

曾参，南武城人。《列传》

崔述云：“南武城者，鲁南境之邑，吴越至鲁之冲，即子游为宰之地也。《孟子》书载：‘曾子居武城，有越寇。’而曾子去。孟子曰：‘曾子，师也，父兄也。’则曾子非武城人明甚。司马氏盖见《孟子》书中有‘居武城’之文，而遂误以为武城人耳。”今按：曾子果武城人，未必不可避寇而去。雷学淇亦以曾子之去，证武城非祖宗邱墓之乡，其说实迂。孟子称曾子‘师也，父兄也’，亦未必见其即非武城之人。崔氏乃谓非武城人明甚，殊嫌速断，不足信。武城在费县，《秦策》：“曾子处费，《新序》作“处郑”，误。费人有与曾子同名族者。”梁氏《志疑》引《西京杂记》云“昔鲁有两曾参，南曾参杀人，见捕，人以告北曾参母”云云，即与《秦策》同述一事。梁氏据之，谓：“曾子为北武城人。南武城为鲁边邑，在今费县西南。鲁之北有东武城，故云北武城也。”余意：《西京杂记》乃晚出伪书，未可尽据。即谓遗闻轶事，不无采撷。南北之辨，未必非同居一城，而指其城南城北言之，何必强说以居北武城，而谓北曾参哉？《列传》明云曾参南武城人，澹台灭明云武城人，并无北武城之说。《日知录》谓：“子羽曾子同一武城，《子羽传》次曾子，省文。”其说甚是。《大戴礼记·卫将军文子篇》注：“曾子南武城人，澹台灭明东武城人。”疑误。《水经注》引京相璠曰：“今泰山南武城县有澹台子羽冢，县人也。”则子羽实南武城人。哀公八年，吴伐鲁，从武城。《传》云：“王犯常为之宰，澹台子羽之父好焉。”是子羽为近吴之南武城人，确有明证。故子游之所宰，曾子之所居，即子羽之邑，为近吴之武城，亦曰南武城。《史记》所载，本甚明白。今必曰曾子非南武城人，而别寻一地以说之，皆非也。周柄中《四书典故辨正》，亦谓：“曾子所居，即费县之武城，非有二地。《史记》云‘南武城’者，因清河有东武城，在鲁之北，故加‘南’以别之，据汉人之称耳。”此说得之。雷学淇《介庵经说》以在南者曰武城，近吴，在东者曰南武城，近费而邻齐。与诸家以子羽邑近费者不同，其说疑误。复有以曾子武城在嘉祥者，顾氏《日知录》，俞氏《癸巳类稿》均辨之，孙志祖《读书脞录》复据《大戴礼记》注驳顾说，亦误。参读《考辨》第三五。

澹台灭明，武城人。《列传》

宓不齐，鲁人。《集解》引孔安国。

原宪，鲁人。《集解》引郑玄。

公冶长，齐人。《列传》或说鲁人。《索隐》引《家语》。

钱坫《论语后录》：“公冶长《史记》以为齐人，《家语》以为鲁人，范宁杜预以为鲁公族。案：公冶襄公时有其人，疑以字为氏。”崔述云：“公父歜，公父之后也，则公冶长亦当为公冶之后。襄公之自楚归也，季孙使公冶问，则公冶鲁大夫也。然则长亦非齐人矣。”

南宫括，鲁人。《集解》引孔安国。

公皙哀，齐人。《集解》引《家语》。

《淮南·泛论训》：“季襄陈仲子立节抗行，不入洿君之朝，不食乱世之食，遂饿而死。”高诱注：“季襄，鲁人，孔子弟子。”王念孙曰：“孔子弟子无季襄，襄当为哀字之误也。《史记·仲尼弟子传》云：‘公皙哀字季次。’此言季哀，即季次也。故高注云然。按：金鹗《求古录礼说》九《孔子弟子考》：“古人名字，皆相应，哀必有次，故名哀字次。”《弟子传》载孔子之言曰：‘天下无行，多为家臣，仕于都，唯季次未尝仕。’《游侠传》云：季次原宪，‘怀独行君子之德，义不苟合当世’，‘终身空室蓬户，褐衣疏食不厌’。与此说略同。”据此，则季次一说乃鲁人。季次事不见于《论语》，《列传》：“惟季次未尝仕。”称其字，亦后人笔。

又按：先秦古籍，颇亦有以原宪鲍焦并举者。《韩诗外传》卷一：“鲍焦衣弊肤见，挈畚持蔬，遇子贡于道。”则鲍焦亦正与原宪季次同时也。鲍焦“立槁于洛水之上”，其制行亦复与原宪季次相类，惟不列儒籍，后世故少称述，特附箸于此焉。又有申徒狄抱石投河，《韩诗外传》记其语，谓：“吴杀子胥，陈杀泄冶。”则申徒亦战国初年人，与原宪鲍焦相似，或犹稍后也。（《文选》邹阳《狱中上书》，李善注，引服虔曰申徒“殷之末世人”，恐难信据。）又《韩非·八说》：“鲍焦华角，天下之所贤也，鲍焦立枯，华角赴河。”华角不知又何人。先秦诸子，仅见名字，不可详考者，其数实多，此尤学者所当知也。

曾蒧，曾子父。

颜无繇，颜子父。

商瞿，鲁人。《列传》

高柴，卫人。《集解》引郑玄。或说齐人。《正义》引《家语》。

按：自来注家俱以子羔为齐敬仲高傒之后，与《正义》引《家语》正合。郑说或未确。惟王应麟亦谓是卫人，后居鲁。《檀弓上下疏》两引《史》云郑人，今本无此说。

漆雕开，鲁人。《集解》引郑玄。或说蔡人。《正义》引《家语》。

司马耕，宋人。《集解》引孔安国。

樊须，齐人，《集解》引郑玄。或说鲁人。《正义》引《家语》。

按：《左传》哀十一年，齐伐鲁，冉有以樊迟为车右，迟先鲁师逾沟，遂败齐人。初，季孙疑其年弱。若迟是齐人，不应自伐宗国。季孙之疑，亦不专以年弱为说。则迟定鲁人也。

有若，鲁人。《集解》引郑玄，《正义》引《家语》。

公西华，鲁人。《集解》引郑玄。

巫马施，鲁人。《集解》引郑玄。《家语》作陈人。据《墨子·耕柱》，巫马子谓子墨子曰："我爱鲁人于邹人。"则巫马氏当鲁人矣。

以上略举《弟子列传》中有行迹可考信者，详其国邑，知崔说之不可易。盖孔子辙迹，仅及鲁齐卫宋陈蔡，而云适天下，干七十二君。则谓弟子来自远方，亦正其类。

《列传》记诸弟子年岁者，二十余人，其文当有所本。虽或有误，大要亦不甚远。今重为考列如次。

颜回，少孔子三十岁，年二十九发尽白，蚤死。《列传》

按：当云四十一蚤死，说详《考辨》第二六。

闵损，少孔子十五岁。《列传》

《容斋随笔》："《论语》所记孔子与人语，及门弟子，并对其人问答，皆斥其名，未有称字者。虽颜冉高第，亦曰回曰雍，唯至闵子独云子骞，终此书无损名。昔贤谓《论语》出于曾子有子之门人，予意亦出于闵氏。"今按：闵子于孔门为前辈，曾子有子皆后进，《论语》尤出于后进弟子之门人，则非亦出于闵氏矣。闵子在当时，岂自以年德见尊异欤？闵子卒年无考。

仲弓，少孔子二十九岁。《索隐》引《家语》。

按：《荀子》书屡称"仲尼子弓"，杨倞《注》（见《非相》）："子弓盖仲弓也。"元吴莱亦主其说，俞樾曰："仲弓称子弓，犹季路称子路。子路子弓，其字也，曰季曰仲，至五十而加以伯仲也。"今按：后世常兼称孔颜，荀卿独举仲尼子弓，盖子弓之与颜回，其德业在伯仲之间，其年辈亦略相当，孔门前辈有颜回子弓，犹后辈之有游夏矣。子曰："雍也可使南面。"则孔子之称许仲弓，固甚至也。

又按：《论语》："逸民：伯夷、叔齐、虞仲、夷逸、朱张、柳下惠、少连。"皇侃《疏》引王弼曰："朱张字子弓，荀卿以比孔子。"《论语》逸民下序六人，而阙朱张，明取舍与己同也。是以子弓为朱张。王弼之意似指传《易》之馯臂子弓也。此亦一说，未知孰是。

又按：《论语》："犁牛之子骍且角。"馯臂疑"骍角"字讹，则子弓仍是仲弓。或言江东楚人，或言鲁人，则如子游子张之例，惟朱张无说，仍以存疑可也。

伯牛。

按：《论衡·自纪篇》："鲧恶禹圣，叟顽舜神，伯牛寝疾，仲弓洁全。"以伯牛为仲弓父。毛奇龄《四书改错》谓："以伯牛名犁，其称犁牛，直指其名与字言，此固无他据，不足道者。"李氏《尚史》、钱氏《养新录》、沈氏《汉书疏证》诸书，均不信《论衡》此说。《圣门志》《阙里广志》称伯牛少孔子七岁。若伯牛诚是仲弓父，则年亦相当。盖如颜路曾点而尤早死，故言行少见于《论语》。今王氏说虽无他据，而伯牛之为孔门前辈弟子，则自可信也。

冉求，少孔子二十九岁。《列传》

按：《论语》："子适卫，冉有仆。"时冉子年二十有六。《孔子世家》：鲁哀公三年，季康子召冉求，时冉子年三十一。哀公十一年，齐伐鲁，战于郎，冉有有功，遂召孔子，时冉子年三十九。李氏《尚史》引朱庸若曰："冉有与季路并驱，不当少长二十年。"然由求并驱，在孔子晚年返鲁后，固无嫌。《大戴记·卫将军文子篇》注以冉求为冉雍子，恐不可信。

仲由，少孔子九岁。《列传》

按：《左传》定公十二年，仲由为季氏宰，将堕三都，时子路年四十五。哀公十五年，卫蒯聩之难，子路死之，年六十三。

又按：子路为季氏宰，在定公世。冉有为季氏宰，在哀公世。二子未尝同仕于季氏。《论语》“季氏将伐颛臾，冉有季路见于孔子”云云，崔述力辨其诬。毛奇龄《四书改错》引小邾射来奔事，为孔子反鲁后由再仕季之证。又引《韩非子·外储说右上》“季孙相鲁，子路为郈令”，挟粟餐长沟之众；季孙让之曰：“将夺肥之民耶？”肥为康子名，为由求共仕康子之旁证。今按：小邾射之事，子路自以为民居国，义当从令，故有“有事小邾，死其城下，不敢问故”之对，不足以为再仕季氏证。至于《韩非》书郈为叔孙氏邑，子路为郈令，又乌得谓再仕康子。又谓孔子驾而去鲁，宁有其事？寓言小说，殊不足信。《水经·济水注》引《韩子》：“鲁以仲夏起长沟，子路为蒲宰，以私粟馈众。”蒲乃卫邑，与鲁事益无涉。其说亦不足据。又《弟子列传》：“子路为蒲大夫。”又曰：“为蒲大夫孔悝之邑宰。”蒲本宁氏邑，后归公叔氏。疑公叔畔后，乃归孔氏。则为蒲大夫，即孔氏邑宰也。春秋公邑称“大夫”，私邑称“宰”。然如阳货亦称大夫，则蒲宰亦得称蒲大夫矣。蒲人尝围孔子，故孔子之戒子路曰：“蒲多壮士，又难治也。”

端木赐，少孔子三十一岁。《列传》

按：子贡少颜子一岁，观孔子与回孰愈之问，见二人在孔门之相伯仲。《礼记·檀弓》：“孔子之丧，门人疑所服。子贡曰：‘昔者夫子之丧颜渊，若丧子而无服，丧子路亦然，请丧夫子若丧父而无服。’”又《孟子》云：“昔者孔子殁，三年之外，门人治任将归，入揖于子贡，相向而哭，皆失声。子贡反，筑室于场，独居三年，然后归。”全谢山《经史问答》云：“孔子之卒，高第盖多不在。而三年治任，入揖子贡，是子贡之年最长。其长于子贡而尚在者，惟高柴。哀十七年尚见于蒙之会。又冉有亦尚仕季氏。盖皆以居官不在庐墓之列。”按：孔子卒，子贡年四十二。

又按：子贡，卫人，少孔子三十一岁。孔子为鲁司寇，子贡年二十。孔子去鲁之卫，子贡年二十四。疑子贡从游，盖在孔子至卫后。《左传》：“定公十五年春，邾隐公来朝，子贡观焉。邾子执玉高，其容仰，公执玉卑，其容俯。子贡曰：‘以礼观之，二君皆有死亡。君为主，其先亡乎?’夏五月，公薨。仲尼曰：‘赐不幸言而中，是使赐多言者也。’”此正似子贡初从孔子后语。时子贡年二十六。盖至鲁观礼，归而言之孔子，非孔子亦以是年反鲁也。其后孔子困于陈蔡之间，颜渊子贡子路从。及孔子反卫，而子贡去卫仕鲁。《左传》哀七年会吴于鄫，季康子使子贡对太宰嚭，是子贡仕鲁之证也。十一年，艾陵之役，代叔孙对吴王。十二年，会橐皋，鲁使子贡辞寻盟。又说太宰嚭舍卫侯。十五年冬，从子服景伯如齐，陈成子以子贡言归鲁成。自七年至此，子贡仕鲁已九年。《盐铁论》：“孔悝之乱，子贡子皋遁逃，不能死其难。”此说殊无根据，不可信。翌年，鲁哀公十六年，夏，孔子卒；子贡庐墓六年而去，当在哀公二十一年。其后遂归卫。《左传》“哀二十六年，卫出公自城钼使以弓问子赣，且曰：‘吾其入乎?’子赣对曰：‘臣不识也。’私于使者曰”云云，是其时子贡仕于卫。翌年，“越后庸盟鲁于平阳，季康子病之，思曰：‘子赣若在此，吾不及此。’武伯曰：‘然，何不召？’曰：‘吾将召之。’”其后子贡事无考。《史记·货殖传》谓：“子赣既学于仲尼，退而仕于卫，废著鬻财于曹鲁之间。七十子之徒，赐最为饶益。”然考《论语》孔子曰：“赐不受命而货殖焉，臆则屡中。”是子贡货殖，孔子已言之。据子贡前后行迹考之，其鬻财曹鲁之间，或在其仕鲁之际。其仕卫已在孔子卒后，《史记》之说，不足尽据。《列传》谓子贡卒于齐，其年亦无考。

言偃，少孔子四十五岁。《列传》

按：孔子反鲁，子游年二十三。盖其从游当在孔子反鲁后也。阎若璩《四书释地三续》：“孔子厄于陈蔡，年六十三，时子游年仅十八，子夏年十九耳，而既以文学名。”此阎氏误读《论语》“从我于陈蔡”以下两章为一章，故云尔。又《家语》：“孔子为鲁司寇，与于蜡，既宾，事毕，乃出游于观之上，喟然而叹。言偃侍。”《礼运》注亦谓：“孔子仕鲁，在助祭之中。”考孔子年五十一为司寇，子游年六岁，孔子五十五岁去鲁，子游年十岁，孔子与语“大同”“小康”，有是理乎？后人犹有信《礼运》大同为真孔子当日之言者，皆坐不知论世考年之咎。

卜商，少孔子四十四岁。《列传》

按：游夏在孔门相伯仲，犹回赐也。晚年为魏文侯师，详《考辨》第三九。又按：《檀弓》：“昔者夫子失鲁司寇，将之荆，盖先之以子夏，又申之以冉有，以斯知不欲速贫也。”其语不足信。何者？孔子去鲁，在定公十三年；至楚，在哀公六年。其间年月甚远。且去鲁乃之卫，非之荆。一也。冉有以鲁哀三年自陈召还，不得复使荆。二也。《孔子世家》云："楚使人聘孔子，孔子将往拜礼，陈蔡用事大夫发徒役围之，于是使子贡至楚。楚昭王兴师迎孔子，然后得免。"陈蔡之围，与昭王之迎，既均不足信，则子贡之使亦不足信。三也。此又云子夏。孔子厄于陈蔡，子夏年十九，盖尚未从游，又不闻子夏长于聘使专对。其时既年少，孔子何特使之为先容？四也。臧庸《拜经日记》疑子夏当为子贡之讹，其说亦无据。陈玉澍《卜子年谱》驳之，益无聊。金鹗郑环以子夏从游陈蔡疑其年，亦误。今定子夏从游在孔子归鲁后，则诸说皆可无辨。崔述云："《檀弓篇》所记舛谬殊多，而此章所载曾子速贫速朽之说，尤不近于理，必后人所妄撰。"《洙泗考信录》卷二"盖自孔子殁后，诸弟子之门人，各私其师，故多自尊其师之说，而讥他人，因而撰为此等语耳。"《洙泗考信录·余录》不足信，五也。然崔氏既论此章不足信，又据先之以子夏申之以冉有之语，证其时冉有尚从孔子未归鲁，何也？《韩诗外传》有"卫灵公使人召勇士，道遭行人卜商"云云，子夏与卫灵公年不相及，《外传》妄也。陈氏《年谱》强改灵公为出公，又谓事之有无不可论也，殊牵强。《年谱》其他多类此，不尽辨。

颛孙师，少孔子四十八岁。《列传》

按：《弟子列传》"子张从在陈蔡间，因问行"云云，《滹南集·辨惑》曰："子张问行，孔子语以忠信笃敬，此平居所讲明。《史记》因陈蔡之困而发，何所据耶？"翟灏《四书考异》亦辨之云："陈蔡之厄，孔子年六十三。子张少孔子四十八岁，时才十五岁也。史文岂可尽信？"今按：孔子六十八返卫，子张亦才二十岁。则其从游，盖在孔子自卫归鲁之后。《韩非·显学篇》："孔子之死，儒分为八，有子张之儒。"子张亦能别立宗派，而其学说少所考见，可慨也。子贡问师商孰贤，以二人为后进，子贡先达，见后进之贤而问此。《檀弓》："子张死，曾子有母之丧，齐衰而往哭之。"则子张先曾子卒，殆非高寿。据《掘坊志》，子张卒年五十七，则鲁悼之二十一年也。

又按：《史记·儒林传》："孔子卒后，七十子之徒，散游诸侯，大者为师傅卿相，小者友教士大夫，或隐而不见。故子路居卫，子张居陈，澹台子羽居楚，子夏居西河，子贡终于齐。"子路已先孔子而卒。子张之死，曾子往哭，似子张卒于鲁。史公既称子张陈人，又称孔子卒而子张居陈，殆不可信。

《孟子·尽心篇》："如琴张曾晳牧皮者，孔子之所谓狂矣。"琴张之名，又见《左》昭二十年《传》："琴张闻宗鲁死，将往吊之。"贾逵郑众以琴张为颛孙师。服虔驳之云："子张少孔子四十余岁，孔子是时三十一，未有子张。"赵岐注《孟子》，亦以琴张为子张，云："子张善鼓琴，号曰'琴张'。"盖本贾郑。今按：牧皮无考。近人马叙伦《庄子义证》疑牧皮即孟子反。谓"牧""孟"音同明纽，"皮""反"形既相似，声亦歌元对转，其说盖信。曾晳，曾参父，年或稍后于子路。据《论语》"侍坐"章。最多不后孔子二十岁，于子张乃父行。孟子先琴张次及曾晳，则琴张非子张，当与子路曾晳之俦同辈行也。庄子云："子桑户孟子反子琴张三人相与友。子桑户死，孔子使子贡往侍事。""桑户"《山木篇》作"桑雽"；《楚辞·涉江》作"桑扈"，云："接舆髡首，桑扈臝行。"或谓即《论语》之子桑伯子，所谓太简者也。《说苑·修文》记其不衣冠而处，即《涉江》所云"臝行"也。孟子反疑即《论语》之孟之反。又见《左》哀十一年《传》："奔而殿，将及门，策马，曰非敢后。"者。琴张与桑户孟反为友，又为辈行前于子张之证。

时冉有使樊须御，季孙嫌其年少。子张与樊迟同辈，年又稍后，则决非琴张矣。即谓琴张以善鼓琴得名，非氏琴，亦不必即为子张。王肃《伪家语》以琴张为琴牢；《汉书·人表》琴张在四等，今作琴牢，王引之已辨正。游夏子张皆少孔子四十余岁。金鹗皆疑谓“少孔子三十余岁”，误也。又前后引金鹗，皆见《求古录礼说》。

曾参，少孔子四十六岁。《列传》

按：曾子于孔门为后进，孔子死，曾子年仅二十七。《颜氏家训·勉学》：“曾子七十乃学，名闻天下。”孙志祖《读书脞录》疑“七十”为“十七”之讹。今按：曾子年十七，乃孔子自楚反卫之岁，岂曾子是时始从孔子于卫乎！孔子称“参也鲁”，门人记德行、言语、政事、文学四科，无曾子。则曾子之在孔门，未必夙为群弟子所推尊。其后游夏子张欲尊有子为师，强曾子，曾子不肯，其时犹不见尊曾子。曾子既为鲁费君所重，其子曾申又见崇于鲁缪。吴起出曾氏门，显名楚魏。至孟子推尊曾子，后世因谓其独得孔门一贯之传，实不然也。《韩诗外传》称：“曾子仕于莒，得粟三秉。后齐迎以相，楚迎以令尹，晋迎以上卿。”卷一又称：“仕齐为吏，禄不过钟釜。后南游楚，得尊官。”卷七然据《檀弓》“易箦”之言，曾子未必为尊官。《荀子·大略》有晏子送曾子，杨倞已辨之，《晏子春秋》《说苑》皆有之。古书多沿袭，不足怪。又《小戴记·曾子问》，有卫灵公吊季桓子，灵公卒季孙前，其语益不信。参读《考辨》第四。

曾蒧。

《檀弓》：“季武子卒，曾点倚其门而歌。”阎若璩《四书释地又续》辨之云：“《春秋》昭公七年，季孙宿卒，孔子年十七。曾点少孔子若干岁，未可知。然《论语》叙其坐次，后于子路，则必少九岁以上也可知。孔子年十七时，子路甫八岁，点实不过六岁七岁孩童耳，乌得有倚国相之门，临丧而歌之事？《檀弓》多诬，莫此为甚。”

澹台灭明，少孔子三十九岁。《列传》

按：《论语》子游为武城宰，始识灭明，则灭明从游在孔子晚年也。《列传》云：“既已受业而退，修行，行不由径，非公事不见卿大夫。”与《论语》相舛，疑失之。又云：“南游至江，从弟子三百人，设取予去就，名施乎诸侯。孔子闻之，曰：‘吾以言取人，失之宰予；以貌取人，失之子羽。’”今按：武城近吴，吴灭，与越邻。越以新兴，礼贤下士，墨子弟子多游越者。《儒林传》：“孔子卒后，子羽居楚。”楚越邻国，子羽南游至江，容有其事。然孔子当不及闻其显。“以言取人，失之宰予”语既不足信，详《考辨》第二七。则“以貌取人，失之子羽”者，亦后人之虚造也。子羽称字亦后人笔。

宓不齐，少孔子四十九岁。《列传》或说少三十岁。《索隐》引《家语》。

崔述云：“孔子称子贱，君子哉若人。鲁无君子者，斯焉取斯？则是子贱已成德矣。其亲师取友，已历有年矣。而《列传》谓其少孔子四十九岁，则当孔子卒时，年仅二十有五，成德安能如是速乎？”金鹗亦辨之。据此，则《家语》之年为当也。《志疑》云：“《索隐》引《家语》作‘少孔子四十九岁’，与《史》同。今所传毛本《家语》无‘九’字，《索隐》引《史》作‘三十’，并误。又各本《史记》改《索隐》元文曰《家语》‘少孔子三十岁’。此云三十九，不同，妄也。”今按：弟子传《索隐》引《家语》注年数者，或注不同，或以补缺。若曰与《史》同，则颜子以下，何不逐人为注，独于子贱下此一条？疑未允也。此正是今传《家语》误取《史》年耳，不当转疑《索隐》之非元文。又按：子羔《史》云“少孔子三十岁”，今《家语》作四十。疑毛本以子羔误子贱而错校者。

《汉艺文志》有《宓子》十六篇，《论衡·本性篇》云：“宓子贱漆雕开公孙尼子之徒，亦论情性，与世子相出入。”

叶德辉曰："《韩非·外储》《吕览》《新书》《淮南子》《韩诗外传》《说苑》《论衡》《家语》注及宓子贱语，皆治单父时事，当在十六篇中。"

《韩非子·难言篇》："宓子贱西门豹不斗而死人手。"《宋书》："毕万保躯，宓贱残领。"则宓子盖不得其死者。李氏《尚史》不之信，而亦无说。

颜无繇，少孔子六岁。《索隐》引《家语》。

商瞿，少孔子二十九岁。《列传》

叶梦得云："自司马迁以来，学者皆言孔子传《易》商瞿。瞿本非门人高第，略无一言见于《论语》。性与天道，子贡且不得闻，而谓商瞿得之乎？"今按：据《列传》，瞿年长于回赐，其从游当不在后。而孔子晚年喜《易》，瞿得其传，亦当在孔子晚世。则瞿之从学久矣，而顾无一语见于《论语》，又不见于其后群弟子之称述，则其人尚在若有若无间，遑论传《易》之事哉？《列传》又云："商瞿年长无子，孔子曰：'无忧。瞿年四十后，当有五丈夫子。'已而果然。他日，弟子以问有若，有若不能对，遂斥其师座。"其语荒诞，不足信。今《家语》有："梁鳣年三十未有子，欲出妻，瞿曰：'昔吾年三十八无子，孔子曰："无忧，过四十当有五丈夫。"今果然。恐子自晚生耳，未必妻之过。'"此又袭《史记》而益谬。据《列传》梁鳣商瞿同年。瞿有五子，鳣年何得仅三十？即如今《家语》谓鳣年少瞿十岁，则鳣三十，瞿年恰四十，岂得谓夫子"五丈夫子"之言果然？此殊不足辨，姑举以见伪书之多谬耳。《论衡》有"孔子病，商瞿卜"云云；《御览》引《庄子》则云"孔子病，子贡出卜"，皆《论语》子路请祷之讹。

高柴，少孔子三十岁。《列传》

按：据此则高子颜子同年也。《论语》："子路使子羔为费宰，子曰：'贼夫人之子。'"崔述云："此事当在子路为季氏宰之时。鲁定公五年，公山不狃以费宰见于《传》，至十二年奔齐，而费始无宰。然则子羔之举，当在季氏初堕费之后也。”今按：鲁定公十二年，子羔年二十四，故孔子曰“贼夫人之子”矣。哀十五年，卫蒯聩之难，子路死之，子羔则去，时年四十二。子羔去卫，遂重仕于鲁。《左传》哀十七年，“公会齐侯盟于蒙，孟武伯相，问于高柴”云云，其证也。崔述云：“《论语》子羔仅两见，皆非美辞。然其事旁见于传记者不一，其言亦有足多者。盖子羔年少，其仕鲁在孔子卒后，是以不著于《论语》耳。”余意子羔长于子贡，不得谓年少。《论语》载孔门诸弟子言行，自有详略，亦不得以年少为说。

樊须，少孔子三十六岁。《列传》

按：《左传》：“哀公十一年，鲁及齐师战于郊，冉求帅左师，樊迟为右。季孙曰：‘须也弱。’有子曰：‘就用命焉。’”其时樊迟年三十二，不可谓弱。文十二年《传》，“有宠而弱”；十四年《传》，“谷之子弱”；成二年《传》，“二君弱”。皆谓年少。疑当少孔子四十六岁，时年二十二也。今《家语》正作“少四十六”。费氏《门人考》依之。

有若，少孔子十三岁。《列传》或说少三十三岁。《正义》引《家语》。又《论语》邢疏引《史记》作“少四十三岁”。

崔述云：“吴之伐鲁也，微虎欲宵攻王舍，有若踊于幕庭，当是少壮时事。而《列传》谓其少孔子十三岁，则当时已五十有四，力已衰矣。又不应孔子在时，无所表见，至孔子没后，而与诸弟子问答甚多也。”金鹗亦有辨。据此则《家语》之年为当。微虎之事在鲁哀公八年，有子盖年二十四。《檀弓》载：“有若之丧，悼公吊焉，子游摈。”是有子卒在悼公世，先子游。据言氏《旧谱》，子游卒年六十四，若其说可信，则为鲁悼公之二十五年，而有若犹在前。

顾氏《日知录》："孟子言：'他日，子夏子张子游以有若似圣人，欲以所事孔子事之，强曾子，曾子不可。'"慈溪黄氏曰："有若虽不足以比孔子，而孔门之所推尚，一时无及有若可知。"愚按：《论语》首篇，即录有子之言者三，而与曾子并称"曰子"，门人实欲以二子接孔子之传者。传记言，孔子之卒，哀公诔之；有若之丧，悼公吊焉。其为鲁人所重，又可知矣。又曰：孟子不曰"有若似孔子"，而曰"有若似圣人"，《史记》乃云"有若状似孔子"，谬甚。

又按：《列传》有有若不能对弟子问，因而撤座之说。洪迈《容斋随笔》辨之云："此两事近于星历卜祝之学，何足以为圣人，而孔子言之？有若不能知，何所加损，而弟子遽以是斥退之乎？孟子称游夏子张以有若似圣人，欲以所事孔子事之，曾子不可，未尝深诋也。《论语》记有子之言为第二章，在曾子前。《檀弓》载子游曰：'有子之言似夫子。'其为门弟子所敬久矣。太史公之书，于是为失。"

公西赤，少孔子四十二岁。《列传》

崔述云："《论语》多以子路冉有并称。季康子问从政，以由赐求，孟武伯问仁，以由求赤，其年皆似不甚远。而《列传》谓子路少孔子九岁，冉有少二十九岁，子贡少三十一岁，公西华少四十二岁，年之相隔太远，恐未必尽然。"金鹗云："《论语》子华使于齐，冉子与其母粟五秉，即夫子之粟。此盖夫子为司寇时，故有粟如此之多。又与原思为宰同时，故类记之也。原注：毛西河说如此。若少孔子四十二岁，则是时方十二三岁，安能出使乎？'四'字或为'三'字之讹。按：阎若璩《四书释地续》，疑"子华使齐在孔子自卫反鲁后，赤年将三十，求仕季孙久，已富而粟多耳”。不悟孔子使子华，何需冉有季氏之粟？且亦与四子言志之文不合。阎说非也。子路曾皙冉有公西华侍坐，此以齿序。冉有少二十九，子华少三十二，序于冉有之下，亦自合也。”今按：金说甚是。《论语》“侍坐”章当在子路为季氏宰之先。今姑以鲁定公十一年，当堕三都前一年。时孔子年五十三，子路年四十四，曾皙年当三十许，冉有年二十四，则子华年二十一也。《檀弓》：“孔子之丧，公西华为志。”时年四十一。

原宪，少孔子三十六岁。《索隐》引《家语》。

按：《论语》“原思为之宰”，包咸注：“孔子为鲁司寇，以原宪为家邑宰也。”崔述《洙泗考信录》、狄子奇《孔子编年》皆从之。其说盖信。孔子年五十一，为司寇，原宪时年十五，是亦有误。三十六或当作二十六。金鹗亦有辨。

漆雕开，少孔子十一岁。《正义》引《家语》。

按：《论语》：“子使漆雕开仕，对曰：‘吾斯之未能信。’子悦。”宋氏《过庭录》谓：“‘吾’疑‘启’字之讹。‘啟’古字作‘启’，漆雕子名，避景帝讳作开。”玩其语气，漆雕年当远后于孔子，不止少十一岁也。《韩非·显学篇》云：“孔子之死，有漆雕之儒。”漆雕亦与子张诸人同其辈行，于孔门为后起，故能于孔子卒后别启宗风，自辟户牖。若其年与孔子相随，则孔子没后，为时亦不能有久，无缘自成宗派矣。韩非所举八家中，惟颜子乃孔门前辈弟子，此由后儒推托，与颛孙漆雕之自辟蹊径者不同。《韩非》又云：“漆雕之议，不色挠，不目逃。行曲则违于臧获，行直则怒于诸侯。世主以谓廉而礼之。”《孟子》亦云：“北宫黝之养勇也，不肤挠，不目逃。思以一毫挫于人，若挞之于市朝。不受于褐宽博，亦不受于万乘之君。视刺万乘之君，若刺褐夫。无严诸侯，恶声至，必反之。”又曰：“曾子谓子襄曰：

‘吾尝闻大勇于夫子矣：自反而不缩，虽褐宽博，吾不惴焉；自反而缩，虽千万人，吾往矣。’”此皆所谓漆雕儒之风也。陶潜《圣贤群辅录》：“漆雕氏传礼为道，为恭俭庄敬之儒。”《墨子·非儒篇》云“漆雕形残”，《孔丛子》作“漆雕开形残”，则知《韩非》漆雕之为漆雕开也。孙诒让《闲诂》曰：“《孔子弟子列传》尚有漆雕哆漆雕徒父二人。此所云或非开也。《孔丛》伪托不足据。”又曰：“《韩非·显学》‘漆雕之儒’，亦非漆雕开明甚。”今按：《孔丛》固不可尽据，然非别有确证，亦何以知此漆雕之决不为开乎？孙辨亦失之于固矣。《汉志》有《漆雕子》十二篇，列曾子后，宓子前，疑其年世亦当在曾宓之间。《汉志》每有自后至先为列者，此其例也。班注：“孔子弟子漆雕启后。”宋翔凤《论语发微》谓“后”字当衍是也。《正义》引《家语》或脱一“四”字，少孔子四十一岁，差为近之。

崔述云：“《春秋传》多载子路冉有子贡之事，而子贡尤多，曾子游夏皆无闻焉。《戴记》则多记孔子没后曾子游夏子张之言，而冉有子贡罕所论著。盖圣门中子路最长，闵子仲弓冉有子贡则其年若相班者。孔子在时，既为日月之明所掩；孔子没后，为时亦未必甚久。而子贡当孔子世，已显名于诸侯，仕宦之日既多，讲学之日必少，是以不为后学所宗耳。若游夏子张曾子，则视诸子为后起，事孔子之日短，教学者之日长，是以名言绪论，多见于孔子没后也。”今按：崔说甚是。余考孔门弟子，盖有前后辈之别。前辈者，问学于孔子去鲁之先，后辈则从游于孔子返鲁之后。如子路、冉有、宰我、子贡、颜渊、闵子骞、冉伯牛、仲弓、原宪、子羔、公西华，则孔门之前辈也；游、夏、子张、曾子、有若、樊迟、漆雕开、澹台灭明，则孔门之后辈也。虽同列孔子之门，而前后风尚，已有不同。由、求、予、赐志在从政，游、夏、有、曾乃攻文学，前辈则致力于事功，后辈则研精于礼乐。此其不同一也。故子路之言曰："有民人焉，有社稷焉，何必读书，然后为学？"冉有则曰："如其礼乐，以俟君子。"冉子又曰："非不悦子之道，力不足也。""道"即指礼乐文章。宰予自哀公六年即从阳生仕齐，历八年之久。子贡务货殖，鬻财曹鲁间，二人同列言语之科，应对使命，皆不专事于学。至子游为武城宰，乃有弦歌声。故子曰："先进于礼乐，野人也；后进于礼乐，君子也。"刘逢禄《论语述何》云："此章类记弟子之言行，夫子所裁正者。先进谓先及门，如子路诸人，志于拨乱世；后进谓子游公西华诸人，志于致太平。"此以先进后进为及门之先后是也。惟以公西华为后进，则误。子华愿为小相，亦先进之志于事功者。故孔子曰："三年学，不志于谷，不易得也。"又曰："冉求之艺，文之以礼乐。"此为先进言之也；曰："如用之，则吾从先进。"此为后进言之也。所谓言各有当，非一端也。孔门四科，德行颜闵冉伯牛仲弓，言语宰我子贡，政事冉有季路，文学子游子夏。此惟文学一科属后进，余则皆先进。顾先进弟子，亦未必皆汲汲仕进。如颜子陋巷，孔子最所称许。季氏使闵子为费宰，则曰"善为我辞"。《列传》亦称其不仕大夫，不食污君之禄。今《家语》谓闵子骞为费宰，问政于孔子。《大全辨》谓是孔子为鲁司寇，桓子未堕费前。今按：其说妄也。时居费者乃公山不狃，闵子何尝为费宰？"雍也可使南面"，虽为季氏宰，无所表见，殆亦勇退者流。冉伯牛少可称述，而居德行之科。后进则风气又异。漆雕开立议不辱，澹台子羽设取予去就。子张堂堂，故为难能。樊迟小人，乃问稼圃。大抵先进浑厚，后进则有棱角。先进朴实，后进则务声华。先进极之为具体而微，后进则别立宗派。先进之淡于仕进者，蕴而为德行。后进之不博文学者，矫而为玮奇。此又孔门弟子前后辈之不同，而可以观世风之转变，学术之迁移者也。

孔子曰："天下无行，多为家臣，仕于都，唯季次未尝仕。"其见于《列传》者：冉求为季氏宰；仲由为季氏宰，又为蒲大夫，为孔悝之邑宰；宰我为临淄大夫；端木赐常相鲁卫；子游为武城宰；子贱为单父宰；高柴为费郈宰。其见于《论语》者：原思为孔氏宰；子夏为莒父宰。可以见孔门之多为家臣。

孔子弟子，多起微贱。颜子居陋巷，死有棺无椁。曾子耘瓜，其母亲织。闵子骞着芦衣，为父推车。仲弓父贱人。子贡货殖。子路食藜藿，负米，冠雄鸡，佩猳豚。有子为卒。原思居穷阎，敝衣冠。樊迟请学稼圃。公冶长在缧绁。子张鲁之鄙家。虽不尽信，要之可见。其以贵族来学者，鲁惟南宫敬叔，宋惟司马牛，他无闻焉。孔子亦曰："吾少也贱。"其后亲为鲁司寇，弟子多为家臣，邑大夫。晚世如曾子子夏，为诸侯师，声名显天下。故平民以学术进身而预贵族之位，自儒而始盛也。

三〇　孔门传经辨

《弟子列传》有商瞿，记传《易》系统。余考孔子以前，无所谓六经也。孔子之门，既无六经之学，诸弟子亦无分经相传之事。自汉博士专经授受，而推以言先秦，于是曾思孟荀退处于百家，而孔子之学乃在六艺，而别有其传统。而孔门之与儒学，遂划为两途。兹姑就其传统诸说辨之，亦孔门一重公案也。

汉儒传经之说，有可信，有不可信。《史记·儒林传》记汉儒传经，言《诗》于鲁则申培公，于齐则辕固生，于燕则韩太傅。言《尚书》自济南伏生。言《礼》自鲁高堂生。言《易》自菑川田生。言《春秋》，于齐鲁自胡母生，于赵自董仲舒。此可信者也。盖自秦人焚书，又经陈项之乱，书籍散亡，学者亦稀。汉兴，乃有一二大师，出为教授，始有传统可言。史公本所见闻，记其源流，自可信据。至推而上之，谓某经自孔子若干传至某师云云者，大率妄造假托，不可信也。

言孔门传经系统，莫详于《易》。史迁云："自鲁商瞿受《易》孔子，孔子卒，商瞿传《易》六世，至齐人田何。"此有可疑者：《易纬乾凿度》曰："仲尼生不知《易》本，偶筮其命，得《旅》，请益于商瞿氏。"则谓商瞿乃孔子前辈，孔子向之请益，决非少孔子二十九岁之弟子。二说乖僢，同为无根，可疑一也。孔子晚年治《易》，既所重视，其实此说亦不足信。传之商瞿，则瞿亦孔门高足。其年事长于回赐，于游夏为前辈，何以姓名独不一见于《论语》？孔子没后，诸弟子论学，亦绝不及商瞿，可疑二也。石林叶氏云："自司马迁以来，学者皆言孔子传《易》商瞿，瞿本非门人高第，略无一言见于《论语》。性与天道，子贡且不得闻，而谓商瞿得之乎？"则前人已疑之。《史记》云："孔子传《易》于瞿，瞿传楚人馯臂子弘，弘传江东人矫子庸疵，疵传燕人周子家竖，竖传淳于人光子乘羽，羽传齐人田子庄何。"而《汉书·儒林传》则云："瞿传鲁桥庇子庸，子庸授江东馯臂子弓，子弓授燕周丑子家，子家授东武孙虞子乘，子乘授齐田何子装。"不但姓名里居不同，传授先后亦互异，可疑三也。即谓马班二氏当有一误，然孔子六经，何以无子游传《礼》至二戴，子夏传《春秋》至严颜云云，而顾于《易》之传统，独班班若是？可疑四也。荀谓："秦人禁学，独《易》为卜筮书，得不禁，故传授者不绝。"《史记·儒林传》然其他五经传统虽绝，其秦前大师递受必有可考，不应均无稽。可疑五也。且孔子九世孙鲋为陈涉博士，而田何当汉兴，距孔子仅七世。时寿又不符。崔适《史记探源》云："瞿少孔子二十九岁，是生于鲁昭公十九年。至汉高九年，徙齐田氏关中，计三百二十六年。而商瞿至田何止六传。是师弟子之年，皆相去五十四五。师必年逾七十而传经，弟子皆十余岁而受业，乃能几及。其可信耶？"此可疑者六也。《韩非·显学》："儒分为八。"有公孙氏之儒，陶潜《群辅录》："公孙氏传《易》。"《晋书》太康二年，汲郡人不准发魏王冢，得竹书《易》五篇，公孙段与邵陟论《易》二篇；朱彝尊《孔子门人考》谓公孙段即八儒传《易》者。今按：据上诸书，又见商瞿传《易》之无征，公孙段亦未必孔子弟子，盖七十子之后学也。

《易》统之说既兴，其后乃有《诗》统。《经典释文·毛诗》徐整云："子夏授高行子，高行子授薛仓子，薛仓子授帛妙子，帛妙子授河间大毛公，大毛公以授小毛公，为河间献王博士。"考河间献王立于景帝二年，子夏少孔子四十四岁，则生于鲁定公二年，相距三百五十八年。而子夏至小毛公仅五传，其不可信，尤远甚于商瞿之与田何矣。或说："子夏传曾申，申传魏人李克，克传鲁人孟仲子，孟仲子传根牟子，根牟子传孙卿子，孙卿子传鲁人大毛公。"二说名字年代绝不同，虽后说世隔差似，而子夏与李克同世，曾申虽同时，辈行不先于克，云"子夏传曾申，申传李克"，亦已谬。至孟仲子，或谓乃孟子从昆弟，学于孟子，赵岐或云乃子思之弟子，《孟氏谱》又无可据信。《日知录》卷七：《诗·维天之命》传，《闷宫》传，皆引孟仲子曰。"《正义》引赵岐云：'孟仲子，孟子从昆弟，习于孟子者也。'《谱》云：孟仲子者，子思弟子，盖与孟轲共事子思，后学于孟轲，著书论诗，毛氏取以为说。则又有孟仲子之书。"今按：孟子尚不及师子思，遑论其昆弟？李克子思同时，亦不得为仲子师。今考《史记》无《毛诗》。班氏《艺文志》《儒林传》但言毛公，无名。郑康成《诗谱》有大小毛公。见《毛诗·周南·正义》。陆玑《毛诗草木鸟兽虫鱼疏》有毛亨毛长，其后又为毛苌。递相增益，已增疑难。必远溯《毛传》迄于子夏，实为渺茫。

盖《周易》本不与《诗》《书》同类，故秦人焚书不之及。而汉初之传授独广，故乃最先有孔门传统之说。及汉武立五经博士，而《毛诗》犹晚出，故亦详其传受，以自引重。凡今之所以证彼之伪者，皆彼往昔之所以自鸣其真者也。

其他传统不可信，有《春秋》三传。徐彦《公羊疏》引戴宏，谓："子夏传公羊高，高传其子平，平传子地，地传子敢，敢传子寿。至汉景时，寿乃与齐人胡母子都着于竹帛。"何休之注亦同。则子夏以后，公羊乃传于一家，又五传而已至汉景时也。《公羊》传统之不可信，明矣。按：公羊一姓，自传《春秋》外，惟一见于《檀弓》，有公羊贾。洪颐煊《经义丛钞》谓："公羊贾疑即《论语》公明贾。（沈钦韩《汉书疏证》亦有此说）'明'古读如'芒'，与羊声相近。春秋家公羊高，亦即《孟子》所谓公明高也。"日人武内义雄著《孟子与春秋篇》（见《支那学》第四卷）推引洪说，谓："公羊地即公明地。董仲舒《春秋繁露·俞序》有子池，'池''地'二字形近易误，盖即其人。又'池'字为'沱'之异体，则公明沱即公明仪，'仪'与'沱'亦声近也。"今按：公明高为曾子弟子，见《孟子·万章上》注。公明仪与曾子问答，见《小戴·祭义》《大戴·曾子大孝》。郑玄注亦谓公明仪曾子弟子。若洪氏武内氏之说可信，则公明高公明仪同为曾子弟子，未见其相为祖孙也。且既同出曾氏之门，何以又谓"受《春秋》于子夏"？又公明高弟子长息，当鲁穆公时，与子思同世。盖公明仪公明高年辈，皆当在曾思之间。又《庄子·马蹄》"义台路寝"，章炳麟《解故》谓："义"借为"巍"，

"巍巍"即"峨峨"也。是"仪"得有"高"义。以古人名字相训之例推之，则公明高或即公明仪，《说苑·修文》有孟仪问曾子疾，即公明仪（墨子与公孟子义问答，亦即公明仪也）。《说苑》又有公明宣亦学于曾子，则当是别一人矣。又讹而为公明沱公明地。此犹如穀梁赤又名穀梁俶，穀梁寘也。惟穀梁子尚知其为一人，而公羊则一人而讹为数世耳。今《公羊传》称公羊子与引子沈子子司马子子女子同类。汉初举其书，或言《春秋》，或言《传》，并不系诸公羊。则知造为公羊一家数世之传统说者亦妄也。应劭《风俗通》谓："子夏传穀梁赤，一传而为荀卿，荀卿传申公。"杨《疏》是子夏三传而至汉也。穀梁传统之不可信，又明矣。《汉志》本注："穀梁子鲁人。"师古曰："名喜。"晁氏云："应劭《风俗通》称穀梁名赤，子夏弟子。麋信则以为秦孝公同时人。阮孝绪则以为名俶，字元始，皆未详也。"崔述云："说穀梁者，名既不同，世亦互异，学者将何以为据乎？盖战国以后，简残文绝，传穀梁者莫详其初，各以意附会之为说，是以参差而不一耳。不但《风俗通》诸书不可信，即《汉志》之注，亦未有以见其必然也。"日人武内义雄论穀梁氏名字（见《支那学》四卷《孟子与春秋篇》）则云："其名当为俶，训始，故字元始。杨士勛疏作淑，乃俶字之误写。俶字又单作叔，古文作尗，与赤形近而误。又王充云，穀梁名寘，则以淑实音近，寘又自实误也。"惟于"颜氏名喜"一注仍无说。近人吴承仕检斋则谓："尗与赤声相近，寂寞之宗前历反，赤音昌石反，是其比。尗又与喜声近，饎昌志反，字亦作𩜁，与饎同音。寘即置之异文，置喜同部，赤淑俶寘喜五文声转通作，故字异而人同。"（《经典释文叙录疏证》）观其一名之纷纶，即知非确有师承传统，历先秦迄汉弗绝矣。《论语》孔子称左丘明，其人盖隐君子，而为孔子之前辈。故记者以之与夷齐微生高诸人并列，犹其前之以孔文子子产晏平仲臧文仲令尹子文陈文子季文子宁武子诸人并列也。明非孔门弟子。杜氏《集解》谓左邱明受经于孔子，可谓无根之谈。论《左氏春秋》传统，参读《考辨》第六七及一四七诸篇；论《公》《穀》传统，参读《考辨》第九〇。

《书》之传统见于《孔丛子》。然《孔丛》书不可信，其言尤不足辨。《礼》《乐》《论语》无传统。《小戴礼·杂记》："恤由之丧，哀公使孺悲之孔子，使学'士丧礼'，士丧礼于是乎书。"知《仪礼》尚出孔子后。

大抵史迁言汉初传经本师，其可信者也。诸师或出荀子之门，则有可信，有不可信。荀子在汉时为近古大儒，其弟子李斯，当秦政，荀学独得势。谓汉人多传荀子学，可也。谓由荀子传孔门之经艺于汉，则非也。且学者传经，好推本大儒以自重，亦人情。汉儒亦未必传荀子之学，特口说心测，而引荀子为门面耳。故《小戴记》多载荀说，而亦主性善。董仲舒作书美荀子，而其治《公羊》，则讲灾异。刘向《别录》称张苍亲为荀子弟子，传《左氏春秋》，然其言五德之运，可谓传邹衍，不传荀卿也。向《别录》又谓苍传洛阳贾谊，然《史》称苍绌贾生公孙臣等言正朔服色事，则张贾之传受亦虚。要之荀子斥禨祥，而汉儒信纬谶，即为西汉经术不尽传自荀子之确证。推而上之，谓孔子时已有六经，皆传自子夏，各有系统，尤非情实。韩非仅云儒分为八，未闻分六经之传统也。儒家六经之说，至汉初刘安董仲舒司马迁之徒始言之。然《史记》亦仅言汉儒传经，无孔门传经。孔门传经系统见于《史》者惟《易》，而《易》之与孔门，其关系亦最疏，其伪最易辨。其他诸经传统之说，犹远出史迁后，略一推寻，伪迹昭然矣。

考辨

卷二

三一　墨子生卒考

墨子生年，自马迁已不详，仅附着于《孟荀列传》，云："或曰并孔子时，或曰在其后。"二说相较，后者为是。《汉志》云："墨子在孔子后。"《后汉书·张衡传》注云："公输般与墨翟并当子思时，出仲尼后。"皆是也。余考墨子止楚攻宋，在楚惠王四十四年后，五十年前。时墨子年三十余，下逮周安王十年，墨子当死于其时，年寿盖逾八十。葛洪《神仙传》："墨子年八十有二，入周狄山学道。"孙诒让《闲诂》谓其说虚诞不足论。然墨子年寿必逾八十，余谓或可墨子寿八十二，后世遂谓其入山学道也。然既不得定其生卒的年，则此事无足深论。上推墨子生年，当在周敬王之末年，或犹及孔子之未死也。孔子卒，至安王十年共八十七年。近人梁启超《墨子年代考》颇精密，然谓墨子生于周定王初年，元年至十年之间。约当孔子卒后十余年；卒于周安王中叶，十二年至二十年之间。约当孟子生前十余年，则犹微有误。余考墨子之生，至迟在元王之世，不出孔子卒后十年；其卒当在安王十年左右，不出孟子生前十年。较梁考移前十许年。以止楚攻宋一事为主眼，似粗得墨子年世之真。梁考又谓墨子之卒，最早不能早于郑缥公被弑之后三年，因谓是周安王十二年，亦非是。郑缥公被弑，在安王六年，故黄式三谓鲁阳文君将攻郑，在此年也。即弃去一年计之，郑缥被弑后三年，亦仅为周安王之九年，梁氏以安王十二年起算，盖一时之误。

《淮南·要略》称："墨子学儒者之业，受孔子之术，以为其礼烦扰而不说，厚葬靡财而贫民，久服伤生而害事，故背周道而用夏政。"盖墨子初年，正值孔门盛时，故得闻其教论，受其术业，非谓墨子亲受业于孔子也。《墨子·耕柱篇》："叶公子高问政于仲尼，仲尼对曰云云，子墨子闻之，曰：'叶公未得其问，仲尼亦未得所以对。'"今按：墨子幼年，正当孔子晚节，或竟不及与孔子并世。孔子游蔡，遇叶公，墨子尚未生。此云闻其问答，亦得之传闻，非谓其时墨子已生，有知识，能云云也。《耕柱篇》又载子夏之徒问斗于子墨子。孙诒让《墨子闲诂》曰："《史记索隐》引《别录》云：'按《墨子》书有文子，文子即子夏之弟子，问于墨子。'如此则墨子在七十子后。"此亦误。《论语》："子夏之门人问交于子张。"岂得谓子张在子夏后？谓墨子年事较晚于子夏则可，谓墨子在七十子后则非也。

三二　墨翟非姓墨墨为刑徒之称考

江瑔《读子卮言》论墨翟非姓墨，其言甚辨，顾孟子已言"杨氏为我，墨氏兼爱"，若墨子氏墨，确已有证。然《孟子》书又言墨者夷之。孔子之徒，不称孔者，儒墨命名，必有由来，不得以墨子氏墨为解，兹篇仍补江氏未尽之义，尚论之士，兼观可也。

盖墨者，古刑名。《白虎通·五刑》："墨者，墨其额也。"《尚书》《周礼》《孝经》《汉书》诸注疏，均以墨为黥罪，刻其面额，涅之以墨。墨家之墨，即取义于斯。因墨尚劳作，近于刑徒。古者身婴重罪，并籍家族为奴。又有无力赎罪，则身没为奴婢。故舆僚台仆，咸为婴罪之人，而童仆奴隶，咸由罪人得名。汉儒解《周礼》亦曰："今之奴婢，即古之罪人也。"《左传》："栾郤胥原，狐续庆伯。降为皂隶。”此因灭族而没为奴隶也。又言：“斐豹隶也，著于丹书。”此因犯罪而没为奴隶也。奴隶之在古代，盖殊习见，且为社会重要之一部。而墨家乃以奴隶之道唱于一世，以与儒术相抗行也。《说文》：“儒，术士之称。”《礼记·乡饮酒义注》：“术犹艺也。”《列子·周穆王篇》：“鲁之君子多术艺。”则术士犹艺士也。《庄子·在宥》：“说圣邪，是相于艺也。”是圣人即艺人之至也。称艺士者，由其娴习六艺。《周官·地官司徒》，保氏养国子以道，教之六艺六仪。六艺者：五礼，六乐，五射，五御，六书，九数。此六者，厥为当时贵族之学，亦儒士进身于贵族之学也。习礼乐，所以为相；习射御，所以为将；习书数，所以为宰。故曰：“三年学，不志于谷，不易得。”又曰：“学也禄在其中矣。”盖其先儒士习六艺，皆以进身于贵族，而得谷禄也。其后乃移以称经籍。《礼·王制》以《诗》《书》《礼》《乐》为四术，即四艺也。《汉书·儒林传》：“六艺者，王教之典籍，先王所以明天道，正人伦，致至治之成法也。”此则汉儒之言。昔之儒者身习礼乐射御书数之六艺，至汉既不传，乃以儒者所传古经籍足其数，以附会于六艺焉。《史记·儒林传》又云：“秦之季世，焚《诗》《书》，坑术士，六艺从此缺。”即谓六艺传于术士也。《左传》哀二十一年，齐人来责鲁稽首之礼，曰：“唯其儒书，以为二国忧。”此为其时儒者传习礼乐，故谓礼乐书曰儒书。而儒书多传于鲁。故仲孙湫曰：“鲁秉周礼。”祝佗言：“伯禽封鲁，分器备物而有典册。”韩宣子言：“周礼尽在鲁。”《礼运》：“孔子曰：‘吾观周道，幽厉伤之，吾舍鲁何适矣。’”《中庸》孔子对鲁哀公，亦曰：“文武之道，布在方策。”故知鲁存周礼，其书即礼书，后世之所谓六艺也。而鲁之学人，则传习其书，娴熟其事，故遂有艺士术士之称。即当时之所谓儒也。夫娴习礼乐射御书数，以进身于贵族，所谓宦学事师者，其事不限于鲁。至于原本先王，称道《诗》《书》，以推见礼乐之因革，世变之流失，而欲以所谓文武周公者易当世，则其事必待于鲁。因鲁有古典册。而孔子由此起。然孔子之戒子夏，曰："女为君子儒，毋为小人儒。"《论语》言儒者惟此。则儒固先孔子而有，而孔子犹未尝自承为儒也。目孔子之徒为儒者当出于墨。墨子初亦学儒者之业，受孔子之术，继以为其礼烦扰，厚葬靡财，久服伤生，乃始背业，自倡新义。而有《非儒》。至孟子尚不自承为儒，故其书惟张师道，不言儒术。及荀子乃始以儒自居。惟儒者所习皆当时贵族相沿传守遵行之成法，而墨子乃非礼乐，尚功用，而大俭约。其衣食操作，一以刑人苦力之生活为准。儒者有讥之，曰："此非吾先王文武周公所传之道也。"墨之徒则曰："此古者大禹之道矣。"是墨之善为解嘲也。故墨子称道曰："昔者禹之湮洪水，决江河，而通四夷九州岛也，名山三百，支川三千，小者无数。禹亲自操橐耜而九杂天下之川，腓无胈，胫无毛，沐甚雨，栉疾风，置万国。禹大圣也，而形劳天下也如此。""使后世之墨者，多以裘褐为衣，以跂跻为服，日夜不休，以自苦为极。曰：'不能如此，非禹之道也，不足谓墨。'"盖墨子之所倡，在其时，则刑徒之所为。至于贵族，固不亲操劳作。故墨子言禹道，对儒者之称文武周公而言也。儒者曰："夫礼乐者，文武周公以来相传之道也。"墨子无以加之，则曰："我之亲操劳作以自苦为极者，则禹道也。"而后人乃以为墨子真有得于夏禹之道，是岂足与语夫学术流变之真哉？然墨子虽自称以为禹道，而当时非笑之者，则仍曰此刑徒之所为，黥墨之所务也，而遂呼之曰“墨”。呼之曰墨者，犹其呼孔门以儒。盖儒之与墨，皆当时人物流品之一目，人生行业之一端耳。儒者初未自认其为儒，而墨者则直承其为墨，曰人呼吾墨，吾则以为大圣夏禹之道也。故曰“非夏禹之道，不足为墨”。人以墨致讥，而彼转以墨自夸焉。然则名墨翟者，犹后世有黥布。黥布不姓黥，人知之；墨翟非姓墨，则不知也。墨为刑名，人知之；而墨者之称，犹谓黥徒，则不知也。故当时所谓儒墨，易言之则士与民之分也，君子与刑徒之等也。谓余不信，请熟翻之于先秦诸子之古籍。凡所记儒者之衣服饮食起居动作言论，岂不俨然一所谓士君子者之衣服饮食起居动作言论乎？至于墨则不然。其衣服，奴隶之衣服也，饮食，奴隶之饮食也，起居动作言论，奴隶之起居动作言论也。在古代奴隶罪人一体，今则有别，故用“奴隶”字，从今制也。要之一派为模拟上层之贵族，一派为代表下层之庶民。彼自为士君子，人亦从而士君子之；彼自为刑徒奴民，人亦从而刑徒奴民之。儒墨之称，由此生也。刘师培《左盦集·释儒》谓：“《说文》：‘儒，术士之称。’今考《说文》训‘术’字云：‘邑中道也。’‘邑中’犹言‘国中’。意三代授学之区，必于都邑，故治学之士必萃邑中，即《小戴·王制篇》所谓‘升于司徒’，‘升于国学之士’也。儒为术士之称，示与野人相区异。”今按：刘说亦可通。窃犹嫌其泛说而不切。如后云道术方术，皆由礼乐术艺演变引申，而非由邑中道引申，亦可证刘说之未谛。墨子至楚，穆贺见墨子，曰：“子之言，则诚善矣，而吾王，天下之大王也，毋乃曰贱人之所为而不用乎。”夫其曰“贱人之所为”，犹之云“刑徒之所为”，而不过稍缓其辞而已。此当时以刑徒视墨之证一也。《太平御览》引《墨子》佚文有云：“贱人何可谓薄也。”想当时谓墨者为贱人，故墨子有此语。墨徒公尚过为越王迎墨子，墨子曰：“若越王听吾言，用吾道，翟度身而衣，量腹而食，比于宾萌，未敢求仕。”宾萌者，今所云客籍之民，犹刑徒矣。量腹而食，度身而衣，则刑徒之生活也。此墨者自务为刑徒生活之证二也。《尚贤篇》以国中之众与四鄙之萌人分言：国中之众者，居于都，古谓之百姓；四鄙之萌人居于野，古谓之民。民犹奴隶也。许行至滕，曰：“愿受一廛而为氓。”即墨子所谓自比于宾萌也。许行为墨子再传弟子。（详《考辨》第一一三）墨家不主仕，儒者以求仕为职志，仕之与否，即儒墨之鸿沟也。禽滑釐事墨子三年，手足胼胝，面目黎黑，役身给使，不敢问欲。此墨者为刑徒生活之证三也。其他不胜列举。而吾所谓当时以刑徒呼墨者之说，则犹有确证。《荀子》之《礼论》有之，曰：“天子之丧动四海，属诸侯。诸侯之丧动通国，属大夫。大夫之丧动一国，属修士。修士之丧动一乡，属朋友。庶人之丧合族党，动州里。刑余罪人之丧，不得合族党，独属妻子。棺椁三寸，衣衾三领，不得饰棺，不得昼行，以昏殣，凡缘而往埋之，反无哭泣之节，无衰麻之服，无亲疏月数之等，各反其平，各复其始，已葬埋若无丧者而止。夫是之谓至辱。”然则厚三寸者刑人之棺也。杨倞注亦云：“《左》哀二年《传》，赵简子之誓曰：‘若其有罪，绞缢以戮，桐棺三寸，不设属辟。’”墨者之称墨，由于薄葬，虽有其他，而薄葬为甚。有类于刑徒，而遂招此讥。夫然则锡之以嘉名者，其殆出于儒者之徒耶？吾尝谓儒墨之辨，由其主有礼之与无礼。荀子曰：“礼者，分也。”《礼论》故儒墨之辨，即在其主有分之与无分也。儒者务分，故力求自异于庶民。墨者非礼，而主兼爱，故力求自侪于庶民焉。此二者之辨也。故荀子曰：“礼之理诚深矣，小人不能察。”又曰：“礼者，人道之极也。然而不法礼，不足礼，谓之无方之民；法礼足礼，谓之有方之士。”士民之辨，即儒墨之辨也。又曰：“人之有是，士君子也；外是，民也。于是其中焉，方皇周浃，曲得其次序，是圣人也。”民者贱称，即为俘虏奴隶，故字象械足之形，与称百姓不同。荀子谓外于礼者为民，犹云外于礼者为奴隶、为黥墨也。下云：“圣人明知之，士君子安行之，官人以为守，百姓以成俗。”不言民而言百姓，知前之称民为贬贱之辞。其言祭礼，亦曰：“有天下者事十世，有一国者事五世，有五乘之地者事三世，有三乘之地者事二世，恃手而食者不得立宗庙。”杨倞注云：“有三乘之地者，《祭法》所谓适士，恃手而食者，谓农工食力。”今墨子自愿比于宾萌，而孟子则曰：“不仕则不能祭，为不孝。”此可证儒墨之不同矣。故儒者力争上流，墨则甘与下伍。而儒者讥之，乃谓如黥墨之徒也。荀子又言之曰：“以是县天下，一四海，何故必自为之。自为之者，役夫之道也。墨子之说也。”《王霸篇》岂不明以墨子之说为役夫之道哉？故曰：“君子以德，小人以力。力者，德之役也。”《富国篇》墨子非礼，尚力，固宜为役夫矣。然则称之曰墨者，即无异斥之曰役夫也。或者犹疑吾言乎？则孟子固言之，曰：“墨者无父。”荀子亦言之，曰：“所以送葬之者不哀不敬，则嫌于禽兽。”《礼论》无父禽兽，与刑徒、役夫之诮何若？夫谁疑其非孟子荀子之言者，或又谓墨子与孔子并称，古之大贤也。当时既儒墨平分天下，墨者何以自甘于刑徒、役夫之诮？此则墨子已自言之，曰：“非大禹之道，不足以为墨。”墨者亦何惭其为墨哉？且近世有工党，劳工岂不为人贱视，乃以此名相号召，则无疑乎墨之为刑徒之名也。

或疑墨既为道术之称，则墨子当何氏？余意古人不必尽有姓氏也。女子称姓，男子称氏，氏所以别贵贱。贵者始有氏，贱者则不必有氏。且如《春秋》寺人貂、寺人披、徒人费之属皆非氏；介之推、烛之武之类，亦不知有氏；复如师襄、师旷、卜徒父、卜偃、卜招父、屠牛坦、屠羊说之属，亦非氏。然孔子弟子有卜商，晋膳宰有屠蒯，见《左传》，《檀弓》作杜蒉。越有寺区，后世有徒氏、介氏、烛氏、师氏，姓氏之起，至无准矣。则孟子何不可以据当世之称墨翟而呼为墨氏乎？要之墨家称墨，乃本道术，不由姓氏，则断断然者。否则墨子之氏墨，殆亦如屠牛坦、屠羊说之流，彼固躬自亲于役夫刑徒之操作矣。孔子之道，有教无类，墨子先贱人，自习于儒，乃苦其礼而倡墨道，墨子其固古之伟人哉！

附　孟子墨子摩顶放踵利天下为之解

孟子曰："墨子兼爱，摩顶放踵，利天下为之。"赵岐注："摩突其顶，下至于踵。"《荀子·非相篇》："孙叔敖突秃。"杨倞注："'突'谓短发可凌突人者。"焦循《孟子正义》云："'突''秃'声转，突即秃。赵氏以'突'明'摩'，谓摩迫其顶，发为之秃。放至于踵者，即《庄子》所谓'将使后世之墨者，自苦以腓无胈，胫无毛'也。"今按：摩顶盖如刑徒之秃。摩顶与拔一毛对举，明是自髡其顶。田叔孟舒自髡钳随张敖称家奴，则当时奴必髡钳也。"童"字本义为山无草木，而僮奴髡钳无发，故亦称童。《周礼》："髡者使守积。"又《汉书》："当黥者髡钳为城旦舂。"盖髡钳较黥为轻，而其为刑奴则一。《庄子·说剑》："太子曰：'吾王所见剑士，皆蓬头突鬓垂冠，曼胡之缨，短后之衣，瞋目而语难，王乃悦之。今夫子必儒服而见王，事必大逆。'"然则突鬓之与儒冠正为相反之服。剑士必突鬓垂冠而衣短后者，为其便事。而墨子以自苦为极，亲操劳作，因亦秃鬓摩顶，不暇治缨冠礼容。《文子》所谓“墨子无黔突”也。见《文选》班固《答宾戏》注引。至于儒者，束发正冠，正其大事。子路之于卫，结缨而死。乡邻有斗，披发缨冠而救之，孟子以为惑。则儒者之重视其冠戴之容也。夫披发缨冠而救乡邻之斗，孟子已谓之惑，而况乎摩顶秃鬓，以求利天下者乎？此孟子之所为讥也。放踵者，《庄子·天下篇》称：“墨者以跂跻为服。”《释文》：“李云：‘麻曰屩，木曰屐，屐与跂同，屩与跻同。一云：鞋类也。’”《史记·孟尝君传》：“蹑屩而见之。”《虞卿传》：“蹑跻担簦。”《汉书·卜式传》注：“跻即今之鞋也。”鞋无底，履有底。鞋轻便利远行，而非法服。盖贫士步行乏车乘者服之。故冯煖蹑屩见孟尝君，继而出有舆。虞卿蹑跻担簦，则下不履，上不盖，皆以步行无乘，见其鄙野。屐者，《宋书·谢灵运传》：“常着木屐，上山则去前齿，下山则去后齿。”《释名》云：“帛屐以帛作之，如屩者。”不云帛屩者，屩不可践泥，屐以践泥。野行无车乘，晴则蹑跻，雨则着屐。其异于法服之履者，正君子野人之别也。墨子之至楚，裂裳裹足，见《吕氏·爱类》《淮南·修务》，又详《墨子·公输篇闲诂》。其不履不乘，以屐屩为服也可知。《礼记·内则》：“逼屦着綦。”《释名》：“逼所以自逼束，今谓之行縢。”注：“綦，屦系也。”《正义》：“皇氏云：‘屦头施系以为行戒，未知然否。’”或着屦之时，屦上自有系，以结于足也。故郑注《士冠礼》“黑屦青绚”云：“绚之言拘也，以为行戒。”《韩非·外储说左下》：“文王伐崇，至凤黄虚，袜系解，因自结。”《吕览·不苟》作武王。《史记》张释之为王生结袜。是古人屦有系，袜亦有系也。此可见古人所以饰足之礼，贵于逼束拘戒。今墨徒重劳作，尚便事乃不遵逼㯢之制，放为野人跂跻之服，不自拘戒，故曰“放踵”。放者，犹谓纵肆，与逼束正相反。然则孟子言摩顶放踵，实为两事，而同讥失礼。墨徒既自顶至踵，靡不违礼矣，而曰将以救世。故孟子曰“摩顶放踵利天下为之”也。则放踵之云，与《庄子》所谓腓无胈胫无毛者，虽义得相通，而所指自别。焦氏即以腓无胈胫无毛释之，亦未当也。

附　庄子儒缓墨翟释义

《庄子·列御寇篇》：“郑人缓，呻吟裘氏之地，三年而为儒，使其弟墨。儒墨相与争，其父助翟，十年而缓自杀。”此寓言也。墨子初亦治儒术，继而背弃，则墨固从儒中来，而儒反受其抵排。故孔子既悟而告老子，曰：“丘得之矣，乌鹊孺，鱼傅沫，细要者化，有弟而兄啼。”《天运篇》则儒墨之谓也。缓犹不悟，不能与化为人，宜其为秋柏之实矣。缓者指凡儒言，翟者指凡墨言。孙氏为《墨子弟子考》，乃谓郑人有某翟，是不识庄生寓言之趣者也。顾儒何以名缓，墨何以名翟？此虽寓言，当有命意。余谓此皆本当时之服饰言也。何以明之？《庄子·田子方篇》记儒服云：“儒者冠圜冠者知天时，履句屦者知地形，《孔丛子》云：“孔穿履方屐见平原君。”屐本为墨徒所服，至于后世既盛行，而孔穿乃履方屐，仍不失句屦之意。《孔丛》特记之以见儒服之异于众也。缓佩玦者事至而断。”缓者，儒服大带。《论语》：“子张书诸绅。”绅即缓矣。云“居裘氏之地”者，《释文》崔云：“裘，儒服也。”以裘为儒服，知缓亦儒服矣。翟者，《说文》：“山雉尾长者。”古之野人，以翟羽为冠饰。知者，《史记·仲尼弟子列传》：“子路性鄙，好勇力，志伉直，冠雄鸡，佩猳豚，陵暴孔子。孔子设礼稍诱子路，子路后儒服委质。”则冠鸡羽为鄙人，非儒服可知。翟羽亦鸡羽之类尔。叶德辉曰：“今汉武梁祠石刻画像，有曾子母投杼，闵子御后母车，及子路雄冠佩剑事。冠作雉形。”据此则墨者冠翟，正犹子路野人之雄鸡冠矣。然则儒者何冠？曰“冠鹬”。《庄子·天地篇》所谓“皮弁鹬冠，搢笏绅修，以约其外”也。然则鹬冠言其饰，圜冠言其形，其实则一，儒者服之，墨者又何以冠翟？翟冠本野人之服，墨者自比刑徒，亲操劳作，摩顶放踵，不尚礼文，故或冠雉羽，不脱鄙野也。《庄子·天下篇》云：“宋钘、尹文作为华山之冠以自表。”《释文》：“华山上下均平。”郭象之《注》亦云然。余疑宋尹皆墨徒，而作为平冠，亦自异于儒家之圜冠也。《淮南·主术训》：“赵武灵王贝带鵕鸏而朝，赵国化之。”《玉篇》：“鸏，南方雉名。”《汉书·佞幸传》：“孝惠时，郎侍中皆冠鵕鸃，贝带。”师古曰：“以鵕鸃毛羽饰冠，鵕鸃即鷩鸟也。”皆古人以雉羽饰冠之证。云“赵国化之”，明初不以为尚。佞幸冠之，知非士大夫之服。武灵胡服，志变国俗以尚武。高诱注：“大贝饰带，胡服。”故冠鵕鸏而为鄙野，用意又与墨徒不同。《典略》云：“靴始起于赵武灵王。”《学斋占毕》亦云：“古有履无靴，赵武灵王乃变履为靴。”今按：武灵之变履为靴，亦与墨氏以跂跻为服相似。要之皆以便事而尚功，遂于古昔礼制有所不顾也。至闳籍乃以为美观焉。《左》僖二十四年《传》：“郑子臧好聚鹬冠，郑伯闻而恶之，使盗诱杀子臧。君子曰：‘服之不衷，身之灾也。’”则其时鹬冠尚为新奇，非法服，为人指目。其后乃为儒冠，亦犹翟冠初见鄙野，其后乃成时好也。杜预注《左传》亦谓：“聚鹬羽为冠，非法之服”。颜师古则谓：“鹬水鸟，天将雨则鸣，古人以其知天时，乃象其形为冠，使掌天文者冠之。故《逸礼》曰：‘知天文者冠鹬。’盖子臧是子华之弟，以兄见杀而出奔，常有复仇之志，故与知天文者游聚，有所计议。是以郑伯恐其返国作乱，令人诱杀之。若直以鹬羽饰冠，何必恶而杀之也？”又谓：“《左氏》君子曰‘服之不衷，身之灾也’数语，系后人妄加，非《左氏》原文。”颜氏不悟服饰好尚之有变，《逸礼》已为晚世语，转引以疑《左氏》，不信鸟羽为冠而云像其形，皆误。

三三　赵简子卒年考

《赵世家》：“晋出公十七年，简子卒。”《年表》：“周定王十二年，襄子元年。”梁氏《志疑》辨之云：“《左传》鲁哀公二十年，越围吴，赵襄子降于丧食。时居简子丧，故遣楚隆问吴王于军中，称先主先臣，则简子先一年卒，明矣。自鲁昭公二十五年黄父之会，赵鞅始见于经，至卒凡四十二年，先定公卒一年。《表》列简子至六十年，《世家》亦云：‘晋出公十七年简子卒。’岂非大误？”今按：梁说是也。《世家》亦云：“赵襄子元年，越围吴，襄子降丧食，使楚隆问吴王。”此即鲁哀二十年事，而云襄子元年，则史公亦谓简子卒在前一年矣。《志疑》又云：“《世家》赵襄子元年，越围吴云云，事在晋定三十七年，襄子初嗣为晋卿，固不误。何以书简子卒于出公十七年，自相抵牾，深所不解。岂史公又以围吴为出公十八年事乎？”今按：《史》云：“赵襄子元年，越围吴。”自据《左传》，而其误亦由据《左传》。何以言之？《左氏》哀二十七年《传》有云：“悼之四年，晋荀瑶帅师围郑，将门，知伯谓赵孟入之，对曰：‘主在此。’知伯曰：‘恶而无勇，何以为子？’赵襄子由是惎知伯。”杜注：“简子废嫡而立襄子，故知伯言其丑且无勇，何以立为子。”余疑史公误读此文，以为知伯讥其何以为子，当在简子未卒前，故《赵世家》又云：“晋出公十一年，知伯伐郑，赵简子疾，使太子毋恤将。”晋出公十一年，即悼公四年，同记一事，而《史》特增“简子疾使太子将”云云，以弥缝《左传》“何以为子”之语。其后又增“知伯归，因谓简子使废毋恤，简子不听”，此亦非《左氏》所有。《左氏》称赵孟，称赵襄子，固不以为简子犹在，而《史》自误会之也。其云：“知伯醉，以酒灌毋恤。”亦与《左》异。当由史公别采他说。然则其“简子疾，使太子将”云云，亦或有所本，而其所本之为误解《左氏传》文，亦从可定也。

且余考《史》文，犹有可疑者。《世家》云：“定公三十七年卒，而简子除三年之丧，期而已。”夫晋君之卒，简子岂得独擅而除三年之丧？且定公卒而除三年之丧，此当着于《晋世家》，与《赵世家》不涉也。今灭之于晋，而见之于赵，其义何居？窃疑此当为：“定公三十七年而简子卒，除三年之丧，期而已。”本记赵简子卒，除三年之丧，与晋定不涉也。而史公此条，又本之《吕览·长攻篇》：“赵简子病，召太子而告之曰：‘我死，已葬，服衰而上夏屋之山以望。’太子敬诺。”高诱云：“服衰，谓期年，勿复三年也。”是高诱亦谓赵简子之卒，告其子除三年之丧，期而已也。梁玉绳《吕子校补》谓：“《史·赵世家》因‘赵孟降于丧食’之文，谬谓简子居定公丧，改三年为期。高氏仍《史》误，而又移为襄子居父丧期年。其实服衰者，谓服未除也，观下服衰以游可见。”今按：梁氏谓襄子居丧改期之说，乃由误会《吕氏》文义，是也。惟《史记·赵世家》本有误文，并非谓简子居定公丧，则梁氏未能订正。《左氏传》“越围吴，简子降于丧食”，其事已在冬十一月，则简子即以是年卒，不必在去年。楚隆曰：“三年之丧，亲昵之极也，今又降之。”此所谓“三年之丧”者，特谓是父母之丧耳。梁氏据《传》文，乃谓简子卒在定公卒前一年，三十六年。亦未的。

然《史记》既云：“定公三十七年，简子卒，除三年之丧。”又曰：“赵襄子元年，越围吴。”何也？依常例，新君改纪元，应在故君卒之明年，此即以君卒之年称元耶？曰不然。《春秋》鲁历，哀公二十一年冬十一月，赵用晋历，已为翌年之正月，礼固得称元。由是言之，《世家》本云：“定公三十七年而简子卒，除三年之丧，期而已，太子毋恤代立，是为襄子。襄子元年，越围吴。”而中间又横插晋出公十一年知伯伐郑一节，又云：“晋出公十七年简子卒。”两说矛盾，或经后人妄羼，或史公误于《传》文，如上所列而兼存两说，未及汰并。要之简子卒在晋定公三十七年，此则据《吕览》校《史记》而可定者。今重写《史记·赵世家》一节如下：

定公三十七年“卒”而简子卒，除三年之丧，期而已。

“是岁，越王句践灭吴。按：此年围吴，灭吴尚在后三年，此误。晋出公十一年知伯伐郑，赵简子疾，使太子毋恤将而围郑。知伯醉，以酒灌击毋恤。毋恤群臣请死之，毋恤曰：‘君所以置毋恤，为能忍诟。’然亦愠知伯。知伯归，因谓简子，使废毋恤。简子不听，毋恤由此怨知伯。晋出公十七年，简子卒。”此一节应删。

太子毋恤代立，是为襄子。赵襄子元年，越围吴。上文已言越灭吴，此又言越围吴，显见冲突。

又按：《战国策》《史记》载襄子灭代事云：“赵襄子姊前为代王夫人。简子既葬，未除服，北登夏屋，请代王。使厨人操铜枓以食代王及从者。行斟，阴令宰人各以枓击杀代王及从官。遂兴兵平代地。其姊闻之，泣而呼天，摩笄自杀。代人怜之，所死地，名之为摩笄之山。”《世家》叙其事在越围吴后，《年表》其事在襄子元年。若简子固以鲁哀二十年卒，则代灭在鲁哀之二十一年也？《吕览》记此事，谓简子卒，襄子服衰登夏屋，始以姊妻代君，亦异。《淮南·人间训》："徐偃王为义而灭，燕子哙行仁而亡，哀公好儒而削，代君为墨而残。"其时墨子初生，墨术未起，乌有为墨而残之事？其后赵武灵王时，中山君好墨而亡于赵，岂《淮南》乃误中山为代耶？

又史公于简子世载扁鹊事，其语荒诞，可以不论。又为《扁鹊传》，称扁鹊其后过虢；又过齐，见齐桓侯。当简子时，虢亡已久。齐桓立，去简子卒亦百年。扁鹊见简子，尚在其卒前二十余年。而桓侯十八年卒，扁鹊见桓侯，当其卒岁。两事前后相去百四十年。鹊何其寿？《志疑》疑齐桓侯乃赵桓子，谓："《说苑》'虢'作'赵'，甚是。赵简子之子为桓子。《鹖冠子·世贤篇》魏文侯问扁鹊，魏文与赵桓并世，可以为验。"又称："或曰，晋孝公《纪年》作桓公，与魏文侯同时，当是扁鹊所见者，亦通。"今按：赵桓子去简子卒亦五十年，晋桓公又在赵桓子后三十余年。或者之说决非，梁氏说亦未见其必是。《韩非·喻老》言扁鹊见蔡桓侯，《国策》言扁鹊见秦武王；蔡桓侯在春秋初，秦武王在周赧王时，相去逾四百年。传说多错，又何从必据一说以定之？

三四　计然乃范蠡著书篇名非人名辨

《史记·货殖列传》："句践困于会稽之上，乃用范蠡《计然》。范蠡既雪会稽之耻，乃喟然而叹曰：'《计然》之策七，越用其五而得意。既已施于国，吾欲用之家。'乃乘扁舟浮于江湖。"蔡谟曰："《计然》者，范蠡所著书篇名耳，非人也。谓之'计然'者，所计而然也。群书所称句践之贤佐，种蠡为首，岂复闻有姓计名然者乎？若有此人，越但用其半策，便以致霸，是功重于范蠡，而书籍不见其名，史迁不述其传乎？”今按：蔡说是也。余尝熟复《史记·货殖传》文，而知蔡氏“《计然》乃书名，非人名”，其说确不可易。所引《计然》曰“知斗则修备，时用则知物”云云，即撮引书中语。《汉志》兵权谋家有《范蠡》二篇，盖《计然》在其内。蒯通之书，自号《隽永》，今著录止称《蒯子》。《淮南》内二十一篇，本名为《鸿烈解》，而止称《淮南》。又儒家《王孙子》一篇，班注：“一曰《巧心》。”孙德谦《艺文志举例》：“一曰《巧心》，书之别名也。”《太史公书》百三十篇，今名《史记》。《战国策》三十三篇，初名《短长语》。《老子》后称《道德经》，《庄子》称《南华经》。有古名朴而后入于华者，有古名华而后入于朴者。范子书，别名《计然》，正亦其例。自班氏《古今人表》计然列第四等，后人乃始以计然为人名，非书名矣。今再就《货殖传》所引《计然》语论之，大抵言农事，言财币贸易，此乃中原自李悝白圭以后人语耳。范蠡当春秋世，又居越，何由作此论？则《汉志·范蠡》二篇，殆亦出后人假托也。

马总《意林》有《范子》十二卷云：“计然者，葵邱濮上人，姓辛，字文子，其先晋国之公子也。为人有内无外，状貌似不及人。少而明学阴阳，见微知著，其志沉沉，不肯自显。天下莫知，故称曰计然。时遨游海泽，号曰渔父。范蠡请其见越王。计然曰：‘越王为人乌喙，不可与同利也。’”此其不可信，有可得而确指者。《汉志·范蠡》二篇，此有十二卷，不可信一也。古书记人姓名而失其字者有之，此独举其姓字而遗其名。既范蠡师计然，弟子述其师，不当如是，不可信二也。古人取字，率以单字，如颜回字渊是也；或别以伯仲，如冉耕称伯牛是也；或美以子称，如闵损称子骞是也。从无字曰“某子”者。今计然，其字曰文子，非例也。古之称子，或从姓，如大夫文种称文子，见《豪士赋序》，《抱朴子·知止》。则计然当姓文，不得曰姓辛。或因名，如田文称文子，则计然应名文，不得曰“字文子”。或为谥，如季文子公叔文子范文子，而计然非大夫，无官职；其人为范蠡师，蠡顾不辨其姓字至此乎？不可信三也。既谓其人不肯自显，天下莫知，则岂得云“称曰计然”乎？“称曰计然”，固谁称之？不可信四也。又云：“遨游海泽，号曰渔父，不肯见越王，曰：‘为人乌喙。’”此均范蠡事。蠡浮海，自号鸱夷子皮，又诫文种曰：“越王乌喙。”伪为范书者，乃袭以归之计然，不可信五也。又《史记》：“句践困会稽之上，乃用范蠡《计然》。”若计然是人名，则句践固加信用。而《意林》引范书，若计然未肯见句践，乌论为之用？若谓范蠡进其师说，则《史》文当称“用范蠡”，不得并称曰计然。《史记》自本范子书，今范书与《史》复不合，不可信六也。且其书称《范子计然》，如《管子牧民》《山高》之类耳。今谓范子问于计然，故取此名，则古无其例，不可信七也。颜师古洪迈之徒，遂据此以断蔡说为谬，谬者不知其为谬，固宜以不谬者为谬矣。且其谬犹不止此。以计然为人名，又见于《吴越春秋》与《越绝书》。《吴越春秋》作计砚，《越绝书》作计倪。夫《国语》叙吴越事甚详，独不及计然，先秦书亦无一及计然者。《春秋繁露》对胶西王，列举越王与五大夫谋伐吴，曰大夫蠡、大夫种、大夫庸、大夫睾、大夫车成，亦无计然。《吴越春秋》《越绝书》出东汉，乃误读《史记·货殖传》而妄为之，与班氏同耳。

梁玉绳《人表考》："计然名研，见班书《叙传》，《答宾戏》。倪亦砚之误，砚与研同，研、然音近。"余谓此可证三书之同误，不得据三书而证计然之实有其人也。

然曰"大夫计砚"，则直以为其人姓名，又非别有姓辛字文子之说也。又曰"计倪官卑年少"，则其人又非范蠡师，不肯见越王而遨游海泽者也。以《国语》《史记》言之，知《吴越春秋》《越绝书》之误；以《吴越春秋》《越绝书》言之，又知《范子计然》一书之妄。其不可信八也。又《史记》称："《计然》七策，越用其五。"《汉书》作十策；《越绝书》有"伐吴九术"，语出大夫种；《吴越春秋》亦有文种九术，而语益荒诞，是二书以《计然》误为文种也。梁氏《志疑》遂据二书以校《史》《汉》，谓七与十皆字误。则《志疑》复以文种误为计然也。文种称文子，而《范书》计然亦字文子，实自文种九术而误。此不可信九也。至今传《文子》书、半袭《淮南》，牵引《老子》，又不知出谁何人依托，而北魏李暹作注，遂以为即计然。洪容斋辨之云："其书一切以《老子》为宗，略无与范蠡谋议之事，所谓《范子》乃别是一书。马总只载其叙计然及他三事，云余并阴阳历数，故不取。则与《文子》了不同。《唐艺文志》：'《范子计然》十五卷，注云："范蠡问，计然答。"'列于'农家'，其是矣，而今不存。"洪氏此说，已知《范子》之非《文子》，而不知《唐志》"农家"十二卷之《范子》，非即《汉志》"兵权谋家"二篇之《范蠡》也。盖《史记》所谓"《计然》七策，越用其五"者，《计然》乃范蠡为越谋富强报吴复仇之书，故入之"兵权谋"。范蠡功成，又欲移其致富之术，试之私家，故《史记》摘其语于《货殖传》。后之造伪书者不辨，专以天时阴阳农事殖产为说，故入"农家"。

此不可信十也。

《汉志》农家有《宰氏》十七篇，班固云："不知何世。"王先谦《补注》引叶德辉曰："《元和姓纂》十五海，宰氏姓下，引《范蠡传》云：'陶朱公师计然，姓宰氏，字文子，葵邱濮上人。据此则唐人所见《史记集解》本亦作宰氏。《宰氏》即《计然》，故农家无《计然》书。《志》云'不知何世'，盖班所见，乃后人述宰氏之学者，非计然本书也。'"是又不然。《计然》本入兵权谋，叶氏疑《汉志》农家何以无《计然》，此误以《唐志·范子》伪书，而谓《计然》应列农家耳。若谓唐人所见《集解》本作宰氏，《北史》萧大圆有云："留侯追踪于松子，陶朱成术于辛文。"又何以说之？盖"辛"之误"宰"，又系后人见《汉志》农家有《宰氏》，而《唐志·范蠡》伪书入农家，故疑"辛"乃"宰"字误，而妄改之也。若《宰氏》诚即《计然》，班氏《人表》列计然于四等，岂有不知，而云"不知何世"哉？叶氏谓所见乃后人述宰氏之学者，非计然本书，此于《汉志》有大例。凡后人所述，非本书者，云"依托"，不云"不知何世"，如道家《力牧》二十二篇，班云："六国时所作，托之力牧。力牧，黄帝相。"小说家《天乙》三篇，班云："天乙谓汤，其言非殷时，皆依托也。"兵阴阳家《风后》十三篇，班云："黄帝臣，依托也。"如此之例，班于《宰氏》下，亦应释其为范蠡师计然，而云不知何时何人依托，岂得谓"不知何世"哉？如农家《尹都尉》十四篇，《赵氏》五篇，《王氏》六篇，皆云"不知何世"，此即指尹都尉、赵氏、王氏言，非谓不知述其书者何世也。则班氏自不知宰氏为何世人，而叶氏妄以《元和姓纂》一字之误，遽断为即计然，又所谓亡羊多歧之尤矣。且古之非常人，建非常之业，岂必尽有非常之师？如范蠡师计然，苏张师鬼谷，皆子虚乌有，不足信。而《计然》之为书名非人名，则史籍昭然，熟察文理者，自能辨之。

附　鸱夷子皮及陶朱公非范蠡化名辨

又按：范蠡事亦多异说。沈钦韩《汉书疏证》云："《吕览·悔过》：'范蠡流乎江。'又《离谓》：'范蠡子胥以此流。'《新书》七：'范蠡附石而蹈五湖。'则以为死。《货殖传》称其适齐为鸱夷子皮。《韩非·说林》：'鸱夷子皮事田成子。'《墨子·非儒》：孔子怒景公不封己，乃'树鸱夷子皮于田常之门'。《淮南·泛论》：齐简公释其国家之柄，专任大臣，故使'田常鸱夷子皮得成其难'。田恒之乱，在鲁哀公十六年。越灭吴在鲁哀二十二年。信有鸱夷子皮，当齐简公时，非范蠡矣。"今按：《说苑》卷二："楚令尹死，景公遇成公乾，曰：'令尹将焉归？'成公乾曰：'殆于屈春乎？'""鸱夷子皮日侍于屈春，损颇为友，二人者之智，足以为令尹，不敢专其智而委之屈春，故曰：'政其归屈春乎？'"又《说苑》卷十八："王子建出守于城父。与成公乾遇于畴中。"王子建居城父事在鲁昭十九年，下距田常弑简公已四十三年，然则鸱夷子皮必先为楚人，后而适齐也。伍员既被谗，赐之鸱夷而浮之江，范蠡蹈五湖，遂亦有鸱夷之号。或者子皮浮海去齐，因亦称鸱夷子皮，史公不深考，遂误谓即范蠡之化名耳。沈氏又曰："《新书》五：'梁尝有疑狱，半以为当罪，半以为不当罪。梁王曰："陶之朱叟，布衣而富降国，必有奇智。”乃召朱公而问之。’《新序·杂事四》同。魏徙都大梁，于陶为近，其事在惠成王时，则陶朱公又非范蠡也。以理论之，范蠡既霸越灭吴，苟非逃诸山林，仍处通都为富人，则踪迹之者必不已，亦不得为智。”又按张文荿《螺江日记》，亦辨此事，云：“《史记》称陶朱公中男杀人，囚于楚。命长男往楚，求救于庄生。《索隐》疑即庄周，范蠡焉得与庄周交往。然小司马亦非贸贸，其意似疑《史记》所载朱公，未必果越之范蠡也。即其本末考之，始在宛徉狂。疑与文种仕越，已在壮年，乃二十余年而破吴雪耻，句践以霸，当不下五六十岁，继而扁舟五湖，变姓名为鸱夷子皮，复相齐国，立谈而致卿相，战国或有之，春秋时从未见。且齐相安有鸱夷子皮？《韩非》载田成子家臣鸱夷子，非齐相，若云齐国一时有两鸱夷子，岂非怪事。至称在陶时，其长男与俱，见苦，为生难，是朱公诸子俱在去齐居陶后生，乃其少男亦能乘坚策肥。使往楚，则其年可知，长男之年更可知，盖总不下二三十岁，计朱公年已八九十，乃又曰后至衰老而听子孙修业。此小司马所以致疑。而既注其书，不欲正言其失，故于庄生微示其意，使庄生果是庄周，则朱公之非范蠡明矣。”今按：《索隐》亦多疏谬，而张说厚护古人，其意要为可存也。又考陶为天下商业中心，亦应在魏都大梁宋通鸿沟之后。参读《考辨》第九九。《孔丛子》：“枚产谓子顺曰：‘闻猗顿善殖货，先生同国也，当知其术。’答曰：‘然，知之。猗顿，鲁之穷士也，闻陶朱公富，往问术焉。朱公告之当畜五牸，于是适西河，大畜牛羊于猗氏之南，以兴富于猗氏，故曰猗顿也。’”是则猗顿与孔子顺同时，值战国之晚世，陶朱公辈行稍前，固可与庄周并世，而此庄生或亦可为庄辛也。又按：《蔡泽传》，泽之说应侯曰："范蠡知之，超然辟世，长为陶朱公。"其辞固未必即当时之口语，殆出策士虚构。然知史公前固已有此传说。史公好奇博采，后世爱其文，传诵弗衰，遂若为信史耳。

三五　曾子居武城有越寇考

《孟子·离娄下》："曾子居武城，有越寇，曾子去之，寇退而返。"焦氏《正义》引周柄中《辨正》云："或云：'越寇季氏，非寇鲁。'此并无所据。《左传》哀二十一年，'越人始来'。二十三年，'叔青如越'，越诸鞅来报聘。二十四年，'公如越'。二十五年，'公至自越'。二十六年，叔孙舒帅师会越人，纳卫侯。二十七年，越使后庸来聘。是年八月，公如越。越又尝与鲁泗东地方百里。以此观之，越自灭吴后，与鲁修好，未尝加兵。而哀公尝欲以越伐鲁去三桓。武城近费，季氏之私邑在焉。说者因谓越寇季氏，非寇鲁，亦臆度之言耳。"今按：谓越寇季氏，非寇鲁，实有确据，非臆度也。《说苑》云："鲁人攻鄪，曾子辞于鄪。鄪君曰：'寡人之于先生，人无不闻。今鲁人攻我而先生去，我胡守先生之舍？'鲁人果攻鄪，数之十罪，而曾子之所争者九。鲁师罢，鄪君复修曾子舍而复迎之。"此即《孟子》越寇事，鄪君者，季孙也。《孟子》书有费惠公。《鲁世家》言："悼公时三桓胜，鲁如小侯，卑于三桓之家。"则季孙固宜称君矣。《孟子》言越寇，而《说苑》称鲁人者。《鲁世家》："哀公如陉氏，三桓攻公，公奔于卫，去如邹，遂如越，国人迎哀公复归，卒于有山氏。"《吴越春秋》亦谓："哀公奔陉，三桓攻哀公，奔卫，又奔越。鲁国空虚，国人悲之，来迎哀公，与之俱归。”夫三桓攻公而出之，国人迎而归之，越人送之，攻鄚而数以十罪，必此时矣。又按：《左传》云：“秋八月，公如公孙有陉氏，因孙于邾，乃遂如越，国人施公孙有山氏。”《晋语》：“遂施邢侯氏。”韦注：“施，劾捕也。”杜预曰：“有陉氏即有山氏，公孙有山氏者，乃上年公如越，与越太子适郢相得，适郢将妻公，多与之地，而公孙有山以告于季孙者也。”《正义》据《左传》驳《史记》云：“《传》称国人施罪于有山氏，不得复归而卒于其家，吕东莱引颍滨苏氏曰：‘子贡言哀公不殁于鲁，而《史》称哀公自越归，卒于有山氏。’归于有山氏而不归国，事未可信。”窃疑哀公归国而卒于有山氏，正为有山氏所弑，有山氏殆当鲁越通道，而党于季孙。鲁人劾捕之，正为其弑君。定哀之际多微辞，即《传》文亦不明显耳。及门黄少荃女士谓“谥法”：“恐惧从处曰‘悼’。”考春秋以来，如晋厉公弑于栾书中行偃，齐晏孺子弑于田乞，卫出公被逐亡死，楚声王盗杀之，皆不得其死，其次立之君均谥“悼”，谓其恐惧从处，承叛乱之余而即位也。鲁哀公卒，子宁立，谥悼公，则鲁哀之不得其死信矣。曾子于此时前后，皆居武城。王符《潜夫论》：“鄗毕之山，南城之冢。”章怀太子注：“南城曾子父所葬。”足征曾子居武城之久。俞氏《癸巳类稿》，书武城家乘后，谓：“《檀弓》云：季孙卒，曾皙倚其门而歌，以曾皙在费，故附会其事。又云：曾子之席华而睆，曰：季孙之所赐。知曾子父母及身，始终皆在费。可证南武城在费。”参读《考辨》第二九。

附　越徙琅邪考

越都徙琅邪，事见《越绝书》及《吴越春秋》。今本《纪年》，于越徙都琅邪，在晋出公七年当鲁哀公之二十七年；是岁，越使后庸来正邾鲁之界，公与盟平阳，盖即越北徙时矣。《吴越春秋》：句践二十五年“霸于关东，从琅邪，起观台，周七里，以望东海”。今按：越灭吴在句践二十四年，其明年，决不急遽北迁。《吴越春秋》记句践灭吴年，及卒年，皆误。见《考辨》第一八。然则武城被寇时，越都已在琅邪。今考琅邪地望，古有三说。《汉·志》：东莱郡琅邪，“越王句践尝治此，起台馆”。《史记·秦始皇本纪》：“穷成山，登之罘而去。南登琅邪，大乐之。”《集解》：“《地理志》云：‘越王句践尝治琅邪县，起台观。’”《正义·括地志》云：“密州诸城县东南百七十里有琅邪台，越王句践观台也。台西北十里有琅邪。”《吴越春秋》云：越王句践二十五年徙都琅邪，立观台以望东海，遂号令齐晋秦楚，以尊辅王室。《水经·潍水注》：琅邪山名，越之故国。此皆指越徙琅邪，在今山东之诸城也。其故城在今山东诸城县东南一百五十里，僻在齐东之海滨，越为求霸中原，何为择都于此？衡以地理形势，知必不然。顾栋高《春秋大事表》云：“春秋时琅邪，为今山东沂州府。”谓琅邪近今日照，此与诸城琅邪台百里相望，波涛可接，其说实近情理，而恨辨之犹有未尽析者。按：《续汉·郡国志》：“东海国赣榆，本属琅邪。注引《地道记》：‘海中去岸百九十步，有秦始皇碑，长一丈八尺，广五尺，厚八尺三寸，一行十三字，潮水至加其上三丈，去则三尺见也。’”又《水经·淮水注》：“赣榆县北东侧巨海，有秦始皇碑，在山上，去海百五十步，潮水至，加其上三丈，去则三尺见东北倾，石长一丈八尺，广五尺，厚三尺八寸，一行十二字。”今按：《史记·始皇本纪》，二十八年，南登琅邪，大乐之，作琅邪台，立石，刻颂秦德，凡九百九十七字。其辞有曰“乃抚东土，至于琅邪”云云。是始皇登琅邪，乃今东海之赣榆，而《水经·潍水注》

复云："琅邪山名，越王句践之故国，秦始皇灭齐以为郡，城即秦皇所筑。遂登琅邪，大乐之。山作层台于其上，谓之琅邪台，台在城东南十里，孤立特显，出于众山，上下周二十余里，傍滨巨海。秦始皇所作台基三层，层高三丈，上级平敞，方二百余步，广五里，刊石立碑，纪秦功德，汉武帝亦尝登之。"云。是郦氏言琅邪秦碑，本有两处，一在琅邪，一在赣榆，而余疑句践琅邪，实应在赣榆，不在诸城。何也？按：《水经·淮水注》又云："游水东北径赣榆县北，又东北径纪鄣故城南，东北入海。旧吴之燕岱，常泛巨海，惮其涛险，更沿溯是，渎由是出。"则赣榆为自昔海道要港，秦末之田横，东汉初吕母，避居海中，皆在此邑。越为海国，其北徙琅邪，以争中原，宜当在此。自赣榆北七十五里，即达山东之日照，县北四十里有会稽山，县志相传，越王尝登此，号"小会稽山"。又赣榆西境八十里有羽山，《尚书》殛鲧羽山，越为禹后，故鲧之故事，亦迤而在此。山东郯城县东北七十里有羽山，即赣榆之羽山也。郭璞《山海经注》，谓羽山在东海祝其县东南，亦即此山。此皆越都琅邪，其传说之犹有遗迹可推寻者。《墨子·非攻中篇》："东方有莒之国，不敬事于大，东者越人夹削其壤，西者齐人兼而有之。"莒在日照西五十里，越都琅邪在赣榆日照间，则莒在其西，地望正符，顾氏谓春秋时琅邪，为今山东沂州府。考琅邪为临沂国治，乃东汉时事，虽临沂日照赣榆三邑，疆境毗连，适如鼎足之峙，然证以秦始皇琅邪碑石，则越都琅邪，当定在赣榆日照一带滨海之地，为尤惬也。

顾氏《大事表》又谓："《史记》越灭吴，而不能正江淮以北，故楚得东侵，广地至泗上，与鲁泗东地百里。越既灭吴，与齐晋诸侯会于徐州，在今滕县，非江苏徐州也。天子致胙，方欲正邾鲁山东诸侯之侵界，岂其弃江淮不事？且既弃之以予楚矣，如后庸使命之往来，及出兵侵鲁，岂反假道于楚耶？又范蠡既雪会稽之耻，变姓名，寓于陶，陶为今曹州府曹县，盖先时吴屡伐齐鲁，沂曹之边地，吴盖略而有之。哀八年，吴尝伐鲁，入武城，武城人或有田于吴境，拘鄫人之沤菅者，曰：'何故使我水滋？'及吴师至，拘者遂道之以伐武城。观此，则沂州之地，久已为吴之错壤，越灭吴，因有其地，则其迁都琅邪，盖尽吴之境，与北方诸侯争衡，岂有反弃江淮之地，以资劲敌之楚耶？"按：顾氏引《史记》：见《楚世家》，越灭吴，在楚惠王十六年；徙都琅邪，在惠王二十一年。越三年，惠王二十四年，句践卒；楚东侵地至泗上，则在惠王四十四年，已在越朱句时，不得牵混为说。又《越世家》，句践已平吴，乃以兵北渡淮，与齐晋诸侯会于徐州，致贡于周。周元王使人赐句践胙，"命为伯"。句践已去，渡淮南，以淮上地与楚，归吴所侵宋地于宋，与鲁泗东方百里。当是时，越兵横行于江淮东，诸侯毕贺，号称霸王。其事皆当在元王时。而句践之徙琅邪，则在贞定王元年。裴骃《集解》误以楚东侵地至泗上，释越以淮上地与楚；吕东莱《大事记》仍之，顾氏《大事表》又仍之，皆误也。《越绝书》亦云："越行伯道，沛归于宋，浮陵以付楚，临期开阳复之于鲁，中邦侵伐，因斯衰止。"此与《越世家》文大体相合。浮陵地望无考，殆即所谓淮上地。开阳者，《左氏》哀三年，叔孙季孙城启阳，杜注："琅邪开阳县。"《大事表》：今沂州府治北十五里有开阳故城。临期亦无考，《史记》有临原侯国，在山东临朐县东，或其地，此皆所谓泗东地也。以《越绝》证《史记·越世家》，知句践一时实有正疆界归诸侯地事。惟所谓不能正江淮北者，张守节《正义》谓，江淮北谓广陵县徐泗等州，此说似较谛。考《春秋》吴与楚争，其出兵常在今安徽境，而吴之北争中原，则或由邗沟，或遵海道，皆不经安徽。越人乃袭吴北争中原之故道，而无意于西向与楚角逐。故《楚世家》谓越灭吴而“不能正江淮以北”，当指吴楚角逐之旧战场言；《越世家》谓越灭吴而“横行于江淮东”，则指吴齐争衡之新路线言。越人承吴北争中原之故道，而又以海国，便于舟船，故径北徙琅邪，雄踞今赣榆日照一带之海滨，西向而会诸侯于滕，北指而夺齐晋中原之霸权。今皖北豫南，凡昔吴师西向以入楚者，则弃不复问，于是楚人乃得乘间东侵，广地以至泗上也。春秋战国间，史文缺佚不详，故为约略推测其形势焉。参读《考辨》第四一。

又按：今安徽滁县亦有琅邪山；《元和郡县志》，晋琅邪王伷出滁中，即此地。《太平寰宇记》，东晋元帝为琅邪王，避地此山，因名。又按：《史记·田齐世家》：田常既杀简公，立平公；五年，齐国之政皆归田常。“割齐自安平以东至琅邪，自为封邑”，大于平公之所食。今按：句践徙都琅邪，在齐平公十三年，时田常尚在，其势方盛。琅邪在其封内，是必指诸城琅邪言。古史地名，往往连绵移植，一名之同，散播数处。或其时诸城日照，本已俱有琅邪之名。则滁之琅邪，安见必迟起自东晋时乎？惟句践所徙，殆不在滁，则略可定者。

三六　晋出公以下世系年数考

《史记》载晋出公以下世系年数，《世家》《年表》互歧，细核多误，颇不足信。余考《晋世家索隐》引《纪年》，文字虽略，实可依据，以订《史记》之失。今具列异同，重为写定。如韩赵魏杀知伯，乃出公二十二年事，而《史记·晋世家》及晋《表》均谓在晋哀公四年，此与《纪年》说迥异。盖《年表》出公仅十八年，《世家》又止十七年，其实皆误。考出公十七年，据《世家》乃知伯与三家共分范中行地。《世家》乃即以是年为出公出奔之年。《年表》因于明年书襄子元，而晋哀之元则又误后一年也。《史记·晋世家》："出公立十七年，知伯与赵韩魏共分范中行地以为邑。出公怒，告齐鲁，欲以伐四卿。四卿恐，遂反攻出公，出公奔齐，道死。"韩怡《竹书纪年辨正》谓："出公盖以晋之十七年奔齐，薨在周贞定王十七年，道死谓死于外，非必奔齐而遂死于路也。《史记》统序未见清析。"今按：如韩说，出公以十七年出奔，又七年而始卒，其间晋不得久无君，则韩说非也。《史记》自误以三家杀知伯事为四卿分范中行事，又或误以贞定王十七年为出公之十七年，而今本《伪纪年》又据《史记》而误。韩氏牵就《伪纪年》立辨，宜亦误矣。韩氏书极少见，而疏陋无可取，姑采一条于此。

出公二十三年奔楚，乃立敬公。《世家》为哀公骄；《年表》作哀公忌，后又有懿公骄。梁氏《志疑》云："考《索隐正义》引《世本》，昭公生桓子雍，雍生忌，忌生懿公骄，与晋赵两《世家》称骄为昭公曾孙合；则忌是哀公，骄是懿公，忌与骄乃父子，《晋世家》误以懿为哀耳。《纪年》谓立昭公孙敬公，盖懿又谥敬，特误以曾孙为孙也。疑忌既早死，未尝为君，哀公之称，当是其子追谥；继出公者，必懿公骄，非哀公忌矣。"雷氏《义证》则谓："《晋世家》明云立昭公曾孙骄为哀公，《赵世家》又谓骄是懿公，则哀懿自是一人之谥，犹周之贞定王，《左传正义世本》或称贞王，或称定王也。《竹书》又谓哀懿公即敬公耳，谓敬公是昭公之孙，孙即曾孙，犹《鲁颂》谓僖公为周公之孙。盖孙是后裔之大名，非必皆子之子也。”今按：“哀”“懿”古音近，雷氏谓“哀”“懿”乃一人之谥，是也。又按：《年表正义》谓：“出公道死，知伯乃立昭公曾孙骄为晋君，是为哀公。哀公大父雍，晋昭公少子，号戴子。生忌，忌善知伯，早死。故知伯欲并晋，未敢，乃立忌子骄为君。”是忌与骄为父子，忌早死未得立，梁氏之说亦信。惟谓忌追谥哀侯者则误。今定晋哀懿公名骄，而《竹书》又称为敬公者，如韩威侯即宣惠王，亦一君三谥也。

出公以下《史记》《世本》《纪年》三家异同表

《史记》			《世本》	《纪年》
《晋世家》	《赵世家》	《六国表》		
（昭　公）	（昭公）		（昭公）	（昭公）
（雍戴子）	（—）		（雝桓子）	
（忌）	（—）	哀公忌	（忌）	
哀　公骄	懿公骄（昭公曾孙）	懿公骄	懿公骄	敬公（昭公孙）

敬公六年，当魏文侯元年。详《考辨》第三八。敬公十八年卒，当《世家》哀公之年数。子幽公立。幽公十八年卒，《纪年》《史记》全同。子烈公立。烈公之立也，晋乱，幽公见杀。故烈公即以幽公见杀之年称元年，不逾年而改元。晋烈公三年，当越朱句三十五年。详《考辨》第四九。烈公十一年，当齐宣公五十年。详《考辨》第五六。烈公二十七年卒，《纪年》《史记》全同。子桓公立，《史记》作孝公。桓公十九年，当魏武侯二十六年。详本篇下节。明年，“桓公二十年，赵成侯韩共侯迁桓公于屯留。以后无晋事”。《年表》孝公十五年，《世家》十七年，其下有静公，与《纪年》不同。今若依

《索隐》所引《纪年》年数推之，则前后排比悉符。惟《索隐》于敬公即哀懿公。幽公烈公三君，均不注《纪年》年数。盖本与《史记》所列相同，故无事再著也。今本《伪纪年》作敬公二十二年，幽公十年，皆误不足据。考论《纪年》者，于此诸君，往往从《伪纪年》之说，不悟《索隐》注书详略之例，故尤纠纷不可理耳。参读《考辨》第五六。

又按：《索隐》谓："桓公二十年，赵成侯韩共侯迁桓公于屯留，以后无晋事。"盖其时晋已不国也。然余考《史记》，证以《纪年》，知晋迁屯留，犹未全灭，晋事尚有可得而言者。《赵世家》："成侯十六年，与韩魏分晋，封晋君以端氏。"考是年为梁惠王十二年。《水经·浊漳水注》引《纪年》："梁惠成王十二年，郑取屯留尚子涅。"前韩赵迁桓公于屯留，至此十一年，而韩取屯留，可证晋君迁端氏之说不诬也。又《赵世家》："肃侯元年，夺晋君端氏，徙处屯留。"前韩赵分晋，取屯留，封晋君端氏。至此又十年，《晋世家索隐》引《赵世家》："列侯十六年，即成侯。与韩分晋，封晋君端氏；其后十年，肃侯徙晋于屯留。"即谓此也。是晋自屯留徙端氏，又自端氏徙屯留矣。

又考《韩世家》："昭侯十年，韩姬弑其君悼公。"是年正赵肃侯元年，疑悼公乃晋君。前十年韩取屯留而迁端氏，今赵取端氏而复迁屯留，韩大夫遂弑之也。然则晋自桓公后尚有悼公，或即《晋世家》所谓静公矣。前人于"韩姬弑悼公"一语，不得其解，梁氏《志疑》颇主其为晋君，而未能据《赵世家》为说，又误信《伪纪年》，故所论多舛。陈逢衡《纪年集证》亦疑悼公即静公，然亦未能参合赵韩两《世家》为之说明，故重为论定之如此。

又《水经·沁水注》引《纪年》："惠成王十九年，晋取玄武濩泽。"其事尚在韩姬弑晋君前三年，固知晋君至是尚在。雷氏《义证》亦定其时晋君即静公，谓："泫氏在今山西高平县东十里，濩泽在今阳城县西三十里，二邑已属韩赵，晋袭取之。静公亦可谓不量力，所以卒废绝。"其言信矣。余考其时正梁惠王拔赵邯郸后一年，梁赵之兵结而不解，故晋君亦乘时奋起。明年，梁即归赵邯郸，与盟漳水上，自是晋君复被迁逐，而乃见弑。疑玄武濩泽其时或属赵，因韩与梁合，晋君或不敢加兵也。又按：陈逢衡《集证》，谓《御览》一百六十三引《纪年》："惠王九年晋取泫氏。"《太平寰宇》记四十四引同。"泫"以脱去水旁而为"元"，"武"与"氏"形似而误。事在惠十九年。脱去十字，故云"九年"。凡此皆桓公迁屯留后晋事之可得而言者。

又按：顾观光《七国地理考》："屯留长子，《汉·志》并属上党；三卿分晋，惟此二邑尚为晋有。梁惠王元年，韩赵迁晋桓公于屯留，而长子归赵，故赵成侯五年，韩与我长子。盖赵成侯五，正当梁惠王元也。至惠王十二年，韩取屯留长子，于是晋无一邑，而桓公寄居于韩。其子悼公，为韩昭侯所弑，故《韩世家》云：'昭侯十年，韩姬弑其君悼公也。'《史》与《纪年》大致相合，惟《史·表》以桓公为孝公，悼公为静公，而孝公卒于安王二十四，静公卒于安王二十六，则韩赵两《世家》之文，皆不可通矣。"又曰："《水经》引《纪年》：'梁惠成王元年，韩共侯赵成侯迁晋桓公于屯留。'较《赵世家》肃侯元年先二十一年。据《史·表》，三卿分晋在周安王二十六年，迁晋屯留不宜迟至二十余年后。疑《竹书》得其实。"今按：顾氏论赵韩分晋事极析，以孝公为桓公，静公为悼公，与余说皆合。惟不信赵肃侯元年迁晋事，则以《水经·沁水注》引《纪年》一条说之，可以知其误矣。

余既考晋桓公、悼公事，犹憾不得其年数。因读《晋世家》："孝公十七年卒，子静公俱酒立，是岁齐威王元年也。"据《六国表》，静公俱酒元在齐威王二年，立后之明年称元年，故与《世家》差一年。惟《史记》齐威王元，误前二十二年，其时尚为晋桓公之十二、十三年，知静公俱酒之卒应尚在后。今姑依《纪年》，齐威王元在梁惠成王之十四年。若是年晋静公立，则桓公即孝公。实得三十二年，而静公即悼公。有九年。晋取泫武濩泽，乃悼公六年事。或史公所记，"齐威王元年晋静公俱酒立"一语并不误，而特误其年世。惟无他证，姑存以备一说也。

桓公以下晋事表

桓公十四（《史·表》作孝公）	赵敬侯十一 韩哀侯元 魏武侯二十一 韩灭郑（《索隐》引《纪年》）	按：是年实韩灭郑之岁，而史公误以为三家灭晋，见《史·表》及魏赵韩三《世家》。
桓公十五	赵敬侯十二 韩哀侯二 魏武侯二十二 晋桓公邑哀侯于郑（《索隐》引《纪年》）	
桓公二十	赵成侯五 韩共侯五 梁惠王元 赵韩迁桓公于屯留（《索隐》引《纪年》） 韩与赵以长子（《赵世家》）	

（续表）

桓公三十一 悼公？ （《史》作静公）	赵成侯十六 韩昭侯十四 梁惠王十二 赵与韩分晋，迁晋君端氏（《赵世家》） 韩取屯留长子涅（《水经注》引《纪年》）	按：是年晋为桓公抑悼公，无考。若仍是桓公，则为桓公之三十一年也。
桓公？ 悼公	赵成侯二十三 韩昭侯十一 梁惠王十九 晋取玄武濩泽（《水经注》引《纪年》）	按：是年晋君何人尚无考，或是悼公，而又疑其是悼公之六年，语详前。
悼公	赵肃侯元 韩昭侯十四 梁惠王二十二 赵夺晋君端氏，徙处屯留（《赵世家》） 韩姬弑其君悼公（《韩世家》）	按：悼公为晋最后一君，被弑于韩，惟未详其立年，或此乃悼公九年也，晋至是始灭。

又按：崔述《考古续说·赵韩魏之侯》一条，亦论三家分晋事云："按：《晋世家》静公二年：'魏武侯韩哀侯赵敬侯灭晋后而三分其地。'《赵世家》敬侯十一年：'魏韩赵共灭晋，分其地。'即晋静公二年事也。而成侯十六年，又云'与韩魏分晋'。夫既于敬侯之世灭晋而分之，成侯之世何又分焉？此文必有一误。按：如余上所考定，则崔氏此论不足信。《竹书纪年》云：'赵成侯韩共侯迁晋桓公于屯留。'考其时乃成侯五年，魏武侯卒之岁。按：《晋世家索隐》引《纪年》："魏武侯以桓公十九年卒，韩哀侯赵敬侯并以桓公十五年卒。桓公二十年，赵成侯韩共侯迁桓公于屯留，以后无晋事。"崔据此为说。惟时为魏武侯卒后一岁，崔云武侯卒岁，盖亦误。是时魏罃方与公子缓争国，故韩赵得乘间，而分晋耳。盖晋六卿中韩赵为睦，《春秋传》载之详矣。而魏文侯尊贤重义，

号为令主；其子武侯，亦尚能守家法。故秦嬴之乱，魏文侯以兵诛之，而立烈公止；攻周之役，分周之举，皆韩赵连兵，而魏独不与。窃疑晋室既衰，魏独忠于公室；是以文侯武侯既卒，韩赵无所顾忌，然后敢迁晋君而分周室。揆其时势，似《纪年》所载为近情理。然则晋当为桓公，不当为静公；分晋者当为赵成侯韩共侯，不当有魏武侯。其事当在周烈王之六年，即赵成侯五年。不当在周安王之二十六年即赵敬侯十一年。矣。《史记》旁采他书，传闻不一，是以前后往往自相矛盾，似未可以《史记》一篇之文，遂据为信史也。”今按：崔氏据《纪年》纠《史记》，其说尚颇疏。然谓分晋无魏，则自有见。至谓晋室既衰，魏独忠于公室，而不悟魏文称侯，亦独视韩赵为先。大概其时三晋惟魏最强，故既自称侯，犹虚戴晋君以抑韩赵，并亦常三晋相联以应外敌，而魏为三晋之领袖。武侯卒，惠成王幼弱，韩赵遂迁晋君，又谋两分魏政，而后三晋之势遂不可复合矣。晋四卿，知氏外赵最强。知氏围赵晋阳三年，而韩魏乘其敝，故知氏亡而赵亦病。魏文侯又贤主，故得独强，先称侯。

又陈逢衡《竹书纪年集证》论晋幽公见弑事云：“幽公见弑，必有使之者。虽三强并立，不能定为谁氏。然观《史记·晋世家》：‘幽公淫妇人，夜窃出邑中，盗杀幽公。魏文侯以兵诛晋乱，立幽公子止，是为烈公。’则《年表》书‘魏诛晋幽公’，盖实录，非脱字也。其曰‘淫妇人，出邑中’者，欲加之罪也。盗者谁？晋大夫秦嬴也；使之者谁？魏文侯也。但以兵诛晋乱，未闻杀秦嬴以正国法，此与赵盾之曲护赵穿，如合一辙。其能免弑逆之恶哉？盖诛乱者即首乱之人也。《索隐》引《纪年》作‘夫人’，非是。”今按：

秦嬴自是夫人之名。幽公淫妇人，其见弑在高寝之上，则秦嬴为夫人益信。国君见弑而国乱，魏文侯诛定其乱，而立烈公。秦嬴乃君夫人，秦乃大国，魏文何得诛及秦嬴哉?《年表》或有脱误。然《纪年》魏史，其记魏事不能无所饰。或《史记》所载，诚如陈氏之揣，本与《纪年》不同。而陈氏强引秦嬴为盗名而疑《索隐》，则失之也。

三七　魏文侯为魏桓子之子非孙其元年为周贞定王二十三年非周威烈王二年辨

《史记》："魏桓子与韩康子赵襄子共伐灭智伯，分其地。桓子之孙曰文侯都。"《索隐·系本》："桓子生文侯斯。"《集解》："徐广曰：'《世本》云："斯也。"'"是《史记》误"斯"为"都"，误"子"为"孙"也。考《年表》，魏桓子与韩康子赵襄子灭知伯，在周定王十六年，下去魏文侯元二十九年，其间不著桓子之子名字，及始立年岁。盖桓子之子即文侯斯，《史记》误移文侯之年于后，疑其相差过远，因谓文侯乃桓子孙，然竟亦不能确指其子为何名也。余考文侯元年，实在周定王二十三年，去桓子灭知伯只七年，明其为父子矣。高诱注《中山策》，亦误以文侯为桓子孙。又《韩诗外传》七："魏文侯之时，子质仕而获罪，去而北游，谓简主曰"云云；文侯立在知伯灭后七年，赵灭知伯系襄子，此称简子必误。简子死在鲁哀二十年前，下距魏文侯立近三十年；又语与阳虎同，李氏《尚史》亦辨之。知文侯元在周定王二十三年者，《年表》文侯三十八年，武侯十六年；而《索隐》引《纪年》，文侯乃五十年，武侯二十六年，两世相差，凡二十二年。依《纪年》则文侯元在贞定王二十三年也。《史记》于周贞定王以下，记载阔略，世次多舛。顾亭林所谓："自《左传》之终，至周显王之三十五年，前后凡一百三十三年之间，史文阙轶，考古者为之茫昧也。"见《日知录》卷十三。即如《年表》，于威烈王二年，魏文侯韩武子赵桓子同年称元。考之上一年，惟赵书襄子卒，而魏韩两家均阙。盖《年表》于此段最疏，三晋尤甚；惟赵《表》较有依据，而韩最阙佚。韩魏《表》首书献子宣子，其时献子死已三十三年，宣子死且三十八年，其疏谬至此。余本《索隐》所引《纪年》，合之当时情事，参伍钩稽，而知《纪年》之可信，《史记》之多疏。为之逐条纠正，凡得数十事，虽史实不详，而年世差明矣。

又按：《晋世家索隐》引《纪年》："出公二十二年，赵韩魏共杀智伯，尽并其地。二十三年，出公奔楚，乃立昭公之孙，是为敬公。魏文侯初立，在敬公十八年。"据《索隐》他处引《纪年》推算，知文侯初立，去智伯见杀七年，是敬公之六年也。"六"字与"十八"字相似，又涉下正文"十八年幽公淫妇人"句而误。《索隐》原本当系六字，否则不应自为乖错十二年之多。今本《伪纪年》误据《索隐》误字，谓魏文立在晋敬十八年，故以考王七年为魏文元年，较《史·表》移前十年；而文侯卒年，仍据《史·表》，在安王十五年，则前后凡得四十八年。然又据《索隐》，谓魏文在位五十年，疏谬之迹，昭昭甚著。后人犹多信者，则以考年论世之学，久不为学人所重也。

三八　子夏居西河教授为魏文侯师考

《史记·孔子弟子列传》："孔子既没，子夏居西河教授，为魏文侯师。"洪迈《容斋续笔》云："按：《史记》，子夏少孔子四十四岁。孔子卒时，子夏年二十八矣。魏始为侯，去孔子卒时七十五年。文侯为大夫二十二年而为侯，又六年而卒。姑以始侯之岁计之，则子夏已百三岁矣。方为诸侯师，岂其然乎？”今按：魏文初立，实周定王二十三年，去孔子之卒三十三年，子夏年六十三也。孔子卒，子夏年二十九。为文侯师，自是后人追述之语，何必定计魏文始侯以往哉？《年表》载：“文侯受经子夏，过段干木之闾常式。”在十八年，此亦有故。《世家》先一年十七年。伐中山，使子击守之。“子击逢文侯之师田子方于朝歌，引车避，下谒，田子方不为礼”云云，《韩诗外传》亦载其事而稍异。盖为先秦旧说，二子各采所闻也。史公于前一年书田子方事，因于下一年载子夏段干木，亦连类而及，非谓必于是年文侯始受经式闾也。《志疑》云：“受经式闾之事，《世家》书于二十五年，《年表》在十八年，不同。盖元不可以年定。”其说是矣。顾谓“《世家》书于二十五年”，则亦误读《史记》，《志疑》又谓《世家》载卜相事于二十五年，亦同误。不可不辨。《史记》于魏文侯元年以下，分年纪事，至二十五年，“子击生子罃”句而止，以下“文侯受子夏经艺”云云一长节，乃总叙文侯早年尊贤礼士得誉诸侯之事，非谓其事统在二十五年也。此下自“二十六年，虢山崩，壅河”以下至“三十八年文侯卒”，又为逐年纪事之文。此本甚为明白，而不惮详辨者，缘昔人读书，于此等处每易误。如《孔子世家》叙适周见老子，本不定在何年，而郦道元注《水经》，指为孔子十七年适周，实由误读《史》文，见其前为“孔子年十七，鲁大夫孟釐子病且死”云云也。而史公此文，亦由误读《左传》，乃以为孔子年十七而孟釐子卒焉。余意文侯贤者，其初即位，子夏年已六十二。

方孔子之未死，子夏固已显名，至是则巍然大师矣。文侯师子夏，虽不可以年定，而其在早岁可知。余又考魏文二十二年始称侯，子夏若尚存，年八十四。寿考及此，固可有之。

三九　子夏居西河在东方河济之间不在西土龙门汾州辨

《仲尼弟子列传》："孔子既没，子夏居西河教授。"《索隐》："西河在河东郡之西界，盖近龙门。刘氏云：'今同州河西县有子夏石室学堂是也。'"《正义》则云："西河郡今汾州也，子夏所教处。《括地志》云：'谒泉山一名隐泉山，在汾州隰城县北四十里。注《水经》云："其山壁立，崖半有一石室，去地五十丈，顶上平地十许顷。《随国集记》云此为子夏石室，退老西河居此。"有卜商神祠，今见在。'"《困学纪闻》、《郡国利病书》、《方舆纪要》、孙星衍《校水经注》均从《正义》说。陈玉澍《卜子年谱》辨之云："子夏西河，战国时属魏，不属赵。谒泉山今属文水县，赵大陵地也。《史记·赵世家》，肃侯十六年，武灵王十六年，皆游大陵。《正义》曰：'《括地志》云："大陵城在并州文水县北十三里。"'《文献通考》：文水有大陵城。《一统志》：大陵故城在太原府文水县东北二十五里。文水县既不属魏，则文水西南二十五里之谒泉山，不属魏国何疑。谒泉山北属文水，南属汾州府汾阳县。汾阳亦赵地。《文献通考》《舆地广记》《寰宇记》皆谓汾州春秋时晋地，六国时属赵，是也。谒泉山既与魏无涉，即与子夏之西河无涉，故《困学纪闻》阎注、沈钦韩《左传地名补注》皆辨之。"至《索隐》之说，盖本郑注《檀弓》，谓："西河自龙门至华阴之地。"又《水经·河水注》："细水东流，注于崌谷。侧溪山南有石室，东厢石上犹传杵臼之迹，似是栖游隐学之所。昔子夏教授西河，疑即此也，而无以辨之。"又云："河水又南径子夏石室，东南北有二石室，临侧河崖，即子夏庙堂也。河水又南径汾阴县西，又南径郃阳城东。"故《禹贡锥指》谓："子夏石室在今郃阳县界。郃阳县北为韩城县，《寰宇记》谓子夏石室在韩城者，即《水经注》所言崌谷之石室也。"然孔子弟子，不出鲁卫齐宋之间。孔子死，而子贡居齐卫，子游子张曾子在鲁，何以子夏独僻居郃阳韩城，黄河之西，龙门之附近？其地在战国初尚无文教可言，谓子夏教授其地，事殊可疑。则韩城郃阳之石室，犹之谒泉之石室，谓子夏居之者，胥出后人附会，不足信也。

考《史记·孔子世家》，卫灵公问孔子："蒲可伐乎？"对曰："可。""其男子有死之志，妇人有保西河之志。吾所伐者，不过四五人。"《索隐》曰："此西河在卫地，非魏之西河也。"《集解》引王肃曰："公叔氏欲以蒲适他国，而男子欲死之，不乐适他。妇人恐惧，欲保西河，无战意。本与公叔同畔者，不过四五人。"据是言之，西河即指匡蒲迤北之大河而言。渡河乃走晋境，妇人恐惧，无战守意，欲逃西河，就强援天险自保也。《竹书纪年》："王放季子武观于西河，武观以西河叛，彭伯寿帅师征西河。武观来归。"《战国策》："齐伐魏，取观津。"高注："故观邑临河津，故曰观津。"《汉书·地理志》东郡有畔观县，应劭曰："夏有观扈，世祖更名卫国。"是观在东郡，而据西河以叛，西河亦应近东郡矣。今考春秋卫蒲邑，在今河北长垣县境；东郡之观，则今山东观城县境，南北相距不二百里。大河故渎，流经其西，其在当时，殆必有西河之称。《管子·小匡》："西征，攘白狄之地，遂至于西河。方舟投柎，乘浮济河，至于石沉。县车束马，逾大行，与卑耳之貉，拘秦夏，西服流沙西处，而秦戎始从。"语又见《齐语》，管子注："西河谓龙门之西河。"此误；韦昭曰："西河白狄之西。"亦未是。盖此西河亦指在大行以东者言也。《隋图经》："安阳有西河，即卜子夏田子方段干木所游之地，以赵魏多儒，在齐鲁邹之西，故呼西河。"《太平寰宇记》亦谓："相州安阳有西河。"胡渭《禹贡锥指》引："宋李垂上《导河形势书》：'请自汲郡，东推禹故道，出大伾上阳三山之间，复西河故渎。'即郦元所谓宿胥故渎也。《浚县旧志》：'故渎在县西十里，亦曰西河。'"《孟子》："王豹处于淇，而《河西》善讴。"河西即西河也。赵岐注："北流河之西。"以别于龙门西河，在南流河之西也。《太平御览》八十三引《竹书纪年》："河亶甲整即位，自嚣迁于相。"而《吕氏·音初篇》云："殷整甲徙宅西河。"则子夏居西河，不在西土，而在东方相州之安阳，可见矣。郦氏《水经注》不能辨，乃以龙门说之。赵东潜独举《寰宇记》《隋图经》驳斥，可为卓识也。《说苑》："田子方渡西河，造翟璜。""造"疑"遇"字形误。《韩非·外储说右下》述此事云："田子方从齐之魏，望翟璜"云云，此西河在齐魏间一证也。《文选》任彦昇《为范始兴作求立太宰碑表》注引《七略》："子夏西河，燕赵之间。"下语似未的，然为指东方之西河则一。

又按：《艺文类聚》六十四，《文选》左太冲《招隐诗注》，刘孝标《辨命论》并引《尚书大传》："子夏对夫子云：'退而穷居河济之间。'"今《伪孔丛子·论书》二亦有之。此又子夏退老在东方不在西土之证。《檀弓》："子夏丧其子而丧其明，曾子吊之，曰：'吾与汝事夫子于洙泗之间，退而老于西河之上，使西河之民疑汝于夫子，尔罪一也。'"谓"退老于西河之上"，即犹谓"穷居河济之间"也；谓"西河之民疑汝于夫子”，亦决非龙门华阴之西河矣。龙门华阴僻在西土，文教之所不及，儒泽之所未被，无所谓“疑汝于夫子”；且若子夏辟居郃阳韩城，老而丧子，曾子亦复老矣，岂渠不远千里而赴吊？若谓“退老龙门，又归于鲁而丧子”，陈玉澍说如此。则又不得谓之“退老”。且子夏温人也，其退老，何不于故乡文物之邦，而远至郃阳韩城，荒陬水滋，又复筑石室而居，此岂退老之所堪？参读《考辨》第二九。凡此皆甚不通之说。故知谓子夏退老在龙门附近，河滨石窟之间者，皆后世之妄说也。

《史记·魏世家》：“李克谓翟璜曰：‘魏成子东得卜子夏田子方段干木。’”夫称东得，则又子夏退居，不在西土韩城郃阳之一证矣。且魏文居邺，魏武居魏县，亦与子夏居河济之间者为近，而与西土龙门之河为远。《圣门志》：“子夏墓在山东兖州府曹州西四十里卜堌都。”则子夏之终，亦在东方也。据此诸端言之，子夏居西河教授，决不在龙门华阴之间，而实在东土；当在今长垣之北，观城之南，曹州以西，一带之河滨。《王制》云：“自东河至于西河，千里而近。”盖《王制》之所谓东河，殆即《檀弓》所称子夏退居教授之西河。《隋图经》之说，决非偶然。陈玉澍乃以此说古今引者绝少，遂谓殆无足辨，可谓不知别择矣。

四〇　魏文侯礼贤考

魏文以大夫僭国，礼贤下士，以收人望，邀誉于诸侯，游士依以发迹，实开战国养士之风。于先秦学术兴衰，关系綦重。《韩非·外储左上》：“王登为中牟令，上言于襄主曰：‘中牟有士曰中章胥已。’襄主使为中大夫。中牟之人，弃田耘，卖宅圃，而随文学者，邑之半。”其事又见《吕览》。则襄主下士，犹在魏文之先。惜载籍阔略，无可详征。《史记·赵世家》又载赵烈侯时，相国公仲连进贤士牛畜荀欣徐越三人，则在魏文晚世。兹略叙梗概，以征世变。

子夏

田子方

名无择。见《庄子·田子方篇》。学于子贡。见《吕氏春秋·当染篇》。魏文侯友之。见《吕氏·举难》《察贤》，又《说苑·尊贤篇》。《史记·魏世家》则谓："文侯师田子方。"要之子方在文侯朝，甚见敬礼。其名辈在子夏段干木间也。尝使齐。《说苑·奉使篇》，有舍人毋择，为魏文侯献鹄于齐侯，疑即子方。魏文灭中山，子方尚在。《世家》云，太子击遇田子方，"引车避，下谒。田子方不为礼。子击因问曰：'富贵者骄人乎？且贫贱者骄人乎？'子方曰：'亦贫贱者骄人耳。诸侯骄人则失其国，大夫骄人则失其家。贫贱者行不合，言不用，则去之楚越，若脱屣然，奈何其同之哉。'"其事信否无可必。然战国传说，凡言士阶级之高自位置，以气节跨君卿贵族之上，大概托始于田子方子思之伦。则亦约略可以推见当时士焰方张，学者得势，已非往昔孔墨初兴之比矣。又史载子击谒田子方在击守中山后。击守中山年始十七，（详《考辨》第四六）则魏文之四十一年也。（详《考辨》第五四）其年世辈行，当与孔伋曾申相随。若以魏文灭中山，子方年七十计，则生当周元王之元，与墨子略同时。子贡时年四十六。若子贡七十而卒，子方年二十六，固得师事矣。又按：《庄子·田子方篇》载，子方自称师东郭顺子。《荀子·法行篇》有南郭惠子问于子贡曰："夫子之门，何其杂也？"《尚书大传·略说》作"东郭子思"，《说苑·杂言篇》作"东郭子惠"。又《墨子·非儒》有"子贡之齐，因南郭惠子见田常"。马叙伦《庄子义证》谓："检《风俗通·姓氏篇》：'东郭氏，东郭牙，齐大夫。'《左》哀十一年《传》，齐有东郭书；则齐有东郭氏，《尚书大传·说苑》作东郭者是。'惠''顺'脂真对转，《诗》'终温且惠'《传》，'惠于宗公'《笺》，《晋语》'若惠于父'注，皆训'惠'为'顺'；是'东郭惠子'即'东郭顺子'。以《吕氏》'田子方学于子贡'推之，东郭顺子盖子贡弟子，田子方为子贡再传矣。"今按：马说亦可通。然据《荀》《墨》二书，未见东郭顺子固为子贡之弟子也。且齐亦自有东郭南郭二氏，田子方师东郭子顺，亦无害其师子贡。则仍依旧说为得。

段干木

姓段干，焦氏《孟子正义》，谓：“《史记·老子列传》云：‘老子之子名宗，为魏将，封于段干。’（参读《考辨》第七二）《集解》曰：‘此云封于段干，段干应是魏邑名也。而《魏世家》有段干木、段干子，《田完世家》有段干朋，疑此三人是姓段干也。本盖因邑为姓。《风俗通·氏姓》注云：姓段名干木，恐或失之。’”晋国之大驵也。学于子夏。见《吕氏·尊贤篇》。魏文侯欲见段干木，段干木逾垣而避之。见《孟子》。魏文侯过段干木之闾而式。见《吕氏·期贤篇》。秦兴兵欲攻魏，或曰：“魏君贤人是礼，未可图也。”见《魏世家》。《期贤篇》亦曰：“秦欲攻魏，司马唐谏曰：‘段干木贤，魏礼之，不可加兵。’”余谓文侯所礼，不止一木，不应仅言段干贤。（又按：秦魏交兵，据《秦本纪》最先在秦灵公六年，其时已当魏文侯二十八年，其前秦魏势力尚未相触，司马唐之谏，应犹在后；或者子夏之伦已先卒欤。）白圭曰：“文侯师子夏，友田子方，敬段干木。”见《吕氏·举难篇》。盖段干年序当较子方稍后，与李克同事子夏，而或者视克为长也。《高士传》：“段干木少贫贱，心志不遂，乃师事卜子夏与田子方。李克翟璜吴起等居于魏，皆为将，惟段干木守道不仕。”此记干木世次最得。

魏成子

文侯弟，名成。《集解》：“徐广曰：‘《说苑》作季成子。’”《人表》误分公季成、魏成子为二人。食禄千钟，什九在外。东得卜子夏田子方段干木，文侯以为相。见《魏世家》。魏文卜相事，又见于《韩诗外传》《说苑》，语均略同；惟《外传》谓“魏成子食禄日千钟”，则妄说也。《史记》载孔子在鲁卫，俸粟六万，《索隐》云：“六万石，似太多，当是六万斗。”今魏成子禄千钟，至齐宣王时，陈戴禄万钟，皆以年计。递后则仕禄递高。此虽未必尽信，亦足觇世变之一斑矣。又孔子以游仕至卫，故卫人致俸粟。今陈成子亲文侯弟，亦称食禄千钟，疑是无封土。盖晋已无公族，行县制，三家继之，乃不复有分封也。封建之制，至此大坏，是亦一证。又魏文一朝大臣，惟成子乃亲族，此亦贵族世卿制至此已不行之一证也。《新序·杂事四》，有“公季成论田子方，文侯曰：‘非成之所议也。’公季成自退于郊三日，请罪”。与《世家》文不合，恐无据。

又按：《韩非·五蠹》：“十仞之城，楼季弗能逾，千仞之山，跛牂易牧。”《李斯传》亦言之。《集解》：“许慎曰：‘楼季，魏文侯之弟。’《王孙子》曰：‘楼季之兄也。’”今按：“楼季之兄也”句疑有脱误。枚乘《七发》：“秦缺楼季为之右。”李善注：“季，魏文侯弟；右，车右也。”《韩非·难一》：“魏两用楼翟而亡西河。”旧注楼缓翟璜也。《史记·始皇本纪索隐》亦以楼缓为魏文侯弟，似误。梁氏《人表考》据许说以楼季魏成子为一人，则是也。

翟璜

名触。见《说苑》。吴起乐羊西门豹李克屈侯鲋《韩诗外传》作赵苍。皆其所进。见《魏世家》。又论任座之忠。见《吕氏·自知篇》。《新序·杂事》第一，作翟黄对而任座论其忠，未知孰是。又按：《吕氏·下贤篇》云：“魏文侯见段干木，立倦而不敢息。及见翟璜，踞于堂而与之言。翟璜不悦。文侯曰：‘段干木官之则不肯，禄之则不受。今女欲官则相位，欲禄则上卿，既受吾实，又责吾礼。无乃难乎？’”文侯明君，璜亦贤者，岂有如此语？特后人袭贫贱骄人之意而虚造此说耳。又《韩非子·内储说下》：“翟璜善于韩，乃召韩兵令之攻魏，因请为魏王构之，以自重。”此乃以后纵横之士所为，魏文明主，翟璜贤臣，又在早世，风气尚淳，乌得有此？亦妄说也。（沈钦韩《汉书疏证》，对此两条均有辨。）又《淮南·道应训》：“惠子为惠王为国法，以示翟煎。”《御览》六百二十四引作翟璜。余考惠施至魏，在惠王二十七、八年后，翟璜不能至是犹存，《御览》误也。

翟角

主谋伐中山，亦翟璜所荐。《韩非·外储说左下》：“田子方从齐之魏，望翟黄乘轩骑驾出，方以为文侯也，移车异路而避之，则徒翟黄也。方问曰：‘子奚乘是车也？’曰：‘君谋欲伐中山，臣荐翟角而谋得。果且伐之，臣荐乐羊而中山拔。得中山，忧欲治之，臣荐李克而中山治。是以君赐此车。’”又为将，败齐于龙泽，入长城。《水经·瓠子水注》：“晋烈公十一年，田布围廪丘，翟角赵孔屑韩师救廪丘，及田布战于龙泽，田师败逋。”又《水经·汶水注》：“晋烈公十二年，王命韩景子赵烈子翟员伐齐，入长城。”翟员盖即翟角字误。时当魏文侯四十一，四十二两年。盖角之为将，当李克已老，乐羊不用之后。雷氏《义证》误以翟角为地名，谓是廪丘之近邑，其说大谬。其人与任座同为《世家·卜相篇》所未及。

吴起

卫人，或曰卫左氏中人也。见《韩非·外储说右上》。先仕鲁。详《考辨》第五〇。闻魏文侯贤，遂来仕魏，为西河守，见《吕氏·观表》。令民偾表立信。见《吕氏·慎小》；《韩非·内储说上》谓徙车辕、赤菽，与商鞅徙木事略类，而吴起事在前。今不知孰实孰虚，或两实，或兼虚，而今人则徒知商君徙木事矣。《汉艺文志》有《吴起》四十篇。

李克

子夏弟子，见《汉艺文志》班固注。《释文》云：“子夏传《诗》于曾申，申传魏人李克。”传《诗》事未必信。李克与子夏同时，以班氏说为是。为中山守。见《魏世家》。《水经注》引李克书：“魏文侯时，克为中山相。”中山为魏别封，而克为之相，相即守也。此即汉制王国有相之先例。《汉志》有《李克》七篇，在儒家；又有“李悝为魏文侯作尽地力之教”，见《汉书·食货志》。盖即李克也。《史记·货殖列传》《平准书》皆云：“李克务尽地力。”而《孟荀列传》及《汉书·食货志》作李悝，《索隐》《志疑》辨《史》之误，崔适《史记探源》则谓：“‘悝’‘克’一声之转，古书通用，非误也。”余按：如颜雠由之为颜浊邹，申枨之为申党，古多有其例。《汉志》有《李子》三十二篇，而别出《李克》七篇者，如法家有《商君》二十九篇，而兵家复有《公孙鞅》二十七篇之类；分部别出，一篇中亦屡见其例，兵家中又有《李子》十篇，沈钦韩曰：“疑李悝。”未足即为二人之证。或至班氏始误分为二人也。《人表》李悝在三等，李克在四等，此如公季成、魏成子亦为二人。司马迁已不能辨老聃、太史儋、老莱子，宜班固不能知李悝、李克矣。且魏文时贤臣，已尽见于《卜相》一文，苟别有李悝，何独不见称引？《御览》七百四十五引《韩子》："李悝为魏文侯北地之守，欲民之善射，乃令民有狐疑，射杓中者胜，不中者不胜，民皆习射，与秦战，大败之。"《年表》："秦简公二年，与晋战，败郑下。"林春溥《战国编年》以悝此事系之。教射胜秦，因传兵书，是亦悝、克一人之证也。《汉志·李子》三十二篇，班注："名悝，相文侯，富国强兵。"班氏于李克亦云："相魏文侯。"《淮南·泰族训》："田子方段干木轻爵禄而重其身，不以欲伤生，不以利累形，李克竭股肱之力，领理百官，辑穆万民，使其君生无废事，死无遗爱，此异行而归于善。"是亦谓克曾相魏。《淮南·道应训》："魏武侯问于李克。"高注："李克，武侯之相。"则克殆继相两君者耶？《晋书·刑法志》："律文起自李悝，撰次诸国法，著《法经》。以为王者之政，莫急于盗贼，故其律始于盗贼。盗贼须劾捕，故著《网经》一篇。其轻狡，越城，博戏，假借，不廉，淫侈逾制，以为《杂律》一篇。又以其律具其加减，是故所著六篇而已。商君受之以相秦。"其说本于桓谭。桓氏当西汉晚世，博学与扬子云刘子骏并驱，必有所见。惜史公未载，遂不为后人注意也。又按：《韩诗外传》二，晋文侯使李离为大理，过听杀人，自拘请死。文侯止之，李离不听，卒服剑而死。窃疑此晋文侯乃魏文侯，李离即李悝也。其果服剑而死，不及相魏武与否，则莫可参稽耳。要之李克为法家祖，此亦一旁证也。又按：商君生，已值李克晚世，或先卒，商君不及见，盖闻声私淑。

西门豹

为邺令，见《魏世家》及《魏策》。引漳水以溉邺。见《史记·河渠书》。《志疑》云："引漳溉邺，《汉书·沟洫志》据《吕氏春秋·乐成篇》，以为史起，有史起讥豹不知漳水溉邺语。《续滑稽传》谓豹引河水溉邺。然考《后汉书·安帝纪》，初元二年，修理西门豹所分漳水为支渠以溉民田。《水经·浊漳水注》亦云，豹引漳以溉邺，其后至魏襄王，以史起为邺令，又堰漳以溉邺田。《吕氏》恐不足据。左氏《邺都赋》所谓‘西门溉其前，史起溉其后’也。”今考《御览》六百二十八引《淮南》，西门豹治邺，亦翟璜所任。又八百四十二引《吕氏春秋》，吴起为邺令，民歌之曰：“终古斥卤生稻粱。”今《吕氏·乐成篇》《汉书·沟洫志》，皆云歌史起，《御览》误。凿十二渠。见《史记·滑稽传》褚少孙补。余意李悝尽地力，西门豹兴水利，同为东方田制一大兴革。井田随封建为存废，理亦然也。《周官》以井田与沟洫并说，似亦误。（参读《考辨》第七三）《韩非·难言篇》称其“不斗而死人手”，则豹乃不得其死者。

乐羊

为将伐中山。见《魏世家》《魏策》，及《吕氏·乐成篇》。又按：邹阳《上书》云：“白圭战亡六城，为魏取中山。中山人恶之魏文侯，文侯投以夜光之璧。”张晏曰：“白圭为中山将，亡六城，君欲杀之，亡入魏，文侯厚遇，还拔中山。”余考白圭不及仕文侯，（详《考辨》第八二）邹阳殆由乐羊误记，而张氏亦误承邹阳之说也。然则乐羊本中山将，亡而走魏，其子尚在中山。中山人乃烹而杀之。又邹阳云：“中山人恶之魏文侯。”盖乐羊叛其故国，又亲啜其子之羹，其为人之忍，不徒中山人恶之，魏人亦多疑之。故中山亡而文侯示乐羊以谤书两箧也。文侯之用乐羊，亦特以就其一时之功，其后乃不见任使。

屈侯鲋

为太子傅。见《魏世家》《说苑》。

赵苍唐

为太子傅。见《魏世家》。《韩诗外传》作赵苍，《说苑》作屈侯附，而二人均见于《魏世家》。史公仅亦捃摭杂说，未定其为一人或二人也。兹姑仍之。

余又考魏文时贤臣，尽见于《世家·卜相》一文。又见《韩诗外传》《说苑》。其略曰：“文侯卜相于李克，曰：‘所置非成则璜，二子何如？’李克对曰：‘君不察故也。居视其所亲，富视其所与，达视其所举，穷视其所不为，贫视其所不取，五者足以定之。何待克哉？’文侯曰：‘先生就舍，寡人之相定矣。’李克出，过翟璜之家。璜曰：‘闻君召先生卜相，果谁为之?’李克曰：‘魏成子为相矣。’翟璜作色曰：‘臣何负于魏成子？西河之守，臣之所进也。君内以邺为忧，臣进西门豹。君谋欲伐中山，臣进乐羊。中山已拔，无使守之，臣进先生。君之子无傅，臣进屈侯鲋。臣何负于魏成子?’李克曰：‘子之言克于君，岂将比周以求大官哉？且子安得与魏成子比？魏成子食禄千钟，什九在外。东得卜子夏田子方段干木，此三人者，君皆师之。子之所进五人者，君皆臣之。子恶得与魏成子比?’翟璜逡巡再拜，曰：‘璜鄙人也。’”《卜相》之文如此，而此文实吴起之徒润饰为之，非当时信史也。知者，《史记》《韩诗外传》列序诸臣，如西门豹乐羊李克屈侯鲋之属，皆名，独西河守不名。西河守即吴起，明是起徒所为矣。《说苑》云：“西河之守，触所任也；计事内史，触所任也。”计事内史无考，《史记》《外传》皆无之。刘氏博采，非原文矣。且叙述诸臣，吴起居首，亦见推尊之私。否则自乐羊攻中山，李克守之，屈侯鲋为傅，皆依事序。起之守西河，乃在得中山后，何独先列于前？若论辈行，起实晚进。此中痕迹宛然，其出起徒所为无疑。起先学于曾子，习儒者之业。又仕魏文侯，为崇儒之主。虑其好文学，多称述，如今传西河之对，文采斐然。昔人疑《左传》成于起手，此亦足为助证也。《说苑》又有“田子方渡西河，与翟璜论贤”一节，此全袭《卜相》文，而稍易其面目，不足据。

且《卜相》一文，其非当时信史，尤有可论者。《史·表》载此事于文侯二十年。余按《纪年》文侯纪元，当移前二十三年，而用吴起，灭中山，均在晚世。伐中山，在赵烈侯元年，魏文侯之三十九年也。三年而灭之，则四十一年矣。详《考辨》第五四。卜相之事，应又在后。魏成子，贤臣也，又亲文侯之弟，岂至四十一年后而始相？且翟璜李克均相文侯，应犹在魏成子后。岂有文侯于晚节十年之间，三易其相，而皆贤者；而以前四十年，谁何人为相，顾漠无一闻于后耶？余意子夏田子方段干木皆在文侯早年，三人中段干木又稍后。而魏成子进之。魏成子之为相，应在前。吴起乐羊西门豹李克屈侯鲋皆在文侯中晚，而翟璜进之。翟璜之为相，应在后。似无同时卜相二人之事。至吴起守西河显名，子夏之伦，或已谢世。魏文一朝贤者，先后辈行，必有不及同事其主者矣。若《卜相》文中语，花团锦簇，显出后人润饰，非信史也。然《年表》卜相李克翟璜争，在魏文二十年者，亦自有故。窃谓魏文以十七年伐中山，三年而克，乃十九年。乐羊为将，吴起助之。起为西河守，宜在二十年后。李克守中山，屈侯鲋傅太子，皆其时。虑西门豹之守邺，或稍在前，《年表》："秦灵公八年，初以君主妻河。"时当魏文侯三十年。魏俗为河伯取妇，其风未知视秦孰先后，然窃疑其时西门豹或尚未治邺，秦魏两国媚河之俗，盖一时东西并盛。豹之治邺，革邺俗，自应在魏文三十年后也。然亦大略同时。灭中山后一年，翟璜与韩赵两君联师伐齐，则翟璜在当时，盖为魏相，故谓诸贤尽其拔用。而魏成子之相，则自在前，至李克为相，则犹在后，此均约略可推者。今于诸人年世，既未能一一详定，因为综述于此，以见一时之风会。而先后之间，粗为论别，为考史者要览焉。

魏文礼贤，其可考见者，略如上述。其间有二端，深足以见世局之变者：一为礼之变，一为法之兴。何言乎礼之变？当孔子时，力倡正名复礼之说，为鲁司寇，主堕三都，陈成子弑君，沐浴而请讨之。今魏文以大夫僭国，子夏既亲受业于孔子，田子方段干木亦孔门再传弟子，曾不能有所矫挽，徒以踰垣不礼，受贵族之尊养，遂开君卿养士之风。人君以尊贤下士为贵，贫士以立节不屈为高。自古贵族间互相维系之礼，一变而为贵族平民相对抗之礼，此世变之一端也。何言乎法之兴？子产铸刑书，叔向讥之；晋铸刑鼎，孔子非之。然郑诛邓析而用其《竹刑》，刑法之用既益亟。至魏文时，而李克著《法经》，吴起偾表徙车辕以立信，皆以儒家而尚法。盖礼坏则法立，亦世变之一端也。刘向《别录》云："刑名者，循名以责实，其尊君卑臣，崇上抑下，合于六经。"得此中之消息矣。《国策》："安陵君曰：'吾先君成侯，受诏襄王，以守本地，手受《大府之宪》。《宪》之《上篇》曰："子弑父，臣弑君，有常刑。国虽大赦，降城亡子，不得与焉。"'"明董说《七国考》谓："此是李悝以前魏国相仍之法。"亦足为刘说证佐也。要以言之，则由于贵族阶级之颓废，与平民阶级之崛兴。

四一　公输般自鲁游楚考

《墨子·鲁问篇》："昔者楚人与越人舟战于江，楚人顺流而进，迎流而退，见利而进，见不利则其退难；越人迎流而进，顺流而退，见利而进，见不利则其退速。越人因此亟败楚人。公输般自鲁南游楚，焉始为舟战之器，作为钩强之备。楚之兵节，越之兵不节，楚人因此亟败越人。"据此，则越自灭吴，与楚接壤，沿江舟战，已非一日。初屡越利，逮公输至楚，而楚乃得胜算也。公输与楚惠王同时。孙氏《闲诂》谓："《史记·楚世家》惠王时无与越战事，盖《史》失之。"今考：《楚世家》云："惠王十六年，越灭吴。四十二年，楚灭蔡。四十四年，楚灭杞。是时越已灭吴而不能正江淮北，楚东侵广地至泗上。"此即惠王时与越战事，岂得谓《史》失之？江淮北者，《正义》谓："广陵县徐泗等州也。"则楚之东侵，遵江沿淮，皆不能无水战。然则公输之游楚，宜在惠王四十四年前矣。《越世家》："句践已平吴，乃以兵北渡淮，与齐晋诸侯会于徐州。已去，渡淮南，以淮上地与楚，归吴所侵宋地于宋，与鲁泗东方百里。"此与《楚世家》所载绝异。一谓越以淮上地与楚，一谓楚东侵广地至泗上，一在句践时，一在句践卒后二十年。《志疑》引顾氏《大事表》，力辨句践弃地之不可信。然以系之《楚世家》东侵广地之下，而曰"《越世家》亦云以淮上地与楚"云云，两事并为一谈，实为疏失。盖其误始裴氏《集解》，而顾氏、梁氏不能辨也。参读《考辨》第三五。

汪中《墨子序》云："《檀弓下》，季康子之母死，公输般请以机封，此事不得其年。季康子之卒，在哀公二十七年。按：康子于哀三年始见《传》。楚惠王以哀公七年即位，般固逮事惠王。"今假定公输生于鲁哀元年，康子母死，公输年当二十许。《檀弓》："康子母死，公输若方小，敛，般请以机封。"郑注："般，若之族。"刘端临《经传小记》云："若疑般之字。"王引之《春秋名字解诂》从之，曰："郑公子班字子如，《广雅》：'如，均也。'《孟子》：'若是班乎？'赵注：'班，齐等之貌。'是班亦均也。公输般即《孟子·离娄篇》注所谓鲁班也。《汉书·扬雄传》：'般、倕弃其剞劂兮。'颜注般读与班同。公输班字若，与公子班字子如同义，若犹如也。"今按：《檀弓》既云"公输若方小"，则其时般年决不在二十五以上。至楚惠王四十四年，公输年当五十，至迟不逾六十也。楚既得志江淮之北，般以有功见用，遂献攻城之器而图宋，则为惠王四十五年以后事矣。

四二　墨子止楚攻宋考

墨子止楚攻宋，本书不云在何时。鲍彪《国策注》谓当宋景公时。《闲诂》讥其疏谬。余考攻宋之谋，自公输之制云梯。而公输来楚，在惠王四十四年前，其献云梯，则在四十四年东侵得志之后。何者？楚既广地至泗上，遂北向而窥宋，此自地理言之而可信也。且证之《墨子》书。《公输篇》

云："公输般为楚造云梯之械成，将以攻宋，子墨子闻之，起于齐，毕云："《吕氏春秋·爱类篇》云：'自鲁往。'是。"行十日十夜而至于郢，见公输般。"则墨子来楚，与公输初相见，正楚方图宋之时也。又《鲁问篇》："公输子谓子墨子曰：'吾未得见之时，我欲得宋。自我得见之后，予我宋而不义，我不为。'"此公输与墨子事后之谈。公输既不欲宋，必不复思侵越，此制钩强在制云梯之先也。又："公输子善其巧，以语子墨子曰：'我舟战有钩强，不知子之义亦有钩强乎？'"此尤公输制钩强，早在遇墨子之先，故闻墨子论义而以此为询也。本此三文，公输制云梯图宋在制钩强破越之后，又断然矣。故余定楚谋攻宋在惠王四十五年后也。

又考《公输篇》："墨子赴楚，使禽子诸弟子三百人守宋。"禽子即禽滑厘。《备梯篇》："禽滑厘事墨子，三年而后问守道。"孙氏《墨子传略》谓："墨子止楚攻宋，年未及三十，正当壮岁。"则禽子年又当更轻于墨子，而已为诸弟子长。墨子以早岁即学成行尊，致弟子三百人。又师弟子皆年少，预人国事，疑未然也。余定墨子止楚攻宋时，年不过四十，否则亦不能"百舍重茧"，语见《宋策》。"裂裳裹足，日夜不休，十日十夜而至于郢"。《吕氏春秋》禽子年三十左右。循是推其生卒年寿，亦无不合。又魏文侯元年，当楚惠王四十三年，《考辨》第三七时子夏年六十二，曾子年六十，子贡若尚在，年七十五，子思年三十四五以上，略当墨子。墨子与曾西颛孙子莫田无择相比伍，而或稍前，而已与其前辈子夏曾子抗颜，为并世大师。禽子年未及三十，为弟子领袖。当时儒墨情势，约略如是。

又按：余知古《渚宫旧事》卷二："楚惠王五十年，墨子至郢，献书惠王，王受而读之，曰：‘良书也，寡人虽不得天下，乐养贤人。’墨子辞，曰：‘书未用，请遂行矣。’将辞王而归，王使穆贺以老辞。”孙诒让《墨子闲诂》谓：“余书乃本《墨子·贵义篇》，而今《贵义篇》文则已多脱佚。其云‘五十年’，亦疑本《墨子》旧注。”余谓墨子止楚攻宋，与其献书惠王，盖一时事。初本为止楚攻宋而来，楚既听其说，乃献书期大用；既不得意，乃遂归鲁。其事至晚不逾惠王五十年，则差可定也。

又按：《楚曾侯钟文》：“惟王五十有六祀，徙自西阳。楚王能章作曾侯乙宗彝，寘之于西阳，其永时用享。”《积古斋钟鼎款识》曰：“能通熊。《左传》楚昭王于鲁定公六年迁鄀。《汉·志》若属南郡，注云：‘楚畏吴，自郢徙此，后复还郢。’师古曰：‘《春秋传》作鄀，其音同。’此云徙自西阳，当即自鄀还郢之时。西阳《汉·志》属江夏郡，去鄀甚近。”林春溥《战国纪年》据此，定楚还迁郢，在惠王之五十六年。今按：昭王自郢迁鄀，其后并无还郢事，《汉·志》误也。参读《考辨》第一二七。《史记·楚世家》：“惠王以四十二年灭蔡，四十四年灭杞，东侵广地至泗上。”时方大启疆土，北争中原，决无南迁旧郢之理。《汉·志》江夏郡西阳，王先谦《补注》引《清一统志》：“故城在今黄冈县东。”则于鄀不能谓近。自鄀还郢，亦不过此。窃疑曾侯钟之西阳，不当以《汉·志》西阳为说。《史记·楚世家》昭王十二年“去郢，北徙都鄀”。《正义》引《括地志》：“楚昭王故城在襄州乐乡县东北三十三里，在故鄀城东五里，此故鄀疑指鄢郢言。”《水经·沔水注》：“沔水过宜城县东，故城鄢郢之旧都，沔水又经鄀县故城南，古鄀子之国也。县北有大城，楚昭王为吴所迫，自纪郢徙都之，即所谓鄢都卢罗之地也。”高士奇《春秋地名考略》谓鄢，楚之别都，后楚徙郢于鄀，兼称鄢郢。楚又尝自鄀徙鄢，逾年而复。窃疑楚自昭王迁鄀，自后又徙鄢，遂称鄢郢，绝无重返江陵旧郢之事；而鄀亦不得称鄢郢，高说复误。宜城有西山，楚先王冢墓所在，此西阳殆即指宜城西山之阳而言。或楚都屡徙，而要不出此鄢郢卢罗之区，则可断言也。参读《考辨》第一二七。则墨子十日十夜自鲁至郢，亦宜城之郢耳，固未深历江汉奥区，达于江陵之郢也。《路史》：楚文都南郢，即江陵，又谓故郢。昭王避吴迁鄀，今宜城，为北郢，即郢州。惠王迁鄢，在宜城。鄢非久都，故惠王没，墨翟重趼趋郢。此谓惠王迁鄢，是也。而不知墨子至郢，正即鄢郢，非南郢，则《路史》复误。又墨子晚年居楚鲁阳，《汉·志》在南阳郡；《清一统志》故城今鲁山县治，其地在方城之北，河南之中部。然则墨子居楚，其足迹亦未远离中原，而至江域也。墨子时越都琅邪，则墨子弟子游越，亦未远涉江南。

四三　三晋始侯考

《史记·楚世家》：“简王八年，魏文侯韩武子赵桓子始列为诸侯。”而《年表》无之。《年表》：“楚声王五年，魏韩赵始列为诸侯。”而《世家》无之。考之《魏世家》云：“魏文二十二年，魏韩赵列为诸侯。”《赵世家》云：“烈侯六年，魏韩赵皆相立为诸侯，追尊献子为献侯。”《韩世家》云：“景侯六年，与赵魏俱得列为诸侯。”《周本纪》云：“威烈王二十三年，命韩魏赵为诸侯。”《燕世家》云：“厘公立岁，三晋列为诸侯。”皆与《年表》“楚声王五年”之说合，故后人多信是岁为三晋始侯之岁，而不取“简王八年”之说。然余考魏文年代，《史·表》皆误移在后。楚简王八年，正当魏文侯二十三年。今《史·表》误作魏文元年者，《魏世家》云：“魏文以二十二年为侯。”则二十三年，乃称侯后之元年。如《秦本纪》秦惠文王以十三年四月戊午称王，详《考辨》第一〇〇。而明年更为元年也。今《史记》误以称侯更元之年为魏文元年，遂误遗其前之二十二年；犹如以梁惠王徐州称王更元之年为魏襄王元年，而误遗其后之十六年也。两事本一例，惟后事之误，自和峤荀勖以来，往往能言之，而前事则千古未有能道其误者。今即本《史记》为说，以证《史记》致误之由，而后《纪年》与《六国表》之得失，可以为定论。然则楚简王八年，特为魏文称侯之元年，而《史》误以为魏文侯赵桓子韩武子始列为诸侯者，犹如徐州之会，仅齐魏相王，而《魏世家》误以为诸侯之相王也。桓子武子皆称“子”，即未称侯之证。《史》既误以魏文称侯之元为始立之元，误后二十二年，遂以文侯为桓子之孙，又下割武侯十年为魏文之年。凡此皆本《楚世家》一语痕迹，而可推寻为证者。

至威烈王二十三年，命三晋为侯之说，考之《燕世家索隐》引《纪年》：“智伯灭在燕成公二年，成公十六年卒，此语据《史记》，而《索隐》无文，知《纪年》与《史记》合。文公二十四年卒，简公立十三年，而三晋命邑为诸侯。”核计其年，正值周威烈王二十三年，则《纪年》与《史记》合。前二十二年，魏已为侯，此又称“三晋命邑为诸侯”者，犹如魏齐会徐州相王之后，魏韩又相王，又有五国相王也。然《韩世家索隐》云：“韩景侯，《纪年》及《世本》皆作景子。”则韩犹未称侯；此后三年景子卒，其子列侯乃称侯。此或如赵武灵王时，五国相王，赵在其内，而赵独不称王，此由武灵年少新立，特以沽誉。参读《考辨》第一〇五。而韩则势最微弱，故称侯亦独迟也。《韩世家》云："与赵魏俱得列为诸侯。"措辞亦显有分别。

《水经注》引《纪年》："晋烈公十二年，王命韩景子赵烈子翟员伐齐。"是年尚在周威烈王二十三年之前二年，故赵君亦称子，不称侯。《史记·魏世家索隐》引《纪年》云："魏武侯元年，当赵烈侯之十四年。"是年在周威烈王二十三年后八年，故赵烈子已改称烈侯。据此两事，则赵之称侯，始自烈子。献侯于《纪年》称献子，《史记》谓追尊为献侯，其语不足信。同时魏韩皆无追尊事。又《赵世家》："烈侯九年卒，弟武公立，十三年卒。"梁氏《志疑》云："武公前为列侯，后为敬侯，不应武独称公。《大纪》称武侯，是也。"然《索隐》引谯周云："《系本》及说赵语者，并无武公事。"而《索隐》引《纪年》，烈侯尚有十四年，见上引。是烈侯并非九年即卒。《史》载烈侯名籍，烈侯子敬侯名章，独武公无名，知赵实无此君。史公误说，故不得其名。此例甚多。如魏文侯父无名，（《考辨》第三七）韩文侯无名，（见下节。）魏哀王无名，（《考辨》第一一九）细考皆实无其人，而史公误说也。是盖烈侯亦以称侯后改元，《史》遂误分为两人耳。若然，则烈侯以六年立为侯，应在七年改元，何以《史记》之误又为九年与十三年乎？今按：《赵世家》又云："献侯十年中山武公初立。"此中山武公乃魏文侯灭中山而复封者。详《考辨》第五四。赵献侯十年尚在魏文伐中山之前，此必误。或系赵烈侯之十年，史公不深考，遂误疑是年为赵武公元，又误移中山武公初立于献子之十年也。此兼采近人杨宽说。余考魏文侯召太子击，改封少子挚于中山，应在赵烈侯之七年。《考辨》第四六而此又称烈侯之十年者，乃至是中山始正式复国，列为诸侯，故以是年为中山武公之初立也。

又按：《赵世家》："烈侯太子章立，是为敬侯。其元年，武公子朝作乱，不克，出奔魏。赵始都邯郸。"《六国表》略同。又云："是年魏袭邯郸，败焉。"《魏世家》称："赵敬侯初立，公子朔为乱不胜，奔魏，与魏袭邯郸，败而去。"单称公子朔，朔、朝形近，未审孰误。然并不谓其乃前君之子，似较《赵世家》为得实。然则今《赵世家》武公子朝亦因前武公而误。今《史·表》韩景侯、列侯、文侯，赵烈侯、武公、敬侯，两国三世六君，元年皆同，无如此巧合事。

又按：《史记·韩世家》："武子卒，子景侯立。"《索隐》云："《纪年》及《世本》皆作《景子》，名虔。"此景子时韩未称侯之证。又云："景侯卒，子列侯取立。"《索隐》云："《系本》作武侯。""列侯卒，子文侯立。"《索隐》云："《纪年》无文侯，《系本》无列侯。"今考《史记》《世本》《纪年》三家异同，则《史记》失景侯名，故《索隐》引《世本》、《纪年》补之。今《世家》云："子景侯立。景侯虔元年。"下"虔"字疑后人补入，非本文。《史记》已载列侯名，故《索隐》不复引《世本》《纪年》。《史记》又失文侯名，而《索隐》亦不引《世本》《纪年》以补者，知《世本》《纪年》同无此名也。然则其时韩君实止两人，一名虔，即景子；一名取，则《史记》之所谓列侯与文侯，亦即《世本》之所谓武侯也。战国时一君两谥三谥者颇有之。如韩宣惠王即威侯，《考辨》第一〇二楚顷襄王又称庄王《考辨》第一三一则《史记》之韩列侯、文侯，与《世本》之武侯，实即《纪年》之列侯一人也。今《史·表》分作两人者，盖亦由其称侯改元而误。然则今表列侯元年，乃其君即位称元之年；文侯元年，乃其君称侯改元之年。是年正齐田和始立为侯之岁。前一年，田和会诸侯于浊泽，盖韩人亦于此会后与田齐同时称侯也。又是年赵敬侯初立，内乱，魏赵不睦，或魏引韩为重，而助之称侯。然则三晋之侯，魏最先，赵次之，韩又次之。周威烈二十三年，特赵人始侯之年。其前二十二年，魏已称侯。其后十六年，韩始称侯。此三晋称侯之始末也。《史记·楚世家》“简王八年”，乃魏事；“声王五年”，乃赵事；独韩最微弱，故其称侯不见于他国之载述焉。

韩武子以下《史记》《世本》《纪年》三家异同表

《史记》	《纪年》	《世本》
景侯	景子虔	景子虔
列侯取	列侯	无
文侯	无	武侯

又按：《吕氏春秋·下贤篇》称：“魏文侯好礼士，故南胜荆于连堤，东胜齐于长城，虏齐侯，献诸天子，天子赏文侯以上闻。”梁曜北云：“《国策》《史记》皆不见文侯胜荆齐之事，上闻旧本作上卿，讹。《史》《汉·范哙传》‘上闻爵’，如淳注引此语作‘上闻’。张晏曰：‘得径上闻也。’晋灼曰：‘名通于天子也。’”今按：胜齐长城事，即《水经》引《纪年》翟员帅师伐齐入长城者也。参读《考辨》第四〇，又《考辨》第五六。自是以往，周室震于魏文之威，赐以上闻之礼，故魏史夸之，于是役也，曰王命。而《史记》谓周威烈王二十三年，三晋命为侯，盖是年当魏文侯四十四年。其前二年，即胜齐长城之岁。赐以上闻，或即命为诸侯矣。校其年，亦合。又按：魏胜齐长城，当齐宣公卒，康公立。虏齐侯献诸天子之说，

恐无据。

四四　宋信子罕之计而囚墨翟考

《史记·邹阳传》云："宋信子罕之计而囚墨翟。"《汉书·邹阳传》作"子冉"，误。考子罕有二人：一在春秋鲁襄公时，《吕氏春秋·召类篇》，称其"相平公元公景公，以仁节终其身"者也，其事迹详《左传》；一在战国初年，韩非《二柄》《外储右下》《说疑》诸篇李斯《上二世书》，见《史记》本传。韩婴《诗外传》七刘安《淮南·道应》刘向《说苑·君道》诸氏书，言其劫君而擅政者也。《韩非·内储》："皇喜与戴驩争权，遂杀宋君而夺其政。"《左传》子罕，乐喜字，则此子罕乃皇喜字也。"杀"者，《孟子》"杀三苗于三危"，《虞书》作"窜"；《左》昭元，"周公杀管叔而蔡蔡叔"，注："蔡，放也。""杀""蔡"互通，谓窜逐放之耳。子罕劫君当为昭公，宋前后亦有二昭公，《韩诗外传》六、《贾子·先醒篇》并有昭公出亡反国事，皆指后昭公言。而高诱注《吕览》，谓春秋时子罕杀宋昭公。见《召类》。此当由战国时子罕与后昭公同时，擅权逐君，高氏误记，遂谓在春秋时也。梁玉绳《吕子校补》则谓高注子罕杀昭公为无据。据此则墨翟当与宋后昭公同时。《史记·孟荀列传》："墨翟为宋大夫。"鲍彪谓当景公昭公时，孙诒让则断为正在昭公时。《年表》昭公薨在周威烈王二十二年，孙氏《墨子年表》云："疑昭公实被放弑，墨子之囚，殆其末年事。"余考昭公末年在周威烈四年，去墨子止楚攻宋已逾二十年，墨子若仕宋，应即在止楚攻宋后。子罕劫君擅政，并不在昭公之晚节，则宋囚墨翟，乌见其必在昭公之末年乎？

大体在昭公三十一年以后，则颇可定也。

四五　宋昭公末年在周威烈王四年非二十二年辨

《宋世家》景公六十四年卒，《年表》作六十六；据《左传》宋景卒在鲁哀二十六年，是四十八年卒也。其明年，为周定王元年，昭公之元当在此年；《年表》书于齐宣公六年，周定王之十九年，误后十八年。昭公在位四十七年，《年表》《世家》并同，则卒年当在威烈王四年；《年表》在威烈二十二年，亦误后十八年。孙氏《墨子年表》昭公元已移前至周定王元年，而仍旧于威烈王二十二年书昭公薨，则昭公在位六十五年矣，是又误多十八年也。此属孙《表》疏忽，今依《志疑》驳正。

又按："谥法"："恐惧从处曰悼。"如晋悼公楚悼王，其前一君皆被弑，详《考辨》第三五。昭公后为悼公，则此昭公疑实为被弑之君也。《韩非·外储说右》谓："子罕杀宋君而夺政。"《说疑》云："子罕弑其君。"则昭公之被弑信矣。又《内储说下》："皇喜杀宋君而夺其政。"皇喜即子罕。而《韩诗外传》、贾子《新书》皆曰："宋昭公出亡，革心易行，昼学道而夕讲之，二年，美闻于宋，宋人迎而复位，卒为贤君，谥为昭公。"则又若昭公非被弑者。就其在位之久，或先被逐，而又得反国，而终见弑，如鲁哀公之见逐于季孙氏，虽反国而终不得其善终也。详《考辨》第三五。韩婴贾谊皆汉人，恐可信不如韩非书。战国以来，宋以弱小，史料残缺，盖不可得而详定矣。

四六　魏文侯二十五年乃子击生非子罃生魏徙大梁乃惠成王九年非三十一年辨

阎若璩著《孟子生卒年月考》，论《纪年》不足信，举两事。一曰："《纪年》云：'惠成王九年，徙都大梁。'不知是年秦孝公甫立，公孙鞅未相，公子卬未虏，地不割，秦不逼，魏何遽迁都以避之？"又曰："《六国表》《魏世家》并云子罃生于文侯二十五年辛巳，三十八年文侯卒，武侯立，凡十六年而后惠王立，是年已三十。若如《纪年》，文侯五十年卒，武侯二十六年卒，以生辛巳计之，惠王元年，已五十三；立三十六年卒，已八十八；更以襄王十六年为改元后之年，不一百四岁乎？《纪年》不可信如此。"今按：《纪年》与《史》抵牾，阎氏以《史》说绳《纪年》，宜其不可通也。余考魏灭中山，在文侯四十一年，详《考辨》第五四。其时子击尚年少，故文侯见中山使者赵仓唐，而曰"中山君长短若何"也。《韩诗外传》，《说苑》疑《史》书二十五年"子击生子罃"者，是年实子击生。史公既博采杂说，误谓伐中山在十七年，而子击之生转在其后，显属舛乖，故乃谓子击又生子罃也。其实击生于文侯之二十五年，至四十一年灭中山，击年十七，始守中山。后三年，仓唐为使，则击年二十左右。其少子挚《韩诗外传》作"䜣"，此从《说苑》。当十五六以下，正舐犊爱厚时矣。是年召子击，改封子挚，即中山武公也。详《考辨》第四三又五四。据此则武侯年二十六始立，立二十六年，五十二岁而卒。至惠王年岁无可考。惟武侯之卒，犹未立嫡，惠王与公中缓争立，在位又五十二年，则其即位在壮岁可知。此不得谓《纪年》之误。

其前一事，细按知亦《史》误。惠王十八年，魏围赵邯郸，齐救赵。孙膑教田忌曰："救斗者不搏撠，形格势禁则自解。今梁赵相攻，轻锐竭于外，老弱罢于内，君不若引兵疾走大梁，据其街路，冲其方虚，彼必释赵而自救。"《魏志·王昶传》，高贵乡公三年三月，王昶增邑迁官诏："昔孙膑佐赵，直凑大梁。"则其时魏已都大梁也。若犹在安邑，大梁乃外鄙，何为释其久围必得之赵，而渡河远救乎？《世家》魏徙大梁在三十一年，而三十年魏伐韩，齐田忌救韩，亦直走大梁。庞涓太子申去韩还救，涓死申虏。语均详《孙吴列传》。此又情势之至显者。使大梁非魏都，何以大将、太子，倾国奔救，若此之惶促耶？《通鉴》于此两役，皆云直走魏都，易去大梁字，盖亦已疑《史》说之不可通，而不知《史》言大梁固不误，特误于不知其时大梁之已为魏都耳。又《秦纪》："孝公十年，即魏惠十九年。卫鞅为大良造，将兵围魏安邑，降之。"《年表》《商君传》均载此事，而独不见于《魏世家》。盖安邑魏都，其君在焉，岂得围而便降？而徙都犹在十二年后。殆史公亦自知其不可安而灭去之者。《通鉴》于周显王十七年书"秦大良造伐魏"，不书"安邑降秦"，亦为《魏世家》所惑。《志疑》觉其不可通，而谓安邑乃固阳字误，《日知录》亦谓是字误，然不应三处皆误也。则亦曲为弥缝，而不悟其破绽之不止于此也。又《秦策》："魏伐邯郸，因退为逢泽之遇。"此即《齐策·说闵王篇》从十一诸侯以朝天子事。详《考辨》第八三。《通鉴》："显王二十六年，秦会诸侯于逢泽以朝王。"胡注引《括地志》曰："逢泽在汴州浚仪县东南二十四里。"据此则逢泽近大梁。《秦策》云："退为逢泽之遇。"知其时魏已都大梁。否则渡河而南，远至逢泽，何云退？故知《史记》三十一年徙都大梁之说必误，不得据以疑《纪年》也。且其前赵徙邯郸，韩徙郑，亦岂得以见逼而迁为说？又是年与秦战败少梁，公叔见虏，即谓见逼而迁，亦正合情事。阎氏考古精博，而论孟子年岁多疏。以自来治先秦史，多不信《纪年》，阎氏亦未能免也。

胡朏明论《纪年》，谓："此书乃战国魏哀王时人作，往往称谥以记当时之事。如鲁隐公及邾庄公盟于姑蔑，晋献公会虞师伐虢，灭下阳，周襄王会诸侯于河阳，明系春秋后人约《左传》之文，仿经例而为之，与身为国史承告据实书者不同。"阎若璩则谓："《史记·魏世家索隐》引《纪年》曰：'二十九年五月，齐田肦伐我东鄙，九月，秦卫鞅伐我西鄙，十月，邯郸伐我北鄙，王攻卫鞅，我师败绩。'此非当时史官据实书当时之事乎？与《春秋》曷异乎？"今按：二氏说皆是也。盖《纪年》于战国事多可信据，春秋以上，容多传闻异说，不可信者。正由战国时事，乃出当时史官据实而书，其前则由杂采他书传说而成故也。吕东莱《大事记》亦云："《竹书》盖魏国当时之史，其载前世治乱，虽多讹谬，至于书战国事，必可信。"此论最确。

余既辨《史记·魏世家》梁惠王徙都在三十一年之误，其后得读朱右曾《竹书纪年存真》，则已先辨之，而其论有余所未及者。谓："惠王之徙都，非畏秦也，欲与韩赵齐楚争强也。安邑迫于中条太行之险，不如大梁平坦，四方所走集，车骑便利，易与诸侯争衡。赵之去耿徙中牟，又徙邯郸，志在灭中山以抗齐燕。韩之去平阳徙阳翟，又徙新郑，志在包汝颍以抑楚魏。岂皆为避秦哉？《东周策》：秦兴师临周而求九鼎，齐王大发师以救之，秦兵罢。齐将求九鼎，颜率曰：‘夫梁之君臣，欲得九鼎，谋之晖台之下，沙海之上，久矣。鼎入梁，必不出。’晖台沙海，皆大梁地。按：《元和志》：“沙海在汴州开封县北二里。”是时为东周惠公。惠公薨于梁惠王十一年，则梁之徙都在前，彰彰明矣。本书三十一年‘为大沟于北郛，以行圃田之水’，传闻者乃以为沟之岁为迁都之年，而史迁又巧为安邑近秦之说，遂不知《竹书》之为实录矣。”据朱说，魏徙大梁年，自以《纪年》为信。惟《水经·渠水注》《汉书·高帝纪注》引《纪年》，皆作“六年四月甲寅，徙都于大梁”，而《史记集解》《孟子疏》引，皆作九年，两说相歧。朱氏据《水经注》编入六年，余则依《索隐》定在九年，此其异。

余草《诸子系年》稿粗定，乃博涉诸家考论《纪年》诸书以相参证，最后惟雷氏学淇《纪年义证》未得见。雷氏书亦能辨《纪年》真伪，当与朱氏王氏《存真》《辑校》同列，非陈氏《集证》以前诸贤之见矣。然余犹得读其《介庵经说》，略窥一斑。其论孟子时事，盖亦得失参半，粗具涯略，未尽精密。而论魏徙大梁，则其说犹在朱氏《存真》之前；朱氏之说，雷氏又复先言之，兹再钞录，以见考古之事，虽若茫昧，而烛照所及，苟有真知，无不同明，有相视而笑，莫逆于心者，而亦所以志余之陋也。雷氏之言曰：“魏徙大梁之说，当从《竹书》。魏之迁都，不必定因秦虏太子，地东至河，逼近安邑也。战国时，秦及韩赵皆尝迁都，岂皆有所逼乎？且《世家》谓襄王五年，始予秦河西地，七年，始尽入上郡于秦。是惠王三十一年时，秦地亦未尝东至河也。若云迁都之岁，秦实虏其太子，则《年表》亦有‘九年与秦战少梁，虏我太子’之说，此史迁之所以误此为彼欤？考

《竹书》九年迁都后，与赵榆次阳邑，发逢忌之薮以赐民。韩人来伐，军于皛泽，王与厘侯会于巫沙。十三年，又归郑侵地，厘侯数来朝。二十八年，齐败我马陵。三十一年，为大沟于北郛，以行圃田之水。按：惠王十年先已入河水于圃田，又为大沟而引圃水，见《水经·渠水注》。顾栋高云："圃田泽在今开封府中牟县西北七里。"此实皆九年迁都之证。盖惠因迁都而睦邻惠下，韩疑其逼近相并故来伐，即《史记》败韩于浍之事也。浍即郐水皛泽，乃韩梁界上之地，今在尉氏西南。韩既败而就赵，遇于上党，原注：见《赵世家》。使为解和，故与厘侯会于巫沙也。马陵之战，《国策》称申为梁太子。《史记》谓齐使田忌将而直走大梁，庞涓闻之，去韩而归。设非九年迁都，此何以云耶？盖子长误以三十一年公子卬之事为虏太子座，又误以三十一年北郛之役谓即迁都也。"原注：《索隐》疑迁都当在二十九年师败于秦之后，亦误。迁都在四月，败在十月。越一年，得见雷氏《义证》写本，其议论与《经说》大同。雷氏《义证》初无刻本，其家以稿本送北京大学蔡孑民校长，请求传刻，由象山陈汉章教授为之校字。余见其稿于北平图书馆，迻写一通，嗣为排印流传。适值抗战军兴，遂不及有所题识也。余复节录十数条，散入诸篇，间加商订。又越月，得见其《考订》十四卷，议据略同，而不如《经说》《义证》之详。又按：谓《史记》误以北郛之役为徙梁之年，周广业《孟子四考》亦先言之。

余又考魏源《古微堂外集·孟子年表》亦辨此事，谓："《史记·魏世家》惠王九年，与秦战少梁，虏我将公孙座，而《年表》则曰虏我太子，盖误以是年虏公孙座之事为《世家》三十一年秦虏公子卬之事，因又误以是年徙都大梁之事移于三十一年。"此说亦与雷氏相似，皆主梁于九年迁都也。再观于雷氏"睦邻惠下，韩疑逼来伐"之说，则迁梁之年，固当以九年为定。又阅张宗泰《竹书纪年校补》，谓六年之说，与近本在显王四年者同，当从之。然今本或自据《水经注》《汉书》定在六年，今本之去取，不足即为九年、六年说之定谳。

又按：《汉书·地理志》魏县，应劭曰："魏武侯别都。"王先谦《补注》引《续志》："魏县故城内有武侯台。"元城，应劭曰："魏武侯公子元食邑于此，因而遂氏焉。"《水经·河水注》："河水左会浮水故渎，昔魏徙大梁，赵以中牟易魏。故《志》曰：'赵南至浮水繁阳，即是渎也。'"据此，魏之去安邑，且不自惠王始。武侯已徙魏县，其公子元食邑元城，亦正与武都密迩。至惠王益徙而南，遂越大河而居梁。赵以中牟易其故都。决不为避秦而徙，益以显矣。中牟有河南、河北两处。河南中牟近大梁，时盖赵地，故以易之魏也。

又按：《水经·浊漳水注》："邺，本齐桓公所置也。故《管子》曰'筑五鹿中牟邺以卫诸夏'也。后属晋，魏文侯七年始封此地，故曰魏也。"然则魏文初年，先曾都邺矣。西门豹治邺，屡见称述。《魏世家·卜相》一文："西河之守，臣所进也。君内以邺为忧，臣进西门豹。"于邺称内，正以其为魏都。故《寰宇记》（卷五十五《相州下》）云："《史记》曰，魏文侯出征，以西门豹守邺。"即为魏都也。而《魏策》"西门豹为邺令，辞乎文侯"云云，《淮南子》"西门豹治邺，文侯身行其县"云云，则似西门豹治邺，魏文已不居邺，则或仍居安邑。要之其时诸侯都邑，迁徙无常，又不一其居，固不得以后世之事相比例。《汉·志》谓魏绛自魏徙安邑，至惠王而徙大梁，其实亦疏说耳。《秦策》："汾水利以灌安邑，绛水利以灌平阳。魏桓子韩康子肘足接于车上，而智氏分。"则魏至桓子时固尚居安邑。方氏《通雅》云："赵自晋献赐赵夙耿，赵襄子居原，简子居晋阳，献侯居中牟，敬侯元年始都邯郸。"屡迁其居，正与魏似。

又《浊漳水注》同条引《纪年》曰："梁惠成王元年，邺师败邯郸师于平阳。”考之《魏世家》：“武侯卒，子䓨与公中缓争为太子。公孙颀谓韩懿侯曰：‘魏䓨与公中缓争为太子，今魏䓨得王错，挟上党，固半国也。因而除之，破魏必矣。’懿侯说，乃与赵成侯合军伐魏，战于浊泽。雷氏《义证》云：“浊泽近安邑。《括地志》所谓‘浊水，源出蒲州解县东北平地者’也。”魏氏大败。赵欲立公中缓，割地而退；韩欲两分魏。赵不听，韩不说，以其少卒夜去。”《索隐》云：“《纪年》：‘武侯元年，封公子缓。赵侯种韩懿侯伐我，取蔡；《水经·沁水注》、《路史·国名纪》皆作“葵”，《索隐》作“蔡”，乃字误。司马彪《郡国志》：“山阳有郏城。”京相璠曰：“山阳西北六十里有郏城。”雷氏《义证》云：“今故址在河南修武县西北界上。”而惠成王伐赵围浊阳。《义证》云：“浊阳，赵邑，即上党浊漳水北之邑名也。”七年，公子缓如邯郸以作难。’是说此事也。”王氏《竹书辑校》云：“武侯元年，当作惠成王元年，据本文自明。”余考魏武侯立年二十六，公子缓又惠成王弟，诚不能于武侯元年封。王氏辨是也。窃疑惠王元年封缓盖居邺，而惠成王则居安邑；一为文侯武侯旧都，一则魏绛以来所居。东西分踞，对抗之势已成。故公孙颀谓其“挟上党，固半国也”。七年，公子缓如邯郸作难，雷氏《考订》谓是七月之误。惠成王封缓七月而缓与赵谋，结韩伐魏，欲杀䓨自立也。惠王封缓本出不获已，非情欲封之。云邺师，正指公中缓而言，否则《纪年》魏史，不应自称本朝为邺。韩人主两分魏地，虽不能行，而缓之与䓨固已东西对峙，俨若两国。公中缓居邺近赵，赵主立缓，无缘相攻。盖韩以与赵不合而去，魏惠遂得败赵邺之师。疑《水经注》所引，当作“败邺师邯郸师于平阳”。《后汉·郡国志》：邺“有平阳城”。《水经·浊漳水注》：“漳水又经平阳城北。”即此。《义证》：

"平阳故址，在鄄城西北二十五里。"是平阳即在鄄。赵鄄之联军既败，惠王乃得固其位。《世家》所谓："惠王之所以身不死，国不分者，二家谋不和也。"二家谋不和，明指赵韩而言。赵韩联军，故先败魏于浊泽及葵。及韩退而赵败，魏以得全，然亦未能并鄄。自是魏县、鄄城终入于赵，魏不得复有之。即《水经·河水注》所谓"魏徙大梁，赵以中牟易魏"也。而此后韩与惠王睦，魏乃修宿仇，卒拔邯郸，胥于此种其因。此虽推测之辞，亦差可补逸史之阙文。而鄄之曾为魏都，亦可藉作助证也。陈氏《集证》亦疑《水经注》此条，而云"原文当作败郑师邯郸师于平阳"，则未是。雷氏《义证》谓"邯郸之师取道于鄄而归，鄄之守令要而击之"，更属强说。又按：《太平寰宇记》卷五十五引《竹书纪年》云："梁惠成王败邯郸之师于平阳。"足为我说之证。

又按：《魏世家》："武侯二年，城安邑王垣。"《索隐》引《纪年》："十一年，城洛阳及安邑王垣。"朱右曾《纪年存真》云："洛阳当作洛阴，《史记》文侯攻秦，还筑雒阴是也。故城在陕西同州府大荔县西。安邑故城在山西解州夏县北。王垣故城在山西绛州垣曲县西。徐文靖《统笺》"洛阳疑当作汾阳"，不如朱说为审。盖皆边秦兵争之地，故为城之。"此亦足证其时魏都决不在安邑，否则当时史官，亦不如此为记。

四七　鲁缪公元乃周威烈王十一年非十九年亦非十七年辨

《史记·鲁世家》载鲁哀公以下列君年数，与《年表》多异，而曰："平公立时，六国皆称王。平公十二年，秦惠王卒。文公七年，楚怀王死于秦。顷公二年，秦拔楚之郢。"皆据秦事为说，其语或本之《秦记》。余为之考其异同得失，而知《世家》之可信，《年表》之不可依也。惟《世家》于悼公称三十七年，《集解》徐广曰："一本云悼公即位三十年，乃于秦惠王卒，楚怀王死年合。"今自秦惠王卒年上推，悼公当得三十一年，乃符。疑《集解》本作三十一年，而今本误脱之。今定悼公元甲戌，三十一年终甲辰。元公元乙巳，二十一年终乙丑。翌年丙寅，为鲁缪公元，则威烈王之十一年也。较今《年表》移前八年。

《史》载子思年六十二，而缪公元年，距孔子卒已七十五年。即依今《世家》，较《年表》前两年，亦七十三年。子思生，孔子未死，何及为缪公师？即谓伯鱼遗腹生子思，年六十二乃八十二之误，然子思之卒，至晚亦在缪公六年八年间耳。缪公初元，子思年已逾七十矣，而孟子犹谓："缪公无人乎子思之侧，则不能安子思。"其事颇难信。又缪公子思同世既不久，何以为后人称述如此？今若移前缪公元八年，则诸疑可释。

又《檀弓》："陈庄子死，赴于鲁。鲁缪公召县子而问。"余考陈庄子卒，在齐宣公四十五年。详《考辨》第五一。依《年表》缪公元在齐宣四十九年，相差已四年。即据今《世家》缪公元移前两年，在齐宣公四十七年，亦与庄子卒岁相隔一年，与《檀弓》所记皆不符。檀弓鲁人，记鲁事，又乃七十子弟子。胡寅曰："檀弓，曾子门人。"与缪公世隔非遥，不应有误。若改悼公在位三十一年，则缪公元乃齐宣公四十一年，田庄子卒，乃缪公之五年。

上举两例，证今《世家》悼公三十七年，实不如作三十一年为审。其他论《鲁世家》记鲁君年数可信诸证，散见于后，此不并著。参读《考辨》第一〇六、一一二、一五三、一五四诸篇。

四八　鲁缪公礼贤考

缪公礼贤，屡见于孟子之称述，然舍此则无考。兹姑据《孟子》书，列其梗概如次：

曾申

陆德明《经典释文》："曾申字子西，曾参之子。"赵岐朱子以曾西为曾子孙，误。《困学纪闻》有辨。雷学淇《介庵经说》："曾西乃曾子次子也。"按：长子乃曾元。《礼记·檀弓》："穆公之母卒，使人问于曾子。对曰：'申也闻诸申之父曰："哭泣之哀，齐斩之情，饘粥之食，自天子达。"'"是穆公时曾参已死。穆公元年参在当年九十一。吴起仕鲁，正在穆公初年。《史记·吴起传》："起事曾子，母死不归，曾子薄之，而与起绝，起乃之鲁，事鲁君。"刘向《别录》记《左传》源流云："左邱明授曾申，申授吴起。"则起师申，非师参也。惟《吕氏·当染篇》云："子贡子夏曾子学于孔子，田子方学于子贡，段干木学于子夏，吴起学于曾子"云云，则起又师参，非师申。《通鉴》亦云："起事曾参。"今以吴起年世校之，《吕氏》殆误。

又按：《阙里文献考》："曾子年七十而卒。"若其说而信，则曾子卒年，应为鲁元公之元年。黄式三《周季编略》依《文献考》定在周安王四年，误也。据《檀弓》，子夏设教西河而丧明，曾子尚在。曾子卒当魏文侯十二年，亦近是。下距吴起仕鲁尚二十年外，起不及事曾子，亦可于此而断。又《檀弓》："曾子卒，乐正子春与曾元曾申同侍。"

子思

孟子曰："昔者鲁缪公无人乎子思之侧，则不能安子思。”“缪公之于子思，亟问，亟馈鼎肉。子思不悦，于卒也，摽使者出诸大门之外，曰：‘今而后知君之犬马畜伋。’”又曰：“缪公亟见于子思，曰：‘古千乘之国以友士，何如？’子思不悦，曰：‘古之人有言曰“事之云乎”，岂曰“友之云乎”？’”则缪公之敬子思，与子思之高自位置，俱可见。《孔丛子》云：“曾子谓子思曰：‘昔者吾从夫子巡守于诸侯，夫子未尝失人臣之礼，而犹圣道不行。今吾观子有傲世主之心，无乃不容乎？’子思曰：‘时移世异，人有宜也。当吾先君，周制虽毁，君臣固位，上下相持，若一体然。夫欲行其道，不执礼以求之，则不能入也。今天下诸侯，方欲力争，竞招英雄，以自辅翼。此乃得士则昌，失士则亡之秋也。伋于此时，不自高，人将下吾；不自贵，人将贱吾。舜禹揖让，汤武用师，非故相诡，乃各时也。’”《孔丛》伪书，固不可信，曾子从游，亦在孔子归鲁之后，然其论足以征儒家称礼之推移，行己之不同，发明世局之变。故附著焉。

公仪休

相缪公。淳于髡曰：“鲁缪公之时，公仪子为政，子柳子思为臣，鲁之削也滋甚。”今按：《年表》：“齐宣公四十四，伐鲁莒及安阳；四十五，伐鲁取都；四十八，取鲁郕。齐康公十一，伐鲁取最，韩救鲁；康公十五，鲁败齐平陆；康公二十，伐鲁破之。”皆值缪公世。又龚畏斋《四书客难》云：“《史记》鲁悼公时，三桓胜，鲁如小侯。悼公卒，季昭子孟敬子见檀弓，三桓犹无恙。不知元公二十一年中，三桓废兴何以大相悬？以《通鉴》考之，穆公二年，（按：实八年）齐田和取成，似孟孙已奔邾，邹孟子为孟氏裔可证。季孙似已据费卞东野等邑为小国君，费惠公师子思亦可证。叔孙则无可考。”按：如龚说，三桓衰微，惟存一家，又离鲁独立，则鲁之削弱可知。《史记·循吏传》：“公仪休，鲁博士，以高第为鲁相。”博士始见此，其制或亦缪公创之？贾山祖父祛，为魏王时博士弟子，应在后。魏亦尊儒，则博士本由儒生。《宋书·百官志》："六国时有博士，掌通古今。"亦谓秦汉博士，原自六国。《说苑·政理篇》"公仪休相鲁，鲁君死，左右请闭门。公仪休曰"云云，似公仪休卒穆公后。《孔丛》书有公仪潜，砥行不仕，盖自公仪休而误。沈钦韩《汉书疏证》有此说。

泄柳

孟子曰："段干木逾垣而避之，泄柳闭门而不内。"鲁缪公元年，当魏文侯三十二年，二人年世正相值，而辈序亦相当也。淳于髡云："鲁缪公之时，公仪子为政，子柳子思为臣。"《盐铁论·相刺章》作"公仪为相，子柳子原为之卿"。卢文弨《群书拾补》云："子原，《说苑·杂言篇》作子庚，乃泄柳字。"今按：《说苑》作子思子庚，子庚为泄柳字，疑或近是；至子原乃子思字讹。云子柳子原，则子原非柳字明矣。卢说误也。

申详

子张子。见《檀弓》注。宋翔凤《孟子赵注补正》云："子张姓颛孙，合言为申也。"孟子曰："泄柳申详，无人乎缪公之侧，则不能安其身。"今按：孟子既谓"泄柳闭门而不内"矣，又云此者，将以显子思之见敬礼，而故加轻重于其间。余又考申详字子莫，孟子谓之"执中无权"者，详《考辨》第八一。

墨子

《墨子·鲁问篇》："鲁君谓子墨子曰：'吾恐齐之攻我也，可救乎？'墨子曰：'可。吾愿主君上尊天事鬼，下爱利百姓，厚皮币，卑辞令，遍礼四邻诸侯，驱国而事齐，患可救也。非此，顾无可为者。'"孙诒让曰："以时代考之，此鲁君疑即缪公。"今按：孙说是也。其事当在缪公初年，详

《考辨》第五七。墨子年德已高，誉闻亦大，故缪公咨以国事。然儒墨既相摈，缪公弗能用，而墨子遂至齐。

南宫边

《吕览·长利篇》有辛宽南宫括论于鲁缪公前。梁玉绳《汉书人表考》："南容即南宫适，字子容，亦曰南宫絛。适又作括，絛又作韬，鲁人。《吕览》南宫括见鲁缪公，未知即南容否。"今考《论语》："子谓南容：'邦有道不废，邦无道免于刑戮。'以其兄之子妻之。"则南容在孔子时，年已不甚弱，殆与子贡子贱相伯仲。曾子最幼，鲁缪世已不在。鲁缪一朝，如子思曾西申详，皆七十子之后，乌宜有南容哉？《吕览》所记自误。《说苑·至公》作辛栎南宫边子。《人表》有南宫边，正与子思公仪休泄柳申详鲁穆公同时。梁氏仅云见《说苑·至公》，未能据正《吕览》之误，亦其疏。又缪公时有县子，屡见称述，亦贤者。

四九　越灭郯乃晋烈公三年非四年六年辨　附　越灭滕考

《史记·越世家索隐》引《纪年》："晋出公十年十一月，於粤子句践卒，次鹿郢立。六年卒，不寿立。十年见杀，朱句立。三十四年灭滕，《路史·国名纪》注引作朱句三十年，未能详定。三十五年灭郯，三十七年朱句卒。"据此，越朱句灭郯，去句践卒五十一年。鹿郢六，不寿十，朱句三十五，合五十一。自晋出公十一年后，五十一年，当晋烈公之三年也。出公二十三年卒，敬公幽公均十八年。出公十二，敬公十八，幽公十八，烈公三，亦合五十一。而《水经·沂水注》引《纪年》云："烈公四年，越灭郯。"此"四"乃"三"字之误。今本《伪纪年》，越灭郯在周威烈王十二年，上距周贞定王四年句践卒，凡五十一年是也。是年正晋烈公之三年。而今本《伪纪年》为烈公六年，盖由今本《纪年》误以敬公为二十二年，幽公为十年故也。参读《考辨》第四三。

张宗泰《孟子七篇·诸国年表》，论《纪年》于越灭滕事云："《竹书纪年》于越灭滕在朱句三十四年。朱句立于周贞定王二十一年，孟子无由得与滕君言，是滕非灭于越也。《战国策》有宋康公灭滕伐薛之文，又杜预《春秋释例》据《世本》，以为《春秋》后六世，为齐所灭。今考宋为齐灭，滕为宋灭，义得相通，《世本》较《纪年》为有据矣。"余谓楚灵灭陈蔡，魏文灭中山，后皆复封。滕灭复见，疑亦此例。则《纪年》之说，亦不为不可信。

又按：《春秋正义》："滕三十一世为楚所灭。"《通志》："滕鲁隐公以下，春秋后，至公邱二十一世，为秦所灭。"《宋世家》载王偃事，不及灭滕。《通鉴》于赧王二十九年载齐湣王与魏楚伐宋，杀王偃而三分其地，因载《国策》灭滕伐薛云云，亦不能定在何年。若依张氏说，则滕殆再灭于宋，而继分于齐楚两国者耶？国小史略，无可详核矣。

五〇　吴起仕鲁考

《史记·吴起传》："起，卫人也。好用兵，尝学于曾子，事鲁君。齐人攻鲁，鲁欲将吴起。起取齐女为妻，鲁疑之。起欲就名，遂杀妻以明不与齐。鲁卒以为将，攻齐，大破之。鲁人或恶吴起，曰：'起，猜忍人也，少时以游仕破家，杀其乡党谤己者三十余人，与母啮臂而盟，曰："不为卿相，不复入卫。"遂事曾子。母死，起终不归。曾子薄之而与起绝。起又杀妻以求将。夫鲁小国，而有战胜之名，则诸侯图鲁矣。’鲁君疑之。谢吴起。起闻魏文侯贤，遂去之魏。”今考《年表》：“齐宣公四十四年，伐鲁莒及安阳，《田齐世家》作葛及安陵。《志疑》云：“安陵安阳皆非鲁地，疑有误。而‘葛’乃‘莒’字之误。”洪颐煊《读书丛录》云：“《项羽本纪》‘行至安阳’，《索隐》《后魏书·地形志》‘己氏有安阳城’，今宋州楚丘西北四十里有安阳故城是也，其地与鲁莒相近。”四十五年，伐鲁取都。”《世家》云：“取一城。”齐宣公四十四年，当鲁缪公之四年。《史·表》误为鲁元十七年，详《考辨》第四七。其后三年，为周威烈王十七年。吴起为魏将伐秦，详《考辨》第五三。则起之将鲁破齐，正在鲁缪四年也。其去鲁，至晚在鲁缪五年六年间。鲁缪虽礼贤，而尊信儒术，观或人谗起之言，皆本儒道立说，宜乎鲁缪之疑起矣。起至魏，“魏文侯问李克：‘吴起何如人也?’克曰：‘起，贪而好色，然用兵，司马穰苴不过。’”穰苴在吴起后，此史公文饰之词耳。《史记·穰苴传》及《晏子春秋》、刘向《说苑》皆以穰苴为景公时，误也。详《考辨》第八五。于是文侯以为将。则文侯虽亦尊儒，然其用人行政，固与鲁缪不同。起仕鲁年当近三十，下至楚悼王卒岁，起与俱死，相距三十一年，则起寿亦且六十矣。《韩非·说林上》：“鲁季孙新弑其君，吴起仕焉，或人说之，吴起乃去之晋。”考诸《鲁世家》，鲁君无被弑者，此当指鲁哀公。详《考辨》第三五。然下距楚悼卒，凡八十七年，吴起决不若是之寿，亦复与魏文年世不相及。盖韩子误记，不足信。汪中《经义知新记》云：“《韩非·喻老篇》：‘鲁季孙新弑其君，吴起仕。’其时盖当悼公之世。悼之为谥，其以此欤?”今按：悼之为谥，盖因前君被弑，已详《考辨》第三五。汪说误也。且核其年代时事亦不合。悼公卒，在周考王四年，（《史·表》误后八年，详《考辨》第四七）下距楚悼之死五十六年。循此推算，起之仕楚，已及八十，而观其治绩，精练强悍，殊为不类。又《韩非》书谓吴起即去鲁之晋，而悼公卒，当魏文侯十年，（《史·表》

尚在魏文前七年）与余考吴起为魏伐秦、灭中山事皆不符。又其时齐鲁交兵事亦无征。《檀弓》："悼公之丧，季昭子问孟敬子：'为君何食？'"观二子之言，亦见悼公非被弑之君。汪氏说不足据。或《韩非》书本谓季孙自弑费君，非鲁君，则益无考。

五一　田庄子卒年考

《史记·田齐世家》："田庄子相齐宣公。宣公四十三年，伐晋，毁黄城，围阳狐。明年，伐鲁葛及安陵。明年，取鲁之一城。庄子卒，子太公和立。"《索隐》引《纪年》："齐宣公十五年，田庄子卒，明年，立田悼子。悼子卒，乃次立田和。是庄子后有悼子，盖立年无几，所以作《系本》及《史记》者不得录也。"今按：据《史记》，田庄子卒在齐宣公四十五年，《索隐》引《纪年》，仅明庄子后尚有悼子一世，未言庄子卒岁有异。又谓悼子"立年无几"，此自据《纪年》为说，而《纪年》悼子死在宣公五十年。详《考辨》第五六。若庄子以宣公十五年卒，下至宣公五十年，凡三十五年，岂得谓立年无多？张宗泰《竹书纪年校补》误据《索隐》，谓："庄子卒于齐宣公十五年，宣公五十一年田悼子卒，是悼子立三十六年。"不悟与立年无多说相舛。朱右曾《纪年存真》亦同误。故知《索隐》所引"宣公十五年田庄子卒"者，本亦为四十五年，而误脱一"四"字也。考诸他籍，亦有可证。《吕氏春秋·顺民篇》："齐庄子请攻越，问于和子。和子曰：'先君有遗令曰："无攻越，越猛虎也。"'庄子曰：'虽猛虎也，而今已死矣。'"林春溥《战国纪年》云："田庄子之时，越王死者惟朱句。而朱句灭滕灭郯，故有猛虎之喻。"严可均《三代文》以猛虎指句践，相距太远，盖误。今按：朱句卒在齐宣公四十四年，此越朱句卒而田庄子尚在之证一。《檀弓》："陈庄子死，赴于鲁，鲁人欲勿哭，缪公召县子而问"云云。鲁缪公元在齐宣公四十一年。详《考辨》第四七。《年表》误后八年。田庄子死，为缪公之五年。此田庄子死而鲁缪已立之证二。《周季编略》未能辨证今本《索隐》之有脱字，而据以校《檀弓》，谓："庄子乃悼子之误。"疏矣。朱右曾《纪年存真》亦与黄氏同误。余故知《索隐》所引《纪年》，本亦为四十五年无疑也。《绎史》卷百一云："鲁缪公立，在齐宣公四十七年，据《檀弓》是无田悼子。"故《表》列庄子死，子和代立于齐宣公四十六年，亦误。

五二　田齐为十二世非十世辨

《庄子·胠箧篇》："田成子弑齐君，十二世有齐国。"《鬼谷子》亦有此语。《史记》自成子至王建之灭只十世。《田齐世家索隐》引《纪年》："田庄子卒，立田悼子。悼子卒，乃次立田和。"又云："齐康公二十二年，田侯剡立。后十年，齐田午弑其君。"则尚有悼子及侯剡，适得十二世，与《庄子》合。盖《史记》误也。《释文》："十二世，自敬仲至庄子九世，知齐政。自太公和至威王三世，为齐侯。"虽亦得十二世，然敬仲奔齐，岂得遽谓有齐国？且《庄子》文明自成子起算，岂得远引敬仲？《胠箧》为战国晚世作品，殆已无疑，亦不应舍宣滑以下，而以威王为断。即谓是《庄子》原书，庄子亦下逮齐宣、滑，何勿之及？陆氏之说，盖存心回护而自陷者也。朱右曾《纪年存真》谓："庄周当齐威、宣时，《鬼谷》书苏秦所述，不应豫知滑襄王建，"因谓："田之称侯自田郯始，则'有齐国'者当亦指郯，自郯以前有十二世也。"信如其说，当曰："田成子弑齐君，五世而有齐国。"乃为近是耳。不然，自敬仲至剡，则十二世而始有齐，不得谓"田成子弑君，十二世有齐"也。此亦由不知《胠箧》为晚周伪品，《鬼谷》尤非真苏秦作，故乃强为之说。

五三　吴起为魏将拔秦五城考

《史记·吴起传》："起去鲁之魏，魏文侯以为将，击秦，拔五城。"继叙为卒吮疽事。考《韩非·外储左上》："吴起攻中山，军人有病疽者，起自吮其脓。"《说苑·复恩篇》云："吴起攻中山，为卒吮脓，其母泣曰：'吴子吮此父之创泾水之战，"泾"字或误作"注"。不旋踵而死。今又吮之，知何战而死？'"《艺文类聚》《御览》引《韩子》，亦云泾水。按：诸《史记·魏世家》："魏文侯十六年，伐秦，筑临晋元里。十七年，西攻秦，至郑而还，筑雒阴合阳。"《水经·河水注》："河水又经郃阳城东，周威烈之十七年，魏文侯伐秦至郑，还筑汾阴郃阳，"汾阴"乃"洛阴"字讹。即此城也。故有莘邑矣，为大姒之国。《诗》云：'在郃之阳，在渭之涘。'又云：'缵女维莘。'谓此也。"郝懿行陈逢衡均谓："《水经》此条不云出《纪年》，想系脱误。"今本《伪纪年》有之，据此则事在周威烈王十七年，而《史》误以为魏文之十七年也。实当魏文三十八年。陈氏《集证》谓在三十二年者误。又《年表》在威烈十八年，误后一年。是年当秦简公六年。《秦本纪》孝公谓："往者厉躁简公出子之不宁，三晋攻夺吾河西地。"是矣。其时正当吴起去鲁后。《志疑》："洛阴郃阳，其地皆在同州。"《正义》："雒，漆沮水也，城在水南。郃阳，郃水之北。"《括地志》云："郃阳故城在同州河西县南三里，雒阴在同州西也。"又按：《地里志》："京兆郑县，郑桓公邑，魏文侯伐秦至郑而还，即此。"推其地理，亦与泾水相当。《说苑》所谓"泾水之战"，《起传》所谓"拔秦五城"者，殆即其事。陈氏《集证》亦谓："吴起为将击秦拔五城，即此时。"惟未有证说。又《水经·汝水注》引司马彪曰："河南梁县有注城，《史记》魏文侯三十二年败秦于注者也。"今按：秦简公时，秦地不能至河南梁霍之间，参证上列诸条，知郦氏之误。又《魏世家》记魏伐中山在魏文十七年伐秦至郑之前。余考魏伐中山，当在周威烈王十八年。且《国策》诸书，皆言乐羊围中山三年而拔，则中山之灭，犹在后。盖乐羊主其事，而吴起将兵助攻。据《说苑》所云，固当在泾水一战之后也。

五四 魏文灭中山考

魏文灭中山，《年表》在十七年，实周威烈王十八年。据《纪年》，是年乃魏文侯三十九年。魏文二十二年始称侯，以二十三年称元年，则是年正魏文称侯始元后之十七年也。中山之伐，当在其时。知者，中山事迹附见于《赵世家》。《史记》载三晋初年事，惟赵最详，而差少误，盖赵史或有存者。烈侯元年，魏文伐中山，载于《赵世家》，足资旁证，一也。中山之役，吴起预其事。前年起初仕魏，为魏击秦拔五城。若中山见伐，移前至魏文十七年，则与吴起事迹不符，可为反证，二也。又魏文灭中山，使子击守。余考其事，亦当在魏文四十一年，即称侯改元后之十九年，详《考辨》第四六。三也。又《吕氏春秋》载晋太史屠黍与周威公论中山亡征，《周纪》考王封其弟于河南，是为桓公。桓公卒，子威公立。威公亦正当威烈王时，四也。若依《史记》，则魏文伐中山，其时尚未称侯，而子击已称中山君，参读《考辨》第四六。益不合，五也。然则《年表》魏伐中山，在周威烈王十八年，实不误，特误以文侯称侯改元后之十七年，为即文侯即位后之十七年耳。凡此之谓误其年而得其世。如齐魏会徐州相王，《表》列周显王三十五年，本不误，而误以齐威王为宣王，梁惠王为襄王，此亦误其年而得其世也。孙氏《墨子年表》魏灭中山在周威烈王二十年，《周季编略》亦然，盖据乐羊围中山三年而克言之。

又《中山策》："魏文侯欲残中山，常庄谈《寰宇记》引作张孟谈。谓赵襄子曰：'魏并中山，必无赵矣。公何不请公子倾以为正妻，因封之中山，是中山复立也。'"《年表》文侯立，襄子已卒，鲍因改襄为桓。今按：襄子卒实魏文侯二十二年，《考辨》第三七魏之处心积虑于中山，非一日，不能据此疑《策》文之误。惟其"请公子倾以为正妻"云云，则实与襄子不类。然鲍改桓定误，后人谓当改烈侯，庶为近之。今其事已不可详说，要之中山复立，赵必与其事，则无疑也。

又《韩非·说林》："魏文侯借道于赵而攻中山，赵肃侯将不许。"肃侯在惠成王围邯郸后，岂得上及魏文？其误则甚。

附　中山武公初立考

《赵世家》及《六国表》："献侯十年，中山武公初立。"雷学淇《纪年义证》云："《世本》：'中山武公居顾，桓公徙灵寿。'《汉书·人表》谓中山武公是周桓公子。《史记音》谓初立之年，当周威烈王十二年。其立之七年，为魏文侯十七年。似武与桓立七年而即灭。周威公即桓公之子，与中山武公实系兄弟。"沈钦韩《汉书疏证》辨其事云："按：《本纪》：'桓公卒，子威公代立为西周君耳。河南之外，一民尺土，皆非周有，何得为中山之君乎？’此层苏氏《古史》亦辨之。《魏世家》：‘文侯伐中山，使子击守之。’《说苑》：‘文侯出少子挚封中山，而复太子击。’又《魏世家》：‘中山君相魏。’此是魏所封，赵灭之。盖姬姓之中山灭于魏文侯，魏所封之中山又灭于赵主父。而《赵世家》及《年表》皆倒置中山武公之文于文侯伐中山之前，故迷惑难考。何以明之？若中山武公尚是旧时之君，则彼不数年而亡，史取之何义？按：谥武亦不合。吕氏《大事记》谓："是时中山势益强，遂建国，备诸侯之制，与诸夏抗。"仍指其为春秋鲜虞之中山，盖误。若以为中山本未尝亡，则魏克其地而守之者又何处？是中山武公为魏所始封，以其大事，故记之耳。《人表》所注上下文不相连，有脱误。徐广不知，袭之以注《史》。"今按：沈说甚是。

又按：《索隐》引《世本》："中山武公居顾，桓公徙灵寿，为赵武灵王所灭。"此以武公后之中山灭于赵，是也。然其时中山已称王，参读《考辨》第一〇五。何来复有桓公？《水经·滱水注》："中山为武公之国，周同姓，其后桓公不恤国政，周王问太史余曰：‘今之诸侯孰先亡？’对曰：‘中山其先亡矣。’后二年，果灭，魏文侯以封太子击。"此以桓公为武公后仍误，然谓桓公中山灭于魏，则是也。参读《考辨》第一四六。《索隐》此处，仅引《世本》，不及《纪年》，此见司马贞之不知别择。而史文缺佚，后人纷纷考订而无所详定。然参稽以求，中山桓公灭于魏，中山武公之后灭于赵，则犹可推证也。

又按：《吕览·先识》："晋太史屠黍见晋之乱，以其图法归周。周威公问曰：‘天下之国孰先亡？’对曰：‘晋先亡。’居三年，晋果亡，威公又问曰：‘孰次之？’对曰：‘中山次之。’居二年，中山果亡。”高诱注以屠黍为晋出公之太史，此决误。依今推之，魏文灭中山在西周威公立后之九年。越三年，三晋命邑为诸侯，参读《考辨》第四三。当时殆以此定晋运之亡，则与中山灭国适相先后也。《吕氏》盖因屠黍由晋归周，随文落笔，故以晋亡先中山，高诱因中山灭亡前后无晋亡事，故妄引知伯晋出公事说之。若据此推算，则太史屠黍由晋归周，当在西周威公之七年前后。

余又疑中山武公初立应在赵烈侯十年，而非赵献侯之十年。今《史记》误以赵烈侯十年为赵武公元，而又于赵献侯十年误列中山武公初立之文，遂使读《史》者迷惑而难考耳。参读《考辨》第四三又四六。

又按：《寰宇记》卷六十，两引《史记》云：赵敬侯救燕，与中山公战于房。其时中山以别封称公，故有中山武公。则当时公称视侯转卑。

五五　宁越考

《汉志》儒家有《宁越》一篇。班固云：“中牟人，为周威王师。”今按：《吕览·博志篇》：“宁越，中牟之鄙人也。苦耕稼之劳，谓其友曰：‘何为而可以免此苦也?’其友曰：‘莫如学。学三十年，可以达矣。’宁越曰：‘请以十五岁。人将休，吾不敢休，人将卧，吾不敢卧。’十五岁而周威公师之。”此班说之所据也。又《吕览·不广篇》：“齐攻廪丘，赵使孔青将，大败之，宁越教孔青归齐尸。”考其事在周威烈王二十一年。周威公立在威烈王十二年。据《外纪》，《大事纪》。相距凡十年。其时正魏文鲁缪尊儒礼贤，子思仕鲁卫，吴起仕鲁魏之际也。游仕渐得势，故宁越亦苦耕稼而从学问。其事虽微，足征世变，故特考而著之。又《吕氏·先识篇》谓："晋太史屠黍《说苑·权谋》作屠余。与周威公论中山亡而君继之，威公惧，求长者，得义莳田邑史驎赵骈。"《说苑》作锜畴、田邑、史理、赵巽。《庄子》记田开之见周威公，及公问祝肾养生，则威公亦好士之主也。今姑以周威公立，宁子年三十计之，则其辈序，盖在段干木泄柳之后，而与李克吴起为伯仲。贾谊《过秦论》："宁越徐尚苏秦杜赫之属为之谋。"宁越之谋，殆即指教孔青归齐尸事之类，然其人尚在早世，与后来战国之局无关，此文家煊染耳。又高诱云："宁越赵中牟人。"盖河南中牟，时犹属赵。参读《考辨》第四六，第一六三。

五六　田和始立在齐宣公五十一年非四十五年辨

《史记·田齐世家》："宣公四十五年，田庄子卒，子太公和立。"中间漏去悼子一代。宣公四十五年，乃悼子始立，非田和始立，已详《考辨》第五一。顾悼子卒于何年，《索隐》不著，今考《水经·瓠子水注》引《纪年》："晋烈公十一年，田悼子卒。田布杀其大夫公孙孙，公孙会以廪丘叛于赵。田布围廪丘。翟角赵孔屑即《吕览》孔青。韩师救廪丘，及田布战于龙泽，田师败逋。"又《汶水注》引《纪年》："晋烈公十二年，王命韩景子、赵烈子、翟员伐齐，入长城。"而《田齐世家索隐》引《纪年》："宣公五十一年，公孙会以廪丘叛于赵。"三说相参，知为一时事。翟员即翟角字讹。晋烈公十一年，当齐宣之五十年。是年田悼子卒，去其即位前后五年也。然《水经注》引公孙会以廪丘叛在晋烈公十一年，既为齐宣公之五十年，而《索隐》引《纪年》，乃在齐宣公五十一年者？窃意《索隐》此条，实因《史记》本文而误衍一“一”字。《索隐》原文当为：“《纪年》，宣公五十年，公孙会以廪丘叛于赵。十二月，宣公薨，于周正为明年二月。”盖《纪年》魏史，用夏正。宣公卒在十二月，以魏史言，尚为宣公之五十年；而以周正计之，则已为五十一年。《索隐》故特著“于周正为明年二月”之语，以见《纪年》之五十年，与《史记》之五十一年，虽异而实同。自今本《索隐》误衍“一”字，则宣公之卒，以周正计，已为五十二年。《索隐》何更无一言以明著《纪年》《史记》之异同耶？故知今《索隐》五十一年云云，乃涉《史记》本文之五十一年而误也。初疑《索隐》引宣公年，特自其立年数之，故与《史记》以即位后翌年改元者差一岁。嗣细读《索隐》本条全文，似不如今说为审。据此又知悼子之卒，田会之反，皆在齐宣公未死前。今《史记》书田会反于宣公卒后，此亦微误。《齐太公世家》亦云：“宣公五十一年卒，子康公贷立，田会反廪丘。”雷氏《义证》云：“宣公之卒在会叛之后，《世家》误以悼子之卒为宣公。”而兵事则延及翌年，或在宣公后矣。又按：《史记·赵世家》：“敬侯三年，救魏于廪丘，大败齐人。”徐文靖《纪年统笺》云：“即败齐田布事。救廪丘者乃烈侯；《世家》云敬侯，误。”余考晋烈公十一年，适当赵烈侯之三年。然则史公所云敬侯三年败齐廪丘者，实系烈侯三年之误也。

又今本《纪年》田悼子卒，田会以廪丘反，在周威烈王十七年；魏师及韩景子赵烈子入齐长城，在十八年，较余考定前两年。以今本《纪年》于晋敬公、幽公年数皆误，故也。参读《考辨》第三六。若如今本《纪年》之说，则田悼子卒，尚在齐宣公四十七年，与《索隐》引《纪年》“宣公五十一年悼子卒”之说绝不同，故余知《晋世家索隐》不列敬公幽公烈公年数者，为所见《纪年》本与《史记》合。而今本《纪年》所载晋诸侯年数实误，不足据，即本此事，亦足为证。且周威烈王十八年，赵烈侯韩景侯皆新立，又魏方伐中山，亦知无三国联军入齐长城事。

今既定田悼子卒在齐宣公五十年，则田和立为齐宣公之五十一年也。下至康公二十年田和卒，凡二十一年。

五七　墨子游齐考

《墨子·鲁问篇》载墨子见齐大王，孙诒让《闲诂》引苏俞说，云：“即太公田和也。其后子孙称王，亦尊其祖为‘大王’。”孙云：“安王十六年，田和始立为诸侯；墨子见大王，疑当在田和为诸侯之后。”今按：安王十六年，墨子已卒。《考辨》第三一且和立为侯，初非称王。大王之号，自是后人追述，岂必谓墨子见田和在其为侯后哉？考和立在齐宣公五十一年，《考辨》第五六当周威烈王二十一年。明年为齐康公元年，在墨子卒前十三四年。知墨子见田和，必在和之早岁。又《非乐篇》载齐康公兴乐万，《闲诂》云：“齐康公与田和同时，墨子容及见其事。但康公衰弱，属于田氏，卒为所迁废，恐未必能兴乐如此之盛。窃疑其为景公之误，惜无可校验也。”今按：不能主国政，未必不能纵淫乐，此不必疑者。《史记·田齐世家》云：“康公淫于酒妇人，不听政。”与墨子兴乐之说足相证，尤可明其无误。而孙氏《墨子传略》又据此推齐康公卒时，墨子犹存，则诚大误矣。昔人于此等处每易误。如子夏为魏文侯师，则谓必在魏文始侯之岁，墨子见齐大王，则谓必田和列为诸侯之后，此据《非乐篇》载齐康公兴乐，因谓墨子卒后康公，皆是也。

《鲁问》载墨子见齐大王，先见项子牛。牛为齐将，三侵鲁地，墨子弟子胜绰三从，墨子退之。孙云："三侵鲁不知在何年。以《史记·六国年表》及《田齐世家》考之，鲁元公十八年，伐鲁葛及安陵，按：实缪公四年，当作莒及安阳。二十年，取鲁一城，实缪公五年。穆公二年，齐伐鲁，取郕，实缪公八年。十六年，伐鲁取最，实缪公二十二年。或即三侵之事。"今按：取最在齐康公十一年，当郑繻公被弑后两年，其明年墨子与鲁阳文君论伐郑事，其时墨子已老，不久而卒。余疑齐伐鲁取最之岁，墨子已在楚。且其事与取郕以上三役相距已远，则三侵殆取郕前事，乃当田庄子悼子时。参读《考辨》第五一、五六。墨子来齐，则取郕以后三四年，值和子当国时也。《鲁问》又载鲁君问墨子曰："吾恐齐之攻我，可救乎？"墨子说以事齐。其事当在之齐之先。孙云："鲁君疑即穆公。"是也。及其至齐，而谏项子牛齐大王劝毋伐鲁，则犹如止楚攻宋，亦先见公输般，后见惠王矣。参读《考辨》第四七。

五八　子思生卒考　附　颜般　王慎　长息

《孔子世家》云："伯鱼年五十，先孔子卒。伯鱼生伋，字子思，年六十二，尝困于宋，作《中庸》。"子思生年无考，伯鱼之卒，在周敬王三十七年。《考辨》第二六或谓遗腹生子思，则子思生，至迟亦在周敬王三十七八年也。《檀弓》："子思之哭嫂也为位，妇人倡踊。"是子思有嫂也。子思既有嫂，则知其有兄矣。袁枚《随园随笔》引宋白《续通典》："子思兄死，使其子白续伯父。”未知何据。伯鱼早卒，而子思有兄，则子思之生，不能甚前。或谓其亲受业于孔子，决不然矣。《孔丛子》有孔子子思问答，不可信。又谓子思从孔子于郯，遇程子；又“孔子卒，子思为丧主，四方来观礼”，若子思年既长，尤非也。相传伯鱼生一子子思，未为得实，而年寿亦可疑。《孟子》记鲁缪公尊礼子思。《汉艺文志》子思二十三篇，班氏云：“为鲁缪公师。”余考缪公元年，在周威烈王十一年，详《考辨》第四七。去孔子之卒六十四年。若子思年六十二，无缘值鲁缪。或谓六十二，乃困于宋作《中庸》之岁，或谓六十二乃八十二之误，此毛氏《四书剩言》载王草堂《复礼辨》，及孔继汾《阙里文献考》之说。此皆无证。然《中庸》伪书出秦世，则前说尤不足信。《孔丛》称“子思十六困于宋，作《中庸》”，益荒诞。《孟子》称：“子思居于卫，有齐寇，或曰盍去之？子思曰：‘如伋去，君谁与守？’”卫齐之事，不审在何年。《年表》缪公元年，实已鲁缪公之九年，详《考辨》第四七。齐伐卫，取毋丘，以前则无考。然孟子曰：“子思臣也，微也。”观鲁缪之重敬子思，知子思居卫当在中年壮岁。大抵子思先曾事卫，归老于鲁，乃当缪公世也。《孔丛》：“子思居卫，鲁穆公卒。”其误不待辨。卒年亦难定。若以寿八十二计，则最晚不出缪公十四年，乃在周威王末年，其年世与墨子正相当。《孔丛子》：“子思游齐，陈庄伯与登泰山。”陈庄伯即田庄子，其卒当鲁缪公之五年。惟《孔丛》不足据，子思果游齐与否，其游齐而见庄子，当在何时，今亦无可详定也。《通鉴》据《孔丛》，书子思言苟变于卫侯，在周安王二十五年，去孔子卒百二年，此决误。《孔丛》旧注谓卫敬公，亦未详所据。何孟春《余冬序录》论其事云：“子思居卫，必是卫悼敬昭公时。昭公时卫属于晋、韩、赵、魏氏，贤者已自难安其国。怀亹慎颓皆弑君贼，卫非父母国也，子思忍复面其人，为之谋而不去耶？孟子曰：‘缪公亟见于子思，曰：古千乘之国以友士，何如？子思不悦。’又曰：‘缪公之于子思，亟问，亟馈鼎肉，子思不悦。'又曰：'缪公无人乎子思之侧，则不能安子思。'缪公之尊礼子思如此，子思之自尊如此，子思是时年登期颐，于父母国有贤君焉，公仪休为相，泄柳申详为臣，而子思顾不老焉，而适乱国，与逆贼语邪？子思居于卫，有齐寇，子思不去，孟子曰：'子思臣也，微也。'必子思少壮从仕时事。子思言苟变于卫，果有是事，必在悼敬昭公时，而记者误耳。"《孔丛》又云："田子方遗子思狐白裘。"二人年正相当，然事不足信。崔述已辨之。

《章太炎文录·征信论》有"辨子思不师曾子"一节，谓："宋人远迹子思之学，上隶曾参。寻《制言》《天圆》诸篇，与子思所论述殊矣。《檀弓篇》记曾子呼伋，古者言质，长老呼后生则斥其名，微生亩亦呼孔子曰丘，非师弟子之征也。《檀弓》复记子思所述，郑君曰：为曾子言难继，以礼抑之。足明其非弟子也。"今按：《汉志》，曾子宓子皆著孔子弟子，李克子夏弟子，世子公孙子七十子弟子，独子思云"孔子孙，为鲁缪公师"，不云师曾子。虽章氏所据《制言》《天圆》诸篇，未必真曾子书，《檀弓》亦难尽依信，然子思师曾子，其说不见于先秦，则诚可疑也。

又按：《檀弓》："子思之母死于卫，柳若谓子思曰：'子圣人之后也，四方于子乎观礼，子盍慎诸？'"郑注："子思，伯鱼子。伯鱼卒，其妻嫁于卫。柳若，卫人也，见子思欲为嫁母服，恐其失礼，戒之。嫁母齐衰期。"今按：子思曰："吾何慎哉？有其礼，无其财，君子弗行也；有其礼，有其财，无其时，君子弗行也。吾何慎哉？"则子思之所憾，在于无财无时，不得尽其礼，未见欲为嫁母服恐失礼之意也。郑注谓其嫁母者，乃据《檀弓》别章："子思之母死于卫，赴于子思，子思哭于庙。门人至，曰：'庶氏之母死，何为哭于孔氏之庙乎？'子思曰：'吾过矣，吾过矣。'遂哭于他室。"郑注："子思母，嫁母也，姓庶氏，嫁母与庙绝族。”郑谓子思母嫁母，特据本文“庶氏之母死，何为哭于孔氏之庙”而云也。然子思母既再嫁，则葬祭之礼，别有主其事者，柳若何以有“四方观礼子其慎诸”之戒？子思亦何以有“无财无时不得备礼”之叹？此又不可通之说也。窃谓子思有兄，而子思亦非嫡。子思生母，殆非伯鱼之正妻。《礼·丧服》：“庶子为父后者，为其母缌。”《传》曰：“何以缌也？曰：‘与尊者为一体，不敢服其私亲也。’然则何以服缌也？有死于宫中者，则为之三月不举祭，因是以服缌也。”又曰：“士为庶母缌。”庶妾不得与嫡妻比尊，即不得入于大宗之庙，故曰“庶氏之母死，何为哭于孔氏之庙”也，谓庶氏之母者，谓子思非嫡出，故子思生母乃庶氏之母耳。刘师培《左庵集》，谓本文“庶氏之母”当作“庶氏之女”，“母”涉注文“嫁母”而讹。《急就篇》卷一“庶霸遂”，颜注曰：“庶氏之先出卫之公族，以非正嫡，遂号庶氏。”《礼记》曰：“子思之母死于卫，庶氏之女也。”则唐初本经文作“女”，不作“母”。窃谓《檀弓》正文若果作“女”字，亦谓其非伯鱼正妻，即义不得为妻，故曰庶氏之女耳。然子思母卒，年寿已高，或人岂得当子思面而称之为庶氏之女乎？且郑注“嫁母”，明是直顺正文庶氏之母来，故又增曰姓庶氏，是谓其嫁庶氏。殆后人疑其不可通，于是又故说为庶氏女。非别有的据也。子思本居卫，故其母在卫。其母之死，子思适返鲁，闻其赴，哭之。又至卫营丧葬，故柳若谓“四方于子观礼”也。《正义》引张逸问：“旧儒《世本》，皆以孔子后数世皆一子，礼适子为父后，为嫁母无服。《檀弓》说子思从于嫁母服何？”郑答云：“子思哭嫂为位，必非嫡子。或者兄早死无继，故云‘数世皆一子’。”郑谓子思非适是也，谓其为嫁母服，则非。参读《考辨》第一四八附篇。又张蒿庵《闲话》亦云：“昔者子之先君丧出母乎，出母者，所生之母也。吕相绝秦曰：‘康公我之自出。’则出之为生明矣。”此辨出母乃谓所自出之庶母，与余说可相证。又《谢梅庄遗集·纂言外篇》谓：“子上不丧出母，庶子为父后也。门人‘先君子丧出母’之问，谓孔子于颜夫人也。以自出为被出，以先君子为伯鱼，此读《檀弓》者之卤莽。”又夏炘《檀弓辨诬》，亦辨孔门三世出妻之诬。李慈铭《越缦堂日记》谓：伯鱼早死，故其妻改嫁。是圣门本无出妻事，康成注惟曰“伯鱼卒，其妻嫁于卫”，见其精慎。既知非出妻，而又回护郑注，是五十步与百步也。

又按：《孟子》：“费惠公曰：‘吾于子思则师之矣，吾于颜般则友之矣，王顺长息则事我者也。’”《人表》费惠公颜敢王慎长息同列四等；“敢”“般”形近而误，“慎”“顺”字通。费惠公即鲁季氏之僭。《困学纪闻》八，参读《考辨》第三五，第四八。《颜氏世系》云：“无繇生回，回生般。”则谓般乃颜子之子。又谓般与王顺同师子思，则颜子之子，其年不下于孔子之孙，何乃师子思乎？其信否无可考。长息，公明高弟子，见赵岐注。

五九　列御寇考　附　南郭子綦

《庄子·让王篇》：“子列子穷，客言之郑子阳，子阳令官遗之粟，列子辞。其卒，民果作难，杀子阳。”子阳之事，见《吕览·适威》《首时》，又见《淮南·泛论》。云：“子阳好严，舍人有过而折弓者，畏罪恐诛，则因猘狗之惊，而弑子阳。”高注均云：“子阳，郑君也。一曰郑相。”而《史记·郑世家》则云：“郑繻公二十五年，郑君杀其相子阳。《楚世家》亦云：“悼王四年，伐郑，（本作周，字误）郑杀子阳。”《年表》同。故《志疑》谓：“郑杀子阳，以说于楚。”二十七年，子阳之党共弑繻公。”与《吕览》《淮南》异。据《史记》则列子乃周安王时人也。今《列子》书有刘向《叙录》，以列子为郑穆公时；柳宗元《辨列子》谓：“郑杀子阳，当鲁穆公十年，按：实鲁缪公十八年。

不知向言'鲁穆公时'，遂误为郑耶?"然今《列子》书既出后人掇拾，如其书中言魏牟、孔穿、邹衍，皆出列子后。向《叙》不在《七略》《别录》，后人自得伪为，无足深论。高氏《子略》谓："太史公不传列子，庄周末篇叙墨翟禽滑釐慎到田骈关尹之徒，以及于周，而御寇独不在其列，岂御寇者，其亦所谓鸿蒙列缺者欤?"然考《韩策》："史疾为韩使楚，楚王问曰：'客何方所循?'曰：'治列子圄寇之言。'曰：'何贵?'曰：'贵正。'王曰：'楚国多盗，正可以圉盗乎?'曰：'可。'有鹊止于屋上者，曰：'请问楚人，谓此鸟何?'曰：'鹊。'曰：'谓之乌，可乎?'曰：'不可。今王之国有柱国、令尹、司马、典令，其任官置吏，必曰廉洁胜任。今盗贼公行，而弗能禁，此乌不为乌，鹊不为鹊也。'"则御寇实有其人。郑为魏灭，而韩徙于郑，史疾在韩，习闻其说。盖亦上承儒家正名之绪，一变而开道法刑名之端者。《尔雅疏》引《尸子·广泽》云："列子贵虚。"盖其道因名责实，无为而治，如史疾所言是也。《汉志》"道家"《列子》八篇，晋有张湛《注》，后人多辨其伪。然时亦有先秦遗言，要在择慎而取耳。

近人马叙伦《庄子义证》，据《德充符》子产师伯昏无人，而《田子方篇》列御寇为伯昏无人射；又《吕氏春秋·下贤》，子产见壶邱子林，高诱注："子产，壶邱子弟子。"而《应帝王》称列子归告壶子，司马彪曰："壶子名林，列子师。"证列子与子产同时。又据《史记·老子传》关令尹喜强老子著书，《汉书·艺文志》"道家"《关尹子》，班注："名喜，老子过关，喜去吏而从。"《吕氏·审己》高注："关尹喜师老子。"而《达生篇》子列子问关尹子，《吕氏·审己》子列子请于关尹子，推证列子与老子、关尹子同时，亦正与子产同时。谓："《让王篇》所谓子阳，疑当为子驷，亦子产时。传其事者以子驷、驷子阳并为郑相，又并不得其死，相涉而误。"今考《汉书·古今人表》，列子在韩景侯魏武侯间，亦自以列子在战国，不在春秋也。《艺文志》"道家"《列子》八篇，列《庄子》后；班注："名圄寇，先庄子，庄子称之。"仅据"庄子称之"，而云"在庄子先"，亦不以为在春秋时。春秋主政不称相，且子驷见杀，子产已为政，亦不得称相子驷。以国相遗穷士粟，其事正当在战国，子产时犹无有也。所谓壶邱子林、伯昏无人，纵非鸿濛、列缺之类，然《韩诗外传》七记狐丘丈人与孙叔敖问答，狐丘即壶丘也。参读《考辨》第七二。孙叔敖与子产年世相距五六十载，壶邱及见孙叔敖，岂又为子产师？此等已难确定。伯昏无人尤渺茫，特以子产乃郑之闻人，而列子亦郑籍，故言两人事多牵混。此如诸书言孔子师老莱子，又称子思师老莱子，岂得证孔子子思同时？先秦书如此类者甚众，马氏据不可据以疑可据，何耶？老子关尹，其不可据，与壶邱伯昏亦同，参读《考辨》第七二。否则杨朱师老聃，亦得谓杨朱与子产同时耶？窃意列御寇，仍当列战国为允。

又按：《庄子·齐物论》称南郭子綦，其人盖亦道家先宗也。《徐无鬼》：南伯子綦隐几而坐，仰天而嘘。颜成子游入见，子綦告之曰："吾尝居山穴之中矣。当是时也，田禾一睹我而齐国之众三贺之。"南伯子綦即南郭子綦也。则子綦乃齐人而当田太公时。田和之尊礼子綦，盖亦如魏侯师田子方，友段干木，以大夫僭国，乃敬文学高士，以收誉而笼众望。子綦正与列御寇略同时。今《列子·仲尼篇》，有子列子与南郭子连墙二十年不相请谒云云，南郭子即子綦也。乃后世言道家，率言庄列，子綦之名，若沦若晦，若真与鸿蒙列缺为伍矣。爰特表之于此焉。又按：《大宗师》，南伯子葵，《释文》引李云："'葵'当为'綦'，声之误也。"《庄》书三称子綦，皆涉忘我之学，固知亦有所受，非虚矣。

又颜成子游，陆德明《音义》引李云："子綦弟子，姓颜名偃，谥成，字子游。"《齐物论》成《疏》，谓子綦乃楚昭王之庶弟，楚庄王之司马，误妄不足信。

六〇　魏武侯元年乃周安王六年非十六年辨

《史记·魏世家索隐》引《纪年》："魏文侯五十年，魏武侯二十六年。"则武侯元年，应在周安王六年，《年表》误后十年，已详《考辨》第三七。今按：《年表》记武侯年，显有可疑者。一、武侯之元，去楚悼王之死仅五年。吴起先仕武侯，有西河之对，武侯善之，守西河甚有声名。商文为相，此据《吕氏·执一》。《史记·吴起传》作田文，与孟尝君同姓名。吴起与之论功。大抵吴起仕魏，于文侯朝为晚进，而在武侯世则颇久。其去而之楚，历时又当二三年。详《考辨》第六六。今前后五年，实为短促不符。二、《魏世家》记魏武侯九年，使吴起伐齐至灵丘。《年表》亦载灵丘事。而其时楚悼已死三年矣，吴起又乌能为魏伐齐？考《索隐》引《纪年》云："魏武侯元年，当赵烈侯之十四年。"而烈侯元在威烈王十八年，魏灭中山之岁。《赵世家》烈侯九年，武公十三年，共二十二年。谯周云："《系本》及说赵语者，并无武公事。"今《索隐》引《纪年》有烈侯十四年，姑并武公为烈侯二十二年，则烈侯十三年，适当魏文五十年后一岁，即为武侯元年。而《索隐》称武侯元当赵烈侯十四年者，《纪年》魏史，以魏纪元，故他国仅书即位，不计年数。《索隐》此说，乃自烈侯初立之岁数之；今以即位翌年纪元，故为十三年也。然则魏武侯使吴起伐齐，实有其事。依《纪年》武侯九年，乃周安王十四年，又七年而楚悼王始卒，则魏武九年时，吴起尚在魏。史公殆亦误其世而未误其年者耳。《绎史·年表》列吴起奔楚于周安王十五年，亦无的据。顾谓是年魏文侯卒，吴起以谮奔楚，则误于史说，若吴起不仕魏武矣。

六一　墨子游楚鲁阳考

《墨子·鲁问篇》载鲁阳文君与墨子论攻郑曰："郑人三世弒其父。"《闲诂》引苏云："父当作君。据《史记·郑世家》，郑人弒哀公哀公八年而弒，为周定王十四年，明年共公元，今《年表》皆脱去。幽公缥公，是三世弒君之事。"黄式三《周季编略》又据本篇"三年不全"之语，以鲁阳文君攻郑在周安王八年，即郑缥公被弒后三年。孙氏则谓："二说俱可疑。据贾逵《国语注》、《文选注》引。高诱《淮南子注》皆云：鲁阳文君即司马子期之子公孙宽，而《左传》子期死白公之难，在鲁哀公十六年，即孔子卒年。次年，宽即嗣父为司马，至少亦必已弱冠。下至郑缥公之弒，相距已八十四年，文子若在，约计殆逾百岁。岂尚能谋攻郑乎？"因疑"三世"当作"二世"，盖在韩杀幽公之后。梁启超《墨子年代考》谓："幽公之弒，上距宽为司马时亦已六十余年。今按：自白公作难，至韩杀幽公，凡五十六年，梁说误。若此则宽非惟不能见繻之弑，恐并不及见幽之弑。”因谓：“鲁阳为宽封邑，固无可疑，然文子未必即宽。按：《楚语》：“惠王以梁与鲁阳文子，文子辞，乃与之鲁阳。”则鲁阳乃文子始封。若谓文子未必即宽，如何又谓鲁阳为宽封邑，可无疑耶？此亦梁说疏处。安知其不为宽之子？孙氏据汉人之注以改先秦古书，甚非当也。”今按：梁说亦疏。然疑文子未必即宽，则为有见。《淮南·览冥训》：“鲁阳公与韩构难，战酣，日暮，援戈而扮之，日为之反三舍。”高诱注：“鲁阳，楚之县公。楚平王之孙司马子期之子，《国语》所称鲁阳文子也。”高氏此注，以鲁阳公即鲁阳文子，是也，顾谓即司马子期之子，则非。何者？楚韩交兵，始自悼王之世。悼王二年，三晋伐楚。九年，伐韩，取负黍。是年为周安王九年，适当郑杀繻公后三年。黄氏谓周安王八年，误。前一年郑负黍反韩，殆韩郑交争而楚收渔人之利也。后二年悼王十一年，三晋又败楚；又后十九年，楚肃王十年，而魏取鲁阳。援戈扮日，其语荒诞。然韩鲁阳构难，其事当起楚悼之世，则无可疑者。其时去公孙宽为司马已八十六年，而高注顾以为司马子期之子，其失实可知。则梁氏疑文子未必即宽，固非虚矣。且幽公见杀于韩非郑人自弑其君。若依孙说，改二世弑君谓当韩杀幽公后，则语气情理益不合。知《鲁问》所记，确系安王八九年事，墨子其时尚存；若生于孔子卒岁，至是已八十七年也。今综述墨子生平，南至楚，见惠王，在四十前。遂仕宋昭公，见逐，当不出五十。其后殆常居鲁。其至齐，见田和，已逾七十。重游楚，见鲁阳文君，则八十外老人。齐康元至郑康三，凡十一年。墨子殆终于鲁阳也。

六二　墨子弟子通考

儒、墨同为先秦显学。《吕氏·尊师篇》谓："孔墨徒属弥众，弟子弥丰，充满天下。"今考孔子弟子七十人，而《淮南》书谓："墨子服役者百八十。"《公输篇》记墨子说楚王，谓"臣之弟子禽滑釐等三百人在宋城上"，是墨徒之盛，犹逾洙泗。此非孔墨有优劣，盖时益晚而学益昌，亦可以觇世变也。惟孔子弟子，尚有史迁《列传》，存其梗概，独墨徒湮没，莫为纪述。近世孙诒让始为《墨学传授考》，缀拾遗文，网罗坠绪。传记所载，编次略尽。今特申其未备，纠其疏失。大体则详原书，不具引也。

禽滑釐《困学纪闻集证》："《墨子·耕柱篇》作骆滑釐；《吕氏·当染篇》作禽滑鷺，《尊师篇》作禽滑黎；《列子·杨朱篇》作禽骨釐；《古今人表》作禽屈釐。"孙氏《闲诂》谓：正字当作屈氂，汉有丞相刘屈氂，氂当本作㲰，谓强曲毛也。

《吕氏·当染篇》："田子方学于子贡，段干木学于子夏，吴起学于曾子，禽滑鷺学于墨子。"《史记·儒林传》云："田子方段干木吴起禽滑釐之属，皆受业于子夏之伦，为王者师。"此盖承袭《吕》书，而下语未晰。云"子夏之伦"者，以子夏概子贡曾子墨子而言也。孙氏据以为禽子先与田子方段干木吴起受业于子夏，后学于墨子，乃大谬。又按：王厚斋《困学纪闻》已先误。阎百诗《四书释地又续》谓："《儒林传》子夏之伦，承上文子路子张子羽子夏子贡言。"亦误。沈钦韩又讥史公为援墨入儒，此皆不识《史》文来历，故臆测无当也。

楚惠王将攻宋，墨子使禽子诸弟子三百人持守圉器，在宋城上，待楚寇。其时禽子年当近三十，先吴起约三十年；时当吴起生年，或幼时也。

禽子与杨朱问答，语见《列子》。考杨朱曾见梁惠王，当在惠王早世；而惠王元年，去楚惠谋攻宋已逾七十年，去吴起之死亦逾十年。禽子至梁惠王元年，寿已逾九十，若杨朱与禽子相值，是杨朱早年值禽子之老寿也。然观《列子》文，乃似禽子辈行转后。伪书晚出，不可尽据。此特设为杨、墨两家相难，寓言无实，犹如晏平仲问养生于管夷吾也。孙氏博采，未加辨正。

高石子

墨子使管黔傲游高石子于卫，卫君致禄甚厚，设之于卿，而言无行。高石子去之。墨子悦，曰："倍禄乡义，于高石子见之。"

公尚过

墨子游公尚过于越，越王悦之，使迎墨子，墨子辞。《吕氏·高义》作公上。《潜夫论·志氏姓篇》，卫公族有公上氏，《广韵》一东卫大夫有公上玉。疑过亦卫人。

耕柱子

墨子游耕柱子于楚。

今按：墨子弟子事迹，少可考见。见者皆仕诸侯，又皆由墨子之游扬。孔子主正名复礼，其学说若深带贵族化之倾向。又曰："不仕无义。"遑遑走天下，顾深不愿其弟子之急于仕进。今墨子虽非礼乐，力斥贵族生活；其为学立说，虽若务为平民化，力与儒异趣。而顾汲汲游扬其弟子，为之谋禄仕。即此亦足以觇世变。"有游于子墨子之门者，欲使随而学。曰：'姑学乎！吾将仕子。'劝于善言而学。期年而责仕于子墨子。"见《公孟篇》。此可见来学者率志于仕禄也。故孔子曰："三年学，不志于谷，不易得。"此孔墨之门人一也。

"墨子游耕柱子于楚，二三子过之，食之三升，客之不厚。二三子复于子墨子，曰：'耕柱处楚，无益矣。'子墨子曰：'未可知也。'毋几何，而遗十金于子墨子。子墨子曰：'果未可知也。'"庄生谓："河润九里，泽及三族。"门徒之相望以仕进者，又儒墨之所同也。故觊仕为心理之同，游仕为世风之变，虽大师无如何。《史》称吴起家累千金，游仕不遂，遂破其家。知游仕之风当盛于其时。

魏越

墨子使之游越。

曹公子

墨子仕曹公子于宋，三年而反，睹墨子，曰："始吾游于子之门，短褐之衣，藜藿之羹，朝得之则夕弗得。今以夫子之故，家厚于始。"今按：墨学之兴，适当曾子子夏子思得志显名之际。儒术既煊赫于天下，而墨子乃以役夫刑徒之道倡，裘褐为衣，跂跻为服，日夜不休，以自苦为极。虑其一时门徒相从，盖多贫贱之士，故食之三升则同门怨，遗之十金则夫子悦。墨子之门，若曹公子之徒者盖多。墨子之汲汲游仕其弟子者，此亦其一端欤。

胜绰

墨子使事齐项子牛。

墨子鲁人，其行迹所到，为楚宋卫齐四国。其游仕弟子，亦惟见于楚越宋卫齐五国。鲁虽宗邦，然以曾申子思为儒者大师，方见尊礼。魏文侯虽好贤，然子夏田子方段干木李克吴起皆儒者徒，故墨术沮焉。

随巢子

《艺文志》有书六篇，班氏云："墨子弟子。"

胡非子

《艺文志》有书三篇，班氏云："墨子弟子。"叶德辉曰："《元和姓纂》云：'陈胡公后有公子非。后子孙为胡非氏。'"按：《通志·氏族略》亦云然，胡非盖齐人也。

今按：随巢胡非，名字不见《墨子》书，其著书亦不传，其杂见于他书称引者，亦未见其必为墨子弟子也。《隋书·经籍志》云："巢非似墨翟弟子。"则下语为慎矣。今《墨子》书如《尚贤》《尚同》《兼爱》《非攻》《节用》《节葬》《天志》《明鬼》《非乐》《非命》，皆称子墨子曰，明其为门弟子所记。又每题各分三篇，或乃墨分为三后，各记所受于师者。《墨经》尤晚出，当在墨学二三传以后。其书皆有条贯，不自为称说，疑当时墨子门徒，并不自著书；随巢胡非，殆出后世假托。马国翰有辑本，谓："《随巢》书多言灾祥祸福，其论鬼神之能，即《中庸》'体物而不可遗'之意。《胡非·五勇》一篇，与《庄子》相出入，《说弓矢》亦本《韩非子》'矛盾之喻'。战国人文字相袭，往往而然。"据此，二书皆晚出无疑。至其人事迹全不详，似不当与前列诸人并视也。

孙氏集墨子弟子，凡十五人，除上所称引，余皆仅见姓名，无补稽考，兹不赘。

《韩非·显学篇》云："自墨子之死也，有相里氏之墨，有相夫氏之墨，《元和姓纂》作伯夫氏，或当作柏。有邓陵氏之墨，墨离为三。"《庄子·天下篇》云："相里勤之弟子，五侯之徒，南方之墨者，苦获已齿邓陵子之属，俱诵《墨经》，而倍谲不同，相谓别墨。"成玄英疏："相里勤，南方之墨师也。"今按：《庄子》文于苦获已齿邓陵子之前，特冠以"南方之墨者"五字，《姓纂》："楚公子食邑邓陵，因氏焉。"是邓陵子乃楚人。越有大夫苦成，是苦获亦南人。已氏无考，疑并楚人也。则相里五侯盖非南方之墨也。《姓纂》，晋大夫里克之后居相城，因为相里氏。后晋有建雄节度使相里金，并州人。今按：山西汾阳有大相里小相里二村，相里金墓在小相里之北，碑云："晋大夫里克，其妻携子避地居于相城，时人遂呼相里氏。"相里武为汉御史，相里览为十六国前赵偏将军云云。又考北齐寺碑题名，亦多相氏。又今安邑县北亦有相里村，则相里勤疑乃北方之墨师也。孙诒让云："五侯盖姓五，与'伍'同；古书伍子胥姓多作五。"按：春秋伍氏兴于楚，而子胥之后有在齐者，五侯亦未必是南人。又按：《陶潜集·圣贤群辅录》谓："不累于俗，不饰于物，不尊于名，不忮于众，此宋钘尹文之墨。裘褐为衣，跂跻为服，日夜不休，以自苦为极者，相里勤五侯子之墨。俱诵《墨经》而背谲不同，相谓别墨，此苦获已齿邓陵子之墨。"此言三墨又异。然其不以相里五侯为南方之墨，则殊可据也。又相里之弟子五侯之徒与邓陵子同辈行，则相里盖前辈。此如儒分为八，以子张氏与孟子孙氏并举，辈行县绝，则三墨亦未必同世也。

梁任公《墨子年代考》谓："《公孟篇》记墨子与告子语，而告子又曾与孟子论性，参合两书言论，其为一人无疑。孙氏据赵岐《孟子注》，谓告子曾学于孟子，疑其年代不相及，因谓当是两人。按：《孟子》本文，无以证明告子为孟子弟子，恐直是孟子前辈耳。墨子卒下距孟子生不过十余年，告子弱冠，得见墨子之晚年，告子老宿，得见孟子之中年，并非不相及。"今按：梁氏以告子定墨孟之年距，是也。余考墨子卒在安王十年左右，而孟子生在安王十三四年以下。或孟子之生，竟及墨子之未死，则《墨》《孟》书中告子之为一人，尤无可疑。观《公孟篇》所记二三子请弃告子，而墨子曰不可，则告子殆亦墨子弟子，墨子主尚同一义，而曰义自天出，此即告子义外之说所本也。沈钦韩《汉书疏证》谓：“孟子称告子，乃辞而辟之，非同时问答。”今按：孟子云：“率天下而祸仁义者，必子之言夫。”明是当面称呼。下孟子两质，告子两曰然，明是当面问答。沈说非也。

六三　孟子生年考

世传《孟氏谱》，孟子以周定王三十七年四月二日生，赧王二十六年正月十五日卒，寿八十四岁。此谱未详来历。周定王无三十七年。又谓孟子生当孔子后三十五年，则为贞定王二十五年。然孟子生年，决不如此之早。或谓“定”乃“安”字之讹。安王在位二十六年，下至赧王二十六年，凡八十八年。《谱》谓孟子寿八十四，逆推之当生于烈王四年。后人多信其说。惟《谱》记生年既不足信，则其记卒年及寿数，未必尽可信。今舍其生年，据其卒年与其寿数，而更推其生年，其未必信明矣。《孟子·离娄》：“予未得为孔子徒也，予私淑诸人也。”朱子《集注》：“自孔子卒，至孟子游梁时，方百四十余年，而孟子已老。然则孟子之生，去孔子未百年也。”朱子博学多识，其为《四书集注》，尤精力所萃。今观其推论孟子生年，知其时尚未有《谱》，故为朱子所未见，否则以为不足凭，抑且不屑辨数也。以此推之，《谱》之不可信尤益显。顾孟子游梁，去孔子之卒，实已百六十年，详《考辨》第一一五。朱子亦复误；则其推论孟子之生，去孔子未百年者，亦未必可信也。周广业《孟子四考》，又据朱子未百年之说，凑会以八十四之寿，谓：“旧《谱》生年，当改‘定’字，去‘三’字，为‘安王十七年’；则上距孔子卒九十五年，其卒当在赧王十三年或十二年，而《谱》

倒为二十，又衍‘六’字也。”夫《年谱》既不可信，《集注》又未可据，今两凭其说，而奋改其旧，其为不足信尤甚矣。其他论孟子年世者，纷纭之说，不一而足。顾余考齐宣王梁惠王世次，《史》《策》既多误，诸家据以论孟子，则宜其治丝而益棼矣。今既于齐梁宋滕诸国世系年代，一一重为厘定，而孟子游仕先后，亦详加审核。参伍错综，斟酌情事，而定孟子生年，最早当在安王之十三年，最晚当在安王二十年。乃与朱子周氏之所推定，亦若相符。然其立论造断之所以然，则固自不同。且尤有进者，知人论世，贵能求其并世之事业，不务详其生卒之年寿。今谓孟子生于烈王四年，或谓生于安王十七年，前后相去不越十五年，此不过孟子一人享寿之高下，与并世大局无关也。苟既详考孟子游仕所至，并世情势，及列国君卿大夫往来交接诸学士，则孟子一人在当时之关系已毕显，可无论其年寿之或为七十或为八十矣。无征不信，必欲穿凿，则徒自陷于劳而且拙之讥，又何为者？余兹所陈，固非以为定论，而摧廓旧说，开陈新义，亦足以见考古之意。至于援证之细，将逐事备详于后，此不具也。魏氏《古微堂外集·孟子年表》云：“《史记索隐》谓孟子卒于周赧王二十六年壬申，《阙里志》从之，而谓寿九十有七岁，逆推之，当生于安王十七年。惟近日《索隐》本误作生于周定王三十一年，当以《阙里志》所据《索隐》原本校正。”今按：《索隐》并无孟子生年，未晓魏说何据。

又按：孟子名轲，其字赵岐已云未闻，徐幹《中论序》云：“孟轲荀卿，怀亚圣之才，着一家之法，皆以姓名自书，至今厥字不传，原思其故，皆由战国之士，乐贤者寡，不早记录耳。”

六四　田和始立为侯考

《史记·田齐世家》："康公贷立十四年，太公迁康公于海上。明年，鲁败齐平陆。三年，太公与魏文侯会浊泽，求为诸侯。"《集解》徐广曰："康公之十六年。"《索隐》云："徐广盖依《年表》为说，而不省此上文，贷立十四年，又云明年会平陵，又三年会浊泽，是十八年。《表》及此《注》并误。"张文虎《史记札记》谓："依《索隐》，似三年上有'又'字。"今按：据下文："魏文侯乃使使言周天子及诸侯，请立齐相田和为诸侯，周天子许之。康公之十九年，田和立为齐侯，列于周室，纪元年。和立二年而卒。"则《索隐》十八年之说是也。盖十八年会浊泽，其时为魏武侯十年，今称魏文侯者误。翌年十九年，田和始列为侯，纪元年。田和之二年，则为康公二十年，而田和卒也。

六五　齐康公二十一年乃田侯剡立非桓公午立辨

《史记·年表》："齐康公二十年，田和卒。二十一年，田和子桓公午立。"按：《田齐世家索隐》引《纪年》："齐康公五年，田侯午生。二十二年，田侯剡立。后十年，田午弑其君及孺子喜而为公。"并引《春秋后传》为证。《年表》漏去剡一世，并前漏去田悼子一世，自田常以下，田齐只得十世，与《庄子》"十二世有齐国"之语不符。当依《纪年》。又田和以齐康公二十年卒，田剡即以是年立，《年表》书之隔岁，依人君即位翌年称元之例也。《索隐》引《纪年》作齐康公二十二年田剡立，误衍一“二”字。知者，《魏世家索隐》据《纪年》，谓：“桓公立十九年，当梁惠王之十三年。”则桓公弑君自立，在魏武侯二十一年。周安王二十六年。自此逆溯而上十年，正为齐康公之二十年。周安王十七年。知《史记》于此乃误其世系而未误其年也。

六六　吴起去魏相楚考

《史记·吴起传》：“田文既死，公叔为相，害吴起，起惧得罪，遂去之楚。”今按：《魏策》：“公叔座为魏将，与韩赵战浍北，禽乐祚。魏王赏田百万，座以让吴起之后。”其事《年表》在惠王九年，吴起已死十九年矣。其年公叔亦卒。明年，商鞅遂入秦。观公叔之待商鞅，不似害贤者。《吕氏·观表》《执一》诸篇，言谗起者乃王错。考《魏策》：“魏武侯与诸大夫浮西河，王钟侍。”姚云：“‘钟’一作‘错’。”即此王错。魏武自矜河山之险，而错附之，为吴起所折。魏武盛奖起，王错之忌起，当肇于此。《魏世家集解》徐广引《纪年》：“惠王二年，大夫王错出奔韩。”即此人。《史记》吴起奔楚之由，盖误。又起为魏武侯伐齐至灵丘，在武侯九年，《考辨》第六〇则去魏当在十年以后。据《说苑·指武篇》起至楚先为宛守，《说苑》云：“起为宛守，行县适息，问屈宜臼，屈公不对”云云。今按：《说苑·权谋篇》有屈宜咎论韩昭侯不获出高门。《史记·六国表》《韩世家》皆作屈宜臼，“臼”“咎”古字通。然考韩昭侯筑高门在昭侯二十九年，距此当五十年，疑不能为一人。《淮南·道应训》作吴起为楚令尹，适魏问屈宜若。“若”亦“咎”之误文也。恐屈宜臼之告吴起，特后人模效赵良之告商君而造为之，屈子固不与吴起同时也。居一年，乃为令尹。不识其前又曾为他职否。其为令尹，《史记》载其政绩云：“起相楚，明法审令，捐不急之官，废公族疏远者，以抚养战斗之士。要在强兵，破驰说之言纵横者。于是南平百越，北并陈蔡，却三晋，西伐秦，诸侯患楚之强。故楚之贵戚尽欲害吴起。”今按：陈灭在惠王十一年，蔡灭在四十二年，何待悼王？《楚世家》于悼王十一年后，即书二十一年悼王卒，更不记平越却晋伐秦之事。检诸《越世家》，楚破越在威王世，亦与悼王无涉。则却三晋而伐秦者，其语殆同为无稽也。且其时亦尚无纵横之言，《史》盖误袭《秦策》蔡泽语耳。或《史》本作：“起相楚，明法审令，捐不急之官，废公族疏远者，以抚养战斗之士，故楚之贵戚尽欲害吴起。”前后文气本相承接，中间“用兵”一段，系后人据《秦策》妄增也。《淮南·道应训》记吴起之语曰：“起将衰楚国之爵，而平其制，损其有余，而绥其不足。砥砺甲兵，时争利于天下。”《说苑·指武篇》同。可与《史》文互证。知蔡泽之语，乃策士润饰，欲明功成身退之理，故尽以惠威二王前后战绩，一归于起。此如记燕昭王得贤，乃云“邹衍自齐往，剧辛自赵往”矣。《吕氏·贵卒篇》云：“吴起谓荆王曰：‘荆所有余者地也，所不足者民也。今君王以所不足益所有余，臣不得而为也。’于是令贵人往实广虚之地，皆甚苦之。”此又吴起治楚不主以兵力扩地之证也。其徙贵人垦荒，殆秉李克尽地力之教。《韩非·和氏篇》称其教悼王曰：“楚国之俗，大臣太重，封君太众，不如使封君之子孙，三世而收爵禄，绝灭百吏之禄秩，损不急之枝官，以奉选练之士。”此起之所以治楚而招贵戚大臣之忌者。《淮南·泰族训》亦云：“吴起为楚张减爵之令，而功臣畔。”孔子以正名复礼绳切当时之贵族，既不得如意，后之言治者，乃不得不舍礼而折入于法。是亦事势所驱，不获已也。且礼之与法，其本皆出于纠正当时贵族之奢僭，李克吴起，亲受业于子夏曾西，法家渊源，断可识矣。起治楚政绩，略如此。《吕氏·义赏篇》："郢人以两版垣，吴起变之而见恶。"注云："教之用四。"可见吴起为治注重民生之一斑。《韩非·和氏篇》云："悼王行之期年而薨，吴起枝解。"大则起为令尹期仅一年，愈征楚无扩地之事。推迹以求，起之在楚，盖不出三、四年也。枝解之说，又见《墨子·亲士》，"吴起之裂其事也。"《韩非·问田》，"吴起支解，商君车裂。"《淮南·缪称》，"吴起刻削而车裂。"《主术》，"吴起张仪，车裂支解。"张仪疑商鞅之误。及《韩诗外传》卷一。"吴起削刑而车裂，商鞅峻法而支解。"本传不书，盖失之。

六七　吴起传《左氏春秋》考　附　铎椒考

《汉书·艺文志》六艺《春秋》类，有《左氏传》三十卷。自刘向刘歆桓谭班固皆以《左传》出左邱明。左邱明受经孔子，而传《春秋》，魏晋以来儒者无异议。至唐赵匡啖助，始谓左氏非邱明。宋后诸儒，相继并起；其著者如王荆公，王应麟《困学纪闻》，载王荆公有《春秋解》一卷，疑左氏为六国时人者十一事。陈振孙《书录解题》，称《左氏解》专辨左氏，为韩魏赵杀智伯事，去孔子六十七年，决非邱明。此当为十一事中之一。今《左氏解》既不传，《荆公集》亦无考，其所疑十一事，不可详矣。叶石林，叶氏《春秋考》，谓："春秋终于哀十四年，而孔子卒。《传》终二十七年，后孔子卒十三年，辞及韩魏知伯赵襄子之事，而称鲁悼公楚惠王。以年考之，楚惠王卒，去孔子四十七年；鲁悼公卒，去孔子四十八年；赵襄子卒，去孔子五十三年。察其辞，仅以哀公孙于越，尽其一世之事为经终。泛及后事，赵襄子为最远，而非止于襄子。不知左氏后襄子复几何时。岂有与孔子同时，非弟子，而如是其久者？以左氏为邱明，自司马迁失之也。今考其书，杂见于秦孝公以后事甚多，殆战国周秦之间人无疑。"郑渔仲，郑氏《六经奥论》谓左氏非邱明，为六国时人，凡举八验。其说曰："《左氏》终纪韩魏知伯之事，又举赵襄子之谥。自获麟至襄子卒，已八十年。使邱明与孔子同时，不应孔子既没七十八年之后，邱明犹能著书。此左氏为六国人，明验一也。《左氏》'战于麻隧，获不更女父'，又云：'秦庶长鲍、庶长武率师及晋师战于栎。'秦至孝公时立赏级之爵，乃有不更、庶长之号，明验二也。《左氏》云：'虞不腊矣。'秦至惠王十二年初腊，明验三也。《左氏》师承邹衍之诞，而称'帝王子孙'，明验四也。《左氏》言'分星'，皆准堪舆，案韩魏分晋之后，而堪舆十二次始于赵分曰大梁之语，明验五也。《左氏》云：'左师展将以公乘马而归。'案三代时有车战，无骑兵。惟苏秦合从六国，始有'车千乘、骑万匹'之语，明验六也。《左氏》序吕相绝秦，声子说齐，其为雄辨狙诈，真游说之士，捭阖之辞，明验七也。《左氏》之书，序晋楚事最详，如'楚师熸''犹拾瀋'等语，则左氏为楚人，明验八也。"朱晦庵，朱子亦谓，"虞不腊矣"为秦人语。皆疑《左氏》非孔子时书。至清儒崔述则谓："昭襄之际，文字繁芜，远过文宣以前，而定哀间反略，率多有事无词。哀公之末，事亦不备。此必定哀之时，纪载之书行于世者尚少，故尔。然则作书之时，上距定哀未远，亦不得以为战国后人也。"姚鼐则谓："《左氏》书非出一人，累有附益，而由吴起之徒为之者盖尤多。据刘向《别录》，左邱明传曾申，申传吴起，起传其子期，期传楚人铎椒，椒传赵人虞卿，卿传荀卿，则《左传》源流诚与吴起有关。吴起始仕魏，卒仕楚，故《传》言晋楚事尤详，而为三晋之祖，多讳其恶而溢称其美。又善于论兵谋。其书于魏氏事造饰尤多。魏绛在晋悼时，甫佐新军，在七人下，安得平郑赐乐，独以与绛？献子合诸侯干位，而述其为政之美。《魏风》至季札时，亡久矣，与《邶》《鄘》《桧》等，而札独美之，曰：'以德辅此，则明主也。'此与魏大名，公侯子孙必复其始之谈，皆造饰以媚魏君。又忘明主之称，乃三晋篡位后之称，非季札时所有也。"诸家之说，愈辨愈精，而尤若以姚氏为最得。又《左氏》书好为预言，其言有验有不验。顾氏

《日知录》卷四举其事，如："三良殉死，《左氏》云'君子是以知秦之不复东征'，此至孝公以后即不验。又季札至鲁，闻《郑风》，以为其先亡，而郑至三家分晋后始灭于韩。按：郑灭尚有晋君，顾氏此条微误，参读《考辨》第三六。浑罕言：'姬在列者，蔡及曹滕其先亡乎。'而滕灭于宋王偃，在诸姬为最后。按：滕先灭于越，顾氏此条亦微误，参读《考辨》第四九。卫迁帝丘，卜曰三百年，而卫至秦二世元年始废，历四百二十一年。"日人狩野直喜为《左氏辨》，文收《高濑博士还历纪念支那学论丛》。据此推论，谓："《左氏》预断秦孝公以前事皆有验，孝公后概无征，则《左氏》时代从可推断。"又谓："王孙满'卜年七百，卜世三十'语，自成王定鼎后七百余年，当在威烈王三十一世。安王三十二世。时。其言'卜世三十'，特举成数。"以狩野此论，会之姚说，两节适符。吴起死于威烈王二十一年，周室日卑，正切卜年七百，卜世三十之数。时蔡曹滕皆已灭，郑灭惟在吴起死后五年。自吴起之卒上推卫迁帝丘已及二百八十年。所谓"卜年三百"者，亦恰肖。则顾氏之疑辨，狩野氏之推测，岂不正为姚氏说之证成耶？此《左氏传》出吴起不出左邱明之说也。顾亭林《日知录》卷四"春秋阙疑之书"一条，亦主《左氏》成者非一人，录之者非一世，而夫子当时未必见。

啖助之言曰："邱明，夫子以前贤人，如史佚迟任之流。焚书之后，学者见《传》及《国语》，俱题左氏，遂以为邱明。自古岂止一邱明姓左乎？"崔述曰："《史记》但以《传》为左邱明所作，不言为何时人，而亦未有亲见孔子之文。不知二人姓名之偶同耶？抑相传为《左氏春秋》，而司马氏遂臆料以为《论语》之左邱明耶？说《论语》者，以左邱为复姓，与公羊穀梁正同。乃传经者云公羊氏、穀梁氏，而此独云左氏，不云左邱氏，又似作《传》者左氏而非左邱氏也。然则传《春秋》者，其姓名果为左邱明与否，固未可定。”此又疑因书名《左氏春秋》而传者遂误以为出左邱明也。叶梦得曰：“古有左氏，左丘氏。太史公称：‘左丘失明，厥有《国语》。’今《春秋传》作左氏，而《国语》出左邱氏，则不得为一家。文体亦自不同，其非一家书明甚矣。”今按：叶氏此说，分辨左氏、左丘氏，别成一解。然古人居丘称某氏，“氏”“丘”义通，如“乘丘”汉称“乘氏”，则左邱氏即左氏耳。惟谓《左传》《国语》非一家书，则是也。近人或疑《左氏传》由刘歆自《国语》中分出，殊无据。参读《考辨》第一四七。余考诸《韩非》书，“吴起，卫左氏中人也”。然则所谓《左氏春秋》者，岂即以吴起为左氏人故称，而后人因误以为左姓者耶？此层章炳麟氏曾论及。其言曰：“《韩非·外储说右上》曰：‘吴起，卫左氏中人也。左氏者，卫邑名。’《内储说上》曰：‘卫嗣君之时，有胥靡逃之魏，因为襄王之后治病。卫嗣君闻之，使人请以五十金买之，五反而魏王不予，乃以左氏易之。’注：‘左氏，都邑名也。’《左氏春秋》者，固以左公名，或亦因吴起传其学，故名曰《左氏春秋》。犹《诗传》作于大毛公，而《毛诗》之名因小毛公而题与？以‘左氏’名《春秋》者，以地名也。则犹《齐诗》《鲁诗》之比与？或曰：本因左公得名，及吴起传之，又传其子期，而起所居之地，为左氏学者群居焉，（犹齐之稷下）因名其地曰左氏。以人名地，则党氏之沟之比也。因有以《韩非》之文证《左传》为吴起所作者，发此二义正之。”（见章氏《春秋左传读》）章氏必拥护《左氏》成于邱明，故曲为之辨如此。

又按：《艺文志》，《易》有《淮南道训》，《诗》有《鲁说》《齐杂记》，《论语》有《燕传说》；《五经异义》，《易》有《下邳传》。此皆以地名系者，则亦何疑于《左氏》。

《说苑》：“魏武侯问元年于吴子。”此亦吴起传《春秋》之证。吴起“西河之对”，亦与《左》昭四年司马侯对晋侯之辞相似。晋汲县人发魏襄王冢，有《师春》，即采《左氏》，亦可见《左氏》书与魏之关系焉。雷氏学淇《介庵经说》谓：“吴起以《左传》传其子期，魏人多与闻者，故襄王时史臣述《纪年》，师春言卜筮，石申言天象，多与《左传》符同。”洵不虚也。全祖望《经史问答》：“鬼神之说，始于《墨子》。故《汉志》数《墨子》宗旨凡数条，而右鬼其一也。《左氏》盖亦惑于《墨子》，《内传》载之不一而足，《外传》不知出《左氏》与否；而鬼神之说，则相为表里。如杜伯射宣王事，纪之自《墨子》，而《外传》首载之。”今按：全氏此说，亦似主《左氏》出《墨子》后。然《墨子》言鬼，本引《百国春秋》，此乃古之史职。（参读汪中述《学左氏释疑》）惟《左传》既多及鬼事，则目可谓近染《墨》说也。又《韩非子》：“孔子之后，儒分为八，有乐正氏之儒。”陶潜曰：“乐正氏传《春秋》为道，为属辞比事之儒。”乐正子春乃曾子弟子，传孝道，与曾申同学。陶氏谓其传《春秋》，亦《春秋》出曾氏，与吴起有渊源一旁证。

《史记·十二诸侯年表》：“铎椒为楚威王傅，为王不能尽观《春秋》，采取成败，卒四十章，为《铎氏微》。”《汉志》有《铎氏微》三篇。王应麟《考证》引《别录》云：“左邱明授曾申，申授吴起，起授其子期，期授楚人铎椒，作《抄撮》八卷，授虞卿。”今考吴起卒在楚悼王末年，下至威王元尚四十二年，谓铎椒得吴起子期之传，差尚可信；而谓其授虞卿，则年世不相及。详《考辨》第一四七。今其书既不传，则亦无可深论矣。参读《考辨》一四七附篇。

又按：史公又云：“左丘失明，乃传《国语》。”子夏居西河，晚年失明，疑左丘失明，或自子夏误传。子夏居魏，为儒术传于三晋之鼻祖，宜亦与《春秋》传统有关。

六八　孟胜考　附　徐弱　田襄子　腹䵍

《吕氏·上德篇》：“孟胜为墨者巨子，善荆之阳城君。阳城君令守于国。荆王薨，阳城君以与攻吴起得罪，收国。孟胜属巨子于宋之田襄子而死之。弟子徐弱之徒死者百八十三人。”巨子者，《庄子·天下篇》说墨云“以巨子为圣人，皆愿为之尸，冀得为其后世”者也。近人胡适谓非墨子死后三四十年，不能有巨子；梁启超则谓墨子死后一、二年，巨子便可发生。余谓巨子之传，或可墨子生前所定，岂必死后一、二年始有？楚悼之卒，去墨子下世不过十年，胜殆为嫡传巨子，否则亦再传也。而其事迹不见于《墨子》书，岂从游在后，而独得衣钵者耶？否则巨子制若后起，孟胜事亦可经后人增饰也。孙云：“田襄子言行无考，《说苑·尊贤篇》有‘卫君问田让’语，疑即田襄子。”然亦无以考见其为人。此后秦惠王时有巨子腹䵍，见《吕氏·去私篇》。他巨子均无考，亦究心墨学者一憾事也。参读《考辨》第一一四。

六九　宋辟公乃桓侯辟兵其元年当周安王二十二年非周烈王四年在位四十一年非三年辨

《年表》载宋昭公卒，误后十八年，详《考辨》第四五。以下纪宋年均依次误。梁氏《志疑》定悼公元在齐宣公三十五年，周威烈王五年。休公元在齐宣公四十三年，周威烈王十三年。辟公元在齐康公十五年，周安王十二年。剔成元在齐康公十八年，周安王十五年。宋偃元在齐威王三十三年，周显王二十三年，应齐威王十二年。均依次递前十八年。然其说尚未是。《宋世家索隐》引《纪年》，悼公有十八年，而《史》只得八年，相差又十年。今据《纪年》，则悼公之卒，当在周威烈王二十二年。休公之元，在威烈王二十三年，休公二十三年而卒，为周安王二十一年。辟公之元，则在周安王之二十二年也。又按：《世家》“辟公三年而卒”，而《索隐》云：“《纪年》辟公作桓侯璧兵，则璧兵谥桓也。又《庄子》云：‘桓侯行未出城门，其前驱呼辟，蒙人止之，后为狂也。’司马彪曰：‘呼辟，使人避道，蒙人以桓侯名辟，而前驱呼“辟”，故为狂也。’”洪颐煊《读书丛录》云：“辟公既名辟兵，不得谥为辟公，当从《纪年》作桓公，‘辟’字即涉其名而讹。”今按：洪说是也。雷氏《义证》亦云然。又《魏世家索隐》云：“惠成王十四年，鲁恭侯宋桓侯卫成侯郑厘侯来朝。”则梁惠王十四年，宋桓侯尚在，是岁当为桓侯二十四年，雷氏《义证》推为桓侯六年者误。知《世家》“三年而卒”之说，亦有误。又考《宋世家索隐》王劭按《纪年》云：“宋剔成肝废其君璧而自立。”梁氏《人表考》：“剔成肝，《索隐》引《纪年》作易城盱，盱是其名，封于易城之地，因以为号。”雷氏《义证》云：“剔成肝乃易成侯之误。”则桓侯乃见废者。剔成之后为宋君偃，《史记》称其袭攻剔成，剔成败奔齐，偃自立。然余考偃立年尚少，其庶兄大尹主政。又在位五十三年，国亡见杀，其为少主嗣位，非弑兄自立可知。详《考辨》第九一。则《世家》乃以剔成之逐桓侯者，误为偃之逐剔成也。偃为剔成弟，宋人兄弟嗣立，犹有殷商遗俗。《吕览·禁塞篇》高注：“宋偃，辟兵之子，此据《史记》‘剔成辟兵子，而偃为剔成弟’，故云。”剔成为辟兵子与否，今不可考，则高注未可守。其嗣立年尚幼，则剔成在位不久。史称剔成在位四十一年，则其弟偃年决非弱，何以弑兄自立之后，犹得五十三年而亡？即据《史记·世家》原文，亦有四十七年，剔成在位四十一年外，年当在五十外，其弟能逐兄自立，年相雁行，则殆亦四十外矣。又四十七年，已将及九十，与所谓桀宋之虐，益见其不符。余疑四十一年，乃桓侯在位之年，则桓侯见逐，尚在朝梁后十二年，而剔成则在位三年，不寿早死，故其弟偃嗣位尚年少，则诸疑皆释，无不合者。惜《索隐》于此条独引王劭着桓侯乃见逐，而不并详其年，则余说若犹嫌其无的据。然深思明辨之士，比其前后而熟论之，当不怪余言之为逞臆妄测耳。《韩非》论戴氏每与齐田氏并列，而曰："戴氏取子氏于宋。"《吕览》于宋偃之亡，亦曰："此戴氏所以绝。"疑剔成乃戴氏，故王偃一朝，如戴不胜、戴盈之皆戴氏，盖佐新君幼主以固其位者。苏时学《爻山笔话》首疑及此，惟谓剔成肝即司城子罕，则误也。

七〇　田桓公在位十八年非六年其弑君自立在魏武侯二十一年非二十二年辨

《史记·田齐世家》："桓公立六年卒，子威王立。"《索隐》引《纪年》云："梁惠王之十三年，当齐桓公十八年，后威王始见，则桓公立十九年而卒。"《索隐》既云"齐桓公十八年，威王始见"，则桓公即以十八年卒也；而又云"立十九年而卒"者，人君于即位之翌年称元，故一称十八，一称十九也。《绎史年表》误后一年，遂为梁惠王之十四年；张宗泰《竹书纪年校补》误后二年，遂为梁惠王之十五年，皆缘不辨《索隐》此条文理而误。洪颐煊校《纪年》，威王立在周显王十一年，独为得之。《史记》作六年者，六乃"十""八"二字并合之误，如《晋世家索隐》引《纪年》："敬公十八年，魏文侯初立。""十""八"二字，乃六字分离之误也。今自梁惠王十三年，逆溯十九年而上，为魏武侯二十一年，即田午弑君自立之年。

雷氏《考订》，定其事在魏武侯之二十二年，较余说后一年。其言曰："《田敬仲世家索隐》引《纪年》：'齐康公五年，田侯午生。二十二年，田侯剡立。后十年，齐田午弑其君及孺子喜而为公。'愚案：后十年者，谓自侯剡始立之年数之，至此共十年，实侯剡改元之九年也。知在魏武侯二十二年者，《索隐》引《纪年》云：'梁惠王十三年，当齐桓公十八年。'以魏武侯二十六年卒推之，是齐桓实以此年弑其君，且即以此年为己之元年也。"今按：雷说可解于梁惠王十三年当齐桓公十八年之说，而无以解于桓公立十九年而卒之说也。今定桓公弑君自立在武侯二十一年，二十二年纪元，则"桓公十八年，当梁惠王十三年"，及"桓公立十九年卒"，两说俱通矣。余定田侯剡立，在齐康公二十一年。详《考辨》第六五。其前一年，齐康公二十年，田和卒，田剡即立。下逮魏武侯二十一年，田午弑剡，前后适得十年。与雷氏所谓自侯剡始立之年数之，至此共十年者正合。雷氏定田剡元，亦较余说后一年。雷氏盖自推校未尽也。

又《魏世家索隐》引《纪年》："齐幽公之十八年，而威王立。"幽公盖桓公字误。雷氏《考订》亦曰："'幽'即'桓'字之误，否则兼谥为幽。'立'是立为太子，否则桓公退老，使威王摄政，至明年桓公卒，而威乃践位也。'威王立'三字，当是《索隐》约举之词，未审《纪年》元文何如。'后威王始见'，即指平阿等事。盖桓公之卒，威王之元，《纪年》元文亦未之载，《索隐》故云。"今按：谓幽公即桓公，是也。谓威王立乃立为太子，否则桓公退老而摄政，此皆无证臆测，实不可从。盖雷氏定威王元在梁惠王十五年，则桓公卒自当在十四年，而又与《索隐》引《纪年》桓公十八年威王立，及惠王十三年威王始见两条不符，故不得不强为之说如是。而雷氏所以必证威王元在梁惠王十五年者，又以不知威王在位实有三十九年而然也。参读《考辨》第七四。

又《田齐世家索隐》王劭按《纪年》云："齐桓公十一

年，弑其君母。”《黄氏逸书考》云：“桓公立十年，弑齐康公及其子，绝姜姓之祀。至是又弑康公之夫人，故曰‘弑其君母’。”今按：黄氏此条，盖误读《索隐》田剡立后十年，田午弑君及孺子喜之文而误。康公于十九年迁海上，至二十六年而卒。其时乃田侯剡六年；其后三年，田午弑君，乃指田剡，非康公矣。然则君母者，殆指田剡之后，否则尚为田剡之母也。

《庄子·则阳篇》：“魏莹与田侯牟约。”司马云：“魏莹，魏惠王；田侯，齐威王也。”然威王名因齐，不名牟。俞樾曰：“田齐诸君，无名牟者。惟桓公名午，与牟字相似。牟或午之讹。然齐桓公与梁惠王又不相值也。”今按：梁惠王十三年，为齐桓公卒年，则惠王与桓公正相值。惟其时田忌尚未用事于齐，惠施公孙衍亦未用事于魏，与《庄子》文仍不合。《庄》书随文寓言，未可尽据为故实也。

又按：吴式芬《攈古录金文》陈侯午錞，罗振玉《贞松堂集古遗文》作陈侯午敦，郭沫若《两周金文辞大系》作陈侯午錞镎。“隹十又四年，陈侯午以群诸侯献金，作皇妣孝大妃祭器錞镎”。翁祖庚云：“《史记》桓公午六年卒。《索隐》引《纪年》桓公十九年而卒。以此铭考之，桓公实不止六年。所称孝大妃，即太公和之妃。”此以铜器金文为证，而可以定《史记》与《纪年》之得失者。《金陵学报》一卷二期有王古鲁《对于日人武内氏六国表订误之商榷》一文，主田桓公以六年之说，自误。惟定齐威王在位三十八年，而武内氏从之，此则王氏之得也。二氏皆未能以史事详证，故其说多疏。

七一　韩哀侯懿侯昭侯三世名谥年数考

《史记·韩世家索隐》引《纪年》：“魏武侯二十一年，韩灭郑，哀侯入于郑。二十二年，晋桓公邑哀侯于郑。按：今年尚借晋桓命邑郑，则知《年表》于上年书灭晋之误。又《年表》书郑康公二十年灭，实不误。《世家》以韩哀侯二年邑郑为郑灭之岁，故云康公二十一年也。今本《伪纪年》韩灭郑在周安王二十一年，则由魏武侯二十一年而误。韩山坚贼其君哀侯而韩若山立。”曰：“若山即懿侯也。”又《晋世家索隐》引《纪年》：“韩哀侯以桓公十五年卒。”是年正当魏武侯二十二年，则韩哀侯卒，在灭郑之明年也。《水经·沁水注》引《纪年》：“惠成王元年，赵成侯偃、韩懿侯若伐我葵。”是懿侯名若，《索隐》所引，涉上韩山坚而衍一“山”字。又《浊漳水注》引《纪年》：“惠成王元年，韩共侯赵成侯迁晋桓公于屯留。”是同年韩有懿共两侯，《六国表》惟有庄侯，《索隐》云：“即懿侯。”《志疑》据今本《伪纪年》，谓：“序共侯懿侯于一年之内，而《史》无共侯，疑共侯即庄侯。韩山坚，《史》所云韩严也。山坚弑哀自立，未及一年便卒。懿侯嗣位。悯先君之被害，恨篡臣之未诛，遂削其年不数，而以为己改元之年。”不悟山坚弑君，远在六年前，且《纪年》明云山坚弑君而若立，非山坚自立。《索隐》又明谓懿侯即庄侯，岂得又谓懿侯嗣庄侯哉？今共侯之名既不他见，疑《水经注》所引共侯本“庄”字之误，而《伪纪年》依之，遂滋后世之疑。否则懿侯、共侯、庄侯盖一侯而三谥；如后有韩威侯即宣惠王，亦一君三谥也。雷氏《义证》谓：“《纪年》同年有懿侯共侯，则懿侯兼谥为共，别谥为庄，犹宣王之兼谥为惠，别谥为威矣。”懿侯自哀侯被弑之翌年纪元，至惠成王八年，凡十二年而卒。是年昭侯立。《吕览·任数篇》高注，以昭侯为景侯子，误也。梁伯子已辨之。明年，梁惠成王九年，为昭侯元年也。《年表》昭侯元年在梁惠王十三年，《魏世家索隐》引《纪年》：“梁惠成王十四年，郑厘侯来朝。”而曰：“郑厘侯者，韩昭侯也”。是《史记》昭侯，于《纪年》称厘侯。然考《水经·河水注》引《纪年》：“梁惠成王十一年，郑厘侯来致地。”《济水注》引《纪年》：“梁惠成王九年，王会郑厘侯于巫沙。”则梁惠九年时厘侯已立。考诸《赵世家》“成侯十三年，与韩昭侯遇上党”，是年正惠成王九年。《史记》载三晋事，韩最疏略，赵则颇详，盖赵史犹有存者。此昭侯元不在惠王十三年之的证也。余考昭侯在位实三十年，《史》盖误增哀侯之年，遂削昭侯以为偿。雷氏《义证》亦谓：“《史记》误将懿昭之立移后四年。”又《韩世家索隐》谓《战国策》有严仲子名遂，又恐是韩严。按：严仲子乃聂政事，刺韩相侠累，《韩策》作韩傀，事在列侯三年，相隔二十三年，吴师道《战国策补注》已详辨之。

又按：《年表》昭侯二十二年，申不害卒，是年实昭侯二十六年。然则申子卒在是年盖不误。史公特误以申子之卒为昭侯卒年也。

七二　老子杂辨

《史记·老子传》：“自孔子死后百二十九年，而史记周太史儋见秦献公。儋见秦献公，《周本纪》在烈王二年，上距孔子之死百有六年，此误。或曰儋即老子，或曰非也。世莫知其然否。”汪中《老子考异》谓“言《道德》之意五千余言”者即儋，凡立五证：

一、《列子·黄帝》《说符》二篇，凡三载列子与关尹子答问之语。原注：“《庄子·达生篇》，与《列子·黄帝篇》文同。《吕氏春秋·审己篇》，与《说符篇》文同。”按：《伪列子》袭此二书耳。而列子与郑子阳同时，见于本书。《六国表》郑杀其相驷子阳，在韩烈侯二年，上距孔子之没凡八十二年。按：郑杀子阳，下距太史儋入秦二十四年，则列子应为关尹前辈。诸书所载答问语，亦不可信。关尹子之年世，既可考而知，则为关尹著书之老子，其年世亦从可知矣。

二、《文子·精诚篇》引《老子》曰："秦楚燕魏之歌，异传而皆乐。"按：燕终春秋之世，不通盟会。《精诚篇》称燕自文侯之后，始与冠带之国。文公元年，上距孔子之殁，凡百二十六年。按：此凡百一十八年，汪说误。老子以燕与秦楚并称，则老子已及见文公之始强矣。又魏之建国，上距孔子之殁，凡七十五年，按：此凡七十六年。而老子以之与三国齿，则老子已及见其侯矣。按：《文子》所引，未必真为老子语，不足为证。

三、《列子·黄帝篇》载老子教杨朱事。《庄子·寓言篇》文同，惟以朱作子居，今江东读"朱"如"居"。张湛注《列子》云："朱字子居。"非也。《杨朱篇》："禽子曰：'……以子之言问老聃关尹，则子言当矣。以吾言问大禹墨翟，则吾言当矣。'"然则朱固老子之弟子也。又云："端木叔者，子贡之世也。其死也，无瘗埋之资。"朱为老子弟子，而及见子贡之孙之死，则朱所师之老子，不得与孔子同时也。按：《杨朱篇》伪书，非杨子亲笔，此论亦不足据。《御览》四百七十七又四百九十三引《列子》，皆云"卫端木叔者，子贡之世父也"，似误。《说苑·政理篇》："杨朱见梁王言治天下如运诸掌。"梁之称王，自惠王始。惠王元年，上距孔子之殁，凡百十八年。杨朱已及见其王，则朱所师事之老子，其年世可知矣。按：惠王元年，距孔子之殁百零九年，惠王称王，距孔子死百四十五年；杨朱亦未必见梁惠王之称王，汪亦误。

四、本传云："见周之衰，乃遂去至关。"《抱朴子》以为散关，又以为函谷关。按：散关远在岐州，秦函谷关在灵宝县，正当周适秦之道；关尹又与郑之列子相接，则以函谷为是。函谷之置，书无明文。当孔子之世，二崤犹为晋地，桃林之塞，詹瑕实守之。惟贾谊《新书·过秦论》云“秦孝公据崤函之固”，则是旧有其地矣。秦自躁、怀以后，数世中衰，至献公而始大。故《本纪》：“献公二十一年，与晋战于石门，斩首六万。二十三年，与魏晋战少梁，虏其将公孙痤。”然则是关之置，实在献公之世矣。按：张琦《战国策释地》，秦取殽函在惠王六年至后十一年间。汪说亦误。

五、周太史儋见秦献公，《本纪》在献公十一年，去魏文侯之殁十三年，按：去文侯之殁已二十三年，《史·表》误。而老子之子宗为魏将封段干。《魏世家》：“安釐王四年，魏将段干子请予秦南阳以和。”《国策》：“华阳之战，魏不胜秦，明年，将使段干崇割地而讲。”《六国表》：“秦昭王三十四年，白起击魏华阳军。”按：是时上距孔子之卒凡二百一十年，按：此在周赧王四十二年，去孔子之殁凡二百零六年（公元前四七九——前二七三），汪说错四年。则为儋之子无疑。张文虎《舒艺室随笔》卷四，谓：“太史儋见秦献公，其年周显王十九年，下距汉文元百七十年。而宗至假凡七世，年数略相当。宗乃儋子，与李耳无涉。”按：显王十九年，已为秦孝公十二年，非献公，张说误。至宗为儋子，语亦难信，辨见后第十六节。

今按：汪氏五证，虽未全确，要为千古卓识，可以破孔子见出关着五千言之老子之传说矣。顾犹多未尽者。余尝谓老子之伪迹不影，真相不白，则先秦诸子学术思想之系统条贯终不明，其源流派别终无可言。今请详为申辨。虽若荒诞无稽，然亦足以备一说。上与司马迁所谓“或曰即老子，或曰非也”云云相等例，较之《朱韬》《玉札》及《神仙传》诸书，犹且远胜万万也。

一　太史儋与老聃

窃谓秦汉之际言老子，凡有三人，而往往误以为一人。此三人者，一为孔子所见，一为周太史儋，而又一则尚在晚世。

庄周称，孔子所见为老子，又曰老聃，而老聃与太史儋每易混。《史记·老子传》："老子姓李氏，名耳，字聃。"《史记索隐》，《老子音义》，《后汉书·桓帝纪》注，《文选·游天台山赋》注所引皆如此。今本《史记》作"名耳字伯阳，谥曰聃"，乃浅人妄改者。王念孙《读书杂志》有详辨。《说文》："聃，耳曼也。"《庄子》书称老聃，《吕氏春秋·不二篇》作老耽。《说文》："耽，耳大垂也。"《淮南·地形训》："夸父耽耳在其北方。夸父弃其策，是为邓林。"然则夸父者，犹云大人国；耽耳，犹云大耳国也。耽耳亦作瞻耳。《说文》："瞻，垂耳也。南方有瞻耳国。"瞻耳又作儋耳。《山海经·大荒北经》有儋耳之国，注云："儋耳，其人耳大下儋，垂于肩上。"《后汉书·明帝纪》注云："儋耳，南方夷。"盖古人传说，边荒有儋耳之国。南人因谓在南荒，北人则谓在北荒也。汉《老子铭》："聃然，老旄之貌也。"古人以耳大下垂为寿者之相，至今俗犹然。故高年寿者称老子，称老聃、老耽，亦得称老儋。《抱朴子》曰："老子耳长七寸。"《列仙传》："务光耳长七寸。"皆此类。以其年老，而曰老聃，郑注《曾子问》云："老聃，古寿考者之称也。"以其为周史官，则曰太史儋。故儋之与聃，每易混说而为一人也。

二　太史儋与詹何

其又一人则为詹何。《说文》："何，儋也；儋，何也。"儋、何二字，盖一义两音。单呼"儋"者，连其余音则为

"儋何"，今人称"担荷"，或称"儋负"，如蟾之为蟾蜍，澹之为澹宕也。《古今人表》周儋桓伯，《左传》"儋"作"詹"。然则詹何宜可为儋何，或呼詹子，《庄子·让王》作瞻子。如匡章称章子、陈仲称仲子，则老聃、太史儋，又易与詹子相混。高诱注《淮南·览冥》云："詹何，楚人知道术者也。"则詹何为南方之道者，与老聃似。《韩非·解老》："詹何能坐堂上知门外牛黑而白在其角。"是詹何有前识，与太史儋似。《吕氏春秋·执一篇》："楚王问为国于詹子，詹子对曰：'何闻为身，不闻为国。'"又《审为篇》："中山公子牟谓詹子曰：'身在江海之上，心居乎魏阙之下，奈何？'詹子曰：'重生。'曰：'虽知之，不能自胜。'詹子曰：'纵之。'"是与"《道德》之意五千言"似。《淮南·道应训》谓楚王问詹何治国者为庄王，此庄王不在春秋世，盖楚顷襄王又称庄王，参读《考辨》第一三一。故与公子牟相及。《吕览·重言篇》："圣人听于无声，视于无形，詹何田子方老耽是也。"是犹以詹何与老耽为两人；其先后之序，盖自近以逮远。老聃在田子方前，非太史儋即孔子所见；而詹何在田子方后，则为与公子牟并世之人也。

三　太公任即老聃

而余观战国言老子，其混并牵涉之迹，犹不止此。《庄子·山木篇》："孔子围于陈蔡之间，七日不火食。太公任往吊之，为言不死之道，告之以意怠之为鸟，教以进不敢为前，退不敢为后。"夫"太公"亦老者之称，犹云老子也。"任"者，《齐语》："负任儋何"，《孟子》："门人治任将归。"注："任，担也。"《释名》："儋，任也。"任、儋声近义通。

则太公任犹云老子聃，即老聃矣。其告孔子“至人不闻”，即“良贾若虚，君子若愚”之意也。其谓“饰知惊愚，修身明污，故不免”，即“骄气多欲，态色淫志，无益子身”之说也。“道统而不明居，得行而不明处，疑当作“德得而不明处”。纯纯常常，乃比于狂”，即“得时则驾，不得则蓬累而行”者也。《史记》老子与孔子语，不出此篇及《天道》《天运》《外物》三篇之外，盖杂采《庄子》书而意造云尔也。《庄子》书本成于众手，此独不曰老聃而云太公任，其实即一人也。《文选》卷五十九注，引作太公，则如不称老聃而仅称老子矣。

四　任公子即詹何

《庄子》书有太公任，又有任公子。太公任即老聃，而任公子则为詹何。《外物篇》：“任公子为大钩巨缁，五十犗以为饵，蹲乎会稽，投竿东海，旦旦而钓，期年不得鱼。已而大鱼食之，牵巨钩，錎没而下，骛扬而奋鬐，白波若山，海水震荡，声侔鬼神，惮吓千里。任公子得若鱼，离而腊之，自淛河以东，苍梧以北，莫不厌若鱼者。”《文选》卷二十五注，引作任公。任公子即詹子也。何以言之？《淮南·览冥训》：“詹何之骛鱼于大渊之中。”此即五十犗以为饵之钓也。故詹何者，据《庄子》任公子之故事言之，乃一隐沦江海渔钓之君子也。《御览》八百三十二引《阙子》云：“任公子冬罗鲤于山阿，众人皆以为惑，既而鹯鹗击黄雀，触公子罗者千万数。”谅其他关于任公子钓鱼之怪谈尚多，惜不备见。又按：《淮南·说山》：“詹公之钓，得千岁之鲤。”任公子罗鲤，即詹公之钓鲤也。此又二人为一人之证。

五　环渊即关尹

与詹何齐名者有环渊，其人亦以钓称。《史记·孟荀列传》云："环渊，楚人，学黄老《道德》之术，因发明序其指意，著上下篇。"《汉书·艺文志》"道家"有《蜎子》十三篇，班固注云："名渊，楚人，老子弟子。"师古曰："蜎，姓也。"应劭《风俗通·姓氏篇》："环氏出楚环列之尹，后以为氏。楚有贤者环渊，著书上下篇。"张澍辑注曰："环渊亦即蜎渊也。隗嚣将环安，公孙述将环饶，吴有环济，著《要略》。"则"环"乃本字，"蜎"乃借字。《楚策》范环，《史记·甘茂传》作范蜎，此蜎、环相通之证。《文选》枚乘《七发》"若庄周魏牟杨朱墨翟便蜎詹何之伦"，注云："《淮南子》：'虽有钩针芳饵，加以詹何蜎蠉之数，犹不能与罔罟争得也。''宋玉与登徒子偕受钓于玄渊。'《七略》：'蜎子，名渊。'三文虽殊，其人一也。"是环渊亦名便蜎、蜎蠉，又名玄渊，亦称蜎子，与詹何齐名。言詹何便蜎之钓者，《御览》八百三十四引宋玉《钓赋》云："玄渊之钓，以三寻之竿，八丝之纶，饵以蛆蟟，钩以细针，以出三尺之鱼于数仞之水中。"又《列子》云："詹何以独茧丝为纶，芒针为钩，荆筱为竿，剖粒为饵，引盈车之鱼于百仞之渊，汩流之中，纶不绝，钩不申，竿不挠。"其语亦正相类。《御览》七百六十七引《博物志》"詹何之钓"云云，语亦大同。宋玉从之受钓，则其人在顷襄王世，与詹子年亦相接。今《楚辞》有《卜居》《渔父》两篇。《卜居》乃屈原问太卜郑詹尹，窃疑即由詹何误传；而《渔父》亦詹何。以詹何前识，遂误称太卜詹尹；以詹何隐于钓，故称渔父。屈子之所问，与宋玉之所师，其时代固相及。詹子亦楚人，盖楚人传说，自有詹何与屈原往复一段情事，后人寄托为文，乃《卜居》与《渔父》并传也。所著书，《史记》云上下篇，而《汉志》称十三篇，已不同。至其年世，《史记》与慎到田骈相次，是谓在齐威宣王、梁惠王、楚威怀王时，与庄周、惠施、孟轲相先后。而班固云："是老子弟子。"详班氏所称老子，当指孔子所从问道之周守藏室史而言。则环渊在庄惠之世，又乌从而师之？盖其先言师詹何，则与楚庄王、魏公子牟接世；其后言师老子则年移而益先。故《文选》枚乘《七发》，应璩《与从弟书》，注皆引高诱注《淮南》，谓“娟嬛，白公时人”。高氏盖亦谓娟嬛师老子，则与孔子年相当。以其楚人，故推谓与白公同时尔。此犹误以文子为老子弟子，遂推定为楚平王同时也。关于詹何环渊年世，又见《考辨》第一四六。然汉人虽屡称环渊，而先秦诸子书，则甚少言及。余又疑环渊即关尹。环、关，渊、尹，特方音之一转移耳，非有两人也。凡先秦之称关尹，即汉世之所谓环渊矣。《庄子·天下篇》以关尹老聃并称，近人范耕研《吕氏春秋补注》（刊载《江苏省立国学图书馆第六年刊》）谓：“《史记·老子传》，老子‘居周久之，见周之衰，乃遂去之关。关令尹喜曰：“子将隐矣，强为我著书。”’详《史记》文义，似谓关尹喜聃之见过，非其名为‘喜’也。先秦诸子皆称关尹，无称喜者。且亦非聃弟子。《天下篇》列于老子之前，似在师友间。高诱注《吕氏·审己》，谓‘师老子’，似是‘老子师’之误，后人习闻俗说，妄乙之耳。”今按：范说极是。窃意《天下篇》关尹乃人名，非官名。篇中引其书亦先老子，则决不为老子弟子。汉人老子出关，关令尹强之著书之说，其先亦由《天下篇》关尹老聃两人并列而起。则犹刘安、枚乘以詹何、便蜎俱举，盖以老聃为詹何也。《吕氏·不二篇》：“老耽贵柔，孔子贵仁，墨翟贵廉，关尹贵清，子列子贵虚，陈骈贵齐，阳生贵己，孙膑贵势，王廖贵先，儿良贵后。”窃疑此处先后序列，盖非《吕》书本真。故以老耽列孔子前，而关尹居墨子后。细玩全文，均以两人异尚者为一列。如“列贵虚，陈贵齐”，是一列；“阳贵己，孙贵势”，又是一列；“王贵先，儿贵后”，又是一列。以后例前，则“孔贵仁，墨贵廉”，为一列；“关尹贵清，老耽贵柔”，为又一列。如此乃与《庄子·天下篇》关尹老耽年辈仍可相通。今以老耽移孔子前，则柔仁相类，廉清相似，既与下文不称，老耽关尹年世辈行，亦与《天下篇》乖违矣。故知此经后人妄易也。又本篇此下有脱文，则昔人已论之。又《吕氏》云“关尹贵清”，殆即环渊著书上下篇之宗旨。而今《汉志·蜎子》十三篇，《关尹子》九篇，岂即《史记》所谓上下篇者，而误分为十三篇与九篇欤？惜其书均佚，无可深论矣。而其故事传说之流变，则尤有离奇荒诞之甚者。夫环渊为沉沦江海之钓客，而关尹则为抱关山谷之官尹，何以谓之为一人？此则犹詹何之蹲钓于会稽，而史儋则骑牛而过关。史儋詹何既误混为一，橘渡淮则为枳，隐沦渔钓之处士，自亦可变而为抱关守谷之关尹矣。故蜎蠉之“蜎”非姓也，蜎蠉，孑孓也，将欲言投饵之大，而极言其小，如庄生言大鱼而举鲲也。玄渊之“渊”非名也，渊有九族，皆指水言；玄渊奇迹，如庄生言畏垒之居大人也。凡此皆俗谈小说之引而益远者。迁《史》博古，故称环渊，而所得犹未尽，不知环渊之即关尹耳。《庄子·应帝王篇》有壶子，《吕览·下贤篇》作壶丘子林，《淮南·精神训》作壶子林，《人表》作狐丘子林，皆一人；《韩诗外传》之有狐丘丈人，亦其人也。然仅睹壶子与狐丘子林，则不辨其为一人矣；仅睹壶子与狐丘丈人，则更不辨其为一人矣。《汉志》“道家”《蜎子》十三篇下，即《关尹子》九篇。蜎子之与关尹子，正如壶子与狐丘子林及狐丘丈人也。今试就其故事之演变论之，则詹何便蜎之游于钓，与史儋关尹之遇于关，其孰为真，孰为妄乎？曰：论其情则皆妄也。儋之入秦，曰：“离七十岁而霸王者出。”“离”字本作“合”，据王念孙《读书杂志》改。“七十年”依梁氏《志疑》所定。此秦人有天下之神谶也。关尹能相风角，知将有神人而老子到，此又无稽之妄谭也。其书既佚无可考，《汉志》所载，或出汉初人依托，今本则为唐宋间物。而史儋关尹之故事，则必妄可知。至于詹何便蜎，其事益荒晦，非可以作信史。故曰：论其情则皆虚也，皆世俗之传说也。然则此传说之起，以詹何便蜎为先欤，抑史儋关尹为始欤？曰：此则更不可以确论。夫语及于史儋关尹詹何便蜎之事，固已自古多妄，荒渺难稽矣，又何从而必为之明据确说哉？而孔子之见老子，则古籍记载较详，固可爬梳抉剔，以略得其真相者，盖孔子所见之老子，其始为南方一隐君子，渐变而为北方之王官，一也。孔子之见老聃，其先为草野之偶值，渐变而为请于国君，以车马赴天子之朝，而北面正弟子之礼，以执经而问道，二也。

其先为老死而友人哭，渐变而为莫知其所终，三也。何以攀老子为王官，则以误于太史儋；何以谓关令尹强之著书，则以误于詹何环渊。盖詹何环渊之隐乎钓，有其事未必有其技；太史儋之遇关尹，则有其名未必有其人；凡《庄子》《吕氏》言关尹，皆人名，非官名，而其人尚在后，与太史儋不同时。孔子之见老聃，虽有其人，而其事则未必有如后世之所传也。

六　涓子即环渊

余考环渊之事，犹有说者。环渊既称蜎子，亦作涓子。《御览》八百三十四又七百三十六。引《列仙传》："涓子者，齐人，钓于泽，得符于鲤鱼肠中。"又九百三十六引《列仙传》云："涓子，齐人也，好饵术，接食其精，至三百年，乃见于齐，著《天地人经》四十八篇。后钓于河泽，得鲤鱼腹中符，隐于岩山，能致风雨。"《水经·睢水注》："芒、砀二县之间，山泽深固，多怀神智，有仙者涓子、主柱，并隐砀山得道。"疑《列仙传》岩山，实宕山字讹，宕山即砀山也。其地初属宋，后入楚，故涓子亦云楚人。《列仙传》又云："陵阳子明，铚乡人。钓于涎溪，得白鱼肠中书，教服食之法，三年，龙来迎去。"庄周之蒙邑，老子之濑乡，彭祖之彭城，皆在梁宋间，此盖道术长生之说所自起，后遂与燕齐方士神仙合流。至《淮南》著书，仍近道术长生诞始之故地也。又六百七十引《集仙录》云："涓子，齐人也，饵术，著《三才经》。淮南王刘安得其文，不解其旨。又著《琴书》二篇，甚有条理。"据此诸书，则蜎子传说，又有可得而论者。盖其初本以蜎子为楚人，其后乃以涓子为齐人也。云"三百年乃见于齐"，则亦谓其初非齐人矣。初为钓者，后为仙人，乃谓其得鲤鱼肠中符。《御览》九百三十六又引《列仙传》云："琴高，赵人也。以鼓琴为宋康王舍人。行涓彭之术，浮游冀州涿郡间，二百余年。"是传说之流播而至燕也。此以涓彭连称，则涓子亦大年，犹詹何为老聃，亦大年也。《高士传》称："涓子告伯阳九仙法。"后世即以伯阳指老子，则涓子乃为老氏师，与云环渊为老子弟子者，适相反矣。《御览》九百三十五引《符子》："太公涓钓于隐溪，五十有六年，未尝得一鱼。鲁连闻而观焉，曰：'钓所以在鱼，无鱼何钓？'太公曰：'不见康王父之钓耶？念蓬莱，钓巨海，摧岸投纶，五百年矣，未尝得一鱼，方吾犹一朝耳。'"是涓子亦称太公涓，犹如任公子称太公任。下及鲁连，则固晚世齐人之说也。

余考楚自顷襄王二十一年东迁郢陈，其时齐已灭宋，而淮北入于楚。东楚之与南齐，壤地密接。詹何环渊在是时，谓为楚人者，殆即郢陈东楚。故詹何称蹲钓会稽，而环渊则列齐稷下。其后汉代辞赋，吴梁启先，淮南翼后，皆当陈楚之地。而神仙黄老，齐楚同风，正自詹何环渊之徒始也。

七　臧丈人误太公望

继此有附辨者，则吕尚钓渭滨之说是也。在《庄子》之《外篇·田子方》有之，曰："文王观于臧，见一丈人钓，而其钓莫钓，非持其钓有钓者也，常钓也。文王欲举而授之政，而恐大臣父兄之不安也；欲终而释之，而不忍百姓之无天也。于是旦而属之大夫，曰：'昔者寡人梦见良人，黑色而颇，乘驳马而偏朱蹄，号曰："寓而政于臧丈人，庶几乎民有瘳乎！"'诸大夫蹴然曰：'先君王也。'文王曰：'然，则卜之！'诸大夫曰：'先君之命，王其无他，又何卜焉。'遂迎臧丈人而授之政。三年，文王以为大师，北面而问曰：

‘政可以及天下乎？’臧丈人昧然而不应，泛然而辞，朝令而夜遁，终身无闻。”今按：此即吕尚钓渭滨之说之由来也。《庄子》寓言无实，本属虚造，彼所谓臧丈人者，“臧”“姜”同声，即后世所谓姜太公也。而诸书言钓者，有太公涓、太公任，故事传说，遂皆与姜太公有涉。曰：“吕尚钓于磻溪三年不获。”此即太公涓钓五十六年未尝得一鱼之说也。《庄子》云：“任公子期年不得鱼。”又云：“获大鲤，得兵钤于鱼腹中。”即涓子鱼肠得符之说也。《路史·后纪四》，吕尚作吕涓，注引《符子·方外》作太公涓，即太公望渔钓乃由太公涓误传一证。而史公不深考，博采杂说，乃亦云太公望：“以鱼钓奸周西伯，西伯将出猎，卜曰：‘所获非龙非螭，非虎非熊，所获霸王之辅。’于是猎，果遇太公于渭之阳，与语，大说之。曰：‘自吾先君太公曰：“当有圣人适周。”子真是耶？吾太公望子久矣。’故号之曰‘太公望’，载与俱归。”此其事荒诞无稽，自来已多疑者，而无知其出于《庄子》臧丈人之说也。成玄英颇知之，其疏《庄子》曰：“丈人者，寓言于太公也。吕佐周室，受封于齐，检于史传，竟无逃迹，而云夜遁者，盖庄生之寓言也。”是犹不知渔钓干周，亦自庄生寓言来耳。孟子曰：“二老归周。”则非以屠钓干君也。《离骚》，《天问》，《九章·惜往日》，皆言吕望屠于朝歌，《尉缭子》，《说苑》同。《吕氏·谨听》，则言其钓，同《庄子》。恐皆不足信。《周语》云：“申吕齐许由太姜。”则太公乃以外戚重。年老而称“太公”，亦犹称“丈人”“老子”也。故太公也，丈人也，老子也，皆一而二，二而一者。后之人乃自槃而之钟，自烛而之钥，如盲人之谈日焉。使吾言而可信，史公自以臧丈人之寓言，为姜太公之实事，则固可无疑于吾老子之诸辨也。

八　孔子所见老子即老莱子

然则孔子所见之老子固何人乎？庄周述孔子老聃，其固羌无故实，尽同虚构乎？曰：不然。庄周之言老子，其先固据《论语》也。《庄子·外物篇》："老莱子之弟子出薪，遇仲尼，反以告老莱子。曰：'是丘也，召而来。'仲尼至。曰：'丘！去汝躬矜，与汝容知，斯为君子矣。'"《大戴记·卫将军文子篇》，孔子语子贡以近古之贤者，自伯夷叔齐以下十许人，曰："德恭而行信，终日言不在尤之内，贫而乐也，盖老莱子之行也。"而独不及老子，是即以老莱子为老子也。《史记·仲尼弟子列传》："孔子之所严事，于周则老子，于楚老莱子。"乃分老子与老莱子为二人。然《老子传》又明云老子为楚人，盖史公于此，殊无辨白。今即据《戴记》孔子所称道，如伯夷、叔齐、羊舌大夫、赵文子、随武子、桐提伯华、羊舌赤蘧伯玉、柳下惠、晏平仲、老莱子、介子推凡十一人，其他十人，或见于《论语》，或见于《左传》，独老莱子无闻焉。其事始见于《庄子》之《杂篇》，而记礼者采之，而其名乃特著，亦可怪矣。余考《楚策》："或谓黄齐曰：'不闻老莱子之教孔子事君乎？示之其齿之坚也，六十而尽，相靡也。'"《孔丛·抗志篇》谓老莱子教子思，《淮南》又以为商容教老子，一语之传，讹谬如此，其不足信据可见。

九　老莱子即荷篠丈人

然则《庄子·杂篇》之老莱子者何所来？余尝为之搜根掘柢，而知其即《论语》之荷篠丈人也。余考《庄子》书，畏累虚亢桑子之属，皆空语无事实，马迁已先言之，而老莱子实有其人。莱者，除草之称；子路"遇丈人，以杖荷篠，子路问曰：‘子见夫子乎？’丈人曰：‘四体不勤，五谷不分，孰为夫子？’植其杖而芸”，其事明见《论语》，而丈人之姓字不传。后之记者异其辞，因谓之老莱子，盖犹云芸草丈人也。惟《庄子》谓老莱子弟子“出薪而遇孔子”，则与子路之“行后而遇丈人”适相反。然此特小节相差，无害为一事之讹传。《庄子·则阳篇》：“孔子之楚，舍于蚁丘之浆。其邻有夫妻臣妾登极者，仲尼曰：‘是其市南宜僚邪？’子路往视之，其室虚矣。”此与“孔子曰：‘隐者也。’使子路往视之，至则行矣”取径略相似，亦一事之讹传也。惟曰市南宜僚，则并其事中之主人而讹之耳。《史记》：“老子者，楚苦县厉乡曲仁里人也。”《路史》：“老子邑于苦之赖，赖乃莱也，故又曰老莱子。赖，《史》作厉。”今按：莱、赖、厉皆声之转。云老子居厉，居赖，皆涉莱音而讹。《路史》之言，是谓倒因为果，认虚作实。魏源《老子本义》云：“庄子称老子居沛，《边韶碑》则云：‘老子，楚相县人。’《释文》引《庄子注》：‘老子陈国相人，今属苦县，与沛相近。’《水经·阴沟水注》，东南至沛为涡水，涡水又东径苦县故城南，即春秋之相，王莽更之为赖陵，又东径赖乡城南，又北径老子庙东，又屈东径相县故城南云云。”尤为详备。今按：苦县、相城故城，皆在今河南鹿邑县城东；《太康地记》：苦县东有赖乡村，老子所生。其地距沛不得谓相近。大抵苦县自有赖乡，云老子生其地，则涉“莱”音而讹，不必更牵庄子居沛以为说。《史》又云老子姓李氏，莱、李亦声近。毕沅《道德经序》：“案：古有莱氏，《左传》有莱驹，老莱子应是莱子，如列御寇师老商氏，以商氏称老矣。”盖由不得其会通，而必欲为之说。故曰老聃老氏，或曰李氏；老莱子则又为莱氏焉。魏源云：“老子居沛，沛宋地，宋国有老氏，然则老子其沛人子姓，子之转为李，犹姒之转为弋欤。”今按：古者男子称氏不称姓，《史》称其姓李氏，犹姓项氏、姓刘氏之例，盖已讹氏为姓矣。今魏氏既谓老子氏老，又称其姓子而转为李，此皆曲说强解，《史》固明云其氏李不氏老也。刘向《别录》云：“老莱子，古之寿者。”丈人即寿者也，老莱子之即荷篠丈人，夫复何疑，而犹纷纷为氏老、氏李、氏莱之辨哉？

十　老莱子与狂接舆

《庄子》书原本《论语》造说者，尚有狂接舆。《人间世》“孔子适楚，楚狂接舆游其门”云云，即本《论语·微子篇》“楚狂接舆歌而过孔子，孔子下，欲与之言，趋而避之，不得与之言”一事。接舆佯狂，故歌而不言。狂人晦其姓名，故云接舆。“孔子下”者，下车也。庄生易其辞云：游孔子之门，则宾朋之访问，不类狂者行径矣。高论直指，辞繁不删，此温伯雪子所讥“谏我似子，道我似父”者也，则不类狂人吐属矣。庄生寓言，惟取达意。笔之所至，脱落恒蹊。彼固无有不可，说者必据此而辨“孔子下”者，下堂也；“狂接舆”者，接姓而舆名也，此可谓不善审辨之论矣。阎若璩《四书释地续》：“顾麟士曰：‘接舆必是不知姓名，因其迎车而歌，而强名之以纪。其名如荷蒉之类，非真其人字接舆。邢昺疏云尔，殊附会。余谓孔安国注已如是。又《庄子·人间世篇》如是，岂惟邢昺。’”今按：《微子篇》所载，如长沮，桀溺，荷筱丈人，荷蒉，晨门，无一真姓字，何独疑于接舆？顾说真有见。阎氏又载王复礼说略同。江氏《乡党图考》，翟氏《四书考异》，同主此说。近人马氏《庄子义证》，复论接舆是姓名，引据《庄子》，而不悟《庄子》之不可确据，则甚矣读书据古之难也。又按：《水经·沔水注》，引《圣贤冢墓记》曰：“南阳叶邑方城西有黄城山，是长沮、桀溺耦耕之所。有东流水，则子路问津处。《尸子》曰‘楚狂接舆耕于方城’，盖于此也。”是接舆与沮溺传说同属方城，以其徉狂浩歌而接孔子之舆，故曰“接舆”；以其姓字沦灭，遁隐不自见，故曰“沮溺”。是何方城一隅，楚贤者之多欤？是又焉知非一事之两传，一谓“两人耦耕”，一谓“独夫接舆”，要之致讥于孔子之车辙周天下而不知所休止而已。故余既疑老莱子之即荷筱丈人，又疑接舆之即沮溺也。论古者必欲字字而实之，句句而信之，则亦无怪乎其必河汉于我言也。《庄子》汉阴丈人事，亦可由沮溺、接舆而转化。

《庄子·逍遥游篇》“吾问于连叔曰：‘吾闻言于接舆’”

云云，《应帝王》“接舆告肩吾圣人之治”云云。庄子之称接舆，犹其称老子矣。老子者，丈人也，自有不知谁何之五千言，为老子增重，于是老子遂固为博大真人；而狂接舆之在天壤间，则若存若亡，可有可无，一似不足齿数者。则试一翻《庄子·内篇》，接舆之与老聃，岂不相为等夷耶？《庄子·天下篇》，列序墨翟、禽滑釐，宋钘、尹文，彭蒙、田骈、慎到，关尹、老聃，先后似略依时代。《天下篇》未必庄周作，其所称老聃，盖指詹何，亦与《内篇》老聃不同。

《韩诗外传》称：“楚狂接舆躬耕以食，其妻之市未返，楚王使使者赍金百镒，愿请治河南。接舆笑而不应。使者去，妻从市来，曰：‘先生少而为义，岂将老而遗之，门外车轶，何其深也？’接舆以告。妻曰：‘不如去之。’乃夫负釜甑，妻戴织器，变易姓字，莫知其所之。”今按：老莱子亦复然。成玄英疏《庄子》：“老莱子，楚之贤人隐者也，常隐蒙山。楚王遣使召为相，其妻采樵归，见门前车马迹，问其故。老莱曰：‘楚王召我。’妻曰：‘受人有者，必为人所制。’妻遂舍而去，老莱随之。夫负妻戴，逃于江南，莫知所之。”《庄子·让王篇》：“郑子阳遗列子粟，列子再拜辞使者去。列子入，其妻望而拊心，曰：‘妾闻为有道者妻子，皆得佚乐。今有饥色。君过而遗先生食，先生不受，岂不命邪？’”同是妻也，非接舆老莱子之妻贤，而列子之妻不肖也。传说多变，颠倒随宜，而考古者必据此以证列子老莱子之辈行先后，宜多见其窒也。

十一　老子误伯阳

上述孔子见老子，实本《论语》荷篠丈人，变文称老莱子，又变而为老子，为老聃，因误涉于太史儋，又误涉于詹何，又有太公任、任公子；与之相因而起者，复有涓子、环渊，又讹而为关尹。一事流传，辗转错出，至于不可辨识。其牵涉离奇有如此，而犹未也。余考老子传说，尚有牵涉更甚者。《史记·老子传》："老子姓李氏，名耳，字伯阳，谥曰聃。"王念孙《读书杂志》力辨之，曰："《史记》原文，本作'名耳，字聃，姓李氏'。今本姓李氏在名耳之上，字聃作字伯阳，谥曰聃。此后人取神仙家书改窜之耳。"其辨极是。然余考以伯阳为老子，其源亦甚旧，而实为牵涉离奇尤甚之说也。《周本纪》："幽王二年，三川震。伯阳甫曰：'周将亡矣。'"又见《周语》。《集解》："韦昭曰：'伯阳甫，周大夫也。'唐固曰：'周柱下史老子也。'"又云："幽王得褒姒，太史伯阳读史记，曰：'周亡矣。'"则伯阳盖幽王之史官。《汉书·五行志》服虔注亦云："周太史。"是则后人不仅以孔子见老聃为即太史儋，尤且以为即伯阳甫。自幽王二年下至孔子卒三百余年，老聃之寿乃至此。抑犹未也。《墨子·所染》，《吕氏春秋·当染》，并称："舜染于许由伯阳。"高诱注《吕氏》云："伯阳盖老子也。舜时师之。"自舜至孔子，年世不可考，姑依旧说，则老子寿近二千岁。说之离奇至如此。宋翔凤《过庭录》，许由、伯阳为一人，即伯夷，其论殊确。然似《墨》《吕》书已误以为两人，无怪高氏以伯阳即老子矣。然人亦知其难信，乃断断致辨于"《史记》无字伯阳"云云。然去此一语，老子岂遂尽成信史乎。

十二　续耳即老聃

以老子为伯阳，乃为周幽王史官，益远而为舜师。牵涉离奇极矣，而犹未也。乃于伯阳之外，重有续耳其人者，同时为尧舜师。其人实亦为老子，则尤其离奇荒诞之甚矣。《吕览·本味篇》："尧舜得伯阳续耳然后成。"毕沅云："续耳，《韩非子》作续牙，《汉书·人表》作续身，皆隶转失之。"余谓续耳亦即聃也。《说文》："聃，耳曼也。曼，引也。"《鲁颂》毛《传》："曼，长也。""续"字正有"引长"之义，故曰续耳即聃。《淮南》有耽耳；《说文》有瞻耳；《山海经》有儋耳，又有离耳，《注》："即儋耳也。"《水经·温水注》亦云："儋耳即离耳。"《初学记》引《韩诗》："离，长貌。"《诗·湛露》："其实离离。"《传》："离，垂也。"《文选·西京赋》："朱实离离。"薛注："离离，实垂之貌。"耳垂在肩上，故称"离耳"，又云"续耳"。离、续相反为训，益知续耳即聃。据此则云续耳为尧舜友，其意实指老聃。然此无足怪。伯阳在周幽王时，可以上友尧舜。安见老聃与孔子同时，即不得前及唐虞哉？《汉书·古今人表》伯阳续身皆列三等，俨若自古实有其人者，见古人之轻信而好诞也。

十三　李耳即离耳

《庄子》云："臭腐化神奇，神奇复化为臭腐。"余观老子传说流变，亦有以极平实而化为荒诞者，如《论语》荷筱丈人化而为《庄子》太公任之类是也；复有极荒诞而化为平实者，如离耳续耳为尧舜师，复化而为孔子师李耳之类是也。《史记·老子传》："老子姓李氏，名耳。"余意李耳即离耳也。离、李声近，聃即离耳，因讹云姓李名耳矣。莱子、离耳亦声近。谱牒之家，于古人得姓所自，每喜推究，详其来历。独于老子姓李无可说。若知李耳之为离耳，则纷纷之辨，固可尽废。而自老子得李姓耳名，遂若其人极平实，真为孔子师，真著《道德》之意五千言。而后世遂不敢复以荒诞疑之。嗟夫！此所以荒诞之必化而为平实矣。

十四　老子师商容

孔子所见之老子，其辨既如上述，请再及于老子之师弟子。《荀子·大略》："武王始入殷，表商容之闾，释箕子之囚，哭比干之墓。"《吕氏·离谓》："箕子商容以此穷。"《史记·乐毅传》，燕王喜"遗乐间书，箕子不用，商容不达"。《燕语》："未如商容箕子之累。"皆明以商容为人名。《淮南·缪称训》："老子学商容，见舌而知守柔矣。"《主术训》高诱注："商容，殷之贤人，老子师。"又曰："商容，神人也，商容吐舌示老子，老子知舌柔齿刚。"商容殷贤，岂得下为老子师乎，故不得不谓之神人。《文子》《说苑》言老子学于常枞，常枞即商容也。《伪列子》有老商氏，亦袭商容之名而故变以为饰。后人知其不可信，乃转以商容为商之礼乐官名，非人姓名，此皆不免以古人语必无误而强为之说耳。夫老子已为舜友，岂不及师商容哉？宋于庭《过庭录》云："《史记·殷本纪》表'商容之间'。《索隐》：'皇甫谧云："商容与殷人观周军之入。"则以为人名。郑玄云："商家乐官，知礼容，所以礼署称容台。"'《乐记》释箕子之囚，使之行商容而复其位。郑注：'行，犹视也。'使箕子视商礼乐之官，贤者所处，皆令反其居也。《正义》曰：'郑知容为礼乐者。'《汉书·儒林传》，孝文时，徐生善为容；是善礼乐者谓之容也。《周本纪》云：'命召公释箕子之囚，命毕公释百姓之囚，表商容之间。'商容与百姓并称，可知非一人。”又谓：“老子不能与商容相接。商容即殷礼，老子为守藏室史，守藏为《归藏》殷易，故所业亦殷礼。”此非以古人凡语为无误，而强为之说乎。《管子·小匡》：“曹孙宿处楚，商容处宋，季劳处鲁，徐开方处卫，匽尚处燕，审友处晋，又游士八千人，使出周游于四方。”其文本之《大匡》，谓游公子开方于卫，游季友于鲁，游蒙孙于楚。蒙孙无考，公子开方季友乃鲁卫公子，岂得妄攀以为齐之游士？当春秋之世，何来有游士之风？又何至游士八千人？然则彼所谓“商容处宋”者，殆又妄攀殷贤为说。则商容亦自周初下迄春秋，当管仲桓公世，宜得为老子师矣。梁玉绳《吕子校补》谓：“管子商容别是一同姓名者。”此又昔人读书信古谨饬之态度宜然也。

十五　老子弟子文子

老子师有商容，其弟子则有文子。《韩非·内储说上》：“齐王问于文子曰：‘治国何如？’曰：‘夫赏罚，利器也。君固握之，不可以示人。臣犹鹿兽也，惟荐草而就。’”此文子盖即尹文子。《绎史》谓是田文，田文岂肯为是言哉？犹陈仲子亦单称仲子也。《汉志》道家有《文子》九篇，班注云：“老子弟子，与孔子并时，而称周平王问，似依托者也。”今按：庄子好言老子，其所称老子弟子，如南荣趎庚桑楚扬子居之徒，虽云空言无事实，亦述之详矣，顾独不及文子。其他诸子亦无言文子者。《孟荀传索隐》引《别录》：“《墨子》书有文子，子夏之弟子，问于墨子。”则非与孔子同时之文子也。太史公载诸子，亦缺文子。《论语》荷筱丈人无弟子，则孔子时老子弟子文子，亦乌有先生也。老子之误，由庄子之寓言；文子之误，则由尹文之变称。今《文子》书皆袭《淮南》，并采《庄子》，则其书最先当出汉世，犹在马迁后。不知尚为《七略》旧本否？班氏注《宋子》云：“其言黄老意。”宋钘尹文并称，汉人以宋钘为黄老，故伪为《尹文》书者，亦引老子为言，而以尹文为其弟子。班氏本其书为说，故云既为老子弟子，则与孔子同时，而称周平王，乃依托。非别有据，而真谓是老子弟子也。至名家别有《尹文子》一篇，则如道家既有《涓子》，复有《关尹子》，汉代伪书讹说已不少，不得以汉时有二书，即证先代有两人也。尹文在齐宣王时，下及湣王，其年代与詹何环渊略相当，惟谓其师詹何，则亦无证。

十六　孔子比老彭

老子既为《论语》之荷篠丈人，而世有谓《论语》实别自有老子者，是亦不可以不辨。《论语·述而篇》："子曰：'述而不作，信而好古，窃比于我老彭。'"包曰："老彭，殷贤大夫。"郑曰："老，老聃；彭，彭祖。"比观两说，以包为胜。《大戴礼·虞戴德篇》记孔子之言曰："昔商老彭及仲傀，政之教大夫，官之教士，技之教庶人，扬则抑，抑则扬，缀以德行，不任以言。"《四书考异》云："此最足以明圣人窃比之意。"《汉书·古今人表》有老彭，在仲虺后。《吕氏春秋·情欲篇》："虽有彭祖，不能为也。"注："彭祖，殷之贤臣，治性靖静，不欲于物。盖寿七百岁。《论语》所谓窃比于我老彭是也。"《执一篇》注亦云："彭祖，殷贤大夫。"此皆老彭即彭祖之证。若兼指彭祖老聃，则老聃在彭祖后，应云彭老，不应云老彭；以此推之，知郑说之误。窃比于我老彭者，犹云窃比我于老彭，犹云窃自比于老彭也。惟《庄子·释文》引《世本》云："彭祖姓篯名铿，在商为守藏史，在周为柱下史，年八百岁，一云即老子也。"则即以彭祖为老子。《楚辞·天问》："彭铿斟雉，帝何飨？"王逸注谓："彭祖以雉羹进尧，而尧飨之也。"《史记·五帝纪》："禹皋陶后稷伯夷夔龙倕益彭祖，自尧时而皆举用。”则彭祖又为尧臣。盖孔子之言老彭，仅曰“述而不作，信而好古”，而后世称其寿，乃曰年七百；又谓其上为尧臣，下为周史，因谓其能调鼎进雉羹焉。谓老子即伯阳者，以其为史官；谓老子即彭祖者，以其享高寿。其实则伯阳之为史，彭祖之高寿，皆已在无可考信之列，而况谓其即孔子所见之老子乎？宋于庭《论语说义》引《道德》五千言，证其合“述而不作，信而好古”之旨，则其论亦犹阳货即杨朱之类也。今按：此朱子已言之。然谓今传五千言，乃“述而不作，信而好古”，此尽人可辨其不类也。又按：魏源《老子本义》云：“《庄子》云：‘老子居沛。’彭城近沛，意聃常居之，故曰老彭，犹展禽称柳下邪？”今按：谓老子常居彭城，此属臆测。古人多以居地为氏，若柳下之例，则亦应称彭聃，不当称老彭。魏说殊牵强。又此节所论，互见《考辨》第四，可参阅。

十七　战国言老子之真相

今综述上陈，则战国言老子，大略可指者，凡得三人。一曰老莱子，即《论语》荷篠丈人，为孔子南游所值。二曰太史儋，其人在周烈王时，为周室史官，西入秦见秦献公。三曰詹何，为楚人，与环渊公子牟宋玉等并世。自以老莱子误太史儋，然后孔子所值之丈人，遂一变而为王室之史官。自以环渊误关令尹，然后太史儋出关入秦，遂有人强之著书。夫《论语》之丈人，已为神龙出没，一鳞片爪，不可把摸；太史儋以神谶著，詹何以前识名，益复荒诞。今以三人传说，混而归之一身，又为之粉饰焉，则宜其去实益远。今为分别条理，则孔子所见者，乃南方芸草之老人，神其事者由庄周。出关游秦者，乃周室史官儋，而神其事者属秦人。著书谈道，列名百家者，乃楚人詹何，而神其事者，则为晚周之小书俗说。其混而为一人，合而为一传，则始《史记》。而其牵而益远，以老子上跻尧舜，下及商初，则人知其妄，可勿深论也。

十八 老子之子孙

《史记》载孔子见老子，姓氏，名字，里居，年世，及其师弟子之传，既一一为之详考其来历，而深著其荒诞不足信如上述。顾犹有疑者，则老子之子孙是也。

《史记》："老子之子名宗，宗为魏将，封于段干。宗子注，注子宫，宫玄孙假。假仕于汉孝文帝，而假子解，为胶西王卬太傅，因家于齐焉。"马迁述老子子孙，详实如是，岂得以为虚？顾实有可疑者：梁氏《志疑》云："史公既疑老莱子即老子，又疑太史儋即老子，《史》以传信，奈何恍惚以惑后世？《传》中载其国邑，乡里，姓名，字号，官守，出处，以及其子孙，则非异类矣，而曰'莫知所终'，曰'莫知然否'。将所谓子孙者，聃耶？莱耶？儋耶？"此可疑一也。汪中《老子考异》，据魏安釐王四年，段干崇割地，谓为魏将封段干者，乃儋之子，详见前引。是汪氏谓崇即宗也。然其事在周赧王四十二年，上距烈王二年太史儋入秦，亦一百零一年。儋之入秦，苟宗为初生，是宗年逾百岁，犹为魏将，有是理乎？可疑二也。若谓段干崇为詹何子，则年代尚相当，然亦无证可立。且凡人之称其祖先，妄诞者多矣。刘氏自谓出尧后，商周自谓出稷契。稷母履大人迹，契母吞玄鸟卵。又将一一据其子孙，而信其祖先耶？圈称为《陈留风俗传》，自序先世；颜师古《刊谬正俗》辨之，斥其鄙野。见卷八。胶西太傅，夫亦圈称之类耳。则《史记》虽详列老氏之子孙，终不足以跻老子于信史也。《路史·后纪·疏仡纪》注引《三辅决录》："段氏出老子，段干木之子隐如入关，去'干'字为段氏。"乃云入关者系段干木之子，校其年代颇合。然段干木之孙，仍不得为魏安釐王将也；且段干木又系老子之何人乎？凡此诸说，或足征汉之李氏与战国段干氏有关，不得即为老子之信史。

十九 老子书之年代

老子之辨既定，则今传《道德》五千言者，又出何人之手乎？曰：此已无可确指。其成书年代，亦无的证，可资论定。据其书思想议论，及其文体风格，盖断在孔子后。当自庄周之学既盛，乃始有之。汪氏以为太史儋之书，亦非也。纵有太史儋，其人乃在庄周先，此书犹当稍晚，不能出儋手。

且《汉志》“道家”有《郑长者》一篇。陶宪曾曰：“释慧苑《华严经音义》下，引《风俗通》云：‘春秋之末，郑有贤人，著书一篇，号郑长者，谓年高德艾，事长于人，以之为长者也。’”“阴阳家”有《南公》三十一篇，《项羽纪正义》，虞喜《志林》云：“南公者，道士，识废兴之数。”徐广云：“楚人也，善言阴阳。”公者，长老之号，《汉书·眭弘传集注》老人之称也。《汉书·田叔传集注》“农家”有《野老》十七篇，应劭曰：“年老居田野，相民耕种，故号野老。”盖道家、阴阳家、农家之三派者，皆贵遁隐无名，又尚葆真全年，故著书每匿其名而称老。老子亦其流，乌从而必指其人哉。

其意著于《庄子》之《寓言篇》，曰：“寓言十九，重言十七。寓言十九，藉外论之，重言十七，所以已言也。是谓耆艾。”郭象曰：“以其耆艾，故俗共重之，虽使言不借外，犹十信其七。”道家著书，非藉之外，则托之老。如《庄子》称列御寇南郭子綦，是藉之外也。参《考辨》第五九。如老子郑长者南公野老著书，是托之老也。今《庄子》寓言，知晓者多，其重言则人鲜瞭者。故云彭祖八百，则人习养生矣；云老聃仙隐，则人轻儒墨矣。是皆入其重言之彀中也。又曰：

"年先矣，而无经纬本末，以期年耆者，是非先也。"盖仅托之于年耆，犹不足以取重而动听，乃必为之经纬本末焉。经纬者，上下为经，旁通为纬。如言老子，而孔丘师之，杨朱问道，庚桑楚尸祝于畏垒，南荣趎赢粮而往从，是老子为经，孔丘杨朱亢桑南荣为纬也。本末者，如言老子先为王官，终则遁隐，关尹尼之，乃著五千言，是其本末也。故后人尤重老聃，不信彭祖，则彭祖虽年耆，其经纬本末，不若老聃尔。此则庄生重言之说也。乃后之读书者，终必以老子为可信，不敢自越出于十七之数，吾以是不能不爱庄生之智矣。

今不得已而必为《老子》五千言寻其作者，则詹何或庶其近之。《老子》曰："道可道，非常道，名可名，非常名。"此乃庄周公孙龙以后书耳。魏牟问于詹子，其年粗合。《庄子·内篇》述老聃语，绝不见今《老子》五千言中。盖其时尚无《老子》书，特庄周自为寓言。至《荀子》云："老子有见于诎，无见于信。"《天论篇》或其时已有《老子》书。若仅见庄周寓言，荀子博学，未必遽加弹驳。以詹何年世言之，亦当在庄周荀卿间也。又詹何屡见于晚周人之称述，而《汉志》独无詹子书。便蜎与詹何齐名，而汉人称环渊师老子。然则，必不得已而求今《道德》五千言之作者，与其归之孔子时之丈人，与秦献公时之周史，无宁与之公子牟、楚襄王同时之詹何为得矣。

且史公传老子虽多妄，其言汉初黄老传统则颇有可信者。《史记·乐毅列传》："乐氏之族，有乐瑕公乐臣公。赵且为秦所灭，亡之齐高密。乐臣公善修黄帝老子之言，显闻于齐，称贤师。"又曰："乐臣公学黄帝老子，其本师号曰河上丈人，不知其所出。《隋志·道德经注》云：“梁有战国时河上丈人《注》二卷，《汉志》未载。”《经典叙录》有汉文帝时河上公《注》，无河上丈人。《四库提要》云：“两河上公各一人，两《老子注》各一书。战国时河上公书在隋已亡，今所传者，实汉河上公书也。”余谓汉河上公，即影射战国之河上丈人。（此王应麟《艺文志考证》已言之）至梁时河上丈人《注》，又系后世假托，非真战国时书。不然，《汉志》何未著录？《提要》自误，未可从。河上丈人教安期生，安期生教毛翕公，毛翕公教乐瑕公，乐瑕公教乐臣公，乐臣公教盖公，盖公教于齐高密胶西，为曹相国师。”《集解》《索隐》俱云：“臣公一作巨公。”《田叔传》：“学黄老术于乐巨公。”《汉书》作钜公，即巨公也。《御览》五百十引《道学传》亦作乐钜公，“臣”为“巨”讹无疑。《道学传》又云：“乐钜公，宋人，号曰安丘丈人。”沈钦韩谓：“‘钜公’犹墨家之称‘钜子’，非其名。”然其前尚有乐瑕公，沈说恐非是。而论其传受，则《史》既谓乐瑕公乐巨公于赵且为秦灭时亡之齐，则其人尚在战国晚世。盖公受乐巨公黄老术，为曹参师。田叔学黄老术于乐巨公，而仕赵王张敖。则乐巨公下及秦汉之交。今二乐治黄老，得于毛翕公，毛翕公得于安期生，则安期生年世不能甚后。然史公又谓：“蒯通善齐人安期生，《列仙传》：“安期生，琅邪阜乡人。”安期生尝干项羽，羽不能用。已而羽欲封此两人，两人终不肯受，亡去。及曹参为相，请蒯通为客。”蒯生之年，不能高于盖公，则安期生正与乐巨公同时，何渠为盖公四传之师哉？盖蒯生颉颃公卿间，说韩信，客曹参所，遂以得名。安期生隐晦不彰。其后至武帝时，李少君乃言：“常游海上，见安期生。安期食巨枣，大如瓜。安期生仙者，通蓬莱中。合则见，不合则隐。”于是天子始遣方士入海，求蓬莱安期生之属，安期生乃始与昔者宋毋忌羡门高之徒，同为海上神仙。《史记·封禅书》谓：“自齐威、宣之时，驺子之徒，论著终始五德之运，及秦帝而齐人奏之。而宋毋忌正伯侨充尚羡门子高最后，皆燕人，为方仙道，形解销化，依于鬼神之事。”然则此数人者，皆出驺衍后。《索隐》云：“‘最后’，犹言‘甚后’也。服虔说止有四人，是也。小颜云‘自宋毋忌至最后凡五人’，刘伯庄亦同此说，恐未详。”王鸣盛曰：“案服虔司马贞说，‘最后’者，自是谓其在驺子之后耳，非姓名。其实止四人。颜注谬。”又韦昭曰：“皆慕古人之名，效为神仙者也。”余谓秦人自以此数人名字为神仙耳，非此四人效古神仙之名。韦说亦误。而始皇帝之碣石，使燕人卢生求羡门高，见《始皇本纪》。已谓之仙人，无怪安期生与蒯生交游，尝以术干项羽，而武帝乃想望以为海上真仙，欲图一面而不可得矣。当时言黄老者，固引神仙同流，故曰安期生师河上丈人，而汉初治黄老，若盖公，若田叔，上推之于二乐，其传皆自安期仙人来。此与所传孔子师老聃者，作用虽异，取径固同。然则史公言盖公田叔，其传受尚荒诞，已不尽信，其言老子，宜乎其迷。乐彦引《老子道经》云：“月中仙人宋毋忌。”可证当时言老子，多与诸仙通流。余考《老子》书，盖兴于齐，出于庄周宋钘之后，荀卿已及见，至韩非吕不韦时已大行。此所谓“《道德》之意五千言”者，其殆果出于河上丈人之手乎？人之曰“丈人”，犹书之曰“老子”也。若丈人老寿，得跻百岁，或者其卒世，犹可出荀卿后。毛翕公、安期生、二乐之徙，皆并世肩随，不能大相先后，或者皆尝得其书而传其术，而史公某以传某又以传某之说，固不足尽据。且邹衍出燕惠王后，秦人已上归之齐威、宣时。今丈人当晚周，汉人何难升诸孔子之前哉？要之推迹黄老真源者，当寻索于此，以视犹龙一传，迷离惝恍，固远为近于情实。而詹何以渔钓称高年，其得为河上之丈人亦宜。年世既合，邦邑亦近。故曰与不得已而必求《道德》五千言之作者，则不如归之詹子之为适也。宋陈无己《后山集·理究》："世谓孔老同时，非也。孟子辟杨墨而不及老，荀子非墨老而不及杨，庄子先六经，而墨宋慎次之，关老又次之，庄惠终焉。其关杨之后，孟荀之间乎?" 此疑老子身世最先，而定老子身世亦最的。

考辨

卷三

七三　商鞅考　附　甘龙　杜挚

商鞅，卫人，与吴起同邦土，其仕魏，事公叔痤，而痤又甚贤起。起之为治，大仿李克。鞅入秦相孝公，考其行事，则李克吴起之遗教为多。《史》称鞅先说孝公以比德殷周，是鞅受儒业之明证也。其变法，令民什伍相收司连坐，此受之于李克之《网经》也。《通典》引《吴起教战法》，亦有“乡里相比，什伍相保”之文。立木南门，此吴起偾表之故智也。此《容斋随笔》四、《困学纪闻》十均言之。桓谭《新论》：“魏三月上祀，农官读法。”其法亦“督农事，尽地力”之意，其制殆亦始于李悝，则吴起商鞅之立木偾表，其先亦师李氏读法之意也。今《周官》有读法之制，其书出当在后，盖亦三晋之士所为。开阡陌封疆，此李克尽地力之教也。参读朱子《开阡陌辨》。《鞅传》：卫鞅变法，甘龙杜挚争之。《孟子》论井田引龙子，谓“莫善于助，莫不善于贡”。助有公田，乃井田旧制，贡则使民尽地力而税之，疑龙子即甘龙。又《秦策三》王稽杜挚同伐赵，年世不相接，岂别一杜挚耶？今按：《史》文本诸《商君书·更法篇》，而此篇多袭《赵策》“武灵王胡服”章。《赵策》云：“武灵王平昼闲居。”而《商君书》讹为“孝公平画”，是其证。然则恐杜挚非有二人，而甘龙亦不必与商君同时。迁议令者边城，此吴起令贵人实广虚之地之意也。《汉志》《神农》二十篇，班注：“六国时诸子，疾时怠于农业，道耕农事，托之神农。”师古曰：“刘向《别录》云：‘疑李悝及商君所说。’”今按：重农政，李悝吴起商君一也。顾刘氏独不及吴起。重法律，亦李悝吴起商君一也。桓谭《新论》称商君受李悝《法经》以相秦，亦不及吴起。《汉志》“兵家”有《李子》十篇，沈钦韩曰：“疑李悝。”又有《公孙鞅》二十七篇，《荀子·议兵篇》：“秦之卫鞅，世俗所谓善用兵者也。”是重兵事，又李悝吴起商鞅三人所同也。后人视起仅为一善用兵者，而独不及李克商鞅。其误盖始于《史记·孙吴列传》，以起与孙武孙膑并列，不知兵家亦有李子公孙鞅。当时从政者率主兵，乃时代使然，岂得徒以兵家目之。鞅之为政，宗室贵戚怨之，不获其死，亦类吴起。人尽夸道鞅政，顾不知皆受之于李吴。人尽谓法家原于道德，顾不知实渊源于儒者。其守法奉公，即孔子正名复礼之精神，随时势而一转移耳。道家乃从其后而加之诽议，岂得谓其同条贯者耶？汉初学术，非道德即刑名。而史公当武帝时已尊儒，故升孔子为《世家》，而以老庄申韩同《传》，自据当时立论。老子韩非，同出战国晚世，思想自有相通处。至李吴商鞅，乃战国初期法家，不得与韩非并论。

《史记·鞅传》："鞅初事魏相公叔痤，痤卒，惠王弗能用，鞅遂入秦。"考惠王九年，公叔痤为将，败韩赵于浍。是年即为秦所虏，吕氏《大事记》谓秦虏痤复归之，而终于相位，则在明年，为秦孝公元。《秦本纪》鞅入秦见孝公在元年，是也。孝公三年，鞅说孝公变法。六年，拜左庶长。《秦策》："孝公行商君法十八年，疾且不起。"自七年至二十四年，孝公卒，适十八年。盖自七年以后，商君始见信任也。十年为大良造，《本传》称"行之十年"，"于是以鞅为大良造"者误。又《本传》称商君相秦十年，然《本纪》《列传》《年表》记鞅在秦爵位升迁甚备，独无为相事。《年表》："孝公二十二年封大良造商鞅。"《水经·浊漳水注》在惠成王三十年，较《年表》前一年。史公据《秦纪》言鞅事宜不误，或魏史用夏正，尚在今年之末，而秦用周历，已改岁，则在明年之端也。又《浊漳水注》："衡水北径鄡县故城东，《竹书纪年》梁惠成王三十年，秦封卫鞅于邬，改名曰商，即此是也。故王莽改曰'秦聚'也。"今按：《史记集解》，徐广曰："弘农商县。"《索隐》谓："於、商，二县名。"《正义》："於商在邓州内乡县东七里，古于邑。商洛县在商州东八十九里，本商邑。"是谓於商与商乃两地。今按：《史记》他处皆言商於，不言於商，则“封於商”，乃专指商洛，不兼于言。考秦在当时，尚未得河西地，更不得远封商君达于漳卫之域。且《史记》明称“封之於商十五邑”，赵良亦谓“何不归十五都，灌园于鄙”，此证郦说之不足信。惟不知《纪年》说究何自。或邬即指於商之于，合言之，则曰於商，或商於。单言之，亦可曰商，或曰于，即邬。要之不在衡漳附近，则断可定也。则商君至封列侯，仍为大良造，非别有为相一级也。其后惠文王五年，《本纪》《年表》均书阴晋人犀首为大良造，魏人因献阴晋。疑其时秦之大良造即当相职，非别有相位一级也。至惠文王十年，张仪相，秦官始有相称。以后例前，故称商鞅为秦相耳。又按：赵良之说商君曰：“相秦不以百姓为事，而大筑冀阙。”筑冀阙在鞅为大良造后二年，知为大良造即为秦相矣。然自此下至孝公卒尚十五年，则《史》所称“相秦十年”者，亦复非也。《本传》又云：“筑冀阙宫庭于咸阳，自雍徙都之。后四年，公子虔复犯约，劓之。”今按：赵良说商鞅：“公子虔杜门不出，已八年矣。”赵良进说后五月，孝公卒。今姑定赵良之说在孝公卒前一年，其前八年，为孝公之十六年，适当秦迁都行新法后四年。则公子虔之劓，断在是年。然《本传》又云：“鞅为左庶长，定变法之令，于是太子犯法，鞅曰：‘太子，君嗣也，不可施刑，刑其傅公子虔。’”鞅为左庶长在孝公六年，其时尚位微，何能遽刑及于太子之傅？且孝公是年不过二十七岁，太子尚幼，不能犯法，鞅亦何不称太子幼弱，而云君嗣不可刑？知太子非幼弱矣。然则刑公子虔自在十六年，而史公误为在前，遂称公子虔复犯约耳。二十二年，封於商，二十四年，见诛。《盐铁论·非鞅第七》，谓商君入秦，“期年而相之”，亦误。今姑定商君入秦年三十，则其生年应与孟子相先后，其寿殆过五十，而未及六十也。《吕氏春秋·无义篇》：“公孙鞅以其私属与母归魏，襄庇不受。”是鞅败时其母尚在，知鞅非高寿。

《汉书·艺文志》“法家”《商君》二十九篇，“兵权谋家”《公孙鞅》二十七篇，今传二十六篇，亡其二，实二十四篇。然全书开首《更法》第一，称“孝公平画”，即已举孝公之谥，其书非出鞅手，明明甚显。其他如《弱民篇》袭《荀子》，《靳令篇》同《韩非》，《错法》有乌获，乃秦武王时人。知其书之成颇晚。而《徕民篇》且云：“今三晋之不胜秦四世矣。自魏襄以来，小大之战，三晋之所亡于秦者不可胜数。若此而不服，秦能取其地，不能夺其民也。夫秦之所患者，兴兵而伐则国家贫，安居而农则敌得休息，此王所不能两成也。故三世战胜而天下不服。今以故秦事敌，而使新民作本兵，虽百宿于外，境内不失须臾之时，此富强两成之效也。”又曰：“周军之胜，华军之胜，长平之胜，秦之所亡民者几何?”此其文明出长平战后，而所以为秦谋者亦至精。其意欲乘屡胜之锋，而使战败者不得休息，故有徕三晋民使耕于内，而秦民专战于外之画。若在孝公变法时，方务开阡陌，尽地力。内力未充，其出而战也，亦窥机抵隙，因便乘势，非能亟战而操必胜之权也。参读《考辨》第九五。无论秦之声威未震，关东之民不肯襁负而至。即至矣，亦只以扰秦而亡之，欲求国内一日之安，将不可得，更何论于亡三晋而一天下哉！史公序商鞅变法，条理悉备。其一民于耕战则有之矣；徕三晋民耕于内，驱秦民战于外，史公无此说也。后世言商君变法，往往以开阡陌徕民并称，失之远矣。商鞅徕民，其说始于杜佑，盖本之《商君书》。

七四　齐威王在位三十八年非三十六年辨

《纪年》：“梁惠王后元十五年，齐威王薨。”其年为周慎靓王元年。林氏《战国纪年》，雷氏《竹书考订》，据此谓威王卒于周显王四十八年，误也。自梁惠王十四年，即威王元年，至是，则威王之三十八年也。《史记·年表》威王凡三十六年，盖误。今考《史记》所以误者，《滑稽列传》载："淳于髡说威王以隐，曰：'国中有大鸟，止王之庭，三年不蜚又不鸣，王知此鸟何也？'王曰：'此鸟不飞则已，一飞冲天；不鸣则已，一鸣惊人。'乃奋兵而出，诸侯振惊，还齐侵地，威行三十六年。"《史记》此文，当出战国杂说，史公采之，遂误认威王在位三十六年也。不知此文所云"三十六年"，乃指其威行天下之年，不得以诸侯并伐之年并入计算。虽淳于髡以隐进谏之事，或未可尽信，然当时为此说者，固明谓威王在位三十九年，故以不治之三年，加威行之三十六年，而足成其数。今谓威王凡三十八年者，自其即位之明年改称元年计也。《田齐世家》谓："威王初即位，不治，九年后，乃奋发。"与三年之说不同。《淮南·氾论训》："齐威王设大鼎于庭中，数无盐令而烹之，齐以此三十二岁道路不拾遗。"此即烹阿大夫之别传。惟称三十二岁，则未可据。即如《国策》所载邹忌讽谏威王，详其辞气，正在威王奋发中兴之前。而《史记》称邹忌以鼓琴干威王，已在威王之二十一年。凡此皆史公博采旧说，疏略致误。其实威王特始懈终励，一时传说纷纷，极言其中兴之骤，奋发之奇，乃有三年、九年之语，与淳于髡进隐及一日而封即墨、烹阿大夫之说。以余观之，似《国策》邹忌事最为雅净可取。且若依《纪年》，则今《史·表》邹忌以鼓琴见威王之岁，正值威王初立之年。则威王在位年数，正可援《纪年》与《滑稽列传》所采杂说，及《年表》三端参合而定，断断然无可移也。

七五　稷下通考

扶植战国学术，使臻昌隆盛遂之境者，初推魏文，既则齐之稷下。稷下者，《史记·田齐世家集解》引刘向《别录》云："齐有稷门，城门也。谈说之士，期会于稷下也。"《太平寰宇记》卷十八，《益都下》，引《别录》云："齐有稷门，齐之城西门也。外有学堂，即齐宣王立学所也，故称为'稷下之学'。又莒子如齐，盟于稷门。又《史记》云：'谈说之士，会于稷下。'皆此地也。"《索隐》："《齐地记》云：'齐城西门侧系水左右有讲室趾，往往存焉。'盖因侧系水，故曰稷门。古'侧''稷'音相近尔。又虞喜曰：'齐有稷山，立馆其下，以待游士。'亦异说也。"按：鲁亦有稷门，为正南门。又《左传》定八年："公敛处父帅成人自上东门入，与阳氏战于南门之内，弗胜，又战于棘下。"杜注："棘下，城内地名。"疑棘下即稷下，因地近稷门而名。鲁南城有三门，正南曰稷门，南城西门曰雩门，其东门曰鹿门。齐城亦有鹿门，则齐之稷门，自与鲁同，并不以侧系水，亦并不以稷山称为稷下。以雩门之例推之，当以社祭得名。而谈说之士，期会于此门附近，故称稷下，仍以《别录》之说为允。又《水经·淄水注》："系水流径阳门西，水次有故封处，所谓齐之稷下也。"阳门乃齐西门，然则稷下在西门，自不误。又《太平寰宇记》卷十八亦谓："棘下，齐城内地名。"亦与鲁棘下同。徐幹《中论·亡国篇》："齐桓公立稷下之宫，设大夫之号，招致贤人而尊宠之，孟轲之徒皆游于齐。"是稷下始于田午也。按：此说极少见，《中论》以外无言者。然田桓公之时，田氏得齐未久，又身行篡夺，正魏文礼贤之风方衰，继而为此，揽贤士，收名声以自固位，恐有之耳。《新序》："邹忌既为齐相，稷下先生淳于髡之属七十二人，皆轻邹忌，相与往见。"是威王时已有稷下先生之称也。《田齐世家》："宣王喜文学游说之士，自如驺衍淳于髡田骈接子慎到环渊之徒七十六人，皆赐列第为上大夫，不治而议论。齐稷下学士复盛，且数百千人。"是至宣王时而稷下大兴也。《世家》叙此于宣王十八年，殆因宣王十九年而卒，而此事无确年可系，故书于其卒前耳。狄子奇《孟子编年》遂谓："宣王十八年兴稷下。"大误。《周季编略》误亦同。《盐铁论》："及湣王奋二世之余烈，南举楚淮北，并巨宋，苞十二国。西摧三晋，却强秦，五国宾从。邹鲁之君，泗上诸侯，皆入臣。矜功不休，百姓不堪，诸儒分散。慎到接子亡去，田骈如薛，而孙卿适楚。"是稷下先生散于湣王之末世也。《孟荀列传》："田骈之属皆已死，齐襄王时，而荀卿最为老师。齐尚修列大夫之缺，而荀卿三为祭酒。"是至襄王时而稷下复兴也。至王建之世则无闻。然史称邹衍邹奭皆稷下先生，是其制犹存也。盖齐之稷下，始自桓公，历威宣湣襄，前后五世，垂及王建，终齐之亡，逾百年外，可谓盛矣。《新序》又云："齐稷下先生喜议政事。"此稷下之学风也，上自淳于髡，下至荀卿，莫不皆然。《田齐世家》云："稷下学士不治而议论。"不治者，田骈设不宦之义，而淳于髡以终身不仕见称，此稷下之行谊也。故游稷下者称学士，其前辈称先生，尤尊推老师。淳于髡游梁，惠王称淳于先生。齐人讥田骈，亦呼先生。孟子遇宋牼于石丘，曰："先生将何之?"荀卿之来稷下，初称游学，后为老师。宋牼尹文之言曰："先生恐不得饱，弟子虽饥，不忘天下。"皆是也。《齐策》有先生王斗，殆亦稷下先生也。《列子》书称尹文先生，《新序》称田巴先生。《隋书·经籍志》："鲁连，齐人，不仕，称为先生。"疑亦列稷下。而稷下复有讲室，此稷下之组织也。言其禄养，《孟荀列传》有云："自如淳于髡以下，皆命曰列大夫，为开第康庄之衢，高门大屋尊宠之。"《齐策》或人讥田骈曰："赀养千钟，徒百人。"齐宣王之于孟子曰："将中国授室，养弟子以万钟。"此稷下之生活也。游稷下者，既得优游禄养，而无政事之劳，故相率以著书讲学为事。《孟荀列传》所谓："各著书言治乱之事以干世主，岂可胜道。”刘向《荀子目录》所谓“咸作书刺世”者也。此则稷下之事业也。其姓名显著者，有淳于髡慎到田骈环渊接子宋钘尹文邹衍邹奭荀卿，既各分篇考辨其年世行事，爰综述其前后兴衰之大要焉。《五经异义》云：“战国时齐置博士之官。”今按：博士始于鲁，魏亦有之，齐稷下本追鲁缪魏文礼贤之制。盖博士即稷下之先生也。参读《考辨》第四八。

稷下学士名表

姓　名	国　籍	年　世					《考　辨》
(一) 淳于髡	齐	威	宣				一一八
(二) 孟　轲 (?)	邹	威	宣				七六
(三) 彭　蒙	齐 (?)	威 (?)	宣				一三九
(四) 宋　钘	宋		宣	湣			一二三
(五) 尹　文	齐		宣	湣			一二四
(六) 慎　到	赵		宣	湣			一三七
(七) 接　子	齐		宣	湣			一三八
(八) 季　真 (?)	齐 (?)		宣				一三八
(九) 田　骈	齐		宣	湣			一三九
(十) 环　渊	楚 (?)		宣	湣	襄 (?)		七二、一四六
(十一) 王　斗	齐		宣	湣 (?)			七五、一三九
(十二) 儿　说 (?)	宋		宣	湣			一三〇
(十三) 荀　况	赵		宣	湣	襄		一四三、一六三
(十四) 邹　衍	齐				襄	王建	一四四、一五二
(十五) 邹　奭	齐				襄 (?)	王建	一四四
(十六) 田　巴	齐					王建	一五五
(十七) 鲁仲连	齐					王建	一五五

七六　孟子不列稷下考

孟子游齐，历威宣二世，参读《考辨》第九八。正当稷下盛时，而孟子则似不伍于稷下。《盐铁论·论儒篇》："齐宣王褒儒尊学，孟轲淳于髡之徒，受上大夫之禄，不任职而论国事。盖齐稷下先生千有余人。"是以孟轲淳于髡同为稷下侪偶也。余考其说似颇误。徐幹《中论·亡国篇》："齐桓公立稷下之宫，孟轲之徒皆游齐。"亦与《盐铁论》同。桓公之卒，孟子年不过三十，谓其已游齐，亦恐不然。虽《史记》与《孟子》书均无明文以证其非，而可推迹以求者。《史记·孟荀传》云："自如淳于髡以下，皆命曰列大夫，为开第康庄之衢，高门大屋尊宠之。"不数孟子，而云淳于髡以下，此孟子不列稷下之证一也。《田齐世家》亦云："宣王喜文学游说之士，自如驺衍淳于髡田骈接子慎到环渊之徒七十六人，皆赐列第为上大夫，不治而议论。"列举稷下闻人，独无孟子，此孟子不列稷下之证二也。《孟子》书载与淳于髡辩难凡两番，阎若璩《四书释地又续》谓："一在去齐之后，一似相值于梁惠王朝。"今按：淳于诘孟子天下溺而不援，阎氏定为在梁相值之言。盖以其时孟子不仕而臆定。然安知不在齐威王时，两人固同在齐。孟子虽不仕，而好言仕义。淳于之言，非以为劝，乃以为讥也。淳于为稷下先生，不治而议论，此以不仕为名高者也。孟子则曰："士不托于诸侯，抱关击柝者，皆有常职，以食于上。无常职而赐于上者，为不恭。"又曰："庶人不传质为臣，不敢见于诸侯。"又曰："仕非为贫，而有时乎为贫。"又曰："孔子三月无君，则皇皇如也，出疆必载质。"曰："士之仕也，犹农夫之耕。”而所恶则曰：“处士横议。”所愿学则在孔子。曰：“可以仕而仕，可以止而止，可以久而久，可以速而速。”至若稷下诸先生，不治而议论，此孟子所谓处士之横议，庶人不为臣，无常职，而托于诸侯，皆孟子所深斥也。故孟子在齐为卿，有官爵，明不与稷下为类。致为臣而归，则非不仕。宣王欲中国而授孟子室，养弟子以万钟，此《史记》所谓开第康庄之衢，欲以稷下之礼敬孟子。孟子曰：“是贱丈夫登垄断罔利者。”而淳于又讥之，曰：“夫子在三卿之中，名实未加于人而去，仁者果如是乎？”凡以见其出处行谊之不同。此孟子不列稷下之证三也。当时如仪衍纵横之徒，以妾妇之道固禄利。而许行陈仲则主并耕，不恃人食。淳于髡田骈稷下之处士，既享仪衍居官之禄，复慕许陈在野之名。惟孟子独高谈士礼，自谓本之孔子。然孔子之礼，重在君君臣臣父父子子，而孟子欲以齐王，又自称诸侯之礼吾未之学。而孟子所谓孔子之仕止久速，当孔子时亦未尝以此为礼，而明以告其弟子也。此亦世风之一变，余故以论稷下学士而并及焉。汪中《经义知新记》云：“《孟子》书载孟子为卿于齐，而其自言曰：‘我无官守，我无言责。’赵氏注‘孟子将朝王’云：‘孟子虽仕于齐，处师宾之位，以道见敬，诸侯上大夫，卿也，通谓之卿。’是孟子亦列大夫也。刘向《荀子叙》云：‘至齐襄王时，孙卿最为老师，齐尚修列大夫之缺，而孙卿三为祭酒焉。’《史记》亦云然。则荀子之称‘卿’，盖以官著，如虞卿者欤？”是误以孟子之卿谓即稷下之列大夫也。荀子称卿，自为其字。刘向《叙》曰：“兰陵人喜字卿，盖法孙卿。”此荀子字卿之确证。燕有荆卿，不闻其为卿。《荀子》书多称荀卿子，子者，尊美之词，若卿已为尊美之词，既曰卿，又曰子，则不词矣。（参读江瑔《读子卮言·论荀子之姓氏名字篇》）列大夫者，言爵比大夫，自为稷下学士之禄，与卿大夫不同。胡元仪亦谓孟子宣王时在齐，居列大夫之中，而《孟子》书言为卿于齐，盖卿即列大夫之长。皆由未能通读《孟子》全书，不知孟子本不与稷下为伍也。且稷下列大夫不治而议论，今孟子言无言职，明不与列大夫为类矣。至崔述《孟子事实录》云："孟子在齐为卿，乃客卿，与居官任职者不同。盖战国之士，游于邻国者多，虽不受职，有为时君所礼，亦畀以爵。《战国策》所谓'魏王使客将军新垣衍间行入邯郸'者是也。公孙丑又称'仕而不受禄'者，古者卿大夫之禄皆以邑。若他国之大夫居是邦者，则致馈饩牵，《春秋传》所谓'秦鍼与楚比齿'者是也。士之游是邦者，则馈以粟帛，孟子所谓'君馈之则受之'者也。孟子既见宣王，知其不能行道，故不受其采邑，以为久居之计；齐王虽授以卿之位，而初无卿之职，是以朝王无定期，而孟子亦自谓'无官守，无言责'也。"今按：崔说似晰而实未是。君馈则受，与卿禄绝不同。至卿大夫禄皆以邑，乃春秋时则然，战国亦未尽然也。惟狄子奇《孟子编年》谓："孟子在齐始为宾师，但受公养之礼，不受禄。其后为卿，受粟十万。凡言无官守、无言职者，皆在为宾师时。言当路于齐，加齐卿相者，皆在为卿时。当分别观之。"其言似的，惟系年有误耳。因辨孟子不列稷下，故附辨之。

七七　申不害考

《史记·申不害传》："申不害故郑之贱臣，学术以干韩昭侯，为相十五年，国治兵强，无侵韩者。"《索隐》："王劭按《纪年》，韩昭侯之世，兵寇屡交，异乎此言。"今按：《史记·韩世家》，申不害相在昭侯八年，至二十二年而死。然《史记》于昭侯元实误后四年，详《考辨》第七一。则昭侯八年乃梁惠王十六年也。其明年，梁伐赵，围邯郸。考《韩策》："魏之围邯郸也，申不害始合于韩王。然未知王之所欲，恐言而未必中。王问申子：'吾谁与而可？'申子微谓赵卓韩鼂，使各进议于王，申子微视王之所说以言之，王大悦。"正符初相情事。今《史记》申不害相尚在邯郸围后三年，则与《韩策》不合，知申子相韩在昭侯八年实不误；惟当梁惠王十六年，非二十年也。王劭所谓"兵寇屡交"者，今《纪年》已佚，其犹可考见，如惠成王：

十六年，秦公子壮帅师伐郑，围焦城，不克。《水经·渠水注》

十七年，郑厘侯来朝中阳。《水经·渠水注》。今按：此殆梁围邯郸，韩决从梁后事；参读下考。又《韩策》三："申不害与昭釐侯执珪而见梁君，申不害之计事曰：'我执珪于魏，魏君必得志外靡于天下，是魏弊矣。诸侯恶魏，必事韩。'"按：《纪年》：惠成王十三年与郑厘侯盟巫沙，明年鲁恭侯宋桓侯卫成侯郑厘侯来朝，是为郑厘侯之六年。八年申不害为相，九年朝魏于中阳。疑此所谓"执珪而见梁君"者，乃指九年朝中阳事。六年之朝，申子尚未当国也。

十八年，王以韩师败诸侯师于襄陵。《水经·淮水注》

二十六年，败韩马陵。《史记·魏世家索隐》。按：此条误，详《考辨》一三四。

二十八年，穰庇此据今本《伪纪年》，一本又作穰疵。《吕氏·无义篇》："秦惠王疑卫鞅，鞅以其私属与母归魏，襄庇不受。"即此人。《水经注》作穰苴，误。率师及郑孔夜战于梁、赫，郑师败逋。《水经·渠水注》

则韩为魏弱，王氏之辨，洵不虚矣。《志疑》不知今本《伪纪年》与王劭司马贞所见不同，妄据以驳王说，殊误。至申不害卒，余疑实当韩昭侯二十六年，详《考辨》第七一。则申子相韩前后当得十九年，《史》谓相韩十五年，亦误。申子相韩距郑灭已二十一年，依《史记》当二十五年。又十九年而卒，其先为郑贱臣，姑以韩灭郑申子年近三十计之，则其生年当在周威烈之末，安王之初，年寿在六十、七十之间。

《汉书·艺文志》有《申子》六篇，今均佚。韩非之书论之曰："申不害言术，而公孙鞅为法。术者，因任而授官，循名而责实，操杀生之柄，课群臣之能，此人主之所执。法者，宪令著于官府，刑罚必于民心，赏存乎慎法，而罚加于奸令，此人臣之所师。"又曰："申不害，韩昭侯之佐也。韩者，晋之别国也。晋之故法未息，而韩之新法又生；先君之令未收，而后君之令又下。申不害不擅其法，不一其宪令，则奸多。故利在故法前令则道之，利在新法后令则道之。“道”者，“奸之所道”，王先慎读为“导”，非是。故新相反，前后相悖。则申不害虽十使昭侯用术，而奸臣犹有所谲其辞。故托万乘之劲韩，七十年而不至于霸王者，顾广圻曰：“七十或当作十七。”则又与《史记》错二年，今未可考。虽用术于上，法不勤饰于官之患也。”若韩非之言，申子之所以为治，与商君绝异。后世顾以申商齐称，则误也。申子以贱臣进，其术在于微视上之所说以为言。而所以教其上者，则在使其下无以窥我之所喜悦，以为深而不可测。夫而后使群下得以各竭其诚，而在上者乃因材而器使，见功而定赏焉。《韩非子》：“韩昭侯使人藏弊裤，侍者曰：‘君亦不仁矣，弊裤不以赐左右，而藏之。’昭侯曰：‘非也。明主之爱，一颦一笑。颦有为颦，而笑有为笑。吾必待有功者，故藏之，未有予也。’”此谨赏罚之说也。又曰：“韩昭侯使骑于县，归问何见。曰：‘南门外有黄犊食苗道左。’昭侯谓使者，毋敢泄。乃下令曰：‘当苗时，禁牛马入人田中，固有令而吏不以为事，牛马多入田中，亟举上之。不得，将重罪。’三乡举而上之，昭侯曰：‘未尽。’乃复得南门外黄犊。吏以昭侯为明察，皆悚惧其所，不敢为非。”此为不可测之说也。《韩非》书言昭侯申子遗事者尚多，要其归在于用术以驭下，与往者商鞅吴起变法图强之事绝不类。其所以然者，殆由游仕既渐盛，争以投上所好，而渔权钓势，在上者乃不得不明术以相应。而吴起商鞅以忠贞殉主之节已不可见。自此而往，乃为公孙衍张仪结轼连骑于诸侯之间，颉颃以取重，而韩昭侯黄犊之察，弊裤之守，亦无以为驭矣。故自鞅起之变而为申子，又自申子变而为仪衍，亦战国时代升降一大节目也。太史公谓：“申子卑卑，施之于名实。”其言是矣。又谓其意原于黄老道德，此则托为黄老道德之说者，本出申子后。当申子之前，固犹无需乎虚无因应，变化无为，若黄老道德之所称也。

七八　魏围邯郸考

梁自惠王十四年，鲁宋卫郑来朝，霸业已形。十七年，挟宋韩以伐赵，围邯郸，齐楚并起而救，秦亦乘机攫利，此梁惠霸业成败一大关键也。顾自胡梅涧顾亭林梁曜北诸人均疑焉。今按：此事甚信，无可疑者。请举八证明之：

《宋策》：“梁王伐邯郸而征师于宋。”此魏伐邯郸之证一也。时宋胁于梁威，举兵围赵境一城，而不肯深入。及齐救至，宋遂折而入于齐。

《韩策》云：“魏之围邯郸，申不害始合于韩王，未知王之所欲，恐言而未必中。王问吾谁与而可，对曰：‘此安危之要，国家之大事臣请深维而苦思之。’乃激赵卓韩鼌使进议于王。申子微视王之所悦以言之，王大悦。”《韩非子·七术》载此事微异。申不害相韩在魏围邯郸前一年，详前考。正所谓“始合于韩王而未知王之所欲”之时也。此魏围邯郸之证二也。其后韩合于魏，《韩策》所谓：“申不害与昭釐侯执珪而见梁君。”《水经注》引《纪年》谓：“惠成王十七年，郑厘侯来朝中阳。”又谓：“魏与韩师败诸侯师于襄陵。”皆其证。

《楚策》：“邯郸之难，昭奚恤谓楚王曰：‘王不如无救赵以强魏。’景舍曰：‘不如少出兵以为赵援，赵魏相弊而齐秦应楚，则魏可破。’楚因使景舍救赵。邯郸拔，而楚取睢涉之间。”此魏拔邯郸之证三也。

《齐策》五：“昔者魏王拥土千里，带甲三十六万，其强而“而”字疑“北”字误。拔邯郸，西围定阳，又从十二诸侯朝天子以西谋秦。”此魏拔邯郸之证四也。

《魏策》三：“须贾之言曰：‘初时惠王伐赵，战胜乎三梁，十万之军拔邯郸，赵氏不割而邯郸复归。齐人攻燕杀子之，破故国，燕不割而燕国复归。’”此魏拔邯郸而不有之证五也。《史记·穰侯列传》亦载此语。

《吕氏春秋·不屈篇》论惠施相魏无功，而曰：“围邯郸三年而弗能取，士民罢潞，国家空虚，天下之兵四至。注：“救邯郸之兵，从四方来至也。”众庶诽谤，诸侯不誉，谢于翟翦而更听其谋，社稷乃存。”此魏拔邯郸而弗能有之证六也。

又《士容篇》记：“唐尚羞为史，及魏围邯郸，唐尚说惠王而解之围。”此魏归邯郸之证七也。

且犹有证者：《秦策》：“或为六国说秦王曰：‘赵尝强矣，筑刚平，卫无东野。刍牧薪采，莫敢窥东门。当是时，卫危于累卵。于是天下有称伐邯郸者，莫令朝行。魏伐邯郸，因退为逢泽之遇。’”是魏伐邯郸，乃承赵氏伐卫之后之证八也。详《秦策》所言，乃指魏惠王时事。然赵筑刚平，据《赵世家》乃在周安王二十年，赵敬侯五年，乃魏武侯时，非魏惠王也。惟《水经注·酸水》下引《纪年》：“梁惠成王十六年，邯郸伐卫，取漆富邱城之。”则在魏伐邯郸前。《秦策》误引漆富邱为刚平耳。又其时为齐威王四年，而《秦策》云齐太公，亦误。其后又称郢威王，楚威王正与齐威王同时，与齐太公则不相及也。鲍改太公为宣王，亦失之。逢泽之遇，即《齐策》“说闵王”篇所谓“从十二诸侯以朝天子”者也，《秦策》言之未析。又按：魏武侯赵敬侯齐太公时，别有魏袭邯郸事。（参读《考辨》第四三）《秦策》盖两事混说也。

邯郸之围，其见于《史记》者。

一、《赵世家》：（成侯）二十一年，魏围我邯郸。二十二年，魏惠王拔我邯郸，齐亦败魏于桂陵。二十四年，魏归我邯郸，与魏盟漳水上。

二、《魏世家》：（惠王）十七年，围赵邯郸。十八年，拔邯郸。赵请救于齐，齐使田忌孙膑救赵，败魏桂陵。十九年，诸侯围我襄陵。二十年，归邯郸，与盟漳水上。

三、《田齐世家》：（威王）二十六年，魏惠王围邯郸，赵求救于齐，齐威王使田忌南攻襄陵。十月，邯郸拔。《齐策》作七月。齐因起兵击魏，大败之桂陵。今按：其时为威王之五年。楚赵睽隔，其势缓；齐赵密邻，其势逼。故齐之救赵也诚。梁惠霸业，由此而挫。

四、《孙膑传》：田忌欲引兵之赵，孙子曰："君不若引兵疾走大梁，彼必释赵而自救。"田忌从之，魏果去邯郸，与齐战于桂陵，大破梁军。

据此诸说，则魏之围邯郸，断在惠王之十七年。齐兴师救赵时，邯郸犹未拔。逮齐围襄陵不利，《水经注》引《纪年》"魏以韩师败诸侯师于襄陵"是也。而魏亦拔邯郸，则在十八年。魏遂分兵反斗，齐亦济师迎击，为桂陵之役。梁军虽破，邯郸犹在其手，赵魏仍相持于邯郸之下，兵连祸结。诸侯救赵不力，坐自渔利。秦降安邑，楚取睢涉之间，皆其时事。直至惠王二十年，魏既力竭，乃归邯郸，与赵言和。此事记述昭昭，绝不容疑。考之《纪年》，有如下之诸条。

齐田期伐我东鄙，战于桂阳，我师败逋。《水经·济水注》

宋景敾、卫公孙仓会齐师围我襄陵。《水经·淮水注》。观《宋策》，梁征师于宋，宋本徘徊持两端，不利梁之灭赵，故至是乃折入于齐。卫亦附齐，梁势大孤。

此皆在惠王十七年。又：

王以韩师败诸侯师于襄陵，齐侯使楚景舍来求成。《水经·淮水注》

王会齐宋之围。《水经·淮水注》

赵败魏桂陵。《史记·魏世家索隐》

在惠王十八年。陈逢衡氏《集证》释之云："齐田忌救赵，战于桂阳，虽胜魏，而魏围邯郸如故。故齐又合宋卫二国之师以围襄陵。既而惠王又以魏师败诸侯之师，遂破邯郸。齐又击破魏军于桂陵。《田完世家》所谓'威王使田忌南攻襄陵'，又云'十月邯郸拔，齐因起兵击魏，大败之桂陵'是也。盖桂阳之战在邯郸被围之时，而桂陵之战在邯郸已破之日。《年表》于魏惠王十八书邯郸降，齐败我桂陵，于围襄陵前一年，误矣。"今本《纪年》作"邯郸之师败我于桂陵"，盖是魏史原文。《索隐》所引，已为改易。陈氏说之曰："此诸侯之师败魏于桂陵也。曰'邯郸之师'者，诸国之师俱为救邯郸而来，故曰邯郸也。"

又《孙吴列传索隐》："王劭案《纪年》，梁惠王十七年，齐田忌败我桂陵。"十七年，战在桂阳，而王劭作桂陵者，雷氏《义证》云："因《水经·济水注》谓此即桂陵之战，故误从其说。桂陵在曹州濮水之北，桂与阳为二地，在长垣县濮水之南，相去几二百里。《水经·济水注》谓濮渠之侧有漆城，即邯郸伐卫所取。又有桂城，即田期战处。又引五年景贾战于阳，谓即大陵城，此后始谓濮渠，又东径蒲城北，蒲即今长垣西北之蒲城，古为卫邑。据此是漆桂阳蒲四邑，皆在濮之上游，盖转战也。《赵世家正义》引《括地志》云桂陵城'在曹州乘氏县东北二十一里'，此方是明年齐师败于桂陵处，此在濮水之下游矣。"今按：陈雷两氏所辨，均极明晰，亦证《纪年》《史记》足相符会。而顾氏梁氏犹疑："邯郸为赵都，其君在焉，魏安得拔之？若果拔之，则未归邯郸之前，首尾几及二年，此二年中，赵侯徙居何地？

揆诸情势，深所难信。”不知在六国时人，如须贾辈，固自以魏拔邯郸与燕取临淄等观。燕可以取临淄，魏岂必不能拔邯郸？特燕齐之事在后，记载较详；魏赵之事在前，记载较略。赵侯徙居何地，今已不可考，然不能以记载之阙，遂并疑其犹存者。且齐亦先得燕都而弗能有，何独以邯郸之事而疑之？胡三省疑此事，谓：“赵都邯郸，何以魏克其国都而不亡。”因疑徙都乃肃侯，非敬侯，见《通鉴注》卷一。观于须贾之言，则所疑亦非也。

又按：《赵世家》：“敬侯元年，赵始都邯郸。”《春秋地名考略》引《竹书》：“周安王十六年，赵敬侯始都邯郸。”校其年正合。今本《纪年》无其文。王国维《古本竹书纪年辑校》亦未及。黄氏《逸书考》有之。

七九　季梁考　附　季真

《列子·力命篇》言：“杨朱之友季梁病。”《仲尼篇》言：“季梁死，杨朱望其门而歌。”则季梁先杨朱卒，梁之与朱，殆如惠施之于庄周矣。《魏策》云：“魏王欲攻邯郸，季梁闻之，中道而反，衣焦不申，头尘不去，而谏梁王。”是惠王围邯郸之岁，梁尚在也。鲍注云：“季梁，魏人，非《列子》所称。”不知杨朱亦与梁惠王同时，则乌见季梁之非一人哉？《荀子·成相篇》：“慎墨季惠百家之说诚不祥。”杨注：“或曰季即《庄子》曰‘季真之莫为者’也。又曰‘季子闻而耻之’，按：此均见《则阳篇》。则是梁惠王犀首同时人也。韩侍郎云：‘或曰季梁也。’”今按：《魏策》“公孙衍为魏将，与其相田需不善，季子为衍谓梁王”云云。田需之相，在惠施去相后，当魏襄王之世；则季子惠子庄子同时。季梁死杨朱前，不能至魏昭王时犹存。《庄子》书称季子，皆季真，非季梁；《荀子》以季惠并称，殆亦指季真，非季梁，韩说非也。《韩非·外储说左上》："故李、惠、宋、墨皆画策也。"顾广圻《识误》："李当作季，季梁也；惠，惠施；宋，宋钘；墨，墨翟。"今按：顾氏改"李"为"季"，是也。然亦季真，非季梁。又按：《庄子·天地篇》有季彻，似鲁人；《释文》云："盖季氏之族。"马氏《义证》谓："季彻疑即季真，古读照、纽、归、透皆舌音。"未知信否。

八〇　杨朱考

自《孟子》书言杨墨，曰："杨墨之言盈天下。"又曰："今天下不之杨，则之墨，能言距杨墨者，圣人之徒。"后世尽人读《孟子》书，因莫勿知有杨墨。墨为先秦显学，顾无论矣，至于杨朱，其事少可考见；先秦诸子无其徒，后世六家九流之说无其宗，《汉志》无其书，《人表》无其名。梁氏《人表考》，梁耆疑五等离朱乃杨朱字讹，谓等次时代皆相近。其实杨朱与梁惠王同时，今《人表》离朱在公输般下，尚出墨子前，与吴王夫差相次，决非杨朱字讹可知。则又乌见其为盈天下者？《庄子·天下篇》，《荀子·非十二子》《天论》《解蔽》诸篇，历辨诸家，亦无杨朱。惟刘向《说苑》称杨朱见梁王而论治，《政理篇》《列子》书言杨朱友季梁，季梁先杨朱死；而季梁之死，在梁围邯郸后。详《考辨》第七九。则杨朱辈行较孟轲惠施略同时而稍前，《淮南·氾论训》："歌舞以为乐，揖让以为礼，厚葬久丧以送死，孔子之所立，而墨子非之。兼爱尚贤，右鬼非命，墨子之所立，而杨子非之。全性保真，不以物累形，杨子之所立，而孟子非之。"亦谓杨子在墨后孟前。果使其言盈天下，则当时文运已兴，又胜孔墨之世，其文字言说，何至放失而无存，不又可疑之甚耶？余故知儒墨之为显学，先秦之公言也。杨墨之相抗衡，则孟子一人之言，非当时之情实也。孟子又曰："杨氏为我，是无君也；墨氏兼爱，是无父也。子莫执中，执中无权，犹执一也。"子莫之名尤不闻，并世无称，后世无传，不足以自表见，则亦一曲之士，而孟子以与杨墨并称，此非孟子之尊子莫，乃其轻杨墨；则杨墨之并称，非孟子之尊杨，乃其所以轻墨也。孟子既轻杨墨，何以又谓其言盈天下？曰：孟子谓墨氏无父，今未见其果无父也；则谓杨氏之言盈天下，又安见其果为盈天下哉？且孟子之言则别有指。孟子以谓墨氏之言过于仁，杨氏之言不及于义，故曰杨墨肆行，充塞仁义。盖人之常情，非自私自利，则又务外为人，皆不足以合于仁义之道。凡天下之务外为人者，皆孟子之所谓墨氏之言，而未见其果为墨也；凡天下之自私自利者，皆孟子之所谓杨氏之言，而未见其果为杨也。则孟子所谓"杨墨之言盈天下"者，亦其充类至极之义，非当时学术分野之真相也。《庄子》书每以黄帝形尧舜，老聃形孔子，正如孟子之以杨朱形墨翟耳。后人遂疑黄帝与尧舜于政治史上有同等之地位，老聃与孔子于学术史上有同等之影响，则亦如谓杨墨在当时思想界有同等之势力，陷于一例之误。然则庄子亦何以言杨墨？曰：庄子衡量并世学术，备见于《内篇·齐物论》，独称儒墨，不言杨墨也。言杨墨者，在其《外》《杂》诸篇，固不足尽凭，且其言曰："骈于辩者，累瓦结绳窜句游心于坚白同异之间，而敝跬誉无用之言，非乎，而杨墨是已。"夫坚白同异之辩，此自后相谓别墨者乃有之，非杨朱墨翟之辩也，又非杨之徒与墨之徒之辩也。犹其言曾史之擢德塞性，以收名声，使天下簧鼓以奉不及之法也。夫以此言曾子，犹之可也；以此言史鳝，则违之远矣。今乃据此言春秋时学术，谓有曾参史鳍一派，则人笑之矣。杨墨之言，夫亦犹此。特其书出《孟子》后，袭用杨墨之名，非确指杨墨之实也。《庄子》又云："削曾史之行，钳杨墨之口。"亦与此同例。《荀子》书言史鳍陈仲，又言邓析惠施，所重只在陈仲惠施，不在史鳍邓析。先秦书此例极多，会通观之，可勿拘也。又按：《文选》潘岳《西征赋》注，陈琳《为袁绍檄豫州》注，引《庄子》皆作"钳墨翟之口"，刘峻《广绝交论》注引，则作"钳杨墨之口"，知古人于此等处，本自不拘。又称庄子之语惠施曰："儒墨杨秉四，与夫子而五。"此尤不足据。何则？夫秉为公孙龙字，则不得为学派之称；且公孙龙在惠施后，亦不能并世称雄，则无来有五也。然则杨墨固不当并称乎？曰：非也。昔荀子曾言之，曰："慎墨季惠百家之言。"《成相篇》夫墨子最显矣，惠施则逊焉，慎到又逊之。季真之名，若存若亡。韩非言之曰："儒分为八，墨分为三：有子张氏之儒，有子思氏之儒，有颜氏之儒，有孟氏之儒，有漆雕氏之儒，有仲良氏之儒，有孙氏之儒，有乐正氏之儒。有相里氏之墨，有相夫氏之墨，有邓陵氏之墨。"三墨既皆不传，后之言儒者，不闻以仲良氏与孟子并称，又不闻以乐正氏与孙氏齐举也。今必据韩非之言，谓仲良氏、乐正氏，其学力之所至，风尚之所靡，与孟轲孙卿等量，则惑矣。必据荀卿之言，谓季真之在当时，与墨翟齐名，则愚矣。必据孟子而谓杨朱之在当时，与墨道相抗衡，平分天下学徒，又何异于此哉？然必谓杨朱不得与墨翟齐称，亦妄也。有一人之言，有一时之言，有举世之言，有历久之言。夫以儒墨为显学，此举世之言也，亦历久之言也。或言杨墨，或言慎墨季惠，或言八儒三墨，则皆一人一时之言也。后人不晓此，据一人一时之言，以评量上世之学术，又安所得其真？

又按：《庄子·应帝王》："阳子居见老聃。"《寓言篇》："阳子居南之沛，遇老子。"《释文》："阳子居，姓阳名朱，字子居。"又《山木篇》："阳子之宋。"《释文》："司马云：'阳朱也。'"字皆作"阳"；而《骈拇》《胠箧》《天地》称杨墨，《徐无鬼》称儒墨杨秉四，皆作"杨"。《孟子·尽心》："杨子取为我。"取犹"异取以为高"之"取"。上言"取为我"，下言"执中执一"，取与执略同义，《墨子》书有小取、大取，皆此义也。《吕氏春秋·不二》则曰："阳生贵己。"《庄子·山木篇》作阳子，《韩非·说林》作杨子。古书阳、杨通段，则阳子即杨子也。惟《庄子》书本作阳子，《孟子》书则作杨子。今《庄子》书中作杨字，以杨墨并称者，其文尽出《孟子》后。盖《庄子》书非出一手，非成于一时，此亦其证。而庄子著书并不称杨墨，亦可见。近人马氏《庄子义证》疑阳子为老子弟子，非杨墨之杨，谓有阳杨二子，其说大误。《山木》"阳子之宋"，《寓言》"阳子居南之沛"，两文均见于《列子·黄帝篇》，均作杨朱，可证马说之误矣。

八一　子莫考

孟子称杨墨，因及子莫，曰："子莫执中，执中无权，犹执一也。"赵岐注："子莫，鲁之贤人也。"金仁山曰："庄子谓儒墨杨秉四，疑即子莫。"黄鹤《四书异同商》辨之云："《纪闻注》以秉为公孙龙，则非子莫矣。《荀子》载公孟子高见颛孙子莫而问礼，岂子莫姓颛孙耶？"孙诒让《籀庼述林·子莫学说考》疑子莫即魏公子牟，谓牟、莫声类同。俞樾《茶香室经说》卷十六亦有此说。近人罗根泽又辨之，见《清华国学论丛》

第四期。曰："魏牟乃魏国公子名牟者，或曰公子牟，《庄子·秋水篇》，《赵策》，《汉书·艺文志》或曰魏公子牟，《说苑·敬慎篇》或曰中山公子牟，《庄子·让王》，《吕氏·审为》，《淮南·道应》无名之子牟者。惟高诱《吕氏春秋训解》曰：'子牟，魏公子也。'信如所云，何解于只书公子牟哉？名卫公子鞅曰子鞅，燕太子丹曰子丹，其可乎？孙氏以子莫即子牟之异文，子牟既非其名字，何能有子莫之异文哉？"因谓："子莫乃《说苑·修文篇》所谓颛孙子莫者。其文曰：'公孟子高见颛孙子莫，曰："敢问君子之礼何如？"颛孙子莫曰："去尔外厉，与尔内色胜，而心自取之，去三者斯可矣。"公孟子高不知，以告曾子。曾子曰："大哉言乎！无外厉者必内折，色胜而心自取者必为人役。是故君子德成而容不知，闻识博而辞不争，知虑微达而能不愚。"'按：本节似有误字。规规焉拘谨已极，与孟子'执一无权'之说相吻合矣。"又引钱大昕云："《春秋传》陈公子完与颛孙奔齐，颛孙自齐来奔。子张当是颛孙之后，以字为氏，故《史记》以子张为陈人，而《吕氏春秋·尊师篇》云：'子张鲁之鄙家也。'而其子申祥为鲁缪公臣，则居于鲁非一世矣。"按：钱氏无此语，殆系崔述之误。因谓"《说苑》虽未明载颛孙子莫为鲁人，然颛孙得氏日浅，战国之初当未散居各国；即颛孙子莫于时已徙居他邦，而颛孙既出于鲁，谓之鲁人亦不为过。《孟子》所称子莫，赵氏谓鲁之贤者，不得谓之无据，而与颛孙子莫要为一人矣"。余考魏牟年代，当出孟子后，与杨墨不相及。执中之学，亦近儒家，与魏牟立说不同，孙氏之说自误。罗氏以颛孙子莫当之，与黄鹤氏之说合。年世既符，其人又儒者，殆或是也。又按：公孟子高即公明高，《孟子》有公明高长息问答。赵岐曰："公明高，曾子弟子；长息，公明高弟子。”今公明高问于子莫，而曾子大其言，则子莫辈行，盖在曾子公明高之间。核其年世，疑即子张之子申详其人也。“莫”者疑辞，《庄子·人间世》：“妄则其信之也莫。”注：“莫然疑之。”“详”者审察之辞，《诗·墙有茨》：“不可详也。”《传》：“详，审也。”《书·吕刑》：“度作详刑，以诘四方。”郑注：“审，审察之也。”详字子莫，正符古人名、字相反为训之例。郑注《檀弓》：“申祥，子张子，《孟子》申详，《檀弓》作申祥；“详”本字，“祥”假字。太史公《传》曰：‘子张姓颛孙。’今曰申祥，周秦之声二者相近，未闻执是。”梁玉绳《人表考》云：“郑说似非。父氏颛孙，子氏申，父子别氏，古多有之，不足异也。”今按：颛孙合言为申，二者声近，故郑云然。梁氏以父子别氏说之，误矣。颛孙之与申，犹田之与陈也，故田仲子亦称陈仲子，犹申详称颛孙子莫也。据此则子莫年世，当鲁缪公时，与子思相当，犹前于杨朱矣。参读《考辨》第四八。

八二　白圭考　附　赵武灵胡服考

梁玉绳《汉书古今人表考》：“战国时前后有两白圭。《史·货殖传》，白圭当魏文侯时。原注：“《史》述其言有商鞅行法语，乃后人润饰之。”《韩非·内储说下》：‘白圭相魏。’《史·邹阳传》：‘白圭战亡六城，为魏取中山。’‘显于中山，中山人恶之魏文侯。’此周人白圭也，圭其名。《吕览·听言》《先识》《不屈》《应言》《举难》《知分》等篇，称白圭与惠施孟尝君问答。韩子《喻老》‘白圭之行堤’，塞其穴，无水难。《魏策》载白圭二事，在魏昭王时，盖尔时犹存，此魏人白圭也，丹名，圭字，《表》列于孟子魏惠王之间，则为魏白圭无疑；阎氏《四书释地续》曾辨之，惟赵岐误注周人，《国策》鲍注指其误，而高诱注《吕览》亦曰周人，凡三见，并错合为一人。《法言》曰：‘子之治产，不如丹圭。’已先错矣。”今按：白圭非有两人也。高诱赵岐皆以为周人，何以知其非？鲍以其人在《魏策》中，而即以为魏人，亦未见可据。此吴师道已辨之。魏文灭中山，为将者乃乐羊吴起，无白圭。乐羊有谤书三箧，不闻恶白圭于魏文者。白圭至中山，据《吕览·先识》，乃当后中山亡于赵事。邹阳《狱中上书》乃误以乐羊为白圭，其说不足据。至《韩非》书：“白圭相魏，暴谴相韩，白圭谓暴谴曰：‘子以韩辅我于魏，我以魏待子于韩。臣长用魏，子长用韩。’”此未可定为在魏文侯时。文侯一朝贤者，约略见《世家》“卜相”一节，参读《考辨》第四八。未见有白圭为相；其与暴谴相结，亦战国中晚风气，当文侯世不宜有此。惟《货殖传》以与李克连称，自是史公文法疏处，亦不足据谓白圭乃文侯时人也。吴师道《国策注》云：“《史·白圭传》首云：‘当魏文侯时，李克务尽地力，而白圭乐观时变。’后复引圭之言曰：‘吾治生产如孙吴用兵，商鞅行法。’则其人在鞅后。首句特与李克对论，非言其世也。”孙吴指孙膑，亦与白圭同时，参读《考辨》第八二。又考《吕览·不屈篇》：“惠施游梁，见白圭，说之以强。白圭无以应。惠子出，白圭告人曰：‘新妇至，宜安矜，烟视媚行。今惠子遇我尚新，其说我有太甚者。’”据此似惠施初游梁，白圭已先达。《史记·六国表》：“梁惠王二十七年，‘丹封名会’。丹，魏大臣也。”《志疑》：“‘丹封名会’四字难晓，注家皆阙。疑‘名会’乃‘于浍’之讹。浍为魏地，丹封于浍，犹齐封田婴于薛耳。”余谓丹殆即白圭名，是年即与齐战马陵而败。后惠施游梁，渐见信重，故《吕览·应言篇》

有白圭短惠子于梁王之事。至孟子之来，白圭虽不用事，犹以故相大臣见尊崇，观其与孟子语“吾欲二十而税一，何如”之问，知其在梁之地位矣。又曰：“丹之治水也愈于禹。”盖亦自夸其往昔之政绩也。其后曾游中山，游齐，而识其必亡。中山亡于赵惠文王三年，又后十二年，齐湣王败死，白圭之游，必在两国败亡之前，而不必亲见其亡。吴师道谓：“武灵王二十五年中山已亡，不待惠文三年。”白圭游中山，亦当在武灵二十五年前。游齐则稍后。《魏策》，“白圭谓新城君曰”云云，新城君即秦芈戎。吴师道曰：“秦昭王初年，魏冉已用事，则芈戎之贵已久。又按《燕策》，白圭逃于秦，则尝仕秦。《新序》孟尝君问白圭，恐亦此时。”此先见《吕氏春秋·举难》。今按：《秦纪》，昭襄王七年拔新城。《年表》作“襄城”。芈戎初号华阳君，其为新城君，当在昭襄王七年后。田文入相秦，在昭王八年，其时为齐湣王二年。白圭仕秦，当在其时。惟白圭既游齐，而谓孟尝之问亦在秦，则无以见其必然耳。又《魏策》：“成阳君欲以韩魏听秦，魏王勿利。白圭谓魏王不如使人说成阳君弗入秦。”《史记·秦本纪》，昭襄王十七年，城阳君朝秦，其与《魏策》所载果为一时事否，今不可知。《周季编略》径以白圭之说定在城阳朝秦之年，亦疏。其时在中山亡后六年，上溯梁惠王封丹已五十五年。若白圭以三十受封，即谓至是犹存，可也。统观诸书所载，见白圭不为两人。前人不详考，而轻为之说，因谓前后有两白圭耳。

又按《年表》，赵武灵王初胡服在十九年，攻中山在二十五年。《世家》十九、二十、二十一，三年皆略地中山，中山献四邑以和。二十三年，此据《表》。二十五年，此据《世家》。复攻中山。二十六年攻中山，攘地北至燕代，西至云中九原。此据《世家》。吴师道谓："攘地时中山已定。"见《齐策》。而《水经注》引《纪年》："魏今王十七年，邯郸命吏大夫奴迁于九原，又命将军、大夫、适子、戍吏吕氏《大事记》引作"代吏"。皆貉服。"吕东莱《大事记》谓："此即胡服事，特年与《史记》不同。"今考是年乃武灵王二十四年，而翌年，武灵王二十五年，《世家》载使周袑胡服傅王子何。《赵策》亦记其事。赵人胡服，本非一时遍及全国也。又《赵策》："王破原阳以为骑邑。"吴师道曰："破者，破卒散兵以为骑。"吕氏《大事记》谓："武灵王胡服骑射，盖始教一邑，然后遍行之于竟内。"然原阳属云中，高诱注。乃武灵王二十五六年，灭中山，攘地始得。非胡服骑射先于此邑，明矣。今据《纪年·赵策》原阳条，及《史·世家》周袑事，则赵之胡服骑射，其大行乃在武灵晚年。至《史·表》"武灵十九年初胡服"，盖指其最先言之，与《纪年》并不背。

八三　逢泽之会乃梁惠王非秦孝公在梁惠王二十七年非周显王二十七年辨

《秦策》："魏伐邯郸，因退为逢泽之遇。乘夏车，称夏王，朝天子。天下皆从。齐太公当作威王。闻之，举兵伐魏。梁王身抱质执璧，请为陈侯臣。天下乃释梁。郢威王闻之，帅天下百姓以与申缚遇于泗水之上，而大败申缚。"《齐策》亦云："昔者魏王拔邯郸，西围定阳，又从十二诸侯朝天子以西谋秦。卫鞅见魏王，劝以先行王服。魏王悦，故身广公宫，制丹衣柱，建九斿，从七星之旟。此天子之位也，而魏王处之。于是齐人伐魏，杀其太子，覆其十万之军。魏王跣行按兵于国，而东次于齐。秦王垂拱而受西河之外。”《秦策》又云：“梁王伐楚胜齐，制韩赵之兵，驱十二诸侯以朝天子于孟津。后子死，身布冠而拘于秦。”当作齐。今按：三说皆谓梁惠王称王会诸侯而朝天子，而其语皆有误。吴师道曰：“伐邯郸乃魏惠十八年事。逢泽之遇，秦为之，非魏也。齐伐魏在会逢泽后，则指马陵之役，而伐邯郸后乃败于桂陵。魏既克邯郸，即为齐楚所袭，天下未尝皆从。”是谓会诸侯于逢泽者，乃秦孝公，非梁惠王也。徐文靖《竹书统笺》则云：“秦孝公会诸侯于逢泽，即《秦策》魏拔邯郸而退为逢泽之遇之地。”是谓秦魏先后均会诸侯于逢泽也。余尝参稽以考，而知逢泽之遇，实在马陵战前，与伐赵邯郸、战桂陵无涉。又会逢泽者，乃梁惠成王，与秦孝公无涉。其事在梁惠王二十七年，今《史·表》误系之周显王之二十七年，而又误属之秦孝公耳。何以言之？据《齐策》：“魏王从十二诸侯朝天子，以西谋秦，卫鞅劝以先行王服，而齐人伐魏，败于马陵。”齐伐魏在二十七年十二月，魏败在二十八年，故知逢泽之遇，实为梁惠王之二十七年也。秦自孝公以前，中国诸侯夷翟遇之，摈不得与朝盟。孝公用商鞅，变法图治，稍侵魏疆，犹不为中国诸侯所重，何来有会诸侯而朝天子之事？魏既败于马陵，其后二年，商鞅虏魏公子卬，以功得封邑。若其前已能会诸侯，朝天子，鞅之功烈大矣，不待至此始封。且马陵一役以前，魏尚为中国霸主，秦人何得远涉其地，而会诸侯？《国策》三言魏会诸侯而不及秦，知此会乃魏惠王，非秦孝公矣。余读《秦纪》：“孝公二十年，秦使公子少官率师会诸侯逢泽，朝天子。”然后知秦特应魏之征而赴会，故使一公子往。若秦自会诸侯朝天子，此何等事，孝公商君皆不莅会，而使一公子主之耶？史公仅见《秦纪》，未能详考，遂谓秦自会诸侯而朝天子焉。此何异夫徒读《鲁颂》，不证之于《左传》，而谓鲁僖公乃张挞伐于蛮荆哉？此事既误，知天子致伯，诸侯毕贺之说皆虚，或亦自梁而误也。《后汉书·西羌传》："孝公雄强，威服羌戎，因使太子率戎狄九十二国朝周显王。"此仅言秦率戎狄而赴，并不言其主盟而会诸侯。

又按：《年表》："秦孝公二十年，诸侯毕贺，会诸侯于泽，朝天子。"《集解》徐广曰："《纪年》作逢泽。"此仅引《纪年》所会在逢泽，不言会诸侯者为孝公也。《水经·渠水注》："徐广《史记音义》曰：'秦孝公会诸侯于逢泽陂。'陂，汲郡墓《竹书纪年》作逢泽，斯其处也。"此亦仅据徐广引《纪年》作逢泽，亦不谓《纪年》有秦孝公会诸侯之事也。今本《纪年》乃误于周显王二十三年有秦孝公会诸侯于逢泽之文，而戴东原校《水经》，亦误改为："徐广《音义》曰：'秦使公子少官率师会诸侯逢泽。'汲郡墓《竹书纪年》作秦孝公会诸侯于逢泽"云云，实与今《年表》之文远为不符。而秦孝公会诸侯于逢泽一语，一若早见于《纪年》，而为可信之事者。朱谋㙔、赵一清本，皆无"秦孝公会诸侯于"七字。而戴校顾谓之脱，岂不大误？按：此条杨守敬《水经注疏要删》亦有辨，而未能得其要领。

《汉书·地理志》注引《纪年》："惠王发逢忌之薮以赐民。"《左传》哀公十一年《疏》引，亦同。雷氏《义证》云："逢忌之薮，一名逢泽，乃圃田之余波，被于梁城东北者，非宋之逢泽矣。《秦本纪集解》引徐广《音义》云：'开封东北有逢泽。'《正义》引《括地志》云：'逢泽亦名逢池，在汴州浚仪县东南十四里。’愚按：《汉·志》河南郡开封县注云：‘逢泽在东北。’傅瓒谓今浚仪有逢陂忌泽，即惠王所发以赐民者。考浚仪故城在今开封西北，逢池则在今开封府北，即阮籍所谓‘徘徊逢池上，还顾望大梁’者是也。《水经·渠水注》谓百尺陂即古之逢泽，故傅氏谓之逢陂。战国时薮泽皆有厉禁，惠王徙都于此，故弛其禁以加惠于民。”此考逢泽地望极晰，亦可见会逢泽者决为梁，非秦也。惟雷氏虽知周显王二十五年为梁惠王会诸侯朝天子之年，而又谓：“魏败于秦，献洛西之地，故显王致伯于秦，诸侯毕贺，秦乃使少师会诸侯于魏郊，朝王于逢忌之薮。”分诸侯、朝王为两事，一在显王二十五年，主其事者为梁；一在显王二十七年，主其事者为秦，则亦牵于旧说，仍袭《史》文之误也。《史》屡书周贺秦，颇多误。《楚世家》：“宣王六年，周天子贺秦献公，秦始复强，而魏惠王齐威王尤强。威王六年，周显王致文武胙于秦惠王。”按：楚威六年，适齐、梁徐州相王之岁，所谓“魏惠王齐威王尤强”，移此始合。疑周在此年贺齐梁，史公误为贺秦，又误移于楚宣六年，而成两事。《六国表》亦依此误。

《韩策》：“魏王为九里之盟，且复天子。房喜谓韩王曰”云云，《韩非子·说林》作“魏惠王为臼里之盟，彭喜谓郑君曰。”黄丕烈云：“九、臼，彭、房皆声之转，郑君、韩王同。此魏王依彼知为惠王。”金正炜《国策补释》云：“《周书·作雒篇》：‘俘殷献民，迁于九里。’注：‘九里，成周之地，近王化也。’”今按：此亦魏惠会诸侯而尊周之一证。今《周书》九里作九毕，证以《策》文，知“毕”乃字误。又按：程恩泽《国策地名考》云：“《周本纪正义》引《括地志》：‘故王城一名河南城，本郏鄏，周公新筑，在洛州河南县北九里苑内东北隅。’是九里乃苑名。”

又按：《赵世家》："肃侯四年，朝天子。七年，公子刻攻魏首垣。十一年，秦孝公使商君伐魏，虏其将公子卬。"窃疑"朝天子"者，即魏会诸侯逢泽，而赵亦应召赴会也，其事应在肃侯六年。明年，齐败魏马陵。又明年，齐秦赵三面攻魏。《纪年》："惠成王二十九年十月，邯郸伐我北鄙。"疑即《赵世家》公子刻攻魏首垣事，则应在肃侯八年。商君虏魏公子卬，据《鞅传》亦同在此年。至肃侯十一年，秦魏战岸门，虏魏错，非公子卬。

《吕览·报更篇》："张仪西游秦，东周昭文君资之至秦，惠王相之。张仪德昭文君，令秦惠王师之。逢泽之会，魏王尝为御，韩王为右，名号至今不忘。"此说尤误。逢泽之会，与秦惠何涉？吕氏宾客，尚在先秦，言战国时事，其疏失转有甚于《史记》者，则甚矣考古之难也！又谓魏王乃为东周昭文君御，则朝天子似不指献王，亦不足信。惟谓张仪西游，乃东周君资之，与苏秦无涉，似较《史记》为胜。

又按：《秦本纪》："孝公七年，与魏惠王会杜平。"《年表》亦云："与魏王会杜平。"时为魏惠王十六年。《韩世家》："懿侯五年，与魏惠王会宅阳。"据《表》，会宅阳在惠王五年。然史公于韩系实有误，则宅阳之会的在何年尚待考。惟梁之称王，远在徐州相会之前，则此又一证也。

八四　齐魏战马陵在梁惠王二十八年非周显王二十八年辨

《史记·孙吴列传》："魏齐战于桂陵，大破梁军。后十五年，魏齐战马陵。"《索隐》："王劭按《纪年》：'梁惠王十七年，齐田忌败梁桂陵。按：桂陵之战，据《史记》赵魏田齐《世家》，均在惠王十八年。《魏世家索隐》引《纪年》亦在十八年。《水经·济水注》引《纪年》："惠成王十七年，战于桂阳，我师败逋。"今本《纪年》亦分战桂阳在十七年，桂陵在十八年；王劭此条谓十七年，则战桂阳也。而《水经注》又云："桂阳亦曰桂陵。"故王劭为所误。参读《考辨》第七八。至二十七年十二月，齐田肦败梁马陵。'计相去无十三岁也。"《札记》："十三岁各本作十五年，今依《索隐》本。"《考异》云："当作十三。"今按：《索隐》既作十三，则《史记》原文亦当作十三可知。《史记》云"其后十三年"，而《索隐》乃云"相去无十三年"，此谓针锋相对；否则一云"后十五年"，而一云"相去无十三年"，为不伦矣。考《史记·年表》梁惠王十八年败桂陵，至三十年败马陵，自十八至三十，前后适得十三年。故知《史记》自作"后十三年"，非"十五年"矣。今王劭引《纪年》，自十七年至二十七年，则为前后相去十一年，故云"无十三岁"也。又《田敬仲世家索隐》引《纪年》："齐威王十四年，田肦伐梁马陵。"考《纪年》："惠成王十三年，齐桓公卒，威王立。"威王之十四年，正当惠成王二十七年。而《魏世家索隐》引《纪年》："惠王二十八年与齐田肦战于马陵。"则又何也？窃疑齐伐魏，在惠成王二十七年之冬，而魏败则在二十八年。《田敬仲世家索隐》及王劭引《纪年》，自计齐人伐梁之年，《魏世家索隐》则举魏败之岁也。参读《考辨》第一三四。今《史记》误在惠王三十年者，盖是年为周显王之二十八年，史公误以梁惠王为周显王耳。雷氏考订定其事在梁惠王二十八年十二月，齐威王十四年，谓："王劭云二十七年，乃二十八年之讹。"由雷氏不得齐威王年，故说如此。

《秦本纪》："孝公二十年，秦使公子少官率师会诸侯逢泽，朝天子。二十一年，齐败魏马陵。二十二年，卫鞅击魏，虏公子卬。"余考会逢泽在梁惠王二十七年，见《考辨》第八三。明年，败于马陵，则为二十八年。又明年，卫鞅击魏，则二十九年矣。《商君列传索隐》引《纪年》："梁惠王二十九年，秦卫鞅伐梁西鄙。"此其事在二十九年之证。今《史·表》亦误在周显王二十九年，故为秦孝公二十二年，其实则孝公之二十年也。以《秦本纪》推之，亦可证马陵之败，实在惠成王二十八年矣。

又考《田敬仲世家》，马陵之战，其先魏伐韩，韩请救于齐。齐听孙膑计，许其请而故缓其救。韩恃魏救，五战不胜，东委国于齐，齐因起兵。《水经·渠水注》引《纪年》："梁惠成王二十八年，穰苴当作穰疕，见《考辨》第七七。帅师及郑孔夜战于梁、赫，郑师败逋。"即所谓五战不胜者。雷氏《义证》："梁即南梁，赫即霍。春秋哀公四年，《左传》云：'为一昔之期，袭梁及霍。'即此梁、赫也。杜注：'梁，河南梁县西南故城也。梁有霍阳山。'服虔注云：'梁霍，周南鄙也。以《战国策》文证之，即《齐策》所谓南梁之难矣。'高诱注曰：'南梁，韩邑。大梁在北，故曰南梁，在今汝州西南。'"齐以去年冬即出师救韩，至是乃真与梁遇，战于马陵，则亦在惠王之二十八年也。否则魏军败于去年之冬，太子被虏，将军见杀，今年无力复胜韩矣。今《伪纪年》两事亦同岁，梁、赫之胜在前，而马陵之败在后，皆在周显王二十六年，则正梁惠王之二十八年也。

《魏世家索隐》引《纪年》："梁惠王二十九年五月，齐田肦伐我东鄙。九月，秦卫鞅伐我西鄙。十月，邯郸伐我北鄙。王攻卫鞅，我师败绩。"卫鞅之事已列前论。齐赵事并见《史·表》。周显王二十九年，齐与赵会伐魏。《魏世家》："惠王三十一年，秦赵齐共伐我。"其事皆在马陵战后一年。以《史记》《纪年》互校，益证马陵之败在梁惠王二十八年矣。

雷氏《义证》云："惠王之败于齐秦，此盛衰一转关也。显王二十五年，魏最强。败齐，胜燕，拔赵，致鲁卫宋郑之君而朝之。且率泗上十二诸侯，朝天子于孟津，以西谋秦。为臼里之盟，欲复兴周室，岂不盛哉！及彭喜言于郑君，以败其盟，而惠王亦侈然自放，乘夏车而称夏王，此所以动天下之兵，而子申子卬遂皆糜于锋刃矣。自是而齐威奋于东夏，秦孝起于西陲，东帝西帝之势，即成于此日矣。"今按：雷氏论梁势盛衰转变之迹极晰。惟分梁朝天子在孟津，秦朝天子在逢泽，谓梁孟津之会在前，秦逢泽之会在后，则实为《秦策》及《史》文所误，已详《考辨》第八三。

附　毛氏本《索隐》异文校

余既考齐、魏马陵之战在梁惠王二十八年，嗣检毛氏汲古阁重刻《北宋秘省史记索隐》三十卷，《田敬仲世家》，谓："《纪年》梁惠王十二年，当齐桓公十八年，后威王始见，则桓公十九年而卒"云云，与今本《索隐》惠王十三年当桓公之十八年者，相差一年。清光绪十九年，粤刻《广雅丛书》重刊毛本亦同。若毛本为是，则梁惠王二十八年，正齐威王之十四年也。惟明正德间慎独斋翻刻元中统二年段子成本，及凌稚隆《史记评林》本，并作十三年，则未必毛本定是。诚依毛本，惠王十二年当桓公十八年，于余考齐威王各节均亦可通，尚无窒碍。而其前《索隐》所引《纪年》，如"齐康公五年田侯午生。二十二年田侯剡立。后十年齐田午弑其君及孺子喜而为公"诸条，与桓公十八年乃惠王十二年之说殊不相符，无可沟通。恐毛氏此本实系误字，未足据。要之一年之差，与余书前后比论大体不相妨。读余书者，通前后而观之可以知。又余著此书，初恨未见雷氏学淇《竹书纪年考订》，嗣读其《介庵经说》，亦定桓公十八年当梁惠王之十二年，似与毛氏文合；而检其《战国年表》，则仍系桓公十八年于梁惠王十三年下，又引《田世家索隐》云："梁惠王十三年，当齐桓公十八年。"则《经说》所引作十二年者，亦系字误。然雷氏《年表》，于桓公十八年即书威王立，而下年仍为桓公十九年，再下始为威王元年，则宁有前王未卒，后王已立？亦宁有新王已立，而仍以前王纪年之理？盖雷氏勉强排比，欲定威王二十四年，当梁惠王二十八年，遂有此误。又仍定威王三十六年，及移前齐宣王年，皆未是。后乃得见雷氏《考订》《义证》两书，于此亦无所辨明。于毛本十二年之说，终难符合。因姑志其异文焉。

又按：洪颐煊《校纪年》，作梁惠王十三年，当齐桓公十八年。而赵绍祖《校补纪年》则为梁惠十二年，当齐桓十八年。惟赵氏谓："桓公卒于显王十一年，威王立于十二年。"而洪本则于显王十一年书威王立。盖是年始立，明年称元，洪赵所定皆是。陈逢衡疑为晋桓公十八年，则大误。

八五　田忌邹忌孙膑考　附　司马穰苴

《史记·田齐世家》："威王三十五年，田忌出奔楚。"梁玉绳《志疑》辨之云："田忌出奔在宣王二年战马陵之后，不在威王三十五年。忌之战功可见者，桂陵马陵二役。若威王时已出奔，则安得马陵之胜？"《世家》又云："宣王召田忌复故位。”吴师道《国策注》云：“忌之出奔，在战马陵后、宣王世，《史》载其奔在前，故谓召复位。忌既袭齐，岂得再复？成侯又在，岂宜并列？而马陵后忌无可书之事，知其必有误。”《志疑》谓：“吴注有以矛刺盾之妙。”今据《纪年》，马陵之战本在威王十五年。见前考。则田忌奔楚，虽在马陵战后，无害为威王时。《齐策》：“成侯邹忌为齐相，田忌为将，不相悦。公孙闬谓邹忌说王，使田忌伐魏。田忌三战三胜，公孙闬使人卜于市，曰：‘我田忌之人也，三战三胜，欲为大事，亦吉否？’因捕卜者，验其辞于王。田忌遂走。”又云：“田忌胜梁，孙子劝之为大事，田忌不听，果不入齐。”则田忌出奔，即在马陵胜后，为威王之十五年。史公既误前威王之年，疑其过早不合，乃移后二十年，为威王三十五年也。《索隐》云：“按：《战国策》，田忌前败魏于马陵，因被购不得入齐，历十年乃出奔。”按：《史记》系田忌出奔于桂陵一役后，适及十年。《索隐》引马陵以见异同，而未能考定其是非。其谓“历十年乃出奔”，自据《史记》，未可信。其后宣王伐燕，据《齐策》亦田忌之谋。按：美国斐勒德斐亚大学博物馆藏战国铜器陈旻壶，文曰：“隹王五年，□□陈旻再立事岁。”陈梦家考释：“陈旻即陈具，即田忌。”是田忌再召即在宣王五年伐燕之岁也。又详《考辨》第一二〇。盖田忌自以威王时出奔，至宣王时复召。吴梁二氏之疑，皆考之未详也。

又《世家》：“宣王召田忌复故位。韩氏请救于齐，宣王召大臣而谋。邹忌曰：‘不如勿救。’田忌曰：‘不如早救。’”《索隐》：“《纪年》，威王十四年，田朌伐梁，战马陵。《战国策》云，南梁之难，有张田对云《札记》单本：“‘田’各本作‘丐’，与今本《国策》合。”‘早救之’。此云邹忌者，王劭云：‘此时邹忌已死四年。又齐威此时未称王，故《战国策》谓之田侯。今此以田侯为宣王，又横称邹忌者，盖此说皆误尔。'"今按：《索隐》此条，语有含混，当分别以观者。其谓"战马陵在威王十四年"，又"齐威此时未称王，故《战国策》谓之田侯"，是也。然邹忌之死，决不在马陵战前，而引王劭云"此时邹忌已死四年"者，一则《索隐》此语，自据《史记》此事在宣王二年计之，则邹忌之死，在宣王立前二年，即威王之卒前一年也；一说则王劭此语，实本宣王五年韩氏请救，田忌曰不如伐燕一事而论。《史记》既误以马陵之战谓在宣王时，而《索隐》于《纪年》《史记》得失，未能明定，遂率引王劭此语而未加剖辨。则邹忌之死，应在宣王五年前之四年，即宣王即位之元年也。王劭亦及见《纪年》原本，其语当有来历。今《国策》有"邹忌事宣王，仕人众，宣王不悦"之说，盖宣王初立，而邹忌以先朝老臣，擅权用事，则邹忌卒年，自当在宣王元年，而田忌复召，自在其后。知《世家》系诸宣王二年，固自不误。吴师道所谓"成侯复在岂宜并列"之疑，亦可以释然矣。至袭临淄事，《孟尝君列传》谓"袭齐边邑"，《策》言："孙膑劝忌无解兵入齐而忌不听。"则或无其事，尤不足深辨。

又《年表》：邹忌以鼓琴见威王在二十一年，封成侯在二十二年。今以《纪年》推之，二十一年正威王初立之岁，二十二年则威王之元年也。威王四年，魏伐赵邯郸，赵求救于齐，威王召大臣而谋，邹忌主勿救，段干朋主救之。则忌为威王朝大臣，盖自威王初政已然。《年表》忌以鼓琴见威王，适威王新立，其年实不误，特误为威王之二十一年耳。《齐策》有邹忌"朝窥镜讽谏齐王"事，盖亦威王初政，与淳于髡"大鸟之隐"，同为齐威初年奋发之一种传说，参读《考辨》第七四。若定是年忌年近三十，则忌生当在田剡初立之际，至宣王元年卒，寿将及七十也。

《史记·孙吴列传》："孙膑以智败庞涓于马陵，以此名显天下。世传其《兵法》。"又云："孙子膑脚，《兵法》修列。"今按：《汉书·艺文志》兵家《吴孙子兵法》八十二篇，《齐孙子兵法》八十九篇。吴孙子、齐孙子分别甚明。余既辨吴孙子无其人，《考辨》第七又疑凡吴孙子之传说，皆自齐孙子而来。《史记·本传》吴孙子本齐人，而齐孙子为其后世子孙。又"孙膑"之称，以其膑脚而无名，则武殆即膑名耳。日人斋藤谦亦有此疑，见《史记会注考证》。孙膑从田忌胜魏马陵，遂劝忌无解兵入齐，忌不听。后忌终奔楚。孙子既断其两足，为废人，常客田忌所，疑当与忌同奔。后杜赫为邹忌说楚王封田忌于江南，见《齐策》。则孙子亦随至江南矣。及田忌复返齐，孙子同返与否不可知。据《越绝书》："吴县巫门外大冢，孙武冢也，去县十里。"则武殆先忌之返而卒于吴者欤？其著《兵法》，或即在晚年居吴时。《战国策》孙膑曰："《兵法》：百里而趋利者蹶上将，五十里者军半至。"今见《孙子·军事篇》。又"攻其懈怠，出其不意"，今见《计篇》，曰："攻其无备，出其不意。"是今《孙子兵法》即膑之证也。故书中论用兵地形皆切适于中原，未见其为其吴越水国之事也。吴人炫其事，遂谓曾见阖庐而胜楚焉。后人说《兵法》者，递相附益，均托之孙子。或曰吴，或曰齐，世遂莫能辨，而史公亦误分以为二人也。《吕览·不二篇》高注："孙膑，楚人，为齐臣。"梁伯子云："《史》《汉》皆以孙膑为齐人，此独以为楚人，当别有据。"今按：《潜夫论·贤难篇》："孙膑修能于楚，庞涓自魏变色，诱以刖之。"亦谓孙膑楚人。孙膑固曾从田忌奔楚，至于本为楚人齐人，则无可详论矣。又考《通典》一四九《兵二》引孙膑曰："用骑有十利，夫骑者能离能合，能散能集，百里为期，千里而赴，出入无间，故名离合之兵也。"顾亭林《日知录》，以赵公子成之徒，谏胡服不谏骑射，谓骑射之法必先武灵而有。然疑当孙膑世，尚不能有骑战。观《史记》叙膑之战绩，亦不见有用骑之征，则《汉志》《齐孙子》八十九篇，多出后人依托，亦一证矣。

《史记》言齐人著兵法，尚有田穰苴。穰苴之事，昔人已辨之。苏子由《古史》曰："太史公为《司马穰苴传》，世皆信之。余以《春秋左氏》考之，未有燕晋伐齐者也。而《战国策》称司马穰苴执政者也，湣王杀之。意者穰苴尝为湣王却燕晋，而战国杂说遂以为景公时耶?"叶水心《习学记言》曰："《左氏》前后载齐事甚详，使有穰苴，不应遗落。况伐阿鄄，侵河上，皆景公时所无。大司马亦非齐官。盖作书之人夸大其词，而迂信之尔。"余读其文，疑亦田忌之误传也，故曰："穰苴者，田完之苗裔。"田忌为田氏，一似也。《穰苴传》云："晋伐阿甄，燕侵河上。"而田忌胜马陵，《正义》引虞喜《志林》曰："马陵在濮州甄城县东北六十里，有陵，涧谷深峻，可以置伏。"鄄甄为一地，二似也。其胜敌而归也，"未至国，释兵旅，解约束，誓盟而后入邑"。《史》称田忌胜马陵，孙膑劝之无解兵入齐，忌不听，三似也。"已而大夫鲍氏、高国之属害之，谮之于景公，景公退穰苴"，与田忌之见构于成侯，四似也。"齐威王用兵行法，大放穰苴之法，而诸侯朝齐"，此与田忌胜马陵，而三晋之王皆因田婴朝齐王于博望，见《田敬仲世家》。五似也。"齐威王使大夫追论古者《司马兵法》，而附穰苴于其中，因号曰《司马穰苴兵法》"，与田忌之时正合。若穰苴为景公时人，则与《司马兵法》同为追论，而威王又何为舍其本朝之近臣，而远论景公时之一将？此六似也。穰苴杀齐王之宠臣，与孙武杀吴王之宠姬，事极相类。孙武既为孙膑之误传，则穰苴为田忌之误传，理亦有之。七似也。故知史公之言穰苴，皆自田忌而误也。然何以误及于春秋时之景公？曰：马陵之战，田忌与田婴同将。见《田齐世家》，及《孟尝君列传》。田婴者，孟尝君田文之父靖郭君也。或者《司马兵法》言及婴子，而史公不深晓，遂误以为晏婴，故设为晏婴荐之齐景公欤！《晏子春秋·内篇第五》，及《说苑·正谏篇》，亦有穰苴谏景公事，然二书益多谬误，不足据。然则史公又何以误及于湣王时之穰苴？曰：其书或本出于司马穰苴之徒，故曰《司马穰苴兵法》。史公以湣王败亡之君，不知穰苴之为湣王将，因上移其人于景公时，而又误涉田忌之事以为说也。其书又称《司马兵法》者，惠士奇《礼说》云："司马穰苴兵法，因号《司马法》。《战国策》，齐闵王时，司马穰苴为政，闵王杀之，大臣不亲，则穰苴乃闵王之将。以故齐南破楚，西屈秦，用韩魏燕赵之众犹鞭策者，盖穰苴之力居多。及穰苴死，而闵王亡矣。"此以《司马法》为穰苴书也。余考《赵策》有云："将非田单司马之虑也。"司马正指穰苴。其为知兵，信矣。然则穰苴实有其人，其人实有兵法之书，史公特误其时，又误其事耳。

八六　梁惠王二十八年乃齐威王称王之年非齐威王卒年辨

《魏世家》："梁惠王二十八年，齐威王卒。"今按：是年齐败梁马陵，非威王卒年，疑乃威王始称王之年也。《田齐世家》云："齐击魏，大败之桂陵，于是齐最强于诸侯，自称为王，以令天下。"此史公误以桂陵为马陵，故云然。又云："齐击魏，大败之马陵。其后三晋之王，皆因田婴朝齐王于博望。"是则齐威胜马陵而称王之证矣。威王既以马陵胜后称王，而史公见其前称侯，后称王，疑为两人，故于是年谓威王卒，宣王立。此如梁惠称王改元，亦误为襄王之元年也。盖梁惠会诸侯于逢泽，朝天子，先自称王，乃齐魏有马陵之战。齐胜于马陵，魏则自贬，而齐则继魏而称王。魏用惠施谋，与齐会徐州而相王焉，乃楚齐有徐州之战。此齐魏称王之史实也。齐魏会徐州前，均已称王。徐州之会，特国际之相承许。其先大夫称侯，尚乞周室赐命。今称王，则与周为敌体，更不须周命矣。而列强相互间有认有不认，会盟征伐由此起。其后齐秦称帝形势亦然。

八七　屈原生卒考

《离骚》："摄提贞于孟陬兮，惟庚寅吾以降。"此屈子自道其生辰也。王逸《楚辞章句》："太岁在寅曰摄提格。孟，始也。正月为陬。庚寅，日也。言已以太岁在寅，正月始春，庚寅之日，下母之体而生。"后朱子《楚辞辨证》疑其说，谓："月日虽寅，而岁则未必寅。其曰摄提贞于孟陬，乃谓斗柄正指寅位之月耳，非太岁在寅之名也。"顾炎武《日知录》卷二十重申王说，曰："古人必以日月系年。摄提，岁也。孟陬，月也。庚寅，日也。岂有自述世系生辰，乃不言年而止言月日者？"陈玚《屈子生卒年月考》，云："以甄鸾《五经算术》所载，周历法，自楚怀王以前上推威王九年庚寅，及宣王十五年丙寅。此二年中建寅之月，皆无庚寅之日。惟宣王二十七年戊寅，建寅之月己巳朔，庚寅为月之二十二日，屈子殆以是年生。"刘师培《古历管窥》云："以夏历推之，楚宣王二十七年戊寅，距入乙卯蔀四十九年，积月六百零六，闰余一，积日一万七千八百九十五，小余六百五十四，大余十五，得庚午为正月朔，庚寅为巳月二十一日，屈子之生当在是年。"相继推定屈子生年在楚宣王二十七年。按之《史记》，于屈原事迹，大概符合。据《世家》：怀王十六年，张仪至楚。十七年，秦败屈丐。其时屈原已先绌，屈复《楚辞新注》谓："《史记》被疏，止是不与议国事，未尝夺其左徒之位。夺其位当在此年。"林云铭《楚辞灯》谓："在前张仪至楚之年。"计其年寿为三十二岁，则为左徒用事时，年三十左右也。屈复定屈子为左徒在怀王十一年时，因是年楚为从约长，《惜往日篇》所谓“奉先功以照下，国富强而法立”是也。今按：屈说亦无据。惟屈原为左徒用事，则大致在此，或稍后也。十八年张仪重至楚，屈原使从齐来，谏何不杀张仪，是岁屈原年三十三。其后十二年，怀王入秦不返。顷襄王元年，屈原若在，年当四十六。以子兰之谗而迁，遂沉汨罗以死。其年无考，要当在五十左右。洪兴祖说《悲回风》“施黄棘之枉策”云：“怀王二十五年入秦，与昭王盟于黄棘，后为秦欺，客死于秦。顷襄七年迎妇于秦，是欲复施黄棘之枉策。”今按：黄棘属怀王时事，不得牵并襄王为说。朱子《楚辞辨证》并不认黄棘为地名，则屈原之卒，是否在顷襄七年后，实无证。东方朔《七谏·怨世篇》：“年既已过太半兮。”是或屈子年逾五十之证。此屈子年世之略可考者也。

王船山《楚辞通释》以《哀郢》为顷襄迁陈，屈原不欲，谗人以沮国大计为原罪，遂重见窜逐而作。考迁陈在顷襄二十一年，屈原若在，年应六十六岁，疑不若是之寿。蒋骥《山带阁注楚辞》，谓：“襄王徙陈，其时长沙曾为秦取，原尚得晏然安身其地乎？”又引《韩非》曰：“秦与荆战，大破荆，袭郢，取洞庭、五渚、江南，则是时屈子自沉之长沙亦入秦矣。”实则洞庭、五渚、江南，并非指今长沙一带而言。（参读《考辨》第一二七）惟谓屈原卒在襄王迁陈前，则是。又邹叔绩《遗书》有《屈子生卒年月日考》，亦定屈子生年在周显王二十六年，即楚宣王二十七年，并据殷历推定为正月二十一日，已先刘说。而谓卒在秦昭王三十年，屈子年六十七，自云论证详《读书偶识》。今《偶识》已佚，不可见，或与王说同据《哀郢》也。邹氏应湘潭王氏聘，校《船山遗书》，均录其序跋，附以案语，仿朱竹垞《经义考》，《直斋书录题解》之例，勒为目录三卷，则于船山论屈子事，必见无疑。今读屈子诸篇，其忠君爱国之情，郁勃既盛，感伤弥切。苟顷襄初政，原又被谗南迁，当时即无久理，不得又抑塞流徙，至于二十二年之久，乃始沉湘而去。《哀郢》年代参读《考辨》第一三〇，邹叔绩又论

《离骚》年代，参读《考辨》第一二一。

抑前人论屈子卒年，犹有异说。则谓屈子之卒，尚在怀王入秦前，并不及襄王时。此王白田《草堂存稿》主之，其说曰："《离骚》之作，未尝及放逐之云。与《九歌》《九章》等篇，自非一时之语。而《卜居》言既放三年，《哀郢》言九年不复，一返无时，则初无召用再放事。原之被放在十六年，以九年计之，其自沉当在二十四、五年间。而谏怀王入秦者，据《楚世家》，乃昭雎，非原也。夫原谏王不听，而卒被留以至客死，此忠臣之至痛，而原诸篇无一语及之。至《悲回风》《惜往日》，临绝之言，愤懑伉激，略无所讳。而亦只反复于隐蔽障壅之害，孤臣放子之冤。其于国家，则但言其委衔勒，弃舟楫，将卒于乱亡，而不云祸殃之已至是也。是诱会被留，乃原所不及见。而顷襄之立，则原之自沉久矣。"又曰："《史》所载，得于传闻，而《楚辞》，原所自作，固不得据彼以疑此。原所著惟《九章》叙事最为明晰。其所述先见信，后被谗，与《史》所记怀王时相合。至于仲春南迁，甲之朝以行，发郢都，过夏首，上洞庭，下江湘，时日道里之细，无不详载，而于怀王入秦诸大事，乃不一及，原必不若是之颠倒也。怀王客死，君父之仇，襄王不能以复，宗社危亡将朝夕，此宜呼天号泣，以发其冤愤不平之气，而乃徒叹息于谗谀嫉妒之害，而终之曰：'不毕辞而赴渊兮，恐壅君之不识。'则原之反复流连，缠绵瞀乱，仅为一身之故。而忠君爱国之意，亦少衰矣。"《草堂存稿》卷三《书楚辞后》。今按：王氏此论，多据《哀郢》，《哀郢》非屈原作。《悲回风》《惜往日》，皆非屈子自道之辞。王氏所据，皆未惬当。然《楚辞》二十五篇，绝不及怀王入秦事，则诚如王氏之论。史公《原传》“顷襄王怒迁屈原”一节，文气断续，本颇可疑。则屈原之卒，固在顷襄之世与否，诚未可专据《史》文为断。余考屈原放居，地在汉北。《楚辞》所歌，洞庭沅澧诸水，皆在江北。详《考辨》第一二七。则原迁江南，事无显证。屈原之卒，或早在怀王入秦前，固有可信之理。惟屈子被谗，困居汉北，既已多历年所，而一旦沉渊以去，则虑必有甚深刺激，益其悲愤。或者正由怀王之入秦，或者则由顷襄之赐谪，忧伤愤懑之既甚，而不暇见之辞，则今《楚辞》之无其文，仍不害当时之有其事也。然则屈原之卒，正当在怀王入秦不反之数年间乎？又按：又有疑屈原之卒，未必自沉者。袁枚《随园随笔》引黄石牧云：“屈子曰：‘吾将从彭咸之所居。’又曰：‘愿依彭咸之遗则。’又曰：‘宁赴湘流，葬江鱼之腹中。’皆冤忿寓言，非实事也。太史公因贾生一吊，遂信为真，不知宋玉《招魂》之作，上天下地，东西南北，无所不招，而独不及水。何也？惟乱曰：‘湛湛江水上有枫，魂兮归来哀江南。’则其善终于汨罗可知。若《楚辞注》《招魂》作于屈子生时，则豫凶非礼，宋玉不应诅其师矣。”今按：鲁仲连义不帝秦，亦谓惟有蹈东海。屈子云云，发于愤激，其果自沉与否，诚亦无可确证也。

余疑屈原之卒，当在怀襄之交，决不及襄王迁陈时，既具如上论。然《哀郢》则自是迁陈后作，故曰：“哀故都之日远。”又曰：“民离散而相失，遵江夏以流亡。”又曰：“曾不知夏之为丘兮，孰两东门之可芜。”此明为国破民流之辞，非孤臣之被谗见逐矣。然则《哀郢》非屈原作，而作《哀郢》者别自有人也。其人为谁，则绝无可说。惟篇中有云：“当陵阳之焉至兮，淼南渡之焉如。”《楚策》：“庄辛谏襄王，不听，去之赵。留五月，疑当作“五年”，参读《考辨》第一四五。秦举鄢郢，襄王复征庄辛，授之为阳陵君。”顾观光《七国地理考》疑阳陵即陵阳。今按：《魏书·穆崇传》：“崇为阳陵侯。"《北史·崇传》作"陵阳"，则顾说容可信。或《哀郢》陵阳本作阳陵，涉上文"陵阳侯之泛滥"句而误。按：《汉·志》，陵阳属丹阳，"桑钦言淮水出东南，北入大江"，则陵阳在江南也。《楚策》："授之为阳陵君，与淮北之地。"则阳陵应在淮北，与《汉·志》陵阳自别。《哀郢》其殆庄辛之辞乎？辛，楚人，擅辞赋。值襄王时，目击郢都之危，谏君不悟。流掩城阳，乃始见召。危言耸听，因得封赏。而谗谤间之，赋此自悼。较之谓屈大夫之辞，固稍近情焉。余考庄周书《说剑篇》，亦庄辛作，参读《考辨》第一四五。否则乃宋玉景差之徒为之也。

八八　庄周生卒考

《史记·老庄列传》："楚威王聘庄子为相，庄子却之。"《庄子·秋水篇》亦云："庄子钓于濮水，楚王使二大夫往。"《释文》司马曰："威王也。"事虽不必信，《黄氏日钞》云："楚聘庄周为相，《史》无其事。凡方外横议之士，多自夸时君聘我为相而逃之，其为寓言未可知。又时君尚攻战权术，未必有礼聘之事，虽孟子于梁齐，亦闻其好士而往说之，非聘也。纵其聘之，何至预名为相而聘之？"余考《御览》四七四引《韩诗外传》"楚襄王遣使聘庄子为相。庄子曰：独不见太庙之牲乎？"云云，庄周晚岁可与楚襄相值，然此庄子或指庄辛。周辛二人事相混，可参读《考辨》第一四五、一三一。然可以证庄子与楚威王同时。焦竑《老子翼·附录》："周显王三十年，楚聘庄周为相。"即楚威王元年，然此特以意定之耳。又《徐无鬼篇》："庄子送葬，过惠子之墓。"惠施卒在魏襄王九年前，参读《考辨》第一二五。若威王末年庄子年三十，则至是年四十九。若威王元年庄子年三十，则至是年六十。以此上推，庄子生年当在周显王元年、十年间，若以得寿八十计，则其卒在周赧王二十六年至三十六年间也。又考《徐无鬼》，庄子送葬，述及宋元君。宋元君乃偃王太子，其为君当国，当在魏襄王二十年时。参读《考辨》第一三〇。惠施已死十年外矣。庄子是时年在六十、七十间，其卒年尚当在此后十年、二十年间也。《史记》又云："周与梁惠王、齐宣王同时。"以余推定，周盖历齐威、宣，梁惠、襄，晚年及齐湣、魏昭耳。陆德明《释文序》引李颐云："庄子与湣王同时。"盖指其晚年言。《朱子语录》："问孟子与庄子同时否？曰：'庄子后得几年，然亦不争多。'"并为得之。《古今乐录》："庄周，齐人，湣王聘以相位，庄周谢。"亦言湣王时。而谓齐人，则异说也。

《史》又云："庄子，蒙人，尝为蒙漆园吏。"《索隐》引刘向《别录》云："宋之蒙人也。"按：《汉·志》"蒙属梁国"，在今归德城北四十里。刘向谓"宋之蒙人"，特据初属宋而言。至战国蒙地是否属宋，固已可疑。参读《考辨》第九九。《逍遥游》："惠子谓庄子曰：'魏王贻我大瓠之种。'"是庄惠交游在惠施仕魏之际也。又《秋水篇》："惠子相梁，庄子往见之，惠子大搜国中三日。"姚姬传谓："记此语者，庄徒之陋。"然其事信否可勿论，要之记此者，亦谓庄惠之交在惠施相魏时也。然则《史》称蒙人，未必即宋人矣。《淮南·齐俗训》："惠子从车百乘，以过孟诸，庄子见之，弃其余鱼。"此亦犹腐鼠之说也。孟诸泽在商丘东北，此亦谓庄惠交游，在惠施在梁得意用事时。惟《庄子·列御寇》两节，言庄子居宋。盖庄子居邑，本在梁宋间，其游踪所及，应亦以两国为多耳。《志疑》按："《释文》作梁漆园吏，盖以蒙属梁国。而《潜丘札记》则谓漆园有云在曹县，在曹州者，二曹皆春秋之曹国。宋景公灭曹于鲁哀公八年，地故为宋有。庄周亦宋之官，窃以《史记》蒙漆园吏，蒙当作宋。注以漆园本属蒙邑，不知一在归德，一在兖州，相距颇远。"今按：日人中井积德谓："蒙有漆园，周为之吏，督漆事也。"疑漆园本非地名，后人附会，亦如濠梁之类耳。余考惠施以马陵战后至魏，及其见逐，先后几及二十年。其晚年又至魏。庄惠年事相当，交游颇密，往复辨难，屡见于《庄》书。虽两人议论有异同，要其思想上之相涉者，实不少也。

又按：《水经·汳水注》，汳水“东径蒙县故城北”，即庄周之本邑也。“郭景纯所谓漆园有傲吏者也，悼惠施之没，杜门于此邑矣。”是庄子乃终老于蒙者。

八九　子华子考

《吕氏春秋·贵生篇》：“韩魏相与争侵地，子华子见昭釐侯，曰：‘两臂重于天下，身又重于两臂。韩之轻于天下远，今所争轻于韩又远。奈何愁身伤生以忧之？’”梁玉绳云：“昭釐侯《史》作昭侯，乃懿侯子。此事又见《庄子·让王》，《释文》司马云：‘子华子，魏人也。’”今按：韩魏争侵地，的在何年，已无可考。《庄子·则阳篇》又称：“魏莹与田侯牟约，田侯背之，犀首请伐齐，华子闻而丑之，惠施乃见戴晋人。”“牟”乃“午”字之误。其时在惠王早年，犀首惠施均未仕魏，《庄子》盖寓言无实。参读《考辨》第七〇。大约子华子与韩昭侯魏惠王同时，乃可信也。《吕氏·贵生篇》又引子华子曰：“全生为上，亏生次之，死次之，迫生为下。”其言论实承杨朱一派，为后来道家宗。故高诱注《吕览》，以为古体道人也。《诬徒》《知度》《审为》皆引子华子言，或是秦前原有其书。《汉志》无著录，则刘向时书已亡。今本系宋人伪作，谓子华子即程本，亦非是。《韩诗外传》九“戴晋生敝衣冠见梁王，辞而去”云云。晋生即晋人。相其议论为人，亦华子一路。此等皆在杨朱后、庄周前，俱道家思想展衍中人物也。

又《吕氏·去宥篇》："荆威王学书于沈尹华，昭釐恶之。"沈尹华疑即子华子。如匡章称章子，田肦称肦子，田文称文子也。沈尹为楚姓。《左传》宣公十二年"沈尹将中军"，《墨子·所染篇》"楚庄染于孙叔沈尹"，沈尹华当其后人。又《楚策》有莫敖子华，疑亦一人也。

又按：楚威王元，已值韩昭侯二十四年。其后六年，昭侯卒。又五年，威王卒。今姑定威王元，华子年四十，则其生在楚肃王之初年。相其年代，当较杨朱季梁稍后，较惠施庄周稍前，而皆为并世。

九〇　尸佼考 附　公羊女子及北宫子沈子

《汉志》"杂家"《尸子》二十篇，班注："名佼，鲁人，秦相商君师之。鞅死，佼逃入蜀。"《史记·孟荀列传》："楚有尸子长卢。"《集解》云："刘向《别录》：'楚有尸子，疑谓其在蜀。今按《尸子》书，晋人也，名佼，秦相卫鞅客也。鞅谋事画计，立法理民，未尝不与佼规也。商君被刑，佼恐并诛，乃亡逃入蜀。自为造此二十篇书，凡六万余言。卒，因葬蜀。'"宋翔凤以为"晋乃鲁之误"。今按：刘向云："疑谓其在蜀。"知非鲁人故称楚矣，则尸子实晋人。其时晋已不国，而魏沿晋称，尸佼殆为魏人耶？《穀梁》两引其语，隐五年，桓九年。则亦治《春秋》，正名以治，为法家师，如吴起之流矣。阮元《穀梁传注疏校勘记序》，谓："佼为秦相商鞅客，鞅被刑后，遂逃亡入蜀。而预为征引，必无其事。或《传》中所言，非尸佼也。"阮氏疑《穀梁》成书定在尸佼亡逃入蜀之前，故有"预为征引"之辨。今知尸佼既为先秦学人称说，而《穀梁》成书未必甚早，则阮疑殊亦无据。然近人辑《尸子》书，绝不见其为晋人与鞅谋事及亡逃入蜀之事。又《后汉书注》"佼作书二十篇，内十九篇陈道德仁义之纪，内一篇言九州险阻水泉所起"，与刘向所谓"尸子非先王之法，不循孔氏之术"，见《荀子叙录》。而为商君师者不类，盖亦各言其一端。如《汉志》儒家有《李克》，法家有《李子》，而刘氏亦以李悝与尸佼并列，皆称为"非先王之法，不循孔子之术"也。《尔雅疏》引《尸子·广泽》云："皇子贵衷，田子贵均，其学之相非，数世而不已。"田子贵均乃田骈，为齐稷下先生，在尸子后。《山海经注》《史记集解》诸书引《尸子》，称述徐偃王，亦后尸子。则所谓《尸子》二十篇者，在当时固已非出尸子自为，今则亡逸已多，并不足以见尸子为学之大纲也。今姑据同时学风以为推测，则尸子之学，固当与李悝吴起商鞅为一脉耳。

又按：《公羊传》引子女子；闵公一。春秋时晋有女叔宽、女叔齐；魏武侯臣有女商，见《庄子·徐无鬼》，自称："所以说君者，横说之则以《诗》《书》《礼》《乐》，纵说之则以《金版》《六弢》，奉事而大有功者，不可为数。"岂女商亦儒者耶？《公羊》所引或即其人。《释文》李云"无鬼女商并魏幸臣"，不可信。《左氏》既与吴起有关，《公》《穀》皆引尸子，又《公羊》女子，其姓氏亦惟见于魏，则《三传》之学，固颇有出于晋者。又《庄子》有南伯子葵问女偊，子葵即子綦也。

《公羊》又称子北宫子；哀公四。《左传》昭二十年，卫有北宫喜；《庄子·山木》有北宫奢，亦卫灵公臣；孟子称北宫锜问班爵禄，赵岐云："卫人。"则北宫氏在卫，亦与吴起商鞅同邦土，宜闻《三传》之绪。《公羊》之北宫子，其殆问班爵禄之锜其人耶？沈钦韩《汉书疏证》亦云然。此皆未可确指，姑因尸佼而及之，见《三传》之学之固多流行于晋人焉。

《公羊》又引乐正子春，昭十九。则鲁人。又子沈子，《公羊》隐十一，庄十，宣一。又《穀梁》定一。《孟子》书有沈犹行，与乐正子春同为曾子弟子，殆亦鲁人。又屡引鲁子，庄三，又二十三，僖五，又二十四，又二十八。郝敬谓是曾子字误。今考说《春秋》如乐正子沈子公明子，见《考辨》第三〇。既多曾子弟子，又吴起初亦出曾氏之门。《春秋繁露·俞序篇》言《春秋》义，有曾子，则郝氏说殆是也。然则《春秋》之义，渊源固自孔门，惟晚起传统之说，或不可尽信耳。

又《公羊》昭三十一年有公扈子，其人又见《说苑·建本篇》："公扈子曰：'有国者不可以不学《春秋》。'"殆亦《春秋》师。沈钦韩云："疑即《孟子》之公都子。"《列子·汤问篇》有鲁公扈，则公扈氏亦鲁人也。《春秋繁露·俞序篇》有公肩子，"肩"疑"扈"字讹。

又《公羊》文四年引高子；《孟子》书有高子论《小弁》之诗；《韩诗外传》二"高子问于孟子，《卫女》何以编于《诗》"云云；《经典序录》："子夏授高行子。"《周颂·丝衣序》："绎宾尸也。高子曰：'灵星之尸也。'"陈奂疑高子即高行子，与孟子论《诗》者。则高子治《诗》与孟子同时，虽孟子称之曰叟，然不得谓系子夏所授。凡汉以来言古经传统，未必无其人，而世次渊源往往不可据。若《公羊》高子即治《诗》之高子，则亦与公都子略同时，俱与孟子相先后也。梁玉绳《人表考》谓《孟子》书中高子系二人，一孟子弟子，一年长于孟子，然要之年世相接也。

九一　宋君偃元年乃周显王三十一年非四十一年乃幼年嗣位非弑兄自立辨

余考宋桓侯元在周安王二十二年，立四十一年而见废于剔成，为周显王之二十九年。剔成即以废君自立之年称元，三年而剔成卒，为周显王三十一年。详《考辨》第六九。是年宋君偃嗣立。《世家》云："君偃十一年自立为王。"则为周显王四十一年。《年表》于是年载宋君偃元年。盖宋偃亦如梁惠成秦惠文之例，于称王之翌年更元，而《史》遂误以称王之元为始立之元也。又《年表》王偃灭在周赧王二十九年，前后在位当得五十三年，今《年表》作四十三年者误。《世家》云四十七年，亦误。王偃在位既久，又死于逃亡，非其天年，计初立不能甚长。《宋策》："或谓大尹曰：'君日长矣，自知政，则公无事。不如令楚贺君之孝，则君不夺太后之事矣。则公常用宋矣。'"韩非《说林下》亦云："白圭谓大尹曰：'君少主也，而务名。令荆贺君之孝，则君不夺公位，而敬重公，公常用宋矣。'"白圭时宋君乃偃，初立年少，故太后大尹主政用事。而偃已务名，长而好行仁政，有以也。大尹者，高注："大尹，宋卿也，太后，尹母也，与后共为政。"则大尹殆宋君之庶兄？孟子至宋，谓戴不胜曰："子欲子之王之善欤？我明告子。子以薛居州，善士也，使之居于王所。一薛居州，其如宋王何？"时王年尚幼，故不胜为之进贤傅，孟子亦以幼子学语为譬。又孟子在宋，与其臣如戴不胜戴盈之皆有问答交际，《论语》邢疏："戴盈之即不胜。"阎氏说同。黄鹤《四书商》云："按：《左传》记人，一篇中前既称名，后又称字者，以人数甚多，必曰名某字某，不胜烦琐，创为是例，欲互相见也。孟子书王驩一人，‘使滕’章由王使则名之；‘乐正子’章本同等则字之；‘公行子’章人之有右师而不知是王驩，则书其爵。若不胜盈之果一人，一章名，一章字，是何义例？存疑可也。”又《汉书·人表》有“郑戴胜之”，梁考云：“郑乃宋之误。不胜字盈之，故此称为胜之。惟列鲁哀公时，太先。”今按：不胜字盈之，亦不当称胜之，仍当阙疑。独不见与宋王语。万章之问亦曰：“宋小国也，今将行王政。”不明指宋偃为说。知其时偃尚幼，殆未亲政。然其时王偃在位已十年，或始立仅逾十龄，或尚不足，则至此才弱冠，犹少主也。逮及国亡身死，亦不过六十之老耳。《吕氏·壅塞篇》记宋亡事曰：“此戴氏之所以绝也。”则宋偃亦戴公后，与不胜同氏。不胜岂即《宋策》之大尹乎？《荀子·解蔽篇》：“唐鞅蔽于欲权而逐载子。”杨倞注：“载读为‘戴’，戴不胜使薛居州傅王者。”不胜盖贤臣，助偃行王政，偃终信谗而逐之，则其晚节非无可议矣。《世家》：“剔成四十一年，弟偃攻袭剔成而自立。”偃之立时尚少，故乃太后大尹主政，岂为弑兄自立之主哉？盖前史及王偃事多诬。子夏曰：“桀纣之无道，不若是甚，居下流而众恶归之。”今王偃行仁政而招众恶，号之桀宋，尚非下流之比矣。参读《考辨》第六九，第九九。

九二　齐魏会徐州相王乃魏惠王后元元年非魏襄王元年乃齐威王二十四年非齐宣王九年辨

《魏世家集解》：“荀勖曰：‘和峤云：“《纪年》起自黄帝，终于魏之今王。”今王者，魏惠成王子。案《太史公书》，惠成王但言惠王，惠王子曰襄王，襄王子曰哀王。惠王三十六年卒，子襄王立，十六年卒，并惠襄为五十二年。

今按古文，惠成王立三十六年改元称一年，改元后十七年卒，《太史公书》为误分惠成之世以为二王之年数也。《世本》惠王生襄王而无哀王，然则今王者，魏襄王也。’”今按：齐魏会徐州，相约僭称王，因称王而改元，故不称三十七年而改称元年。其后秦惠文王于十三年称王，乃亦改十四年为元年，与此正类。惠王与孟子言：“西丧地于秦七百里，南辱于楚。”考惠王后五年予秦河西地，后七年尽入上郡于秦，后十二年楚败魏襄陵。惠王之言指此。倘以为在襄王之世，乌容出自惠王之口哉？《秦策》四：“楚魏战于陉山，魏许秦以上洛。魏战胜，效上洛于秦。”高诱注：“魏惠王也。”今按：楚魏陉山之役，《年表》在魏襄王六年，误。高注云惠王，是也。“效上洛”即献西河之外也。苏代之说燕王曰：“西河之外，上雒之地。”是也。其时犀首为魏将，张仪在秦，事又见《秦策》一、《韩策》二。据《策》则魏效地在胜楚后，而《史》列胜楚前，亦相歧。此事为史家一争案。自杜预氏《左传后序》，裴氏《史记集解》，司马氏《通鉴》，王氏《困学纪闻》，顾氏《日知录》，崔氏《东壁遗书》，梁氏《志疑》，皆据《纪年》纠《史记》，而辨论纷纭，尚未定于一是。则以《纪年》原书既佚，未能博观会通，而《史记》传习既久，人性乐旧安常，惮于纷更也。今既剖别《纪年》《史记》得失，凡二十余事，自魏文侯田庄子以下齐魏两家世系年代，逐一辨订纠正，又旁推之于《史记》《国策》以及先秦诸子书。合之大势而通，比之小节而符。首尾条贯，竟体朗然。庶可以解千古之纷矣。此齐魏徐州相王为魏惠王后元元年，非魏襄王元年之说也。

余又谓是岁乃齐威王二十四年，非齐宣王元年者，齐之称王始于威王，不始于宣王，人尽知之。而威王之称王，则肇始于马陵之胜，见《考辨》第八六。而大定于与魏会徐州之岁。

其后十五年威王薨，宣王始立。《史记》以徐州相王为宣王之九年者亦非也。不然，使威王先已称王于数十年前，宣王何事会魏于徐州而后乃相王哉？《田完世家》叙威王称王于二十六年后，与今考威王称王在二十四年者相差两年。余定齐威王三十八年，《史记》只三十六，亦差二年也。盖威王初即位，不治政，诸侯并伐，据《世家》。参读《考辨》第七四。其时固犹称侯。故《齐策》"邯郸之难"称田侯。及败魏马陵，魏用惠施策，折节朝齐，乃会徐州而相王。据《魏策》三。《国策》称韩魏之君北面朝齐，亦在战马陵后。而《世家》误以威王称王在桂陵之后者，由其误以徐州之会为宣王故也。时七国称王者惟楚，故楚闻齐王而大怒，遂有围齐徐州之举。盖齐魏相王一事，当是魏故屈下尊齐为王，观《魏策》，及《吕氏春秋·爱类》。而齐亦未敢独承，乃亦尊魏为王，实开当时未有之新局。无缘齐威于数十年前便已称王也。梁惠王二十七年从诸侯朝周天子，其时梁始称王，而齐威王举兵伐梁。其后八年，魏齐始相王，而楚威王举兵伐齐。然其后又六年而宋亦称王，又三年而秦亦称王，韩亦称王，又二年而燕中山亦称王。《赵世家》："武灵王八年，五国相王，赵独否，曰：'无其实，敢处其名乎！'令国人谓己曰'君'。"则赵之称王犹在后。然至是而各国称王之局卒大定。观于当时相王之不易，益可证其前二十余年，不容有齐威独王之事。观以后齐秦称帝之难，又可证齐之称王乃为与魏俱，而犹遭楚人之怒。故徐州一会，实当时诸侯称王之初步，战国惊人一大事。若威王先已称王于二十余年前，则此一段史实全无情味矣。以《纪年》推之，则徐州之会乃在齐威之二十四年。《田齐世家》："威王二十四年，与魏王会，田于郊而论宝。"殆即徐州一会中佚事也。《秦本纪》："惠文王四年，齐魏为王。"

《索隐》云：“齐威王魏惠王。”斯得之矣。又考《史记·孟尝君列传》齐魏“会徐州相王”，《正义》引《纪年》云：“梁惠王三十年，下邳迁于薛，改名徐州。”《齐策》一：“楚威王战胜于徐州。”徐，鲍本作“俆”。吴氏补曰：“俆，词余反。《正义》引《纪年》：‘下邳迁于薛，改名徐州。’徐，《左氏》作‘舒’，《说文》作‘郐’。”据此，则《正义》引《纪年》本作“俆”，而今亦误为“徐”也。徐州宋地，与此俆州不同。顾氏《日知录》卷三十一徐州条亦辨此。互详《考辨》第一一〇。

雷氏《考订》：“《左传后序》引《纪年》，谓惠王三十六年改元，从一年始，至十六年，称惠王卒。《史记·魏世家集解》引荀勖称和峤云：‘《纪年》谓惠成王三十六年改元称一年，改元后十七年卒。’司马氏《资治通鉴》从《后序》说，《通鉴考异》及朱子《通鉴纲目》从荀和说。淇案杜与荀和同时，得见《竹书》，不应言有同异。《后序》‘十六年’，‘六’字，自是‘七’字之讹，乃钞录钤刻者有误也。《魏世家索隐》引《纪年》曰：‘惠成王三十六年改元称一年。’《孟尝君列传索隐》引《纪年》曰：‘三十六年改为后元。’观此知梁之改元与秦惠文之以十四年为元年事同。非若后世改元，先下诏书，以明年为元年也。”今按：雷氏此辨殊精密，然实未是。何者？齐魏相王，实在会于徐州之岁。而据《六国表》、魏齐两《世家》，及《秦本纪》《孟尝君列传》诸篇，会徐州实在惠王三十七年。惠王以是年始称王，不得于三十六年先改元，其理甚显。又考《魏世家》，惠王三十六年复与齐王会甄，是岁惠王卒。《索隐》引《纪年》云：“惠王三十六年改元称一年，未卒也。”《索隐》于此条，惟辨惠王未卒，而甄会实不在此年，则《索隐》未之及。余考甄会在平阿会后，皆在惠王后元，《索隐》亦辨之，语详《孟尝君列传》。参读《考辨》第一〇四。则惠王三十六年齐魏本无会，即不得有相王事。惠王亦自不于此年改元，尤明甚。又《田齐世家》："宣王七年，与魏王会平阿南，明年复会甄，魏惠王卒。"《索隐》按《纪年》："梁惠王乃是齐湣王为东帝、秦昭王为西帝时，此时梁惠王改元称一年，未卒也。而《系家》及其后即为魏襄王之年，又以此文当齐宣王时，实所不能详考。"《索隐》此条语有误衍。要之《索隐》辨惠王未卒，遂谓其改元称一年；而改元称一年实在明年，不在今年。《索隐》此条，及《魏世家》一条，皆下语未析。《孟尝君传索隐》云："惠王至三十一年改为后元年。"显有字讹。惟《魏世家索隐》又一条云："《纪年》说惠成王三十六年又称后元一，十七年卒。"则与荀勖和峤为一致，然窃疑其说终不可信。何者？若惠成王于三十六年改称后元一年，又十七年而卒，则惠成王当得三十五年，又十七年也。《史记》虽误，亦有其所以误。彼特误以惠成王后元之年为襄王年耳。若惠成王前三十五年，改元后十七年，《史记》何以又夺改元第一年归之惠成，而别以其后十六年分为襄王？此实难解。又考今本《伪纪年》于周显王三十四年称："魏惠成王三十六年，改元称一年。"又云："王与诸侯会于徐州。"徐州会事较《史记》亦前一年。雷氏《义证》说之云："《史记·六国年表》于显王三十五年书'魏会诸侯于徐州以相王'，又曰'齐与魏会徐州，诸侯相王'，即此事。较《竹书》差一年者，夏正、周正之异。会在是年仲冬后也。"今按：梁惠称王改元，定在与齐会徐州之后。若会徐州如雷说，在惠成王三十六年仲冬之后，其时周正已为显王三十五年，惠王归国称元，其亦必为三十七年之新岁决矣。且雷氏辨梁惠称王改元以秦惠王为例，不知秦惠王正以十三年四月称王，而于十四年改称元年；则梁惠王之改称元年，定在三十七年，更无疑也。故知杜氏谓："惠王三十六年改元后从一年始，至十六年而称惠成王卒。"其言最信。吴莱曰："自古未尝有改元。秦惠文王立十三年矣，十四年乃称王，而秦《史》改元。惠王立三十六年矣，三十七年乃称王，而《汲冢竹书》亦改元，又十六年而后惠王卒。非改元也，直史官纪述之常体耳。"其说亦是。云"三十六年改元"者，因会徐州在是年岁底也；云"从一年始至十六年而称惠成王卒"者，因惠成王会齐徐州已在三十六年仲冬之后，及归国改元年称王，其制定于今年之岁底，而实称元年则为明年之岁首也。荀勖和峤诸人，殆见《竹书》原本，有在惠成王三十六年记称王改元之文，故率以此年即为惠成王元年。雷氏依之，未能深考徐州一会与称王之先后，故加信据，遂与《史记》乖僢。又《索隐》称惠成王三十六年改元，虽遵荀和之说，而其引惠成王，改元年后年数，则实自三十七年为元年起算；如"十三年四月，齐威王封田婴于薛，十月齐城薛"，"十四年薛子婴来朝"，"十五年齐威王薨"诸条，均见《孟尝君列传》。是也。余已详于《考辨》第一〇九，第七四，第一一五、一一七诸篇，兹不详论。又按：和峤荀勖杜预引《纪年》，虽与史迁违异，然有一节为诸家之所同者，则惠王前后（或惠襄分算）共得五十二年是也。今有疑惠王在位五十一年者，其说无稽，殊不足信。

魏源《古微堂外集》卷二《孟子年表》，以梁惠王三十六年改元称一年，后二年会徐州始称王，则改元在称王前，两事先后倒置。又惠王后元既前移一年，则《索隐》引《纪年》"齐威王卒在惠王后元十五年"者，亦递次移前。故魏氏定孟子去梁已在齐宣王二年，即宣王即位之第三年矣，与余考孟子初见宣王正值宣王未终丧之际亦不合。参读《考辨》第一一七。

九三 惠施仕魏考

《魏策》："齐魏战于马陵，齐大胜魏，杀太子申。魏王召惠施而告之曰：'夫齐，寡人之仇也，怨之至死不忘。吾常欲悉起兵而攻之，如何？'惠子教以变服折节而朝齐。楚王大怒，自将伐齐，大败齐于徐州。"今按：马陵之役，在惠王二十八年。《考辨》第八四后九年，齐魏会徐州相王。又后一年，楚伐齐徐州。其时惠施已用事。《吕氏春秋·爱类篇》："匡章谓惠施曰：'公之学去尊，今又王齐，何也？'惠子曰：'今有人于此，必击其爱子之头，而石可以代之。今王齐而寿黔首之命，是以石代爱子头也。'"可证魏齐相王，惠施主其谋。乃《吕氏·不屈篇》云："惠子之治魏，当惠王之时，五十战而二十败，大将爱子为禽。大术之愚，为天下笑，得举其讳，乃请令周太史更著其名。围邯郸三年而弗能取，天下之兵四至，谢于翟翦，更听其谋，社稷乃存。"则以魏惠十七年围赵邯郸为惠施相魏后事，细按其说，殆非也。惠子为相，年事当逾三十。下至周赧王元年，齐破燕，惠子为魏使赵，凡四十年，惠子之寿，方跻八十，未必再为魏效奔走，可疑一也。且据原篇："惠施见白圭，白圭曰：'新妇至，宜安矜，今惠子遇我尚新，其说我有太甚者。'"则白圭盖先惠施用事。《年表》："惠王二十七年，丹封。"余疑丹即白圭，详《考辨》第八二。其时尚当路。惠施不应先十年已为相，可疑二也。谓恐天下笑之，而令周太史更著其名，无此情理，可疑三也。惠子墨徒，常主偃兵。马陵之后，劝王折节朝齐，且曰"王固先属怨于赵"，语亦见《魏策》。见伐赵非出惠子，《策》文“赵”字，或系“韩”字之误。吴师道已辨之，要以见惠子之不主战。可疑四也。惠子见逐，在惠王后元十三年，详《考辨》第一〇七。其至魏当在惠王二十七八年马陵败后，或即在徐州会前一、二年，前后约得十五六年，较为近情。若如《吕氏》书，惠施在魏用事垂三十年。魏既迭经败衄，而惠王与相终始，尊信之不稍衰，有逾后世汉先主宋神宗远甚，可疑五也。《吕氏》书成于众手，《不屈》一篇盛毁惠施，因谓惠王之世五十战而二十败，尽以为惠施之罪，吾窃疑其诬。

九四　匡章考　附　周最

《齐策》：“秦假道韩魏以攻齐，齐威王使章子将而应之，齐兵大胜。秦王拜西藩之臣而谢于齐。”高诱注：“秦惠王之子武王也。”焦循云：“章子之事，未必在威王之世，威王未尝与秦交兵。齐秦之斗在宣王时，而伐燕之役将兵者正是章子，则恐其误编于威王《策》中者。即不然，亦是威王末年。”《孟子正义》今按：焦氏谓章子之事未必在威王世者，由误信《史记》威王年世移前之故。语既无证，自不足辨。威王卒于周慎靓王元年，当秦惠文王五年。则高注以秦王为惠王子武王者，亦误也。据《齐策》所记，知匡章信用于齐，自此役始。其后遂为宣王将而伐燕。《燕策》所谓：“齐宣王令章子将五都之兵，以因北地之众以伐燕，燕王哙死，齐大胜，子之亡。”是也。又其后，则有与魏战于濮水之役。《齐策》：“濮上之事，赘子死，章子走。盼子谓齐王曰：‘不如易余粮于宋，宋王必说，梁氏不敢过宋伐齐。’”是也。《六国表》周赧王三年，魏哀王七年，击齐，虏声子于濮。与秦击燕，即此事。《魏世家》徐广引《表》作赘子，证以《齐策》，则作赘者是也。《志疑》转以徐氏为误，殆未考耳。其时犹为齐宣王之八年，又其后乃有与韩魏共攻楚而杀唐眛之役。《秦本纪》："昭襄王八年，使将军芈戎攻楚，取新市。齐使章子，魏使公孙喜，韩使暴鸢，共攻楚方城，取唐眛。"是也。《志疑》云："其事在昭王之六年，误书于八年。"今按：《年表》在六年，不误。《吕氏春秋·处方篇》亦记其事，云："齐令章子将，与韩魏攻荆，荆令唐蔑将而应之，夹泚水而军。章子夜奄荆人，杀唐蔑。"是也。是岁为齐宣王之十九年，宣王即以是年卒，胜楚盖属湣王事。此后章子事亦无考，盖已高年，不复用于世矣。周最亦见泚水之役，详《吕氏·处方》。《史记·周本纪》，周最见赧王四十五年，周聚见五十八年，周聚即周最也。上距泚水之役四十四年，则周最在泚水役时当年三十左右，而老寿及于西周之末年矣。至章子与孟子游，远在威王世将兵胜秦之前。语详《考辨》第九八。又论惠施于魏惠王见《吕氏春秋·不屈篇》。曰："螟蝗害稼，农夫得而杀之。今公行，多者数百乘，步行者数百人，少者数十乘，步者数十人，此无耕而食者，其害稼甚矣。"章子盖与其邦人陈仲子行谊相近，故特称仲子于孟子，而曰："陈子岂不诚廉士哉！"孟子之称章子，亦曰："世俗所谓不孝者五，惰其四支，博弈好饮酒，好货财，私妻子，从耳目之欲，好勇斗狠，章子无一于是。"此虽不足以尽章子，亦可以知章子之律身，盖亦闻墨学之绪论而有志焉者也。徐州之役，齐魏相王，章子责惠施曰："公之学去尊，今又王齐，何也？"见《吕氏春秋·爱类》。其事在齐威王三十三年，下距齐宣王卒岁，章子杀楚唐眛，三十四年。姑定齐魏徐州相王之岁，章子年二十五以上，三十以下，差可得其世寿矣。

《年表》："秦孝公十四年，韩昭侯如秦。"黄氏《编略》以是年为匡章破秦之岁。其言曰："苏秦言秦欲深入齐，恐韩魏之议其后。《策》言假道于韩魏，则伐齐在韩魏既服之后。"今以匡章子生平考之，其时殆初逾十龄，何能为将？黄氏之说非也。且苏秦言"秦欲深入齐，恐韩魏议其后"，其事尚远在后显王之三十六年，此亦姑据旧说。乌得逆证其前十六年，谓秦已以其时举兵而加齐哉？以当时情势论之，孝公中年，秦内力未充，外威未张，殆无远越韩魏兵涉齐疆之理。余疑秦齐交兵，或已在秦惠文王世，亦非盛兵剧战，今已不可确考，而齐将章子，则必章子名行向盛，稍显于时矣。齐魏会徐州相王，章子讥惠施学行之相背，又论惠施于梁惠成王前，其时章子方壮年，而崭然露头角，其已为胜秦立功之后乎？《年表》："秦惠王三年，拔韩宜阳。"《韩世家》："昭侯卒前一年，作高门。屈宜臼曰：'往年秦拔宜阳，今年作高门，昭侯不出此门矣。'"则此年实有拔宜阳。《通鉴答问》谓拔而未取，恐或有之。《编略》谓秦取而复归于韩。是时梁方怨齐，谋报马陵之仇。秦或者以其时乘胜韩之余威，游兵及于齐界。威王使章子应，亦本非举国以属，扞御大敌之比也。明年，即齐魏会徐州相王之年。如此，差为得之。事乏明证，姑志以待再定。《齐策》又云："秦王称西藩之臣。"鲍云："威王与秦献公、孝公同时。"如余所考，则秦已是惠王，惟其时尚未称王耳。

九五　苏秦考

太史公为《苏秦传》，称："苏秦兄弟三人，皆游说诸侯以显名，其术长于权变，而苏秦被反间以死，天下共笑之，讳学其术。然世言苏秦多异，异时事有类之者皆附之苏秦。夫苏秦起闾阎，连六国从亲，此其智有过人者。吾故列其行事，次其时序，毋令独蒙恶声焉。”是史公之传苏秦，至慎至谨也。然余考苏秦之年代，而疑及其行事。史公所谓“连六国从亲，此其智有过人者”，以当时列强大势论之，盖非情实，亦后世以异时事附之也。

《燕世家》：“文公二十八年，苏秦始来见，说文公，文公予车马金帛以至赵。赵肃侯用之，因约六国为从长。二十九年，文公卒，易王初立，齐宣王因燕丧，伐取十城，苏秦说齐，使复归燕。十年，燕君为王，苏秦与文公夫人私通，惧诛，乃说王使齐，为反间，欲以乱齐。易王立十二年卒，子燕哙立。燕哙既立，齐人杀苏秦。及苏秦死，而齐宣王复用苏代。”今考：伐燕取十城者，乃威王，非宣王，《史》自误。而苏秦之死，则值齐威、宣之际。梁氏《志疑》云：“徐广谓苏秦为齐客卿，在燕易王之十年时，按：见《秦传集解》。而《张仪传》云‘居二年秦死’，则其死在易王末年，当周显王四十八年。”今据《燕世家》“燕哙既立”之文，周显王四十八年，正易王卒，哙立，犹未改元之岁。明年，周慎靓元年，燕王哙称元，而齐威王薨。苏秦之死，早则在前年，齐威王杀之。迟则在后年，或威王，或宣王，不能定。而宣王用苏代，则正其初立时也。《秦传》：“秦兵不敢窥函谷关十五年。”函谷关之立尚在后，（《考辨》第七二）六国亦无十五年之从亲。据《六国表》，苏秦初说燕后十五年，适燕哙元年，苏秦死。十五年之说本此。此亦苏秦卒年一好证也。

余考《策》《史》言苏秦事，有极可疑者：《齐策》五载苏秦说齐闵王。苏秦死，当威宣之际，岂得下及闵王？其书乃后世习《老子》言者所为，而假托于秦，不得以此疑闵王立，尚在苏秦未死前也。《史记·苏秦传》亦云："苏秦说湣王厚葬以明孝，高宫室，大苑囿以明得意，欲破敝齐而为燕。"同属不可信。《齐策》三又载："孟尝君将入秦，苏秦欲止之。"孟尝君入秦在秦昭王八年，距苏秦死已二十年，燕王哙亦死十四年，何来有苏秦？《史记》改苏代，是也。《说苑·正谏篇》亦载此事，仅云"有客"，则亦知苏秦之死矣。又《秦策》云："秦惠王谓寒泉子曰：'苏秦欺寡人，欲以一人之智，反复山东之君，从以欺秦。赵因负其众，故先使苏秦以币帛约乎诸侯。诸侯不可一，犹连鸡之不能俱止于栖，明矣。寡人忿然含怒日久，吾欲使武安子起往喻意焉。'寒泉子曰：'不可。夫攻城堕邑，请使武安子。善我国家，使诸侯，请使客卿张仪。'惠王曰：'善。'"夫武安子乃昭王时将白起，岂得上及惠王，与苏张同世？赵有武安君李牧，乃效秦将白起封号。《策》又言，苏秦于赵亦封武安君，虽赵邑有武安，而其说自可疑。其他明属苏秦身后事，而附会之者尚多，然皆琐碎不足辨。其有关于战国史实之大，而不可不辨者，莫逾于苏秦连六国从亲一事。盖其事亦起苏秦死后而附会之也，余请得纵辨以明之。

《史记·秦传》载秦说七国辞，皆本《国策》，其辞皆出后人饰托，非实况。如其说秦云："西有巴蜀汉中之利，南有巫山黔中之限，东有函殽之固。"诸地入秦皆远在后，苏秦岂得先及？张氏《释地》云："惠文六年魏纳阴晋，九年围焦，十三年张仪取陕，后十一年樗里疾攻魏焦，拔之。阴晋东至陕，正殽函之道，自惠王六年至后十一年，始克有之。"其说韩魏云："称东藩，筑帝宫，受冠带，祠春秋。"时秦尚未称王，何遽"筑帝宫"？其他率类是，可疑一也。且《史》载苏秦合从事，仅见于《秦传》，又略见于《燕世家》及《燕表》，其他赵齐韩魏楚诸《世家》及《年表》均不具，可疑二也。又其事在燕文公二十八年，正齐梁会徐州相王之岁。自此以前，秦以僻远，摈不预东方诸侯之会盟。孝公发愤，用商鞅变法，国势稍振，然犹不敌东方诸国。东方诸国最强者惟梁，故惠王语孟子，自谓“晋国天下莫强”，固非虚夸。而自惠王拔赵邯郸，齐楚起而救赵，齐败魏于桂陵，魏不得已重归赵邯郸。而秦以其时坐收渔人之利，东侵降魏安邑。其后不十年，梁又率诸侯朝天子，而称王。则梁虽前败于齐，并不挫其霸业。梁又以是伐韩，五战而韩五败，几不国。齐又掎梁之后，出师救韩，败梁马陵。秦赵诸国乘机渔利，而秦卫鞅又虏魏公子卬。然其时梁仍为大国，河西地仍属梁，犹未入秦。秦人特乘虚侵略，其疆土尚未达于河，不为东方诸国所畏。而齐威王以再胜梁军，遂得继梁称霸。东方大局，遂为梁齐之对峙。其会徐州相王，即征两国东西分霸之形也。梁齐最先王，以其国势之最强。诸国自楚外，莫敢继齐梁称王者，以其国力犹未与梁齐抗衡也。然梁以屡战之余，外强而中干，惠王耄年称王，不能自振奋，国遂日衰日削，而秦之侵梁圉也益急。其后梁遂献河西地，尽入上郡，惠王所谓“西丧地于秦七百里”者。于是不久而秦亦称王，韩亦称王。其时韩承昭侯申不害之后，其国力盖犹在赵燕之上，故亦先赵燕而称王也。又其后而犀首约五国相王，乃有燕赵中山。然赵武灵犹谦让不敢居，而其事起于魏。盖徐州相王为六国称王之始，实梁启之。五国相王，为六国称王之终，亦梁主之。梁在当时，霸国余威，犹未全失。其时先秦韩而称王者尚有宋，宋亦犹未为弱国。故孟子告齐宣王曰："今天下方千里者九，以齐一天下，何异以一服八哉?"使苏秦言合从，不当逆知宋中山之先亡，而屏此二国不及也。其后张仪与惠施争用事于魏，惠施主合魏于齐，张仪则欲联魏于秦。盖其先为梁齐分霸者，至是梁日以衰，秦日以强，遂有秦魏齐三国分霸之势。张仪既相梁，梁韩太子入朝于秦，韩魏之折而入于秦人势力之下者，自此开其端。而秦人乃骎骎与齐对峙。梁之霸业，自文侯武侯迄于惠王之世而大盛者，及其晚节，乃为东西两强齐秦之所平分。而齐以威宣之盛，其声威远出秦上。故宣王欲求其所大欲，以一天下为志。而其时苏秦已死。当是时，东方六国固绝无合从摈秦之必需，亦绝无合从摈秦之可能。即据今《史记》各《世家》《年表》所记，亦绝无六国合从摈秦之痕迹也。

且苏秦合从，始起议在燕，主盟者为赵。秦之与赵，当其时壤地不相接，与燕则东海西海，风马牛不相及也。燕固无事乎摈秦，亦未得越赵、魏、韩三晋而事秦。赵自成侯时，魏围邯郸，国几亡。及肃侯，幸自保，未尝敢一出兵与齐梁争中原之霸业。而苏秦说赵，乃谓："当今之时，山东建国，莫强于赵。"岂不大谬？赵之强，乃在武灵王后，苏秦张仪皆已死。若齐梁会徐州相王之岁，断无尊赵为六国从长之理。徐州相王后六年，当赵肃侯二十二年，魏尽纳上郡于秦，赵疵与秦战败，秦杀疵河西，取代蔺、离石。是魏失河西而秦赵壤地始相接，兵争始启也。苏秦既死，越四年，当赵武灵王九年，秦与赵韩战而败之，是为秦赵兵争之再见。是役也，《楚世家》亦谓苏秦约从六国兵攻秦，而楚怀王为从长。然与秦战者惟赵韩，赵韩既败，而齐乘其弊，复败赵魏师于观泽。时六国固无合从，且苏秦已死，亦不得牵合为说也。据《楚策》"五国伐秦，魏欲和，使惠施之楚"章，似其事主者实为楚魏。或由犀首之徒害张仪之重为秦相而促成之，（可参读《衍传》）其事起于一时，决非早有从约，为大规模之摈秦。又据《楚策》"五国约伐秦，昭阳谓楚王"章，则败其事者乃楚，似此事主动实在魏，而赵韩附之。故《秦本纪》无楚，而《田世家》云攻魏，《乐毅传》则云西摧三晋也。《史记》各篇记此事极参差，必会合观之，情事始显。

自此以后，秦齐东西争霸之势益显。《楚世家》谓："秦与齐争长，秦欲伐齐而楚与齐从亲。秦患之，乃使张仪至楚。"是张仪初至魏，乃离间魏齐之相亲，使魏去齐而昵秦。及其再至楚，亦宗至魏之故智，意在离间楚齐之相亲，使楚去齐而昵秦耳。秦之外交，常主折齐之羽翼，散齐之朋从，使转而投于我。其时情势，犹是齐为长而秦为亚。秦与齐争则有之，秦欲进连衡之说，使山东诸侯相率西朝，尚未能也。张仪至楚之明年，秦助魏攻燕，是殆为秦兵及燕之始。而是年秦又败楚，取汉中。明年，张仪复至楚，秦楚复和。而翌年，仪即去秦，复至魏，而卒焉。终仪之世，亦绝无六国相率事秦之痕迹也。则所谓苏秦张仪一纵一横，其说皆子虚，由后之好事者附会为之也。今观张仪说齐，谓赵朝渑池，其事在昭王时，仪死及三十年，非仪语可知。其说赵齐燕三国，又谓赵割河间，齐献鱼盐之地，燕献恒山之尾五城，全谢山《经史问答》辨之，以为乃不知地理者之妄说。其实苏张纵横，一切皆虚，不徒不知地理，实又不知当时列国强弱之情势也。

然则六国果无合从之事乎？曰：不然。秦势愈强，日益东侵，山东诸国，未必绝无合从之议，亦未必绝无合从之事。而其议其事，皆在后。后之好事者，乃以上附之于苏秦，则仍史公所谓“异时事皆附之”也。今即据当时策士虚造苏张游说之辞而可以推见其说所起之时者。考张仪之说赵，赵王曰：“先王之时，奉阳君专权擅势，蔽欺先王，独擅绾事，寡人居属师傅，不与国谋计。先王弃群臣，寡人年幼，奉祀之日新，心固窃疑焉，以为一从不事秦，非国之长利也。”此所谓“奉阳君”者，乃李兑，而“先王”则武灵王也。则赵君为惠文王，明白无疑。赵惠文王时，张仪久已死，而伪为张仪说赵之辞者，纵笔所至，遂告后人以其身世之真相。然则合从连衡之说，乃盛于赵武灵、惠文王父子之际也。据《仪传》云云，则主合从者为奉阳君李兑；而考之《国策》，亦实有其事。《赵策》四：“齐欲攻宋，秦令起贾禁之。齐乃收赵以伐宋。秦王怒，属怨于赵。李兑约五国以伐秦。”此李兑主合从之证也。或“谓齐王曰：‘三晋皆有秦患，今之攻秦也，为赵也。五国伐赵，赵必亡。秦逐李兑，李兑必死。今之伐秦也，以救李子之死也。’”李兑亦自言之，曰：“臣之所以坚三晋攻秦者，非以为齐得利秦之毁也，将欲以攻宋也。”凡此皆一时辞。又齐将攻宋而秦阴禁之，齐因欲与赵，赵不听齐，乃令公孙衍说李兑以攻宋而定封焉。又齐使公孙衍说奉阳君曰：“君之身老矣，封不可不早定也。为君虑封，莫若于宋。”是奉阳君即李兑，而其事在李兑之老时，盖武灵王之晚节也。故据张仪说赵之辞，乃知其时主合从者为赵之奉阳君，即李兑其人。李兑约五国伐秦，《史记》不载。苏子由《古史》谓即慎靓王三年，五国攻函谷事，亦以苏秦合从为误。然李事不能在慎靓三年，子由亦未得其情实。而观于苏秦之传说，则又绝不同。《赵策》二：“苏秦始合从，说赵王曰：‘天下之卿相人臣，乃至布衣之士，皆愿陈忠于前。虽然，奉阳君妒，大王不得任事，是以外宾客游谈之士无敢尽忠于前者。今奉阳君捐馆舍，大王乃今得与士民相亲，臣故敢献其愚。'"据是言之，奉阳君乃又不主合从。无论其身世与苏张不相接，即就苏张两家之辞比而观之，而奉阳君之为人，亦复迥然若两人。吴师道乃谓："奉阳君非李兑。赵在李兑前别有奉阳君。"梁氏《志疑》依信其说。不悟苏秦见李兑，其事明见于赵燕之《策》。《赵策》又明记苏秦之言曰"今君杀主父而族之"，则李兑明在武灵王时，而奉阳君亦明为李兑，非赵肃侯时别有一奉阳君矣。《史记》误奉阳君为公子成，亦由公子成与李兑同时，同谋杀主父，故有此误。因知奉阳君定在赵主父时也。沈钦韩《汉书疏证》，乃谓："奉阳君有三人，一在赵肃侯时，一公子成，一李兑。"更误。奉阳君李兑在主父时，而云苏秦见之者，苏秦亦得见齐湣王孟尝君，何不可见奉阳君？此皆所谓异时事附之也。而其所以为之附者，又不一时，不一人。故为张仪连衡之说者，特谓赵奉阳君主合从，而造为苏秦合从之说者，乃并谓奉阳君拒苏秦。两说俱违于情实，而后之离情实也益远。岂策士之造说者，先成张仪连衡之辞，其时虽已有苏秦合从之说，而犹以奉阳君李兑为亲主合从之人。其后继起者又增造苏秦合从之辞，乃并以奉阳君李兑为拒远苏秦而资送之入秦，乃又并以苏秦为拒远张仪而资送之入秦焉。张仪入秦非苏秦所资，别见《考辨》第一〇七。其造说之益奇益怪，而益远于情实，亦可以微窥其为说之先后也。东方诸国合从伐秦，最先在魏襄王元年，而苏秦已死，见本篇。其后有孟尝合从，（见《考辨》第一二九）则张仪亦已死。又后有李兑，更后有魏信陵、楚春申，而山东诸国遂次第不救。

且张仪在当时，其声名绩业，盖远出苏秦上。景春问孟子，曰："公孙衍张仪，岂不诚大丈夫哉！"而弗及苏秦。秦本不得与仪伍。自后世有苏张分主从衡之说，而两人遂俨若比偶。又谓秦身佩六国相印，资仪入秦，其地位名业，遂若转出仪右焉。

且余考其时言合从，初不专指拒秦。《乐毅传》有之：“燕使乐毅约赵惠文王，别使连楚魏，令赵啗秦以伐齐之利。诸侯害齐湣王之骄暴，皆争合从，与燕伐齐。”是联秦伐齐亦得谓合从也。张文虎《舒艺室随笔》：“纵有聚义，横有散义，合众攻一曰从，散众事一曰横。”《汉书·叙传》云：“从人合之，衡人散之。”余又疑谓苏秦合从起于燕而先约赵，盖自乐毅之约赵伐齐而来，其先李兑亲齐湣王，赵齐合从而伐秦灭宋。而燕谋则欲结赵以破齐，故《燕策》有“奉阳君李兑甚不取于苏秦，或为苏秦谓奉阳君，不如善苏秦以疑燕齐，燕齐疑则赵重。奉阳君乃使与苏秦结交”之说，此亦策士妄为之。而云“燕亡国之余”，则造此说者，明指燕昭王时，非文公时矣。其人既在燕昭王赵惠文王时，或犹稍后，故不免以燕昭赵惠文时事势言之也。

《史》称：“苏秦死，齐宣王复用秦弟苏代。苏代与子之交，为齐使于燕，激劝燕王以厚任子之。已而让位，燕大乱。齐伐燕，杀王哙子之。燕立昭王，而苏代与其弟厉遂不敢入燕，皆终归齐，齐善待之。”《索隐》引谯周《古史》云：“秦兄弟五人，秦最少。兄代，代弟厉及辟鹄，并为游说之士。”又云：“《典略》亦同其说。盖按《苏氏谱》。”余疑秦字季子，而称“嫂不以我为叔”，则苏秦自有兄，或代厉特其族弟。然季子之说亦未可信，则史公之以代厉为秦弟者，又未见其必误也。要之厉代既见燕王哙、子之，则其年世不能与秦相悬绝。今苏秦事可考者，惟仕燕惧罪避之齐，为反间见杀。而代厉之事有甚后者。疑秦之卒其年必轻，最寿不能过四十，或可未逮三十也。而代厉则皆老寿，逾七十。《史》《策》载代厉事，极乱杂无条理，爰重为比辑，以见梗概。若必以苏秦为代厉弟，其年世与齐滑王奉阳君相及，则仕燕避齐为反间见杀者当是苏代，今亦不当复称苏秦张仪，乃当称苏代张仪之为得矣。要之此三人者，其行事出处，当如本书之所考定，其秦在先而代在后欤，其代为兄而秦为弟欤，则年远事渺，存而不论可也。

今要而论之，秦自孝公用商鞅变法，而东方齐梁争霸，秦以其间乘机侵地，东至河。及惠王用张仪，魏已日衰，遂有齐秦争长之势。而张仪间齐楚，秦南广地取汉中。然其时，犹齐为长而秦为亚。及昭襄王初年，秦楚屡战屡和，而赵武灵崛起，以其间灭中山，为大国。及秦将白起亟败韩魏，而齐滑秦昭称东西帝，其时则秦为长而齐为亚。乐毅起于燕，连赵破齐，滑王死，东方之霸国遂绝。惟秦独强，破郢残楚，及范雎相，而有秦赵交斗之局。至于长平之战，邯郸之围，而后秦之气焰披靡，达于燕齐东海之裔。夫而后东方策士，乃有合从连衡之纷纶，而造说者乃以上附之苏张。考其辞说，皆燕昭赵惠文后事。而后世言战国事者莫之察，谓从衡之议果起于苏张。遂若孝公用商鞅而国势已震烁一世。东方诸国，当齐威梁惠时，已搅扰于纵横之说。则战国史实，为之大晦。当时列强兴衰转移之迹全泯，其失匪细，不可不详辨也。

林春溥《开卷偶得》卷九有一条云："贾谊《过秦论》称六国合从攻秦事，多与《史记》不合。考《史记》秦兼汉中在惠文王十二年，取巴蜀在惠文王九年。而六国攻秦在惠文王七年。《论》乃云惠王武王兼汉中，取巴蜀，‘诸侯恐惧，会盟而谋弱秦’，前后倒置，且与武王无涉，不合一也。《楚世家》谓苏秦约从六国攻秦，楚为从长。楚赵魏韩燕齐。《年表》各《世家》《国策》并云五国，齐不与。《秦纪》又作韩赵魏燕齐帅匈奴共攻秦。《通鉴》从《表》，《大事记》从《楚世家》。而《论》又以为韩魏燕楚齐赵宋卫中山为九国，不合二也。平原春申信陵乐毅吴起孙膑田忌廉颇赵奢诸人，与苏秦前后不同时，不合三也。”余观贾《论》体近为赋，藻采渲染，固不足据以订史，林氏所举第三条尤可证。然谓“诸侯恐惧，会盟而谋弱秦”，在秦惠王、武王后，则实得战国情势，远胜《史记》。又入宋卫中山为九国，亦视《史记》佩六国相印之说为胜。贾生博闻，著论在史公前，彼固未有如史公所谓苏秦主合纵佩六国相印以拒秦之说也。至林氏举第二条，盖指慎靓王三年事，然其时实无五国，楚燕未预其事，魏兵未与秦接。《秦纪》言匈奴，即仪渠。且苏秦已死三、四年，辨详前。又李斯《谏逐客书》谓：“惠王用张仪之计，拔三川之地，西并巴蜀，北收上郡，南取汉中，包九夷，制鄢郢，东据成皋之险，割膏腴之壤，遂散六国之纵，使之西向事秦，功施到今。”今按：拔三川，据成皋，皆远在后，不知李斯何以误说，殆亦非当时真笔欤？要之谓“散六国之纵”语，自不可信。又贾生文谓商君外连衡而斗诸侯，是连衡已始商君矣。此等皆当活看，不可拘泥以为论事之准。

附　苏代苏厉考

《燕策》一：苏秦死，其弟苏代欲继之，乃北见燕王哙。

按：此文亦见《史记》，然篇中已涉及齐湣王举宋，此在燕昭王时，岂得见燕王哙而论此？此必后之策士所妄托。

又：燕王哙既立，苏秦死于齐。苏秦之在燕也，与其相子之为婚，而苏代与子之交。及苏秦死，而齐宣王复用苏代。

又：苏秦弟厉因燕质子而求见齐王。齐王怨苏秦，欲囚厉，质子为谢乃已，遂委质为臣。燕相子之与苏代婚，而欲得燕权，乃使苏代侍质子于齐。

按：苏秦显于燕齐，又与子之为婚，其两弟厉代当已早在齐燕间，知前篇谓苏秦死而苏代乃始北见燕哙者非其真。兼观此两《策》，殆苏厉早已在齐，而苏代则在燕，子之复使之至齐。以后事观之，其时厉代皆在壮年，故使侍质子。前条谓“齐宣王复用苏代”者，即苏代由燕使齐时也。

又：苏代为燕说齐，未见齐王，先说淳于髡云云。

按：此条当为苏代初使齐时事也。

又：齐使代报燕，燕王哙问曰：“齐王其霸乎？”曰：“不能。”曰：“何也？”曰：“不信其臣。”于是燕王专任子之。已而让位，燕大乱。

又：燕哙三年，与楚、三晋攻秦，不胜而还。子之相燕，贵重主断。苏代为齐使于燕，燕王问云云。

按：此两条指一事。

又：齐伐燕，杀王哙、子之，燕立昭王，而苏代、厉遂不敢入燕，皆终归齐，齐善待之。

按：《史记》亦同。然余考此后代仍留齐，而厉则转仕楚，又常往来出入于秦魏之间，不终居齐也。

《史记·田齐世家》：秦败屈丐，苏代谓田轸曰云云。

按：此事在赧王三年，陈轸仕楚，而史公系此于《田世家》，然则其时陈轸方使齐也。时苏代应仕齐。

《魏策》二：犀首东见田婴，召而相之魏，苏代为田需说魏王曰云云。

按：此事不定在何年，当是魏襄王九年前，苏代或苏厉字讹，不能详说。

又：田需死，昭鱼谓苏代曰："田需死，吾恐张仪薛公犀首之有一人相魏者。"代曰："请为君北见梁王。"

按：《史记》同，此事在魏襄王九年。其时苏代当尚在齐，而苏厉则在楚，然则此苏代乃苏厉之讹。

《史记·韩世家》：韩襄王十二年，太子婴死，公子咎、公子虮虱争为太子。时虮虱质于楚。苏代谓韩咎曰云云。于是楚围雍氏。

按：楚围雍氏，其事应在秦昭王元年。《史记志疑》据《周纪》《甘茂传》推定，此从之。是其时苏代乃在韩。

又：苏代又谓秦太后弟芈戎云云。

按：此亦同年事，其时苏代正为齐使秦，宜可见芈戎。《韩策》二作冷向，昔人多谓《史》误，未知孰是。

《西周策》：雍氏之役，韩征甲与粟于周。周君患之，告苏代。代为往见韩相国公仲。

按：此今年苏代在韩之又一证也。

《史记·甘茂传》：向寿为秦守宜阳，将以伐韩，韩公仲使苏代谓向寿曰云云。甘茂竟言秦昭王，以武遂复归韩。向寿争不能得，由此怨，谗茂，茂亡去。

按：此事在秦武王、昭王之际，其时苏代在韩，或为齐使秦而过韩也。

《秦策》二：甘茂亡秦，且之齐，出关，遇苏子。苏子乃西说秦王云云。

又：苏秦为谓齐王曰"甘茂贤人也"云云。

按：此事在秦昭襄王元年。《史记》云："甘茂之亡秦奔齐，逢苏代，代为齐使于秦。”是其时以前，代当仍仕齐也。

《魏策》一：苏秦拘于魏，欲至韩，魏氏闭关而不通。齐使苏厉为之谓魏王曰：“王不如复东苏秦。”

《燕策》一：苏代过魏，魏为燕执代。齐使人谓魏王曰云云。于是出苏代之宋，宋善待之。

按：此两条乃一事，《魏策》苏秦乃苏代之讹，其事应在秦昭王时，因文中有齐请以宋封泾阳君云云也。此事应在与甘茂相遇后数年间。

《齐策》三：孟尝君将入秦，苏秦止之曰云云，孟尝君乃止。

按：此事当在秦昭王六年，泾阳君为质于齐之岁。苏秦乃苏代之讹，必代使秦东归之后也。

《楚策》二：齐秦约攻楚，楚令景翠以六城赂齐，太子为质。昭雎谓景翠曰：“秦恐且因景鲤苏厉而效地于楚。鲤与厉且以收地取秦。公不如令王重赂景鲤苏厉，使入秦，秦必不求地。”

按：此事在楚怀王二十九年，时苏厉仍留楚，而与秦交密也。

《楚策》三：苏子谓楚王云云。

按：此条殆亦为苏厉语，文中涉及垂沙之战，当亦与上条略同时。

《楚策》二：术视伐楚，楚令昭鼠以十万军汉中。昭雎胜秦于重丘，苏厉谓宛公昭鼠曰云云。

按：此事不定在何年，要足证楚怀王时秦楚兵争，苏厉皆在楚。厉不忠于楚，又与昭雎不睦，亦可于此证之。

又：女阿谓苏子曰：“秦栖楚王危太子者，公也。令楚王归，太子南，公必危。公不如令人谓太子。”云云。

按：此条应在怀王三十年入秦之后，此苏子当亦苏厉也。此亦苏厉主亲秦，为楚谋不忠之证。

《楚策》三：苏秦之楚三日，乃得见乎王云云。

按：此条疑即苏厉初至楚时事，苏秦生平殆未入楚。

《齐策》三：楚王死，太子在齐质，苏秦谓薛公曰：“君何不留楚太子以市其下东国?”

按：鲍彪曰：“此苏秦非代即厉。”今按：其时苏代在齐，而苏厉在楚，然《史》谓顷襄王归立为王，而怀王犹在秦，与此《策》相异，恐此《策》乃策士妄造，不足据。

《史记·孟尝君传》：孟尝君怨秦，因与韩魏攻秦，而借兵食于西周，苏代为西周谓孟尝君曰云云。

按：此事在周赧王十七年，《西周策》作韩庆，非苏代，与《史》异。然其时苏代固尚在齐。

《史记·孟尝君传》：秦亡将吕礼相齐，欲因苏代，代乃谓孟尝君云云。

今按：此事不定在何年。考吕礼奔齐，在周赧王二十一年，其与苏代相倾，当在此稍后。吕礼既用事，苏代乃避而去之燕。

《齐策》五：苏秦说齐闵王曰云云。

按：此《策》陈义甚正，殆湣王好用兵，而苏代能以此谏，其人虽倾诈，其言则可取，代诚智杰士矣。湣王既不用其言，又值吕礼之排轧，代遂去而之燕。苏秦则苏代字讹。

《燕策》一：人有恶苏秦于燕王者，曰：“武安君，天下不信人也。”武安君从齐来，而燕王不馆也。谓燕王曰：“臣东周之鄙人也。使臣信如尾生，廉如伯夷，孝如曾参，以事足下，不可乎？”

又：苏代谓燕昭王曰：“今有人于此，孝如曾参孝己，信如尾生高，廉如鲍焦史鳝。”云云。

按：此两条乃一事，苏秦一条即苏代之讹。苏代久在齐，今乃转而至燕，此即其初见燕王，自释前愆之辞也。其事应在秦将吕礼至齐后，当在燕昭二十年前后。

又：燕王谓苏代曰：“寡人甚不喜訑者言也。”苏代曰：“处女无媒，老且不嫁。”云云。

按：此亦苏代初见昭王时语。

《赵策》一：苏秦说李兑曰：今君杀主父而族之云云，李兑送苏秦黑貂之裘，黄金百镒，苏秦得以入秦。

按：苏秦与李兑不相接，《策》文多以苏代讹苏秦，此殆亦苏代之讹。李兑弑赵君，在燕昭王十六年，其时苏代尚在齐，岂苏代当由齐奔燕之际，自以前隙已深，尚不敢遽往，而先赴赵，乃由李兑介之欤？然此《策》多舛，昔人已多辨者，殆不足信。

《燕策》一：奉阳君李兑甚不取于苏秦。苏秦在燕，因为苏秦谓奉阳君曰云云。奉阳乃使使与苏秦结交。

按：其时苏代已在燕用事矣。苏秦乃苏代字讹。昔人已多知之。

《燕策》二：苏代为燕说奉阳君于赵，以伐齐，奉阳君不听，乃入齐恶赵，令齐绝于赵。齐已绝于赵，因之燕谓昭王曰云云，卒绝齐于赵。赵合于燕以攻齐，败之。

按：苏代之为燕谋齐，首在绝齐赵之交，犹张仪为秦谋楚，先绝楚齐之交也。代见李兑而计不行，乃又转至齐。其见李兑，不定在何年，当在赵惠文王元年以前，此《策》乃终言之，故及后事。

《燕策》二：客谓燕王曰："何不阴出使，散游士，顿齐兵，敝其众，使世世无患。"燕王曰："假寡人五年，寡人得其志矣。"苏子曰："请假王十年。"燕王说，奉苏子车五十乘，南使于齐。劝之伐宋。

按：此事应在苏代说赵李兑之后，既不得志于赵，乃转而之齐也。

《齐策》四：苏秦自燕之齐，见于章华南门。齐王曰："嘻！子之来也。秦使魏冉致帝，子以为何如?"对曰云云。

又：苏秦谓齐王曰："两帝立，孰与伐宋之利？臣愿王明释帝以就天下，倍约傧秦，而以其间举宋。"

按：此事在周赧王二十七年，即《燕策》昭王奉车五十乘而使苏代之齐之事也。苏代离秦伐宋之说既信于齐王，而吕礼遂亡去，重归秦。

《赵策》四：李兑约五国以伐秦，无功，留天下之兵于成皋，而阴构于秦。

又：五国伐秦，无功，罢于成皋。赵欲构于秦，楚与韩魏将应之，齐弗欲。苏代请齐王曰："臣已为足下见奉阳君矣。臣谓奉阳君曰：'若不得已而必构，愿五国复坚约，有倍约者，以四国攻之。无倍约者，而秦侵约，五国复坚而宾之。'"

按：李兑约五国伐秦事，《史记》失载，鲍彪以为在楚顷襄王十二年，即周赧王二十八年，其时苏代又复在齐也。其所告"李兑五国复坚约，秦侵约，则五国坚而宾之"，此即以后策士所传苏氏从约也。

《宋策》：宋与楚为兄弟，齐攻宋，宋卖楚重以求讲，苏秦谓齐相曰云云。

按：此苏秦亦苏代之讹，齐攻宋时，代留齐未去。

《韩策》三：韩人攻宋，秦王大怒，苏秦为韩说秦王曰：韩珉之攻宋，所以为王也。

按：《史记·田齐世家》作韩聂，即韩珉，时为齐相而伐宋；珉损为民，遂讹韩人。篇中多改齐为韩，大误。此处苏秦亦苏代字讹。苏代所以极力助成齐之攻宋者，其实乃所以为燕，其智计之倾险，可谓至矣。此皆苏代其时留齐之证。

《燕策》二：苏代自齐献书于燕王曰："臣受令以任齐，及五年，齐数出兵，未尝谋燕，齐赵之交，一合一离。"云云。

按：此书当在乐毅会师伐齐之岁，苏代使齐适五年矣。

又：苏代自齐使人谓燕昭王曰："臣间离齐赵，齐赵已孤矣。王何不出兵攻齐？臣请为王弱之。"燕乃伐齐晋。苏代使人说闵王，令苏代将，齐军败。代又使燕攻阳城及狸，复使人说闵王，复使苏子应之，燕人大胜。因使乐毅大起兵伐齐，破之。

按：其时苏代已老，闵王未必屡使将兵。且代虽倾诈，亦不致不仁若此。盖策士之妄说也。《史记·田齐世家》《燕世家》《乐毅传》《苏代传》皆不取，为得之矣。

《燕策》一：齐伐宋，宋急。苏代乃遗燕昭王书，燕昭王善之，曰："先人尝有德苏氏，子之之乱，而苏氏去燕，燕欲报仇于齐，非苏氏莫可。"乃召苏氏，复善待之，与谋伐齐。竟破齐，闵王出走。

按：苏代于齐滑伐宋前已自燕来齐，至齐灭宋时，则留齐未返燕也。此《策》舛失，昔人已辨之。

又按：《荀子·臣道篇》："齐之苏秦，楚之州侯，秦之张仪，可谓态臣。""用态臣者亡。"张仪亦作张禄，秦用张范，未见亡征，则其论齐事，亦不定在何时。《吕览·知度》曰："宋用唐鞅，齐用苏秦，而天下知其亡。"以与桀纣并列，则必指齐闵王。然则其时乃苏代，非苏秦也。《吕氏》殆亦字讹，未可据。

《赵策》二：苏秦从燕之赵，始合从，说赵王曰："天下之卿相人臣，乃至布衣之士，莫不高贤大王之行义，皆愿奉教陈忠于前之日久矣。虽然，奉阳君妒，大王不得任事。是以外客游谈之士，无敢尽忠于前者。今奉阳君捐馆舍，大王乃今然后得与士民相亲，臣故敢献其愚，效愚忠。为大王计，莫若安民无事，请无庸有为也。安民之本在于择交，择交而得，则民安；择交不得，则民终身不得安。请言外患：齐秦为两敌，而民不得安；倚秦攻齐，而民不得安；倚齐攻秦，而民不得安。故夫谋人之主，伐人之国，常苦出辞断绝人之交，愿大王慎无出于口也。请屏左右。"

今按：此文不能定在何年。然细考所言，适合周赧王二十九、三十年间之情势。其时齐湣王秦昭王为东西两大，又值齐初灭宋，天下皇皇不安。而说者之言曰："莫若安民无事。"此乃策士之姑为浅言之，以探赵王之意旨者。其时奉阳君新卒，赵王新用事，说者不知赵王意旨所在，未敢作深言，乃姑云云。赵王既动听，乃请屏左右而作深谈也。然则说者何为迟回瞻顾若是？曰：此当先明奉阳君生前之政策。说者之意，在求一反奉阳君之所为，而未知赵王之果能听从以变与否，故先迟回瞻顾云之也。然则奉阳君生前之政策又何若？曰：奉阳君固主合从以摈秦，又赞齐灭宋者。然则此说士之意，必为求赵王反奉阳君之所为，不复欲赵齐之合也。以此推之，则为此说者，似莫如以乐毅为符，乐毅正以周赧王三十年由燕使赵也。而读其下文，即复不然。曰：当今之时，山东之建国，莫如赵强，又专劝赵拒秦，此则与奉阳君生前政策正相合，说者何为必曰“今奉阳君捐馆舍，臣乃敢效愚忠”乎？抑且其时齐新灭宋，天下属耳目者在齐不在秦，何以说者独言摈秦，大为不类。故疑此篇首节，或系当时乐毅说赵之辞，后之策士，乃割裂以归之苏秦。盖乐毅在当时亦称合从。《史》谓赵惠文王以相国印授毅，毅并获赵楚韩魏燕五国之兵，而尚漏一秦，此即身佩六国相印之说也毅亦自燕赴赵，后之策士，因夺以归之苏秦。《策》文苏秦多为苏代字讹，此文知非出苏代者，燕赵合谋伐齐，苏代尚留齐，故知非苏代也。苏代前告李兑，尝有五国坚约，秦侵约，五国坚而宾之之议，见前引。或本篇末后一大节，由此而来。要之此《策》前后乖舛，无足信。

《燕策》二：赵且伐燕，苏代为燕谓惠王曰：“燕赵久相攻，臣恐强秦为渔父也。”惠王乃止。

按：此事不定在何年，然必在燕昭破齐之后。

又：秦召燕王，燕王欲往，苏代约燕王曰云云，燕昭王不行。苏代复重于燕，燕反约从亲如苏秦时，或从或否，而天下由此宗苏氏之从约。代厉皆以寿死，名显诸侯。

按：此事不定在何年，当亦昭王晚节。苏代是时年寿已高，殆亦不久而卒。其文极骏快锋利，能曲折道达秦人之罪恶，宜乎为后之策士言摈秦者所推崇也。

《西周策》：苏厉谓周君曰：“白起今攻梁，梁必破，君不若止之。”

按：魏昭王十三年，有秦兵至大梁事。《史记·周本纪》系此事于赧王之三十四年，恐未是。

《赵策》二：秦攻赵，苏子为谓秦王曰云云。

按：此文有“田单将齐之良，以兵横行十四年”之语，则其事应在赵孝成王时，其时代厉皆已没世，不知此苏子又何指。

《赵策》一：赵收天下，且以伐齐，苏秦为齐上书说赵王曰云云。

按：此策当依《史记·赵世家》作苏厉，然篇中事实皆为韩言，不为齐也。其事不知在何时，其文及地名又多舛异，难可强说。然观其大意，亦与苏代约燕昭王书约略相类。盖自齐湣既败，天下强国惟秦，而秦之吞并东方之野心亦日著，其狡谋狠计，苏氏兄弟独能曲折畅泄之，此后策士竞言摈秦，乃不期而群推苏氏，又上引之于苏秦，则以近者难饰说，远者易夸张也。

今再约述代厉事迹如次：

苏秦之死，厉在齐而代在燕。量其年事，当值少壮，不能达三十。秦死不久，代亦使齐。子之之乱，由于代，其后代留齐而厉之楚。厉仕楚怀王，而与秦甚密，又常往来韩魏间，盖颇主亲秦，似为怀王谋不忠。秦武、昭之际，苏代曾为齐使秦，路过韩，既反齐，又曾见执于魏。李兑约五国伐秦，代在齐，主坚约摈秦，事虽不成，后之言从约者常本之。其在齐，与孟尝君交颇密。及秦将吕礼亡至齐，排妒苏代孟尝。代既不得意于湣王，遂去至燕，事燕昭王。于是为燕使齐，复居齐五年，以间齐赵之交，又劝齐勿与秦并称帝，而伐宋以绝齐秦之欢，而招诸侯之忌。代之为齐谋，实皆所以为燕也。燕昭破齐时，代尚留齐。其后劝燕昭勿入秦，曲折言秦人之诈，其文骏利，尤为后之策士所乐称。故此后言摈秦者，遂群奉苏氏为宗焉。厉代皆以寿终，盖皆逾七十云。

历代年表

民元前	二二三二	（西元前三二一）	苏秦死。
	二二三一	（三二〇）	燕王哙元。苏厉侍燕质子在齐，苏代在燕。
	二二三〇	（三一九）	齐宣王元。苏代自燕使齐当在此前后。
	二二二九	（三一八）	燕王哙三。三晋攻秦。苏代自齐使燕当在此年或明年。
	二二二八	（三一七）	
	二二二七	（三一六）	燕王哙让国子之。
	二二二六	（三一五）	齐宣王五伐燕。
	二二二五	（三一四）	燕王哙、子之皆死。苏代苏厉皆留齐。
	二二二四	（三一三）	
	二二二三	（三一二）	秦败楚将屈丐。苏代在齐见陈轸。
	二二二二	（三一一）	
	二二二一	（三一〇）	魏相田需卒。苏厉在楚北见梁王。
	二二二〇	（三〇九）	
	二二一九	（三〇八）	
	二二一八	（三〇七）	秦拔韩宜阳。
	二二一七	（三〇六）	秦昭王元。楚围韩雍氏。苏代为齐使秦而过韩。甘茂亡秦奔齐遇苏代。
	二二一六	（三〇五）	苏代拘于魏应在此稍后。
	二二一五	（三〇四）	
	二二一四	（三〇三）	
	二二一三	（三〇二）	
	二二一二	（三〇一）	楚败于重丘。苏厉在楚。秦泾阳君为质于齐。齐宣王卒。孟尝君将入秦，苏代在齐谏止之。
	二二一一	（三〇〇）	楚怀王二十九。使太子质齐。苏厉在楚。

（续表）

二二一〇	（二九九）	楚怀王入秦。齐湣王二。孟尝君入秦。
二二〇九	（二九八）	楚顷襄元。田文归相齐。五国伐秦。苏厉在楚，苏代在齐。
二二〇八	（二九七）	
二二〇七	（二九六）	楚怀王卒于秦。李兑弑赵主父。
二二〇六	（二九五）	
二二〇五	（二九四）	秦将吕礼亡奔齐，主联齐秦而排孟尝苏代。苏代去齐当在此稍后。
二二〇四	（二九三）	
二二〇三	（二九二）	苏代自齐至燕当在此前后。
二二〇二	（二九一）	
二二〇一	（二九〇）	
二二〇〇	（二八九）	
二一九九	（二八八）	齐秦称东西帝。苏代为燕使齐，劝齐释帝号而伐宋。吕礼重归秦。
二一九八	（二八七）	李兑约五国伐秦。苏代为齐见李兑劝定从约。
二一九七	（二八六）	齐灭宋。苏代在齐。
二一九六	（二八五）	乐毅为燕使赵说合从伐齐。李兑卒当在此稍前。
二一九五	（二八四）	燕赵入齐。苏代为燕使齐至此适五年。
二一九四	（二八三）	秦兵至大梁。苏厉见西周君。
二一九三	（二八二）	
二一九二	（二八一）	苏代苏厉之卒皆当在此前后。

附　鬼谷子辨

又考《汉志》纵横家《苏子》三十一篇。沈钦韩曰："今见于《史记》《国策》，灼然为苏秦者八篇，其短章不与。秦死后，苏代苏厉等并有论说。《国策》通谓之苏子，又误为苏秦。此三十一篇，容有代厉并入。"今按：秦语见《史记》《国策》者均后人伪造，并多与代厉相混，此盖由后世策士附托，亦未必出代厉之手也。沈氏谓《汉志》三十一篇有代厉，盖信，而不知其犹有伪，是辨之犹未尽也。又《史记·苏秦传》："于是得《周书阴符》，伏而读之，期年，以出揣摩。"今按：秦时是否有《周书阴符》已可疑，此亦后之策士所饰说以神其事者。然《史》明谓读《阴符》以资揣摩，若使《鬼谷》真有揣摩书，秦直治其师传可矣，何烦觅《阴符》乎！《索隐》引江邃曰："揣人主情，摩而近之。"是为揣摩正解。而《集解》裴骃案："《鬼谷子》有《揣摩篇》。"又《索隐》引王劭曰："《揣情》《摩意》，是《鬼谷》之二章名，非为一篇也。"今《汉志》亦无《鬼谷子》，疑后之伪《鬼谷》书者，本《史记》而成《揣摩》之篇，非《史记》袭《鬼谷》而缀揣摩之字也。而《秦策》则云："得《太公阴符》之谋，伏而诵之，简练以为揣摩。读书欲睡，引锥自刺其股，血流至足。曰：'安有说人主，不能出其金玉锦绣取卿相之尊者乎？'期年，揣摩成，曰：'此真可以说当世之君矣。'"高诱注："简，汰也；练，濯。濯治疑当作"汰"。《阴符》中奇异之谋，以为揣摩。揣，定也；摩，合也。定诸侯，使仇其术，以成六国之从也。"则高氏亦不以揣摩为篇名。而云“期年揣摩成”，殊觉不辞。上已云“安有说人主不能取卿相之尊”，下复云“此真可以说当世之君”，亦嫌语沓。疑“期年揣摩成”一语，或后人增入，遂若以揣摩为《苏子》书篇名矣。又按：《虞卿传》，卿著书上采《春秋》，下观近世，曰《节义》《称号》《揣摩》《政谋》凡八篇，以刺讥国家得失，世传之曰《虞氏春秋》。以《揣摩》名篇，实始见于此。其所载殆多策士游说之辞，即如《韩非·说难》，亦揣摩之术耳。此皆在揣摩之风大盛之后，后之策士上饰苏秦以为揣摩之祖，而又神之以鬼谷，然亦不谓鬼谷苏秦有揣摩之书也。又《汉书·杜业传赞》：“业因势而抵陒。”服虔曰：“抵音纸，陒音羲，谓罪败而复抨击之，《苏秦》书有此法。”颜师古曰：“今《鬼谷子》有《抵戏篇》。”戏、陒同音。然服虔仅云《苏秦》书有抵陒之法，法者术也，谓其书有此术，非即谓其书有此篇。此亦后之伪《鬼谷》书者，因服语而造为此篇，非服氏见《鬼谷》有此篇，而引为此注也。又《说苑·善说篇》引鬼谷子曰云云，此由汉前有苏秦张仪学于鬼谷子之说，故当时必有造为鬼谷子言论行事以传世者。按：《史记·苏秦传》：“苏秦东事师于齐，而习之于鬼谷先生。”徐广曰：“颍川阳城有鬼谷，盖是其人所居，因为号。”裴骃曰：“《风俗通义》：‘鬼谷先生，六国时从横家。’”此或可确有其人，或亦策士伪饰。要之其书既伪，其人又无他事迹言行可考，则置之不论不议之列可也。或《说苑》所引语，即在《汉志》《苏子》三十一篇或《张子》十篇中，或出别书，亦不能据此即谓刘向实曾见《鬼谷》书。余疑《汉志》《苏子》三十一篇，当如沈氏说，即今传《史记》《国策》所载苏氏兄弟之辞，而《鬼谷子》则犹为东汉后晚出伪书，不得谓今《鬼谷子》即出《汉志》《苏子》三十一篇，故复为之附辨焉。据《史记索隐》引鬼谷子语同《庄子·胠箧篇》，而《鬼谷》亡篇有《胠箧》，此必袭之《庄》书，而后人去之。此亦证《鬼谷》书不尽在《张子》《苏子》二书中也。

九六　楚威王与齐威王同时考

《史记·越世家》："王无强当楚威王之时，北伐齐。齐威王使人说越王，释齐而伐楚。楚威王兴兵大败越，杀王无强，尽取故吴地。北破齐于徐州。"而《六国表》楚威王之立，齐威王已死四年。徐州之役，去齐威王已九年，与《越世家》相背。今以《纪年》推考，知惟《越世家》得其实。楚威王元年，乃齐威王之十九年，徐州之围，在齐威王之二十五年参读《考辨》第一三四。也。叶大庆《考古质疑》特举此事，以证《史记》威宣年代之错误。其言曰："《战国策》燕王哙既立，苏秦死于齐。苏秦之在燕也，与其相子之为婚，而苏代与子之交。及秦死，而齐宣复用代，使于燕，激燕王厚任子之。三年，燕国大乱。齐宣王因伐燕。由《战国策》而观，则齐宣伐燕与《孟子》吻合。司马公作《通鉴》，乃于周显王三十六年云齐威王薨，子宣王立。显王四十八年云燕易王薨，子哙立。据此则齐宣王正与燕哙同时。温公《进通鉴表》，以为遍阅旧史，抉摘幽隐，校计毫厘，岂有此大节目不加考究？然即《史记》参观互考，《纪传》《世家》之与《年表》，其前后岁月，又皆相应。如伐燕一事，犹未足决《史记》之为误。独有一事，或可为证。《越世家》云，越王无强北伐齐，威王使人说越云云，正齐威王时。《年表》载于显王三十六年，为宣王之世，岂非迁之自戾欤？然则徐州之围，既为威王之时，则宣王非立于显王二十七年可见，而《通鉴》所载为得其实，是伐燕为宣王明矣。大抵即此可以明彼，而因其自戾，则尤可以辨而破也。”今按：《通鉴》据《孟子》《国策》，姑移宣湣之年以为迁就，虽知《史记》之误，而亦未能定齐威、宣、湣三君年代之真。参读《考辨》第一二〇及一二八。叶氏据《越世家》以证《史记》之自戾，而亦不能识《通鉴》之仍非定论也。今据《纪年》前后推排，乃始可以得齐燕世系之真相。姑引叶氏之说，以见考古之事之亦未能一探而即得尔。至周广业《孟子四考》，乃谓：“徐州之围，由《史》误分威宣为二人，致有歧误，非止自戾。”则歧途之中，又转生歧，引而愈远，益迷亡羊之所在矣。《楚世家》：“宣王六年，周天子贺秦献公，秦始复强，而三晋益大，魏惠王齐威王尤强。威王六年，周显王致文武胙于秦惠王。”窃疑史公此文有讹，以“魏惠王齐威王尤强”一节移置威王六年，最为适合。（参读《考辨》第八三）又黄以周《儆季杂著》，《史说略》《史·越世家》补并辨，仍谓两威王不同时，自误。惟辨其时越并不为楚所灭，则是也。余此文仅从《史记》证两威王年代之相及，读者当分别善观。

又按：《水经·渐江水注》：“越王无强为楚所伐，去琅邪，止东武，人随居山下。”是其时越都犹在琅邪也。参读《考辨》第一一八。而《史记·越世家》谓：“王无强时，北伐齐，西伐楚，与中国争强，齐威王使人说越，越遂释齐伐楚，楚威王兴兵伐之，大败越，杀无强，尽取故吴地，至浙江，北破齐于徐州。”《楚世家》亦载此事，谓齐孟尝君父田婴欺楚，楚伐败之于徐州。徐广曰：“时楚已灭越而伐齐也。齐说越令攻楚，故云齐欺楚。”窃疑楚伐徐州凡两役，参读《考辨》第一三四。无强与中国争强，当犹居琅邪时。楚伐败齐越，而无强去琅邪，其时则在楚宣王二十四年之前后。参读《考辨》第一一八。后楚威王时，复败越，杀无强，而尽取故吴地，则在无强离去琅邪之后。《史》

所谓“越遂以此散，诸族子争立，或为君，或为王，滨于江南海上，服朝于楚”者也。而史公误混说之，今粗为推校，惜《史》文阙佚，无可详证以著其必然矣。

九七　齐因燕文王丧伐取十城乃威王非宣王辨

《燕策》：“文公卒，易王立，齐宣王因燕丧攻之，取十城。”《史记》依之。今按：《燕策》误也。宣王伐燕在王哙时，其时齐乃威王，非宣王。前二年，威王与魏会徐州相王，至是为威王之二十五年。宣王之立尚在其后十三年。通观余前后辨齐世系诸条，则《国策》之误自显。《绎史·年表》依《通鉴》，以齐伐燕丧之年为宣王元年，较《史·表》移后十年，亦缘《燕策》一语而误。《史记》以讨子之之乱为湣王，亦误。《黄氏日钞》谓《孟子》“宣王伐燕”两章，即因丧取十城事，亦与《孟子》原文不合。狄子奇《编年》辨之云：“所取仅十城，不得云‘倍地’。易王新立，又安用‘置君’？《燕世家》又言苏秦说齐归燕十城，则与《孟子》无涉，审矣。”焦循《孟子正义》亦有辨，语详不录。而余考《燕策》言苏秦说齐归燕十城语，重有可疑者。《燕策》云：“燕文公时，秦惠王以其女为燕太子妇。文公卒，易王立。齐宣王因燕丧攻之，取十城。苏秦为燕说齐王曰：‘燕虽弱，秦之少婿也，王利其十城而深与强秦为仇，此食乌喙之类也。’齐乃归燕城而请罪于秦。”今按：秦惠王元年，当燕文公二十五年。三年，惠王始冠。古礼二十而冠，则其时惠王年不过二十。越二年，燕文公卒。岂秦惠王即有女为燕易王妻哉？惠王十年前，魏未尽纳上郡，秦与赵壤地不相接，岂遽远嫁其女为燕妇哉？策士造说者，谓苏秦相燕倡合从，秦畏之，故嫁女以纳欢于燕。齐复畏燕之为秦婿而归之十城。其实秦在当时，犹不足畏，其势远不及齐威、宣之盛。而苏秦合从之说亦乌有，无论秦嫁女事也。惟苏秦说齐归燕十城，则其事或可有，而所以为说者已不传。今《燕策》所存，则后之策士造为之也。余既辨苏秦合从事，因并及此以相发，并见《燕策》之多不可信。《史记·苏秦传》亦采此事，盖为《燕策》所误。

九八　孟子在齐威王时先已游齐考

《孟子》："陈臻问曰：'前日于齐，王馈兼金一百而不受。于宋，馈七十镒而受。于薛，馈五十镒而受。'"玩其语气，似孟子至宋在去齐之后。阎潜邱谓："孟子去齐适宋，当周慎靓王之三年，正康王改元之岁，宋始称王。"全谢山云："所以游宋亦有故。盖康王初年亦尝讲行仁义之政，孟子所以往而受七十镒之馈。"今按：康王改元，乃在周显王四十一年，《史记》误后十年。详《考辨》第九九。据《孟子》："万章问曰：'宋小国也，今将行王政，齐楚恶而伐之，则如之何？'"云"将行王政"者，其为初称王将行新政以悦民之征甚显。然谓孟子游宋，正值康王新王之际则是，必谓康王初王之岁，则未见其必是也。惟既在宋康新王之际，则其见梁惠王齐宣王定在至宋之后。而其去齐适宋，则必当在齐威王之时，断无疑矣。崔东壁云："《梁惠王》一篇，凡与时君问答之言，皆以时之先后次之。则是至滕至鲁，皆孟子晚年事也。'兼金'章以在齐为前日，在宋薛为今日，则是至宋至薛亦在孟子去齐后也。'滕文'章孟子在宋，'滕定'章孟子在邹，皆滕文未即位时事，则是孟子去齐之后，先至宋而后至滕也。”其考孟子游仕先后，一以《孟子》原书为证，意诚是，而言则犹误。其谓孟子至滕至鲁乃晚年事，皆非也。余考《孟子》书，其初在齐，乃值威王世。据徐幹《中论》尚在桓公世，其语不可信，见《考辨》第七六。去而至宋滕诸国。及至梁，见惠王襄王，又重返齐，乃值宣王也。崔氏误以见宣王后乃始去至宋滕，前后相差十许年，请仍据《孟子》书为辨。

齐王馈兼金一百，孟子以谓未有处而不受，此必威王之时，孟子犹未仕齐也。若至宣王世，孟子致为臣而归，而宣王馈金以赆行，则君臣之间，又何云无处而馈哉？此孟子威王世先已游齐之证一。

《公孙丑下》：“孟子为卿于齐，出吊于滕。”季本《孟子事迹图谱》云：“其与王驩使滕，为文公之丧也。非大国之君，无使贵卿及介往吊之礼。此固重文公之贤，亦孟子欲亲往吊以尽存没始终之大礼。”此说虽若无据，而实可信。何者？若谓定公之丧，则其时孟子在邹，固不为齐卿；若谓吊丧犹在定公前，或尚在文公后，则益远于事实。谓所吊非君薨，又不应有使贵卿及介往吊之礼。推此言之，其为吊文公之丧可知。则孟子见滕文公，固在仕齐宣王之前。而其游宋，又在见滕文公前。而游齐尚在游宋前。此孟子当威王世先已游齐之证二。又按：滕文公卒，当在齐宣王二年至四年间，详《考辨》第一三五。

《离娄下》：“公都子曰：‘匡章，通国皆称不孝，夫子与之游，又从而礼貌之，何也？’孟子曰：‘夫章子之父，责善而不相遇也。父子责善，贼恩之大者。夫章子岂不欲有夫妻子母之属哉？为得罪于父，不得近，出妻屏子，终身不养焉。’”其事又见于《齐策》：“威王使章子将而拒秦。章子母为父所杀，埋于马栈之下。王谓曰：'全军而还，必更葬将军之母。'章子对曰：'臣非不能更葬母。臣之母得罪于臣之父，未教而死。臣葬母，是欺死父也。故不敢。'后章子胜秦而返。"全祖望《经史问答》云："孟子所云'责善'，盖必劝其父以弗为已甚，而父不听，遂不得近。此自是人伦大变。章子之黜妻屏子，非过也，然而孟子以为贼恩，何也？盖章子自胜秦以前，所以处此事者本不可以言过。然其胜秦而还，则王必葬其母矣，而章子之黜妻屏子终身如故。是在章子亦以恫母之至，不仅以一奉君命得葬了事，未尝非孝。而不知是则似于扬父之过。自君子言之，以为非中庸矣。"又谓："章子之事，未必在威王之世。"全氏既误以章子为不在威王世，又不知孟子当威王世已先游齐，故所拟议多误。公都子之问，孟子之答，其事当尚在章子将兵胜秦之前。通国皆称不孝者，为其母葬马栈之下，而章子不为更葬也。黜妻屏子，终身不养者，孟子据其前以为言，非要其终以言之也。孟子力辨章子之非不孝，孟子深谅章子之处变而不获已，未尝谓章子之非中庸。自章子胜秦归，威王既明称其不欺死父，又必为之更葬其死母，而章子益见亲重于齐。观其后之屡为齐将可知。不应通国犹称其不孝意其时从游而礼貌之者必多矣，公都子亦何疑于孟子而有此问？余与全氏之说，虽同属推想，而余说似较有理。此孟子当威王时先已游齐之证三。

《尽心篇》："孟子曰：'不仁哉梁惠王也！仁者以其所爱及其所不爱，不仁者以其所不爱及其所爱。'公孙丑曰：'何谓也？'孟子谓：'梁惠王以土地之故，糜烂其民而战之，大败，将复之，恐不能胜，又驱其所爱子弟以殉之。'"此其语似发于梁败马陵之际。公孙丑齐人，盖其时孟子已游齐，而丑方及门，故记其一时之问答云尔也。此又孟子当威王时先已游齐之证四。

至孟子究以何时来齐，以何时去，则书缺有间，无可详说。今据匡章事，定孟子游齐当在齐威王二十四年前；参读《考辨》第九四。据宋偃称王，定孟子去齐当在齐威王三十年后。则孟子当威王世，留齐至少亦得十八年，此则差可推说耳。

今继此而推校孟子之年岁：其游梁乃在惠王后元十五年，详《考辨》第一一五。时惠王在位已五十年，计其年寿殆及七十，或已过。而称孟子曰“叟”，叟是长老之称，则孟子之年决不下于六十，或亦竟及七十矣。周广业云：“其不称夫子而曰叟，正以年齿相当，而王差长，故以此为尊。”不应至此时始出游。其前孟子游宋，在康王称王初年，则孟子年亦已五十、六十间。又其前孟子先游齐，与匡章交，则四十、五十之年也。《史记》：“先游齐，事齐宣王，后适梁，见梁惠王。”先齐后梁不误，特不知孟子先游齐当威王世耳。至《孟子》书序见梁惠王齐宣王在前，而次邹穆公滕文公鲁平公于后者，以邹滕鲁皆小国，故并书于后。《日知录集释》七引卫嵩曰：“孟子游历先后，以本书证之，当是自宋归邹，之任，之薛，之滕，而后之梁，之齐。”以游梁齐在宋滕后，最为得之。惟以之薛谓在归邹后，似误。又不知孟子先曾游齐耳。据此，孟子之生，最早在周安王十三四年，离子思之卒至少在十年外。《孔丛》记孟子见子思，子上以无介为疑，子思告以“昔从夫子于郯，遇程子”云云。王谟驳之曰：“按《左传》，孔子见郯子在昭公十七年，孔子时年二十八，按：以孔子生鲁襄公二十二年推之，则是年孔子年二十七。伯鱼尚幼，子思安得遂从夫子？”《孔丛》不可信率类此。江永《群经补义》云：“孟子之言，予私淑之人，人谓子思之徒，是孟子与子思年不接。”崔述亦云：“若孟子亲受业于子思，则当明言其人以见其传之有自，何得但云人而已乎？由是言之，孟子必无受业于子思之事。”特为附辨于此。《孟子外书·性善篇》，孟子自谓学于子思之子子上。又《文说篇》，有孟子问于子上，子上谓孟子语。余考孟子幼年，子上亦已先卒，（详《考辨》第六三及一四八）《外书》所言亦不可信。

九九　宋偃称王为周显王四十一年非慎靓王三年辨

宋偃元年，在周显王三十一年，已详《考辨》第九一。《史》云：“偃立十一年而称王。”高诱注《吕氏春秋·禁塞》《顺说篇》均同。则乃周显王之四十一年也，而《史》误以为宋偃初立之年。循是下算，至周赧王二十九年，齐灭宋，偃凡称王四十三年。高注《顺说》作四十五，注《禁塞》作四十七，皆误。合前十年，为在位五十三年也。偃之称王，去魏齐徐州相王已六年，而尚在秦韩燕赵称王之先，故颇为当时所嫉视。今据《孟子》书，万章问：“宋，小国，将行王政，齐楚恶而伐之，则如之何?”孟子以汤武之事告之。又观其臣如盈之，如不胜，议行什一，议去关市之征，进居州以辅王，其政当有可观。而《国策》记其射天笞地，《世家》书其淫于酒色，并皆谓之桀宋，与孟子万章之言迥别。盖出于一时忌嫉之口，非信史也。全祖望焦循皆为宋偃辨诬，良非无据。参读《考辨》第一三〇。《史记》又称：“宋偃东败齐，南败楚，西败魏。”考之诸国《世家》及《年表》，皆无其事。梁氏《志疑》亦辨之。《吕览·禁塞》：“宋康死于温。”高注：“温，魏邑，康王败魏于温，与齐楚魏为敌，齐楚魏灭之，故曰‘死于温’。”似据《史》为说，疑不足信。抑余于王偃故事，又别有见。虽若虚臆无证，而考古之事，固时有不限于实证者。则姑陈吾说，以备一见，或亦为深思眇虑之士所乐闻也。

附　宋王偃即徐偃王说

《史记·秦本纪》："造父以善御幸于周缪王，得骥、温骊、骅骝、騄耳之驷，西巡狩，乐而忘归。徐偃王作乱，造父为缪王御，长驱归周，一日千里以救乱。"《韩非·五蠹》："徐偃王处汉东，"汉"疑应作"潢"。地方五百里，行仁义，割地而朝者三十有六国。荆文王恐其害己也，举兵伐徐，遂灭之。"《淮南·人间训》："徐偃王好行仁义，陆地之朝者三十二国。"陆"疑应作"割"，下引《后汉书》同误。王孙厉谓楚庄王曰：'王不伐徐，必反朝徐。'……楚王曰：'善。'乃举兵而伐徐，遂灭之。"《后汉书·东夷传》："偃王处潢池东，地方五百里，行仁义，陆地而朝者三十有六国。穆王得騄骥之乘，乃使造父御以告楚，令伐徐，一日而至。于是楚文王大举兵而灭之。偃王仁而无权，不忍斗其人，故致于败。乃北走彭城武原县东山下，百姓随之者以万数，因名其山为徐山。"韩愈《衢州徐偃王庙碑》即本此为说。此徐偃王之故事也。《史记正义》引《古史考》云："徐偃王与楚文王同时，去周穆王远矣。且王行有周卫，岂得救乱而独长驱，日行千里乎？此事非实。"崔述《丰镐考信录》亦辨之，谓："前乎穆王者，有鲁公之《费誓》，曰：'徂兹淮夷，徐戎并兴。'后乎穆王者，有宣王之《常武》，曰：'震惊徐方，徐方来庭。'则是徐本戎也，与淮夷相倚为边患，叛服无常，其来久矣。非能行仁义以服诸侯，亦非因穆王远游而始为乱也。且楚文王立于周庄王之八年，上距共和之初已一百五十余年。自穆王至是不下三百年，而安能与之共伐徐乎？"今按：谓荆文王伐徐者，韩非也。谓楚庄者，《淮南》也。谓周缪王者，《史记·秦本纪》也。混《韩子》《史记》为一谈者，《后汉·东夷传》也。缪王之事，不载于《周纪》而见诸《秦本纪》，此自秦人称其祖造父，欲神其技，大其功，因附会于偃王之事。《赵世家》又载："缪王使造父御，西巡狩，见西王母。"此本以著异闻，非以为信史。故灭之于《周纪》，而存之于两家。史公之意，至慎至显也。马氏《绎史》亦云："《史》称造父御王巡狩，见西王母。徐偃王反，日驰千里马，攻破之。岂王之贰车，遂足以制胜？抑六师之众，咸有此捷足哉？《史》不录于《周本纪》，亦不过杂采异说，以传疑。"此说发明《史》例，极为有见。余辨《史》载苏张纵横传说之妄，亦用此例，参读《考辨》第九五。又按：《檀弓》载徐大夫容居曰："昔我先君驹王西讨，济于河。"不知此驹王属何时，盖非行仁义之偃王可知。若谓今《秦纪》《赵世家》缪王故事，由徐驹王而来，则仍与徐偃王行仁义而见灭于楚者不同。盖徐偃王自与宋王偃有关，不必以徐驹王疑之也。至楚文王时，考之《春秋传》及《楚世家》，均无徐偃王事。楚成王伐徐，齐桓公救之，徐恃救而败，见《左传》僖十五年。徐为吴灭，徐子章羽奔楚，见《左传》昭三十年。此韩说之妄。然称徐偃王以仁义灭国，则三说皆同。余疑徐偃王即宋王偃，其见灭时，惟《淮南》楚庄王之说得之。宋称徐者，战国时宋都盖迁彭城。《韩世家》："文侯二年伐宋，到彭城，执宋君。"《年表》亦载此语。其时宋当休公世，盖已迁彭城，而《史》阙不载。盖宋都商丘，其地四望平坦，无险可守。彭城俗劲悍，又当南北之冲。自楚拔彭城以封鱼石，晋悼围之，重以畀宋，而彭城乃为形胜所必争。宋之徙都，实与赵徙邯郸，韩徙郑，魏徙大梁同意，皆就冲要以自镇。故宋亦称徐，即指新都彭城言。如韩称郑，魏称梁，是也。彭城晋立徐州，至今犹称。淮夷徐戎，素属商，故商宋亦得徐称也。又《史记·封禅书》："周之九鼎，没于泗水彭城下。"《始皇本纪》："二十八年，过彭城，斋戒祷祠，欲出周鼎泗水。”亦宋都彭城之证。语详后。《后汉·东夷传》称偃王处潢池东，《水经·济水篇》有黄水黄沟，其东为沛，秦之泗水郡，刘备徐州治此。又南为彭城，东为武原徐山。《泗水注》作徐庙山。此即偃王之国矣。云其地方五百里者，《宋策》墨子说楚，亦言宋方五百里也。偃王者，疑乃王偃之倒。考谥法无偃。《秦本纪集解》引“《尸子》曰：‘徐偃王有筋而无骨。’骃谓号偃由此”。此语无稽，而可以证“偃”之非谥。《志疑》云：“偃身死国亡，未必有谥。然《国策》《墨子》《吕览》《新序》诸书，俱以偃谥康王，而《荀子·王霸篇》称为宋献。杨倞注曰：‘国灭之后，其臣子各私为谥，故不同。’”则是王偃谥康谥献，于当时本非通行，故野人小民，遂乃倒王之名以为称。《庄子·列御寇》：“曹商为宋王使秦。”《释文》：“司马云：‘偃王也。’”则王偃后固亦称偃王矣。谓其见灭，惟《淮南》楚庄王之时得之者。楚两庄王，一在春秋时，考之《春秋传》及《楚世家》，庄王元年伐舒蓼，十三年众舒叛，楚灭舒蓼，疆之及滑汭，盟吴越而还，如是而已。《左氏传》备载庄王事，亦不似有所谓徐偃王，割地而朝者三十二国，而见灭于楚也。一在战国时，顷襄王又称庄王。参读《考辨》第一三一。《六国表》宋灭当楚顷襄十三年，故《淮南》以为庄王也。宋亡于齐，其后楚得其淮北徐地。当时盛毁之者，拟之桀纣，盖出诸列国之君卿。而宋之小民，则口道仁义不能忘。凡今先秦书记宋偃之不道者，皆本列国史记。而宋以国亡无史，其仁义之设施，已不足自传于后世。惟野民小人之所称誉，谓徐偃王行仁义而亡国者，其流传失真，乃误以为春秋之徐，或乃以谓在楚文王时，或乃以为当周缪王之世。传者弗深考，乃不知其即宋王偃。古事流传，其漫迤流衍如此者多，不足怪也。

又按：《荀子·非相》列举徐偃王仲尼周公皋陶云云，似徐偃王年代最在后，则亦非周缪王及春秋楚文、庄时人矣。此篇列之圣贤之俦，而《王霸篇》又并称宋献齐湣，此则时人对宋偃评量本不一致，《非相》亦不必出荀卿手笔耳。

附　社亡鼎沦解

《年表》周显王三十三年秦下，书“宋太丘社亡”。《封禅书》：“或曰：‘宋太丘社亡而鼎没于泗水彭城下，其后百一十五年，而秦并天下。’”亦自显王三十三年起算。《汉书·郊祀志》：“或曰：‘周显王之四十二年，宋太丘社亡，而鼎沦没于泗水彭城下。’”此均无稽之谈，然有可以推觇宋偃称王时传说之一斑者。社亡，王先谦曰：“《索隐》引应劭曰：‘云亡沦入地，非也。’案：亡，谓社主亡也。”《宋策》谓康王射天笞地，斩社稷而焚灭之，此谓康王暴悖自绝于天，因是有社亡之说，谓天示以将亡之兆也。鼎沦者，鼎为国家有天下之祯祥。《左氏》称楚子问鼎轻重，而不敢有。今鼎乃入宋而沦于泗水彭城之下。彭城，宋都也。此亦宋德不足有天下之证。《史记·周本纪》：“威烈王二十三年，九鼎震。”命韩魏赵为诸侯，乃周失天下之先阶，故有鼎震之兆。然此虽毁讥之辞，必当时先有周鼎归宋之说，乃云其沦没于泗水。则鼎沦之毁，实承鼎归之誉而生。鼎本商物，周人有之。周德既衰，商行仁义，鼎乃重归商。虑当时宋康行仁政，惠民厚德者，当有此言。故诸侯之忌嫉益甚，乃于其称王后之一年，而曰鼎沦于泗水矣。盖宋之称王，在周显王四十一年。《汉书》记四十二年社亡鼎沦，实承旧史记载而来。《封禅书》云："商周德衰，宋之社亡，鼎乃沦没，伏而不见。"是谓商周之德均不足以复有天下也。亦以社亡鼎沦并言，惟未着年代。又《年表》附宋于齐，而此事书于《秦表》，或由史公采之秦史而未经移正耶？又考《秦本纪》称武王与孟说举鼎绝膑而死，《甘茂传》称武王竟至周而卒于周。合两说而论，武王既卒于周，知举鼎亦在周。《孟子疏》引《帝王世纪》谓："秦王于洛阳举周鼎，乌获两口血出。"是其证。余疑此亦当时传说，犹如楚子问鼎轻重，而王孙雒谓在德不在鼎。秦武欲通三川以窥周室，竟如其愿，身至于周而卒。时人遂谓武窥周鼎，而德不堪之，遭愆而死，因讥之曰举鼎绝膑死矣。其事与鼎沦之说相隔十九年，而推论根源，实出一致，因附辨之。又按：《周本纪》："周君、王赧卒，周民东亡，秦取九鼎宝器。"此秦人之夸诈也。既已不得周鼎，犹且夸诈于诸侯，曰我得周鼎矣。乃以著之史，而史公承之。又《始皇纪》："二十八年，还过彭城，斋戒祷祠，欲出周鼎泗水。"此秦人之贪愚也。既已诈于天下，曰我得周鼎矣，而犹不忘情于真取，而信其真沉于泗水，乃不觉忘其前言，过彭城则祠以求之，而史公则据以为载。今《史记正义》及《通考》，乃谓"一飞入泗水，八入于秦中"，则既为秦人所诈，又过秦人之愚矣。夫汉得秦宝，不闻有鼎，此乃秦未得鼎之验。《水经·泗水注》："始皇使数千人没水求之，不得，乃谓鼎伏。"此乃鼎未沦泗之验。沈钦韩曰："九鼎之亡，周自亡之，虞大国之数甘心也，为宗社之殃。又当困乏时，销毁为货，谬云鼎亡耳。"此虽虚臆，最为有情。余谓宋都彭城，王偃行仁政，小民心向，列国君卿忌嫉，甚加毁诬。又其称王在显王三十二年，及其国亡，遗民犹传徐偃王，盖亦会于虚而知之。太丘属沛，在河南永城境，距商丘彭城略相等。

附　战国时宋都彭城证

余考战国时宋都彭城，又别有说以为证者。《水经·睢水注》："睢水又东径睢阳县故城南，周成王封微子启于宋，以嗣殷后，为宋都也。秦以为砀郡，汉高祖尝以沛公为砀郡长。天下既定，五年，为梁国。文帝十二年，封少子武为梁王。"汉以睢阳为梁，盖承战国地理言之。宋亡已在战国晚年，窃疑睢阳为梁，犹在宋亡之前。盖宋先已迁都而东矣，故汉乃以睢阳为梁国。此战国时宋东迁，不都睢阳之证，一也。《庄子·人间世》，南伯子綦游乎商之丘，司马彪曰："商之丘，今梁国睢阳县。"今按：此亦证庄周著书时，宋已不都睢阳，否则周亦不称为商之丘也。又《泗水注》："黄水东流径外黄县故城南，于春秋为宋之曲棘里，故宋之别都矣。"《汉·志》外黄《补注》："王先谦曰：'春秋宋黄邑，战国属魏。故《国策》苏代曰："决白马之口，魏无黄济阳。"亦称外黄，见《魏世家》，太子申过外黄。张耳为魏外黄令，见《耳传》。'"是外黄在齐魏马陵之战时，固已属梁，否则魏军不得逾人之别都以为战。《集解》云："外黄时属宋。"非是。《宋策》曰："过宋外黄。"盖袭《史》文而增宋字，不足据。外黄与睢阳相近，外黄既为魏有，睢阳之西蔽已失，敌氛及于国都，宋决不安。此宋在战国时东迁，不都睢阳之证，二也。《泗水篇》云："泗水又南过平阳县西。"注："'县'即山阳郡之南平阳县也。《竹书纪年》曰：'梁惠成王二十九年，齐田肸及宋人伐我东鄙，围平阳。'"朱右曾云："平阳故城在兖州府邹县西三十里。"其时梁之东鄙，已远及邹兖。若宋都睢阳外黄，则为近在梁肘腋之里，何缘及齐同师？《魏策》苏秦说魏合从，亦曰："魏地东有淮颍沂黄，煮枣无疏。"若宋都睢阳，魏境不得远包淮沂。又《韩世家集解》引《纪年》："齐宋围煮枣。"其事在魏哀王七年。《后汉·郡国志》煮枣在济阳郡冤朐县。魏境是时犹东达今山东之曹州，此以地势言之，又知其时宋必东迁，不都睢阳之证，三也。又《淮水注》："惠成王十七年，宋景敾，卫公孙仓，会齐师围我襄陵。十八年，王以韩师败绩诸侯师于襄陵。"《汉·志》襄邑，师古曰："圈称云：'襄邑宋地，本承匡襄陵乡也。宋襄公所葬，故曰襄陵。'"《史记正义》："襄陵，今归德府睢州也。"程恩泽《国策地名考》："襄陵在归德府睢州西一里。"又《齐策》："犀首以梁与齐战于承匡。"程氏《地名考》："承匡在睢州西三十里。"今考惠成十七年，田期伐魏东鄙，败魏于桂阳，遂乘胜深入，而宋卫会之，至于襄陵。时襄陵已属魏。襄陵在外黄睢阳间，距睢阳尤近。宋于其时殆已避梁而东矣。此宋东迁不留睢阳之证，四也。又《淮水注》："王以韩师败诸侯师于襄陵，齐侯使楚景舍来求成。"《战国策》："邯郸之难，楚使景舍起兵救赵。邯郸拔，楚取睢涉之间。"此盖即一时事。程恩泽《国策地名考》云："睢涉，二水名。《水经注》睢水出陈留县西浪荡渠，东南流至宿迁县，合泗，亦曰睢口。即汴水支流也。涉水本名涣水，由永城县东南流入宿州西南境，又睢水支流。二水之间，当在今商丘古睢阳县。宁陵睢州一带。魏之东南境，楚之东北境也。"据此则睢涉之间，实逼宋都。楚魏接壤，宋非迁居无以自安，其证五也。《齐策》：苏秦按：字当作"代"。劝齐王释帝而举宋，其言曰："有宋，则卫之阳城危。有淮北，则楚之东国危。有济西，则赵之河东危。有阴平陆，则梁门不启。"此言宋之疆域甚备。且宋偃之世，宇土方廓。然今考之，阳城《史记》作阳地，《集解》裴骃云："濮阳之地。"程氏《地名考》："濮阳今在大名府开州西南三十里。"淮北，《史记正义》："徐泗也。"《地名考》云："沛即淮北。"东国，《正义》谓下相，张氏《释地》："下相故城在今宿迁县北七十里。”僮，《释地》：“在今睢宁县境。”取虑《释地》：“在今灵璧县北。”也。阴，《史》作陶，《正义》：“陶，定陶，今曹州也。”平陆，《正义》：“兖州县也。”然则宋之邦域，西不及于归德商丘，否则乌言乎有阴平陆而梁门不启哉？此宋东迁不留睢阳之证，六也。又《秦策》或人之说秦王曰：今误作黄歇，详《考辨》第一三二。“秦楚之兵构而不离，魏氏将出兵而攻留方与铚胡陵砀萧相，故宋必尽。”程氏《地名考》：“方与，今山东济宁州鱼台县北。胡陵，今鱼台县东南六十里。留，今沛县东南五十里。砀，今徐州府砀山县东三里。萧，今县北十里。相，今宿州西北。铚，今宿州西南九十里。”则所谓故宋者，北及济宁，南至萧宿，中包沛砀，襟带徐彭，为之藩翼，而独不及睢阳。睢阳豁在西陲，纵列版图，未可宁居。此宋都东迁，不在睢阳之证，七也。张氏琦《国策释地》云：“宋地自今归德府以东，江苏之徐州府，安徽宿亳二州，北有山东曹州府之菏泽曹县定陶单县城武巨野，济宁之金乡鱼台，皆是。”夫疆埸之间，一彼一此，固已无常。然诸家言宋地，终不及归德以西。则又宋都东迁，不留睢阳之证，八也。故当时言宋，列诸泗上十二诸侯之列。《楚策》张仪为秦连衡，说楚王曰：“破宋而东指，则泗上十二诸侯尽王之有。”高诱以十二诸侯为鲁卫曹宋郑陈许之君。见《秦策》注。《齐策》亦云：“今大王之所从，十二诸侯，非宋卫也，则邹鲁陈蔡。”又曰：“举五千乘之劲宋，而包十二诸侯。”宋列泗上，与邹鲁滕薛郳莒费郯同称，则其都东迁，不留睢阳之证，九也。又《齐策》：“淮北宋地，楚魏之所同愿也。”《史记正义》：“淮北谓徐泗等州。”顾祖禹《方舆纪要》云：“自沂兖以南，古所称淮北地也。”宋在徐泗淮北，此东迁不留睢阳之证，十也。《史记·张仪传》："仪与齐楚魏三国相会啮桑。"参读《考辨》第一〇七。徐广曰："在梁与彭城之间。"顾观光云："《汉·志》沛郡有小桑，即啮桑也，在今蒙城县北三十七里。"张仪与齐楚魏三国会，谅不在宋地。此又宋已东迁，不留睢阳之证，十一也。《睢水注》："睢水又东径相县故城南，宋共公之所都也。国府园中，犹有伯姬黄堂基，即伯姬燌死处也。城西有伯姬冢。"共公前为文公。楚人围宋，易子而食，析骸而炊，则为文公十七年。文公二十二年死，共公立，宋迁而东，盖当都城残破之后，兼以避敌。非在文公之晚世，即共公之初年矣。共公十三年卒，平公立。三年，楚伐彭城，封鱼石。四年，晋诛鱼石，归宋彭城。以宋都相，彭城近之，故楚伐彭城而置鱼石以逼宋。若宋都睢阳，则彭城僻远，不足患矣。此宋都自春秋时已徙而东，证十二也。又《春秋》襄十年《传》："晋荀偃士匄请伐偪阳而封宋向戌。"偪阳尚在彭城东北，正以宋都东迁，故其朝臣得远封至此，证十三也。桓司马石椁亦在桓山，近彭城。程氏《地名考》云："在徐州府东北二十七里，下临泗水。"证十四也。《说苑·立节》："宋康公攻阿，屠单父。成公赵曰：'赵在阿而宋屠单父，是赵无以自立也。且往诛宋。'遂入宋，三月不得见。期年，宋康公病死。成公赵曰：'廉士不辱名，信士不惰行。吾在阿，宋屠单父，是辱名也。事诛宋王，期年不得，是惰行也。若是而生，何面目见天下士？'遂立槁彭山之上。"窃疑彭山者，彭城之山，今徐州东北三里有彭城山，西五里有大彭山。康公即康王。称其病死者，《国策》云："逃倪侯之馆，得病而死也。"是又宋都彭城不都睢阳之一证，证十五也。又观于《六国表》"韩文侯伐宋到彭城，执其君"，与夫鼎沦泗水彭城下之说，则宋都彭城，不都睢阳，断可定矣。《楚策》：“昭奚恤彭城君议于王前。”高注：“彭城属楚。”又《孟尝君列传》，《索隐》引《纪年》“田婴初封彭城”，疑齐楚彭城非一地，盖如巴蜀分属秦楚，上党分属三晋之类。又春秋时徐国，在今安徽泗县，东北距徐州彭城可二百里。

又按：《史记·宋世家》云：“齐楚魏灭宋而三分其地。”《汉·志》亦云：“宋为齐楚魏所灭，三分其地。魏得其梁陈留，齐得其济阴东平，楚得其沛。”吴师道注《国策》辨之曰：“苏代说燕曰：‘齐南攻楚，西困秦，又以余兵举五千乘之劲宋。’又说秦曰：‘齐强，辅之以宋，楚魏必恐，恐必西事秦。’使当时齐与楚魏合，其言岂若是乎？《史》称齐既灭宋，南割楚之淮北，西侵三晋。是乘灭宋之强，并夺楚魏地。而谓与之分宋地，岂其实哉？乐毅谓燕昭王曰：‘王欲伐齐，莫若结于赵。且又淮北、宋地，楚魏之所欲也。’《史·表》燕破齐之年，书楚赵取齐淮北。则楚魏分地，当是乐毅破齐后事。”张琦《战国策释地》不信吴说，谓：“假使齐独有宋，则齐界至开封，讵闻有是乎？”余谓张驳固是，而吴辨更的。齐界固不至开封，其实宋界已早不至开封也。《汉·志》所谓“魏得其梁陈留”者，当战国初年，宋早已东移，魏之有梁陈留，不俟齐灭宋时。如此庶得当时情实也。战国时宋都彭城，又可证之于孟子之游踪，参读《考辨》第一一〇。又按：《水经·济水注》：“荷水又东径东缗县故城北，故宋地。邹衍曰‘余登缗城以望宋都’者也。”东缗，今山东金乡县东北二十里，地距商丘铜山，远近略相似。即衍所指系旧宋都，亦无碍于此篇之阐说也。

又按：《水经·济水注》引刘成国《徐州地理志》云：“徐偃王治国，仁义著闻。欲舟行上国，乃通沟陈蔡之间。”全祖望《经史问答》本此，谓：“开鸿沟，通淮济，始于徐，继于吴。”余意春秋诸国，城筑都邑时有之，至于掘沟通渠，舟行千里，则事殊少见。自魏文侯时，西门豹为邺令，引漳水溉邺。梁惠王十年，入河水于圃田，又为大沟而引圃水。《水经·济水注》引《纪年》。又云："瑕阳人自秦导岷山青衣水来归。"《水经·青衣水注》引《纪年》。魏襄王时，又有史起为邺令，亦引漳水溉邺。又《史记·赵世家》：惠文王十八年，漳水大出。二十一年，徙漳水武平之西。二十七年，又徙漳水武平之南。八年之中，再徙巨浸。而稍后秦亦有李冰郑国。《史记·河渠书》谓："九川既疏，九泽既洒，诸夏艾安，功施于三代。自是之后，荥阳下引河，东南为鸿沟，以通宋郑陈蔡曹卫，与济汝淮泗会。于楚，西方则通渠汉水云梦之野。东方则通鸿沟江淮之间。于吴，则通渠三江五湖。于齐，则通菑济之间。于蜀，蜀守冰凿离碓，辟沫水之害，穿二江成都之中。此渠皆可行舟，有余则用溉浸。百姓飨其利。至于所过，往往引其水，益用溉田之渠，以万亿计，然莫足数也。"下又叙韩人水工郑国，为秦凿泾水，秦以富强。大抵水利之事，盛兴于战国。窃疑鸿沟之成，盖战国梁宋之力为多。亦必东方水道日辟，而陶卫处其中心，遂成一大都会，乃有陶朱公以巨富著。此未必在越句践时，亦未必即范蠡，参读《考辨》第三四。全氏以鸿沟远推春秋时徐偃王，未必是。而若《徐州志》所记可信，则余论徐偃王即宋王偃，疑其都彭城，又得一证。而宋偃通沟陈蔡之间，又可补故宋文献之一节也。

一〇〇　秦始称王考

《志疑》云："秦惠称王，《秦纪》《秦表》均不书。而《楚世家》怀王四年，《田完世家》宣王十八年，附书之。今按：是年实齐威王三十三年，《史记》误。《张仪传》亦云：‘仪相秦四岁，立惠王为王。’《周本纪》显王四十四年，秦惠王称王，是年乃秦惠十三年也，明年改元，正以称王之故。”今按：秦惠称王，后齐魏相王九年，后宋偃称王三年，《志疑》考齐宋称王之年均误。详《考辨》第九二，又九九。雷氏《义证》谓：“是年，魏将公孙衍致王号于秦赵韩燕中山，秦先受之，称王改元。《秦本纪》曰：‘惠王十三年四月戊午，魏君为王，韩亦为王。’即谓此也。”此说亦误。《秦本纪》“魏君为王”，“魏”乃“秦”字之讹，详下考。据《张仪传》：“仪相秦四岁，立惠王为王。”则秦乃自王，不待魏之致王号。诸书亦绝无言犀首致王号于秦者。五国相王，秦不预其列，辨详后。

一〇一　韩始称王考

《史记·秦本纪》：“惠文君四年，齐魏为王。《索隐》云“齐威王魏惠王”是也。《年表》作齐宣王，误。十三年四月，戊午，魏君为王，韩亦为王。”梁氏《志疑》云：“魏惠称王在惠文四年，此《纪》已书之，而是年《纪》与《秦表》复书‘魏君为王’，何欤？《周纪正义》引《秦纪》云：‘惠王十三年，与韩魏赵并称王。’所引与此异。且《秦纪》无其文，当必有误。盖是年秦惠称王，故书月书日以别之。‘魏’字乃‘秦’字之误。《燕世家》书‘燕君为王’，是其例也。若《表》中‘魏’字乃羡文，《表》例但书君为王也。不然，魏君为王，奚以入于《秦表》乎？至韩宣惠为王，在秦惠更元之二年，误书于是年耳。”今按：梁氏谓“魏君为王”，乃“秦君为王”之误，并以《燕世家》为例，是也。惟韩之称王实始是年，则“韩亦为王”句并不误。考《韩世家索隐》引《纪年》：“韩威侯七年，与邯郸围襄陵。五月，梁惠王会威侯于巫沙。十月，郑宣王朝梁。”《索隐》此文，五月前误脱“八年”二字，详《考辨》第一〇二。威侯即宣王也。韩之称王，正在威侯八年五月会魏巫沙之后，盖是魏韩相王，犹如魏齐会徐州而相王也。是年即秦惠文王十三年。盖秦先称王，韩亦继之。至秦惠更元之二年，五国又相王，有韩魏。然韩魏自徐州巫沙两会，皆已先王，不必以此而疑韩之称王必在五国相王之年也。《周纪正义》约举其事，而云：“惠王十三年与韩魏并称王。”衍一“赵”字，或“赵”乃“齐”字之误。

一〇二　韩宣惠王即韩威侯考

《史记·韩世家》：“宣惠王立，《索隐》云：‘《纪年》“郑昭侯武薨，次威侯立。威侯七年，与邯郸围襄陵。五月，梁惠王会威侯于巫沙。十月，郑宣王朝梁”，不见威侯之卒。下败韩举在威侯八年，而此《系家》即以为宣惠王之年。又上有杀悼公，悼公又不知是谁之谥。则韩微国小，史失代系，故此文及《系本》不同，今亦不可考也。’”今按：《索隐》此条所引，已为后人改乱，而痕迹犹可考见。今证以当时史实，重为校正如次：

一、五月，梁惠王会威侯于巫沙，五月上应脱“八年”二字。

据《史记·秦本纪》，秦惠文王十三年，韩亦称王，是年为韩威侯八年，其证一。参读上考。又若同为七年事，既与“邯郸围襄陵”句下，不著何月，而其下忽著五月十月，于文法亦不合。今若正为七年云云，八年五月云云，十月云云，则文理顺惬矣。其证二。陈氏《集证》谓：“既与赵围魏襄陵，岂未逾年即朝梁？”此亦一证。惟陈氏遂谓：“大约《索隐》引《纪年》，最为错谬，阅者毋为所惑。”则大误。梁玉绳亦不信《索隐》，故论《纪年》多失。

二、下败韩举在“威侯”八年，而此《系家》即以为宣惠王之年，当正为下败韩举在“梁惠王后”八年，而此《系家》即以为宣惠王之年。

据今《索隐》原文“五月，梁惠王会威侯于巫沙，十月，郑宣王朝梁，不见威侯之卒”云云，则威侯之即郑宣王，亦甚明显。惟《索隐》不之知，故曰“不见威侯之卒”矣。然《索隐》既认威侯与宣王为两人，则七年十月已有“郑宣王朝梁”之文，此下不应再有威侯。若其下又云威侯八年败韩举，岂不更可怪，而《索隐》何竟置不言？盖《索隐》引《纪年》败韩举在梁惠王后元八年，而今《史记》即以为在韩宣王之八年，故《索隐》以为可异耳。参读《考辨》第一三四。今《索隐》此条，其前既脱“八年”二字，此处“惠王八年”，又讹为“威侯八年”，遂致乖戾难读。又按：《苏秦列传索隐》引《世本》：“韩宣王，昭侯之子也。”合之《纪年》，宣王之为威侯，灼然甚显。惜其此处又下“不见威侯之卒”一语，遂使后人纷纷辨订，不得其解。梁氏《人表考》云：“《竹书》宣王之前有郑威侯，《索隐》以为不可考，或疑即宣王，未审。”郝懿行《纪年通考》谓：“梁惠成王元年方称韩共侯，旋称韩懿侯。周隐王元年之郑宣王，即显王三十八年之郑威侯。俱一人而有两称。《索隐》因不见威侯之卒，误分威侯与宣王为二人。”此说极析。然亦不知《索隐》有为后人改乱处也。陈逢衡《竹书集证》，亦定威侯宣王为一人，而于《索隐》此文，全未论及。至洪颐煊校《纪年》谓：“郑宣王即韩威侯，古威、宣通用。《史记》齐宣王，《纪年》作齐威王，其证也。”则又得诸韩而失诸齐矣。张宗泰《竹书纪年校补》竟认威侯宣王为两人，最误。

又同篇“八年，魏败我将韩举”，《索隐》云：“按此，则举是韩将不疑，而《纪年》云：‘韩举，赵将。’盖举本赵将，后入韩。又《纪年》云：‘其败当韩威王八年。’是不同也。”今按：此亦有误。

三、又《纪年》云其败当“韩威王”八年，当正为其败当“梁惠王后”八年。参读《考辨》第一三四。

据《索隐》原文云：“《纪年》与《史记》不同。”若为韩威王八年，则本无不同，威侯亦不当称威王也。此缘《索隐》虽屡引《纪年》，而本不之信，故曰：“《纪年》之书，多是讹谬，聊记异耳。”语见《燕世家》。故于威侯宣王不能明定其为一人，而轻曰：“不见威侯之卒。”后人益滋疑误，既认威侯与宣惠王为两人，遂并改《索隐》引及惠成王者为威侯，而《索隐》原文乃益增其缪戾，此所以古书之难通也。

附　韩举乃赵将非韩将辨

又按：《赵世家》：“肃侯二十三年，韩举与齐魏战死于桑丘。”《集解》徐广曰：“韩举，韩将。”肃侯二十三年，正梁惠成王后元八年。《水经·河水注》：“齐田肦及邯郸韩举战于平邑，邯郸之师败逋，获韩举，取平邑新城。”程恩泽《战国地名考》：“平邑有二。《地理志》，代郡有平邑县，在今山西大同府阳高县西南，原注：“亦在灵丘县西北。”此赵之平邑也；《史记》赵献侯十三年城平邑，即此。《括地志》，平邑故城在魏州昌乐县东北四十里，在今直隶大名府南乐县东北，此本赵地而齐取之者也；《竹书》晋烈公五年齐围平邑，九年取平邑，即此地。”田肦韩举平邑之战，余考盖在惠成王后元八年，与《赵世家》桑丘之役乃同时事。参读《考辨》第一三四。桑丘，《正义》引《括地志》，在易州遂城县界，则此平邑，亦应在灵丘西北。盖两邑同属代郡，齐赵之战，无缘有魏，齐自败赵，更不涉韩。史公误认韩举乃韩将，故以入之《韩世家》，又误认梁惠王后元八年为韩威侯八年。《索隐》明引《纪年》在梁惠王八年以相校，后人又率改《索隐》以就《史》文，异同之迹遂泯。而史公于《赵世家》尚幸存其本真，惟又牵涉及魏，则仍误。至《索隐》《集解》亦均本《史》文为说，同认韩举为韩将。《纪年》仅记“获韩举”，未言韩举之死，《索隐》遂疑其先为赵将，后又入韩。盖《索隐》虽屡引《纪年》，而本不之信，故曰：“《纪年》之书，多是讹谬，聊记异耳。”见《燕世家》。如此处韩举明系《史》误，而《索隐》为此回护，亦不确守《纪年》也。

又梁氏《志疑》论此事云：“《赵世家》肃侯二十三年，韩举与齐魏战死桑丘，为韩宣王六年。《年表》韩宣王八年，魏败我韩举。则赵之韩举已先二年死矣，疑此别一韩将，而赵将适与同姓名尔。《索隐》既云是韩将不疑，而又引《纪年》赵将韩举之文，谓举先为赵将，后入韩，非也。《纪年》所载多舛，当择而取之。即如韩举，《纪年》于威烈王十六年书齐获邯郸韩举，于隐王四年书魏败赵将韩举。若是一人，无论既为齐获，不应仍为赵将，又忽为韩将。而其为魏败时，逆数至为齐获之年，已百岁矣，韩举若是之寿耶？其误明甚。”然《索隐》虽误，尚可即误以求是，舍《索隐》则无以见《纪年》之真矣。梁氏不知《索隐》所引《纪年》，与今本伪书不同，而引今本伪说以折《索隐》，疏失更甚。

而今本《伪纪年》之误，则又有可得而论者。其引齐田肦获韩举在威烈王十六年者，误据《水经·河水注》以其事在晋烈公十年故也。参读《考辨》第一三四。其于隐王四年又书魏败赵将韩举者，其事本在梁惠王后元八年，今本《伪纪年》又误以为梁惠王卒后之八年，故遂别见于此也。然则即据今本《伪纪年》，亦可证成余定其事在梁惠王八年之说。而今本又并不以韩举为韩将，亦可证成余辨史公及《集解》《索隐》认为韩将之误。梁氏于《纪年》未识今本之伪，故所辨订多失之，亦可憾之事矣。即如此处，谓赵韩同时有一将，各名韩举，其为牵强难信，不辨可见。雷氏《义证》谓："此韩举非烈公十年被获者。"亦由不能辨《水经注》之误。

一〇三　荀卿年十五之齐考

《史记·孟荀列传》谓："荀卿年五十，始来游学于齐。至襄王时，而最为老师。"顾不言其来齐在何时。刘向序《荀卿书》，则曰："方齐宣王、威王之时，聚天下贤士于稷下，尊宠之。是时孙卿有秀才，年五十，始来游学。至齐襄时，孙卿最为老师。"应劭《风俗通·穷通篇》则云："齐威、宣之时，孙卿有秀才，年十五，始来游学。至襄王时，孙卿最为老师。"三说相舛，以后为是。《郡斋读书志》引刘向《序》亦作十五。疑今作五十者皆误倒。何者？曰"游学"，是特来从学于稷下诸先生，而不名一师，非五十以后学成为师之事也。黄以周亦谓："游学必幼年事，五十游学，断无是理。"惟其他论荀子处多误，见《儆季杂著·文钞·读荀子》。曰"有秀才"，此年少英俊之称，非五十以后学成为师之名也。《史记·贾生传》："年十八，能诵诗属书，河南守闻其秀才。"潘安仁《杨仲武诔》："妙年之秀。"皆其证。曰"始来游学"，此对后之“最为老师”言，谓卿始来，尚年幼，为从学，而后最为老师也。且荀卿于湣王末年去齐，至襄王时复来。详《考辨》第一三六及一四三。则始来者，又对以后之一再重来而言也。据此则荀卿之齐，其为十五之年，明矣。考威王卒，在周慎靓王元年。荀卿游学，当在威王晚世。《史记·儒林传》所谓“威宣之际，孟子荀卿之列，咸遵夫子之业而润色之，以学显于当世”，是也。全谢山《鲒埼亭集外编·读荀子》谓：“考《儒林传》，齐威王招天下之士于稷下而荀子客焉。”殆即指此。其后又曾至燕。《韩非子·难三》云：“燕王哙贤子之而非荀卿，故身死为僇。”燕王让国子之，为慎靓王五年，去威王之卒四年，其时荀卿至少亦当二十四、五岁。循是上推，则荀卿之生，当在周显王三十年前；循是下究，至春申君之死，荀卿年已一百零三岁。荀卿其时尚在人世与否不可知。《史记》谓：“春申君以荀卿为兰陵令。春申君死，而荀卿终老兰陵。”其语未足据。详《考辨》第一四〇。要之荀卿盖亦寿者也。李斯游秦辞荀卿，其时荀卿年当九十三、四，荀卿决至是尚存也。又考燕王哙让国之岁，孟子犹未退隐，而荀卿已以秀才有名誉。《孟子外书》谓“孙卿子自楚至齐，见孟子，论性”云云。《外书》固不可信，荀子赵人，亦不当云自楚。然孟荀相见论学，则非不可能之事。《外书》又云：“邹衍请受业于孟子。”余考两人年世不相及，此必误。又称：“孟子谓子石曰：‘卵有毛，信乎？’”则以《孔子弟子列传》，公孙龙字子石，比附于名家之公孙龙。其为浅人伪作之迹尤显。此特言孟荀年世可相及，非以《外书》证也。

一〇四　齐魏韩会平阿及齐魏会甄考

《史记·孟尝君列传》：“宣王七年，田婴使于韩魏，韩魏服于齐。婴与韩昭侯魏惠王会齐宣王东阿南，盟而去。明年，复与梁惠王会甄。”《索隐》云：“《纪年》当惠王之后元十一年，作‘平阿’。又云‘十三年会齐威王于甄’，与此明年齐宣王与梁惠王会甄文同。但齐之威宣二王，文舛互不同也。”据此知会平阿在惠王后元十一年，会甄在惠王后元十二年。知《索隐》十三年系后元者，《索隐》承上后元十一年言，故十三年不更著后元字。又云与此明年会甄文同，则知《索隐》十三年本系“十二”字误也。时当齐威王三十四、三十五年，其年五国相王。史公既不知惠王有后元，故《魏世家》以会平阿会甄移归惠王三十五、三十六年，而明年谓襄王元年，与诸侯会徐州相王也。魏年既误，齐亦依之，而谓是宣王之七年矣。《志疑》云：“《表》及魏与《田完世家》亦作会平阿南，非东阿。而平阿之会止魏齐二王，无韩昭侯。”今按：《魏策》：“惠施为韩魏交，令太子鸣为质于齐。王欲见之，朱仓谓王曰：‘何不称病？臣请说婴子曰：“魏王之年长矣，今有疾，不如归太子以德之。不然，公子高在楚，楚将入而立之。是齐抱空质而行不义也。”’”此条正指平阿事后。时惠王在位已四十七年，故朱仓云云。然则平阿之会有韩，非虚矣。且其前一年，韩宣惠王会惠成王于巫沙而始称王，故今年魏与韩同会齐于平阿，盖以乞其认可。张宗泰《竹书纪年校补》云：“《索隐》‘韩昭侯’当作‘郑宣王’。”则是也。

雷氏《义证》云：“平阿即东阿，盖自马陵之败，魏因田婴以修好于齐，至此已十余年。《集解》谓平阿在沛郡，非是。沛之平阿乃楚地，东阿乃春秋之柯，战国时谓之阿，齐威王烹阿大夫是也。在今山东阳谷县东北五十里，东南与东平州接壤。甄，齐邑名，即《春秋》庄公十四年会于甄者，本为卫邑，赵成侯尝取之，此时属齐，地在今山东濮州东二十里。以史传证之，即《诗传》《说苑》会田于郊，惠王问宝之事。”又曰：“《战国·秦策》曰：‘梁王身抱质执璧请为陈侯臣。’《魏策》惠施告惠王曰：‘王若欲报齐乎，则不如因变服折节而朝齐。’又曰：‘田婴纳魏王而与之并朝齐再三。’《吕氏春秋·不屈》曰：‘惠王布冠而拘于鄄，齐威王几弗受。’战国之士游说骋辞，实多诬诞。阿鄄二会，由于齐魏相王，合从摈秦，与马陵之败无与。甄之会距马陵且二十一年矣。按：实二十年。今《策》文俱连属为辞，殊不信。《吕览》拘甄之说，《秦策》作‘身布冠而拘于秦’，盖拘秦是也。二十八年败于马陵，二十九年秦即诈虏公子卬，使少师勒师近郊，供其会事。前之丹衣星旃，变置而从侯服，承秦命以朝天子，此即所谓拘于秦也。”今按：雷氏辨阿甄二会无预于马陵，是也。而遵《秦策》，谓惠王拘于秦，则大谬。惠王虽败于马陵，霸国余威未熄，岂遽有拘于秦之事？谓阿甄之会由于齐魏相王，亦非。齐魏相王会徐州，不会阿甄。会阿甄乃五国相王时矣。谓合从摈秦，尤误。时秦尚不足摈也。详《考辨》第九五。又按：梁齐本深仇，惠王虽听惠施，结好于齐，然常不忘一报之心。其献河西纳上郡于秦，似亦求缓西邻以务东顾。张仪乘隙抵瑕，惠王为所惑，遂折而亲秦，详《考辨》第一〇七。

一〇五　五国相王考

《赵世家》：“武灵王八年，五国相王，赵独否。曰：‘无其实，敢处其名乎？’令国人谓己曰‘君’。”今按：齐魏相王，其谋发于惠施，在惠成王之后元年。五国相王，其事主于犀首，在惠成王之十二年。皆自魏发其端。《中山策》云："犀首立五王，而中山后持。齐谓赵魏曰：'寡人羞与中山并为王，愿与大国伐之，以废其王。'"齐之欲废中山之王，犹楚之围徐州，欲废齐之王也。与事参谋者为田婴张丑，皆威王臣。观《齐策》一。知事之在威王时。其时为威王之三十五年。张丑曰："同欲者相憎，同忧者相亲。今五国相与王，负海不与焉，此是欲皆在为王，而忧皆在负海。今召中山而许之王，是夺五国而益负海也。致中山而塞四国，四国寒心。"据此则齐自不在五王之内。高诱以齐赵魏燕中山为五王者，非也。其时楚本称王，齐亦称王，魏亦称王，宋与秦亦称王，韩亦称王。而宋韩外，魏势最弱。犀首，魏臣也，约结于赵。魏赵为主，又联韩燕中山，相与称王。盖魏欲以此多结与国，以与齐秦抗衡。梁于亲齐亲秦外，又辟此一路，要之为"外强中干"。其情势固甚显。齐则欲割地赂燕赵以攻中山。以魏为谋主，韩去中山远，又其称王亦与魏相约。故于五国中独离间燕赵。其后燕赵卒俱辅中山而王之，而五国相王之事遂定。赵武灵独不称王而称君者，实不过一时对其国人为矫情而邀誉，亦以年少自谦抑，而国际往来，从此皆相王矣。《鲁世家》："平公立，是时六国皆称王。"余考平公元年乃周显王四十七年，其前一岁，正惠成王十二年，五国相王在是年，致确。是年即赵武灵王三年。而《赵世家》乃谓"武灵八年，五国相王，赵独否"，梁氏《志疑》辨之云："赵不肯称王在三年，非八年也。而八年乃武灵称王之时，故十一年书'王召公子职'。"今按：梁氏谓赵独不肯称王在武灵王三年，说犹有据。谓八年乃称王之年，则未见其必然。梁氏亦不能自坚其说，于《周本纪》又论之云："考《世家》，武灵王十一年书‘王召公子职于韩’，则赵之为王，其在慎靓之六年乎?”是又直以《史》载王召公子职之年，谓即赵称王之年。不悟《史记》于前已书武灵王立，武灵王元年，武灵王少云云，凡及武灵莫不以王称。其他诸年不书王者，特以行文自无称王之需，不得援为武灵于其时犹未称王之证。则十一年书王召，并不得谓称王即始是年。至《赵世家》武灵八年记五国相王，或由是年五国约攻秦而误，亦不得即谓赵以是年称王也。然武灵究于何年称王，其事已难考。观其传子何而自号主父，“主”乃往者大夫有国之称，则似武灵于其国内实未称王，今已无可确指。惟谓五国相王在梁惠成王后元十二年，即赵武灵王三年，则断无大误。据《燕世家》《周本纪》《韩世家》，在武灵三年均合，在八年均不合。又按：《大戴礼·保傅》《说苑·尊贤》俱云“武灵王年五十而饿死于沙丘”，则武灵王即位，殆二十一岁；五国相王，武灵独令国人谓己曰君，其时年二十三耳。故《史》称武灵王年少，在位五年，始娶韩女为夫人，是真有为之英主也。其传国少子何，则正十二龄幼君，武灵盖亦震于当时让国之美名而自失其政者。其距燕哙之让国子之，先后不二十年也。（参读《考辨》第一二一）

雷氏《义证》谓犀首致王号于秦赵韩燕中山，则不得谓五国相王也。又谓其事在显王四十四年，是年王者只秦韩。秦则自称之，韩则魏约之，非犀首立五王事也。又据《赵世家》武灵王八年，五国相王，魏独否，谓中山至武灵八年始称王，谓距犀首致王已八年，故《策》曰中山后持。不悟若是年只中山一国称王，不得专举是年为五国相王之年。雷说均误。谓秦之称王亦犀首致王号，尤为昧于当时列国情势。据余先后考论各国称王诸篇可见。《史·犀首传》：“张仪已卒，犀首入相秦，尝佩五国之相印，为约长。”据《表》，犀首仕秦为大良造，在张仪前。佩五国相印，殆即指立五王事，亦在张仪卒前。史公此处不足据。

一〇六　鲁平公元年为周显王四十七年非周赧王元年卒在赧王十二年非十九年辨

《史记·鲁世家》："平公立，是时六国皆称王。平公十二年，秦惠王卒。"今按：秦惠王卒于周赧王四年，其前十二年，则周显王四十七年也，是年当为鲁平公元年。前一年，即五国相王之岁。则《世家》所谓平公立，"是时六国皆称王"者，其语致确矣。《周本纪》："显王四十四年，秦惠王称王，其后诸侯皆称王。四十八年，显王崩。"是史公所谓"诸侯皆称王"一语，明指显王四十六年五国相王而言。梁氏《志疑》辨其非是，殊不然。又《志疑》云："七国慎靓王六年无不称王者。鲁平公立时为慎靓五年，此语最确。"夫七国皆王，既在慎靓六年，鲁平以慎靓五年立，即不得谓是时六国皆称王。梁下语显见矛盾，而顾不自知，何也。

《六国表》记鲁列君年数多误，不可据。又按：《纪年》，是岁尚为齐威王三十六年。威王三十八年卒，翌岁宣王元，则鲁平公四年也。今《年表》平公与威宣皆不相值。

又按：《世家》："平公二十二年卒，子文公立。文公七年而楚怀王死于秦。"今以楚怀王死年上溯，平公应止二十年，无二十二年。《汉书·律历志》引刘歆《历谱》，正作二十年，则今《世家》有误衍也。据此推之，平公卒应在周赧王十二年。旧说据《鲁世家》列君年数，谓鲁平公元在周慎靓王五年，卒在周赧王十八年，较《年表》移前两年，亦未是。详《考辨》第四七。

一〇七　惠施去魏考

《吕氏春秋·不屈篇》："惠王布冠而拘于鄄，齐威王几勿受。惠子易衣变冠乘舆而走，几不出乎魏境。”是谓惠施去魏，在鄄会之后也。然考《楚策》：“张仪逐惠施于魏，惠子之楚。”则惠子实见逐于张仪。鄄会在惠王后元十二年，详《考辨》第一〇四。时张仪已至魏。去年魏齐会平阿，今年会鄄，皆好会，无布冠而拘之事。惠子自见排于张仪，非逐于齐也。《吕氏》于施多诬辞，参读《考辨》第九三。不足信。考《史记》，张仪以惠成王后元十二年与齐楚魏三国相会于啮桑，《张仪传》：“仪相秦四岁，立惠王为王。居一岁，为秦将取陕。其后二年，使与齐楚之相会啮桑，东迁而免相，相魏。”《志疑》云：“据案《纪》《表》及魏与田完《世家》，啮桑之会在取陕之明年，此云‘后二年’，误。又《秦纪》与《表》及《仪传》皆缺书魏。《楚世家》云‘张仪与楚齐魏相盟’，是也。”明年，为惠成王后元十三年，仪相魏。施与仪不合，遂去之楚。《魏策》：“张仪欲以魏合于秦韩而攻齐楚，惠施欲以魏合于齐楚以按兵。人多为张子于王所。”又见《韩非·内储说上》。《秦纪》：“惠王更元三年，韩魏太子来朝，张仪相魏。”是张仪主以魏合于秦韩之说成，而为相之证也。《仪传》又云：“仪相魏以为秦。欲令魏先事秦而诸侯效之。魏王不肯听仪。秦王怒，伐取魏之曲沃平周，复阴厚张仪益甚。仪惭无以归报。”则惠王虽相仪，亦未能大行其事秦之说。吕东莱《大事记》谓：“惠王后元十三年，张仪相魏，魏王不肯事秦，乃以犀首代相。”雷氏《义证》谓：“衍之代相，当在惠王后元十四年秦取曲沃平周二邑之后。”然取曲沃平周亦在十三年，雷说误。要之惠王之亲秦，特欲借秦援报齐仇，固未肯大屈节于秦。及张仪欲令魏事秦，惠王乃知见欺，而仪亦不能留矣。惠施素主亲齐，啮桑之会，或者施尚身预其列。今定惠施去魏在惠成王后元十三年，张仪为相之岁，后鄄会一年，《吕览》盖得其时而失其事。

附　张仪初入秦考

又按：张仪初入秦，据《史记·苏秦传》，乃在秦取魏雕阴之后。《秦纪》取雕阴在惠文王七年，《六国表》在五年，《魏世家》则在襄王五年，即惠成王后元五年，而秦惠文之八年也。梁氏《志疑》谓以《魏世家》为是。是时阴晋人犀首在秦为大良造。越两年，惠文王十年，仪即为秦相。仪之入秦而夺犀首之位，其事盖略有似于后之蔡泽与范雎矣。而史公记仪事，其初楚相意其盗璧，执仪掠笞。后仪相秦，为文檄告楚相云云，事亦酷肖范雎之与魏齐也，惟其事不见于《国策》；而仪初入秦，苏秦阴奉给之，其事《国策》亦不见。《吕览·报更篇》云："张仪西游，过东周，昭文君送而资之，故张仪德昭文君。"其事与《史》异。然则吕氏宾客尚不知有苏秦激张仪入秦之说也。考《国策》及韩非吕不韦书，仪之政敌乃犀首惠施，非苏秦。仪入秦而犀首去，仪来魏而惠施去，皆与史公记仪秦合纵连横事不符。余既辨之于《苏秦篇》，《考辨》第九五因再附张仪初入秦一节于此。张仪政敌尚有陈轸，见《史记》本传。又李斯《谏逐客书》谓："张仪散六国之从。"此亦指其离间楚魏，使之舍齐亲秦而言。六国合从事尚在后，斯自据后日语描述前日事也。即如"拔三川之地"一语，通三川是武王，张仪已死，李善注《文选》已辨之。是亦不得据李斯此文，即谓张仪时确有六国合从矣。

一〇八　惠施自楚至宋考

《楚策》："张仪逐惠施于魏，惠子之楚，楚王受之。冯郝谓楚王曰：'逐惠子者，张仪也，而王亲与约，是欺仪也。宋王之贤惠子，天下莫不闻，王不如纳之于宋。'楚王乃奉惠子而纳之宋。"施之去魏，在惠成王后元十三年，当宋王偃十七年。其后三年，惠成王卒，施复在梁，则留宋不逾三年。《吕氏·顺说篇》："惠盎说宋康王，康王蹀足疾言曰：

‘寡人所欲者，勇有力也，不乐为仁义者。’惠盎对以孔墨之道。”其言甚辨。高诱注：“惠盎者，惠施族也。”盎之为人，他无所见，高注未审何据。以古人名字相应之例推之，盎或即施字。齐弦施字多，王氏《春秋名字解诂》云：“取厚施之义。”《孟子》“盎于背，施于四体”，注：“其背盎然盛。”则盎、施连文互用，盎有盛厚之义，惠施字盎，亦犹弦施之字多矣。吕书成于众手，他事皆称惠施，此独称惠盎，后人遂不辨其为一人。亦如《孟子》书有许行，而吕书称许犯，后人亦不辨为一人也，施本宋人，而讲兼爱寝兵，宋康行仁义，宜其贤施。吕书谓康王不悦为仁义，此又后人之诬。

一〇九　靖郭君相齐威宣王与湣王不同时辨

《史记·年表》：“齐湣王三年，封田婴于薛。”今按：田婴号靖郭君，事齐威宣王，不与湣王同时。《齐策》：“楚威王战胜于徐州，欲逐婴子于齐。”婴子即田婴也。鲍云：“田婴时未封，故曰婴子。”其事在楚威王七年，当齐威王之二十五年。《年表》为宣王十年，此《史记》误也。《齐策》又云：“齐将封田婴于薛，楚王闻之大怒，将伐齐。”楚王乃楚怀王。是年，柱国昭阳破魏襄陵，移兵攻齐，陈轸说之以蛇足，与公孙闬说楚王使封婴者乃一事而两传。薛南近楚，齐以封婴而居之，犹如往者楚之城陈、蔡、不羹而窥北方也。故滕人闻之而惧，楚人闻之而怒。乃乘胜魏之势而来攻。魏齐之交，在魏主之者为惠施而在齐则为田婴。楚既不欲齐魏之相亲，故既胜魏，乃欲攻齐逐婴矣。《齐策》又曰：“威王薨，宣王立，靖郭君之交，大不善于宣王，辞而之薛。”是靖郭君封薛，明在威王时。鲍改“威”为“宣”，“宣”为“闵”，吴氏有正。黄丕烈云：“《吕氏春秋》亦作威宣。”梁氏《校补》转据鲍《策》订《吕》，大误。阎若璩云：“齐貌辨见齐宣王曰：‘靖郭君曰：“薛受之于先王，且先王之庙在薛。”’先王即威王也。又齐王夫人死，有七孺子，皆近。薛公欲知王之所欲立。高诱注：‘齐威王子宣王也。’按：《韩非·外储说右上》亦载此事，而曰威王，则高诱之注亦误。阎氏未及订正。又孟尝君在薛，齐王制其颜色。高诱注：‘齐宣王也，威王之子。’《淮南·人间训》：‘唐子短陈骈子于齐威王，威王欲杀之，陈骈子与其属出亡奔薛。孟尝君闻之，使人以车迎。’然则田婴封于薛，在威王时无疑。”今按：阎说是也。《孟尝君列传索隐》引《纪年》亦云：“梁惠王后元十三年四月，齐威王封田婴于薛。十月，齐城薛。十四年，薛子婴来朝。十五年，齐威王薨。”惠王后元十三年，正当《年表》齐湣王二年。其实乃威王之三十六年。与所注田婴封薛之年相差仅迟一岁。然《孟尝君传》谓：“湣王即位三年，而封田婴于薛。”如是并宣王卒湣王立之年数之，则所谓湣王即位三年者，正当在《年表》之二年。今《年表》列于湣王三年，已是即位之四年。《年表》自误后一年，而《孟尝君传》之年，并不误。余又考齐魏会鄄应在梁惠王后元十二年。参读《考辨》第一〇四。田婴封薛，盖以鄄会后封。《国策》吴注，谓：“婴封薛在威王之世，当梁惠王前十三年。疑《纪年》误书。”此由不知威王至惠王后元尚在，故云然。又狄氏《编年》亦书封薛于显王三十六年，而据梁惠王以三十六年改元言之，实非。语详《考辨》第九二。

又按：《史记》以靖郭孟尝为谥，《索隐》谓：“靖郭或封邑号，故汉齐王舅父驷钧封靖郭侯。”雷氏《义证》云：“尝即居常与许之常，在薛之东南者。郭乃近漷邑名。《左传》庄公十一年，公败宋师于郭；襄公十九年，取邾田自漷水。

《水经注》谓漷水西南流入邾国，经邹山东南，又西南经蕃县，乃西径薛城及仲虺城北。据此，郭亦薛南之邑可知。”又曰：“田婴封薛之时，居仲虺城，去郭邑最近，故曰‘靖郭君’。时任姓之薛尚存，居故薛城，即奚仲之初封也。是与尝邑实近。孟子于周赧王元年燕人畔之后去齐归邹，此后又适宋居薛至滕。在宋之时，滕文公尚为世子，至齐将筑薛时，文公已即位为君矣。所谓‘将筑薛’，即侵灭任姓之薛并而有之也。故赵注云：‘齐人并得薛，筑其城以逼滕。’盖自是而奚仲故城及尝邑皆属于田薛。”又曰：“筑薛之役，自在孟子至滕之后。齐之并薛，当在封孟尝君时。”今按：雷氏辨靖郭孟尝皆生时称号，并发明其取号之由，其说是也。惟《策》《史》《竹书》皆言靖郭君封薛，《竹书》言四月封于薛，十月城薛；《国策》亦言靖郭君将城薛，城薛自在靖郭君时。雷氏强分靖郭君居故仲虺城，谓田薛封时，任姓之薛尚存，并无明据。而与故记旧文显背。余又按《集解》：“裴骃案：《皇览》：‘靖郭君冢在鲁薛城中东南陬。’孟尝君冢在薛城中向门东，向门出北边门也。”盖田婴父子皆居薛，故称薛公薛侯。其死而葬，亦在薛城中。其称靖郭孟尝，或当时不欲拟于古诸侯之旧称，故避薛而称郭称尝以为号，非为其封居之不在薛。雷氏所以强为之说者，由误认孟子游迹，必谓齐人筑薛尚在后，乃不得不牵强说之也。

一一〇　孟子至宋过薛过邹考

《公孙丑下》：“陈臻问曰：‘前日于齐，王馈兼金一百而不受，于宋，馈七十镒而受，于薛，馈五十镒而受。’”崔述《孟子事实录》云：“齐称前日，而宋薛称今日，则是至宋薛在至齐后也。然则孟子去齐之后，先至宋薛，然后至滕矣。故‘滕文’章称‘过宋而见孟子’也。去宋薛后盖尝归邹，故‘滕定’章称‘然友之邹问于孟子’也。”今按：孟子在宋，与戴不胜语，曰：“子欲子之王之善欤？”是其时宋已称王也。又曰：“宋将行王政。”是宋已称王而未久，尚在王偃之早年也。又《孟子》书不见与宋王语，其在宋似不久。今姑定孟子游宋在宋王偃之十三、四年间，即宋偃称王之第四、五年也。孟子云：“将有远行。”则殆欲之梁，而先以其间返鲁。

孟子自宋返鲁而过薛。江永《群经补义》云：“孟子过薛，薛君馈五十镒，当宣王时，即孟尝君田文也。”今按：封薛者，乃威王时田婴，非宣王时田文，江说固误。参读《考辨》第一〇九。然必谓孟子过薛值田婴，亦未必是。《史记·田齐世家》：“威王封邹忌以下邳，号曰成侯。”参读《考辨》第八五。而《鲁世家索隐》引《纪年》：“梁惠王三十一年，下邳迁于薛，改名曰徐州。”《水经·泗水注》引同。《孟尝君列传正义》引作三十年，误夺“一”字。《后汉书·郡国志》：“薛，本国，六国时曰徐州。”然《春秋》哀公十有四年：“齐陈恒执其君，置于舒州。”《史记》作徐州。是徐州之名不始战国。其时下邳之地既入齐，而仲虺所居薛地亦入齐。且下邳迁薛，距成侯封下邳已近二十年，是下邳未必尚有国。疑春秋之薛其灭已久，此下邳迁薛者，实乃邹忌之迁邑，非薛之迁国也。《田齐世家索隐》引《纪年》有徐州子期，殆即邹忌，而《索隐》误以为田忌耳。则孟子至薛而馈之五十金者，或乃邹忌，乃齐威王朝有名大臣，岂不能礼孟子而馈之金？何必定属之田婴哉？曰：若是，则靖郭封薛，何以处邹子？曰：邹子史称成侯。成，春秋国，作郕；《公羊》作盛，《史记》作成。故城在兖北宁阳。又鲁有成邑，本孟孙氏邑，齐宣公四十八年，田和取之。故城亦在宁阳。邹子称成侯，是必食封其地。史公谓邹忌“封下邳，号曰成侯”，疑下邳乃初封，成侯乃晚号。如田婴初亦封彭城，《孟尝君列传索隐》引《纪年》。而晚号靖郭君。然则是田婴封薛而邹子移封于成也。即不然，“孟子居邹，季任为任处守，以币交，受之而不报。处平陆，储子为相，以币交，受之而不报”。薛为齐南疆重镇，为之守者，必一时硕望。孟子过薛，乌见齐之守大夫，不能馈金，而必待于田婴？此皆拘泥之见也。前人论孟子过薛，常牵连于靖郭孟尝，又疑战国时薛尚未灭，实皆失之。

孟子既过薛，又过邹。《风俗通》：“孟子绝粮于邹薛，困殆甚。”即其时事。此后齐湣王亡奔鲁，将之薛，假道于邹。湣王自鲁之薛而过邹，今孟子则自薛返鲁而过邹也。与邹穆公问答，殆亦在是时。应劭谓其“绝粮邹薛”者，岂在邹以语不相契，遂不见礼而致困乎？此亦无可深论矣。《新书》《新序》均载邹穆之贤，后人谓得孟子弹责而改，亦臆测无证。又按：邹亡犹在齐湣王后。《楚世家》顷襄十八年，西周武公曰：“怨结于西周以塞邹鲁之心。”则是时邹尚存。

又按：元程复心《孟子年谱》云：“《史传》云孟子邹人，如云子路卞人，曾子武城人，不言鲁，明乎卞武城邹，皆鲁邑也。《孟子》云‘自齐葬于鲁’，不云‘葬于邹’，因其时邾国亦改为邹，虑混鲁邹邑名。又书中往来齐境，见邹穆公时客邾邹，与然友之邹，孟子居邹异。邾在兖北青境，邹在兖南徐境，道里甚远，安得云‘近圣人之居，如此其甚’？孟子对邹穆公，不称臣，而其语倨，曰‘君之民’，知其为异邦。即如‘邹人与楚人战’一语，明邹非本国。”今按：程氏辨孟子鲁人，非邹人，其说似是。惟谓“邾在兖北青境，邹在兖南徐境”，则实误。滑王由鲁之薛而假道于邹，则邹固在鲁南。《左传》文公十三年“邾文公卜迁于绎”，秦始皇上邹绎山，即此。《汉·地理志》：“鲁国驺县，故邾国。”杜预《世族谱》：“邾文公徙于绎，桓公以下春秋后八世，而楚灭之。”《左传》隐元年《正义》引。《路史·国名纪》：“驺，绎也，兖之邹县有绎山，邾文公迁绎，后曰驺。”刘荟《驺山记》云：“邹山即文公所卜邹国，本邾国，鲁缪公时改曰邹，周氏《四考》云：“鲁或邹讹。”而山从邑变，邾城在山南。”此皆邹在鲁南之证。战国皆以邹鲁并称，其地既密迩，今邹县北至曲阜县界二十五里。故曰“邹与鲁哄”。或孟子邹人，而其地却属鲁，然亦甚难谌正矣。周广业《孟子四考》亦辨此事。惟邹氏考孟墓在邹不在鲁，而《孟子》书明云“葬于鲁”，则邹地或可属鲁，而孟子国籍终属难定也。

——— 孟子游滕考

《滕文公上》：“滕文公为世子，将之楚，过宋而见孟子。自楚反，复见孟子。”是孟子游滕在宋后也。阎若璩《四书释地续》云：“是时楚久广地至泗上，泗上十二诸侯者，宋鲁滕薛邾莒，在淮泗之上国。滕南与楚邻，苟有事于楚，一举足则已入其境，何必迂而西南行三百五十余里过宋都乎？过宋都者，以孟子在焉。往也如是，反也如是，不惮假道于宋之劳，其贤可知。顾麟士谓非世子迂道来见，此不通地理之说也。”周柄中《辨正》云：“是时楚都郢，宋都商丘，自滕之楚，取道商丘，路稍回远。谓非迂道固谬，谓一举足即入其境，亦未明悉。”今按：二氏之辨，殆皆未知宋都之迁彭城也。金仁山云：“滕，姬姓国，今徐州北一百九十里所属之滕县，有古滕城。”徐州即战国时彭城，为宋新都。世子往楚，乃自滕南行过宋而入楚境，并不迂道西南行三百五十余里，往如是，反如是，特为见孟子。否则记者不应轻轻下一“过”字。

本篇又云：“滕定公薨。世子使然友之邹，问于孟子。”赵注：“孟子归在邹也。”是孟子去宋之后，至滕之先，曾归邹也。齐湣王亡奔鲁，将之薛，假途于邹。自鲁之薛者过邹，孟子自彭城归邹而过薛也。其后孟子乃之滕，“滕文公问为国”，“使毕战问井地”，又问“齐人将筑薛”。阎若璩《孟子生卒年月考》论之云：“《春秋公羊传》，君存称世子，君薨称子某，既葬称子，逾年称公。《左氏》例则未葬称子，既葬称君，不待逾年始称君。此二传之异同也。及以《孟子》证，则又有异。君存称世子，滕文公为世子是。君薨亦称世子，滕定公薨，世子谓然友是。未葬称子，不独既葬为然，至于子之身而反之是。若孟子所称子力行之，则在既葬之后，但未逾年耳。何以验之？滕文公既定为三年之丧，五月居庐，未有命戒，则亦无礼聘贤人之事可知。惟至葬后，始以礼聘孟子至滕而问国事焉，故孟子犹称之为子。直至逾年改元，然后两称为君，曰‘君如彼何哉’，曰‘君请择于斯二者’。然则孟子于滕行踪岁月，亦略可覩矣。”今按：阎说甚密。大抵五月卒葬，而孟子至滕，即在滕定公卒岁。明年，孟子尚在滕，则为滕文公元年。今姑假定是年即梁惠王后元十三年，四月田婴封薛，十月城薛。文公“如之何”之问，在四月后，十月前。而孟子游梁，则在惠王后元十五年。参读《考辨》第一一五。是孟子在滕，先后有三年之久。方其去宋，固已有远行之志，而在滕淹留有如是之久者，亦滕文之贤有以使之然矣。

一一二　鲁平公欲见孟子考

鲁平公欲见孟子，旧说皆与孟子自齐归葬并说。任兆麟《孟子时事略》谓：“慎靓王三年，孟子母卒，归葬于鲁。”林春溥《战国编年》依之，而谓：“鲁平公将见孟子，宜在此时。臧仓毁孟子‘后丧逾前丧’，盖亦指近事人人共见者而言。是必孟子居鲁丧毕之事，鲁不能用而复反于齐耳。”盖旧说鲁平元在周慎靓王五年，逆计孟子终三年之丧，故以母卒归葬属之慎靓之三年也。狄氏《编年》在四年，其意则同。其别无确据，勉为推排之迹，既已甚显。而其说亦殊有难通者。周柄中论之曰：“谓反齐在终三年丧后，则充虞明曰严不敢请，今愿有请，两请相接，正顶严字。若三年后，不严久矣。如反齐果在三年后，则本章当以‘充虞问曰’作起句，如陈臻问曰之类，何必言自齐葬鲁，直从三年前叙来由乎？”此谓孟子在鲁终三年之丧而反齐说之不可通也。顾氏《日知录》云：“孟子自齐葬于鲁而不言丧，此改葬也。”周柄中又辨之曰：“观下文‘敦匠事，严，不敢请’，何以见其为改葬而非初丧？”此又改葬之说之不可通也。余则谓此事尚有辨者。观臧仓之言曰：“何哉，君所为轻身以先于匹夫者？”直称孟子为匹夫，决不似孟子为齐宣王卿反鲁葬母时语。又乐正之告孟子曰："克告于君，君为来见，嬖人臧仓者沮君，君是以不果来。"孟子曰："吾之不遇鲁侯，天也，臧氏之子，焉能使予不遇。"此亦孟子未达时语。若其为齐卿，一朝当路，管晏不足比。反而葬母，非浩然有归志时也。亦非必见鲁君，期用事于鲁也。何以有不遇天也之叹？且乐正之谓鲁君曰："前以士，后以大夫。"齐卿之位，不为不贵，何为仅曰大夫乎？此皆有所不类。窃疑鲁平公欲见孟子，盖尚在齐威王时，孟子犹未大显。《广文选》："鲁平公与齐宣王会于凫绎山下。乐克备道孟子于平公。"此亦不然。与《孟子》原书"克告于君，君为来见"之意显相乖违，岂得为信？为此语者，盖仅知孟子游齐当齐宣王时，故造为此说耳。余疑孟子丧母归葬，当在齐威王时，而其时鲁平公尚未立。其去齐适宋，当在宋偃称王后四五年间，乃过薛过邹而返鲁。鲁平公元当齐威王之三十六年。乐正子言于平公而欲见孟子，必在平公初即位之年，或初称元年之年也。鲁欲使乐正子为政，亦其时事。若以孟子丧母归葬，事距臧仓之沮不远，则应在齐威王三十四年稍前，葬毕即反齐。毛奇龄以反为反哭之反，最为近之。反齐不久而至宋，居宋亦不久而归，乃复过薛过邹至鲁，而有平公欲见一段故实也。《列女传》"孟子处齐，有忧色，拥楹而叹。孟母见之"云云，是孟母同在齐之证。"孟子曰：今道不用于齐，愿行，而母老，是以忧。母曰：子成人也，而我老矣。子行子义，吾行吾礼。"若《列女传》文可信，则固以孟子齐威王时已在齐为合。若至宣王时，孟子不曰"愿行而母老"，孟子之行，即以下至宋薛邹滕梁一段周游也。其母亦不曰"子成人"矣。宣王时孟子已老，不得呼成人。

及孟母之卒，其子寿亦且六十。母年不为不高。必谓孟母卒在慎靓王时者，以不知孟子当齐威王时先曾在齐而强说也。至乐正子言孟子于平公，则其时母丧已毕，越有年矣。否则岂有方居母丧，而其徒汲汲为之谋一见时君之理？而其时孟子犹未达，故臧仓有“匹夫”之讥。而其前居母丧，充虞亦有棺木已美之疑。其必欲平公往见者，则孟子所倡士不见诸侯之义也。孟子既不得志于鲁，未久遂至滕，淹留三年而至梁。自此后车数十乘，从者数百人，传食诸侯，异乎往日之为匹夫矣。乐正子谓“前以士，后以大夫；前以三鼎，后以五鼎”者，或孟子在齐宋曾仕而未显，或乐正虚设以问所谓“逾者”之义，而非实指孟子之前丧以三鼎后丧以五鼎。今不可确指，而孟子之誉闻日显，而为生日富，则可知。此一段往来琐琐，杀费推排。如此说之，或差为近于情实也。

孟子自齐至梁游踪略表

齐威王	三〇	宋偃始王。
	三一	孟子丧母，自齐归葬，复反齐，当在此后数年内。
	三二	
	三三	
	三四	孟子游宋，当在此时或稍前。滕世子至楚，过宋而见孟子。自楚反，复见孟子。
	三五	孟子自宋过薛，过邹至鲁，或在今年，或在前年。 鲁平公即位，欲见孟子而臧仓沮之。滕定公薨，然友之邹问孟子，是年冬，孟子至滕。
	三六	鲁平公元。 四月，齐封田婴于薛，十月城薛。 孟子在滕，滕文公问“齐人将筑薛”。
	三八	齐威王卒。 孟子游梁。

一一三　许行考 附　索卢参

《吕氏春秋·当染篇》云："禽滑黳学于墨子，许犯学于禽滑黳，田系学于许犯，显荣于天下。"禽滑黳，梁氏《人表考》谓即禽滑釐，而许犯田系无闻焉。今按：许犯即许行也。春秋时晋有狐突，字伯行，《晋语》注齐有陈逆，字子行。《左传》哀十一年《晋语》韦昭注："犯，逆也。"《小尔雅·广言》："犯，突也。"古人名突逆字行，知许行盖名犯字行矣。许行之至滕，曰"愿受一廛而为氓"、"其徒数十人，皆衣褐，捆屦织席以为食"，此墨子度身而衣，量腹而食，比于宾萌，未敢求仕之遗教也。许行之言曰："滕有仓廪府库，是厉民而以自养也。"此墨子非礼毁乐之绪论也。并耕之说，盖自兼爱蜕变而来。则许行之为墨徒，信矣。墨学盛于南方，许行楚人，亦南方之墨之健者耶？惟论其年岁，许行至滕盖已垂老。自此惠王后元十三年，田婴封薛之岁。上推八十年，为周安王元年，时墨子尚未卒。若许子至滕寿及八十，而禽子之死不在墨子卒后十年之前者，则许子固得从学于禽子。然犹有疑者，许行不畏跋涉之劳，自楚而至滕，又亲操耕作之苦，推其年寿，或不在七十之上。而禽滑釐事墨子则在早世。止楚攻宋，禽子已为弟子魁率。墨子既老而卒，禽子亦且八十之寿矣。或者禽子卒尚先墨子。墨子卒十年上下，孟胜致巨子于田襄子，见其时禽子或已先卒也。则谓许行必师禽子，亦难确定。余观《当染篇》又称吴起学于曾子，与田子方学于子贡、段干木学于子夏并举，则此曾子自为曾参。然吴起所事乃曾西，非曾参也。疑许犯之于禽滑釐，正如吴起曾参之比。否则禽滑釐或者固非禽滑釐，而别为一人乎？要之许犯即许行，为墨徒，则似可无疑耳。

又按：《吕氏·尊师篇》："索卢参，东方之巨狡也，学于禽滑黎，非徒免于刑戮死辱，由此为天下名士显人，以终其寿。王公大人，从而礼之。"其人无可考。或者犹前于许行，如李克之与吴起乎？姑附于此，以传其姓名焉。

一一四　田鸠考　附　腹䵍　唐姑果　谢子

《汉书·艺文志》墨家有《田俅子》，《隋书·经籍志》墨家类梁有《田休子》一卷，即此传写误脱。《韩非子》《吕氏春秋》《淮南子》有田鸠。马骕梁玉绳孙诒让并以为一人。顾孙氏著录墨子弟子，置田俅子于传授不可考之列。今按：田俅子殆即田系，齐人，学于许行，墨子之三传弟子也。以古人名字相应之例推之，俅，《说文》："冠饰貌。"《尔雅·释言》："俅，戴也。"《诗》曰："弁服俅俅。""载弁俅俅。"俅盖指其结饰而言。"系者，系也。"《易·系辞释文》"以下缀上，以末连本之解。"《左氏春秋序疏》故名系字俅，如秦公子縶字显当作韅。之例矣。鸠者，俅之声近而通借也。《吕氏》《淮南》称田鸠见秦惠王。秦惠王与梁惠王同时而后死，田鸠为许行弟子，其时亦相当。又按：秦惠王时，秦有墨者腹䵍，见《吕览·去私》。唐姑果，《淮南·修务》作唐果梁。又有东方墨者谢子，亦至秦。见《吕览·去宥》。又见《淮南·修务》，高注："谢姓，关东人也。"《说苑·杂言篇》作祁射子。梁玉绳云："古谢、射通。祁乃地名，属太原，政是关东也。"其时墨徒乃颇盛于秦矣。余考秦惠王称王改元之四岁，正值许行游滕之年。孟子称其徒数十人，或者有田鸠预其间。此后又十年，而秦惠王薨。鸠之游秦，或当惠王晚节。今姑定许行自楚至滕之岁，田鸠年四十上下，差可得其世序。而腹䵍较前辈。《吕览·去私》云："墨者有巨子腹䵍，居秦，其子杀人。惠王曰：'先生年长矣，非有他子也，寡人已令吏勿诛矣。'腹䵍对曰：'墨者之法，杀人者死，伤人者刑，王虽为赐，腹䵍不可不行墨子之法。'遂杀其子。"今考孟胜死，传巨子于田襄子，下距秦惠称王五十余年。若腹䵍当秦惠称王时年六十，而田襄子之卒寿在六十以上，则或者襄子巨子之位传于腹䵍，世次正相及。至谢子游秦，则亦在惠王晚世。《吕览·去宥》云："东方之墨者谢子，将西见秦惠王，惠王问秦之墨者唐姑果。唐姑果恐王之亲谢子贤于己也，而毁之。王因藏怒以待，谢子不说，遂辞而行。"吕氏曰："人之老也，形益衰，智益盛。今惠王之老也，形与智皆衰耶。"此谢子入秦在惠王晚世之证也。秦之墨者唐姑果，其殆腹䵍之学徒乎？今姑定惠王末年两人皆四十上下，则秦惠王时墨者，言其年序世次，腹䵍最前，田鸠次之，唐谢又次之。孟胜腹䵍又详《考辨》第六八。孟胜稍前于杨朱，腹䵍则稍前于庄周。墨徒以苦节自励，遂来杨庄之放达，此亦学术往复之一象也。

又《吕览·首时》："田鸠欲见秦惠王，留秦三年弗得见。客有言之于楚者，往见楚王，楚王悦之，与将军之节以如秦，因见惠王。"是田鸠于游秦之间，又曾至楚。《韩非·外储左上》："楚王谓田鸠曰：'墨子者，显学也，其言多不辩，何也?'曰：'今世之谈也，皆道辩说文辞之言，人主览其文，忘其用。墨子恐以文害用也，故其言多不辩。'"当在其时。楚王盖怀王。

一一五　孟子游梁考

崔述《孟子事实录》论孟子游梁年岁云："《史记》梁予

秦河西地，在襄王五年。尽入上郡于秦，在襄王七年。楚败魏襄陵，在襄王十二年。皆惠王身后事。而惠王之告孟子乃云：‘西丧地于秦七百里，南辱于楚。’未来之事，惠王何由预知之而预言之乎？按杜预《左传后序》云：‘古书《纪年》篇，惠王三十六年改元，从一年始，至十六年而称惠成王卒，即惠王也。’然则《史记》所称襄王之元年，即惠王之后元年。而予河西，入上郡，败于襄陵，皆惠王时事。孟子之至梁，不在惠王三十五年，而在后元十二年襄陵既败之后。孟子与齐宣王问答甚多，而与梁惠殊少。在梁亦无他事，则孟子居梁盖不久。然犹及见襄王而后去，则孟子之至梁，当在惠王之卒前一二年。于《年表》则周慎靓王之元年二年也。”江永《群经补义》则曰：“孟子见梁惠王，当在周慎靓王元年辛丑，是为惠王后元之十五年。至次年，壬寅，惠王卒，襄王立，孟子一见即去梁矣。”今按：二氏之说甚是。尝疑孟子在梁与惠施已不相值。梁惠王后元十三年，张仪相魏，惠施避之楚。公孙衍与张仪不善，令人说韩公叔以图秦弃仪收韩相衍，公叔从之。衍相魏，仪复去相秦。至魏襄王元年，《表》作哀王。五国约击秦，公孙衍实与其谋。详《史记·张仪传》。景春问孟子：“公孙衍张仪岂不诚大丈夫哉？”正当其时。自仪衍之实情晦，苏张之浮说兴，而后当时国际之真相，遂暗昧而莫明矣。又按：《年表》，孟子至梁书于惠王三十五年，盖是后元十五年，而史公误后元谓襄王，乃移之三十五年耳。今推《年表》致误之迹，依江说，定孟子至梁在慎靓王元年也。

一一六　惠施返魏考

惠施至宋不久而返魏。《史记·魏世家》："襄王卒，子哀王立，张仪复归秦。哀王元年，五国共攻秦。"襄王卒乃惠王，哀王立乃襄王。张仪于惠王死即去魏，故明年而魏即约五国攻秦也。参读《考辨》第九五。《张仪传》："哀王立，张仪复说哀王，不听，于是阴令秦伐魏。明年，秦败韩申差，而张仪复说魏王，哀王乃倍从约，因仪请成于秦。张仪归，复相秦。"是谓仪去魏在哀王二年，与《魏世家》相舛。魏背从约请成于秦事，《秦纪》《魏世家》均无之。知《仪传》自误。惠施重至魏，当在惠王卒年，张仪去后。《魏策》："将葬惠王，天大雨雪。群臣谏太子，莫能得，以告犀首。犀首曰：'吾未有以言之也，是惟惠子乎？'惠子见太子，太子为弛葬期。"又见《吕氏春秋·开春篇》。是事在惠王卒岁之冬，故哀王称太子。又观群臣以告犀首，而犀首称惠子，知其时惠子非相魏，初无言责。张仪已去，故犀首为魏廷领袖也。其明年，惠施使楚。《楚策》云"五国伐秦，魏欲和，使惠施之楚"是也。后四年，又使赵。《赵策》云"齐破燕，赵欲存之，令淖滑惠施之赵，请伐齐而存燕"是也。此后惠施事无考，盖不久而卒矣。

附　南方倚人黄缭考

《庄子·天下篇》："南方有倚人焉，曰黄缭，问天地所以不坠不陷风雨雷霆之故。惠施不辞而应，不虑而对，遍为万物说。"释文："倚，本或作畸。"郭庆藩曰："倚当为奇，倚人，异人也。王逸注《九章》云：'奇，异也，字或作畸。'《大宗师篇》'敢问畸人'，李颐曰：'畸，奇异也。'徐廷槐曰：'《战国策》载魏王使惠子于楚，楚中善辩者如黄缭辈争为诘难。'"是谓缭施问答在惠子使楚时也。当时言"南方"率指荆楚。孟子曰："陈良楚产，北学于中国。"中国与楚南北对称。黄亦楚姓。《通志·氏族略》："黄嬴姓，陆终之后，受封于黄，子孙以国为氏。"余考春申君楚宗姓，而称黄歇，详《考辨》第一三二。则南人氏黄者不独嬴姓矣。徐氏说或可信。又《楚辞》有《天问篇》，相传为屈原作，亦未见其必然。岂亦如黄缭问施之类耶？屈原为楚怀王左徒，当在惠子使楚稍后。然则《天问》一派之思想，固可与惠施黄缭有渊源也。

一一七　孟子自梁返齐考

孟子在威王世先已游齐，已详《考辨》第九八。其后至宋过薛归邹至滕而游梁。惠王卒，襄王新立，孟子见襄王，谓其不似人君，乃遂自梁返齐。则威王已死，正宣王之初立也。金履祥《四书考异》引《列女传·母仪篇》曰："孟子道既通，值梁招贤，乃至梁。既而去梁适齐，齐王以为上卿。"魏源《孟子年表考》以为此刘向据《孟子外书》所述，先梁后齐之证。今按：孟子自梁之齐，其证有不在于此者。据《魏策》："梁惠王死，葬有日，天大雨雪，群臣谏太子。"《吕览·开春论》亦同。是惠王葬期即在其卒年之冬，故襄王称太子。若以诸侯五月而葬，则惠王死定在秋前。疑孟子之去，盖距惠王死不久，亦在是年至齐也。魏氏亦据此策，谓："惠王实卒于冬。"不悟卒葬不同时也。又谓："'孟子见梁襄王'章，明为逾年即位始见新君之时。"窃疑孟子在梁，名望甚高，不必逾年始得见新君。《孟子》书所以称襄王者，以全书襄王只此一见。若亦变文称子，则将无以见其为襄王尔。不得以称襄王，即证其为逾年也。《孟子·尽心上》，记："齐宣王欲短丧，公孙丑曰：'为期之丧，犹愈于已。'孟子曰：'是犹或紾其兄之臂，子请之姑徐徐云尔，亦教之孝悌而已。'"此孟子至齐，威王新死，未及周年之证也。若宣王已期年除丧，则孟子公孙丑不复如此问答。又张文虎《舒艺室随笔》卷一，亦谓："短丧即威王之丧。"又言："孟子实两至齐。"惟谓其时犹未见宣王，及梁惠王卒，襄王立，始再适齐云云，则由不知以《纪年》校齐威宣年世，故言之多误。余下说孟子望见齐王之子，正可释张氏未见宣王之疑。

《尽心上》又云："孟子自范之齐，望见齐王之子，喟然叹曰：'居移气，养移体，大哉居乎！夫非尽人之子与？'又曰：'王子宫室、车马、衣服多与人同，而王子若彼者，其居使之然也。'"赵岐注："范，齐邑也。王庶子所封食也。孟子之范，见王子，还至齐，谓诸弟子云云。"赵氏此注，乃有二误。孟子自范之齐而见王子，注乃谓孟子之范见王子，而还至齐，明与正文相乖，误一也。阎若璩《四书释地》云："思《孟子》书法不曰之齐见王子于范，而曰自范之齐，望见王子，下一'望'字，意者当时最多交质，此以王子出质敌国，路经于范，遂与孟子适值乎？亦未可定。要之《集注》于此等处略矣。"又云："自楚之滕，自宋之滕，与此自范之齐又少不同。盖孟子往齐都，实从范邑起程。未之齐都而于范邑望见齐王之子，乃倒装文法。"据此知阎氏亦悟此注与原文文法相乖，而特强为之释也。详孟子之语，则王子乃嫡子，而注以为庶子。庶子固非甚贵，孟子何以云云，而其后又以鲁君之宋相拟哉？误二也。《四书大全》辨谓："齐王之子，与以国而不名，是湣王世子田法章。"此已知齐王之子非庶子，特以不得其时而误说。盖赵氏先认王子为庶子，因疑庶子当居下邑，遂谓之范见王子矣。今按：王子，宣王也。范为自梁至齐所经。魏源云：见《孟子年表考》第一。"梁襄嗣位之后，值齐宣新政之初，孟子闻其足用为善，故自范之齐。范今曹州范县，为自梁至齐要道。由大梁至临淄千有余里，故孟子曰‘千里而见王’。若由邹至齐，仅数百里也。”夏炘《景紫堂文集》亦云。宋翔凤《过庭录》亦以范为自梁至齐要道。魏氏又谓：“孟子自范之齐，处于平陆，储子为相，以币交，即其时事。范距临淄七百余里，平陆今汶上县，距临淄五百余里。”余谓储子告孟子，王使人瞯夫子，亦孟子初见宣王时事也。魏氏又以于崇见宣王退而有去志，谓初见宣王即在崇，狄氏《编年》说同。且范本晋士会邑，三家分晋，地当属魏。孟子自范之齐，其时范邑属齐与否不可知。又乌得即谓范乃齐王子封邑哉？然则称齐王之子者，时威王新死未葬，宣王初立，故变文称子也。滕文公称世子，此称齐王之子，盖齐大国，滕小国，故记者异其辞。此又孟子至齐在威王卒岁之证也。魏氏又定孟子至齐为宣王即位之三年，则误。参读《考辨》第九二。

一一八　淳于髡考

《史记·滑稽列传》：齐威王时，淳于髡说之以隐，云“有鸟三年不飞不鸣”，此髡在威王初年既已知名于齐也。《世家》称“邹忌见三月而受相印，淳于髡见之”云云，余考邹忌见知在威王初立，则髡在威王早岁即在齐，益可见。后去而之梁，见梁惠王。《史记·孟荀列传》记其事云：“惠王欲以卿相位待髡，髡因谢去，终身不仕。”盖髡亦如田骈之流，皆以不仕为名高者。《史》载髡以承意观色为务，其见惠王，初值献马者，后又值献谣者。髡滑稽自喜，谣人之与善马，盖出髡之隐谋，预嘱其到时而献。若阳货瞰孔子出而馈之以蒸豚也。乃惠王惊叹以为圣人，与语三日三夜无倦，而欲以卿相位之，此异乎孟子何必曰利，与惠王愿安承教之意矣。否则殆出后人妄谭，髡虽善察颜色，不能精明至此。又《太平寰宇记》卷十九引《史记》：“髡死，诸弟子三千人为缞绖。”今无其语。叶适曰：“淳于髡任己自贤，于当世无所敬，以孟子考之，其人可知。

至迁欲列于《滑稽》之首，遂使于二优同称，斯太甚矣。”《习学记言》则诚信谳也。故与孟子辨出处，深讥孟子之进退无义。盖孟子固主孔子所谓不仕无义者也。其后在齐当宣王世，《齐策》“淳于髡一日而见七士于宣王”是也。髡最为稷下前辈，当威王初年已显名。威王在位三十八年，至宣王八年，孟子去齐，其时髡当尚在。孟子辞卿之位，髡有名实未加于人而去之讥。其后髡事即不见。盖髡已老，当不久而辞世也。若谓威王初年髡年近三十，则其寿殆逾七十矣。

《滑稽列传》又云：“威王八年，楚大发兵加齐，齐王使淳于髡之赵请救，赵王与之精兵十万，革车千乘。楚闻之，夜引兵而去。”其事又见于《说苑·尊贤篇》，云：“十三年，诸侯举兵以伐齐，齐王恐，召其群臣大夫，博士淳于髡云云，此称“博士淳于髡”，则威王时齐已有博士。《五经异义》曰：“战国时，齐置博士之官。”即指此。其先鲁魏亦有博士。鲁博士公仪休，见《史记·循吏传》。贾山祖父祛为魏博士弟子，未知当值何时。齐之稷下先生，盖仿鲁魏博士制为之。（参读《考辨》第七五）又《礼记·杂记正义》引刘向《别录》：“王度记，似齐宣王时淳于髡等所说。”于是王立淳于髡为上卿，赐之千金，革车百乘，与平诸侯之事。诸侯闻之，立罢其兵，不敢攻齐。”《复恩篇》亦云：“楚魏会于晋阳，将以伐齐。齐王召淳于髡。”三文详略虽殊，实同一事。盖楚魏同谋伐齐，齐则请救于赵也。惟《尊贤篇》开端“十三年”三字，殊为突兀。刘向为《说苑》，本杂采战国旧籍。此“十三年”三字，当有来历，殆系所采故记原文，而未加薙芟者。考之齐事，威王初年，魏伐赵，围邯郸，而齐救之。与其后楚联魏伐齐，齐请救于赵，情事大合。《尊贤篇》所称“十三年”者，殆指齐威王之十三年欤？又按：诸《越世家索隐》引《纪年》：“晋出公十年十一月，於粤子句践卒，次鹿郢立。当《史记》之王鼫与。六年卒，不寿立。十年见杀，次朱句立。当《史记》之王翁。张文虎《舒艺室续笔》谓："《越绝》《吴越春秋》，以翁为句践孙，无不寿。《纪年》亦无翁，疑是一人。《史》误分之。《纪年》不寿之后为朱句，而二书并作不扬，疑取义于'我朱孔扬'，亦是一人。"按：以不扬与朱句为一人，徐文靖《纪年统笺》已有其说。惟徐氏又谓朱句亦即王翁，恐误。三十七年卒，子王翳立。三十六年七月，太子诸咎弑其君翳。十月，粤杀诸咎，粤滑。滑，乱也。吴人立孚错枝为君。明年，大夫寺区定粤乱，立无余之。当《史记》之王之侯。十二年，寺区弟思，弑其君莽安，次无颛立。无颛八年薨，是为菼蠋卯。故《庄子》云：'越人三弑其君，子搜患之，逃乎丹穴，不肯出，越人熏之以艾，乘以王舆。'《吕氏·审己》："越王授有子四人，越王之弟曰豫，欲尽杀之而为之后。恶其三人而杀之矣，国人不说，大非上。又恶其一人而欲杀之。越王未之听，其子恐必死，因国人之欲逐豫，围王宫。"高诱注："越王授，句践五世孙。"毕沅曰："句践五世孙则王翳也。为太子诸咎所弑，见《纪年》，与此略相合。前《贵生篇》有王子搜，疑一人。"今按：王子搜又见《庄子·让王篇》，曰："越人三世弑其君，王子搜患之，逃乎丹穴，不肯出。越人薰之以艾，乘以王舆。"《淮南·原道》云："越王翳逃山穴，越人薰而出之，遂不得已。"会而观之，王翳之即搜即授，殆可信矣。然王翳前惟不寿见弑，非有三世弑君之事也。《索隐》谓王子搜为无颛，则诸咎弑王翳，粤杀诸咎，寺区弟思弑君莽安，可得三世弑君之事矣。然《庄》《吕》《淮南》之书，自以子授子搜为王翳，恐是越史荒远，故庄吕刘三家自说王翳事而误涉其后事，故曰"三世弑君"耳。《索隐》以为无颛，殆未确也。盖无颛后乃次无强，盖无颛之弟也。"乐资《春秋后传》，以王之侯为无颛后，乃次无强，与《索隐》异，惟年距应无歧也。又曰："按：《纪年》，无颛薨后十年，楚伐徐州。"今据自句践卒岁，至无颛薨后十年，共历一百十九年。鹿郢六，不寿十，朱句三十七，王翳三十六，余无之十二，无颛八，又十，共一百一十九。适为齐威王即位之十三年。若以即位翌年改元言之，则为齐威王十二年，是年又为周显王之二十三年。《尊贤篇》"十三年”三字，若非采自齐记，则为周年而脱一二字。蛛丝马迹，要可寻玩。今本《伪纪年》楚入徐州在周显王二十二年，误前一年。盖由无颛立应在周显王五年，今本《伪纪年》误前一年，楚入徐州之岁，遂依次递误也。参读《考辨》第一三四。梁氏《志疑》谓：“齐威王在位三十六年，未尝与楚相闻。若威王八年，并无他国来伐，安得有楚兵加齐，赵王救齐之事?”今按：《史》谓齐威王之八年自误。然梁氏据《史·表》以献疑，未亦是也。

附　辨《越绝书》《吴越春秋》记越年

又考《越绝书》：卷八，《外传记地传》第十“句践称王，徙琅邪，子与夷，子翁，子不扬，子无强。楚威王灭无强，子之侯，子尊，子亲。亲以上至句践，凡八君，都琅邪二百二十四岁。”《吴越春秋》卷十亦云然。而《越世家索隐》引《纪年》：“王翳三十三年迁吴。”上距句践都琅邪凡九十年，无所谓二百二十四岁也。若自句践徙琅邪后二百二十四岁，其时已在春申君封吴后三年。楚考烈王十八年。越乌得尚在琅邪?则《越绝》之误决矣。然自句践徙琅邪下推一百二十四年，则适值楚围徐州后一年，而世次亦适得八代。句践一，鹿郢二，不寿三，朱句四，王翳五，无余之六，无颛七，无颛之后则八也。《水经·浙江水注》云：“越王无强为楚所伐，去琅邪。”则越都琅邪，实至王无强时始离去。则《越绝书》《吴越春秋》两书所载，固有依据，非尽凿空向壁之谈。其谓二百二十四年者，特为一百二十四年之字讹。其谓八世，并不误，而特不得其世代传受之详。至谓皆居琅邪，固失之。大抵越人自王翳徙吴，而淮泗地犹未全失。其后或居吴，或居琅邪，南北不常厥都。自无强去琅邪，淮泗之地，始不为越有。故《越绝书》《吴越春秋》皆谓句践以下八世居琅邪，凡一百二十四年也。参读《考辨》第九六。余尝谓古书虽多误，而必有其所以误。若寻得其所以误者而说之，则足以即误而显真。兹据《说苑》残文，及《越绝书》《吴越春秋》误字，证《纪年》《史记》楚围徐州一事，可以见考古之事，有时如弈局已乱，为之覆按，尽可一复旧状，不失本来，有如是之巧也。

《越绝》卷二又云："自句践徙琅邪凡二百四十年，楚考烈王并越于琅邪。今按：自越徙琅邪后二百三十九年，据《史记》则春申封吴之岁也。后四十余年，秦并楚。按：实二十余年。复四十年，汉并秦。按：实不到二十年。到今二百四十二年。按：此指自西汉到著书人时二百四十二年也。句践徙琅邪到建安二十八年，按：即上文之今时。凡五百六十七年。"按：实只五百二十年，误多四十余年，辨见随文所注。此一条亦多误。要之《越绝》一书，固非向壁凿空，亦往往有依据来历。而其书实疏陋，或见增窜，不足当信史也。

附　淳于髡为人家奴考

《滑稽列传》："淳于髡，齐之赘婿也。"《索隐》："赘婿，女之夫也。比于子，如人疣赘是余剩之物也。"今按：赘婿盖家奴也。《汉书·严助传》："民待卖爵赘子以接衣食。"如淳注："淮南俗卖子与人作奴婢，名曰'赘子'。三年不能赎，遂为奴婢。《淮南·本经》'赘妻鬻子'是也。"钱大昕曰："赘而不赎，主家以女匹之，则谓之'赘婿'。"朱骏声亦同此说。余谓赘婿者，主家以女奴相配，其实奴也，非其婿也。且古人重宗法，孽子庶女本同仆役，故嫁女则娣侄为媵妾。

今赘婿，即谓配宗女，固已无夫道，不得与孽庶伍，则其为家奴审矣。今人以就女家为婿曰赘婿，非古之赘婿也。颜师古谓：“无有聘财，以身质钱。”此以情理推之，恐为非矣。故秦发赘婿贾人，汉时七科适戍，赘婿与吏有罪亡命者并列，以赘婿之本为奴隶也。《汉书·陈胜传》：“免骊山徒人奴产子。”师古曰：“奴产子，犹今人云家生奴也。”今按：奴产子犹赘婿子矣。《武五子传》有家人子，亦奴产子类也。赘婿为家奴，故髡钳。淳于髡，赘婿也，其后贵显，人乃曰彼“固髡”也，而髡呼之。髡滑稽玩世，则亦以髡自呼耳。然则淳于之名髡，犹英布之姓黥矣。孟子对淳于髡曰：“君子之所为，小人固不知。”小人者，特斥其为髡钳奴也。髡以赘婿小人，而名冠稷下尊驾公卿，亦当时世变一显例哉。

俞正燮《癸巳存稿》卷七《论齐巫儿事》及赘婿，附其说于此，加订辨焉。

《管子·小匡篇》，桓公自言好色，姑姊妹不嫁。管子以为可霸。盖本襄公之法。《汉书·地理志》云：“初桓公兄襄公淫乱，姑姊妹不嫁，于是令国中民家长女不得嫁，名曰‘巫儿’，为家主祠，嫁者不利其家。民至今以为俗。”是其俗至汉犹然。巫儿以令不得嫁，则必赘婿。（按：巫儿必赘婿，臆测无证。）齐人贱赘婿，以其为巫儿婿，无夫道。（按：当时贱赘婿者不独齐人，赘婿亦不限于巫儿夫。）《史记》淳于髡，齐人之赘婿也，盖自无户籍，依妇家籍者。（按：髡钳，奴也，依人家籍，即是为人奴耳。）《秦策》云：“太公望，齐之逐夫。”《说苑·尊贤》云：“太公望，故老妇之出夫也。”此或齐巫儿婿造此故实，以相夸耀。《齐策》：“齐人谓田骈曰：‘臣邻人之女，设为不嫁，行年三十而有七子。’”此亦巫儿依令设为不嫁，而赘婿生子之证。谓之“设为不嫁”者，真不嫁则无赘婿。（按：此安知其非私生子哉？设为不嫁者，标树其名，如今女子自云抱独身主义也。依令不嫁，非设为矣。）《赵策》，赵威后问齐使曰，北宫之女婴儿子至老不嫁，以养父母，是率女而出于孝者，亦是齐女，无赘婿则已名闻诸侯。（按：北宫女之不嫁，特以孝养父母，未见其为巫儿之依令不嫁也。且既巫儿，例得赘婿。赘婿又不称嫁，又乌从知北宫女无赘婿哉？

以赘婿与巫儿相牵为说，自难尽合。）赘婿以己无籍，故秦汉于赘婿或加算，或遣戍。《贾谊传》云：秦地子长则出赘，本以避赋役，故袭齐巫儿风也。（按：子长出赘，与巫儿不嫁自为两事，不得混而一之。淮南有赘妻，则赘子仅鬻卖得赀，出赘未必即得为婿。盖赘婿初本为奴，渐亦成婿。时移事变，未可据后绳前。俞氏论巫儿事或亦其一格，以概一切，则失之耳。）

一一九　魏襄王魏哀王乃襄哀王一君两谥考

《史记》："梁惠王三十六年卒，子襄王立。十六年卒，子哀王立。"《竹书纪年》梁惠王立三十六年改元，又十六年而卒。其后称今王，至二十年而书止。杜预《左传后序》谓："《史记》误分惠成之世以为后王之年。哀王二十三年乃卒，故特不称谥，谓之今王。"崔述辨之云："杜氏以《史记》襄王之年为惠王后元之年，是已。至谓《竹书》之今王乃哀王而无襄王，则非也。《孟子》书称见梁襄王，孟子门人记此书者，皆当时目睹之人，不容误哀为襄。则是梁固有襄王也。《世本》称惠王生襄王，襄王生昭王，则是梁有襄王，无哀王也。"黄式三辨之曰："韩宣惠王之子谥襄哀王，见《留侯传》。魏惠成王之子意亦谥襄哀王，二君薨同年，亦同谥欤？《史》止称襄者，正如魏惠成王之称惠王，韩襄哀王之称襄王也。按：《秦本纪》厉共公，《年表》仅称厉公。又秦灵公，《始皇本纪》称肃灵公。秦武王，《始皇本纪》称悼武王。昭襄王，《始皇本纪》作昭王。赵武灵王，古书或称武王，或称灵王。皆其证。《史记》既分惠王之一世为二世，因分襄哀之一谥为二谥矣。"今按：三晋之君，自梁惠成以下，率多一君二谥，且有三四谥者，黄以韩有襄哀证魏襄哀为一君说，最可信。《史》误分襄哀二君，犹如后人误以韩威侯与韩宣王为二人也。史公记魏诸君名皆可考，独哀王名无闻，亦一证。

又按：《魏世家》，哀王二十三年卒。《索隐》曰："《汲冢纪年》终于哀王二十年，昭王三年丧毕，始称元年耳。"今按：战国诸王，未见有行三年之丧者。更未有三年丧毕而始称元年者。《纪年》魏史，哀王卒，以之殉葬，盖所记载终于哀王二十年，其临薨前三年事，史官未及刊定，故付阙如，小司马强为之说，非也。

一二〇　齐伐燕乃宣王六年非湣王十年辨

《燕策》一："燕王哙立，苏秦死于齐。而齐宣王复用苏代。代为齐使于燕，激燕王厚任子之。子之三年，燕大乱。储子谓齐宣王：'因而仆之。'燕王哙死，齐大胜燕，子之亡。二年，燕人立公子平，是谓昭王。"其叙事甚明晰。《齐策》二载田臣思劝齐王乘秦韩之战而攻燕，高诱亦谓是宣王。证之《秦本纪·韩本纪》，是年乃秦惠王后元十一年，韩宣王十九年，秦韩战于岸门，而《年表》均失载。《孟子》亦明记与宣王论伐燕事。按：诸《索隐》所引《纪年》，是乃宣王六年也。历来儒者于孟子在齐年代，或主当宣王时，或主当湣王时，纷纷议论不能决。今以诸书参互稽考，则宣王之说自胜。《日知录》："《孟子》以伐燕为宣王事，与《史记》不同。《通鉴》以威王宣王之卒各移下十年，以合《孟子》之书。今按：《史记》湣王元年为周显王四十六年，又八年，燕王哙让国于相子之。又二年，燕人立太子平，则以为湣王十二年。而《孟子》书'吾甚惭于孟子'，尚是宣王。何不以宣王之卒移下十二三年，则与《孟子》之书无不皆合，而但拘于十年之成数耶？"今按：顾氏此论极疏谬。不博考之《纪年》之佚文，无以发《史·表》之覆，而以意为之移易，则终不足以征信，而重起纷纭之争，复何益哉？又周柄中《四书典故辨正》谓："伐燕杀哙，当从

《通鉴》作宣王事。宣王即位之年，当从《史记》作显王二十七年。燕哙与齐宣王前后相左，当移上燕哙之年以合齐宣，不当移下齐宣之年以就燕哙。”此说阎若璩《孟子生卒年月考》已主之。不论其绝无证佐，全出臆断。且若燕哙年移前，此后燕昭年又难定。前人种种安排，总缘不肯细心一究《纪年》耳。且余谓齐伐燕乃宣王六年，非湣王十年者，犹有旁证，可得而微论者。《史记》湣王伐燕事仅附见于《燕世家》中，而《田齐世家》顾独不载，又不著于《年表》，此史公自审其可疑，故掩而没之也。汪之昌《青学斋集》卷十一《齐人伐燕年代考》谓：“即就《史记》论，《齐世家》湣王四十余年中，绝无一语及于伐燕。《六国表》湣十年正值伐燕之年，亦未言及。《燕世家》全录《国策》，其云燕哙立，苏秦死，齐宣王复用苏代，亦仍其旧。既与《年表》《苏秦传》不符，下文又突入诸将谓齐湣王伐燕云云，一篇中忽宣忽湣，似不知燕哙之世当值齐何王之年。”其论最是。又按：《田齐世家》有：“桓公午五年，魏攻韩，韩求救于齐，齐桓召诸大臣而谋。邹忌主勿救，段干朋主救之。田臣思曰：‘秦魏攻韩，楚赵必救之，是天以燕予齐也。’桓公曰：‘善。’因起兵袭燕国，取桑丘。”此文殊可疑。史公于齐威王前事皆不能详。今《齐策》亦始威王。此独记载明备，可疑一也。吴师道辨之云：“田臣思即田忌，与邹忌段干朋皆仕威宣，何于桓公时已预大政？”二可疑也。桓公时，秦魏攻韩，楚赵救之，齐不救，因而袭燕。其后宣王时，秦魏伐韩，楚赵救之，齐不救，因而举燕，何其事之吻合？三可疑也。且桓公时，秦魏事无见。《年表》桓公五年，魏韩赵伐齐至桑丘，齐伐燕取桑丘。既云三晋伐齐至桑丘，何又云齐伐燕取桑丘？韩自结赵魏攻齐，则又与求救于齐之文戾。且田臣思之辞曰“是天以燕予齐”，而仅为取桑丘乎？四可疑也。吴氏因谓：“《史》乃误以《国策》‘宣王伐燕’章附之桓公。”其说甚是。盖桓宣字相近，史公既以伐燕为湣王事，乃以意移此于桓公耳。意当时史公所据本文当有宣王五年之说，而史公乃移以为桓公之五年也。按：美国斐勒德斐亚大学博物馆藏陈旻壶铭文：“隹王五年，□□陈旻再立事岁，孟冬戊辰，内伐匽。”此齐宣王五年伐燕之可证于铜器者。又按：宣王五年，邹忌已先卒。《史》文与下威王二十六年及宣王二年两节全同，均不可据。考《秦本纪》：“惠文王后元十年，伐取韩石章。十一年，败韩岸门。”惠文王后元十年，当齐宣王五年。其十一年，当宣王六年。是秦之伐韩在宣王五年。韩恃救以抗秦，至明年而大败，齐以此际袭燕。岁月情事皆恰符。则史公《田齐世家》桓公五年事，即宣王五年之误，夫复何疑？《韩策》：“秦韩战于浊泽，韩氏急，欲为和，楚伪救韩，韩遂绝和于秦，而大败于岸门。”《大事纪解题》云：“浊泽即修鱼之战，事在韩宣怀十六年，在岸门一役前四年。韩和战之计不定，故兵连祸结，中间重有请救于齐之事也。”然则齐伐燕起宣王五年，而取燕则在六年，决非湣王之十年矣。

附　燕昭王乃公子职非太子平辨

又按：《燕策》：“子之三年，燕国大乱，百姓恫怨，将军市被太子平谋攻子之。储子谓齐宣王：‘因而仆之，破燕必矣。’王因令人谓太子平曰：‘寡人闻太子之义，寡人国小，不足先后，虽然，惟太子所以令之。’太子因数党聚众，将军市被围公宫，攻子之，不克。将军市被及百姓乃反攻太子平，将军市被死，已殉国，构难数月。宣王因伐燕，燕王哙死，齐大胜，燕子之亡。二年，燕人立公子平，是为燕昭王。”《史记·燕世家》文略同。《索隐》按：“上文太子平谋攻子之，而《年表》又云君哙及太子相子之皆死，《纪年》又云子之杀公子平，今此文‘立太子平，是为燕昭王’，则

《年表》《纪年》为谬也。而《赵系家》云：武灵王闻燕乱，召公子职于韩，立以为燕王，使乐池送之。裴骃亦以此《系家》指《燕世家》。无赵送公子职之事，当是遥立职而送之，事竟不就。则昭王名平，非职，明矣。进退参详，是《年表》既误，而《纪年》因之而妄说耳。”今按：小司马常引《纪年》而不加遵信，率如此。余疑《燕策》及《史》文记太子平、将军市被一节，词气支离，多误衍。当为“太子因要《燕策》作“数”，今依《史·世家》。党聚众，此处应漏一“及”字。将军市被围公宫，攻子之，不克。此下《策》《史》均衍“将军市被”四字，又“及”字乃上文误移而下者。百姓反攻太子平，将军市被死以殉。以《策》作“已”。因《策》作“国”。构难数月”。盖太子平及将军市被始终共事，并及于难。今《史》《策》此节文均误，遂谓市被反攻太子平，而市被又反见杀，于事势情理均难通也。然则《史》《策》下文所云“燕人立公子平是为燕昭王”者，实为立“公子职”之字误。惟今《策》《史》同误，不知先误者何书，而读者又以妄易其未误之本也。今《六国表》云“君哙及相子之皆死”，与《索隐》所引《年表》文不同。盖“太子”二字，又经刊去矣。古书之多经改易，不易审读，如此。

又按：雷氏《义证》亦谓：“《燕策》‘立太子平’句，本是‘立公子职’之误。《燕世家》又承其讹也。《索隐》因此信裴骃之解，于《年表》‘王哙太子相子之皆死’句，刊去‘太子’二字，以扶同后说。校刊《纪年》者，于‘燕子之杀公子平’下，又增以‘不克’二字，以弥缝其异。其实皆误也。夫市被与太子平攻子之，可云‘不克’，为其为攻也。若上文既云‘杀’矣，下何以复云‘不克’？此种文义，未之前闻。”雷氏论今本《伪纪年》妄改真本之迹，言极明快。惟市被之冤，虽无的据，固可会合《燕策》《史记》今本《竹书》种种之误，而据情酌理，以为申雪也。又按：郭沫若《金文余释之余·释厍》引唐兰说，谓：“往年齐地所出北燕兵器，多见郾王职名，即是燕昭王。”此亦昭王乃职非平一证。

一二一　屈原于怀王十六年前被谗见绌十八年使齐非即放逐辨

《史记·屈原传》：“上官大夫欲夺屈平宪令稿，屈平不与。因谗之，王怒而疏屈平。屈平既绌，其后秦欲伐齐，乃令张仪事楚。及楚败蓝田之明年，张仪复如楚。怀王听郑袖释张仪。是时屈平既疏，不复在位，使于齐，顾反，谏怀王曰：‘何不杀张仪？’怀王悔，追张仪，不及。”据此，则屈原见绌，在怀王十六年，张仪去秦事楚之前。其使齐在怀王十八年也。所谓“疏屈平”，屈平既绌不在位者，屈原初为左徒，入则与王图议国事以出号令，出则接遇宾客，应对诸侯，王甚任之。其后稍疏，绌在闲位，即如使齐，亦其绌后事，然犹未至放流迁逐也。而后人遂谓怀王十六年乃屈原被放之期，误矣。详见近人陆侃如《屈原评传》。此误始于刘向之《新序》。《新序》之言曰：“秦欲吞灭诸侯，并兼天下，屈原为楚东使齐，以结强党。秦患之，使张仪之楚，货楚贵臣上官大夫靳尚之属，上及令尹子兰司马子椒，内赂夫人郑袖，共谮屈原。屈原遂放于外，乃作《离骚》。”向所为《说苑》《新序》，疏谬不可胜辨，此尤显与《史记》相乖。屈原见绌在张仪至楚前，此以为张仪来楚之后，一误也。屈原仅见绌，此为被放，二误也。屈原使齐在十八年，此移在十六年，三误也。张仪赂靳尚郑袖，在其再来楚之后，此以为在初至之时，四误也。令尹子兰使上官大夫短屈原，《史记》在怀王入秦后，此以为受张仪之赂，五误也。王懋竑疑屈原并不及怀王入秦时，语详《考辨》第八七、第一二七。此特就《史记》《新序》异同言之。屈原使齐，正为见疏后事，而《新序》又谓怀王复用屈原，再使齐，六误也。《离骚》言美人香草多矣。其言椒兰，亦托物喻意。刘向误以兰为子兰，又别造子椒之名，七误也。朱子《楚辞辨证》云："此《辞》之例，以香草比君子，王逸之言是矣。然屈子以世乱俗衰，人多变节，故于兰芷不芳之后，更叹其化为恶物。而揭车江离，亦以次而书罪焉。盖其所感益以深矣。初非以为实有是人，而以椒兰为名字者也。而史迁作《屈原传》，乃有令尹子兰之说。班氏《古今人表》，又有令尹子椒之名，王逸又误为司马子兰大夫子椒，而不复记其香草臭物之论。流误千载，遂无一人觉其非者，甚可叹也。使其果然，则又当有子车子离子椒之属，盖不知其几人矣。"今按：朱说甚是。然《史记》子兰，未见其必据《离骚》椒兰之文而误。余谓其误盖始刘向，误谓《离骚》"余以兰为可恃"句即指令尹子兰，而妄增司马子椒之名。王逸又误为司马子兰大夫子椒也。至《人表》又为令尹子椒子兰，依其行事当居下下，而列在第六。与唐勒景差之徒同等，何其谬无高下至此？盖必有误，非班氏之本矣。且《史》固云："'离骚'者，犹离忧也。"读其文字，亦不见有流放迁逐之迹。今既误以屈原于怀王十六年前即放逐，遂谓《离骚》乃被放后作，八误也。史公《屈原传》："王怒而疏屈平，屈平疾王听之不聪也，谗谄之蔽明也，邪曲之害公也，方正之不容也，故忧愁幽思而作《离骚》。"此正说也。其《太史公自序》谓屈原放逐著《离骚》，《汉书·迁传·报任安书》"屈原放逐，乃赋《离骚》"，此犹云韩非囚秦，《说难》《孤愤》，特属行文之便，非史实矣。若确作实叙语，殆始刘向。《汉书·贾谊传》："屈原被谗放逐，作《离骚》赋。"《地理志》亦云："屈原被谗放流，作《离骚》诸赋以自伤悼。"皆沿刘氏之误。昔汉武拜汲黯为淮阳太守，黯泣曰："臣愿为中郎，出入禁闼，补过拾遗。"上曰："君薄淮阳也？吾今召君矣。"黯既辞，过李息，曰："黯弃逐居郡，不得与朝廷议矣。”屈原之疏而见绌，不在位，使齐，与其忧愁幽思而作《离骚》者，亦犹是耳。后人不辨，率每与刘氏之说同误，余故详论之如此。

又按：《邹叔子遗书屈子生卒年月考》，论屈子作《离骚》岁月云：“《史记》：屈原为楚怀王左徒，上官大夫谗之，王怒而疏屈平。平忧愁幽思而作《离骚》。刘向《新序》：秦使张仪之楚，货楚贵臣上官大夫靳尚之属，上及令尹子兰司马子椒，内赂夫人郑袖，共谮屈原。原遂放于外，乃作《离骚》。张仪因使楚绝齐。考张仪去秦相楚，诈楚绝齐，皆在怀王十六年，则原之见放作《离骚》，必是年也。《离骚》曰：‘及荣华之未落兮，相下女之可诒。’又曰：‘及华岁之未晏兮，时亦犹未央。’又曰：‘及余饰之方壮兮，周流观乎上下。’王叔师注：于前曰及年德盛时，中曰冀及年未晏晚，末曰愿及年德方盛壮。以是征之，则作《离骚》之时，屈子年方壮。惟‘老冉冉其将至兮’，似非壮年人所宜语。然叔师注引《论语》‘君子疾没世而名不偁焉’，下继之曰：屈原达志清白，贪流名于后世。盖志士惜日，不觉其年之方富也。况冉冉训渐渐，见《五臣文选注》。曰将，曰渐渐，皆望而未至之辞。则《离骚》为屈子壮时所作，明甚。屈子之生，以周显王二十六年，下至作《离骚》之年，适三十一岁。《记》曰：‘三十曰壮。’则‘及余饰之方壮’者，正三十之谓也。”今按：邹氏定《离骚》作于屈子壮岁，似矣，而必牵连《史记》《新序》为说，则误。屈子作《离骚》时，张仪来楚与否，今未可考。要之屈子见疏，不系于张仪。其为《离骚》，则或与张仪来楚时相先后耳。

一二二　孟子去齐考

孟子去齐，当在周赧王三年，齐宣王八年，燕人畔齐之后，此前人已多为是说者。林氏《战国编年》卷三论此最析。其言曰："孟子，燕人畔，王曰：'吾甚惭于孟子。'朱子《集注》引燕人立太子平为说。则是昭王之立，宣王尚在，而孟子亦未去齐也。陈贾曰：'王自以为与周公孰仁且智？仁智，周公未之尽，而况于王乎？'孟子曰：'古之君子，过则改之。今之君子，过则顺之。'孟子去齐，曰：'王庶几改之。'皆明明就一人之身言。不得谓过在宣王，而惭在湣王也。则齐宣、湣之年，《史记》固误，而《通鉴》亦未合。惟以《纪年》推之，则燕立太子平在宣王九年，而孟子去，盖得其实。后人信孟子，即安得不信《纪年》耶？"按：林论孟子去齐时为宣王极是，至太子平之辨，详《考辨》第一二〇，则林氏所未及也。其谓充虞曰："由周而来七百余岁矣。"阎若璩《孟子生卒年月考》据此云："若在赧王元年丁未，逆数至武王有天下己卯，当得八百有九年。孟子方欲言其多，岂肯少言之。"因疑孟子去齐当在显王四十五年丁酉，未满八百岁以前。此其误，江永《群经补义》已详辨之。谓："后人于周初自共和庚申以前，有误衍之年七十二年。自武王乙卯至赧王己酉。三年八百十一年，除去七十二年，实得七百三十九年，正与孟子语合。"江曰："周初自共和庚申以前有误衍之年，其误始于刘歆《历谱》。共和以前之年，史迁不能纪，惟《鲁世家》自考公以下有其年。考公四年，炀公六年，幽公十四年，魏公五十年，厉公三十七年，献公三十二年，真公三十年。真公之十四年，厉王出奔彘，'共和行政'，为共和前年己未。自考公至真公十四年，凡一百五十七年。鲁公伯禽，《史记》未著卒年，《历谱》谓成王元年为命鲁公之岁。鲁公四十六年，至康王六年而薨。以四十六加一百五十七，则成王元年至厉王己未，二百单三年耳。以汲冢《竹书纪年》考之，武王伐殷为十二年辛卯，与今传己卯者异。武王陟于十七年丙申，成王元丁酉，三十七年陟。康王元甲戌，二十六年陟。昭王元庚子，十九年陟。穆王元己未，五十五年陟。共王元甲寅，十二年陟。懿王元丙寅，二十五年陟。孝王元辛卯，九年陟。夷王元庚子，八年陟。厉王元戊申，二十六年陟。厉王十二年己未，奔彘。十三年庚申，王在彘，共伯和摄行天子事，号曰‘共和’。即《史记·十二诸侯年表》起共和庚申之年。武王辛卯至共和庚申，二百一十年。若《皇极经世》《通鉴前编》诸书，武王己卯至共和庚申，有二百八十二年，羡出七十二年，正是刘歆《历谱》误衍之数也。”又魏源《孟子年表考》说同。惟朱右曾《汲冢纪年存真》谓：“刘歆《历谱》所谓‘成王元年’者，乃武王崩后之八年，周公摄政七年之明年也。《经世》诸书所谓‘成王元年’者，乃武王崩后之明年也。又《历谱》称鲁武公二年，《世家》则武公九年，今考定较《经世》诸书实少五十六年。”与江说异。（参读本书《序》文）则孟子去齐，当在周赧王三年后，更无疑矣。

宋翔凤《过庭录》有“论孟子去齐年岁”一节云：“俗传《孟子谱》云‘孟子生于周烈王四年’，此言诞不足信。《公孙丑篇》‘孟子将朝王’章，言‘恶得有其一以慢其二哉?’是盖在孟子去齐之前。当赧王三年，孟子年过七十，故云‘齿尊’。《曲礼》：‘大夫七十而致事，若不得谢，则必赐之几杖，行役以妇人，适四方，乘安车，自称曰老夫，于其国则称名。’则五十六十虽在养老之列，而尚无此隆礼，安得以齿尊自居?若孟子生于烈王四年，至赧王三年仅六十一岁，不宜云尔矣。计孟子‘致为臣而归’时，已合七十致事，故云‘致为臣’。若曰不可更仕矣。他日王谓时子曰：‘吾欲中国而授孟子室，养弟子以万钟。’此亦养老优贤之义，不能更令孟子仕，但留其归也。孟子去齐，宿于昼，有欲为王留行者，坐而言，不应，隐几而卧。《曲礼》：‘七十赐几杖。’孟子对客隐几，正是年过七十之证。则生于烈王四年之说，全不可据也。”今按：宋氏信黄震《日钞》，谓孟子仕齐湣王，故其论孟子事多误。独此条辨《旧谱》“孟子生于烈王四年”之说，颇为精确有见。然其论亦仅足为孟子去齐年过七十之证，未见其必为始逾七十也。孟子仕齐八年，“将朝王”章一事，未知定在何时，不得即谓赧王之三年。致为臣与中国授室，亦未可全据七十致事之礼为说。参读《考辨》第七六。且《曲礼》亦有不得谢之说，则亦非一逾七十必致事也。宋氏又谓：“以赧王三年孟子七十余岁，知生于安王二十年前后。自安王二十年至赧王三年，恰得七十一年。前尚可言，后则非矣。”宋氏必欲抑后孟子生年者，为以《孟子》书载鲁平公谥，宋氏必以出孟子亲笔，而谓孟子卒后鲁平公，故为此也。若更核以梁惠王称孟子为叟之事，知孟子年不应再后。故余谓孟子之生，最晚在周安王二十年者，以此。宋氏之论，盖有未尽。阎氏《释地》又论孟子在齐辞十万钟之禄云：“陈戴，盖禄万钟，为齐公族。而孟子在三卿之中，使禄同于戴，则仕齐当十年。倍戴，当五年。或少倍，亦不下六七年。”今按：孟子言辞“十万钟”，此成数，非确数也。宋氏《孟子赵注补正》云：“王谓时子，养弟子以万钟，言致卿禄一岁之粟，若后世致仕食俸之法。”疑为近是。今即以宣王元年起算，至宣王八年，固不及十万钟。狄氏《编年》谓：“孟子其始为宾师，但受公养之礼，不受禄。其后为卿，受粟十万。凡言无官守无言职者，皆在为宾师时，言当路于齐加齐卿相者，皆在为卿时，当分别观之。”其说极是。然谓受粟十万，仍不知其非确数也。宋氏《四书释地辨证》谓：“孟子在齐二十二年，辞十万，盖谓湣王时所辞之禄。”则更大误。孟子不仕湣王，辨不胜辨，历观余前后关系诸篇，自见其失。

又按：孟子去齐，居于休。或据《路史·国名纪》，休在颍川，属宋境，谓孟子去齐之宋。余考孟子之宋尚在前，此时孟子已年老，既谓至宋，亦何远居颍川？阎若璩《释地》谓：“故休城在今兖州府滕县北一十五里，距孟子家约百里。”此差近是。从此孟子归隐不复出矣。又按：《孟子》书，齐宣王梁惠王梁襄王邹穆公滕文公鲁平公俱称谥，独宋王偃不称谥。书中亦不见述及宋偃亡国。或《孟子》书成于魏襄王卒后宋亡前十年之内，上距孟子去齐二十余年。此亦《孟子》书未必出孟子亲自论次之证也。阎若璩曰："孟子道不行，归而作《孟子》七篇，卒后，书为门人所叙定，故诸侯王皆加谥焉。"（《孟子生卒年月考》）又曰："《论语》成于门人之手，故记圣人容貌甚悉。七篇成于己手，故但记言语出处。"（同上）周广业曰："此书叙次数十年之行事，综述数十人之问答，断非辑自一时，出自一手。其始章丑之徒，追随左右，无役不从，于孟子言动，无不熟察而详记之。每章冠以'孟子曰'者，重师训，谨授受，兼法《论语》也。至其后编次遗文，又疑乐正子及公都子屋庐子孟仲子之门人与为之。何者？诸子皆孟门高第，七篇中无斥其名者。"（《孟子出处时地考》）两说皆近是，而似当以周氏为尤信。如万章亦有称万子，则非尽出章丑之徒之证也。

一二三　宋钘考

《汉志》小说家《宋子》十八篇，班固云："孙卿道宋子，其言黄老意。"又名家《尹文子》一篇，班云："说齐宣王。"师古曰："刘向云：'与宋钘俱游稷下。'"今按：《荀子》书以墨翟宋钘并称，则钘乃墨徒也。陶潜《群辅录》以宋钘尹文为三墨之一，后世惟俞正燮《癸巳类稿·墨学论》，亦以宋钘为墨徒，而孙诒让《闲诂》非之，则古今知此者尠矣。班氏称其书近"黄老意"者何？荀子曰："子宋子曰：'人之情欲寡，而皆以己之情为欲多，是过也。'"《正论》又曰："宋子蔽于欲而不知得。"《解蔽》此老子所谓"少施寡欲，绝学无忧"，而称"祸莫大于不知足，咎莫大于欲得"者也。又曰："宋子有见于少，无见于多。"《天论》此老子所谓"少则得，多则惑""为道日损""俭故能广""余食赘行，有道不处"者也。又曰："子宋子曰：'明见侮之不辱，使人不斗。'"《正论》韩非亦言之，曰："宋荣子之议，设不斗争，取不随仇，不羞囹圄，见侮不辱。"《显学》此老子所谓“勇于不敢”“柔弱处上”“大白若辱”“知雄守雌”者也。庄子之称之曰：“宋荣子，举世誉之不加劝，举世非之不加沮，定于内外之分，辨乎荣辱之境。”《逍遥游》此老子所谓“明道若昧，深不可识”“知我者希则我贵”者也。庄子又称之，曰：“不累于俗，不饰于物，不苟于人，不忮于众，愿天下之安宁，以活民命，人我之养，毕足而止，以此白心。”《天下篇》此老子所谓“我有三宝，以慈为先”“圣人不积，既以为人己愈有，既以与人己愈多”者也。又曰：“宋子语心之容，名之曰‘心之行’。”《韩非·显学篇》：“是漆雕之廉，将非宋荣之恕；是宋荣之宽，将非漆雕之暴。”宋荣之恕与宽，即其所言“心之容”也。此老子所谓“知常容，容乃公”“圣人无常心，以百姓心为心”也。又云：“接万物以别囿为始”，此老子“圣人常善救人，故无弃人；常善救物，故无弃物，是为袭明”之旨也。又曰：“见侮不辱，救民之斗，禁攻寝兵，救世之战。”此最墨徒之精神，而老子所谓“大国不过欲兼畜人，小国不过欲入事人，两者各得其所欲，大者宜为下”“虽有甲兵，无所陈之”者也。余尝谓黄老起于晚周，兴于齐，又谓道原于墨。若宋子，宗墨氏之风，设教稷下，其殆黄老道德之开先耶？然所以入小说家者何？庄子曰：“以此周行天下，上说下教，虽天下不取，强聒而不舍。”《天下篇》又以与尹文并称。《尹文》书入名家。名家者流，大率取譬相喻，务在众晓。故《汉志》评小说家亦曰：“街谈巷语，道听途说者之所造。”此宜与名家为近。荀子讥宋说，亦以入溷攘豕为譬。意《宋子》书多此类，所以归之小说家，而实与当时名家辨士白马非马诸论相通流也。刘昼《新论·九流篇》：“名家，宋钘尹文惠施公孙捷之类也。”孙诒让《札迻》云："检《汉志》无公孙捷，疑当作公孙，捷子。公孙谓公孙龙，捷子自为一人。《汉志》公孙龙在名家，捷子在道家。"今按：刘氏以宋钘为名家首称，正与余论相合。六朝学者，精研名理，犹知其义，后世则荒矣。惜其书已佚，无可考证。约略可以推论者，仅此。至其行事亦不详。《孟子》书有"秦楚将构兵，孟子遇宋牼于石丘"一节。张宗泰《孟子诸国年表》记曰："当孟子时，齐秦所争惟魏。楚虽近秦，时方强盛，秦尚未敢与争。惟梁襄王元年癸卯，有楚与五国共击秦不胜之事，而独与秦战，则在怀王十七年。孟子是年因燕畔去齐。《孟子疏》：'石丘宋地。'樊云："《一统志》石丘在卫辉，齐胙城县东，《疏》以为宋地，是也。"则孟子去齐之宋而遇牼也。"阎若璩云："齐宣王喜文学游说之士，稷下学士复盛，孟子尝与宋牼有雅，故邂逅石丘，呼以先生。"焦氏《正义》则谓："牼盖年长于孟子，故孟子以先生称之，而自称名。"今按：其时孟子年已逾七十，而牼欲历说秦楚，意气犹健，年未能长于孟子。"先生"自是稷下学士先辈之通称。孟子亦深敬其人，故遂自称名为谦耳。宋牼欲罢秦楚兵而说之以利，孟子则主说之以仁义，此亦儒墨之异同也。又荀卿《正论篇》屡及子宋子，曰："今子宋子乃不然，独诎容为己，虑一朝而改之，说必不行矣。二三子之善于子宋子者，殆不若止之，将恐碍伤其身也。"又曰："今子宋子严然而好说，聚人徒，立师学，成文典，然而说不免于以治为至乱，岂不过甚矣哉?"凡此云云，足征荀卿著书，宋钘犹在，同居稷下，故其辞气如是。余考荀卿年十五，始游学来齐，至宣王末年，荀卿年近四十。成学著书，当始其时。宋钘之没，或值湣王之世，要与尹文相次。又考《盐铁论·论儒篇》，历述湣王末世，稷下诸儒散亡，有慎到接子田骈孙卿而无宋子尹文，疑两人或先卒。今姑定宋子遇孟轲于石丘年近五十，则其生当周显王十年前，或视庄周稍晚。若寿及七十，则与庄卒年亦相先后。庄宋同时，故庄周著书亦时时称述及之也。《荀子》杨倞注："宋钘，宋人，与孟子尹文子彭蒙慎到同时。孟子作'宋牼'，与'钘'同音，口茎反。"王先慎《韩非子集解》："宋荣即宋钘，荣、钘偏旁相通。《月令》腐草为萤，《吕览》《淮南》作蚈。荣之为钘，犹萤之为蚈也。"

《庄子·天下篇》称："宋钘尹文接万物，以别宥为始。"别宥之说，又见《吕氏春秋·去宥篇》。谓："邻父有与人邻者，有枯梧树，其邻之父言梧树之不善也，邻人遽伐之，邻父因请以为薪。其人不说，曰：'邻者若此其险也，岂可为之邻哉？'此有所宥也。夫请以为薪，与弗请，此不可以疑枯梧树之善与不善也。齐人有欲得金者，清旦被衣冠，往鬻金者之所，见人操金，攫而夺之。吏搏而束缚之，问曰：'人皆在焉，子攫人之金，何故？'对曰：'殊不见人，徒见金耳。'此真大有所宥也。夫人有所宥者，固以昼为昏，以白为黑，以尧为桀。宥之为败亦大矣。亡国之主，皆甚有所宥邪？故人必别宥，然后知。别宥则能全其天矣。"此盖宋尹别宥说之犹存者。《吕氏》篇首即引东方墨者谢子，亦由宋尹墨徒，故引墨家事为说。其言亦就近取譬，类于街谈巷语，故《汉志》以入小说家。余疑《吕氏·去宥》一篇，或取之《宋子》十八篇也。《尸子·广泽篇》称："料子贵别囿。"料子或疑即宋子。马叙伦《庄子义证》主其说，惟未有的证。又谓尸子正与宋子同时，则大谬。

一二四　尹文考

《汉志·尹文子》一篇，在名家。班固云："说齐宣王，先公孙龙。"今《道藏》本上下二篇，云出魏黄初末山阳仲长氏诠次。其《序》曰："尹文子者，盖出周之尹氏，《隋志》亦云："尹文子，周之处士，游齐稷下。"与高注《吕览》不同。齐宣王时居稷下，与宋钘彭蒙田骈同学于公孙龙，公孙龙称之。著书一篇，多所弥纶。余黄初末始到京师，缪熙伯以此书见示，意甚玩之，而多误脱。聊试条次，撰定为上下篇。"晁公武《读书志》："李献臣云：'仲长氏，统也。熙伯，缪袭字也。'传称统卒于献帝逊位之年，而此云黄初末到京师，岂史之误乎？"《四库提要》谓："仲长氏未必是统，晁氏因此而疑史误，未免附会。"近人唐钺据《魏志·刘劭传》注引《文章志》"袭友人山阳仲长统，汉末为尚书郎"云云，谓："撰《序》人故作狡猾，影射仲长统。未曾细考，遂露破绽。周广业《意林注》以为恐是《序》出伪托，非是史误，诚然。"见唐著《中国史的新页·尹文和尹文子》。此论撰序者之伪也。

至《序》称"同学于公孙龙"云云，后人疑辨者亦多。余谓《伪序》所据，本为"尹文先于公孙龙，公孙龙称之"，今乃误脱一"先"字也。考《汉志》凡云"称之"者，皆谓后之称前。如："列子名圄寇，先庄子，庄子称之。""公子牟魏之公子也，先庄子，庄子称之。"班氏此说自误，详《考辨》第一四六。"郑长者，六国时，先韩子，韩子称之。""将巨子，六国时，先南公，南公称之。""慎子名到，先申韩，申韩称之。"班谓慎到先申亦误，详《考辨》第一三七。皆其例。亦有单称其人在某之先者，如"闾丘子在南公前""尹文子先公孙龙""田俅子先韩子"皆是。知其在某之先者，正以其见称于某而定。此与前例一意，语有详略耳。复有仅举其见称于某者，如宋子下云："孙卿道宋子，其言黄老意。"则知宋子先孙卿也。今班氏云："尹文先公孙龙。"而《伪序》云："公孙龙称之。”正足发明班氏之例。盖班氏自据当时公孙龙书有称尹文语而言。惟今公孙龙书既缺，故所称尹文语皆不见耳。高诱注《吕览》亦云：“尹文齐人，作《名书》一篇，在公孙龙前，公孙龙称之。”与《伪序》相同。知《伪序》自有据，而今本之为脱误也。

又谓尹文居稷下，与宋钘彭蒙田骈同学者，以当时稷下先生皆不治而论议。古者宦学齐称，今稷下之流皆不仕，乃相谓同学。犹《史记》称“荀卿年十五，始来游学于齐”也。当时稷下先生自避仕宦之名而称学者，后人不深晓，不察“同学”二字之意，遂妄疑其同学于公孙龙，遂为灭去一“先”字矣。《容斋随笔》十四引刘歆说：“尹文居稷下，与宋钘彭蒙田骈等同学于公孙龙。”今按：《艺文志》颜师古注：“刘向云与宋钘俱游稷下。”不谓同学于公孙龙也。近人马叙伦《庄子义证》谓洪氏取伪仲长统尹文子叙而讹为歆说。唐钺云：“马总《意林》有《尹文子》二卷，刘歆注，或者唐代所行《尹文子》有伪托刘歆注本。《容斋》所引刘歆云云，即出于此。”（见唐氏《尹文和尹文子》）所言似较马氏为确。

《孔丛子》：“子思在齐，尹文子生子不类，而告子思。”今按：《吕览·正名篇》载文与齐湣王论士，则尹文乃宣王时稷下旧人，至湣王时尚在。湣王立，子思死已百年。尹文见湣王，即不及见子思，遑论生子而告哉？《孔丛》伪书，其言鄙陋，不足信。《列子·黄帝篇》：尹生从列子居，曰：“章戴有请于子。”张湛注：“章戴，尹生名。”沈钦韩谓此尹生即尹文。《列子》既伪书，而沈说又无据，姑以志一说于此。

《说苑》：齐宣王问尹文：“人君之事何如？”尹文对以：“无为而能容下，事寡易从，法省易因，大道容众，大德容下，圣人寡为而天下理。”《吕览·正名篇》载文与齐王论士，谓“见侮不斗”，全国之法令，不当以为辱。《庄子·天下篇》谓："宋钘尹文见侮不辱，救民之斗，禁攻寝兵，救世之战。"则尹文实承墨氏之绪，陶潜《群辅录》列宋钘尹文为三墨之一。成玄英《庄子疏》："宋钘尹文咸师于黔而为之名也。"或疑"黔"指黔娄子，此殊无证，窃疑"黔"乃"墨"字之讹。盖宋尹为墨徒，犹为晋唐旧谊也。其《名书》开公孙之辨，无为容下，标道家之的。《韩非·内储说上》载尹文与齐宣王论治国以赏罚为利器，则通于法家之囿也。兼名墨，启道法，此自是稷下学风。盖略当于魏文之邺下。一时学者广收并纳，包孕富有，散而为天下之道术，则不胜其异也。今传上下篇，仲长氏序谓即《汉志》一篇之本而加条次，然其书颇可疑，殆非《汉志》之旧矣。《大道上》"接万物使分，别海内使不杂，见侮不辱，见推不惊，禁暴息兵，救世之斗"云云，明袭《庄子·天下篇》。《庄》书乃约述宋尹论学宗旨，决非袭取《尹文》书也。又圣人下序田骈彭蒙事尤为误袭《天下篇》之显见者。（详《考辨》第一三九）书中屡引《老子》，亦为其书晚出一证。

一二五　惠施卒年考

《史记·魏世家》："哀王九年，与秦会临晋，张仪归于魏。相田需死，楚相昭鱼曰：'吾恐张仪犀首薛公有一人相魏者也。'"其言不及惠施。以施在魏地位言，犹高于三人，疑其时已先卒。然则惠施卒年，殆在魏襄王五年使赵后，魏襄九年田需卒前。自此上溯徐州相王，凡二十五年。惠施寿盖六十左右，其生当在烈王之世。《魏策》："魏文子田需周宵相善，欲罪犀首。"鲍彪注："周宵，孟子时有此人，至是三十年矣。"吴师道正云："田文前相魏，当襄王时，孟子见梁襄王，相去不远也"。今按：《策》文云："犀首谓魏王曰：'婴子言行于齐王，王欲得齐，胡不召文子而相之？'"又曰："犀首东见田婴，与之约结，召文子而相之魏，身相于韩。苏代为田需说魏王，魏王复厝需于侧。"则田文初相魏在襄王初年，时田婴犹尚在。其后至襄王九年而田需卒。孟子曾见襄王，岂有相去三十年之说？

一二六　张仪卒乃魏哀王九年非十年辨

《六国表》魏哀王十年，张仪死。考《仪传》，仪以秦武王元年重至魏，当哀王九年。相魏一岁，卒于魏，则哀王十年也。《秦纪》亦同。惟核之《魏世家》，哀王九年相田需死，楚害张仪犀首薛公三人相，苏代为说魏使相太子，亦见《魏策》。则张仪未相魏。《仪传索隐》引《纪年》云："张仪以哀王九年五月卒。"郝氏《竹书纪年校正》论之云："《史记》哀王即《纪年》襄王也。《韩世家集解》徐广亦云：'魏哀王十九年，《纪年》于此亦说"楚入雍氏"，其时张仪已死十年矣。'是张仪之卒，在魏襄王九年。"今按：郝说是也。今本《伪纪年》张仪卒在周隐王三年，当魏襄王七年，误前二年。《史记》则误后一年也。雷氏《义证》定仪死在哀王十年，并谓九年曾相魏。盖初以太子相，而卒以张仪为相。其说皆误。《齐策》，秦武王出张仪于魏，齐人兴兵伐之。张仪使冯喜说齐，谓伐梁即所以信仪于秦王，此亦未可信。盖袭《魏策》"张仪以秦相魏，齐楚怒，欲攻之，雍沮说齐楚"云云，与此说合。仪欲以魏合秦韩，惠施欲以合齐楚。惠施见逐，故齐楚怒仪而欲伐魏，似较有据。然尚在惠成王十三年，至武王逐张仪，策士本雍沮之说，造为冯喜之事，而《史》误取之耳。《周季编略》谓："张仪逐惠施在哀王九年。"尤误。日本泷川氏《史记会注考证》有《正仪》佚文云："张仪秦武王元年卒，赧王之五年。"正与《索隐》引《纪年》符会。

又考《仪传》及《楚世家》，张仪以楚怀王十八年重至楚，是年即秦惠王末年，楚囚张仪，既而释之。仪得返秦，值惠王卒，武王立。武王自为太子时，已不说张仪，及即位，群臣多谗张仪，遂至魏，以魏哀王九年五月卒。即秦武王之元年也。计其自秦至楚，复返秦而至魏以卒，前后最多不出十七月，其间更无时北说韩，东说齐，又西说赵而北说燕，甚明。且仪之去楚，怀王已悔之，使人追仪勿及。时齐尤恶张仪，仪决不敢幸脱楚祸，复说齐赵。且张仪去秦，乃见逐于武王，又何为为之说六国，令相率事秦哉？余观仪生平足迹所到，仅为魏秦楚三国。燕齐非所及。至《秦本纪》称："武王立，韩魏齐楚越皆宾从。"《集解》徐广曰："越一作赵。"此乃秦史夸大之辞。然亦并不及燕，亦非张仪连横之效。今《史》《策》载张仪为秦连横事，皆虚，已著其辨于《苏秦篇》。《考辨》第九五又一〇七。

又按：《楚世家》："怀王二十年，齐湣王欲为从长，使使遗楚王书。曰：'今秦惠王死，武王立。张仪走魏，樗里疾公孙衍用。'"怀王二十年，齐乃宣王，非湣王。参读《考辨》第一二八。张仪已死，公孙衍亦不在秦。书中又先举武王谥，皆误。下文昭雎曰"秦破韩宜阳"云云。《集解》："徐广曰：'怀王之二十二年，秦拔宜阳，然则已非二十年事。'"《通鉴》载此事于怀王二十三年，梁氏《志疑》定其事在二十六年。然其时张仪死已久，秦已为昭王，昭王元适当怀王二十三年。齐仍为宣王，与书中语益不合。史公此书，盖不足信。然据书中云云，亦见张仪去秦，本由见逐，当时亦并无六国听张仪语连横事秦事。则此书虽策士妄造，亦可证张仪连横之不实也。

一二七　屈原居汉北为三闾大夫考

屈原自怀王十八年使齐返，至三十年怀王入秦，中间凡十二年，事迹无考。昔人谓屈子尝居汉北，证诸《九章》，如《抽思》：

“有鸟自南兮，来集汉北。望南山而流涕兮，临流水而太息。惟郢路之辽远兮，魂一夕而九逝。曾不知路之曲直兮，南指月与列星。”指屈原居汉北最显。而姚鼐云：“怀王入秦，渡汉而北，故托言有鸟，而悲伤其南望郢而不得返也。故曰虽放流，眷顾楚国，系心怀王，不忘欲返。”不悟入秦不得曰“集汉北”。不忘欲返，乃屈原自望返郢，非悲怀王不得返也。姚氏不信屈子居汉北，故强为之说。又望“南山”，一本作“北山”。王夫之云：“北山，襄邓西北楚塞之山。”要之《抽思》若为屈原作，则必在汉北，无疑。又下云：“狂顾南行，聊以娱心兮。”则故作快意之谈也。主屈原居汉北，似始王船山《楚辞通释》。方晞原亦谓以《抽思》考之，“屈子始放，盖在汉北”，语见戴震《屈原赋注》引。又屈复《楚辞新注》，谓《抽思篇》当作于怀王二十六年，齐韩魏三国伐楚时。林云铭《楚辞灯》，蒋骥《楚辞注》，亦以《抽思》《思美人》为屈原居汉北作。

《思美人》：

“指嶓冢之西隈兮，与纁黄以为期。吾且儃佪以娱忧兮，观南人之变态。”“南人”即指楚人。原居汉北，故云然。嶓冢山，汉水所出，原居近之。屈复谓：“《思美人篇》，当作于怀王二十五年，与秦会黄棘时。屈子尚欲南行而死谏。”

《悲回风》：

“浮江淮而入海兮，从子胥而自适。望大河之洲渚兮，悲申屠之抗迹。”此屈子居汉北，与河域淮源皆近，故云然也。

及《九歌·湘君》：

“令沅湘兮无波，使江水兮安流。驾飞龙以北征，邅吾道兮洞庭。”王夫之云：“《九歌》应亦怀王时作。原时不用，退居汉北，故《湘君》有‘北征’‘道洞庭’之句。”今按：洞庭在江北，与汉水通流，参读本篇附辨一。今曰北征而邅道于洞庭，则原居犹在洞庭北也。又“望涔阳兮极浦”，《水经》：“涔水出汉中南郑县东南，旱山北，至安阳县南入于沔。”沔即汉水。涔阳者，汉之阳也。《史记》：“沱涔既道。”郑玄云：“水出江为沱，汉为涔。”原居汉北，与涔阳极浦正合。王逸云：“涔阳，江崎名，附近郢。”《说文》：“涔阳渚在郢中。”此皆以意强说。近人疑《九歌》非屈原作，固无的据。若王逸以为屈原放逐南郢沅湘之间而作，以《湘君篇》论之，尤可断其必误。

《湘夫人》：

“帝子降兮北渚，目眇眇兮愁予。袅袅兮秋风，洞庭波兮木叶下。”北渚即洞庭之北渚，亦即《湘君篇》“夕弭节兮北渚”者也。若江南洞庭，浩瀚黏天，日月若出没其中，决无秋风木叶之象。参读本篇附辨一。

《国殇》：

林云铭《楚辞灯》：“怀王时，秦败屈匄，复败唐昧，又杀景缺，大约战士多死于秦。”余谓原居汉北，实近其地。触景伤怀，故有此作。篇中“操吴戈兮被犀甲，车错毂兮短兵接。严杀尽兮弃原壄，平原忽兮路超远。带长剑兮挟秦弓，首身离兮心不惩”云云，皆言北方战事，与南郢沅湘之间不合。近人或谓《曲礼》孔疏《春秋正义》及《玉海》皆言战国时通行骑战，而此篇仍言车战，以为《九歌》出战国以前。然余考《齐策》二：“秦具革车三十乘纳张仪于梁。”高诱云：“革车，兵车也。”《魏策》三：“孟尝君说赵救魏，赵王为起兵十万，车三百乘。又至燕，燕王为起兵八万，车二百乘。”《韩策》一：“秦韩战于浊泽，陈轸说楚王选师言救韩，令战车满道路。”此均战国时有车战确证。苏秦说齐云：“齐车之良。”说楚赵云：“车千乘，骑万匹。”说魏云：“车六百乘，骑五千匹。”说燕云：“车七百乘，骑六千匹。”张仪说楚韩亦言：“秦车千乘，骑万匹。”皆计车骑，与徒步持戟之士而为三。赵武灵王令国人习骑射，国人初不从令，则战国时固非纯行骑战。又《史记·燕世家》：“燕王喜起二军，车二千乘，栗腹将而攻鄗。”其事远在战国末年，去赵武灵胡服骑射逾五十年矣。岂得谓战国无车战哉？又岂得据此疑《九歌》之不出战国哉？其言吴戈长剑秦弓，亦明系战国时人语。

《河伯》：

“与女游兮九河，与女游兮河之渚”云云，以汉北近河，故及河伯。若南郢沅湘之间，则去河已远，不应祀河神也。

以至《渔父》：

《水经·沔水注》引《地说》曰：“水出荆山东南流，为沧浪之水，是近楚都，故渔父歌曰。”云云。又曰：“汉沔水自下有沧浪通称，缠络鄢郢，地连纪都，咸楚都矣。渔父歌之，不违水地。”王夫之云：“汉水东为沧浪之水，在今均州武当山东南。渔父触景起兴，则此篇为怀王时原居汉北所作可知。孟子亦载此歌，盖亦孔子自叶邓适楚时所闻汉上之风谣也。”今按：近人亦疑《渔父》非屈原作，然亦足为原居汉北一助证耳。《史记》叙之顷襄王怒迁屈原之后，亦误。

诸篇，皆可见。余则谓原为三闾大夫，盖即其居汉北时也。何以言之？王逸云：“三闾之职，掌王族三姓，曰昭屈景。序其谱属，率其贤良，以厉国士。入则与王图议政事，决定嫌疑。出则监察群下，应对诸侯。谋行职修，王甚珍之。”此凡有二误。以任三闾大夫混于为左徒任职用事时，一也。不知三闾乃邑名，因谓职掌昭屈景三族，二也。以公邑称大夫，私邑称宰之例，如赵衰为原大夫，狐溱为温大夫，凡称某某大夫者，率以邑名。楚则有县尹县公，然亦有大夫。如上官大夫谮屈原，上官即邑名也。《姓纂》：“楚庄王少子兰为上官大夫，后以为氏。”庄王即顷襄王，子兰乃庄王弟，怀王稚子，此误。《通志・氏族略》：“楚王子兰为上官大夫，因以为氏。秦灭楚，徙陇西之上邽。”亦以子兰即上官大夫，而上官则为邑名。又据《楚策》，靳尚死在怀王入秦前，而上官大夫下及襄王。《人表》上官大夫五等，而靳尚列七等。刘向《新序》、王逸《离骚・序》，乃以上官大夫为靳尚，非也。知三闾亦邑名矣。应劭《风俗通》：“三闾大夫屈原之后有三闾氏。”《通志》亦入以邑为氏类，则亦谓三闾乃邑名。惟三闾之邑，不见于他书。余又考楚有三户，盖即三闾也。《左氏》僖公二十五年《传》：“秦晋戍鄀，楚申息之师戍商密。秦人过析隈以围商密。”杜注：“鄀本在商密，秦楚界上小国。其后迁于南郡鄀县。商密今南阳丹水县。析，南阳析县。”《水经注》：“丹水又径丹水县故城南，县有密阳乡，古商密之地，楚申息之师所戍也。春秋之三户矣。”是鄀本在商密，后鄀既迁，而其地乃改称三户。《左》哀四年《传》：“以畀楚师于三户。”杜注：“今丹水县北三户亭，即此矣。”盖商密之鄀，以畏秦之偪而昵楚南迁，为楚之附庸。楚遂踞其故地，而更名三户。“三户”者，表楚昭屈景三族。楚南公曰“楚虽三户，亡秦必楚”也。《南阳府志》：内乡县有屈原冈。《括地志》云：“内乡即析县故地。”正古商密鄀国境也。殆屈原为三闾大夫，正在丹析之三户，故其后乃有冈名遗迹欤。《南阳志》云：“昔楚怀王兴师伐秦，为秦兵所击败，北归楚，至此地，追念屈原，亟呼之，后人因以名其地。《史记》所载大败楚师于丹析时也。”今考《史记》秦楚构兵，无楚怀王亲出攻秦事。且张仪说楚绝齐，原已先疏，亦与此事无涉。《志》语实不足信。盖后人仅知原沉湘汨，不复知原居汉北，故不得其意而强说之如此。楚始南阳，宋翔凤《过庭录》考定在丹析入汉之处，《水经·江水注》："秭归县东北数十里有屈原旧田宅，虽畦堰縻漫，犹保'屈田'之称也。县北一百六十里有屈原故宅。"今按：《左》僖二十六年，楚令尹子玉城夔，即秭归也。谓楚有嫡嗣熊挚，以废疾不立而居夔，为楚附庸，未知信否。屈原楚之同姓，其生地在秭归容可信，惟谓其地即楚熊绎始封之丹阳，则决误无疑也。则丹析三户之境，实楚人开国发祥之地，应有先王遗庙。王逸称："屈原放逐，彷徨山泽，见楚有先王之庙，因书壁以为《天问》。"此所谓"先王庙"者，正丹析三户之境，为屈原所彷徨矣。余更考诸《楚辞》言汉北诸地者皆合。详前引。因知原居汉北，即为三闾大夫，在南阳之三户也。王夫之《楚辞通释》谓："原居汉北鄢郢。"鄢郢不能称汉北，又距郢为近，去嶓冢沧浪淮源河域涔阳皆远，殆不足信。屈复《楚辞新注》谓："屈原居汉北，当于怀王二十八年秦与齐韩魏三国共攻楚，杀唐昧之岁召回。"洪兴祖以为十八年召用，疑字之误。林云铭亦主此说。今按：怀王十八年屈原使齐返，至是已十一年。果如屈说，则屈原殆自使齐返后乃迁居汉北。然屈原既卒于怀王时，又劝怀王无入秦者系昭雎，非屈原，（参读《考辨》第八七）则屈子之放居汉北，其固复见召用与否，尚在不可知之数也。

附　战国时洞庭在江北不在江南辨

古史地名，每因人事为迁徙。如《禹贡》彭蠡衡山本在江北，后人以江南之彭蠡衡山说之，遂多扞格。说彭蠡在江北者，有崔述《夏考信录》，倪文蔚《禹贡说》，魏源《书古微》诸家。说衡山在江北者，有杨守敬《禹贡本义》。屈子《楚辞》有洞庭，余据先秦旧籍，参稽考订，知其时洞庭亦在江北，不在江南也。

《史记·苏秦传》："秦告楚曰：'蜀地之甲，乘船浮于汶，乘夏水而下江，五日而至郢。汉中之甲，乘船出于巴，乘夏水而下汉，四日而至五渚。’”《集解》：“骃案《战国策》曰：‘秦与荆人战，大破荆，袭郢，取洞庭五渚江南。’然则五渚在洞庭。”《索隐》：“五渚，五处洲也。刘氏以为五渚宛邓之间，临汉水，不得在洞庭。或说五渚即五湖，与刘氏说不同。”今按：《集解》引《战国策》，其文见于《秦策》：“张仪说秦王曰：‘秦与荆人战，大破荆，袭郢，取洞庭五都江南。荆王亡走，东伏于陈。’”其文又见《韩非·初见秦篇》，作洞庭五湖江南。五渚即五湖，而五都亦即五渚也。《史记·苏秦传》文，亦见《齐策》。鲍云：“五渚，《史》注在洞庭。”吴云：“今详本文，即上引《史》文。下汉而至五渚，则五渚乃汉水下流，洞庭在江之南，非其地也。”今按：司马贞吴师道两人，谓五渚应临汉水，在其下流。此所云“下流”，乃对秦之在上流而言，应善会。此绝无疑者。然裴骃五渚在洞庭，此据《策》《史》原文，亦必无疑。后人自疑洞庭在江南，故迷惘不得其解。若知战国时洞庭本在江北，则《策》《史》原文已明，不烦纷纭也。《水经·湘水注》：“资沅湘澧四水，同注洞庭，北会大江，名之五渚。”以资沅湘澧兼江水而足五渚之数，牵强难信，所不待辨。而后人必不忍舍江南洞庭之成见，真所谓积非之成是也。又余考战国楚都鄢郢，在宜城不在江陵。《荀子·议兵篇》：“楚人汝颖以为险，江汉以为池，限之以邓林，缘之以方城，然而秦师至而鄢郢举，若振槁然。”是其证。《史记·白起传》：“昭王二十八年，攻楚，拔鄢邓五城。明年攻楚，拔郢，烧夷陵。”此所谓郢，即鄢郢也。参读《考辨》第四一。《苏秦传》又曰：“秦一军出武关，一军下黔中，则鄢郢动矣。”徐广曰：“今南郡宜城。”此最得之。《水经·沔水注》：“夷水东注沔，昔白起攻楚，引西山长谷水，即是水也。水溃城东北角，百姓随水流死于城东者数十万。城故鄢郢之旧都，城南有宋玉宅。”是也。《楚世家》云：“顷襄王十九年，秦伐楚，楚军败，割上庸汉北地予秦。二十年，秦将白起拔我西陵。二十一年，秦将白起遂拔我郢，烧先王墓夷陵。楚襄王兵衰，遂不复战，东北保于陈城。二十二年，秦复拔我巫黔中郡。”高诱曰：“秦兵出武关则临鄢，下黔中则临郢。”此误释鄢郢为鄢与郢也。秦兵先拔郢，再拔黔中，则高说之误，显然矣。《水经注》：“鄢水历宜城西山，谓之夷溪。”则西陵夷陵皆近鄢郢，为楚先王坟墓所在。后人以宜昌之夷陵西陵说之，不知秦拔巫郡黔中，尚在其后，且系蜀师东下，与白起不涉。故毛遂曰“白起率数万之众，一战而举鄢郢，再战而烧夷陵，三战而辱王之先人”也。蔡泽亦云然。秦拔鄢郢，而襄王东退保陈，若楚都江陵，秦兵已先取鄢，南下破楚都，何能转迎秦锋，越其兵路而远避至陈哉？楚自昭王徙郢，本无复回江陵之明文，后人疑楚都仍在江陵者，徒为班氏《汉·志》所误耳。班《志》谓楚始封在丹阳郡之丹阳县，此岂可信者？曾巩《襄州宜城县长渠记》，荆及康狼，楚之两山也，水出二山之间，东南而流，春秋之世曰鄢水，其后曰夷水。秦昭王二十八年，使白起将攻楚，去鄢百里，立碣壅是水为渠，以灌鄢。鄢，楚都也，遂拔之，是宋人犹知白起拔郢在宜城，不在江陵。先秦故籍，不较班书为可据乎？楚都鄢郢既近汉水，则袭郢而取洞庭五渚，洞庭五渚亦必近汉水矣。故知洞庭五渚当临汉，与汉水相通流也。

又《水经·江水注》：秦昭襄王二十九年，使白起拔鄢郢，以汉南地而置南郡焉。《周书》曰：南，国名也。“南氏有二臣，力钧势敌，竞进争权，君勿能制，南氏用分为二。”按：韩婴《叙诗》云“其地在南郡南阳之间”，《吕氏春秋》所谓“禹自涂山巡省南土”者也。是郡取名焉。今按：郦氏释南郡名义至确。然既知南郡为“二南”之南，则鄢郢必指宜城，决非江陵，自可见矣。自鄢郢残破，汉封临江王乃在江陵，不在宜城，惜乎郦氏之未能辨也。

然则江南何指？曰：《秦本纪》：“昭三十年，蜀守若伐取巫郡及江南为黔中郡。”《正义》引《括地志》：“黔中故城在辰州沅陵县西二十里。”则所谓江南者殆指此。程恩泽《国策地名考》谓：“下汉至五渚者，仍由汉入江而后至洞庭也。”不悟如此则非四日可至。秦之攻楚，亦何待远至洞庭？杨守敬《水经注疏要删》谓：“《燕策》所谓‘取洞庭五渚’者，由江取洞庭，由汉取五渚。”则“江南”二字又难安放。此皆不得洞庭五渚地望而强为之说者。今再以《九歌》言之，曰：“袅袅兮秋风，洞庭波兮木叶下。”此决非江南洞庭，湖水广员五百余里，日月若出没于其中之所有也。曰：“令沅湘兮无波，使江水兮安流，驾飞龙兮北征，邅吾道兮洞庭。”今按：湘即汉也，参读下篇。湘君为汉水之女神，而祭神者居汉北，故望神之来享，而曰“北征”，又曰“邅道洞庭”，正以洞庭与汉通流，而祭者犹在洞庭之北也。

又按：《山海经·中山经》有洞庭之山，曰：“其木多柤梨橘柚，其草多葌蘪芜芍药芎䓖，帝之二女居之，是常游于江渊，澧沅之风，交潇湘之渊，是在九江之间。”今按：《中山经》诸山皆在江北，此又洞庭潇湘，战国人以为在江北不在江南之一证也。吴任臣《广注》引刘会孟曰：“洞庭之山，今属湖广德安府应山县，中有一穴，深不可测。”《嘉庆一统志》：“洞庭山在德安府应山县西四十里，山下一穴，其深不测。”《山海经》洞庭之山，固在应山县境与否不可定，要之在湖北不在湖南，则无疑也。

附　屈原沉湘在江北不在江南辨

《楚辞》歌洞庭，在江北，其言湘澧沅诸水，亦江北水也。《楚策》庄辛谓楚襄王曰："蔡圣侯南游乎高陂，北陵乎巫山，饮茹溪之流，饮湘波之鱼。驰骋乎高蔡之中，而不以国家为事。"高蔡即上蔡，是与上蔡相近有湘水也。《水经·沔水注》："一水东南出，应劭曰城在襄水之阳，故曰襄阳，是水当即襄水也。城北枕沔水，即襄阳县之故城，王莽之相阳矣。"襄阳可以为相阳，则襄水亦得为相水。《楚辞》湘水，或即襄之异字。乐史曰："荆楚之地，水驾山而上者，皆呼为'襄'，其名无定。故陆澄之《地记》曰：'襄阳无襄水。'"其说与《水经》不同，然同谓楚地有襄水之名也。沧浪即襄之声缓，故《渔父》歌沧浪，而屈子则曰："宁赴湘流，葬江鱼之腹中。"今鄂人犹呼汉水下流曰襄河。然则襄湘沧浪，皆汉水也。潇湘亦即湘之声缓，后人以湖南有潇湘二水，而必谓《山海经》之潇湘即是，此皆不识古代地名之造成及其迁徙之理者也。史公疑湘水在江南，故改《渔父篇》湘流为常流，乃成不辞。又《涉江篇》："哀南夷之莫吾知，旦余济乎江湘。乘鄂渚而反顾，欸秋冬之绪风。"鄂渚，《汉·志》南阳有西鄂，其地望正值丹析汉北。则湘水所在，断可知耳。余疑沅即涢，今汉北有涢阳。则所谓"乘舲船而上沅"者，亦在其地。

《太平寰宇记》卷一百四十三，均州风俗下，谓："汉中风俗与汝南同，有汉江川泽山林，少原隰，多以刀耕火种。人性刚烈躁急，信巫鬼，重淫祀，尤好楚歌。"原文引《汉书·地理志》，而略变其辞。余意屈原《九歌》，盖产其地，远承二南遗响。自王逸以楚国南郢之邑，沅湘之间说之，近人乃有主《九歌》为湘江流域之民歌者。湘域在两汉时，尚为蛮陬荒区，岂得先秦之世，已有此美妙典则之民歌哉？又《寰宇记》一百四十五，襄州风俗下，引《襄阳风俗记》："屈原五月五日投汨罗江，今俗其日食粽，并有竞渡之戏。”《隋书·地理志》亦谓：“楚人因屈原赴汨罗，乃有竞渡之戏，而以南郡襄阳为尤盛。”《春秋》“楚屈瑕渡鄢伐罗。”杜《注》：“襄阳宜城县西二十里罗川城乃罗故国。”《水经·江水注》：“罗故居宜城西山。”又《湘水注》亦云。惟谓楚文王迁之长沙，则殊无确据。又按：《水经·湘水注》：“秦灭楚，立长沙郡，即青阳之地也。秦始皇二十六年令曰：‘荆王献青阳以西，已而败约，击我南郡。’《汉书·邹阳传》：‘越水长沙，还舟青阳。’”苏林曰：青阳，长沙县也。不悟远在昭襄时，秦已拔楚巫黔中，宁待至是复献长沙以西乎？《越世家》：“雠庞长沙，楚之粟也，竟陵泽，楚之材也，越窥兵无假之关，此四邑者，不复贡事于郢矣。”此长沙青阳与无假之关，皆当在楚北。越之伐楚，亦循春秋时吴楚兵争故道。知青阳以西，即指南郡一带地矣。而后人都以大江以南地望释之，此皆不知古地名迁徙之例，故每往而多误也。然则罗之与湘，地望同近鄢郢，襄阳风俗，盖有由来，安见屈原之死必在大江之南，长沙之外也哉？

附　楚虽三户亡秦必楚辨

楚南公曰：“楚虽三户，亡秦必楚。”其语解者不一。韦昭以为“三户，楚三大姓昭屈景也。”此最得之。春秋列国宗族，其见于《左氏》内外《传》者，如鲁有三桓，郑有七穆，宋有戴桓之八族，晋有八姓，见《左》昭三年《传》。十一族，见《晋语》。及殷民六族，七族，怀姓九宗，见《左》定四年《传》。祝融八姓，见《郑语》。之类，以数字计宗姓者，不胜缕举。楚之三户，亦其例也。苏林曰：“但令有三户在，其怨深，足以亡秦。”臣瓒曰：“楚人怨秦，虽三户犹足以亡秦也。”皆望文生解，非其义矣。盖南公意谓楚之公族虽只三家，足以亡秦，不泛指民户言也。其后陈吴发难，乱者四起，皆重立六国后。楚怀以外，如魏豹赵歇韩成田市，皆以故国旧族。其他一时将率，亦多往时大家名族之裔。虽云将相无种，而平民崛起以亡人国，究是当时创局。虽陈婴之母，亦知骤贵不祥，欲倚名族。况南公远在乱前，其不以兴灭继绝，复国报仇之大任，期之谁何三家之小民，亦已明矣。而司马贞《索隐》独谓诸说皆非，按《左氏》“以畀楚师于三户”之文，因谓三户是地名。孟康遂称后项羽果渡三户津破章邯，是南公之善谶。不悟三户之为地名，本由楚起丹阳，以其三族而名发迹之地。而南公之言，初不当以地名释也。故三户之解，苏林臣瓒《索隐》，各得其一偏，孟康失之最远，而韦昭为独得也。

考辨 卷四

一二八　齐湣王在位十八年非四十年其元年为周赧王十五年非周显王四十六年辨

《六国年表》齐湣王元年，为周显王四十六年。今按：其时威王犹未死，后四年而威王卒，子宣王立。十九年卒，为周赧王之十四年。翌年湣王称元，则赧王之十五年也。《纪年》于今王二十年称齐王，以宣王亦未卒，尚无谥，故《纪年》惟有威王，无宣王。可证宣王卒在魏襄二十年后，亦证威宣非一王两谥矣。今据余定齐威宣湣三世年代推之，孟尝君入秦，在湣王二年，赵灭中山，在湣王六年。此姑据《史·表》为说。为东帝在十三年，灭宋在十五年。其走莒在十七年，而终也。《史记》谓湣王在位四十年者非。《荀子·王霸篇》论齐湣薛公云："强南足以破楚，西足以诎秦，北足以败燕，中足以举宋。及以燕赵起而攻之，若振槁然。"杨倞注："《史记》齐闵王二十三年，与秦败楚于重丘，南割楚之淮北。二十六年，与韩魏共攻秦，至函谷。三十八年，伐宋，宋王死于温。"惟败燕无注。卢文弨曰："当在齐闵王十年，载《史记·燕世家》。"今按：杨注所引年岁，皆依《史·表》而误。此三事均在湣王初年。卢说误信《史记》，疑本文败燕即子之之乱，亦非也。苏代之说燕昭也，《燕策》误为"哙"。曰："今夫齐王，长主而自用也。南攻楚五年，畜聚竭。西困秦三年，士卒罢敝。北与燕人战，覆三军，得二将。然而以其余兵，南面举五千乘之大宋，而包十二诸侯。"其言湣王事，序次正与《荀》文一例。若败燕诚当子之之乱，则应序于最先，不下列诎秦举宋之间矣。鲍氏注《燕策》谓：

“覆三军得二将事，史并不书。”《志疑》亦谓：“此齐与燕战事无考。”二人皆不以为即子之之乱是也。今为证之于《荀子》书而益信。又《史记·乐毅传》云：“当是时，齐湣王强，南败楚相当作“将”。唐昧于重丘，西摧三晋于观津，遂与三晋击秦，助赵灭中山，破宋，广地千余里，与秦昭王争重为帝。已而复归之，诸侯皆欲背秦而服于齐。湣王自矜，百姓弗堪。于是燕昭王问伐齐之事。”今考败楚重丘，正湣王初立之岁。吴师道梁玉绳皆定是年赵已灭中山，谓湣王助之者，诬也。梁氏《志疑》亦力辨赵灭中山不借助于齐。又三年，与魏韩共击秦。又十年，为东帝。其后三年，燕伐齐，湣王走莒，在位前后十八年。若以翌年改元计，则为十七年。其事略如此。《毅传》不载败燕事者，事轻故略。雷氏学淇说之云：“《齐策》司马穰苴乃湣王大臣，而《史记·穰苴传》谓燕侵河上，穰苴追击之，遂取所亡封内故竟，此即齐湣败燕之一证。”《介庵经说》卷九观于苏代之言，北与燕人战，覆三军，得二将，其事启衅自燕，齐则始败而终胜，则雷氏之说洵信。《史记·穰苴传》，又以燕侵河上与晋伐阿甄并说，则误混于田忌马陵之役而言也。参读《考辨》第八五。由此而论，湣王正一好战喜事之君，而不久其位者。若如《史记》，败楚重丘已为湣王之二十三年，其战祸皆在晚年，而早岁则默无举动。不应精壮务偷息，投老勤远略也。苏代称其为“长主”，亦谓即位而年事已长，非言其在位之久。《新序》卷二：“齐妇人无盐见宣王，谏其春秋四十，壮男不立，不务众子而务众妇，宣王乃立太子，拜无盐君为王后。”云云。《列女传》亦同。刘向摭春秋战国时事，往往多误，不可尽信据，然如此条，似宣王亦以长君即位，参之孟子“见齐王之子”章而益信。盖威王在位久，宣湣皆以壮岁始登极，此亦齐运隆昌之一因也。

《齐策》：“张仪为秦连衡说齐王曰。”高诱注：“齐宣王也。”《史记》则谓是湣王。张仪之说，在周赧王四年。此姑依旧传为说。若实论则本无其事，详《考辨》第九五。其时当齐宣王九年。又十年，湣王始立。则高说是也。《楚世家》："怀王二十年，齐湣王欲为从长。"其时齐亦为宣王，非湣王。参读《考辨》第一二六。《秦策》："甘茂亡秦之齐，道遇苏代，苏代为说齐湣王。"《史记·甘茂传》取之。甘茂亡，在秦昭王元年，时当齐宣王十四年。下距湣王立尚五年。《史记》秦昭元当湣王十八年，不足据。剡川姚氏本作"苏秦谓王曰"。时秦已死，当系代字之讹。而王不作湣王，则为得之。马骕《绎史》卷一百二十六采《秦策》此文，亦仅作齐王，无湣字。又《水经·汶水注》引《纪年》："梁惠成王二十年，齐筑防以为长城。"今本《纪年》亦然。其时尚为威王，而《苏秦传正义》引《纪年》作齐湣王。顾氏《日知录》卷二十五《杞梁妻》条已辨之。古书于此等处率多误。通论大体，自不据此生疑也。

一二九　魏襄王十九年会薛侯于釜邱考 附　冯驩

《水经·济水注》引《纪年》："魏襄王十九年，薛侯来会王于釜邱。"是年为齐湣王元年，即湣王立后一年也。《史记·孟尝君列传》："齐襄王立而孟尝君中立于诸侯，无所属。"今《竹书》称薛侯，即中立于诸侯时矣。然则"齐襄王立"者，乃"齐湣王立"之误。湣王立于魏襄王十八年，即孟尝离齐称侯之岁也。《秦本纪》昭襄王八年，魏公子劲韩公子长为诸侯，在孟尝称侯后二年。孟尝君称薛公者，《孟尝传索隐》："尝，邑名，在薛之旁。"《集解》："《诗》云：'居常与许。'郑玄曰：'常或作尝，在薛之南。'孟尝邑于薛城。"方其封邑，避古侯称而不居，故曰孟尝君。及其自拟于诸侯，故曰薛侯也。其前田婴未卒，孟尝已为相于魏。详《考辨》第一二九。其与襄王固有素。其后当宣王晚节，而孟尝君握齐柄。方是时，魏自惠成王卒，襄哀王初立，联三晋伐秦不胜，又东败于齐，而霸国余威，遂一蹶不振。参读《考辨》第九五。自是乃成秦齐争长之势。《楚世家》云："齐湣王伐败赵魏军，秦亦伐败韩，与齐争长。"是也。惟误宣王为湣王耳。而楚怀王惑于张仪，反复依违其间。秦武王卒，昭王立，楚怀又背齐合秦，而齐韩魏三国伐楚。时怀王二十六年，则齐宣王之十七年也。《史》误为齐湣王二十一年。其时孟尝方擅齐，特使公孙宏于秦，观昭王之为人。参读《齐策》及《吕览·不侵》。惟此事的在何年，已难考。所可知者，必昭王新立未久，孟尝未入秦，未识昭王时，故有此举。黄氏《编略》定在周赧王十三年，即齐宣王之十八年，亦以意言之，无确证也。而昭王问公孙宏则曰："薛之地大几何，而欲以难寡人。"则孟尝在齐，固已戴震主之威名，天下知有薛，不知有齐矣。及楚失秦欢，而秦亦联齐伐楚，败楚重丘。参读《楚世家》。于是昭王慕孟尝君，欲招之入秦，使泾阳君来质于齐，孟尝以宾客谏，不果行。参读《孟尝列传》。而是年，宣王卒，湣王初立。《史记》误为湣王之二十四年。《史记》谓："齐王惑于秦楚之毁，以为孟尝君名高其主，而擅齐国之权，遂废孟尝君。"《孟尝列传》《齐策》亦谓："齐王谓孟尝君曰：'寡人不敢以先王之臣为臣。'而孟尝君就国于薛"者，正其时矣。《孟尝传》又谓：文乘间问其父婴，君相齐于今三王矣云云，"三王"盖指威宣湣言。吕氏《大事记》附田婴卒于湣王元，林春溥《战国纪年》依之。窃意史公于婴文威宣年世多讹，此亦未足信据。今田婴卒岁虽无考，要之在宣王时。而孟尝见废，则正湣王初立之际。此则大体可见也。孟尝既见废而之薛，于是乃有冯驩之历说。《史》谓其至秦，《策》谓其至魏。今据《水经注》引《纪年》，魏襄王十九年，釜邱之会，适当湣王元年。即湣王立后之一年。孟尝本为魏相，则其见逐于齐湣，使驩先容，而与魏为会，情事恰符。明年，秦昭王八年，即齐湣王二年，泾阳君复归秦，而田文亦入相秦。则谓冯驩入说秦王，亦非尽无因也。《孟尝列传》谓："湣王卒使孟尝入秦。"固误。而载冯驩事，又谓齐王恐秦召之，即复用孟尝君，若孟尝见逐复返，并未入秦者，亦误也。孟尝君在秦一年，失相东归，重相齐，怨秦，联韩魏共击秦，则为湣王之三年。林氏《战国纪年》谓："薛侯会魏王之明年，齐与魏会，韩以兵合于三晋，因使孟尝君入秦，即《齐策》所谓孟尝君为从，先观秦王之谋也。及秦觉其诈，孟尝君几不免，归遂与韩魏伐败秦军。《史》但谓'孟尝君怨秦'，而不知其谋从非一日也。"今按：孟尝合从固非一日，然谓其入秦在诈观秦王，则恐未必。马骕《绎史》谓薛侯会魏王釜邱，即孟尝合从伐秦事，亦误。林氏则承袭马说而误也。若考定齐宣、湣之年代，则诸误自释矣。又同时复有赵武灵诈为使者窥秦事，未知信否。至湣王七年，田甲劫王，田文走，湣王复召田文，则《史记》所载"舍人魏子"事也。自是孟尝君谢病归老于薛，不与齐政。其后乃如魏，魏昭王以为相。《赵策》："李兑约五国伐秦，无功，留天下之兵于成皋，而阴构于秦。"或谓魏王曰"今王挟故薛公以为相"云云。考李兑约五国伐秦在魏昭王之九年（《考辨》九五），则孟尝相魏当在此年或稍前。又按：吕礼相齐，与苏代孟尝相嫉。秦昭王十九年，齐秦称东西帝，而苏代劝齐释帝号，背秦约而攻宋。是岁齐称帝二月即去之，秦亦不果称帝。吕礼即以是年亡归秦。不二年，齐遂灭宋。盖当时欲合齐于秦者，吕礼也。欲离齐于秦者，苏代孟尝也。齐合于秦则存宋，齐离于秦而宋灭。齐去帝号即离秦，故吕礼亡归。黄氏《编略》定吕礼逃归秦在齐灭宋后，恐未是。《荀子·王霸篇》："齐闵薛公，强南足以破楚，西足以诎秦，北足以败燕，中足以举宋。及以燕赵起而攻之，若振槁然。"若齐灭宋，孟尝未去齐，尚预其事，亦非也。别有附辨详后。后齐湣王败，魏昭王十三年，秦取魏安城。孟尝君为魏求救于赵燕。是年，乃齐襄王元年，孟尝君尚在魏。以后孟尝事无闻，盖已年老，不久而卒。《史》称："齐襄王立而孟尝君中立于诸侯，襄王畏之，与和。"误矣。盖《史记》

之误，由于不辨宣滑之年也。余因考滑王年，故并论孟尝事以相证。又《说苑·善说篇》有张禄掌门见孟尝君，求为书寄秦王事。张禄即范雎也，为秦客卿，已在昭王三十六年，距孟尝为魏求救燕赵又十二年，孟尝若老寿，固未尝不可及，然史公传张禄，其事虽谲诡，委悉备至，不能谓不信。今向叙张禄告昭王语，似昭王之与孟尝，为未尝相知者，则年代先后不相当矣。《说苑》不可据，往往如是。

冯驩之事，昔人多疑之。《史》载魏子为孟尝收邑入，《评林》唐顺之曰："魏子冯驩，岂一事而传闻异邪？"《考证》张照按则谓："晏子北郭骚事，与此亦大同小异。盖战国时习尚如此，则流言亦如此，举不足信。"张氏又谓："客背孟尝，驩为客谢云云，本《国策》谭拾子语。冯驩各节，疑亦褚先生续为之，与《史》文不类。"又《史记》载冯驩事与《策》文不同，叶氏《习学记言》谓："《史记》盖别有所本，其义为胜。"而梁氏《志疑》又摘指其不合者有四，谓为仿撰无疑。余又考《史记·李牧传索隐》，以冯煖为庞煖，信如其说，冯驩在孟尝后，盖不及为孟尝客也，参读《考辨》第一五七。战国杂说，附会假托，何可胜辨？冯煖之事，徒以其文采斐亹，为世传诵。至于魏子谭拾子云云，则早已在若存若亡之间，孰信孰伪，无可深论。而传说之兴，亦有其因。虽其人姓名不必尽确，其事始末不必尽实，而其语时有可采以证史迹之真者，则冯驩一事之传说，要本于宣王末滑王初，孟尝离秦中立，而自附于秦魏以为重之际，如余前所考论，固甚彰彰也。

附　孟尝去齐相魏考

孟尝去齐之魏，在齐滑王灭宋前，凡有二证。《魏策》

“齐欲伐宋，或谓魏王曰：‘臣偏事三晋之吏，奉阳君孟尝君’”云云，孟尝奉阳同数为三晋吏，一证也。又《赵策》：“齐援赵以伐宋，齐人设谓魏王曰：‘王挟故薛公以为相，善韩徐以为上交，《赵世家》惠文王十三年，韩徐为将攻齐，即其人。尊虞商以为大客。’”此皆齐人之去齐者是二证也。孟尝曾主伐齐，亦有二证。《东周策》：“或谓周最曰：‘魏王以国与先生，贵合于秦以伐齐。薛公故主，轻忘其薛，不顾其先君之丘墓，而君独修虚信为茂行，不与伐齐以忿强秦，不可。’”一证也。《秦策》：“薛公为魏，谓魏冉曰：‘君不如劝秦王令弊邑卒攻齐之事。齐破，文请以所得封君。’”是二证也。《魏世家》：“昭王十二年，与秦赵韩燕共伐齐，败之济西。湣王出亡。燕独入临淄，而魏王与秦王会西周。”盖即其事矣。《史记·孟尝君传》谓：“齐湣王灭宋益骄，欲去孟尝君，孟尝君恐，乃如魏。”一误也。又于灭宋前载孟尝君与穰侯书，于是穰侯言于秦昭王伐齐，而吕礼亡。考《田齐世家》《秦世家》伐齐均在灭宋后一年，此在灭宋前，二误也。吕礼亡，据《秦纪》《冉传》在齐秦称帝之岁，而此又相歧，三误也。至称孟尝齐襄时中立，其误已辨在前，则四误也。余考孟尝以田甲劫君之岁见疑，即不任用。其后乃郁郁而之魏，而吕礼亦以田甲劫君之岁至齐。礼主合齐秦，而孟尝居魏，不利齐秦之合，其相嫉诚有之。然其伐齐，即在燕与三晋合军之岁，时吕礼已去。孟尝之告魏冉曰：“若齐不破，吕礼复用，子必大穷。”此推言将来，非谓吕礼时值大用也。要之孟尝去齐在灭宋前，主伐齐在灭宋后，事理甚显。今《史记·孟尝列传》载孟尝召秦伐齐逐吕礼于灭宋之前，又于宋灭后书孟尝去齐，则两失之。梁氏《志疑》为孟尝辨无主伐齐事，亦可不必。惟《荀子·王霸篇》谓：“齐闵薛公，强南足以破楚，西足以诎秦，北足以败燕，中足以举宋。及以燕赵起而攻之，若振槁然。”荀子亲与湣王孟尝同时，其言不应有误。盖破楚诎秦，孟尝皆在齐。燕事无考，或亦孟尝在齐时。故行文牵连而下，遂若举宋时孟尝犹在齐。此乃古人为文未分析处，当分别善观也。《史记·范雎传》：“昔齐湣王南攻楚，破军杀将，辟地千里，而齐尺寸无得焉。诸侯见齐之罢弊，兴兵伐齐，大破之。皆咎其王，曰：‘谁为此计者？’王曰：‘文子为之。大臣作乱，文子出走。’此史公载范雎告秦昭王语，亦不言孟尝去齐在灭宋之后。”

一三〇　宋元王儿说考

《韩非·外储说左上》：“儿说，宋人善辩者也。持白马非马也，服齐稷下之辩者。乘白马而过关，则顾白马之赋。”《吕览·君守篇》：“鲁鄙人遗宋元王闭，元王号令于国，莫之能解。儿说之弟子请往解之。”《淮南·人间训》高诱注：“儿说，宋大夫也。”《庄子·外物篇》有宋元君得神龟事，《释文》：“宋元君，李云：‘元公也。’”案元公名佐，平公之子，在春秋世。而《史记·龟策传》元君作元王，且云问博士卫平。春秋固无博士，名家白马之论，亦战国后起之说。是宋于战国时别有元王，亦称元君，不得谓即春秋时之元公也。《庄》书虽有仲尼闻之之说，然寓言无实，正犹鲁哀公问庄子，固不可据。然宋自王偃称王，及身而灭，诸书俱以偃谥康王，《荀子·王霸篇》则称献王，不见称元王。考《赵策》李兑之谓齐王曰：“宋置太子以为王，下亲其上而守坚，今太子走，诸善太子者皆有死心。”是王偃时曾置太子为王，窃疑宋元君即其人，乃王偃所置太子为王者，故称元君，亦称元王也。又考李兑之说曰："臣之所以坚三晋以攻秦者，非以为齐得利秦之毁也，欲以使攻宋也。此谓非为毁秦有利于齐，特以便齐之乘间攻宋而已。而宋置太子以为王，下亲其上而守坚，臣是以欲天下之速归休士民也。今太子走，诸善太子者皆有死心，若复攻之，其国必有乱，而太子在外，此亦举宋之时也。"是宋置太子为王，正三晋攻秦之际。其时齐先已攻宋而无利。其后太子去国，齐乃乘隙而残之耳。齐湣王二年，楚怀王入秦不返。其明年，齐湣王三年，陈轸说魏韩赵燕齐五国合纵而成魏韩之西边以摈秦。详据《绎史》卷一百三十一，《周季编略》卷八上。此即李兑所谓"臣之坚三晋以攻秦"之事也。然是时孟尝新自秦归，方怨秦，故率韩魏以攻秦，而赵宋则持两端。《东周策》："或谓周最曰：'仇赫之相宋，将以观秦之应赵宋，败三国。三国不败，将与赵宋合于东方以孤秦。亦将观韩魏之与齐也，不固，则将与宋败三国。'"是也。《赵策》："富丁欲以赵合齐魏，楼缓欲以赵合秦楚。"亦其时事。其后湣王六年，秦与楚粟五万石。九年，楚迎妇于秦，秦楚既和，故《策》言"齐将攻宋而秦楚禁之。齐因欲与赵，乃说李兑以攻宋而定封，李兑乃对"云云，是已在湣王十三年后，至十五年间也。据此知当楚怀王入秦，三国攻秦之际，正宋置太子为王之时。考楚怀入秦之年，赵武灵王传国少子，自称"主父"。宋置太子为王，正与赵同时，特不能定其孰先孰后尔。按：《战国策》："秦孝公疾，且不起，欲传商君。"又犀首谓张仪曰："请令魏王让先生以国，王为尧舜，先生不受，亦许由。"《吕氏春秋》："魏惠王谓惠施曰：'寡人实不若先生，愿得传国。'"其时学者方唱尚贤传国之高论，策士和之，时君震于其说，燕哙竟让子之而国亡。今去其事仅十五年，赵武灵宋偃皆六国贤君，好名，同传其国于子。后武灵饿死沙丘，而宋亦父子失和。太子出走，仇之者乘机觊利。宋王既老，国人解体，而四邻皆敌。

李兑本主杀武灵者，至是亦赞齐攻宋，而宋遂以亡。观李兑其民亲上守坚之说，亦足证桀宋之为诬也。神龟所在，亦有天下之征兆，此必当时民间传说，与周鼎入宋同例，参读《考辨》第九九。又按：《韩非子·说疑》："燕君子哙不安子女之乐，不听钟石之声，内不堙污池台榭，外不毕弋田猎，又亲操耒耨以修畎亩，子哙之苦身以忧民，如此其甚也，虽古之所谓圣王明君者，其勤身而忧世，不甚于此矣。然而子哙身死国亡，夺于子之，而天下笑之。"据此，则燕哙实亦贤君也。以燕哙赵武灵之贤，可以旁推宋偃。凡其时能感动于学者所高唱禅贤让国之美论，而不惜身亲为之者，要之皆一时非常之君，必有其可取之一端，惟宋偃燕哙皆身死国亡，不如赵武灵尚有功业震赫于当代，身虽不终，而国祚幸保，故宋偃燕哙独膺世俗讥诟之锋。《韩非》书距燕哙特近，其言必可据信，亦犹如《孟子》之论宋王之仁政也。（参读《考辨》第九九）又考《穰侯传》："赵人楼缓来相秦，赵不利，乃使仇液之秦，请以魏冉为秦相。"《索隐》："仇液，《战国策》作仇郝，盖是一人而记别也。"今按：仇液即宋相仇赫。盖宋赵时相睦。至于赵惠文十一年，齐秦称帝之岁，赵使董叔与魏氏伐宋，得河阳于魏。见《赵世家》。而苏代于是年自燕至齐，亦劝齐伐宋，不两年宋亡。则宋之逐太子而招来外患，盖在是年，即王偃五十年，正齐秦称帝之岁。

儿说弟子为宋元王解闭，则儿说亦与元王同时，而年不后于元王可知。是时惠施卒逾十年，下距公孙龙说燕尚十五年，儿说年辈，盖在施龙两人间。上承惠施，下接公孙龙。公孙龙白马非马之论，殆自儿说启之。庄周年先于龙，而《齐物论》已有"以马喻马之非马，不如以非马喻马之非马"之论，足证白马非马，非创始于龙矣。又王应麟《汉艺文志考证》，引吕东莱说："告子彼长而我长之，彼白而我白之，斯言也，盖坚白同异之祖。孟子累章辨析，历举玉雪羽马人五白之说，借其矛而伐之，而其技穷。"今考《墨经》亦有仁义内外之辨，则名家论题渊源，固自甚远，不始儿公孙。余既为宋康王辨诬，又考元王儿说，聊为言故宋文献者钩沉焉。

附　唐鞅田不礼考

又按：《赵世家》：“惠文王三年，主父灭中山，还归行赏，封长子章为代安阳君，又使田不礼相章。李兑数见公子成以备田不礼之事。主父欲分赵而王章于代，计未决，主父及王游沙丘异宫，公子章与田不礼作乱。公子成与李兑入距难，杀公子章及田不礼。因围主父宫三月余，主父饿死。”今按田不礼其先盖宋臣。《墨子·所染篇》：“宋康染于唐鞅佃不礼。”《吕氏·当染篇》作田不禋，《人表》亦作田不礼。唐鞅则为宋所杀。《荀子·解蔽篇》：“唐鞅蔽于欲权而逐戴子。”又曰：“唐鞅戮于宋。”杨倞注：“戴不胜使薛居州傅王者，见《孟子》。”盖宋偃初政，多出其手。今信唐逐戴，故荀子讥之，谓康王染于唐鞅田不礼以致家国残亡也。《吕氏春秋·淫辞篇》：“宋王谓其相唐鞅曰：‘寡人所杀戮者众矣，而群臣愈不畏，其故何也？’唐鞅对曰：‘王之所罪，尽不善者也。罪不善，善者故为不畏。王欲群臣之畏，不若无辨其善不善而时罪之，则群臣畏矣。’居无几何，宋君杀唐鞅。”此见宋偃初政固无不善，殆在位既久而稍荒也。

沈钦韩《汉书疏证》谓：“田不礼死赵事在赧王二十年，齐灭宋在二十九年，则非一人。”今按：沈说殊拘。两田不礼同时，安见非一人？田不礼死于赵，固在宋亡之前，然田不礼仕宋，犹可在死赵之前也。余疑宋偃初政奋发，及后稍怠，乃信唐鞅与田不礼。后又置太子为王，宋政复治。唐鞅见杀，田不礼则避而之赵，均当在此时前后。及宋偃逐太子而亡国，则与唐田皆无涉矣。

一三一　楚顷襄王又称庄王考

余考楚顷襄王又称庄王。《楚策》“庄辛谓楚襄王”，高诱注《荀子》，作：“庄辛谓楚庄王。”其证一也。金氏《国策补释》亦言之。《韩非·喻老》：“楚庄王欲伐越，杜子谏曰：王先慎据杨倞注《荀子》，改作庄子，《文选·广绝交论》注引作庄周子。庄周年世固可与楚襄相接，（参读《考辨》第八八）然此庄子或乃庄辛，“周”字盖或人旁注耳。王之兵自败于秦晋，丧地数百里，此兵之弱也。庄蹻为盗于境内，而吏不能禁，此政之乱也。王之弱乱，非越之下也。”庄蹻之事，又见《荀子·议兵篇》，云：“楚兵殆于垂沙，唐蔑死。金氏《国策补释》云：“垂沙乃重丘之讹，唐蔑即唐昧也。”庄蹻起，楚分而为三四。秦师至，而鄢郢举，若振槁然。”此三事相续。垂沙之败在怀王时，鄢郢之举在襄王时，庄蹻为盗，据《韩非》书在庄王时。然怀襄之间别无庄王，则庄王即襄王之证二也。杨倞注《荀子》引《韩非》书杜子谏曰作庄子。庄子即庄辛，与楚襄王同时，此庄王即襄王之证三也。《御览》八十二，《文选·鲍照拟古诗》注，引《韩诗外传》云：“楚襄王聘庄子为相。”亦庄辛。自《史记》误以庄子为庄周，谓与楚威王同时，遂误以庄蹻亦楚威王时。故《西南夷传》云：“始楚威王时，使将军庄蹻将兵循江上，略巴蜀黔中以西。”高诱注《淮南·主术》，亦从《史记》，谓庄蹻在威王世。又高注《吕氏·介立》云：“蹻在楚成王时。”同出一人，不应互歧。“成”亦“威”字形近而误。而曰：“庄蹻者，故楚庄王苗裔也。”此由史公见先秦古籍以庄蹻为庄王时人，而不知庄王即襄王，遂误谓庄王在春秋世，不得其解，而以庄蹻乃庄王苗裔矣。《索隐》云：“庄蹻，楚庄王弟。”则亦谓庄王时人。惟谓庄王弟，未审何据。又云：“蹻定滇欲归报，会秦击夺楚巴黔中郡，道塞不通，因还，以其众王滇。”《通典》辨之曰：“楚自威王后，怀王立三十年，至顷襄王之二十二年，秦取巫黔中。若蹻自威王时将兵略地，属秦陷巫黔中，道塞不还，凡经五十二年。岂得如此淹久？《后汉书》则言顷襄王时庄豪王滇，豪即蹻也。”《通志》亦以范《史》为定。《志疑》谓：“蔚宗盖依《华阳国志》。”今按：《史记·西南夷传正义》、《汉书·地理志》、颜师古注引《国志》，皆云顷襄之时，则梁说是也。惟今本《国志·南中志》云：“楚成王遣庄蹻伐夜郎。”盖经后人妄改。此又庄王即襄王之证四也。《韩非·奸劫弑臣篇》又云：“楚庄王之弟春申君。”夫春申君侍顷襄太子质秦，则韩非所指庄王，上不能为怀王，下不能为考烈王，其即谓襄王明矣。此又庄王即襄王之证五也。《史记·滑稽列传》，楚庄王时，有优孟语王曰：“齐赵陪位于前，韩魏翼卫其后。”《集解》：“裴骃案：‘楚庄王时，未有赵韩魏三国。’”然《史》序优孟事在淳于髡后，优旃前，楚庄王在齐威王秦始皇之间，亦即襄王也。惟史公不能辨，又误以牵涉于春秋时之庄王与孙叔敖，遂转迷歧耳。战国时君多有异谥兼行，后人不考，如庄蹻之事，遂纠结而不可解矣。

一三二　春申君乃顷襄王弟不以游士致显辨

《史记·春申君列传》有说秦昭王书，其文见《秦策》四，鲍氏本仅作“说秦王曰，物至而返”云云，无起首一节，并不以为春申语。高注：“秦王名正，庄王楚之子。”则亦不以为昭王。其下又云：“先帝文王庄王王之身，三世而不接地于齐，以绝从亲之要。”高注：“文王始皇祖，庄王始皇父，故曰‘三世’。”《史记》亦作文王庄王。金正炜《国策补释》云：“秦至文庄以后，齐君王后事秦谨，秦地得接于齐，则要绝天下。韩非所谓‘荆赵之意绝’‘赵危而荆孤’

也。《魏策》：‘梁者山东之要也。’秦之连年伐魏，意即在此。若昭王时，齐方与秦争帝，说者不为此言矣。”则其文显出昭王后。鲍改庄为武，是误从《史记》黄歇说昭王之说而妄改策文也。《新序》收此事，无先帝文王庄王以下三句，亦误于《史记》，知其不合而削之。又拔燕酸枣、虚，《集解》徐广曰：“在始皇五年。”事见《始皇本纪》。又：“今王三使盛桥守事于韩，盛桥以地《策》文误“北”字，据金氏《补释》改。入秦。《策》文误“燕”字，据《补释》改。”金云：“《史记·始皇纪》，王弟长安君成蟜将军击赵反，此即其人。”均见此文在始皇时。其下又云：“王申息众二年，然后复出。《策》文误“之”字，据《补释》改。”则此文至早乃始皇八年事。九年李园杀春申君，则为此说者，决非春申。李善注《文选·辨亡论》引此文，“楚魏之兵云翔而不敢校”，以为顿弱说秦王，盖蒙上章为说。知鲍氏本无起首一节，实为《国策》旧文。自《新序》《后语》皆本《史记》，襄此文在顷襄迁陈后秦昭王时。至剡川姚氏据以增补入《策》，后人遂群以此文归诸春申矣。余考《史记》载春申事，不足信者颇有之。《韩非》书《奸劫弑臣》第十四以春申为楚庄王弟，庄王即顷襄王，见前考。与《史记》绝不同。韩非亲与春申同时，其言当可信。如屈原以楚宗姓，为怀王左徒之例，春申以游学博闻事顷襄王，为左徒，盖不以游士跻要职。申包胥《国策》作棼冒勃苏；棼冒即蚡冒，勃苏则包胥。盖楚武王兄蚡冒之后，食邑于申，因以为氏。然则黄歇犹申包胥之例，其先或封于黄耳。且七国自秦外多用宗戚主政。四君并称，如信陵平原孟尝皆贵戚，知春申正亦以王弟当朝。太史公不得其说，以为春申必有大功奇绩，始获信任，而考实无从，因以或人之说始皇者，误以属之春申也。《史记·游侠列传》：“近世孟尝春申平原信陵之徒，皆因王者亲属，藉于有士卿相之富厚，招天下之贤者。”则亦以春申为王者亲属矣。《汉书·游侠传》：“由是列国公子，魏有信陵，赵有平原，齐有孟尝，楚有春申，皆借王公之势，竞为游侠。”亦称春申为公子。金氏《国策补释》云：“春申与孟尝信陵平原并称四公子，当亦楚之疏属，故朱英说以代立。”

又按：《楚策》：“虞卿说春申君曰：‘楚王春秋高，君之封地不可不早定。为主君虑封，莫如远楚。今燕之罪大而赵怒深，君不如北兵以德赵，践乱燕以定身封。’春申君曰：‘魏齐新怨，虽欲攻燕，将何道？’虞卿因请使魏。”吴师道注谓：“按：《史》考烈王元年，封歇春申君，赐淮北地。后十五年以地边齐，言于王，以为郡，请封江东，因城故吴墟。此《策》言‘楚王春秋高，君之封地不可不早定’，则在未封之前，顷襄之时乎？顷襄之三十四年，赵尝伐燕，岂或此时劝以践燕定封，亦欲其取地于他国，如魏冉乎？淮北边齐，犹难之，况燕地乎？亦非计之便也。然远楚徙封，卒用于城吴之时，皆斯言有以启之。”及门黄少荃谓：“《魏世家》安釐王十一年齐楚相约攻魏，秦救魏，乃罢兵，此在顷襄三十三年，故曰‘齐魏新怨’。又虞卿言：‘秦惠王封冉子，惠王死而后王夺之。’秦逐穰侯正在顷襄三十四年，乃眼前事，故虞卿以说春申远封自全也。知吴说大体可信。”据此则春申自为顷襄弟，非以游士致显。左徒既要职，谅无留秦十年侍太子久不归之理。盖亦往来道途，时返楚廷，故虞卿为之虑封。考烈王即位，即封之淮北，盖仍是虞卿远楚之初教。后以其边齐，遂请徙吴。要之其为远楚，一也。黄氏《编略》系虞卿游说在考烈王十五年春申徙吴时，其时春申久有封地，何云“以定身封”乎？且谓“楚王春秋高”，亦不似。

一三三　平原君为相考

《六国表》："赵惠文王元年，以公子胜为相，封平原君。"今按：《魏公子传》云："赵惠文王弟平原君。"《范雎传》同。《赵策》："谅毅曰：'平原君，亲寡君之母弟。'"则平原君为惠文王同母弟也。《平原传》称"赵之诸公子"，恐未是。又考《赵世家》，武灵王纳惠后在十六年，惠文王平原君皆惠后子。武灵王二十七年传国，是惠文王不过十一岁，平原君不过十岁。其时国政主于肥义。四年，公子章作乱，杀肥义，公子成李兑平乱，遂围主父，饿死沙丘宫。是时惠文王不过十五岁，平原君不过十四岁，皆少，成兑专政。知平原不为相矣。《年表》于孝成王元年又书"平原君相"，余疑平原君相殆始是时。惠文元年，或主父宠而封之，固非为相。《列传》谓其相惠文及孝成，三去相，三复位，恐未可信。《志疑》以惠文相乐毅，孝成相田单，证平原三相三去之说。然乐毅相在惠文十四年，十八年魏冉来相，孝成又相虞卿，此未可刻划求之。

一三四　王氏《古本竹书纪年辑校》补正

余著《系年》粗就，得读海宁王氏所为《古本竹书纪年辑校》，喜其持论与余正合。其订正《史记·晋世家索隐》引敬公十八年魏文侯初立，谓"十八"二字乃"六"字误离为二之类，与余说若合符节。知考古之事，其究归于一是，无可逃避遁逸，有如此也。惟其书颇有脱误，不及一一写入《考辨》，爰逐条汇记于此。三晋以上与余书无涉者不复及。

王氏自云："考证所得，当别为札记。"恨未见其成书也。

《辑校》出公十九年，（燕孝公卒，次成侯载立。）《史记·燕世家》："孝公十二年，韩赵魏灭智伯。十五年，孝公卒。"《索隐》曰："《纪年》智伯灭在成公三年。"又曰："案：《纪年》成侯名载。"今据此补。

案：《索隐》作智伯灭在成侯二年，《辑校》误作三年。成侯之立，应在晋出公二十年。明年称元，又明年智伯灭，则成侯之二年也。

《辑校》敬公（十一年），田庄子卒。《史记·田敬仲世家索隐》引《纪年》："齐宣公十二年，田庄子卒。"案：宣公十二年，当晋敬十一年。

案：《索隐》本作宣公十五年，正当晋敬十一年。此作宣公十二年者，乃字之误。

《辑校》（十二年），燕成公十六年。卒，燕文公立。《史记·晋世家索隐》

案：《燕世家索隐》燕成公不注年数，知《纪年》与《史》合。则成公十六年卒，为晋敬公十三年，《辑校》误前一年。注称"《晋世家》"，亦字误。

《辑校》幽公（十四年），於粤子朱句三十四年。灭滕。《史记·越世家索隐》

案：朱句立在晋敬公三年，翌年称元，至晋幽公十四年，实为朱句二十九年。《辑校》误为三十四年者，盖误依今本《纪年》谓晋敬公在位二十二年之故。余考晋敬在位实只十八年，语详《考辨》第三六。

又按：即依《辑校》作晋敬在位二十二年，朱句立在晋敬三年，翌年称元，晋敬四年为朱句元年。晋敬二十二年，则朱句之十九年也。明年幽公元，为朱句之二十年。则幽公十四年，乃朱句之三十三年也。今《辑校》以朱句三十四年系之，误前一年矣。以后越事即依次递误。

《辑校》（十五年），於粤子朱句三十五年。灭郯。《史记·越世家索隐》

案：朱句三十五年当晋烈公三年，《辑校》与前条同误。

又按：即依《辑校》推算，亦当在晋幽公十六年。《辑校》误前一年，说详前条。今本《伪纪年》朱句伐郯在周威烈王十二年，则不误。

《辑校》（十七年），於粤子朱句三十七年。卒。《史记·晋世家索隐》

案：朱句卒年当晋烈公五年，《辑校》误与前同。

又按：即依《辑校》推算，亦应在幽公十八年，今递次误前一年。今本《纪年》朱句卒在周威烈王十四年，则不误。

《辑校》烈公元年，赵简子城泫氏。《水经·沁水注》

案：《水经注》作赵献子。其时实献子，简系字误。

《辑校》五年，田公子居思伐邯郸，围平邑。《水经·河水注》

王氏原案："田居思即《战国策》之田期思，《史记·田敬仲世家》之田臣思，巨思之讹。《水经·济水注》引《纪年》作田期，《史记·田敬仲世家》按：此下原本似脱"索隐"二字。引《纪年》谓之徐州子期。而据《济水注》，'齐田期伐我东鄙'在惠成王十七年，距此凡五十三年，且此时三家尚未分晋，赵不得有邯郸之称，疑《河水注》所引'晋烈公五年'，或有误字也。"

案：《水经·河水注》引《纪年》："晋烈四年，《初学记》卷八、《太平寰宇记》卷五十四，所引同，官本校作二年。赵城平邑。五年，田公子居思伐邯郸，围平邑。十年官本校作九年。齐田肸及邯郸韩举战于平邑，邯郸之师败逋。获韩举，取平邑新城。"《辑校》移十年韩举之败于惠成王后元十年。朱氏右曾曰："此事《水经注》引作晋烈公十年。《索隐》云《纪年》'败韩举当韩威王八年'，计相距七十八岁，不应有两田肦，两韩举。考《赵世家》云：'肃侯二十三年，韩举与齐魏战，死于桑丘。'肃侯元年，当梁惠王二十二年，下逮后元十年，为肃侯之二十五年。盖《赵世家》误五为三，《水经注》误惠成后元十年为晋烈公十年也。至《韩世家》以韩举为韩将，则更舛矣。"今案：朱氏谓误以惠成王为晋烈公，是也。《说苑·尊贤》："田忌去齐奔楚，楚王问曰：'齐楚常欲相并，为之奈何？'对曰：'齐使申孺将，楚发五万人禽而反耳。齐使田居将，楚发二十万人分别而相去也。齐使眄子将，楚发四封之内，王自出将，忌从，仅得存耳。'齐果使申孺，楚发五万人禽之。于是齐使眄子，楚仅得存，如田忌之言。"今按：田居即田居思田期也。眄子即肦子，亦即田肦田肸也。齐败楚事不知的在何年，要之田居思田肸不在晋烈公时。黄式三《周季编略》，亦谓："辑《纪年》者以魏惠后十年为晋烈公十年。"与朱氏说同。惟于《赵世家》肃侯二十三年文，亦无说可通。顾《年表》《世家》肃侯均二十四年卒，无二十五年，则谓"《赵世家》误五为三"者非矣。又考《韩世家》："韩宣惠王八年，魏败我将韩举。"《索隐》云："按：此则举是韩将不疑，而《纪年》云韩举，赵将。又《纪年》云其败当威王八年，是不同也。"余疑《索隐》此条盖有误字。夫《纪年》既不以韩举为韩将，又其败于齐魏，则以赵齐魏三国事，又出魏史记载，不应系诸韩威王之八年，可疑一也。且韩威王次昭侯，即《史记》之宣惠王。若韩举败在韩威王八年，则与《史记》韩宣惠王八年时代正合，《索隐》何以又谓不同，可疑二也。余意《赵世家》肃侯二十三年本不误，是岁为梁惠王后元八年。《索隐》本记韩举之败在惠王八年，而后人以其事在《韩世家》，乃妄改为威王耳。《水经·洙水注》："赵肃侯二十年，韩将举与齐魏战于乘丘。"此条必据《史记》，而脱一"三"字，衍一"将"字。若引《纪年》，不当改算为赵肃侯之年。而赵与齐魏战，亦无缘及韩将。至《水经注》九年十年皆字误。又考《赵世家》："肃侯十八年，齐魏伐我，我决河水灌之，兵去。"《田敬仲世家》《六国年表》均载此事，去韩举之败五年，其时为梁惠王后元三年。则《水经注》五年，田居思伐邯郸围平邑，或即此事，而误三为五也。则此两条，均系惠王后元以后事，《水经注》均以事关平邑，牵联而引，遂以误承晋烈公之后。故后二事皆称邯郸，而前一事独称赵，则事之先后显然。又前条"晋烈公四年，赵城平邑"，《辑校》脱漏未载，不晓何故。今考《赵世家》："献侯十三年，城平邑。"时为周威烈十五年，实当晋烈公之六年。而今《水经注》作四年，官校本作二年，三说参差，必有一误。疑《水经注》本文当为"晋烈公二年，赵城平邑，后三年云云，后八年云云"，"后三年""后八年"者，本指惠成王后元，而误承晋烈公之后。后人不察，遂以"后三年"谓"二年后之三年"，而改为"五年"；以"后八年"谓"二年后之八年"，而改为"十年"也。今本《纪年》赵献子城泫氏在威烈王七年，原注晋烈公元年。赵城平邑，在威烈王八年，则亦是晋烈公二年矣。知《赵世家》"献侯十三年城平邑"者误。陈氏《集证》亦本今本《纪年》，主赵城平邑在晋烈公二年，是也。然亦误谓田居思伐邯郸在烈公五年，故有邯郸之都，自赵献侯烈侯已然之说，皆由未能细读《水经注》原文而误。杨守敬《水经注疏要删》，据朱谋玮笺，谓："戍邯郸本作伐赵鄙，赵戴据今本《竹书》作邯郸者误。"不知今本《竹书》亦有来历，未必朱笺是《水经注》原本。当通观其全，以定从违。杨氏徒以赵敬侯始都邯郸，故疑此条不应作邯郸，其实田居思已出赵敬侯后，所误不在"邯郸"二字，而别有在也。

《辑校》（六年），秦简公九年。卒，次敬公立。《史记·秦本纪索隐》

案：《史·表》秦简公元年，在周威烈王十二年，当晋烈公之三年。其"九年"，应为"晋烈公十一年"。《辑校》依今本《纪年》谓晋烈公元年当威烈王七年，故误。又案：《秦本纪》："简公十六年卒。子惠公立。"《秦纪》曰："简公从晋来，享国十五年。"而《索隐》引《纪年》："简公九年卒，次敬公立，十二年卒，乃立惠公。"是《竹书》与《秦纪》复异。《竹书》乃魏史，其记秦事，较《史记》可信与否不可决，姑志其异，无可详夺矣。

《辑校》（九年），三晋命邑为诸侯。《史记·燕世家索隐》

案：《燕世家索隐》："文公二十四年卒，简公立，十三年而三晋命邑为诸侯。"成公之卒，既为晋敬公十三年，则文公元在晋敬十四年。文公二十四年，当晋烈公二年，简公即以是年立。十三年，为晋烈公十四年，即周威烈王二十三年，是岁魏文侯之四十四年也。《辑校》亦以晋敬公在位二十二年，故误。今略表晋燕两国世次年数如下：

晋燕两国世次年数表

晋		燕	
出公二二（二三卒。）	智伯灭	成公二（一六卒。）	
敬公一（一八卒。）		……四	
……六	魏文侯元	……九	
……一四		文公一（二四卒。）	
幽公一（一八卒。）		……六	
烈公一	即幽公之十八年	……二三	
……二		简公一	即文公二十四年，简公以是年立
……一四	魏文侯四四，三晋命邑为诸侯	……一二	即简公立后第十三年

《辑校》十一年，田悼子卒（次田和立），田布杀其大夫公孙孙，公孙会以廪丘叛于赵。田布围廪丘，翟角、赵孔屑、韩师救廪丘，及田布战于龙泽，田布败逋。《水经·瓠子水注》。《史

记·田敬仲世家索隐》引“宣公五十一年，公孙会以廪丘叛于赵”十五字，“次田和立”四字，亦据《索隐》补。十二月，齐宣公薨。《史记·田敬仲世家索隐》

《辑校》十二年，王命韩景子赵烈子翟员伐齐入长城。《水经·汶水注》

案：此实一事也。翟员即翟角字讹。赵韩皆系国名，而翟角否者，以《纪年》乃魏史，故省略也。齐宣王五十年，当晋烈公之十一年，其年田悼子卒，田会反，皆在宣公卒前。《索隐》引《纪年》，乃在“宣公五十一年”者，疑《索隐》此条实衍一“一”字。宣公实薨于五十年之十二月，而于周正则为明年二月，是即《史记》所谓“五十一年”矣。《辑校》以宣公五十一年当晋烈公十一年，误前一年。余详《考辨》第五六。

《辑校》（十五年），魏文侯五十年。卒。《史记·魏世家索隐》

案：魏文侯五十年，当晋烈公二十年，《辑校》误，说见前。

《辑校》（十六年），齐康公五年。田侯午生。《史记·田敬仲世家索隐》

案：齐宣公薨于晋烈公十二年，说已见前。康公逾年改元，当在烈公十三年。是康公五年，实晋烈公之十七年，当周安王之二年，《辑校》误前一年。

《辑校》二十二年，国大风，昼昏，自旦至中。明年，大子喜出奔。《太平御览》八百七十九引《史记》，今《史记》无此文，当出《纪年》。

王氏原案：“《史记·晋世家索隐》引《纪年》：‘魏武侯以晋桓公十九年卒。’以武侯卒年推之，则烈公当卒于是年。烈公既卒，明年，大子喜出奔，立桓公。后二十年，为三家所迁。是当时以桓公为未成君，故《纪年》用晋纪元，盖讫烈公。明年桓公元年，即魏武侯之八年，则以魏纪元矣。

《御览》引晋烈公二十二年，知《纪年》用晋纪元，讫于烈公之卒。《史记索隐》引魏武侯十一年、二十二年、二十三年、二十六年，而无七年以前年数，知《纪年》以魏纪元自武侯八年始矣。至《魏世家索隐》引'武侯元年封公子缓'，则惠成王元年之误也。"

案：王氏以武侯卒年推烈公当卒于魏武侯之七年者，是也。其谓《纪年》以魏纪元自武侯七年后始，虽无的证，而亦若可信。至据《御览》此条，谓晋烈公二十二年而卒，则误也。夫《汲冢》旧书，既已不可见。今所据以推知其一二者，首有赖于司马氏之《索隐》。《索隐》引《纪年》，特见与《史记》之驳异不同处耳。则凡《索隐》所不引者，《史记》与《纪年》相同，亦可推知。《索隐》不引晋烈公年数，知《纪年》亦作二十七年，与《史记》相符也。据以排比推算，亦无不合。详《考辨》第三六。今王氏以《索隐》无明文，乃别据《御览》。不知《御览》仅云"二十二年国大风，昼昏，自旦至中"，并未明言"君卒"，何以知烈公卒于是年？其下云"明年，大子喜出奔"，此亦不足为烈公卒于前年之证。如见卫灵公二十九年大子蒯聩出奔，即据以断灵公薨在是年，可乎不可耶？且《御览》乃引《史记》，王氏以今《史记》无此文，而谓此文当出《纪年》，论断亦疏，未可据信。今本《伪纪年》桓公立在周安王九年，大子喜出奔在周安王十五年，故徐氏《统笺》疑大子喜乃晋桓公子。陈氏《集证》亦谓当是静公之兄。余考晋烈公实在位二十七年，大子喜出奔在二十三年，明是烈公之太子。徐陈说皆误。大子喜出奔，盖尚在魏武侯三年。越四年，烈公乃卒，则魏武之七年矣。

又按：朱右曾录此条在晋烈公十二年，云："《御览》误衍一'二'字。"未详其何据。

《辑校》魏武侯十一年，宋悼公十八年。卒。《史记·宋世家索隐》

案：魏武十一年，乃当宋休公十八年，详《考辨》第六九。《辑校》非也。

《辑校》（十七年），於粤子翳三十三年。迁于吴。《史记·越世家索隐》

案：粤翳迁吴，据推当在魏武侯十八年，《辑校》误前一年，说详前。今本《伪纪年》在周安王二十三年，得之。

《辑校》（十八年），齐康公二十二年。田侯剡立。《史记·田敬仲世家索隐》

案：田侯剡立，当在齐康公二十年。今本《索隐》衍一"二"字。详《考辨》第六五。又齐康公二十年，当魏武侯之十二年。齐康公二十二年，当魏武侯十四年。《辑校》亦误。

《辑校》（二十年），於粤子翳三十六年。七月，於粤大子诸咎弑其君翳。十月，粤杀诸咎，粤滑，吴人立孚错枝为君。《史记·越世家索隐》

案：粤翳见弑当在魏武侯二十一年，此亦依次递误一年，说详前。今本《纪年》在周安王二十六年，得之。

《辑校》（二十一年），於粤大夫寺区定粤乱，立无余之。《史记·越世家索隐》

案：粤无余之立，应在魏武二十二年，《辑校》亦误前一年。今本《伪纪年》无余立在周安王元年，则不误。

《辑校》（二十一年），齐田午弑其君及孺子喜而为公。《史记·田敬仲世家索隐》

王氏原案："《史记·田敬仲世家索隐》引《纪年》：'齐康公五年，田侯午生。二十二年，田侯剡立。后十年，齐田午弑其君及孺子喜而为公。'又据《索隐》引《纪年》，齐宣公薨，与公孙会之叛同年。而据《水经·瓠子水注》引，则公孙会之叛，在晋烈公之十一年，宣公于是年卒，则康公元年当为晋烈公十二年。二十二年，当为魏武侯十八年。此事又后十年，当为梁惠成王二年。然《索隐》又引：'梁惠王十三年，当齐桓公十八年，后威王始见。'又案：《魏世家索隐》引："齐幽公之十八年而威王立。"幽公或桓公之讹。则桓公即田午。十八年，当惠成王十三年，其自立当在是年矣。年代参错，未知孰是。"

案：田侯剡立当在齐康公二十年，即魏武侯十二年。其后十年，为魏武侯二十一年，即田侯剡之十年。是年，桓公午弑君自立。自此下至惠成王十三年，适得十九年。以即位之翌年称元，故为桓公十八年也。其间并无参错。王氏案语诸误点，已一一详辨在前，兹不再论。

《辑校》（二十一年），韩灭郑，哀侯入于郑。《史记·魏世家索隐》

《辑校》（二十三年），晋桓公邑哀侯于郑，韩山坚贼其君哀侯而韩若山立。《史记·魏世家索隐》。《晋世家索隐》引："晋桓公十五年，韩哀侯卒。"

案：两引均见《史记·韩世家》，注作"《魏世家》"，系字误。二十三年，《韩世家索隐》作"二十二年"，"三"亦字误。晋桓公十五年，正当魏武侯二十二年，盖即哀侯入郑之翌年也。

《辑校》赵敬侯卒。《史记·晋世家索隐》引："晋桓公十五年，赵敬侯卒。"

案：与韩哀侯卒同年，亦魏武之二十二年也。

《辑校》（二十六年），燕简公四十五年。卒。《史记·燕世家索隐》

案：《索隐》云："《纪年》作'简公四十五年卒'，妄也。"《索隐》不信《纪年》，故遂以为妄。今考桓公以下燕君年数，《索隐》不复引《纪年》为说，知《史》与《纪年》

相同。桓公元在周烈王四年，自周威烈王二十三年燕简公立，说见前。下数至周烈王三年卒，得四十三年。是年桓公立，翌年改称元年也。然则简公四十五年，乃四十三年之误。若以即位翌年改元之例，则简公得四十二年。《索隐》数其始立至于卒岁，故云四十三年耳。此条当移前至魏武侯二十四年，方合。

《辑校》惠成王六年，於粤寺区弟思杀其君莽安，次无颛立。《史记·越世家索隐》

案：无颛之立，应在惠成王七年，《辑校》误前一年，说详前。今本《伪纪年》在周显王四年，亦误前一年。

《辑校》八年，齐桓公十二年。弑其君母。《史记·田敬仲世家索隐》

案：《索隐》作十一年，此注十二年，乃字误。齐桓十一年当梁惠成王六年，齐桓十二年，当惠成王七年，《辑校》年代亦差。

《辑校》十四年，於粤子无颛八年。薨，是为菼蠋卯。《史记·越世家索隐》

案：无颛立在梁惠成王七年，则无颛之八年乃惠成王十五年也。此亦误前一年，说统见前。

《辑校》十七年，宋景敾、卫公孙仓会齐师，围我襄陵。《水经·淮水注》

齐田期伐我东鄙，战于桂阳，我师败逋。《水经·济水注》

东周与郑高都、利。《水经·伊水注》

郑釐侯来朝中阳。《水经·渠水注》

案：今本《伪纪年》此四条皆有，而襄陵一条在三条后。陈氏《集说》云："齐救赵，战于桂阳，虽胜魏，而魏围邯郸如故。故齐又合宋卫二国之师以围襄陵。"朱氏《存真》

亦序桂阳在前，襄陵在后，似当仍之。王氏《辑校》原本朱氏，而多灭其案识，亦有移易而转不如朱者，读者当取两家并观。

《辑校》（二十四年），楚伐徐州。《史记·越世家索隐》

朱氏《纪年存真》曰："《索隐》云'在无颛薨后十年'，则楚宣王之二十三年，齐威王之十一年也。《楚世家》云：'威王七年，齐田婴欺楚，楚威王伐齐，败之于徐州。'与此不合，盖两事也。"

案：无颛卒在惠成王十五年，则其后十年，乃惠成王之二十五年，当楚宣王二十四年，齐威王之十二年也。《辑校》误前一年，均依朱氏《存真》而误，说详前。朱氏又辨与《楚世家》威王七年事不同，则是也。徐文靖《纪年统笺》以《楚策》"齐魏战马陵"一节说此，误矣。陈氏《集证》亦有辨。

《辑校》二十六年，败韩马陵。《史记·魏世家索隐》

案：今本《伪纪年》显王二十四年，魏败韩马陵。陈氏《集证》云："显王二十四，当魏惠二十六，《魏世家》于此年无韩魏战马陵事，而于惠王二年有'魏败韩于马陵，败赵于怀'之语，与《韩世家》'懿侯二年魏败我马陵'合。盖烈王七年事，正梁惠王懿侯二年。按：此实韩懿侯之六年，陈氏本《史记·年表》误，详《考辨》第七一。魏伐韩赵，所以报浊泽之役。原注："中缓争立，韩赵来伐，大败魏于浊泽。"《六国年表》载韩魏马陵之战，亦同在烈王七年。惟败赵于怀在前一年，与《世家》不同。《魏策》亦云：'魏公叔痤为魏将，而与韩赵战浍北，禽乐祚。败韩马陵，败赵于怀。'鲍注云，惠王二年，乐祚赵将。并以此为惠王二年事，则当在烈王七年，我师伐赵围浊阳之上。又《魏世家索隐》云：'案：《纪年》二十八年，与齐田肦战于马陵；又上二年，魏败韩马陵；十八年，赵又败魏桂陵。桂陵与马陵异处。’夫所谓‘又上二年’者，盖指惠成王之二年而言，非谓在战马陵上二年也。辑《纪年》者似误会此语。”今按：陈氏说极是。《辑校》与今本《伪纪年》同一误会。朱氏《存真》录败韩马陵于惠王十八年，则涉《索隐》下文赵败魏桂陵之年而误。

《辑校》二十七年十二月，齐田肦败梁马陵。《史记·孙子吴起列传索隐》

王氏原案：“《魏世家索隐》引：‘二十八年，与齐田肦战于马陵。’二十七年十二月，在周正为二十八年二月，是《魏世家索隐》已改算为周正也。《田敬仲世家索隐》引：‘齐威王十四年，田肦伐梁，战马陵。’考《纪年》齐威王以梁惠王十三年立。至此正得十四年。”

按：王氏谓《索隐》改《纪年》夏正为周正之说，他无可验。而《水经·泗水注》引《纪年》：“梁惠成王二十九年五月，齐田肦及宋人伐我东鄙，围平阳。”与《魏世家索隐》所引“二十九年五月，齐田肦伐我东鄙”同为一事，而又加详。《水经注》所引正亦作五月，不得谓其亦已改从周正。若《水经注》所引系《纪年》原文，则《索隐》又何以改于彼而仍于此？王说不足信。盖齐师自以上年冬出征，魏师自以翌年败北耳。详《考辨》第八四。

《辑校》二十九年，（秦孝公会诸侯于）逢泽。《史记·六国表》，惠王二十九年，秦孝公二十年，“会诸侯于泽”。徐广曰：“《纪年》作‘逢泽’。”《水经·渠水注》引徐说略同。

按：会诸侯于逢泽者乃梁惠王，非秦孝公，详《考辨》第八三。《辑校》误。

《辑校》后元（九年，郑）威侯七年。与邯郸围襄陵。五月，梁惠

王会威侯于巫沙。十月，郑宣王朝梁。《史记·韩世家索隐》

按：《索隐》此条五月上脱“八年”二字，详《考辨》第一〇二。《辑校》随文钞录，未能订正。

《辑校》后元（十年），齐田肦及邯郸韩举战于平邑，邯郸之师败逋，获韩举，取平邑新城。《水经·河水注》

按：败韩举事在惠王后元八年，《辑校》误从朱说，已详前辨。参读《考辨》第一〇二。

《辑校》后元十一年，（会韩威侯齐威王于）平阿。《史记·孟尝君列传》：“田婴与韩昭侯魏惠王会齐宣王东阿南，盟而去。”《索隐》曰：“《纪年》当惠王之后元十一年，作平阿。但齐之威宣二王，文舛互并不同也。”按：韩昭侯《纪年》亦当作韩威侯。

按：《辑校》改齐宣王为齐威王，是也。然据上条《韩世家索隐》梁郑会巫沙后，郑威侯已称郑宣王，则此处亦当作郑宣王。

一三五　宋康王灭滕考

《宋策》：“康王灭滕伐薛，取淮北之地。”金正炜《战国策补释》云：“《世本》称‘齐景公亡滕’；《汉·地理志》、《水经注》并云‘齐灭滕’；《竹书纪年》书‘于越灭滕’；《春秋正义》谓‘滕三十一世为楚所灭’；《春秋释例》又云‘滕自叔绣以下至公丘三十一世，为秦所灭’。今据《赵策》苏代所言，‘秦起中山与滕，而赵、宋同命’，以证此《策》，自视诸书为可据。”《赵策》作“起中山与胜”，金云：“《广雅》：‘起，立也。’胜当为滕。《宋策》于是灭滕伐薛，中山灭于赵，滕灭于宋，秦起复二国，故曰‘赵、宋同命’也。”今按：滕先灭于越，后又复立，其详已不可考。参读《考辨》第四九。孟子至滕，当梁惠王后元十三年，为宋王偃之十六年。滕文公好贤，行仁政。时定公初薨，问孟子而定三年之丧。又使毕战问井地。惜不寿，孟子游梁返齐为卿，而文公卒。参读《考辨》第九八及《考辨》第一一一。计其在位先后不逾八年。其后，滕事复无考。苏代之说，在五国攻秦后，当赵惠文王三年。时中山新灭，在五年前。与滕俱举，则滕灭亦不甚久。《春秋经传集解后序》谓《竹书》今王终二十年，今王者魏襄王。魏襄王二十年，正赵武灵王传国少子何，自称主父之岁。明年为赵惠文王元年。《索隐》不谓《竹书》有宋灭滕，知宋康灭滕在魏襄二十年后，故《竹书》不及载。然则滕灭于宋，正在赵惠文王元年，至三年间，其后逾十年而宋亦为齐灭矣。吕氏《大事记》，王氏《通鉴答问》，马氏《文献通考》，皆谓滕灭在周赧王二十九年，此由《史记》齐灭宋在赧王二十九年而误。

又按：谭贞默《孟子编年略》云："传记滕文公卒，再传二十一年，灭于宋。"此所谓"传记"者，不审何书。然余定滕灭之年，上推二十一年，适滕文公卒，固无误。任启运《孟子考略》谓"记言孟子去滕二十一年而滕亡"，则决不然。或任氏误记文公卒后二十一年为孟子去后二十一年也。

一三六　荀卿自齐适楚考

桓宽《盐铁论·论儒篇》云："及（齐）湣王，奋二世之余烈，南举楚淮北，并巨宋，苞十二国，西摧三晋，却强秦，五国宾从，邹、鲁之君泗上诸侯皆入臣。矜功不休，百姓不堪。诸儒谏不从，各分散。慎到、接子亡去，田骈如薛，而孙卿适楚。内无良臣，故诸侯合谋而伐之。"今按：湣王灭宋在十五年，《年表》误谓三十八年，详《考辨》第一二八。其明年为燕昭王二十七年，燕使乐毅谋伐齐。又明年，齐湣王之十七年，而乐毅以秦魏韩赵之师入齐至临淄。湣王走莒。是荀卿诸人之去，当在湣王十五、十六年间也。是时荀卿年当五十五六。殆自游燕以后，重复至齐，亦为稷下列大夫，而慎到、田骈之属为老师，至是而相率散亡也。胡元仪《郇卿别传》据《盐铁论》此文，谓是郇卿湣王末年至齐。《盐铁论》明谓荀子以湣王末年去，何得即推以谓湣王末年来？胡说非也。《史记·孟荀列传》叙荀卿至楚在齐襄王时三为祭酒之后，盖误。至春申君以荀卿为兰陵令，益不足信，辨详后。

汪中《荀子年表》谓："荀书《强国篇》荀子说齐相国曰：'今巨楚县吾前，大燕苏吾后，劲魏钩吾右，西壤之不绝若绳，楚人则乃有襄贲开阳以临吾左。是一国作谋，三国必起而乘我。如是则齐必断而为四，三国若假城耳。'其言正当湣王之世。湣王再攻破燕、魏，留楚太子横以割下东国。故荀卿为是言。其后五国伐齐，燕入临淄，楚、魏共取淮北，卒如荀卿言。"又曰："此齐相为薛公田文，故曰'相国上则得专主，下则得专国'。"今按：田文相齐湣，其去位在齐湣之七年。详《考辨》第一二九。若汪氏言可信，则荀卿之说，乃在湣王七年前。自是迄于湣王之败尚十年，则荀卿在齐殊久。若以燕子之之乱即来齐，则前后可得二十许年矣。近人有疑荀卿来齐，已在王建之世者，不徒与《盐铁论》背，而《荀子》本书《王霸》一节，更为难通。

一三七　慎到考

《孟子》："鲁欲使慎子为将军，孟子曰：'不教民而用之，……一战胜齐，遂有南阳，然且不可。’慎子勃然不悦曰：‘此则滑釐所不识也！’”赵注：“滑釐，慎子名。”焦循云：“‘釐’与‘来’通。《诗·周颂·思文》‘贻我来牟’，《楚书·刘向传》作‘饴我釐麰’是也。《尔雅·释诂》云：‘到，至也。’《礼记·乐记》云：‘物至知之。’注云：‘至，来也。’到与来为义同。然则慎子名滑釐，其字为到，与墨子之徒禽滑釐同名。或以为慎子即禽滑釐，或以为慎子师事禽滑釐，称其师滑釐不识，皆非是。”今按：焦说是也。马氏《庄子义证》，又以《孟子》书慎子，乃《墨子·耕柱篇》骆滑釐，说益支离，不可信。《汉志》法家者流，有《慎子》四十二篇，注：“名到，先申韩，申韩称之。”夫到与孟子同时，而按《盐铁论》，慎子以湣王末年亡去，则慎子辈行犹较孟子稍后，岂得先申子？《荀子·非十二子》以慎到田骈齐称。《庄子·天下篇》称彭蒙田骈慎到，田骈学于彭蒙而与慎到同时，是慎到后于彭蒙也。近人胡适《中国哲学史大纲》卷上谓慎到稍在前，彭蒙次之，田骈最后，亦非矣。

至孟子慎子在鲁相遇之年，今已不可确指。薛方山云：“鲁为齐弱久矣，安能伐齐？此必因湣王败而走莒时。”黄鹤《四书异同商》辨之云：“薛说非也。燕人畔，立昭王，孟子因此致为臣而归矣。《史记》载昭王立二十八年始伐齐，孟子此时未必犹存。”今按：孟子以齐威王晚年三十六年。曾返鲁。详《考辨》第一一二。后于宣王八年去齐至宋，其后或仍返老于鲁。慎子亦居稷下，至湣王末而去。疑其居鲁或当以威王晚节为近是。姑以是时慎子年三十计，则湣王之末，慎子年垂七十矣。鲁欲使慎子为将军，乃一时拟议之辞，其事成否不可知。至一战胜齐，孟子特假为之说耳，非必鲁将慎子，必以伐齐取南阳为帜志也。薛说自不可从。林春溥《孟子年表后说》，及《开卷偶得》卷七，至谓："鲁使慎子之役，竟取南阳。"益复失之。其《战国纪年》，又引《吕氏春秋》"齐以东帝困于天下，而鲁取徐州"为证。惟谓："此事距孟子卒已十年，又不可以强合。"总缘看文字太死杀也。

慎子虽战国一显士，然其事迹流传者少，已难详定。明人慎懋赏伪为《慎子》书，缀其事若较备，然均不足信，兹再略辨如次。

《楚策》："襄王为太子之时，质于齐。怀王薨，太子辞于齐王而归。"齐王强索东地五百里。襄王退而问其傅慎子。今亦见慎氏书。按：怀王入秦为周赧王十六年，其时齐湣王之二年也。岂慎子遂以其时为楚襄傅乎？校其年代尚无不合，惟慎氏书显系钞撮伪造，不足据。《史记正义》云："慎子，战国时处士。"亦不以为楚王傅。《风俗通义·姓氏篇》："慎到为韩大夫。"亦无据。疑从其"先申韩，申韩称之"而误。

《赵策》"郑同北见赵王"，说以兵事。今慎氏书引之，而云"慎子侍"。按郑同之说云："先见魏昭王。"魏昭王元年在楚襄王之四年。慎子既为襄王傅，岂复重至于赵？惟年代亦略可及。今既《赵策》无此语，则"慎子侍"云云，乃慎氏袭《赵策》以为《慎子》书，以慎子乃赵人，故云侍赵王也。此亦不足据。又云"蔺相如困秦王归，有矜色，谓慎子"云云。秦赵会渑池在魏昭王十七年，其献璧在赵惠文王十八年秦拔赵石城之前，亦在魏昭王十三四年，与郑同事时亦相当，而又稍后。岂慎子诚晚年及见蔺子哉？

慎氏书又有"许犯问慎子"云云，许犯学于禽滑釐，即许行。见《考辨》第一三一。慎氏以孟子有"滑釐不识"之语，故伪撰"许犯问慎子"矣。又"田系问"云云，益不足据。

又有"环渊问慎子"云云，今按：《史记》称："自邹衍与齐之稷下先生，如淳于髡慎到环渊接子田骈邹奭之徒各著书。”故慎氏妄造“环渊问”。又称：“孟子舆说齐宣王而不说，谓慎子。慎子曰：‘行无隐而不形，夫子居鲁而鲁削，何也?’”是又袭淳于髡之言为慎子也，皆不足信。

又有“邹忌以鼓琴见齐王，稷下先生淳于髡慎到田骈接子环渊相与往见邹忌子”云云，此事见《史记·田齐世家》及刘向《新序》，皆仅说淳于髡。慎氏窃取其说，又加以《孟荀列传》所举慎到田骈诸人，遂以实《慎子》书，其伪迹益显。

今据《史记·孟荀列传》，慎到赵人，为齐稷下先生，与田骈齐名，至湣王时而去，则慎子事之可信者。《太平寰宇记》卷十三谓“慎子墓在济阴县西南四里”，则慎子自湣王末亡去，盖老死于齐，或未适他国。又《郡斋读书志》以慎子为浏阳人，未识何据。《唐志》十篇，而《读书志》只一篇，盖已伪物矣。至其学术宗旨，则《荀子·非十二子篇》评之曰：“尚法而无法，下修而好作，上则取听于上，下则取从于俗，终日言成文典，反纠察之，则倜然无所归宿，不可以经国定分……，是慎到田骈也。”《荀子·解蔽》亦称之，曰：“慎子蔽于法而不知贤。”《天论篇》又称之，曰：“慎子有见于后，无见于先。”此则慎子之学也。其持论盖为后来道法开源。其“蔽于法而不知贤”，则韩非法家之言也；其“有见于后，无见于先”，则老聃道家之旨也。此与“宋子有见于少，无见于多”，同为稍后《老子》书所取。故《史记》称之曰“学黄老道德之术”，而《汉志》则谓“申韩称之”。其实慎到为稷下学士，尚在前，老聃韩非道德刑名之说自在后。汉人误认老子在孔子前，遂若慎到学老子，而韩非采慎到。以荀卿之论定之，可知其误也。

一三八　接子考

《庄子·则阳篇》："季真之莫为，接子之或使，二家之议孰正于其情；孰偏于其理？"成玄英疏："季真接子，齐贤人，俱游稷下。"今按：季真事迹多在梁，其一时交游亦以梁为盛。参读《考辨》第七九。成氏谓之"齐人""游稷下"，未审所据。岂以接子而连类说之耶？接子又见《史记·田完世家》《孟荀列传》，与淳于髡田骈慎到并称。《盐铁论》谓，湣王之末，"慎到接子亡去，田骈如薛，而孙卿适楚"。接子年世，盖与慎到相先后，较孟轲淳于髡略晚，亦与惠施季真同时。季惠或先接子而亡也。《汉志》《人表》皆作"捷子"，"接""捷"古字通。《通志·氏族略》四引《风俗通》："本郲公子捷菑之后，以王父字为氏。"《人表》捷子在尸子后，邹衍前，年亦相当。《孟荀列传》称其："学黄老道德之术，因发明序其指意。"《汉志》《捷子》二篇，在道家，其殆主命定之论者耶？季真"莫为"，则近于机械的自然论。要之二人，既不信有天神主宰（莫为），又不许有人力斡旋（或使），皆处不得已而为随顺。与庄周同时而持义亦相近。《孟荀列传索隐》，环渊接子，"古著书人之称号"，其事不详，无可考矣。

一三九　田骈考　附　彭蒙　王斶

《史记·孟荀列传》："田骈、接子，齐人。……皆学黄老道德之术。"《汉志》道家有《田子》二十五篇，《吕览》高诱注云："道书十有五篇。"班固曰："名骈，《庄子释文》引《慎子》云："田骈名广。”齐人，游稷下，号‘天口骈’。”《七略》曰：“田骈好谈论，故齐人为语曰‘天口骈’。‘天口’者，言田骈子不可穷其口，若事天。”语见《文选·宣德皇后令》注。《庄子·天下篇》称其学，与彭蒙慎到并列。《吕览·不二篇》：“陈骈贵齐。”高诱注：“齐生死，等古今也。”田子之“齐生死”，盖与庄生略似，皆承杨朱“重生贵己”之说而微变之者。

《齐策》：“齐人见田骈，曰：‘闻先生高议，与“义”通。设为不宦，而愿为役。’田骈曰：‘子何闻之？’对曰：‘臣闻之邻人之女。……臣邻人之女，设为不嫁，行年三十而有七子。……今先生设为不宦，赀养千钟，徒百人，不宦则然矣，而宦过毕也。’”今按：稷下学士皆不治而议论。田骈淳于髡之徒，虽溺情富贵，而复抗不仕之名。此由当时墨学既盛，如陈仲子以兄戴盖禄为不义，故亦相炫以为名高也。《淮南·人间训》：“唐子短陈骈于齐威王，威王欲杀之，陈骈子与其属出亡奔薛。孟尝君闻之，使人以车迎之。”而《盐铁论·论儒篇》则谓田骈如薛在湣王世。两说相较，以后说为胜。此殆《淮南》之误记也。《绎史》谓：“威王不与孟尝君同时，此或靖郭君之事。”窃谓易靖郭为孟尝，不如易威王为湣王也。又《淮南》称田骈之言曰：“臣之处于齐也，粝粢之饭，藜藿之羹，冬日则寒冻，夏日则暑伤。”亦与《策》文不合。

又《庄子·天下篇》称田骈“学于彭蒙，得不教焉”，又曰“彭蒙田骈慎到不知道”，则彭蒙为田骈师，故序列居最先。今《尹文子》乃谓田子读书，彭蒙越次而对，田子曰：“蒙之言然。”转谓彭蒙师田骈。伪书固不足信。而伪《尹文子·序》又谓尹文居稷下，与宋钘彭蒙田骈同学。详《考辨》第一二四。若其说有据，则彭蒙亦稷下先生，其年世既先于田骈，殆或上及齐威矣。又成玄英《庄子疏》谓："彭田慎皆齐之隐士，俱游稷下，各著书数篇。"未详其据。慎到既赵人；谓蒙齐人，未必信。今《汉志》无彭蒙书，《人表》亦不著彭蒙姓字，盖已湮没无传矣。而《庄》书又称："彭蒙之师曰：'古之道人，至于莫之是莫之非而已矣。其风窢然，恶可而言？'"是彭蒙之学尚亦远有端绪。余考齐威王梁惠王前，学者如列御寇南郭子綦杨朱彭蒙之伦，其学皆主"重生贵己，全性葆真"，为后来道家滥觞。盖孔主杀身成仁，墨主贵义轻生。如吴起孟胜之徒，皆不惜舍身殉节。列南杨彭承其后，而倡重生贵己，亦有激而然也。不教亦贵己之一节。至田骈庄周齐死生，则较杨彭立说，又深一层矣。

又按：《齐策》："齐宣王见颜斶。"吴师道曰："《春秋后语》作王蠋。"又有先生王斗，吴师道曰："一本标《文枢镜要》作'王升'。"今按：《汉·人表》有王升颜歜。窃疑王升即王斶之脱讹，又误分颜王为两姓。观颜斶对宣王曰："夫斶前为慕势，王前为趋士。"而王升之对亦然，知其为一事两传矣。其后当湣王之亡，有画邑人王蠋，乐毅闻其贤，令环画三十里毋入，而使人请之，蠋自经而死。盖即宣王时高论士贵之王斶也。今《齐策》颜斶语引《老子》，疑出后人传述，或较王升一篇稍晚出。而颜斶王斗王蠋，遂俨若三人。其人盖亦稷下先生之贤者。当湣王之末，诸儒散亡，彼殆以邦土未去，遂以死节也。因志所疑附此。

一四〇　春申君封荀卿为兰陵令辨

后世言荀卿事，悉本司马迁刘向。然向言最难凭。既曰

“孙卿后孟子百余年”，又谓其“与孙膑议兵于赵孝成王前”，其无稽如此。《史记》于卿事亦疏略不备。余既别为考定，而于春申君封荀卿为兰陵令一事，则不能无疑。盖其说始于司马迁，成于刘向，而实未足为信史也。《史记》言：“齐人或谗荀卿，荀卿乃适楚，而春申君以为兰陵令。”今考荀卿去齐适楚，乃当滑王末世，详《考辨》第一三六。下距黄歇为春申君尚二十余年，则《史》说非也。又谓：“春申君相楚八年，……以荀卿为兰陵令。”《春申君列传》考荀卿是时年逾八十。昔人疑荀卿年者多矣。唐仲友谓：“春申君死而卿年已百三十七。”晁公武谓：“荀卿去楚时近百岁。”皆考核未精。又曰：“春申君死而荀卿废。”是卿以八十老人为一县令，至十八年之久，至于春申之死，荀卿年已百龄，失所凭依，乃不得已而见黜。卿纵贪禄好仕，一何老不知退，为驽马之恋豆，至于若是其甚耶？向之言则尤谬，谓：“春申既以卿为兰陵令，或谗之曰：‘汤以七十里，文王以百里，孙卿贤者，与之百里，楚其危乎！’春申君遂谢去孙卿。”夫卿之在齐，为稷下老师。稷下之禄，如齐人之讥田骈，则曰：“赀养千钟，徒从百人。”宣王之留孟子，则曰：“中国授室，致禄万钟。”优异如此。昔孟子游梁，惠王尊之曰“叟”，问以利国之大计。以荀卿较之，年为高矣，位为尊矣。退自稷下，而至于楚。荀卿至楚，尚在齐襄王前，兹姑据刘向《叙录》为说耳。使春申贤荀卿耶，不应抑以百里之小令；使春申不贤荀卿，何以或人之一言，遽谢而去之耶？又谓：“荀卿既之赵，春申君又以或人之言聘荀卿。荀卿遗春申君书，刺楚国，因为歌赋以遗春申君。”此汪中《荀卿子通论》已辨之，曰：“春申君请孙子，孙子答书，或去或就，曾不一言，而泛引前世劫杀死亡之事，未知其意何属。且灵王虽无道，固楚之先君也，岂宜向其臣子斥言其罪？不知何人凿空为此，韩婴误以说《诗》，刘向不察，采入《国策》。其叙《荀子》《新书》又载之，斯失之矣。此书自厉怜王以下，乃《韩非子·奸劫弑臣篇》文，其赋词乃《荀子·佹诗》之小歌，见于《赋篇》。由二书杂采成篇，故文义前后不属。幸本书具在，其妄不难破。”向又谓：“春申君得书，恨，复因谢孙卿。孙卿乃行，复为兰陵令。”此尤无理。黄式三《周季编略》信有荀卿答书，而亦不信有反楚复仕，曰：“荀卿是时年已八十余，反赵之后，无弃赵卿而再仕兰陵之理。”又曰：“书赋之辞严厉，无应召之意。”余谓春申诚贤荀卿而再聘，亦不仍以兰陵屈。凡此皆《史记》之所无，而尤不近情理之甚者。且余观荀卿书，如说齐相，应秦昭王应侯问，议兵于赵孝成王前，凡其行迹所至，皆有记载。其论列时事亦详，然至于邯郸之解围则止。独自为兰陵令后十八年，无片辞涉及，又绝不言春申君。有之惟《成相》一语，曰：“春申道缀，基毕输。”卢文弨疑之，曰：“此‘春申’句有误，必非指黄歇。”郝懿行则云：“此荀卿自道。荀本受知春申，为兰陵令，盖将借以行道。迨春申亡而道亦连缀俱亡，基亦堕输矣。”今按：卿以八十颓龄，为令兰陵垂二十年，亲著书数十篇，曾无一语自道政绩。其弟子如韩非李斯之徒众矣，亦不一语及其师治道，并又不见于他之称述。则所谓“毕输之基”者安在？郝氏道“亦连缀”之语，尤强解非文理，则卢氏之疑是也。刘师培《荀子斠补》云：“春申当作鲁申，《左传》定四年‘晋重鲁申’，鲁申即鲁僖公，此句承上文‘展禽三绌’言，展禽与鲁僖同时，鲁不用展禽，周公之基业至僖公而竟堕也。”此承卢氏而创新解，殆可信。余读《成相》一诗，皆有遭谗愤世之辞，殆卿当齐湣王时以谗去楚之所感而作也。故卿之遭谗在齐湣王世，非楚春申也。其之楚在为齐襄王时稷下老师之前，非在襄王后也。其至赵在自齐至秦之后，非为令兰陵而后之赵也。其退老而著书，所论止于邯郸之役，正卿八十之年，非其后尚为县令二十年，然后乃废退而家居也。《史记》所传，失情实者多矣。荀卿春申之事，岂必以见于《史记》而信之哉？然则《史》说无本，何以又确指其年，谓荀卿封兰陵在春申为相之八年乎？曰："非也。"兰陵属东海，为鲁地，故《史》姑附之楚灭鲁之岁。《史》固未能确指，而后人乃确信之也。又按：《史记》灭鲁年亦误，详《考辨》第一五四。曰："然则荀卿之为令兰陵，果尽无稽乎？"曰："是不然。"荀卿适楚在湣王末年，当顷襄王之十五年。是年取齐淮北，兰陵或以其时归楚，而荀卿为之令，非不可有之事。又春申既顷襄弟，其时或已用事，而进言荀卿于楚王。《史》自误为春申为相之后也。又按：《荀子·尧问篇》，荀卿弟子慨述其师之所以不遇，亦无一语及春申。《史记》又云，荀卿卒，"因葬兰陵"。刘向《叙录》云："兰陵多善为学，盖以荀卿，长老至今称之，曰：'兰陵人喜字为卿，盖以法荀卿。'"盖卿与兰陵洵有渊源，至于是否卒而葬焉，而遂令后人思慕之如是，则亦无可详考矣。要之，《史》说之误，自有可得而辨者，因为之辨如此。

又按：应劭《风俗通》卷七《穷通篇》："齐人或谗孙卿，乃适楚，楚相春申君以为兰陵令。人或谓春申君云云，春申君谢之，孙卿去之，游赵，应聘于秦。……作书数十篇。……春申君使请孙况，况遗春申君书，刺楚国，因为歌赋以遗春申，因不得已，乃行复为兰陵令焉。"此以卿为兰陵令在游赵聘秦之前，是也。又序其事于在齐三为祭酒后，则误于《史记》。

并谓其为歌赋遗春申，因不得已复为兰陵令，则误于刘向。然通观诸书所载，应氏最得荀卿行实矣。

一四一　公孙龙说燕昭王偃兵考

《吕氏春秋·应言篇》："公孙龙说燕昭王以偃兵，昭王曰：'甚善。寡人愿与客计之。'公孙龙曰：'窃意大王之弗为也。'王曰：'何故？'公孙龙曰：'日者大王欲破齐，诸天下之士，其欲破齐者，大王尽养之；……其卒果破齐以为功。今大王曰"我甚取偃兵"。诸侯之士，在大王之本朝者，尽善用兵者也，臣是以知大王之弗为也。'"燕昭以二十八年破齐，至三十三年卒。龙之说燕昭在二十八年后，是为龙事迹最先可考之年。又下至平原君卒，凡三十三年。参读《考辨》第一五二。此下无公孙龙事。龙卒盖亦在是时。则其生当在燕哙齐宣时，惠施已老。施之死在魏襄王九年前，龙盖未能逾十龄也。龙寿当在六十、七十间。相传庄周却楚威王聘，威王卒岁，周年最少亦三十，多至四十。下逮惠施之卒，周年五十至六十。时公孙龙不出十岁。若周年逾七十，龙亦二十、三十以上，犹及见周也。《庄》书《徐无鬼篇》，庄子谓惠子曰："儒墨杨秉四，与夫子为五，果孰是邪？"《列子释文》："公孙龙字子秉。"然惠施卒，龙在童年，庄周之死，龙亦其学初成，岂遽与儒墨杨惠为五？若公孙龙诚字子秉，则其语盖出庄子卒后，公孙龙成名之际又按：洪颐煊曰："'秉'疑'宋'误。"马氏《庄子义证》谓："《尸子·广泽篇》'料子贵别囿'，即宋子字讹。宋、料形音均相近，故《尸子》作料。秉与宋形亦近，故此又作秉也。"

又按：《淮南·道应训》："公孙龙在赵之时，谓弟子曰：

‘人而无能者，龙不能与游。’”有客能呼，龙与之弟子之籍。“后数日，往说燕王，至于河上，而航在泛，使善呼者呼之，一呼而航来”。《史记·孟荀列传》：“龙为赵人。”又见《汉·艺文志》班固注，及《列子释文》。则龙之说燕，盖自赵而往，为初出也。

一四二　公孙龙说赵惠文王偃兵考

《吕氏春秋·审应览》：“赵惠文王谓公孙龙曰：‘寡人事偃兵十余年矣，而不成，兵不可偃乎？’公孙龙对曰：‘偃兵之意，兼爱天下之心也。兼爱天下，不可以虚名为也，必有其实。今蔺离石入秦，而王缟素布总；东攻齐得城，而王加膳置酒。……所非兼爱之心也。此偃兵之所以不成也。’”《史记·赵世家》：“惠文十七年，秦拔我两城。十八年，秦拔我石城。十九年，秦败我二城。《志疑》云：“‘败’当作‘取’。”赵奢将攻麦邱，取之。二十年，廉颇将攻齐。”龙言盖指是时事。石城者，《通鉴》胡注谓即汉西河之离石县。高诱注《吕览》，亦谓蔺离石二县，今属西河。梁氏《志疑》据《赵世家》肃侯二十二年，秦取代蔺离石，谓何待是时始拔。然考同篇武灵王十三年，亦云“秦拔我蔺”，已复复出，况惠文时乎？《赵策》：“秦攻赵，蔺离石祁拔，赵请纳焦黎牛狐三城以易之。已而背之。秦怒，令卫胡伤伐赵，攻阏与，赵奢败之。”《年表》阏与之役在赵惠文二十九年。《秦本纪》在昭王三十八年，较《年表》后一年。合之《赵策》，是其事由蔺，离石。此惠文时秦拔赵蔺离石之的证也。又《西周策》：“苏厉谓周君曰：‘败韩魏，杀犀武，攻赵，取蔺离石祁者，皆白起。’”高注：“杀犀武于伊阙。”按《年表》，其事在秦昭王十四年，前攻赵拔两城十一年，然则两城者，蔺与祁也。云蔺离石者，兼言两年事。若当武灵王十三年，则白起尚未用事。此亦秦拔蔺离石当赵惠文时之的证也。《志疑》又不信赵奢廉颇伐齐得地之事，云：“是时齐尚止二城，麦邱属燕，齐无可攻。《年表》《田完世家》他处皆无其事，疑《史》误。”不知《史》《策》言齐独存二城者，指其五年中最后而言，非齐一败而诸城皆下，即无地可攻也。谓余城皆属燕，特举大数言之，以燕独入齐临淄，又始终主其事也。非谓其他三晋诸国，均不得尺土一城。不博观会通，而一切以绳，失者多矣。林氏《战国纪年》谓：“据《国策》，邹忌谓齐地方千里，百二十城，是在威王之世已然。况宣滑以来，取燕灭宋，楚割淮北，西侵三晋，拓地愈广。而谓七十余城之外惟余莒与即墨，其他别无可取，岂其然乎？”此亦一说。今以《吕览》公孙龙之言参之，知《赵世家》所记固不误，然则公孙龙对惠文王之言，乃在惠文二十年后审矣。考燕昭王以惠文二十年卒，公孙龙盖即以燕昭卒后去燕适赵。赵惠文初立年幼，主父尚在，未能当国。四年李兑杀主父，其后惠文始自临事。此云事“偃兵十余年”，语亦适合。龙之说燕昭赵惠文两君，皆以偃兵兼爱，盖亦治墨学之遗绪，而文以妙辨，故乃与惠施齐名也。

又《吕览·淫辞篇》：“空雄之遇，秦赵相与约。约曰：‘自今以来，秦之所欲为，赵助之；赵之所欲为，秦助之。’居无几何，秦兴兵攻魏，赵欲救之。秦王不说，使人让赵王。曰：‘非约也。’赵王以告平原君，平原君以告公孙龙。公孙龙曰：‘亦可以发使而让秦王曰：“赵欲救之，今秦王独不助赵，此非约也。”’”高注：“赵王，赵惠王也。”梁云：

"空雄，《听言篇》作空洛，此疑本作空雒，写者误耳。"今按《年表》，赵惠文二十年，与秦会渑池，蔺相如从。二十三年，秦拔魏两城。空洛疑渑池字误。公孙龙正以会渑池之年来赵。据此文，龙盖自始即客平原君家。林春溥《战国纪年》，以公孙龙此说系于周赧王三十二年秦取魏安城，孟尝君求救于燕赵事下。时值燕昭入齐之翌岁，公孙龙方在燕。又不悟空雄乃渑池字讹，臆定无据，不足信。自此至邯郸解围凡二十年，公孙龙常在赵。平原君之厚待公孙龙，可见也。《文选》邹阳《上书吴王》注，引《新序》："公孙龙谓平原君曰：'臣居鲁则闻下风，高先生之知，悦先生之行。'"今按：刘向《新序》《说苑》多不可信，此殆以《史记》有公孙龙为孔子弟子而误。

一四三　荀卿齐襄王时为稷下祭酒考

《史记·孟荀列传》："荀卿，赵人。年五十，始来游学于齐。驺衍之术迂大而闳辨；奭也文具难施；淳于髡久与处，时有得善言。故齐人颂曰：'谈天衍，雕龙奭，炙毂过髡。'田骈之属皆已死齐襄王时，而荀卿最为老师。齐尚修列大夫之缺，而荀卿三为祭酒焉。"此文谓荀卿初来，稷下尚盛，及后诸儒零落，而荀卿独在，最为老师也。然邹衍邹奭尚在荀卿后，不当与淳于髡并列。参读《考辨》第一四四。至年五十，乃十五误倒。荀卿自十五游学来齐，其后曾至燕，见燕王哙。燕王哙不之用，后重适齐，则为稷下列大夫。至湣王灭宋骄矜，稷下先生慎到田骈之徒皆散，其时荀卿则适楚。以上均详《考辨》第一〇三及一三六。是皆为《史》文所不具。此云"齐尚修列大夫之缺"者，以稷下之制坏于湣王末年，至襄王而重修也。今考襄王五年，田单杀骑劫。重修列大夫之缺，当在此后。是时荀卿年逾六十，自楚复返齐。而往者田骈之属同时散亡者，皆已死，故荀卿最为老师也。汪中《荀子年表》谓："荀子年五十，始游学来齐，则当湣王之季，故《传》云'田骈之属皆已死'也。"是误谓田骈已死于荀子来齐之前。近人有疑《史》文"邹衍之术"以下一节为衍文，谓当以"田骈之属"一语直接"始来游学"云云，是荀卿始来，乃在齐襄王时，亦不与田骈诸人相接，皆与《盐铁论》所记背缪，殊不足信。参读《考辨》第一二三。及襄王死，荀卿乃游秦，详《考辨》第一四九。《史》谓"齐人或谗荀卿，荀卿乃适楚"，亦误。盖《史记》述荀子行迹，仅及齐楚两国，不知其有之秦适赵之事。又谓其为兰陵令而终老于楚，故以适楚移之三为祭酒而去齐之后。今自襄王六年至襄王十九年，前后凡十有四年，荀卿之三为祭酒，当在其时。

一四四　邹衍考 附 邹奭

《史记·孟荀列传》："（邹衍）适梁，惠王郊迎，执宾主之礼适赵，平原君侧行襒席。如燕，昭王拥彗先驱。"《汉志》道家有《邹子》四十九篇，班注云："名衍，齐人，为燕昭王师，居稷下，号'谈天衍'。"又《邹子终始》五十六篇，师古曰："亦邹衍所说。"王应麟引《封禅书》"齐威、宣之时，驺子之徒，论著终始五德之运，及秦帝而齐人奏之"为证。今按：衍至赵，见平原君，在信陵破秦存赵之后，事见《平原君列传》。其时梁惠王死已七十二年，燕昭王亦死二十二年矣。张守节云"邹衍与公孙龙同时"是也。衍已不及见燕昭齐宣，遑论齐威梁惠乎？《文选》阮嗣宗《诣蒋公奏记》注，扬子云《解嘲》注，引《七略》曰："方士传言邹子在燕，其游诸侯，畏之，皆郊迎而拥彗。"其言或为史公所本，而语差无误。《燕世家》又云："（昭王）卑身厚币以招贤者。……乐毅自魏往，邹衍自齐往，剧辛自赵往，士争趋燕。"《燕策》亦云然。《大戴礼·保傅篇》："燕昭王得郭隗，而邹衍乐毅以齐至。"无剧辛。然其说殊误。时仅有一乐毅耳，邹衍剧辛皆在后。《史》《策》为盛言"士争趋燕"，遂误攀后来者为说，非情实也。《韩非·饰邪篇》："凿龟数策，兆曰大吉，而以攻燕者，赵也。凿龟数策，兆曰大吉，而以攻赵者，燕也。剧辛之事燕，无功而社稷危。邹衍之事燕，无功而国道绝。赵代先得意于燕，后得意于齐，国乱节高，自以为与秦提衡，……将劫燕以逆秦，……地削兵辱，主不得意而死。"此记赵悼襄王时事。剧辛以赵悼襄三年败死，时为燕王喜十三年，去燕昭王伐齐已四十二年。燕昭招贤，犹在其前。剧辛不在燕昭招贤时仕燕明矣。据韩非书，则邹衍乃与剧辛同僚。去信陵破秦十五年。其自齐赴赵，当齐王建时，在平原君晚节。自赵往燕，则仕燕王喜，绝不与齐宣燕昭相涉。史公云云，盖误于燕齐方士之说耳。方士以神仙愚秦始皇，乃引燕昭王、齐威、宣王以为重。若仅言齐王建燕王喜，亡国之君，不足以歆动始皇之心也。

《御览》四引《淮南》云："邹衍事燕惠王，尽忠，左右谮之王，王系之狱，仰天哭，夏五月，天为之下霜。"《文选》卷三十九注亦引此条。据此则衍先已仕燕，后之齐。此似衍早年事，然亦不谓事昭王。至《史记》梁惠王郊迎，或乃由燕惠而误。今姑定燕惠王元年，邹衍年二十五左右，则邯郸解围后，邹衍自齐使赵，年四十八九。剧辛之死，邹衍亦逾六十，其生当在齐宣之晚年也。

《史记·孟荀列传》："齐有三邹子。"其前邹忌，其次邹衍邹奭。"邹奭者，齐诸邹子，亦颇采邹衍之术以纪文。……齐人颂曰：'谈天衍，雕龙奭。'"《集解》引《别录》曰："邹衍之所言，五德终始，天地广大，尽言天事，故曰'谈天'。邹奭修衍之文，饰若雕镂龙文，故曰'雕龙'。"《汉志》阴阳家有《邹奭子》十二篇。《文选》江淹《别赋》、任昉《宣德皇后令》注引《七略》作《邹赫子》。沈钦韩曰："赫、奭通用。"据此则邹奭在邹衍后。而《史记》以奭与淳于髡慎到田骈同称稷下先生。余考邹衍自齐使赵，已在王建八年前后，则稷下故事，疑下逮王建时，犹未全泯矣。

又《汉书·人表》有轧子焣子。钱大昕《三史拾遗》谓："即治《春秋》之夹氏邹氏。'轧'与'夹'音相近，'焣'即'聚'字，'邹'与'聚'声亦不远。"沈钦韩《前汉书疏证》亦谓："焣子乃邹子之误。《艺文志》有《春秋邹氏传》，盖《孟荀列传》所称三邹子之一。"今按：《人表》轧子焣子后，即次以沈子北宫子鲁子公扈子尸子，皆治《春秋》，则钱氏之言信矣。而《史记·孟荀列传》称"邹衍深观阴阳消息，称引天地剖判以来，五德转移，治各有宜，而符应若兹"。《汉书·严安传》，严安上书曰："臣闻邹（衍）曰：'政教文质者，所以云救也，当时则用，过则舍之，有易则易也。'"此皆言邹子学术大旨之仅存者。凡汉儒治《公羊春秋》，言通三统，改制质文诸说，其实源自阴阳，与邹衍说合。今所谓《春秋邹氏传》，虽不知于三邹子中当何属，又不知其所论者何若，要之或亦与《公羊》家言相近，渊源同自邹衍，则沈说亦可从也。汉王吉能治《邹氏春秋》。又《盐铁论·论儒篇》，谓："邹子以儒术干世主，不用，即以变化始终之论，卒以显名。"则邹衍阴阳之术，其先本之儒，汉儒尚多能言之者。

附　邹衍著书考

《汉书·艺文志》阴阳家《邹子》四十九篇，班注：“名衍，齐人，为燕昭王师，居稷下，号‘谈天衍’。”又《邹子终始》五十六篇，师古曰：“亦邹衍所说。”是《邹衍》书有四十九篇，与《终始》五十六篇两种。考《史记·封禅书》：“自齐威、宣之时，邹子之徒，论著《终始》五德之运，及秦帝而齐人奏之，故始皇采用之。”此《终始》五十六篇书，出于齐也。《集解》引如淳曰：“今其书有《五德终始》。五德各以所胜为行。秦谓周为火德，灭火者水，故自谓水德。”是也。《史》又云：“宋毋忌正伯侨充尚羡门高最后皆燕人，为方仙道，形解销化，依于鬼神之事。邹衍以阴阳主运显于诸侯，而燕齐海上之方士传其术，不能通，然则怪迂阿谀苟合之徒自此兴，不可胜数也。”《汉志》五行家有《羡门式法》二十卷，疑即羡门高，亦传邹子之术而不能通者也。此《邹子》四十九篇传于燕齐海上之方士，而尤盛于燕也。《集解》引如淳曰：“今其书有《主运》。五行相次转用事，随方面为服。”《索隐》：“《主运》是《驺子》书篇名。”是也。然则两书虽俱出邹子，而实不同。《周礼·夏官·司马》：“司爟掌行火之政令，四时变国火以救时疾。”郑司农说：“《鄹子》曰：‘春取榆柳之火，夏取枣杏之火，季夏取桑柘之火，秋取柞楢之火，冬取槐檀之火。’”王应麟谓即《邹衍》四十九篇文，其语良是。《论语·阳货篇》“钻燧改火”，《集解》马融曰：“《周书·月令》有更火之文，春取榆柳之火，夏取枣杏之火，季夏取桑柘之火，秋取柞楢之火，冬取槐檀之火。一年之中，钻火各异木，故曰‘改火’也。”皇《疏》云：“改火之木，随五行之色而变也。榆柳色青，春是木，木色青，故春用榆柳也。枣杏色赤，夏是火，火色赤，故夏用枣杏也。桑柘色黄，季夏是土，土色黄，故季夏用桑柘也。柞楢色白，秋是金，金色白，故秋用柞楢也。槐檀色黑，冬是水，水色黑，故冬用槐檀也。”《礼运》孔疏说与皇同。《淮南·时则训》谓，春，“爨萁燧火”；夏、秋，“爨柘燧火”；冬，“爨松燧火”。五时三木，亦承邹说而小变。郑司农所引，盖出《邹子》四十九篇，非出《终始》五十六篇，其说与《月令》《时则》为类。如淳所谓“五行相次转用事，随方面为服”，即以五木改火之例观之可见。又考《淮南·齐俗训》高注引邹子曰：“五德之次，从所不胜，故虞土，夏木，殷金，周火。”《文选·魏都赋》注引《七略》亦云然，此《终始》五十六篇文也。《月令》《时则》言五行，分列四时，始于木，主相生。《邹子终始》言五行，分列虞夏商周，始于土，主相胜。说各不同。《邹子》四十九篇，盖出其所自著，故《史》称：“邹衍以阴阳《主运》显于诸侯。”《封禅书》又曰：“（邹子）如燕，昭王拥彗先驱，请列弟子之座而受业，筑碣石宫，身亲往师之。作《主运》。”《孟荀列传》其谓燕昭王，纵不信，然《主运》书出邹子手著，亦可证矣。至于《终始》五十六篇，师古曰：“亦邹衍所说。”谓之“所说”，则或其徒述之。故《封禅书》谓：“邹子之徒，论著《终始》五德之运，及秦帝而齐人奏之。”然则《艺文志》分别两书先后，及其书题名之意，参之《史记》所载，知两书有别，未可混并，昭然显矣。荀子以五行出孟轲，考《月令》《时则》言五行，重在勿夺民时，其义洵自孟子来。五行分配方色，其说亦古。而五德终始，则为晚起。《吕氏春秋·应同篇》始见其说，已在秦始皇时。齐人之奏《邹子终始》，明以媚秦，而上托于邹子。其果为邹子说否，未可定。后人皆言邹衍言五德主相胜，若与《月令》《时则》言相生一派不同。余考《汉志》《邹子》书，及班固如淳诸家旧注，乃知邹子言五行，实为《月令》《时则》所祖，而《五德终始》之篇，其果为邹子当时创说，抑其徒所托，转属未定之疑问也。

一四五　庄子见赵惠文王论剑乃庄辛非庄周辨

《庄子·说剑篇》："昔赵文王喜剑。"太子悝请庄子。《释文》："司马彪云：'赵文王，惠文王也。名何，武灵王子，后庄子三百五十年。'《洞纪》云：'周赧王十七年，赵惠文王之元年。'一云：'按《长历》推，惠文王与庄子相值，恐彪之言误。'"今按：自惠文王元上推三百五十年，乃当齐桓管仲之世，彪言固误，然不应一误至此。《田子方篇》："庄子见鲁哀公。"《释文》："司马云：庄子与魏惠王齐威王同时，在哀公后百二十年。"今自周贞定王元鲁哀公卒下数百二十年，乃为周显王二十一年，其时当梁惠王二十三年，齐威王之十年也。依《年表》乃三十一年。自此而下五十年，适当赵惠文王元年。因知《释文》所引司马本云"赵惠文王后庄子五十年"传写之误，乃为"三百五十年"。古书多误，而于年世数字尤甚，率如此矣。然考周显王二十一年，庄子年仅十龄，至二十龄。则下至赵惠文元年，庄周亦六十七十，固与惠文相值，如《长历》所推不虚矣。惟依《赵世家》，惠文初立，年不过十一岁。今《说剑篇》谓其太子患王之好剑，乃募能说王止剑士者。量其意绪，非甚童弱。则其事最早当在惠文初元二十余年后。《世家》，惠文二十二年，“置公子丹为太子”，即孝成王，不言其前有废太子事，乌得别有太子悝？且其时庄子年最少亦逾八十，而谓其远道而来，为太子治剑服三日，以见赵王论剑，而冒不测之险，必不然矣。昔人均断《说剑》为伪篇不足信，然未能详考其年者，余故为论定如此。参读《考辨》第八八。又按：《抱朴子·钦士》谓：“庄周未食而赵惠竦立。”不知是即据《说剑》，抑别有他据。若使别有他据，是庄周固曾至赵，然亦仍无以证《说剑篇》之真。

又按《楚策》，庄辛说楚襄王，不听，去而之赵。留五月，《新序·杂事二》作：“不出十月。”“秦果举鄢郢巫上蔡陈之地”。《新序·杂事二》作：“王果亡巫山江汉鄢郢之地。”襄王于是使人征庄辛于赵。秦拔巫，在顷襄王二十二年，正赵惠文王二十二年，置公子丹为太子之岁。《周季编略》亦定楚召庄辛在此岁。然则庄辛尝留赵，推其时，与《说剑篇》所云略相当。岂传说之初，本以为庄辛而后乃误以属之庄周者耶？《韩非·喻老》：“楚庄王欲伐越，庄子谏。”亦庄辛，而《文选》卷五十五注引，亦误作庄周。

金正炜《国策补释》云：“《史记·楚世家》，顷襄王二十一年，秦‘拔我郢，烧先王墓夷陵’。襄王‘东北保于陈城。二十二年，秦复拔我巫黔中郡’。《白起王翦列传》：‘白起攻楚，拔鄢邓五城。其明年，攻楚，拔郢，烧夷陵，遂东至竟陵。楚王亡去郢，东走徙陈。’《秦本纪》载武王二十八年取鄢邓，二十九年取郢，与《起传》同。是楚失鄢郢不在一岁。《策》云庄辛留赵五月，疑当作五年。襄王十九年，楚‘割上庸汉北地予秦’。辛去楚当在顷襄十八年，迄于秦人取巫，适为五年也。”据此庄辛留赵实久。又辛系文学之士，其说天子诸侯庶人三剑，层累敷陈，亦与蜻蛉黄雀黄鹄蔡圣侯之喻，取径相似。则其文亦疑本出庄辛也。今《说剑篇》屡及周名，盖非其朔矣。

一四六　魏牟考

《汉书·艺文志》道家有《公子牟》四篇，班固云：“魏之公子也，先庄子，庄子称之。”今按：《庄子·秋水篇》载公子牟称庄子之言以折公孙龙，龙既后于庄子，牟与龙同时，其年辈亦较庄后明甚。《秋水》所记，亦谓牟称庄，非庄称牟也。班说自误。《列子·仲尼篇》云：“中山公子牟者，魏国之贤公子也。……悦赵人公孙龙。乐正子舆之徒笑之。”公子牟为公孙龙释七辨。此为牟龙同时之证。张湛注云：“公子牟，文侯子。”公孙龙时，文侯没且百年，张注误也。后人疑《列子》为张湛伪书，然如此条陈义精卓，盖得之古籍，或即四篇之遗，非湛所能伪。湛注盖本高诱。高诱注《吕览》云：“公子牟，魏公子也，作书四篇。魏伐中山，得之，以封公子牟，因曰‘中山公子牟’也。”魏灭中山在文侯世。《史记·魏世家索隐》：“文侯既灭中山，使子击守之，后寻复国。”《史记志疑》论中山复立事云：“中山复立不知的在何时，《国策》述常庄谈谓桓子，中山复立之故，殊不可信。中山灭于魏文十七年，当赵烈侯元年，安得在桓子之世?”按：《中山策》言桓子自误，然《志疑》依《史记》言文侯年亦误，辨已见前。《乐毅传》有“中山复国”之语，亦不言在何时也。《经史问答》谓中山复立在魏惠王二十八年后，亦非。《赵世家》书“与中山战于房子”，在敬侯十年，即魏武侯十年，按：

此记赵魏年数亦误。明年，赵“伐中山，又战于中人”。安得复立在惠王之二十八年后？殆不可考矣。今按：《韩诗外传》卷八，文侯封子击于中山，其使赵仓唐来言曰：“北蕃中山之君，有北犬晨雁，使仓唐再拜献之。”又曰：“臣闻诸侯不名，君既赐敝邑，使得小国侯，君问不当以名。”则自击时，中山已俨为一国，同诸侯矣。《说苑·奉使篇》亦载此事，谓仓唐曰：“君出太子而封之国，君名之，非礼也。”然则中山非能复国，乃魏之别封耳。赵襄子灭代，乃封其兄子周为代成君，与此略似。其后更出少子挚封中山，而复太子击，则中山之君乃魏文侯少子魏挚之裔，而公子牟亦其后人。《墨子·所染篇》：“中山尚染于魏义椻长。”《闲诂》引苏说云：“中山为魏之别封，非春秋时之鲜虞也。魏文侯灭中山而封其少子挚，至赧王二十年，为赵武灵王所灭。其君有武公桓公，见《世本》。此名为尚者，当为最后之君。”今按：《吕氏春秋》高注：“尚，魏公子牟之后，魏得中山以邑之。”其说误。苏氏谓中山封自文侯少子挚，是也。考《太平寰宇记》卷六十一，引《史记》：“赵武灵王以惠文王三年灭中山，迁其君尚于肤施。”则中山最后一君名尚，又得其证矣。《闲诂》据《水经·滱水注》，及《太平御览》一百六十一，引《十三州志》，并谓：“中山桓公，为魏所灭。”谓：“尚或即桓公。”不知桓公为魏灭，尚为赵灭，不得混并为说。然则桓公乃中山之君，而武公则为魏灭中山后，中山别封之君。苏说姑引《世本》，未能剖辨，亦失之。（参读《考辨》第五四）又《魏世家索隐》：“魏文侯灭中山，子挚守之，后寻复国。”张文虎《札记》据毛氏单行本《索隐》，乃“其弟守之”。按：《吕览·自知》：“任座曰：‘君不肖君也。得中山，不以封君之弟，而以封君之子，是以知君之不肖也。’”其弟即指少子挚。《索隐》此条，下语未了，疑有脱误。余考中山复立，盖在赵烈侯十年，详《考辨》第四三，又第五四。即魏文侯之四十八年也。《年表》梁惠王二十九年，“中山君为相”，正以魏与中山本属一家，犹如齐封田婴于薛，而薛公父子入为齐相。故中山公子亦或以魏氏称，而公子牟亦称魏牟。后人不察，因臆测为即魏文侯公子封中山者也。雷氏《义证》亦主中山乃文侯少子挚后，惟谓惠王时为相者即公子牟，则年代亦误。《魏策》："中山恃齐魏以轻赵。"又云："齐魏伐楚而赵亡中山。"则中山固犹恃魏宗国，为其后援矣。《燕策》苏代说魏王决宿胥之口，鲍彪引徐广曰："《纪年》，魏救中山，塞集胥口。"徐广引见《史记·苏秦列传》，今脱一"中"字。朱氏《存真》云："此未详何年事。《赵世家》赵武灵王二十、二十一、二十三年，俱攻中山，当魏襄王之十三、十四、十六年也。"今考吴师道梁玉绳皆定中山亡在武灵二十五年，正韩魏齐秦败楚重丘之岁。所谓"齐魏伐楚而赵亡中山"也。其前魏尝救中山。宿胥口，朱氏谓"今卫辉浚县西南有宿胥故渎"。魏救中山而塞宿胥，正如齐救邯郸而围襄陵矣。陈氏《集证》疑："中山之地与宿胥辽绝，何由魏救中山而塞宿胥口乎?"因不信有魏救中山事，其实非也。然则中山固恃魏援，魏亦救中山，良以魏与中山，本出一宗故也。又《中山策》云："主父欲伐中山，使李疵观之。李疵曰：'可伐也。……中山之君，所倾盖与车而朝穷闾隘巷之士者，七十家。'主父曰：'是贤君也，安可伐?'李疵曰：'不然。举士，则民务名不存本；朝贤，则耕者惰而战士懦。若此不亡者，未之有也。'"此与《列子》书言子牟"好与贤人游，不恤国事"正合。《淮南·人间训》："徐偃王为义而灭，燕子哙行仁而亡，哀公好儒而削，代君为墨而残。"代乃中山之误。参读《考辨》第三三。《吕氏春秋·应言篇》："司马喜难墨者师于中山王前，以非攻。"可证当时中山之信墨。《寰宇记》引《国策》云："中山专行仁义，贵儒学，贱壮士，不教人战，赵武灵王袭而灭之。"此则即据李疵一节润泽自为文也。公子牟与公孙龙交好，而笃信其说。龙为墨徒，则牟亦墨徒，其所好皆墨徒也。其书《汉志》入道家，如宋钘亦墨徒，而班注称其言黄老意。战国晚世道家，本颇取墨义也。故后人谓中山为墨而亡矣。公子牟或如平原信陵，当国而见信于其君者也。

《赵策》："平原君谓平阳君曰：'公子牟游于秦，且东，而辞应侯。应侯曰："公子将行矣，独无以教之乎？"曰："且微君之命命之也，臣固且有效于君。夫贵不与富期，而富至；富不与粱肉期，而粱肉至；粱肉不与骄奢期，而骄奢至；骄奢不与死亡期，而死亡至。累世以前，坐此者多矣。"'"此可以定公子牟之年代，又可以窥公子牟之为人。牟虽亡国之公子，其见重于当时者，有以也。考应侯封在秦昭王四十一年，明年为赵孝成王元年，上距赵武灵攻中山三十六年。其后十一年，应侯免相，又四年平原君卒。上距灭中山五十年。虑中山之灭，公子牟年不出三十。至平原之卒，牟年已逾七十。《赵策》，"建信君贵于赵，公子魏牟过赵，赵王迎之"，论尺帛。建信君与秦文信侯、吕不韦，楚春申君黄歇同时，其贵幸或在平原卒后。则公子牟之卒，殆亦后于平原，年寿当近八十也。《说苑·敬慎篇》作公子牟游秦辞穰侯，穰侯较应侯稍前，亦无不合。然固当从《赵策》为是。余前论庄子卒岁当在周赧王二十六年至三十六年间，《考辨》第八八周赧二十六年，公子牟至少亦三十二岁，以武灵攻中山，牟年二十计之。则牟自及见周矣。吴师道云：魏牟上及庄子，下及应侯，无疑。

附　论詹何环渊年世　附　召滑

又按：《庄子·让王篇》："中山公子牟谓瞻子曰：'身在江海之上，心居魏阙之下，奈何？'瞻子曰：'重生。重生则利轻。'中山公子牟曰：'虽知之，未能自胜也。'瞻子曰：'不能自胜，则从，神无恶乎！不能自胜而强不从者，此之谓重伤。重伤之人，无寿类矣。'魏牟，万乘之公子也，其隐岩穴也，难为于布衣之士。虽未至乎道，可谓有其意矣。"窃疑子牟身在江海，心在魏阙，其殆为中山既亡之后事。故曰"隐岩穴，难为于布衣"。瞻子，《淮南·道应训》作詹子，即詹何。其与子牟问答，应在赵惠文王楚顷襄王世。《淮南》同篇又云："楚庄王问詹何：'治国奈何？'对曰：'何明于治身而不明于治国？'"此庄王即顷襄王也。参读《考辨》第一三一。

又考《楚策》："楚王问于范环曰：'寡人欲置相于秦，孰可？'"其事又见《史记·甘茂传》，甘茂奔齐，"齐使甘茂于楚，楚怀王新与秦合婚而欢。而秦闻甘茂在楚，使人谓楚王曰：'愿送甘茂于秦。'楚王问范蜎"。茂奔齐在秦昭王元年，秦迎妇于楚在二年。然则怀王范环问答，亦在是时也。疑范环范蜎，皆蜎环字讹。蜎环即环渊，值楚怀晚节。其游齐稷下，则当宣王末，或湣王时。其人尚应与庄周并世。而詹何与中山公子牟问答，中山亡已值楚怀暮年，则詹何环渊宜亦得并世，而环渊稍前，詹何稍后。即犹谓关尹在前，老聃在后也。参读《考辨》第七二。殆或有类于荀况之于孟轲，否则庄周之于公孙龙也。《汉志》顾谓"环渊师老子"，其然，岂其然？

又按：范环之语楚王曰："王尝用召滑于越，而纳句章，昧之难，越乱，故楚南察濑湖而野江东。"《策》《史》文略同。《韩非·内储说下》作干象告楚王"前王使邵滑之越，五年而能亡越"云云，贾谊《过秦论》，齐明周最陈轸召滑楼缓翟景苏厉乐毅之徒通其意，则召滑盖楚怀王时，而为楚亡越有功者。

一四七　虞卿著书考

秦昭王为范雎召平原君，虞卿弃赵相，偕魏齐逃之魏，《史记·范雎传》在昭王四十二年，而《虞卿传》记虞卿与赵谋事皆在秦破长平后。《古史》云："意者魏齐死，卿自梁还相赵，而太史公失不言耳。"《经史问答》亦辨之，曰："长平之役，在昭王四十七年。史公所谓'虞卿料事揣情，为赵画策'者，反在弃印五年之后，则虞卿尝再相赵，何尝穷愁以老?"梁氏《志疑》云："虞卿尝再相赵，则其著书非穷愁之故。《史通·杂说篇》讥太史公《自序》传'不韦迁蜀，世传《吕览》'，以为思之未审。何不云'虞卿穷愁，著书八篇'? 刘氏亦未审思。"黄氏《周季编略》云："司马《通鉴》，朱赵《纲目》，书秦诱执赵公子于周赧王五十六年，由读《虞卿传》而误。秦自赵取韩上党，与赵仇怨甚深，岂于此时佯为好书以召平原君? 平原君创取上党之策者，岂此时敢入秦乎?"崔适《史记探源》亦谓："信陵救赵后留赵十年。若在十年内，信陵不在大梁。如当返魏之年，应侯免矣，昭王薨矣，平原卒矣，侯嬴自信陵至晋鄙军之日自杀矣，安得其事?"此证虞卿弃赵相至魏事在长平役前也。然余考虞卿著书，尚有可论者。

《汉志》儒家有《虞氏春秋》十五篇，春秋家有《虞氏微传》二篇。王应麟曰："刘向《别录》云：'虞卿作《抄撮》九卷，授荀卿，荀卿授张苍。'"又《释文·叙录》云："铎椒授虞卿。”考之诸人年世，似不足信。何者？齐襄王六年时，重兴稷下，荀卿为老师祭酒，其时年已逾六十，学成名尊矣。而虞卿弃赵相与魏齐逃之魏，事尚在后十许年。时虞卿初出有声，其年事当不出四十，是荀卿为前辈硕学，而虞卿乃后进游士，何从有虞卿著书以授荀卿哉？又铎椒楚威王时太傅，其书应在威王早岁。今姑自威王卒年计之，下至赵孝成王元年，凡六十三年。铎椒死，虞卿尚未生，岂得谓铎椒以授虞卿哉？至张苍之卒，在孝景前五年。即谓其年百余岁，则生年当在秦昭王晚节。昭王末年至孝景前五年凡九十九年。今姑谓魏信陵破秦邯郸之岁苍生，则苍凡百有五岁。下至春申君死，苍年二十，而荀卿已及百龄。荀卿年寿今既不可详考，要之以铎椒授虞卿，虞卿授荀卿之例观之，谓荀卿授《左传》于张苍，恐亦未见其必信也。

余又考虞卿行事，邯郸解围后，曾欲为平原君谋封。此后即少见。惟魏欲合从，虞卿过平原君一事，的在何时，已难定。黄氏《编略》系之秦昭王五十三年，平原君下二年即卒，黄说盖近是。若依其说，上距虞卿弃相印，偕魏齐走大梁，亦不过十二年。虞卿以游说士，蹑跻担簦而说赵孝成王，量其年事当在四十左右。则其息影谢事，亦仅逾五十。若非早世，其耽意著述，当在五十之后。时荀卿已耄，或者《抄撮》九卷，正受之荀卿。由是而下传张苍，则世隔庶乎近是。然虞卿年寿既不详，则此亦姑备之一说，非可据以推《左氏》之传统也。又按：《孔丛子》："虞卿著书，名曰《春秋》。魏齐曰：'子无然也。《春秋》，孔圣所以名经也。今子之书，大抵谈说而已，亦以为名何？'卿答云云。齐问子顺，子顺曰。"云云。余考孔穿来赵，略与虞卿魏齐奔魏同时，虞卿著书，既不在此以前，又其时子顺年不过三十，恐难据信。若此条可据，则虞卿著书，远在初为赵相时。或者殆其经始草创之事乎。要之《孔丛》伪书，则此亦无

可确论也。（参读《考辨》第一六〇）

附 《国语》采及铎氏虞氏钞撮考

《史记·十二诸侯年表·序》，铎椒虞卿吕不韦之徒，“各往往捃摭《春秋》之文以著书”，此《春秋》谓《左氏》也。铎氏虞氏书并不传，然刘向《别录》记《左氏》源流云：“左邱明授曾申，申授吴起，起授其子期，期授楚人铎椒，铎椒作《钞撮》八卷，授虞卿，虞卿作《抄撮》九卷，授荀卿，荀卿授张苍。”见王应麟考证。其传授不可信，已辨如前。则铎椒虞卿于传授《左氏》之外，别自有《抄撮》，正《史记》所谓捃摭其文以著书矣。余读今《国语·周语》上中下三卷，《鲁语》上下二卷，《郑语》一卷，《楚语》上下二卷，共八卷，其文略相近，是岂铎氏所抄撮耶？又《晋语》九卷，则殆虞氏之所捃摭欤？而《汉志》又云有《左氏微》二篇，《铎氏微》三篇，《虞氏微传》二篇。余疑“《铎氏微》三篇”者，即其《抄撮》之八卷，《郑语》廑一事，盖以语涉楚先而录合于楚为一篇。《周语》《鲁语》各自分篇，则凡为三篇也。“《左氏微》二篇”者，或出吴起子期所抄撮，殆即《周》《鲁》二篇。铎椒又益以楚事成三篇也。故《别录》有《铎氏钞撮》八卷，而《汉志》无之；《汉志》有《左氏微》二篇，《铎氏微》二篇，而《别录》不之及。殆以此。至于虞氏书，《汉志》既录《虞氏微传》二篇于春秋家，而儒家又著《虞氏春秋》十五篇。余疑《别录》所谓“《抄撮》九卷”，与《史记》所称“捃摭《春秋》之文以著书”者，当在儒家十五篇中。今《国语·晋语》九篇，最后多言赵简子事，良以虞卿居赵著书，故终晋之事而独详于赵。又今《战国策》记六国事多出秦孝公后，独《赵策》最前，详及知伯之灭及豫让行刺，其文近儒家言，与其后策士纵横不类。又记赵武灵胡服，亦侈陈儒义，非出纵横策士之手。疑刘向集《国策》，此盖采自《虞氏》十五篇中。“《虞氏春秋》十五篇”者，其前春秋时事，则多捃摭《左氏》，即今《晋语》九卷，故刘氏别谓之《抄撮》。杵臼程婴事，《左氏》所无，或可亦出《虞氏》。而尚有及春秋后事，在《抄撮》九卷之外者，则合而为儒家《虞氏春秋》十五篇也。今《赵策》所录三晋灭知伯、豫让行刺，及赵武灵胡服，或系其书之一部，而其全不可得而考。史公谓《虞氏》八篇，有“《节义》《称号》《揣摩》《政谋》，以刺讥国家得失”。窃疑豫让事在《节义》，赵武灵胡服事在《政谋》。推此以求，或可钩沉发覆，颇得其一二。至《微传》二篇，其与《春秋》十五篇同异出入何如，更难详论。《史记》云《铎氏》“卒四十章”，亦不可说。惟余疑今《国语》有出铎氏虞氏之钞撮者，则殆为可有之事也。

清儒自武进刘逢禄为《左氏春秋考证》，及康有为承其说而益肆，乃谓《左传》为汉刘歆析《国语》伪造，崔适和之，近人颇多信者。实则其说无据，可以破之者非一端。余读《国语》诸篇，文体不相类。如《越语》之与《鲁》，《楚语》之与《齐》，《晋语》之与《周》，皆不同，其非出一手甚显。而《左氏》叙诸国事，非若是可以国别邦异，分体而列也。且今《左传》既析《国语》而成，设为之复分《左氏》归《国语》，其一事兼综诸国，未能定谁属者，当居十五六，决不若今《国语·晋》记晋事，《齐》载齐故，为昭晰而无疑矣。又《左氏》文字上下二百四十年，有可循次年代而比量其不同者。隐桓之文异于成襄，成襄复异于定哀。文字随时变易，犹可考见。而《国语》所采文体，以国别，不以年异，与《左氏》自判。乌得谓《左氏》析自《国语》哉？余既考周鲁郑楚四国语八卷，出自《铎氏》，《晋语》九卷出《虞氏》，其余惟齐吴越三国。《齐语》同于《管子》，《吴》《越语》疑本当时范蠡大夫种书。《汉志》兵权谋有《范蠡》二篇，《大夫种》二篇，今《吴语》及《越语上篇》盖采《大夫种》，而《越语下》则采《范蠡》也。《汉书·甘延寿传》注，《左传》桓五年疏，《文选》潘安仁赋注，皆引《范蠡兵法》，惟及“飞石”一事，与权谋无涉，后人以此当兵权谋之《范蠡》二篇，其信否不可必。若取今《越语下篇》为《范蠡》兵权谋，乃宛肖。贺涛《松坡集·读国语》亦曰：“《吴语》以越事为主，又详及大夫种之谋而不及范蠡，《越》之《上篇》亦如之，《下篇》则专言范蠡而不及大夫种，皆非《史》法，而近于晚周诸子之所为，疑后人取种、蠡书附之《国语》。”是《国语》缀缉为书，与《国策》正相似。太史公曰：“予观《春秋》《国语》，其发明《五帝德》《帝系姓》章矣。”《五帝纪赞》又曰：“表见《春秋》《国语》，学者所讥盛衰大指著于篇。”《十二诸侯年表》其所谓《春秋》，即指《左氏》，与《国语》分言，亦不以两书为一书也。若史公仅见《国语》，何说而谓之《春秋》《国语》耶？史公既言之，曰：“鲁君子左邱明，……因孔子史记具论其语，成《左氏春秋》。”又曰：“左邱失明，乃著《国语》。”正以《国语》并包铎椒虞卿诸家，而诸家书皆采《左氏》，故史公亦遂以《国语》归之《左氏》尔。史公上言仲尼厄而作《春秋》，避上《春秋》字，故《左氏》书改举《国语》，此行文迁就法也。其后刘向校书，定《国策》为三十三篇，亦本非一家之言，其号亦不一，或曰《国策》、或曰《国事》，或曰《短长》，或曰《事语》，或曰《长书》，或曰《修书》。其有国别者八篇，他篇未尽以国分。刘向乃汇萃编次而成今书。叶适《习学记言·序目》卷二十，蒯通论战国权变，八十一首，太史公记有《战国策》所无者，岂取之于此乎？今按：今《国策》亦必采及蒯通权变，惟或不尽备耳。考《汉志》纵横家有《苏子》三十一篇，《张子》十篇，为《国策》所收者必多。正如《铎氏》《虞氏》之见收于《国语》也。而《虞氏》"上采《春秋》，下观近世"，《史记·十二诸侯年表》语。其论近世者，因亦采于《国策》。古书之重见叠出，如此者夥矣。故《韩诗外传》、大小《戴》皆采《荀子》，《吕氏春秋》采并世诸家，何论《国语》《国策》本属缀集？余谓其采及《铎氏》《虞氏》，种、蠡、仪、秦书，其论虽创，例繁，情近，非任臆逞怪之比也。又叶适《习学记言·序目》卷十二，谓以《国语》《左氏》二书参较，《左氏》虽有全用《国语》文字者，然所采次仅十一而已。至《齐语》不复用，《吴》《越语》则采用绝少，盖徒空文，非事实也。《左氏》合诸国记载成一家言，工拙烦简，自应若此。惜他书不存，无以遍观。而汉魏相传，乃以《左氏》《国语》一人所为，《左氏》雅志未尽，故别著"外传"，余人为此语不足怪，若贾谊司马迁刘向不加订正，乃异事尔。今按：叶氏言，若亦不知《国语》文字有尽多出《左传》后者，此亦可异也。

又《汉志》春秋家有《新国语》五十四篇，班氏注云："刘向分《国语》。"夫《国语》分二十一篇，周鲁齐晋郑楚吴越八国，固已甚细，何待于再分？余疑此五十四篇者，盖《国语》二十一篇，合之《国策》三十三篇，并而为书，适得五十四篇。晚世以《国语》《国策》合刻，其例先启于向矣。向盖以二书大体既类，故为合续，如古虞夏商周书合为《尚书》，先有其事。而班氏不深考，遂轻名曰《新国语》，而谓刘向所分。实则应曰向所并合，乃得耳。康有为乃疑《新国语》乃《国语》原本，未经刘歆窃取，故卷数较今《国语》为多。不悟刘歆主中秘，若诚窃《国语》为《左传》，决不留原书以自白己伪。且其书至东汉犹存，当时学者亦不应昧昧不辨如此也。

又余考《史记·十二诸侯年表》，其分年系事，多据《左氏》。如鲁桓六年，楚武王“侵随，随为善政得止”。八年，楚“伐随，弗拔，但盟，罢兵”。庄公四年，楚武王“伐随，夫人心动，王卒军中”。《志疑》：“‘夫人’上缺‘告’字，毛本有。”此等皆明据《左氏》，而孔子《春秋》无其事。若如康氏说，今《左氏春秋》，由刘歆于《国语》析出。《国语》固不编年，岂《史记·十二诸侯年表》，复为歆所伪羼也？如此例极多，姑举一端言之。刘逢禄谓：“《左氏》后于圣人，未闻口授微言大义，惟取所见载籍，如晋《乘》、楚《梼杌》等，相错编年为之，本不必比附夫子之经。故往往比年阙事。刘歆强以为传《春秋》，或缘经饰说。”则谓《左氏》体本编年，尚不以为即是《国语》，惟不传《春秋》，而刘歆强附之。其说较康氏远胜。然刘说亦殊未可信。陈澧辨之曰：见《东塾读书记》卷十。“刘申受《左氏春秋考证》，凡书曰之文，以为刘歆所增益，未确也。桓五年甲戌，己丑，陈侯鲍卒。《左传》云：‘再赴也。’公疾病而乱作，国人分散，故再赴。《史记·陈杞世家》采此数语。可见史迁所见《左传》，有解经之语矣。”今按：《十二诸侯年表》亦云：“国乱再赴。”惟误下一格。然则《左氏》在史公前，本编年，又有解经语，顾必谓其不传《春秋》，何也？若谓其书本称《左氏春秋》，与《虞氏》《吕氏》等类，此亦刘氏说。则《公羊》在汉初，亦称《春秋》，何以又与《虞氏》《吕氏》不同？至于《左氏》《公羊》，孰为得孔子之真传，此则别是一事。不得以经生门户家法之见，遂不认有《左氏》书，乃轻语自《国语》析出也。史有事有义，《左氏》详事，《公羊》重义，谓各传《春秋》之一偏可也。清代公羊家深斥《左氏》，谓孔子《春秋》主义不主事。《春秋》经世之志，岂反不主于事哉？

一四八　孔穿与公孙龙辨于平原君所考　附　子思以下孔裔生卒年表

孔穿与公孙龙辨于平原君所，其事见《吕氏·淫辞》《公孙龙子·迹府》，及《孔丛·公孙龙篇》。《孔丛》伪书，《迹府》尤晚出，殆皆袭取《淫辞》以为文。《迹府》“白马非马”，《孔丛》作“白马非白马”，误多一“白”字。《淫辞》“臧三牙”，《孔丛》作“臧三耳”，则实今《吕览》字误。毕氏沅、卢氏文弨皆据《孔丛》以改《吕览》，是也。黄式三曰：“《庄子·天下》，惠子言‘鸡三足’，与‘臧三耳’相似。龙意两耳形也，又有一司听者以君之，故为三耳。”今按：黄说甚是，惟改“臧”为“羊”则非。《吕氏》下文有“荆柱国庄伯令其父‘视日’，曰‘在天’”云云一节，均所答非所问，正证明臧获之听言从令，于两耳之外更有一耳之意。则臧是臧获，谓仆人耳。而其事自为先秦故实，则无可疑者。《周季编略》书其事于赵孝成王元年，平原为相之始，此亦无所系而归之，非确有证验也。余考《史记·孔子世家》载子思子上子家子京子高子顺孔鲋年岁均备。虽不必尽可据，然史公亲受业于安国，又先秦传记或犹有遗文可征。今舍此亦无以推寻孔裔之年世。姑依以为排比推算，若亦无大乖谬者，则子高之卒，或在赵败长平之前，而邹衍至赵，则在邯郸解围之后。要之穿龙之辨，虽不能证其的在何年，而大略则前于邹衍公孙龙之相辨也。今姑约略拟列子思以下孔裔生卒年世如次表，上下前后以求之，倘亦不中不远之意乎！

周敬王三十七（四八三）…………子思生，伯鱼卒。年五十。

周敬王四十一（四七九）…………孔子卒。年七十四。

周考王十二（四二九）…………子上生。子思年五十五。

周威烈王二十四（四〇二）…………子思卒。年八十二，参读《考辨》第五八。

《檀弓》："子上之母死而不丧，门人问诸子思，曰：'昔者子之先君子，丧出母乎？'曰：'然。''子之不使白也丧之，何也？'子思曰：'昔者吾先君子无所失道，道隆则从而隆，道污则从而污。伋则安能？为伋也妻者，是为白也母；不为伋也妻者，是不为白也母。'故孔氏之不丧出母，自子思始也。"今按：子思非适子，乃庶出，生于伯鱼晚年，已详前考。《考辨》第五八今以孔氏年世推之，则子上之生，亦在子思五十以后，殆亦非适出。所谓"出母"者，乃其生母，犹"康公我之自出"之出，非出妻也。既为妾媵，非正妻，故子思曰"不为伋也妻"尔。先君子谓孔子，孔子母颜征在，其嫁叔梁纥，亦在纥之晚年，非正妻。正妻施氏无子，其妾生孟皮，颜氏生孔子。孔子既早孤，故生母死而丧之。至子上母卒，子思尚在，故不使其子丧出母也。伯鱼之母死，期而复哭，孔子止之。顾氏《日知录》谓："此自父在为母之制当然，《疏》以为出母者非。"其辨甚是。古人正妻卒，其子尚止期服，妾媵之卒，故不使为后之子丧之也。后世乃谓孔氏三世出其妻，细按皆误。

周安王十二（三九〇）…………子家生。子上年四十。

周安王十九（三八三）…………子上卒。年四十七。《阙里谱系》载齐威王召子上为相，《史》《策》均无证。今考其年世亦不合，殆妄者之夸词也。

周显王十八（三五一）…………子京生。子家年四十。

周显王二十三（三四六）………子家卒。年四十五。

周赧王三（三一二）……………子高生。子京年四十。

周赧王九（三〇六）……………子京卒。年四十六。

周赧王二十二（二九三）…………子慎生。子高年二十。

周赧王五十一（二六四）…………孔鲋生。子慎年三十。

周赧王五十三（二六二）…………子高卒。年五十一。

秦始皇十（二三七）………………子慎卒。年五十七。

秦二世二（二〇八）………………孔鲋卒。年五十七。

一四九　荀卿赴秦见昭王应侯考

齐襄王十八年，当秦昭王四十一年，范雎相秦，封应侯。《荀子·儒效篇》载秦昭王与荀卿答问之语，《强国篇》载应侯与荀卿答问之语，是荀卿在齐襄王十八年后曾赴秦也。至昭王五十二年应侯罢相，荀卿赴秦当在此十二年间。惟自刘向已不晓其的在何时，故为《荀卿书录》叙之最后。胡元仪《郇卿别传》以入秦谓在为兰陵令去而之赵以后，并谓不出秦昭王五十四至五十六三年中，是误读刘向文也。凡如此类甚多。《史记·魏世家》叙文侯受经子夏于二十五年后，读者遂谓其事即在二十五年；《孔子世家》叙适周见老子在十七岁后，读者遂谓其事即在十七年。不悟古人行文，自有伸缩。刻划以求，宜其谬也。今考荀卿与应侯问答，称秦“四世有胜”，《强国篇》，指自孝公至昭王也。而曰：“忧患不可胜校也，諰諰然常恐天下之一合而轧己也。”《强国篇》并不及秦师失利事，则荀卿游秦尚在邯郸一役之前。《周季编略》列荀况如秦于周赧王五十一年，是年为齐王建元年，荀卿殆以襄王死而去齐，如孟子以惠王死去梁之例，黄氏之说则信。

一五〇　陈仲考

《孟子》曰："仲子，齐之世家也。兄戴，盖禄万钟。以兄之禄为不义之禄，而不食也；以兄之室为不义之室，而不居也；避兄离母，处于於陵。""身织屦，妻辟纑。""三日不食，耳无闻，目无见也。"又曰："仲子，不义与之齐国而弗受，人皆信之。"故曰："于齐国之士，吾必以仲子为巨擘焉。"然又讥其"亡亲戚君臣上下"。今按：仲子盖墨徒也。《韩非·外储说左上》："齐有居士田仲者，宋人屈谷见之，曰：'谷闻先生之义，不恃仰人而食。'……亦无益人之国，亦坚瓠之类也。"凡其"不恃仰人而食"，与其"亡亲戚君臣上下"，皆墨子兼爱节用之旨也。时其邦人匡章子亟称之。孟子与匡章自齐威王时已交游。（详《考辨》第九八）而匡章孟子论陈仲子廉士一节，则在宣王世。以年事论，孟子最长，匡章次之，陈仲为后。匡章曰："陈仲子，岂不诚廉士哉？"孟子曰："于齐国之士，吾必以仲子为巨擘焉。"其时匡孟皆仕甚显，而陈仲壮岁苦行，名誉已播，故二人之言如此。而仲子既名高，为当时在上位者所深嫉。赵威后问齐使，"於陵仲子尚存乎？是其为人也，上不臣于王，下不治其家，中不索交诸侯，此率民而出于无用者，何为至今不杀乎？"见《齐策》。则仲子之倾动天下，而为世贵所忌者，可知矣。鲍彪注："此自一人，若孟子所称，已是七八十年矣。"周柄中辨之云："陈仲子齐宣王时，赵威后齐王建时。考《六国表》自宣王元年至王建元年，凡七十有九年。仲子若寿考，何妨是时尚在？"今按：自宣王元至王建元，实只五十六年，《六国表》误也。今姑定宣王元年仲子年三十左右，则至王建时亦仅八十许人。赵太后所谓“於陵仲子尚存乎”“何为至今不杀乎”，正是迟之之意。鲍氏遽以生疑，非也。其时荀子盛毁之，曰：“盗名不如盗货，田仲史鰌不如盗也。”《不苟篇》又曰：“忍情性，綦溪利跂，苟以分异人为高，不足以合大众，明大分，然而其持之有故，其言之成理，足以欺惑愚众，是陈仲史鰌也。”《非十二子》此乃儒墨门户之争，然可以证陈仲之誉闻焉。《史记索隐》引《孟子》曰：“陈仲子适楚，居于於陵。”《四书异同商》引宋云：“观下其母杀鹅与食，则去其母不远。又赵威后问齐使：‘於陵仲子尚存乎？’使其适楚，则威后亦不得问齐使。阎若璩《四书释地》云：‘顾野王《舆地志》：“齐城有长白山，陈仲子隐处，汉於陵故城。”章怀注：“在今淄州长山县南。”’计仲子家离其母居二百里。”则仲子信居齐。刘向《列女传》有楚王闻於陵子终贤，愿以为相，其妾谏之，遂相与逃，为人灌园。皇甫谧《高士传》因谓陈仲子将妻子适楚，其实非也。邹阳《狱中上梁王书》：“於陵子仲辞三公，为人灌园。”此谓仲子可以希三公之贵而不为，犹《论语》称泰伯“三以天下让”也。刘向遂以楚王聘为相实之，皇甫氏乃谓仲子适楚。近人又疑楚实有於陵其地，别有子终其人，皆失之。又按：《於陵子》：齐楚有重丘之役，人问於陵子，曰“齐，子产也；楚，子居也”云云，《於陵子》乃伪书，更不足据。

一五一　荀卿至赵见赵孝成王议兵考

范雎为相之明年，为赵孝成王元年。孝成王二十一年而卒，荀卿尝至赵，论兵赵孝成王前。今亦不能考其的在何年。刘向《叙录》谓：“孙卿为兰陵令，客或谗之春申君，春申君谢之，孙卿去而之赵。客又说春申君，春申君使人聘孙卿，孙卿遗春申君书，刺楚国。春申君固谢孙卿，孙卿乃行，复为兰陵令。”今按：春申以荀卿为兰陵令，事既不足信，详《考辨》第一四〇。则避谗适赵，愈益无据。汪中《荀卿子通论》谓：“本传称‘齐人或谗荀卿，荀卿乃适楚’。《韩诗外传》《国策》所载或‘说春申君’之词，即因此以为缘饰。周秦间记载若此者多。”是也。至为《荀子年表》，谓：“荀卿去齐游秦，不遇而归赵。王建初年，复自赵来齐。至楚考烈王八年，齐王建十年，乃至楚，为兰陵令，终老于楚。”则复误。余考荀卿自齐避谗适楚，乃当湣王季年。其后重返齐，为稷下祭酒，当襄王时。至王建之立，乃去齐适秦。返而归于赵。大抵荀卿留秦决不久，其去秦东归，当在长平一役之前。遂留赵而值邯郸之围。《荀子·臣道篇》极称平原信陵两人功，即为邯郸解围事发。以荀卿在赵，身历其事，故盛加称许如此也。汪中《荀子年表》谓：“荀子归赵，疑当孝成王九年十年时。故《臣道篇》亟称平原信陵之功，是时信陵故在赵也。”余按：《臣道》一篇，不徒可证为荀卿在赵所作，且可推想荀卿实身经邯郸之围，故特为作论叹扬耳。汪氏疑为荀卿以邯郸围解后来赵，亦恐未是。其与临武君议兵赵孝成王前，亦疑在邯郸解围后。参读《考辨》第一五七。时荀卿年已八十逾外，殆终老于赵也。参读《考辨》第一四〇。盖《史记》叙荀卿行迹，仅及自齐适楚，而无游秦游赵之事。刘向叙录《荀》书，始以适赵缀诸为令兰陵之后，而适秦见昭王则散叙文后，意亦不能定在何时。今详审《荀子》原书，参以诸家记载，合诸当时史实，重为考定，则情节宛符矣。《楚策》又云：“孙子去之赵，赵以为上卿。”姚校云：“荀子未尝为上卿，后语作‘上客’，当是。”金正炜《国策补释》云：“按：《韩诗外传》亦云：‘孙子去而之赵，赵以为上卿。’此《策》不必为误。《墨子·耕柱篇》：‘子墨子使管黔敖游高石子于卫，卫君致禄甚厚，设之于卿。’《史记·田敬仲完世家》：‘赐列第为上大夫，不治而议论。’《汉书·陈平传》：‘赐爵卿。’张晏曰：‘礼秩如卿，不治事。’孟荀之上卿，盖致禄而已，非任之也。《秦策》：‘赐之上卿，命而处之。’即此类也。”

一五二　邹衍与公孙龙辩于平原君家考　附　綦母子　毛公　桓团

《史记·平原君列传》，邯郸围解，虞卿欲为平原君请封，公孙龙闻之，夜驾见平原君，劝勿受，平原君遂不听虞卿。又云："平原君厚待公孙龙，公孙龙善为'坚白'之辩，及邹衍过赵，言至道，乃绌公孙龙。"是龙之见绌，当在邯郸解围后也。此后五年而平原君卒。《赵世家》，平原君卒在孝成王十四年，《年表》在十五年。《年表》格线前后易误。又据《秦记》，秦以十月为岁首，或平原君卒在十月后，在秦已为翌年也。今从《世家》。龙卒当亦在其时前后。又与孔穿相辩，未详在何时。要先于邹衍。《集解》引刘向《别录》云："齐使邹衍过赵，平原君见公孙龙及其徒綦母子之属，论'白马非马'。"《汉志》名家有《毛公》九篇，班固云："赵人，与公孙龙等并游平原君赵胜家。"师古曰："刘向《别录》云：'论坚白同异，以为可以治天下。'此盖《史记》所云'藏于博徒'者。"其从信陵平原游，在邯郸围解后。可证公孙龙之绌，尚在毛公游平原君家后也。《庄子·天下篇》称："桓团公孙龙，辩者之徒。"桓团，《列子·仲尼篇》作韩檀，成玄英疏《庄子》，亦谓是赵人，客游平原君家，未详何据。当时平原君之门，名家之学盖亦盛矣。公孙龙著书，《汉志》名家著录十四篇。扬雄《法言》称："公孙龙诡辞数万。"今所传仅五篇，凡二千言，则传者无几也。《广弘明集》卷十一释法琳《对傅奕废佛僧事》有云："昔公孙龙著《坚白论》，罪三王，非五帝，至今读之，人犹切齿。"是唐初《公孙龙》书犹与今传详略不同。

一五三　鲁灭在楚考烈王七年非八年非十四年辨

余考《史记》载鲁灭，凡分数说：

一、《鲁世家》："顷公二年，秦拔楚之郢，楚顷王东徙于陈。十九年，楚伐我，取徐州。二十四年，楚考烈王伐灭鲁。"则鲁灭在考烈王七年也。

二、《春申君列传》："春申君相楚八年，为楚北伐灭鲁。"则鲁灭在考烈王八年也。

三、《年表》："楚考烈王八年，取鲁，鲁君封于莒。十四年，楚灭鲁，顷公迁下邑，为家人，绝祀。"则楚取鲁在八年，灭鲁在十四年，凡分两节。

又按之《汉书·历律志》刘歆之说，鲁灭在周灭后六年，则楚考烈王之十三年也。今核而论之，《鲁世家》与歆《谱》皆详载鲁列君年数，并引同时列国大事为准，其言明备，应较无讹。而两书相差凡六岁。余考《鲁世家》载隐公前列君年，与歆《谱》差至七十余岁，而实合于《孟子》《纪年》诸书。则史公为《鲁世家》应有古文旧史为据，非苟而已也。其记哀公以下列君年，如穆公元、平公元，皆较今《年表》及《汉·志》、歆《谱》为前。余既详为考论，又知其合于《檀弓》《孟子》《纪年》诸书，则《史记·鲁世家》实有古文旧史为据，非苟，可信，益显。其载鲁灭，不应独误。歆《谱》记哀公以下列君年，本与《鲁世家》尽同，惟悼公较《世家》多六年，故鲁灭亦遂递后六年。其载隐公前年数，既不如《史记》之确，其于穆公平公年世，亦不如《史记》为得。则记鲁灭，亦当不如《史记》可信。至《年表》记取鲁灭鲁凡分两节者，《世家》本有取徐州及灭鲁两事，今《年表》取鲁一条文有脱误，当云“取鲁徐州封鲁君于莒”，《春申君列传索隐》引《表》，正作“封鲁君于莒”，而“徐州”两字已脱。正与《世家》合。惟《年表》仅于《楚谱》附载鲁君元，不别著年数，先后易误。如与取鲁一条同格《秦谱》取西周，即系前年误移而下者。或后人妄动《年表》，以同歆《历》，因与《世家》违异。而复年格迁移，遂亦与歆《历》有歧也。至《春申君列传》“相楚八年，为楚北伐灭鲁”，言“灭”不言“取”，知指顷公二十四年灭鲁而言。余本《鲁世家》考定顷公二十四年为楚考烈王七年，则《史记》此语，实差一岁。上云：“春申君为楚相四年，秦破赵之长平军。”实三年，亦差一岁。又云：“五年，围邯郸。邯郸告急于楚，楚使春申君将兵往救之。”围邯郸在六年，复差一岁。盖《春申君列传》自与《鲁世家》合，后人以《年表》取鲁脱文，疑谓即指《春申君列传》之灭鲁而言，则又失之。《志疑》云：“鲁顷公在位二十四年始灭，当楚考烈王十三年，是岁楚取鲁，封鲁君于莒。此言灭，误。”梁氏此条，仅引《年表》，忘却《世家》，故失之耳。余故详为分别论定之如此。

又按：《春申君列传》：“考烈王元年，以黄歇为相，封为春申君，赐淮北地十二县。后十五岁，黄歇言之楚王曰：‘淮北地边齐，其事急，请以为郡便。’因并献淮北十二县，请封于江东。考烈王许之，春申君因城故吴墟。”《年表》亦谓十五年“春申君徙封于吴”。考诸《鲁世家》，楚取鲁徐州，应在考烈王之二年，岂即春申君之以功自定其身封者耶？参读《考辨》第一三二。至考烈王十四年，今《年表》书“楚灭鲁”。其时鲁久灭，岂即春申君献淮北地以为郡之时耶？要之《年表》有误，而《鲁世家》《春申君列传》同符，分别而观，当为近之耳。

附　武内义雄《六国年表订误》论鲁谱之误辨

余草《诸子系年》，积稿五六载，于民国十八年春，得读日人武内义雄所著《六国年表订误》，刊载《高濑博士还历纪念支那学论丛》。发明鲁魏田齐三国年谱误处。其言虽疏，然亦主以《纪年》校《史记》，与余取径正同。其论鲁谱，亦主从《世家》，并改悼公三十七年为三十一年，均与余合。惟其所以为说者，则异。武内氏兼引《汉书·律历志》论之，余谓其间犹有辨。《六国表》《鲁世家》《汉书·律历志》载鲁哀公以下至顷公列君年数，异同具如下表：

	《六国表》	《鲁世家》	《汉书·律历志》
哀　公	二八	二七	二七
悼　公	三八	三七（一本三〇）	三七
元　公	二一	二一	二一
穆　公	三一	三三	三三
共　公	二四	二二	二二
康　公	九	九	九
景　公	二九	二九	二九
平　公	一九	二二	二〇
文　公	二三	二三	二三
顷　公	二四	二四	

武内氏谓："《汉·志》年数即袭《世家》。"余谓非也。悼公三十七年，乃三十一年之误，即据《世家》本文可证。何者？为有其下"平公十二年，秦惠王卒"，以及《集解》

“徐广曰：‘一本云悼公即位三十年，乃于秦惠王卒，楚怀王死年合。’”，两语为准也。若非本作悼公三十一年，则平公十二年不值秦惠王卒岁，故知《史》文之误。至《汉·志》悼公年数，则正作三十七，决不为三十一。何以言之？《汉·志》记鲁列君年数，具如下举：

一、定公七年正月己巳朔旦冬至，殷历以为庚午，距元公七十六岁。其细数如下：

定公　九　定公十五年，自七年起算共九年。

哀公　二七

悼公　三七

元公　三　适得七十六岁。若悼公为三十一年，则差六岁。故知《汉书》年数，决非字误。

二、元公四年正月戊申朔旦冬至，殷历以为己酉，距康公七十六岁。其细数如下：

元公　十八　元公二十一年，自四年起算共十八年。

穆公　三三

恭公　二二

康公　三　亦适得七十六岁。

三、康公四年正月丁亥朔旦冬至，殷历以为戊子，距湣公七十六岁。其细数如下：

康公　六　康公九年，自四年起算共六年。

景公　二九

平公　二〇

湣公　二一　亦适得七十六岁。

四、湣公二十二年正月丙寅朔旦冬至，殷历以为丁卯，距楚元七十六岁。其细数如下：

滑公　二　滑公二十三年，自二十二年起算，共二年。

顷公　十八　秦灭周。

秦昭公　五　无天子五年。

秦孝文王　一　楚考烈王灭鲁，顷公为家人，则顷公亦二十四年也。

秦庄襄王　三

秦始皇　三七

秦二世　三　凡秦五世，四十九岁。

汉高祖　七　亦适得七十六岁。

则《汉·志》于鲁悼公年决不作三十一，灼然可见。《汉·志》本刘歆《历谱》，歆推鲁年本与《史》说不同。自伯禽以下至隐公，已与《史记》相差有七十余年之多，其不本《史记》，明矣。武内氏谓："《史记·世家》记悼公年数，本当作'三十一'，'十''一'两字误合为'七'字，遂成'三七'年，传写者疑脱一'十'字，因改为'三十七'年。《周礼·职方氏》'方三百里则七伯'，郑玄注'七伯'乃'十一伯'之误，即其证。"其立说殊巧。然谓《史记》至刘歆时即已传钞有误，而歆顾轻据误文以草成其《三统历》，不加别察乎？斯不然矣。则与其谓《史》文本三十一，误为三十七者，无宁谓歆《历》本作三十七，或人乃据歆《历》以改《史记》之为得耳。武内氏又据《汉·志》鲁平公年数校改《世家》，谓："《汉·志》云：'平公，《世家》即位二十年。'此《世家》即指《史记·鲁世家》。"然余读《汉·志》："《世家》，炀公即位六十年。"而今《史记·鲁世家》炀公仅六年。又云："《世家》，献公即位五十年。"而今《鲁世家》献公仅三十二年。又："武公，《世家》即位二年。"

而今《鲁世家》作九年。则《汉·志》所称《世家》自别有据，非即《史记》之《鲁世家》，又可见矣。今证《鲁世家》平公二十二年乃二十年之误者，即据《鲁世家》本文“平公十二年，秦惠王卒”“文公七年楚怀王死于秦”两语合算已定。至《汉·志》之鲁平公二十年，仅足为其旁证，不得谓《汉·志》即本《鲁世家》也。

且余谓《汉·志》记列君年数，不本《鲁世家》，又别有说。盖今《世家》年数既有误，而即据《世家》本文可以订正，说已详前。今重为具列如次：

哀公　二七　十六年孔子卒。二十二年，越灭吴。

悼公　三一　（今误作三七）十三年三晋灭智伯。

徐广曰：“一本云悼公即位三十年，乃于秦惠王卒、楚怀王死年合。又自悼公以下尽与刘歆《历谱》合，而反违《年表》，未详何故。”

今按：此处徐广云“一本云悼公即位三十年”，必系三十一年之误。否则仍不与秦惠王卒、楚怀王死年合也。又其云“自悼公以下尽与刘歆《历谱》合”者，正指悼公三十七年为言，非指一本之三十一年言之。否则当云“歆《历》作悼公三十一”矣。

元公　二一

穆公　三三

共公　二二

康公　九

景公　二九

平公　二〇　（今误作二二）平公立时，六国皆称王。

十二年，秦惠王卒。

文公　二三　七年，楚怀王死于秦。

据本文“秦惠王卒”“楚怀王死”两语对勘，非文公五年楚怀王死，即平公二十年而卒，《世家》两语必有一误。证之于其下“顷公二年秦拔楚之郢”一条，定知误在平公也。

顷公　二四　二年，秦拔楚之郢，楚顷王东徙于陈。

十九年，楚伐我，取徐州。

二十四年，楚考烈王伐灭鲁。顷公亡，迁于下邑，为家人。鲁绝祀，顷公卒于柯。

上列《世家》原文，见《世家》误字即据《世家》可正，初不必涉及《汉·志》。而《世家》记鲁君年数，指自哀公以下。实与《汉·志》相差有六年之多。其歧点可自鲁灭一端论之。《世家》记顷公二十四年，二年秦拔楚之郢，下至二十四年而灭，则为楚之考烈王八年。《汉·志》记鲁顷公仅十八年，然其时鲁尚未灭，下六岁鲁灭，则亦得二十四年。惟《汉志》顷公十八年秦灭周，正值《史记·鲁世家》鲁灭之岁，则岂非《世家》与《汉·志》记鲁灭前后相差六年乎？至今《年表》于楚考烈王八年书“取鲁”，又于十四年书“灭鲁”，重见叠出，兼存《世家》《汉·志》两说，无所决择，转与《世家》矛盾，其迹甚显。《史记》既两载鲁灭，见《考辨》第一五三。又《鲁世家》于隐公以前与歆《谱》相差七十余年，此又相差六年，可见当时实别有两种之记载，史公所取与歆固不合也。《鲁世家》载隐公以前年数合于《孟子》，合于《纪年》，余已论之。其记哀公以下，穆公元移前八年，其与陈庄子之关系合于《纪年》《檀弓》；其与子思之关系，合于《孟子》《韩非》《吕览》。其记平公元移前六岁，又合于《孟子》诸篇。余为之详考其异同得失，而确见其可信。

知《世家》所下“平公十二年秦惠王卒”“文公七年楚怀王死”云云，史公当时自有据，初非漫然也。至《汉·志》引歆《历》，于《鲁世家》秦惠王卒、楚怀王死诸点，皆已灭去，盖两处推排本异，不得袭以为说。于顷公十八年仅云“秦始灭周”，不言“楚取鲁”，以下“无天子五年”，至孝文王元而“楚考烈王灭鲁”，则亦顷公二十四年也。顷公仅记至十八年，以下即著秦岁者，缘著鲁年本以代周。其时周历已尽，故即转书秦年。然则《史记·鲁世家》与《汉·志》所引歆《历》，明系两本，各持一说，不得混并。武内氏谓《汉·志》即袭《世家》，其误决矣。

一五四　再论鲁谱歧点

余论鲁悼公以下列君年数，均主《世家》驳《年表》，俱详《考辨》第四七、一〇六、一一二、一五三诸篇。既检《魏世家索隐》引《纪年》：“梁惠成王十四年，鲁共侯宋桓侯卫成侯郑釐侯来朝。”是鲁共公至梁惠王十四年尚在也。又《六国表》：“梁惠王十五年，鲁卫宋郑侯来。”《集解》徐广曰：“《纪年》一曰：‘鲁共侯来朝。’”是鲁共公至梁惠王十五年尚在也。魏觞诸侯于范台，今本《伪纪年》错简在周烈王二年。又《庄子·胠箧篇》：“鲁酒薄而邯郸围。”《释文》云：“楚宣王朝诸侯，鲁恭公后至而酒薄，……宣王怒，乃发兵与齐攻鲁。梁惠王常欲击赵，而畏楚救。楚以鲁为事，故梁得围邯郸。”围邯郸在梁惠王十七年，是又鲁共公至梁惠王十七年尚在也。据此则《年表》鲁共公卒于梁惠王十八年，明年，鲁康公元，未必误。然则《世家》固未必信，徐广所见一本悼公即位年数固未必可凭耶？然则今《世家》自平公以下所记注秦楚诸国大事，合之鲁君之某年某年者，又皆为虚耶？今《世家》即误，又从何而致误？是必有说。余意《鲁世家》记平公以下未必尽属误文。或者今《世家》所载穆公共公康公景公四君之年，其间尚有上下，经后人据刘歆《历谱》改之。故徐广有“自悼公以下尽与刘歆《历谱》合，而反违《年表》，未详何故”之疑。今并《年表》亦无甚异，则后人又据《世家》改《年表》也。惟《世家》记自平公立，“六国皆称王”“十二年，秦惠王卒”以下，记注秦楚大事，合之鲁某君之某年者，犹未变易，故遂致纠纷而不可理也。又《索隐》注《鲁世家》并不引《纪年》，则知《史记·鲁世家》记悼公以下年数，应与《纪年》亦合，故《索隐》不复列。今既无可参证，姑定共公为三十二年，康公九年，景公十九年，庶于《世家》《纪年》及并时诸书言鲁事者均合。惟绝无明证，其事近于温公《通鉴》之移易齐宣、湣之年代者然。因特揭出，俟更详索，亦期读吾书者为之剖辨焉。

又按：宋翔凤《过庭录》卷十一谓：“太史公《六国表》，俱以《秦记》傅合，中间容有错乱。而《鲁世家》独与《年表》及列国《世家》异者，以有鲁历可据也。《汉书·律历志》云：‘三代既没，五伯之末，史官丧纪，畴人子弟分散，或在夷狄，故其所记有黄帝颛顼夏殷周及鲁历。’即《世家》所据也。”若如宋说，史公据鲁历言鲁事，当无大误。今《鲁世家》记共公康公景公诸君年，必有后人妄改，故徐广有未详何故之疑。余兹所论，特取其平公立时，“六国皆称王”“十二年，秦惠王卒”“文公七年楚怀王死于秦”三语，而凡今《世家》记平公前诸君年数全同刘氏者不尽据守。冥心会古之士，其亦有契于斯乎？

一五五　鲁仲连考

《汉志》儒家《鲁仲连子》十四篇，已亡，不可考。《史记正义》引《鲁仲连子》云：“齐辩士田巴，服徂丘，议稷下。《艺文类聚》引《新序》，称“齐王聘田巴先生，而将问政焉”。知巴亦稷下学士。毁五帝，罪三王，服五伯，离坚白，合同异，一日服千人。有徐劫者，其弟子曰鲁仲连，年十二，号‘千里驹’，往请田巴曰：‘臣闻堂上不奋，郊草不芸。白刃交前，不救流矢，急不暇缓也。今楚军南阳，赵伐高唐，燕人十万，聊城不去，国亡在旦夕，先生奈之何？若不能者，先生之言有似枭鸣，出城而人恶之，愿先生勿复言。’……巴终身不谈。”《御览》四百六十四引略同。今按：秦围邯郸，鲁连义不帝秦，尚在信陵君夺兵救赵前，则为赵孝成王之七、八年。至孝成王十五年，赵败杀燕将栗腹，鲁连与聊城燕将书，所谓“栗腹以百万之众，五折于外，……公闻之乎”者也。详其语气，知距栗腹败不远。故徐广以聊城事为在长平后十余年，而《通鉴》《大事记》均系之栗腹死后一年，即燕王喜五年者，盖为得之。是上距邯郸之围已十年。若其时鲁连年十二，则义不帝秦时，其殆为襁褓之婴孩乎？从来为伪书者，好事夸饰，而于年数每不仔细。此虽小节，可以示例。其“堂上不奋”云云，乃袭《荀子》书。

今《史记·鲁连传》载不帝秦及与聊城燕将书二事，又见于《赵策》《齐策》。余考《赵策·不帝秦篇》，盖袭《史记》，详玩其文体而可知。《史》作湣王，《齐策》作闵王，而今《赵策·不帝秦篇》亦作湣王，其为采自《史记》甚显。文中“此时鲁仲连适游赵，会秦围赵”云云，在《史记》时有此类语法。又前后叙事极斗凑。在《策》文径自秦围赵说起，至此亦云“此时鲁仲连适游赵，会秦围赵”云云，殊为不称。当云“齐人鲁仲连游赵闻之”，即得也。推此类寻之，自见乃《策》文袭《史记》，非《史》袭《策》文矣。《国策》袭《史记》，昔人多有论及，此篇亦其一例。余读其文，亦多讹。邯郸之围，湣王已死二十余年，文云：“今齐湣王已益弱。”似其人尚存，一误也。余据《纪年》考齐威王与周烈王不同时，此云：“昔齐威王尝为仁义矣，率天下诸侯而朝周。……周烈王崩，……齐后往。”则齐威周烈同时，乃与《史记·六国表》合。然又曰：“尊秦昭王为帝。”鲍注：“称谥，非当时语。”吴注：“追书之辞。”然则此文自出后人追记文饰，语已多误，决非鲁连当日之言，更非鲁连亲笔所记，则亦不可为典要。当与上举两例同等视之。否则齐湣事去鲁连不远，不应有误。其言齐湣不可信，言齐威又可知也。雷氏《义证》亦谓：“烈王字未确。刘向《国策·序》所谓‘错乱相揉莒，本字多误’矣。《史记》因此遂谓齐威王十年当周烈王七年，此时齐威王尚未立。惟威之末年周显王陟，是《赵策》烈王或显王之讹，《史记》承其误而不悟，故凡言田齐事多与周秦以前古书不合。”今按：《史记》之误，乃由漏去两世，非由据《赵策》，且《赵策》此文，亦未必定先于《史记》也。余疑史公此文，或亦采自《鲁仲连子》十四篇中，正与年十二弹田巴先生同例耳。

又按：《鲁连传》：“居岁余，周烈王崩。”徐广曰：“烈王七年崩，威王之十年。”《正义》：“《周本纪》及《年表》云烈王七年崩，《齐威王》十年也，与徐不同。”其语尽同，何云不同？显系有误。张氏《札记》依毛本改《集解》作“烈王十年崩，威王之七年”，谓：“此‘十’与‘七’互误，故《正义》引《纪》《表》以纠之。各本依《纪》《表》改，则《正义》赘矣。”又“天子下席”，《索隐》云：“谓烈王太子安王骄也。”《考证》：“烈王太子宜为显王。”今考《周本纪》显王乃烈王弟，亦不应称太子。《索隐》此条，显系有误。雷氏《义证》谓：“《索隐》误以此烈王为威烈王。”其说是也。惟雷氏极斥《索隐》，谓：“此烈王《汉书·人表》作夷烈王，乃威烈王之孙，元安王之子。威烈王时，齐田和始立，威王安得而及之?”余疑齐威王不及威烈王，其事至显，《索隐》不应于此有误。或者《索隐》本自以率诸侯而朝周者为齐太王，而今《索隐》复异其初，如《集解》之类欤？盖齐太公田和亦称太王，如《墨子》书称“墨子见齐太王”是也。而威王与太王则常相混。如《史记·司马穰苴传》：“至常曾孙和，因自立为齐威王。”是以太王误为威王也。《战国·秦策》：“魏伐邯郸，因退为逢泽之遇，乘夏车，称夏王，朝为天子，天下皆从。齐太公闻之，举兵伐魏，……梁王身抱质执璧，请为陈侯臣。”其事乃齐威王，是又以威王误为太王也。疑《鲁仲连》书所谓“齐威王尝为仁义矣，率天下诸侯而朝周”者，其实乃自梁惠王朝周而齐威王伐之一事所误。又误齐威王为齐太公，因有威烈王崩而太王后至之说。故《索隐》以威烈王为说耳。否则烈王之后为显王，及烈王七年卒，为齐威王十年，此俱一按《年表》即得，何以《集解》《索隐》于此俱误？且张氏《札记》据毛本，知各家本《集解》均已依《纪》《表》改动，则安保《集解》《索隐》原文不又先有改动耶？张氏称：“裴氏《集解·序》称：‘采经传百家，并先儒之说，豫是有益，悉皆钞纳。’今《史》文之下著注寥寥，大非完帙。”《索隐》亦多改窜。今仅知《集解》《索隐》于此条统有误，又安从而推见其误前之真哉？毛氏本《集解》此条已误，故《正义》纠之，今诸本乃误中又误。至《集解》原文，其在唐前有无更窜，则不可知。且《正义》经后人删削，舛误弥甚。则此条之纠《集解》，其原文是否如此，亦不可考也。《集解》《索隐》可以经后人之改窜，即《史记》正文亦安保无之？余于此条，殊深有疑。

其叙与聊城燕将书一事，错误亦多。《史》云：“田单攻聊城。”又云：“遂屠聊城。”吴师道皆辨之，谓非事实。其言曰：“考之《单传》，自复齐之后，无可书之事。齐襄王十九年，当赵孝成王元年，赵割地求单为将，次年遂相赵，必不复返齐矣。距聊城之役凡十六年，单岂得复为齐将哉？此因岁余不下之言，聊莒即墨之混，而误指以为单也。”又云：“燕将被谗惧诛，连书亦无此意，此因乐毅而讹也。《史》又称燕将得书自杀，单遂屠聊城，尤非事实。齐所杀燕将惟骑劫耳，不闻其他，此因骑劫而讹也。”梁氏《志疑》亦引孙侍御云：“聊城齐地，田单齐将，何以反屠聊乎？”今按：纵非田单，要为齐将可知。此论《史记》之误也。而《策》文亦有误。云：“燕攻齐，取七十余城，惟莒即墨不下。齐田单以即墨破燕，杀骑劫，燕将惧诛，遂保守聊城不敢归。”误并聊城事于湣襄昭惠之际，其误尤甚于《史记》。吴师道已详辨之，而云：“论此事者，一考之仲连之书，则《史》《策》之舛讹混淆，皆可得而明矣。”余谓鲁连此书，史公或亦采诸《鲁仲连子》十四篇中。《鲁连》十四篇，如田巴之辩、不帝秦之议，语出后人文饰，皆非当时信史。至此书虽无破绽，亦未能定其果为鲁连手笔与否。惟《史》《策》之误说，则彰灼甚显也。

又按：今《策》文记聊城事，又有“初，燕将攻下聊城，人或谗之”十一字。据吴师道说，为他本所无，当是后人又据《史记》羼入。而《史记·燕世家》有“齐城之不下者，独惟聊莒即墨”一语。《志疑》云：“考《史·乐毅》《田单传》及《齐》《燕策》，并无聊，惟《燕策》又有三城未下之语，《史》或因此增加以实之。盖牵合燕将守聊城不下事，而与莒即墨乱也。”按：本为燕守聊城不下于齐，今讹为齐守聊城不下于燕，其误甚显。然《后书·李通传论》注，引《史》此文无聊字，与今本异，则见今本有聊字又系后人据《燕策》羼入。盖《策》因《史》误，《史》又因《策》误，其迹可见有如此。

余为此书，据《纪年》校《史记·六国表》，复位齐威、宣、湣年世，不徒合于《纪年》，亦复合于《史记》，合于诸子之书。惟《国策》《史记》载鲁连“周烈王崩，齐后往”二语，显背于《纪年》，而转合于《年表》，若足为余说病。余故详为指陈《策》文之袭《史记》，而《史记》与《国策》又各有讹误，并多经后人改窜，多可疑之迹，不足为信史。俾考古者勿轻据单文，尽疑余前后所论引也。

又按：《齐策》：“孟尝君有舍人而弗悦，欲逐之。”鲁仲连说孟尝君勿逐。又鲁连面论孟尝君未为好士。余考孟尝为魏求救于燕赵，当魏昭王十三年，即齐襄王元年。时孟尝已老，殆不久而卒。而鲁连游赵论帝秦利害尚在此后二十五年。若鲁连游赵年已五十，则上溯孟尝为魏乞救燕赵时，年二十五也。其时孟尝已老，仲连尚未及壮。至若孟尝豪举好士，当在其入秦相昭王前后，犹在此前十六年。观《齐策》两节，固不类孟尝晚年语，疑亦如鲁连说田巴之比，未必可信。以鲁连年世考之，游赵说勿帝秦，至迟不出五十岁，说燕将聊城在六十左右，其卒稍晚，或亦寿及七十上下耳。《太平御览》一百八十四又八十，及《艺文类聚》卷六十三，并引《鲁连子》："鲁连先生见孟尝君于杏堂之门。"鲁连齐人，伪为其书者必谓见孟尝君。鲁连孟尝时固可及，语则非信。

一五六　李斯韩非考

《史记·李斯传》：斯从荀卿学帝王之术，辞卿西入秦，会庄襄王卒，乃求为吕不韦舍人。今按：庄襄卒岁，当春申为相之十六年，其时荀卿年逾九十，于先秦诸子中，最为寿矣。然余读《史》文，有可疑者。夫斯之为人，纵不足道，然何至面辞其师，如此云云？是盖鄙斯者假为之说也。则斯之入秦，荀卿果尚在世否，亦不足据此为断矣。《盐铁论·毁学篇》："方李斯之相秦也，始皇任之，人臣无二，然而荀卿为之不食。"考《始皇本纪》，二十六年初并天下，李斯为廷尉。二十八年尚为卿，三十四年始称丞相李斯。其时荀卿若在，年已百二十余，殆亦鄙斯者造为之说，与《史》文同例也。沈钦韩亦谓当先卒。又按：《荀子·尧问篇》："为说者曰：'孙卿不及孔子。'是不然。孙卿迫于乱世，鰌于严刑，上无贤主，下遇暴秦。礼义不行，教化不成。仁者绌约，天下冥冥。行全刺之，诸侯大倾。"此盖荀子弟子之辞。其时秦犹未并六国，故曰"上无贤主，下遇暴秦"，谓秦以暴力侵凌诸侯，而诸侯亦自以无贤主，故其师不见用，而致于礼义不行，教化不成也。故又曰"行全刺之，诸侯大倾"，则其时诸侯犹未灭，荀卿弟子憾其师以行全见刺，不用于诸侯，而诸侯亦大倾也。据此又荀卿未必到秦一六国时尚存之证。或乃转以此节文字疑荀卿至秦灭诸侯时犹在，疏矣。然人寿逾百，亦非异事。则谓李斯相秦荀卿犹在，亦于余前考荀卿诸节无摇。斯之诛在二世二年。《始皇本纪》：二世三年冬案杀李斯。秦以十月为岁首，《斯传》称二年七月论斩，盖至十二月而执行。计其去楚入秦，已四十年矣。然其谓中子曰："吾欲与若复牵黄犬，俱出上蔡东门，逐狡兔，岂可得乎?”时其长子由为三川守，虑二子皆年长，使其中子于入秦前已能随父牵犬逐兔，则至此当逾五十，斯已年老，逾七十矣。斯初为小吏，后乃从学荀卿，入秦盖三十余岁。《李斯传》狱中上书：“臣为丞相治民，三十余年矣。”此乃斯之自夸，不足据。《荀子·议兵篇》有李斯问答，卿著是篇若在长平役后留赵之际，则斯年方二十余，正从学荀卿时也。

韩非与李斯同学于荀卿，其使秦在韩王安五年。翌年见杀，时斯在秦已十五年。若韩李年略相当，则非寿在四十、五十之间。《四库提要》论《韩非》书，谓：“考《史记》非本传，称非见韩削弱，数以书谏韩王，韩王不能用。悲廉直不容于邪枉之臣，观往者得失之变，故作《孤愤》《五蠹》《内外储说》《说林》《说难》十余万言。又云：‘人或传其书至秦，秦王见《孤愤》《五蠹》之书。’则非之著书，当在未入秦前。《史记·自叙》所谓‘韩非囚秦，《说难》《孤愤》’者，乃史家驳文，不足为据。今书冠以《初见秦》，次以《存韩》，皆入秦后事，虽似与《史记·自叙》相符，然《传》称王遣韩非使秦，‘秦王说之，未信用，李斯姚贾害之，……下吏治非。李斯使人遗非药，使自杀’，计其间未必有暇著书。且《存韩》一篇，终以李斯驳非之议，及斯上韩王书，其事与文皆为未毕。疑非所著书，本各自为篇，非殁之后，其徒收拾编次，以成一帙。故在韩在秦之作，均为收录，并其私记未完之稿，亦收入书中。名为非撰，实非非所手定也。”今按：《提要》之说是矣，而未尽也。《初见秦篇》又见《秦策》，以为“张仪说秦王”。高诱注：“惠王也。”然书中言乐毅破齐、荆东徙陈、魏败华下、赵破长平，皆在惠王张仪后，明属《秦策》误收。王应麟《汉书艺文志考证》引沙随程氏说："非书有《存韩篇》，故李斯言'非终为韩不为秦'。后人误以范雎书厕其间，乃有举韩之论。"是以《初见秦》为范雎书。然篇中论长平邯郸华下之事，正雎以此畏罪而乞退者，岂得转谓雎书哉？顾谓其出非手，亦不类。非，韩公子，不应初见秦即以攻韩为言。且李斯驳非，正以非为韩不为秦言之，不类一也。篇中引秦事止于邯郸之役，下距非使秦尚二十余年，何详论于前而不略及于其后，不类二也。篇中称大王非有两人。其事尽在昭王时，不应对始皇称昭王为大王，不类三也。又云："前者穰侯之治秦也。"语气正合昭王时言。若在始皇时，应称"昔"，不称"前"，不类四也。然则《初见秦》一篇，盖昭王时策士，当长平邯郸。战后进言者耳。故其精神所注，亦以赵韩为重。因长平之事，始于韩而终于赵也。近人有疑为蔡泽或泽之徒为之者，殆或近是。至《存韩》一篇，所谓韩客上书言韩未可举，自为韩非无疑。余读其后李斯驳议，谓"非之来也，未必不以其能存韩也为重于韩也。辩说属辞，饰非诈谋，以钓利于秦，而以韩利窥陛下。夫秦韩之交亲，则非重矣，此自便之计也。臣视非之言文，其淫说靡辩才甚，臣恐陛下淫非之辩而听其盗心，因不详察事情"云云，疑《史》称李斯谮杀非，即据此言之。然此自政论之不合，斯之为秦谋者如此，未见其即为谮。《非传》又云："人或传其书至秦，秦王见《孤愤》《五蠹》之书，曰：'嗟乎！寡人得见此人与之游，死不恨矣！'李斯曰：'此韩非之所著书也。'秦因急攻韩。"此亦可疑。天下宁有爱好其国一公子之书，因遂急攻其国者？《始皇本纪》十三、十四两年，惟载攻赵，无攻韩事。又云："韩王始不用非，及急，乃遣非使秦。”《韩世家》非使秦在王安五年，《始皇纪》《年表》皆在十四年，即王安六年。疑非以王安五年十月后至秦，史公据《秦纪》，则在翌年也。此即《存韩》一篇之所来也。而《秦始皇本纪》：“（十年）李斯因说秦王，请先取韩以恐他国。于是使斯下韩。韩王患之，与韩非谋弱秦。”则又误。斯之下秦，乃在非入秦之后，岂得谓斯下韩，韩王乃与非谋弱秦哉？《非传》又云：“非使秦，秦王悦之，未信用，李斯姚贾害之，毁之曰：‘韩非，韩之诸公子也。今王欲并诸侯，非终为韩不为秦，此人之情也。今王不用，久留而归之，此自遗患也，不如以过法诛之。’秦王以为然，下吏治非。李斯使人遗非药，使自杀。”然考《秦策》韩非姚贾相谮事，与此又不合。史公之言，亦多乖矣，恨无他书可以详定。惟下流未易居，自古已然。李斯晚节不终，为世诟病，众恶皆归。所谓谮杀非者，今亦未见其必信耳。韩非短姚贾，谓其“梁监门子，尝盗于梁，臣于赵而逐”，则贾亦三晋功利之士，与李斯略同类。高诱注《国策》：“姚贾讥周公诛管蔡不仁不知者，在《孟子》之篇也。”今按：诱所指乃陈贾，齐宣王时，年世不相及，籍贯履历皆不合，非一人也。

一五七　庞煖剧辛考

《史记·燕世家》：“剧辛故居赵，与庞煖善，已而亡走燕。燕见赵数困于秦，而廉颇去，令庞煖将也，欲因赵獘攻之。问剧辛，辛曰：‘庞煖，易与耳。’燕使剧辛将击赵，赵使庞煖击之，取燕军二万，杀剧辛。”《李牧传索隐》：“（庞）煖即冯煖也。”《鹖冠子·兵政篇》有庞子问，而虞般佑《高士传》亦云：“冯煖师事鹖冠子，后显于赵。”是亦以庞煖为冯煖。《汉志》纵横家有《庞煖》二篇，班固云：“为燕将。”

燕盖赵字之讹。兵权谋家又有《庞煖》三篇，是庞煖习纵横之术而言兵，为人将帅，殆犀首甘茂之类也。《史》《策》所传冯煖事，正为纵横游士者言。惟《史》《策》言冯煖，当在宣王末，湣王初。详《考辨》第一二九。下至庞煖杀剧辛，已六十年。则孟尝客冯煖，决非赵将庞煖矣。岂《索隐》之误以庞煖为冯煖者耶？将庄周之上见鲁哀公，下说赵惠文王，邹衍之前过梁惠王，后客赵平原君，而冯煖实即庞煖，特人之误以为尝客孟尝者耶？即以孟尝卒岁计之，下距庞煖杀剧辛亦当在三十五年之上，则庞煖终不为孟尝客。今《史》《策》冯煖事，既无以见其必信，则《索隐》之说，亦无以见其必误矣。又《孟荀列传》称赵有公孙龙之辩，剧子之言。《汉志》法家有《处子》九篇，师古曰："《史记》云：'赵有处子。'"是处子即剧子也。剧辛与公孙龙同时，又与邹衍齐名，亦学者。则《史记》剧子殆即剧辛，《史》《策》谓其于燕昭王时至燕则误。辨见《考辨》第一四四。

又考《赵世家》，庞煖杀剧辛之明年，"将赵楚魏燕之锐师攻秦蕞，不拔，移攻齐，取饶安"，此即始皇六年，五国攻秦事，有韩，而《赵世家》脱之。始皇十一年，拔赵邺，据《韩非》书，庞煖尚为赵将。详下篇附考。其后据《赵世家》及《李牧传》，皆不见庞煖事，盖亦不久而卒，否亦老不任兵矣。然今《鹖冠子》有悼襄王问庞子，又有武灵王问庞焕，王闿运以焕即是煖。然武灵之卒，去庞煖杀剧辛已五十四年。若武灵卒岁，庞子年三十，是八十外犹为将也，疑不然矣。旧注焕乃煖兄，然余意庞子生年，盖与武灵卒岁相先后。冯煖年世则正与武灵相当。则煖纵有兄，亦不及与武灵相问答。《鹖冠》伪书，固不足据。

附　庞煖即临武君考

《荀子·议兵篇》："临武君与孙卿子议兵于赵孝成王前。"杨倞注："临武君盖楚将，未知姓名。《战国策》曰：'天下合从。赵使魏加见楚春申君曰："君有将乎？"曰："有矣。仆欲将临武君。"……魏加曰："临武君尝为秦孽，不可为拒秦之将也。"'或曰：刘向《叙》云：'孙卿至赵，与孙膑议兵赵孝成王前。临武君即孙膑也。'今案：孙膑为齐军师，败魏马陵，至赵孝成王元年，已七十余年，年代相远，疑临武君非此孙膑也。"杨倞之说如是。余意杨辨临武君非孙膑，是也。至据《国策》谓为楚将，则非。观于《荀子》原书，临武君盖亦赵臣耳，未见为楚将之迹。今疑临武君殆即庞煖。何以言之？自春申相楚，而山东合从之事，前后凡三。一为邯郸之围，而楚魏救之，是春申为相之五年也。一为信陵君率五国兵败秦军河外，是春申为相之十六年也。其后六年，楚为从长，击秦。魏加之使，盖在最后一役。若言邯郸围时，平原君自往请救，而毛遂从。春申君自将救楚，《春申君列传》而景阳俱。《楚世家》不待魏加之使，更无临武君之将。又荀卿议兵，盖在邯郸解围之后。盛称魏氏武卒，谓胜齐之技击，而不可以遇秦之锐士，独不及楚。若临武楚将，无缘留赵，荀卿亦不若是为说。至信陵合五国攻秦，又何俟赵使赴楚而问春申以将选？惟楚为从长之役，其事当秦始皇六年，赵悼襄王四年，《楚世家》谓春申君用事，而《赵世家》则谓庞煖将赵楚魏燕之锐师以攻秦。则此役也，春申为之主，而使赵将庞煖为之帅。魏加谓临武君不可以为拒秦之将，其后果无功，所论验矣。移之前两役，亦复不符。则《楚策》之临武君，即《赵世家》之庞煖可知。林氏《纪年》、黄氏《编略》均以魏加论临武君系之此役，皆是。惟惜不能参合《赵世家》，发明临武君即为庞煖其人耳。而刘向《叙》误以为孙膑者，盖亦有故。考孙膑与庞涓同学兵法，而庞涓见杀于孙膑。正如剧辛在赵与庞煖相善，而剧辛败死于庞煖。其事既相类，又孙膑庞煖皆有兵书传世，孙书详《考辨》第八五，庞书详《考辨》第一五八。而庞涓庞煖名字又易混。刘向自出一时笔误，遂以杀剧辛之庞煖，为杀庞涓之孙膑耳。今推寻刘氏致误之迹，亦足知余庞煖即临武君之说非虚也。《艺文志》兵形势有《孙轸》五篇，《图》三卷，沈钦韩曰："'轸'与'膑'声近，或临武君是此孙轸。刘向《叙》为后人不知妄改。"今按：沈说无据，姑备异意。余求庞煖生年，盖与赵武灵卒岁相先后。邯郸解围时，庞煖已年及四十。自如赵括之徒，相率好言兵，下至魏公子破秦，集诸侯宾客兵法，当时风气如是，而庞煖亦其一人矣。

余既为《庞煖即临武君考》，重检《韩非》书，有足为助证者。《韩非·饰邪篇》云："凿龟数策，兆曰'大吉'，而以攻燕者，赵也。凿龟数策，兆曰'大吉'，而以攻赵者，燕也。剧辛之事燕，无功而社稷危；邹衍之事燕，无功而国道绝。赵先得意于燕，后得意于齐。王先慎曰："按：《赵世家》：'四年，……移攻齐，取饶安。'即其事也。"国乱节高，自以为与秦提衡，非赵龟神，而燕龟欺也。赵又尝凿龟数筴，而北伐燕，将劫燕以逆秦，兆曰'大吉'，始出大梁，而秦攻上党矣。原文"攻""出"二字互误，依王先慎校改。兵至釐，而六城拔矣；至阳城，秦拔邺矣；顾广圻曰："《世家》：'九年攻燕，取狸阳城，兵未罢，秦攻邺拔之。'又《年表》云：'秦拔我阏与邺，取九城。'即其事也。"庞援揄兵而南，则鄗尽矣。……秦以其大吉，辟地有实，救燕又有名；赵以其大吉，地削兵辱，主不得意而死。”王先慎曰：“《赵世家》：悼襄王九年卒。”卢文弨曰：“庞援即庞煖，亦作庞涓。”据此，庞援亦有误作庞涓者。则刘向误临武君为孙膑，正自庞援庞涓而误可知。又此数年，庞煖为赵将用事。此后赵将有扈辄，赵王迁二年为秦所杀。李牧王迁三年后皆李牧将。无庞煖。

一五八　鹖冠子辨

《汉志》道家《鹖冠子》一篇，班云：“楚人，居深山，以鹖为冠。”《隋志》三卷。韩愈《读鹖冠子》十六篇。陆佃《鹖冠子·序》：“自《博选》至《武灵王问》凡十九篇，退之云十六篇者非全书。”沈钦韩曰：“其中庞煖论兵法，《汉志》本在兵家，为后人傅合。”王闿运曰：“道家《鹖冠子》一篇，纵横家《庞煖》二篇，《隋志》道家有《鹖冠子》三卷，无《庞煖》书，而篇卷适相合，隋以前误合之。凡庞子言皆宜入煖书。”近人顾实《汉书艺文志疏证》云：“兵家《庞煖》三篇，汪刻本《汉书》作二篇，合此《鹖冠子》一篇，正符三篇之数。本《志》兵权谋家原有《鹖冠子》言兵之篇，此亦后世所以误合兵家《庞煖》为一欤。”今按：《鹖冠》书《世兵篇》多同贾谊《鹏赋》，显出后人剿袭。柳宗元《辨鹖冠子》谓其“尽鄙浅言。好事者伪为其书，而用贾谊《鹏赋》文饰之”，是也。《四库提要》谓：“古人著书，往往偶用旧文，引证亦往往偶随所见。如‘谷神不死’四语，今见《老子》，而《列子》以为黄帝书。‘克己复礼’一语，今在《论语》，而《左传》仲尼称志有。‘元者善之长也’八句，今在《文言传》，《左传》记为穆姜语。”以此为《鹖冠》辩护。其所称引是非姑勿论。然贾谊《鹏赋》，与《鹖冠世兵》，文字大段相合，则非提要之例。苟两文并读，非谊袭《鹖冠》，即《鹖冠》袭谊，无所谓引用旧文也。既非贾生窃先秦成书为己赋，则为后人攘贾赋饰伪书，决矣。崔述《考古余说》亦谓："贾谊感鹏而赋，明不剽窃。"韩愈颇称其《博选篇》"五至"之论，然亦袭《燕策》郭隗对昭王语。吴师道注《国策》，已有此论。则《鹖冠子》既明为伪书，更何纷纷论篇卷之多寡哉？抑余复有疑者。据今书鹖冠为庞煖师，而班氏注语不之及。注曰："楚人，居深山。"而本书未之有。书中可见其为楚人者，惟《王𫓧篇》言柱国令尹，然文意均袭《管子》。郡县之名，虽秦前已有，然废封君而全国以郡县相统属，其制始于秦，未必楚人先有其制。盖后人见《汉志》有鹖冠楚人之说而妄托者耳。《困学纪闻》十谓："《鹖冠子·博选篇》用《国策》郭隗之言，《王𫓧篇》用《齐语》管子之言，不但用贾生《鹏赋》而已，柳子之辨，知言哉。"已先余言之。《后汉书·续舆服志》："鹖雄雉，为武冠。"《淮南·主术训》："赵武灵王贝带鵕𪂹而朝，赵国化之。"《玉篇》："𪂹，南方雉名。"然则雉冠乃赵之武服。庞煖而赵将，《汉志》兵权谋有《庞子》，岂煖书有论及鹖冠者，而后人因伪为《鹖冠子》，遂以为庞煖所师耶？将庞煖著书别题《鹖冠》，如范蠡书之名《计然》，而后人亦遂以计然为范蠡师者耶？今其书所传既不足信，秦汉间又少知有鹖冠子其人，则此一卷书者，纵在，固无大观，姑置勿论可尔。又庞煖仅详居赵，未见其国籍。春申合从以庞煖为将，岂煖与楚人固自有渊源者耶？

一五九　吕不韦著书考

《吕氏春秋·谨听篇》："今周室既灭，而天子已绝。乱莫大于无天子，无天子则强者胜弱，众者暴寡，以兵相残，不得休息，今之世当之矣。"高注："周厉王无道，流于彘而灭，无天子十一年，故曰‘已绝’。”毕沅云：“秦昭王五十二年西周亡，十年而始皇帝继为王。又二十六年，始为皇帝。所云‘天子已绝’者，在始皇未为皇帝之时。注非是。”今按：《史记·吕传》：“庄襄王元年，以吕不韦为丞相，封为文信侯，食河南雒阳十万户。庄襄王即位三年，薨，太子政立为王，尊吕不韦为相国，号称‘仲父’。……吕不韦乃使其客人人著所闻，……号曰《吕氏春秋》。”其《序意篇》曰：“维秦八年，岁在涒滩。”黄氏《周季编略》谓：“《吕传》书作《春秋》于始皇七年前，‘八’盖‘六’之讹也。近毕氏校《吕氏春秋》引钱竹汀‘超辰’说。按：毕氏所引乃钱塘溉亭说，竹汀之说见《十驾斋养新录余录》卷上，文繁不具引。严铁桥以‘八’为‘四’之讹。四年太阴在申，皆未是。”姚文田《邃雅堂集·吕览维秦八年岁在涒滩考》云：“超辰之说，起于汉人，当时亦未一行，安得强先秦以就我法？又读者据太初元年岁称丁丑，溯而上之，遂改始皇为乙卯，因欲并改《吕览》之八年为六年。不知班《史》实以邓平历为本，实不足为确据。考淮南王安封于孝文之十六年，子长著之《史记》，孟坚仍其旧文。计孝文十六年下至太初改元，六甲适一周，则是年亦当为丁丑。《淮南子》云：‘淮南元年冬，太一在丙子。’太一即太岁，与班《史》显差一岁。上推始皇元年，实为甲寅。不韦死于始皇十二年，后十五年而秦有天下。不韦著书以前，昭襄孝文庄襄世及相继，安得断自始皇直书曰秦。其称秦者，必在庄襄既灭二周之后。《秦本纪》，昭襄五十六年卒。孝文王立，即位后三日卒。庄襄王立，在位四年。《六国表》分一年入孝文，故庄襄仅三年。又记昭襄之立，在周赧王九年，下推赧王五十九年，岁在甲辰，后来作乙已者，从《汉·志》改。乃昭襄之五十一年。又五年而卒。孝文嗣位一年，明年为庄襄元年，岁在辛亥。《纪》《表》皆云是年灭二周，置三川郡。《周本纪》亦云：王赧五十九年，西周倍秦，与诸侯约从攻秦，秦使将军摎攻西周，西周君奔秦，尽献其邑。王赧卒，周民遂东亡。似是一年中事。又云：后七载，秦庄襄灭东西周。今考《韩非子·五蠹篇》云：'周去秦为从，期年而举。'是史公所纪，中间尚少一年。所谓'后七载'者，当由灭西周计算。而庄襄之灭东周，乃二年事，并非元年，《纪》《表》皆误矣。西周之灭岁在乙巳，王应麟作丙午，亦从《汉·志》。后七载为壬子，东周亦亡。其明年癸丑，天下始易周而为秦。《困学纪闻》云：'壬子，秦迁东周君，而周遂不祀。作史者当自丙午至壬子系周统于七国之上。'以韩非及王氏之言证之，知自癸丑以后乃可书秦。而《吕览》之文，实统庄襄言之矣。"今按：姚氏之说甚辨而核。不韦著书，实在始皇之七年，而称"维秦八年"者，乃始于癸丑。始皇元年实为甲寅，而不韦不以始皇纪元，乃统庄襄言之，其事甚怪。且吕不韦为秦相国，乃绝不称道秦政，曰："今周室既灭，而天子已绝。……以兵相残，不得休息。"顾抑秦与六国同例。特以周亡而书秦，亦并不许秦为天子，则又何耶？《功名篇》又云："欲为天子，民之所走，不可不察。今之世，至寒矣，至热矣，而民无走者，取则行钧也。欲为天子，所以示民，不可不异也。行不异乱，虽信今，信，伸也，犹言得志于今。民犹无走。民无走，王者废矣，暴君幸矣，民绝望矣。故当今之世，有仁人在焉，不可而不此务。有贤主，不可而不此事。"此明讥秦政虽以武强伸于一时，犹不为民之所走也。高似孙曰："始皇不好士，不韦则徕英茂，聚畯豪，簪履充庭，至以千计。始皇甚恶书也，不韦乃极简册，攻笔墨，采精录异，成一家言。《春秋》之言曰：‘十里之间而耳不能闻，帷墙之外而目不能见，三亩之官而心不能知。其以东至开梧，南抚多颗，西服寿靡，北怀儋耳，若之何哉！’此所以讥始皇。”方孝孺亦称其书诋訾时君为俗主，至数秦先王之过无所惮。《史》又称不韦书成，“布咸阳市门，县千金其上，延诸侯游士宾客，有能增损一字者予千金”。余疑此乃吕家宾客借此书以收揽众誉，买天下之人心。俨以一家《春秋》，托新王之法，而归诸吕氏。如昔日晋之魏，齐之田。为之宾客舍人者，未尝不有取秦而代之意。即观其“维秦八年”之称，已显无始皇地位。当时秦廷与不韦之间，必有猜防冲突之情，而为史籍所未详者。《史记·蔡泽传》，其说应侯曰：“质仁秉义，行道施德，得志于天下，天下怀乐敬爱而尊慕之，皆愿以为君王，岂不辩智之期与？”应侯曰：“然。”此已入战国晚世，其先游仕如吴起商鞅之徒，得为将相，已满初志。其后如梁惠王欲让国于惠施，燕王哙真让国于子之，于是游士之意气益盛，期望益远，蔡泽乃明白有天下皆愿以为君王之想。客说春申君，以汤武况（荀卿）。即荀子弟子之颂其师，亦曰：“呜呼！贤哉！宜为帝王。”（见《尧问篇》）又曰：“今之学者，得孙卿之遗言余教，足以为天下法式表仪。”（亦见《尧问》）是可见当时学者间意态。李斯入秦，为吕不韦舍人，《吕览》之书，斯亦当预，彼辈推尊不韦，谓其宜为帝王，夫岂不可。此意至西汉尚未全泯，故昭宣以下，颇有主张汉廷推择贤人而让国者，王莽即应运而起。自此义隐晦不彰，而谓不韦著书有自为帝王之志，则有疑其言之若诞者矣。始皇幸先发，因以牵连及于嫪毐之事。不韦自杀，诸宾客，或诛或逐。《史》云：“（始皇）十二年，文信侯不韦死，窃葬。其舍人临者，晋人也，逐出之。秦人六百石以上夺爵，迁；五百石以下不临，迁，勿夺爵。……秋，复嫪毐舍人迁蜀者。”此秦廷忌吕氏舍人而宽嫪氏舍人之明证。又见吕氏舍人自有三晋宾客与秦人之别。不韦本籍山东，故于东方游士，秦廷尤所歧视。不韦初死，秦廷即有逐客之令，则吕氏宾客，秦廷所以忌而防之者至矣。又《秦策五》：“文信侯出走，与司空马之赵，赵以为守相。”金氏《国策补释》云：“与，党与也，马为文信党人，故文信走而马亦亡。”又曰：“马逐于秦，则亦三晋人也。”其事遂莫肯明言，而乃妄造吕政之讥，与嫪毐自不韦荐身之说，同为当时之诬史而已。《魏策》：“或谓魏王曰：‘……秦自四境之内，执法以下，至于长挽者，故毕曰：“与嫪氏乎？与吕氏乎？”虽至于门闾之下，廊庙之上，犹之如是也。今王割地以赂秦，以为嫪毐功；卑体以尊秦，以因嫪毐，王以国赞嫪毐，太后之德王也，深于骨髓，王之交最为天下上矣。……今由嫪氏善秦而交为天下上，天下孰不弃吕氏而从嫪氏？天下毕舍吕氏而从嫪氏，则王之怨报矣。’”据此则吕之与嫪，邪正判然。嫪氏显与吕氏争政，太后倾私嫪氏。未见嫪之必为不韦所进也。又《秦始皇本纪》嫪毐封长信侯。《索隐》云：“按：《汉书》嫪氏出邯郸。”钱氏《二十二史考异》云：“班氏无此文，当是《汉书》注也。《南越传》婴齐取邯郸摎氏女。《索隐》云：‘摎，音纪虬反，摎姓出邯郸。’此‘嫪’字《正义》亦音纪虬反，盖摎、嫪古文通用。今人读嫪为郎到切，非也。”据此嫪毐乃邯郸人。疑始皇母在邯郸，本识毐，不俟于不韦之进显。而《史·传》所称“私求大阴人嫪毐，……使毐以其阴关桐轮而行，令太后闻之，以啖太后”者，皆故为丑语，非事实也。毐与始皇母私生二子容有之，因并谓始皇乃不韦子，则亦无稽之丑诋耳。余别有辨详下。自不韦之死，李斯得志，因有焚坑之祸。先秦学脉，竟以此绝，亦可惜也。

又考《秦本纪》昭王四十二年，安国君为太子。四十七年，白起破赵长平，杀卒四十五万。其明年正月，秦政生于邯郸。则不韦入秦游说华阳夫人，应在长平一役前。今姑以昭王四十六年为说，其先不韦本为阳翟大贾，积赀甚富，其年事当近四十。下至始皇之元又十五年，不韦则年五十五左右。而不韦之卒，年逾六十也。然余考《秦策》载不韦事与《史》有异。其入秦说立子楚已在孝文王时，以其时年四十外计之，其卒盖年逾五十，犹未及六十耳。参读《考辨》第一六一。又考《吕氏·安死篇》：“以耳目所闻见，齐荆燕尝亡矣，宋中山已亡矣，赵韩魏皆亡矣，其皆故国矣。”顾亭林《日知录》谓：作书之时，秦初并三晋。然考始皇七八年间，三晋皆无恙，韩最先亡，在始皇十七年，已在不韦卒后五年，赵以王迁之虏为亡，则在韩亡后两年，魏最后，其亡已在始皇二十二年，去不韦之卒已十年。然则《吕》书之成，其最后者岂在始皇之二十二年乎？是年燕蓟亦拔，越三年，楚亡，又越两年齐亡，皆《安死》作时所未及也。《史记》谓不韦迁蜀而著《吕览》，然则《吕》书确有成于迁蜀之后，并有成于不韦之身后者，此亦考论秦代学术思想情况一至堪注意之点也。

一六〇 《孔丛子》载孔子顺事迹辨

《史记·孔子世家》：孔子后六世为子高穿，穿生子顺，尝为魏相。子顺生鲋，为陈涉博士，死陈下。后世有《孔丛子》，详记穿顺鲋三世行事。《孔丛》伪书，本可无辨。顾《朱子语类》谓："其书盖孔氏后人集先世遗文而成。"若其记载犹有来历，故后世多据以为说。余考其书中事实，多有大谬不然者。因知朱子之说，亦不可信。姑摘论其载子顺事有关史实者以示例。如齐攻赵，围廪丘，赵使孔青击之，获尸三万，子顺聘赵，劝归齐尸，此事见《吕氏春秋》，劝归齐尸者为宁越。证之《纪年》，其事远在威烈王时。参读《考辨》第五五。下距子顺之世尚百七十年。《孔丛》轻为剿窃，其妄如此。又秦急攻魏，子顺请以国赞嫪毐，其语疏鄙，盖本《魏策》或人之言，妄人窃取，不悟其不足重子顺也。且子顺为魏相，既负隆誉，《魏策》亦不应不著其名。又"季节见于子顺，子顺赐之酒"云云，季节乃子顺父执，子顺如何又为季节尊长？妄人者乃并此而不知。虞卿早达，立谈相赵，迨其弃赵相印，偕魏齐亡之魏。魏齐既自刭，虞卿穷愁乃著书。长平之役，虞卿复在赵用事，则略当子高世耳。子顺犹为晚进。奈何虞卿著书，魏齐诫之以谓不当称《春秋》，而又以询之子顺？颠倒史实，抑何甚也！凡此皆其疏谬之尤易见者。《周季编略》书子顺相魏于魏安釐王十七年，当秦攻赵长平之时，则据《孔丛》本书情事考之，亦觉未惬。本书称“子顺相魏凡九月，……遂寝于家”，则此后必不复出。《编略》又以魏景滑元年，赵相魏相会鲁柯，鲁柯之盟，赵魏两《世家》均未载。《志疑》云：“鲁地无名柯者，又此时鲁已灭，尚安得称鲁柯？而赵魏会盟亦不得至鲁地，疑有误。”《史记札记》云：“《春秋》襄十九，叔孙豹会晋士匄于柯，杜注在魏郡内黄县西北，盖魏地也。”谓出子顺之谋，一不合也。又其后一年，五国共击秦，本书谓“子顺会之”，不应谢事高隐之后，无端复出，二不合也。又其后二年，嫪毐封长信侯，本书谓秦急攻魏，魏王驾如孔氏，子顺进以国赞嫪毐之谋。其时去谢事去相已二十余年，其为魏国老，较之乃祖孔子之于鲁，远过之矣，恐亦无此情事，三不合也。子顺既退，其语新垣固曰：“当今山东之国，弊而不振，三晋割地以求安，二周折节而入秦，燕齐宋楚已屈服矣。宋已久亡，此原书之妄也。不出二十年，天下将尽为秦。”若当秦赵相搏长平，诸侯合从救赵之际，岂得云此，四不合也。本书又有魏王使相国子顺修好邻国，遂连和于赵，赵王问所以求北狄。若当秦攻赵长平，赵王何来有此遐思，五不合也。此条子顺答语，乃汉人袭取中行说说耳，本不足信，今姑据以折黄说之未当。《绎史年表》，孔斌相魏在安釐王十八年，同一不合。今子顺相魏事，既他无可考，如不得已而必据《孔丛》所载，以定其年，亦当以在信陵君既死，楚约五国伐秦之后，于嫪毐败死之前，约当魏景滑王之三、四年，差为得之。即上推之于其父穿，下推之于其子鲋，年世相及，亦略当也。《韩策一》有“魏顺谓市丘君”一节，吴师道《补注》云：“此楚怀王为从长，合齐赵韩魏燕及匈奴伐秦时事，在怀王十一年。《策》文见《孔丛子》，以为子顺之言。其注谓魏公子无忌率五国兵败蒙恬，尤为误。”如吴考，其时尚未有平原君，乌得有孔穿之子孔顺？是《孔丛》书伪窃魏顺为孔子顺也。要之《孔丛》书不可据，而孔子顺当在战国末年，则可推耳。

一六一　春申君见杀考

战国晚年，有两事相似而甚奇者，则吕不韦之子为秦始皇政，而黄歇之子为楚幽王悼是也。然细考之，殆均出好事者为之，无足信者。不韦之事，梁氏《志疑》力辨之。《史记》本传云：“姬自匿有身，至大期时生子政。”《集解》徐广曰：“期，十二月也。”梁云：“《左传》僖十七，‘孕过期’，《疏》云：‘十月而产，妇人大期。’则大期乃十月之期，不作十二月解。即如《史》注，十二月曰‘大期’，夫不及期，可疑也。过期，尚何疑？若谓始皇之生不及期，隐之至大期而乃以生子告，则子楚决无不知之理，岂非欲盖弥彰乎？只缘秦犯众怒，恶尽归之，遂有吕政之讥。史公于《本纪》特书生始皇之年月，而于此更书之，犹云世皆传不韦献匿身姬，其实秦政大期始生也。别嫌明微，合于《春秋》书子同生之义，人自误读《史记》尔。”按《史记考证》：“‘大期’犹言诞弥厥月也。《史》以明始皇之的为不韦子，言及大期而非期，乃子楚犹不悟也。若如徐广言：‘期，十二月。’则又何以信其为不韦子也。”今按：《史记》果信始皇诚为不韦子与否，非即始皇诚为不韦子与否之判据。则大期一语，非所必争。王世贞《读书后》辨说之曰：“毋亦不韦故为之说，而泄之秦皇，使知其为真父，长保富贵邪？抑其客之感恩者，故为是以詈秦皇。而六国之亡人，侈张其事，欲使天下之人谓秦先六国亡也。不然，不韦不敢言，太后复不敢言，而大期之子，乌知其非嬴出也？”又明汤聘尹《史稗》辨之曰：“异人请妇至，大期而诞子，未必请之时遽有娠也。虽有娠，不韦其肯轻泄之，而亦孰从知之？果有娠而后献，当始皇在赵，母子俱匿，其妪独不能语子以吕氏之胤，如齐东昏妃之于萧缵邪？如语之故，始皇必不忍忘一本之系，何至忿然曰：'何亲于秦，号为仲父？'以奉先王之功，且躬出其后，而俾之迁蜀以死。虽宾客游说万端，而莫之阻，亦自知嬴非吕矣。”此辨吕氏之事也。而余考《秦策》，记不韦使秦事，有与《史》大异者。《史》谓不韦入秦当昭王时，而《秦策》吕不韦为子楚游秦，已当孝文王世，一异也。《史》谓不韦先说华阳夫人姊，而《秦策》不韦所说乃秦王后弟阳泉君，二异也。高注：“秦王后，孝文王后华阳夫人也。时昭王时也。或言后耳。”不悟若昭王时，孝文不得称王，华阳亦不得称后。其下《策》文又云：“太子门下无贵者。”高注：“太子，子傒。”不悟若昭王时，子傒亦不得称太子。《策》文又云：“王年高矣，王后无子，子傒有承国之业，士仓又辅之。王一日山陵崩，子傒立，王后之门，必生蓬蒿。”又曰：“王之春秋高，一日山陵崩，太子用事。”皆明属孝文时语。高氏自以《史》说注《策》文，未可信。又昭王生十九年立，五十六年薨，则七十五岁。孝文生五十三年立，一年薨，则五十四岁。《史》称不韦说华阳夫人：“不以繁华时树本，即色衰爱弛后，谁欲开一语，尚可得乎？”而据《史》考实，则华阳夫人固非繁华时矣。又按《年表》，昭王二年楚怀王二十四年，秦来迎妇，是岁昭王年二十一，尚未有子，孙楷《秦会要》即以此妇为华阳太后，亦非。考诸《楚世家》，则《年表》是年乃迎妇于秦之误耳。《史》谓子楚于邯郸之围脱亡赴秦军，而《秦策》乃王后请之赵，而赵自遣之，则三异矣。果如《秦策》所言，不韦游秦，始皇生已及十年。始皇生昭王四十八年正月，见《本纪》。不韦安得预为钓奇？不韦纳姬事，《秦策》固无之，更何论始皇之为嬴为吕？史公载六国事，多本《国策》，此则别据他说，乃史公之好奇也。又《史记·吕不韦传》：“子楚夫人，赵豪家女也。”显与不韦献姬相乖。钱大昕云：“不韦资助之，遂为豪家。”洪亮吉云：“子楚在赵，本自有夫人，后见不韦姬说之，复取而生政耳。此夫人是指子楚之正配。若政生母为邯郸之倡，即资之安得为豪家乎？”按：洪驳钱说是矣。然《不韦传》明云：“子楚遂立姬为夫人。”又岂得谓其下夫人又别指一人哉？至春申之事，黄式三《周季编略》亦辨之，曰：“《策》《史》言春申君纳李园妹，知娠而献之。据《越绝书》十四篇则云烈王娶李园妹，‘十月产子男’，则《策》《史》之说非矣。春申君果知娠而出诸谨宫，言诸王而入幸之，则事非一月，安必其十月后生子乎？生而果男乎？行不可知之诡计，春申君何愚？此必后负刍谋弑哀王犹之诬言也。”而余考《越绝书》，其言又不仅如黄氏所辨者。《越绝》云：“（春申君）与女环通未终月，女环谓春申君曰：‘妾闻王老无嗣，今怀君子一月矣，可见妾于王。幸产子男，君即王公也。’”夫通未终月，乌得怀子已一月？此全写女环之愚春申，而欲假借以得幸于楚王，与下言“十月产子”，同一笔法，凡以明幽王之非春申子也。黄氏既援据《越绝》驳《史记》，而曰“春申何愚”，不知诚如《越绝》之言，春申固不免为愚耳。黄氏又曰：“《列女传》有云：‘公子负刍之徒，闻知幽王非考烈王子，疑哀王，乃袭杀哀王及太后，尽灭李园之家。’然则负刍谋篡构衅造谤也。”此则确有依据，明白得实。又按：《索隐》：“楚悍（幽王）有母弟犹，（哀王）犹有庶兄负刍及昌平君，是楚君完非无子，而上文云‘考烈王无子’，误也。”则《史记·春申传》之不可信，小司马已先辨之。惟《列女传》以犹为考烈遗腹子，以负刍为考烈弟，今已无可详论。此辨春申之事也。昔人以桀纣暴行，情节相类，疑其不实。今文信春申之事，一何若符节之合，而又同出于一时，不奇之尤奇者邪？后之疑而辨者，纵不尽得。然帏闼之事，本难全详。传者既无的据之验，疑者亦何从为稽诘之地哉？今并举而著之，亦足使读《史》者知此故实之不尽可信耳。

又《史记》载李园杀春申君在考烈王末年，而《越绝书》二篇，言烈王死，幽王立，封春申君于吴，三年，征为令尹，使其子为假君摄吴事。十一年，幽王征其子，与春申君并杀之。二君治吴凡十四年。后十六年，秦始皇并楚。然考《史记》，幽王仅得十年，无十四年。春申君徙封于吴亦远在考烈王十五年。不知《越绝》何以言此。及细检之，秦灭楚前十六年，正合《史·表》李园杀春申君之年。又前十一年，正合《史·表》春申君徙封于吴之年。然则《越绝书》言春申卒年与《史》同，《越绝》言春申子假君治吴之年，即《史》之春申封吴年也。《越绝》言春申封吴尚在前三年，则《史》无其说。《越绝》卷十四《春申君外传》又谓："烈王死，幽王嗣立，女环使园相春申君。相之三年，然后告园：'以吴封春申君，使备东边。'"前言幽王立三年召春申，今乃为三年而封春申矣。此又《越绝》之自相违异也。至云：幽王后怀王，怀王子顷襄王，秦始皇灭之，而张仪转在黄歇后。卷二、卷十四均见。此则与《史》大背，疏缪断然。王充有云："君高之《越纽录》，……刘子政扬子云不能过也。"见《论衡·案书篇》。《越纽录》即《越绝书》，君高，吴平字。相传《越绝》出会稽袁康吴平手也。余观其书颇荒陋，不足信，因附辨一二端以概其余。参读《考辨》第三四又第一一八。

一六二　尉缭辨

《汉志》杂家《尉缭》二十九篇，兵形势家又有《尉缭》三十一篇。据《史记·始皇本纪》，大梁人尉缭来说秦王，在始皇十年，而今传《尉缭》书有"梁惠王问"，年世不相及。后人因谓今所传者乃兵家《尉缭》，在梁惠王时，而始皇时杂家《尉缭》则佚。然考《史记》，缭既见秦王，欲亡去，秦王觉，因止以为秦国尉。则所谓尉缭者，“尉”乃其官名，如丞相绾、御史大夫劫、廷尉斯之例，而逸其姓也。今《汉志》杂家称《尉缭子》，官本、南雍本、闽本《尉缭》下无“子”字，与杂、兵家称《尉缭》同。至《隋志》始称《尉缭子》，而颜师古遂谓尉姓缭名，皆误。若是则秦有尉缭，岂得魏亦有尉缭，而秦之尉缭，又系魏之大梁人？以此言之，知非二人矣。《汉志》如齐孙子、吴孙子，所以别同名之嫌。若尉缭系两人，则亦应书秦尉缭、梁尉缭也。且缭之说秦，与《秦策》顿弱之言同。其称秦王“居约易出人下，得志亦轻食人”，事类范蠡。窃疑《史记》载缭事已不足尽信，书又称“梁惠王问”，则出依托。刘向《别录》：“缭为商君学。”商君于惠王早年入秦，今云缭为其学，亦知其非见梁惠王。其殆秦宾客之所为，而或经后人之羼乱者耶？

一六三　诸子捃逸

余考先秦诸子年世，略已完具。复检《汉志》，择其姓字粗著，为余考所未及者，列诸篇为捃逸。

六艺略礼家

《王史氏》二十一篇。七十子后学者。师古曰：“刘向《别录》云：‘六国时人也。’”

诸子略儒家

《漆雕子》十三篇。孔子弟子漆雕启后。

叶德辉曰：“《说苑》引孔子问漆雕马人，臧文仲武仲孺子容三大夫之贤。《家语·好生篇》引作漆雕凭，疑一人，名凭字马人。孔子弟子漆雕启之后，他无所见，或即马人。”今按：漆雕开从游，当在孔子晚年。参读《考辨》第二九。而漆雕马人尝事臧氏三世。文仲卒于鲁文公十年，前孔子之生尚六十六年。及事文仲者，岂得与孔子相问答？《说苑》妄也。即谓果有其人，亦在漆雕开前。李氏《尚史》云：“《说苑》马人尝事臧氏三世，与开不仕者正相反，非开，明矣。而弟子中又无所谓漆雕马人者。《家语》作漆雕凭，亦无之。”此辨开非马人，而并疑马人之无其人。乌得为其后人哉？叶说殊疏。《论衡·本性篇》谓宓子贱漆雕开公孙尼子之徒，亦论情性，与世子相出入。余考公孙尼子乃荀子弟子，此书论性情，折衷孟荀两家之见，显出荀子后。王氏谓漆雕开者，或即据《漆雕子》书中称引所及。疑此十三篇书，亦出战国晚世，而传述漆雕子之说，与《宓子》十六篇同出后人撰述。班氏以其书名《漆雕子》，遂疑为漆雕启之后。或启自有后人为此书，亦未可知。要非《说苑》之漆雕马人也。参读《考辨》第二九。

《景子》三篇。说宓子语，似其弟子。

《宓子》见《考辨》第三〇，其书疑出后人传述，如《漆雕子》之类。皆当在战国晚世，而《宓子》或稍前，故其书颇为韩非吕不韦所称引。《景子》三篇，据班《注》亦说宓子语，惟年世殊无考，不知其书在《宓子》十六篇前，抑在其后。《孟子》书有景丑，翟灏《考异》云：“《汉志》《景子》列儒家，此称景丑为景子，其‘父子主恩，君臣主敬’，及引《礼》父召、君召诸文，颇有见于儒家大意。景子似即著书之景子也。孟子宿于其家，盖亦以气谊稍合往焉。”沈钦韩亦主景子即景丑。若然，则其书或尚在十六篇前。当孟子时已有主性可以为善可以为不善，有性善有性不善之说者。景子殆其一人欤？然亦不得为宓子弟子。大抵《汉志》说七十子弟子，皆约略言之，非可据也。黄鹤云："《世本》齐公子朝之子字子景，以字为氏，亦曰景丑。"则景子亦齐之公族。又按：兵形势家有《景子》十三篇，盖非同书。

《世子》二十一篇。名硕，陈人也，七十子之弟子。

《论衡·本性篇》："周人世硕，以为人性有善有恶，举人之善性，养而致之则善长；恶性，养而致之则恶长。如此，则情性各有阴阳，善恶在所养焉。故世子作《养性书》一篇。"今按：当孟子时论性者，告子曰："性无善无不善。"或曰："性可以为善，可以为不善。"或曰："有性善，有性不善。"今世子则谓"性有善有恶"，盖出三说之外，两取孟荀以为说。其书应出荀卿后。《春秋繁露·俞序篇》亦引《世子》，其书据《春秋》发议，尤为晚出一证，殆与公孙尼子同时耳。班注以为陈人，陈亡远在前。《论衡》谓之周人，不知谓周代人耶？抑周地人耶？与班异，无可定。

《公孙尼子》二十八篇。七十子之弟子。

《隋志·公孙尼子》一卷，云："似孔子弟子。"又《隋书·音乐志》引沈约《奏答》，谓："《乐记》取公孙尼子。"陆德明《经典释文》引刘瓛云："《缁衣》，公孙尼子作。"余考《缁衣篇》文多类《荀子》。如："子曰：'禹立三年，百姓以仁遂焉，岂必尽仁？'"姚际恒曰："郑氏谓非本性能仁，其言类《荀子》。"又："子曰：'小人溺于水，君子溺于口，大人溺于民。'"姚曰："《荀子》：'君舟也，民水也，水能载舟，亦能覆舟。'此本其意，故以'溺'字为说。"又："子曰：'君以民存，亦以民亡。'"姚曰："即《荀子》水能载舟覆舟之义。"今按：《缁衣》袭《荀子》，犹不止此。如："为上易事也，为下易知也，则刑不烦矣。"又："为上可望而知也，为下可述而志也，则君不疑于其臣，而臣不惑于其君矣。"此《荀子》"主道利明不利幽，利宣不利周”之说也。又：“君民者，章好以示民俗，慎恶以御民之淫，则民不惑矣。臣仪行，不重辞，不援其所不及，不烦其所不知，则君不劳矣。”又：“政之不行也，教之不成也，爵禄不足劝也，刑罚不足耻也。”此皆《荀》《韩》之论。又篇中屡言“壹德”，又曰：“义不壹，行无类。”“壹”字、“类”字皆见《荀子》，“类”字尤《荀》书所重，所谓“统类”者也。每节皆引《诗》《书》煞尾，文体亦仿《荀子》。（上引姚说，均见杭世骏《续礼记集说》）《乐记》剿袭《荀子》《吕览》《易·系》诸书，其议论皆出荀后。则公孙尼子殆荀氏门人，李斯韩非之流亚耶？沈钦韩曰：“《荀子·强国篇》称公孙子语。”则其为荀氏门人信矣。杨倞以公孙子为齐相，殊无据。盖本下文“荀卿子说齐相”而妄臆之尔。又篇中“讥之曰”云云，正公孙子讥子发，而杨倞谓公孙子美子发，荀子讥之，亦误。《汉志》谓是“七十子之弟子”者已失之。《隋志》乃谓其“似孔子弟子”，则所失益远矣。

《芊子》十八篇。名婴，齐人。七十子之后。师古曰：“‘芊’音‘弭’。”

王念孙曰：“《史记·孟荀列传》：‘楚有尸子长卢，阿之吁子焉。’《索隐》曰：‘“吁”音“芋”，《别录》作《芋子》。今“芋”亦如字也。’《正义》：‘《艺文志》“《芋子》十八篇”，颜云音弭。案：是齐人，阿又属齐，恐颜误也。’案：《正义》说是也。‘芋’有吁音，故《别录》作《芋子》，《史记》作《吁子》，作‘芈’者字之误耳。”

《周史六弢》六篇。惠襄之间。或曰显王时，或曰孔子问焉。师古曰：“即今之《六韬》也。”

沈涛《铜熨斗斋随笔》曰：“‘六’乃‘大’字之误。《人表》有周史大弢，‘弢’当为‘弢’字之误。《庄子·则阳篇》：‘仲尼问于太史大弢。’盖即其人。此乃其所著书，故班氏有‘孔子问焉’之说。师古以谓太公《六韬》，误矣。”今按：《人表》大弢列周景王悼王时，当鲁昭公世，与孔子正相及。

惟班注“惠襄之间”，若指春秋时周惠、襄王言之，则距孔子尚远。又称显王时，则当魏惠王之世。魏惠王后亦为襄王，岂魏惠、襄之间，魏史官有其人，与庄子略同时，其书称魏惠王襄王周显王，而班误以为周惠王周襄王，如《文子》书“平王问”，乃楚平王，而班注亦误为周平王也。至《则阳》孔子之问，《庄》书寓言，固不足据，然大弢苟魏史，《汉志》又何以称周史？窃疑自魏惠王会逢泽朝天子，常挟周室以为名。《吕氏·不屈篇》，惠王请令周太史更著惠施之名，此周太史即魏史也。即以《汉志》次序，《大弢》书列《孙卿子》《芊子》后，亦显为战国书。

《王孙子》一篇。一曰《巧心》。

兵形势家有《王孙子》十六篇，盖非同书。严可均《铁桥漫稿》：“王孙姓也，不知其名，《巧心》亦未详。《意林》仅有目录，而所载《王孙子》文烂脱。从《北堂书钞》等书采出二十四事，省并复重仅得五事，绎其言，盖七十子之后言治道者。”孙德谦《汉书艺文志举例》：“一曰《巧心》者，书之别名也。”

《公孙固》一篇。十八章，齐闵王失国，问之，故因为陈古今成败也。

《史记·十二诸侯年表·序》称：“公孙固韩非之徒，各往往捃摭《春秋》之文以著书。”即其人。《吕览》：“齐闵王居卫，问公玉丹。”其事又见刘向《新序》。李氏《尚史》谓：“公玉丹或即公孙固。”殊无据。《吕氏·正名篇》：“（湣王）任卓齿而信公玉丹，岂非以自仇耶？”公玉丹乃淖齿之流，知非著书之公孙固矣。

《李氏春秋》二篇。

叶德辉曰：“公孙固，齐闵王时人。羊子，秦博士。志叙此书于二子间，则李氏当是战国时人。《吕览·勿躬篇》引李子，其言泛言名理，疑即此李子也。”沈钦韩曰：“疑是李兑。”

《羊子》四篇。百章，故秦博士。

《董子》一篇。名无心，难墨子。

《论衡·福虚篇》：“儒家之徒董无心，墨家之役缠子，相见讲道。缠子称墨家右鬼神是，引秦缪公有明德，上帝赐之十九年。董子难以尧舜不赐年，桀纣不夭死。”钱大昕曰：“无心盖六国时人。《风俗通》亦引其语。”王应麟《考证》云：“《馆阁书目》一卷，与学墨者缠子辨上同、兼爱、上贤，明鬼神非，缠子屈焉。”今按：《墨子》书非早布，董缠必在晚世。

《俟子》一篇。李奇曰：“或作《侔子》。”

沈钦韩曰：“《说苑·反质篇》秦始皇后得侯生，侯生云云，疑即此。”王先谦曰：“官本‘侯’作‘俟’，《风俗通》云：‘俟子古贤人，《通志·氏族略》五，作“六国贤人”。著书。’应仲远尝为《汉书音义》，则所见本必作俟。”

《徐子》四十二篇。宋外黄人。

王应麟曰：“《魏世家》：‘惠王三十年，使庞涓将，而令太子申为将军，过外黄。外黄徐子曰：“臣有百战百胜之术。”’外黄时属宋。”贾谊《过秦论》：“宁越徐尚苏秦杜赫之属为之谋。”《文选旁证》云：“疑即外黄徐子。”杜赫说周昭文君以安天下，见《吕氏·谕大》《务人》，亦见《周策》。宁越详《考辨》第五五。

道家

《老成子》十八篇。

《列子·周穆王篇》：“老成子学幻于尹文先生。”殷敬顺《释文》作考成子。据此则老成子尚在尹文后。尹文为齐稷下先生，当宣王湣王时。

《长卢子》九篇。楚人。

《史记·孟荀列传》："楚有长卢。"《御览》三十七引《吕氏春秋》，长卢子曰："山岳河海，水金石火木，此积形成乎地者也。"则长卢子在吕不韦前。《邓析子·无厚篇》："长卢之不士，吕子之蒙耻。""士"与"仕"通。长卢当出战国，《邓析子》伪书，故亦称引及之。沈钦韩曰："《齐物论》有长梧子，'梧''卢'声同字异，一人耳。"

《王狄子》一篇。或本作《正狄子》。

《黔娄子》四篇。齐隐士，守道不诎，威王下之。

《高士传》："黔娄先生，齐人，鲁恭公闻其贤，遣使致礼，欲以为相，不受。齐王又礼之，聘以为卿，又不就。"今按：鲁共公卒，《六国表》在周显王十六年，当齐威王五年。今误为齐威王二十六年。余定鲁共公卒，较《六国表》后二年。参读《考辨》第一五四。则为齐威王七年。黔娄殆其时人。《列女传》："鲁黔娄先生死，曾子与门人往吊。"计其时曾申亦已早死，殆不可信。

《宫孙子》二篇。师古曰："宫孙，姓也，不知名。"

《孙子》十六篇。六国时。

据班注，知非兵家两孙子。梁玉绳云："见《庄子·达生篇》，名休。"亦无证。

《郑长者》一篇。六国时，先韩子，韩子称之。

《韩非·外储说右上》引郑长者说，谓："田子方问唐易鞠，……郑长者闻之。"一说：齐宣王问唐易子，而唐易子称郑长者以对。当是一事两传。唐易为氏，鞠或其名也。《人表》有唐易子，在颜歜王斗尹文子后，则信与齐宣王同时。郑长者在其前，故述其言以为对也。陶宪曾曰："释慧苑《华严经音义》下引《风俗通》云：‘春秋之末，郑有贤人者著书一篇，号《郑长者》。’云‘春秋之末’，殆不可信。”《盐铁论·箴石》第三十一，“丞相曰：‘吾闻诸郑长孙曰：“君子正颜色则远暴嫚；出辞气，则远鄙倍矣。”’”张氏《考证》云：“‘孙’字误也，当作‘者’。《汉书·艺文志》道家《郑长者》一篇。所引全在《论语》中，不称曾子者，当时之学尚黄老，而桑大夫尤轻儒故也。”据此郑长者著书，盖出孔门七十子后。《风俗通》称其在春秋之末，而《汉志》谓在六国时，前不越田子方，后不下齐宣王，则殆近是。

《楚子》三篇。

阴阳家

《公梼生终始》十四篇。传邹奭《始终》书。

钱大昭曰：“《注》‘始终’当作‘终始’，‘奭’字亦误。作《终始》者是邹衍，非邹奭也。”

《公孙发》二十二篇。六国时。

《乘丘子》五篇。六国时。

沈钦韩曰：“当作桑丘。《隋志》晋征南军师杨伟撰《桑丘先生书》二卷，本此。”叶德辉曰：“邵思《姓解》二引《汉志》正作桑丘。”今按刘昼《新论·九流篇》：“阴阳者，子韦邹衍桑丘南父之类也。”可证沈叶之说。南父即下文南公也。郑樵《氏族略》：“桑丘氏，盖以地为氏者。《姓纂》云：‘今下邳有此姓。’”

《杜文公》五篇。六国时。师古曰：“刘向《别录》云：‘韩人也。’”

《南公》三十一篇。六国时。

《史记·项羽本纪》：“楚南公曰：‘楚虽三户，亡秦必楚。’”《秦本纪》，武王三年，“南公揭卒”。《志疑》：“《项羽纪》称南公，揭岂其人欤?”今按：南公预言，盖以楚之于秦，怨毒之深，知之。其人当在顷襄王后，且楚人无缘入《秦纪》，揭非其人也。又《广韵注》。南公复姓，战国时有南公子著书，言阴阳五行事。

《容成子》十四篇。

王应麟《考证》云：“《庄子·则阳篇》容成氏。”按：《释文》：“容成，老子师也。”《汉志》列《容成》书于南公之次，张苍之前，则容成盖战国晚世，楚顷襄前后人。云为老子师，此老子指詹何，年世亦合。参读《考辨》第七二。后人乃以容成为上古之君，黄帝之臣，则其书不应列此。

《闾丘子》十三篇。名快，魏人，在南公前。

《世本·氏姓篇》：“闾丘氏，齐大夫闾丘婴之后。齐宣王时，有闾丘印闾丘光。”今按：《汉书·人表》有闾丘印闾丘光，梁氏引孙侍御曰：“‘光’乃‘先’字之讹，汉人每单称先生为‘先’。闾丘先生，齐宣王时人，见《说苑·善说篇》。”按：又见《新序》卷五。未晓此闾丘子名快者，与《说苑》闾丘先生是一人否。

《冯促》十三篇。郑人。

《将巨子》五篇。六国时，先南公，南公称之。

应劭《风俗通·姓氏篇》：“将具氏，齐太公子将具之后，见《国语》。《汉艺文志》：‘六国时，将具子彰著书五篇。’”林宝《元和姓纂》：“将具彰著子书五篇。”今《志》作“巨”，又脱“彰”字。

《周伯》十一篇。齐人，六国时。

按：闾丘将具周伯皆齐人，冯促杜文公皆韩人，可见阴阳学在战国时流传之地域。

名家

《成公生》五篇。与黄公等同时。师古曰："姓成公。刘向云，与李斯子由同时。由为三川守，成公生游谈不仕。"

《黄公》四篇。名疵，为秦博士，作歌诗，在秦时歌诗中。

墨家

《我子》一篇。师古曰："刘向《别录》云，墨子之学。"

《元和姓纂》引《风俗通》："我子，六国时人。"

纵横家

《阙子》一篇。

《后汉书·献帝纪》注引《风俗通》："阙，姓也。……纵横家有阙子著书。"

《国筮子》十七篇。

《秦零陵令信》一篇。难秦相李斯。

杂家

《伍子胥》八篇。名员。春秋时为将，忠直遇谗死。

兵技巧有《伍子胥》十篇。

《子晚子》三十五篇。齐人，好议兵，与《司马法》相似。

钱大昕曰："鲁缪公臣有子服厉伯，见《论衡·非韩篇》。《艺文志》有子晚子，'晚''服'字形亦相似。"按：子服厉伯事见《韩非·难三》。又按：《赵策》有服子，当平原君时，似儒者言。疑均与晚子不近。

农家

《野老》十七篇。六国时，在齐楚间。应劭曰："老年居田野，相民耕种，故号'野老'。"

兵权谋家

《娷》一篇。师古曰："盖说兵法者，人名也。"

《儿良》一篇。师古曰："六国时人也。"

《吕览·不二篇》："王廖贵先，儿良贵后。"贾谊《过秦论》："吴起孙膑带佗儿良王廖田忌廉颇赵奢之伦制其兵。"王念孙曰："《易林·益》之《临》云：'带季儿良，明知权兵。将师合战，敌不能当。赵魏以强。'带季盖即带佗，二人为赵魏将，故云'赵魏以强'。但未知孰赵孰魏也。"又按：宋元君时有儿说，（见《考辨》第一三〇）未知与儿良为一人否？沈钦韩曰："《周策》有宫佗，或即带佗。"今按：《孔丛子》亦有宫佗，其人与周最孔穿同时，盖当秦昭王之世。若《孔丛》可信，则宫佗当为魏将，而儿良则赵将也。又按：《说苑·尊贤》："秦穆公用百里子蹇叔子王子廖及由余，据有雍州，攘败西戎。"王廖他无考，岂穆公时之王子廖欤？《韩诗外传》九作王缪，《韩非·十过》《说苑·反质》又称之曰内史廖，乃教穆公遗戎女乐而得由余者。

兵形势家

《魏公子》二十一篇。图十卷，名无忌，有《列传》。

王应麟曰："《史记》诸侯之客各进兵法，公子皆名之，故世俗称《魏公子兵法》。"

《景子》十三篇。

沈钦韩曰："《楚策》，楚王使景阳将救燕。"《淮南·氾论》："景阳淫酒被发而御于妇人，威服诸侯。"

兵技巧家

《公胜子》五篇。

叶德辉曰："次《伍子胥》后，疑《左传》楚昭王时之白公胜也。"

《蒲苴子弋法》四篇。

王应麟曰："《列子》《汤问篇》詹何曰：'臣闻先大夫之言，蒲且子之弋也，弱弓纤缴，乘风振之，连双鸧于青云之际。用心专，动手均也。'《淮南子》曰：'蒲苴子连鸟于百仞之上。'张茂先诗：'蒲卢萦缴，神感飞禽。'即蒲且。"今按：詹何蒲苴似皆出战国晚年。其言弋，似袭《庄子》痀偻丈人承蜩。《达生篇》

五行家

《羡门式法》二十卷。

王应麟曰："《日者传》：'分策定卦，旋式正棋。'《周礼》'太史抱天时'，郑司农云：'抱式以知天时。'梁元帝《洞林序》云：'羡门五将，亟经玩习，韩终六壬。'"今按：《封禅书》："驺子之徒，论著《终始》五德之运，……而宋毋忌正伯侨充尚羡门子高最后皆燕人，为方仙道，形解销化，依于鬼神之事。"《索隐》："乐产引《老子戒经》云：'月中仙人宋毋忌。'《白泽图》云：'火之精曰"宋毋忌"。'盖其人火仙也。""司马相如云：'正伯侨，古仙人。'"充尚无所见。"羡门高者，秦始皇使卢生求羡门子高是也。"《汉书·郊祀志》充尚作元尚。沈涛云："当作元谷，即《列仙传》之元俗也。谷，俗之'渻'，篆书谷字与尚字相近，讹而为尚。《史记》又误元为充，遂不可晓。《列仙传》言元俗河间人，亦与燕人相合。”司马相如《大人赋》谓：“列仙之儒居山泽间，形容甚臞，此非帝王之仙意也。”又曰：“厮征伯侨而役羡门。”张揖曰：“羡门，碣石山上仙人羡门高也。”今据《史记》，此辈皆在邹衍后，殆所谓“传其（驺子）术不能通，然则怪迂阿谀苟合之徒自此兴”。《羡门式法》亦谈天，此传驺子术而不能通者。卢生诸人当秦始皇时，乃推羡门为仙人，为始皇求之，则所谓怪迂阿谀苟合之徒也。推其年世，卢生与羡门盖相距不甚远，或可相及。此如蒯通与安期生《列仙传》：“安期先生者，琅邪阜乡人。”则亦齐人也。为友，而武帝时李少君言：“安期生仙者，通蓬莱中。”又谓：“臣尝游海上，见安期生，食巨枣，大如瓜。”其事颇相似。至于韩众，亦为始皇求仙，一去不报，后世亦遂以众为仙人焉。

杂占家

《甘德长柳占梦》二十卷。

沈钦韩曰：“即占星之甘公。《隋志·杂占梦书》一卷。”今按：《史记·天官书》：“周室，史佚苌弘；于宋，子韦；郑则裨灶；在齐，甘公；楚，唐昧；赵，尹皋；魏，石申。”《集解》徐广曰：“或曰：甘公，名德也，本是鲁人。”《正义》：“《七录》云：‘楚人，战国时，作《天文星占》八卷。’”盖鲁近于齐而灭于楚，故或传是齐人，或传是楚人，或云本鲁人矣。《汉艺文志》序数术云：“六国时楚有甘公，魏有石申夫。”盖甘石二人名较著，尤在唐昧尹皋上。《史记正义》引《七录》云：“石申，魏人，战国时，作《天文》八卷。”误断申字作句。《宋志》亦称石申甘德，俱误。至晁公武《读书志》载《甘石星经》一卷，注曰：“汉甘公石申撰。”其言石申名字亦误。而云甘石乃汉人，则别有本。据《御览》二百三十五引应劭《汉官仪》曰：“当春秋时，鲁梓慎，晋卜偃，宋子韦，郑裨灶，观乎天文，以察时变，其言屡中，有备无害。汉兴，甘石唐都，司马父子，抑亦次焉。”是亦以甘石为汉人也。《史记·张耳传》，耳欲之楚，甘公曰：“汉王之入关，五星聚东井。……楚虽强，后必属汉。”《集解》文颖曰：“善说星者甘氏也。”则甘公固及汉初矣。疑甘石二氏，殆如张苍，生六国而下逮汉世者。《始皇本纪》：“三十二年，使韩终侯公石生求仙人不死之药。”疑此石生或即石公。《汉书·天文志》：“古历五星之推，亡逆行者。至甘氏石氏经，以荧惑太白为有逆行。”沈钦韩曰：“《隋志》：秦历始有金火之逆。又甘石并时，自有差异。汉初测候，乃知五星皆有逆行。”则甘石明及秦汉之际。邵康节《皇极经世》谓：“五星之说，自甘公石公始。”然当甘石时，邹衍邹奭谈天而推五德之说已盛，人帝之五德，本之列天之五星。甘石之与二邹，其说相桴鼓。则甘石盖说五星之精善者，非可谓五星之说，自甘石始也。又《天官书》谓：“田氏篡齐，三家分晋，并为战国，争于攻取，兵革更起，城邑数屠，因以饥馑，疾疫焦苦，臣主共忧患，其察禨祥，候星气，尤急。近世十二诸侯，七国相王，言纵横者继踵，而皋唐甘石因时务论其书传。故其占验凌杂米盐。”亦序甘石于皋唐后，而述当时占星说行世之背景尤显。

又按：《抱朴子·辩问》：“子韦甘均，占候之圣也。”则甘公乃甘均，非甘德。沈钦韩以占梦之甘德，误为即占星之甘均，恐亦失之。

通表

例　言

余草《诸子系年》，分《考辨》《通表》两部。《考辨》详其立说之根据，《通表》著其结论之梗概。读者会合而观可也。

《考辨》分四卷，《通表》亦分四节，与《考辨》起讫相应。

表式略仿《史记·十二诸侯年表》及《六国表》之例，而内容颇异。

表首先列周王年次，并注西历纪元，以便计核。

以下载列国世次，取舍一以与《考辨》相应为主，并不照史公《十二诸侯》及《六国》之旧。

诸子生卒，各详于其生卒之国。如“孔子生卒”列鲁表；“子路生”列鲁表，而“卒”列卫表之类。

诸子出处行事，亦各详于其所在之国。如“孔子至卫”列卫表，“过宋”列宋表之类。

其诸子生卒行事可考者外，并列当时大事，用资推证。惟大体以见于《考辨》者为限。其未详于《考辨》者，表亦勿列，恐有不可信必也。

表中所列，其一仍旧史无所改定者，仅书某年某事而止。其考辨所及，或与旧史不同，或虽同旧史而重有论订者，则于书某年某事条下，加一星符（＊），下注数号。读者按符下数号求之《考辨》，即知某年某事，为《考辨》某篇所讨论。如周灵王二十一，鲁表“孔子生”，下注＊（一）；周敬王四十一，鲁表“孔子卒”，下注＊（二八），即为关于孔子生卒之讨论，详《考辨》第一及《考辨》第二八两篇也。

《考辨》百六十余篇，因事命题，因题裁篇，各不相蒙。而《通表》则先后一贯。今以《考辨》所详，依次散注《通表》某年某事之下。《通表》为纲，而《考辨》为之目；《通表》如经，而《考辨》为之纬。亦有《考辨》所论，关涉广泛，未可确归某年某事者，亦随宜附列。如孔子卒年下，列《考辨》第二八、第二九、第三〇，三篇。第二八为《孔子卒年考》，二九为《孔门弟子通考》，三〇为《孔门传经辨》之类是也。

亦有其人不定在何年，或实无其人，而旧史传说如此，又《考辨》已加论订者，亦随宜附列。如"孔子至卫"条下，附见蘧瑗史鳝，此两人至此存否不可知，详《考辨》第一六。"吴伐楚入郢"条下，附见孙武，其人有无不可知，详《考辨》第七之类。

亦有其事不定在何年，则约略书其当在某年某事前，或当在某年某事后，而语则详《考辨》。如鲁昭公十七年下，书"郯子来朝，孔子见焉，其为委吏乘田当在前"，见《考辨》第二篇之类。亦有书当在此年或稍前或稍后者，如鲁昭公二十年，书"琴张从游孔子在此时，或稍前"，语详《考辨》第三。又鲁哀公十二年，"孔鲤卒。孔伋生，当在此时前后"，语详《考辨》第五八之类。

表中所列，亦有旁采《史记》各《世家》《列传》，及《纪年》《国策》诸书，为《十二诸侯年表》及《六国表》所未详，又非《考辨》所专篇讨论者，则各于本条下兼注《世家》《列传》等字样，用志来历，而便根究。其为人习知者，亦或阙略，以避芜累。

《通表》后别附《列国世次年数异同表》，《战国初中晚三期列国国势盛衰转移表》，及《诸子生卒年世先后一览表》，概括《通表》大体，用资参览。各表并另弁例旨，兹不尽及。

通表第一 相当于《考辨》第一卷

本表与《考辨》第一卷相应，起周灵王二十一年孔子生，迄周敬王四十一年孔子卒，凡七十二年。

本表大体依《史记·十二诸侯年表》。而删其晋秦曹燕四国，仅载鲁齐卫宋郑陈蔡楚吴九国。先后次序，亦有更易。

表中所引时事，其为《十二诸侯年表》所不载者，如郑铸刑书、晋铸刑鼎之类，因考辨所及，并以增入，率据《左传》，不复一一分注。

本表大体属诸孔子之一生，及其门弟子事业之一部，乃先秦诸子学术渊源所自也。

周（西历纪元前）	鲁	齐	卫	宋	郑	陈	蔡	楚	吴
灵王 二一（五五一）	襄公 二二 孔子生 *（一）	庄公 三	殇公 八	平公 二五	简公 一五	哀公 一八	景公 四一	康王 九	诸樊 一〇
二二（五五〇）	二三	四	九	二六	一六	一九	四二	一〇	一一
二三（五四九）	二四	五	一〇	二七	一七	二〇	四三	一一	一二
二四（五四八）	二五	六 崔杼弑其君，立景公	一一	二八	一八	二一	四四	一二	一三 诸樊伐楚，伤射以薨
二五（五四七）	二六	景公 元	一二 殇公见杀，献公复入	二九	一九	二二	四五	一三	馀祭 元
二六（五四六）	二七	二	献公 后元	三〇	二〇	二三	四六	一四	二
二七（五四五）	二八 颜无繇生 *（二九）	三	二	三一	二一	二四	四七	一五 康王薨	三
景王 元（五四四）	二九	四 季札来见晏婴	三	三二	二二 季札来见子产	二五	四八	郏敖 元	四 守门阍杀馀祭。季札使诸侯

（续表）

周（西历纪元前）	鲁	齐	卫	宋	郑	陈	蔡	楚	吴
二（五四三）	三〇	五	襄公 元	三三	二三 子产为政	二六	四九 太子杀公自立	二	夷末 元
三（五四二）	三一 仲由生 *（二九）	六	二	三四	二四	二七	灵侯 元	三	二
四（五四一）	昭公 元	七	三	三五	二五	二八	二	四 令尹围杀郏敖自立，为灵王	三
五（五四〇）	二	八	四	三六	二六	二九	三	灵王 元	四
六（五三九）	三	九 晏婴使晋，见叔向	五	三七	二七	三〇	四	二	五
七（五三八）	四	一〇	六	三八	二八	三一	五	三	六
八（五三七）	五	一一	七	三九	二九	三二	六	四	七
九（五三六）	六 闵损生 *（二九）	一二	八	四〇	三〇 铸刑书 *（一一）	三三	七	五	八

（续表）

周 （西历纪元前）	鲁	齐	卫	宋	郑	陈	蔡	楚	吴
一〇 （五三五）	七 公如楚，孟僖子为相 *（三）	一三	九	四一	三一	三四	八	六	九
一一 （五三四）	八	一四	灵公 元	四二	三二	三五 陈乱，哀公自杀	九	七 弃疾将兵定陈	一〇
一二 （五三三）	九	一五	二	四三	三三	惠公 元	一〇	八	一一
一三 （五三二）	一〇 孔鲤生 *（二六）	一六	三	四四	三四	二	一一	九	一二
一四 （五三一）	一一 孟懿子南宫敬叔生 *（三）	一七	四	元公 元	三五	三	一二 楚杀灵侯，弃疾为蔡公	一〇	一三
一五 （五三〇）	一二	一八	五	二	三六	四	侯庐 元	一一	一四
一六 （五二九）	一三	一九	六	三	定公 元	五 楚复陈，立惠公	二 楚复蔡，立侯庐	一二 楚乱，灵王自杀，弃疾立，复陈蔡	一五
一七 （五二八）	一四	二〇	七	四	二	六	三	平王 元	一六

（续表）

周（西历纪元前）	鲁	齐	卫	宋	郑	陈	蔡	楚	吴
一八（五二七）	一五	二一	八	五	三	七	四	二	一七
一九（五二六）	一六	二二	九	六	四	八	五	三	王僚元
二〇（五二五）	一七 郯子来朝，孔子见焉。其为委吏、乘田当在前 *（二） 原宪生 *（二九）	二三	一〇	七	五	九	六	四	二
二一（五二四）	一八	二四	一一	八	六	一〇	七	五	三
二二（五二三）	一九	二五	一二	九	七	一一	八	六	四
二三（五二二）	二〇 冉雍冉求生 商瞿生（？） *（二九） 琴张从游孔子在此时或稍前 *（三）	二六 田于沛 *（五）	一三	一〇	八 子产卒 *（二一）	一二	九	七	五 伍员来奔

（续表）

周（西历纪元前）	鲁	齐	卫	宋	郑	陈	蔡	楚	吴
二四 （五二一）	二一 颜回宓不齐生 *（二六） *（二九）	二七	一四 高柴生 *（二九）	一一	九	一三	悼侯 元	八	六
二五 （五二〇）	二二	二八	一五 端木赐生 *（二九）	一二	一〇	一四	二	九	七
敬王 元 （五一九）	二三 公西赤生 *（二九）	二九	一六	一三	一一	一五	三	一〇	八
二 （五一八）	二四 孟僖子卒，嘱其 二子师事孔子 *（三） *（四） 有若生 *（二九）	三〇	一七	一四	一二	一六	昭侯 元	一一	九
三 （五一七）	二五 三桓氏攻公 公孙于齐 孔子适齐 *（五一）	三一	一八	一五	一三	一七	二	一二	一〇

（续表）

周（西历纪元前）	鲁	齐	卫	宋	郑	陈	蔡	楚	吴
四（五一六）	二六 公居郓	三二	一九	景公 元	一四	一八	三	一三	一一
五（五一五）	二七 孔子返鲁当在此年或稍前 *（六）	三三	二〇	二	一五	一九	四	昭王 元	一二 季札聘上国。公子光杀僚，自立
六（五一四）	二八 公处乾侯	三四	二一	三	一六	二〇	五	二	阖庐 元
七（五一三）	二九 晋铸刑鼎 *（一一）	三五	二二	四	献公 元	二一	六	三	二
八（五一二）	三〇 澹台灭明生 *（二九）	三六	二三	五	二	二二	七	四	三
九（五一一）	三一	三七	二四	六	三	二三	八	五	四
一〇（五一〇）	三二 公卒乾侯 漆雕开生 *（二九）	三八	二五	七	四	二四	九	六	五
一一（五〇九）	定公 元	三九	二六	八	五	二五	一〇	七	六
一二（五〇八）	二	四〇	二七	九	六	二六	一一	八	七

（续表）

周（西历纪元前）	鲁	齐	卫	宋	郑	陈	蔡	楚	吴
一三（五〇七）	三 魏卜商生 *（二九）	四一	二八	一〇	七	二七	一二	九	八
一四（五〇六）	四 言偃生 *（二九）	四二 晏婴当卒是年稍前 *（五）	二九	一一	八	二八	一三	一〇 昭王亡，奔随	九 与蔡伐楚，入郢孙武（?） *（七）
一五（五〇五）	五 阳虎执季桓子 *（八） 曾参樊须生 *（二九）	四三	三〇	一二	九	怀公 元	一四	一一 秦救至，吴去，昭王复入	一〇
一六（五〇四）	六	四四	三一	一三	一〇	二	一五	一二	一一
一七（五〇三）	七 颛孙师生 *（二九）	四五	三二	一四	一一	三	一六	一三	一二
一八（五〇二）	八 三桓攻阳虎，虎奔阳关 公山不狃自费召孔子 *（一〇） *（九） 颜高卒 *（一七）	四六	三三	一五	一二	四	一七	一四	一三

（续表）

周 （西历纪元前）	鲁	齐	卫	宋	郑	陈	蔡	楚	吴
一九 （五〇一）	九 阳虎奔齐 孔子仕鲁为中都宰，嗣为司寇 *（一二）	四七	三四	一六	一三 驷歂杀邓析，而用其《竹刑》 *（一一）	湣公 元	一八	一五	一四
二〇 （五〇〇）	一〇 公会齐侯夹谷，孔子相 *（一三） *（一四） 侯犯以郈叛	四八	三五	一七	声公 元	二	一九	一六	一五
二一 （四九九）	一一	四九	三六	一八	二	三	二〇	一七	一六
二二 （四九八）	一二 孔子见信于季孙。仲由为季氏宰，堕郈、堕费，将堕成，弗克 *（一三）	五〇 归鲁女乐 *（一五）	三七	一九	三	四	二一	一八	一七
二三 （四九七）	一三 孔子去鲁适卫 *（一五） 晋乱，范氏中行氏与赵氏相攻 *（一七）	五一	三八 孔子来 *（一五） 蘧瑗（?） 史鳕（?） *（一六）	二〇	四	五	二二	一九	一八

（续表）

周（西历纪元前）	鲁	齐	卫	宋	郑	陈	蔡	楚	吴
二四（四九六）	一四	五二	三九 卫侯逐公叔戌 孔子过蒲 ＊（一七）	二一	五	六	二三	二〇	一九 越允常卒。 句践元 ＊（六） 伐越，阖庐伤指，死
二五（四九五）	一五 郑隐公来朝， 子贡观焉 ＊（二九）	五三	四〇	二二	六	七	二四	二一	夫差 元
二六（四九四）	哀公 元	五四	四一	二三	七	八 吴来侵	二五	二二 伐蔡	二 伐越，遂入越。 句践栖会稽 ＊（一八）
二七（四九三）	二	五五	四二 灵公薨。 晋纳蒯聩于戚 孔子去卫 ＊（一九） ＊（二〇）	二四	八	九	二六 迁于州来	二三	三
二八（四九二）	三 桓僖庙灾	五六	出公 元	二五 孔子过宋 ＊（二一）	九	一〇 孔子至陈 ＊（一九）	二七	二四	四

（续表）

周（西历纪元前）	鲁	齐	卫	宋	郑	陈	蔡	楚	吴
二九（四九一）	四	五七	二	二六	一〇	一一	二八	二五 叶公诸梁致蔡于负函	五
三〇（四九〇）	五 齐公子阳生来奔	五八 景公薨	三	二七	一一	一二	成公 元	二六	六 遣句践归 ＊（一八）
三一（四八九）	六 阳生返齐，宰我从 ＊（二七）	晏孺子 元 田乞杀晏孺子，立阳生	四 孔子自楚反卫 ＊（二四）	二八	一二	一三 吴伐陈 孔子去陈 ＊（二二）	二	二七 救陈，王卒于城父 孔子来负函就叶公 ＊（二二） ＊（二三）	七 伐陈
三二（四八八）	七 会吴于缯 子贡时仕鲁 ＊（二九）	悼公 元	五	二九	一三	一四	三	惠王 元	八 与鲁会缯
三三（四八七）	八 吴来伐有若与于师 ＊（二九）	二	六	三〇	一四	一五	四	二	九 伐鲁
三四（四八六）	九	三	七	三一	一五	一六	五	三	一〇

（续表）

周（西历纪元前）	鲁	齐	卫	宋	郑	陈	蔡	楚	吴
三五（四八五）	一〇	四 悼公被弑	八	三二	一六	一七	六	四	一一 与鲁伐齐
三六（四八四）	一一 冉有为季氏宰，帅师与齐战于郊 召孔子 *（二五）	简公 元 伐鲁	九 孔子去卫反鲁 *（二五）	三三	一七	一八	七	五	一二 与鲁败齐艾陵
三七（四八三）	一二 孔鲤卒 孔伋生当在此时前后 *（二六） *（五八） 与吴会橐皋 子贡拒吴寻盟 *（二九）	二	一〇	三四	一八	一九	八	六	一三
三八（四八二）	一三 与吴晋会黄池	三	一一	三五	一九	二〇	九	七	一四 与晋会黄池
三九（四八一）	一四 西狩获麟 颜回卒 *（二六） 小邾射来奔	四 田常弑简公 宰我死之 *（二七）	一二	三六	二〇	二一	一〇	八	一五

（续表）

周（西历纪元前）	鲁	齐	卫	宋	郑	陈	蔡	楚	吴
四〇（四八〇）	一五 子服景伯使齐，子贡为介，齐归成 *（二九）	平公 元	庄公 元 仲由死，高柴去之鲁 *（二九）	三七	二一	二二	一一	九	一六
四一（四七九）	一六 孔子卒 *（二八） *（二九） *（三〇）	二	二	三八	二二	二三	一二	一〇 白公胜作乱。叶公入楚，白公自杀	一七

通表第二 相当于《考辨》第二卷

本表与《考辨》第二卷相应，起周敬王四十二年，约当墨子生岁，下迄周烈王五年，为魏武侯之卒岁，凡一百零八年。

本表大体依据《史记·六国表》，删其秦燕两国，增鲁宋晋越四国，而郑事则附列韩表。

本表所及，在《史记》最为疏略，又复多误。本表改订增列，用力已勤，然仍荒阔，未臻详备。史料既佚，无可如何矣。其与诸子无关涉者，表俱弗及。然依本表大体，自可推寻得之也。

表中详墨子一生及其弟子，孔子弟子之晚出一辈，如子夏曾子，及其后辈如子思曾西申详田子方段干木李克吴起之徒。墨起与儒相抗，而儒术流衍为兵农（非九流农家）刑法诸家，皆在此期。时事之大者，为越霸诸夏，三家分晋，田氏篡齐，及魏文鲁缪礼贤。春秋变而为战国，世袭之封建渐坏，游仕渐兴，乃先秦诸子学术之酝酿期也。

周（西历纪元前）	鲁	齐	宋	晋	魏	赵	韩郑	楚	越
敬王 四二 （四七八）	哀公 一七 墨翟生于此时前后 *（三一） *（三二）	平公 三	景公 三九	定公 三四			郑声公 （二三）	惠王 一一 灭陈 公孙宽为司马	句践 一九
四三 （四七七）	一八	四	四〇	三五			（二四）	一二	二〇
四四 （四七六）	一九	五	四一	三六			（二五）	一三	二一
元王 元 （四七五）	二〇	六	四二	三七	田子方当生此时前后 *（四〇）	简子卒 襄子立。灭代 *（三三）	（二六）	一四	二二 围吴 *（一八）
二 （四七四）	二一 越人始来	七	四三	出公 元		襄子 元	（二七）	一五	二三
三 （四七三）	二二	八	四四	二		二	（二八）	一六	二四 灭吴 *（一八） 范蠡 *（三四）
四 （四七二）	二三	九 夫人卒，季康子使冉有来吊	四五	三		三	（二九）	一七	二五

（续表）

周（西历纪元前）	鲁	齐	宋	晋	魏	赵	韩郑	楚	越
五 （四七一）	二四 公如越	一〇	四六	四		四	（三〇）	一八	二六
六 （四七〇）	二五 公至自越	一一	四七 卫出公来奔	五		五	（三一）	一九	二七
七 （四六九）	二六 叔孙舒会越，纳卫侯，不克。子贡时仕卫 *（二九）	一二 与郑伐卫（《纪年》）	四八	六 荀瑶城宅阳		六	（三二） 与齐伐卫（《纪年》）	二〇	二八
贞定王 元 （四六八）	二七 季康子卒。 公如越归，卒 *（三五） *（一八） 曾子居武城 *（三五）	一三	昭公 元 *（四五）	七		七	（三三）	二一	二九 使后庸聘鲁 徙都琅邪 *（三五） *（一八）
二 （四六七）	悼公 元	一四	二	八		八	（三四）	二二	三〇
三 （四六六）	二	一五	三	九		九	（三五）	二三	三一

（续表）

周（西历纪元前）	鲁	齐	宋	晋	魏	赵	韩郑	楚	越
四（四六五）	三	一六	四	一〇		一〇	（三六）	二四	三二 句践卒 *（一八） *（四九） 卫悼公卒于越
五（四六四）	四	一七	五	一一		一一	（三七）	二五	鹿郢 元
六（四六三）	五	一八	六	一二		一二	（三八）	二六	二
七（四六二）	六	一九	七	一三 荀瑶城高梁		一三	郑哀公 （元）	二七	三
八（四六一）	七	二〇	八	一四		一四	（二）	二八	四
九（四六〇）	八	二一	九	一五		一五	（三）	二九	五
一〇（四五九）	九	二二	一〇	一六 荀瑶伐中山		一六	（四）	三〇	六 鹿郢卒 *（四九）
一一（四五八）	一〇	二三	一一	一七 智伯与赵韩魏尽分范中行故地 *（三六）		一七	（五）	三一	不寿 元

（续表）

周（西历纪元前）	鲁	齐	宋	晋	魏	赵	韩郑	楚	越
一二（四五七）	一一	二四	一二	一八		一八	（六）	三二	二
一三（四五六）	一二	二五	一三	一九 韩庞取卢氏城（《纪年》）		一九	（七）	三三	三
一四（四五五）	一三	宣公 元	一四	二〇 智伯率韩魏之师攻赵	桓子	二〇 襄子奔晋阳	康子 （八） 郑人弑其君 *（六一）	三四	四
一五（四五四）	一四	二	一五	二一 燕成侯元年 *（四三）		二一 智伯围晋阳	郑共公 （元）	三五	五
一六（四五三）	一五	三	一六	二二		二二 与韩魏共杀智伯，尽并其地 *（三六）	（二）	三六	六
一七（四五二）	一六	四	一七	二三 出公奔楚 *（三六）		二三	（三）	三七	七
一八（四五一）	一七	五	一八	敬公 元 *（三六）		二四	（四）	三八	八
一九（四五〇）	一八	六	一九	二		二五	（五）	三九	九

（续表）

周（西历纪元前）	鲁	齐	宋	晋	魏	赵	韩郑	楚	越
二〇（四四九）	一九	七	二〇	三		二六	（六）	四〇	一〇 不寿见杀 *（四九）
二一（四四八）	二〇	八	二一	四		二七	（七）	四一	朱句 元
二二（四四七）	二一 颛孙师卒 *（二九）	九	二二	五		二八	（八）	四二 灭蔡	二
二三（四四六）	二二	一〇	二三	六	文侯 元 *（三七） 子夏居西河 *（三八） *（三九） 田子方 段干木 魏成子 *（四〇）	二九	（九）	四三	三
二四（四四五）	二三	一一	二四	七	二	三〇	（一〇）	四四 灭杞，东广地至泗上。公输般游楚当在此时稍前 *（四一）	四

（续表）

周（西历纪元前）	鲁	齐	宋	晋	魏	赵	韩郑	楚	越
二五（四四四）	二四	一二	二五	八	三	三一	（一一）	四五 墨子止楚攻宋当在此时或稍后 *（四二） 禽滑釐 *（四二） *（六二）	五
二六（四四三）	二五 言偃卒 *（二九）	一三	二六	九	四	三二	（一二）	四六	六
二七（四四二）	二六	一四	二七	一〇	五	三三	（一三）	四七	七
二八（四四一）	二七	一五	二八	一一	六	三四	（一四）	四八	八
考王 元 （四四〇）	二八	一六	二九	一二	七 始封邺 *（四六）	三五	（一五）	四九	九
二（四三九）	二九	一七	三〇	一三 燕成公卒 *（四三）	八	三六	（一六）	五〇 墨子献书惠王，不遇，去楚，至晚不出此年 *（四二）	一〇

（续表）

周（西历纪元前）	鲁	齐	宋	晋	魏	赵	韩郑	楚	越
三（四三八）	三〇	一八	三一 墨子仕宋见囚当在此时稍后 *（四四）	一四 燕文公元	九	三七	（一七）	五一	一一
四（四三七）	三一	一九	三二	一五	一〇	三八	（一八）	五二	一二
五（四三六）	元公 元 *（四七） 曾参卒 *（四八） 乐正子春 *（四八） *（六五）	二〇	三三	一六	一一	三九	（一九）	五三	一三
六（四三五）	二	二一	三四	一七	一二	四〇	（二〇）	五四	一四
七（四三四）	三	二二	三五	一八 敬公卒 *（三六）	一三	四一	（二一）	五五	一五
八（四三三）	四	二三	三六	幽公 元	一四	四二	（二二）	五六 迁都还郢（?） *（四二）	一六
九（四三二）	五	二四	三七	二	一五	四三	（二三）	五七	一七

（续表）

周 （西历纪元前）	鲁	齐	宋	晋	魏	赵	韩郑	楚	越
一〇 （四三一）	六	二五	三八	三	一六	四四	（二四）	简王 元 灭莒	一八
一一 （四三〇）	七	二六	三九	四	一七	四五	（二五）	二	一九
一二 （四二九）	八	二七	四〇	五	一八	四六	（二六）	三	二〇
一三 （四二八）	九	二八	四一	六	一九	四七	（二七）	四	二一
一四 （四二七）	一〇	二九	四二	七	二〇	四八	（二八）	五	二二
一五 （四二六）	一一	三〇	四三	八	二一	四九	（二九）	六	二三
威烈王 元 （四二五）	一二	三一	四四	九	二二 始称侯 *（四三） 子夏年八十四(?) *（三八）	五〇 襄子卒 *（五五）	（三〇）	七	二四
二 （四二四）	一三	三二	四五	一〇	更元年（二三） *（四三）	桓子 元	（三一） 武子 元(?)	八	二五

（续表）

周（西历纪元前）	鲁	齐	宋	晋	魏	赵	韩郑	楚	越
三（四二三）	一四	三三	四六	一一	二（二四）	献子元	二（郑幽公元年）韩杀之	九	二六
四（四二二）	一五	三四	四七 昭公卒 *（四五）	一二	三（二五）子击生 *（四六）	二	三（郑繻公元）	一〇	二七
五（四二一）	一六	三五	悼公元	一三	四（二六）	三	四	一一	二八
六（四二〇）	一七	三六	二	一四	五（二七）	四	五	一二	二九
七（四一九）	一八	三七	三	一五	六（二八）	五	六	一三	三〇
八（四一八）	一九	三八	四	一六	七（二九）	六	七	一四	三一
九（四一七）	二〇	三九	五	一七	八（三〇）	七	八	一五	三二
一〇（四一六）	二一	四〇	六	一八 幽公卒 烈公元 *（三六）	九（三一）诛晋乱，立烈公 *（三六）	八 城泫氏 *（一三四）	九 都平阳	一六	三三

（续表）

周（西历纪元前）	鲁	齐	宋	晋	魏	赵	韩郑	楚	越
一一 （四一五）	缪公 元 *（四七） 曾申 公仪休 泄柳 申详 *（四八） 子思墨子皆在鲁 *（四八）	四一	七	二	一〇（三二）	九 城平邑 *（一三四）	一〇	一七	三四 灭滕 *（四九）
一二 （四一四） 周威公始立为西周君 *（五五） 宁越 *（五五）	二	四二	八	三 燕简公元 *（四三） *（一三四）	一一（三三）	一〇	一一	一八 伐晋南鄙至于上洛（《纪年》）	三五 灭郯 *（四九）
一三 （四一三）	三	四三 伐晋，毁黄城，围阳狐	九	四	一二（三四） 败秦郑下李克 *（四〇）	一一	一二	一九	三六
一四 （四一二）	四 吴起仕鲁当在其时 *（五〇）	四四 伐鲁莒及安阳	一〇	五	一三（三五）	一二	一三	二〇	三七 朱句卒 *（一三四） *（五一）

（续表）

周（西历纪元前）	鲁	齐	宋	晋	魏	赵	韩郑	楚	越
一五（四一一）	五	四五 伐鲁取一城 田庄子卒 悼子立 ＊（五一） ＊（五二）	一一	六	一四（三六）	一三	一四	二一	翳 元
一六（四一〇）	六	四六	一二	七	一五（三七）	一四	一五	二二	二
一七（四〇九）	七	四七	一三	八	一六（三八） 伐秦，至郑还，筑洛阴合阳 吴起为魏将 ＊（五三）	一五	一六	二三	三
一八（四〇八） 太史屠黍由晋归周在此前后 ＊（五四）	八	四八 取鲁郕 ＊（四八）	一四	九	一七（三九） 伐中山 ＊（五四） 乐羊为将 ＊（四〇）	烈侯 元	景侯 元 伐郑取雍丘 郑城京	二四	四
一九（四〇七）	九	四九 伐卫取毋丘	一五	一〇	一八（四〇）	二	二 郑败韩负黍	声王 元	五

（续表）

周（西历纪元前）	鲁	齐	宋	晋	魏	赵	韩郑	楚	越
二〇 （四〇六） 秦简公卒（?） （《纪年》）	一〇	五〇 田悼子卒 公孙会以廪丘叛于赵 *（五六）	一六	一一	一九（四一） 灭中山 *（五四） 使子击守之 *（四六） 屈侯鲋为傅、李克守中山、吴起守西河皆在此后，西门豹守邺或稍前 *（四〇） 与赵韩师救廪丘，败齐 *（五六）	三	三	二	六
二一 （四〇五） 秦敬公元（?） （《纪年》）	一一	五一 宣公卒 田和始立 *（五六） 墨子游齐 当在此时稍后 *（五七）	一七	一二	二〇（四二） 与韩赵伐齐入长城 *（五六） 翟璜 *（四〇）	四	四	三	七
二二 （四〇四）	一二	康公 元	一八 悼公卒 *（六九）	一三	二一（四三）	五	五	四	八

（续表）

周（西历纪元前）	鲁	齐	宋	晋	魏	赵	韩郑	楚	越
二三 （四〇三） 三晋命邑为诸侯 *（四三）	一三	二	休公 元	一四	二二（四四） 见中山使者 赵仓唐 *（四六）	六 始称侯 *（四三）	六	五	九
二四 （四〇二）	一四 子思卒至晚在是年 *（五八）	三	二	一五	二三（四五） 召子击，以中山封少子挚，是为中山武公 *（四三） *（五四） *（一四六） *（四六）	更元年（七） *（四三） 公仲连 牛畜 荀欣 徐越 *（四〇）	七	六 盗杀声王	一〇
安王 元 （四〇一）	一五	四	三	一六	二四（四六）	二（八）	八 郑申不害当生于此时前后 *（七七）	悼王 元	一一
二 （四〇〇）	一六	五 田午生 *（六六）	四	一七	二五（四七）	三（九）	九	二 三晋来伐	一二
三 （三九九）	一七	六	五	一八	二六（四八）	四（一〇） 中山武公初立 *（四三） *（五四）	烈侯 元	三	一三

（续表）

周（西历纪元前）	鲁	齐	宋	晋	魏	赵	韩郑	楚	越
四（三九八）	一八	七	六	一九	二七（四九）	五（一一）	二 郑杀其相驷子阳 列御寇 *（五九）	四 伐郑	一四
五（三九七）	一九	八	七	二〇	二八（五〇） 文侯卒 *（六〇）	六（一二）	三 聂政刺杀韩相侠累 *（七一）	五	一五
六（三九六）	二〇	九	八	二一	武侯 元 *（六〇）	七（一三）	四 郑子阳之徒弑其君繻公	六	一六
七（三九五）	二一	一〇	九	二二	二	八（一四）	五 郑康公元	七	一七
八（三九四） 秦敬公卒（?）（《纪年》）	二二	一一 伐鲁取最	一〇	二三	三	九（一五）	六 郑负黍反韩	八	一八

（续表）

周（西历纪元前）	鲁	齐	宋	晋	魏	赵	韩郑	楚	越
九 （三九三） 秦惠公元（?） （《纪年》）	二三	一二	一一	二四	四	一〇（一六）	七	九 伐韩取负黍墨子与鲁阳文君论伐郑 *（六一）	一九
一〇 （三九二）	二四	一三	一二	二五	五	一一（一七）	八	一〇 墨子卒当在此时前后 *（三一） *（六一） *（六二）	二〇
一一 （三九一）	二五	一四 田和迁康公于海上 *（六七）	一三	二六	六	一二（一八）	九	一一 三晋败楚	二一
一二 （三九〇）	二六 败齐平陆	一五	一四	二七 烈公卒 *（三六）	七 卫鞅当生于此时前后 *（七三）	一三（一九）	一〇	一二	二二
一三 （三八九）	二七 孟子当生于此时稍后 *（六三）	一六	一五	桓公 元 *（三六）	八	一四（二〇）	一一	一三	二三

（续表）

周（西历纪元前）	鲁	齐	宋	晋	魏	赵	韩郑	楚	越
一四（三八八）	二八	一七	一六	二	九 伐齐至灵丘，吴起将 *（六〇）	一五（二一）	一二	一四	二四
一五（三八七）	二九	一八 田和会魏侯于浊泽 *（六四）	一七	三	一〇	一六（二二）	一三	一五	二五
一六（三八六）	三〇	一九 田和立为侯 *（六四） 南郭子綦 *（五九）	一八	四	一一 城洛阴及安邑王垣 *（四六） 袭邯郸，不胜 *（四三）	敬侯 元 始都邯郸 *（七八） 公子朔为乱，不胜，奔魏 *（四三）	始称侯 更元年（一四） *（四三）	一六	二六
一七（三八五）	三一	二〇 田和卒 *（六四）	一九	五	一二	二	二（一五） 伐宋到彭城，执其君 *（九九）	一七	二七

（续表）

周（西历纪元前）	鲁	齐	宋	晋	魏	赵	韩郑	楚	越
一八（三八四）	三二	二一 田剡立 *（六五） 邹忌淳于髡当生此时前后 *（八四） *（一一八）	二〇	六	一三 吴起奔楚当在此时前后 *（六六）	三	三（一六）	一八 吴起自魏来奔	二八
一九（三八三）	三三 缪公卒 *（四七）	二二	二一	七	一四	四	四（一七）	一九	二九
二〇（三八二）	**共公** 元	二三	二二	八	一五	五	五（一八）	二〇	三〇
二一（三八一）	二	二四	二三 休公卒	九	一六	六	六（一九）	二一 悼王卒，楚人杀吴起 *（六六） *（六七） 孟胜 田襄子 *（六八）	三一
二二（三八〇）	三	二五	**桓侯** 元 *（六九）	一〇	一七	七	七（二〇）	**肃王** 元 沈尹华生当在此稍后 *（八九）	三二

（续表）

周（西历纪元前）	鲁	齐	宋	晋	魏	赵	韩郑	楚	越
二三（三七九）	四	二六 康公卒	二	一一	一八	八	八（二一）	二	三三 迁于吴 *（一一八）
二四（三七八）	五		三	一二	一九	九	九（二二）	三	三四
二五（三七七）	六		四	一三	二〇	一〇	一〇（二三）	四	三五
二六（三七六）	七	田午弑君剡自立 *（七〇）	五	一四	二一	一一	哀侯 元 灭郑，哀侯入于郑 *（七一）	五	三六 太子诸咎弑君翳，粤杀诸咎，吴人立孚错枝为君
烈王 元 （三七五）	八	桓公 元	六	一五 邑韩哀侯于郑 *（七一）	二二	一二	二 韩山坚弑其君哀侯，懿侯立 *（七一）	六	无余之 元

（续表）

周（西历纪元前）	鲁	齐	宋	晋	魏	赵	韩郑	楚	越
二（三七四）太史儋入秦见献公(?)*（七二）	九	二	七	一六	二三	成侯元	懿侯元	七	二
三（三七三）	一〇	三	八	一七	二四	二	二	八	三
四（三七二）	一一	四	九	一八	二五	三	三	九	四
五（三七一）	一二	五	一〇	一九	二六 伐楚取鲁，阳武侯卒	四	四	一〇	五

通表第三　相当于《考辨》第三卷

本表与《考辨》第三卷相应，起周烈王六年，梁惠王元，下迄周赧王十四年，齐宣王卒，凡七十年。

本表大体依《史记·六国表》，删燕国，附于齐。增宋。增越，附于楚。

本表在《史记》为已详，表中凡有增列改订，除注见《考辨》某篇外，亦有旁采《史记》各《世家》《列传》及《纪年》诸书者，逐条注明其出处。至其在《考辨》中或详或否，不一一再注，以期简净。

表中所详，自商鞅申不害，下及惠施庄周孟轲宋钘许行陈仲，为先秦学术漫烂壮盛之期。时事之大者，为秦孝公变法，梁惠王齐威王相王，遂及秦宋，而至五国相王。诸侯莫不称王，而周室为赘旒。齐兴稷下，游仕奋起，盖战国之主要期也。

周 （西历纪元前）	秦	魏	韩	赵	楚越	齐燕	宋
烈王 六 （三七〇）	献公 一五	惠王 元 封公子缓 韩赵伐我葵 败邺师邯郸师于平阳 ＊（四六）	懿侯 五 与赵迁晋桓公于屯留 ＊（三六）	成侯 五 魏伐我，围浊阳（《纪年》）	肃王 一一	桓公 六 燕简公卒 ＊（一三四） 赵伐我，取鄄	桓侯 一一
七 （三六九）	一六	二 王错出奔韩 ＊（六六） 败韩马陵 ＊（一三四）	六	六 中山筑长城（《世家》）	宣王 元	七 燕孝公（？）元后未详 田寿伐魏观，观降（《纪年》）	一二
显王 元 （三六八）	一七 秦子向命为蓝君（《纪年》）	三	七 城邢丘（《纪年》）	七	二	八	一三 惠施生此时稍前 ＊（一二五） 庄周生此时稍后 ＊（八八）
二 （三六七）	一八	四	八	八 与韩分周以为两（《世家》）	三	九	一四
三 （三六六）	一九	五 公子景贾将伐郑，韩明战于阳，魏败（《纪年》）	九	九	四	一〇	一五

（续表）

周 （西历纪元前）	秦	魏	韩	赵	楚越	齐燕	宋
四 （三六五）	二〇	六	一〇	一〇	五	一一 弑其君母 *（七〇）	一六
五 （三六四）	二一 与魏战石门，斩首六万，天子贺（?）（《六国表》） *（八三）	七 公子缓如邯郸 *（四六）	一一	一一	六 越无余之十二年，寺区弟思弑其君莽安，次无颛立 *（一三四）	一二	一七
六 （三六三）	二二	八 伐赵取列人取肥（《纪年》）	一二	一二	七 越无颛元	一三	一八
七 （三六二）	二三 与魏战少梁，虏魏将公孙痤	九 四月甲寅徙都大梁 *（四六） 与赵榆次阳邑。会郑釐侯于巫沙 *（四六）	昭侯 元 *（七一）	一三 魏公叔痤败我与韩于浍，取皮牢 与韩昭侯遇上党（《世家》）	八	一四	一九

（续表）

周 （西历纪元前）	秦	魏	韩	赵	楚越	齐燕	宋
八 （三六一）	孝公 元 卫公孙鞅自魏入秦 *（七三）	一〇	二	一四	九	一五	二〇 宋轻当生此时前后 *（一二三）
九 （三六〇） 东周惠公杰薨（《纪年》）	二	一一 郑来致地：平邱户牖首垣诸邑，及郑驰道。我取枳道，与郑鹿（《纪年》）	三	一五	一〇	一六	二一
一〇 （三五九）	三 用卫鞅定变法之令 甘龙 杜挚 *（七三）	一二 使龙贾筑长城于西边（《纪年》）	四 取屯留尚子涅 *（三六）	一六 与韩分晋，迁晋君于端氏 *（三六）	一一 伐魏，决白马以水长垣之外（《纪年》）	一七	二二
一一 （三五八）	四	一三 与郑釐侯盟巫沙以释宅阳之围，归釐于郑（《纪年》）	五	一七	一二	一八 桓公卒威王立 *（七〇） *（七四） 匡章当生此时或稍前 *（九四） 邹忌见威王 *（八四） *（七四）	二三

（续表）

周（西历纪元前）	秦	魏	韩	赵	楚越	齐燕	宋
一二（三五七）	五	一四 鲁共侯宋桓侯卫成侯郑釐侯来朝 *（一五四） *（七八） *（六九）	六	一八	一三	威王 元 齐立稷下宫，招致游士当在此时前后 *（七五） *（七六） 淳于髡游稷下 *（一一八）	二四
一三（三五六）	六 卫鞅拜右庶长	一五	七 筑长城自亥谷以南（《纪年》）	一九 与燕会阿	一四 越无颛薨 *（一三四）	二	二五
一四（三五五）	七 公子壮帅师伐郑，围焦城，不克（《纪年》） 与魏会杜平 *（八三）	一六	八 申不害相 *（七七）	二〇 伐卫，取漆富丘，城之 *（七八）	一五 越无强元	三 及燕师战于泃水，齐师遁（《纪年》）	二六
一五（三五四）	八 与魏战元里取少梁	一七 伐赵围邯郸 *（七八） 季梁 *（七九） 杨朱 *（八〇） *（八一）	九 朝魏于中阳 *（七七） 东周与郑高都利（《纪年》）	二一	一六	四 田期伐魏东鄙，战于桂阳，魏败 *（七八）	二七 宋景敾、卫公孙仓会齐师围魏襄陵 *（七八）

（续表）

周（西历纪元前）	秦	魏	韩	赵	楚越	齐燕	宋
一六（三五三）	九	一八 以韩师败诸侯师于襄陵，齐侯使楚景舍来求成 *（七七） *（七八） 拔邯郸 *（七八）	一〇	二二	一七	五 败魏桂陵 *（七八）	二八
一七（三五二）	一〇 卫鞅为大良造，伐魏，安邑降之 *（四六）	一九 晋取玄武濩泽 *（三六）	一一	二三	一八	六	二九
一八（三五一）	一一 卫鞅围魏固阳，降之	二〇 归赵邯郸，与盟漳水上 *（七八）	一二	二四 慎到当生此时前后 *（一三七）	一九	七 筑防以为长城 *（一二八） 田骈当生此时前后 *（一三九）	三〇
一九（三五〇）	一二 自雍徙都咸阳	二一	一三	二五	二〇	八	三一
二〇（三四九）	一三	二二	一四 韩姬弑晋君 *（三六）	肃侯 元 夺晋君端氏，徙处屯留 *（三六）	二一	九	三二

（续表）

周（西历纪元前）	秦	魏	韩	赵	楚越	齐燕	宋
二一（三四八）	一四	二三	一五 昭侯如秦	二	二二	一〇 陈仲当生此时前后 *（一五〇）	三三
二二（三四七）	一五	二四	一六	三	二三	一一	三四
二三（三四六）	一六 太子犯法，卫鞅刑其傅公子虔 *（七三）	二五	一七	四	二四 楚伐徐州 *（一一八）	一二	三五
二四（三四五）	一七	二六 败韩马陵（《纪年》）	一八	五	二五	一三	三六
二五（三四四）	一八 公子少官帅师会诸侯于逢泽 *（八三）	二七 白圭封于浍（?） *（八二） 会诸侯于逢泽 *（八三）	一九	六	二六	一四 田朌伐梁 *（八四）	三七
二六（三四三） 杜赫 *（五五） *（八五） *（一六三）	一九	二八 穰苴率师及郑孔夜战于梁赫，郑师败 *（八四） 惠施游梁在此稍后 *（九三）	二〇	七	二七 屈原生 *（八七）	一五 败梁马陵 *（八四） *（八六） 田忌以与邹忌相恶，奔楚，孙膑从 *（八五）	三八

（续表）

周（西历纪元前）	秦	魏	韩	赵	楚越	齐燕	宋
二七（三四二）	二〇 卫鞅伐魏，虏公子卬（《鞅传》）	二九 五月，齐田肦伐我东鄙；九月，秦卫鞅伐我西鄙；十月，邯郸伐我北鄙；王攻卫鞅，败绩 ＊（八四） 中山君为相 ＊（五四） ＊（一四六）	二一	八	二八	一六 田肦及宋人伐魏东鄙，围平阳（《纪年》）	三九
二八（三四一）	二一 封卫鞅于商十五邑，号曰商君 ＊（七三）	三〇 城济阳（《纪年》）	二二	九	二九	一七	四〇
二九（三四〇）	二二	三一 下邳迁于薛，改名徐州 ＊（一一〇）	二三	一〇	三〇	一八	四一 剔成废君自立称元年 ＊（六九） **剔成** 元
三〇（三三九）	二三	三二 与秦战岸门	二四	一一 荀卿当生此时稍前 ＊（一〇三）	**威王** 元 铎椒 ＊（六七） 庄周 ＊（八八） 沈尹华 ＊（八九）	一九	二

（续表）

周（西历纪元前）	秦	魏	韩	赵	楚越	齐燕	宋
三一 （三三八）	二四 孝公卒，商君死，尸佼逃蜀 ＊（九〇）	三三	二五	一二	二	二〇	三 剔成卒，弟偃嗣立 ＊（六九） ＊（九一）
三二 （三三七）	**惠文王** 元	三四	二六 申不害卒 ＊（七一） ＊（七七）	一三	三	二一	**君偃** 元
三三 （三三六）	二	三五	二七	一四	四	二二	二
三四 （三三五）	三 拔韩宜阳 ＊（九四）	三六	二八	一五	五	二三 匡章败秦或在此年 ＊（九四） 孟子游齐与匡章游当在此稍前 ＊（九四） ＊（九八）	三
三五 （三三四）	四	后元 与齐会徐州相王 ＊（九二） 惠施用事于魏 ＊（九三）	二九 作高门 ＊（九四）	一六	六	二四 燕文公二十八年苏秦至燕(?) ＊（九五）	四

（续表）

周 （西历纪元前）	秦	魏	韩	赵	楚越	齐燕	宋
三六 （三三三）	五 公孙衍为大良造	二	三〇	一七	七 伐齐，败之，围徐州 *（九六）	二五 燕文侯卒。 齐伐燕，取十城 *（九七）	五
三七 （三三二）	六	三	宣惠王 元	一八	八	二六 燕易王元与魏伐赵	六
三八 （三三一）	七	四	二	一九	九	二七	七
三九 （三三〇） 东周昭文君资张仪入秦 *（一〇七）	八 魏献河西地 张仪初入秦应在此年或稍前 *（一〇七）	五	三	二〇	一〇	二八	八
四〇 （三二九）	九 渡河取魏汾阴皮氏，与魏王会应	六	四	二一	一一	二九	九
四一 （三二八）	一〇 张仪相 魏纳上郡	七	五	二二	怀王 元	三〇	一〇 始称王 *（九九）

（续表）

周（西历纪元前）	秦	魏	韩	赵	楚	齐燕	宋
四二（三二七）	一一	八	六	二三 韩举与齐战，死于桑丘 ＊（一〇二）	二	三一	一一 太丘社亡，周鼎沦泗水下（?） ＊（九九）
四三（三二六）	一二	九	七 与赵围襄陵 ＊（一〇二）	二四	三	三二	一二
四四（三二五）	一三 四月始称王 ＊（一〇〇）	一〇	八 五月会梁王于巫沙，始称王十月朝梁 ＊（一〇一） ＊（一〇二）	武灵王 元	四	三三 荀卿来游学当在此时稍前 ＊（一〇三）	一三
四五（三二四）	后元	一一 与齐韩会平阿 ＊（一〇四）	九	二	五	三四	一四 孟子游宋当在此时或稍前 ＊（九八） ＊（一一〇）
四六（三二三）	二 张仪会齐楚魏之大臣于啮桑	一二 犀首约魏赵韩燕中山五国相王 ＊（一〇五） 会齐威王于鄄 ＊（一〇四）	一〇	三	六 败魏襄陵	三五 燕易王十年始称王 ＊（一〇五） 孟子自宋过薛 ＊（一一〇） 孟子归鲁之滕 ＊（一一一） ＊（一一二）	一五

（续表）

周（西历纪元前）	秦	魏	韩	赵	楚	齐燕	宋
四七 （三二二）	三 韩魏太子来朝 （《本纪》） 伐魏曲沃平周，取之	一三 惠施去，张仪相 *（一〇七）	一一	四	七 惠施自魏来 *（一〇七） 鲁平公元 *（一〇六） *（一一二）	三六 四月，封田婴于薛；十月，城薛 *（一〇九）	一六 楚纳惠施 *（一〇八）
四八 （三二一）	四 田鸠 腹䵍 唐姑果 谢子 *（一一四）	一四 薛子婴来朝（《纪年》）	一二	五	八	三七 孟子在滕 许行游滕当在此时 *（一一三） 苏秦死或在此年 *（九五）	一七
慎靓王 元 （三二〇）	五	一五 孟子游梁 *（一一五） 中山公子牟当生此时或稍前 *（一四六）	一三	六	九	三八 威王卒 *（七四） 燕王哙元（？）苏厉侍燕，质子在齐，苏代在燕 *（九五） 荀子游燕当在此时稍后 *（一〇三）	一八

（续表）

周（西历纪元前）	秦	魏	韩	赵	楚	齐燕	宋
二（三一九）	六	一六 惠成王卒 *（一一五） 惠施返魏，张仪去 *（一一六）	一四	七 公孙龙生当在此时或稍后 *（一四一）	一〇	**宣王** 元 孟子自魏来 *（一一七） 邹忌卒 *（八五） 稷下学士复盛 淳于髡 田骈 环渊 王斗 尹文 *（七五） 苏代自燕使齐当在此前后 *（九五）	一九
三（三一八）	七 五国约击秦，不胜而还 *（九五）	**襄哀王** 元 *（一一九） 惠施使楚 *（一一六） 孟尝君初相魏当在此年或稍后 *（一二五）	一五	八	一一	二 田忌复归 孙膑卒在前 *（八五） 苏代自齐使燕当在此年或明年 *（九五）	二〇 滕文公卒在是年或稍后 *（一三五）

（续表）

周（西历纪元前）	秦	魏	韩	赵	楚	齐燕	宋
四 （三一七）	八 败赵公子渴、韩太子奂，斩首八万 张仪复相 义渠袭，败我于李帛 *（九五）	二 齐败我观泽 *（九五）	一六 秦败我修鱼，虏将申差 *（九五）	九 与韩魏共击秦。齐败我观泽 *（九五）	一二	三 与宋败魏赵于观泽 *（九五）	二一
五 （三一六）	九	三	一七	一〇	一三	四 燕王哙五年（？）让国于相子之	二二
六 （三一五）	一〇	四	一八	一一	一四 屈原为左徒当在此时或稍前 *（一二一）	五 冬，伐燕 *（一二〇） 匡章为将 *（九四）	二三
赧王 元 （三一四）	一一 败韩师于岸门	五 惠施使赵 *（一一六）	一九	一二 立燕公子职 *（一二〇）	一五	六 齐取燕，燕君哙及太子相子之皆死 *（一二〇） 苏代、厉皆留齐 *（九五）	二四
二 （三一三）	一二	六	二〇	一三	一六 屈原见疏作《离骚》当在此时或稍前 *（一二一） 张仪来	七	二五

（续表）

周（西历纪元前）	秦	魏	韩	赵	楚	齐燕	宋
三（三一二）	一三 败楚屈丐，取汉中	七 秦王来见于蒲阪关（《纪年》） 四月，越王使来献乘舟（《纪年》） 击齐于濮，赘子死，章子走 ＊（九四）	二一 与秦共攻楚 韩明率师伐襄丘（《纪年》）	一四	一七 景翠围韩雍氏 （《纪年》）	八 孟子去当在此时或稍后 ＊（一二二） 王杀其王后（《纪年》） 苏代在齐见陈轸 ＊（九五）	二六 孟轲宋钘遇于石丘当在此年或稍前 ＊（一二二） ＊（一二三）
四（三一一）	一四	八	襄王 元	一五	一八 张仪复来 ＊（一二六） 屈原使齐返	九	二七
五（三一〇）	武王 元	九 相田需死 惠施卒当在此时稍前 ＊（一二五） 五月，张仪卒 ＊（一二六）	二	一六 纳孟姚，生子何	一九 苏厉在楚北见梁王 ＊（九五） 庶章率师会魏于襄丘（《纪年》）	一〇	二八
六（三〇九）	二 初置丞相。樗里疾甘茂为丞相	一〇 河水溢酸枣郛（《纪年》）	三	一七	二〇	一一	二九
七（三〇八）	三 伐韩宜阳（《本纪》）	一一	四	一八	二一	一二	三〇

（续表）

周 （西历纪元前）	秦	魏	韩	赵	楚	齐燕	宋
八 （三〇七）	四 拔宜阳。涉河，城武遂 王卒于周 *（九九）	一二 秦击皮氏 （《纪年》《世家》）	五	一九 初胡服 *（八二）	二二 屈原居汉北为三闾大夫当在此时或稍前 *（一二七）	一三 鲁仲连当生此时或稍后 *（一五五）	三一
九 （三〇六）	昭襄王 元 甘茂奔齐遇苏代 *（九五） *（一二八）	一三 城皮氏（《纪年》）	六 秦复与我武遂（《世家》） 楚围我雍氏 *（九五） 苏代为齐使秦过韩 *（九五）	二〇 略中山胡地（《世家》） 白圭游中山当在此时或稍后 *（八二）	二三 围韩雍氏 *（九五）	一四	三二
一〇 （三〇五）	二	一四 苏代拘于魏应在此稍后 *（九五）	七	二一 伐中山，中山献四邑以和（《世家》）	二四 迎妇于秦 *（一六一） 环渊詹何 *（一四六）	一五	三三
一一 （三〇四）	三	一五	八	二二	二五 与秦盟黄棘，秦归我上庸（《世家》）	一六	三四

（续表）

周 （西历纪元前）	秦	魏	韩	赵	楚	齐	宋
一二 （三〇三）	四	一六 秦拔我蒲阪 晋阳封谷	九 秦取武遂	二三 攻中山（《世家》）	二六 齐韩魏伐楚，楚使太子质秦	一七	三五
一三 （三〇二）	五	一七 与秦会临晋，复我蒲阪	一〇	二四 命吏大夫奴迁于九原，又命将军大夫适子戍吏皆貉服 *（八二）	二七	一八 公孙宏使秦 *（一二九）	三六
一四 （三〇一）	六 会韩魏齐之师伐楚 泾阳君为质于齐 *（九五）	一八	一一	二五 伐中山，中山君奔齐 公子牟 *（一四六）	二八	一九 宣王卒 孟尝君将入秦，苏代谏止之 *（九五） 匡章将与韩魏攻楚，杀唐昧 *（九四） *（一二八） 邹衍生在此时稍前 *（一四四）	三七

通表第四 相当于《考辨》第四卷

本表与《考辨》卷四相应，起周赧王十五年，齐湣王元，下迄秦二世三年，子婴降汉，凡九十四年。

本表大体依《史记·六国表》，分列七国，无增删。

本表所及，因魏《纪年》已止，无可参订。然时近文备，舛乖亦少。间采《史记·世家》《列传》，以补表缺。

表中自荀卿公孙龙邹衍，下及吕不韦韩非李斯，乃先秦学术之结束期矣。时事之大者，孟尝君中立称侯，平原信陵之擅赵魏，春申文信之专楚秦，齐湣秦昭称帝不成，而诸国大权，不入游仕，即入亲贵公子之手。养士之风，自君上下落于权臣。君权大削，士焰盛张。秦亡六国，李斯矫敝，严定中央集权之制，而锄士气。焚书坑儒，迄于秦亡，而战国学风亦熸。

表中于秦事仅依《史记》之旧，考论阐详，期之后著。

周 （西历纪元前）	秦	魏	韩	赵	楚	齐	燕
赧王 一五 （三〇〇）	昭襄王 七 破楚师，杀景缺，取新城 樗里疾卒	襄哀王 一九 薛侯来会于釜丘 ＊（一二九） 冯煖（？） ＊（一二九）	襄王 一二	武灵王 二六	怀王 二九 太子横质齐 苏厉在楚 ＊（九五）	湣王 元 ＊（一二八）	昭王 一二
一六 （二九九）	八 白圭游秦或在此时前后 ＊（八二）	二〇 《汲冢纪年》止此 ＊（一一九）	一三	二七 传国少子何，自号主父 庞煖生当在此时稍后 ＊（一五七）	三〇 王入秦 屈原卒或在此前后 ＊（八七）	二 田文入相秦 ＊（一二九） 宋王偃三十九年置太子为王 ＊（一三〇） 儿说 ＊（一三〇） 宋戮唐鞅当在此稍前 ＊（一三〇）	一三
一七 （二九八）	九 田文免，楼缓相	二一	一四	惠文王 元 封公子胜为平原君（？） ＊（一三三）	顷襄王 元 ＊（一三一） ＊（一三二） 苏厉在楚 ＊（九五）	三 田文归相齐。与魏韩共击秦 ＊（一二九） ＊（九五） 苏代在齐 ＊（九五） 仇赫相宋 ＊（一三〇） 宋灭滕当在此时或稍后 ＊（一三五）	一四

（续表）

周 （西历纪元前）	秦	魏	韩	赵	楚	齐	燕
一八 （二九七）	一〇	二二	一五	二	二	四	一五
一九 （二九六）	一一	二三	一六	三 李兑、公子成杀公子章、田不礼。主父饿死沙丘宫 *（一三〇） 乐毅去，适魏（《毅传》）	三 怀王卒于秦 屈原卒或在此前后 *（八七）	五	一六
二〇 （二九五）	一二 楼缓免，魏冉为丞相 予楚粟五万石 （《本纪》）	昭王 元 乐毅使燕当在此时或稍后（《毅传》）	釐王 元	四	四	六	一七 乐毅来燕当在此时或稍后
二一 （二九四）	一三 吕礼亡奔齐 苏代去齐当在此稍后 *（九五）	二	二	五	五	七 田甲劫湣王，相田文走，王重召文 魏子（?） *（一二九） 吕礼相当在此时稍后 *（一二九）	一八
二二 （二九三）	一四 白起败韩魏于伊阙	三	三	六	六	八	一九

（续表）

周 （西历纪元前）	秦	魏	韩	赵	楚	齐	燕
二三 （二九二）	一五 白起攻魏取垣，攻楚取宛（《本纪》） 魏冉免相	四	四	七	七 迎归于秦	九	二〇 苏代自齐至当在此前后 ＊（九五）
二四 （二九一）	一六 魏冉复相（《冉传》） 取魏轵及邓（《本纪》）	五	五	八	八	一〇	二一
二五 （二九〇）	一七 魏入河东地四百里。以垣易魏蒲阪皮氏	六 成阳君朝秦（《秦纪》） 白圭卒当在此时前后 ＊（八二）	六	九 剧辛当生此时前后 ＊（一五七）	九	一一	二二
二六 （二八九）	一八 击魏，取城大小六十一	七	七 吕不韦生当在此时前后 ＊（一五九）	一〇	一〇	一二 庄周卒当在此时或稍后 ＊（八八） 旧谱孟子卒在此年 ＊（六三）	二三
二七 （二八八）	一九 十月为帝，十二月复为王 吕礼来。自归 ＊（九五）	八	八	一一 董叔与魏伐宋，得河阳于魏（《世家》）	一一	一三 为东帝，二月复为王。苏代自燕来，劝齐伐宋 ＊（九五） 宋王偃五十年。逐太子当在此时或稍前 ＊（一三〇）	二四

（续表）

周 （西历纪元前）	秦	魏	韩	赵	楚	齐	燕
二八 （二八七）	二〇	九	九	一二 李兑约五国伐秦 *（九五）	一二	一四 苏代为齐见李兑，劝定从约 *（九五）	二五
二九 （二八六）	二一 魏冉免（《冉传》）	一〇 孟尝君相当在此稍前 *（一二九）	一〇	一三	一三 荀卿自齐来 *（一三六）	一五 宋王偃五十二年，齐灭宋 *（九一） 苏代在齐 *（九五） 杀执政司马穰苴当在此时或稍后 *（八五） *（一二八） 稷下诸儒慎到接子田骈荀卿皆散当在此稍后 *（一三六至一三九） 孟尝君去之魏当在此稍前 *（一二九）	二六
三〇 （二八五）	二二 击齐拔九城	一一	一一	一四 李兑卒当在此稍前 *（九五） 以乐毅为相国（《世家》）	一四	一六	二七 使乐毅如赵，说合从伐齐 *（九五）

（续表）

周（西历纪元前）	秦	魏	韩	赵	楚	齐	燕
三一 （二八四）	二三	一二	一二	一五	一五 取齐淮北 荀卿为楚兰陵令或在此时稍后 *（一四〇）	一七 湣王卒于莒 *（一二八） 王蠋 *（一三九）	二八 乐毅以秦魏韩赵之师入齐至临淄，湣王走
三二 （二八三） 苏厉见西周君 *（九五）	二四 取魏安城	一三 秦兵至大梁。孟尝君求救于燕赵 *（一二九）	一三	一六	一六	襄王 元	二九 公孙龙说昭王以偃兵当在此时或稍后 *（一四一）
三三 （二八二）	二五	一四	一四	一七 秦拔我两城	一七	二	三〇
三四 （二八一）	二六 魏冉复相	一五	一五 韩非当生此时前后 *（一五五）	一八 秦拔我石城 魏冉来相（《世家》）	一八 庄辛去游赵 *（一四五） 李说当生此时前后 *（一五五）	三	三一 苏代苏厉卒皆当在此前后 *（九五）

（续表）

周 （西历纪元前）	秦	魏	韩	赵	楚	齐	燕
三五 （二八〇）	二七	一六	一六	一九 与魏攻齐，取麦丘 （《世家》）	一九 与秦汉北及上庸地	四	三二
三六 （二七九）	二八	一七	一七	二〇 廉颇将攻齐 （《世家》） 与秦会黾池，蔺相如从 公孙龙与惠文王论偃兵 ＊（一四二）	二〇 秦拔鄢西陵 ＊（一二七）	五 杀燕骑劫	三三 昭王卒 乐毅奔赵 公孙龙自燕入赵 ＊（一四二）
三七 （二七八）	二九	一八	一八	二一	二一 秦拔郢，烧夷陵。王亡走陈 ＊（一二七）	六 稷下复兴。荀卿反齐为稷下老师当在此时或稍后 ＊（一四三）	**惠王** 元 邹衍游燕在此后 ＊（一四四）
三八 （二七七）	三〇	一九	一九	二二 置公子丹为太子 庄辛与赵王论剑当在此时 ＊（一四五）	二二 秦拔巫黔中征 庄辛于赵 ＊（一四五）	七	二
三九 （二七六）	三一	**安釐王** 元 封弟公子无忌为信陵君	二〇	二三	二三	八	三

（续表）

周（西历纪元前）	秦	魏	韩	赵	楚	齐	燕
四〇（二七五）	三二	二	二一	二四	二四	九	四
四一（二七四）	三三	三	二二	二五	二五	一〇	五
四二（二七三）	三四 白起败魏芒卯于华阳，斩首十五万	四 段干崇请割地和秦	二三	二六	二六	一一	六
四三（二七二）	三五	五	桓惠王 元	二七 封弟豹为平阳君（《世家》）	二七 太子完质秦，左徒黄歇侍（《世家》）	一二	七
四四（二七一）	三六 范雎为客卿（《雎传》）	六	二	二八	二八	一三	武成王 元
四五（二七〇）	三七	七	三	二九 秦围韩阏与，赵奢救之，大破秦军	二九	一四	二
四六（二六九）	三八	八	四	三〇	三〇	一五	三
四七（二六八）	三九	九	五	三一	三一	一六	四

（续表）

周（西历纪元前）	秦	魏	韩	赵	楚	齐	燕
四八（二六七）	四〇	一〇	六	三二	三二	一七	五
四九（二六六）	四一 逐穰侯，范雎相（《雎传》） 魏牟游秦应在此稍后 *（一四六）	一一	七	三三	三三	一八	六
五〇（二六五）	四二 安国君为太子（《本纪》）	一二	八	孝成王 元 平原君相 *（一三三） 平原君如秦 虞卿与魏齐逃之魏 *（一四七） 孔穿来赵与公孙龙辩于平原君所，当在此时前后 *（一四八）	三四 虞卿来 *（一三二）	一九 田单将赵师攻燕中人，拔之（《赵世家》） 荀卿去齐当在此时 *（一四九）	七
五一（二六四）	四三 荀卿游秦约在此时 *（一四九）	一三	九	二 惠文后卒（《世家》） 田单相（《世家》）	三五	王建 元 陈仲卒当在此时前后 *（一五〇）	八

（续表）

周（西历纪元前）	秦	魏	韩	赵	楚	齐	燕
五二（二六三）	四四	一四	一〇	三	三六	二	九
五三（二六二）	四五	一五	一一	四 受韩上党	考烈王 元 黄歇相，封春申君	三	一〇
五四（二六一）	四六	一六	一二	五 荀卿自秦来当在此时前后 *（一五一）	二 取鲁徐州，封鲁君于莒 *（一五三）	四	一一
五五（二六〇）	四七 白起破赵长平，杀卒四十五万	一七	一三	六 廉颇军长平拒秦，七月免。赵括代将，九月败（《白起传》）	三	五	一二
五六（二五九）	四八 正月秦政生 （《始皇本纪》） 使王陵攻赵邯郸 （《白起传》）	一八	一四	七	四	六	一三

（续表）

周 （西历纪元前）	秦	魏	韩	赵	楚	齐	燕
五七 （二五八）	四九 使王龁代陵将，围邯郸	一九 张苍生此时前后 *（一四七）	一五	八 平原君如楚 鲁仲连游赵在此时或稍前 *（一五五）	五	七	一四
五八 （二五七）	五〇	二〇 信陵君救赵	一六	九 邯郸围解 公孙龙劝平原君勿受封 荀卿议兵于王前当在此时 *（一五一）	六 春申君救赵	八	孝王 元
五九 （二五六）	五一	二一	一七	一〇 齐使邹衍过赵当在此时前后 *（一五二）	七 灭鲁 *（一五三） *（一五四）	九	二
（二五五）	五二 蔡泽入秦代范雎相	二二	一八	一一	八	一〇	三
（二五四）	五三	二三	一九	一二	九	一一	王喜 元
（二五三）	五四	二四	二〇	一三	一〇	一二	二
（二五二）	五五	二五	二一	一四 平原君卒（《世家》） 公孙龙卒当在此时前后 *（一四一） *（一五二）	一一	一三	三

（续表）

	秦	魏	韩	赵	楚	齐	燕
（二五一）	五六	二六	二二	一五 破燕军，杀燕将栗腹	一二	一四	四
（二五〇）	孝文王 元	二七	二三	一六 廉颇围燕 以乐乘为武襄君（《世家》）	一三	一五 鲁仲连说燕聊城守将事当在此时 *（一五五）	五
（二四九）	庄襄王 元 吕不韦相	二八 魏中山公子牟卒当在此时稍后 *（一四六）	二四	一七 武襄君攻燕，围其国（《世家》）	一四	一六 君王后卒（《世家》）	六
（二四八）	二	二九	二五	一八	一五 春申君徙封于吴	一七	七
（二四七）	三 李斯游秦为吕不韦舍人（《李传》） *（一五六）	三〇 信陵君率五国兵败秦军于河外	二六	一九	一六	一八	八
（二四六）	始皇帝 元	三一	二七	二〇	一七	一九	九

（续表）

	秦	魏	韩	赵	楚	齐	燕
（二四五）	二	三二	二八	二一	一八	二〇	一〇
（二四四）	三	三三	二九	悼襄王 元	一九	二一	一一
（二四三）	四	三四 信陵君卒	三〇	二	二〇	二二	一二
（二四二）	五 蒙骜取魏酸枣燕虚长平（《本纪》）	景滑王 元 魏相、赵相会鲁柯，盟（?） *（一六〇）	三一	三 庞煖败杀燕将剧辛 *（一五七） 鹖冠子 *（一五八）	二一	二三	一三
（二四一）	六	二	三二	四 庞煖将五国兵攻秦（《世家》）	二二 楚魏赵韩燕合从击秦，楚为从长，无功。楚东徙寿春	二四	一四
（二四〇）	七 吕不韦宾客著书 *（一五九）	三 孔子顺相（?） *（一五九）	三三	五	二三	二五	一五
（二三九）	八 王弟长安君成蟜将军击赵，死屯留（《本纪》） 嫪毐封长信侯	四	三四	六	二四	二六	一六

（续表）

	秦	魏	韩	赵	楚	齐	燕
（二三八）	九 杀嫪毐	五	王安 元	七	二五 李园杀春申君 *（一六一）	二七	一七
（二三七）	一〇 吕不韦免相 *（一五九） 下令逐客，以李斯谏止（《本纪》） 大梁人尉缭来说（《本纪》） *（一六二）	六	二	八	幽王 元	二八	一八
（二三六）	一一	七	三	九	二	二九	一九
（二三五）	一二 吕不韦卒	八	四	王迁 元	三	三〇	二〇
（二三四）	一三	九	五 韩非使秦（《世家》） *（一五六）	二	四	三一	二一

（续表）

	秦	魏	韩	赵	楚	齐	燕
（二三三）	一四 韩非死于秦 *（一五六）	一〇	六	三	五	三二	二二
（二三二）	一五	一一	七	四	六	三三	二三 太子丹质秦，亡归
（二三一）	一六	一二	八	五	七	三四	二四
（二三〇）	一七	一三	九 秦虏王安	六	八	三五	二五
（二二九）	一八	一四	韩灭	七	九	三六	二六
（二二八）	一九	一五		八 秦虏王迁 公子嘉自立为代王	一〇 幽王卒，弟哀王立。 三月负刍杀哀王	三七	二七
（二二七）	二〇 王翦将击燕	王假 元		代王嘉 元	王负刍 元	三八	二八 太子丹使荆轲刺秦王
（二二六）	二一	二		二	二	三九	二九 秦拔我蓟，得太子丹。王徙辽东
（二二五）	二二	三 秦虏王假		三	三	四〇	三〇
（二二四）	二三	魏灭		四	四	四一	三一

（续表）

	秦	魏	韩	赵	楚	齐	燕
（二二三）	二四			五	五 秦虏王负刍	四二	三二
（二二二）	二五			六 秦虏代王嘉	楚灭	四三	三三 秦虏王喜，拔辽东
（二二一）	二六 初并天下，更号皇帝。李斯为廷尉，议去封建、为郡县，从之			赵灭		四四 秦虏王建	燕灭
（二二〇）	二七					齐灭	

	秦
（二一九）	二八 始皇东行郡县，上邹峄山。立石，与鲁诸生议，刻石颂秦德，议封禅望祭山川之事。遂登泰山，至琅邪，李斯为卿从行。还，过彭城，使千人没泗水，求周鼎，弗得 ＊（九九）
（二一八）	二九 登之罘刻石
（二一七）	三〇
（二一六）	三一
（二一五）	三二 始皇之碣石，使燕人卢生求羡门高誓。刻碣石门。又使韩终侯公石生求仙人不死之药 ＊（一六三） 将军蒙恬北击胡

（续表）

	秦
（二一四）	三三 略取陆梁为桂陵象郡南海
（二一三）	三四 博士淳于越议封建，丞相李斯奏请焚书，以吏为师。从之
（二一二）	三五 使御史案问诸生，自除犯禁者四百六十余人，坑之咸阳，以惩后。益发谪徙边
（二一一）	三六 使博士为仙真人诗
（二一〇）	三七 始皇出游，刻石会稽 始皇道崩沙丘，少子胡亥立
（二〇九）	二世皇帝 元 郡县皆反。楚兵至戏，章邯击却之
（二〇八）	二 诛丞相李斯 *（一五六）
（二〇七）	三 赵高杀二世皇帝，立子婴。子婴刺杀高。诸侯入秦，婴降，见杀。秦亡

通表之部　附表第一

列国世次年数异同表

《系年·通表》，与《史记》旧表颇有不同，既逐事备详于《考辨》诸篇，为便比览，别制《列国世次年数异同表》，附于《通表》之后。

表列十三国曰秦、曰魏、曰韩、曰赵、曰楚、曰燕、曰田齐、曰齐、曰晋、曰鲁、曰宋、曰郑、曰越，而首系之以周。

《通表》于秦楚齐郑四国，一依《史》旧，无所改定。其余诸国，悉有变动。越年《史》所不详，此则增列。

本表上列数字，系《史·表》旧文，下列阿拉伯数目，则为《通表》新定。同者不著，异者兼举。

史公为《六国表》，本据《秦记》，于秦人世系，应最无误。《索隐》引《纪年》，书秦简公、敬公、惠公三君年代，皆与《史记》不合。而《索隐》文不明备，无可详论。兹不俱列，而附见于《通表》第二。

《史表》于魏事错误最甚，而《纪年》魏史，于魏事亦最可信。《史表》于魏文侯误后二十二年，魏武侯误后十年。其两君在位年数亦误。梁惠王后元元年，又误以为梁襄王之年。

韩表《史》亦有误，而较不甚。韩哀侯以下，宣惠王以前，懿侯昭侯两君，与《纪年》前后乖舛四年。

赵表于简子襄子之间，《史》已有误。其下于烈侯武公，《史》分两君，《纪年》乃一君。

燕表自成公以下，《纪年》与《史》多异。惟《索隐》引

《纪年》，自孝公以下不具，无可比列。

《史》于田齐亦多误。脱田悼子及田侯剡两世，齐威王元误前二十一年，齐湣王年数误多二十三年，《通表》皆依《纪年》改正。

晋年自晋出公以下，《史》亦多误，《通表》悉据《纪年》另列。

鲁年《史》自有歧，《年表》与《世家》不同。《通表》据《世家》推定，然复与《纪年》有歧。《索隐》引《纪年》，未及鲁年，无可详定，语详《考辨》。

宋表《史》又多误。景公误增十八年，悼公误减十年。桓公四十一年，剔成三年，《史》误倒为辟公三年，剔成四十一年。王偃元误后九年。《通表》俱依《纪年》改排。

越年据《纪年》新增。

其间以《史表》之误，而关涉史实全部者，莫如魏田齐二表。魏文、武两侯年数之误后，梁惠王后元之误为襄王，齐威王年之误前，及湣王年之误增，皆为自来考论战国史迹者呕心难解之处。虽多疑及《史记》之误，然亦无以重显误前之真。《通表》所定，庶为近是。

其间幽晦难理者，则如晋韩田宋四表。四表定，而梁田齐之真年亦从而益定。盖晋魏田韩之世系显，而三晋称侯，田氏篡齐之史实得矣。梁惠、襄，齐威、宣，宋偃，韩宣惠之年代正，而六国称王之层折着矣。此皆战国重要之变局，非加理董，则不见也。

至于诸子生卒行事出处，皆待诸国世系年数既正，乃可排比，再见于附表第三，读者会合参究，庶得《系年》大体之影像也。

周	秦	魏	韩	赵	楚	燕	田齐	齐 旧见 田齐《表》	晋 旧见 魏《表》	鲁 旧见 楚《表》	宋 旧见 齐《表》	郑 旧见 韩《表》	越 旧缺
元王敬 元 44	厉共 元			简子 四二	惠王 一三	献公 一七		平公 五	定公 三六	哀公 一九	景公 四一	声公 二五	句践 21
元 二 1	二			襄子 四三 1	一四	一八		六	三七	二〇	四二	二六	22
三 2	三			四四 2	一五	一九		七	出公 元	二一	四三	二七	23
四 3	四			四五 3	一六	二〇		八	二	二二	四四	二八	24
五 4	五			四六 4	一七	二一		九	三	二三	四五	二九	25
六 5	六			四七 5	一八	二二		一〇	四	二四	四六	三〇	26
七 6	七			四八 6	一九	二三		一一	五	二五	四七	三一	27
八 7	八			四九 7	二〇	二四		一二	六	二六	四八	三二	28
定王 元	九			五〇 8	二一	二五		一三	七	二七	四九昭 1	三三	29
二	一〇			五一 9	二二	二六		一四	八	二八 悼 1	五〇 2	三四	30
三	一一			五二 10	二三	二七		一五	九	悼公 元 2	五一 3	三五	31
四	一二			五三 11	二四	二八		一六	一〇	二 3	五二 4	三六	32

（续表）

周	秦	魏	韩	赵	楚	燕	田齐	齐 旧见田齐《表》	晋 旧见魏《表》	鲁 旧见楚《表》	宋 旧见齐《表》	郑 旧见韩《表》	越 旧缺
五	一三			五四 12	二五	孝公元		一七	一一	三 4	五三 5	三七	鹿郢《史》作鼫与 1
六	一四			五五 13	二六	二		一八	一二	四 5	五四 6	三八	2
七	一五			五六 14	二七	三		一九	一三	五 6	五五 7	哀公元	3
八	一六			五七 15	二八	四		二〇	一四	六 7	五六 8	二	4
九	一七			五八 16	二九	五		二一	一五	七 8	五七 9	三	5
一〇	一八			五九 17	三〇	六		二二	一六	八 9	五八 10	四	6
一一	一九			六〇 18	三一	七		二三	一七	九 10	五九 11	五	不寿 1
一二	二〇			襄子元 19	三二	八		二四	一八	一〇 11	六〇 12	六	2
一三	二一			二 20	三三	九		二五	哀公元 19	一一 12	六一 13	七	3
一四	二二			三 21	三四	一〇		宣公元	二 20	一二 13	六二 14	八	4

（续表）

周	秦	魏	韩	赵	楚	燕	田齐	齐 旧见田齐《表》	晋 旧见魏《表》	鲁 旧见楚《表》	宋 旧见齐《表》	郑 旧见韩《表》	越 旧缺
一五	二三			四 22	三五	一一　成 1		二	懿公 21 元(今脱)	一三 14	六三 15	共公 元(今脱)	5
一六	二四	桓	康	五 23	三六	一二 2		三	二 22	一四 15	六四 16	二	6
一七	二五			六 24	三七	一三 3		四	三 23	一五 16	六五 17	三	7
一八	二六			七 25	三八	一四 4		五	四　敬 1	一六 17	六六 18	四	8
一九	二七			八 26	三九	一五 5		六	五 2	一七 18	昭公 元 19	五	9
二〇	二八			九 27	四〇	成公 元 6		七	六 3	一八 19	二 20	六	10
二一	二九			一〇 28	四一	二 7		八	七 4	一九 20	三 21	七	朱句 1
二二	三〇			一一 29	四二	三 8		九	八 5	二〇 21	四 22	八	2
二三	三一	文 1		一二 30	四三	四 9		一〇	九 6	二一 22	五 23	九	3

（续表）

周	秦	魏	韩	赵	楚	燕	田齐	齐 旧见田齐《表》	晋 旧见魏《表》	鲁 旧见楚《表》	宋 旧见齐《表》	郑 旧见韩《表》	越 旧缺
二四	三二	2		一三 31	四四	五 10		一一	一〇 7	二二 23	六 24	一〇	4
二五	三三	3		一四 32	四五	六 11		一二	一一 8	二三 24	七 25	一一	5
二六	三四	4		一五 33	四六	七 12		一三	一二 9	二四 25	八 26	一二	6
二七	躁公 元	5		一六 34	四七	八 13		一四	一三 10	二五 26	九 27	一三	7
二八	二	6		一七 35	四八	九 14		一五	一四 11	二六 27	一〇 28	一四	8
考王 元	三	7		一八 36	四九	一〇 15		一六	一五 12	二七 28	一一 29	一五	9
二	四	8		一九 37	五〇	一一 16		一七	一六 13	二八 29	一二 30	一六	10
三	五	9		二〇 38	五一	一二 文 1		一八	一七 14	二九 30	一三 31	一七	11
四	六	10		二一 39	五二	一三 2		一九	幽公 元 15	三〇 31	一四 32	一八	12
五	七	11		二二 40	五三	一四 3		二〇	二 16	三一 元 1	一五 33	一九	13
六	八	12		二三 41	五四	一五 4		二一	三 17	三二 2	一六 34	二〇	14
七	九	13		二四 42	五五	一六 5		二二	四 18	三三 3	一七 35	二一	15
八	一〇	14		二五 43	五六	湣公 元 6		二三	五　幽 1	三四 4	一八 36	二二	16
九	一一	15		二六 44	五七	二 7		二四	六 2	三五 5	一九 37	二三	17

（续表）

周	秦	魏	韩	赵	楚	燕	田齐	齐 旧见田齐《表》	晋 旧见魏《表》	鲁 旧见楚《表》	宋 旧见齐《表》	郑 旧见韩《表》	越 旧缺
一〇	一二	16		二七 45	简王 元	三 8		二五	七 3	三六 6	二〇 38	二四	18
一一	一三	17		二八 46	二	四 9		二六	八 4	三七 7	二一 39	二五	19
一二	一四	18		二九 47	三	五 10		二七	九 5	三八 8	二二 40	二六	20
一三	怀公 元	19		三〇 48	四	六 11		二八	一〇 6	元公 元 9	二三 41	二七	21
一四	二	20		三一 49	五	七 12		二九	一一 7	二 10	二四 42	二八	22
一五	三	21		三二 50	六	八 13		三〇	一二 8	三 11	二五 43	二九	23
威烈王 元	四	22		三三 51	七	九 14		三一	一三 9	四 12	二六 44	三〇	24
二	灵公 元	文侯 元 23	武子 元	桓子 元	八	一〇 15		三二	一四 10	五 13	二七 45	三一	25
三	二	二 24	二	献侯 元	九	一一 16		三三	一五 11	六 14	二八 46	幽公 元	26
四	三	三 25	三	二	一〇	一二 17		三四	一六 12	七 15	二九 47	繻公 元	27
五	四	四 26	四	三	一一	一三 18		三五	一七 13	八 16	三〇 悼 1	二	28

（续表）

周	秦	魏	韩	赵	楚	燕	田齐	齐 旧见 田齐《表》	晋 旧见 魏《表》	鲁 旧见 楚《表》	宋 旧见 齐《表》	郑 旧见 韩《表》	越 旧缺
六	五	五 27	五	四	一二	一四 19		三六	烈公 元 14	九 17	三一 2	三	29
七	六	六 28	六	五	一三	一五 20		三七	二 15	一〇 18	三二 3	四	30
八	七	七 29	七	六	一四	一六 21		三八	三 16	一一 19	三三 4	五	31
九	八	八 30	八	七	一五	一七 22		三九	四 17	一二 20	三四 5	六	32
一〇	九	九 31	九	八	一六	一八 23		四〇	五 18 烈	一三 21	三五 6	七	33
一一	一〇	一〇 32	一〇	九	一七	一九 24		四一	六 2	一四 穆 1	三六 7	八	34
一二	简公 元	一一 33	一一	一〇	一八	二〇 简 1		四二	七 3	一五 2	三七 8	九	35
一三	二	一二 34	一二	一一	一九	二一 2		四三	八 4	一六 3	三八 9	一〇	36
一四	三	一三 35	一三	一二	二〇	二二 3		四四	九 5	一七 4	三九 10	一一	37

（续表）

周	秦	魏	韩	赵	楚	燕	田齐	齐 旧见 田齐《表》	晋 旧见 魏《表》	鲁 旧见 楚《表》	宋 旧见 齐《表》	郑 旧见 韩《表》	越 旧缺
一五	四	一四 36	一四	一三	二一	二三 4	庄子	四五	一〇 6	一八 5	四〇 11	一二	翳 1
一六	五	一五 37	一五	一四	二二	二四 5	和子 悼 1	四六	一一 7	一九 6	四一 12	一三	2
一七	六	一六 38	一六	一五	二三	二五 6	2	四七	一二 8	二〇 7	四二 13	一四	3
一八	七	一七 39	景侯 元	烈侯 元	二四	二六 7	3	四八	一三 9	二一 8	四三 14	一五	4
一九	八	一八 40	二	二	声王 元	二七 8	4	四九	一四 10	穆公 元 9	四四 15	一六	5
二〇	九	一九 41	三	三	二	二八 9	5	五〇	一五 11	二 10	四五 16	一七	6
二一	一〇	二〇 42	四	四	三	二九 10	和 1	五一	一六 12	三 11	四六 17	一八	7
二二	一一	二一 43	五	五	四	三〇 11	2	康公 元	一七 13	四 12	四七 18	一九	8
二三	一二	二二 44	六	六	五	三一 12	3	二	一八 14	五 13	悼公 休 元 1	二〇	9
二四	一三	二三 45	七	七	六	釐公 元 13	4	三	一九 15	六 14	二 2	二一	10
安王 元	一四	二四 46	八	八	悼公 元	二 14	5	四	二〇 16	七 15	三 3	二二	11

（续表）

周	秦	魏	韩	赵	楚	燕	田齐	齐 旧见田齐《表》	晋 旧见魏《表》	鲁 旧见楚《表》	宋 旧见齐《表》	郑 旧见韩《表》	越 旧缺
二	一五	二五 47	九	九	二	三 15	6	五	二一 17	八 16	四 4	二三	12
三	惠公 元	二六 48	烈侯 元	武公 元 10	三	四 16	7	六	二二 18	九 17	五 5	二四	13
四	二	二七 49	二	二 11	四	五 17	8	七	二三 19	一〇 18	六 6	二五	14
五	三	二八 50	三	三 12	五	六 18	9	八	二四 20	一一 19	七 7	二六	15
六	四	二九 武 1	四	四 13	六	七 19	10	九	二五 21	一二 20	八 8	二七	16
七	五	三〇 2	五	五 14	七	八 20	11	一〇	二六 22	一三 21	休公 元 9	康公 元	17
八	六	三一 3	六	六 15	八	九 21	12	一一	二七 23	一四 22	二 10	二	18
九	七	三二 4	七	七 16	九	一〇 22	13	一二	二八 24	一五 23	三 11	三	19
一〇	八	三三 5	八	八 17	一〇	一一 23	14	一三	孝公 元 25	一六 24	四 12	四	20
一一	九	三四 6	九	九 18	一一	一二 24	15	一四	二 26	一七 25	五 13	五	21
一二	一〇	三五 7	一〇	一〇 19	一二	一三 25	16	一五	三 27	一八 26	六 14	六	22
一三	一一	三六 8	一一	一一 20	一三	一四 26	17	一六	四 桓 1	一九 27	七 15	七	23
一四	一二	三七 9	一二	一二 21	一四	一五 27	18	一七	五 2	二〇 28	八 16	八	24

（续表）

周	秦	魏	韩	赵	楚	燕	田齐	齐 旧见 田齐《表》	晋 旧见 魏《表》	鲁 旧见 楚《表》	宋 旧见 齐《表》	郑 旧见 韩《表》	越 旧缺
一五	一三	三八 10	一三	一三 22	一五	一六 28	19	一八	六 3	二一 29	九 17	九	25
一六	出子 元	武侯 元 11	文侯 元	敬侯 元	一六	一七 29	和 始侯元	一九	七 4	二二 30	一〇 18	一〇	26
一七	二	二 12	二	二	一七	一八 30	二	二〇	八 5	二三 31	一一 19	一一	27
一八	献公 元	三 13	三	三	一八	一九 31	桓公 元 剡 1	二一	九 6	二四 32	一二 20	一二	28
一九	二	四 14	四	四	一九	二〇 32	二 2	二二	一〇 7	二五 33	一三 21	一三	29
二〇	三	五 15	五	五	二〇	二一 33	三 3	二三	一一 8	二六 共 1	一四 22	一二	30
二一	四	六 16	六	六	二一	二二 34	四 4	二四	一二 9	二七 2	一五 23	一三	31
二二	五	七 17	七	七	肃王 元	二三 35	五 5	二五	一三 10	二八 3	一六 桓 1	一四	32
二三	六	八 18	八	八	二	二四 36	六 6	二六	一四 11	二九 4	一七 2	一五	33
二四	七	九 19	九	九	三	二五 37	威王 元 7		一五 12	三〇 5	一八 3	一六	34
二五	八	一〇 20	一〇	一〇	四	二六 38	二 8		静公 元 13	三一 6	一九 4	一七	35

（续表）

周	秦	魏	韩	赵	楚	燕	田齐	齐 旧见 田齐《表》	晋 旧见 魏《表》	鲁 旧见 楚《表》	宋 旧见 齐《表》	郑 旧见 韩《表》	越 旧缺
二六	九	一一 21	哀侯 元	一一	五	二七 39	三 9		二 14	共公 元 7	二 5	一八	36
烈王 元	一〇	一二 22	二	一二	六	二八 40	四　桓 1		15	二 8	二一 6	一九	无余之 1
二	一一	一三 23	三　懿 1	成侯 元	七	二九 41	五 2		16	三 9	二二 7	二〇	2
三	一二	一四 24	四 2	二	八	三〇 42	六 3		17	四 10	二三 8		3
四	一三	一五 25	五 3	三	九	桓公 元 43	七 4		18	五 11	辟公 元 9		4
五	一四	一六 26	六 4	四	一〇	二 44	八 5		19	六 12	二 10		5
六	一五	惠王 元	庄侯 元 5	五	一一	三 45	九 6		20	七 13	三 11		6
七	一六	二	二 6	六	宣王 元	四孝	一〇 7		21	八 14	剔成 元 12		7
显王 元	一七	三	三 7	七	二	五	一一 8		22	九 15	二 13		8
二	一八	四	四 8	八	三	六	一二 9		23	一〇 16	三 14		9
三	一九	五	五 9	九	四	七	一三 10		24	一一 17	四 15		10
四	二〇	六	六 10	一〇	五	八	一四 11		25	一二 18	五 16		11

（续表）

周	秦	魏	韩	赵	楚	燕	田齐	齐 旧见 田齐《表》	晋 旧见 魏《表》	鲁 旧见 楚《表》	宋 旧见 齐《表》	郑 旧见 韩《表》	越 旧缺
五	二一	七	七 11	一一	六	九	一五 12		26	一三 19	六 17		12
六	二二	八	八 12	一二	七	一〇	一六 13		27	一四 20	七 18		无颛 1
七	二三	九	九 昭 1	一三	八	一一	一七 14		28	一五 21	八 19		2
八	孝公 元	一〇	一〇 2	一四	九	文公 元	一八 15		29	一六 22	九 20		3
九	二	一一	一一 3	一五	一〇	二	一九 16		30	一七 23	一〇 21		4
一〇	三	一二	一二 4	一六	一一	三	二〇 17		31	一八 24	一一 22		5
一一	四	一三	昭侯 元 5	一七	一二	四	二一 18		32	一九 25	一二 23		6
一二	五	一四	二 6	一八	一三	五	二二 威 1		静 1	二〇 26	一三 24		7
一三	六	一五	三 7	一九	一四	六	二三 2		2	二一 27	一四 25		8
一四	七	一六	四 8	二〇	一五	七	二四 3		3	二二 28	一五 26		无强 1
一五	八	一七	五 9	二一	一六	八	二五 4		4	二三 29	一六 27		2
一六	九	一八	六 10	二二	一七	九	二六 5		5	二四 30	一七 28		3

（续表）

周	秦	魏	韩	赵	楚	燕	田齐	齐 旧见田齐《表》	晋 旧见魏《表》	鲁 旧见楚《表》	宋 旧见齐《表》	郑 旧见韩《表》	越 旧缺
一七	一〇	一九	七 11	二三	一八	一〇	二七 6		6	康公元 31	一八 29		4
一八	一一	二〇	八 12	二四	一九	一一	二八 7		7	二 32	一九 30		5
一九	一二	二一	九 13	二五	二〇	一二	二九 8		8	三康 1	二〇 31		6
二〇	一三	二二	一〇 14	肃侯元	二一	一三	三〇 9		9	四 2	二一 32		7
二一	一四	二三	一一 15	二	二二	一四	三一 10			五 3	二二 33		8
二二	一五	二四	一二 16	三	二三	一五	三二 11			六 4	二三 34		9
二三	一六	二五	一三 17	四	二四	一六	三三 12			七 5	二四 35		10
二四	一七	二六	一四 18	五	二五	一七	三四 13			八 6	二五 36		
二五	一八	二七	一五 19	六	二六	一八	三五 14			九 7	二六 37		
二六	一九	二八	一六 20	七	二七	一九	三六 15			景公元 8	二七 38		
二七	二〇	二九	一七 21	八	二八	二〇	宣王元 16			二 9	二八 39		
二八	二一	三〇	一八 22	九	二九	二一	二 17			三 景 1	二九 40		

（续表）

周	秦	魏	韩	赵	楚	燕	田齐	齐 旧见 田齐《表》	晋 旧见 魏《表》	鲁 旧见 楚《表》	宋 旧见 齐《表》	郑 旧见 韩《表》	越 旧缺
二九	二二	三一	一九 23	一〇	三〇	二二	三 18			四 2	三〇 41 剔成		
三〇	二三	三二	二〇 24	一一	威王 元	二三	四 19			五 3	三一 2		
三一	二四	三三	二一 25	一二	二	二四	五 20			六 4	三二 3		
三二	惠文王 元	三四	二二 26	一三	三	二五	六 21			七 5	三三　偃 1		
三三	二	三五	二三 27	一四	四	二六	七 22			八 6	三四 2		
三四	三	三六	二四 28	一五	五	二七	八 23			九 7	三五 3		
三五	四	襄王元 惠后元	二五 29	一六	六	二八	九 24			一〇 8	三六 4		
三六	五	二 2	二六 30	一七	七	二九	一〇 25			一一 9	三七 5		
三七	六	三 3	宣惠王 元	一八	八	易王 元	一一 26			一二 10	三八 6		
三八	七	四 4	二	一九	九	二	一二 27			一三 11	三九 7		
三九	八	五 5	三	二〇	一〇	三	一三 28			一四 12	四〇 8		
四〇	九	六 6	四	二一	一一	四	一四 29			一五 13	四一 9		

（续表）

周	秦	魏	韩	赵	楚	燕	田齐	齐 旧见田齐《表》	晋 旧见魏《表》	鲁 旧见楚《表》	宋 旧见齐《表》	郑 旧见韩《表》	越 旧缺
四一	一〇	七 7	五	二二	怀王 元	五	一五 30			一六 14	君偃 元 10		
四二	一一	八 8	六	二三	二	六	一六 31			一七 15	二 11		
四三	一二	九 9	七	二四	三	七	一七 32			一八 16	三 12		
四四	一三	一〇 10	八	武灵王 元	四	八	一八 33			一九 17	四 13		
四五	更 元	一一 11	九	二	五	九	一九 34			二〇 18	五 14		
四六	二	一二 12	一〇	三	六	一〇	湣王 元 35			二一 19	六 15		
四七	三	一三 13	一一	四	七	一一	二 36			二二平 1	七 16		
四八	四	一四 14	一二	五	八	一二	三 37			二三 2	八 17		
慎靓 元	五	一五 15	一三	六	九	王哙 元	四 38			二四 3	九 18		
二	六	一六 16	一四	七	一〇	二	五 宣 1			二五 4	一〇 19		
三	七	哀王 元襄 1	一五	八	一一	三	六 2			二六 5	一一 20		

（续表）

周	秦	魏	韩	赵	楚	燕	田齐	齐 旧见田齐《表》	晋 旧见魏《表》	鲁 旧见楚《表》	宋 旧见齐《表》	郑 旧见韩《表》	越 旧缺
四	八	二 2	一六	九	一二	四	七 3			二七 6	一二 21		
五	九	三 3	一七	一〇	一三	五	八 4			二八 7	一三 22		
六	一〇	四 4	一八	一一	一四	六	九 5			二九 8	一四 23		
赧王元	一一	五 5	一九	一二	一五	七	一〇 6			平公元 9	一五 24		
二	一二	六 6	二〇	一三	一六	八	一一 7			二 10	一六 25		
三	一三	七 7	二一	一四	一七	九	一二 8			三 11	一七 26		
四	一四	八 8	襄王元	一五	一八	昭王元	一三 9			四 12	一八 27		
五	武王元	九 9	二	一六	一九	二	一四 10			五 13	一九 28		
六	二	一〇 10	三	一七	二〇	三	一五 11			六 14	二〇 29		
七	三	一一 11	四	一八	二一	四	一六 12			七 15	二一 30		
八	四	一二 12	五	一九	二二	五	一七 13			八 16	二二 31		
九	昭王元	一三 13	六	二〇	二三	六	一八 14			九 17	二三 32		
一〇	二	一四 14	七	二一	二四	七	一九 15			一〇 18	二四 33		
一一	三	一五 15	八	二二	二五	八	二〇 16			一一 19	二五 34		

（续表）

周	秦	魏	韩	赵	楚	燕	田齐	齐 旧见 田齐《表》	晋 旧见 魏《表》	鲁 旧见 楚《表》	宋 旧见 齐《表》	郑 旧见 韩《表》	越 旧缺
一二	四	一六 16	九	二三	二六	九	二一 17			一二 20	二六 35		
一三	五	一七 17	一〇	二四	二七	一〇	二二 18			一三 文 1	二七 36		
一四	六	一八 18	一一	二五	二八	一一	二三 19			一四 2	二八 37		
一五	七	一九 19	一二	二六	二九	一二	二四 湣 1			一五 3	二九 38		
一六	八	二〇 20	一三	二七	三〇	一三	二五 2			一六 4	三〇 39		
一七	九	二一 21	一四	惠文王 元	顷襄王 元	一四	二六 3			一七 5	三一 40		
一八	一〇	二二 22	一五	二	二	一五	二七 4			一八 6	三二 41		
一九	一一	二三 23	一六	三	三	一六	二八 5			一九 7	三三 42		
二〇	一二	昭王 元	釐王 元	四	四	一七	二九 6			文侯 元 8	三四 43		
二一	一三	二	二	五	五	一八	三〇 7			二 9	三五 44		
二二	一四	三	三	六	六	一九	三一 8			三 10	三六 45		
二三	一五	四	四	七	七	二〇	三二 9			四 11	三七 46		
二四	一六	五	五	八	八	二一	三三 10			五 12	三八 47		
二五	一七	六	六	九	九	二二	三四 11			六 13	三九 48		

（续表）

周	秦	魏	韩	赵	楚	燕	田齐	齐 旧见田齐《表》	晋 旧见魏《表》	鲁 旧见楚《表》	宋 旧见齐《表》	郑 旧见韩《表》	越 旧缺
二六	一八	七	七	一〇	一〇	二三	三五 12			七 14	四〇 49		
二七	一九	八	八	一一	一一	二四	三六 13			八 15	四一 50		
二八	二〇	九	九	一二	一二	二五	三七 14			九 16	四二 51		
二九	二一	一〇	一〇	一三	一三	二六	三八 15			一〇 17	四三 52		
三〇	二二	一一	一一	一四	一四	二七	三九 16			一一 18			
三一	二三	一二	一二	一五	一五	二八	四〇 17			一二 19			
三二	二四	一三	一三	一六	一六	二九	襄王 元			一三 20			
三三	二五	一四	一四	一七	一七	三〇	二			一四 21			
三四	二六	一五	一五	一八	一八	三一	三			一五 22			
三五	二七	一六	一六	一九	一九	三二	四			一六 23			
三六	二八	一七	一七	二〇	二〇	三三	五			一七 顷 1			
三七	二九	一八	一八	二一	二一	惠王 元	六			一八 2			
三八	三〇	一九	一九	二二	二二	二	七			一九 3			
三九	三一	安釐王 元	二〇	二三	二三	三	八			二〇 4			

（续表）

周	秦	魏	韩	赵	楚	燕	田齐	齐 旧见田齐《表》	晋 旧见魏《表》	鲁 旧见楚《表》	宋 旧见齐《表》	郑 旧见韩《表》	越 旧缺
四〇	三二	二	二一	二四	二四	四	九			二一[5]			
四一	三三	三	二二	二五	二五	五	一〇			二二[6]			
四二	三四	四	二三	二六	二六	六	一一			二三[7]			
四三	三五	五	桓惠王元	二七	二七	七	一二			顷公元[8]			
四四	三六	六	二	二八	二八	武成王元	一三			二[9]			
四五	三七	七	三	二九	二九	二	一四			三[10]			
四六	三八	八	四	三〇	三〇	三	一五			四[11]			
四七	三九	九	五	三一	三一	四	一六			五[12]			
四八	四〇	一〇	六	三二	三二	五	一七			六[13]			
四九	四一	一一	七	三三	三三	六	一八			七[14]			
五〇	四二	一二	八	孝成王元	三四	七	一九			八[15]			
五一	四三	一三	九	二	三五	八	王建元			九[16]			
五二	四四	一四	一〇	三	三六	九	二			一〇[17]			
五三	四五	一五	一一	四	考烈王元	一〇	三			一一[18]			

（续表）

周	秦	魏	韩	赵	楚	燕	田齐	齐 旧见 田齐《表》	晋 旧见 魏《表》	鲁 旧见 楚《表》	宋 旧见 齐《表》	郑 旧见 韩《表》	越 旧缺
五四	四六	一六	一二	五	二	一一	四			一二 19			
五五	四七	一七	一三	六	三	一二	五			一三 20			
五六	四八	一八	一四	七	四	一三	六			一四 21			
五七	四九	一九	一五	八	五	一四	七			一五 22			
五八	五〇	二〇	一六	九	六	孝王 元	八			一六 23			
五九	五一	二一	一七	一〇	七	二	九			一七 24			
	五二	二二	一八	一一	八	三	一〇			一八			
	五三	二三	一九	一二	九	王喜 元	一一			一九			
	五四	二四	二〇	一三	一〇	二	一二			二〇			
	五五	二五	二一	一四	一一	三	一三			二一			
	五六	二六	二二	一五	一二	四	一四			二二			
	孝文王 元	二七	二三	一六	一三	五	一五			二三			
	庄襄王 元	二八	二四	一七	一四	六	一六			二四			
	二	二九	二五	一八	一五	七	一七						

（续表）

周	秦	魏	韩	赵	楚	燕	田齐	齐 旧见 田齐《表》	晋 旧见 魏《表》	鲁 旧见 楚《表》	宋 旧见 齐《表》	郑 旧见 韩《表》	越 旧缺
	三	三〇	二六	一九	一六	八	一八						
	始皇帝 元	三一	二七	二〇	一七	九	一九						
	二	三二	二八	二一	一八	一〇	二〇						
	三	三三	二九	悼襄王 元	一九	一一	二一						
	四	三四	三〇	二	二〇	一二	二二						
	五	景湣王 元	三一	三	二一	一三	二三						
	六	二	三二	四	二二	一四	二四						
	七	三	三三	五	二三	一五	二五						
	八	四	三四	六	二四	一六	二六						
	九	五	王安 元	七	二五	一七	二七						
	一〇	六	二	八	幽王 元	一八	二八						
	一一	七	三	九	二	一九	二九						

（续表）

周	秦	魏	韩	赵	楚	燕	田齐	齐 旧见 田齐《表》	晋 旧见 魏《表》	鲁 旧见 楚《表》	宋 旧见 齐《表》	郑 旧见 韩《表》	越 旧缺
	一二	八	四	王迁 元	三	二〇	三〇						
	一三	九	五	二	四	二一	三一						
	一四	一〇	六	三	五	二二	三二						
	一五	一一	七	四	六	二三	三三						
	一六	一二	八	五	七	二四	三四						
	一七	一三	九	六	八	二五	三五						
	一八	一四		七	九	二六	三六						
	一九	一五		八	一〇	二七	三七						
	二〇	王假 元		代王嘉 元	王负刍 元	二八	三八						
	二一	二		二	二	二九	三九						
	二二	三		三	三	三〇	四〇						
	二三			四	四	三一	四一						
	二四			五	五	三二	四二						
	二五			六		三三	四三						
	二六						四四						
	二七												

通表之部　附表第二

战国初中晚三期列国国势盛衰转移表　478—221（共258年）

《史记》载战国事，于初期最晦。如越句践迁都，韩赵魏分晋，魏文侯、武侯霸业之经营，皆不明备。因之记战国中期事，亦多昧于情势。于当时列国国势盛衰升降，及离合聚散之间，往往不能言。而梁惠之霸业，齐威、宣之与梁争衡，徐州会后诸国之相王，与夫秦人之因利乘便，以培植其东侵之基础者，史公均未详述，独于晚世策士饰说，苏张纵横，娓娓道之，去实远矣。

此表分战国为初中晚三期，每期扼要举其大势，而当时列国盛衰升降之迹，朗若列眉，本此以读《通表》第二、第三、第四三节，参诸《考辨》所论列，如网之在纲矣。必明于此而后于诸子学术思想之先后演变，可以得其背景，而识乎其所以然也。

478	孔子卒后一年	（一）（越国称霸期）（32）	（前半期）（53） 越国霸业之渐衰	（初期）（108） 东方霸业自越转而至魏
468	越徙都琅邪			
447				
446	魏文侯始立	（二）（三晋分立期一）（21）		
426				
425	魏文侯始侯	（三）（三晋分立期二）（29） （魏国渐盛期一）	（后半期）（55） 魏国霸业之形成	
397	魏文侯卒			
396	魏武侯元	（四）（三晋分立期三）（26） （魏国渐盛期二）		
386	田和始侯			
376	韩灭郑			
371	魏武侯卒			
370	梁惠王元	（一）（魏国全盛期）（27） （齐梁争强期一）	（前半期）（37） 齐梁争强秦乘机东侵	（中期）（72） 东方霸业自梁转移至齐
362	魏迁大梁			
353	魏拔赵邯郸 齐败魏桂陵			
350	秦迁咸阳			
344	梁惠王会诸侯逢泽			
343	齐威王败梁马陵	（二）（齐梁争强期二）（10）		
334	齐（威）梁（惠）会徐州相王			

（续表）

333	齐（威王）伐燕（燕文侯元）	（三）（齐秦争强期一）（23）	（后半期）（35） 齐秦争强齐弱燕秦弱楚	
330	魏河西地入秦			
328	魏纳上郡于秦			
325	秦韩称王			
323	魏约赵韩燕中山五国相王			
314	齐（宣王）伐燕（燕王哙七年）			
311	张仪二次至楚			
310	张仪卒	（四）（齐秦争强期二）（12）		
299	楚怀王入秦			
298	齐田文归自秦	（一）（齐秦争强期三）（13）	（前半期）（38） 齐势渐弱赵起伐齐与秦争强	（晚期）（78） 东方霸业自齐转移至赵而归于秦
288	秦昭王齐湣王约称东西帝未果			
286	齐（湣王）灭宋			
285	乐毅使赵合从攻齐	（二）（秦赵争强期一）（25）		
261	赵受韩上党拒秦长平			
260	秦（昭王）败赵长平	（三）（秦赵争强期二）（11）	（后半期）（40） 赵为秦弱六国俱不振	
250	赵破燕			
249	秦庄襄王元	（四）（秦灭六国期）（29）		
221	秦初并天下			

通表之部　附表第三

诸子生卒年世先后一览表

诸子生卒年世，见于《考辨》者，因事裁篇，各详一端。《通表》虽首尾兼罗，而年隔辽阔，头绪仍繁。此表再将《考辨》所定，《通表》所列，缩成简表，汇于一幅。庶于诸子生卒年世先后，可以一览而得。

表中横线，以表诸子所占之世次，今姑名之为诸子之“世线”。竖线以表年隔，以十年为一格。某子世线横历几格，即得几年，甚易省览。

表中记年，均从西历纪元，藉便记核。上从西元前555起，下迄西元前200止，共历三百五十五年。

表中世线两端，或一端作虚线者，表其年数之未能确定。

诸子生卒年世，除表以世线外，并随线附注以醒眼目。

其生卒年世，有确实年寿，及生年卒年可考者，则附注其生卒年及岁数，如孔子书“73（551—479）”之类。

有生年可考，而卒年难定，或卒年可知，而生年已昧者，则著其可稽，而存其阙疑，如颛孙师则书“（503……）”，孟胜则书“（……381）”之类。

其生卒年有一端可考，而中间行事亦复有年数可稽者，则著其可稽之年，并详其生卒之一端，而阙其彼端，如子贡书“（520—468……）”，吴起书“（……412—381）”之类。

亦有生卒年俱不可考，而其中间事业尚有年数可稽者，则详其中身，而略其首尾，如墨翟书“（……444—393……）”，惠施书“（……334—314……）”之类。

其有生卒年既不可考，而其行事亦难数年而定，生平惟有孤立一事，可资推证者，则姑据其仅见之一事，立为计年之标准，而上下推测其生卒。如列御寇仅据郑子阳卒一事，季梁仅据魏围邯郸一事之类。

亦有既无生卒年及享寿岁数，又无行事年历，即仅见孤出之事，可资为论年之标准者，并亦无有，则惟据其并世或前后诸贤，姑为推排比次，而约略表其年序，如彭蒙邹奭之类。

有一人年世，可据别一人而定者，表中或并列，或仅列其一，而于其人姓名下，别作括弧书他一人姓名，以资比例。如杨朱与季梁，表中两线并列，而商鞅与尸佼，则仅列商鞅一线之类。

又如孔门弟子仅列数人，其他不并载。墨子弟子仅着禽滑釐一人，魏文鲁缪两朝诸贤，亦或载或略，均可类推而得也。

表中多仅列姓名、世线，不更加注年数者，如陈仲魏牟之类，读者可据上列推计，表求简明，无取繁尽也。

有其人可疑，仅有传说，无从证实者，表中均勿列，如孙武计然之类。

凡诸子出身显名，始见称述，除其有特情可以指论外，大抵定在三十至四十岁间。

诸子年寿，除有特情可指论外，大抵定在六十至七十岁间。

表中诸子世线，除列诸子世次先后外，并随线加载其人行迹大端，以便考订。如孔子载“仕鲁，适卫，至陈，返卫，归鲁”诸节。吴起载“仕鲁，仕魏，奔楚”诸节之类。

其并世大事，与其人生平出处有关，可资参证者，亦各随线分注。如子夏世线载魏文侯元，子思世线载鲁缪公元之类。

表中世线，凡载诸子生卒行事，均随事附注一数字，以表明其事之年代。如曾子线载“越灭吴”及“居武城”两事。越灭吴在年格（即竖红线）470前，下注一“3”字，是年即为西元前473；居武城在年格470后，下注一“8”字，即知其年为西元前468也。读者循其年格，上下增减以求之，即得其事之年代，可省再检《通表》之繁也。

亦有同事既载甲线，则乙线不复列，仅书一数字，以便寻检，而避复沓。如齐威王元在西元前357，既载邹忌线，于淳于髡线不再写，仅记一“7”字。读者循年格上下寻之，即知是年乃齐威王元年也。

表列诸子生卒年世，可以确定者，惟孔子一人。然孔子生年，历来争辨，实有先后一年之差。则其弟子如子路辈，亦同样各有一年之先后。表中虽均画实线，未必即可据。其他诸子年世前后生卒，无勿有五年乃至十年左右之游移。表中多作虚线，少可确定。然苟遍读《考辨》所论，参诸《通表》所载，融会当时大势，则此表所列各世线，殆所谓不中不远，盖亦无多疑撼之余地也。

表后仍附《诸子生卒年世约数》，取便检记。然勿为典要，仍当据此表及《通表》所列，庶乎知其先后游移虚实之所以然，而援用不致歧误。

附　诸子生卒年世约数

孔　子	五五一—四七九	（七三）
邓　析	五四五—五〇一	（四五）
仲　由	五四二—四八〇	（六三）
孔　鲤	五三二—四八三	（五〇）
冉　求	五二二—四六二	（六一）
颜　回	五二一—四八一	（四一）
宰　我	五二〇—四八一	（四〇）
端木赐	五二〇—四五〇	（七一）
有　若	五一八—四五七	（六二）
漆雕开	五一〇—四五〇	（六一）
卜　商	五〇七—四二〇	（八八）
言　偃	五〇六—四四五	（六二）
曾　参	五〇五—四三六	（七〇）
颛孙师	五〇三—四五〇	（五四）
子　思	四八三—四〇二	（八二）
墨　翟	四八〇—三九〇	（九一）
曾　申	四七五—四〇五	（七一）
申　详	四七五—四〇五	（七一）
田子方	四七五—四〇〇	（七六）
禽滑釐	四七〇—四〇〇	（七一）
段干木	四六五—三九五	（七一）
李　克	四五五—三九五	（六一）
列御寇	四五〇—三七五	（七六）
宁　越	四四五—三八五	（六一）
吴　起	四四〇—三八一	（六〇）

孟　胜	四二〇—三八一	（四〇）
告　子	四二〇—三五〇	（七一）
田襄子	四一〇—三五五	（五六）
申不害	四〇〇—三三七	（六四）
杨　朱	三九五—三三五	（六一）
季　梁	三九五—三四〇	（五六）
孟　轲	三九〇—三〇五	（八六）
商　鞅	三九〇—三三八	（五三）
尸　佼	三九〇—三三〇	（六一）
许　行	三九〇—三一五	（七六）
淳于髡	三八五—三〇五	（八一）
邹　忌	三八五—三一九	（六七）
田　忌	三八五—三一五	（七一）
腹　䵍	三八五—三一五	（七一）
孙　膑	三八〇—三二〇	（六一）
子华子	三八〇—三二〇	（六一）
铎　椒	三八〇—三二〇	（六一）
白　圭	三七五—二九〇	（八六）
彭　蒙	三七〇—三一〇	（六一）
庄　周	三六五—二九〇	（七六）
季　真	三六〇—二九〇	（七一）
匡　章	三六〇—二九〇	（七一）
宋　钘	三六〇—二九〇	（七一）
田　鸠	三六〇—三〇〇	（六一）
环　渊	三六〇—二八〇	（八一）
慎　到	三五〇—二七五	（七六）

田　骈	三五〇—二七五	（七六）
接　子	三五〇—二七五	（七六）
尹　文	三五〇—二八五	（六六）
陈　仲	三五〇—二六〇	（九一）
詹　何	三五〇—二七〇	（八一）
屈　原	三四三—二九九	（四五）
荀　况	三四〇—二四五	（九六）
庄　辛	三二五—二五五	（七一）
公孙龙	三二〇—二五〇	（七一）
魏　牟	三二〇—二四五	（七六）
孔　穿	三一二—二六二	（五一）
邹　衍	三〇五—二四〇	（六六）
鲁仲连	三〇五—二四五	（六一）
虞　卿	三〇五—二三五	（七一）
邹　奭	二九五—二三〇	（六六）
庞　煖	二九五—二四〇	（五六）
孔　顺	二九三—二三七	（五七）
剧　辛	二九〇—二四二	（四九）
吕不韦	二九〇—二三五	（五六）
韩　非	二八〇—二三三	（四八）
李　斯	二八〇—二〇八	（七三）
尉　缭	二七〇—二二〇	（五一）
孔　鲋	二六四—二〇八	（五七）

跋

此书草创，在民国十二年之秋。时余始就江苏省立无锡师范学校讲席，助诸生治《论语》，编《要略》一书。后由商务印书馆出版，收入《万有文库》第一集。先及孔子生卒行事，为《传略》，而别撰其考订，自藏箧衍，未以示诸生也。明年秋，《论语》终，又讲《孟子》，亦如前例，编《要略》。后由大华书店出版。先为《孟子传》，考订益富。

时余治诸子，谓其渊源起于儒，始于孔子，而孔子之学见于《论语》《春秋》。《易系》非孔子书，老子不得在孔子前。既粗发孔子学术大体于《要略》，又先成《易传辨伪》《老子辨伪》两篇。两文均成于民国十二年夏前。《易传辨伪》未发表，《老子辨伪》于民国十九年刊布于《燕京学报》第八期，易名：《关于老子成书年代之一种考察》。及十三年秋，《论孟要略》既成，始专意治《易》，拟为书三卷，发明《易》意。谓《易》与《老子》之思想不明，则诸子学之体统不可说也。

十四年一月，奉军南下，闾里大受其扰。学校既辍业，余家又遭散军劫掠，窘困无以为活，乃始售《论语要略》稿于商务。而是年十月，奉浙之战又启，沪宁人心大震。余虑战事非一日可了，欲移情新业，藉忘外氛，乃作意为《公孙龙子》作新注。初余于十二年春，在福建私立集美师范，曾草《墨辩探源》及公孙龙《白马论注》，均未成。及十三年四月，《墨辩》一题，赓续成篇，投刊商务印书馆《东方杂志》二十一卷八号。而《公孙龙注》迄未再理。至是始竟体改作。又附旧稿《说惠施历物及辩者二十一事》，稿成于民国七年。并汇《系年》考惠施公孙龙事迹诸篇为《惠公孙小传》，合订一本。余意治先秦学术，孔墨孟庄荀韩诸家，皆有书可按，惟名家阴阳家，其思想议论，关系先秦学术系统者甚大，而记载散佚，特为难治。窃欲于治《老》《易》外，先为《先秦名学钩沉》，及《先秦阴阳学发微》两书，攻木先坚，而后其易，自此乃为《先秦诸子学通论》。而考求诸子生卒行事先后，亦当先《通论》成书，否则诸子之年世不明，其学术思想之渊源递变，亦自无可确说也。余既埋首为《公孙龙子》作新注，未逾旬，而浙军已越境，社会人心亦稍稍宁。然余事已发轫，因遂勿辍。及冬，可百日，而稿首尾粗具。束装归乡舍，度残腊，私意甚欣欣，非始料也。是年岁底，《易》书三卷，亦增订有完帙。

十五年夏，始为诸生讲《国学概论》，其第二章为先秦诸子，虽限于听受者之学力，未能罄其所见，著语不多，而余数年来治诸子，大体意见，略如所论，实至今未变也。后此书成，亦由商务印书馆出版。

十六年春，国民军北伐，学校歇业，复避嚣居乡，得间可两月，乃始从容整理《系年》积稿，居然成卷帙矣。是年秋，改就苏州中学教职。及明年十七年之春，而《国学概论》亦完书。时友人某君为《史学与地学杂志》征稿，以《考辨》第四卷《王氏〈古本竹书纪年辑校〉补正》一文应之，为余《系年》最先刊布之第一篇也。然秋后家祸大作，儿殇妻殁，兄亦继亡，百日之内，哭骨肉之痛者三焉。椎心碎骨，几无人趣。

又明年秋后，得友人介，为商务草《万有文库·墨子》一小册，商务编印《万有文库》，书目中有《墨子》《王阳明》未有撰人，友某君介余承乏，余忧痛未销，先作《墨子》一小册，七日而成。《王阳明》一册，于明年开学前旬日为之。又本拟为《先秦名家钩沉》，而久未有好怀，姑售《惠施公孙龙》旧稿于商务，以济家困。

又明年，十九年之春，余始续姻。枯槁之余，重得生理，颇有意刊《系年》，先为《自序》一篇，今列书首，即余新婚后十日内所草也。春间《系年》稿为友人携之南京，以无副，不久即索还，而颇有传钞，曾载《史学杂志》，后又转录入《古史辨》第四册，是为《系年》再度刊布之稿。大抵余草《系年》，始壬戌，迄庚午，先后九年。其先有齐卢之战，其后有浙奉之争，又后而国军北伐，苏锡之间，兵车络绎，一夕数惊。余之著书，自譬如草间之孱兔，猎人与犬，方驰骋其左右前后，彼无可为计，则藏首草际自慰。余书，亦余藏头之茂草也。如此为书，固宜勿精。

又余家贫无书，非能博览，本不乐专为考据，草创《系年》，乃为《通论》之地。初不自意成巨帙。先惟以诸子书与《史记》《国策》对勘，又于《史记索隐》中得古本《纪年》鳞爪，冥行擿埴，寻索渐远。所至学校，藏书无多，又不能恣意讨究。课务杂碎，败其深思。每一扰搁，如泥牛之入海，追探便无踪迹。偶得一日或数刻之清暇，灯前人静，精力未灰，展纸疾书，获成一篇。累积既多，稍得系统，乃逐逐翻书参考，遇及异同，过写眉端，积久之后，更复改为。然初翻甲籍，继阅乙册，目光所及，时有转移。精思贯注，未能尽赅。而乙书在手，甲书已去。乙书既去，丙书方来。记诵难周，摘录不尽。又隔之以时日，杂之以冗扰，乘之以疲怠，遇之以疏阔，虽用力之多，而所得实寡，职以此也。况自己巳以来，饥寒之惧稍纾，骨肉之痛方切。聪明与血泪同尽，记诵随哭泣并衰。懵然木然，尽丧其所有。所以余书虽成，终自知其疏陋，恐多谬误，未敢轻以问世也。

及十九年秋，始来北平，任教于燕京大学，七日则得三日暇，为余有生以来所未有。又所居静悦，独处一室，重翻陈稿，改写《通表》四卷，因得稍订其罅漏。凡三阅月而迄。二十年夏后，改任北京大学史学讲席，而九一八之警讯已传。自念此书，虽耗我精力，而无当覆瓿之用，目击艰危，徒增惭恨。二十一年春，又成《再论老子成书年代》一文，刊载北大哲学系《哲学论丛》。又辑前稿为《老子辨》，由大华书店出版。而所欲作《通论》者，迄未暇为。及二十二年，长城战事起，日军飞机盘旋北平城上，仰首如睹蜻蜓之绕檐际也。余恐此书即尔散失，始觅人写副本，因亟亟谋刊布焉。

去年夏，始定议由商务刊行，余自任校对，又得从头逐字细读，因改定其疏谬者十余处。然以所涉既广，亦不获一一覆勘也。回顾夙志，十不一酬，此区区一册书者，特足供余身世怅触之感而已。校既竟，因识涯略如此。

其生平师友相识，爱重此书，或谋助刊传，或曲予奖借，或代之誊录，凡于此书有益，心感无既，并此志谢。

考辨索引

（各条目后之阿拉伯数字为《考辨》之篇次）

二　画

三　画

四　画

五　画

六　画

七　画

八　画

九　画

十　画

十一画

十二画

十三画

十四画

十五画

十六画

十七画

十八画

十九画

二十二画

书名人名索引

（各条目后之阿拉伯数字为《考辨》之篇次）

二　画

三　画

四　画

五 画

六　画

八　画

九　画

十　画

十一画

十二画

十三画

十四画

十五画

十六画

十七画

注：本书凡引史记、国策，及史记集解、史记索隐、史记正义各条，以文繁，均不编入本索引之内。